芭蕉

上

栗田 勇

祥伝社

芭蕉〈上〉

目次

第一部　伊賀から江戸へ──芭蕉誕生

第二部　野ざらし紀行――物の見へたる光

第三部　笈の小文——造化のこころ

下巻の目次

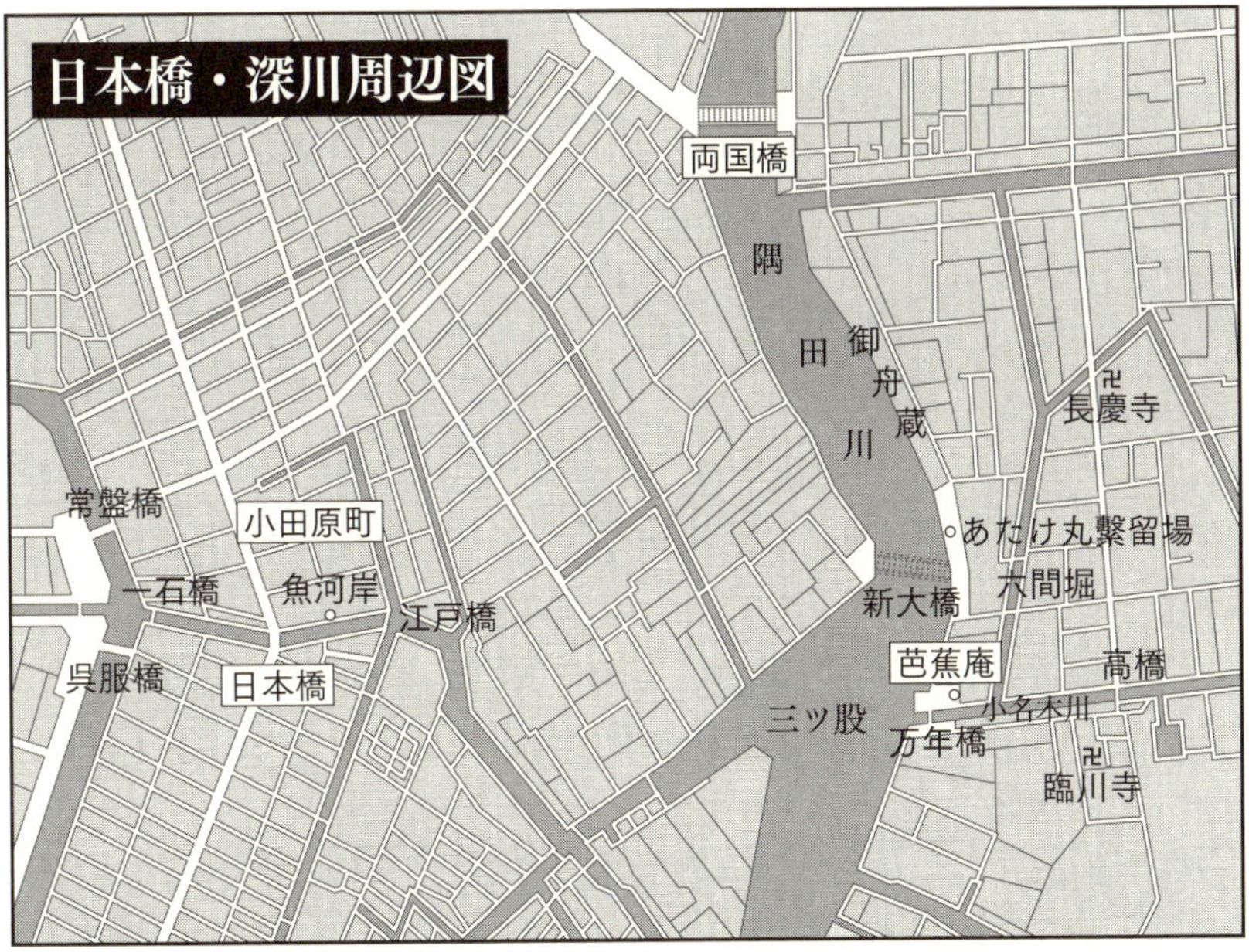
日本橋・深川周辺図
両国橋
隅田川
御舟蔵
長慶寺
常盤橋
小田原町
あたけ丸繋留場
一石橋
魚河岸
江戸橋
六間堀
新大橋
芭蕉庵
高橋
呉服橋
日本橋
三ツ股
小名木川
万年橋
臨川寺

奈良・吉野周辺図
伊賀上野
奈良
二月堂
神戸
大坂
唐招提寺
東大寺
石上神宮
(布留の宮)
天理
布留の滝
長谷寺
初瀬
三輪
竹の内
談山神社
多武峰
當麻寺
河内長野
臍峠
龍門
金峰山寺
後醍醐天皇陵
五条
西河
吉野
蜻蛉が滝
橋本
西行庵
金峰神社
紀ノ川
和歌山
高野山
紀三井寺
金剛峰寺
和歌浦

越後
陸奥
善光寺
下野
浅間山
上野
碓氷峠
軽井沢
高崎
常陸
信濃
筑波山
諏訪
手賀沼
霞ヶ浦
潮来
根本寺
鹿島神宮
鹿島
武蔵
江戸
八幡
布佐
印旛沼
下総
利根川
甲府
鎌谷
行徳
甲斐
相模
富士山
上総
箱根
富士川
駿河
安房
島田
伊豆
金谷
大井川
野ざらし紀行
鹿島紀行

『野ざらし紀行』『鹿島紀行』行程図
能登
越中
加賀
飛驒
越前
丹後
美濃
但馬
若狭
関ヶ原
赤坂
伊吹山
馬籠
比良山
常盤塚
琵琶湖
山中
大垣
唐崎の松
丹波
尾張
比叡山
近江
名古屋
熱田神宮
京都
大津
桑名
佐屋
鳴海
蓮華寺
本統寺
鳴滝
熱田
三河
播磨
西岸寺
水口
鈴鹿峠
摂津
伏見
山城
伊賀上野
吉田
津
大坂
奈良
二月堂
須磨
兵庫港
河内
當麻寺
伊賀
天竜
初瀬
松坂
宇治山田
二上山
竹の内
和泉
葛城山
外宮
伊勢
金剛山
西行谷
内宮
吉野山
志摩
和歌山
西行庵址・苔清水
高野山
和歌浦
大和
紀伊

越後
陸奥
善光寺
坂城
浅間山
上野
下野
姨捨山
碓氷峠
小諸
軽井沢
高崎
常陸
筑波山
信濃
諏訪
霞ヶ浦
武蔵
江戸
下総
利根川
甲府
甲斐
相模
上総
富士山
箱根
富士川
駿河
安房
伊豆
大井川
笈の小文
更科紀行

『笈の小文』『更科紀行』行程図

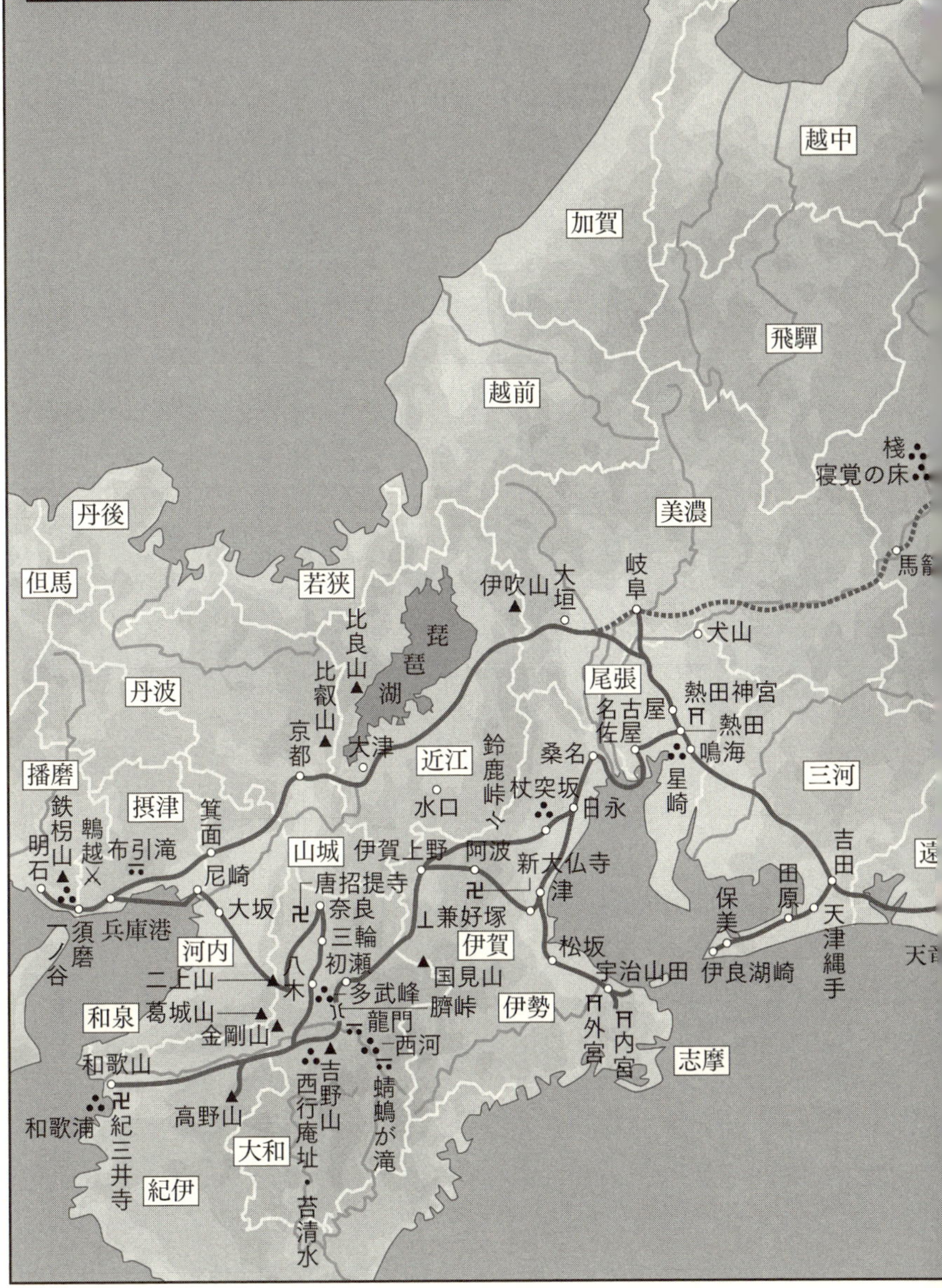

凡例

一、芭蕉の紀行文、俳文については、以下の書物に準拠した。

野ざらし紀行：尾形仂著『野ざらし紀行評釈』角川書店
底本は、最終稿と見られる芭蕉自画自筆の巻子『甲子吟行画巻』（個人蔵）。本書では下段にその図巻の一部を掲載した。なお図巻の読み下し文と、本文の文字遣いには一部異同があるが、そのままとした。

鹿島紀行：『日本古典文學大系46　芭蕉文集』岩波書店
宝暦二年（一七五二）に松籟庵秋瓜が本間家伝来の真蹟を模写して刊行した宝暦本を底本に、諸書を校合。

笈の小文：尾形仂他編『新編 芭蕉大成』三省堂
底本は、宝永六年（一七〇九）平野屋佐兵衛板本。

更科紀行：『日本古典文學大系46　芭蕉文集』岩波書店
宝永六年刊の乙州編『笈の小文』に付載のものを底本に、諸書を校合。

おくのほそ道：尾形仂著『おくのほそ道評釈』角川書店
素龍が曾良本を清書した西村本（西村家蔵）を底本に、野坡本、曾良本により補正。

俳文・書簡：『日本古典文學大系46　芭蕉文集』岩波書店
俳論：『日本古典文學大系66　連歌論集 俳論集』岩波書店
俳文・書簡、俳論については、上記のほか、一部は今栄蔵著『芭蕉年譜大成』（角川書店）、尾形仂他編

『新編　芭蕉大成』（三省堂）、『校本　芭蕉全集』（富士見書房）に準拠した。いずれの場合も、掲出時に出典を明示した。

一、以下の書名は、初出のみ正式書名、再出以降は以下のように略記した。

『日本古典文學大系45　芭蕉句集』岩波書店→『古典大系45』
『日本古典文學大系46　芭蕉文集』岩波書店→『古典大系46』
『日本古典文學大系66　連歌論集 俳論集』岩波書店→『古典大系66』
今栄蔵著『芭蕉年譜大成』角川書店→『年譜大成』

一、引用は、原則として、旧漢字を常用漢字に改める以外は、仮名遣いを含めて原典のままとした。芭蕉の原文引用についても、引用書が準拠する原典と、本書が準拠する原典の表記が異なる場合があるが、引用書の表記はそのままとした。
振り仮名については、原典にとらわれず、適宜補足し、現代仮名遣いで表記した。

一、引用書は、初出では著者名、サブタイトルを含めた正式タイトル、出版社名を表記し、再出以降は、著者名、タイトルのみを表記した。

一、本文に登場した人物、著作物については、一部を除き、巻末の索引に簡単な解説を付した。
一、辞書、辞典類からの引用、援用については、執筆者の敬称を略した。
一、引用文中の（　）は原著にある注、〔　〕は今回、栗田が加えた注である。

本書は、月刊誌「小説ＮＯＮ」（祥伝社）に、二〇〇七年十二月号から二〇一七年一月号まで、一〇四回にわたって連載された「芭蕉の俤《おもかげ》」に新原稿を加え、補筆再整理の上、上下二巻にまとめたものです。

第一部　伊賀から江戸へ——芭蕉誕生

一章　芭蕉への旅

私は昭和二十四年に大学を出たが、敗戦直後の空襲や混乱のため、日本の都市も国土も、すべては瓦礫《がれき》の中にあった。衣食住ばかりでなく、学問も社会も信ずるにたらず、ただ、我が身に起こる混乱のなかで、なにか一筋の行方を探し求めていた。と言っても、一学生の身で何ができよう。

アンドレ・ジッドの文章から発見した旧近代文明に対する捨てぜりふ「書を捨てて世に出でよ」を心に刻んで、フランスの象徴主義詩人たちの詩集を手に、崩壊した街へ、原始に還《かえ》った山野へ、当てもなく資金もなく彷徨《さまよ》い出ることになった。ある時は、大学の付近の喫茶店で、友人と一杯のコーヒーを飲む小銭もなくて、何が自由だ、平等だ、と罵《ののし》りながら、それでも友とシャルル・ボードレールやアルチュール・ランボオの詩を暗誦しあい、吟じていた。

大学の教室では折から、鈴木信太郎先生による写真版からおこしたマラルメのテキストで、厳密な講読が行なわれていた。教室の空気には敗戦の跡もなく、甘美な詩語の世界が拡がり、十六世紀ユマニスト、フランソワ・ラブレーの『ガルガンチュア物語』などの講読が渡辺一夫先生によって、窓外の緑のそよぎとともに、粛々と進められていた。評論家の中島健蔵先生は、いつも三十分遅れの講義であったが、縦横無尽の舌鋒《ぜっぽう》で当時の文壇批判を繰りひろげていた。私にとって幸運だったことは、前田陽一先生によるデカルトの講義、森有正助教授によるパスカルのパンセの特別演習など、焼け残った煉瓦造りの教室で、記憶ちがいがあるかもしれないが、豪華絢《けん》爛《らん》にして緻密で精細な講義が惜しげもなく行なわれていたことである。語弊をおそれずにいえば、おそらく、あれが象牙の塔というものだろう。

しかし、一番想い出に残っているのは、朝鮮戦争勃発の頃、夏休みを前にして、当時まだ若く眉目秀麗《びもくしゅうれい》な渡辺先生が、教室でふと横を向かれて、後期もまたお逢いしたいものですね、と最後の御挨拶をされた。その横顔が折しも茂りきった公孫樹《いちょう》の葉の緑にそめられて、一瞬蒼白く冴えてみえたことだ。

あの一瞬の沈黙の裏には、再び日本が焦土の地獄と化する風景が想像されていたのではないか、と私は以来思い続けている。大学紛争も間もなく起こったが、原爆戦争を経験した私たちの世代には、あの先生の憂いに満ちたプロフィールが、記憶にいつも焼きついて消えることはない。

学部を卒業して、私も恩師のはからいで、大学講師に片足つっこんだこともあるが、あまり続かなかった。むしろ、しばしば大学の研究室に顔を出して、諸先生や先輩にあたる『近代文学』の同人、第三次『四季』のすでに文壇で活躍中の先輩たちに接することが出来たのは稀《まれ》な幸運だったと言うべきだろう。西欧文学の古典に類するものは、ほぼ翻訳で読んでいたが、肌身に迫るアメリカ一辺倒の経済的、また文化的崩壊のただなかで、一介の書生に何をえらぶことが出来たろう。先輩たちは、一斉に仕事を発表しはじめた。

身近だったのは、瀧口修造氏を中心とした、日本のシュルレアリスムの運動、岡本太郎氏を中心に渦巻くアバンギャルドの主として美術が新しい旗を立てていた。もっとも、町は見渡す限り焼け野原だったから、ぼろ布のキャンバスのようなものであった。

私たちは、行くところもないので、大学に近い国電御茶ノ水駅に出て、学校へ行くよりも、駅の近くの喫茶店にたむろして友人と待ち合わせ、街が暗くなると、新宿のハモニカ横町という、路地にハモニカの口のように並んだ一杯飲み屋へ向かった。ここには先に述べた、主として、詩・文学・演劇・音楽志望のやっと青年に達したくらいの若者たちがいた。何をしているのか、どうやって生きているのか、彼らの言葉をかりれば、梅割り焼酎をあおって、精神のゴシックを打ち立てているのだと、くり返していた。

私は当時の自分の毎日の姿をほとんど思い出すことはできないが、やや年長の『世代』同人の端《はし》くれに加わり、月光荘という画材屋の巨大なスケッチブックをいつも抱《かか》えていた。白い画面には縦も横もなく、上も下もない。文字もスケッチもかける。ここに、詩句や絵や記号をかくつもりだったが、ほとんど覚えていない。

ただ、夜も昼もなく、詩と文学について語り、必死に飢えたように歩きまわっていた。どういう手蔓《てづる》があったのか忘れたが、詩集を専門に本にする、「ユリイカ」という神田の裏通りの二階にあった机一つの出版社で、社長伊達得夫によって、一冊の散文詩集を自費出版し、金子光晴先生の序文をいただいた。

大学の文学部には当然、国文学の講座があったので自由に聴講もできた。

私は、じつは、まず「日本彫刻史」の講義を受けていた。日本語については最低限のところ小学生から使っていたわけだが、私は「もの」そのものの実体を超える存在については、言語による研究対象化することはできないと予想していた。

　そこで、大学の講義もある、フランス・サンボリスム文学を入口に、まず自らの詩の言語を破壊し、存在の根本まで、できればたどり着きたいと考えていた。そこでこの当時、まだ日本ではまともな全訳がなかった詩人ロートレアモン伯爵の散文詩『マルドロールの歌』を全訳することに打ちこんだ。

　言語が実存に迫って消える究極の地点に、何が姿をあらわすのか、私は言語とともに物言わぬ存在の、ひろくは風土の、さらにひろくは空間と時間の宇宙的な結晶の瞬間に、身を投じたいと、途方もない、しかし追い立てられるような飢餓に灼《や》かれる想いの中にいた。これは、認識というより、いわば生き方の問題だと気づくようになった頃には、はや青春の半ばを越えていた。

　いよいよ芭蕉につきうごかされて筆を執《と》ろうというのに、またもや、乱暴でつたない自己省察を述べてしまったのは、必ずしも老いの繰《く》り言《ごと》ばかりではない。もちろん、そう言われれば仕方がないが、それには二つの理由がある。

　ひとつは、最近、情報手段が著しく進み、データとしての文学の蓄積は日ごとに増えて、とうてい一介の文士では精密さを期待することはできない。ではどうすればいいか。

　文芸とは一人の人間と人間との言語了解の間に生じる、ある種の関係、そして感性、そのおかれた状況によって、時々刻々変化し生ずるなにものかではあるまいか。

　人がある物体を定量的に観測することによって、はなはだしい誤解を避けることは、もちろん必要であるが、しかし、アインシュタインの相対性理論やハイゼンベルクの不確定性原理の発見いらい、つまりは観測者による被観測物への干渉という問題は、きわめて重要な関係になっているのは周知のとおりだ。

　たとえば、見るものと、見られるものとの相互浸透によってものとものとの関係をとことんつめてゆくと、じつは哲学の部門となってしまうが、文芸においては、さらに、ものとことば、ものと物質という微妙で無限に拡がる関係として、とらえざるを得ない。

　たとえば「気配《シュティムンク》」（Stimmung）とは何であろうか。むしろ、リアリティはこのとらえがたい「気・け・気配」に、さらにふかくは言語の本質があるのではないかという説も、近頃ひろく論じられるようになってきた。

　そこに近代哲学を抜け出し、仏教の理論、ひいては悟りの究極にあるかと思われる禅定《ぜんじょう》や「空《くう》」の世界が感得されるに至るという証言もある。ここにまさしく「色《しき》即是空《そくぜくう》」、「色《しき》」と「空《くう》」とは相否定しながらも、相互否定するその両者を一体とみて、異なる次元へと転化しようという試みが論じられているのは、よく知られているところである。

ところで、私がまず身近で、内面的なまずしい精神遍歴を述べたのは、それにつづいて、今度は逆に自我を捨てて、「時」「空」を越えて、広漠たる古代文化遺跡を遍歴するためであった。当時昭和三十年代で、まだまだ楽しみに旅行をする人は少なかった。エジプト、アフリカ、インド、イラン、イラク、ヨーロッパなど書けばきりがないが、私はそれぞれの地で数千年にわたる、主として宗教的遺跡をはじめ聖地や巡礼の路を訪ねる旅をはじめた。

それらの土地は数千年を経て変形や崩壊を経験してきたにもかかわらず、色や形こそ消えても厳然として〈そのもの〉が明確に私の存在を圧縮していた。エジプトの石塊に触れると、分厚い壁を通して〈あるもの〉が、暖かい波動を送り返してくれた。

また私は、日本国内の遺跡を機会あるごとにつぶさに歩いた。ここでは、天空と地平というよりは、むしろ「自然」ともいうべきものが列島を埋めていた。日本の「天空」も「地平」も渾然《こんぜん》一体となって、ここでは新しく息づき、満天下全体から「生命」を吹き出していた。

日本の霊気は、他の国の気配とは全く異なっていた。それは、数理的、図像的な動かぬ物体ではなく、山岳も岩も草木も、それらすべての気孔から呼吸を吹き出し息づいているのだった。

天空の漆黒《しっこく》の空で、星はまたたき、雲は流れていた。水平の地平線からは、旭日《きょくじつ》が光をまといながら姿をあらわし、刻一刻《こく》と、天地宇宙を支配するかに思われた。それを一言でいえば、運動であり生命の証《あか》しでもあった。

日本のもの・ものの気は、生き生きと私の躰をつらぬいていった。それは叫んでいた、歌っていた。密教の修行のひとつに、太陽に向かって百万遍の真言《しんごん》を唱える法が行なわれている。もちろん、一回でも欠ければやり直しである。満願の暁に人身は黄金の太陽に溶けて限りない空間にひろがるという。このとき、人はあの時空と一体化するのである。

声ばかりではない。天空の動きを真似るのは真言だけに限らない。ひとたび歩み出せば、その歩行は人間のものではない。倒れても巨大な時空の極小の歯車の異変にすぎない。

歩くことは巡礼となる。目的地はない。

比叡山の苦行、千日回峰行《せんにちかいほうぎょう》は、よく知られているが、途中で失敗すれば、身につけている短刀で自害するというものである。それでも回峰する山路の苔《こけ》は静かに露をたたえたままである。他《ほか》にもわが国では、いくつもの歩く行《ぎょう》がある。歩みは生物の根源だからだ。たとえば、西国《さいごく》三十三所観音霊場廻り、秩父《ちちぶ》三十四カ所をはじめとして、四国八十八カ所など幾多の巡礼の道があり、とくに四国は有名である。

坂の多い山道を鎖をつかってまでして、老いも若きもよじのぼり、頂上で朱印《しゅいん》をもらい、ほっとするやいなや、笑顔満面で、互《たが》いに手を合わせ「ありがとうございます」と口々に言葉をかけあい、抱きあうのだった。

私はこの様子を見て、不思議な想いにとらわれた。まず、何に、誰に向かって礼をとなえているのであろうか。ご本尊でもない、誰でもない。自分を含めて行《ぎょう》を満了した人々が、お互いに果たした労苦をたたえているのだ。自分独りではできない。皆がばらばらでもできない。同行《どうぎょう》の人々が、一団となって行を始めたときから、歩く修験者となっているのだ。お互いに手を取り、抱きあい、感謝の言葉の渦となる。

人はあえて行者の姿で神仏を拝さなくても、命あるかぎり、動いている。そして天地をつらぬく巨大な鼓動に身を任せている。こうして、人はそれと気づけば、天然宇宙と一体化している。

しかし、私たち日本人は、やはりこの風土の運行に親しみを覚えるのは当然である。

日常と非日常は融合し、「山川草木《さんせんそうもく》、吹く風、たつ浪《なみ》の音までも、念仏ならざるはなし（一遍《いっぺん》）」と念仏者は唱え、「色即是空」と修験者は合点する。

ところで、人類がこうした山川草木を意識するようになったのは、近頃ではない。古くはインドの、一所不住で一生を歩きつくす行者や、西欧では巡礼者がいて、彼らは、ひろく自ら生きた霊的風土の風景を、時に、さまざまな形で伝え残してきた。いや、彼らは人に知られず、時に半《なか》ば自ら気づかずに生き、そして死んでいった。

松尾芭蕉は日本の歴史の中でも、とくに不可思議な謎をまとった詩人である。

思えば、和歌・連歌・俳諧・俳句などにかかわりあった短詩型が、長くいえば数千年、きびしくみても五百年以上も、専門詩人はもとより、一般教養人に読まれつづけ、さらに今日にいたっても、いまだに「俳句」「川柳」が、国外でも「ＨＡＩＫＵ」「ＳＥＮＲＹＵ」となって創作鑑賞され、拡がりつづけていることは、じつに不思議というほかはない。第二次大戦後も、時に結社を作り、仲間をつのって印刷物やテレビ・ラジオなどの媒体を通じても、ほとんど止むことなく続けられている。

それはいったい何故《なにゆえ》だろうか。そのような言語はない。

風土、文化の故か、言語の特殊性か。なるほど、目を宗教・文化に注げば、バイブルやコーラン、儒教、道教、仏教など、普遍性を持ちながら持続している独特な教典のたぐいもないわけではない。

しかし、内容、表現、発想が、その時代と時代を生きる人々によって、少しでも新しい言語世界を創り出そうとされ、また作品が創られていたことは、おそらく日本の俳句・俳諧・和歌・連歌をおいて他にはあるまい。

戦後も日本人なら、少なくとも小中学校などで教養として、「はいく」を創るか読むかした覚えがあろう。となると、やはり言語と日本人との関係が他の諸民族たちと異なっている点に注目する他はない。

大ざっぱにくくっていえば、最近の研究によれば、日本語の特徴は、厳格な読みと象徴性という二重構造によって成り立っているという点にあるらしい。

太古にさかのぼれば、どの音声言語も、多かれ少なかれ、何よりも呪術性が必要であった。人類とそれをとりまく世界の森羅万象をつなぐ音声が生まれ、時に声にあわせて器楽が加わり、神と人間との交流が可能となった。

人間の生死、天候の変化、物資の生産などには必ず呪文や祝詞《のりと》が捧げられた。大和では中国及び南東渡来の語源を持っていると思われる言語が、早々からカナ文字という表音文字を漢字から取り入れ、祭祀に用いられる。古代宗教語のもつ「言霊《ことだま》」を保ったまま俗語が分離されていったと言われている。

この時点で、すでに日本語は言語交流の利便性にのみ使われるのではなく、『万葉集』、『古今集』、『新古今集』などとして、社会的変動にしなやかに適合しながら、和歌の伝統の洗練と多様化をはたしていったというのが、今のところ定説になっている。想えば、大変なお荷物を背負い込んだものだが、この宗教・文化に一貫する呪言の目に見えぬ浄化作用によって、美しく豊かな言語の持つ詩的霊性を高めることができた。

このさい注目すべきは、呪言《じゆげん》は神話の中で、まず歌われ、ついで諸言語との接触によって洗練される。やがて、宮廷貴族の日常文化をはじめ、また、大乗仏典の「真言」思想をへて、ついに、勅撰和歌集という国家的事業の作業によって、ほとんど原型の伝統をふまえた文芸として、展開する。

特筆すべきは、詩論、つまり詩作品の批判的作業も「勅撰」という形式で専門家の詳しい公私の名誉のかかった姿で、次第に深められ、詩歌の幅をひろげることとなった。

想えば千年を超える定型詩歌が権力者・宗教者・一般庶民にひろく拡がって二十一世紀に存在することは奇蹟にひとしい。したがってそこに「もののあはれ」などの庶民民族情緒の生成をたどり、時に拡げられて、いわゆる民族主義の手懸かりとするのも故《ゆえ》なしとしない。

ひるがえって、今日の詩歌は、毎日のマスコミで、その裾野を広げ、果てしない発展をつづけているようにみえる。

誰でもマスコミに俳句・川柳らしき文字を投稿すれば、いや、メール一本打てば、誰かがどこかで恐らくは読んでくれるだろう。これは、手慰みにもっとも手近なものだが、見方によれば、言葉の安易な乱用を招き増幅し、はては人々の伝統的な含意のある言語世界を破壊しかねないことになる。

その中の傑出した詩人のひとりに松尾芭蕉がいる。今日の日本人で「芭蕉」の名を知らぬ人はいない。宿命的に自らを、運命にえらばれた道者として自覚し、その漂泊の人生を磨き、そして予見したように、旅のうちに言語を見つめ、数多くの俳諧作品、旅行記、散文を残して去っていった。

ところが、今や、数知れぬ研究論文や書籍につつまれ、また教科書の模範文となって、芭蕉の名はただ「バショオ」となって漂い、人も芸術も讃嘆されているが、いたずらに喧噪のうちに、その真相はかき消されている。そういうと、芭蕉自身がひたすら願った、西行《さいぎょう》の庵にも似た庵室に落ち着くこともなく、彼の言葉によれば、「風羅坊《ふうらぼう》」という何者かの気配に追われるように旅に身をやつし、旅先で死ぬということになる。

俳人としての芭蕉には、天性の才能に、技巧の洗練を加えた上に、さらに、もう一皮、大きな秩序の意識がかぶさっていた。それは今日風にいえば四季のめぐりであり、仏教でいえば輪廻《りんね》であり、それが連句《れんく》の構造の根底をつらぬく美学ということになるだろうか。

一般に芸術家には二つの顔がある。それは文芸というコスモスの中で生きる詩人としての顔であり、もうひとつは、世俗を生きてゆく生活人としての顔である。

芭蕉は時に、その両者をやりすごす鋭いダンディズムがもう一皮かぶっているようにも思われる。この幾層にも重なった顔のどれが素面であろうか。それはおそらく、データで分析しても分からないだろう。いやむしろ、そのまま芭蕉の手練《しゅれん》に乗せられてゆくほうが、芸の途《みち》というべきではないだろうか。そう受けとると、芭蕉の仕掛けがいっせいに作動して、句がすさまじい勢いで襲いかかってくるのである。

この複雑な人物を、その世俗的生活からたどるのはむずかしい。また、伝聞によるものにも矛盾がある。時代は江戸元禄とはいえ、まだ乱世の余波をひいていた。

芭蕉の生まれる六十五年前（天正七年〈一五七九〉）、織田信長の次男信雄《のぶかつ》が、伊勢に侵入、さらに伊賀に攻め入るが、かねて相反目していた伊賀衆が反撃に転じた。これに対して、信長は憤激し、天正九年（一五八一）九月、神社仏閣をはじめ、伊賀の地侍を徹底的に殲滅《せんめつ》した。

もともと芭蕉の生まれた伊賀は、彼は自ら「山家」といっているが、山国で群小の土豪が各地で勢力を競い合いつつも、信長には連合で反撥していたのである。これは「天正伊賀の乱」と呼ばれ、伊賀土豪の流れを引く民間学者菊岡如幻《きくおかにょげん》の『伊乱記《いらんき》』にくわしい。その文中に、信長に抵抗した伊賀侍として芭蕉の姓、松尾氏の名がある。

芭蕉の生年は、寛永二十一年（一六四四年。この年十二月十六日、正保と改元）。

当時は中世末期の動乱から近世にかけて、勢力の交替の激しい社会で、武士階級もようやく安定のきざしをみせていたが、じつは、厳しい浪人狩りが行なわれ、一方では武力よりも文化による身分の階級序列の組織化が進んでいた。

一方、戦乱がおちつくとともに、身分集団同士の分化や格差がひろがっていった。社家《しゃけ》（神官の家柄）と山伏との争い、山伏と神職との争論が起こった。「花開く町人文化」といわれる元禄文化社会の経済基盤にも変化が起こり、将軍や武家は、こぞって天皇家を中心とする公家文化をとり入れていった。

こうした時期に、芭蕉の父与左衛門《よざえもん》は、無足人《むそくにん》（所領を持たない下級武士階級）と呼ばれる中世伊賀土豪の末《まつ》裔《えい》であったという。しかし、この社会再編成のなかで、定住の領地を持たない無足人としての芭蕉の人生を顧《かえり》みるとき、正逆と順応という複雑な、根底的な不安定性が根を張っていて、世俗的秩序の枠の外に身も心も置きたかったことは、想像に難《かた》くない。

しかし、生きてゆくには、こうした不安定な状況の中で、何とか身のふり方を考えなければならなかった。『幻住庵記《げんじゅうあんのき》』に、その心情を告白している。

『幻住庵記』は、芭蕉が晩年の元禄三年（一六九〇）四月六日から七月二十三日までの間、近江国大津国分山《こくぶやま》の幻住庵に滞在した折の感懐を綴ったもの。去来《きょらい》・凡兆《ぼんちょう》の撰により元禄四年に刊行された『猿蓑《さるみの》』に収められたものが定稿とされるが、そこにいたるまで幾度もの推敲が重ねられ、今日、数多くの異本が伝えられている。そのうちの一つである『芭蕉文考』（編者不詳、享和元年）所収の文は、その末尾に芭蕉があこがれる先達の人名が、くり返ししるされ、とりわけ重要である。

　我《われ》しゐて閑寂を好《このむ》としなけれど、病身人に倦《うみ》て、世をいとひし人に似たり。いかにぞや、法をも修《しゅ》せず、俗をもつとめず、仁《じん》にもつかず、義にもよらず、唯《ただ》若き時より横ざまにすける事ありて、暫《しばら》く生涯のはかりごととさへなれば、万《よろず》のことに心をいれず、終《つい》に無能無才にして此《この》一筋につながる。凡《およそ》西行《ぎょう》・宗祇《そうぎ》の風雅にをける、雪舟《せっしゅう》の絵に置《おけ》る、利久（ママ）が茶に置《おけ》る、賢愚ひとしからざれども、其貫道《そのかんどう》するものは一《いつ》ならむと、（略）覚えず初秋半《しょしゅうなかば》に過《すぎ》ぬ。一生の終りもこれにおなじく、夢のごとくにして又々幻住なるべし。

　ここにあげられた芭蕉と志を同じくする者は、それぞれの道で、日本を代表する名人である。それを言い切ったところに賢愚とは別の物指《ものさし》で、その貫道する唯一のものがあると宣言している。芭蕉は、同じ趣旨のことばを、じつは『笈《おい》の小文《こぶみ》』の冒頭でもあげている。

　その唯一のものは「風雅におけるもの、造化《ぞうか》に随《したが》ひて四時《しいじ》を友とす」――自然にしたがいて四時（四季の移りかわり）を友とすと、宣言したのである。

　つかみどころのない芭蕉が、ついに己れの人生の究極の境地をくり返し明かしている。その要《かなめ》は「造化」であるとまで、言い切っている。ようやくにして私たちは、複雑で夢まぼろしの芭蕉の本音をたどる手がかりをつかんだ想いがする。

『幻住庵記』は、前掲の文章につづき、次の句を載せる。

　　先《まず》たのむ椎《しい》の木もあり夏木立《なつこだち》

ひとまずは椎の夏木立に隠者のように身を寄せて、束《つか》の間の己れをふりかえると、隠者の一人木下長嘯子《きのしたちょうしょうし》が、桜の巨木に呼びかけて宿借りしたのを想い、また漂泊のひとときに出かけんとする束の間の憩《いこい》。

　想いは、いつも生死の無常、住み家は幻。

　蝉が短い命とも知らず、灼けるように鳴きしきる騒音は、そのまま、音のない死の静寂をはらんでいるのだ。鳴き声のはげしさが、かえって、わが身のはかない

「今」をつきつけている。恐ろしい句ともいえる。

ともあれ、この短いが、己れの一生の内面までさらけ出した句からはじめて芭蕉の心の俤《おもかげ》にそっと目《ま》ざ《な》しをしのばせてみよう。

二章　深川・芭蕉庵

私が日本をしばらく離れ世界の古代遺蹟を巡礼し、またふり返って日本の古蹟を巡ったのは、敗戦を機に、それまでの、近代国家の成り立ちを根本から破壊する作業であり、足元から流動する、古代東洋的体制の崩壊からの再生に挑戦するためであった。

ふり返れば、元来人間は、自ら自由を縛って集団を組織化することによって、その相克のうちに文明を築いたともいえる。古くはエジプト文明や、中国の古代諸帝国。近くは、今も苛烈な勢いで腐敗混乱を進めつつある、いわゆるグローバリズムと称しながら、地球文明再編成に狂乱して、かえって地球崩壊を加速しつつある。

この大崩壊を前にして、人間が人間であるその証《あか》しを確かめることなど可能であろうか。現代の世界は、不幸にして、その再構築の可能性が乏しいことを示唆している。とするなら、むしろ過去の中に、時空を超え生涯を懸けて、その相克のなかで人間の実存の証しをあきらかにした人物と作品にふれて、追体験を新たにすることができれば幸いであろう。

　私の言いたいのは、このような狂乱の中で至福の瞬間を生きるには、むしろ才能や偶然によるにしても、固定した自我を捨てることによって、静と動、虚と実のそうした出逢いは、意外にも現出するものではないか、ということだ。何故なら、そのような人智《じんち》を捨てきれば、虚《きょ》となった実相《じっそう》の世界が無限に拡がり、宇宙に充実しているのに気づくからである。私にとっては、その手探りのうちでも芭蕉が、僭越ながらもっとも確かな共鳴体として生成すると思われたのである。

　芭蕉については、江戸、明治、大正、昭和と、無数と言っていいほどの論評が出され、讃仰者はもとより、俳句の制作者にいたっても、拡がる一方である。

　その無限の人々の群れに恐れをなして、私は今まで、芭蕉について触れる機会はあっても、あえてそれ以上近づくのをためらっていた。芭蕉その人の人生のあり方、つまり伝記的研究、作品の鑑賞、訓《おし》えに従っての作品制作の探索に身を投ずる勇気が出なかったからだ。

　古代からの詩人、作家、仏教者などの、世を捨てた漂泊の人々の旅の跡をたどって、つたない著作物を書いていたが、顧《かえり》みれば我が力の乏しさに嘆くばかりであった。

　もはや、手近なところからでも文献をあさって読み始める他はないと、あたりに目を配りはじめたが、ここでふたたび驚かされたのは、出版物のあまりの多さであった。とくに、『おくのほそ道』の旅にかかわる大型の写真集、小部数の研究文献、文庫本が大小とりまぜぎっしりと並び、加えて、毎日と言っていいほど、芭蕉というより『おくのほそ道』に名を借りた観光案内書や、食べ歩き記録にいたるまでが報道され、出版されているのである。このような出版状況は、最近の流通構造からみても、世界で希有《けう》のことであろう。

　しかし、これを十把一絡《じっぱひとから》げにして、その商魂をあげつらってもはじまるまい。たしかに、「風雅」をすすめる日本の生活文化をはげしく求める読者層がいるということも現実である。また俳句をよむという実践がこれを支える。

　これも中世以来、「つどい」「座」「組」「会席」といった生活文化が、今日の情報文化として盛んになって、一斉に拡がっていることの証しであろう。

　しかし、これほど「閑寂」を好み、「わび・さび」に親しんだはずの日本人が、「わび・さび」のまさに裏返しの「はで・しつらえ・かざり」の世界に走っている姿は異様でもある。たしかに、文化には一世代更代《こうたい》論とでも言うべき形式がおのずから働いている。Bという文化が滅びると、ふつうは次の時代にはCになるはずが、Bを批判し逆行してA′となるという見方である。何故なら、年齢による世代交替によって二十歳をこえて、四十歳でA′＋C文化をつくる。つまり、一世代前を批判して反A＝〔A′＋C〕という反対側に揺れるのである。

同様に、古代・中世・近世と並べたとき、古代的なるもの、神話的文化は、中世を飛んでむしろ近世に姿を変えて、儒学とともに、国学、神道学として甦る。ここでは話の筋がそれるので、詳しくは述べないが、詩歌にしても、古代の詩風歌風の美学は、そういう意味で近世に復活し再編成されているともいえる。

歴史学者で東大名誉教授尾藤正英《びとうまさひで》氏の紹介する佐原《さはら》真《まこと》氏の日本史二分説によれば、「すなわち弥生時代が古代国家形成の出発点をなしていたのと同様に戦国時代もまた、その古代国家が崩壊したあとに生れた新しい国家の出発の時期であったのではないか、ということである。そのように見ると、日本の歴史は、戦国時代のころを境界として、その前と後とに二分されることとなろう。それは同時に、日本文化の歴史の区分点でもある」（尾藤氏『日本文化の歴史』岩波新書）という。

同じように、詩歌にもその背景となる美意識が前代を越えてさかのぼる傾向がある。

その原因は、本来、文化芸術が生きるためには、例えば陰陽二つの対立する極が反撥調和して平衡を保っていることにある。破壊と創造といってもいい。その陰陽の極が微妙な刺激でずれて、表面を支配しているのが陰、もしくは陽という一色になって見えるのである。

今日の日本は、昭和の敗戦後をとばして、あのモダンボーイ・モダンガールが生まれ西欧モダニズム文化が華やいだ大正末から昭和初期の照り返しのようにも見える。

こうして、芭蕉にかかわる著作物や雑誌の洪水を前にして、芭蕉の神髄に、少しでも踏みこもうとしても、原資料と年譜の集積から何が読みとれるであろうか。研究書によっては、その手法が大きくは時代や人物論、または作品についての解読の両者に分かれているのが現状である。

加うるに、芭蕉は、たびたび災難にも遭い、その生涯の旅をはじめ、移動することが多かったことは年譜から分かるが、自らは、あまり経歴について語ることは少なかった。

ところがそれをいいことに、近来は、作家の生活の細部から、ことさら卑俗、平凡な人間像を描き、偉大な作家としての共感を否定して、あたかも新発見として、名作を引き下ろそうとする傾向もある。だが文化、芸術から、あるいは生活の、その出逢いから超越性への共感を拒絶して、何の現実《リアリテイ》、生きた真実《ヴエリテ》と出逢えようか。

じつは、浅学にして、専門的研究の十分な蓄積を持たないにもかかわらず、この文章をとりかかろうと決心したのには、理由がある。

それは、芭蕉の作品の根本をなすとされている「わび・さび」、また「かるみ」などの詩的言葉体験に入ってゆくまえに、文化の構造を支える、目に見えないが、あらゆる文化芸術の核となる宗教的なるものについての疑問である。

今日の常識では、一見、現代世相そのものが物質文明的であるところから、宗教といえば日本では一部、何やら胡散臭《うさんくさ》くさえ思われている。しかし一方では、組織や形式にとらわれない形での、ある種の超常的な現象や、通俗的な占いなどが、新聞やテレビの話題となっている。いわゆる、スピリチュアルな状況の演出が、意外にも人気となっている。

さらに一歩踏みこめば、話は少し古くなるが、あのオウム教団による組織的集団殺人事件の変形が、世界で今もうごめきあっているのである。視界を世界に向ければ、今や、物資や領地争いに代わって、いろいろな宗教教団の戦いが、各地で勃発していることは、周知の通りである。

一方では「平和を守る」と称しての戦争が進められ、視野をひろげれば、宗教がらみの戦争がいつか地球崩壊をもたらし、その渦に、私たち日本もまきこまれないとは限らない。だからといって、宗教を悪として絶滅することが果たして出来るのか。出来るとすれば、それは人類がこの地球文明から消え去るときであろう。

こういう状勢について、もちろんただ反撥、糾弾すればすむわけではない。目に見えないが、さまざまな思索が、人々の心に起こりつつあるのも否定できない。たとえば偽りの心理学や精神分析まで、いわば、世界と人間との融合する接点を求める柔らかなスピリチュアリスムをまさぐっている。

あるいは、そういう断片的風俗的なものではなく、充実した虚無というようなもの、すでに仏教が論じてきた「色即是空《しきそくぜくう》」という人類の生命体としての実感を、日本人の心として新たにたどる途もあるのではないだろうか。

話が横道に進みすぎたが、面白いことに、日本の古代文化精神は、なにか心の「やわらかな」システムをもって、さまざまな日本人の危機に対応してきたことが、近頃、歴史家、思想家、言語学者などの文化論の中でも、少しずつ触れられるようになった。

仏教ばかりでなく、日本の神道といわれる民俗信仰も、あらためて日本思想のなかで、再検討されるようになってきている。顧みれば、神仏習合の垂迹《すいじゃく》信仰は、仏教伝来とほとんど同時に始まったとみられないこともない。さらに鎌倉仏教を制する天台本覚《ほんがく》思想や、日本の真言《しんごん》密教によって、少なくとも詩歌壇の美学、すなわち精神生活の実体は深められ、西行《さいぎょう》によれば、詩作は真言を唱え、仏像を彫ることに異ならないとまで言わしめ、この美学は、室町時代にはほとんどの日本の古典芸能・茶の湯や能、詩歌の美的中核として深く浸潤していることをあらためて想起させられる。

詩歌がこのような神聖なスピリチュアリティの力を失いかけると、逆に神楽《かぐら》など、聖なるアクティビティがはたらき、能・狂言や俳諧、田楽踊り、歌舞伎の舞踊など、神事が芸事となって反作用し、活性化されることにもなった。

この精神文化の流れは、かつて主流をなした唯物論者流の剛直構造主義にとってかわって、柔軟なスピリチュアリティを基本とする、柔らかい構造が、文化の原型として働いていたことを示している。

こうした日本文化論は、あの明治維新の文化革命にさいして、日本からの禅的なる形として海外に向かって発信された。たとえば、岡倉天心《おかくらてんしん》、鈴木大拙《すずきだいせつ》などは、日本的霊性というコンセプトをもって、十九世紀末から混迷した西欧文明に衝撃を与えた。このような運動は、その後西田幾多郎《にしだきたろう》、柳田國男《やなぎたくにお》、折口信夫《おりくちしのぶ》などによって受け継がれるところであったが、あの第二次世界大戦の勃発によって世相は急転する。

この敗戦によって日本の心の様相は一変し、戦後は一種の虚無的拝金主義がはびこり、核戦争準備へと突入していったが、今ようやく、人々は各々の自己と世界との関係を過去に求めはじめている。一種の懐古主義が、世界文化の流れとなっている。

しかし一方では、人類に永遠のエネルギーと富を与えるはずであった核社会とメディア先行社会が、人間の手による構築をのりこえ、狂暴化し暴走しはじめている。私たちは、その意味でも、もうひとつのスピリチュアルで柔らかな世界構築を迫られているのである。

話が、延々と逸《そ》れたようにみえるかも知れないが、私のこの文章の目的は、芭蕉の精神生活、仏教との関係、とくにスピリチュアルな精神性は深さにおいてどうであったか、それを適正にとらえなければ、本当の精神共通体験は不可能なのではないか、という疑問を発することにあった。

この素朴で単純な疑問に対して、正確明瞭な回答をしてくれる研究は、意外に少ない。むしろ、神仏への信仰をもっていたとしたら、詩歌の美の純粋性を汚すものだというに近い所論も少なくない。何故なら、現代の日本では、詩歌は宗教的なものを欠いているのが通常であるとされているからだ。

次に見過ごせないのは、芭蕉は仏教の信仰は持っていなかったが、その仏教的衣裳や言動によって、日常的秩序からはずれた芸人であることを誇示していたとする説、つまり世俗的な世渡りに便利なので、僧侶の風体をしてみせていたにすぎないという下世話な解釈もある。それは措いて、芭蕉の真相をその作品創作において検討してみたい。

さて寛文十二年（一六七二）二十九歳の春、江戸に出てから八年後、延宝八年（一六八〇）冬、桃青《とうせい》（芭蕉）は江戸深川《ふかがわ》の草庵に入った。この庵は、「深川元番所《もとばんしょ》、森田惣左衛門屋敷」とされている。隅田川と小名木川《おなぎがわ》・六間堀《ろっけんぼり》に囲まれる形になり、往来する船も多く、賑わっていた。杜甫の詩から「泊船堂《はくせんどう》」と名づけたのは、舟が門口から直接出入りし、泊まることの出来る草庵の意で、さらに、いまの生活を船にたとえ、その往来を川にまかせる意をこめているのかもしれない。

また後に、芭蕉庵と呼ばれるようになったが、これは、その翌年の春、門人の李下《りか》が庭の端にバショウを植えたものだが、気候風土があったのか、大きな葉を幾枚も茂らせたことによる。しかし、この庵の名を庵主たる本人の号としたことの意味は深い。

当時の江戸俳壇の中心は、やはり日本橋であったから、そこから一歩退いて、人事の交流活発な地ではあるが川端の閑寂の土地に身を置いて、自らの独自性を訴えるつもりがあったにちがいない。

『芭蕉翁絵詞伝《えことばでん》』にみると、門人で幕府御用の魚問屋、杉風《さんぷう》の生簀《いけす》の番小屋というだけあって、屋根は板葺で四畳半ほどの部屋に三尺ほどのぬれ縁がつき、その開口部を挟むように屋根を越えるバショウの大木が、左右一株ずつ植えられている。

このバショウをなぐさみの風流とみて、わび・さびとでも呼びそうになるところだが、そう単純にはゆかぬようである。

というのは、この話を学兄、石田尚豊《ひさとよ》博士にただしたところ、博士も古くから芭蕉の出典研究に傾倒され、仏教者としての芭蕉の心境を探究されておられるということで、たまたま氏の芭蕉に関する随筆風論文を複写贈与下された。それによると「芭蕉」という植物の仏教的比喩は、きわめて古くから深い教理を孕《はら》んでいたことがわかる。

わざわざ経典にあたられた石田博士の許可を得て、その論文を短縮して引用させていただこう。

――芭蕉そのものが記される最も古い経典を求めると『五陰譬喩経《ごおんひゆきょう》』（後漢安世高《あんせいこう》訳）がある。「譬えてみれば、比丘《びく》が良材を求めて、斧を担いで林に入り、曲らない真直な芭蕉を見て、その本と末とを斬り、葉を剝《は》いでゆくと、結局中心がなく、牢固としたものはなにもない。結局芭蕉は強そうに見えても少しも強くない」――「人間の行為も芭蕉の如く果無《はてしな》いものである」とし、「色《しき》（流水の沫《しぶき》）、受《じゅ》（雨の泡）、想《そう》（陽炎《かげろう》）、行《ぎょう》（芭蕉）、識《しき》（幻像）の五蘊《ごうん》（現象界の存在の五種の原理）は、堅くなく、実なく、空であるゆえ執着するものはなにもない」と説く。

この経の訳者の安世高の生年は不詳であるが、二世紀中期で、きわめて古い。この芭蕉の比喩は、後にも（略）阿含経《あごんきょう》の諸経に伝えられている。――

（雑誌「柴又」二〇〇二年春・通巻一三九号）

その後も石田博士は経典の全巻を追い、「大小乗を問わず、経理論の各部に貫徹していることに驚いた」とされ、さらに例文をあげておられるが、古い時代から後世まで、いかに経文中における芭蕉の比喩が、仏教の精神と不可分の関係にあるかを鋭く分析されている。

この芭蕉庵の庵号も、単なる俳号ではなく、先に仏《ぶっ》頂《ちょう》和尚により与えられた正規の僧庵としての号と認めざるをえない。だが、これ以後は、自ら芭蕉と号し、「空《くう》の道」を進むこととなる。

話が前後したが、鹿島《かしま》・根本寺《こんぽんじ》二十一世住職仏頂和尚、別号楽阿弥《らくあみ》は、鹿島神宮側に奪われた寺領を回復するため江戸に上り、延宝二年（一六七四）以来九年間争いを続けていたが、そのとき仮住まいしていた臨川庵《りんせんあん》は芭蕉庵の川向こうにあたり、芭蕉はこの庵寺で参禅し大悟したとされる。今までの研究では、芭蕉の参禅出家の時期については、あまり触れられなかったようだが、この深川村での入庵が「出家」であったことは、許六《きょりく》の『本朝文選《もんぜん》』所収「作家列伝」に、「深川の芭蕉庵に入りて出家す。年三十七。天下、芭蕉翁と称す」とあることからも明らかだという（高橋庄次氏『芭蕉伝記新考』春秋社）。

芭蕉の樹に仏教の「色即是空」の現前化を托するということは、連歌史の流れの中でも、詩文に思想的な真理の現実化を目指したということになる。じつは、滑稽や諧謔による笑いのうちに、虚をあばき、その虚空が〈まことなる〉というはなはだ逆説的な禅的発想が要求される。その室町時代における日本伝統美学を一歩おしすすめる必要があった。その柱となったのが、本地垂迹思想、とくにまず天台本覚《ほんがく》思想であったと、筆者は考えている。中国で智顗《ちぎ》によって成立した天台宗は、最澄によって日本に移入されたが、その後、真言密教との激しい対立融合等を経て、きわめて日本的な受容の形をとりながら変容していった。これが本覚思想であり、「草木国土悉皆成仏」「山川草木悉有仏性」などの言葉にみられるように、一元的現実絶対主義ともいえるもので、これこそが芭蕉という人物の全体像を貫く思想そのものなのである。

交通の便がよく景色もよいこの隅田川周辺は、日本橋のような政治経済ではなく、一種の文化・芸術・思想サロン的中心の核となっていたと考えられる。

話がもどるが、松尾宗房《むねふさ》は寛文十二年（一六七二）春、故郷で俳諧を「生涯のはかり事（仕事）」と決意し、地元で「仕官」することを自らに禁じて、二十九歳にして故郷の伊賀上野《うえの》を発ち、江戸に向かった。三十四歳の時点では、俳人としての名声が高まりつつあったもののの、同時に「神田上水浚渫《しゅんせつ》工事の請負人（水役《みずやく》という事務職）」として、小石川《こいしかわ》の水道工事などにたずさわっていたという（田中善信氏『芭蕉　転生の軌跡』若草書房）。

三十七歳での深川べりの入庵は、貧しさを承知で、侘《わ》び住まいの中での俳諧の創作活動に熱中するためであったと思われる。その背景には「無為の自然」を道とする荘子や杜甫の精神を踏まえることはもちろんのこと、西行の乞食僧《こつじきそう》として乞食行脚をする境遇への追慕の念も強かったのであろう。

「寒夜《かんや》の辞」といわれる俳文と句が、天和元年（一六八一）頃のものとして残されている。その地域の景色の美しさがありありと描かれている。

深川三《みつ》またの辺《ほと》りに草庵《そうあん》を侘《わび》て、遠くは士峰《しほう》の雪をのぞみ、ちかくは万里《ばんり》の船をうかぶ。あさぼらけ漕行《こぎゆく》船のあとのしら浪に、芦《あし》の枯葉の夢《ゆめ》とふく風もや〻暮過《すぐ》るほど、月に坐《むなし》しては空き樽をかこち、枕によりては薄きふすまを愁《うれ》ふ。

艪《ろ》の声波を打《うつ》て腸《はらわた》氷る夜や涙

久保《くぼ》田淳《たじゅん》著『隅田川の文学』（岩波新書）では、「広重の『名所江戸百景』にも、みまたわかれの渕と題する絵があり、蘆《あし》の青々と茂る中州を隔てて箱崎川《はこざきがわ》が流れ、遥か彼方に『士峰』富士山が聳《そび》えている。江戸の初期から人々が舟遊びに興ずる場所であった。（略）『士峰の雪』『万里の舟』は杜甫の詩句にもとづき、『あさぼらけ漕行船……』は沙弥満誓《さみまんせい》の、『蘆の枯葉の夢』は西行の、ともに無常観の表白と読まれてきた古歌を引く」と解説しているが、こうした舞台装置に読者がうっとりと情景を味わっていると、突然「腸氷る夜」と骨身に凍みる肉体的官能で虚実一体となった、超次元的空間に投げこまれる。これぞ芭蕉が新しく開いた、日本詩歌の劇的空間と言えるのではないだろうか。

自ら撰びとった乞食僧の境地に徹した名句が、この草庵生活から生まれる。

同じく天和元年の作。

茅舎の感
芭蕉野分《のわき》して盥《たらい》に雨を聞《きく》夜哉《かな》

この句は、その年の春、先にも述べた門人の李下から贈られた芭蕉をうたったもので、この句によって「芭蕉翁」として世に知られ、芭蕉がその俳号として用いられるようになった名句である。

戸外の嵐という大自然と、雨垂れの音が、孤独な心を深くうがつ。

私には、無限の虚空をひろげ狂う嵐と、突然自分の耳を通して生まれる雨垂れの単調で孤独な実感の衝突によって生じる衝撃が、いわば深い四次元的な言語空間を生みだしているように思われる。

この句によって、彼自身も東西古今の大詩人の句をたくみに使いこなし、それを超える独自の境地を打ち立てたという自信を確立したといわれる。ここには、仏教でいう「色即是空」「空即是色」という虚実の一体化した世界が、見事に成立しているが、決して、いわゆる仏教臭や説教めいたことは表にあらわれていない。

しかし、ここに平安時代から中世に入っていらい、日本人が本覚思想を核にして芸術に思想の世界を包含し、いわゆる遊戯や遊び、たわむれ、娯楽の域を越え、求めてきた純乎《じゅんこ》たる文芸・芸術の受容と成立をみたのである。

こうした現実肯定の思想は、日本人の宗教観にとっては、珍しいものではなかった。平安時代におこった天台・真言密教が、鎌倉時代に拡がり、深化してゆくと、おのずから日本伝統の法華経、本覚思想を取り込んで不生不滅（無生無死）も生死《しようじ》不二《ふに》の現われとして受けとることになる。二元相対の諸相を、不二・本覚の現われとして肯定するというきわめて超越的な境地をもって万物をつつみこんでゆく。たんに生死の理論ばかりでなく、生死の実相を表現することを迫られた日本の諸芸能も、これをとりこんで、思想的超越をとげるのである。

先に芭蕉の庵号、俳号について、直接仏教経典の伝来からたどってみたが、仏教の経典にとどまらず、私は当時行なわれた能楽の一曲に『芭蕉』と題する曲目のあることに注目してみたい。

能・狂言は、今日のような特殊芸能というよりも、田楽や神楽などと融合しながら、室町時代から娯楽として社会の各層に拡がって演じられ、さらに逆転して次第に洗練、精神的、思想的に深化していった。

『芭蕉』という曲名をもつ能も、論ずるよりもその舞台の構成を紹介した方が早い。

作者は世阿弥の女婿金春禅竹《こんぱるぜんちく》、世阿弥の幽玄能をいっそう純化した曲。場所は唐土楚国《もろこしそこく》のかたわらとし、維摩経《ゆいまぎょう》を典拠に、幹に芯のない芭蕉を無常の比喩に用い、年配の女性をシテとしている。ワキは、山居の僧。「夕べの空もほのぼのと、月になりゆく山かげの、寂寞とある柴の戸に、この経を読誦する」と吟ずる前シテは里の女の姿。仏との結縁《けちえん》を願っている。「思へば鐘の声。諸行無常となりにけり」という地謡《じうたい》の中入りも宗教的だ。後《のち》シテの芭蕉の精は、ひたすら静かに舞う。単純化の極致で無常観をしみじみと演出する。植物の精を侘びしい中年の女性に仕立てている。

これらの能も、江戸元禄の頃には大衆的に演じられていたであろう。そして、作者の金春禅竹は、じつはあの応仁の乱で、薪村《たきぎむら》の一休寺に避難していた一休宗純《そうじゅん》の愛弟子である。一休は時に曲を作ったり、舞台を共にしていたといわれ、禅竹は一休の臨済禅に参禅した、筋金入りの芸能者である。

当時、この薪村は、戦乱のなかで宗風を堅持し、漢詩などの文芸をはじめ演舞にも熱を入れ、その精神性を求めて、芸能者が堺や京から逃れて参集し、自然と禅芸術のサロンを形づくっていた（栗田『一休』祥伝社）。

また能楽者だけでなく、後に千利休によって大成される茶の湯の祖、村田珠光《じゆこう》、武野紹鷗《じょうおう》も一休禅師に私淑していたと言われる。

つまり、芭蕉の俳諧は、伝統芸能者たちにとって、こうした新しい思想的純化の中心となった気配がある。

芭蕉は、仏教修行、即詩歌の道を求めて得度出家して、泊船堂では托鉢して食を乞う草庵の暮らしを、俳人として生活していた。

この当時の草庵生活について、二代目市川団十郎栢莚《はくえん》の日記『老《おい》の楽《たのしみ》』から享保二十年二月八日の条を、『芭蕉伝記新考』で高橋庄次氏が掲げている。原文も引かれておられるが、現代語訳を紹介しておこう。

草庵の台所の柱に二升四合入りくらいの瓢箪《ひょうたん》がぶらさがっていて、杉山杉風《さんぷう》や鳥居《とりい》文鱗《ぶんりん》などの門人たちが草庵を訪れた折、米がなくなっているとだれということなくその瓢箪に米を入れておくのだという。もし米を入れるのをうっかり忘れていたりすると、桃青自らが米を求めに草庵を出ることもあるが、そのようなことは、そんなにしばしばはなかったらしい。二十三、四歳の破笠《はりつ》には、四十歳前後と思われる芭蕉が六十歳過ぎの老人に見えたというから、天和期か貞享初め頃、おそらくは天和期頃の話だったろう。草庵には出山《しゅつざん》の釈迦像〔苦行の場所である山を出て、最後の瞑想に向かう釈迦の姿〕が安置されており、自由奔放な生活をする服部嵐雪《はっとりらんせつ》たちは、俳諧の話のほかは、気づまりで桃青の前から逃げ出したりした。道楽な暮らしをしていたその嵐雪、其角《きかく》も、杉風や文鱗らの経済的援助を受けていたという。——翁の仏壇は壁を丸く掘り抜き、内に砂利を敷き、出山の釈迦の像を安置せられし由、まのあたりに見たり——とある。

泊船堂では、やはり一種独特な俳諧共同体のようなものが出来て、俳諧連衆《れんじゅ》の、道楽三昧《ざんまい》から草庵の清貧を楽しみあう場を形成していった。しかし、その庵の前には隅田川という大河が渦巻き、昼夜をわかたず流れていた。

三章　芭蕉の参禅

延宝八年（一六八〇）の冬に、芭蕉は深川《ふかがわ》に庵を定め、贈られた芭蕉の樹にちなんで、庵号を「芭蕉庵」と名づけた。植物の芭蕉が、仏教に縁の深いことは前章でも述べたが、いよいよ仏教の教えに惹かれてゆくことになる。

　こうして川筋ひとつ向こうの臨川庵《りんせんあん》と称される庵寺の仏頂《ぶっちょう》和尚のもとで参禅を続けた芭蕉は、仏教経典の教理、作法はもちろん、恐らくは、老子・荘子・孔子など中国古典思想をくまなく身につけることに専念した。

　当時の日本の思想状況は、周知のとおり国際文化の、凄まじい奔流で、中国の古典はもとより、他にキリシタン文書とともに西欧哲学も移入され、これに反発する専門の国学者たちが、日本の古典研究や神祇《じんぎ》信仰研究を発表し、時に幕府の公権力の基盤として利用されることも少なくなかった。

　とくに、中国道教や仏教の移入、そして日本古代の伝説、神話などとの神仏混淆《こんこう》が、垂迹《すいじゃく》思想として俗信に拡がっていった。

　この大変動の中で、天才的詩人で、また思想家でもあった芭蕉が、仏頂和尚のもとで、数年にわたって俳諧という厳密な言語表現に苦闘したのだから、その内容がはるかに群をぬいて傑出したのも当然だった。それと同時に、仏教者としてどう捉えるかはむずかしいこととなる。

　高橋庄次氏の指摘によると、いくつかの芭蕉の脱俗出家説があげられている。

　許六《きょりく》の『本朝文選』のなかの「作者列伝」にある「深川の芭蕉庵に入りて出家す。年三十七。天下、芭蕉翁と称す」という文は先にも紹介した（34ページ）が、其角《きかく》の『枯尾花《かれおばな》』にある「芭蕉翁終焉記《しゅうえんき》」にも、「根本寺《こんぽんじ》仏頂和尚に嗣法《しほう》して、ひとり開禅の法師といはれ」たとある。

　また支考《しこう》の『俳諧十論』に、「武江《ぶこう》の草庵に在りながら仏頂和尚の禅室にまじはり、投子《とうし》一碗の茶に平和を悟りて」との弟子たちの証言もあって、芭蕉出家を認めている。

　その他にも、風律《ふうりつ》の稿本『小ばなし』に、「芭蕉翁は三十七歳にて僧となると見えたり。云々」とある。

　浜田岡堂《こうどう》の『蕉門人物便覧』には、「鹿島根本寺住、

仏頂和尚に参禅して大悟す」とある。同じ岡堂の『伊賀蕉門名鑑』は、

「『芭蕉桃青《とうせい》禅師』という法号を記録し、松尾家の菩提寺愛染院《あいぜんいん》の位牌には『芭蕉桃青法師』と法号をきざんでいる」

「また桃青は、奥羽行脚にさいしては『みちのくの一見の桑門』と名乗り、『芭蕉桑門（沙門）』と署名している」

と記している。

私が、これらの証言を高橋庄次氏の著作により拾ったのは、芭蕉が深川の草庵泊船堂を仏道修行と俳諧に専念する拠点とするにいたった心境を、生涯の大きな決断とみるからである。

大きな理由はくり返すまでもなく、仏頂和尚の存在である。

俳諧研究者の高木蒼梧《そうご》氏の示した『臨川庵由緒《ゆいしょ》』によると、臨川庵はそもそもは鹿島根本寺と那須雲巌寺《うんがんじ》の江戸宿泊所として深川海辺大工《うみべだいく》町に承応二年（一六五三）に建てられ、庵主に幽雪《ゆうせつ》をおいた。仏頂の弟子で臨川庵主であった鉄岳《てつがく》素牛《そぎゅう》が庵を寺院とする願いを元禄五年（一六九二）に寺社奉行所に出し、瑞甕《ずいおう》山臨川寺と改称し、正徳三年（一七一三）の文書にようやく「深川臨川寺」の名が認められる。『臨川庵由緒』が書かれたのは正徳五年（一七一五）二月、仏頂は同年十二月二十八日、七十三歳で亡くなった。

この庵寺に参禅する修行者も集まり、芭蕉も仏頂を師家として修行していたことはくり返すまでもない。

去留《きよりゆう》道人（因幡《いなば》国若桜《わかさ》藩主・池田冠山）の『芭蕉翁年譜』によれば、「仏頂和尚の寺は臨川寺と云ふ。深川海辺大工町にあり。翁その会下《えか》に参じ」とあり（高橋氏『芭蕉伝記新考』）、「会下」とは一人の師僧に集って禅を学ぶ、いわば修行道場のようなものであった。

芭蕉はあるいは、その前に仏頂和尚にどこかで出逢って、その人柄、学識に共鳴するところがあったのかもしれない。少なくとも、俳人として、詩人として自らの詩的世界をさらに一歩深めたいという気持ちが強かった。それゆえに、すでに世間で名を知られているにもかかわらず、俳壇中央の日本橋から、隅田川河畔での孤独な思索に没頭するにふさわしい、先導者の許をえらんだともいえる。

芭蕉は出家はしたが、大悟するには至っていなかったとみるほうがよいだろう。師家《しけ》から正式に教法を授けられ付法《ふほう》を受ければ、当時の宗門では当然その一門に属

し、師を継いで仏師として生涯をかけて宗門組織につくさねばならない。

そのまえに、芭蕉参禅の師となった仏頂和尚について、いささか記そう。

あまり今日名を知られぬ仏頂和尚だが、芭蕉という稀代の大詩人を日本文芸史の中核に導いたことだけをとっても、貴重な存在であった。

先に見たが、当時和尚は、常陸国鹿島の臨済宗根本寺の住職であったが、鹿島神宮と寺領の訴訟の件で、江戸に居つづけ、深川の臨川庵に仮の根拠地をおいていた。

この紛争をめぐっては、高木蒼梧氏による「仏頂禅師(1)〜(4)」(『連歌俳諧研究』(俳文学界)十八、十九、二十一、二十二号、昭和三十四年〜三十六年、のち『望岳窓俳漫筆』東京文献センターに収録)という論文にくわしい。私は石田尚豊《ひさとよ》博士のご教示によってこの論文を知った。高橋庄次氏も用いられている。

そのなかの(1)に「仏頂和尚行状」(雲巌寺《うんがんじ》蔵)と題した資料が引用され、仏頂禅師の経歴や当時の神官と寺院、また仏頂の先師の生々しい描写がある。高木氏の解説から、二、三転記させてもらおう。

〔仏頂は〕寛永十九年に生れて、正徳五年に歿しているから、行状に世寿七十六とするは誤りで、数えの七十四、満で七十三というのが正しかろう。その生家は現存する。鹿島神宮前から鉾田《ほこた》に向かって四里ほど行つたところ、今は大洋村(茨城県鹿島郡)という。(略)

仏頂の家と根本寺とは四里ほど隔たつている。今ですら相当淋しい道なのに、七歳の小児がどういう関係で根本寺へ行つたのか。それについて根本寺の現住古山老師は、冷山《れいざん》和尚の方から噂を聞いて弟子にしたいと希望したと伝わつて居ると言われる。(略)

根本寺は鹿島の宮仲にある。潮来《いたこ》の方から行つて北浦《きたうら》に架けられた神宮橋を渡つて程なく坂の登りかけの左側にある。

由緒の古いところは不明。(略)仏頂が鹿島宮司との訴訟に際し、寺社奉行に提出したものがある。之れを撮解してみると、根本寺は本朝の鬼門鎮護の道場、別して異国の襲来を防ぐため、推古天皇の勅《ちょく》を奉じて聖徳太子が建てられたもので、太子御手彫の薬師如来《やくしにょらい》の像を安置し、勅願寺《ちょくがんじ》として天下安全の祈禱を千有余年毎日続けて来ている。

寺領は国王国主から寄附があり、(略)家康時代は百石の寄進があった。家康の寄進状に「神領の内」百石寄進とある。これは後日間違いの種になると考え、独立の勅願寺だから往時の如く神宮に関係なく頂きたいと、家康の次男満君（秀康《ひでやす》）に書面を送り、之に対する秀康の返書も保存されている。要するに寄進状を書き改めて呉れなかつた。これに目をつけた鹿島の宮司が、後に奸計《かんけい》をめぐらすのであつた。

さらに高木氏は、根本寺二十九世の天梁《てんりよう》和尚が文政八年（一八二五）に脱稿した『甕山《おうさん》由緒並世代人名』から、開基をしるし、安置の諸尊像をあげている。

宗旨も開祖三論宗《さんろんしゆう》から、法相宗《ほつそうしゆう》、天台宗《てんだいしゆう》へと変わり、さらに「光明院《こうみよういん》様御綸旨有、此時始而改禅林」とある。そして、

右記の諸仏像、今は無い。ただ本尊薬師如来の首だけがある。元治《げんじ》元年天狗《てんぐ》党の浪士のために本堂は射撃され、仏像は焼却せられた。その首を入れた箱の蓋に、左の如く記してある。

（略）本尊薬師如来も亦同時に焼却せられ、茲《ここ》に尊首のみを残す。往昔聖徳太子御自刻の尊像なるを以て後世に伝と云爾。

このように、いくたびか戦乱をくぐったが、根本寺は由緒正しい古寺である。

天狗党の背後にあって、浪士どもをあやつった者に鹿島神宮の宮司、鹿島則文《かしまのりふみ》がいて、八丈島へ終身流刑になったが、明治天皇御即位の大赦で還り、のち伊勢神宮の神官になったという。また面白いことには、根本寺にはあの塚原卜伝《つかはらぼくでん》の寄進状などもある。高木論文は次のように記す。

根本寺境内には、観音堂兼芭蕉堂前に、宝暦八年に南湖連中が建てた、

月早し梢《こずえ》は雨をもちながら　芭蕉

の碑があり、また神宮参道から寺への入口に、

祖翁遺跡をしたひやうやく
この地に笻《つえ》をひきて
今日に逢時雨《あうしぐれ》もうれし旅衣　公雄

の碑がある。この碑のところに立つと、大船津から行つて左側に根本寺、右側に四、五の民家がある。（略）この民家の中の一軒は根本寺の檀徒総代

が住んでいる。その家は根本寺住職の隠寮長興庵《ちょうこうあん》で、貞享四年に芭蕉一行が仏頂と共に月を見たのは、其処《そこ》だと寺で教えられているが私はまだ調査しない。今のその家は元禄十三年に頑極《がんきょく》和尚が改築したものだろう。（略）

芭蕉一行が宿泊したのは、祥雲《しょううん》が築いた小軒という事になる。根本寺は塔頭《たっちゅう》五院末寺二寺、堂塔荘厳を極めた。元治元年天狗党に砲撃されたという大本堂の廃材で建てたものが現住職一家の住まわれる庫裡《くり》である。小さな建物に不似合な大きな木材を使つているのはこれがためと老師は言われる。古いところの図は見られないが、文政年代の『鹿島志』に見られる根本寺の景観は、相当立派な構えである。

そんな根本寺に、鹿島神宮との紛争が起こる。高木氏の論文の引用を続けよう。

仏頂は、師僧冷山のことを「世上透構無之人」と記している。世情の事に拘《かか》わらず、とんと無慾恬淡《てんたん》なひとであつたところへ、その頃の鹿島宮司が頗《すこぶ》るやりてであつた。神宮には所属の正等寺《しょうとうじ》・普済寺《ふさいじ》・神宮寺・広徳寺《こうとくじ》・護国院があり、この五ケ寺以外に独立する根本寺をも五ケ寺同様に支配せんと企て、公儀の命令と称して神宮に都合のよい条目を示して調印させようとしたので、根本寺から寺社奉行に訴え出たところ、宮司が根本寺を支配する前例なしと、宮司の敗訴になつた。また明暦年間、宮司が冷山を欺いて根本寺の向山を横領した。役僧どもが気付いて官訴抗争すること三十余年、それが寺の勝訴になつたのは冷山歿し、次の仏頂も住職を辞し、芭蕉が看月かたがた仏頂を訪問した二ケ月の後であつた。（略）

こうした行きがかりで、神宮との間頗る円満を欠いた折柄、延宝二年十月十八日冷山和尚遷化《せんげ》という思いがけぬ事態に出合つた。仏頂が冷山の後を嗣《つ》いで根本寺二十一世住職となつたところ、神宮側はこれを邪魔しようとした。（略）家康の寄進状に「神領の内」百石とあるのを奇貨《きか》とし、宮司は江戸に出て奉行や老中に運動し、根本寺領を半減し、その五十石を神宮へ取る策動に成功した。冷山歿後二十日間の出来ごとである。

事態は切迫していた。この間仏頂は江戸に滞在し、一大決心をもって、もとの百石にもどす訴訟をおこす。訴訟は難航した。しかし仏頂は幕府の寄合《よりあい》に通いつづけた。
そして延宝九年（一六八一）に、寺社奉行に稲葉《いなば》丹後《たんごの》守《かみ》が就任したことが転機となった。この人物は山城淀《やましろよど》の城主で名は正通《まさみち》、茶人としても名が知られていた。その丹後守《かみ》が、京都所司代から老中に転じた戸《と》田《だ》越前守《かみ》に、根本寺のことを相談したところ、越前守は「各々方《おのおのがた》それ程に御心付き候らはゞ、御返し然《しか》るべし」と答えたのである。

こうして九年かかった係争は、寺側の勝訴となり、天和二年（一六八二）二月十八日、鹿島神宮宮司へ差紙《さしがみ》が下された。

その背景には江戸の政策の大転換もあったことは注目されてよい。

天和三年（一六八三）将軍綱吉は代始《だいはじめ》（家督を継いだ始めの年）の「武家諸法度《ぶけしょはっと》」を発布した。第一条は、それまで代々「一文武弓馬之道《ぶんぶきゅうば》、専《もっぱ》ら相嗜《あいたしな》むべき事」、つまり武力を第一としていたのを改めて、「一文武忠孝《ぶんぶちゅうこう》を励し、礼儀を正すべき事」とした。つまり、忠孝、礼儀による社会の平和と秩序維持優先としたのは、まさに百八十度の変転であった。

事件をめぐって実際に仏頂和尚と芭蕉が、どれほど言葉をかわしたか分からない。しかし仏頂は、先の根本寺の由来や裁判を記録した文書とは別に、仏教の参学の教えを残している。これこそ俗世とはもっともかけはなれた芭蕉の深い詩歌の精神をつたえるものとして、我々には重要である。

前出の高木蒼梧氏の論文「仏頂禅師」の(3)は、「思想方面について」とされて、原資料として『仏頂和尚法語』と『仏頂和尚警誡《けいかい》』を紹介して、直接その教えの骨子を伝えている。これはもちろん、仏法を説くものであって、作詩や俳諧の心得ではない。しかし、日本の詩歌は娯楽を越えて、言語の語られざる真《まこと》の空間の現出を求める。さらに超越的世界に心身を投ずることを目的とする。伝統の流れのうちにあるとすれば、元より片々たる言語の遊戯の手法を説くのではない。また、単なる外面の描写を目的としても、その言葉にならない「いひおほせて何かある」（芭蕉）という境地へと志さねばならないのである。

ところで、戦前は日本人の歴史観を支え、戦後は皇国史観の先導者として排せられた歴史学者、平泉澄《ひらいずみきよし》氏に、『芭蕉の俤《おもかげ》』という著書がある。昭和二十七年五月八日、日本書院発行と奥付にある（一九八七年、錦正社から再刊）。

折から戦中戦後にわたって政治左翼として暴発した様々な歴史観のただなか、芭蕉の心眼にならって、第一章西行、第二章実方《さねかた》、第三章木曾《きそ》、第四章判官《ほうがん》、第五章陶淵明《とうえんめい》、第六章白楽天《はくらくてん》、第七章韓退之《かんたいし》、第八章芭蕉の俤、と章分けして、その人物の歴史と思想を、歴史家として明晰に、共感をささげて紹介した著書である。

その結論は、史家としての分析は考究をつくし、事実に肉迫しながらも、なおそれを越える境地のおもかげを求めて、共通の感動の言葉を洩《も》らしている。

期せずして、私の文章の結論にはなはだ近いものであるが、あえて、これに記して先達の力を借りるものである。

〔芭蕉は〕曰く「いひおほせて何かある。」（略）即ち芭蕉は、云ひおほす事を好まなかつた事、明かである。云いおほすとは、詳細周到なる描写、完全十分なる表現、隅々まで行届いた説明の事である。それを忌み、それを嫌つたといふのであるから、芭蕉の重んじたのは、余情であり、余韻であり、含蓄であり、象徴であつた事明かである。（略）

寛正二年の五月、紀州田井の庄八王寺社に参籠中、人々の所望に任せて連歌の心得を書きしるしたといふ心敬《しんけい》のさゝめごとには、次のやうに述べてゐる。

「此道は、ひとへに余情幽玄の心すがたをむねとして、いひのこし、ことわりなき所に、幽玄感情は侍《はべ》るべしとなり。歌にも不明体として、面影ばかりを詠ずる、いみじき至極の事となり。ふつと、その人一人のわざなるべしなど、定家《ていか》卿もしるし給へり。」

即ち古人の重んじたのは、幽玄であり、その面影ばかりを詠じて、云ひ残すに在つたのである。

こゝに面影といふ言葉に驚いて、かへりみて芭蕉の句や文を探るに、芭蕉は俤といふ文字を用ひて、この言葉をしばしばつかつてゐる。（略）而《しか》して芭蕉の書いたもの、中で、代表的傑作といふべき奥の細道には、この語の現れる事、殊《こと》に多い。

（平泉氏『芭蕉の俤』）

この連歌の大先達ともいうべき心敬（一四〇六～七五年）とは、室町中期の歌人、連歌師の代表的存在であるが、僧となり、権大僧都《ごんのだいそうず》となる。正徹《しょうてつ》に師事し冷泉《れいぜい》派の歌人である。正徹ゆずりの新古今風を基礎に、〈ひえやせたる〉風趣のうちに、和歌および連歌論は、主著『さゝめごと』によって、次代の宗祇（一四二一～一五〇二）へとつたえられてゆく。

宗祇は心敬に学んで、連歌を大成したとみられるが、その歌論書『吾妻《あずま》問答』（文明二年〈一四七〇〉）のなかには、本覚思想が色濃くあらわれている（傍点栗田）。

　なほなほ歌の道は只慈悲を心にかけて、飛花落葉《ひからくよう》を見ても生死《しょうじ》の理を観ずれば、心中の鬼神もやはらぎ本覚真如《しんにょ》の理に帰すべく候。皆与二実相一不二相違背一と侍れば、何の道にこころをよせむ人も此の心に不レ可レ違候也。

（『本覚思想論　田村芳朗《よしろう》仏教学論集第1巻』春秋社）

田村芳朗氏は、次のように解説している。

　俊成《しゅんぜい》・定家の歌論も同様の趣旨に基づくものといえよう。（略）天台の本覚思想と中世の文芸思潮との一致・融和を示すものといえよう。（略）俊成・定家の歌論における基本的理念は「幽玄」で、この語は古く後漢《ごかん》のころに使われたものであるが、日本に移入しては、日本的に用いなおされた。たとえば、「幽玄」の理念が俊成・定家においては、「あはれ」「優」とか「姿さび」「心細し」などと同様の意に解された。ちなみに「心細し」は、「さび」「しをり」などとともに近世の蕉風俳諧の根本理念となった「細み」の源流と思われる。そのような「幽玄」の理念は、また本覚思想にも通ずるもので、源頼信《みなもとのよりのぶ》の告文《こうもん》なるものに、「本覚幽玄計《はか》りがたし」とて、本覚と幽玄が結びつけられているところである。

（田村・前掲書）

　ここまで書きながら、私は、西行を思わずにはいられない。西行における本覚思想は、さまざまな言葉でいまだ論じられているところだが、あの定家、寂蓮《じゃくれん》と並んだ三夕《さんせき》の歌は、その古典的定型として、その後の日本の歌人の血脈に流れ込んでいる。

　芭蕉が深く西行に傾倒したのは、もちろん俳人としての共鳴に発するものであるが、そこには、当時の時代思想としての本覚的思潮が、流れはじめていることが考えられるのである。

　西行と芭蕉については、これから芭蕉の足取りを追ってゆくにしたがって、その本覚論的思想が明らかにされてゆくはずである。

四章　伊賀上野

ここまでで、芭蕉が延宝八年（一六八〇年）に、深川《ふかがわ》に庵をかまえ、貧と乞食行《こつじきぎよう》のうちに臨済僧仏頂《ぶつちよう》和尚を師とし、文芸と信仰を深める日々を送ったことを述べた。

しかしその前に、そこにくるまでの過程、伊賀における少年期の生い立ち、家族や環境の変化、そして東下後から泊船堂へたどりつくまでの経過についても、ふれておく必要があろう。

しかし、芭蕉の生涯と向かいあうと、その困難ははなはだしい。ひとつは、いわゆる基礎資料となる文書、とくに公的な身分や仕官に関するものがきわめて少ないことである。しかも、この種の資料から見えてくるものは、もともと、いわゆる生活経済の行動であって、ただちに一人の人間の精神という目に見えない活動と連動するものではない。

あえていえば、芭蕉にとっては、日常生活を浄化して次元の異なるコスモスを言語によって追い求め純化することが、生きることの意味であった。だから、日常的なことは出来るだけ消去して、なおかつ残る「心の俤《おもかげ》」だけを、結晶化することにすべてを注いだ。したがって、あえて、日常性を韜晦《とうかい》する場合もある。

それでなくても生身《なまみ》の人間の、社会的、内面的独自性を生きたまま理解し、伝達することは元来むずかしいことである。あるいは不可能といった方がいい。

時代もまた、元禄に入り、なにが起こっても不思議はない、混沌たる様相を呈しており、思想的にも、和・漢・神・仏が混交していた。

加うるに、芭蕉は自らの日常性を韜晦して、たとえば『おくのほそ道』におけるように、ことば、時には「歌枕」という、意味をはなれた、言語の「純結晶」を用いて俳句をつくることに生涯をかけていたからともいえるのである。

つまり、無意識の言語は彼にとって無に等しい。また意識しすぎた詩語もむなしい。生活も、経済生活を放下《ほうげ》して、もっぱら無意識の「貧」に徹すると宣言している。これでは身体というものを、外からも内からも構築することはできない。もともと、こうして考えてみれば、詩人の伝記とか生涯とかを具体的に描くことはできない。

では、何故芭蕉について書こうとするのか。とことん明らかにならなくても、残された記録の破片を集め、そしてなによりも俳句、俳諧の作品を読みこみ、共通体験にまで追いつめれば、そこに、少なくとも、必ず芭蕉の句という、ゆるぎない言語世界が次第に凝集してくるはずである。

しかも、その句は、外界に向かっては、宇宙の果てまで拡がりつづけ、そして同時に、人間の内部に向かって深まりつづける。

こう書くと、矛盾するようだが、その不可解な言語が、時に狂気錯乱の混沌のなかで、言語を超えた感動となって読む人のなかでよみがえる。むしろ詩的言語の矛盾のなかで、無限の自由を満喫できるのである。

私がフランスの象徴派の詩人を、大学院で学び追いかけたのも、結局は、ことばとことばの世界だった。

たとえば、フランスの早熟な天才詩人アルチュール・ランボオは、自らの師ポオル・ドゥムニに宛てて書いた手紙のなかで宣言している。

「――、僕はヴォワイヤン（ｖｏｙａｎｔ）『見者』でなければならない、自らをヴォワイヤンたらしめねばならない、というのです。詩人は凡《あら》ゆる感覚の長期で大がかりな、理由ある錯乱を通じてヴォワイヤンとなるのです。」

（一八七一年五月十五日付書簡より。訳栗田）

〔ｖｏｙａｎｔ〕とはフランス語で〔ｖｏｉｒ　見る・見える〕という動詞の現在分詞型で、ランボオ独自の詩的造語である。この手紙でくり返し熱っぽく語っているランボオのこの語は、理屈で考えれば、見る・視る・観るなど日本語では漢字を使って書き分け、読み分けているが、そのように分別することを彼は拒否する。視る人と、視られるものという、人間が認識する構造のすべてを、すっかりそのまま否定する。

まず、その関係をフィクショナルなものと受けとるとき、すべての世界構造は、アインシュタインの相対性原理やハイゼンベルクの不確定性原理によってしかとらえられない構造に変質し、日常性の虚構は、木っ端《こっぱ》微塵《みじん》に砕け、意味を失い、「空《くう》」となる。「空」は「無」ではない。

充実した虚空《こくう》があらわれるはずだと言いたいのである。これはきわめて東洋の禅宗に近い。その点では、日本人の詩歌の核心だといってもよい。

『永遠』　アルチュール・ランボオ

また見付かった。
何が？――永遠。
太陽もろともあの海さ
去《い》ってしまったあの海さ
（訳栗田）

「第二期の浪漫派は、かなりヴォワイヤンです。――テオフィル・ゴーチェ、ルコント・ド・リール、テオドル・バンヴィルたち。しかし、眼に見えぬものを見つめ、未だ未知のものをきくことと、死せる精神を蘇らせることとは別のこと、ボードレエルこそ最初のヴォワイヤンであり、詩人たちの王者であり、真の神にちかい人です」
（同書簡より。訳栗田）

芭蕉の句に折にふれ、ゆきあたると、他の詩歌とは違って、私は、ランボオの詩に似た何ともいえない衝撃に打たれる。しかも芭蕉の俤《おもかげ》は深く広い。漠として、つかまえられると思えば、すでに句中に当方がとりこまれ、はるかに広い虚空に身を投ぜざるを得ない。

詩とは、有と無の同化する刹那のきわどい真実である。捕えがたいが、一度、その落下の味を覚えたものは、それを疑うことはできない。まして、下手な文章や詩や、生活の現実から創ることはできない。

その芭蕉の俳諧の極点を見きわめるべく考察し、資料を読みあさっても、天才芭蕉の俤すら捕えられない。

しかも芭蕉の詩句を愛する者は、驚嘆すべき数で無限に近い。

今日でも句を作ろうとする者あり、情感に浸らんとする者あり、また刻苦して実証的研究の的《まと》としてはげむ者の数、これまた芭蕉亡き後も、ますます増えるばかりである。あるいは喜びを共にしながらも、相対して論争する者あり、己れを失う者あり、研究が進めばすすむほど、いわゆる詩的リアリティは混乱する。芭蕉は遠ざかり、俤は陰影を深めながら、いっそうその魅力で心を惹《ひ》きつけるばかりである。

そこで、とりあえず芭蕉が、故郷を出て、その時代の文化のセンターともいうべき江戸、深川に泊船堂を設け、弟子より芭蕉を贈られ、寄合を行ない、僅《わず》かながらの後援者に支えられ、自立する風景を、まず一瞥《いちべつ》してきた。

芭蕉の心に大回心《えしん》を引きおこした傑僧、仏頂ともすでに知遇を得て、仏教に心を惹かれはじめた転成の時機でもある。

その時代は、ひろくは、あの平安の爛熟した和漢の詩歌に似て、物語、絵巻、歌舞音曲、絵画が、中国文化を取り入れて花を咲かせていた。そして、何度もくり返すが、応仁の乱の後の、経済の流通と国内制度の確立によって、武士、町人、農民たちを含めて、それまでの貴族文化を競って取り入れ、それを享受しはじめていた。

　元禄の社会における生産力が大きくなると、その担《にな》い手を飛躍的にふやした。元禄文化の担い手も、それまでは富裕層であったが、今や庶民・町人・農民たちが加わった。井原西鶴の『好色一代男』や『日本永代蔵』『世間胸算用』の多くの読者は、大坂・京・江戸の町人たちであった。

　近松門左衛門の『曾根崎心中』や『国姓爺《こくせんや》合戦』などは、人形浄瑠璃や歌舞伎の上演によって庶民に大受《おおうけ》をした。芭蕉が単身で『おくのほそ道』の旅を完遂できたのも、その旅を支えた農民や町人の、かくれた強い支持があったからである。

　その波頭に連歌、連句、俳諧がいっせいに花を咲かせはじめた。それは、戦乱に飽き、久しぶりの平和を謳歌する庶民のエネルギーの饗宴であった。

『俳文学大辞典』（角川書店）によれば、芭蕉は、その職を「俳諧師」と記されている。日本文芸思想のなかで、あれほど広く深い思索をきわめた、しかも純乎たる詩を追求して、驚くべき天才を発揮し、生涯をかけて、ひたすら幽玄なる精神をみがきあげ、数多くの詩句、俳諧に残した、その多彩な生涯を、あえて今日名づけて「俳諧師」と定義する。それは、芭蕉の千変万化する生涯をかえりみると、むしろ小気味よい想いさえしないではない。それは俳諧という言語世界が、限られることなく、はてしなく文芸の宇宙に爆発した証《あかし》である。

　正岡子規は、芭蕉を批判し、蕪村《ぶそん》を近代俳句の主流としたが、しかし芭蕉は、時代の先端に立って、鋭く深い象徴主義によって文学全体に大きな指針を与えた。たとえば北村透谷《とうこく》は、芭蕉に宇宙精神との神秘的合一を見出し、島崎藤村も愛読し、蒲原有明《ありあけ》、三木露風《ろふう》たち詩人は、そこに西欧象徴派の精神を見出し、日本での象徴詩派を創出する指針とした。

　一方、芥川龍之介は、芭蕉が逆説的に俗世を放棄した姿に「大山師《おおやまし》」の姿を見た。もちろん賛嘆の叫びである。要するに芭蕉は、自我と対照の間にある、言語世界を超絶してみせたのである。

　近くは中山義秀《ぎしゅう》、多田《ただ》裕計《ゆうけい》らの作家、小野十三郎《とおざぶろう》、村野四郎など詩人に強い影響を与え、海外でも、チェンバレンの「日本アジア協会」のイマジスト詩人たちによる紹介があり、昨今はフランスの新しいハイカイ詩人にも、たんなる奇抜さではなく、より普遍的な詩歌の前途をひらいて、大きな刺激を与えつつある。そこには、あのフランス象徴主義詩人との合流が見られる。

ちなみに芭蕉の用いた本名、俳号、款印《かんいん》を辞典からひろってみよう。

―本名、松尾忠右衛門《ちゅうえもん》宗房《むねふさ》、幼名、金作《きんさく》。東下時の通称、甚七郎《じんしちろう》（甚四郎《じんしろう》とも）。初号、宗房《そうぼう》。号、桃青《とうせい》（芭蕉は庵号）。別号、釣月軒《ちょうげつけん》・坐興庵《ざきょうあん》・栩々斎《くくさい》・夭々軒《ようようけん》・花《か》桃夭《とうよう》・花桃園《かとうえん》・泊船堂・芭蕉庵・芭蕉洞・芭蕉翁・風羅《ふうら》坊《ぼう》。款印、素宣《そせん》・紀隠《きいん》・虚・無・崑・芭蕉・桃青・桃・青・風羅《ふうら》・鳳尾《ほうび》・羽扇《うせん》・羊角《ようかく》・花。

右に俳号を並べたのは、その数のあまりの多さに驚くことはもちろんだが、あの緻密で技巧派でもある芭蕉が、俳句集で、いたずらに号を並べるはずはない。そこを少しつっこんで考えると、まず「桃青」ひとつで貫かなかったのは何故かという問題に突きあたる。生活では手紙などには、桃青も用いられているのである。

思うに、芭蕉は、俳号というものを、自分の固定した名称とは考えていなかったのではないか。作品、または作品集に、ただ記号として俳号をしるすのではなく、その俳文なり句集なりの特徴をきびしく見つめ、それにもっともふさわしい名称を、対象と言語と心境をとりあわせ、その都度考えた上で、俳号を決めたのではないか。

このことは、ただ単に、座興という遊びにすぎるものではなく、半ば作者の存在を時にあいまいに弱め、時に作者の意識を強く打ち出すという効果をもたらした。たんに記号ではなく、むしろ題名に近い働きをもって、作品と一体化する重要性をもっていた。

このとき、作者が、その作意と自意識をあるいは弱さ、あるいは読み人知らずと思わせるような、自己韜晦の自己放棄、己れを虚しくして「空」を現前させる心を示し、対象と言語と自我が一体となった言語空間をあらわすこともあったという深い意味をもっている。

高橋庄次氏は、その著書『芭蕉庵桃青の生涯』（春秋社）の「あとがき」のなかで、芭蕉のペンネームについてくわしい紹介と分析を行ない、「芭蕉庵桃青」を「今生の記念塔としてその全生涯を象徴させて用いた」とされているが、私も同感するところが多い。

ちなみに本書では煩を避け、一部の例外を除き、「芭蕉」と一貫して表記することにする。

さて、話をもどして、最小限でも芭蕉の実生活について紹介しなければならない。しかし、本稿は考証研究ではないので、先人の説を明記して検討し、私の芭蕉への渇望を少しでも明らかにしたい。よって読者も了とせられたい。

高橋庄次氏の『芭蕉伝記新考』によれば、基本になる系図は、三書に収斂《しゅうれん》するという。一つは伊賀上野《うえの》の藤《とう》堂《どう》藩士で芭蕉の門人服部土芳《はっとりどほう》の『芭蕉翁全伝』、もう一つはその土芳の門人で藤堂采女《うねめ》家の家臣川口竹人《ちくじん》の『蕉翁全伝』、他の一つは芭蕉研究家で仙台藩士の遠藤曰人《あつじん》の『芭蕉伝』（『芭蕉翁系譜』、土芳の『芭蕉翁全伝』を筆写・加筆）となる。

これらによって、まず芭蕉の出自を紹介してゆこう。

芭蕉は寛永二十一年（一六四四年。この年は十二月十六日、正保と改元）、城下町伊賀上野の赤坂《あかさか》町に、松尾与左《よざ》衛門《えもん》の次男に生まれたという説が主流である。

芭蕉の父は、柘植《つげ》生まれで、父祖以来の無足人《むそくにん》であることは、すでに述べたが、無足人という身分は、通常の郷士《ごうし》のことである。

郷士とは、農村に居住し武士的身分を与えられた者の総称をいい、地域により存在形態や呼称は多様である。戦国時代以来の「旧族郷士」規定を『国史大辞典』（吉川弘文館）でみると、以下のとおりである。

（一）城下士と明確に区別され、在郷していること。
（二）その所持地の全部または一部を「知行」として与えられ、生活の基礎をそれに置くこと。
（三）家臣団の身分階層性のなかに「郷士」（名称は様々）として正確に位置づけられていること。
（四）軍役を負担すること（負担しない場合もある）。

芭蕉の父の与左衛門は、嫡男でなかったため分家して上野城下の東、赤坂町に移住した。そのため、町人的身分の農民になった。

この赤坂町が「上野城下絵図」には「農人」とするされていることが今栄蔵《こんえいぞう》氏により指摘され、「農人」町とは、都市における「百姓町屋」と同じものとされる。

城下町上野の「農人」町は、軒を接して立ち並ぶ町並み空間で、間口が狭く奥行きの深い敷地の、奥を畑とするものであった。

芭蕉の兄半左衛門《はんざえもん》や芭蕉自身が、武家奉公人となっていたことからみると、父与左衛門家の農業耕作だけで暮らせない程度のものであったことが分かる。父が亡くなって家を相続したはずの兄の半左衛門が、武家奉公を続け、芭蕉も武家奉公に出仕しているところをみても、農業は男手を必要としない程度だったといわれる。

別の説によると、与左衛門は住居の位置からみると鉄砲隊に属する者であったという。藤堂藩には、伊賀上野城代の藤堂采女の下に、農兵制度（無足人制度）があり、戦時には鉄砲隊を組織した。

彼らが藪廻り無足人とも呼ばれたのは、火縄用のなよ竹の竹藪を管理していたからである（久保《くぼ》文武《ふみたけ》氏による）。一年のうち数カ月呼集されて、射的場で鉄砲の習練が行なわれ、その点ではまさに藩士ともいい得る身分層とされる。

父の身分によって、金作（芭蕉）が高級武士で五千石の侍大将である藤堂新七郎《しんしちろう》家の子小姓となれた裏付けと考えられている。

問題は、要するに芭蕉が何歳で武家奉公に出たかだが、これも諸説あって、今のところ定説はないようである。また、藤堂新七郎家に出仕した子小姓の仕事の内容についても、説は色々ある。

もし十歳で出仕したとするなら、子小姓衆数人の中の一人であろうし、十三歳だとすると、台所用人とか料理人という説があるが、これも明らかではない。いずれにせよ、小者・中間《ちゆうげん》などの雑用係を務めるなかで藤堂家の嫡男良忠《よしただ》（俳号蟬吟《せんぎん》）との出逢いがあり、ともに俳諧への親しい関係が結ばれたと思われる。

その後、良忠が寛文六年（一六六六）、二十五歳で没したのを機に、芭蕉は出仕をやめる。もし芭蕉が十三歳か十四歳で出仕していたとするなら、ちょうど十年の年季明けという計算になる。

金作少年が子小姓数人中の一人として特別に目立ったとしたら、やはりとびぬけた俳諧の才だったろう。

菊山当年男《きくやまたねお》〔三重県出身の郷土史家〕は当時の新七郎家当主（熊之介《くまのすけ》）から得た証言を次のように記録している。「子小姓は近侍の者で、藤堂新七郎家で『伽《とぎ》』といった……私の父など二人にかしづかれて、机を並べて本を読み、武芸もやり、鬼ごっこもしたと聞いてゐる」（『はせを』）。（略）

〔その三、四人の子小姓の中で〕主良忠の「愛寵すこぶる他に異なり」、（略）金作少年が子小姓から中小姓になって「宗房」の名をもらい、主の良忠、つまり「宗正《そうせい》」と本格的に俳諧の創作をはじめたのは寛文二年、宗房十九歳のときであった。（略）

やはり、藤堂新七郎家への芭蕉の出仕は童名金作時代の承応期であり、忠右衛門宗房時代の寛文二年以後が宗正・宗房主従の俳諧活動期であったと見てよいであろう。　（高橋庄次氏『芭蕉庵桃青の生涯』）

この時代は武家大名が、幕府の方針もあって、その政治的配慮として、「武」より「文化」に藩の優劣を定める時代に突入していた。それは武人の余技ではなく、藩政の良否そのものの証しであった。だから文芸は藩主自身の趣味というよりも、藩政の主流であり、良忠（蟬吟）の父である二代目当主藤堂新七郎良精《よしきよ》も、和漢詩歌に心を注ぎ、詩歌には「宗徳《そうとく》」と署名していた。その宗徳の嫡子良忠には「宗正」の名があり、その近侍の従者には「宗房」の名が与えられた。

つまり、良忠のお相手役金作が、主家から宗房の名をいただいたとき、正式に子小姓数名のうち金作だけが、嫡子良忠つきの小姓宗房にえらばれ、二代目当主良精の臣として出仕を命じられたことになる。この時から「宗正・宗房」主従の本格的な俳諧活動が始まった（高橋『芭蕉伝記新考』）。

藤堂藩士であった竹二坊《ちくじぼう》の『芭蕉翁正伝《しょうでん》』に、「寛文壬寅《みずのえとら》の年、始めて藤堂新七郎良精の臣となる。ここに指折らば、このとき翁十九歳なり」という記事が見える。（略）さらに竹二坊は同書に次のようにも書いている。

忠右衛門は寛文二壬寅の年、藤堂新七郎良精の臣となる。それより嫡子主計《かずえ》良忠《よしただ》に仕へ、良忠の間には宗房と呼ばれて、月花を弄び給ふとなん。良忠、俳名蟬吟《せんぎん》と云ふ。この人季吟《きぎん》の門にして宗房と両吟の巻あり。その外、反故《ほうご》ども数多《あまた》あり。

（高橋『芭蕉伝記新考』）

因幡《いなば》国若桜《わかさ》藩の藩主去留《きょりゅう》道人（池田冠山）の『芭蕉翁年譜』にある記事からは、芭蕉が着々と藩主とその一族の信頼を一身に受けて、正式な仕官の見えてきたことがわかる。

寛文二年壬寅十九歳、春、伊賀侯の長臣藤堂新七郎良精、召し出して臣となし、その嗣子《しし》主計良忠に侍《じ》せしむ。良忠、翁（注：芭蕉のこと）の才徳のすぐれたるを愛し、またなきものと頼み、常に側《かたわ》らにおきて恩顧《おんこ》一《ひと》かたならず。その頃にや、忠右衛門と改称す。按《あん》ずるに、そのころ武家の風にて、寵遇《ちょうぐう》ある臣には、主の名乗りの一字を賜《たまわ》る事あり。忠右衛門の忠の字も、それにてやあらん。

（高橋・前掲書）

これほど、主君に信頼され、いつの世にも、とかく世の規範をはずれて夢中になりがちな詩歌の道でも、鋭い感性を発揮しつづけることは、容易なことではあるまい。

芭蕉は、もとより武士としての出世を望んではいない。いや、この特別な時代では、「文」と「礼」などの気配りが、武家でも必要だったのかもしれない。しかし、それにもまして、文芸の道でも芭蕉の評判は次第に、世に拡がりはじめていた。

俳諧の世界も、次第に、歌壇の中央、京へと動いてゆく。去留の『年譜』によると、やがて主の蝉吟、宗房と、京の巨匠、北村季吟との交流がみられる。

> 良忠、俳諧を北村拾穂軒《しゅうすいけん》季吟に学び、蝉吟と号す。翁（芭蕉）を京へ使ひとし、添削を乞ふこと数多《あまた》たびなり（略）よつて（芭蕉も）季吟にもまみゆる事を得て、その門に入りたりと云ふ（略）翁この頃いまだ別号とてもなく、宗房をもて俳諧の名にも用ひられたり。（高橋・前掲書）

宗房すなわち芭蕉は、この使いのため、上野と京都の間をしばしば往来し、また当然季吟とも話し、入門して、歌道・俳諧の心得を伝授されることとなる。良忠二十一歳のことである。

当時の芭蕉の住居は、上野城の東にある良精の下屋敷の内であった。

武家の頭領として、文芸がもっとも重要となったことは述べたが、この風習は、巨大な歴史の近代への、静かだが激しいエネルギーの地滑りの開始ともいえる。

それとも、中世の崩壊というべきであろうか。いずれにせよ、その精神文化の亀裂のさなかにあって、それと自覚しないまでも、天才芭蕉は、主従そろって、歴史の独楽《こま》をゆっくりと回しはじめていた。日本文化史上の大きな断層がみえてきた。

そのなかで、若き俳人は、文芸による新しい世界の開拓を進めながら、しかも、『万葉集』『古今集』『新古今集』の詩から、さらに漢詩文を取り入れた。アクチュアルな、現実には酔狂の俳諧という新しい言語による人間と世界の真髄を切り取っていったことになる。

五章　岐路

寛文六年（一六六六年）四月二十五日、主《あるじ》である良忠《よしただ》蟬吟《せんぎん》が、突然亡くなった。二十五歳である。

宗房《むねふさ》が、良忠の子小姓から中小姓になって、いっそう身近く侍《はべ》り、ともに俳諧にいそしみ、伊賀上野が俳諧の盛んな土地として、ようやく京・大坂にも知られるようになっていた矢先のことであった。

蟬吟の死は、まず藤堂家における芭蕉の身分と俳諧の関係にどう影響したであろうか。

多くの考証がある。それまでは、主従で京の北村季吟《きぎん》に入門、蟬吟の句も京で添削され、蟬吟は、季吟から師の一字、「吟」をもらい受けていた。有力武士（士《さむらい》大将）の跡継ぎを中心として、京からほど遠からぬ上野に季吟のグループをつくることは、季吟にとっても楽しいことであった。

在京の俳諧師季吟を中心に、諸国から集まる俳人と、あるいは競い、あるいは共同して、年若い二人は俳諧に没頭した。それにともなって、群を抜いた宗房の才能が重きをなして、蟬吟の近習《きんじゅ》としても、固い結びを育てていった二人の運命は、ともに順風満帆であるかにみえた。

未来をのぞめば、二歳ちがいの兄弟のように育った蟬吟とともに、上野に華やかな俳壇を育て、ゆくゆくは、ここを根拠として、日本全国におのれの俳風を広め、後世に残すことを当然の成りゆきとして、はっきり夢みていたであろう。

すべては順調で、宗房は詩文の才をかわれ、藩での士分としての道も保証されていた。

ところが、主人の蟬吟が突然二十五歳で夭逝し、そのことは、想像を絶した衝撃を芭蕉に与えた。死因は知られていない。

しかし、芭蕉のそのような、内面の苦痛や迷いにまで踏みこんだ記録はない。そればかりか、芭蕉の、これにつづく行動もはっきりしていない。

もっとも、芭蕉が天才的俳人でなかったら地方の小藩の、当時の足軽程度の若者の記録など、残るはずもない。

ところが芭蕉の詩作品は、孤独と悲哀を深く秘めていっそう深みへと進化し、とくに芭蕉が発掘進化したとされる〈わび〉〈さび〉〈かるみ〉の美学は、日本の文学の中軸となり、世界的評価にまで発展し、現代の美学を牽引するものとなった。それは現代の前衛的芸術における最先端を築くものとして、いまやますます重要性を増している。

今日のイギリス、フランスをはじめ、世界の詩人や文芸批評家が新しい詩のジャンルの先駆として芭蕉を翻訳し、かつ自らハイク、レンガの作品を生み出しつつある。

ふり返れば、詩歌は、本来、古代は神に捧げる「ことほぎ」の呪言として生まれた。以来、多くは定型の歌謡として音楽の聖性の核となり、伝世口承された。やがて近代に入って、詩句そのものが独立純化された人間精神の霊性を呼び出し、さらに個人の魂の思想、情緒の表現を目ざし、さらには詩句による宇宙的霊性へと指向することとなったのである。

芭蕉は、その詩の発生と人間精神の結晶を、日本語の歴史的蓄積として受けとめ、進化させ、さらに、荘子や李白、杜甫など中国の詩の精神をも俳諧のなかに取り入れて、江戸時代の日本の詩歌を、前人未踏の高度な言語世界に創り上げた。

その存在は今なお、現代の日本人に受けとめられ、さらに世界現代芸術の核ともなって、さらなる繁栄を続けるという、ほとんど奇跡的な文芸となっている。

芭蕉は、江戸前期から中期を生きたわけだが、作品からみれば、きわめて温雅で謹直な相貌にもかかわらず、当時の武家社会をあえて捨て、出家の境涯に身を置き、かつ、きわめて多くの俳諧の門人はじめ、風雅の人々の群れのなかに身をひそめて、形式的人間関係を避けた反俗前衛の人のようにみえる。

一方、彼自身は足軽・小者で、士大将嫡男の近習ではあっても官位もなく、ときに料理人に徹する一農人（無給の郷士）の貧しい若者であった。さらに、小身であるためか、家族関係が、いくぶんはっきりしない。

だが、ついに、自然をわびとさびと観じて、究極のキーワードとして「かるみ」への工夫を唱えたのだった。

いまこそ、あえてその謎の生涯に分け入ってみたい。

芭蕉の生涯における最初の節目は、すでに述べてきたように、藤堂藩伊賀付き士《さむらい》大将、食禄五千石、藤堂新七郎家に仕官したことである。

勤務については、当主良精《よしきよ》の嫡子良忠（俳号蟬吟）の近習役と伝えるが、その身分関係および、仕事の内容についても様々な説がある。だが、正規の士分になった証拠はない。父が無足人《むそくにん》級、または農人であったから、武家仕官といっても、小者《こもの》・中間《ちゆうげん》の地位であった。

実務としては、先にも紹介した二代目市川団十郎日記『老《おい》の楽《たのしみ》』に、料理人という説がある。芭蕉は独り暮らしが生涯を通じて多く、旅も多かったが、日々の三食を苦にした形跡がない。また、俳諧の集まりの会席で料理のしつらえを指図することも多かったという言い伝えなどを考え合わせると、ひろく料理にかかわったという話も実情に近いのではないかといわれている。

すでに述べたが、当主である藤堂新七郎良精は当時の時流もあり、ひろく風雅の道を好んだ。またその子良忠も俳諧をみずから詠むほどの俳人であった。一方芭蕉は、若くして故郷の上野はもとより、そろそろ俳諧の天分を世間に知られていたとすれば、おのずから風雅俳諧のお相手として良精に召しかかえられたと考えるのが自然であろう。

芭蕉が、良精により宗房という名をいただいたのは、寛文二年（一六六二）十九歳のときである。

さて、この年、十二月二十九日の年内立春を詠んだ発句が、広岡宗信《そうしん》の編んだ俳諧撰集『千宜理記《ちぎりき》』にあり、これが宗房の名で発見された最初の句である。

廿九日立春ナレバ

春や来し年や行きけん小晦日《こつごもり》

今日は小晦日（大晦日の前日）なのに、十二月二十九日が立春なので、もう新春が来てしまったのか、それとも今年はもう行ってしまったのであろうか。

『古今集』冒頭の「年の内に春は来《き》にけり一年《ひととせ》を去年《こぞ》とや云はむ今年とや云はむ」という歌を基本にして、『伊勢物語』六十九段の「君や来《こ》し我や行きけむ思ほえず夢か現《うつつ》か寝てか覚めてか」を重ねて作られている。

その想いをほどけば、十二月二十九日という特別な年末の日が、今年はそのまま立春という日めぐりと二重になっているという面白さに目をつけ、また、この日が恋人同士にとっては、たとえば恋の始まりか終わりかという逢い引きの二重性など、特別な重い意味をもっているのを、軽くこよみの偶然にかぶせて嘆いている風情が面白く、奥深い。なかなかの筆達者ぶりで、とても初心者とは思われない。

また『伊勢物語』の、「君や来し」の〈コ〉と、『古今集』の「こぞとやいはむことしとやいはむ」という〈コ〉という音のリズムを重ねて、「こつごもり」でしめて、くり返し、面白く奥行きの深い弾《はず》むような趣を出している。

この型は当時の流行の、古典をもじった貞門《ていもん》俳諧といわれるものであった。宗房の句も、この俳壇を意識した手慣れたものである（井本農一編『鑑賞日本古典文学第28巻 芭蕉』、藤木三郎氏「寛文二年々内立春の芭蕉吟」〈『解釈と鑑賞』昭和三十七年三月号所収〉）。

それから二年後、寛文四年（一六六四）、松江重頼《まつえしげより》編『佐夜中山集《さよのなかやましゅう》』（寛文四年九月二十六日跋）には、芭蕉が伊賀上野宗房として発句二句、また俳号「蟬吟」が一句収められており、両人が初めて揃って入集《にっしゅう》発表された記念すべき撰集である。晴れてプロと認められたことになった。

七夕にかすやあはせも一よ物　　伊賀蟬吟

姥桜《うばざくら》さくや老後の思ひ出《いで》　　松尾宗房

月ぞしるべこなたへ入《い》らせ旅の宿　　松尾宗房

蟬吟の発句は、牽牛《けんぎゅう》と織女《しょくじょ》の出逢いの季節ものであり、神秘的でロマンチックな恋の逢瀬《おうせ》を、生活的な着物の袷《あわせ》の話に切り換え、その落差で滑稽感を表わす定型的な句であろう。

一方、宗房の二句のうち、はじめの句は謡曲『実盛《さねもり》』の「老後の思ひ出これに過ぎじ」の詞章を入れ、深い哀愁へとさそう。後者は謡曲『鞍馬天狗《くらまてんぐ》』の「花ぞしるべなる、こなたへ入らせ給へや」の文中の、「花」を「月」にかえている。月でおさえて奥深い。

『古今集』『新古今集』、そして謡曲などが、生活芸能として、小唄とともに武士・町人階級にまで深く教養として浸透し、当時の文化の底辺をかためていたことがよくわかる。

知識教養は、本格的専門家、学者、芸能者の間だけではなく、それを素材として、武士階級から富裕な町人層が遊びにするまで円熟していたことは、今日と比べても、はなはだ感服する他はない。

ともかく、この集に、蟬吟と宗房が初めて入集したことは、全国的に俳人と認められた喜びであったにちがいない。

伊賀上野から同時入集の窪田政好《くぼたまさよし》、保川一笑《やすかわいっしょう》たちとは、これ以前にも集《つど》っていたと思われる。

寛文五年（一六六五年）、十一月十三日、蟬吟主催の貞徳翁《ていとくおう》十三回忌追善五吟百韻俳諧（『芭蕉桃青《とうせい》翁御正伝記』所収）が開かれた。一座の連衆は、日ごろ蟬吟邸に集まっていた常連で、重要脇句は北村季吟から文通で送られてきた。連衆との親しさがうかがわれる。

良忠が日頃指導を仰いでいた京の季吟から、正式に「蟬吟」の俳号をいただいたのもこの頃であろう。それゆえ、発句は蟬吟の句が載せられている。

野は雪に枯るれど枯れぬ紫苑《しおん》哉　蟬吟公
　鷹の餌《え》乞《ご》ひと音《ね》をばなき跡　季吟
飼狗《かいいぬ》のごとく手馴れし年を経て　政好
　兀《は》げた張子《はりこ》も捨てぬわらはべ　一笑
今日あるともてはやしけり雛《ひいな》まで　一以《いちい》
　月の暮れまで汲む桃の酒　宗房

ここでも、すでに、いわゆる伊賀俳諧の長老たちともいうべき一笑・政好とともに、宗房が中心的な役割を果たしていることがわかる。

蟬吟が発句を詠み、京の季吟に送って脇句を申し受け、第三句以下を地元の五人で興行した。一以は上野で最も早い入集歴を持った作者。政好・一笑もこれにつぐ（今栄蔵氏『芭蕉伝記の諸問題』新典社）。この人々が、日頃からの蟬吟邸の俳諧常連で、上野俳壇の中核となった。

今栄蔵氏は、次のように述べている。

一以の身上は明らかでないものの、政好と一笑は町で信用の高い富商である上に、先駆的俳人でもあったから、連句に俳談にと、〔蟬吟〕邸に呼び寄せるにはきわめて格好の人々である。（略）『佐夜中山集』に蟬吟（一句）と宗房が初入集したのも、政好・一笑の肝煎りに相違ないが、（略）投稿の時期はまず寛文二年といったところ、両者のつきあいのはじまりはそれより先ということになる。寛文元年頃なら蟬吟は二十歳である。

私〔今栄蔵氏〕の考えによれば、宗房（十八歳）はそのころすでに政好・一笑の両先輩に就いて俳諧の手ほどきを受けるようになっており、（略）才能を買われて、両人が蟬吟邸に呼ばれる折々には宗房をも同伴するようになる。そのうちに蟬吟にも認められ、蟬吟邸すなわち新七郎家の下屋敷で台所方の使用人として奉公するに至る。（略）その時期は寛文元年、二年の十八、九歳頃か。（略）

そんな時期に、俳交の深まりとともに松尾家の実情と宗房の立場を知るようになった蟬吟の口きで新七郎邸奉職の道が開かれた——、これが実情だったと思われる。

（『芭蕉伝記の諸問題』）

宗房はまさに、上野俳壇が不思議と盛り上がった時期に際会していた。

宗房が後に『幻住庵ノ賦《げんじゆうあんふ》』（『幻住庵記』の稿本の一つ）で「いと若き時よりよこざまにすける事侍り」と告白しているように、世俗的な立身出世を捨てて、下手の横好きのような、と一応は謙遜するが、風雅の道に生涯をかけると決意し、「終《つい》に此一筋《このひとすじ》につながれて」（同）と、激しい一途な宿命的な生きざまを確かめて、宣言しているのはこの頃であった。

また、それまでの蟬吟を想像してみると、五千石の士《さむらい》大将の跡取りとしての風格を、幼くして身に備え、文芸に心をよせる学問好きで、繊細な、どちらかといえば雅《みやび》な若殿だったのではあるまいか。そのような蟬吟にとって、芭蕉の存在は心強いものであったにちがいない。

一方芭蕉は、家格は士族に近いが郷士にすぎず、農人という農民に近い身分でもあり、経済的にも恵まれていなかったが、その言語能力と教養に対する熱意は群をぬいていた。その芭蕉にとって、五千石の士大将の跡取りという蟬吟の存在は、言うまでもなく、世間での人間関係を保証するものであった。

天性、晩年あらわになる芸術家的な、一見奔放で理解されにくい行動に走り、俳諧についての強い自負心と気位から生じやすい世間的な誤解から芭蕉を護り、かつ、藩外の俳諧の情報を入手するにも都合がよかった。

たとえば、和漢の学をはじめ、さらには、当時の先端知識や神仏の教義を、若いうちから身につけるうえでも、またとない環境であった。

そもそも、芭蕉が京都在住の巨匠北村季吟に師事することができたのも、初めは、藤堂新七郎家の子息の家臣として、俳諧の学習や添削のさいの同席者や使者として近侍し、季吟に認められてのことであった。

この主従を中心に、伊賀上野に俳諧の人が次第に結集することになり、ここを核に、以来、様々な俳句撰集の公募に、上野地方の俳人が数多く応募し、はじめは二、三人の数句の入集だったものが、たちまち二、三十人までふくらむという驚くべき状況が出現する。

それから二年後、寛文七年（一六六七年）宗房二十四歳のとき、北村季吟監修・同湖春《こしゅん》編『続山井《ぞくやまのい》』（同年十月十八日）が発刊になり、そこには伊賀上野宗房として、発句二十八・付句《つけく》三入集。さらに伊賀俳人三十六名が入集する。

なかでも、一笑（四十八句）・政好（四十一句）・蟬吟（三十三句）と、宗房たちの仲間が、その入集者の大多数を占めている。この選は公のものであったから、まずは客観的評価の結果と考えてよかろう。

入集句の解説はここでは省くが、『続山井』は、伊賀に熱狂的ともいうべき俳句ブームを起こし、寛文後半期の上野俳壇が呈した活況を、象徴する句集となった。その句集の中心に蟬吟の名はあっても、この地元の俳諧熱に蟬吟その人の姿は見あたらない。

『続山井』発刊の前年、寛文六年四月二十五日、蟬吟没す。享年二十五歳であった。

この熱っぽい上野俳壇の、驚くべき俳諧熱に燃えていた俳人たちにとって、蟬吟が亡くなったことは、驚天動地の不幸であった。

この報は、上野の俳壇と宗房に、どのように受けとられたであろうか。もとより、亡くなった蟬吟自身、何を思い残したであろうか。胸の痛む想いがする。亡き人にはもはや訊《き》くことはできない。

一方、後に残された宗房の心境と立場は、きびしいものだったであろう。有力なスポンサーでもあった蟬吟には、生涯にわたる援助を期待していたわけではないにしても、この道一途に芸能で生活を立ててゆこうとする宗房のような人物は、昔も今も、いつの時代でも、生産的社会にとっては余計者であった。

それにもまして、俳諧の道を歩む兄弟のような友としての蟬吟の急死は、繊細な宗房にとって、取り返しのつかないものであったかと思われる。

当然、誰しもこの二人の心の痛みをいたわり、昇華したい心にかられる。そこで様々な説が生まれる。その説話こそ、蟬吟に捧げる追悼の想いである。

まずここは、高橋庄次氏の『芭蕉庵桃青の生涯』による記事を紹介しておこう。

竹二坊の『芭蕉翁正伝』に、「蟬吟子《し》、寛文六年丙午とし四月、不幸にして世を早う辞し給ふ。宗房深く傷悼して水無月半《みなづきなか》ば、遺髪のともし奉りて、高野山報恩院《ほうおんいん》に収む。此故《このゆえ》に報恩院の過去帳にも松尾忠右衛門殿と記して今に残る。おなじく末に下山す。」（略）

安屋冬李《とうり》の『蕉翁略伝』にも、「宗房深く愁傷して、六月中旬、遺髪を供して高野山に至り、宿坊報恩院に収め、同月末に下山す。但し、宿坊過去帳に、遺髪供奉松尾忠右衛門殿と有。」（略）

蝶夢《ちょうむ》の『芭蕉翁絵詞伝』にも、「寛文六年四月といふに、思ひがけずも主計《かずえ》うせられけるに、宗房そのなき主の遺髪を首にかけて高野山に登り収め」という記事があって、さらに「高野山の宿坊報恩院の過去帳に、遺髪の御供、松尾忠右衛門殿と記せり。」と注記する。また伊賀上野の十条一舟《いっしゅう》が残した『桃青伝《とうせいでん》』にも、六月中旬に高野山に登って、遺髪を報恩院に収め同月末に下山したことを記すが、過去帳の記事だけが欠けている。

この報恩院は元禄四年三月二十八日に火災で焼失したため、この過去帳の記事を疑う人が多い。

（『芭蕉庵桃青の生涯』）

肝心の過去帳が現存しないことが、この話の弱みである。ただ、高橋氏は、こう続ける。

高野山報恩院の過去帳の記事を無視出来ないのは、（略）藤堂新七郎家過去帳の良忠の条に、
寛文六午《うま》年六月十四日、良精公《よしきよ》より高野山報恩院へ位牌日牌《にっぱい》寄付す。

とあることとも、それが符合するからである。

（略）遺髪のほかに日牌の回向料を添えて、位牌を高野山報恩院に収めたこともわかる。

（高橋・前掲書）

「日牌」とは、位牌を安置して毎日読経、供養することをいう。つまり、毎日の特別の供養である。

高橋氏の著書は、平成五年六月十日発行であるが、これに対して、今栄蔵氏『芭蕉年譜大成』（角川書店、平成六年六月十日発行）では、「寛文六年四月廿五日蟬吟没す。享年二十五歳」との記事に続けて、
宗房が蟬吟の遺骨（遺髪とも）を奉じて高野山報恩院に納めたとする古伝、および帰国後致仕《ちし》を乞うて許されなかったため無断で亡命したとする古伝があるが、ともに伝説色濃厚なものである。従前どおり伊賀に在り、俳諧集にも応募した。

とある。つまりほぼ同時期に発表されたにもかかわらず、両説はまっこうから対立していることになる。

さらに高橋庄次氏の『芭蕉庵桃青の生涯』によると、

〔主家〕新七郎家の菩提寺は山渓寺《さんけいじ》〔高野山〕で、寺の過去帳にも蟬吟の法号が記載され位牌も安置されていながら、墓碑だけが長く不明だった。菊山当年男は新七郎家累代の墓域からはずれた全く別の総墓地の東端に、蔦《つた》に覆われた大きな碑を見つけ何気なくその蔦を払ってみて偶然蟬吟の墓碑を発見した。（略）その碑面の中央には蟬吟の法号が大書され、右下に忌年、左下に忌日を刻んでいる。法号は文雅の名「宗正」を入れて『実叟宗正居士』。

とある。

碑はあったが、とんでもないところに据えられてい

る。過去帳はたしかにあったが、焼失している。いずれも墓碑の確証とするには違和感が残る。

　まったく、どこへ行っても、漠たる虚空にみちびかれるのが芭蕉にかかわる霊である。

　芭蕉は、これをどうみたか。


　芭蕉が蟬吟の位牌を高野山報恩院に納める使者を果たした後、亡き主君蟬吟への愛情のあまり、致仕（辞職）を申し出るも許されず、やむなく無断で国を出奔し、あるいは京都に遊び、あるいは勉学にいそしんだという伝説も広く知られているが、研究者によれば、当時はこうした場合、むしろ解雇されることのほうが多く、致仕を引きとめられることは考えられないという。

　むしろ注目すべきは、芭蕉の創作活動を追ってみると、延宝三年（一六七五）まで数多くの俳書に入集し、ほとんどの場合、わざわざ肩書きとして「伊賀上野住宗房」と署名して、上野俳壇の長としての自負を見せていることである。したがって、少なくとも引きつづき上野で俳諧の道を深めていることはたしかである。

　その結果、寛文十二年（一六七二）の正月に、それまでの作風に対して鋭い革新を提起する発句集『貝おほひ』を編纂し、自らが判詞（勝負判定の評を述べる詞）を加えて、三十番の発《ほっ》句合《くあわせ》とし、上野の天満宮に奉納した。

　これは今までの伝統的俳諧の、生ぬるい惰性的な境地を打ちこわすため、様々な独創的工夫をこらしたもので、前衛的な作品集として世間に衝撃を与えた。

六章　二十九歳の春

芭蕉が、寛文六年（一六六六）二十三歳、主人であった蟬吟《せんぎん》の没後、寛文十二年（一六七二）二十九歳で江戸に下るまでの期間を、どのように過ごしていたかは諸説あるが、いずれも確証はない。

まず、この青年から大人に移る年頃は、情感にみちた俳人にとって、精神的にも社会的にも、内外ともに大きな変動をあじわうものである。とくに芭蕉の場合、この時期の過ごし方は決定的な意味を持っている。

芭蕉は俗世間での地位や生活を、直接はあまり語らない。それは、芭蕉が、自らを「人間」として捉え表現しようとしたとき、これという固定した自画像を嫌ったからである。

詩人は、いつも自らの真相とそれを取り巻く世界との関係を、内面的に意識している。

一口にいえば、詩の求める内面の真実は、己れを除いては存在しないからである。だから生涯のそれぞれの時期の、内面的な心情を掘り下げることはあっても、客観的自伝に即する部分については、ほとんど文書として記録することはなかった。

こうして偶然、断片的部分が自然と凝集したものが俳諧となり、俳文となって今日に残された。

ほとんどただひとつの、自らの自伝的悩みを告白したのは、『幻住庵記』のみであろう。

元禄三年（一六九〇）八月に完成し、同四年刊行された『猿蓑《さるみの》』に発表されたこの短文は、実に淡々と芭蕉が己れの心中を吐露した稀有の文である。

幻住庵は近江国石山《いしやま》の奥、国分山《こくぶやま》中腹にある神さびた八幡宮の近くにあって、門人曲翠《きょくすい》の伯父、故幻住老人のものであったという。一章でも触れたが、芭蕉はこの庵に元禄三年四月から七月まで滞在し、この記をしたためた。

芭蕉の綿密な手入れと、推敲が重ねられていて、一分《いちぶ》の乱れもないことを研究者は指摘している。己れ一身の内面的な立場をリアルにきびしく観ると同時に、フィクションも含めた、見事な散文詩である。

次の部分は先にも紹介したが、おのが秘められた生涯を語った語句に、断腸の想いがこめられている。

我しゐ《(ひ)》て閑寂《かんじやく》を好《このむ》としなけれど、病身人に倦《うみ》て、世をいとひし人に似たり。いかにぞや、法を修《しゆ》せず、俗をもつとめず、仁にもつかず、義にもよらず、唯若き時より横ざまにすける事ありて、暫《しばら》く生涯のはかりごととさへなれば、万のことに心をいれず、終《つい》に無能無才にして此《この》一筋につながる。凡《およそ》西行《さいぎよう》・宗祇《そうぎ》の風雅にをける、雪舟《せつしゆう》の絵に置《おけ》る、利久《(ママ)》が茶に置る、賢愚ひとしからざれども、其貫道《そのかんどう》するものは一《いつ》ならむと、(略)一生の終りもこれにおなじく、夢のごとくにして又々幻住なるべし。

(『芭蕉文考』所収版)

彼が旧主蟬吟の死後、身のあり方に深く迷い、俳人となるのをためらったことが再確認できる。

とくに、僧侶として道を求め修行に徹することもなく、また、旧主の父に仕えて武士の道を進むこともなく、僧俗二つの道を捨てきることもできず、社会の正道からはずれた俳諧という、当時はあやしげな芸能におぼれ、一身を捨てて一生を送ることになるいきさつが述べられる。

晩年に生涯をふり返る想いは重いが、じつは、これに先だつ『笈《おい》の小文《こぶみ》』に含まれる短い文章を重ねあわすと、芭蕉の人生と芸術の骨格が、おのずからくっきりと浮かび上がってくるのである。短いながら、珍しく芭蕉が自己の内面と社会と俳諧の真髄を、吐露してあますところがない。

『笈の小文』は、芭蕉の死から十五年後、宝永六年(一七〇九)に河合乙州《かわいおとくに》が、この書名で初めて世に出したもので、その後、版元が変わるたびに少しずつ洗練され版を重ねた短文集である。

早くから芭蕉が自選の俳諧・俳文集の稿本につけて、未定稿のまま肌身離さず持ち歩き、つねに筆を入れていたといわれるが、いまその初稿本は行方がわからなくなり、一般に乙州編纂のものが流通しているという、いわくつきのものである。芭蕉としては珍しく、紀行文でありながら、自虐的な批評的論旨の芸術論を書きしるしている。

それも己れの深層を告白分析するばかりではなく、今日の批評的言語論にまで迫り、まさに、抒情的感傷に哲学的逆光を加えるなど、今日、読めば読むほど新鮮で、詩歌の深層に光を当てられる想いがする。

そこで、この短い文章から、なるたけ実例をみてゆこう。

『荘子』斉物論《せいぶつろん》篇による有名な出だしの一句からはじまる。

百骸九竅《ひゃくがいきゅうきょう》の中《うち》に物有《ものあり》、かりに名付《なづけ》て風羅坊《ふうらぼう》〔芭蕉の別号〕といふ。誠にうすものの風に破れやすからん事をいふにやあらむ。かれ狂句《きょうく》を好《すく》こと久し。終《つい》に生涯のはかりごととなす。ある時は倦《うん》で放擲《ほうてき》せん事を思ひ、ある時は進むで人に勝たむ事を誇り、是非《ぜひ》胸中に戦うて、是《これ》が為に身安からず。しばらく身を立《たて》む事を願へども、これが為に障《さ》へられ、暫《しばら》ク学《まなん》で愚《ぐ》を暁《さとら》ン事を思へども、是《これ》が為に破られ、終《つい》に無能無芸にして、只此一筋《このひとすじ》に繫《つなが》る。

わが人生をどうえらぶか、とくに、主君であり俳諧の兄弟ともいうべき愛する蟬吟の死を弔《とむら》って、まさに寛文六年二十三歳の年、芭蕉は生涯の選択に迫られ、ついに、「此一筋」につながることをえらぶことになった。

ただ読みとおせば、何ということもないようにみえるが、まだ大人になりたての裸一貫の人間に、何があるだろうか。わがことと考えてみると、凡俗の我々のこととて、比較にならぬほど浅いが、そのような問いと迷いを人生の門出で、どれだけしたことだろう。

詳しくはさらに折をみて考えるが、芭蕉の家柄といい家族といい、健全安泰なものではなく、貧しかった。そして「終に無能無芸にして、只此一筋に繫る」と言うが、人生を助ける「此一筋」の途とは何か。おまけに「無能無芸」というのでは、他人事《ひとごと》ではない、己れの撰んだ一途の道に無能というのでは救われようがないではないか。がしかし、じつは、この自己評価というものは、才能あればこそ自らをきびしく視て絶望もする。

逆説的にいえば、自己嫌悪が鋭いほど、才能があるということを、まだ若い芭蕉は知らなかった。

もっとも、年を重ねれば、自信がつくという程度では、それこそ無能無芸そのままであるし、気づいたとしても、社会的ルールのゆるい芸能において、生き残れるわけはない。

この一筋の道とはなにか。答えずして芭蕉は「只此一筋に繫る」と決意をかためる。この凄みはただごとではない。此一筋、それが、小手先の世渡りの方便ならすぐに結果は出る。

答えは聞こえてこない。芭蕉は、日本の先人たちの例を思い起こして、勇をふるいおこす。

この不可能を目指さずして可能性はない。不可能、即、成就である。その成就をとげた先人へと、芭蕉は心をおどらせる。

西行の和歌における、宗祇の連歌における、雪舟

の絵における、利休が茶における、其《その》貫道する物は一《いつ》なり

「其貫道する物は一なり」について、『校本芭蕉全集』（角川学芸出版）の補注には、「韓退之《かんたいし》の文集に李漢《りかん》が序した『集昌黎文序《しゆうしようれいぶんじよ》』は『古文真宝《こぶんしんぽう》』にも収められていて、当時広く知られていた文であるが、その中でも「文《ぶん》者貫道之器也《はかんどうのうつわなり》」は著名な語で、室町時代の一種の漢和辞書である『下学集《かがくしゆう》』にも挙げてあるし、『日葡辞書《にっぽ》』にも（略）葡《ポルトガル語》訳を添えている。パジェスの『日仏辞書』によってその仏訳を示せば、les lettres sont les instruments pour apprendre un art, ou une science.〔栗田訳：文は芸術、学芸を理解する貫道の器物なり＝芸術も学芸も全体を表わす単数形であることに注目〕である。また、許六《きよりく》も『風俗文選』の序の冒頭をこの文によって始めている。（略）芭蕉の念頭にこの文があったことは疑《うたがい》なく、それと頭注に掲げた『論語』の文〔「子曰《しいわく》、参乎《さんか》、吾道一以貫之《わがみちいつもつてこれをつらぬく》」『論語』里仁第四〕とによって、ここを書いたものであろう」とある（『校本芭蕉全集第六巻 紀行・日記篇 俳文篇』補注）。

さて、芭蕉は西行、宗祇、雪舟、利休を貫道する物は一なりと、明確に日本芸道の頂点をきわめた先人をあげて、四人に象徴されているものをふたたび凝集して、彼らに共通のものは一つしかないと言い切る。

しかも風雅におけるもの、造化《ぞうか》〔天地自然〕に随ひて四時《しいじ》〔四季〕を友とす。見る処《ところ》、花にあらずといふ事なし。思ふ所、月にあらずといふ事なし。像《かたち》、花にあらざる時ハ、夷狄《いてき》にひとし。心《こころ》、花にあらざる時は、鳥獣に類《るい》ス。夷狄を出《いで》、鳥獣を離れて、造化に随ひ、造化に帰れとなり。

ここで重要なのは、心と自然の両者の融合をより深い風雅とみていることである。

さて、身のよりどころに迷い、己れが心の奥を自ら問いつめていった末、芭蕉の中では、この頃ようやくひたすら風雅の道を貫道する決意が熟してきたが、まだ故郷では残された選択があった。

その一つは、武家になれなくとも、僧侶となって正式に仏教教団に入信する途もあったのではないかという疑問だ。というのは、芭蕉の俳諧作品の、他の俳人とのいちじるしい相違点は、その作品の孕《はら》む宗教性だともいえるからである。

仏教用語を借りているとか、経典の影響を受けているとかの、外面的、現実的なことではない。また、仏教的

な比喩を用いるなどという技術的な表現の問題でもない。

だが、「芭蕉」という俳号が、数多くの経典の随所で、虚空のむなしさを示すのに用いられていることは、もっと深く考えられていい。

芭蕉には、どの宗門宗派に属するといった、形式的なレベルではなく、彼の俳諧の俤《おもかげ》から情緒的に漂ってくる芭蕉の霊性ともいうべきものがある。

それによって、読者または聴衆は、言語を絶した共通体験に巻きこまれるのである。この文章も、その気配のする深淵に身を沈めるために、生活や俳諧の断片を手探りしている。

まず、先に紹介したが、主人蟬吟と若年で死別したさい、宗房（芭蕉）が蟬吟の遺骨、遺髪を奉じて主家の菩提寺、高野山報恩院《ほうおんいん》に納めに行ったという古伝は、資料根拠が薄いとされるが、あるいは、高野山行きの話はあったが、宗房が悲しみのあまり、辞退せざるを得なかったという可能性もある。

後に、『幻住庵記』（『猿蓑』所収、定稿）のなかで「ある時は仕官懸命の地をうらやみ、一《ひと》たびは仏籬《ぶつり》祖室《そしつ》の扉《とぼそ》に入らむとせしも、（略）終《つい》に無能無才にして此《この》一筋につながる」と記していることは注目されてよい。

しかし、室町時代の末から、ある意味で仏教は大衆化するとともに世俗化し、あの一休禅師のように、世俗化を嫌い、住職を拒み、世から身を隠した僧侶もいた。だが主流は、室町将軍家の権力構造と結びつき、いよいよ貴族化する文化的繁栄を誇示し、ときに、政争の中核を占めることすらあった。

一休などは、その反俗精神と詩歌文化によって、一生涯を懸けて、五山文化の弊害を攻撃しつづけ、応仁の乱以来の新しい文化再生のため、飄々として孤高を保った。最晩年に大徳寺住持という最高職を受け入れたが、それでも禅宗が官僚化することを批判しつづけ、死に至るまで変わらなかった。

しかし、最澄が開いた比叡山の天台宗、空海が開基した高野山の真言密教、民衆間に地盤を拡げた浄土真宗などは、宮廷と幕府にまで浸透した。一方民衆の間には、密教を媒体とした民間信仰や修験道、それを接点に神社神道が混交した神仏習合の教団や、儒教と仏教が混交融合した儒仏宗教などがひろがっていた。

本来、日本人の古代信仰は、よく知られているように、きわめて呪術的なアニマティスムすなわち、本来万物に神が宿り、これを拝することによって、神霊と一体化できるという柔軟な融合性をもって、皇室を中心に途切れることなく伝えられてきた。

古代呪術信仰も、室町期での儒教、仏教の拡大と、そして何よりも、反キリスト教勢力のために、宗教を組織化する運動に刺激されてきた。

こうしたなかで、一方で宗教思想の深化は進んだが、いわゆる俗権と結んだ宗門組織が、風俗、信仰に網を掛け、民衆を包みこみ、僧院が繁栄するとともに空洞化も進んできた。新しい文化風土の要素として、当然文芸にもこうした宗教的思想が取りこまれ、古代、平安時代から続いてきた文芸も思想界も、形式的、図式的規制と変革を迫られたことは当然であった。

そうした組織化とともに、激しい勢いで変化する時代に応ずるため、宗門の俗化も避けられず、僧侶の世界も権力、経済力、その他の俗権の激しい世俗的競争の場となりかねなかった。

佐藤圓《まどか》氏『芭蕉と仏教』（桜楓社）によれば、「芭蕉が生活経験の中で最初に接した仏教は、真言宗である。十三歳で体験した父の葬儀もさることながら、年中行事のすべては真言行事を中心とした、習俗的親近感の中で成長している」という。

佐藤氏は、真言宗の影響を、「貞享五年（一六八八）四十五歳の時、高野山に詣でた芭蕉は、〈父母《ちちはは》のしきりに恋し雉子《きじ》の声〉を残し、俳文（「高野詣」）を書いている」と述べる。

また「寛文六年（一六六六）六月十四日、故主蟬吟の遺骨を命によって、高野山に納めたのも芭蕉である」と、通説を踏襲する。

その上で、要するに、芭蕉の宗教的生活環境は、真言宗によるものが多かったというのが、佐藤氏の説のようである。

しかし氏は、「私は文芸的なものを除き、資料的な論考のみを整理することにした」とするとおり、その著書でも、各宗門と芭蕉との接点の資料を挙げるにとどまり、芭蕉本人の心には触れていない。

いま、問題としているのは、芭蕉が、主の蟬吟の死後、『笈の小文』から晩年の『幻住庵記』にいたるまで、生涯を通して、選択しくり返した結論が、ただ「風雅」、この一筋につながったということで、芭蕉その人の動機を、さぐってみても、ついにその手がかりすらみえてこない。まさに「いひおほせて何かある」。熟慮を重ねた上での不退転の決意だったのである。

江戸に出て、偶然親しく心を通わせたのは仏頂《ぶっちょう》禅師であるが、仏頂和尚自身、根本寺住職となることを辞退しつづけ、ついに断りきれなくなると、引き受けるや間もなく退職し、江戸隅田川畔の一庵で独り師家《しけ》として、芭蕉たちと飄々として時を過ごす、禅に徹した人物であった。

　芭蕉は世俗的立身出世にはもっとも困難な途をえらんだ。それは一筋の風雅の道を行《ぎょう》ずること、そのこと自体のうちに生じる境地であり、そのための他の方便はない。孤独で、困難な道であった。


　寛文六年、蟬吟没して宗房は二十三歳、その後、しばらくは伊賀にいたようである。

内藤風虎《ないとうふうこ》編『夜の錦』に、伊賀上野松尾氏宗房として応募して、発句四句以上入集とある（以下入集の記録は、今栄蔵氏『年譜大成』）。

　寛文九年　二十六歳、秋
荻野安静《おぎのあんせい》編『如意宝珠《にょいほうじゅ》』（刊行は延宝二年五月）に、伊賀上野宗房として発句六入集。伊賀俳人六名入集。蟬吟（八）、政好（八）、一笑《いっしょう》（二）入集。

　主の良忠《よしただ》蟬吟が、亡くなった後も入選しているのは、応募した句よりもはるかに多くの作品が、遺稿として松尾宗房の元に残されていたためと思われる。

　蟬吟の父、領主新七郎良精《よしきよ》は文芸も分かるだけに、その整理や俳書への応募を宗房に依頼したと考えるのも自然である。二代目当主であった良精も、当時としては長命の六十六歳、それだけに嫡子を定めるのも急がねばならない。結局は蟬吟の弟の四男良重《よししげ》が後を継ぐことになり、良忠の近習の宗房たちは、屋敷を明け渡さなければならなくなった。宗房には、改めて蟬吟の遺稿整理のため、家臣用の一戸があてられたが、整理が何時までもつづくものでもなく、蟬吟の家臣は始末される運命にあった。


　寛文六年、蟬吟亡き後、実質的に仕官を辞して、寛文十二年（一六七二）子《ね》の春、江戸に下るまでの六年間の宗房の生活を、高橋庄次氏の考証によって、そのあらましを紹介させていただこう。

　説は二つあり、一つは蟬吟の死後直ちに上京して、京都でさらに季吟《きぎん》について俳諧をめぐって往来を重ね、それから江戸に下ったとする説。二つめは、蟬吟の死後六年間は伊賀上野にあって、遺稿整理をすませ、その後に江戸に下ったとする説であるが、後者の説では独り身の宗房の家に家事を手伝う少女を手当てし、この仕事場を釣月軒《ちょうげつけん》と名づけたということである。

　しかし、今は亡き主人の遺稿整理だけで、この一筋の道がみえてくるであろうか。

　はたせるかな、この寛文十二年までの期間に最初の著述、三十番の発句合《ほっくあわせ》『貝おほひ』を自撰、「寛文拾二年正月廿五日、伊賀上野松尾氏宗房」と自署し、伊賀上野の天満天神菅原《すがわら》社に奉納した。ときに宗房二十九歳。

これは容易ならぬ決断であった。

伊賀上野の身近な俳人たちと宗房自身の発句六十を、左右三十番に組み合わせ、宗房自身が判者となって、勝・負・持《じ》（引き分け）を裁定し、その理由を判詞に認《したた》めた句合である。

書名のもととなった「貝覆《かいおおい》」とは、はまぐりの両片を左貝（地貝《じかい》）と右貝（出貝《だしがい》）に分け、同じ絵柄の貝を合わせた数を競う上流婦女子の遊戯で、今日のかるたの原型ともいえる。

句合では二つの句を、左右に分け勝負を競い、判者が、公平にその理由を分析、講評する。

芭蕉がこの冊子を、土地の天満宮に奉納したのは、もとより成功を祈るためではあるが、日本の詩歌、連歌が、神事の祝詞《のりと》の言霊《ことだま》を帯びるものとして、本来は神聖で厳粛なものであったためである。

ところが、この判詞は、厳正な批評の言葉でありながら、左右の句のそれぞれの深い意味を読みとり、左右の取り合わせから生じる句の良否を味わい、予期せぬ出逢いから来る偶然性の生み出す新しい境地を読み解くものである。即興的な出逢いによって、個人の予想を超えた世界を繰り拡げる技量を比べて勝負をつけ、多くは金品が賭けられた。

この『貝おほひ』は、そのルールを意識的に打ち破り、深いところで遊戯とエロスと皮肉を爆発させたものとして、後に江戸で評判となり、流布することとなった。

当時は、松永貞徳《ていとく》が主導した貞門《ていもん》系の優雅な句風がすでに飽きられ、西山宗因《にしやまそういん》によって、新しい硬派の談林《だんりん》俳句が、ようやく連歌や句合の思想的な骨格の中に和歌や中国の詩歌を取り込み、鮮烈な新鮮さをつくり、一挙に流行しようとしていた。

そういう点からみれば、芭蕉の反逆的というか、パロディ的というか、善悪の規範そのものの意味を問い直し、新しい人間と世界のリアリティを引きずり出す、過渡的な新鮮さは、談林派の心とまさに一致するもので、専門の俳諧師たちの注目を浴びた。芭蕉はこうして江戸の新流派の流行作家になった。

ある意味で、きわめてジャーナリスティックな志向を見せる結果となった。

まず、その序文を紹介しよう（校注は大内初夫による）。

貝おほひ

小六《ころく》ついたる竹の杖。ふし〴〵多き小歌にすがり。あるはやり言葉の。ひとくせあるを種として。いひ捨《すて》られし句共《ども》をあつめ。右と左にわかちて。つれぶしにうたはしめ。其《その》かたはらにみづからが。みじかき筆のしんきばらしに。清濁高下をしるして。三十番の発句あはせを。おもひ太刀折紙《たちおりがみ》の。式作法もあるべけれど。我《わが》まゝ気まゝにかきちらしたれば。世に披露《ひろう》せんとにはあらず。名を『貝おほひ』といふめるは。あはせて勝負をみる物なればなり。又神楽《かぐら》の発句を巻軸《かんじく》にをきぬるは。「歌にやはらぐ神心」といへば。小歌にも予がこゝろざすところの誠をてらし見給ふらん事をあふぎて。当所あまみつおゝん神の御やしろの手向《たむけ》ぐさとなしぬ

（略）

二番

左勝　　此男子

紅梅《こうばい》のつぼみやあかいこんぶくろ

右　　蛇足

兄分《あにぶん》に梅をたのむや児桜《ちござくら》

左のあかいこんぶくろは。大坂にはやる「丸のすげ笠《がさ》」と。うたふ小歌なれば。なるべし。右梅を兄ぶんに頼《たの》む児桜は。尤《もつとも》頼母敷《たのもしき》きざしにて。侍れども。打《うち》まかせては。梅の発句と。聞《きこ》えず。児桜の発句と。きこえ侍るは。今こそあれ。われもむかしは衆道《しゆどう》ずきの。ひが耳《みみ》にや。とかく左のこん袋は。趣向《しゆこう》もよき分別袋とみえたれば。右の衆道のうは気沙汰《ざた》は。先《まず》おもひとまりて。左をもつて為レ勝と

（『校本芭蕉全集第七巻』）

この時代は、室町時代から盛んになったと思われる衆道（＝男色）の盛んな世相であった。いわば、むしろ優雅なものとされる一方、恋敵との闘争や派手な駆け引きや、意地の張り合いから、逆に美学的な身のふり方や心中などが、当時の一種のニュースやコミュニケーション構造ともなっていた小唄によって、文化の一角をなしていた。

詩歌の起源が、世界創造の源から発するかぎり、詩歌の変動のうねりは、つねにエロスと不可分なことは自明だが、芭蕉の『貝おほひ』も、熱いエロスの噴出で一世を風靡《ふうび》した。

最近も、月刊文芸誌などで、男色の文化史の記事が目をひく。それによれば、日本文芸の発生の芽にも、男色の花が咲いたという。

とにかく何度も声に出して、リズムにあわせて吟ずれば、この『貝おほひ』の深く重たいエロスが生々とよみがえるのではないか。

さらに小唄にとどまらず、いくつもの全く異なった文脈をモザイクにして、主体と客体の言語の神格化を壊すという作業は、じつはきわめて洗練進化して、今日の世界文学の課題ともなっている。

芭蕉の詩学の才能は、そこまですでに踏みこんでいたのであろうか。

七章　『貝おほひ』

宗房（芭蕉）が上野《うえの》天満宮に『貝おほひ』を奉納したのは、菅公《かんこう》七百七十年忌にあたる寛文十二年（一六七二）一月二十五日だった。武家や僧侶の道をあえてえらばず、ただ残された一すじの道、俳諧をえらんだことは、彼にとっても、もう引き返せない決定的な決意を示したと言っていい。しかし、この門出のための句合《くあわせ》は、意外にも、改まった荘重なものではなかった。

いわば前代未聞の句合の誕生であった。

いま私たちが読んでも、校注なしではほとんど理解できない。まず前章で紹介した序文の冒頭である。

小六《ころく》ついたる竹の杖。ふし〴〵多き小歌にすがり。あるははやり言葉の。ひとくせあるを種として。いひ捨《すて》られし句共《ども》をあつめ。右と左にわかちて。つれぶしにうたはしめ。（以下略）

これで分かるはずはない。これらは実際に、節《ふし》をつけて歌われた、いわば庶民の流行歌を下敷きにしているのである。逆にいえば、ことさら、連歌・俳諧の正統的用語として伝えられていない俗語をえらんでいるということである。芭蕉の宣言を、『校本芭蕉全集第七巻』に付された大内初夫氏の校注を引いて、読みとってみよう。

「小六」――西国生まれで江戸赤坂《あかさか》に住んでいた慶長頃の馬方《うまかた》関東小六。美男で小唄が上手であったと言う。この小六のことをうたった小唄を小六節と言い、近世初期（慶長・寛永・寛文の三期に）大いに流行した。「小六ついたる竹の杖」は（略）次の「ふしぶし」を出すための序のごとく用いた。

「ふし〴〵多き」――竹のふしと歌の曲節とをかける。

「小歌」――三味線などに合わせて歌う短い流行唄。

「すがり」――杖の縁語。小唄によりの意。

「はやり言葉」――世間に広く流行した六方詞《ろっぽうことば》・俚《り》諺《げん》・俗語など。

「ひとくせあるを種として」――竹の縁語。一風変わったものをもとにして。

「いひ捨られし句共《ども》を」――その場の座興として詠みすてられた句々を。

「つれぶし」――連節《つれぶし》。二人以上で声を合わせて歌うこと。当時小唄から浄瑠璃・歌説経等にまで連節が流行した。ここは句を左右につがえるのを小唄の縁で言った。

これにつづけて、序文で校注のつけられた語句を挙げると、以下の通りである。

「みじかき筆」――短筆。謙辞。拙い筆。

「しんきばらしに」――筆の芯を辛気晴らしに言いかける。「辛気晴らし」は心の憂さを晴らすこと。

「清濁高下を」――句の良不優劣を。

「おもひ太刀折紙《たちおりがみ》」――思い立ちを太刀折紙に言いかけた。「太刀折紙」は太刀等《など》を進上する時に用いる進物折紙で、折り方や書式等に非常にうるさい式作法があった。

「式作法」――太刀折紙の式作法から句合《くあわせ》の法式作法もあるであろうがと言いつづけた。

「世に披露せんとにはあらず」――ことさら世間に公表しようとするものではない。

「『貝おほひ』」――貝覆《おお》い。貝合《かいあわせ》。同じ絵柄の貝を合わせて勝負を決める古代から行なわれていた上流婦女子の遊戯。

「あはせて」――左右の句を貝おおいのごとく合わせて。

「巻軸《かんじく》」——巻末。巻尾。ここでは三十番目。
「歌にやはらぐ神心」——謡曲「蟻通《ありどおし》」に「歌に和《やわ》らぐ神心、誰か神慮のまことを仰がざるべき」。
「小歌にも予がこゝろざすところの誠をてらし見給ふらん事をあふぎて」——この句合に多く用いている小唄のようなものにも、私が念願するところの誠意を御照覧下さらんことを乞いねがって……の意。
「当所あまみつおゝ《（ほ）》ん神の御やしろ」——天満大神（菅原道真の神号）の御社。天満宮。古くから文芸の神として信仰された。
「手向《たむけ》ぐさ」——手向けるもの。奉納品。

そうして序文は、次の語句をもって終わる。「寛文拾二年正月廿五日　伊賀上野松尾氏宗房釣月軒《ちょうげつけん》にしてみづから序す」。

今まで『貝おほひ』はどちらかといえば、芭蕉の軽い手なぐさみと見なされ、滑稽やおどけなどの面しか取り上げられず、芭蕉の生涯の作品のなかで、その出発と転換の決意として、深く読みこもうという気配はあまり見られなかった。

しかしこの短い序文の詳しい校注を読みこむと、これこそ、のちに『幻住庵記』に記された「此《この》一筋」に向かって、俳諧について練られた芭蕉の決意が赤裸々に述べられ、また、俳壇における自己の立場を宣言する重要な短文だと分かってくる。

まず、寛文十二年正月二十五日に、古くから文芸の神とされる天満大神に、初号、本名である宗房としていること、また、上野赤坂町にあった新七郎家下屋敷の松尾家内の芭蕉居室、釣月軒を明確に記していること。

つけ加えれば、この年は菅公の七百七十年忌にあたり、天満宮の月次《つきなみ》例祭日である二十五日をえらんで、格式をととのえた奉納品が手向けられたということは、当時の俳諧師というものの意識の確立と、京、大坂、江戸の俳諧のさまざまな混沌期に、自らの立場を明らかに宣言した点で、きわめて重要な短文だと思われる。

『貝おほひ』の判詞《はんし》を「洒落のめした刹那的享楽の気分がきわめて濃厚」だとする高橋庄次氏によれば（『芭蕉伝記新考』）、序文冒頭に使われた小六節とは、

小六ついたる竹の杖小六。本《もと》は尺八。中は笛小六。末《すえ》はホホホンホホホンホホンホホ。ノンヨじよんじよ。じよんじよん女郎衆《じょろしゅ》の。ノンカカイヤカカ。カカンカカ。ソレソレまことに。ノホンホホさて。筆の軸竹。ゑ小六。

と唄われていたという。

他にも、『貝おほひ』の十番の判詞には、「ひつぴけ。うんのめとうたふ小歌《こうた》なれば。お常の酌も。捨てがたくて。いづれのかちまけをも。え定め侍らぬは。こころぎたなき。判者なめり」とあるが、ここで使われた「ひつぴけ。うんのめ」という小唄は、「伊達も浮気も。命の中よさ。やがて死ぬ死ぬ。引つ弾《び》け。うん飲《の》め。騒げ。明日をも知らぬ身に」というものであったという。

芭蕉は、俗謡である様々な小唄の句をも見事におどらせて、言葉以上に唄の節で、思う存分、有名な小唄の流れをうけとめ、膨らませたドラマを展開している。

また十七番の判詞には、「伊勢《いせ》のお玉は。鐙《あぶみ》か鞍《くら》かと。いへる小歌なれば。誰も乗りたがるは。断りなるべし」と西鶴《さいかく》に書かれたお玉お杉の二人の美女にかけて、また小唄にある「人の娘と新造《しんぞ》の舟は。人も見たがる乗りたがる」と類似した匂いを発散させているという。

十八番には、「京女﨟《じょろう》に。ほのじは。たれも。すき鍬の」、十九番では、「実《げ》にあすをも知らぬ。身なれば」。二番では、「今こそあれ。われもむかしは衆道《しゅどう》ずきの。ひが耳にや」とまで、さらりと判者が素顔を出す。

しかも、こうした洒落を自分の外側において、身を引いているところはない。判詞では自らを、洒落のなかに投げ込み、ここでは、批評と作品との対比が取り除かれ、一人称三人称の文章を、根元から掘り返している。

また十二番の判詞では、「ほざけだいたる（大声でものを言い出す）」とか「うるしいこんでは（うれしいことで）。あるではあるぞ」など当代の奴詞《やっこことば》（六方詞《ろっぽうことば》）を自在に投げ込んでもいる。

近世初期には、すでに俠客詞である六方詞を、各句・評語にとり入れた遊戯的な作で、奴風俗を描いた挿画を加えた『やっこはいかい』という俳諧書が、寛文七年（一六六七）に刊行されている。

また、『俳文学大辞典』は、「奴俳諧《やっこはいかい》」を近世初期の俳諧様式と認め、次のように記している（傍点栗田）。

江戸市中を異様な風俗をして横行した奴たちが用いた荒々しい言葉、すなわち奴詞を用いた俳諧。例えば「鬢水にあたまかつぱる氷かな／しやつつらさむき雪のあけぼの」〈『百物語』所収付合〉。まとまったもので現存最古のものは（略）立圃《りゅうほ》の「奴俳諧歌仙」。以下、綿屋文庫蔵『古俳諧書留』所収の卜《ぼく》養《よう》作「浮世歌仙誹諧独吟」、寛文七年（一六六七年）刊の可徳《かとく》作『やっこはいかい』（略）などのほか断片的に残存する。芭蕉編『貝おほひ』も同一性格を有する。

（森川昭）

つまり『貝おほひ』は、芭蕉の遊びや戯れとして偶然編まれたものではない。小歌の流れのなかで、寛文七年頃、古くは室町時代の「ばさら」や、安土桃山時代に流行した「かぶき」など、室町文化以降の一般人の溢れるエネルギーが噴出した、新しい文芸の流れの波頭に連なるものなのである。

歌謡を主とした小歌集として続いていたものが、ちょうど芭蕉が、俳諧の新しい展開を目指す寛文七年頃に、あらためて爆発的に流行しはじめたということであろう。

ここで少し時代をさかのぼって、小唄の起源と変転のあらましを、『閑吟集《かんぎんしゅう》・宗安《そうあん》小歌集』（新潮日本古典集成 北川忠彦《きたがわただひこ》校注）によってたどってみよう。

とはいえ、小唄は、やはり様々な場面にしたがって唄われ、楽器で奏せられ、また口伝も多いので、文献的正確さには欠けることが多い。

だが、小唄はあたかも歌曲の連山の山裾のようにひろがる。明治以降も、根づよい拡がりをみせていて、現代口語による歌謡曲や演歌の根源には、日本古代から、四季や恋や旅や別れなどをうたう、庶民の音曲や歌詞の情緒となって流れている。

「小歌」と「小唄」については、厳密に使い分けることはきわめてむつかしいが、その違いを、『広辞苑』（第六版）によってざっと整理しておこう。

小歌——①平安時代に五節《ごせち》で歌う女官の歌。
②室町時代に行われた庶民的な短詩型の歌謡。
③狂言の謡の一形式。

小唄——①室町時代の小歌の流れを引く、近世の俗謡小曲の総称。
②端唄《はうた》から出た粋でさらっとした短い三味線歌曲。江戸小唄。

北川忠彦氏は、室町小歌の世界を、形と曲と句から「俗と雅の交錯」と名づけて、その本質は、重なりと切れと転倒による、生きている歌唱詩歌の世界と簡潔にまとめている。

狂言では、とくに太郎冠者《たろうかじゃ》や次郎冠者、新発意《しんぼち》（仏門に入って間もない人）や女たちの場面を通じて、今日に通じる裸の人間の死と生のドラマを描ききった。

このさい、いわゆるリアルな演劇よりも「舞」という、いわば昇華された人間の動きと、「唄」という、日常生活とは次元の異なる言葉の抑揚が、幽玄という夢幻演劇のリアリティを支えるのに重要な要素となっている。

狂言だけでなく、謡曲においても小歌の一節が出てくる。例をあげれば、『木賊《とくさ》』のなかの老人が、「我が子の、常は小歌・曲舞《くせまい》に好きて友を集め舞ひ謡ひ候」とあり、世阿弥の『柏崎《かしわざき》』のなかで、狂女が亡き夫を「歌、連歌、早歌《そうか》、小歌も上手にて」と偲《しの》ぶ場面がある。これを見れば、「小歌数寄《ずき》」という人たちは、たんに中世都市の貴族や豪族、武士階級のみならず、ひろく、信濃・越後などの地方の庶民、農民のなかにまでひろがっていたことが分かる。

これらは、時空のなかの人間の情感から、詩歌のうねりが自《おのずか》ら半ば無意識に流れ出て、それがまた、周囲の人たちから地方へと拡がるうちにさらに洗練され再生されたものである。

いわば、独特な掛けあいとも詠嘆ともなって、意味を超えて、人々の情感と共鳴するのが「うたい」の原型であった。

そうして、とくに巨大な物語を構築することなく、日本芸道に浮遊する詩句は、短詩形の小曲となり、小歌となった。その特徴は仏教歌謡を元とする「和讃《わさん》」や宴席での「早歌《そうか》」よりも詩型が短かった。

北川氏の指摘によると、一六〇三年刊行の『日葡辞《にっぽ》書』に、「コウタ　短い通俗的な歌謡」とあり、同じ頃成立したジョアン・ロドリゲス『日本大文典』には、もう少し詳しい定義がある。

〝小歌〟と呼ばれる別の種類の韻文がある。これも五音節と七音節との韻脚を持った二行詩の形式のものであるが、時には二行詩の五七五・七七ほどの韻脚を持たないものもある。普通には談話に使ふ通用語を以て組み立てられてゐて、特有な調子を持った俚謡《りよう》や踊り唄のやうなものである。

ただし、小歌も短篇ばかりでなく長篇的なものもあり、その間をゆれうごいている。平安から鎌倉にかけて数多く作られた仏教和讃は一見、長篇の散文のようにみえる。しかし、あえて区切ってみると四行一連の組み合わせになっていて、一部は今様として『梁塵秘抄《りょうじんひしょう》』にも収録されている。

一方、小歌は、長短に組み合わせて歌謡に仕立てられるようになった。

その流れのなかでみれば、室町時代には、長篇の謡物は、謡曲や放下歌《ほうかうた》などの芸能歌謡にとりこまれ、短詩形歌謡が主流となった。室町小歌を集めた『閑吟集』をみると、全三一一首のなかで小歌は四分の三を占めていて、なかには鎌倉時代に流行した、長い詞章の早歌(宴曲)からごく小部分が抜きとられて歌われることもある。また、近世に入ると、小歌を組み合わせて掛合形式にするなど、初期歌舞伎《かぶき》踊歌や三味線組歌に仕立て直すことも行なわれた。

また、和漢接合形式といえる小歌も少なくない。

今夜《こよい》しも鄜州《ふしゆう》の月、閨中《けいちゆう》ただ独《ひと》り看《み》るらん　(一〇二)

は、杜甫の詩を読み下し体にしたもの。

また、次のものは、下句に中唐の文人・元稹《げんしん》の有名な詩の一部をつけたものである。

二人《ふたり》寝《ぬ》るとも憂《う》かるべし、月斜窓《しやそう》に入る暁寺《ぎようじ》の鐘《かね》　(一〇一)

ほかにも漢詩句そのままの句や、田楽能《でんがくのう》の謡の一節もあるが、それも小歌風の曲で歌われたと考えられる。

このように、「小歌」の始まりは、きわめて古く、もとは大歌・小歌と並び呼ばれて、宮廷貴族も歌った歌曲の一種であったようだ。もっと遡《さかのぼ》れば、おそらく神祇《じんぎ》への祈禱や呪禁《じゆごん》など、また古代祝詞《のりと》やことほぎや、葬送や別離の誄《しのびごと》などが、当然各地方で歌われ、様々な流行をみせて、良い唄が残り、洗練されていったものであろう。

歌謡や唄は、もちろん人々に唄われる「ことば」が大切だが、歌にはまた音曲＝ふしがついている。人々が「歌う」ということは、高低の音声を発しながら、その言葉と何らかの関係が、意味をもっているのがふつうである。

歌曲は独吟もあり対話・掛合いもあり、合唱もあり、時に音曲と舞踏をともなった人間特有の身体表現もある。また、その歌曲は時に融合して、歌以外ではあらわされない、人間だけの劇的な世界をつくることもできる。

その意味で、歌曲は、人間の理性を超えて、人間にのみ許された、独立したいわば「聖別」された存在空間を暗示することができるのである。

言語あるいは歌曲とともに、人類は他の動物と決定的に異なる精神の発展をとげたということである。曲の言葉、音の振動が、それだけで、人間の世界を越えて自由に千変万化する特徴は、忘れられがちだが、そこに現われる人間性が人間を超える構造は、じつは不可思議な深さと多様性をもっている。

この究極に、日本では神仏の「祝詞」「真言」があり、人間の生み出した、しかし、人間に対してではなく、不可解な神秘的ゾーンのなかに、人は「呪禁」をもって融合することを願っているといっていい。

この伝統は『万葉集』『古今集』『新古今集』、それにつづく数多くの勅撰和歌集などによって、宮廷貴族を中心に伝承された。それの核心は「四季」「恋」など、「雅《みやび》」ということにあったのは、周知のとおりである。

しかし同時に、地方では労働歌が生まれ、宮廷の外でも数知れぬ民謡が庶民の間に生まれ、ひろまっていった。

農民を中心とする歌は、当然のことながら、生活に密着した歌や自然との交感を歌い上げ、古代からの生命の繁殖と死の宿命を赤裸々にみつめていた。人間のエロスから発する性愛や恋情を、根深く秘められた心情の深層から激しく噴出させ、また反転してアイロニックな歌を生み出したことは、『万葉集』を一読すれば明らかなことである。

この世界と生命は、一応は「聖」と「俗」に分けられたが、その境界線は微妙であり、とくに一口に「雅」「俗」を分けることは、なおいっそうむつかしい。

南北朝時代の歌学者かつ連歌作者である二条良基《にじょうよしもと》が、康永四年（一三四五）に著わした『僻連抄《へきれんしょう》』の「序」の冒頭で、こう書いている。

連歌は歌の雑体なり。昔（十一世紀頃）は百韻、五十韻など連《つら》ぬる事はなくて、ただ上《かみ》の句にても下《しも》の句にてもいひかけつれば、今半《なから》（後半分）を付けるなり。

万葉に、尼が、

佐保《さほ》川の水をせきあげて植えし田を

といふに、

刈る初穂はひとりなるべし　家持《やかもち》卿

かやうの事、古き勅撰にも多く見ゆ。

天暦の御門（村上《むらかみ》天皇）、

さ夜ふけて今はねぶたく成りにけり

夢にあふべき人や待つらむ　滋野内侍《しげのないし》

これらは、みな口ずさみの様にて、ただいひ捨てたるばかりなり。一座の懐紙などは見えず。中頃（十二世紀半ば）の続け歌といひて、月の夜、雪の朝、扇・畳紙《たとうがみ》に二、三句など書き続けたり、しかるに、建保（一二一三～一二一九年）の頃より、後鳥羽院、ことにこの道を好ましめ給ひて、定家・家隆《いえたか》の卿など再々に申し行なはれけるとかや。賭物（賞品）百種、句にしたがひて賜はせるなど、人々も多くしるしおかれたり。

ここに記されているとおり、藤原定家の『明月記《めいげつき》』にも、しばしば宮中で連歌の会を催し、ときには夜を徹して行なわれたことが記されている。『新古今集』が完成してからほぼ十年後には、後鳥羽上皇の心は連歌のあそびに移っていたのである（谷川健一氏『うたと日本人』講談社現代新書）。

谷川氏の紹介する、小西甚一《こにしじんいち》氏の説を追って、連歌から俳諧への途をたどってみよう。

小西氏によると、「連歌と俳諧の差異は、俗語および漢語を含むか含まないか、表現が刺激的であるかないかによって区別される」（『俳句の世界』）とある。

さらに、連歌は完全に古典的な感覚から成り立った芸術であり、また細かい神経を必要とする。そこで風物を叙するにも露骨な表現はなるべく避けねばならないとした。その一方、俳諧の源流となる「俳諧歌」は『古今和歌集』巻十九にも収められており、滑稽と機知をまじえた歌がならべてあるとする。

つまり、「俳諧歌」の流れは古くからあったが、正統の歌人たちである後鳥羽院や定家たちは、和歌からの息抜きに連歌に熱中した。一方、連歌師たちも、息抜きに俳諧連歌を好んだというわけである。

「和歌の世界が行き詰まったところから連歌がさかんになり、連歌が衰退したところから俳諧がいきおいを得た。それは連歌とまったく別の流れというよりは、連歌のなかでも滑稽味を狙った俳諧連歌の刺激によるところが大きかった」（谷川・前掲書）という。

俳諧は、和歌や連歌が避けた俗語（口語）や漢語、漢詩の言葉を進んで取り入れ、「聖」と「俗」、「雅」と「俗」を形の上では受け入れた。このことによって、古代、中世の伝統的雅語の踏み込めなかった、いわば形而上的、あるいは哲学的思索の、抽象的・内面的リアリティをあきらかにすることを志した。

芭蕉は、それに成功した。もとより、ただ俗語を用い、その構成を形式的情緒にあてはめることではなかった。

ある意味で、それは不可能だったともいえる。元来、「自然」の物質的な環境、また労働から生じた日本の言語には、そのような形而上的、現実の曖昧さをつきつめる必要がなかったからである。

しかし、時代の変化にともない、すでに室町時代には、漢詩文や仏教、老荘などの中国思想の流入と普及によって、言葉の世界は、より高次の深さと広さを要求された。そして次第に、古い雅びた形式が行きづまりつつあったというのが実情だろう。

つまり、俗と雅の世界の奥ふかくに、聖＝神秘と霊性の世界が深められていった。

これに対応するには、たとえば、中国漢詩文、仏教の経典や詩偈《しいげ》、そして、世界と人間の霊的な部分にまでくわしく認識する儒学の思想体系という、広大な平野に入らなければならなくなった。

そのさい、単に書物、漢籍によるばかりでなく、中国に渡海した僧や学者、また来日した中国の商人や僧侶からも直接学ぶことができた。場所は僧院周辺などに限られていても、外国語が飛び交うなか、それを学んで駆使する機会もあった。また仏典などの書籍が、日常的に文化、社会のなかに入り、異国語の辞書まで流通するようになった環境も大きいと見なければならない。

一部にかぎられるが、文書ばかりか、日本の詩人たちは外国人と直接会話し、談論し、宴会までしたところに、室町時代の特質が生まれてきたのであろう。

和歌だけでなく、室町時代はもとより社会秩序変革の時代で、日本のルネサンスとも呼ばれているが、それはともかく、新しい社会構造のもとに、詩歌もエネルギーに満ちた、変革と熟成の時期を迎えた。

われらの芭蕉が、ちょうどこうした文化変革の後の時代に生まれあわせたことは、芭蕉にとっても、私たち日本人にとっても、幸運だったといわねばなるまい。

日本の詩歌の長い歴史を振り返って、芭蕉を位置づけようとすると、ついに古代にまで想いが及ぶ。

こうしてみると、古代からつづく詩歌の「道」が、西行の旅はもちろん、宗祇《そうぎ》が東国、北陸、東海を巡礼して、地方の風俗に、直接、生を托しながら連句をよみ、都の「雅」を甦らせて、連歌に魂を吹きこんだともいえる。

それからおよそ二百年、芭蕉が旅の中でさらに深く広い詩歌の聖域を切りひらいたことを思うと、はからずも、歌の起源に想いをはせたのは故なしとしない。

なぜならば、芭蕉の天才が、とことん追いつめようとした詩歌の発明とは、じつは、はるか古代人の歌の源泉にまで遡ることから始まったことが、明らかとなり、今日もなお時代を超えて、私たちの詩歌の先駆けとして、甦っているということは深い感動を呼びさます。

『貝おほひ』は、一時の思いつきや、駄洒落でないことはもちろんだが、題名は、芭蕉自身、中世の貴族の婦女子が遊んだ「貝あわせ」の雅を暗示したものであろう。その「序」の後半部分を、再読しよう。

又神楽《かぐら》の発句を巻軸《かんじく》にをきぬるは。「歌にやはらぐ神心」といへば。小歌にも予がこゝろざすところの誠をてらし見給ふらん事をあふぎて。当所あまみつお、ん神の御やしろの手向《たむけ》ぐさとなしぬ。

これも、『古今集』の「序」にならって、宇宙＝神仏への参入を起源としているのではないだろうか。『古今集』の仮名序を紹介しておこう。

やまとうたは、ひとのこゝろをたねとして、よろづのことの葉とぞなれりける。（略）花になくうぐひす、みづにすむかはづのこゑをきけば、いきとしいけるもの、いづれかうたをよまざりける。ちからをもいれずして、あめつちをうごかし、めに見えぬ鬼神をも、あはれとおもはせ、おとこ女のなかをもやはらげ、たけきもの、ふのこゝろをも、なぐさむるは歌なり。

さらにそれを受けている『貝おほひ』の末尾の三十番の判詞を、あげておこう。

左 勝　　此男子
犬の鈴《すず》やいきくびしやだんの神かぐら
右　　一友
舞《まい》ぎぬやおかみの出《いで》たち神楽《かぐら》神子《みこ》

左の。犬の鈴の句。誠に。人作《にんさく》の及《およ》所にあらねば。いきくび社壇《しやだん》もうごき。御社《みやしろ》のおやぢさま〔奴言葉〕も。御感心《ごかんしん》浅からず。末社《まつしや》の。ほこらの。こや〱〔小屋〕までもいきくびごたいをかたぶけられむ事。うたがひなく覚《おぼえ》られ　侍る。（略）

芭蕉は、『貝おほひ』に用いる句を、郷里で、東下を心に期しながら、少しずつ書きため、また、地元の親しい俳友にも協力を求めたであろうが、判詞全体を芭蕉が書いているのだから、これは芭蕉だけの創作のようなものであろう。彼は、目新しさやたんなる言葉遊びではなく、まさしく独立した句が相かかわって、いわゆる教示的意味を破壊するため、小唄をさらに新たなる秩序のうちに一体化しようと試みたにちがいない。

しかし、元来様々な曲や土地や詩句をまえに、新しい秩序とは何であろうか。

これは難問であり、まさしく芭蕉の天才を以《もつ》て、作られた錯雑した言語空間を、それも音曲をつけてうたいあげることができるであろうか。

不条理は存在論にかえる。難破した語は、「雅」も「俗」も次元の異なる句として再生するほかはない。そこに何人も達し得なかった、存在の暗黒のなかで、芭蕉の句の眩《まぶし》い一閃が稲妻のように人をうつ、そこに『貝おほひ』が生まれた。

八章　俳諧の変容

寛文十二年（一六七二）、二十九歳、芭蕉は故郷上野《うえの》から、元主君家の人々、家族、俳友、知人などに送られて江戸へ向かった。当時、伊賀上野は、京、大坂に近く、俳諧を通じてのコミュニケーションも盛んであったから、事前の用意は万端整っていたと言ってもいい。まず何よりも、最初の句合『貝おほひ』の作成も終わり、上野の天神への奉納もすませた。

さて、江戸への移転で、最初の問題は、住まいのことである。当然のこと江戸の中心部であった方がよい。そこで、『年譜大成』より、同年のくだりを引用させていただく。

江戸に下る。（略）東下後の落着き先を、土芳稿『芭蕉翁全伝』は「始《はじめ》、小田原町《おだわらちょう》」とする。

その他、東下に当たって小沢卜尺《おざわぼくせき》（梨一《りいち》『奥細道菅菰抄《すがごもしょう》』芭蕉翁伝）または向井卜宅《むかいぼくたく》（採荼庵梅人《さいとあんばいじん》

『桃青伝』）に伴われたとする説、落着き先を卜尺方（沾涼《せんりょう》『綾錦《あやにしき》』など）、または仙風《せんぷう》方（去留《きょりゅう》『芭蕉翁全集』）、初め小田原町杉風《さんぷう》方その後本郷《ほんごう》・浜町《はまちょう》・本所高橋《ほんじょたかばし》等を転々したとする説（梅人）、その他あるが、いずれも史料的裏付けをえない。

江戸に出た頃、一時、高野幽山《たかのゆうざん》の執筆《しゅひつ》を勤め、また髪を撫で付けにしたとする所伝は信ずべきか。

この所伝は高山麋塒《びじ》の子息繁扶《しげもと》の記録にあり、安政六年刊『真澄鏡《ますみのかがみ》』に収める。

俳諧の宗匠芭蕉桃青は伊賀の国上野の士なり。松尾甚七郎と言ふ。江戸へ出、幽山の執筆たりしころ、撫でつけに成る時、「我《わが》黒髪なでつけにして頭巾《ずきん》かな」。其後学文顕学の執行《しゅぎょう》成りて、小田原町鯉屋市兵衛《こいやいちべえ》事杉風、其《その》子小兵衛と入懇《じっこん》にて、此下屋敷深川《ふかがわ》にあり。是に住庵を結び、ばせを庵と号す。己《おの》が父幻世（注、麋塒）懇《ねんごろ》にて、甲州郡内谷村《やむら》へも度々参られ、三十日或は五十日逗留す。又ある時は一品《いっしょう》など同道す。

ここから、今まで見てきた伝記的肖像画と簡潔に対面してゆきたい。

この後も、なるたけ虚飾を取り除いた生涯の記録を押さえて読みとりながら、同時に俳諧の情景のなかで、その詩句をともに、あじわってゆきたいとおもう。

寛文十二年春、東下した頃の宗房は、敗者として、故郷を捨てたのではなかった。上野の俳壇には、すでに宗房を師とあおぎ、とりまく懇意な友人や弟子たちも居た。京、大坂などの俳壇にも幅広い知人が居た。

よく芭蕉の不思議な人脈の広さをさして、世渡りのために功利的に利用しただけだと、利己主義者のように言われることがある。生涯の知人、友人の名簿をそろえてみると、そう見えないこともない。

しかし、さかのぼれば、当時の俳諧につながる連歌は、もともと数人から時に数百人をこえる「寄合」の文化を核としている。

室町時代に日本各地で急激に爆発した経済は、商業活動に伴って、物資や人間の様々な交流を必要とした。そのため人事文物のみならず、歌舞、音曲、能、狂言などをなりわいとする、土地を持てない流浪の不定住人をもつくり出した。

その室町文化は、さまざまな「座」＝サークルをつくり出して、交流にはずみがついていた。

連歌は歌舞音曲のなかでも、その名称が示すように、まずは、言語ゲームの集会である。茶会、連歌、連句などの会は、貴族、商人、武士などが互いに交流することが、そもそもの目的であり、極端な場合は、一人の人物が一日に朝昼晩と、何度も掛持ちするほどだった。句会など、欠席する場合は、文書によって参加する場合も少なくなかったという。

　日本人の歌舞好きなことは、今もカラオケ文化として続いているが、経済・文化活動のため、人との交流は避けるわけにはゆかない。くわうるに、身分を超えたコミユニティが新しい生活文化の成立する基盤となった。遊芸を学べる程度の社会的地位を持った身分階層が、句会には居並んでいた。「茶の湯」の会席などと組み合わされることもあった。

　ふつう一般に芸術というものは、近代的にみれば、動くものを定型化して定着し、対象を主体が認識して人々の鑑賞するものとなっている。いいかえれば、ものごとを客体と固定し、鑑賞者は主体となり、その間で認識と対話を反復する。

　見るものと、見られるものが主客分離し、対象化し、合理的な了解をしたとき、成立するのが近代芸術の前提である。認識とは、主体と客体の分離、再結合によって、厳格な構造を保っている。

　ところが、連歌、連句は、まず自分の一句が、歌会、句会の全体のどのような変化に応じられるか、あるいはわざと曲折して「錯誤の笑い」を捻出するか、を予想して一句を加える。

　これは、個体として個性を伝達して、そこに合理的な論理による了解によって、自己の感性の反応を楽しみとする、個と表現と受け手のゆらぎの関係である。

　しかし、連句は、ある意味では横暴なものである。次々と作られてくる多くの句にはさまれて、自分の句がどこに位置するかを予想しなければならない。つまり認識の対象は、時々刻々変化し、そのハンドルもなく連続する語句の車輛にとびのらねばならない。流れに身をまかせると、本来は主体であった作家の個性は粉砕されもするし、次の句の影響によって、また再生されたりもする。

　こうして、数句から何十首、百首、二百首の連句のなかで、初めに、提出された句との関係は、いちじるしく複雑に変化し、幸運なときは交響曲のような新しい「うた」となって、個人性を超えた新しいイメージとなって受けとられる。

　しかも、それらは、基盤となる最小のルールでつなぎあわされはするものの、時には失敗して、ほとんど無意味な語列に崩れおちることもありうる。

もはや個人としての誰かの言葉であっても、文としては主体を失っている。運良く、グループの構成意図が成功しても、個人のものではない。そこに新しい語群の個を超えたイメージが、否応なく個人のはじめの意味を動かし、偶然によって侵しがたい語の働きの共犯者とされてしまうこともある。

連句では、その稀有の句を共同制作し、また、その予期せぬ句の偶然の出逢いの不条理に、感興をもよおすことにもなる。

ここには、明確な何ものかの表現はされることはない。なぜなら、初めから論理の整合性を拒否しながら、そのかもし出されたことばたちに、身も心もゆだねているからである。

連歌、連句の真の作者は、個人名では示すことは出来ない。あえていえば、「はずみ」とでも言っておこうか。

しかし、外からみれば、こうした複数の寄せ書き的な文章表現の不整合性を通して味わう、作者のあってなきがごとき、手に捕《とら》えれば水のように逃げることば遊びは、実用性がないだけに、むしろ、言語と人間との関係を、純粋に表わしているともいえる。

つまり、日常的には、AがBに向かって話すのがふつうで、それをつなぐのが、論理という合理性で、社会的にそのAとBと、時には数人にわたって、意味する言語の対象は明確なものとして、私たちは生きている。

すなわち、言語は幼児の時からそのように訓練されて、そのように信じ、死んで行って、何の不都合もないという世界があることを前提にしている。

その中でも例外はある。それは歌謡である。詩歌といってもいいかも知れない。

詩歌だけは、独吟されることがある。また、合唱することもある。あきらかに、この場合は、対象を論じることが目的ではなく、あえていえば、ある心境への共同化の営みである。

では何に向かっての対話なのであろうか。言語芸術の世界は、いわば無限に開かれている。しかし、それが文となり意味を持つことが必要である。

そもそも、手にもさわれず、目にも見えない言語の起源はどこにあるものだろうか。

それについて、最近の考え方では、古代言語は、多くは呪術的古代の祭詞から始まるともいわれている。

人《ひと》は独り言《ごと》を言うとき、思わず、未知の対話者を設定している。それがなにか、明確な論理で証明はできないが、古代祭式の中では、必ず神に向かっての語りかけ、祈りと祈願が含まれているし、また神が人間の声をかりて、意志を伝えることで成り立っていることも少なくない。

　たとえば、少なくとも「オー」とか「アー」などの母音でも、日本人の祭儀においては御霊を動かすものと信じて、ふだん私たちも口にしている。

　この主語と述語、また話者と聴者という関係が私たちの日常で明確ではないが、今でも生きていることは明白である。

　私は、歌合、句合の起源は、少なくともこの古代的言語の呪力に対する信頼を元にしているという気がしてならない。

　私がここまで、芭蕉とは結びつきそうにない事柄の解説にページを費やしてきたのは、ほかでもない。芭蕉が初めての江戸下向にさいし、当時としても先鋭的な句合『貝おほひ』を、まずは地元の天満宮に供え、世に提示し、また、『古今集』、『新古今集』の序にならって、神仏に「挨拶」の文を添えたことが、どれほどの深い意味をもっていたかを、確認しておきたかったからである。

　結論を言ってしまえば、芭蕉もまた、自らの句の言語の根元が、古代の霊的なるものへの献辞であることを、目指していたと思われるのである。

　谷川健一氏は『うたと日本人』の冒頭で、柳田國男と折口信夫《しのぶ》が共に自ら作歌した歌人であり、かつ短歌と民俗学の研究者として紹介している。

> 日本民族の「集合的無意識」を明らかにし得たのは柳田や折口に文学者の魂があったからこそである。（略）近代文学が確立される以前、文学の多くは「口承文学」として民俗学の範疇《はんちゅう》に属していた。神祭の場でうたわれる神謡《しんよう》や呪謡《じゅよう》、さては各地の民謡も民俗学研究者の対象であった。

　ここでは、うたに伴う「手ぶり」「身ぶり」にまで言及されていないが、神にうたを捧げるとき、人体の本能として、身ぶり手ぶりを伴うことが多かったと思われる。

　日本の神話のなかに、よく知られた、もっとも典型的な話が伝えられている。

『古事記』の上巻、天照大神《あまてらすおおみかみ》と須佐之男命《すさのおのみこと》の登場する「天の石屋戸《あめのいわやと》」伝説（神話）は、いわば、光と闇、天地創造の第二段ともいえるくだりである。重要なので、一応原文を引用し、その細部のイメージを追体験しておこう。

　話は、須佐之男命が荒《すさ》ぶる性《さが》から高天原の神聖を穢《けが》し、濫行《らんぎょう》の限りをつくすところからである。

故是《かれここ》に天照大御神見畏《みかしこ》みて、天《あめ》の石屋戸《いわやと》を開きて刺《さし》許母理《こもり》坐《ま》しき。爾に高天《たかま》の原皆暗《くら》く、葦原中国《あしはらのなかつくに》悉に闇《くら》し。此れに因《よ》りて常夜《とこよ》往《ゆ》きき。是《ここ》に万《よろず》の神の声《こえ》は、狭蠅那須《さばえなす》満ち、万《よろず》の妖《わざわい》悉に発《おこ》りき。是《ここ》を以《も》ちて八百万《やおよろず》の神、天安《あめのやす》の河原《かわら》に神集《かむつど》ひ集《つど》ひて、高御《たかみ》産巣日《むすひの》神の子、思金《おもいかねの》神に思はしめて、常世《とこよ》の長鳴鳥《ながなきどり》を集めて鳴かしめて、（略）

（岩波書店『古事記・祝詞』倉野憲司校注）

この後数々の祭儀の品々がつくられる。つづいて、歌舞と神祇、天地創造にかかわるところを紹介しよう。

布刀詔戸言《ふとのりとごと》禱《ほ》き白《もう》して、天手力男神《あめのたぢからおの》、戸の掖《わき》に隠《かく》り立ちて、天宇受売命《あめのうずめのみこと》、天の香山の天の日影《ひかげ》を手次《たすき》に繫《か》けて、天の真拆《まさき》を縵《かずら》と為《し》て、天の香山の小《さ》竹葉《さば》を手草《たぐさ》に結《ゆ》ひて、天の石屋戸に汙気《うけ》〔空っぽの入物〕伏せて踏《ふ》み登杼呂許志《とどろこし》、神懸《かむがか》り為《し》て、胸乳《むなち》を掛《か》き出《い》で裳緒《もひも》を番登《ほと》〔女性性器〕に忍《お》し垂《た》れき。爾に高天の原動《とよ》みて、八百万の神共《とも》に咲《わら》ひき。

是《ここ》に天照大御神、怪しと以為《おも》ほして、天の石屋戸を細めに開きて、内より告《の》りたまひしく、「吾《わ》が隠《こも》り坐《ま》すに因《よ》りて、天の原自《おのずか》ら闇《くら》く、亦葦原中国《あしはらのなかつくに》も皆闇けむと以為《おも》ふを、何由以《なにのゆえにか》、天宇受売《あめのうずめ》は楽《あそび》を為《し》、亦八百万《やおよろず》の神も諸《もろもろ》咲《わら》へる。」とのりたまひき。爾に天宇受売白言《もう》しく、「汝命《いましみこと》に益《ま》して貴き神坐《いま》す。故《かれ》、歓喜《よろこ》び咲《わら》ひ楽《あそ》ぶぞ。」とまをしき。如此言《かくもう》す間に、天兒屋命《あめのこやねのみこと》、布刀玉命《ふとだまのみこと》、其の鏡を指《さ》し出《いだ》して、天照大御神、逾奇《いよよあや》しと思ほして〔校注によると、鏡は太陽の象徴であるので、別に太陽神がいるのかと不審に思われたとの意味〕、稍《やや》戸より出でて臨《のぞ》み坐《ま》す時に、其の隠《かく》り立てりし天手力男命、其の御手《みて》を取りて引き出《いだ》す即ち、布刀玉命、尻久米縄《しりくめなわ》〔今の注連縄のこと〕を其の御後方《みしりえ》に控《ひ》き渡して白言《もう》しく、「此《こ》れより内にな還《かえ》り入りそ。」とまをしき。故《かれ》、天照大御神出で坐《ま》しし時、高天の原も葦原中国も、自《おのずか》ら明《あか》りき。

少し長くなったが、古来、神仏の国と地上との通路として、音楽、呪言・真言、舞踏が比喩として用いられることは少なくない。

むしろ典型の一つと言えそうである。

その創造には、音、神の言祝《ことほ》ぎ、肉体の舞踏など、いずれも意識的論理を超えた、ある超人的な力が必要なのである。それをひとつにして、人間に与えられたものが、歌舞であったことは忘れがちである。

歌舞の根源は、宇宙の創造エネルギーとして、今でも未開地のコスモス（宇宙）として、原始的な文化に生きて残されている。

日本の歌人も、直感的にそれを知っていた。そこに、あの『古今集』、『新古今集』の序文の、神々を喜ばせ鬼神をなだめるという、中国の詩経との期せざる一致がみられるのも当然であろう。

芭蕉が、俳諧の原点におき、そしてまた『貝おほひ』をつらぬくものに、神々と人々との乱舞が浮かんでくるのである。あるいは、この古事記の「天の石屋戸」の劇的シーンを朗読していると、私たちの血に流れた七五調のしらべとともに、あの見事な神話的世界を身近に感じるのも当然なのではあるまいか。

とくに天照大神が、外の歌舞に驚き、内側から石屋戸をそっと開く瞬間のシーンは圧巻である。校注にもあるが、天照が鏡の中に見たのは天照自身であるはずにもかかわらず、天照大神は絶対的太陽光であるから自己と認識せず、めくるめく太陽光、つまり反射した絶対的超越神そのものの光輝のなかで、いわば融合し自らも含め、鏡の光が、宇宙と一体となった瞬間をあえて語っているところが深い感銘を与える。

鏡をはさんで、その相対、主体と客体が一体となった輝きこそ、まさに真の宇宙の中核なのである。天照を映した鏡の、劇的場面の一瞬一瞬の絶対的、普遍的太陽光は、時空を超えた詩歌管弦のもつ、超越性そのものといえるのではなかろうか。

その光芒を、誰も捕えることも、描写することもできない。主観、客観を超えた霊性の世界とでも言っておこうか。

しかし、芭蕉は少なくとも万物の霊体、「霊性《アニマ》」、「霊力」、「霊魂」そして「言霊《ことだま》」を体得していたと思われる。

話は民俗学的古代にさかのぼってしまったが、思うに詩歌、文芸、文化は空《くう》の未来へつきすすむものではなく、むしろ現状批判から、往古の根元へとさかのぼり、そこから、それをバネとして消化し、新しいイデーを取り込み、新しい時代の文化へと脱皮するものなのである。

詩歌・俳諧は、蟬がいつしか土中から頭を出し、変身しながら殻を脱ぎ捨てて、鳴き始めるや、数日して、その命は「空」にもどる様に似ている。

芭蕉が江戸へ下るまえ、伊賀上野で、俳友とかたらいながら、句合『貝おほひ』を制作していた頃、世は、いわゆる松永貞徳を祖とする貞門俳諧の絶頂期が過ぎようとしていた。それは句の形式を洗練させながらも、当時の和歌の厳密な作法を破り、いわば、言語遊戯をあえて拒まない俳諧で、以下『俳文学大辞典』によって、そのあらましをみておこう。

> 貞門　堺・伊勢国などの各地で興った俳諧が、文化伝統の厚い京都に収斂してゆく過程で、地下《じげ》文化の第一人者貞徳がその中心になっていった。（略）貞徳没までに流派として成立。（略）作法書・撰集を刊行した。（略）承応三年〔一六五四〕から寛文末年〔一六七三〕までは普及期。貞徳没後、京都俳壇は分裂し、大阪《（ママ）》・江戸などの地方俳壇も独立し、各々独自に俳書を刊行した。（略）延宝初年〔一六七三〕から天和二年〔一六八二〕ごろまでは談林《だんりん》との対立期で、談林が勃興して貞門と論争が始まる。その中で貞門の重苦しい理知的作風は人気を失ったが、終りには談林もともに衰えた。
>
> （島本昌一）

芭蕉はその最盛期頃から、貞門風に親しみ、やがて談林風へ移った。その二派をあとにして後、蕉風は大きく成長してゆくことになる。

貞門俳諧は「古風」と呼ばれたが、その特色を『俳文学大辞典』の「貞門俳諧」の項では、「第一に先行文芸の連歌の式目を緩和して俳諧に適用させ、戦国時代の言ひ捨ての俳諧を庶民文芸に作り直した。第二に連歌から俳諧を区別する標識を俳言《はいごん》の有無に置いた。その結果、俗語・俚諺・名所・名産などが集成された。第三に印刷術と結合し大規模な撰集を刊行し、庶民の俳諧への関心を高めた」と記す（島本昌一）。

また、その俳風は、「俳言を中心にした言語遊戯的おかしみを狙ったもので、物付《ものづけ》と総称されている」としている。

貞門にも次第に様々な流派が起こり、「立圃《りゅうほ》は、連歌に品のよい俗語を交えた作風であったが、俳諧はおかしさだけでなく『喜びも悲しみも似合い〲の句作り』があると心付《こころづけ》を主張した。徳元《とくげん》・重頼《しげより》は心の俳諧を主張した。とりわけ重頼は俳言を拡充し本歌・本説のリズムを生かした軽快な句風（略）で貞門の理智的な重苦しさを克服し、談林への道を開いた」という。

芭蕉が『貝おほひ』を世に出した寛文十二年といえば、まさに貞門の最盛期の終わり、談林の勃興期にあたっている。芭蕉の出府した翌年の寛文十三年春には、田《た》代松意《しろしょうい》が当時の鍛冶《かじ》町（現在の東京駅のあたり）の自宅に談林俳諧の結社を開き、同志をまとめ、世間からは飛《とび》体《てい》と呼ばれるような、自由奔放な作品を作って楽しんでいた。

芭蕉は、単に生活便宜上のためではなく、この全国的な俳諧の地すべり的な革新の渦《うず》にも、強く心を惹かれて出府したにちがいない。


寛文十二年、二十九歳にして江戸に下ったことはすでに幾度も言及したが、数多くの資料がわずかずつ異なっているので、その取捨選択に迷うことが多い。

考証は、日々新たな発見と解釈によって、芭蕉の生涯の全体像の細部に及んでいるが、決定できないことも多いことは、すでにこれまで読者におことわりしてきた通りである。

しかし、今までの諸説を通してみると、よく言われるように、松尾桃青こと宗房には二つの顔がある。

つまり、今日、ふつうの読者なら、芭蕉は『おくのほそ道』をはじめ、一生の大部分を旅の乞食にすごし、貧と清、わびとさびと軽みに生き、浮世を捨て、僧衣を身にまとい、破れ笠をいただき、杖をついて、足にはすり切れた草鞋《わらじ》を履いてゆく、飄々たる一所不住の老人の姿を思い描くであろう。

それはそれで、人それぞれの自由だが、最近は、伝記資料の膨大な山を崩したり、組み立てたりしながら、まったく異なった宗房のイメージを構築する人々も少なくない。

侘びの旅人どころか、俳諧を通じて何百人という人間関係を巧みに使って、策謀のうちに、豪華・快楽に遊んだ策士、忍者、時には「悪党」という仮面をつくって見せられることさえある。

では、どちらが正しいのかと迫られるなら、そのどちらでもあり、どちらでもない。なぜなら、人間の本質など、それこそ棺に蓋をしても分からないことは無数にあるからだ。

それればかりでなく、たしかに、なぜか芭蕉の人間像を追いかければ追いかけるほど、作品と行動の考証的資料により、どちらにも揺れ動いて、二つの顔が崩れようとする。結局は、芭蕉は人並み優れて、深く鋭い人間性を持った、稀有の大天才としか言えないことになる。


しかし、私は、芭蕉の詠んだ俳諧、俳句、さらには旅行記の散文などにふれると、ときに一読して身魂《しんこん》を奪われる想いがする。読めば読むほど、その時の自分が共鳴する弦となり、その合奏する響きが、天地一体となって宇宙に拡がることがある。

詩作品は、それ一句だけを提示される場合もあるし、数行、時には数連で構築されることもある。しかし、優れた詩作品は、たんに言語を以て、事物を認識させることではない。

　言語は生活的現実の描写や指示ではなく、むしろ、詩は言語を以て、言語を破壊し超越すること、そして、それが別次元でもうひとつの詩的世界を開示することさえある。じつは「ことば」の真相とは、認識と表現の両者が融合し、無から無限を孕《はら》んだ世界であることは、いままでのべてきたところである。

　芭蕉の現世的伝記史料を探索し、それを解読することはむずかしいと書いた。

　つまり、その詩作品の詩句を、詩として読みとる方が、じつは易しいのである。なぜなら、俳諧の作品を読むということは、じつは、与えられた言語表現の世界から放出するものを、共通追体験することだからである。

　端的にいえば、詩はその時、詩とともにある人間の運命を享受すれば、それで足りるということである。

　誰かが述べていたが、芭蕉にとって、俳諧とは、人生そのものであったということである。『詩経』を注釈した『毛詩大序』に言う、「詩は志なり、詩は刺なり」と。

　しかし、そのような詩は、それを自得し得る天才でなければ分からない。もし、そのような詩句を作ったのが芭蕉だとしたら、その生理的、社会的記録は同化するためのイメージを通して、詩の真理へと近づくことを可能にすると思われる。

　そのため、作品を共通体験することにとって、伝記的資料も無用ではない。ことばの虚実をあわせ、彼の生涯をたどることは、大きなたすけになるであろう。

　私たちは幸い、真偽を含むが膨大な芭蕉研究の結果を、今日手にすることができる。それを読みとく手掛かりは、私たち自身の心にある。

九章　荘子と芭蕉

芭蕉が江戸に出府した当時の俳壇は、一口にいえば古典的俳言の重視によって一世を風靡《ふうび》した貞門に対して、内部からの自由奔放な作風の談林がおこり、その「心の俳諧」に流されてゆく者も多かった。

談林の勃興期に『貝おほひ』をひっさげて江戸に出府した芭蕉は、当然その流行のなかで、どちらにも捕われない自らの俳風を磨くことになったが、はからずも、それらの二派を超える蕉風を打ち出すこととなった。

貞門から談林の俳諧へと自らを磨いていった芭蕉は、日本の古典文学、芸能の伝承深化ともいえる句作りの旗頭となっていった。寛文十二年から十三年の頃である。

この頃の江戸俳壇の状況を、簡略にみておこう。

一例として、先に触れた田代松意《たしろしょうい》が寛文十三年（一六七三、この年延宝《えんぽう》に改元）、鍛冶《かじ》町の自宅で俳諧談林の結社を開き、同志をあつめ、世間から飛体《とびてい》と呼ばれる自由奔放な作品を作り、注目をあびていた。

とくに、芭蕉の東下いらい生活面で何かと世話をしてくれた卜尺《ぼくせき》小沢太郎兵衛（初号、孤吟《こぎん》）は、父得入《とくにゅう》の代から江戸日本橋大舟町《おおふなちょう》の町名主を務めていた。はじめ俳諧を季吟《きぎん》に学び、やがて談林風がおこると、松意らの『談林十百韻《とつぴゃくいん》』の連衆に加わり、江戸の談林作家として知られた。延宝八年（一六八〇）には『桃青《とうせい》門弟独吟二十歌仙』に加わる。芭蕉は同年末に深川《ふかがわ》へ移居する直前まで、大舟町に隣接する小田原《おだわら》町の卜尺の貸家に居たことが知られている。卜尺の俳人としての活動は『虚栗《みなしぐり》』までで、蕉風本格化以後はあまり作品はない（『俳文学大辞典』阿部正美）。

しかし、松意の結社は、卜尺に代表されるような裕福な町人の集まりで、江戸俳壇の一大勢力とまではならなかった。延宝三年（一六七五）、西山宗因《にしやまそういん》が江戸に来たとき、松意は指導を求めたが、宗因は「されば爰《ここ》に談林の木あり梅の花」の発句を送ったのみで、一座に出席はしなかったという。

ところが、この句を巻頭に据え、同志九人で興行した『談林十百韻』を刊行すると、宗因新風の上げ潮にのる、その自由闊達さによって、全国の俳壇に大反響が起こり、松意は江戸屈指の点者《てんじゃ》にのし上がった（『俳文学大辞典』今栄蔵）。

それ以後、「撰集『談林三百韻』『幕づくし』、俳論書

『夢助』『軒端《のきば》の独活《うど》』、作法書『功用群鑑』を続刊。この間延宝六年には上京して西鶴《さいかく》・葎宿《りつしゅく》と三吟の『虎渓《こけい》の橋』を出して名をあげ、天和二年（一六八二）、上方で出版の全国名人句集『三ヶ津』『高名集』にも列せられるに至った。しかし同年、宗因が没した直後から俳壇から姿を消し、活動は短命に終わった」という（今栄蔵）。

しかし田代松意が俳壇の寵児となったため、同時に俳壇全体の成熟が進み、俳諧愛好者の層を厚くした。

京、大坂から江戸へ下ってくる俳諧師も多く、芭蕉は彼ら幽山《ゆうざん》・似春《じしゅん》・信章（のちの素堂《そどう》）と親しく交わることができた。同時に、江戸在来の俳諧師である不卜《ふぼく》や蝶々子《ちょうちょうし》・調和《ちょうわ》との交わりもでき、松意一派とは小沢卜尺を通じて付き合った。こうして芭蕉は談林主流の俳壇の中で頭角をあらわし、出府して二、三年で、一応職業的俳諧師としての地位を占めるにいたったといわれる。

後の有力な弟子となる其角《きかく》の芭蕉入門が延宝初年であり、嵐蘭《らんらん》の入門が、延宝三年、芭蕉三十二歳である。三十四、五歳のころには立机《りつき》、すなわち俳諧宗匠として認められ、文台を授けられている（井本農一編『鑑賞日本古典文学第28巻 芭蕉』）。

ちなみに立机披露といえば、後の話になるが、享保（一七一六〜三六年）ごろから次第に派手になり、『教訓《きょうくん》雑長持《ぞうながもち》』には、有名料理茶屋で繰り広げられる華やかな万句興行の様子が描かれている。宝暦十年（一七六〇）ごろの祇貞《ぎてい》の場合、五十〜六十両を費やしたという。（『俳文学大辞典』田中善信）

立机した芭蕉は、弟子を抱え、歳旦帖《さいたんちょう》（宗匠が正月に門人の句を書き記したもの）も出し、また延宝六、七年、江戸で刊行された主要俳書のほとんどすべてに、芭蕉の作品が相当数収録されている。作風は概して談林風の、明るい、機知縦横のものであった（井本・前掲書）。

まだ世俗的地位を持っていなかった桃青は、ただ、「この一すじにつながる」として、いわば筆一本にかけて江戸に出たわけだが、それが今や、もっとも輝ける新鮮で強力なグループをつくりあげ、世俗からも一目おかれる職業的点者となったのは、まさに芭蕉の才能とともに、時代の趨勢によるところが大きかった。だが俳諧の真実をどこまでも追求する立場となったとき、はたと彼が直面したのは、宗匠点者の実態であった。

人気を保ち、俳諧を遊びとして流行にのっている弟子たちと表向き華やかな門戸を張りつづけるのは、いわば俗事であった。

加えて、門人をふやし、一門の句集をつくり、多くの俳席に呼ばれ「みずからも腹をか丶へ、人の耳目をよろこばしめて衆と共に楽」（『俳諧或問《わくもん》』）しむこと、そして点者としての収入をはかり、集団を維持することは、ただごとではなかった。なによりも、芭蕉がこの一筋とさだめた生涯を充実させるものでもなかった。

これは今日のジャーナリズム流行作家に似ている。いわゆる文芸や芸能一般についていえることであった。当時の俳壇も、陰に陽に激しい生存競争の場でもあった。

芭蕉が死を迎える二年前の元禄五年（一六九二）二月十八日、菅沼曲水《すがぬまきょくすい》（のちに曲翠）に宛てた書簡は、俳壇を裏から素直に述べためずらしい文書である。

この中で芭蕉は、「風雅の道筋」には「大かた世上に三等」あるとし、下位から上位へ三段階の俳諧について記している。そのうちの下位の二段階は点取り俳諧で、まずその最下段について、

点取に昼夜を尽し、勝負を争ひ、道を見ずして走り廻る者あり。かれら、風雅のうろたへ者に似申し候へども、点者の妻子腹をふくらかし、店主《たなぬし》の金箱《かねばこ》を賑《にぎ》はし候へば、ひが事《ごと》せんにはまさりたるべし。

皮肉たっぷりな口調が伝わってくる。その一つ上の段については、

日夜二巻《ふたまき》・三巻《みまき》点取り、勝ちたる者も誇らず、負けたる者もしいて怒《いか》らず、「いざ、ま一巻《ひとまき》」など、また取り掛り、線香五分《ぶ》の間に工夫をめぐらし、こと終つて即《そく》点など興ずる事ども、ひとへに少年の読みがるたに等し。されども料理をととのへ、酒を飽くまでにして、貧《ひん》なる者を助け、点者を肥《こ》えしむること、これまた道の建立《こんりゅう》の一筋《ひとすじ》なるべきか。

（新潮日本古典集成『芭蕉文集』）

点取りの執着ぐあいには差のあるものの、この両者に共通するのは、しょせんは点者に点料を払えばまあいい、と軽く考えていることである。ここに、芭蕉の苦い想いがある。

その中でも、芭蕉は前進する。

延宝八年（一六八〇）三十七歳　四月『桃青門弟独吟二十歌仙』（延宝八歳次庚申《かのえさる》初夏、榑柾《くれまさ》町本屋太兵衛開板）刊。

本書は当時漸く隆盛に赴きつつあった桃青門の存在を、一門団結して世に問うたもので、書中「桃青園《ソノ》には一流深し」（嵐蘭歌仙挙句）のごとき自賛句も見える。

（『年譜大成』）

ここには充実した俳諧結社を誇り、やりとげた満足感と、これからの行方に対する意気込みがうかがわれるように思われる。

　しかし、実情は経済的にはかなりきびしく、俳諧の点者としてだけでは、暮らしが成立しなかったことが、明らかになる文書がたまたま残されている。

　喜多村信節《きたむらのぶよ》『筠庭雑録《いんていざつろく》』に収められた「役所日記」にある同年六月十一日付、町々への触れ状の記述である。

一、明後十三日、神田上水道水上《みなかみ》総払ひ之《これ》あり候間、相対《あいたい》致し候町々は、桃青方《かた》へ急度《きっと》申し渡すべく候。桃青相対之《これ》なき町々、月行事、明十二日早天に、杭木・掛け矢、水上に持参致し、丁場請け取り申すべく候。勿論十三日中は水切れ申し候間、水道取り候町々は左様相心得、相触《あいふ》るべく候。もし雨降り候はば、総払ひ相延べ候間、左様相心得申すべく候。

（『年譜大成』）

　その前にまず、当時の経済の状況と、それに対応して階層序列社会が整備されていった様子をおさえておく必要がある。

　この時代は、文化面では、東アジア世界で明清《みんしん》交替期の戦乱が終わり、中国の大量の文化、思想や詩書がいっせいに輸入され、研究も盛んに行なわれ、日本文化思想の根本に浸透しはじめていた。幕府は、この「平和と安定」を維持するため、公家文化を引き継ぎ、武力にかわる文化思想が、各界に浸透していった。

　一方で、こうした政治的社会秩序の整備は、逆に、その士農工商の経済体系からはみ出した「かぶき者」と呼ばれる枠外の不定住の宗教者や芸能者を生み出した。

　時に彼らは「道の者」と呼ばれるように、今日いうところの政経以外の「文化」をうけもつことになり、先に『貝おほひ』で紹介した歌謡の原点ともなった、古代の遊民や呪術的歌謡者を大量に復活した。幕府は、この体制からはみ出した文化層を、組織化しようと努力する一方、逆に、儒者、正規の宗教者を保護するという二面作戦に伝統文化継承者を利用した。

　この激しい時代の変化の只中に、あえて、芭蕉がこの途《みち》一すじに、精神文化を充実させ、確立したことの意味は大きい。人間と世界の真相の究明にあくなき意志を示しつづけ、古代から今日までの文芸に大きな深化を起こそうという、努力と情熱に燃えていたといえる。

話をもどすと、延宝八年の「役所日記」を読んでまず驚かされるのは、江戸幕府の官僚組織が細かな指示で、上、下水道を運営管理していたということである。この記述だけでは、それ以上のことは分からないが、絵図などを見ると、一本の路地の中央に水路があり、それをはさんで櫛の歯のように長屋が並び、その路地の中央に共同の井戸がある。不浄は建物の囲いの内側にそれぞれ独立して設けられているようである。

さて、くわしくは分からないが、仕事の内容は、「神田上水道水上総払い」というと、水道の本管の清掃のようである。役所は、そのため何かを桃青方へ指示したのであろうか、いずれにせよ桃青は水道の役人の指令に従って、直接町の人々から道具をあつめる現場の下請けというか、少なくとも役人の指揮下にあって、上水道の管理に携わっていたと想像される。

一体なぜ、このような日常生活の役務をすることになったのか。いうまでもなく何かしらの報酬、生活のためであろう。つまり、この頃新興俳人グループの長として世に出た芭蕉は、副業として水道工事の雑用を請け負っていたにちがいない。点者の収入ではやって行けなかったということだ。

高橋庄次氏によれば、森川許六《きょりく》『本朝文選』の「作者列伝」に、「修メ二武ノ小石川《こいしかわ》之水道ヲ一四年ニ成ル。……年三十七」とあり、芭蕉が四年にわたって小石川の上水道（神田上水）工事にたずさわっていたという事実を伝えている。つまり延宝五年から延宝八年までの間、水道工事に職を得ていたことになる。

だがその間も、弟子、同門たちと俳諧の道に研鑽していたことは明らかである。

それと同時期にあたる延宝八年七月には、下里知足《しもざとちそく》主催「大柿《おおがき》鳴《なる》海《み》桑《くわ》名《な》名古屋《なごや》四ツ替り」百韻巻《まき》に加点。奥書に「栩々斎《くくさい》主《しゅ》桃青」と自署し、「松印桃青」「素宣《そせん》」の二印を押した（『年譜大成』）。

このさい、知足筆草稿に付記された俳諧師住所録中に「小田原町、小沢太郎兵衛店《たな》」とあり、弟子の小沢太郎兵衛の貸家を住所としていたことが確定できるのである。

さて、同じ延宝八年の九月には、一方では水道関係などの雑務をこなし、一方では点者として俳諧に活躍しながら、桃青版『俳諧合田舎其角《はいかいあわせいなかきかく》』（内題「田舎之句合」）、姉妹編として同『俳諧合常盤屋杉風《ときわやさんぷう》』（『常盤屋之句合』）が刊行され、桃青門のゆるがぬ結束を示している。

この二冊に桃青は、さらに新しい俳諧の行方を暗示していて、きわめて興味深い。

それは突然とみえる中国の荘子への傾倒である。『田舎』は嵐亭治助《らんていはるすけ》（嵐雪《らんせつ》）序文に「尭翁《とうおう》（桃青）、栩々《くく》斎《さい》にゐまして、為《ため》に俳諧無尽経をとく」とあり、一方、巻末には、「栩々斎主《くくさいしゅ》桃青」と署名がある。

この「栩々斎主」という署名を、芭蕉が自ら「栩々斎主桃青」と署名しているのは、新しくこの呼称を公表しているかにみえる。

「栩々斎」は、『荘子』の斉物論篇《せいぶつろん》にある有名な句「昔荘周《そうしゅう》夢ニ胡蝶《こちょう》トナル。栩々《くく》然トシテ胡蝶ナリ」からとられている。「栩々然」とは、「ふわふわ」するさま、飛ぶ羽のように自由で愉快なさまをいう。荘子が夢で胡蝶になって楽しみ、自分と蝶との区別を忘れたという話で、「胡蝶の夢」といえば、現実と夢の区別のつかないこと、自他を分かたぬ境地のたとえとして使われるようになった。

また、嵐雪が序文の中で「判詞、荘周が腹中を呑《のん》で、希逸《きいつ》が弁も口にふたす」とあるのは、ユーモアを含みつつ、芭蕉が、宋《そう》代の荘子注釈者として名高い林《りん》希逸をしのぐほど荘子の精神をよく理解したとして、その中国思想への傾倒ぶりと荘子への愛情を賞賛しているのだという（中村幸彦《ゆきひこ》編『芭蕉の本1 作家の基盤』角川書店所収、堀正人《ほりまさと》氏「芭蕉と中国思想」）。

嵐雪序文の全文を紹介しよう（『日本古典文學大系46 芭蕉文集』岩波書店）。

尭翁〔桃青〕、栩々斎《くくさい》にゐまして、為に俳諧無尽経をとく。東坡《とうば》〔宋代の詩人蘇軾《そしょく》〕が風情《ふぜい》、杜子《とし》〔杜《と》甫《ほ》〕がしやれ、山谷《さんこく》〔黄《こう》山谷。蘇東坡の門人〕が気色〔情趣〕より初（め）て（出発して）、其躰幽《そのていかすか》にならか也〔師の風躰は幽玄且つ穏やかである〕。ねりまの山の花のもと、渭北《いほく》の春の霞を思ひ、葛西《かさい》の海の月の前、再（び）江東《こうとう》の雲を見ると〔練馬《ねりま》の山の花を見ては、かつて渭川の北側に住んだ杜甫の詩情にひかれ、江戸近郊、葛西の浦に照る月を仰いでは、揚子江《ようすこう》の東岸会稽《かいけい》にいた李白《りはく》のことが思われる〕。

補注によると、この部分は「杜甫の『春日憶㆓李白㆒《しゅんじつりはくをおもう》』と題する『白《はく》ヤ詩ニ敵無シ。飄然トシテ思ヒ羣《ぐん》ナラズ。清新ナルハ庾開府《ゆかいふ》〔六世紀の文人、庾信《ゆしん》〕ノゴトク、俊逸ナルハ鮑参軍《ほうさんぐん》〔五世紀の南宋の文人、鮑照《ほうしょう》〕ノゴトシ。渭北春天《いほくしゅんてん》ノ樹　江東日暮《こうとうにちぼ》ノ雲。何《いず》レノ時カ一樽《ひとたる》ノ酒モテ重ネテ与《とも》ニ細カニ文ヲ論ゼン』の詩に拠った」（同書、補注一一三）という。

序文はつづく。

螺《ら》子〔当時螺舎《らしや》と号した其角のこと〕此語にはずんで〔勢いを得て〕、農夫と野人とを左右に別ち、詩の躰五十句をつゞる。章のふつゝかに〔句が無骨で品のないこと〕語路の巷《ちまた》のまがり曲がれるをもつて、田舎とは名付（け）たる成（る）べし。仍《さ》（て）以《もつ》（て）是《ここ》に翁の判を獲《え》たり。判詞、荘周が腹中を呑《の》（ん）で〔荘子の説をよく理解し〕、希逸《きいつ》が弁も口にふたす〔荘子に造詣の深い希逸も口を閉じる〕。

希逸は林《りん》氏。中国宋代の人で詩書画を能くした。著書のうち『荘子鬳斎口義《そうじけんさいこうぎ》』は殊に名高く、我が国でもひろく読まれた（同書、補注一一四）。

遠くきく、大江《おおえ》の千里《ちさと》は百首の詠を詩の題にならひ、近所の其角は俳諧に詩をのべたり。あゝ千里同腹中なる事を知ル〔其角の気持が平安前期の大歌人、大江千里と同じであると知り得た〕。しるといへば、我是をしるに似たり。しらずして爰《ここ》に筆をとる、又是しらざるなり〔身の程知らずであることよ〕。

延宝八歳次庚申仲秋日　嵐亭治助謹序

これは嵐雪の文章であるが、門弟とはいえ、芭蕉の荘子への傾倒をあますところなく自由闊達に語っているのは驚かされる。いかに芭蕉が斉物論篇の「昔荘周夢ニ胡蝶トナル。栩々然トシテ胡蝶ナリ」という話を、俳諧の志のあり方として愛用していたかが分かる。

また、芭蕉真蹟の荘子像の自画賛の句にも「蝶よ〳〵唐土《もろこし》のはいかい問《とわ》む」がある。

先のデビュー作『貝おほひ』の軽快、滑稽で一世を風靡した作風から、どういう変化があったか、俳壇の趨勢《すうせい》と芭蕉の詩の深化については、また先で考えてみたいと思う。

芭蕉が、いかに荘子に傾倒していたか、もう一つ紹介しておきたい。これは芭蕉の文章そのものにあるからである。

すなわち『田舎之句合』の姉妹編『常盤屋之句合』の跋文《ばつぶん》（あとがき）である。

貞門から談林へと俳諧の主流は移り変わり、その談林も新鮮さが薄れ形式化してゆく時期にあたり、芭蕉はさらに根本的な革新へと向かう決意を、一門を率いる立場として述べている。

詩は漢《かん》より魏《ぎ》にいたる四百余年、詞人・才子、文体三たびかはるといへり。

（『古典大系46』）

引用書の頭注によると『文選《もんぜん》』に「漢ヨリ魏ニ至ルマデ四百余年、辞人才子文体三タビ変ル」（沈休文《しんきゅうぶん》）とあるといい、また「吾国でも、俊成《しゅんぜい》の『古来風体抄《こらいふうたいしょう》』以来、詩歌の風体の変遷を論ずる場合にしばしば引用せられた。例えば、西行《さいぎょう》の自選歌に定家《ていか》が判を加えた『宮《みや》河歌合《がわうたあわせ》』にも『もろこしのむかしのときだにも、いく百とせのうちにや。詩人才子文体三度あらたまりにければ云々』と見えている」（同書、補注一八五）という。

『常盤屋之句合』の跋文をつづけよう。

倭《やまと》歌の風流代《よ》々にあらたまり、俳諧年々《としどし》に変じ、月々に新《あらた》也。今こゝに青物〔野菜〕の種々《くさぐさ》をあつめ、二十五番の句合となして予に判をこふ。誠に句々たをやかに作新敷《あたらしく》、見るに幽《ゆう》也。思ふに玄《げん》也。是を今の風躰《ふうてい》といはんか。且（つ）是に名付（け）て常盤屋といふは、時を祝し代《よ》をほめての名なるべし。倩《つらつら》神田須田町《かんだすだちょう》のけしきを思ふに、千里《せんり》の外《ほか》の青草は、麒麟《きりん》〔一日に千里走る俊馬〕につけてこれをはこばせ、鳳《おおとり》の卵は糠《ぬか》にうづみ、雪の中の茗荷《みょうが》、二月の西瓜《すいか》、朝鮮の葉人参、緑もふかく、唐《から》のからしの紅《くれない》なるも、今此《この》江戸にもてつどひ、風たうきびの朶《えだ》をならさず、雨土生姜《しょうが》をうごかさねば、青物の作意時を得て、かいわり菜の二葉に松茸の千《ち》とせを祈り、芋のはの露ちりうせずして、さゝげのかづら長くつたはれらば、そらまめをあふぎて、今此ときをこひざらめかも冬瓜《かもうり》。

于時《ときに》延宝八庚申季穐日　華桃園

以上、句集ではなく文章を読んでみたのには理由がある。芭蕉が既存の和歌にも紀行文にも漢詩文にも、その何《いず》れにも属さない、言語の濃厚な大洋の世界をひらいたことを熟知するには、日本人の文芸思想を芭蕉とともに果てしなく歩みつづけるしかないからである。

先に、言語の虚構性を逆転粉砕するかにみえる『貝おほひ』をみた。

そして、話の主格の厳格な文芸として原始歌謡の世界をみた。次いで、それが主観と客観による図式を形成したが、形骸化して実情を失った滑稽により逆転してみせた。そしていま、芭蕉は混沌と形骸となった言語世界に、俳諧という世界に類を見ない作業を創出しようとしていた。

芭蕉は、流行する連歌、連句が、言葉遊びの娯楽におちいり、一時しのぎの滑稽の座に落ちていくのを批判し、深い反発を覚えていた。

その原因は、言語が、言語の中でだけやりとりされ、人間の志の表現からも、厳然たる風景・文物からも離れ、それを支えるために、細かい約束ごとをつくるにいたり、その結果、連句はまさに、技巧の点取りをする「座」の「連戯」から、宴席を開くパーティーの言い訳になるにいたったためである。

本来の詩人であった芭蕉は、この座の宴席がそれだけに終わり、言語の霊性を失うことに心を傷つけられた。

彼は、時代と運命の成り行きから、俳諧を業《なりわい》にするにいたったが、遊びの句合であった席を破壊し、さらに超然たる世界を目指し、その出発点として、『貝おほひ』を引っさげて俳壇に登場した。この句集の言語は先に触れたが、小歌から時代をさかのぼって、日本語の祝詞《のりと》、呪言《じゆげん》という、神仏化した自然への呼びかけであり、そこには神話の世界がはてしない古代から引きつがれ、人間の対話すら祝詞として復活していた。そこには、主語も述語もなく、めくるめく音声が天地をみたした。世界創造神とともに生まれたのは、男女の生殖のための掛け合いの相聞歌《そうもんか》である。これも自然発生的な行為と言語の一致であった。それを一瞬にしてあらわにしたのが『貝おほひ』であった。芭蕉はこの一撃で言語の根元を捕え、粉砕したことになる。

時代は下り、歌が形式化していくとともに、芭蕉は、言語の生命を求めて、俳壇の中心である江戸に出たが、そこでも、俳句は一つの流行が、たちまち衰退して次の流行へと移っていき、落ちゆくところは、無意味な駄洒落と、酒肴の宴にすぎなかった。

ここで、極限まで古代をさかのぼり、呪言化した詩歌の根元を理解するには、どうすればよいのか。

ここで和歌の歴史が忘れていた、もうひとつの道が自覚されることになる。

それは、原始的生理へと向かうのとは、まさに逆の途であった。古く原始にさかのぼった日本語は、祝詞、祈禱をもこえて、言葉にもならない、音声の原点を核に持ちつづけていた。漠然たる自然の「音」である。気がつけば、この大地は鳴りひびく「音」そのものであった。その混沌であり、超自然的自然の気ともいうべき音がみちていた。日本では「のりと」といい、気がつけば中国では「詩」と云われていた。「のりと」は分断されることなく響きつづけ、詩は中国の思想家によって「詩は志なり」ととらえられ、『詩経』という経典に書きのこされた。

中国では「詩」は同じ音の「志」であるとされた。志は固定されたものではなく、無限の拡がりを持つ、いわば不定形そのものと考えられた。中国では、この思想に形式を与え、いくつかの形式の定型詩が生まれた。日本の古代文化は、この中国の詩文を受容して社会の定型を仮に定めていったと云っていい。

日本文化の基といわれる平安文化は、女性の仮名文化、和歌、物語を生んだが、実は、その背後では、官僚体制を支える漢詩文文化が、密教僧・空海《くうかい》によって移入され、爆発的流行をみせ、数多くの日本漢詩集さえ生まれていたのである。

日本のひらがな文字が、中国の漢字から生まれているということは、いかに日中文化が深い関係にあるかということだが、同時に日本人は漢詩文を和韻に崩して日本語として読むという、まさに言語界では驚嘆すべき用法を、千年余にわたってつづけてきた。また和漢混淆文、仮名まじり文という、今日私たちが千年にわたって用いている筆記法が生きているのである。

先に触れたが、俳諧の持つ原始化＝生理化のエネルギーで、『貝おほひ』の言語のカオスを、さらに深めて、時の俳人を驚愕させた芭蕉は、江戸俳壇で、返す刀で中国思想をわがものとして、漢詩の趣向を強く持った詩文を創設すると宣伝し、同志と弟子が一団となって、形骸化した俳諧を粉砕しようとした。その衝撃は大きかったにちがいない。古くは和の祝詞、近くは中国の漢詩、その中央を突破したことになる。文化史上、目ざましい「はいく」詩学の創設であった。

さらに中国の詩文は、古代中国の神話として、老子、荘子の思想を孕《はら》んでいた。しかも、老荘は、じつは仏教を通じて、印度大陸宗教につながっている。自他を峻別することを好まない日本文化は、僅かにためらうことはあったにしても、日本は神仏習合、垂迹《すいじゃく》信仰などの形で、在来の霊的なる世界に、これらの外来神と、その世界をなし崩しにとりこんで、和様化していった。

最近の歴史的研究は、言語、思想、民俗にわたって、日本語が、ひろく、柔軟に、それを和様化した経過を、少しずつ明らかにしているが、その印には、東南アジア文化圏全般で、多くの事例が発見されている。

応仁の乱以後には、様々な形で、東アジア文化、中国仏教、さらにキリスト教文化までが浸みこんでいることが明らかになっている。

芭蕉がえらび深化した俳諧は、まさにこの複雑多様な文化をわが身に引きうけ、日本で日本を超えた純粋な文芸の世界を築き上げるものだった。

十章　隠栖

前章で、芭蕉の俳風の変化に大きな影響を与えたものとして、外来文化の劇的な流入について一言触れたが、その内容について歴史家の新しい研究（『日本の時代史15 元禄の社会と文化』高埜《たかの》利彦《としひこ》氏編）をかりて、あらましをもう少し紹介しておきたいと思う。

明清《みんしん》文化の急激な流入による元禄期の社会と文化の激動は、あたかも、明治維新における欧米外来文化思想の流入にも等しく、日本古代からの文化的根元にかかわる影響を与えた。

元禄といえば顕著な生産力の増大にともない、公家・武家の上流層ばかりでなく、その経済活動を支える町人文化が登場することに特徴がある。松尾芭蕉の俳諧、井原西鶴の『好色一代男』『日本永代蔵』、近松門左衛門の『曾根崎心中』や『国姓爺《こくせんや》合戦』などが、芸能の新しいジャンルを切りひらき、能・狂言、人形浄瑠璃や歌舞伎の流行が、町人に受け入れられ、「花開く町人文化」の活況を現出させた。

しかし、十七世紀後半から十八世紀初頭の六十年あまりの期間の変動は、それだけで言い尽くすことは出来ない。

この時代、中国大陸では明清《みんしん》交替期の戦乱がおさまり（清の大陸支配の始まりが一六四四年）、東アジア世界には「平和と安定」がもたらされた。中国からの新しい国際的な思想文化を日本にもたらした朱舜水《しゅしゅんすい》や隠元《いんげん》のような著名人の弟子や周辺ばかりでなく、教えを受けた文化人たちによって、急速に新しい文化が日本の地方文化の中にまで拡がっていった。

さらに、町人文化の開花の華やかさの陰にかくれて、見のがされがちなのが、上層文化の大きな変動である。武家と公家との関係も変わり、たとえば、三代家光《いえみつ》から六代家宣《いえのぶ》までの正室は、親王家《しんのうけ》（伏見宮《ふしみのみや》）・摂家《せっけ》（鷹司《たかつかさ》・近衛《このえ》）から迎えられ、七代将軍家継《いえつぐ》にいたっては、皇女との婚約がなされた。それによって武家社会全般、とくに大奥では平安から続く生活文化としての雅《みやび》の文化が復活し発展した。

元来、文化は、先代を批判し、跳んで先々代の文化の復活という形で継承するので、じつは、芸能、詩歌、宗教などの日本的根幹は、少しずつ新しいものを取り入れ、形を変えながらも、上級武家、富裕商人層などのなかで復活していった。

たとえば、能楽、神楽《かぐら》、連歌、俳諧、茶の湯、礼法、祭儀など、文化芸能の活動などをあげれば、今更のようにその華やかさに驚くほかはない。今までは歴史的研究が遅れていたが、最近は、民族的な文化史研究の課題として注目されている。

ここで、大まかに日本文化の激変の形をつかむために、歴史学者杉仁《すぎひとし》氏の研究（前掲書所収「明清文化と日本社会」）をかりて、その要旨を紹介しておこう。

公家・貴族による古代国家から、律令制の崩壊とともに成立した武家政権だったが、一四六七年に始まる応仁・文明の乱以来、戦国期を通して百数十年に及んだ戦乱がようやく収まると、社会体制の組みかえがすすみ、この時代に入ると農工商庶民の力で新しい文化と秩序をつくり上げる機運がようやく生まれてきた。

この節目を、文芸・思想の面からみると、戦国時代から、禅僧や大名に少しずつ吸収されていた宋《そう》代の朱子学《しゅしがく》は、藤原惺窩《ふじわらせいか》（一五六一～一六一九）が中央に招かれ、中国儒学とその文化秩序が、社会全体に受け入れられるようになった。また折から明清文化は、渡来文人学者とともに長崎に滞留し、長崎は、一種「制外《せいがい》」の地となった。たとえば遊女は「其曲輪《くるわ》より外へハ出さぬ掟成《おきてなる》を長崎にかぎり其法度《はっと》〆《しま》りもなく」といわれ、幕令も「長崎ハ異国人着船之地、諸国之者入込之所」としたが、それによって、文化的魅力はいっそう大きくなっていった。

唐船《とうせん》の入港は年平均約五〇～六〇艘、ときに九〇艘にもおよんだ。長崎を唯一の窓口として、中国最高のレベルの儒書・漢詩文・書画・法帖《ほうじょう》など、膨大な冊数が入荷した。厳密な検閲がおこなわれ、その膨大な記録が中国船載書の全貌を今に伝える。

唐人・唐語・唐船は、長崎の魅力を高め、渡来文人や江戸の大商人がさかんに往来し、中央三都と西端の長崎が、直結する形をつくり、国際的文化の浸透をいっそうひろめた。

この動きが、芭蕉の連句に大きな新しく活潑な刺激を与えたことは、当然のことであろう。

逆に、国内の儒書・詩文も、通詞《つうじ》・海商《かいしょう》を通じて清国へ伝えられ、大きな評価を受けたものもあったという。

とくに古代以来、日本だけに伝わって遺る唐詩を集めた市河寛斎《いちかわかんさい》『全唐詩逸《ぜんとうしいつ》』（天明八年序）は、康熙《こうき》帝による大集成『全唐詩《ぜんとうし》』（四万八九〇〇余首）の欠をおぎなうものとして珍重された。翁廣平《おうこうへい》が跋に、

> 「全唐詩逸三冊、日本国河世寧所輯、余これを海商舶中に得」と記して復刻もされた（『知《ち》不《ふ》足《そく》齋《さい》叢《そう》書《しょ》』二三六、道光《どうこう》三年〔一八二三年〕跋。河世寧は市河寛斎のこと）。
>
> （杉・前掲論文）
>
> 舶載書の検閲は、はじめは常設の役職ではなかったが、寛永一七年（一六四〇）、俳人向《むか》井《い》去《きょ》来《らい》の父向井元《げん》升《しょう》が、常任の「書物改役《あらためやく》」に任じられたのが定職となった最初だった。元升は後に一家で上洛し医師となった。
>
> 急増する舶載書は、幕府の紅葉山文庫《もみじやまぶんこ》・林家《りんけ》はじめ諸役・諸大名家、さらに三都文人から在村文人にまで及んだ。これに写本や訓点つきの和刻本《わこくほん》が加わる。全国にゆきわたった漢籍の数は膨大になろう。
>
> （同前）

注目すべきは、舶載漢籍をまっ先に熟読できるのは書物改役の向井氏であることで、向井氏の周辺は、長崎漢学の最先端の場となった。

> 漢学はいわば文化最上層だが、その一族や仲間には、蕉門《しょうもん》の雄「向井去来」をふくめ、俳諧をたしなむものが多かった。（略）長崎の近世文化は、文化最上層をなす漢学から、一般中下層（文化の中下層）をなす俳諧まで、はばひろく展開することになろう。
>
> 長崎の俳壇では、はじめ貞門《ていもん》派や談林《だんりん》派がさかんだった。元禄期あらたに蕉風がつたわり、芭蕉門人もふくめ多くの俳人が長崎をおとずれた。長崎江戸《ながさきえど》会所《かいしょ》商人として下向した和田泥足《わだでいそく》が、長崎談林派を蕉風へ向けさせるきっかけをなした（一六九〇年〈元禄三年〉）。向井去来は少年期に父とともに京都へ移住したが、蕉門俳人として名をなしてから墓参に郷里をおとずれ、一族や仲間に蕉風を直伝した。
>
> （同前）

話が、芭蕉の俳風から長崎における漢文学、儒学の流入へと移ってしまったようにみえるが、それには理由がある。

ひとつは、近年芭蕉研究が細密をきわめた結果、当時の、世界と日本全体における文芸のなかでの芭蕉の位置づけが見失われがちで、これを見直す必要があると思われること。

もうひとつは、蕉風の初期における急激な変化の謎を解くことである。つまり江戸出府のさい、『貝おほひ』でみせた、一見素朴、あるいは、しゃれ、おかしみなど、いわば、小唄を中心とした諧謔の作風には、民俗、民謡風の調べが濃厚であった。これは、たんに歌の内容や調子にとどまらず、むしろ言語の根源にかかわるとらえ方、「言霊《ことだま》」とか、神仏、自然に対する祝詞《のりと》の核心ともいうべき世界を暗示するものであった。

それが、延宝八年（一六八〇）の『俳諧合田舎其角（田舎之句合）』『俳諧合常盤屋杉風《さんぷう》（常盤屋之句合）』では、漢詩文や『荘子』に深く傾倒する芭蕉の姿が語られ、巻末署名には「栩々斎《くくさい》桃青」とまで記される。貞門風から談林俳諧屈指の点者となり、さらに『荘子』思想に親しむまで、短期間に大きな変化がみられたと思わざるを得ない。

いったい何があったのか。もちろん時代背景もあり、点者生活の体験もあり、個人的には、延宝四年（一六七六）の帰郷にさいし、五〜六歳で父を失って当年十六歳になっていた甥桃印《とういん》を江戸に連れ戻り、後見人となったという事情もある。

この大きな変化の背景として、江戸移住後の三年間はいろいろな伝説があるが、確とした消息はほとんど明らかではない。

延宝八年、三十七歳、冬、芭蕉は日本橋小田原町の幕府御用魚問屋の杉風《さんぷう》の尽力によって、新しく江東《こうとう》深川の川べりに近い草庵に移り、これを「泊船堂《はくせんどう》」と称した。移住前の十月二十一日に新小田原町からの出火で、被災したことを理由とする説もある。日本橋小田原町は、日本橋北側の大変繁華な商業地で出火も少なくなかった。

元の住みかは小田原町の小沢太郎兵衛（俳号卜尺《ぼくせき》）の貸屋で、卜尺は大舟《おおふな》町の名主だった。その界隈の様子を、高橋庄次氏の記述によって紹介しよう。

> 日本橋を中心に南北に貫く通町《とおりちょう》は『江戸名所図会《えどめいしょずえ》』が「幅十間余」という江戸を縦断する大通りであった。（略）日本橋の北では室町《むろまち》一・二・三丁目・十間店《じっけんだな》とつづく通りがそれにあたる。室町も十間店も通りに面して並ぶ両側の商店街である。この通町から東側へ二丁、伊勢町河岸通《かしどおり》までが桃青の住む小田原町一・二丁目で、さらにこの小田原町から南側の大舟町・安針《あんじん》町にかけては魚店が多く、魚市でにぎわった。桃青の門人でパトロンの杉山杉風《さんぷう》はこの小田原町の魚の大店《おおだな》（屋号鯉屋《こいや》）であった。（略）『江戸名所図会』の挿絵だけに限ってみても、日本橋の魚市、駿河《するが》町の呉服店、本町の薬種店、大《おお》

伝馬《てんま》町の木綿店、伊勢町の米河岸・塩河岸、十軒店《じっけんだな》（通町の十間店）の雛市《ひないち》というように、日本橋の北界隈には多彩な商店が展開していた。（略）
延宝六年には、俳諧撰集『江戸通り町』『江戸新道《しんみち》』『江戸広小路《ひろこうじ》』が次々に成立刊行されている。（略）『江戸広小路』には、

内裏雛《だいりびな》人形天皇の御宇《ぎょう》とかや　桃青

の句が収められている。（略）日本橋北の十軒店（十間店）の雛店を詠んだ句だろう。『江戸名所図会』によると、江戸随一の雛市で、桃の節句には内裏雛《だいりびな》・裸人形・手道具など、端午の節句には冑人形《かぶと》・菖蒲刀《しょうぶ》などの市が立ち、また歳暮には破魔弓《はまゆみ》・手毬《てまり》・羽子板《はごいた》など、雛市に劣らず賑わったという。
（高橋氏『芭蕉伝記新考』）

読んでゆくだけでも、沸きかえるような商店街の賑わいが伝わってくる。日本橋とか室町とか、今日でもよく耳にする地名があり、文字どおり江戸の中心地であった。当然、富裕な商人たちは、俳諧などの諸芸をたしなんで、その中で桃青は俳諧師としての地位を確立したことになる。

なお、高橋氏によれば、この頃、延宝六年に、桃青の三人の子のうち二郎兵衛《じろうべえ》と長女のまさは生まれていたはずであり、十八歳の養子桃印は家事手伝いや桃青の助手をしていたと思われるという。

江戸に出府して三十四、五歳には頭角を現わし、俳諧宗匠としての立机《りっき》興行を行ない、歳旦帳《さいたんちょう》を出し、門人を抱え、延宝六、七年には江戸で刊行された主要な俳書のほとんどにその作品が収録されるという勢いで、延宝年間の芭蕉は、全盛期にあった談林風の旗手として文句のつけようのない活躍をしていたように、少なくとも外側からはみえる。

だが談林風の俳諧も、早くも延宝末年には行きづまりを見せていた。俳諧宗匠たちはそれを打開すべく、それぞれに工夫をこらしたが、その多くは「おかしみ」から、情趣的な傾向に向かったとされる（井本編『芭蕉』）。

このように学問、文芸全体が、さらに新しい方面を求めはじめていた頃、芭蕉はそれ以上に、深く、内面的な疑問を持ちはじめていた。

芭蕉の俳諧は、当時の教養や遊戯的なサロンの俳諧のさらに奥へと、あくなき「誠」を求めてやまなかったからである。たんなることばの芸能から、それを超えた、あの『詩経』の示す、詩の根元的な、言霊《ことだま》、祝詞、真言《しんごん》

の発する言語の原理的霊性への直感的な希求を求めてやまなかった。

その新しい探求は、延宝八年の一門による句集『俳諧合田舎其角』、『俳諧合常盤屋杉風』の革命的な出版となった。ここでは、一見して『荘子』をはじめ、漢詩文への傾倒を宣言するものとなった。

そこには、当時の文壇における中国古典詩や儒学の古典の流入による文化的教養の劇的な進展があり、また、中国古典の源流ともいうべき仏教、とりわけ禅宗の流入と発展があったことも見逃せない。ここに、日本の伝統的な古今、新古今風とは質の異なった、「言語」の超越までを含んだ詩境がひろげられていた。さらに、芭蕉の天才的詩魂が求めつづけているなにかを、強く訴える詩的世界が絢爛《けんらん》としてくりひろげられていた。


それでは、芭蕉が唐宋詩と、どのように接し、受け入れたかを、もう少し詳しくみていこう。手がかりとして、小西甚一氏『日本文藝の詩学』(みすず書房)所収の「芭蕉と唐宋詩」の説くところにしたがって、要約紹介させてもらうとしよう。

まず、芭蕉が杜甫・李白・寒山《かんざん》・蘇東坡《そとうば》・黄山谷《こうさんこく》たちの詩に接したことはよく知られるが、どのような書物によったかといえば『唐詩選』によるものというのが従来の通念であった。だが、当時はまだ『唐詩選』はわが国に流布していない。ひろく知られるようになったのは、享保九年(一七二四)に和刻本が出版されてより後である。以後、江戸末期までに幾度かにわたって和刻され、流行するようになった。しかしそれは芭蕉没後である。

芭蕉のころ流布した選詩集は、おそらく『三体詩《さんたいし》』『千家詩《せんかし》』『聯珠詩格《れんじゆしかく》』『瀛奎律髄《えいけいりつずい》』『唐詩訓解《くんかい》』だったが、『唐詩訓解』収集の詩はほとんど『唐詩選』と一致している。この書物は元禄以前に少なくとも三回は版行されており、芭蕉の眼に触れた可能性は充分にある。

そもそも『唐詩選』が、ひろく流布したのは、徂徠学《そらい》派の推賞によるもので、徂徠を祖とする古文辞学派はまた格調主義とも呼ばれたが、『唐詩選』の選詩方針はその主張をかなり正確に反映しているといわれる。

では、徂徠が古文辞学の立場を持ちこむ以前、わが国の唐宋詩の受け取りかたは、どうだったか。


まず明らかな事実は、それが禅林系統の学芸を承《う》けていることである。公家系統の儒学が形骸化し、社会的にほとんど無力だった室町期において、五山十《じっ》刹《せつ》の禅僧たちによる宋代儒学の研究だけが生気を保っていた。(略)江戸幕府に儒学の指導者として迎えられた藤原惺窩が禅林からの還俗《げんぞく》者であったの

も、このような情勢を反映する。（略）禅林系統の漢学は、幕府公認の資格をもって江戸期の主流をなすにいたる。（略）

したがって、江戸前期における詩の受け取りかたは、室町期からの禅林系学芸と同じである。（略）

〔室町期の〕禅林詩は、大別して両類になる。第一類は、禅僧によって制作されたけれども性質としては在来の詩と同じもので、仮に通常詩と名づけておこう。第二類は、偈頌《げじゅ》と呼ばれるもので、内質において禅の世界観が主題となっているだけでなく、外形において必ずしも在来の約束にとらわれず、表現の技法に独自の点をもつ。（略）

偈頌とは梵語gāthāの意訳で、歌謡を意味するのだが、中世シナにおいては、韻律・抑揚・句形・構成などが伝統的な規則にとらわれない仏教詩をさすことになった。それが作られるについての由来や趣旨が前に説示されているのを頌《じゅ》、詞書めいたものなしに提示されるのを偈《げ》と呼びわけることもあるが、実質としては同じものである。ところが、禅における偈頌は、単に外形が在来の伝統にとらわれないだけでなく、表現の技法について通常詩とまったく違った点をもち、その点で他宗における偈頌とも区別されなくてはならない。（略）

禅林詩が、通常詩にもせよ偈頌にもせよ、さまざまな刊書を通じ世俗の知識人にひろまったことは、江戸前期の学芸にとって注目すべき事実であり、とりわけ蕉風俳諧の形成に対して重要な意味を持つと思われる。（略）

松坡宗憩《ずんぱそうけい》の『江湖風月集』（寛永七年刊）（略）は、その中に収められた偃渓広聞《えんけいこうもん》の「褙語録《はいごろく》」を『野ざらし紀行』に引用している点から、芭蕉がこれに接していたことは明らかである。

（小西・前掲書）

芭蕉が日本橋小田原町で、俳諧師としての一応の成功を収めた後、にわかに俳風を一変させ、漢詩文と『荘子』への傾倒を深めた句集を発刊したのが延宝八年九月であり、その年の冬には〝都心〟の小田原町より、江東深川村の草庵に居を移し、職業的宗匠をぷっつりとやめたことは、先に触れた。

若い主君に先立たれ、将来の身のふり方にも悩みぬき、俳諧をこの途ひとすじと思い定めて江戸に出府して、俗世の苦心のなかで、おそらく表面上は華やかで成功者のように振るまっていたが、それだけに、俳諧に専念する暇もなく、焦りに追われる日々であった。

しかしそのなかで、芭蕉は、日本の言霊《ことだま》に想いをいたし、また、江戸に集まる新しい漢詩や儒学にも心を惹かれた。予感しながらも、「ことば」の奥、「魂」の誠へ届かぬもどかしさから、自己嫌悪に陥る日々でもあった。

しかし、ようやく何かが仄《ほの》見え、心が動きはじめてきた。

いまは一切を捨てることだ。そこから、おのずから芽吹いてくるものがある。ふり返れば日本の歌人のなかで自分の句の原点は西行《さいぎよう》法師ではなかったか。

この冬、入庵直後の句が生まれる。

> ここのとせの春秋市中に住み侘びて、居《きよ》を深川のほとりに移す。「長安は古来名利の地、空手にして金《こがね》なきものは行路難し」と云ひけん人のかしこく覚え侍るは、この身の乏しき故にや
>
> 柴の戸に茶を木の葉掻《か》く嵐哉《かな》　（『続深川集』）

さて、この深川村について『知足斎《ちそくさい》日々記』に、「深川元番所《もとばんしょ》、森田惣左衛門屋敷」と記録があるという。草庵は西側が隅田川《すみだがわ》、南側が小名木川《おなぎがわ》に接し、東方には小名木川と竪川《たてかわ》とを結ぶ掘割の六間堀《ろっけんぼり》があった。文字通り四方を水路で囲まれた水郷である。草庵は杉風の持っている生簀《いけす》の番小屋のようなものであったらしい。他にも、隅田川に通じる掘割が縦横に掘られ、路地のようにひろがっていた。

> 隅田川の対岸には水戸藩の河端《かわばた》屋敷があって、その向こうには江戸城を中心とした江戸市中が広がり、深川村と江戸市中は両国橋で結ばれていた。後の元禄六年末には（略）新大橋が架かるが、この頃はまだなかった。深川村は橋よりも水路が整備されていて大きな船蔵が並び、幕府の御用船安宅丸の繋留場もあった。両国橋の東詰めや、竪川と小名木川の川口には貸舟もあった。芭蕉が後に鹿島の月見に舟で出かけたのも、この小名木川口の貸舟を使ったのだろう。
>
> （高橋・前掲書）

もっと重要なことは、桃青が天和期にはじめて禅を正式に学んだ仏頂《ぶっちょう》禅師の臨川庵《りんせんあん》が、草庵から、小名木川に架かる万年橋《まんねんばし》を渡ってすぐに位置していたことである。この第一次芭蕉庵は、桃青の禅への道場ともなった。

仏頂禅師については、三章で紹介したとおり、『連歌俳諧研究』に高木蒼梧氏の詳細な資料と研究（「仏頂禅師⑴～⑷」）（後に『望岳窓俳漫筆《ぼうがくそうはいまんぴつ》』に所収）があり、その

うち⑴「仏頂伝」、および⑵「鹿島神宮との訴訟」については、先に紹介したので、芭蕉の修禅についてのべた⑶「思想方面について」から紹介したい。芭蕉の俳諧の内面にもっとも関わりが強いからである。

この延宝七年に芭蕉は三十六歳、深川に芭蕉庵が出来て入庵したのは、この年か翌八年の冬であつた。仏頂の訴訟終了の天和二年まで入庵の当初から芭蕉が参禅したものと観て、八年冬からだと一年半、七年冬からだと二年半位と観られていたが、先にも触れたように仏頂は訴訟終了と同時に根本寺《こんぽんじ》住職を辞し、臨川庵に居住したことが行状記で明徴されるから、参禅の年月は更に長いものと想はれる。

俳人で修禅したものと伝わるのに宗鑑《そうかん》・宗因《そういん》・鬼《おに》貫《つら》・来山《らいざん》などがあり、蕉門では知足《ちそく》・業言《ぼくげん》・丈《じょう》草《そう》・嵐雪《らんせつ》・園女《そのじょ》などそれぞれ伝わるが、どの程度のものか窺い知ることは出来ない。ただ芭蕉だけは『三国相承宗分統譜』に、

東寔
宝鑑
├ 江府 養岳 ― 錐翁 慧勤 ― 江府 臨川 ― 仏頂 可南 ― 参翁 得旨 ― 芭蕉
└ 丹波 法常 ― 一糸 文守 ― 仏頂 永源 ― 如雪 文岩 ― 円光

とある。

高木氏はこのように述べ、一切妥協ということを知らぬ禅僧の中でも、殊に厳励をもつて聞える白隠会下《はくいんえか》の東《とう》嶺《れい》和尚の編著に、右の如く掲げられているのをみると、芭蕉の参禅弁道は相当の程度に達していたものと観るべきであろうとしている。

十一章　象徴主義の詩人

芭蕉は何よりも旅の人である。彼の生涯も俳諧も、「旅」にはじまり「旅」につきたといってもいい。もちろん、世界の詩人の多くは旅人である。詩人はなぜ旅を詠ったのか。

そのまえに、今日、私たちの身の回りには、消費文化の中心に「旅」への誘惑が満ちあふれて、ほとんど食傷気味である。それでも旅の大衆化、ブームは膨張するばかりで、秘境から古代遺跡にいたるまで、お仕着せの集団旅行が幅をきかせ、ついには、夜空に浮かぶ月への旅さえ勧誘される始末である。すべては利益のために組織され、旅人は、金さえ払えば、ただ、椅子に坐っていればよいということになる。

なぜこのように旅は、手を替え品を替え、風物観光へと惹《ひ》きつけるのであろうか。それは、じつは、旅の華やかな目的の底に、今日でも人々の心の奥深くに郷愁が宿っているからではなかろうか。

人は無限の智を持っていない。その心のどこかにいつも、未知への渇望をひそめているのである。そして、それは決して逃れることの出来ないところ、知ることの不可能な「死」の腕の中に私たちは抱かれているからだ。これは日本人に限らない。世界の人類の宿命なのである。その巨大な枠のなかに芭蕉の詩句もある。

フランスの十九世紀象徴派の詩人シャルル・ボードレールは『旅』と題する八章にわたる長篇詩の、その最後のⅧストローフ（strophe、詩節）に、こう書いている。

おお「死」、年老いた船長よ、今こそは時だ、錨《いかり》を巻こう！
この国に僕等は既に飽きた。おお「死」よ、船を駆ろう！
たとえ空と海とがインキのように黒いとしても、
お前の熟知する僕等の心は光明の中に充たされよう！

僕たちに力をつけるために、お前の毒をそそげ！
この焔は僕等の脳漿《のうしよう》を焼く。地獄でも天国でも、
願わくは深淵のふところ深く僕等は身を沈めよう、
未知の奥底に、**新なるもの**を探るために！

（『ボードレール全集Ⅰ』人文書院、福永武彦訳）

この八詩節に及ぶ詩は、フランス浪漫派の楽天的な熱い憧憬、ついに遂げられない「絶対的なるもの」への希求と絶望を唱いあげた。

フランス詩の絶頂期と言われる象徴主義《サンボリスム》の代表詩人シャルル・ボードレールは、その代表的詩集『悪の華』のなかで、絢爛《けんらん》たる「象徴」の世界をひらいた。「象徴」とは何かと問いはじめれば、ほとんど無限の答えが出てくるであろうし、象徴＝symbole《サンボル》について論じた優れた世界の論考にもことかかない。ここでその解明は不可能であるから、その状況から逆に「象徴詩」の希求する方向の凝集点に近づくとしよう。

福永氏の紹介するボードレール自身の言葉によれば、彼はロマン派の四つの要素をあげた。「親近性（intimité）、精神性（spiritualité）、色彩（couleur）、無限への渇望（aspiration vers l'infini）」の四つである（前掲書所収「詩人としてのボードレール」）。

しかし、旅ということばは、あまりに広く深く捉えにくい。今日でも、私たちの日常生活をとりまく商業的旅への誘いはますます増えている。

だが、数こそ増えたことは事実だが、そうした旅が、この捕われた個々としての人間をどれほど解き放っているのか、生活という固定化した枠から、旅という枠へ身を運ぶのみで、旅はもはや日常生活のなかの陳腐な仕事と化している。

人々の心のなか奥深く秘められた少年の頃の夢、また孤独な心の奥の燃えるような灼熱の果て知れぬ憧憬、充たされぬ渇望が、実現されることはほとんどない。

いや原則的に、人間とは二重の存在なのである。芭蕉には、二重人格があるとよく評されることがある。それは、じつは元来、人間存在の本来の姿であって、逆説的にいえば、むしろその分裂の悲哀を嫌というほど知りつくし、その永遠に果たされざる分裂を、自ら追いつめていったのが芭蕉の生涯であり、彼の稀有の天性の結晶した俳諧であった。

先に私が、フランスの象徴詩人ボードレールの長篇詩『旅』の終章を紹介したのは、私がまだ青春といわれた日に、初めて「旅」の真情に秘められた、深い人間存在の実存に目覚めさせられたからであり、また詩の世界の宇宙を自覚させられ、以来、習慣的に日本の詩文に触れていた愚かさに気づかされ、新しい思慕の念を燃やした烈しい想いがあるからである。

もちろん、詩を散文で解釈しつくすことはできない。だからこそ詩歌なのである。しかし、詩にはボードレールが「最初の一行は神からくる。二行目からは人がつくる」と告白したように、「遭遇」というものがある。人生のある瞬間、それは天啓のように空虚な心に閃き、秘密の扉が開かれる。

第二次世界大戦後の、死と汚辱のひろがった廃墟をさまよっていた私は、幸運にしてフランス文学の泰斗鈴木信太郎先生と、渡辺一夫先生に導かれてフランス文学の途へと迷い込んだ。そこでは、俗悪な現実のなかでも渾然として美を唱いつづけたアルチュール・ランボオの詩、そしてその先駆として、おぞましい人間存在を認めながら、その中で詩集『悪の華』をものした詩人ボードレールと出逢う機会を得た。

その中でボードレールが示した二重性が、究極的にひとつの神秘的宇宙を開示した詩（『悪の華』所収）を紹介しておこう。

憂愁と理想

4　万物照応

「自然」は一つの宮殿、そこに生ある柱、
時おり、捉えにくい言葉をかたり、
行く人は踏みわける象徴の森、
森の親しげな眼指《まなざし》に送られながら。

夜のように光明のように涯《はてし》もない
幽明の深い合一のうちに
長いこだまの遠くから溶け合うように、
匂と色と響きとは、かたみに歌い。

この匂たち、少年の肌に似て爽かに、
牧笛《まきぶえ》のように涼しく、牧場《まきば》のように緑に、
——その他《ほか》に、腐敗した、豊かな、勝ちほこる
匂にも、無限のものの静かなひろがり
龍涎《りゅうぜん》、麝香《じゃこう》、沈《じん》、薫香《くんこう》にくゆり、
精神と感覚との熱狂をかなでる。

（福永訳・前掲書）

ここには、二律背反的なるものの合一の世界を明示している。ボードレールが一八五九年と推定される論文『哲学的芸術』のはじめを引いて、福永氏はさらにつづける。

「現代的概念による純粋芸術とは何であるか。それは、同時に主体と客体とを含み、芸術家にとっての外的世界と芸術家彼自身とを含むような、一つの暗示的な魔術を創造することである。」〔ボードレール

の」この定義の現代性は今日でも失われていないが、ボードレール自身にとっての詩の課題も、主体と客体とを同時に含むような新しい芸術の創造にあった。言い換えれば、二重人としての彼（詩人）が、詩の中で如何にして一体となるかという点にあった。

（福永・前掲論文）

タイトルで『万物照応』と訳されている原語の〈correspondance〉は、〈Il y a une correspondance totale entre ces phénomènes〔これらの現象の間には完全な対応関係がある〕〉（『プチ・ロワイヤル仏和辞典』）との用例が示すように、一体としてすべてが統一性をもつということである。つまり、この〈ひとつ〉は「無限の拡がり」を持つ、すなわち宇宙性へと拡がることである。しかも個別的にではなく、流動的な一体性のある無限である。個人的主体と客体の統一をはるかに超えて、〈有〉と〈無〉をも融合していかなければならない。

話がフランス象徴主義の源泉を語ることになってしまったが、これは私の狭小な知識にとっては、唯一可能な方法であったばかりではない。

個と全とか、主体対客体といった抽象概念は、象徴派と同じく古来日本の歌論の中核を語るのには、いささかのずれと違和感を禁じ得ないものがある。そこに、逆にいえば日本詩歌の世界的独自性があるともいえるからである。

すでに述べたように漢学や漢詩文が日常化するまでは、もともとそのような「ことば」の用法がなかったこともある。

そこで、まずとりあえず日本文学研究の泰斗である久《ひさ》松潜一《まつせんいち》氏の簡潔にして要を得た、「芭蕉の文学の世界」（中村幸彦編『芭蕉の本1　作家の基盤』所収）を、失礼を顧みず、以下要旨のみ引用させていただこう。

――和歌と俳諧とが、日本詩歌のジャンルの二つの代表をなしていると見て、それぞれを代表するのが万葉と芭蕉とである。芭蕉の位置の大きいことはこれだけでも明らかである。しからば芭蕉はどのような点からそのような位置を与えられたのであろうか。

芭蕉の文学的位置を考察するについて、私は、芭蕉の人間と芸術とが一体になっていることを第一に考え、（略）

私はここに、文芸が自然発生的な発露であった古代性から、人間の意識と外界、個と全体の関係へと発展、かつ、事実と表現、虚と実といった二重構造を自覚するにつれて、その統一的超越性を意識した、そしてそれを、その人生と文芸の一致という形で実現した実存の体現者として、芭蕉に深い共感を覚えずにはいられない。引用をつづける。

芭蕉の俳論の文学評論史上の位置を見たい。（略）貫之《つらゆき》・定家《ていか》によって古代・中世の歌論の展開を跡づけられるし、心敬《しんけい》によって連歌論の峰を究めることができ、世阿弥によって能楽論の頂点を、また宣長《のりなが》によって物語論の到達点を見ることができる。そうして芭蕉によって俳論の頂点が見られる。もとより、芭蕉は、俳諧について門人に語っているが、（略）それらを総合すると、すぐれた俳論の体系が構成される。「不易流行」「風雅のまこと」「さび・しをり」「虚実」の四つの語の意味を考察し、これを関連づければ、きわめてすぐれた俳論の体系を見ることができる。ことに不易流行において、文学の歴史性と普遍性との関係をのべているのは、日本の文学評論においてかつて見ないところであると思う。

不易と流行とについては、丈草《じょうそう》が「不易の句も当時其体を好みてはやらば是も又流行の句といふべし」（『去来抄《きょらいしょう》』）と言ったのはすぐれた言であって、不易と流行とは分けられるのではなく、流行の句の中に、不易の句もあることになる。去来の

応々といへどたゝくや雪の門

の句も、丈草が「此句不易にして流行のたゞ中を得たり」とあるごとく、流行の句であって不易の句となっている。歴史性の中に普遍性も存するのである。この史観を、芭蕉は、呂丸《ろがん》の聞書『七日草《なぬかぐさ》』によれば、『おくのほそ道』の旅の中で得ている。

（久松・前掲論文）

分かり易いようで、去来の句はなかなかむずかしい。私は、この句に道元禅師の『正法眼蔵《しょうぼうげんぞう》』のなかの「大地雪満々」の一句を想い浮かべた。今日風にいうならば、これは「時間」と「空間」の合一、融合の無限の世界を開示するようにも思われる。

さらに芭蕉の世界は、言語の本質的構造にメスを入れ、いくつものキーワードを残している。芭蕉が日本において、今日も広い俳句俳諧の世界に生きて、文壇、詩壇はもとより、一般市民の生活のなかに様々な姿で生き残り、生まれ変わりつづけることの意味は深い。さらに、現代の世界の詩人の詩歌にも新たな影響を与えてい

ることも見逃すことはできない。

もとより、日本の国文学者の芭蕉研究は、今日、日々精密高度の研究成果をあげており、私どもは、その巨大さのまえで、ただ感嘆するばかりである。その研究成果の片鱗さえ触れるのがやっとのことであろう。ひたすらその無限に巨大な芭蕉の宇宙の俤《おもかげ》をさまよっているにすぎない。


私の芭蕉との最初の出逢いは、第二次大戦終戦の年、昭和二十年、東京の激しい空襲を避けて疎開のために移った岡山の中学の四年生のときであった。

同年の六月二十九日、岡山市も大空襲で廃墟と化した。岡山には市中をつらぬく旭川《あさひがわ》の清流沿いに、壁が黒いので烏城《うじょう》と呼ばれる城があったが、一夜明けて、学校へ向かうと、そびえていた城は焼け落ち、石垣の一角に小さな物見櫓《ものみやぐら》がひとつぽつんと残されていた。生徒たちもやっと学校に集まったが、ほとんどの生徒は着の身着のままで、もとより教材もノートも失って、まだ、余燼《よじん》の煙の臭いの漂う一角に集まっていた。

どういうわけか、風景の細かいディテールは忘れてしまったが、その日の最初の授業は、青空の下、みなうずくまって坐っていると、時間割どおり「古文」の先生が姿を現わした。先生も手ぶらだったのだ。そして授業が始められた。

もちろん教科書はない。先生だけは何か手にしたメモをもって、皆に紙を渡し、そして、口述で日本古典の本文を伝え、生徒はまず、その原文をありあわせのノートや紙に写すことから始まった。

このあたりの記憶もおぼろげであるが、こうして、私は芭蕉の旅行記『笈《おい》の小文《こぶみ》』に接した。まだ子供のこととて、その印象もおぼろげであるが、私はその日の、ひたすら青く晴れわたった空を背景に、城の小さな物見櫓の陰で、その一文を口伝えにとなえていた。

こうして、私の日本の古典との出逢いが始まったことだけは、写し絵のように覚えている。そしてその後も、廃墟のなかでつづけられた授業で教わった『源氏物語』の出だしの一行が、ふと口をついて浮かんでくるのであった。

精密な学術研究の正式の訓練とは、ほど遠い風景である。しかし、想えば、こうした昔の寺子屋に似た口うつしの授業は、かえって今では味わうことのできない、記憶による貴重な口承文学の場だったといえるかも知れない。

やはり焼け跡のなかに建てられた木造の旧制高等学校を経て、昭和二十四年、東京へ戻って大学へ進んだ。東京もまだ廃墟とバラックの黒く焦げた街路を、米兵がジープに女性を乗せて疾駆していた。空き地では様々な労働運動の群衆が、ぶつかりあっていた。

東京大学の校舎だけは、安田講堂をはじめ法文系の建物には空襲の被害もなく、ゴシック風といわれる姿を見せてそびえていた。

私は、一応、フランス文学科の学生となった。親しい先輩や友人がすすめてくれ、そして渡辺一夫先生がおられたからである。リベラルに思われたからだ。しかし、じつは第二次大戦中、フランスも戦禍をくぐり、その間激しいレジスタンスの闘士たちが苦しい戦いをしてきたのだ。

大学では、マルクス主義の学生運動の集会がしばしば行なわれ、一方では、実存哲学やアプレゲールの前衛芸術が伝えられてきた。

そこで、私は、初めて文学の研究の指導を受けることになったことは、本書の初めに書いた。一言でいえば、少なくとも私には精密な学業生活に浸れる環境ではなかったというのは、単なる怠惰な自分の言い訳になるかも知れない。しかし、フランス象徴派の詩集を研究室から借り出して乱読する楽しみは、失われた絢爛たる精神文化の世界への憧憬を呼びおこし、そしてあの中学の焼け跡で受けた日本古典の授業を想い出させた。

想えば、私が溺れた象徴派の詩人アルチュール・ランボオも、じつはあの「パリ・コミューン」の革命戦に身をさらそうと、単身出向いたが、そこに達したかどうか、当時は研究者の判断も、まだ確定されていなかった。

しかし、少年詩人ランボオは、硬直した社交界と厳格なカトリックの秩序に反逆した詩集『地獄の季節』や、散文詩『イリュミナシオン』で超越者への挑戦の詩集を出し、先輩のカトリック宗教詩人ポール・ヴェルレーヌと放浪同棲し、争ってピストルの発射事件を起こし、はてはパリを離れてエチオピアの奥地で武器の通商にたずさわったという。一八九一年病のため帰国し、マルセイユで足を切断したが死亡した。

その影響は強烈なもので、まさに、浪漫派末期の大詩人ボードレールに迫る象徴派の旗手としての影響を世界に与えていた。彼もまた新しい世界と言語を模索した手紙を残し、錯乱と狂気をのりこえた作品を残した。

象徴主義は、単なる抒情性ではなく、ランボオにおいては、言語と世界の変革を意味していた。ここではまた、自我と他者との境界に迫る鋭い人間の凝視があった。そしてついに、彼が一度は否定したカトリックの神への信仰へ戻ったかどうかは、いまだ議論の中にある。

戦後の廃墟のなかで、彼の詩は荘厳な精神の冒険をみせてくれた。

ランボオも、ボードレールが『この世でないならどこへでも』と『旅への誘い』を書いたように、私に呼びかけていた。

感　覚

私はゆかう、夏の青き宵は
麦穂鷹刺す小径の上に、小草《をぐさ》を踏みに、
夢想家、私は私の足に、爽々しさのつたふを覚え、
吹く風に思ふさま、私の頭をなぶらすだらう！

私は語りも、考へもしまい、だが
果てなき愛は心の裡《うち》に浮びも来よう
私は往かう、遠く遠くボヘミヤンのやう
天地の間を、――女と伴れだつやうに幸福に。

一八七〇年四月二十日

（『ランボオ全集第一巻』中原中也訳、人文書院）


私は、旅に出た。革新団体と米軍兵士に埋まる東京を捨てて。目当てはなかった。私は、乏しいながら、あの暗誦した詩歌が唱われた日本の原風景を求めてあてもなくただ独り、さまよった。貧しかったが、急ぐ旅ではなかった。

当時は、まだ観光整備もされていない、山野や古都をめぐりながら、そして私は、自らの心を惹きつける所にたどりつくと、ほとんどいつも先に足跡を残している三人の人物の名や石碑に出逢ったのである。古都はもちろん、山野の谷川や浜辺にも、その三人はいたる所に足跡を残していた。

その名は、西行《さいぎょう》法師、踊り念仏の遊行《ゆぎょう》の聖《ひじり》・一遍《いっぺん》上人、そして旅の俳諧詩人芭蕉であった。私は、この三人の作品に幾度も出逢い、その詩歌、絵巻、俳諧が、いつしか私の心に染みこんでゆくのを覚えた。そして、この歌人、念仏聖、俳人が次第にひとつの世界でつながってゆくのを覚えた。

芭蕉を除けば、あとの二人は僧侶である。日本の自然の原風景のなかに溶けこんだ、伽藍《がらん》なき精神の殿堂が、おぼろげにその俤を浮かび上がらせてきた。

私は、これらの人々の旅の心を追うようになっていった。ここには漂泊の旅人である人間と自然の融合がつくり出す世界があった。そのいきさつについては、私は後に文章を書くことになる。が、芭蕉はこの度《たび》が初めてのことである。それだけ芭蕉は複雑深淵な詩人だったからであるし、すでに多くの研究者が、精緻な研究を積んで

いる。それを読み通すことさえむずかしい。

しかも、西行、一遍は、仏教者であるが、同時に日本古代からの自然神祇《じんぎ》に親しんでいる。そこには一種の霊性《スピリチユエル》の共鳴が感じられた。しかし芭蕉については、日本仏教との関わりについてはひろく認められているものの、彼の導師ともなった臨済宗の仏頂和尚の思想そのものについては、語られることが少ない。

そんなとき、仏頂和尚についての古文書に当たって、記録を学会に報告しておられる高木蒼梧《そうご》氏の研究のあることを、石田尚豊《ひさとよ》先生から教えられ、とりわけ、このうちの「仏頂禅師(3)——思想方面について——」を入手して、狂喜する想いであった。

そこには、四六判六頁にわたっての仏頂和尚の法語が記録されている。もとより浅学非才というよりは、ほとんど仏教についての教養を持たない私には、その解読も解釈も困難である。しかし、ともあれ、この紹介されることの少ない法語の、ほんの一部を紹介しておきたい。

まずは全体を通じて「空《くう》」について説かれている部分が多い。

> 浄土門下念仏ノ行者来テ開示ヲ請フ、示シテ云、
> 仏門ノ修業ハ先ヅ即空ヲ観ジテ奢摩他《しやまた》ノ道ヲ成ゼヨ、諸経論ニ向上向下ノ理ヲ説尽スト雖モ、学解伝受ノ分ニテハ我ガ物トナラズ、故ニ観心ノ一法ヲ至極トセリ、過去七仏ヨリ皆観心ニ因ア道ニ至ルコト分明ナリ（略）

この後、さらに法語は分析詳説されて展開するが、以下は次章でさらに紹介することにする。

そこから芭蕉が繁華な日本橋から深川へ隠棲し、「空」を実践し、さらに旅から旅へを生涯とするに至る動機の決定的な鍵の一つが、さらに明らかになるはずである。

十二章　仏頂禅師

延宝八年（一六八〇）冬、芭蕉が江戸の中心ともいうべき日本橋《にほんばし》から、幕府御用魚問屋の杉風《さんぷう》の尽力により、当時、いまだ自然の趣を残していた閑寂な隅田川畔の深川《ふかがわ》へと、突然居を移したのは、俳人芭蕉の一生の転機であり、原点であることは広く認められている。

その原因には様々な説があるが決定的な確証はない。たとえば、同年十月二十一日の新小田原町の出火で芭蕉も被災し、深川へ避難、疎開したという説。また家庭内の人間関係によるとする説などもある。

だが、私は何よりも、俳壇で、すでに談林《だんりん》派の流行のかげり、衰退の徴《しるし》を身に感じ、むしろ作家としての在り方の内面的反省と転換、人生の真偽にかかわる飛躍を求めて、現実生活の脱出を決意したと考える。

それら諸々の事情が複雑にからみ合い、また、想像を廻《めぐ》らせば、この時期から、深川臨川庵《りんせんあん》に滞在していた仏頂《ぶっちょう》禅師のごく近隣の場所をえらんだことも、かくされた動機として大きかったかも知れない。

芭蕉が、この頃から談林風の俳諧から転じ、老荘に惹かれたことを暗示する俳句を発表しはじめていることは、先に述べた。

深川移転は、貧に徹し、行脚僧《あんぎゃそう》の暮らしに徹し、仏頂禅師に親しく師事し、新しい芭蕉風、いわゆる蕉風の俳諧へと歩をすすめるためであったろうと私は思う。

そこではなによりも、「ことば」を手段として風物や心情の俳句を技巧的に完成させるという、いわば作品と作家という、分裂を超えて、深く人生と俳諧の一致した新しい境地を生み出すことを目指していたのであろう。

それは、前章で紹介したフランス象徴派の詩人たちが到達した、究極における言語と人間との一致した境地を連想させる、ひろくいえば象徴主義的な世界へと歩み入ることであった。そこでは何よりも、芸術そのものが人生であり、人生そのものが芸術、すなわち言葉を超えた無我の宇宙と呼応一体化する境地であった。

仏頂禅師については、高木蒼梧《そうご》氏の研究により、簡単に生い立ちと人柄、臨川庵滞留の事情について紹介したが、深川では芭蕉と深い対話が交わされたことであろう。旅の人、芭蕉の旅はすでに始まっていたのである。

幾度か災害に遭いながらも、この仮寓というべき小屋を、芭蕉が旅の起点としたのも、その師弟の深い交流あってのことであろうか。芭蕉はここから旅から旅へと、放浪をくり返し、人生そのものを芸術とした日本で最高の詩人の一人ともいうべき巨人となっていったのである。

さて、前章では、仏頂禅師の法語の、その冒頭を紹介した。この法語こそ、芭蕉の俳諧の転機と蕉風の根底を示すものだと考えるからである。

彼の俳諧は、いわゆる「美」や「芸術」、「文学」などという完結した近代的概念を超えて、俳諧即人生という極点を目指していることからみて、その生涯をつらぬく仏頂禅師への参禅は、もう少し詳しく紹介しておく必要がある。

目にふれることの少ない高木氏の「仏頂禅師の研究」（『望岳窓俳漫筆』所収）から、「仏頂法語」研究を、さらに紹介したい。

「仏頂和尚の思想方面に関する片鱗は、（略）『行状』録だけを見ても、趙州無字《じようしゆうむじ》や倩女離魂《せんじよりこん》や、模のごとく幼少からなみなみならぬ修行が積まれたことが窺《うかが》われるが、それらのものから帰納的に立言することはやめて、ここには先ず雲巌寺《うんがんじ》所蔵の『仏頂和尚法語』と『仏頂和尚警誡』の二書を伝える。

仏頂和尚法語、一冊、しばしば一絲《いつし》仏頂の『仏頂国師語録』と混同される。これは河南《かなん》仏頂の示衆・普説・法語などを集めたもので、宗羽《そうう》の編かと思われるが編者名はない」

という高木氏の註があって、〈仏頂和尚ノ法語〉の紹介が始まる。

冒頭の部分は、先に示したが、つづいて、釈迦の高弟である阿難《アーナンダ》が登場する。

阿難ハ学習分明ナリト雖、自己ニ返照シテ勧メ修セザル故ニ、心頭苦悩シテヲダヤカナラズ、（略）三世ノ諸仏道ニカナイ至ルノ入門ハ、妙奢摩他《しやまた》ト三摩ト禅那ト、三種ノ方便ヲ最初ノ勧メトシテ入得セラレシナリ。其ノ三種ノ方便ヲ開示シ玉ヘト請ヒ玉フナリ。

奢摩他トハ天竺ノ語、唐土ニハ飜シテ止ト云フナリ。止トハ凡聖迷悟ツキハテテ豁然タルヲ止ト云ナリ、今時ニ至ルマデ天竺唐土日本三所ニテ叢林ニハ坐禅スル時ニハ、禅堂ノ外ニ止静ノ二字ヲ板ニ書付ケ掛置坐禅ノ時ヲ外ノ人ニ知ラシムルナリ。

仏道をきわめる「三種の方便」の第一として「奢摩他」が取りあげられるが、奢摩他とはŚamathaの音訳で、精神をただ一点に集中すること。中国語では「止」

と訳された。

古人止ノ字ヲ註シテ云、即空ヲ観シテ豁体《かったい》ニ至ルヲ止ト云ナリ、止トハ、念識情慮ノツキハテタルヲ云ナリ、念慮ノ起ルコトハ万物万形ニ対シテ実有ナリトアヤマル故ニ、或ハ悪、或ハ愛ノ心ヲ念慮ト云ナリ。

即空トハ万形悉ク即空ナリト観ジテ、万般ノ迷ヒノツキ去ルヲ云ナリ。万形トハ四大ノ仮和合ナリ、本分無相ノ道体ノ仮リニ変作スルヲ云フ。四大トハ地大火大水大風大ノ四ツヲ云ナリ、大ノ字ノ心ハ広大無量無辺ニシテ思議セラレザルヲ云ナリ、如何トナレバ乾坤分離セザル時地ハ是何物ゾト尋ネ見レバ、無相ニシテ地ト分ツベキユエンノ物円満スレドモ、其相カタドルベキナキ故ニ仮ニ大ト名ヅク、大ト名ヅクベキ物歴然分明ナリト雖モ、其体無相ナルガ故ニ通ズル事難シ、実地ニ修シ来テ工夫熟セバ、必通ジ去ン、天地ト分ツベキユヱンノ物アリトハ、物ナクンバ日月ノ光明モアラハルベカラズ、玆ニ於テ世相円満ノ那一物アルコトヲ知ルベシ、道体本ト像相ナシト雖、其性自ラ活性ヲソノウル故ニ自然ニ動静ヲナス、動静ハ是活性ノ妙用ナリ、動ズルトキンバ清気ハ昇リ、静マルトキンバ濁気ハ降ル、昇ル物ハ天トナリ降ル物ハ地トナル、動静止マザルガ故ニ天気降テ水ヲ生ジ、地気昇テ火ヲ生ズ、火ニコガサルル物モ土トナリ、水シヅマツテ濁ル物モ土トナルナリ。風ハ是陰陽動静ノ活気ナリ、陰陽昇リ降ルニ依テ春夏秋冬ノ四時ヲ分チ、生長牧蔵ノ変転ヲナスナリ。

後に芭蕉が『笈《おい》の小文《こぶみ》』において「四時《しいじ》を友とする」と断じているが、あるいはここに由っているものとも考えられる。

四大仮合スルトキンバ天地万物各ソノ形ヲ仮作スルヲ生ト云ヒ、四大カリニ散ズルヲ死ト云ナリ、正与麼ナルトキンバ生ト云ヒ仮合ニシテ実ニアラズ、死ト云モ仮滅ニシテ実ニアラズト観徹シテ、直下ニ生死ノ心解脱シ去ヲ実修行ト云フナリ、然ルニ古今愚昧ノ衆生ハ、天理自然ノ定理ニタガイ、仮相ヲ執シテ実相ナリトアヤマリ来ル、故ニ生ヲ愛シ死ヲ憎ムナリ、是ハ此妄心ヨリ万般ノ妄念迷情競ヒ起テ、心頭安スンゼザル故ニ、徒ラニ乱動スルニ相似リ、早ク即空ヲ観ゼン事ヲ知覚シテ、十二時中是ヲ観ジテヤマズ、他人ノ奇怪ヲ弁ズルヲ聞ニ当テモ観ジテハ空即シ、自己ニ妄慮ノ起ルニモ観ジテ空却シ、終ニ一点ノ疑心ナク明ニ知覚スルガ如ク、常ニ行ジ了シテ知行一枚ニ至リ、知モナク行モナク迷悟凡聖ノ心ナク、道体顕露ニ至テ、平常心ヲ得バ自然ニ安心ナラン、是ヲ呼デ止静心ト云。

古語ニ云、夫百千ノ法門同帰二方寸一河沙ノ妙徳総在二心源一云云、百千法門ト云ハ仏経四十九年ノ説ヲ云フ、祖録等ヲモ兼入テ見ルベシ、ソレノミナラズ儒経道経等ト云モ、皆是百千ノ法門ニアラズヤ、往古ノ聖人説示セラレシコトハ、皆コレ自己ノ方寸ヨリ出ルナリ、或ハ又聴受スルコトモ各々自己ノ方寸ニ帰スルニアラズヤ。河沙ノ妙徳トハ師タル者無量無辺ノ神妙不思議ノ道徳ヲアラワシ示スモ、或ハ又学者受来テ万万ニ通徹用ルコトモ、総テ自己心源ノ所在ナラズヤ、所以ニ仏儒最初ノ聖人文字ニ依テ習ス、伝受ニ依テ覚得セシニアラズ、皆是自己工夫ニ依テ自得シ体得セシ大道ナリ、所以ニ詩経論ニ定坐坐禅ヲ以テ示シ置カルレドモ、今時ノ仏者実修ノ志ウスク、従来薫習スル処ノ名聞利養ノ為メニ自己実得ノ工夫スル事ナキハ、大道衰敗ノ始ナリ。文字ニ依テ義ヲ解シ、伝受ニ依テ知ルト云事ハ道ノ末ナリ、末ヲ取テ本ヲ捨ンカ各々工夫ノ上ニテ決定シテ修スベキ事ナリ。（略）

在家出家ノアヤマラザル為ニ無益ナガラ書ス、外ニ向テ外相ヲ学バンヨリ、自己心ノ修行ヲナスベシ、相似行ハナスマジキ事ナリ、沙門トナリ法衣ヲ着シ、十二時中仏経ヲ唱フトスルトモ、ソノ心仏智ナラズ其行仏行ナラザレバ悪事多シ、悪事アリトモ僧トシテ貴ブベシヤ、韓信ニモ勇気智謀ナクンバ恐ルベキヤ、沙門ハ仏智ニ至ント実修実行ヲナスベシ、武士ハ生死繋縛ヲ離レント実修実行ヲナシ、道体円具ニ至テ身ヲ治メ家ヲ斉シテ国ヲ治メバ珍重タルベシ。

次に、阿難が苦悩のあげく「仏ニ問テ懺悔シ願イタテマツルハ、三世ノ諸仏道ニカナイ至ルノ入門ハ、妙奢摩他ト三摩ト禅那ト、三種ノ方便ヲ最初ノ勧メトシテ入得セラレシナリ」「三種ノ方便ヲ開示シ玉ヘト請ヒ玉フナリ」とあるのを受けて、その「三種の方便」の意義を述べる。

奢摩他観 右ハ現成ニ対シテ観ヲナス、若其相ヲアラハサバ天地位シテ万物アラワレタル相ナリ 此是□相ナリ、奢摩他ハ梵語、飜シテ止ト云ナリ、古人指示シテ云、即空ヲ観ジテ至ルヲ止ト云ナリ。止静心ハ真空ニ至ルヲ云フ、真空トハ乾坤大地有情非情山河石壁ノ万像歴然タリト雖モ終ニ皆敗壊ニ帰ス。彼ニ対シ之ヲ観ズルニ、幻化無常ニシテ常住ナラズ、仮リニ万像ト変作スル物ハ有ルナリト雖、其実ヲ観ズレバ有ナラザルガ故ニ、真空ト名ヅケテ説示セラルナリ、右此観相十二時中、全体作用ノ上莫㆓妄失㆒尤珍重。

三摩観右ハ本ニ対シテ観ヲナス、若其相ヲアラハサバナリ、乾坤未分像数アラハレザル時ノ相ナリ　此是□相、三摩観梵語、飜シテ観ト云フ、本分無相ノ田地ニヲイテ妙有ノ道体見ルコトヲ知ベシ、妙有トハ天地未開空却以前ノ事ハ、一相円満ニシテ空界他物ナシ、元是空界ニ於テ万物トアラハレ出所以ノ物有、是ヲ呼ンデ一霊不昧ト云ナリ。

ここで「霊」という言葉が用いられていることに注目したい。

一相円満ト云ヘルモ一霊ヲ云ナリ、此是一霊トハ空却以前ニアッテモ、歴々孤明、現今目前ニアッテモ歴々孤明ナリ。恁麽ノ妙相ハ実ニ勤修シ実ニ工夫セズンバ通ジ去ル事ナケン、此ハ是妙相分布シ来テ分離スルトキンバ、天地世界一切、万形仮ニ幻成シ仮ニ幻滅スルナリ、然ルトキンバ柳ハ緑花ハ紅イニ至ル迄、大道分布分離ニ非ズトコ云トナシト通徹シ了テ、一点ノ疑ヒナキニ至ラバ自然ニ大道顕露セン、コレヲ呼デ一霊ト云ヒ、空ニシテ空ナラザルヲ妙有ト云ナリ。

古人禅那ノ一行ヲ挙揚シテ注解シテ曰、即空観即仮観、一々通ジ了テ一点ノ疑ヒナク一如ノ道ニ通ジ了テ定坐スルヲ禅那ト云ナリ、此是一行ハ別段ニ坐禅ノ要文ヲ書セリ、所以茲ニ略。

浄土ノ観経ノ疏ニモ奢摩他ノ観ヲ出セリ、浅識ノ人ニシテ理ニ通ズルコトカナハザルガ為ニ、念仏称名ヲ導キシハ慈ナルカナ慈ナルカナ、纔ニ非ヲ分チ心理ニ通ズベキ人ニハ、観心ヲ示サレタルガ故ニ観経アリ、或ハ又向上ノ道ニ会ヒ至リ悟ルベキ器量ノ者ニハ、浄土ニ布薩戒並ニ金剛宝戒ノ伝アリ、金剛宝戒ニ通ゼシ人ハ諸仏ト斉キ大道ヲ明ラムルナリ、教受ヲ尊ンデ観破ナカランハ遠シテ遠カランガ所以ニ宗鏡録ニ曰、浄土アッテ禅アルハ竜ノ角ヲイタダクガ如シトナリ。

高木氏が選んだ法語は、浅学非才の私にも、一語一語身に染み透るような文章である。くり返しになるが、さらに分かりやすく真実をさぐっていこう。

まず「仏道向上ノ道ニ至リ通ゼント欲セバ、自己ニ修来リ修去テ実地ニ通ジ」と何よりも「妙奢摩他ト三摩ト禅那ト、三種ノ方便ヲ最初ノ勧メトシテ（略）三種ノ方便ヲ開示シ玉ヘト請ヒ玉フナリ」と禅法の故事来歴を一言にして明示し、まず、三種の方便、方法をあげる。

　奢摩他トハ天竺ノ語、唐土ニハ飜シテ止ト云フナリ。止トハ凡聖迷悟ツキハテテ豁然タルヲ止ト云ナリ、（略）

　古人止ノ字ヲ註シテ云、「即空」ヲ観シテ豁体ニ至ルヲ止ト云ナリ、（略）

　即空トハ万形悉ク即空ナリト観ジテ、万般ノ迷ヒノツキ去ルヲ云ナリ。（「」は栗田）

ここからさらに、次のように展開する。

　万形トハ四大ノ仮和合ナリ、（略）四大トハ地大火大水大風大ノ四ツヲ云ナリ、大ノ字ノ心ハ広大無量無辺ニシテ思議セラレザルヲ云ナリ、（略）道体本ト像相ナシト雖、其性自ラ活性ヲソノウル故ニ自然ニ動静ヲナス、（略）風ハ是陰陽動静ノ活気ナリ、陰陽昇リ降ルニ依テ春夏秋冬ノ四時ヲ分チ、生長牧蔵ノ変転ヲナスナリ。四大仮合スルトキンバ天地万物各ソノ形ヲ仮作スルヲ生ト云ヒ、四大カリニ散ズルヲ死ト云ナリ、正与麼ナルトキンバ生ト云ヒ仮合ニシテ実ニアラズ、死ト云モ仮滅ニシテ実ニアラズト観徹シテ、直下ニ生死ノ心解脱シ去ヲ実修行ト云フナリ

　ここまでは、宇宙、世界の構造の虚無であることを論じた宇宙論ともいうべきもので、これを修行に際しての態度としてさらに要約している。いわば、「空」に対する実践の手引きである。

　奢摩他観について「止」という教えは先に述べたので略すが、「霊」について述べた三摩観については見逃すことはできない。

　三摩観（略）飜シテ観ト云フ、本分無相ノ田地ニヲイテ妙有ノ道体見ルコトヲ知ベシ、妙有トハ天地未開空却以前ノ事ハ、一相円満ニシテ空界他物ナシ、元是空界ニ於テ万物トアラハレ出所以ノ物有、是ヲ呼ンデ一霊不昧ト云ナリ。一相円満ト云ヘルモ一霊ヲ云ナリ、此是一霊トハ空却以前ニアッテモ、歴々孤明、現今目前ニアッテモ歴々孤明ナリ。恁麼ノ妙相ハ実ニ勤修シ実ニ工夫セズンバ通ジ去ル事ナケン、此ハ是妙相分布シ来テ分離スルトキンバ、天地世界一切、万形仮ニ幻成シ仮ニ幻滅スルナリ、然ルトキンバ柳ハ緑花ハ紅イニ至ル迄、大道分布分離ニ非ズトコ云トナシト通徹シ了テ、一点ノ疑ヒナキニ至ラバ自然ニ大道顕露セン、コレヲ呼デ一霊ト云

ヒ、空ニシテ空ナラザルヲ妙有ト云ナリ。（傍点栗田）

実に理路整然として格調高く、歌うがごとく法を説く仏頂の法語は、音楽のように心に染みわたる。

まさに、仮空の現象と虚無の二つを併《あわ》せ持つ万物は、そのままそれと納得すれば、現実も空も、またそれを認識するものも一体となって、真の深い真実、すなわち言葉で表現はできないが、あきらかになる一瞬の空間がある。これこそ「一霊」というもので、芭蕉の求めた「俳諧の誠」である。

たとえば、後に明治から昭和期の思想家鈴木大拙《すずきだいせつ》老師が、「日本的霊性」と呼んだものに通ずるのではあるまいか。

精神と物質の世界の裏に今一つの世界が開けて、前者と後者とが、互に矛盾しながら、しかも映発するようにならねばならぬのである。これは霊性的直覚又は自覚によりて可能となる。

（岩波書店『鈴木大拙全集』第八巻所収「日本的霊性につきて」2霊性の意義）

霊性は、それ故に、普遍性を有つて居て、（略）しかしながら、霊性の目覚めから、それが精神活動の諸事象の上に現はれる様式には、各民族に相異するものがある。

（前掲論文・5日本的霊性）

「霊」とは砕いていえば「たましい」である。「霊性」「霊感」「霊気」「霊界」などの意であり、ふつうは霊魂＝「肉体がなくとも活動するもの」（『国語大辞典』）などとして「霊」という言葉は予感できるのであるが、鈴木大拙師の研究は、後の哲学者西田幾多郎《にしだきたろう》にいたる日本の思想の本流とみることも出来るのである。

芭蕉が俳諧を極めつくして、さらにその奥に進もうとしたものは、現象でもなく無でもなく、言辞を以て表わせない「霊」、もしくは「空」と呼んでもいいかも知れない。

「空」はさらに私たちには予想外な拡がりを持っている。だからこそ、芭蕉の全生涯の基となっているのである。

もっとも重要な言葉で、仏頂和尚の「法語」の冒頭は、「先ヅ即空ヲ観ジテ奢摩他ノ道ヲ成ゼヨ」とあった。『岩波仏教辞典』によっても、「空」だけでまるまる一ページに及ぶ。出来る限り要約しようと思うが、先の仏頂の法語の理解の一助となれば幸いである。

——空は固定的な実体の無いこと。原語のシューニヤは、〈…を欠いていること〉。インドの数学では年代、氏名も分からぬインド人が、世界史上最初に発見したゼロを表わす。ゼロという数によって十進法が可能となり、負数（マイナス）の概念も確立した。これによりアラビアを通じて近代のヨーロッパに伝えられ、近代数学が誕生し、現代の自然科学や技術が開発進展した。このśūnyaは、空虚、欠如、ふくれあがって内部がうつろなどを意味し、初期の仏典に登場する。中期以降の大乗仏教で復活し、〈空〉の理論は大乗（マハーヤーナ）の説では、いっさいの固定を排除しつくす。空論の大成者は竜樹《りゅうじゅ》で、あらゆる存在、運動、機能、要素など、またそれを表現することばそのものについては複雑な関係、すなわち縁起の上に成立し、その関係は相互矛盾・否定をはらみつつ依存しあうとし、その根拠と実体を〈空〉と押さえ、縁起—無自性（独立し実体のないこと）—空という系列を確立した。ことばは一種の過渡的な仮《け》として容認された。以来仏教はこの空観を受けついで、インドをはじめ中国・日本・チベットなどの大乗仏教として種々の説を展開した。

特に中国では『老子《ろうし》』の「道は無なり」とする思想。『荘子』の「道に通じる者は無心」（天地篇）、「道は有とせず、また無とせず」（則陽篇）の思想となった。こうして〈空〉は有《う》でもなく無《む》でもなく、しかも有であり無であるという、一見パラドックスにあるが、これは存在・ことば・現実・人間・世界そのものが免れえない限界性と自己矛盾をそのまま反映しており、同時に、〈空〉は相対化をどこまでも徹底し、かつ絶対への志向をはらんでいる。

——と要約するほかはない。

ここから私たちに身近な結論として導かれてくることは、「空」とは要するに、永遠のプロセスであり、永遠とは絶対的な「今」の不連続の連続であり、後でふれるが道元《どうげん》禅師の『正法眼蔵《しょうぼうげんぞう》』「山水経《さんすいきょう》」に説く「而今《じこん》の山水は、古仏《こぶつ》の道現成《げんじょう》なり」につうじるものである。時間が永遠に連続であるとするなら、而今とは微積分的なその断面とでもいおうか。その絶対的な今に、ことばが生きているのである。

その例として、延宝八年頃の作で蕉風の代表作として知られる一句は重要である。

枯枝に烏のとまりたるや秋の暮　（東日記《あずまのにっき》）

古来の画題である「寒鴉枯木《かんあこぼく》」を俳諧にしたものであ

るが、志田《しだ》義秀《ぎしゅう》博士は、宗祇《そうぎ》の『白髪集』中から、この句に近似したものとして次の一句をあげている。

夕烏嶺《みね》の枯木にこゐはして

宗祇のこの句は「こゐ」によって作者の存在をあからさまにしているが、描写性客観的風景にとどまっている。

一方、芭蕉は、この句を元禄二年（一六八九年）刊『曠野《あらの》』仲秋の部にのせたときは、さらに改作している。

枯枝に烏のとまりけり秋の暮

「たるや」が「けり」と情緒を切り離したところに、私にはかえって主観、客観をこえた而今《じこん》の時が宇宙に拡がる可能性を秘めていると思われる。

この句は芭蕉の新しい生涯の時節、深川への隠遁とは切り離せない。

じつは、この深川、泊船堂の日々は、すでに心は旅の時刻に入っていたといっていいのではないだろうか。

この句はさらに、さかのぼってみれば、『新古今集』「三夕」の和歌の白眉、西行《さいぎょう》の「心なき身にもあはれは知られけり鴫《しぎ》立つ沢の秋の夕暮」を受けているように思われる。鴫の飛び立つ音で、風景は一転して、宇宙の四季の転回への融合をあかした絶句であり、後に芭蕉の蛙《かわず》の句につながるものであろう。

蕉風といわれる芭蕉の手法「匂い・響き・移り・位」など、それと婉曲に暗示される象徴の世界は、数多く語りつがれているが、その根底にある「空」の思想を忘れてはなるまい。その要だからである。

十三章　隅田川

私が芭蕉、その人の体温を知ったのは、主に旅のなかであり、それをさらに深めたのは、いうまでもなく夥《おびただ》しい識者の芭蕉についての文章であった。そうして、いまようやく、芭蕉が故郷の伊賀から江戸日本橋に下り、俳壇での成功を捨てて、川向こうの新開地・深川の草庵に隠棲し、孤独な行脚求道の途を歩み始めたところまでたどりついた。

芭蕉はそこからさらに、古代空観とその体現である老荘の思想を追求し、李白、杜甫の詩を愛し、それを日本人のさびの系譜で受けとめ、談林俳諧を抜け出し「蕉風の俳諧」を確立し深めてゆくことになった。

一体、深川という土地、その地霊ともいうべきものは何だったのだろうか。

これまで私は、深川に芭蕉の跡をたどろうとはしなかった。というのも、彼が旅の根拠地とした芭蕉庵は幾度もの災害にあって、今は当時を偲ぶよすがが、ほとんどなくなっていることを知っていたからだ。

だが、今度は違った。こうして芭蕉の生涯をたどるにしたがって、どうしても、その跡地の土を踏みたい、より一層、生身の芭蕉を育てた風土を体感しないではいられない想いに駆られた。

その想いの一端は、すでに二章に、「寒夜の辞」と題する俳文を紹介した際にも触れたが、まず、その冒頭にある「深川三《みつ》またの辺《ほと》りに草庵《そうあん》を侘《わび》て」を手がかりに、私は江戸・深川にのこる芭蕉庵の跡へ向かった。

私事にわたって恐縮だが、私は小学校から中学、大学まで、戦時疎開の一時期を除いて東京の世田谷《せたがや》に暮らしていた。

私の幼児期の空想では、東京は、まず山の手と下町に分かれていた。山の手といえば、一口に言って、現在のJR山手線の西側で、主に住宅地である。それに対して、下町とは、皇居をとりまくように日本橋、銀座、浅草など、繁華な文化がきらびやかに繰りひろげられ、その間にひそむように、いわゆる悪所とされる一画があり、快楽の渦巻く、底知れぬ魅力に溢れているように思われた。

戦争で東京の町も崩壊して、山の手、下町という言い方もほとんど消えた。

私は、本郷《ほんごう》の大学に通う途中で、新宿のいわゆる赤線の飲食街や、国鉄新宿駅近くの、間口(まぐち)一間のハモニカ横町の飲み屋を、夜ごと彷徨するのが精一杯であった。それは東京というよりも、戦後の廃墟のアプレゲール的デカダンスという気配であったが、今日、大家として名をなした詩人、作家、劇作家、作曲家の卵や、伝統芸能の御曹司が、下水もない横町のどぶ板に置かれたベンチを埋めていた。それはただの当て所もない青春の乱費にすぎなかったが、しかし、今、文化芸能を賑わしている著名文化人のほとんどと、「精神だけはゴシックだ」と叫んでいたのを思い出す。

もう少し年長の少壮作家たちは、新宿から少し離れた新興の色街を根城にしていたらしい。

だから下町といわれる、台東区・中央区から隅田川以東にわたる地域は、縁遠い地帯であり、せいぜい正月に浅草、浅草寺《せんそうじ》を訪れるくらいであった。

まして、文芸作品の舞台となり、名のみ耳にしているものの、吉原《よしわら》とそれに張り合う、粋《いき》と意気地の深川などは、まったくの異境であった。

いまでは有難いことに、都営新宿線が、新宿から本八幡《もとやわた》へと通じ、隅田川の下をくぐり、芭蕉記念館のすぐ近くに、森下《もりした》駅の出口がある。冬まだ盛りのある年の二月、私は遅ればせながら深い地下鉄のなかに身を運んだ。

隅田川も、私には、それまであまり縁がなかった。ふり返ってみると、まだ壮年の頃、花火大会を川から眺めようというありふれた集まりがあったことをかすかに思い出した。

一度目は、地元の知りあいの実業家に誘われ、川岸の船宿《ふなやど》というのであろうか、一寸《ちょっと》した料亭の座敷から、直接川岸にもやった観光船に十人ほどで乗り込んで、川岸から川面《かわも》いっぱいに停泊している船の間を縫って川中へ向かった。

花火もはじまり、一杯とくつろいだころ、突然大粒の雨が降り出した。思いがけない夕立で、船には屋根がなかった。しかし、川岸の宿との間には、やはり様々な花火見物の船がぎっしりひしめいている。

どういうことになるのだろうと、うろたえた私にかまわず、たちまち幅二尺ほどの板が、船べりから隣の船べりへ架けられ、私たちはそのとび板をいくつも伝って船宿の裏の岸辺に何の事もなくたどりついた。

すでにびしょぬれになった私たちを、船宿の女将《おかみ》は愛想よく、慣れた手筈で、座敷の奥の小部屋へとみちびいてくれる。みると、きっちりと折り目正しくたたまれた浴衣が人数分だけすでに用意されていた。

私たちは、そこで濡れた浴衣を着替えて座敷へ戻り、一杯やりながら、つづいて花火の音を腹の底に味わい、頭上近くの夜空に歓声をあげていた。

あたりまえのようであるが、私には、川中から義経《よしつね》の八艘《はっそう》飛《と》びのように板の桟橋《さんばし》を次々と伝って岸にたちまち着いたこと、また、すでに雨に濡れた浴衣の、替えの用意の整っていることに感嘆し、また、かつて深川の色街などの客は、細かく入りくんだ堀割の岸辺まで、舟で乗り付け、裏から大店《おおだな》の座敷にくり込んでいたという話を想い出し、その深川の風情を楽しんでいた。

私は期せずして、広重描くところの「名所江戸百景」のなかでも、一、二の名品といわれる「大《おお》はしあたけ（安宅）の夕立《ゆうだち》」の世界を、身をもって体験することができたわけである。あのオランダの画家ゴッホ（一八五三〜一八九〇）が感動して油絵で複写した版画だ。

縦長の画面三分の二はひたすら細く鋭い雨脚の縦線が斜めに降っている。夕立であろう。

大橋は、深川と日本橋地区との往来の便宜を図るため、幕府が元禄六年（一六九三）に浜町矢《はまちょうや》の倉《くら》より、深川籾倉《もみくら》へ隅田川を渡して架けたものである。これより上流の両国橋の旧名が大橋《おおはし》であったので、この橋を新大橋と名付けた。（略）この絵は、日本橋側から、大橋を隔てて、隅田川の上流の対岸を望んでいる。俄雨《にわかあめ》でくすんだように見える対岸に幕府の御舟蔵《おふなぐら》があり、将軍の御座船《ござぶね》や唐船《からふね》など大小の船が繋がれていた。この舟蔵の中に安宅丸《あたけまる》の御舟塚があった。（略）廃船となったのでその追供養《ついくよう》のため塚が設けられたのである。

（堀晃明《ほりてるあき》『ここが広重・画「東京百景」』小学館文庫）

絵の下方三分の一に、斜めにゆるやかな太鼓橋と逞《たくま》しい橋桁《はしげた》が描かれている。その向こうには、木材を組んだ筏《いかだ》が、遠景には町屋と樹林の岬が逆斜めにのびて、みごとな横三角形の画面を仕切っている。果てしない雨空と大川の水が足元にひろがってゆく。

橋上には風のためか、傘をすぼめ赤い蹴出《けだ》しの女が二人、そして深く笠をかしげた男が一人近づく、それと逆方向に、ひとつの傘に二人の男が、着物の裾をからげて後ろ姿で肩を並べて急ぎ足。さらにその先にもう一人、傘が間に合わなかったのか、筵《むしろ》を頭からすっぽりかぶった身をかがめて走る。

急雨の夕暮れの気配が川面をはさんで、画面の上下を黒くぼかしている。じつに、見ても飽きない見事な大橋の風景、夕立の一瞬が、雨音まで描き出されている。

前掲書の堀氏によれば、橋が完成した前後は、ちょうど橋の東詰に芭蕉庵があり、ある冬の寒い日に、芭蕉は庵の戸を少し開け、まだ架けかけの橋を見て、「初雪やかけかゝりたる橋の上」と詠み、また完成した橋を渡って嬉しさの余り、「ありがたやいただいて踏むはしの霜」と詠んだという。

また、泉鏡花の小説『三尺角《さんじやくかく》』の主人公、木場《きば》の木挽《こび》き職人与吉《よきち》は貧しく、深川で岸から板を渡した小舟の中で毎日暮らし、木場へ出かけて、大鋸《おが》で材木を挽く水上生活をしているが、その真似事を、両国の花火大会の夜の夕立で、私も味わったことになる。

もうひとつ、我が身に隅田川を味わった体験がある。これも花火見物の時であったが、やはり友人に、外洋クルーザーに熱中している者がいて、男女の友を招待して、花火を楽しむため珍しく隅田川に乗り入れ、両国《りょうごく》橋下の近くに停泊して、花火の始まるのを今やと待ちながら夜空を見上げていた。すでに川面は大小の花火見物の様々な船がびっしりと埋めていた。花火が次々と空に華を開き、皆「玉ヤー」「鍵ヤー」と空を仰いで我を忘れていた。

すると、突然、「危ない、ぶつかるぞ」と後方の船から怒鳴り声があがった。

いつのまにか、クルーザーが川の流れに流されてあわや後尾の船に激突する寸前だった。外洋船で経験の深い、われらのクルーザーの船長は、川の流れにも十分な錨《いかり》を投錨していたはずだ。ところが、その目論見は見事はずれ、いつのまにか、ずるずると流されていたのである。錨は利いていたが、川底の泥が深くてずるずると流されていたのである。

船の衝突は激しいものである。皆総がかりで相手の船首を押し、船長はあわててエンジンをかけて混み合う船団の中へ前進して、事なきを得た。

私たちは静かな黒い水面に映る花火に見惚《みと》れながら、隅田川の底知れぬ流水の威力をまざまざと身にしみて味わった。川は黙々と活きていたのだ。

そんな埒《らち》もないことを思い浮かべている間に、地下鉄の森下に到着した。

なにしろ地下深い地下鉄である。脚の弱った私は長い階段を息を切らせてやっと地上に出た。森下駅Ａ１の出口は、新大橋通りに面している。

新大橋通りは道幅も広いが、人通りもまばらで閑散として、ゆるやかな川風が身をつつむ。大きく吐息をして、息を吸い込むと、意外にも暖かくかすかな湿り気さえ覚えるのは、すぐそばが川すじの故だろうか。

ここが、ここからが、あの芭蕉の歩んだ土地かと足下をたしかめてみる。

しかし、目の前の大通りの向こうは、高い鉄筋のビルが建ち並び、閑寂の気配はない。よく見ると、大通りのビルの間に櫛の歯のように細い路地が延び、旧い店が軒をつらねているようだ。

地図を見て、とりあえず徒歩七分とある芭蕉記念館へと向かう。新大橋通りを隅田川へ向かって行く。新大橋の信号を左へ入ると、万年橋通りになる。「江東《こうとう》区芭蕉記念館」と縦長の看板を出した瀟洒《しょうしゃ》な三階建ての白亜の壁に、茸《きのこ》のような角の丸い軒のある屋根が目に入った。

入口には和風の竹葺きの屋根と、傍に芭蕉の大樹が配してあり、屋根の下に「芭蕉記念館」と横書きの額が掛けられている。

芭蕉の没後、芭蕉庵の跡地は、武家屋敷内に取り込まれていたが、幕末から明治にかけて分からなくなった。

記念館の栞《しおり》によると、大正六年の大津波の後、現在の常盤《ときわ》一丁目から「芭蕉遺愛の石の蛙」が出土し、地元ではここを芭蕉稲荷大明神神社として祀り、当時の東京府は、「芭蕉翁古池の跡」と指定した。その芭蕉稲荷とは別に、昭和五十六年、近くにゆかりの遺品や資料を展示研究する施設として開館したのが、現在の「芭蕉記念館」だという。

さて、門を入ると、左手に小さな細長い池があり、奥に滝を配し、突き当たりは築山《つきやま》となっていて、芭蕉庵を模した祠と句碑などが配置されている。

ふる池や蛙《かわず》飛びこむ水の音　（貞享三年吟）

川上とこの川下や月の友　（元禄六年吟）

記念館の入口にも、

草の戸も住み替る代ぞ ひなの家　（元禄二年吟）

の句碑がある。


二階の展示室へと向かった。

数多い遺品は、彼もまた、生きた生身の独りの人間であったことを、いまさらのように想い出させる。生き、そして死んでいった人間の苦悩と、それを作品に昇華した不可思議な天才の宿命の証しに、身につまされる思いがする。

二階の右側展示ケースにある芭蕉筆の句短冊が目をうった。

枯枝に烏のとまりけり秋の暮　桃青

この句は初出が「烏のとまりたるや」であったが、後に芭蕉が「とまりけり」とした（十二章参照）。絵画的描写から、作者の個を超えた主体が強調されるようになり、蕉風を確立したとされる象徴の句である。それだけにイメージも深く、さまざまな受け取り方もある。だが、何といっても、第一の代表句であることは間違いない直筆である。

井本農一編『鑑賞日本古典文学第28巻　芭蕉』によれば、天和元年か二年に、この句を記した芭蕉の自画賛があるという。

井本氏の著書からその趣旨を紹介すると、横長の画面で、右手に――枯枝に烏のとまりたるや秋の暮――の句が書いてある。枯れ木に七羽の烏がとまり、空には二十羽の烏が飛んでいて、木にからんだ蔦もみじが赤く紅葉している。烏は上を向く烏、首をねじまげて下を向く烏、右を向く烏、左を向く烏と様々な動きのある姿態で描かれる。画面の左手には笹の生えている山路に松が二本、その下に宗祇《そうぎ》とおぼしき墨染めの衣の僧、かなたに遠山が三重に見える。中間に「笠やどり」と題した俳文があり、そのしめくくりに「世にふるも更に宗祇のやどり哉《かな》」の句が書かれている。

明らかに宗祇の「夕烏嶺《みね》の枯木にこゑはして」の和歌的、連歌的な情景であり、これを「とまりたるや」で動きを入れ、俳諧の発句に仕立てた過渡的な風情がある。

この他にも、この句を賛にした自画賛は二点あり、一点は書風から貞享初年（一六八四）前後の作と思われる短冊で、そこには、一羽の口をあけた烏が、一本の枯れ木の中段にとまるさまが描かれている。

もう一点は、数年後の作と思われるもので、同じく一本の枯れ木の中段に一羽の烏が口を閉じうつむき加減にとまっている。この二点の賛句はともに「とまりけり」となっている。

「とまりたるや」にはまだ情景描写の趣が残っているが、「とまりけり」には、断乎とした独りの俳人の心情が強調されている。この変化のうちに中国水墨画の「寒《かん》鴉枯木図《あこぼくず》」のような、わび、さびた一個の宇宙的な拡がりを持った空間が結晶していると井本氏は指摘している。

このわずか一句の末尾の数語に、芭蕉の厳しい思索の跡をまざまざと見る想いがする。

古典和歌の本流、禅への傾倒、中国の漢詩人、李白、杜甫への共鳴についてはいささかふれたが、ここ深川での住まい方について、「わび」が用いられていることに刮目《かつもく》する説もある。

尾形仂《おがたつとむ》編『芭蕉ハンドブック』（三省堂）では、「深川退隠――〝わび〟の演出」という節を設け、深川入庵と、当時興隆の気運にあった侘び茶の間に深い関係があったと推理している。

「わび」は、『俳文学大辞典』の項では俳諧用語とされ、「（平安貴族の）外形的・感覚的な華麗美を否定し精神的余情美の深まりを求めようとする、芭蕉の人生と芸術を貫く根本理念」（傍点栗田）と規定した上で、

　もと失意・窮乏をいう動詞「わぶ」から出た言葉で、美意識としては貴族的優美を理想とする価値体系の崩壊の中で、中世の歌人や隠者の間に芽生え、（千利休の師・武野《たけの》）紹鷗《じょうおう》・利休らの茶の湯の世界で芸道の理念に高められた。芭蕉は千宗旦《そうたん》によって再興されたわび茶の精神を、深川の草庵における貧寒の生活の実践を通して（略）蕉風を樹立、さらに無一物の旅の中で「心のわび」にまで深めたが、門人によって祖述されなかったのは、それがあまりに深く彼の人生と直結していたからであろう。

（尾形仂）

とする。

私は、ここには「わび」を一種の生活態度として貧困を肯定する「色即是空」の日本的実践の情緒とみるのが自然だと思われる。

同じく「わび」と併用される「さび」について『俳文学大辞典』は、

　俳諧用語。「しほり」と併称される蕉風俳諧の美的理念。精神的余情美としての閑寂味をいう。語原的には物の内なる本質が一定の成熟深化の時間を経ることにより外に顕現してくることをいう。平安末期に至り貴族的優美が時間によって浸食された荒《すさび》・寂《さび》の情趣の中に物の真実が追求されるようになり、和歌の評語として登場する。室町期の心敬《しんけい》は、これを閑寂・枯淡の色に包まれた宗教的余情美の極致を意味する語にまで深めた。定家《ていか》・心敬の影響下に成立した茶道では、華やかさとわびしさの対照を通した閑寂味とする。芭蕉の「さび」もこれら中世の伝統を受けたものだが、自身の言及は乏しい。門人たちは自然と人生への深い観照に基づく詩心の投影として芭蕉の句に漂う閑寂味を賛嘆、これを金科玉条視した。中興俳諧期以降、蕉風の代名詞として喧伝されたが、的確な説明は見られない。（尾形仂）

『さびしほり』という俳論書・俳諧撰集もあり、安永五年（一七七六）に刊行された。まず許六《きょりく》と去来《きょらい》の間で交わされた「さび・しをり」「不易流行」などについての問答を掲載している。

ここまで芭蕉の人生、表現、その統合と分析のあとをたどってきたので、ここに、つけ加わった「しほり」を、同じく『俳文学大辞典』でみておこう。

俳諧用語。「さび」と併称される蕉風俳諧の美的理念。深い観照と表現への繊細な配慮から生まれるしめやかな余情美をいう。連歌では「しをれ」の形で用語・風体《ふうてい》・情調について用いられたが、去来は「句の姿」〈『去来抄』〉、「句の余情」〈『俳諧問答』〉の問題とし、「内に根ざして外に現るるもの」と説く。（略）豊満華麗の対極の美に属する点では大異がない。（尾形仂）

以上、連歌を本とする芭蕉の俳諧の特色が、深川の隠棲のなかで成立し、相つづく旅のなかで熟成されたとされるので、一応分かったようで明らかにならない俳諧用語の、現代における基本的共通理解をたしかめてみた。

これらの用語を通じて、共通して感じとられるのは、陰と陽、表現と実体など、相異《こと》なる要素をあげ、それが矛盾することをそのまま受け入れ、その激突と溶解を逆《さか》手《て》にとって、超越的境地を目ざしているように思われることである。つまり、絶対矛盾的自己同一の神秘的霊性を表現していると言ってもよい。それを、鈴木大拙《すずきだいせつ》や西《にし》田幾多郎《だきたろう》たち精神哲学者の説く生と死、華と枯死など、時間的経過、あるいは場所の移動などによって、合理的にとらえてはなるまい。

この苦しい内的葛藤を孕《はら》んだ超越性こそ、一つにして普遍的なものだからだ。

ここで、様々な視点から欠けているものが、ひとつあるように思われる。それは、『古今集』、『新古今集』から連歌までを支えた中心的な思想、つまり、宗教的な視点ではないだろうか。

宗教は芸術とは異質であるとするのは、近代科学思想以後のことであって、仏頂禅師について思索を深めていた芭蕉には、仏法に説くところの「空」の思想、砕いていえば、「色即是空、空即是色」の日本的受容の伝統があった。

芭蕉がつねに起点として仰いだのが、『古今集』『新古今集』であり、とりわけ『新古今集』であったが、これらの歌論、すなわち思想性は、西行にみられる天台本覚《てんだいほんがく》思想によるものである。

それについては、かつて私は、主として田村芳朗氏の『本覚思想論』を手がかりに、いささかの思索をつづって著作物とした。『西行から最澄へ』（岩波書店）『最澄と天台本覚思想』（作品社）である。

いまだ、未熟なものであるが、それを受けて日本精神を実現した一人、私のもっとも親しめる文芸、詩人としての芭蕉の旅の跡をたどりはじめたのである。

心打たれて記念館の庭に出て、築山《つきやま》にのぼってゆくと、隅田川の流れが堤防越しに、突然渦巻き、盛り上がって襲いかかってくるように思われた。その波は川ものではなく、洪水の激流のようであり、また、かつて驚嘆したことのある中国の海のような大河のうねりのようでもあった。芭蕉にとって、隅田川の流れは深く宇宙を巻きこみ、のみこむようなものであったにちがいない。

十四章　寒夜の辞

「芭蕉記念館」を出ると、やがて芭蕉庵の旧跡と伝えられる「芭蕉稲荷《いなり》」にたどり着く。

はや秋の夕暮れは早く、防波堤のうえまでせりあがった隅田川《すみだがわ》の遠景は果てしなく、薄墨色の空に溶けてゆく。あいにくの空模様で富士の霊峰は見えないが、二章に紹介した「寒夜《かんや》の辞」（『夢三年《ゆめみとせ》』所収、寛政十二年〔一八〇〇〕刊）を想い浮かべるには十分である。あらためて読んでおきたい。

深川三《みつ》またの辺《ほと》りに草庵を侘《わび》て、遠くは士峰《しほう》の雪をのぞみ、ちかくは万里《ばんり》の船をうかぶ。あさぼらけ漕行《こぎゆく》船のあとのしら浪に、芦《あし》の枯葉《かれは》の夢とふく風もやゝ暮過《すぐ》るほど、月に坐しては空《むなし》き樽《たる》をかこち、枕によりては薄きふすまを愁《うれ》ふ。

艪《ろ》の声《こえ》波を打《うつ》て腸《はらわた》氷る夜や涙

（文は天和元年（一六八一）冬、
句は延宝八年（一六八〇））

まずこれを註すると、「士峰」は富士山。「万里の船」は杜甫《とほ》の詩「牕《まど》ニハ含ム西嶺千秋ノ雪、門ニハ泊《はく》ス東呉万里ノ船」による。

「あさぼらけ」は、沙弥満誓《さみまんせい》の和歌「世の中を何にたとへむ朝ぼらけ漕ぎ行く船のあとの白浪」（『拾遺集』）により、朝日にきらめく波に人世の無常を思う意。

「芦の枯葉の夢とふく風も」は西行《さいぎょう》の和歌「津《つ》の国の難波《なにわ》の春は夢なれや芦の枯葉に風わたるなり」（『新古今集』）による。夕べには枯葉を吹く風に栄華のはかなさを観ず。

「月に坐しては空き樽をかこち」は李白《りはく》の詩「人世意ヲ得テハ須《すべか》ラク懽ヲ尽スベシ、金樽ヲシテ空シク月ニ対セシムル莫《な》カレ」（「将進酒」）による。

まず、この句は夜である。風景は見えない。ただ艪のぎいぎいと漕いでゆく音に、山水の風景を偲《しの》ぶにすぎない。山水の闇にあって、自らの生涯を想えば、断腸の想いで、腸《はらわた》も氷る。

山水の自然の美と、それに比して己れの拙さを顧みて後悔するだけではない。そのような人間の宿命を直視していると、いつか涙があふれてくる。

深川での隠棲には、複雑な想いがこめられていた。

井本農一氏は「乞食の翁」（『俳句』一九六一年八月号所収）において、『夢三年』所収の「寒夜の辞」とは別に、次の前文のある真蹟を紹介している。

こちらは「泊船堂《はくせんどう》」の号の由来となった杜甫の詩句を冒頭にするす。

窓含西嶺千秋雪
門泊東海万里船
我其句を識《しり》て其《その》心を見ず。その侘《わび》をはかりて其楽《そのたのしみ》をしらず。唯老杜《ただろうと》〔杜甫〕にまされる物は、独《ただ》多病のみ。閑素茅舎の芭蕉にかくれて、自《みずから》乞食の翁とよぶ。

（天和元年十二月末）

深川芭蕉庵からの風景を、幾度もくり返し紹介したのは、じつは芭蕉その人が、この風景にこだわっているからである。

芭蕉が、ただこの山水を風景として漠然と好んだというだけでは不自然なのである。

まず、この前書きの文には、杜甫、李白、西行の詩句の引用を、まるでモザイクのように組み合わせ、緊密な抒景詩と見られかねない句を練り上げながら、なお「其心を見ず」というのは何であろうか。

富士の霊峰と隅田川の清流を唱った心とは何をさすのか。もちろん、たとえば老荘の句から伝わる侘び、寂びということはある。だがそれにしては、「其楽をしらず」とは何だろうか。

じつは、芭蕉は中国幾千年にわたって伝わってきた、水墨画という具体的世界像の枠組のなかで、これらの俳文を記してはいないのである。芭蕉は現前の山と水を見たばかりではなく、中国水墨画に生きている宇宙観をつねに問うていた。

それだからこそ、後に『笈《おい》の小文《こぶみ》』で、「只此《ただこの》一筋に繫《つなが》る」として、「西行の和歌における、宗祇の連歌における、雪舟の絵における、利休が茶における、その貫道《かんどう》するものは一《いつ》なり」と、日本的霊性の先行者を挙げたなかに、突然と言っていいほど、画家雪舟の名があるのであろう。

その謎を解く鍵はひとつ、芭蕉は雪舟の「山水画」の心を、己れの目標を造成したものとしてあげているのだ。

つまり、芭蕉は、貞門《ていもん》から談林《だんりん》俳諧を経た後、延宝の末以来、老荘の趣きの深い漢詩文に自らを没入しながらも、その異国趣味を抜け出して、さらに深く日本独自の句境の真髄に迫ろうとしていた。

そのとき李白・杜甫の風光は、芭蕉自身の魂のうちで発酵熟化して、日本の山水として受け入れられるようになってゆくはずであった。

山水画とは、今日のいわゆる風景画ではなく、中国の古代からの宇宙観の日本的総括だったからである。

一般に、今日の日本ではやや縁遠い「山水画」について、一瞥しておきたい。

中国芸術における山水画の地位がきわめて高いのは、風景画としての自然の描写ばかりでなく、深い精神性が要求されるからである。大自然を象徴する山水は、道教思想と陰陽《おんみよう》五行説などを背景として、画題として取り上げられた。六朝《りくちよう》時代（三世紀から六世紀）には主として神仙山水図として独立した画題となり、唐代になると特徴ある運筆で写実的、感覚的な表現が行なわれ、著名な山水画家が出現し、その地位が確立した。

山水画が芸術的に重要な地位を築くようになったのは、五代・宋の時代（十、十一世紀）である。それまで芸術で主流を占めていた書、文学が、唐の滅亡と五代の戦乱のなかで衰えたのに対し、絵画では、唐末五代から宋にかけて巨匠が輩出した。

後に六朝の書、唐の詩、宋の画といわれるように、中国絵画の黄金時代が開かれ、その軸となったのが山水画であった（『平凡社大百科事典』小川裕充「山水画」）。

芭蕉が、芭蕉庵で杜甫を思う時、夜昼なくいつも目に浮かべる風景は、自らが棲家《すみか》となしている山や川の風景ではなく、中国の古代神話、道教が目指した、神人一体の境地であった。

彼にとって、山と川は、時空を超えた中国の詩歌に唱われた「山水」であり、自然《じねん》そのものであった。

唐末には風景という用語もあるが、そこまで抽象化し非実体化することはなかった。『山海経《せんがいきょう》』は山々に神々が住むことを説くが、その神々は山神であると同時に水神でもある。神話的世界の神としては洪水神が最も古いといわれるが、中国の気候を想えば、さもあらんである。巨大な崩壊的エネルギーを肌に感じているのであろう。

山神と水神は対をなしていて、同時に破壊と復活を意味していた。また山水は神と帝、聖と俗と考えてもよい。

孔子が「知者は水を楽しみ、仁者は山を楽しむ。知者は動き、仁者は静かなり」というとき、山を存在とし水をその働きとする、哲学的自然観を述べているといえよう。

このように山水は、世界を構成する要素の根幹として、世界観の変遷とともに意義も変わっていった。しかし、宇宙的エネルギーの無限空間の現出という点では、一貫している。

殷《いん》の奉じた太陽神、周《しゅう》の奉じた天によって、神話の神々がその光芒を失ってくると、四岳とか五岳といった世界構成的山岳観があらわれてくる。続いて天地的世界観、古帝王の系譜を示し、西方世界への夢をのせて崑崙《こんろん》山《ざん》があらわれ、これらは祖霊の帰するところとして楚《そ》墓（紀元前三〇〇年頃の楚の貴族の墓）や漢《かん》墓に描かれた帛《はく》画《が》や漆画の世界につながる。

古い神話的イメージは、老荘の思想や説話の中にある程度保存されているが、老荘の哲学が流行した東晋《とうしん》（四〜五世紀）には、歴史はじまって以来の大画家といわれた顧愷之《こがいし》が、『画雲台山記』と題する画論で三山構成の霊山を表現した。

次いで南朝の宋（五世紀）に入って老荘の哲学が退潮し、その母体となった山水が文学的に豊かに表現されると、宗炳《そうへい》が『画山水記』により、神仙の眼を借りた写実的な山水表現を示した。

唐（七〜十世紀）になると旅行の山水（蜀道山水《しょくどうさんすい》）が、宋（十〜十三世紀）には居住山水（胸中丘壑《きょうちゅうきゅうがく》）

が、中世末と近世の自然観を示している。しかし、なお様々な形で古代神話の余映が残り、山水における実体的志向を支えている（前掲事典・山岡泰造「山水」）。

いささか長くなったが、芭蕉が、三度にわたって描いた深川の草庵の風景、遠くは富士の頂に雪をのぞみ、近くに万里の船を浮かべる大河という構図は、日本の伝統的ないわゆる抒情的な風景にとどまるものではなかった。

ここには、中国古代からの宇宙論をふまえた、原理としての山水が想い浮かべられていたのである。

山は不動にして、永遠の実在そのものとして迫り、川はまた、永遠に瞬時も止まらず流れ去り、流れ来《きた》る、変化運動そのものであった。

その間にあって、限りある身の人間は、如何《いか》なる存在であろうか。また、この静と動の間に漂って、個としての人間存在とは、そもそも何であろうか。

この中国伝来の普遍的で深刻な問いかけが、富士山と隅田川にのぞむ芭蕉庵のなかでも、ひたすら問いつめられていたのではなかったか。そういうコスモロジー的な構造のなかで、芭蕉は生理的な限界の苦しみに呻《うめ》きつつ、独り日本語の詩句をもって、絶対的な存在に、虚無を超えて立ち向かおうとしていたのである。

しかし、『詩経』がいうように詩ということばは志《こころざし》である。人間の生理は限られているが、不思議な「心」の働きはまた無限である。

宇宙の無限の時空にどう向かいあって同化し、融合して変化し、窮極的な「空《くう》」に徹することが出来るのであろうか。

芭蕉の俳諧の基盤を、単なる禅林詩や唐詩の技術を通じての、応用などと考えてはならない。彼にとって俳句とは、万巻の儒仏の経典、また東西古今の文芸思想を読みあさり、現実的には、ほとんど出家の姿で、仏頂《ぶつちよう》禅師の住む臨川庵《りんせんあん》へ通い、禅定によって、自らの心を問いつめつくした上でのことであった。

その時、彼にとっての武器となったのは、中国の老荘の志をわがものとして、あらためて日本の伝統的抒情を甦《よみがえ》らせることではなかったか。

深川の山水の、中国古代思想の厳格な公案に応えて、ひそかによみがえったのは、まず先人たちの和歌であったろう。

「寒夜の辞」に引かれた歌、沙弥満誓の、

　世の中を何にたとへむ朝ぼらけ
　　漕ぎ行く船のあとの白浪

朝ぼらけには、すべるように勢いよく動いてゆく船も、あとに輝きながら残すものは消えゆく白浪ばかりだ。夕べには、すべては忍びよる夜闇に溶けて、白浪さえも残らない。天地の無常迅速に、心を浸す他はない。

　そしてまた、あの無常を追い、無常に徹した西行法師の『新古今集』の歌を引いている。

　津の国の難波の春は夢なれや
　　芦の枯葉に風わたるなり

摂津《せっつ》の国の　難波江の春景色は夢だったのか、
芦の枯葉に遠く風がふきわたるあの音よ。

西行のこの歌の本歌は、実は『後拾遺集』所収の能因《のういん》法師の歌で、「心あらむ人に見せばや津の国の難波のわたりの春の景色を」である。

　難波の春は、古来、ことに霞む景色が賞美された。藤原俊成はこの歌を「幽玄の体なり」と評した。回想の中で夢みる光景、それを破る枯蘆のそよぎの情感がある。

　ついで難波の浦をよんだ能因法師の歌を続けよう。

　夏草のかりそめにとてこしやども
　　難波《なにわ》の浦に秋ぞくれぬる

日本人が、過ぎゆく秋の時を惜しむ情感は、はやくも、心まで秋に染めあげられているようにみえる。

『新古今集』から、さらに一、二あげてみよう。

　暮《くれ》の秋、思《おも》ふ事侍《はべり》けるころ　能因法師
かくしつゝ暮《く》れぬる秋と老《お》いぬれど
　しかすがになを物ぞかなしき

いつも物悲しい思いを尽して暮秋とともに老いてしまったが、さすがに暮秋となると、なおもいっそう物悲しくてならない。

　五十首よませ侍けるに　守覚法親王《しゅかくほっしんのう》
身にかへていざさは秋をおしみみん
　さらでももろき露《つゆ》の命《いのち》を

　さあそれでは、わが身と引き替えに、秋を惜しんで引き留めてみようという惜秋の歌である（以上、『新古今集』の原文・解説は、岩波書店『新日本古典文学大系　新古今和歌集』）。

芭蕉の「寒夜の辞」は、ほんの二、三句のなかに、中国詩文の構造的宇宙を背景に、冬の夜の侘びしさをよみあげている。

また『新古今集』の名歌をいくつも思い浮かべて、春、夏、秋、冬の侘びしさをひろげ、そして過ぎゆく秋から冬へのどうにもならない時の流れを、命にかえても止《とど》めようとまで情緒を注ぐ。中国のコスモロジーに対して、あたかも虚空で包みこむような日本の詩情も濃厚なものである。

はるかに聳《そび》える山は、一見不動である。しかし、自然は、雲も水もそして時も、動き続けるものである。この不動と流動という矛盾した両極によって、宇宙は成り立っているといっていい。静と動、動と静、そして、まさしく人間の命もまた静と動の両極によって生かされている小宇宙である。人類のすべての古代宗教は、様々な言葉によって、これを克服しようとしたが、不老不死は本来、矛盾そのものである全存在を考えるとき不可能であり、ただ情念の渦を深くするのみであった。

芭蕉の句が、斬新な風俗流行を取り入れた談林調を脱しようとする頃、たまたまというか、必然的にというか、禅僧の仏頂と出逢い、仏頂を通じて深く、中国の禅はもとより、禅の根本を流れる老荘の古代思想にまで遡ったことは疑いない。そして老荘の思想が、しばしば禅の公案ばかりでなく、杜甫、李白の詩の源流をなしていることに、芭蕉があらためて刮目《かつもく》したことも必然であった。

これまでは、主として『万葉集』など古代歌謡から、『古今集』『新古今集』の日本の宮廷の詩の後を追ってきたが、一方で、寺院を通じて中国の古典詩がいかに伝えられ、またその影響を受けた日本でいかに作詩されたかをみておく必要がある。

小西甚一氏の『日本文藝の詩学』所収の、「芭蕉と唐宋詩」「禅林詩と芭蕉俳諧」では、室町時代において盛んになる禅林詩について、くわしい論考がしるされている。

古代中国詩、老荘の哲学、儒教のなかで生まれ、著しい成果をあげた僧院における詩の制作は、じつに膨大であって、その一端をみることさえ困難であるが、禅思想においては、一種独特な詩文によって、仏教の中核をなす「空」の真実に向かって詩句がつくられた。この詩は、ほとんど仏教思想の中核をなすもので、思想の伝達も、詩句の問答によっていた。

また鑑真《がんじん》和上をはじめ、優れた僧侶が、日本の権力者によって数多く日本に招聘《しょうへい》され、寺院を与えられ帰化するなどして、上層知識階級のなかに厳然たる地位を占めていたことも忘れてはなるまい。

日本古来の『万葉集』、古代歌謡、和歌が、この中国詩とどのように接触、混合し発展したかは、日本の詩歌にとって、はなはだ巨大なテーマであって、室町から江戸へ、西欧詩が明治以後移入されてもなお、今日まで衰えていない事実をみると、その融合はきわめて重要であって、いまだ研究を進める必要があるだろう。

以下、小西氏の論旨を、一部、紹介して、芭蕉の延宝末から貞享時代にかけての、芭蕉庵での新風への苦闘と、その結果としての純乎《じゅんこ》たる蕉風への脱皮完成をみてみたい。

室町時代の禅林詩はきわめて盛んであった。禅僧のもたらした経典、詩学の文集の流入と翻訳もすすみ、禅僧の留学も盛んで、禅林における中国語による会話、詩作は、今日の想像をはるかにこえるものであった。

禅林詩は、大きく分けると二種類になる。第一類は、禅僧によって制作された通常の詩。第二類は、偈頌《げじゅ》と呼ばれ、禅的世界の思想がテーマとされ、表現にも独特のものがあった。

こうみると、芭蕉が一般の中国詩だけでなく、仏頂和尚との交流から得た、思想的にも深い禅林詩を、身につけたことは、もっと重視されなければならない。

室町時代においては、五山十刹《ござんじっせつ》の禅僧たちによる宋代儒学が活潑で、公家系統の儒学は形骸化した。

藤原惺窩《ふじわらせいか》が禅林からの還俗者で、惺窩の門人である林《はやし》羅山《らざん》が幕府の学事顧問となってからは、禅林系統の漢学は、幕府公認の資格をもって、江戸時代の主流となっていた（小西・前掲書）。

禅の表現構造においては、表層と深層とが不確定性によって媒介され、表層の意味を正確にとらえると、その正確さの分だけ深層の意味は不正確になるし、深層の意味を正確にとらえようとするならば、その分だけ表層の意味から離れざるをえない。表層の意味にこだわっている限り、深層の意味はとらえられないのである（小西・前掲書）。

禅林詩が、禅における窮極の一瞬を捕えようとするとき、事物と観察者、客体と主観という二元論があってはならない。そこにはふたつの別の世界があり、一方だけをとれば二者は絶対唯一者と矛盾するわけである。

禅にいわれる不立文字《ふりゅうもんじ》とは、ある真実とは、それが言語化されるとき、その実体から離れなければならず、そこには矛盾が生じて意味を失うという、絶対的現実主義である。

語られる未然の矛盾した状況を、矛盾のまま併呑する、超越的視点のみが許される。つまり、表現することはできず、あるものはあるがままという全肯定と一体化しなければならない。

本来、言語化されえない現象を捕捉、体感するには、まず、対立を孕《はら》んで動じない「空《くう》」を前提にした「色《しき》（現象）即是空《そくぜくう》（不在）」という絶対的な自己同一が説かれる所以である。

禅林詩が、通常の詩歌とちがうところは、たんに、風景や抒情といった論理的整合性を保って共感を呼ぶにとどまらないということである。通常の抒情詩との相違は、禅林詩が本来求めていた精神性、「存在とは何か」「人生とは何か」という人間存在の根本への飽くなき追求と、その一体化であった。この主客融合、混沌の肯定こそ、まさに荘子の世界であり、むしろ禅が荘子から学んだ哲理であった。

芭蕉が、いつ老荘の思想、杜甫や李白の詩に接したかははっきりと立証することはできないが、いわゆる談林風抒情を脱して、より深いいわば形而上学的、宗教的な境地へと俳諧を深化させようという決意は変わらなかった。

それとともに、風景は自己の内面と一致し、「志」は直接ではなく、逆に生理や状況に托して語られ、その間隙に自ら全宇宙の拡がりを生み出す試みが続けられた。

芭蕉は、それらの必死な試みを、独り深川の山水に臨む芭蕉庵において続けたのであった。

中国の詩がつねに「志」を目指し、和歌は、抒情を主としたという見方もあるが、芭蕉は、『古今集』の序文の「仮名序《かなじょ》」の心を忘れることはなかった。

冒頭の部分のみ、再掲しよう。

> やまと歌《うた》は、人《ひと》の心《こころ》を種《たね》として、万《よろづ》の言《こと》の葉《は》とぞ成《な》れりける。世中《よのなか》に在《あ》る人、事《こと》、業《わざ》、繁《しげ》きものなれば、心に思《おも》ふ事《こと》を、見るもの、聞《き》くものに付《つ》けて、言《い》ひ出《いだ》せるなり。花に鳴《な》く鶯《うぐいす》、水《みず》に住《す》む蛙《かわず》の声《こえ》を聞《き》けば、生《い》きとし生《い》けるもの、いづれか、歌《うた》を詠《よ》まざりける。

確固たるやまと歌の原点を捕えている点で重要である。

それに対して『古今集』巻末の「真名序《まなじょ》」は、「仮名序」の意をよりいっそう論理的に、また歴史的具体的にしるしている。「仮名序」より詳しく、その本旨は中国の「毛詩《もうし》・大序」にそって、見事に日本文で書きつづられている。ちなみに「毛詩」とは、『詩経』を毛亨《もうきょう》・毛《もう》萇《ちょう》が伝えたテキストの通称で、つまり『詩経』のことである。

「真名序」も長文なので冒頭のみしるそう。ここからは芭蕉が「心」を中心に、日本の伝統のうえに立って、俳諧の意義を求めていたことがいっそうよく分かる思いがする。

> 夫《そ》れ和歌《わか》は、其《そ》の根《ね》を心地《しんち》に託《つ》け、其《そ》の華《はな》を詞林《しりん》に発《ひら》くものなり。人《ひと》の世《よ》に在《あ》るとき、無為《むい》なること能《あた》はず。思慮《しりょう》遷《うつ》ること易《たやす》く、哀楽相変《あいらくあいかわ》る。感《かん》は志《し》に生《な》り、詠《えい》は言《げん》に形《あら》はる。

簡単に語註を加えると、「夫れ和歌は」以下は、和歌は、その根を心という大地に寄せて、その花をことばという林に咲かせるものだという。「感は志に生り」は、感情はこころ（志）から生まれ、和歌はことばからできるという。

ちなみに「志」は、「毛詩・大序」の「詩者。志之所之也。在心為志。発言為詩。情動於中。而形於言」からとられている。

なお詳しく語の解説が続くが、あえて一言にしていえば、詩とは単なる表現ではなく、天地の根元、人間の本質にかかわって「自《おの》ずから生じるもの」であるという認識であり、もとより『古今集』『新古今集』の序の源となる中国の「毛詩・大序」を換骨奪胎して、和風に消化しているということである。

じつは、一見唐突に『古今集』の「真名序」をあげて、『詩経』「序」の本旨をここに紹介したのは、じつは芭蕉が深川に庵を設け、新たな詩境をほぼ完成するにあたって、中国の老荘、『詩経』を踏まえて宣言した俳諧撰集『虚栗』の跋文を紹介するためである。

この俳諧撰集は、芭蕉の弟子の其角《きかく》が編し、天和三年（一六八三）刊行。

作者は、其角・藤匂子《とうこうし》・嵐雪《らんせつ》・杉風《さんぷう》・芭蕉・才丸《さいまろ》・露《ろ》草《そう》・素堂《そどう》など一一四名で、芭蕉の門弟の成長や、京や江戸の他門との交流を示している。

作風は、天和調、虚栗《みなしぐり》調ともいわれ、いわゆる漢詩文調・破調が特徴であり、何よりも芭蕉の跋文が注目されて、一期を劃するものであったので、ここにしるそう。

虚栗《みなしぐり》跋

俳文としては「寒夜の辞」につづくものであるが、風趣は新しい俳諧の意義を述べ、抱負を語っている。客気にみちて新風を誇示したものとして注目された。

栗とよぶ一書、其味四《そのあじよつ》あり。李杜《りと》が心《しん》-酒《しゆ》を嘗《なめ》て、寒山《かんざん》が法《ほう》-粥《しゆく》を啜《すす》る。これに仍而《よつて》其《その》句、見るに遥《はるか》にして聞《きく》に遠し。侘《わび》と風雅のその生《つね》にあらぬは、西行《さいぎよう》の山家《やまが》をたづねて、人の拾はぬ蝕栗《むしくい》也。

恋の情《じよう》つくし得たり。昔は西施《せいし》がふり袖の顔《かんばせ》、黄《おう》-金鑄《ごんはいる》小紫《こむらさきを》。上陽人《じようようじん》の閨《ねや》の中には、衣《い》-桁《こう》に蔦《つた》のかゝるまで也。下《しも》の品《しな》には眉ごもり親ぞひの娘、娶《よめしゆうとめ》姑のたけき争ひをあつかふ。寺の児《ちご》、歌舞《かぶ》の若衆《わかしゆ》の情《なさけ》をも捨《すて》ず。白氏《はくし》が歌を仮名《かな》にやつして、初心を救ふたよりならんとす。

其ノ語震動虚実《しんどうきよじつ》をわかたず、宝の鼎《かなえ》に句を煉《ねつ》て、龍の泉に文字を冶《きた》ふ。是必《これかならず》他のたからにあらず、汝が宝にして後の盗人《ぬすびと》ヲ待《まつ》。

天和三癸亥仲夏《ちゆうか》日

芭蕉洞桃青鼓舞書《こぶしてかく》

（『古典大系46』）

「其味四《よつ》あり」とは、風趣が四つあるということで、その四つとは、李杜・寒山《かんざん》・西行・白楽天をさす。

「人の拾はぬ蝕栗也」とは、人も拾わぬ虫食い栗で、其角の序に「凩よ世に拾はれぬみなし栗」とあるのに応じる。

「小紫」は、当時高名な江戸の遊女。

「上陽人の閨の中には」以下は、白楽天の「上陽白髪人」の詩句による。楊貴妃《ようきひ》のために寵を奪われた他の宮女たちが上陽宮に空閨をかこち、君主に長く召されず装うこともないので、衣桁には蔦が這いまわる情景をしめす。

「其ノ語震動虚実をわかたず」とは、語句・表現は多様に変化し、虚にして実、実にして虚と、虚実自在での意。

弟子たちの句集の最後を飾って新風をはげます意図もあらわであるが、少なくとも、過去の遺産である様式主義を破り、芭蕉が尊重したあの西行の『山家集』のような作品集に仕立てようという宣言であり、かつ広く読者に訴えようとする気持ちが、多少誇張はあるが横隘している詩文であろう。世に衝撃を与えたのはもちろんである。

十五章　『虚栗《みなしぐり》』

芭蕉が江東深川村に居を移して間もない天和二年（一六八二）、大御所宗因《そういん》が死去し、全国の俳壇も、俳諧の行方に迷いが生じ、急速に冷え込んでいった。

ここで芭蕉は、それまでの談林《だんりん》俳諧のマンネリ化からも脱し、さらに新たなる蕉風の俳諧への模索もはじめ、それは俳諧撰集『虚栗《みなしぐり》』として結実する。

天和三年（一六八三）、二十三歳の其角《きかく》の編になり、芭蕉の跋文をもつ蕉門初の総合撰集は、漢詩文調・破調を特色とし、俳壇に存在感を示した。

しかし、『古今集』『新古今集』の精神を中軸とし、中国の老荘の詩的世界観に迫りながら、なお、宗因流の遊び、滑稽をすてきれず、作品は過渡的な要素をまぬがれていないと、芭蕉は後に述べている。

時あたかも、この新しい天和期の革新運動のさなかである。芭蕉の身辺をみると、深川に移住した翌年の延宝九年春、門人李下《りか》からバショウ一株を贈られ、草庵に植えた。芭蕉は、伝統的に破れやすく無常観のシンボルとされている、バショウの株を大変気に入り、次の句を詠む。

ばせを植ゑてまづ憎む荻の二《ふた》ば哉　（『続深川集』）

この一株のバショウは深川の庵の風土に合ったのか、後に力強く株をふやして葉が茂り、芭蕉庵をおおってゆくさまが、挿画にも残されている。

さて、身は隠遁の侘び住まいとなりつつも、老荘・李《り》杜《と》などによる漢詩文調が、俳諧革新運動の主流として、江戸・京都に流行しはじめるのを、横目でみながら、芭蕉は、さらに俳諧の源流をみすえて工夫をこらしていた。

しかし、新しい意欲にもかかわらず、不安と経済的貧窮は身に染みた。今でいえば、文壇、詩壇、ジャーナリズムと縁の薄い途《みち》をあえて選んだわけであり、弟子こそ彼を見捨てなかったが、詩壇からの孤立と批判を受ける淋しさは、厳しかった。

彼の俳諧が裸形の魂に迫るためには、必要なことだった。それが彼の意志だったからである。

ところで、井本農一氏の紹介するところによると、前年の延宝八年閏《うるう》八月には、江戸に高潮があり、隅田川《すみだ》の下流地帯は大災害を受け、米の値段も十二月には一・五倍ぐらい上がった。延宝九年（九月に天和に改元）も異常気候で、旧暦五月から九月まで雨が降り続き、大風や大雨もあって、饑饉となった。

まさに、芭蕉が深川の草庵に入り、臨川庵《りんせんあん》に仏頂《ぶっちょう》和尚を訪れ、禅を直接学び始めて間もない頃であった。

当時の俳諧宗匠の社会的地位はあまり高いものではない。士農工商の中にも入らない「遊民」という身分である。

今栄蔵《こんえいぞう》氏『芭蕉伝記の諸問題』のなかの「第七章　芭蕉の経済生活」、「第八章　俳諧経済社会学――俳諧師芭蕉の背景を知るための――」には、当時の賃金構造が具体的にくわしく紹介されている。俳諧宗匠の収入源の基本的なものとして、次の四つを挙げている。

（一）加点料（連句を採点する際の報酬）
（二）出座料（指導料）
（三）門人・顧客からの付け届け
（四）染筆料（色紙、短冊などへの揮毫による報酬）

これらを総合すると俳諧点者の収入は、一般的可能性として考える場合、上級建築労働者ともいえる上大工等よりは遥かに高収入であり、五十石取りの武士に比べても相当暮らしむきはよかったという。

なにより、顧客でもある大衆作者の大量発生、それにともなう金品を賭けて勝負を争う点取俳諧の大流行がこれを支えた。

したがって点者という職業を捨てるということは、まさしく死活問題であった。芭蕉はあえて、その道をえらび、しかもまた、芭蕉の兄の継いだ松尾家の収入のランクも低かった。

純粋の芸術的人生を選んでからの芭蕉の生活は、かなり厳しいものではあったが、特別な貧困とまではいえない。かつかつだったことは間違いないが、最近新説として言われるような、賭博に類似する稼業に手を染めていたというのは当たらない。

要するに、現代でも、いわゆる大衆芸能などマスコミを手段として、金銭的大成功を誇るタレントは溢れているが、純詩文芸の徒の暮らしは、資本主義社会の構造からはみ出せば、なにか副業なしには成り立たないという現実と、そう違わない。

しかも芭蕉は、点者稼業を捨て、あえて困窮に身をおくことで、後世に残る詩文を作りあげたということができる。

俳号も、今までの「桃青《とうせい》」を第一の号としながらも第二の号として「芭蕉」を愛用するようになる。

十二章で述べた「枯枝に烏のとまりたるや（とまりけり）秋の暮」は、延宝九年三月の菅野谷高政《すがのやたかまさ》編『ほのぼの立《だて》』序に、「当風」の範としての三句中にあげられ、俳壇の注目を浴びた（『年譜大成』）。

心ある俳人に新風を認められた芭蕉は、闇夜に仄《ほの》かな光を見た思いであったろう。

芭蕉は俳諧の古風を破り、新しい詩的世界への一新を目指していた。いわゆる蕉風の確立は、今日に至る俳諧の源泉ともなるべき途の開拓であり、延宝から天和にかけての深川芭蕉庵における、捨て身の精進もそこにあった。

日本の詩歌の歴史のなかで、近代精神的ともいえる言語哲学に正面から挑んだのは、想うに、西行法師と芭蕉の二人につきるといっていい。その転機の最初の跡を残したものが『虚栗』であり、その跋文であった。

そこにはいまだ過渡期の作もあるが、その激しい自己との葛藤は、古風から新風への決意を顕《あら》わにした、延宝九年五月十五日付、高山伝右衛門《たかやまでんえもん》（麋塒《びじ》）宛書簡に、残されている。

少し長いが、芭蕉の宣言文として紹介したい。ここに『虚栗』の新風の意図が、分かり易く言いつくされているからである。

五月十五日　　松尾桃青 判書

高山伝右衛門様

（略）仍而《よつて》御巻《まき》拝吟致し候。尤も感心少なからず候へ共《ども》、古風のいきやう多く御坐候ひて一句の風流おくれ候様に覚え申し候。其段近比《ごろ》御尤も、先《まず》は久々爰元《ここもと》俳諧をも御聞き成されず、其上《うえ》、京大坂江戸共《とも》に俳諧殊の外古く成り候ひて、皆同じ事のみに成り候折ふし、所々思ひ入れ替り候を、宗匠たる者もいまだ三四年已前の俳諧になづみ、大かたは古めきたるやうに御坐候へば、学者猶《なお》俳諧にまよひ、爰元にても多くは風情あしき作者共《ども》見え申し候。然る所にも遠方御へだて候ひて此段御のみこみ御坐無き、御尤も至極に存じ奉り候。玉句の内三四句も加筆仕り候。句作のいきやうあらまし此《かく》の如くに御坐候。

一、一句、前句に全体はまる事、古風中興とも申すべき哉《や》。

一、俗語の遣ひやう風流なくて、又古風にまぎれ候事。

一、一句、細工に仕立て候事、不用に候事。

一、古人の名を取り出《い》でて、何々の白雲などと云ひ捨つる事、第一古風にて候事。

一、文字あまり、三四字、五七字あまり候ひても、句のひびき能《よく》候へばよろしく、一字にても口にたまり候を御吟味有るべき事。（略）

まず、芭蕉の有力な弟子であり、スポンサーでもある高山麋塒に、どのような指導をなしたかを目の当たりに見るようで興味深い。平易な文体で、抽象的な表現、専門用語など用いず、淡々と、しかし、きびしく京、大坂、江戸の俳壇の「古さ」を指摘し、三、四年前の俳諧になずむ宗匠や学者を一刀両断し、ひたすら風流おくれを排し、「新しさ」を強調していることに、端的に云えば身をけずる競争の激しさを肌に覚える。

その新しさとは、これまた、具体的平易で、要するに、冗説をはぶいて、残されたただ一文字にかかわることを述べているのは、まるで、今日の文章法の作法に等しいといえよう。しかし、その削りに削った後には、『古今集』『新古今集』、西行、老荘、漢詩文と読みつくしたあとに心に刻まれた一字へと自らの心を追いつめる、詩人の命がけの苦闘があったことを忘れてはならない。

この苦闘ともいうべきものが、『虚栗』に結晶し、行きづまっていた俳壇に、芭蕉とその門下生の存在が大きくクローズアップされることになった。

さて、深川に移った芭蕉の生活は、このように自己満足した隠遁生活とはいえなかった。

勿論、宗因の技巧をのりこえ、より詩歌の本流を新たに見出そうとする改革の志には燃えていた。当然それは一種の過渡期であり、手探りと模索の時代でもあった。

その芭蕉の意図は、詩歌の技術的抒情性を捨て、娯楽をこえた哲学的宇宙論へ迫るものとなっていった。

当然、同業者との連合も薄れていった。

しかし、仏頂和尚との交流を通じて体得しようとしていた禅や老荘の思想、李杜の詩歌は、深い言語世界への浸透を深めていった。

深川の庵といっても、弟子の杉風《さんぷう》の生《い》け簀《す》の番小屋を利用した慎ましいものであった。この延宝八年は、江戸で暴風雨、地震、高潮があり、冬には東海道諸国大旱《たいかん》。諸国に饑饉も広まり、翌九年の春にも近畿・関東で饑饉という異常な世相となっていた。

そして天和二年（一六八二）の暮れ、十二月二十八日「八百屋お七の火事」と称される、江戸大火が起こった。

近頃では知られる機会も少ないので紹介しておこう。当代の気風、俗風が偲ばれる。

この日、駒込大円寺《こまごめだいえんじ》から出火。火は東は下谷《したや》、浅草、本所《ほんじょ》、南は本郷、神田、日本橋に及び、大名屋敷七五、旗本屋敷一六六、寺社九五を焼失、死者三五〇〇名という大惨事となった。

その時、家を焼け出され、駒込正仙寺《しょうせんじ》（一説に円乗《えんじょう》寺《じ》）に避難した八百屋の娘お七《しち》は、寺小姓の生田庄之介《いくたしょうのすけ》（一説に左兵衛）と恋仲となった。家に戻ったのちも庄之介恋しさに、火事があれば会えると思い込み、翌年三月二日夜放火事件を起こした。がすぐに消し止められ、捕えられて引廻しのうえ、三月二十九日鈴ヶ森《すずがもり》の刑場で火刑に処せられた。

この話が西鶴《さいかく》の『好色五人女』（一六八六）や浄瑠璃、歌舞伎にとりあげられると、お七が焼け出された天和二年の大火が、お七が放火した火事のように脚色され、この大火事が〈お七火事〉と呼ばれるようになった。

『好色五人女』の刊行は火刑の三年後のことで、元禄期（一六八八―一七〇四）には歌祭文にうたわれて、小姓吉《きち》三《ざ》とともに浮名を流した。歌舞伎では『お七歌祭文』（一七〇六）が古く、八百屋お七物の一系統ができあがった。河竹黙阿弥《かわたけもくあみ》にも諸作がある。浄瑠璃では『八百屋お七恋緋桜《こいのひざくら》』（一七一七）、『伊達娘恋緋鹿子《だてむすめこいのひがのこ》』（一七七三）があり、恋に死ぬ女性として共感を得た（『平凡社大百科事典』）。

すでに元禄時代の頽廃的な享楽文化の成熟が形となり、幕府の締め付け政策への庶民の反撥もあり、一種のエロティシズムとサディズム、そして、娘の華麗な衣裳と若衆の色気、火事を告げて打ち鳴らされる半鐘の音など、観客を熱狂させるに十分であった。

そこには、鬱積した町人文化の爆発と圧政による衰退への哀惜がこめられていたのかもしれない。いずれにせよ、この時代の生きた江戸文化の風景とみてよいだろう。

延宝九年（一六八一）春、芭蕉は門人李下から贈られたバショウを庵に一株植えて、深い喜びをうたっている。

ここ深川の埋立地の泥土の庭に緑をひろげた樹は、いつ破れても無に帰すことはない、「空《くう》」を孕《はら》んだ生命のシンボルにみえたからであろう。それは古来より我が国でも栽培されて、和歌にも詠まれているものであるが、俳諧では秋の季語である。鎌倉時代の歌論集『八雲御《やくもみ》抄《しょう》』には、「芭蕉　かぜふけばまづやぶるると云ふ」とあり、謡曲では、「芭蕉葉こそ破れたるは風情なれ」（『竹雪《たけのゆき》』）とある。

ここには不動の完結性よりも、生成死滅して虚空に拡がる大自然の目に見えぬ宿命に、我が身をそえて、ともに大いなる虚空に融合してゆく、無限の感覚が働いているからであろうと思われる。

芭蕉が己れの俳号とまでしたバショウに、もう少しつきあっていただこう。

晩年四十九歳（元禄五年）の秋に書かれたもので、「芭蕉を移す詞《ことば》」と題する小文がある。

菊は東籬《とうり》に栄え（陶淵明《とうえんめい》「飲酒」の「菊ヲ東籬ノ下ニ采リ、悠然トシテ南山ヲ見ル」による）、竹は北窓の君となる（晋《しん》の王子猷《ゆう》が竹を愛して「何ゾ一日モ此君無カルベケンヤ」といった故事による）。牡丹《ぼたん》は紅白の是非にありて、世塵にけがさる。荷葉《かよう》（蓮の葉）は平地にたゝず、水清からざれば花咲かず。いづれの年にや、栖《すみか》を此の境《さかい》に移す時、ばせを一本《ひともと》を植う。風土芭蕉の心にや叶《かな》ひけむ。数株《すしゅ》の茎《くき》を備へ、其の葉茂り重なりて庭を狭《せば》め、萱《かや》が軒端《のきば》もかくる計《ばかり》也。人呼びて草庵の名とす。旧友・門人、共に愛して、芽をかき根をわかちて、処々に送る事、年々《としどし》になむなりぬ。（略）

名月のよそほひにとて、先《まず》ばせをを移す。其の葉七尺あまり、或《あるい》は半《なかば》吹き折れて鳳鳥《ほうちょう》（の）尾をいたましめ、青扇《せいせん》（芭蕉の葉）破れて風を悲しむ。適々《たまたま》花咲けども、はなやかならず。茎《くき》太けれども斧《おの》に当らず。彼《か》の山中不材《ふざい》の類木《るいぼく》にたぐへて、其の性《さが》尊とし（『荘子』山木篇の「荘子山中ニ行キテ、大木ノ枝葉盛茂セルヲ見ル。木ヲ伐ル者、其ノ旁《かたわら》ニ止ドマリテ取ラズ。其ノ故ヲ問フ。曰ク、用フベキ所無シ。荘子曰ク、此ノ木不材ヲ以テ其ノ天年ヲ終ルコトヲ得タリ」による。無用の用をいう）。

ここには、「其の性尊とし」として、真っ向から自らの人生観をバショウに托している。

終わりに、唐《とう》の書家が貧しく紙の代わりにバショウの葉を用い、宋《そう》の学者もバショウの葉が次から次へと新葉を出すのを見て、自分の修学の励みにしたというが、自分はそれにも与《くみ》しないと断じ「予、其の二つをとらず。唯このかげに遊びて、風雨に破れ安きを愛するのみ」として、この小文をとじる。

深川に独り隠棲の途をえらんで、富士と隅田川の山水の風景に、歌をこえた歌、詩をこえた詩、ことばをこえたあるものを、心深く追求し、老荘の文や、仏頂和尚の禅に親しくなじみながら、バショウの破れ葉に我が身をやつしている姿をみて、その原点に、中国の山水画の超越性を探り、それに対する芭蕉その人のはかないが、如何ともしがたい詩魂のありようを考えてきた。

そこには、主に中国の宇宙観に裏づけられた超我のイメージが厳として成立していることもわかる。これも、仏頂禅師への参禅による「空」観の生活実践によることも明らかであろう。

しかし、仏頂禅師の法語に直接に生活への個人的な言及はない。「空」を「心」に観ずるという大原則であり、わが心の不条理を突きつめて日月山水に身を任せたいと念じたことであろう。

晩年の芭蕉は、風雨に破れても天然自然に身を任すと、枯淡の文で無用の用としての己れを言い定めているが、深川の芭蕉庵では、まだ闘う心の葛藤の叫びが聞こえてくるようである。

さらに井本農一氏の紹介する仁枝忠《にえだただし》著『芭蕉に影響した漢詩文』（教育出版センター）の中には、同じく風雨に破れるバショウを詠んだ中国詩人の詩が、いくつか収録されている。

まず中唐の詩人白楽天の作品。

夜雨

早蛩啼復歇　早蛩《きょう》啼《な》き復《ま》た歇《や》む
残灯滅又明　残灯滅《めつ》して又明るし
隔牖知夜雨　窓を隔てて夜雨を知る
芭蕉先有声　芭蕉先づ声有り
（『詩人玉屑《しじんぎょくせつ》』）

次に、晩唐の詩人杜牧《とぼく》の作品から二編。

雨

連雲接塞添迢递　連雲塞を接して迢递《ちょうてい》を添う
灑幕侵灯送寂寥　幕を灑《そそ》ぎ灯を侵して寂寥を送る
一夜不眠孤客耳　一夜眠らず孤客の耳
主人牖外有芭蕉　主人窓外芭蕉有り
（『聯珠詩格《れんじゅしかく》』）

芭蕉

芭蕉為雨移　芭蕉雨に移さる
故向窓前種　故に窓前に向かって種《う》う
憐渠点滴声　憐むべし渠《かの》点滴の声
留得帰郷夢　帰郷の夢を留め得んや
夢遠莫帰郷　夢は遠く郷に帰る莫《な》く
覚来一翻動　覚め来れば一翻《いっぽん》して動く
（同右）

さらに、孟叔異《もうしゅくい》『錦繡段』所収の「夏雨」に「翛《しょう》然タル一雨軽颸《けいひょう》ヲ送ル……檐《えん》声月ニ和シテ芭蕉ニ落ツ」、『詩人玉屑』に白居易の「蓬《ほう》窓臥《ふ》シテ聴ク疎疎《そそ》ノ雨　却以芭蕉夜半ノ声」などがある。

芭蕉は延宝八年（一六八〇）に出た『田舎之句合《いなかのくあわせ》』の判詞の中で、孟叔異の「夏雨」にある「檐《えん》声月ニ和シテ芭蕉ニ落ツ」を用いている。

いずれにしても、芭蕉は中国文人の伝統的な用語、それも「蕉雨」や「破蕉」をいつも胸中に抱いていた。それればかりか、判詞にさり気なく引用できるほど、当時の俳壇では、深く中国詩文が浸透していたことが分かるのである。「芭蕉」はすでに雅語であった。それは孤高や望郷の懐《おも》いを「蕉雨」「破蕉」に托していたことから、充分に察せられる。


これらの詩的言語の中心にあってこそ、芭蕉は、已れの庵号に芭蕉を用いて、当時の俳壇に対する俳諧人としての姿勢を示したのである。

また、ここに挙げた数篇の中国詩篇を句切りして読んでみると、いまさらのように、風雨に破れたバショウが直接目で視た風景として描かれていないことに気づく。バショウの存在は、あの大きいが弱い葉擦れの音。また、葉に落ちる雨の「音」によって示されていることに気づく。

これは、偶然とはいえない。人が風景を目で視認するのではなく、外からの音によって感じて認知するということは、じつは奇異なことである。

芭蕉自身の俳諧を、あらためてみると、

芭蕉野分《のわき》して盥《たらい》に雨を聞《きく》夜哉

野分《のわき》を茅舎《ぼうしゃ》で独り知るのは、雨の音によってなのである。逆にいえば、「音」がなければこれらの詩篇はことごとく崩壊して成り立たなくなる。眠りで目を閉じていても雨音によって、屋外の風雨の激しさを味わっているのである。視る場合、人は視る対象物の存在を確認するのだが、音は原因が止まれば消える。いわば対象と一瞬の音波と聴覚の生み出した、あるものなのである。

芭蕉の句は「雨を聞く」ということをさらに明確にするために、雨漏りした破屋のなかに「盥」を置いたとした。フィクションかも知れない。

重要な起爆剤は、雨垂れの音、それも断続し明滅する、目には見えない音である。しかも、その音は屋内の机の前に坐し、また床に身を横たえていようとも、自己と外界をつなぐ〈ある〉ものである。少し正確にいうなら、それは雨を聞く人の主観と雨と芭蕉という実体とをつなぐ、危うい一本の糸なのである。がしかし、それが成立したとき、主観である「わが心」はひろく、宇宙的自然界とむすばれる瞬間に、主客を越えた、捕えがたい広大無辺の世界と一体化する。その時、心は開かれ、自然の山水の宇宙と共鳴し、同化することになる。それを仏頂の説く「空《くう》」といってもいい。超越的無限定の関係ともいえるが、そのすべてを、客体として確認することは不可能である。
　しかし、それはなくならない、すでに詩語の不可思議な構造のうちに捕えられ、その言葉によって、他の人々も追体験することができる。ここにいわば、「詩」の世界が広がっている。主客一体化した造化のなかに生まれかわる。
「野分」の句は、天和元年（一六八一）秋の作で、前書きに「茅舎ノ感」とある。

　　茅舎《ぼうしや》ノ感
　老《ろう》-杜《と》、茅《ぼう》-舎《しや》破《は》-風《ふう》の歌あり。坡《は》-翁《おう》、ふたゝび此《この》句を侘て、屋《おく》-漏《ろう》の句作る。其世《そのよ》の雨をばせを葉にきゝて、独寐《ひとりね》の草の戸。

　尾形仂《おがたつとむ》氏の解説によれば、杜甫が茅葺きの屋根を暴風に吹き飛ばされた際の感懐を詠んだ「八月秋高クシテ風怒号シ、我ガ屋上ノ三重ノ茅ヲ巻ク、……牀頭屋漏リテ乾ケル処無シ、雨脚麻ノ如クニシテ未ダ断絶セズ」（「秋風破屋ノ歌」）や、蘇東坡《そとうば》の「牀牀漏ヲ避ク幽人ノ屋」（「連雨ニ江漲《みなぎ》ル」）、「破屋常ニ傘《さん》ヲ持ス」（「朱光庭ガ喜雨ニ次韻ス」）などの古詩を、芭蕉はその雨音を聞きながらふりかえり、追体験を重ねて侘びの詩境を創造している。

　このように「蕉雨」の詩句は中国の唐末以降に好まれたばかりではなく、晩唐の頃、杜牧たちの詩の影響によって、五山僧の詩に数多くみることが出来る。「芭蕉夜雨」という詩句は中世禅林での画題としても好まれ、「芭蕉夜雨」と題した優れた水墨画も伝えられているほか、平安末期より江戸時代に至るまで和歌や漢詩に取り上げられている（伊藤博之『西行・芭蕉の詩学』大修館書店）。
　一休宗純の『続狂雲詩集』から、一篇を紹介しよう。

　　　葉　雨
閑林風痩動愁情　　閑林に風痩せて愁情を動せば
争奈夢魂空易驚　　争奈《いかん》せん夢魂の空しく驚き易きを
夜雨灯前明月榻　　夜雨に灯前の明月《みようがつ》の榻《とう》にて
但聞蕉葉滴秋声　　但《ただ》聞く蕉葉の秋声を滴《したた》らせるを

一休は純乎たる詩僧であって、彼にとって漢詩は、禅にかかわる公案に似たものであった。すなわち思想性にかかわる深甚な意味をもって考えてみるなら、この「葉雨」の語の示す深さが理解できるであろう。

それにしても、もう一度ふり返ってみよう。

「葉雨」は直接客観的に視認されたものではない。多くは室の外、窓の外、ただ雨音という聴覚によって、いわば生理的に体感されている。つまり、客体として主観で認識することはできない。あえて言えば、ただ推理されているだけである。いわば主客の対立関係を超えてはじめて体感される心情であり、それも厳密にいえば、ある深い宇宙感のなかに身を浸している状況とでもいうほかはない。

私が言いたいのは、芭蕉が言おうとして言い難い境地を示すにあたり、わざわざ盥という人工物を持ち出してまで、音という無限の体感を示したということである。そこに芭蕉だけが到達した思想詩があった。

また芭蕉が山水の詩句を詠んだとき、いわゆる山水図という山と水ではなく、宇宙観をつかんだ瞬間として詠みたいといった。

前にも挙げたが、「寒夜の辞」として詠まれた絶世の一句を、いま一度思い出そう。

櫓《ろ》の声波を打て　腸《はらわた》氷る夜や涙

ここでも、水面についての視覚的描写はない。櫓の説明もない。ただ、波を打つ「櫓の声」という音声によって、何も見えない夜の水の世界を展開している。それを認識するのは主観ではない。主情でもない。

それは、なんと自分の生理であり、凍るのは「腸《はらわた》」である。そしてさらに突然、頰を伝う涙の滴だけなのである。そこには客観的風景も、感傷的な情緒もない。

あるのは、言葉にもならぬ、凍夜の山水の図のうちに一体化したあるもの、詩的体験そのものであった。

十六章　古池

前章で、芭蕉の句をあげてその詩心の方向性を示した。ある言葉にもならぬ宇宙的無限と一体化した「あるもの」をさぐった。

その「もの」とは、もちろん今日の用語としての「物質」とか「物体」ではない。本居宣長も用いているように、日本では古代から、むしろ質量も形態もない、一種の精神的世界を暗示するものとして、たとえば、『源氏物語』の「もののあはれ」などという、内的感動を示すものであった。あはれは、直截に「あ　はれ」あっぱれ＝天晴れという用語として、今日まで残されている。

一方さらに深くは、「もの狂い」「もののけ」という語のように、人間の常識を超えた精神的「気配」をさして用いられてきた。

『岩波古語辞典』でさえ、三段組で六頁《ページ》に及ぶ類語があげられているくらい、変化と含蓄に富んだ言葉であること、そのこと自体が、「もの」の深層を物語りつくせない証拠でもある。

その深奥まで想像を深めてゆけば、古代印度《インド》語に発する「空《くう》」とも融合するようにも思われる。

つまり芭蕉が、遊戯としての俳諧を抜け出し、ものごとの「もののあはれ」にさかのぼるときも、手懸かりとしたのが、古代中国の神話と融合した老荘の思想であり、それを表現しようとした禅林語の和風化、言い方が、日本古代からのものの系譜、もののあはれであった。

芭蕉の独創は、音・声・うたという音声の根元にたちもどり、いたずらに意味の変化、技巧の遊びにとどまることなく、ものの根元に、宇宙的一体化を生きることにあったといってもいい。

芭蕉は、それを日本の伝統的詩的潮流をさかのぼり自覚し、平安末期より変転していった様々の言語表現の流れのなかから、俳諧の「誠の心」を掬《すく》いあげ、生きることを自らに課した。

しかし、逆にいえば、その根元的なるものは芭蕉自身が、すでに自らのうちに自得して、無意識だが萌芽として強く持っていた語感で、それを護《まも》り育てて蕉風の俳諧を樹立していったのである。

だから、その境地に踏み入るには、芭蕉のたどった跡を自らたどって生きることが要求される。それ故に、芭蕉の世界を体感するには、言葉の表面から意味や描写の絵解きをしても無意味である。

芭蕉を読み、そのあはれを共有することはむつかしく、稀《まれ》ではあるが不可能ではないはずだ。しかし、そのものを限定することはできない。本来変化自在のものであるからこそ、表現しがたい、いわば霊的なる体験のうちにしか現われないからである。

それをあるいは、近代的にいうなら、神秘主義か宗教的体験に近いものとなるであろう。しかし、その瞬間は同時に永遠を意味するものであることを、確かめてゆきたい。

このような人間精神の超越的なるものとの交流は、日本人に限ったことではない。これも霊性そのものが、普遍的なものであるからで、今日、各国各人種、そして孤立した存在となった人間にとっても、等しく可能なことである。

芭蕉は、幸いにして我々日本人にとっては、いわば、その福音伝達者であろう。耳を自ら掩《おお》っていた手を離すがよい。天の声、地の声、そして静寂の音が私たちのうちにひろがりみちて、私たちはそこに溶け込んでゆくであろう。

芭蕉の行程をほぼ編年体にたどりながらも、この小論が渦巻状に根源へと志向している誠の心を理解するために、蕉風確立に立ちいたった深川の庵の跡に、私は立った。そこから芭蕉の眼差しの先にひろがる隅田川と海と空の溶けあう、夕暮れの永遠の気配に身を浸していた。

さて、すでに触れたが、天和二年（一六八二）十二月二十八日、あの八百屋お七《しち》の火事が突発した。のちに西《さい》鶴《かく》が『好色五人女』を書き、歌舞伎としても上演されて天下に名を残した大火である。

火災は、芭蕉が初めて江戸に下向したさいの住まいがあった小田原町を全焼し、さらに、隠棲した深川の草庵まで類焼した。延宝八年（一六八〇）冬に移転してからわずか二年、ようやく俳諧の新風の烽火《のろし》を、あげたころであった。

まさに、この火災は、対岸の火事ではなく、巨大な焔《ほのお》の渦が、一挙に地を這《は》い、隅田川の河岸まで逃れてきた群衆をもまきこんで、渇《かつ》地獄の様相を呈したことは、私たち、たまたま第二次世界大戦で空襲を体験し、筆致に尽くしがたい思いを持っている世代には、容易に想像がつくはずである。俳諧は滑稽を旨としていたから、庶民生活に密着していたことは言うまでもない。

ところが、関西にいた西鶴が、恋の背景としてこの火事を華々しく描いたのとは対照的に、まさに火中にあった芭蕉は、この火事について、ほとんど触れていない。

事実、横浜文孝氏によれば、其角《きかく》の『枯尾花《かれおばな》』に収められた「芭蕉翁終焉記」に、このとき芭蕉が「深川の草庵急火にかこまれ、潮にひたり苫をかづきて煙のうちに生きのびけん」と記し、九死に一生を得たほどの災難に見舞われた様子が伝えられている（『芭蕉と江戸の町』同成社）。火焔の中で、焼けた死骸が海辺を埋めて浮かんでいる様子が、あの東京大空襲の時のように、私の目に浮かんでくる。

横浜氏の記すところによって、もう少し細かく芭蕉の罹災についてみると、芭蕉はそれ以前にも、二度火災に遭っている。

まず延宝四年（一六七六）十二月二十七日の大火により小田原町で罹災したが、小田原町の復旧にともなって元の地に戻った。

次いで、延宝八年十月二十一日の新小田原町からの出火、被災に際して、芭蕉は深川へ居を移した。杉風《さんぷう》の提供した当初の生け簀《いす》の番小屋生活は、一時的避難であった。しかし、その疎開が長引くにつれて、芭蕉は深川になじみ、草庵住まいからの風景に杜甫の詩境を実感するようになると、深川の地理的な「三俣《みつまた》」という内的風景との融合により、定住したいと考えるようになったとする説がある。

具体的風景が杜甫の詩句を喚起し、逆に詩句が芭蕉の俳諧に強い変化を呼びおこしていったというのも自然であり、興味深い。

ところが、移転後わずか二年で、ふたたび罹災することになる。

当時、江戸の火事は急激な都市の膨張と防火設備の不備から、頻繁に起こった。しかし、火に追いかけられるように隅田川の河口近くまで追いつめられ、その彼方に茫洋たる大海と富士の雪渓を眺めるという空間、そこでも、しかし、火災や死というものに翻弄される人間の宿命。この火事の直後から数カ月の避難先は不詳で、この間の消息に関する定説はない。

この沈黙の深さは、ただごとではない。

この間、延宝九年三月刊、菅野谷高政《すがのやたかまさ》の編になる『ほのぼの立《だて》』の序には、当風名句として三句をあげる中に、次の芭蕉句、

枯枝に烏のとまりけり秋の暮

があげられ、俳壇の注目を得た。

次いで五月、高山伝右衛門（麋塒《びじ》）宛、旧を排し、新風に挑むべきことを説く書簡を出している。

天和二年（一六八二）十二月二十八日の大火に類焼し

た後、芭蕉自身の消息としては、天和三年夏、甲斐国都《つ》留《る》郡谷《や》村《むら》（山梨県都留市）に高山麋塒を頼って避難したことが知られる。

六月二十日、実母が郷里で死去するが、帰郷せず。

九月には、五十二名の門人知人の援助により、同じ深川の元番所の森田惣左衛門《もりたそうざえもん》屋敷内の貸長屋の一戸に、第二次芭蕉庵の再建が進められた。

山口素堂《やまぐちそどう》筆「芭蕉庵再建勧進簿」には、その経緯と、知友らのそれぞれの喜捨額が記されている（文政二年刊『随斎諧話』所収）。

芭蕉庵裂《やぶ》れて芭蕉庵を求む。力を二三生にたのまんや。めぐみを数十生に待たんや。広くもとむるは却つて其《その》おもひ安からんと也。甲をこのまず、乙を恥づる事なかれ。各志の有る所に任すとしかいふ。これを清貧とせんや、はた狂貧とせんや。翁みづからいふ、ただ貧也と。貧のまたひん、許子《きよし》の貧。それすら一瓢一軒のもとめあり。雨をささへ、風をふせぐ備へなくば、鳥にだも及ばず。誰かしのびざるの心なからん。是、草堂建立のより出づる所也。

窃汲願主之旨《ひそかにがんしゆのむねをくみ》
天和三年秋九月
濺筆於敗荷之下《ふでをはいかのもとにそそぐ》
山素堂

以下、「一、五匁《もんめ》　柳興」といった具合に、五十二名の金額と名前が書かれている。名の詳細は略すが、面白いのは、最後に「次叙不等」として、「よし簀一把、破扇一柄、大瓢一壺、竹二尺四五寸」といった様々なものが寄進者の名とともに記されているのは、風狂であろうか。

同年冬、この新芭蕉庵（第二次芭蕉庵）に入り、次の句を得る。

ふたたび芭蕉庵を造り営みて
霰《あられ》聞くやこの身はもとの古柏《ふるかしわ》　（『続深川集』）

何気なく読むと、庵は新しいが、自分は相変わらずの老人であるという、老いの身に進歩のないことを半ば嘆いているようであるが、少しくわしくみてみよう。

まず、「霰聞くや」だが、ここでは明らかに、霰が降って柏葉に当たってぱらぱらと音をたてている。と同時に、すでに「蕉雨」の詩を紹介したのと同じく、「音」で「霰」を認識する構図がある。霰は大地や新しい庵の屋根や、冬でも古葉が落葉しない柏などに落ちてきて、天地宇宙のなかにいる自らを感じさせる。

「古柏」とは、柏の幹というより、枯れても散らず、縮んだ柏葉のことで、旧くて変わらぬものをたとえて言う。ここでは、わが身に置きかえて、なんの変わりもなく、ただの老いの身であると、人生の時の流れをしみじみと味わうことになる。そこに寒々しく枯れた時空だけが生きて拡がってゆき、「蕉雨」の構図が「枯柏葉」に置きかえられたのと同じ深みを秘めていると読める。

こうしてみると、江戸大火罹災後、芭蕉の身辺は、新しい蕉風の深化をおしすすめるかのように、活動的になってゆくのがみえる。俳諧の発表も少なからず、其角編『虚栗《みなしぐり》』に跋文を書き与えた。漢詩文調を主とする天和期蕉門の存在を世に示し、門弟も各地に増えていった。

拝荘周尊像《そうしゅうのそんぞうをはいす》
蝶よ蝶よ唐土《もろこし》の俳諧問はん　（『俳諧石摺巻物《いしずりまきもの》』）

有名なこの句は、この時期の意気軒昂たる気分のうちに、荘周の夢の世界と現世とをあわせ詠った、気宇壮大な哲学詩である。目の前に荘周の画像があることで、この句は単なる抽象的な説ではなく、具体化されて、わが身を荘周の肉身と化して、その世界に生きんとする気迫が迫る。

こうして年を越え、天和四年（一六八四）二月二十一日、改元して貞享元年となる。芭蕉四十一歳。

この年は芭蕉を芭蕉たらしめた、頂点をなした年である。

貞享元年八月、芭蕉は初めての文芸行脚に旅立つ。以来五十一歳で死を迎える元禄七年（一六九四）まで、十年の間に通算で四年九カ月にわたる旅に暮らすことになる。

この間九度にわたる旅を重ねたが、とりわけ世俗的用件のない無用の旅、つまり、四十一歳から四十六歳にかけての文芸追求のための五度にわたる純粋な風雅の旅は、時代と俳風の大きな転換期となった。芭蕉はこの五度の旅の間に、五篇の紀行文を残した。紀行文といっても、単なる旅の経過の記述とは異なり、明白な文芸作品として意識されている。いずれも生前の刊行を企画した形跡はなく、『おくのほそ道』以外は、題名を自らつけたかも不明である。

その旅の目的は、もっぱら新しい俳諧の理念と実作のための思索的営みと、それを援助してくれる俳諧仲間（連衆《れんじゅ》）を組織し、相互交流と普及につとめることに限られている。日記形態の『嵯峨《さが》日記』についても同じである（尾形仂《おがたつとむ》編『芭蕉ハンドブック』）。

まず、五つの紀行文の題名だけでも通説に従って紹介する。本文は、芭蕉の思想の発展の節目ごとに触れることになるだろう。

『野ざらし紀行』は別名『甲子吟行《かっし》』とも呼ばれる最初の紀行文で、貞享元年（一六八四）八月、江戸を出発。翌年四月甲斐を経て江戸に帰るまでの旅。天和期の漢詩文調を乗りこえ、歌枕など和歌の伝統を復活して、風狂の世界をひらく。五回の推敲があり、最終稿とされる『甲子吟行画巻』には、芭蕉自筆の俳画がある。

『鹿島紀行』は、『鹿島詣《かしまもうで》』『かしまの記』ともいう。貞享四年（一六八七）八月、曾良《そら》・宗波《そうは》を伴い、深川臨《りん》川庵《せんあん》で親しく師事した、鹿島根本寺《こんぽんじ》の前住職仏頂《ぶっちょう》を訪ねて、名月を賞した折の詩文。和漢の古典をふまえているが、そこに仏頂禅師から禅を摂取した深さが偲ばれる。

『笈《おい》の小文《こぶみ》』は、『庚午《こうご》紀行』『卯辰《うたつ》紀行』とも呼ばれる。貞享四年十月に江戸を出発、伊賀で越年、初夏須磨・明石に至るまでの旅の記で、芸術論・紀行文論・旅行論などを含み、元禄三、四年（一六九〇～九一）幻住《げんじゅう》庵《あん》（近江）、落柿舎《らくししゃ》（京都）滞在中執筆したものといわれる。

『更科《さらしな》紀行』は、貞享五年（一六八八）秋、『笈の小文』の旅の帰途、尾張から越人《えつじん》とともに木曾路を経て信濃国更科《さらしな》の姨捨《おばすて》山の名月を仰いだ四泊五日の旅を、昼と夜に書き分け、無常の相のなかで詩に殉じようとする覚悟が語られている。

『おくのほそ道』は、曾良と二人、元禄二年（一六八九）の春から秋にかけての奥羽・北陸への旅を綴ったもの。執筆は元禄六年（一六九三）前後。六百里、百五十日に及ぶ旅をとおし、「不易流行《ふえきりゅうこう》」の思想をきずき、〝かるみ〟の世界へ昇華してゆく過程をたどり、文学史上最高の古典とされるのは周知のところである。

『嵯峨日記』は紀行文ではないが、元禄四年（一六九一）四月十八日より五月四日まで、京都嵯峨の去来《きょらい》の落柿舎に滞在した日々の生活と心境を述べた日記。閑寂な境地を偲ばせる。

『おくのほそ道』を執筆しおわったのが元禄六年前後といわれるが、芭蕉は、翌元禄七年十月十二日申《さる》の刻（午後四時頃）に没している。

歌仙という文学形式を、創作作品と生涯の根底に生きぬいた芭蕉は、まさにその人生そのものを詩的宇宙に解き放って果てた。彼の意図した見事なひとつの芸術作品として成就したというべきであろう。

ここに旅の紀行文を短く紹介したのは、彼の人生が旅そのものであったから、どうしても避けられない基礎知識として、必要と考えたからである。そもそも芭蕉との出逢いから、彼に求めてきたものは、その旅の人生の核をなす詩の極点であった。彼がいかに成長し、成熟し、結実していったのかを問うとき、すでに「蕉雨」の詩語をめぐって、ひとつの手懸かりとした。

そして今、その雨の音の延長線上で、最高最大といわれる古典『おくのほそ道』の旅の起爆剤となった、いわゆる蕉風展開の句、「古池や蛙飛び込む水の音」に注目したい。「古池や」は、芭蕉が「おくのほそ道」に出発する元禄二年春の三年前、貞享三年（一六八六）の作である。

この句が、芭蕉開眼といわれる世界の扉を開く鍵となったと言ってもいいであろう。

古池や　蛙飛びこむ　水の音

ここでは、「古池」と「蛙」と「水の音」という三語が主な要素である。三百年来の名句としてこの句をすでに知っている私たち日本人にとっては、それだけで、たしかに何やらぼんやりと風流な句であるとか、ときに陳腐な感傷としか受け取れないこともないではない。

では何故、この句が三百年を経て、今なお名句として不動の位地を占めさせているのか。じつは、すでにそれにふさわしい数知れぬ研究や解釈がひしめいていて、判断に迷わないはずはない。

たとえば井本農一氏編『鑑賞日本古典文学第28巻 芭蕉』をみると、昭和においても様々な解釈の仕方があることが紹介されている。

そのなかから、ひとつの座談会を紹介しよう。

会するは、安倍能成《よししげ》、沼波瓊音《ぬなみけいおん》、太田水穂《みずほ》、阿部次郎、幸田露伴の諸氏である。

能成　……芭蕉庵の庭に生簀があつて、そこに飛びこんだといはれて居ますが、強《あなが》ち芭蕉庵の実況に頓着しないでもいいと思ひます。刹那《せつな》の中に永遠の閑寂な相《そう》を把《つか》んだもので、何かと非難を加へる人もありますが、矢張り偉い句だと思ひます。そしてやつぱり芭蕉の代表作と見てよいと思ひます。……

水穂　……漠然とした句だが、いつ迄も人を牽《ひ》きつける句だと思ふ。……
瓊音　（略）安倍さんの解を肯定した上で。私達のやうな、実際句作をして居る者は季題から先入見を受けてそれに迷はされます。それに深川の芭蕉庵には慥《たしか》に生簀のあつた事を知つて居るから、「古池」とはそれを指したものだと直ぐ考へるので、この二つが相結び合つて、それが独り私のみならず一般の解釈を形づくつて居たのですが、実はさういふ雑念雑識は切り捨てて、唯《ただ》蛙の水に飛びこむ音のみを言つたものと見る事にします。それを芭蕉がどこかで聞いて大《おお》いに感動し、それをどうかして現したいと望んで、「ふる池や」と受けたものです。……又これが代表的な作だといふ事も認めます。
水穂　道具建《だて》がなく、手づまが見えず、そこに淡いながら深い味《あじわ》ひがあります。
能成　大きいですね。この句を「つまらない」といふ人達こそ実に「つまらない」と思ひます。
瓊音　貫く所がありますね。矢張りいい句ですよ。
次郎　電光の閃《ひらめ》いて一点を照す趣があります。この句はあまり通俗に囃《はや》され過ぎたから、中にはそのため反感を抱いて非難する人もあるでせう。
露伴　……しかし名画は描き来つて直ちにこれ天地であると云ふところが此の句にはある。所謂《いわゆる》渾然として境を作《な》すもの、どうにも動かしやうのないもので、斯《こ》う云ふ句は全く解釈を超越してゐる。

さすがに当代を代表する識者たちの会話には、汲めども尽きせぬ趣がある。難解な考証や解釈は避けて対談しているのも妙趣がある。

重要な問題は、この座談で次第に明らかにされているように、能成の言う「刹那の中に永遠の閑寂な相を把んだもの」。次郎の「電光の閃いて一点を照す趣」という、ある瞬間という時間系の切れ目に描写性が消えて、永遠の相がみえるという背景的思考の発見なのである。

長谷川櫂《かい》氏の『「奥の細道」をよむ』（ちくま新書）は、比較的近年の二〇〇七年春刊行だが、「古池の句は蛙が水に飛びこむ現実の音を聞いて古池という心の世界を開いた句なのだ。この現実のただ中に心の世界を打ち開いたこと、これこそが蕉風開眼と呼ばれるものだった」と、記している。前掲の座談会の結論を「心の世界」という言葉で受け継いでいるといえよう。

それらの意見には私も同感するものであるが、そこには、しかしやはり一種の曖昧さがないわけではない。むしろ、その怪しげな不確定性を保っているからこそ、しかも破綻することなく句が素直に完結している点に芭蕉の独創があるともいえる。

　では、「永遠の相」の「相」とは何か。「心の世界」の「心」とは何かと論理的に問いつめれば、時に解答に窮することもないとはいえない。

　くり返すが、この「漠然とした句」は水穂の言うように、「道具建がなく、手づま」、つまり意図的な計算や策略が見えない点に、深い味わいがあるということになっている。

　このあるがまま素直にという点が大切である。

　たとえば、井本農一氏編の前掲書によれば、「江戸時代の評釈の中には、この句に観想的な性質を付与し、それによってこの句を価値づけようとするものが多い。禅の悟道の境地であると説明する書もある（『古池真伝《ふるいけしんでん》』などはその代表的なもの）」という。

　しかし、こうした説には、江戸時代にも反対する者も少なくなかったとして、同書では「又あるものに、此《この》句意を断ずるとて、水音《すいおん》の心など申し侍れども、みな臆断にして取るにたらず。只、蛙は暮春になれば鳴立つ声のしげきものなるに、其声だにせで飛《とび》こむ音のみ聞《きこ》ゆるは、しみかへり寂《さび》しき心地すとこゝに情を調べて、古人は声のみ詠じ来れるに、其《その》音をきゝ出してはじめて正風を発起せられたり。寂の字余情なり」との『朱紫《あけむらさき》』の見解を紹介している。

　『朱紫』は、天明四年（一七八四）刊行の俳諧注釈書で吾山《ござん》の著。上巻には芭蕉発句の五十の注釈、下巻には和歌・俳諧の逸事を載せている（『俳文学大辞典』小林甲子男）。

　また『俳諧一串抄《はいかいいっかんしょう》』という六平斎亦夢《やくむ》著、天保元年（一八三〇）刊行の俳論書も、「蛙の句にあらず、古池の句なり。音の字の何となく覚束《おぼつか》なき所に風情あれば、悟道を解の徒、此句を借り用ふる事は有べけれど、夫《それ》もたゞ一旦のしめ草にして、此句中に悟道の有にはあらず」としており、井本氏は賞賛はしているが、どの説も納得できる説はないと留保付きである。

　このように、すでに江戸時代に相当詳しく分析されている様子が分かる。それらを受けて先に紹介した座談会の各氏の言葉を読むと、おのずからひとすじの方向が見えてくるような気がしないでもない。

　じつは、この句の成り立ちについては、元禄五年（一六九二）夏、芭蕉の愛弟子である支考《しこう》の『葛《くず》の松原《まつばら》』に記述がある。この書は、蕉門で初めての俳論書であるだけでなく、芭蕉存世中に芭蕉の傍らで書かれ、『去来《きょらい》抄《しょう》』によれば「葛の松原」という題名自体も芭蕉がつけたという点でも、重要な意味を持っている。

支考は、『校本芭蕉全集第七巻 俳論篇』の今栄蔵《こんえいぞう》氏の校注によれば、「美濃国山県《やまがた》郡北野の出身。寛文五年（一六六五）生。享保十六年（一七三一）六十七歳没。各務《かがみ》氏。支考《しこう》・野盤子《やばんし》の外、東華坊《とうかぼう》・西華坊《さいかぼう》・見竜《けんりゅう》・獅子庵《ししあん》などをも号す。九歳のころ生地の妙心寺派大智寺《だいちじ》に徒弟となり、十九歳下山。元禄三年（一説に四年）二十六歳で芭蕉に入門。翌四年芭蕉に随従して江戸に下り、また同七年芭蕉が上方に出てからはよく近侍するなど、忠実に仕えた。芭蕉没後は北陸・中国・四国・九州などしばしば旅を重ね、また二十書を越える撰書を出して勢力を張った」という人間だった。

その本文は、随筆風というべきか、芭蕉の話を淡々と、話し言葉のように書きとどめてゆく。以下その一端をうつす。

芭蕉庵の叟《おきな》、（略）春を武江《ぶこう》（江戸）の北に閉《とじ》給へば、雨静《しずか》にして鳩の声ふかく、風やはらかにして花の落《おつ》る叓《こと》おそし。弥生も名残おしき比《ころ》にやありけむ、蛙の水に落る音しば〳〵ならねば、言外の風情この筋にうかびて、「蛙飛《とび》こむ水の音」といへる七五は得玉《えたま》へりけり。晋子《しんし》（其角の別号）が傍《かたわら》に侍りて、山吹といふ五文字をかふむらしめむかと、をよづけ侍るに、唯《ただ》「古池」とはさだまりぬ。しばらく論《ルニ》レ之《ヲ》、山吹といふ五文字は風流にしてはなやかなれど、古池といふ五文字は質素にして実《じつ》也（註　歌学の花実論から来た語。文詞は花あるを、心は実あるを善しとしかつ花実兼備が古来理想とされた。（略）実は真情、実情などの意に通ず）。実は古今の貫道なればならし。されど華実のふたつはその時にのぞめる物ならし。柿本人丸《かきのもとのひとまろ》の「ひとりかもねむ」と読《よめ》る哥《うた》は、かばかりにてやみなむもつたなし。定《てい》家《か》の卿もこの筋にあそび給ふとは聞侍《ききはべり》し也。しかるを、山吹のうれしき五文字を捨て〻、唯《ただ》「古池」となし玉へる心こそあさからね。「頓阿《とんあ》法師は風月の情に過《すぎ》たり。」とて、兼好・浄弁《じょうべん》のいさめ給へるとかや。誠に殊勝の友なり。

（支考『葛の松原』）

幾度かくり返して読めば、意は自ずから通じるところがあるだろう。以下、くわしくは次章にゆずる。

十七章　芭蕉と音

よく知られているように、芭蕉自筆による体系的な俳論書はない。多くは弟子たちに対する指導的な文書や手紙、そして紀行文、俳文、句の前書きなどの中に述懐された小文である。それ故に不便といえば不便だが、そこには、言語だけによらない芭蕉の体験がおのずから滲《にじ》み出ていて、それだけにきわめて深く、滋味に富んでまことに貴重なものがある。それを補うように、支考の『葛の松原』、許六《きょりく》の『宇陀法師《うだのほうし》』、去来《きょらい》の『去来抄』、土芳《どほう》の『三冊子《さんぞうし》』などの弟子たちが書き残したものがあって俳論の中核をなしている。

この小文では、そのすべてを紹介することは不可能であるが、重要な文章は、できるだけ活用するようにしたい。それらをまとめたものに『校本芭蕉全集第七巻　俳論篇』があるが、「俳諧に古人なし」といい切って常にそれまでの言語芸術を越えて常に極点を目指しつづけた芭蕉の言語哲学には、それだけをとっても、今日でも世界の最先端をゆく思想がこめられていると、私は思う。

当然、芭蕉の独創的な俳論は、暗示的、直覚的であって、道元の『正法眼蔵《しょうぼうげんぞう》』に通ずるものがある。

『葛の松原』にある支考自身の文章によれば、

> いにしへの俳諧は如来禅《にょらいぜん》のごとく、その理《ことわり》一貫して線のごとし。いまの風雅は祖師禅《そしぜん》のごとく、捺《ナツ》着すれば即《すなわち》転《ズ》（前句の詞に拘束されず、パッと頓《とん》悟《ご》するごとく自由無礙《むげ》の着想で独自の世界を句によって付け出すという蕉風の態度を述べた）。

『葛の松原』の成立について、『校本芭蕉全集第七巻　俳論篇』の編者、今栄蔵《こんえいぞう》氏の解題によると、まず支考の芭蕉入門は、彼自身の言によれば元禄三年（一六九〇）春であるという。その翌年の九月末に芭蕉が上方から帰東するとき、支考はほぼ一カ月にわたる師の旅に随侍し、江戸帰着後も大方その身辺に仕えた。明けて五年（一六九二）の二月、師の『おくのほそ道』行脚の跡を慕って奥州一見の旅に赴いたが六月二十日前後、江戸に帰り、その行脚の記念著作として書かれたのが『葛の松原』である。

後に支考が「松島・象潟《きさかた》をめぐり六月二十日前後には深川芭蕉庵の新宅に帰り、葛の松原の相談」をしたと

『削かけの返事』に記しているところをみれば、芭蕉の息が直接かかっていることになり、芭蕉論としての信頼性は高い。

さて、「蛙の句」に話を戻すと、制作年代をめぐって古来数多い諸説のなかから、その一端を紹介しておこう。

まず井本農一氏は『鑑賞日本古典文学第28巻　芭蕉』で、この句を貞享三年（一六八六）春の作とし、初案は『庵桜《いおざくら》』（貞享三年三月下旬刊）所収の「古池や蛙飛ンだる水の音」であろうと述べる。

蕉門の仙化編『蛙合《かわずあわせ》』（貞享三年閏《うるう》三月刊）は、この句を第一番にすえた蛙の句ばかりの句合せが貞享三年春芭蕉庵で行われたものを一書にしたもので、「蛙飛こむ」の形であり、荷兮《かけい》編『春の日』（貞享三年八月下旬刊）も同じ句形である。三書とも貞享の成立であるから貞享三年春の作と考えるのが自然であろう。

しかし井本氏は一方で、貞享二年の真跡に、

山吹や蛙とびこむ水のおと　ばせを

とあるから、貞享元年春二月中旬以前の可能性を否定するものではないとも付け加えられている。

だが、いずれにせよ、この句は、貞享三年春、芭蕉庵で蛙の句の二十番句合に対する衆議判があり、その時に披露されて衆目を浴びることになったということは、間違いない（井本・前掲書）。

なぜこの句の成立年代に、いささかこだわったかといえば、支考が芭蕉の下に入門したのが、元禄三年二十六歳、『葛の松原』を書いたのが元禄五年二十八歳であるから、蛙の句の成立した時に、支考は入門すらしていないからだ。とすると、この後で紹介するが、『葛の松原』で、其角《きかく》が「古池や」ではなく、「山吹や」の上五文字を提案した余情あふれる場面は、支考が直接見たわけではない。しかし、『葛の松原』が書かれた当時は芭蕉も其角も健在であったから、つくり話とも考えられない。ここでは、この俳論の洗練のための見事なエピソードとして、支考が冒頭に置いたものであろう。

ともあれ、支考が『俳諧十論』の「俳諧ノ伝」において、「古池の蛙に自己（芭蕉）の眼をひらきて、風雅の正道を見つけたらん」と賞揚していらい、この句は蕉風開眼の句として伝わり、重要な位置を占めるにいたったことは間違いない。

ところで、句の初案は『庵桜』にとられている、「古池や蛙飛ンだる水の音」であろうとする井本氏の説に対し、大谷篤蔵《おおたにとくぞう》氏は、芭蕉が『庵桜』全体の風体を考え合わせるために、もともと「飛びこむ」であったのを「飛ンだる」と変えた可能性も否定できないとしている（『日本古典文學大系45　芭蕉句集』岩波書店）。

いずれにせよ、支考の『葛の松原』の原文にもう一度もどると、句の成立した情景を、見たように余情あふれんばかりの技巧をこらして叙述しているように思われる。

つまり、春、古池のまえに、芭蕉庵に閉じこもっていると、水の音よりも先に、

雨静《しずか》にして鳩の声ふかく、風やはらかにして花の落《おつ》る叓《こと》おそし。

春、雨が音もなく、しとしとと煙るように降っている。「鳩の声ふかく」というのは、鳩の優しい声音にもの恋しい春の恋情の想いがみちているさま。

さらに、「風やはらかにして」と、風をやわらかという触感で受けとめ、そして時々、花がゆっくりと散ってゆく。すでに、花が落ちているのを、耳にするのだろうか。「落る叓おそし」は、むしろ、落ちる音がゆっくりとしているさまを述べる。

それを前置きとして、「蛙の水に落る音しば〱ならねば」と晩春の蛙へと話をうつす。舞台装置は見事なものである。

ここですでに、蛙が水に落ちる音を予告して、それも「しば〱ならねば」と、その稀なことを述べ、むしろ静夜を強調している。

尾形仂氏編『芭蕉ハンドブック』では、この句の解釈で、水音に陽春の鼓動をきいている。

蛙はヌラヌラした皮膚と円錐形の体型から、春の交尾期、その水に飛び込む音はほとんど聞き取れない。芭蕉は心の耳で、その無声の音を聞きとめたのである。一句は、「古池」に象徴される世間から忘れられた静かな隠士の草庵にも、確かに訪れた陽春の鼓動を心の耳で聞きとめた喜びを詠んだもの。古来、和歌で鳴く声を賞玩してきた蛙の、水に飛び込む音なき音を聞きつけ、宇宙の生命の発動をとらえたところに、新しい俳諧性がある（傍点栗田）。

ここでは、声ばかりか飛び込む音もない。ただ心の耳で聞くのは陽春の鼓動というわけである。春の交尾期が

指摘されている。
　こうなると、蛙の水音もあまりなく、花落ちる音もない。『葛の松原』で支考のいうように「（無音の）言外の風情この筋にうかびて、『蛙飛《とび》こむ水の音』といへる七五」の詩句を、まず芭蕉は得たのだという指摘もうなずける。つまり、蛙も池も描写は一切なく、突如「この筋にうかか」んだ詩句が自得されたという。「（詩の）最初の一行は神からくる」とはボードレールのことばだが、ここは、それと相通じる詩の発生を、春の恋情によせて展開した、いわば実景より詩句先行説となる。

　さて、ここで『葛の松原』のもっとも興味深い挿話を、現代語訳で紹介しよう。

　この「蛙飛びこむ水の音」という七五を芭蕉が思いつかれた折、たまたま弟子の其角が傍にいて、「山吹という五文字」を頭にあてがわれたらいかがかと、いささかませた調子で申した（をよづけ侍る）ところが、芭蕉はこれを取らずに、ただ「古池」と定められた。

　さらりと書いているが、そこに、情況を一転する、鋭く重い芭蕉の声をきく想いがする。

　ついで支考は、その理由を推理分析してみせる。「山吹といふ五文字は風流にしてはなやかなれど、古池といふ五文字は質素にして実《じつ》也」。
　感覚的に一見しても、山吹の咲き乱れる水辺には絢爛たる華麗さがある。しかし「古池」には漠として定型のイメージは浮かばない。しかし、形はおぼろにしても「古池」には心を打つ年月の重みをたたえた〈なにもの〉かの気配が漂うのは事実である。
　上野洋三氏の指摘（『芭蕉の表現』岩波現代文庫）によると、「古池」は芭蕉以前には、比較的めずらしい言葉であった。用例として、

古池の水もあまらぬつつみより
　菊ばかりこそ咲きこぼれたれ

の歌一首があげられている。平安末の成立で覚性法《かくしょうほっ》親王《しんのう》の『出観集』にあるが、とくに喧伝された歌ではないという。
　他にも「古池菖蒲」と題して「すめる池水」であったり「水の涼しさ」と詠われることはあっても、「古池」の用例はない。一般的に、和歌では「さる沢の池」など「名所の池」を空想させられる。これに対して、俳諧の「古池」は「塵・草」「淀み」「名もなき池」というイメ

ージが浮かんでくるのである。この外観の美より人間の内面から染み出るような世界こそ、芭蕉の切り開いたものといえる。

「古池といふ五文字は質素にして実也《じつ》」。

この判定の根拠は、歌学における「花実」論、花実兼備論が論理的な基盤になっている。これを『笈の小文』の冒頭部にある「花」と「実」を結合して一体化し、より高次な「風雅の実（誠）」の理念につながるものとして読むとき、この何気ない一句は、後に支考の著わした『続五論』の理念を示すものとしても重要である。

『俳文学大辞典』で堀切実氏は、支考は「華実」の一章において「『心を実におきて、言葉を華にあそぶべき、華実相応の風雅のたつき』を説き、さらに『花実』を『虚実』の論に結びつけて、経験的真実としての『実』（心）を文学的真実としての『花』（詞）へと昇華させることの必要性を提唱した」と解説している。

この解説には前文がある。その概要を示そう。

すなわち「花実論」は、「もと中国六朝の詩論に用いられた語で、わが国では歌論の中心命題として用いられ、蕉風俳論においても、発展的に継承された。おおむね『花』が『詞』、すなわち表現を指し、外面的修辞を意味するのに対し、『実』は『心』、すなわち内容を指し、内面的真情を意味している。はじめ歌論では『其実皆落、其花孤栄』〈『古今集』真名序《まなじょ》〉のように、華美艶麗な『花』と素朴質実な『実』との対比において用いられたが、やがて定家の『毎月抄《まいげつしょう》』では『実と申すは心、花と申すは詞なり』と説かれるように、花実兼備、心詞相具を理想とする表現論となった。こうした花実論は連歌論や能楽論、さらに初期俳諧論や演劇論などにも継承された」。

こうして「花実論」は、日本芸能論の巨大な主流をなす芸術論となった。

じつは、『古今集』仮名序《かなじょ》は前にも述べたように、やはり『詩経』に触発され、真名序とともに美学の根幹となったのであるが、面白いことに、有名な冒頭の句「やまと歌《うた》は、人《ひと》の心《こゝろ》を種《たね》として、万《よろず》の言《こと》の葉《は》とぞ成《な》れりける。（略）花に鳴《な》く鶯《うぐいす》、水《みず》に住《す》む蛙《かわず》の声《こえ》を聞《き》けば、生《い》きとし生《い》けるもの、いづれか、歌《うた》を詠《よ》まざりける」と、「蛙《かわず》」と「鶯」が並んで、その鳴く声をあげられているのである。もっとも、この「蛙」は、河鹿《かじか》が清流に棲み美声をそろって発するので、その点は蛙の不気味さを逆に強調するようにもみえる。

「花実論」についてくり返し駄文を弄したきらいがあるが、支考の俳文の片鱗にすら、日本の歌学の根底にある、中国『詩経』の詩学を受けた『古今集』『新古今集』

の詩論が、厳然として生かされ、それを洗練、克服する意図が含まれていることは重要である。

つまり、「花実」ひとつをとってみても、それにかかわる日本詩歌論の本流をふまえている。ここに蕉風が、単に中国の詩学、漢詩文を取り入れただけでなく、新風をふたたび、日本歌学の本流に生かそうという意欲がうかがわれる。

その和の漢詩文の源流と形成が今日風にいえば、民俗学的な同根をもち、一体となっていることを認めて、東洋的な言語の相違と融合をたどることによって、俳諧の言語論的な思索と実作の苦心を理解できるであろう。

ここには事実と表現、あるいは言語というものを素朴に用いられる道具としてではなく、つきつめてゆくと、言語と内容の分離が意識され、かつその一致をどう抱え体現するかという、今日あらためて問われている問題が、分析的ではないが、すでにきびしく問い直されていることが実感できる。

さて、支考は「古池といふ五文字は質素にして実也」と断じた。その心は、「実は古今の貫道なればならし」と断じている。

引用書の注によれば、支考の著わした『続五論』華実篇に「詩歌といふは道也。道に華実あるべし。実は道のみちにして、人のはなるべからざる道をいふ也。華は道の文章にして、神のこゝろをもやはらげぬべし」とある。

「実」はここでは、「人のはなるべからざる道をいふ」とあるが、「道」とは、白川静《しらかわしずか》氏の『字統』（平凡社）によれば、「人の安んじて行くところであるから、人の行為するところを道といい、道徳・道理の意となり、その術を道術・道法といい、存在の根源にあるところの唯一者を道という。道は古代の除道の儀礼の意より、次第に昇華して、ついに最も深遠な世界をいう語となった」とあり、道とは神に通じる行為そのものをいうものである。

さて、「古池や蛙」とくれば、上野洋三氏（前掲書）によれば、「古典和歌の常識から考えるならば、読者は、例えば『こやの池』の『水草のもとにすだく』蛙の『もろごゑ』などを予想するのが自然であり、（略）やがて蛙とともに『行春のわかれをうらむ』自分を空想するであろう」。

ところが鳴く声もなく、突然「飛びこむ」「水の音」であった。

下句の「水の音」は、それほどめずらしい言葉ではないとして、上野氏は、数種の和歌をあげているが、「『水の音』は、元来、水自体が流れ、落ちて、うまれる音である。せせらぎ・川音・滝の音など。芭蕉自身にも『楽しさや青田に涼む水の音』（元禄元年〔一六八八〕）の一句がある」という。

しかし、水の音は、目で視たかどうかは別として、おそらく音も聞くまでは意識もなかった。「飛びこむ」音が、はじめて、古池と蛙の風趣を一気に拡げたのである。まさしくこの音こそは、一瞬にして鳴りひびいて芭蕉をも包みこんで宇宙乾坤《けんこん》を果てしなく拡げていったのである。鳴く蛙ではなく、飛ぶ蛙を瞬時にして捉えたのは芭蕉ばかりではない。上野氏は、『類船集《るいせんしゅう》』のなかで「飛《トブ》」項に「蛙」があると指摘する。

とびぬれば身を浮草の蛙かな
水鏡見てや飛《とび》のくいもがへる　（『詞林金玉集《しりんきんぎょくしゅう》』）

しかし、ここには「音」もなく「響」もない。上野氏は、そこで次のような古注を原典として提起する。

〈水に住む蛙〉も、「古池」に「とび込《こむ》水の音」といひはなして、草にあれたる中より「蛙」のはいる響に、俳諧を聞付《ききつけ》たり。　（『三冊子』白雙《しろぞう》紙《し》）

蛙は、暮春になれば、鳴《なき》立つ声のしげきものなるに、其《その》「声」だにせで、「飛《とび》こむ」「音」のみ聞ゆるは、しみかへり寂しき心地す、と、ここに情を調《ととの》へて、古人は「声」のみ詠じ来れるに、其《その》「音」をきき出して、はじめて正風を発起せられたり。
（『朱紫《あけむらさき》』）

「声」と「音」が、きわめて重要な蕉風の句の基本であることは、じつは、すでに少なくとも四つの句において見てきた。前を思い出していただこう。

まず、延宝八年（一六八〇）頃作とされ、「寒夜《かんや》の辞《じ》」となった句。

艪《ろ》の声《こえ》波を打《うつ》て腸《はらわた》氷る夜や涙

芭蕉は深川の庵にあって「月に坐しては空しき樽をかこち、枕によりては薄きふすまを愁ふ」。
貧窮のうちの風雅のはじまりである。

「艪の声波を打て」はもとより、「腸氷る夜」であるから、目に見えるわけではない。しかし、近くを行く小舟が波をかきわける音、ぎいぎいと艪のきしむ音、そこには単に音だけではなく、暗い夜の水上に人の気配を感じとっている。その時、音は舟人の声のように単調なリズムを持って氷のように冷えた芭蕉の腸にひびいてくる。

同じように寒夜をすごす貧者同士の寒さを痛む歌声のようにしみわたった。夜の水上の孤独と、庵中の孤独が言葉をかわしている。そこに、川上にひろがる暗い夜空に、富士の秀峰が、うっすらと浮かんでいるかもしれない。山水の声のなかに身をおいて、溶けこんでいるようだ。

すると、不意に、突然訳もなく自らの頬につたわって流れる涙に気づいた。ここでは、夜の水上というだけで風景は見えないが、むしろ外界と庵中の二つをむすぶ相通じる孤独な人間の存在感がひろがってゆく、生理的、感覚的な時がながれる。

小舟の艪の音が、遠くから次第に近づいて、庵のそばを通り過ぎて遠ざかってゆく時の流れは、そのまま風景という空間と艪の音を声として擬人化され、共有され無限定の、しかし確たる冬の一瞬が定着されているのである。

第二は、延宝九年（一六八一）春、門人からバショウを贈られての句。

芭蕉野分《のわき》して盥《たらい》に雨を聞《きく》夜哉

この句では、先に数多くあげたバショウの葉を打つ雨の音、いわゆる「蕉雨」の句が直接雨を詠うのではなく、バショウの葉を打つ音を媒介として、その刻々の不連続の瞬間の連続によって、いかに空間的、宇宙的時空を孕《はら》んだ実相に迫っているかを挙げてみた。

第三に、大火で焼け出されたあと、天和三年（一六八三）冬、再建された第二次芭蕉庵に入ったときの句。

霰《あられ》聞くやこの身はもとの古柏《ふるかしわ》

わざわざ「聞くや」でぱらぱらという音を暗示している。

さて、きわめつきが「古池」の句である。

この句が「水の音」によって一挙に単なる抒景、抒情にとどまらず、形而上学的な宇宙感にまで昇華されているのは何故であろうか。もう少し、深く考慮してみよう。そこでは音が重要な役割を果たしている。

この句が、従来の古歌のように「蛙の鳴く声」と用いられていたなら、この句は描写的な春の抒景、抒情という、よくても一幅の画にとどまっていただろう。

「音」とは何かということを考えるのが手掛かりである。

「音」は、声が生理的発生を起源としているのに対して、はるかに広く、むしろ少し深く考えると捉えがたいほどの形而上学的意味をもっている。

　音とは、その発生源を問わず、具体的ではあるがむしろ、物理的な現象として機械的に捉えることができる。しかし、音は、音波の震動というにとどまらず、いわば自然的に持続していると思われて、「時間」の持続を破壊する必然性をもっている。

　永遠に持続する「音」はない。音とは時間と時間の断続を前提にして成り立っている。

　音は、いわば持続する時間のなかで、それとは異なった異質の時間を意味している。音には、発生しない未来の無音の時間を説明することはできない。

　また、音は、それが停止した後は記憶として人間に残るだけである。つまり、音には、未来も過去もなく、ただ今の現象として捉えるべきなのである。音が連続しているようにみえるのは、極小の音の微分積分的蓄積によって、そのようにみえるだけだ。

　しかし一方、宇宙から人間にいたるまで、時間は、たとえば生から死へ、存在から無にかけられた橋のように、その有無を論ずることなく流れ続けているものとも考えられる。時間については、西洋哲学でも古代から問われているが、最近ベルクソンの見直しにかかわって、もっとも現代的な問題意識の中核となっている。

　これについては、篠原資明《しのはらもとあき》『ベルクソン――〈あいだ〉の哲学の視点から』（岩波新書）という秀作が二〇〇六年に刊行されている。

　この本の「はじめに」では「存在の根本にかかわる問い」として、「われわれはどこから来たのか、われわれは何であるのか、われわれはどこへ行くのか。この問いは、ゴーギャン（一八四八～一九〇三）による名画のタイトルとしても知られる」とあり、「ベルクソン哲学の影響の深さと広がりについては、さまざまに語られてきた。なかでも、時間を真の存在そのものとするその思考は、西洋哲学の歴史において、画期的なものと評価されるべきだろう。時間は、それ以前は、基本的に非実在的なものと見なされてきたからだ」と述べる。そして、その手掛かりとして、「どのような〈あいだ〉を問題にするかを扱う」としている。

　篠原氏は、こう述べる。

> ベルクソンの影響は、二〇世紀哲学の重要著作に数えられる二冊のタイトルを見るだけで了解されよう。すなわち、ハイデッガー（一八八九～一九七六）の『存在と時間』（一九二七）と、ホワイトヘッド（一八六一～一九四七）の『過程と実在』（一九二九）である。また、文学においても、ベルクソンと縁戚関係にあったプルースト（一八七一～一九二二）の

大作『失われた時を求めて』（一九一三〜一九二七）を挙げるまでもなく、ベルクソンの時間哲学の影響はあまりにも大きい。二〇世紀後半においても、現代思想を代表するドゥルーズ（一九二五〜一九九五）は、その主要概念のほとんどすべてをベルクソンから得たといっても過言ではないほどだ。

さらには、小林秀雄もまた、自分が読んだ唯一の哲学者の個人全集は、ベルクソンだと語っている。これほどまでに、ベルクソンが現代思想に及ぼした影響は甚大だ。

いま私たちが扱おうとしている芭蕉の問いもまた根源的に同じであって、その作品と生涯がひとつの答えだと考えると、芭蕉の存在は単に日本の古典といわれるにとどまらず、今日でも世界で問いかけつづけられている対象でもある。

〈あいだ〉は、日本では日本文化の根源としての『間《ま》』の問題としても、今日も問われつづけている。だからこそ、いまここで、芭蕉が、ますます新鮮な魅力をもってくるのである。

さて、篠原氏の著書では、時間について西洋哲学の古代から近代まで、はては日本の密教にいたるまで展開されているが、その要旨を理解するには、やはり基本的な東西の哲学の流れを最小限でも心得ていなければならない。したがってここで要旨を一般に紹介することはできない。ただ、芭蕉の詩学の根本的問題が、洋の東西を問わず、今日的問題であることだけを確認して、読者の方々に是非一読をおすすめするにとどめる。

さて、話を元に戻せば、支考は『葛の松原』で、山吹のエピソードの後に、はっきりと俳諧と風雅について、蕉風の核心を突いた証言をのこしている。本章の冒頭でも記したが、再掲しよう。

いにしへの俳諧は如来禅《にょらいぜん》のごとく、その理《ことわり》一貫して線のごとし。いまの風雅は祖師禅《そしぜん》のごとく、捺《ナツ》着すれば即《すなわち》転ズ。かならずしも理智にかゝはらねば、寸心かけずといへるたぐひなるべし。

ここには西洋哲学の線状時間への批判、また「エランヴィタール（生の跳躍）」の思想へのつながりが見られる。

引用書の注によれば、「如来禅は楞伽経《りようがきよう》・般若経《はんにやきよう》等の如来の教説に導かれて悟りを開くべしと主張する禅の一派で、漸進的な修得を重んずる。祖師禅は頓悟《とんご》を重んずる点で前者と異なる。ともに達磨《だるま》禅師を祖とするが、七世紀に両派に分かれ、後世祖師禅が禅宗の正宗とされた」という。

「その如来禅のごとく、その理一貫して線のごとし」とは、注によれば、「貞門談林《ていもんだんりん》の付合《つけあい》が常に前句の詞の縁にたよりながら付け進めたことを言う」とある。

一方「捺・着すれば即転ズ」の文は、「前句の詞に拘束されず、パッと頓悟するごとく自由無礙の着想で独自の世界を付け出す蕉風の付合態度を言った」。

つまり線のように一筋の理智を追うのは良くないということで、むしろ、とどこおるところのあらば直ちに理智にかかわらず付けることによって、別な異質の世界を現出することを、つまり、むしろ矛盾するようにみえても、そのずれ、「間」をいかし、ことの真相に迫ろうとする態度を示している点が重要であろう。

芭蕉は「蛙飛びこむ水の音」によって時間を切断し、「音」によって未来と過去の間の「ただ今」を空間的に拡大して、宇宙的、絶対の境地を目指したといえよう。

この時間の相については、じつは、道元禅師の古典的名著『正法眼蔵』の「山水経」に、中心をなす思想として、「而今《じこん》」「渓声山色《けいせいさんしょく》」「有時《ゆうじ》」として、見事な文章でくわしく展開されている。

道元はもとより頓悟を重んずる導師であり、曹洞宗の初祖でもあり、先にふれたベルクソンの時間論と比べてみても、はじめからインドをはじめ東洋の思想を引き継いでいることによって、私たちにも近親感があるといえよう。

『正法眼蔵』は、寛喜三年（一二三一）の「弁道話《べんどうわ》」から建長五年（一二五三）の「八大人覚《はちだいにんがく》」にいたる、およそ九十五巻が残された（『岩波仏教辞典』）。

昭和五十年代、私は『正法眼蔵』を連続講読する機会があった。それを元にして、小著『道元の読み方』を出版し、今は文庫に収められている（祥伝社黄金文庫）。

その言説はまことに興味深いもので、まさに頓悟の原点ともいえるものである。

もとより、今日はすでに幾種類もの新しい現代語訳も著わされているが、きわめて難解であって、理解することは困難であると思われるが、それでも道元の言説は、余人とは隔絶した魅力と迫力をもって心を打つものがある。

たしかに、芭蕉は、臨済宗の仏頂《ぶっちょう》和尚の弟子であるので、曹洞宗の仏書はどうかという考え方も浮かぶが、当時、仏頂禅師の臨川庵《りんせんあん》のすぐ近くに曹洞宗門の長慶《ちょうけい》寺《じ》があり、芭蕉の弟子たちが入門していたという説もある。当時の宗門宗派は今日考えられるほど峻別されておらず、ゆるやかであったので、この説もあながち退けるには及ばないと考える。

なお、今日この曹洞宗長慶寺を訪れると、境内に発句塚、短冊塚とも呼ばれた芭蕉翁句塚跡がある。現在は台石が残るのみである。この塚について、ウェブページ「俳聖松尾芭蕉・みちのくの足跡」（http:/ /www.bashouan.com/psBashou.htm）の中に「門弟が長慶寺に建てた芭蕉句塚」の記事がある。

「御府内備考《ごふないびこう》」続編に、「元禄七戌十月十二日はせを浪花にて卒《しゅつ》せしを聞《きき》て江戸の門人杉風《さんぷう》・其角《きかく》・嵐《らん》雪《せつ》・史邦《ふみくに》等翁之落歯幷発句を埋めり、其句に、世にふるも更に宗祇《そうぎ》の舎り哉」とあり、芭蕉が没した元禄七年（1694年）10月12日の2ヶ月後に芭蕉の門人たちが芭蕉を偲んで、句塚を建てたことが知られる。碑の表面には「芭蕉翁桃青居士」、裏面に「元禄七甲戌十月十二日」と刻まれていた。

「東都古墳志《とうとこふんし》」によれば、芭蕉の碑の他に、「宝晋斎其角墓」、「玄峰嵐雪居士」、「麦林舎乙由居士」、「守黒菴眠柳居士」、「松籟庵太無居士」、「二世松籟庵霜後居士」の六基が長慶寺に建てられたとあるが、現在は、芭蕉句塚の台石の右に「宝晋斎其角墓」の破片がかろうじて残るのみである。

なぜ、芭蕉が親侍した臨川寺ではなく、曹洞宗の長慶寺に弟子たちが句碑を立て、さらに墓碑が林立されたのか、いまのところ、筆者にはその事情は分からない。

むしろ、長慶寺、仏頂和尚、芭蕉自身との交流も考えられる。いずれにしても、『正法眼蔵』には、芭蕉の頓悟の俳諧を考えるうえで、はなはだ理解を助けられた。

十八章　芭蕉と道元

芭蕉が禅の感化を受けて、さらに自家薬籠中のものとしたことは、ひろく認められているところである。

だが、その接点となるものは何かということは確定しがたい。ひろく、禅林系統の詩集がいくつもあり、特に『江湖風月集《こうこふうげつしゅう》』は、小西甚一氏（『日本文藝の詩学』）によれば、その中に収められた偃渓広聞《えんけいこうもん》の「褙語録《はいごろく》」を『野ざらし紀行』に引用していることから、芭蕉がこの文に親しんでいたことは確かであろうという。

小西氏は「唐宋詩の表現を禅林ふうの志向に基づいて理解するのは、室町期このかた、ごく普通のことであった」とも述べている（前掲書）。

例えば、蘇東坡《そとうば》自身が禅について深い理解をもち、禅徒もまた蘇東坡の作品を尊重した。『禅林集句』に、

渓声《けいせい》は便《すなわ》ち是《こ》れ広長舌《こうちょうぜつ》たり
山色《さんしき》は豈清浄身《あにしょうじょうしん》に非《あら》ざるや

という対句があるが、この「渓声山色」が道元の著『正法眼蔵《しょうぼうげんぞう》』のなかの篇名になっている。

また、芭蕉が杜甫や李白の詩に接したとき、禅への志向をも深く受けとめていたことは当然である。「李杜《りと》が心酒を嘗《な》めて、寒山《かんざん》が法粥《ほうしゅく》を啜《すす》る」（『虚栗《みなしぐり》』跋）の一文も、その結びつきを明らかに示唆している。

小西氏は前掲書において、「芭蕉が禅の偈頌《げじゅ》から何かを得たとすれば、それは知性の媒介を拒否する非線型（non-linear）の表現ではなかったか」としたうえで、

くたびれて宿《やど》かる頃や藤の花

の句を例に挙げ、知性あるいは論理の媒介する表現を線型と称するなら、ここではそれを拒否する非線型の表現を指摘することが可能だとしている。

では非線型の知性、あるいは論理とは何か。それは不条理という他はない。知性に対応する感性といったらいいかもしれない。しかし、ここではあきらかな断層がある。

小西氏は、「付合《つけあい》における『匂付《においづけ》』と同じ表現構造であることを看過できない。匂付の『匂』とは、要するに、線型の解釈や批評を受けつけない、『離れ』の存在

から生まれる特殊な作調《トーン》にほかならない」とも述べる。句でいえば「切れ」ともなる。

それにはちがいないが、それでは、線型と非線型の知性、あるいは不条理が、どこで接触し、全体の句としてむすびつけられるのであろうか。

それに知性を超えて、その働きの総体を捉え、とくに「時間」意識を問い直すことによって理解を容易にすることができるのではなかろうか。

ここで、ベルクソンの思想の根幹をなす「時間」の問題のただなかにあることを、私は想起せざるを得ない。「時間」は、一方では私たちの意識から関係なく、永劫の過去から永劫の未来へと直線的に流れていて、誰もそれを動かすことができない。しかし、私たち人間は「時間」を意識して生きている。いや生きているということは、その無限の時間のごく微小な一部分、時には刹那《せつな》といった極小の切断面として意識することしかできない。しかし、そのとき時間は過去の記憶にすぎない。しかも未来の時間は、分からない。まさに一寸先は闇というように、漠々たる想像する無にすぎない。

つまり人間は、手のふれられない永遠の「時間」のなかにあって、しかも意識の思うままにもうひとつの内的時間、非直線的な時間を生きている。いわゆるベルクソンのいう個人の意識の二つの時間を空間化して納得している。つまり空間の軌跡にとりかえて納得している。

「ベルクソン哲学は、このモデルとそれによる解答に対抗する、もっとも有力な選択肢を提示してくれたように思われる」（篠原資明《しのはらもとあき》氏『ベルクソン―〈あいだ〉の哲学の視点から』）

小西氏は、さらに芭蕉の俳諧技法「付合」「うつり」「匂付」などが、漢詩の「実接《じつせつ》」「虚接《きよせつ》」と共通する点をあげ、禅林的技法と共通するのは、禅思想そのものを身につけていたと推測することができる、と結んでいる。

私が、先に禅林詩と俳諧との融合について述べたのも、その点にある。つまり、芭蕉が禅僧との出逢いによって、禅的な詩風を開拓したというにとどまらず、大きくみれば日本の伝統的詩歌は、外来の詩文思想をひろく受けとめ、それとの対比格闘のうちに詩歌壇全体が、時代思想の中核となって大きな深さと広さを備えた環境にあったという実情を重視したいからである。

それは一種の渾然たる文化的風土となって渦巻き、そこから種々な分化と洗練を経て、近代日本文芸への奔流となっていったと考える方が、禅宗の一対一の公案《こうあん》伝授と文芸作品にこだわるよりも、日本文芸史上の道元と芭蕉の位置を、よりよく理解できると思うからである。

しかし芭蕉が、生活的にどのような組織仏教の宗派に、具体的に属していたか、また、どのように接触したかを、時系列にそって特定することは、今のところ、はなはだ困難である。

その考証を主とした専門書として『芭蕉と仏教』（佐藤圓《まどか》著）がある。戦後、駒澤大学を卒業し、資料的論考のみを整理したという著者のはしがき通り、通巻四百頁を超える大著である。とくに人事関係が克明かつ広範に収録され、細部の考証は詳細を究めているが、そこから、芭蕉の俳風を全体として読みとることは、筆者にはむずかしい。しかし、他には言及されていない「長渓《ちょうけい》寺《じ》の禅師」といわれている曹洞《そうとう》宗の禅僧についての解析は、示唆に富んでいる。

同書の「心越《しんえつ》禅師と芭蕉」と題した章の冒頭の「はじめに」という短文は、宗派からみた芭蕉の位置を公平に設定していると思われるので、紹介しておきたい。

まず整理すると、生家松尾家の菩提寺は、通光山願《がん》成寺《じょうじ》という古義《こぎ》真言宗御室仁和寺《おむろにんなじ》の末寺で、通称愛染《あいぜん》院《いん》といわれた。主家の藤堂家は、当時武家を中心に隆盛をきわめていた臨済宗の家柄であった。芭蕉の禅に対する受容の場合も、主家の宗派が無関係ではないが、しいてこだわりはないようだ。

芭蕉は老荘、寒山詩などを媒介としながら、禅に入つて行つたが、もと〳〵中国の禅は、老荘を温床としたものである。また日本仏教史に於ける禅の興隆は、密教が、中国禅に於ける老荘の、役割を果している。芭蕉は無意識の間に、これらのものと接触の機会を与えられていた。その上、期せずして同時代の秀れた禅僧に巡り合つている。一人は（略）仏《ぶっ》頂《ちょう》禅師で、他の一人は「長渓寺の禅師」といわれる曹洞系の禅僧である（前掲書）。

臨済宗、曹洞宗ともに、宗教的境地の極致を、「悟道」、今日風にいえば、神秘的超越体験を目指している。芭蕉自身はその何《いず》れかといえば、そのどちらをも吸収して、いわば文芸の禅師とでもいう他はない途を、あやまりなくたどったといえる。

こうしたパースペクティブの下で、直接芭蕉に接した禅師をさぐれば、高木蒼梧《そうご》氏の研究による臨済宗仏頂禅師との幸運な接触があげられることはもちろんであるが、佐藤氏はここでもう一人、曹洞宗長渓寺の禅師心越和尚をあげている。

現在、深川に長慶寺があり、前章でも述べたとおり、境内に芭蕉句塚跡と其角《きかく》の墓が残されている。蕉門とのつながりの強さをうかがわせるが、いつ「渓」が「慶」になったかは不明である。この寺については、芭蕉の何人かの弟子たちが、その文中でふれている。
まず、史邦《ふみくに》の『芭蕉庵小文庫』には、

さるをむさし野の、ふるき庵ちかき長渓寺の禅師は亡師としごろむつびかたらはれば、例の杉風《さんぷう》かの寺にひとつの塚をつきて、さらに宗祇《そうぎ》のやどりかなと書《かき》をかれける一帋《いっし》を壺中《こちゅう》に納め、此塚《このつか》のあるじとせり。

また支考《しこう》の『笈日記《おいにっき》』に、

十二日は阿叟《あそう》〔芭蕉〕の忌日つとむるとて、桃隣《とうりん》をいざないて、深川の長渓寺にもうで侍る。是は阿叟の生前たのみ申されし寺也。堂の南の方に新《あらた》に一箕の塚をきづきて、此塚を発句塚といへる事は
　世の中はさらに宗祇のやどり哉《かな》　翁
此短冊を此塚に埋めけるゆへなり。此ほつ句ばせを庵を一生の無為なるべしと、杉風のぬし、語り申されし。かの塚の前に香華《こうげ》をそなへまさ木の枝を折《おり》左右にかざしをきて、いふ事も思ふ事もなき跡はしらずなりぬるよし、ふたりながら泣ていぬ。

其角の書簡には、

十月十二日は当地心々に追善執行《ついぜんとりおこない》候。深川の長慶寺に移墓。しぐるるや爰《ここ》も舟路を月参《つきまいり》。晋子《しんし》

さらに杉風の『蕉影余音』に、

元禄十とせの仲秋月を見むことをおもふに宿は市店にしてさわがし。深川の辺に年比語《としごろかたら》ふ閑居の僧あり、此草庵は東西に向《むかい》て月は常住の灯に同じ、其心にや心越和尚の筆蹟にて指月庵《しげつあん》といふ額を軒に掛たり。

佐藤氏は以上の短文を、当時の寺制や年代などで検証し、「結局『長渓寺の禅師』はとらえ難いままであるが、心越禅師のことであろう」と推定している。
心越禅師についても、佐藤氏は次のように紹介する。

心越師は曹洞宗で水戸光圀《みとみつくに》の帰依を受けた、明《みん》の渡来僧である。心越は字、号は東皐《とうこう》で名は興儔《こうちゅう》が正しい。（略）
　長崎興福寺の明僧澄一に招かれ、日本に来たのは延宝五年（一六七七）であつた。この時芭蕉は三十四歳（略）翌六年に例の水道工事に関係している。

（略）

当時は心越師も異宗徒の攻撃を受けて、甚だ不遇であつた。水戸の光圀は見かねて、仲介の労をとつている（前掲書）。

何れにしても、私が心を惹《ひ》かれたのは、芭蕉庵の近くに、長慶寺と呼ばれる格式の高い曹洞宗の寺があり、芭蕉やその弟子たちも親しく交わっていたという、宗派を越えたその雰囲気である。そこから曹洞宗の祖、道元禅師の宗風の影響を受けることもあり得たと思うからである。

また別論としては二〇〇八年、俳人倉橋羊村《くらはしようそん》氏が『道元の心　俳句の心』（朝日新聞社）という著書で、「しかし、仔細に調べると、近くの長慶寺の松山嶺吟和尚との交友が日常的には深く、品川の天龍寺の大夢《だいむ》ともよく往き来している」と述べている。

芭蕉は『おくのほそ道』で、のちに品川から越前松岡《まつおか》の天龍寺に移っていた大夢をわざわざ訪れている。

倉橋氏は、さらに「どちらも曹洞宗なので、道元禅とのかかわりを無視できまい。むしろ芭蕉の句風からすれば、悟りを求めない道元禅の方が近い」と再三述べている。その趣旨には共鳴するが、文献的詳細は本書には述べられていない。

これらの芭蕉が曹洞禅に接したという説とは別に、一方高橋庄次氏は『芭蕉伝記新考』で「平常無事の茶話禅の体得」という項目を立て、「〔芭蕉の〕平生《へいぜい》・平話の俳諧とは、『臨済録』（示衆《じしゅ》）が説くところと同じ世界なのである」としている。

高橋氏は支考の『俳諧十論』から、「武江の草庵に在りながら仏頂和尚の禅室にまじはり、投子一碗《とうしいちわん》の茶に平話を悟りて、俳諧のはこびを知れるより、世間の理屈をよく離れ、風雅の道理によく遊びて、奥の細道に行脚のわびをつくし、湖南の幻住庵《げんじゅうあん》に山居の名を隠して、杜《と》律《りつ》の五言を枕とし、山家集《さんかしゅう》をたづさへて、貧閑《ひんかん》すでに骨に入りぬ」の部分を引き、次のように解説する。

仏頂和尚が弟子の芭蕉に語って聞かせたのが、中国舒州《じょしゅう》の投子山《とうしざん》にいた大同《だいどう》禅師と弟子との問答であった。支考は同書の注記にこの問答を次のように引用している。——投子（大同禅師）の会下《えか》（門下）に柴頭《さいじゅう》（薪を伐って僧たちの用をする者）がいた。投子大同はある日、柴頭に茶を与えて言った。森羅万《しんらばん》象《しょう》すべてこの中《うち》にありと。柴頭はその茶をこぼし捨てて反問した。森羅万象いずれの処にかあると。投子が答えた。惜しむべし一碗の茶と。——この問答

について支考は、

君見よ、投子の、茶を点じて茶碗の中に世界ありとは、姿おかしく情さびしく、その躰も新しき発句なるに、柴頭はいまだ力味《りきみ》つきず……茶を打ち空けて、いづこにかあるとは、例の理屈の至極なるを。……しかるに投子は平生《へいぜい》を失はず、あたら茶一盃捨てけるよとは、誠に前句《ぜんく》の道理をもそらさず。（略）

そして支考はこの仏頂禅の奥義を話してくれた師芭蕉が次のように述懐していたことを伝えて、この「俳諧の道」の章を結んでいる。

今や投子一碗の茶に、俳諧はただ平生《へいぜい》なるをと、三十九年の非《ひ》を知りて、その茶に夢のさめけるとぞ。

中国唐代の禅の名僧趙州従諗《じょうしゅうじゅうしん》の有名な禅の話、「喫《きっ》茶去《さこ》」を下敷きにした法話で、「喫茶去」とは本来は、お茶でも飲んで目を覚ましてこいと相手の不明を叱る意味であったが、後に「お茶を召しあがれ」の意とされ、お茶を飲むという日常のなかに、深い悟りのはたらきを見るという意味になった。

今までの筆者の理解方法を用いれば、無意識な日常性という直線型の時空のなかで、茶を喫するという主体の意識的行為によって内的時間の流れが一致して、「永遠の今」が出現する重要な転機なのである。

面白くできた禅話なので、一例として引用したが、支考は、とかく師の実話よりはずれても、論理の明確な句論を展開する傾向があると、評されているので、確実な根拠があるとは断じがたいとされている。

芭蕉と禅思想の接点をさぐっているうちに話が拡がってしまった。芭蕉の宗派や法脈の正確な結論はむずかしいが、芭蕉の禅との出逢い、その具体的な接点や受け入れ方の雰囲気は何となく分かるような気がする。

すなわち、芭蕉は極力、宗門宗派の教条主義を嫌い、俳諧という言語表現のために、その究極にある霊性に、全身全霊、全生活を懸けて迫ったということである。それが、俳諧即旅の人生へとつながってゆくことになる。

ここらで、いささか錯綜した芭蕉の禅との触れあいの原点にもどってみたい。

芭蕉のとくに宗教関係については結局のところ、高木蒼梧氏の論考に尽き、今のところそれを超えるものはない。

『芭蕉講座　第三巻　傳記篇』（東京創元社）の「芭蕉と宗教」の「八　芭蕉の参禅弁道《べんどう》」によって、その大意を要約し総括としたい。

芭蕉の参禅は深川に芭蕉庵をかまえてからというのが通説であるが、さらにそれ以前、寛文十二年（一六七二）芭蕉が初めて江戸に下向したとき、道中で江戸本所《ほんじょ》定林院《じょうりんいん》の黙宗《もくそう》和尚に出逢い、禅について語らいながら江戸に着き、そのまま数年間、定林院に「宰宿」させてもらったことがある。そのため後に定林院が芭蕉の「隠棲の地」といわれるようになったという。

　芭蕉は黙宗和尚の紹介によって、常陸国鹿島の根本寺の仏頂に随従した。当時、仏頂は延宝二年（一六七四）から鹿島神宮との領地の訴訟問題で、江戸の寺社奉行所をたびたび訪れたが、その時は臨川《りんせん》庵に寄宿し、天和二年（一六八二）の勝訴の後もここに閑居していた。芭蕉との出逢いは、延宝八年（一六八〇）に芭蕉が深川に移ってからのことである。

　したがって、二人の出逢いは厳密に、どこで何時《いつ》ということはできないが、往来や交流は自然に深まり、その陰には黙宗和尚から、芭蕉は多少禅宗についての素養を仕込まれ、禅に心を傾けていたことがうかがわれる。

　今日、墨田《すみだ》区東駒形《ひがしこまがた》三丁目に「芭蕉山 桃青寺《とうせいじ》」という寺院がある。横浜文孝氏の『芭蕉と江戸の町』によれば、文政十二年（一八二九）の幕府官撰の江戸地誌に『御府内備考《ごふないびこう》』、続編『御府内神社備考』があり、江戸の寺社の記録をまとめたものであるという。この中に臨済宗妙心寺末寺の「白牛山東盛寺《はくぎゅうさんとうせいじ》」という記録があり、これが今日の「芭蕉山 桃青寺」に当たるという。

　その伝によると、「東盛寺」の創立は寛永三年（一六二六）であり、当初定林院と号したが、近くに「定林庵」という庵室があり間違えられることが多かった。

　そのため延享二年（一七四五）に、寺社奉行に対して「桃青寺」と改号を申し出た。というのも当時の住職は、芭蕉を「深く信じ、かの法号桃青なれハ、是を寺号となし中興開基」したのだった。芭蕉が、江戸の足掛かりとして暫く止宿したことに対しては驚くべき傾倒である。悪くとれば、芭蕉の名声にあやかろうという下心があったかもしれない。しかしこの改名は「わたくしの所為」であったことを理由に同派内の寺院から反対され、宝暦二年（一七五二）六月に「桃青寺」を「東盛寺」に改めた。この臨済寺院と芭蕉との因縁も深い。

　明治二十五年（一八九二）六月、東京府庁の認可を得て、今の「芭蕉山桃青寺ニ復称」した。境内には六尺四方の芭蕉堂がある。

　こうしてみると、芭蕉の江戸下向後の行動が、臨済宗妙心寺派というれっきとした宗派組織と相当深く関係し、また根本寺の訴訟にさいしては、芭蕉の甲府《こうふ》の人脈が幕府に圧力をかけていたり、深い関わりをもっていたこともあわせ考えてみると、あながち組織宗派の職業的僧侶になる可能性があったという構図も浮かんでこないでもない。だからこそ武門への仕官を辞退し、一方、寺社での僧職も捨てて、あえて俳諧一途の道を選択した彼の決断がいかに重たいものであったかが、改めて実感されてくる。

それも、江戸で職業的文人としての成功を捨ててまで、当時の未開地である深川に隠棲した内面的葛藤の奥深さが伝わってくるのである。

芭蕉と仏頂との具体的な関わり方について、高木氏は、こう答えている。やや長くなるが簡単に紹介してくくりとしよう。

——参禅といつても其の真相はどうであつたらうか、僧堂に入り托鉢行願などして本格の坊主になる者の修行と、自宅から通ひながらやる居士《こじ》とでは大分態度がちがふかと思はれる。俳諧を教へて許六から絵を学んだ芭蕉は、仏頂に対しても俳諧に遊ぶと同じ程度に、仏頂と相往来してゐる間に、自然に参禅と同じ薫化をうけるに至つたといふやうな事も考へられる。枇杷園随筆所載の芭蕉の書簡は宛名も日付も無いものであるが、その後半に

和尚にも旧臘は寒ぬるく候故、御持病もこゝろよく愚庵まで手をひかれて一夕御入、大道〔禅〕の話止《やま》で俳諧にて到半夜

梅桜みしも悔しや雪の花

と御申候、感心致事に候

とある、此の間の消息を道破するものと云へるであらう。（略）ついでに仏頂の俳句に就いて記して置く。

春色新来一棒頭
九億劫以前も同じけふの春

の一句が路通《ろつう》の勧進牒に見える。仏頂も芭蕉も在世の元禄四年の刊本である。

ここには二人の暖かく深い友情と信頼、そして師と弟子というよりも、それぞれの道の達人が腹をわって、極意の応答を楽しんでいるようにみえる。

また根本寺所蔵の軸物に、芭蕉の句と仏頂の歌を書いたものがあり、高木氏の前掲書に記載されている。

寺に寝し寔顔《まことがお》なる月見哉　芭蕉
いざさらば光り競《くら》べん秋の夜の
月も心の空にこそすめ　禅師

月早し梢《こずえ》は雨をもちながら　　芭蕉

実は、この歌と句のやりとりは『鹿島紀行』にもあるが、記載されている仏頂の歌は、これとは違っている。『鹿島紀行』には、

折々にかはらぬ空の月影も
　千々《ちぢ》の眺めは雲のまに〳〵

とあり、いずれも真如《しんによ》の月と流転の象が詠まれている。

芭蕉の句には流転の動きが孕《はら》まれ、一方それを受けて仏頂も、千々の眺めの流転を空《くう》として眺めている。

ここには現象と本質、流転と涅槃《ねはん》の実相がゆるぎなく月光に托して詠われている。二人の意気は投合し、静と動の微妙な相違が、僧と俳人の違いを表わしていて面白い。

たまたま、わずかな資料の中から、仏頂と芭蕉の日頃の肉声を知ることができるとともに、印可などという宗門の記録に残る形式とは別に、師と弟子、その心と心の交流の形を伝えてくれているだけに貴重である。

芭蕉の作品や文章には、究極の聖なるものへの深い宗教的情熱と、現世の人間臭い営みを捨てずに止揚する志が、いかに生きているかがみえてくる。

芭蕉の真言・曹洞・臨済といった、現実の宗派との形式的位置を確定することは、とくに組織と心境の両者にかかわることを含めてむずかしいことがわかった。あるいは、いつか新資料が発見されて、確定するかもしれない。

しかし、その作品を通じての芭蕉の宗教性というものは、まぎれもなく深く厚いもので、また、じつはそのような、いわば宗教的なる世界に浮遊するところ、聖と俗を併せ持ち、天と地との間に身を投ずる刹那の虚空にこそ、芭蕉の俳人としての目標があり、そこに、生身の人間というはかない存在と、言語の聖性の結晶である句に、万感の想いをこめ、強《し》いていうなら芭蕉宗とでもいうべき世界が確立したということなのである。

だからこそ、今日にいたるも、生半可《なまはんか》な宗教よりも、より巨大な信奉者を生み出しつづけているのであろう。

それは、彼が、いかに超越性、聖性にたどりつこうとも、それを対象化することなく、わが生身の「いま、ここに」生きて現前しようと努めたからではなかろうか。

ところで、話を戻すと、禅林詩に親しみ、また唐宋の詩句に人生観を求めてきた芭蕉が、『禅林集句』に収め

られている蘇東坡の禅的叙景詩「春夜」、

花に清《さや》けき香《か》あり月には陰《かげ》あり

（『千家詩』）

などを知らなかったはずはあるまい。

貞享期の作に、次の句がある。当時の句としては、斬新なものであった。

曙や白魚《しらうお》白きこと一寸《いっすん》

海暮れて鴨《かも》の声ほのかに白し

『禅林集句』に、蘇東坡の「贈東林総長老」からとった次の対句があることは、本章のはじめに紹介した。

渓声は便ち是れ広長舌たり

山色は豈清浄身に非ざるや

芭蕉が、道元の『正法眼蔵』を写本なり断片なりで知らないわけはない。ところが芭蕉と道元との関係については、筆者が知りえた芭蕉の研究書では、前出の佐藤圓氏がわずかに触れているにすぎず、『おくのほそ道』で象潟《きさかた》の蚶満寺《かんまんじ》を訪れた際の解説にとどまっている。

こうしてみると、芭蕉の宗教的心情を探る従来の試みは、少なくとも、『正法眼蔵』には多くは触れていないようである。

いったいそれは何故であろうか。「ある」ということは証明できるが、「ない」ということは証明できない。私にとっては、個人的な思想との出逢い、特に第二次大戦末期から敗戦後の混乱した青春期に、まことに幼稚な理解ながら芭蕉と道元禅師の境地に、僧俗を超えた共鳴を深く覚えたことが忘れられない。

そこで、なぜ芭蕉が道元に言及しないのかは、二つの答えがある。ひとつは全く興味がなかったのか。もうひとつは、あまりに深く消化、同化してしまって、あえて触れることが無用であったかのどちらかであろう。

全くの門外漢である筆者ではあるが、芭蕉の境地を理解し、同化するには、道元の『正法眼蔵』はまことによき手掛かりとなってきた。そこで僭越ながら、私の解した道元を介して、芭蕉の俳諧の真髄をたどってみたいと思うのである。

さて、芭蕉のいわゆる蕉風の原風景は、いうまでもなく、あの深川三股《みつまた》の辺《ほとり》の草庵であろう。そこに私は、日本、中国、印度《インド》をはじめ東洋の山水の原風景をみた。

そして、それを追体験してゆくと、『正法眼蔵 第二十五』、「渓声山色《けいせいさんしょく》」の章が蘇東坡の対句と重なって、心魂をみたしてゆくのに逆《さか》らえなくなるのである。

渓声便《すなわ》ち是れ広長舌《こうちょうぜつ》、
山色清浄身《さんしきしょうじょうしん》に非ざること無し。
夜来八万四千偈、
他日如何《いか》が人に挙似《こじ》せん
（岩波書店『日本思想大系12　道元上』）

十九章　渓声山色

芭蕉と、曹洞宗の祖師、道元禅師との関連について述べるのは、いささか、唐突の感がなきにしもあらずである。

しかし、道元禅師の権威、玉城康四郎《たまきこうしろう》氏による『日本の名著7　道元』（中央公論社）冒頭所載「道元とのかかわり」という序文からは、近代の日本文化人のなかに、道元が、広く強い影響を拡げたことがうかがわれる。筆者も、はるかその末尾の時代である第二次世界大戦中に、まだ学生であったが深く道元に惹かれた想いがある。そこで、当時の思想状況の一端をできるだけ簡単にしるしておきたいと思うのである。

本書の冒頭で、筆者の戦後放浪にふれたが、そこでは道元について直接語ることをしなかった。それは道元があまりに深く筆者のなかに染みこんで、今さら他の人に語ることが困難なためであって、今にして思えば、まだ高校生である私の凡庸な知性をはるかにうわまわるものであったからだ。

しかし、『正法眼蔵《しょうぼうげんぞう》』はどこか私の感性の基調低音に深く染みこんでいるような気がする。道元については、二冊の小著を書かせていただいた（『道元の読み方』祥伝社、『道元・一遍・良寛』春秋社）。

とまれ、僭越ながら玉城氏の文章を抄出してお伝えしておこう。筆者の青春時代に重なっている。

> 日支事変のおこる前に高等学校の生活を楽しんだものにとっては、人生を語り、芸術を論じ、何とはなしに哲学にあこがれるという思考が、青年の心をとらえて放さなかった。（略）特別の共同体意識をつくり上げていたようである。（略）
>
> そうした雰囲気のなかで、カントやヘーゲルの名が口にのぼり、ニーチェやキルケゴールが語られたが、もとより原書を見ているわけではなかった。これらの名前にまじって、道元の名がわれわれの心に浮かんでいたのである。心に印せられた人物の配列からいえば、道元は、空海や親鸞などとではなく、カントやヘーゲルと並んでいたことは、いかにも奇異である。（略）おそらく和辻哲郎《わつじてつろう》教授の論著「沙《しゃ》門《もん》道元」の影響が及んでいたことは疑いを入れまい。道元は、近代哲学にも比べられるような、すぐれた思弁を包んでいるということが、かれへの接触の最初の印象であったように思う。（略）
>
> 『正法眼蔵』の巻を開けば、ただちに共感はできる。しかも不思議なことばの魅力がたたえられている。しかし、その境地はたちまちに雲煙のかなたに飛び去り、凡識の及び得ないところで、ひたすら語っているのである。
>
> ずっと後になって気づいたのであるが、道元（一二〇〇―五三）と同時代に活躍した西洋の思想家はトーマス・アクィーナス（一二二五―七四）である。しばらくのあいだ、わたしはトーマスに親しんでいたことがあり、カトリック特有の幽玄な思念の世界に心をひそめていた。（略）しかし、トーマスの文をなぞっていけば、かれの思弁のすじは明瞭に理解することができる。（略）
>
> トーマスは理解できるが、道元はわかりにくいというのは、どういう理由によるのであろうか。あるいはまた、カントやハイデガーは読むことはできても、同じ日本人の道元を解し得ないというのは、何かの理由がなければならないであろう。（略）
>
> かれの思考では、切り離された意識ではなく、意識を包んだ体全体が参加する。（略）
>
> 心身一体となって思量する、それがすなわち只管《しかん》

打坐《たざ》であり、道元の思考であるといえよう。

前章で紹介した篠原資明《しのはらもとあき》氏は、その著『ベルクソン――〈あいだ〉の哲学の視点から』の中で、

重要なのは、トマスが提示した存在と無の〈あいだ〉モデルに対して、ベルクソンは、生成ないしは創造について、まったく別種の〈あいだ〉モデルを提示しようとしたのではないか――

という。

話がそれたようだが、私は芭蕉を、世界の中で、ささやかな私の生涯のなかの核として位置づけて理解したかったのである。それは芭蕉その人が、武家にも仏者にもならず、ただ俳諧の道ひとすじを「ことば」と「人生」を賭けて実現したと思われるからである。

私はこの言語を超えた日本の伝統的「まこと」のありかたを、文芸の中で最もよく実現したと思われるものをあげるとすれば、あの長篇小説『源氏物語』と散文詩哲学『正法眼蔵』、そして芭蕉の詩『俳諧』の三つだと考えている。

だから、芭蕉の世界が道元の境地に通底しているとしても、なんの不思議もない。私の場合、芭蕉との出逢いは、第二次大戦中のことであったが、それが神の存在の有無に迫ったフランス象徴主義の詩人たちの世界と類似していても当然のことであった。

それにしても、芭蕉の文中には、道元の名も、『正法眼蔵』の名も残されていないではないかという疑問が残る。たしかにそうだ。そのひとつの考え方として、道元の教えは、それを言語で論述できるものではないところに特色があるということを、玉城康四郎氏の分析をかりて紹介した。

端的にいえば、「只管打坐《しかんたざ》」といわれるように、ひたすら行《ぎよう》に徹し、身体的体験に依らなければならないという考え方であり、解説すればするほど、道元から遠ざかるということである。もっとも、芭蕉自身は、臨済宗とも曹洞宗とも禅とも、宗教そのもの、すなわち超越的精神性に偏することを意識的に避けているということができる。そして、芭蕉にとって現実とは、意識と行動の一致する働き、すなわち、一生「旅すること」がその答えであったといっていい。

ちなみに、『正法眼蔵』は寛喜三年（一二三一）の「弁道話」から建長五年（一二五三）の「八大人覚」に至る、およそ九十五巻からなり、もともとは百巻を意図したものと推定される。そして永平寺二世懐弉《えじよう》の書写・

清書によるところが大きい。

伝写は数種あるが、永平寺三十五世晃全《こうぜん》が元禄三年（一六九〇）頃に編集した九十五巻本が本山版の底本となっている。さらに注釈本もはなはだ多く、たとえ芭蕉が見聞したとしても、どの本を見たかを特定することは困難であるが、道元の禅が様々な形でひろく流布され、禅思想の広い基盤となっていたことは疑う余地がないであろう。


『正法眼蔵』は、あまりに膨大難解で、今日も次々と研究書が出版されているのは周知の通りであるが、さて、それを味読し、体得し、道元禅を了解することは、参究する者の全存在にかかわることなので、とうてい力の及ぶところではない。

しかし、私には道元の語録は、芭蕉の句境に近く、融合して分かちがたいので、僭越ながら蘇東坡の前出の詩句を手がかりに、紹介させていただくことにする。

まず、『正法眼蔵』第二十五「渓声山色」の、蘇東坡の前出の詩句にいたる前段を、玉城氏の訳文を元に、私の抄訳であげてみよう。

――大宋《そう》国に、東坡《とうば》居士《こじ》蘇軾《そしょく》という人がいた。字《あざな》は子《し》瞻《せん》という。文筆にかけては真竜というべきで、また仏道についてもすぐれた師匠に参学している。深い淵にも遊泳し、重なり合った雲にも昇降するように、仏法を深く高くきわめていた。

ある日、景勝の地として知られる廬山《ろざん》を訪れた。そこには東林寺《とうりんじ》があった。その日の夕、山中のせせらぎの音を聞いて仏道の真理を悟った。ただちに偈《げ》を作って常《じょう》総《そう》禅師に呈示した。

谿声便是広長舌　山色無非清浄身
夜来《やらい》八万四千偈　他日如何挙似人

「谷川の音は、そのまま仏の説法。

山の姿は、すべてこれ仏の清浄身に非ざることなし。

夜来聞く八万四千の偈。

いかにして人に示すことができようか」


日本人は昔から自然の表情に浸ってきた伝統がある。だから、仏道をきわめようと、理論ばかり学んでも、そこにはことばの意味しかない。

しかし、心を転じて放下《ほうげ》すれば、山はすべて仏の清浄身、谷川の音は即、仏の説法である。

旅の念仏者、一遍《いっぺん》上人は、ある人が西行《さいぎょう》に向かって、「念仏は如何ように唱えるべきか」と問うたところ、ただ一言「捨ててこそ」とだけ答えられたという逸話（異説もあるが）を伝えている。また一遍上人は、「よろず生きとしいけるもの、山川草木《さんせんそうもく》、吹く風、立つ浪の音までも、念仏ならずということなし」とも語っている。

しかし、東坡居士も、一朝にして悟りを開いたのではない。

その前日、東坡は参学した際に出された常総禅師の公案（「無情説法」）を、十分に体得できなかった。しかし、その疑点は深く彼の心身を捕えていた。

そして、その夜のことである。

禅師の言下《ごんげ》に翻身《ほんしん》の儀いまだしといへども、谿声のきこゆるところは、逆水《ぎやくすい》の波浪《はろう》たかく天をうつものなり。しかあれば、いま谿声の居士をおどろかす、谿声なりとやせん、照覚《しようがく》の流瀉《りゆうしや》なりとやせん。うたがふらくは照覚の無情説法話、ひびきいまだやまず、ひそかに谿流のよるの声にみだれいる。（略）畢竟《ひつきよう》じていはく、居士の悟道するか、山水の悟道するか。たれの明眼《みようがん》あらんか、長舌相《ちようぜつそう》・清浄身《しようじようしん》を急著眼《きゆうじやげん》せざらん。

（『日本思想大系12 道元上』）

私には、この「逆水の波浪たかく天をうつものなり」という一句が胸を打ってやまない。

突然、半ばうつつの居士におおいかぶさるような巨波が天まで巻き上がり、渦巻いて、なだれ落ちながら、天地無窮の虚空をみたす。その激流のなかで、居士はただ宇宙万物の真理と合体し得た歓喜に吾を忘れて、天地に充実した恍惚の絶対的境地に息を呑んだことであろう。

常総禅師の説法で体得できなかった一語を、どうして夜間の渓声（谷川のせせらぎ）によって体得できたのか。

言語での問答では、「渓声」のせせらぎ＝詩句は、風景として、いわば対象化されている。考えているのは主観であり、理解はしても、そこには、主体と客体の断絶が、厳然として横たわっている。真の感動はない。

そうである。日常茶飯の認識とは、対象を自我と二分して対立させてはじめて成立する。しかし、それでは対象を全体として自己と一体化することはできない。これは理性の宿命であり限界である。

ところが、深夜忽然として半ば無意識であるところに、今日風にいうなら、超常現象がおこり、自我と他者が、その対立を超えて、一体化する体験がおこった。

そこには、主客の対立もない。そして、分析するための「時間」もない。過去・未来も消え去って一瞬のうちに永遠の「相」が姿を現わす。その境地を、仮に悟りといい、正覚《しょうがく》といってもいい。ただし言語では表わしきれない充実した「空《くう》」が光にみちて果てしなく拡がり、宇宙をみたして、心は歓喜にふるえるのである。そこは、きわめて宗教的世界に近い。

しかし、それを宗教といってあえて限定してはならない。仮にいうなら、超常体験、神秘体験とでもいう他はない。そこには「理」の世界ではなく「信」の世界があるのである。およそ、洋の東西を問わず、宗教や芸術が求めるところはそこにある。

道元はこの超越性を、自然、とくに「山水」に托して『正法眼蔵』の中でくり返し述べているが、まことに美しい散文詩のようである。かつて、思想家の唐木順三《からきじゅんぞう》氏が「道元が山や川や谷という比喩を出して語っている文章をいつもくり返し読んでいる」と語っていたのを想い出す。

『正法眼蔵』第二十九にも「山水経《さんすいきょう》」という章がある。その冒頭で道元は喝破している。

而今の山水は、古仏の道現成《どうげんじょう》なり。ともに法位に住して、究尽《ぐうじん》の功徳《くどく》を成《じょう》ぜり。空劫《くうこう》已《い》前《ぜん》の消息なるがゆへに、而今の活計《かっけ》なり。

（前掲書）

冒頭の「而今」（じこん〔にこん、しきん〕）は、道元独特の時間観を示した重要な単語であるから、後にまわして、まずは中村宗一氏の訳を紹介しよう。

今ここにみられる山水は、諸仏の悟った境地、その言葉を現わしている。山は山になりきっており、水は水になりきっていて、そのほかのなにものでもない。

それはあらゆる時を超えた山水であるから、今ここに実現している。あらゆる時を超えた自己であるから、自己であることを解脱《げだつ》している。

（中村宗一『全訳正法眼蔵 巻二』誠信書房）

つまり、山水は仏の現成であり経典である。まさに蘇東坡の悟境を現わしている。

中村氏の『正法眼蔵用語辞典』（誠信書房）によれば、「而今」とは次のように説明されている。

（1）いま、現在、いまにしての意。（2）諸法《しょほう》の実相《じっそう》を現成するとき、即ち自己が自己になりきり、仏眼《ぶつげん》を開いたとき一切皆空を体験する。このときは時という客観的存在から超脱して時空一如《じくういちによ》となるときである。

道元にとっても、あの渓声の客観的存在と、夜中の渓声の時空を超えた空の世界という二重性と統一、客観的実在を有というなら、空は時間と存在と合一化する超越的境地でなければならない。この絶対矛盾的自己同一は、日本では西田哲学以来、世界ではハイデッガーをはじめ、近代哲学でいう存在論の根源的問題であった。

前章、ベルクソンの考え方にふれたが、そこでは、物理的な時間の持続と、人間の内的時間という、二つの経歴の時間軸を仮定し、その何れも不確定なことから、むしろ時間の根源的な創造、すなわち存在の発生との融合を示唆している。そして、それを人類誕生以来の基本的世界構造として捕えられていた。

この時間の二重性は、道元禅においても鋭く意識され、その超越に、永遠のいま、すなわち「いま＝ここという存在」という、内的・外的時間の奇跡的発想の転換によって融合する点を指摘している。

いま、道元も、絶対的真理である「仏」について語るとき、蘇東坡の話から突っこんで「而今」にいたり、そして『正法眼蔵』第二十「有時《うじ》」の章で、さらに詳しく論じている。

だが、その原文は、あまりに長文であり難解でもあるので、中村氏の辞典から、「有時」の項目のみを要約して紹介しよう。

「有時」の「有とは存在の意、時は時間の意。道元禅師の有時の意は、存在と時間と一体のものという自覚の上からの語である」、「存在即時間のことである」。

その上で、有時の而今の道歌として「春は花、夏ほとゝぎす、秋は月、冬雪さえて冷《すず》しかりけり」を挙げている。

また、加藤周一氏は『日本文化における時間と空間』（岩波書店）の第三部〈今＝ここ〉の文化〉で「時空間の超越」を論じている。その源流に「而今」をよみとることもできよう。

道元の「而今」はこうして現代哲学にまで及ぶ根本的題目であるが、私が、道元の「有時」の紹介に紙数をついやしたのも、じつは、あの芭蕉の「古池や」の、一見、明晰さを欠いた句が、そのあいまいさの故に、以来日本の文芸の中心を捉えて放さない所以を少しでも明らかにし、かつそれが、宗教的究極の沈黙に至らずに、踏みとどまって、俳諧という文芸のなかで、言語の破壊すれすれの不条理のなかで、超越的「空」の世界を創造したことに、心から抱いた畏怖の念を明らかにしたいと思ったからである。

しかも、この言語を超えた超越性の追求は、ただ俳諧だけのものではない。あえて、恐れずにいえば、「神秘主義的宇宙」は、古代からの「象徴的芸術家」といわれる天才たちの営みによって引き継がれ、そして未来へと果敢な作品を残してくれるからである。

芭蕉が一市民となることを拒み、また、宗門の沈黙に身を投ずることもなく得られた、今日風にいうなら、科学的思考を超える、文芸作品による超越的実存体験の表現は、しかし、突然、彼独りの身に起こった奇跡ではない。

じつは人類文化発生の時期には、むしろ、このような宇宙的一体感が生きていたことはよく知られている。その起源は不明とはいえ、芭蕉が、俳諧人の道をえらんだとき、日本古代の祝詞、神話的歌謡にまで心を配っていたことは、以前にふれた。ついで、中国の古代神謡、呪言にまでさかのぼり、常に中国の『詩経』を根拠としながらも、日本独自の歌の道を切り開いていったことにも言及した。

『古今集』、『新古今集』の序文も、芭蕉はその俳論の根底で強く意識していた。また一方、芭蕉は古代インド、アジアの詩を吸収して、成熟した漢詩、仏教詩、わけても日本に流入した老荘《ろうそう》、李杜《りと》の詩文を禅林詩とともにいち早く深くとり入れた。仏教思想として、先に紹介した仏頂和尚との交流を深めたことと同時に、直接接した記録こそ見当たらないが、道元についてもその思想的核心、とくに時間論が芭蕉の四季感と共鳴しているのを無視することはできない。

私のいいたいのは、芭蕉は、いわば閉ざされた日本文化の詩歌の技巧を、技術的に洗練することだけではなく、いわば批判的意識をもって、常に詩歌、ひいては「ことば」の世界の窮極的構造を追究することに人生をかけた稀有の詩人であったということである。

芭蕉は窮極の詩を極めながらも、つねに日本往古の先人や、中国古代、アジアの詩歌への関心を怠らなかった。稀《まれ》にみる言語学者でもあった。

そして、いま、「蛙」の句を得て、日本の詩歌の根源に触れた彼は、さらに歩を進めるにあたって何を、そして誰を目標にしたのであろうか。

じつは、その答えは簡単である。芭蕉自身が其角《きかく》撰の『虚栗《みなしぐり》』（天和三年刊）の跋文《ばつぶん》で、自ら新しい俳諧への抱負を語っているからだ。十四章でも紹介したが、再掲しよう。

栗とよぶ一書、其味四《そのあじよつ》あり（味とは、詩味、風趣。

四つとは、李白、杜甫・寒山・西行・白楽天をさす〕。李杜《りと》が心《しん》-酒《しゆ》を嘗《なめ》て、寒山《かんざん》が法《ほう》-粥《しゆく》を啜《すす》る〔寒山の禅味をさぐりとる〕。これに仍而《よつて》其《その》句、見るに遥《はるか》にして聞《きく》に遠し〔幽遠で高邁である〕。

侘《わび》と風雅のその生《つね》にあらぬは〔閑寂の境地や風雅の精神が尋常でないのは〕、西行《さいぎよう》の山家《やまが》をたづねて〔西行の『山家集』に心をよせ、その風を慕って〕、人の拾はぬ蝕《むしくい》栗也〔世人一般の顧みない境地をいう〕。

恋の情《じよう》つくし得たり。

(略)

其ノ語震動虚実《しんどうきよじつ》をわかたず、宝の鼎《かなえ》に句を煉《ねつ》て、龍の泉に文字を冶《きた》ふ〔その語句・表現は多様に変化し、虚にして実、実にして虚と、虚実自在で、推敲を加える〕。

(『古典大系46』)

ここでは当時流行した漢詩調を受け入れ、寒山詩の禅味を認める。幽玄の気をまず認めているのは当然だが、さらに行を改めて、日本の歌人としては西行のみをとり上げ、その『山家集』に言及する。

加うるによく読むと、前半では中国詩を幽遠、高邁とその志を強調しているのに対して、さらに侘びと風雅を、別して、西行の『山家集』を手本として紹介していることに注目しなければならない。

日本詩歌の典型である西行の特色は、まず何よりも「恋の情つくし得たり」とし、例として宮女たちの空閨《くうけい》を嘆き、下々の者たちの間では嫁姑《よめしゆうとめ》の争いをあげ、おわりには、「寺の児《ちご》、歌舞《かぶ》の若衆《わかしゆ》の情《なさけ》をも捨《すて》ず」と男色の恋情さえもつけ加えている。日本詩歌の特色は性愛にあると言い切っている。

これが「初心を救ふたよりならんとす」というのである。

当時、西行が恋のため武士をすてた雅《みやび》の若武者にして、恋の歌人であるという説話が、よく知られていただけではない。ここで注目すべきは、閑寂、風雅、恋情を、漢詩集の詩志に対する和風独特の情趣の世界として、芭蕉がはっきり区別していることである。

そこには、唐様《からよう》、和様の詩歌における心情の違いが区別され、かつ、それを融合して新風をひらこうとする気配が、はっきりと見られるからである。

芭蕉が中国の禅や漢詩文に傾倒したことは、すでにくわしくみてきたが、しかし、芭蕉の俳諧の根底には、日本古代の『万葉集』からの歌謡の核として恋情の世界は、消えることがなかった。むしろ西行の『山家集』を中心に、それをあらためて復活させようという芭蕉の心情も、軽視してはなるまい。

さて、今は、芭蕉が「蕉風」と呼ばれる確固たる俳諧のみちを新たに開こうとする、その範をとり上げているのだが、彼がさらに真っ向から「詩学」を述べている貴重な記録がある。

すなわち、『笈の小文』である。

旅に出たのは貞享四年（一六八七）、四十四歳のことで、『笈の小文』が成立したのは元禄四年（一六九一）の前半頃とされる。その間に芭蕉は『おくのほそ道』の旅をし、新しい工夫をかさね、「不易流行」を考えた。この文の冒頭には『幻住庵記』と重なる部分もある。いわば旅を経て、いくつもの俳諧を生み出しながら、心身ともに詩歌と一体化した思索の結果といえる紀行文である。ある意味では、ここに芭蕉の詩想の核心が凝集している。

芭蕉が蕉風を確立するにさいして、和歌、李杜、漢詩文などの様々な様式をへめぐった詩学の展開を、さらに具体的にたどってみたい。

さらにいま、「虚栗跋」の短文によって彼が傾倒した日本の歌人が西行であることをたしかめた。

そして今紹介しようとしているのも、『笈の小文』のなかの中核をなす人物という一点だけであり、きわめて濃密な文中からそれだけ抜き出すのは忍びないが、とにかく、ここにその一部を紹介しよう。

西行《さいぎよう》の和歌における、宗祇《そうぎ》の連歌《れんが》における、雪《せっ》舟《しゅう》の絵における、利休《りきゅう》が茶における、其貫道《そのかんどう》する物は一《いつ》なり。しかも風雅におけるもの、造化《ぞうか》に随ひて四時《しいじ》を友とす。見る処、花にあらずといふ事なし、思ふ所、月にあらずといふ事なし。像《かたち》、花にあらざる時ハ、夷狄《いてき》にひとし。心《こころ》、花にあらざる時は、鳥《ちょう》獣《じゅう》に類《るい》ス。夷狄《いてき》を出《いで》、鳥獣を離れて、造化に随ひ造化にかへれとなり。（略）

先に私は、芭蕉が「古池や」の句で、詩歌の表現の極点をきわめたことをさぐってみた。

それが、道元禅の説くところときわめて近いことを見た。

しかし、こうした時空を超えた超越体験は、そのまま持続するものではない。なぜなら、それは時間系でいえば、一瞬の経過をも許すものではなく、また、「いま」というものは、即、「ただ今の時刻」という厳密にいえば、「いま」と「ここ」とは融合し、かつ、それは出現すると同時に「虚空」と化し、天地乾坤《けんこん》に無限大に成立するはずのものである。その矛盾を越えるのに、芭蕉は何を誰を規範として学んだのであろうか。

そしてその「渓声山色」の「有時」を生涯のなかで、どうして体得したのか。そこをもう少し考えたいのである。まず、そのキーパーソンは日本の歌人のなかの希有の天才、西行につきることを確かめた。では、日常現実から離脱し、かつ全存在を回復する途はどこにあるのか。芭蕉は、東西古今の詩人たちを、とくにわけても日本の伝統のなかに求め、旅と恋の歌人、西行に達した。

　西行について、まだふかく私は語らなかった。じつは西行があまりに偉大な巨人であったからである。西行という人物は、一般に恋情のため武士をすて、僧となり、僧ともなりきることを断念した、いわば矛盾し曖昧模糊《あいまいもこ》とした複雑な人物である。その和歌作品は華麗、閑寂にして、生と死のあわいに辛うじて魂を支えている。謎の人物に他ならない。

　かつて、私はこの謎を解こうとして、不肖の身を省みず、西行に親しみ、『西行から最澄へ――日本文化と仏教思想』『最澄と天台本覚思想――日本精神史序説』という小著を書いた。

　いまその西行が生き方としてえらんだ二つの途「隠遁」と「巡礼」、あるいは「聖《ひじり》」とよばれる放浪生活との矛盾と融合、西行のなかのなにを手がかりにして芭蕉が新たな出発をするか、次に、それを考えてみたい。

第二部　野ざらし紀行——物の見へたる光

二十章　吉野と西行

芭蕉が、その生涯を「貫道するものは一《いつ》なり」として、『笈《おい》の小文《こぶみ》』の中核に、西行、宗祇、雪舟、利休という芸道の先鋭的な巨人たちをあげ、「造化《ぞうか》にしたがひて四時《しいじ》を友とす」と言い切ったことには、すでに触れた。芭蕉は見事に、この俳諧というジャンルの技法をこえた日本の芸道の核心を体得していた。

それは人生というに近く、歴史とか社会を脱した世界だが、「心」というには単純すぎる。彼はそれを見事に「風雅の誠」と、やや説明的に語っているが、一口で言えば、真実、さらに真理とでもいう他はない。仏教語を用いれば「空《くう》」「無《む》」「悟り」などが浮かぶが、それを言ってしまえば、はや宗教の世界である。

『笈の小文』は元禄三年から四年（一六九〇〜九一）にかけて書かれたといわれる。刊行は宝永六年（一七〇九）頃である。『おくのほそ道』は元禄七年（一六九四）に素竜《そりゅう》が清書し、十五年（一七〇二）に刊行されているので、つまり『おくのほそ道』より成立は早く、刊行は遅い。

目崎徳衛《めざきとくえ》氏が『芭蕉のうちなる西行』（角川選書）で簡潔に記述しているところによれば、

　芭蕉は早くから中世の古典に親しんでいたが、西行への関心はそれらよりもいくらか遅れて、江戸で浪人生活をはじめた頃からということになろうか。（略）都合のよいことに西行の家集・伝説のたぐいは、この頃続々と出版されつつあった。（略）『山家《さんか》集《しゅう》』は文禄三年（一五九四）に板本《はんぽん》の「六家集」（俊成《しゅんぜい》・良経《よしつね》・慈円《じえん》・定家《ていか》・家隆《いえたか》それに西行）が出て世に流布しはじめ、『西行法師家集』（西行上人集）の方も延宝二年（一六七四）に上梓された。晩年の西行に学んでその言行を録した蓮阿《れんあ》の『西行上人談抄《だんしょう》』は、寛文九年（一六六九）に出、また西行伝説を伝播させる源となった『西行物語』と『撰集抄《せんじゅうしょう》』は、前者が正保三年（一六四六）の木板本、後者が寛永ごろの古活字本と慶安ごろの木板本が出てから、見やすくなった。芭蕉にとっては実によいタイミングで、役者はすべて出そろったのだ。

つまり、芭蕉と西行との出逢いは、突然歴史上の西行個人の作を捉えたのではなく、謡曲や連歌師の作品に描かれた中世の西行伝説への追慕を前提としていたことになる。

いいかえれば、そこでは、和歌のそれぞれの作品一首の技法に手本をみたわけではなく、むしろ、遊歴する詩人の生き方そのものに、まず深い魅力を覚えたのである。

古来、東西古今の吟遊詩人は、旅する人々であり、それは西欧の彷徨する詩人、いや、ギリシア、ローマの大詩人に至る、人類文化の流れの中核をなすものであった。詩歌には現実の政治や経済を超え、さらに個人の感傷をも超え、さらに土地ごとに甦る伝説神話の類《たぐい》に、古代的世界像の呪術的回帰の想いがうけつがれていたからであろう。

そこに「旅」というもの、人間の生き方の不思議さがある。また、詩歌と旅との根元的な世界があるのだが、それについてはまた後に、流動する時間と空間の関わり方についても考えてみよう。


話をもどすと、芭蕉が西行に傾倒した証しとなる句を、目崎氏の紹介するところにしたがってみてみよう。

まず、西行の代表作とされる歌を『新古今集』巻十「羇旅歌《きりよ》」（九八七）から挙げよう。

あづまの方《かた》にまかりけるに、よみ侍《はべり》ける
年たけて又こゆべしと思《おもい》きや
命なりけり佐夜《さや》の中山

岩波書店『新古今和歌集』（『新日本古典文学大系11』）の注によると、
年老いて、また越えると思っただろうか。これも命があってのこと、佐夜の中山を再び越えるのも。西行法師家集「東の方へ、あひ知りたる人のもとへまかりけるに、佐夜の中山見しことの昔に成りたりける思ひ出でられて」。○あづまの方　西行六十九歳の文治二年（一一八六）、東大寺大仏再建勧進《かんじん》の旅か。○命なりけり「春ごとに花の盛りはありなめどあひ見む事は命なりけり」（古今・春下・読人しらず）。「命の長くてぞ、あひ見るべきといふ心なり」（顕昭《けんしょう》・古今集注二）。
「命なりけり」。春夏秋冬ごとに年はめぐって果てしない。限りある人間の命は短いというか長いというか、いまこの一瞬の出逢いは一期一会のものであるという深い想いが「いのち」にこめられている。

この西行の和歌に和した芭蕉の句、

佐夜中山《さやのなかやま》にて
命なりわづかの笠の下《した》涼ミ

芭蕉は天和三年（一六八三）の『虚栗《みなしぐり》』の跋で、「西行の山家をたづねて、人の拾はぬ蝕栗《むしくいぐり》也」と宣言したが、「西行敬慕が大爆発を起こしたのは、貞享元年（一六八四）の『野ざらし紀行』の旅である」と、目崎徳衛氏は断定している。

その『野ざらし紀行』は、はじめは草稿のまま伝わったため、書名はいくつもある。たとえば『甲子吟行《かっしぎんこう》』などもよく用いられる。

貞享元年（一六八四）八月、四十一歳の芭蕉は、門人千里《ちり》を伴い、「野ざらしを心に」、つまり野垂れ死にを恐れず、江戸深川を出発。東海道を伊勢国まで直行し、故郷の伊賀国に着いたのは九月の初め、前年に亡くなっていた母の遺髪に慟哭《どうこく》。千里と別れ、ひとり大和《やまと》国吉野《よしの》の奥に西行の跡を訪ねた。

ひとり吉野の奥にたどりけるに、まことに山深く、白雲《はくうん》峰に重なり、烟雨《えんう》谷を埋《うづ》ンで、山賤《やまがつ》の家処々《ところどころ》に小さく、西に木を伐《き》る音東に響き、院々の鐘の声は心の底にこたふ。昔よりこの山に入りて世を忘れたる人の、多くは詩にのがれ、歌に隠る。いでや唐《もろ》土《こし》の廬山《ろざん》といはむも、またむべならずや。
ある坊に一夜を借りて、

砧《きぬた》打ちて我に聞かせよや坊が妻

ここで西行の跡を吉野に訪ねたことは重要である。吉野は古来の歌枕で、『古今集』の序にも、「春のあした、吉野山の桜は、人丸《ひとまろ》が心には雲かとのみなむおぼえける」とある。西行の『山家集』では、

紛《まご》ふ色に花咲きぬれば吉野山
春は晴れせぬ峰の白雲

とあり、吉野の花を「峰の白雲」と詠ずることは、和歌の定型となっている。さらには、

おもかげに花の姿を先立てて
いくへ越え来ぬ峰の白雲
（藤原俊成『新勅撰集』）

といった例もある。この歌は俊成の自讃歌に挙げられて名高いものである。

芭蕉の本文では、歌語としての「しらくも」を、音読して「はくうん」とし、つづく「烟雨《えんう》谷を埋ンで」と対句仕立てとし、同時に「巫山《ふざん》ノ雲雨」を想起させ、脱俗の仙境としての趣きをみせている。

「烟雨」は霧雨。劉禹錫《りゅううしやく》の「竹枝詞《ちくしし》」に「巫峡蒼蒼煙雨ノ中」、杜牧《とぼく》の「江南《こうなん》ノ春」に「多少ノ楼台《ろうだい》煙雨ノ中」と用例がある。

芭蕉が吉野を廬山に比している点よりいえば、これは蘇東坡《そとうば》の「廬山ハ烟雨浙江《せっこう》ハ潮」（『禅林句集』）よりきたものといえよう。

「西に木を伐る音東に響き」は、「西」と「東」で対をなして眺望の広さを詠ずる詩句のパターン。「木を伐る音」は、おそらくは杜甫の「張氏ガ隠居ニ題ス」（『杜律《とりつ》集解《しっかい》』）の「伐木丁々トシテ山サラニ幽ナリ（伐木丁丁山更幽）」を下敷きにしたものであろう。

「院々の鐘の声は」では、「木を伐る音」に対して「鐘の声」をあげている。「山賤の家処々に小さく」までの視覚的描写に対して、この二句は聴覚から幽寂の趣に迫ろうとしている。

この「音」による視覚から聴覚への感覚的変換は、ただ連続的な描写を打ち切り、時間的経過を示して、その現実性と幻視的な詩境との落差から、風景と人間主体とを一体化する芭蕉の特徴のひとつであり、例の「古池や」の句や『おくのほそ道』の「閑《しずか》さや岩にしみ入る蝉の声」など、宇宙的無限空間を演出するものと共通して重要な要素である。

「世を忘れたる人」として、吉野山を出世間《しゅっせけん》の脱俗境とする考え方は、古くは『懐風藻《かいふうそう》』にみえ、『古今集』では、次のようにみえる。

み吉野の山のあなたに宿もがな
　世の憂き時の隠れ家にせん　（詠み人知らず）

世に経れば憂きこそまされみ吉野の
　岩のかげ道踏みならしてむ　（同前）

さて、「いでや唐土の廬山といはむも、またむべならずや」の「廬山」は、単なる名山ではない。吉野の奥、西行の棲家として重要な重みを持っていることに注目したい。

尾形氏『野ざらし紀行評釈』の「語釈」と『大百科事典』（平凡社）の記述を元にその核心をしるそう。

廬山は、中国は江西省の北端、鄱陽湖《はようこ》と揚子江をつなぐ水路の西にそびえる山で、標高一四七四メートル。古い岩石が風化浸食され、谷深く、滝が多く、山上には奇岩秀峰が林立し、山麓の湖水とあいまって美しい景観を持つ。謡曲ではロサンと清音で発音する。周《しゅう》代の匡《きょう》氏の七兄弟がここに廬《いおり》を結んで隠棲し、定王《ていおう》が使者をやると、すでに登仙したあとで、あとには空廬が残されていたというのが名称の由来であるという。

古来中国の名勝として詩文・画図で知られているほか、慧遠《えおん》の白蓮社《びゃくれんしゃ》、十八高賢、虎渓三笑《こけいさんしょう》の故事、白楽天の草庵など、脱俗隠棲の地として名高い。虎渓三笑の逸話は謡曲『三笑』に脚色され、白楽天の草庵は『和漢朗詠集』にも収録された「蘭省《らんしょう》ノ花ノ時錦帳《きんちょう》ノ下《もと》、廬山ノ雨ノ夜草庵ノ中」の詩句で知られている。

なお、当時芭蕉の眼にふれたと思われる和刻本中にも、廬山を詠じた詩を収めたものも多く、芭蕉がこれらに思いをよせる機会も少なくなかったと思われる。

これらの漢詩文をみると、当時、いかに日本俳壇に漢詩が深く浸透していたかがわかるとともに、芭蕉が、いかにこれら漢詩文を熟読玩味してわがものとし、かつ、それを日本の詩歌の風土のなかで、翻訳ではなく、根元的な詩想として消化、再生、融合させようとしていたか、その教養、情熱に、いまさらのように驚かされるのである。

あわせてつけ加えれば、あの道元《どうげん》禅師が、『正法眼蔵』第二十五「渓声山色」に記した、蘇東坡の偈、

渓声《けいせい》は便《すなわ》ち是《こ》れ広長舌《こうちょうぜつ》たり
山色《さんしき》は豈《あに》清浄身《しょうじょうしん》に非《あら》ざるや

も、廬山の山中の夜のことであった。

むろん、道元禅師にとっても精神的超越にかかわる霊山ともいうべきものであった。

芭蕉の「(吉野は)唐土の廬山といはむも、またむべならずや」という話は深く広い。

一方、日本の詩歌の伝統においても「花の吉野」は、特殊な伝統のある場所であったことも忘れてはなるまい。

尾形氏は、「『懐風藻』の詩人たちは『文選《もんぜん》』高唐賦《こうとうふ》などの影響のもとに、吉野の山川に巫山巫峡《ふざんふきょう》的仙境のおもかげを思い描いた。(略)『江談抄』『十訓抄』『源平盛衰記』などに五節の舞の起源として、天武天皇が吉野に行幸した際、天女の天下った説話を伝え、(略)そのもとは吉野を仙境とする上代人のロマンチックな空想に発するものであろう」と指摘されている。

筆者が、吉野の霊性について、さらにくわしく分析紹介したものとしてつけ加えておきたいのは、古代中国の

『詩経』の研究家として知られる白川《しらかわ》静《しずか》氏の著書『初期万葉論』（中央公論社）である。

この著作は、全六章二百六十頁にわたって、今日までの万葉研究の成果を紹介分析したものだが、著者自身が「あとがき」で語るところによれば次のような構成になっている。

第一章では、人麻呂《ひとまろ》の位置を問うことを試み、第二章で巻頭の雄略天皇の歌に、伝承者の介在を想定し、第三章で、万葉前期の歌の本質が、なお呪歌的なものであることを、人麻呂の安騎野《あきの》冬猟歌によって実証しようと試みる。その歌は継体《けいたい》受霊の秘儀的実修であるとし、『東《ひんがし》の野に炎《かぎろい》の』一連の歌は、天皇霊の現前とその受霊という、荘厳にして絶対的な祭式的時間を歌うもので、叙景ではない」とする。

第四章には、人麻呂や赤人《あかひと》など前期に属する歌人の叙景歌の成立を論じて、「その吉野歌などはいずれも呪歌的儀礼的なものであって、自然詠ではない。これを自然の生命的実相にせまる叙景歌として鑑賞するのは、近代人の自然観を古代の文学に投影させた錯覚にすぎない」と論じる。

第五章では挽歌《ばんか》の成立とその系譜とを考え、挽歌は特定の人の死に対するものであり、そこに人格感情の結晶される契機をもつ。すなわち創作歌成立の契機を含み、短歌の律調がそこに成立する。その様式的完成者は人麻呂であるとする。

第六章は、人麻呂以後の万葉の軌跡を考える。「人麻呂の死後にもなお伝承歌の時代はつづく。伝承者は（略）柿本氏人のほか、その妻依羅《よさみ》の出自である依羅神の氏人たち、また（略）丹比《たじひ》の氏人たちであった。みな巡遊者としての集団性をもち、そのような集団が前期万葉歌の淵叢をなしている。（略）やがて士人社会に言志的文学が生まれるが、それは伝承歌の世界と全く異なるもので、ここにはじめて創作歌の時代を迎える。その士人精神の消長は、のちの文学の展開のしかたを規定する重要性をもつ」と氏は説く。

きわめて明晰な論旨であるが、ここでは『詩経』の発展として「言志的文学」から「創作歌」への進化は、逆説的にいえば、言志的精神、つまり個人の意識的人格を偏重し、そこにはやはり、近代人の個性を重視する考え方の反映がみられるような気がしてならない。近代詩の成立は、この呪性と個性の二律背反の間に開花し展開されたが、逆に現代詩は、個の意識への懐疑と反省に直面し、象徴詩はむしろ、古代の呪術性の回復をはかっている。

芭蕉の悩みも、その古代的呪歌と近代的なものとの融合と再統一にあったのではないかと思われないでもない、というのが筆者の感想である。

突然古代呪歌の近代性に筆が進んだようであるが、白川氏の前掲書、第四章に〈吉野讃歌〉という一節があり、万葉の抒景詩が分析されている。

まるまる一節を紹介できないので、要旨を紹介しておきたい。

万葉には、人麻呂、金村《かなむら》、赤人、旅人《たびと》、家持《やかもち》と、それぞれの時期を代表する歌人たちに、吉野の歌があるとして、まず人麻呂の歌をあげる。

吉野の宮に幸《みゆき》しし時、柿本朝臣人麿の作る歌
やすみしし　わご大君の　聞《きこ》し食《め》す　天の下に　国はしも　多《さわ》にあれども　山川の　清き河内と　み心を　吉野の国の　花散らふ　秋津《あきつ》の野辺に　宮柱《みやばしら》太敷《ふとし》きませば　百磯城《ももしき》の　大宮人は　船並《ふねな》めて　朝川渡り　舟競ひ　夕河渡る　この川の　絶ゆることなく　この山の　いや高知らす　水激《たぎ》つ　瀧の都は　見れど飽かぬかも　（巻一、三六）

反歌
見れど飽かぬ吉野の川の常滑《とこなめ》の
絶ゆることなくまた還《かえ》り見む　（同、三七）

もう一連の有名な長歌があるが（同、三八）、残念ながらこれははぶいて、反歌をあげよう。

山川も依《よ》りて仕《つか》ふる神ながら
たぎつ河内に　船出せすかも　（同、三九）

この作歌の時期については、『日本書紀』には持統三年（六八九）正月、八月、四年二月、五月、五年正月、四月の行幸記事があるが、いずれのときの作歌であるかは、はっきりしない。

持統天皇の吉野行幸は前後三十一回に及び、その頻繁な行幸の目的についても明確でないという。

白川氏は、「持統期のあの頻繁な行幸は、それまでの吉野の歴史のなかでは説明することのできない異常さをもっている」とし、その目的については山本健吉氏の見解を引く。

目的は禊《みそ》ぎの場所としての吉野であり、その禊ぎには、若やぐ霊力によって変若《おち》かへることができる

といふ信仰があつた。私は、万事にわたつて華美を好んだこの女帝に、変若かへりの欲求がことに切実だつたのだと思ってゐる。（略）

禊ぎの霊水は、変若水《おちみず》であり、若がへりあるいはよみがへりをもたらすものであつた。

（山本健吉『柿本人麻呂』新潮社）

白川氏は、これについて、古代の中国において招魂《しょうこん》続魄《ぞくはく》とよばれる魂振り的儀礼があり、山本氏のいう禊ぎもそのような意味をもつものであろうとし、吉野はその儀礼の場所としてえらばれているとの説を展開する。さらに、氏は次のように続ける。

吉野讃歌の主題は「見れど飽かぬ」ということばで（略）万葉のうちに約五十例近くを数える。（略）「見れど飽かぬ」は、その状態が永遠に持続することをねがう呪語であり、その永遠性をたたえることによって、その歌は魂振り的に機能するのである。

（略）

山川自然の姿、空ゆく雲、沖に漕ぐ船すらもみな、そのうちにゆたかな生命力をもつものとして観ぜられる。そしてそれをみることによって、その生命力は自己のうちのものとなり、魂振り的に機能するとされるのである。（略）

吉野は聖地であったが、奈良奠都《てんと》による唐風の礼式、仏教文化の興隆と火葬、氏族的秩序の崩壊などによって、（略）呪歌の伝統も失われ、（略）文事の上では、遊部《あそびべ》系統の伝承が無力となり、長屋王《ながやおう》を中心とする漢詩壇が、宮廷の中心となり、万葉における呪語的用語が凋落したのもそのためであろう。

（白川・前掲書、第四章）

私が吉野についての古代的詩歌のあり方を白川氏の論によってふりかえったのは、いうまでもなく、この地に西行が庵を定め、芭蕉がその跡を慕って、まず旅の人生の初めに、この地をえらんだことで、吉野のもつ伝統的聖地としての基盤を、明確にしたいと考えたからである。

それとともに、まず西行や、そして芭蕉が、『古今集』『新古今集』のその源に、『詩経』について深く考えることがあったことは、すでにたびたび触れたが、この機会に潜在的な日本古代歌謡の流れを紹介しておこうと考えたからである。

さて、『野ざらし紀行』の「吉野二」の本文にかえってみると、最後の一行に「ある坊に一夜を借りて」として、さり気なく一句をあげて、小文をしめる。心憎い変転である。

　　砧《きぬた》打ちて我に聞かせよや坊が妻

「ある坊」には詳しい考証があるが、結論として『句選《くせん》年考《ねんこう》』に、「奥ならんには、町家を坊といへるとも思はれず。（略）吉野には、喜蔵院《きぞういん》・南陽院《なんよういん》などいへる妻帯の寺あり」とあるように、僧院の宿坊とする。

しかし、俳諧は、むしろ人間の身体性、日常性も解放している。それが「砧打ちて…」の一句である。

尾形氏の「語釈」を借りて、この「砧」の句の背景を紹介してみよう。

まず砧は、麻・葛などの布の繊維を打って柔らげる道具で、砧を打つのは女の手業である。

和歌では藤原《ふじわらの》（飛鳥井《あすかい》）雅経《まさつね》が、

　　み吉野の山の秋風さ夜ふけて
　　　ふるさと寒く衣打つなり　（『新古今集』）

の歌がひろく知られ、「吉野」と「衣打つ」とは、いわば寄合《よりあい》になっている。さらに尾形氏はつづける。

「一方、『衣打つ』は、李白《りはく》の『子夜呉歌』に、『長安一片ノ月、万戸衣ヲ擣《う》ツ声、秋風吹キ尽サズ、総《すべ》テコレ玉《ぎょく》関《かん》ノ情、イヅレノ日カ胡虜《こりょ》ヲ平《たいら》ゲ、良人ノ遠征ヲ罷《や》メン』（『唐詩訓解』二）とあり、『連珠合璧集《れんじゅがっぺきしゅう》』恋の部に、『衣打つとアラバ、（略）浅茅生《あさじう》の宿・起き明かす・声の恨むる・ふるさと・伏見の夢』などの寄合を挙げるように、不在の夫を思い、空閨《くうけい》の嘆きを槌音《つちおと》にこめる恋の情に伴って詠まれるのを本意とする」としている。

この一句は謡曲の『砧《きぬた》』に呼応している。

　　夜寒《よさむ》の寝覚めを思ひやり、高楼に登つて砧を擣《う》つ、志の末通りけるか、万里の外なる蘇武《そぶ》が旅寝に、故郷の砧聞えけり。妾《わらわ》も思ひや慰むと、とてもさびしきくれはどり、綾《あや》の衣《ころも》を砧に打ちて、心を慰まばやと思ひ候。（略）西より来たる秋の風の、吹き送れと、間遠《まどお》に衣打たうよ。

などを面影に、「坊が妻」を能のシテと見、自己をワキ僧に擬して、「ふるさと寒く衣打つなり」と詠まれてきた歌枕に対する痛切な懐旧思慕の情を寄せたのである。

芭蕉が耳にしたのは、現実の砧の音ではない。詩的幻想に他ならない。和歌的叙情に対する芭蕉の俳諧としての新しい立場がある。現実の「坊が妻」を能のシテと見、自己をワキ僧と観ずることは、日常性の立場を超脱した風狂の立場である。

ここで重要なのは、芭蕉が下敷にした雅経の歌で「衣うつなり」の「なり」は、聴覚を表わしている。

かくて、ここでも叙景の句は一転して「音」の世界に転位し、芭蕉を含めて一体化する空間が生じるのである。

先に挙げた杜甫「張氏が隠居ニ題ス」の『杜律集解』の注に「幽僻《ゆうへき》ノ地ニ往《ゆ》キテ、独《ひと》リ友生ヲ訪《おとな》フ」とあるが、芭蕉はこの吉野の奥にひとり、多くの古人、また言うまでもなく西行の吟魂を訪ねようとしたのである。「唐土の廬山」という把握は、「仙境吉野」、「花の吉野」の伝統に対して、漢詩文の詩境を日本の風土に探ろうとする芭蕉の風狂の新しい発見といえる。「吉野 二」の本文がこれにつづく。

西上人《さいしようにん》の草の庵《いおり》の跡は、奥の院より右の方二町ばかり分け入るほど、柴人《しばびと》の通ふ道のみわづかにありて、嶮《さが》しき谷を隔《へだ》てたる、いとたふとし、かのとくとくの清水《しみず》は昔に変はらずと見えて、今もとくとくと雫《しずく》落ちける。

露とくとく試みに浮世すすがばや

私が吉野の西行庵を初めて訪ねたのは、あの第二次大戦終戦直後の廃墟と化した大都市を逃れて、山野へとあてもなく、懐かしい日本の面影を求めての旅の途次であった。もう七十年近くも昔になるが、学生の私は、それこそ「野ざらし」同様、何の気構えもない頃であった。

吉野水分《みくまり》神社から、尾根づたいに南に約一・五キロほど進むと、杉の大木のなかに金峰《きんぷ》神社が現われる。延喜《えんぎ》式内大社に列せられ、金峰山地の地主神である。

ここから、大峰《おおみね》登りの道の分岐点を右へ二百メートルほどゆき、谷を三百メートルほど下ると、神社から十五分ほどで奥《おく》の千本《せんぼん》にいたり、西行庵につく。深山幽谷の趣が深い。ここに西行法師は俗事を避けて、建久年間(一一九〇~一一九九)に三年にわたって隠棲していたという。

その西行庵室の跡に、今も小堂がひっそりと木陰の空き地に残され、なかば朽《く》ちかけて往時のおもかげを伝えている。庵の東の谷間に「苔清水《こけしみず》」と呼ばれる名水がある。ここは今も草陰の苔を濡らしている。庵の中には、昭和末期の製作になる西行の木像が安置されていた。

尾形仂氏の前掲書によると『和州《わしゆう》旧跡《きゆうせき》幽考《ゆうこう》』（延宝九年）吉野郡・苔清水の条に「西行上人の庵室の跡とて、草室にかの遺像をすゑたり」とあり、『山家集』所収の「浅くともよしやまた汲む人もあらじわれにこと足る山の井の水」、また同じく西行の「とくとくと落つる岩間の苔清水汲み干すほどもなき住居かな」などがあるが、いずれも伝誦歌で西行作という確証はないとする。

また芭蕉は『笈の小文』の旅のさいにも、苔清水を詠んで二句を残している（前者は本文には未収）。

凍解《いてと》けて筆に汲み干す清水かな
春雨の木下《こした》につたふ清水かな

吉野の山の紹介に筆をついやしたが、貞享元年（一六八四）六月、芭蕉があれほど愛着していた芭蕉庵での住まいをふりすて、秋八月、路粮《みちかて》も包まず決死の覚悟で出発した『野ざらし紀行』の旅が、何よりもまず、吉野の西行庵を目指したことを忘れてはならない。

二十一章 「野ざらし」の旅立ち

前章で、芭蕉の最初の紀行文である『野ざらし紀行』の、もっとも重要な山場「吉野一」「吉野二」において、西行《さいぎよう》が、芭蕉の詩境の根底にあることを痛感した。この詩的新境地への出発の記録ともいうべき『野ざらし紀行』の冒頭の文章を、紹介する。

貞享元年（一六八四）八月、芭蕉は所用のためではなく、純粋に文学的目的のために、とくに和漢の詩の接点融合を確かめるかのように旅に出る。以来生涯を終えるまで十年の歳月のうち、通計四年九カ月を旅についやすことになる。

当時の俳壇は、すでに宗因《そういん》風から脱却をはかってはいたものの低迷していたといわれる。

芭蕉自身も、宗因風からも、模索期の天和調からも脱却して、新しい境地を探っていた。宗因風の滑稽諧謔のための言語遊戯の技巧は払拭され、それを越えた境地への飛躍が求められていた。

今栄蔵氏の要領を得た年譜をかりると、貞享二年（一六八五）正月の書簡に、「江戸句帳等なま聞《ぎこ》えなる句」が多いとし、また「みなし栗なども沙汰のかぎりなる句共《ども》」が多いとまず自己批判し、「李《り》・杜《と》・定家《ていか》・西行等の御作等」を手本とすべしとした。そういう実作上の成果は、まず後に七部集の第一冊となる『冬の日』五歌仙と、人間探求的色彩の濃い紀行文『野ざらし紀行』に象徴的に結実する。

研究者たちは、そうした芭蕉自身の人生のあり方、俳諧修行の旅という課題のほかに、日本の各地で混乱し衰退しかかっていた俳壇の再構成という成果が得られたことも指摘している。今氏の指摘に従えば、

> 最初に訪れた伊勢山田では親交のある風瀑《ふうばく》のほか数名の知己を得てここに蕉門の種がまかれ、美濃大《おお》垣《がき》では年来の俳友木因《ぼくいん》のもとで滞在月余に及ぶ間に如行《じょこう》など強力な門人を得る。特に尾張は熱田《あつた》・鳴《なる》海《み》・名古屋の三地区に歓迎されて二箇月近く長逗留する間に、それぞれの地区の桐葉《とうよう》・知足《ちそく》・荷兮《かけい》各グループと風交を重ねて一挙多勢の門人に恵まれる。中でも荷兮グループと興行した『冬の日』は宗因風の行き詰り以来暗中模索状態にあった俳壇に画期的な新風を送りこむ結果となる。
>
> 明けて二年春には大津《おおつ》にあって尚白《しょうはく》一派の入門があり、やがて来たるべき湖南蕉門の基礎が築かれる。放浪の俳人路通《ろつう》の入門も大津滞在中のことである。江戸への帰路は尾張再訪後記録を欠くが、東海道経由で三島辺《みしまあたり》から甲州へ入ったか。以後甲州街道経由で四月末江戸に着く。
>
> （『年譜大成』）

という充実した旅となった。

『野ざらし紀行』は最初の紀行文であり、後の『鹿島《かしま》紀行』『笈《おい》の小文《こぶみ》』『更科紀行《さらしなきこう》』などと同様、生前に刊行する計画はなく、はじめはすべて自筆巻子、または写本の形で伝えられている。

五回にわたる推敲が知られているが、二種類残る芭蕉自筆巻子には、挿画もあり、絵巻ともいうべき形となっているのは興味ぶかい。

なかでも最終稿と目されるのが、芭蕉自画自筆巻子『甲子吟行画巻《かっしぎんこう》』（御雲本）で、尾形仂氏の評釈本（『野ざらし紀行評釈』）の底本となっている。

二種類の芭蕉自筆巻子によれば、『野ざらし紀行』は他の紀行文の場合とは異なり、句の部分のほうが

字高が高く、地の文は句の詞書《ことばがき》のような形で書かれている。『おくのほそ道』のような句・文融合型に対していえば、句優位の紀行文ともいえようか。その詞書的な地の文にも繁簡があって、大垣の条前後を境に、前半は長く、後半は概して短い。句もまた、前半は漢詩文調の余響をとどめた字余りの悲愴調が目立ち、後半は多くやすらかな定型の枠内で駘《たい》蕩《とう》たる風狂の気分をただよわせるに至っている。（略）

『野ざらし紀行』もまた、『おくのほそ道』と同じように、旅の事実や旅中の感懐のありのままの報告ではなく、それらを一定の構成意識のもとに取捨し改編した虚構の作品であるということである。

大垣の条前後を境に、前半と後半とが句・文ともに色調を異にしているのも、偶然の結果に出たものではない。（略）そうした前半と後半との意識的対比を通して、（略）この旅の実践を通し歌枕の中に発見した日本の和歌伝統の、和・漢二つの詩伝統とのかかわりの中から、俳諧独自の風狂の世界を拓《ひら》いてゆく過程を象徴しているのではないか。

（尾形仂氏『野ざらし紀行評釈』）

簡にして要を得た紹介であるが、私はさらに、これらの紀行文のなかに、一種の「散文詩」の誕生を感じる。

私が学生時代に専攻したフランス象徴主義詩人の巨匠、シャルル・ボードレールは、代表的詩集『悪の華』全一巻の他に『パリの憂鬱』（小散文詩）を刊行している。彼はその序文のなかで、

「アロイジユス・ベルトランのかの有名な『夜のガスパール』（散文詩）を（略）恐らくは二十遍目ぐらいに読みかえしている時でした、僕もまたこれに倣《なら》って何か一つやってみたいという考えが浮びました、ベルトランが驚くほど絵画的になしとげた昔の生活の描写方法を、現代生活一般の、というより僕一個の現代生活の、より抽象的な描写に応用してみようという考えが。

律動《リトム》もなく脚韻《リーム》もなくて充分に音楽的であり、魂の抒情的な運動にも、空想の波動にも、意識の飛躍にも適するような、柔軟にして突兀《とつこつ》たる詩的散文の奇蹟を、僕たちのうちの一人として、青春の野望に充ちた日々に於て、夢みなかった者があるでしょうか」（傍点栗田、『ボードレール全集』第一巻 福永武彦《ふくながたけひこ》編集 人文書院）

とした上で、五十篇に及ぶ、この散文詩集を刊行しているのである。

彼は「僕一個の現代生活の、より抽象的な描写」として詩篇のなかに自己の生の生活《なま》のより深い存在感を表現しようと意図したのである。

また、アルチュール・ランボウも、れっきとした韻文詩集一巻があることはもちろんだが、さらに散文詩集『地獄の季節』と、『イリュミナシオン（飾画）』と題した濃密な散文詩篇を成している。この散文詩は学生時代以来、いつも私の心の主低音律として響いていたと思われる。

そして、つづいてシュルレアリスムのバイブルとまで言われた、ロートレアモン伯爵の散文詩篇『マルドロールの歌』は、狂気の詩人としてフランス詩壇でも遠ざけられていたが、第一の歌から第六の歌までの全訳を、私が七年がかりで日本で初めて果たした、私にとって生涯の因縁のある大散文詩集である。この詩篇は、今日、フランスでも画期的な古典として、ランボウと読者を競っている。

要するにフランス象徴派の詩人たちが、定型詩の限界を感じはじめた十九世紀の終わりから、散文詩篇は様々な可能性を秘めて大きく発展することになる。

散文が韻文としてのリズム感をもって、深い世界を構成するようになったのは、むしろ当然だといわなければならない。

一方、日本でも元禄時代は、連歌や連句、俳諧はそれとして、西鶴《さいかく》などの散文、戯作《げさく》が花開いた時代でもあった。

芭蕉が、単なる叙景、叙情の表出を超えて、俳諧を創出しようとしたことは、当然のことといえる。

それを見事になしとげて、不朽の名作として今日でも愛読されてやまない、散文詩『おくのほそ道』を書き上げたのが、天才芭蕉であった。

『野ざらし紀行』は、そうした散文詩篇の最初の試みとして読むとき、その奥行きの深さと斬新さが、伝わってくるのである。

わが国においては、定型詩と散文という形式ばかりではなく、漢詩文の伝統「志」と、日本の古今の和歌の伝統である「情」の二重性の融合という特色があり、芭蕉独特の句の「匂いつけ」「おもかげ」といった「云い方」が生まれる。直接表現されていない「誠」への途の模索も、次第に和漢の詩歌の伝統のかかわりから発展してくる。定型の枠を破って、さらに宇宙の真相にまで達しようとする志の向かうところは、和・漢という異質性をこえて、微妙に韻文・短歌・長歌・俳諧それ自体の定型の枠をこえようとする試みが生まれたのである。

日本伝統の詩歌には、俗謡に発する生理的韻律があり、また一方、漢詩文の韻律を自由自在に操り、さらに複雑な韻律を駆使するまでになった。

この和漢風俗が、ないあわされて日本の詩歌となってゆく流れのなかで、それを一体化し内在的韻律として生かす作業が紀行文、すなわち俳文となった。そのためには単に机上の観念的修辞の操作では足りなかった。その壁を壊すには、観念や情緒にたよるのではなく、もっと直接的に、肉体的、生理的次元にまで言語を溶解し、それを中国数千年来の「志」と結合する作業が必要となった。

詩における肉体性、生理的感動の表現が、言語だけでは不十分だとすると何があるだろうか。そこで、「旅」という一種の人間による自己再生が姿を現わすのである。旅には空間の移動と時間の経過が否応なく求められる。そこに不確定な未知の世界や創り出されてゆく生理的感動を、時空を超えて創成することになる。

その時、私たちは、詩の韻律を指で数えることではなく、おのずから発する肉体の韻律に耳を傾けなければならない。そして、果てしなく流れる時間を常に内面化するためには、動く空間が必要となる。この特殊な詩の構造として、早くから日本人は「歌枕」という見事な表象を定めた。旅の実践を通し、歌枕の中に発見した日本の和歌伝統の詩歌の生きた原点を捉えることができるからである。「歌枕」については、後でもっとくわしく考えたい。

芭蕉の紀行文は、そうした日本文学の新風開発の過程を確認する意味をもっていた。

それを見事に達成したのが、『おくのほそ道』となる。それはまず、時間と生死の確認から始まっている。冒頭の「月日《つきひ》は百代《はくたい》の過客《かかく》にして、行《ゆき》かふ年も又旅人《たびびと》也《なり》。舟の上に生涯をうかべ馬の口とらえて老《おい》をむかふる物は、日々《ひび》旅にして、旅を栖《すみか》とす。古人も多く旅に死せるあり」。

ここでは意識も空間も、「旅」という行為のうちで一体化して生きている。今は、芭蕉の第一歩『野ざらし紀行』から始めよう。

この俳文の「野ざらし」も、じつは旅と人生の生死をつらぬく一語で、並々ならぬ新しい「詩歌」への出発を宣言しているのである。

まず、紀行の冒頭を、よんでみよう。

千里に旅立ちて、路粮《みちかて》を包まず、三更《さんこう》月下無何《むか》に入る、と言ひけむ昔の人の杖《つえ》にすがりて、貞享《じょうきょう》甲子《きのえね》秋八月、江上《こうじょう》の破屋《はおく》を出づるほど、風の声そぞろ寒げなり。

野ざらしを心に風のしむ身かな

秋十年《ととせ》かへって江戸をさす故郷

関越ゆる日は雨降りて、山みな雲に隠れたり。

霧《きり》しぐれ富士を見ぬ日ぞおもしろき

「野ざらしを」の一句は、素直に読めば、心に何の用意もしないで、思いあまって出発した旅中に倒れるかも知れぬという、切迫した悲愴な覚悟を詠んでいる。

心をそのまま投げ出したようにみえる句だが、決して軽いものではなく、尾形氏の語釈によって略述すると、実はここでは『荘子』逍遥遊《しょうようゆう》篇が下敷きにされている。

さらに、この一句には、日本独特の歌人の生き方の典型として古代からつづく「出家」「遁世」「隠棲」「行脚」「旅」という、俗世を捨てた行動様式が、独特の和漢二重の構成として流れているのである。

さて、この淡々と書き出した文が、いかに伝統的和漢の詩歌を踏まえて、いわば一語一語が重層的に相互にひびきあって、果て知れぬ無限の拡がりを孕《はら》んでいるかということを、一例を示して述べていこう。

まず文頭の「千里に旅立ちて」のくだりだが、『荘子』逍遥遊篇に「莽蒼《もうそう》ニ適《ゆ》ク者ハ、三飡《さんそん》シテ反《かえ》ル。腹猶《なお》果然《こぜん》

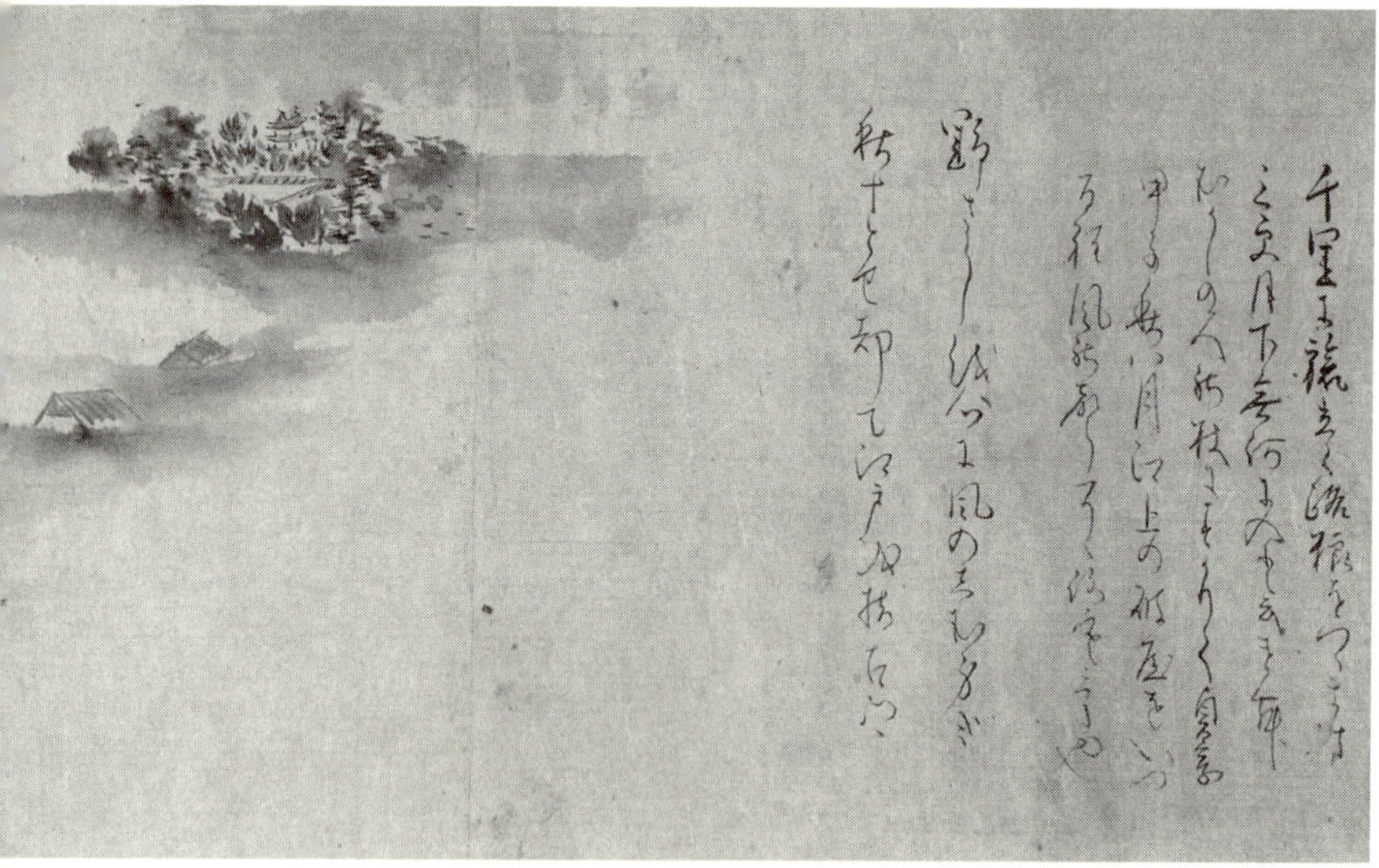

『甲子吟行画巻』(個人蔵)

タリ。百里ニ適ク者ハ、宿《よべ》ニ糧《かて》ヲ舂《うすづ》ク。千里ニ適ク者ハ、三月糧ヲ聚《あつ》ム」とあり、文意については、宋代の老荘学者である林希逸《りんきいつ》の注をかりれば「莽蒼トイフハ、一望ノ地ナリ、莽蒼然トシテ見エズ。我コレニ適《ゆ》カント欲スルトキニ、一往一来、三飯に過ギズシテ、腹ナホ果然タリ。果ハ実ナリ。食イマダコトゴトク消ゼズ。言フ心ハ、ソレ近キナリ。マサニ百里ノ往ヲナサントスルトキハ、スナハチ必ズ宿《よべ》ヲ隔テテ糧米ヲ臼擣《うすづ》イテ去ル。三飡《さんそん》シテ已《や》ムベキニアラズ。千里ノ行ヲナストキハ、スナハチスベカラク三月糧ヲ聚《あつ》ムベシ。コノ三句、人ノ行、遠キコトアリ近キコトアルトキハ、スナハチ食スルトコロモマタ、多アリ小アルコトヲ以テス。人ノ見、小大アルトキハ、スナハチ志趣スルトコロモマタ、遠近アルガゴトシ」とある。

尾形氏は、次のように解説する。

すなわち、原典においては、人の知見の大小をいうための譬喩《ひゆ》として用いられた「千里」の語を、芭蕉は文字通り旅程の意に転用し、そこにパロディとしてのおかしさを出したのである。江戸より約百二十五里（約五〇〇キロメートル）の東海道上下の旅を「千里」と称したのも一種の誇張ではあるが、『俚諺鈔《りげんしょう》』にも「千里ニ適ク」について「（京ヨリ）

千里に旅立て路粮をつゝます
三更月下無何に入と云けむ
むかしの人の杖にすかりて貞享
甲子秋八月江上の破屋をいつ
る程風の声そゝろ寒げ也
野さらしを心に風のしむ身哉
秋十とせ却て江戸を指古郷

西国や関東千里ノ遠キニ往クニハ、三月前ヨリ糧ヲ聚ムル」と俚言をもって注しており、このほうは前途の遠きをいう場合の、いわば常套的措辞であったといっていい。

尾形氏は『野ざらし紀行評釈』の「あとがき」で、「芭蕉の紀行文の特異な性格を明らかにするための具体的対象として『野ざらし紀行』を取り上げたことには、蕉風の展開の秘密を解くカギを探る意味もあった」とし、「一つひとつのことばが芭蕉の想定した特定の読者(＝連衆)に対してどういう意味を投げかけるものであったかを探るために、それらに刻まれた和漢の詩伝統を押さえることに徹底的にこだわった」と述べておられる。

ここは、しばらくこの先人に従って、『野ざらし紀行』を読み進めてゆこうと思う。

「路粮《みちかて》を包まず」は、偃渓広聞《えんけいこうもん》和尚の偈頌《げじゅ》をふまえる。広聞の偈頌とは、「路粮ヲ齎《つつ》マズ笑ヒテ復《また》歌フ、三更月下無何《むか》ニ入ル、太平誰カ整フ閑戈甲《かんかこう》、王庫初メヨリカクノゴトキノ刀ナシ」の七言絶句で、意は「天下よく治まる世には、旅をするに特別に糧食の用意をしなくとも、道々食を受けることができる」となる。つまり悟得の安らかな心境を、太平の世の旅路の安泰の象徴にたとえた。その心境を、路粮の用意をしないという現実の意に転用したところに、自嘲的な笑いがあると尾形氏はいう。

「三更」は、今の午前零時から午前二時までにあたる。「無何」は、『荘子』逍遥遊篇にいわゆる「無何有《むかう》之郷・広漠之野」をさし、林希逸の注に「言フ心ハ、造化自然至道ノ中ニ、オノヅカラ楽シムベキノ地アリ」と見え、何もあることなき、無為自然の理想郷を言ったもの。「無何ニ入ル(無限の広がりを持った無心の悟りの境地に入ること)」と詠んだことに、広聞の偈のミソがあり、その意味では「現世的なもののすべてを投げ捨てて出山する悲壮な場面」といった境地を、もう一つ突き抜けた安らかな境位を詠じたものと解さねばならない。

「杖にすがりて」の杖は広聞の偈をさす。

「貞享甲子秋八月」は、貞享元年仲秋八月で、芭蕉四十一歳。

「江上の破屋」は、水のほとりのあばらや。隅田川のほとりの第二次芭蕉庵をさす。「破屋」の語は、杜甫の「茅屋《ぼうおく》秋風ノタメニ破ラルル歌」の詩を収めた『古文前集《こぶんぜんしゅう》』の目録題に「秋風破屋歌」とあるところより得た(廣田二郎氏『芭蕉の藝術』有精堂出版)。つまり隅田川のほとりの芭蕉庵を浣花渓《かんかけい》のほとりの杜甫の浣花草堂になぞらえたもの。

「風の声」は、秋風の音。

『古文《こぶん》後集《ごしゅう》』所収、欧陽脩の「秋声ノ賦」に「聞クニ声ノ西南ヨリ来タレルモノアリ。悚然《しょうぜん》トシテコレヲ聴イテ曰ク、（略）ソレ秋ノ状タルヤ、ソノ色惨淡トシテ煙飛ビ雲斂《おさ》マル。ソノ容《かたち》清明ニシテ天高ク日晶《あきら》カナリ。ソノ気慄冽トシテ人ノ肌骨ニ砭《いしばり》ス。ソノ意蕭条《しょうじょう》トシテ山川寂寥タリ。故ニソノ声タル、凄凄切切トシテ呼号奮発ス」とあるのを面影にした。

「風の音」を「風の声」としただけで、これだけの風景が暗示されている。


つづく「野ざらしを」の句。

「身にしむ」は元来、俊成《しゅんぜい》の「夕されば野べの秋風身にしみて鶉《うずら》鳴くなり深草の里」（『千載集』秋上）などの歌が先例となって定着した季語で、自然と人生の寂寥感が骨身にしみる情感を本意とする。先に挙げた欧陽脩の「秋声の賦」に、「ソノ気慄冽トシテ人ノ肌骨ニ砭《いしばり》ス」と詠われた慄然たる感じも重なっている。

　野にさらされた遺骸に接することは、当時旅をする者にとって、めずらしい体験ではなかった。だが、この句の場合、老荘や禅語を耽読していた当時の芭蕉のペダンティックな雰囲気からすれば、「野ざらし」のイメージの中には、さらに『荘子』至楽《しらく》篇の「荘子楚ニ之《ゆ》キテ、空シキ髑髏髐然《きょうぜん》トシテ形アルヲ見、撽《う》ツニ馬ノ捶《むち》ヲ以テス」とか、あるいは一休禅師の『一休骸骨』にある「しばし仮寝の草枕、結ぶたよりもなきままに、あなたこなたを見まはせば、道よりはるかに引き入りて、山もと近く三昧原《さんまいはら》とおぼしくて、墓どもその数あまたある中に、ことのほかあはれなる骸骨、堂の後より立ち出でて曰く、世の中に秋風たちぬ花薄《はなすすき》招かば行かん野へも山へも」といった場面も重なっていたかもしれない。

　さらに「心に」が掛詞として上下にかかりながら、観念の世界から感覚の世界へと屈折をしており、「しむ身かな」が、その二つの世界の割れ目に立っている自分を、もう一人の自分の眼が見つめているのである。

　こうした屈折した把握のしかたは、つづく「秋十年《ととせ》かへって江戸をさす故郷」「霧しぐれ富士を見ぬ日ぞおもしろき」などの句とも共通している。

「秋十年」の句の語釈を、尾形註によって略述する。

「秋十年かへって江戸をさす」とは、『聯珠詩格《れんじゅしかく》』巻三に所収の賈島《かとう》の詩「桑乾《そうけん》ヲ渡ル」にある「客舎幷州《へいしゅう》已《すで》ニ十霜、帰心日夜咸陽《かんよう》ヲ憶《おも》フ、如今《いま》又桑乾ノ水ヲ渡ッテ、却テ幷州ヲ指ス是レ故郷ト」による。

「桑乾」は蘆溝河《ろこうが》のこと。詩の大意は、幷州に客舎すること十年の間は、日夜故郷咸陽に望郷の思いを寄せ、幷州をば旅愁堪えがたき所と思ってきたが、今また桑乾河を渡ってさらに遠く西征する身となっては、并州がかえって故郷のごとく望まれるというのである。

『聯珠詩格』によってこの句を解した芭蕉は、并州を江戸に翻すことで、なつかしい江戸の俳友たちへの留別の思いをも託したものと見ていい。

たしかに江戸は芭蕉にとって、疎《うと》むべき土地ではなく、なつかしい俳友たちとともに、談林を乗り超え、漢詩文調による新しい俳風を樹立した記念すべき土地であった。

だが同時に、その内心を忖度《そんたく》すれば、故郷を捨てて俳諧師の群れに身を投じた江戸における日々は、一方からいえば、痛切な望郷の思いに彩られた日々でもあったにちがいない。はからずも江戸の暮らしが十年に及んだことをふり返っての感慨とともに、痛切な望郷の情を照れ隠しめいた表情にくるんで、表現したものと受けとるのが、より深切というものであろう。

つづく「関越ゆる日」の関とは箱根の関。箱根の関は、小田原城主がこれを預かって取締り峻厳をきわめ、上りの旅人は江戸名主《なぬし》よりの手形を必要とした。そのため箱根の関を越えることが、東海道を旅する上での第一の険を越えることを意味するものであった。

同時にまた箱根は古来の歌枕でもあり、白河の関における能因《のういん》・清輔《きよすけ》らの例にも知られるように、関路を越えるに際して吟懐を叙《の》べることは、風雅人としての心得でもあった。

そこで「霧しぐれ」の句。季語は「霧しぐれ」で秋。山に特有の、薄く濃くしぐれのごとく去来する霧を言ったものと思われる。

「富士を見ぬ日ぞおもしろき」というのは、『徒然草』一三七段に「花は盛りに、月はくまなきをのみ見るものかは。雨に向かひて月を恋ひ、たれこめて春のゆくへ知らぬも、なほあはれに情深し。咲きぬべきほどの梢《こずえ》、散り萎《しお》れたる庭などこそ、見どころ多けれ」云々と説いているのと同じく、不完全な、もしくは隠された姿の中に、完全なる形をまさぐり想像することの喜びをうたったのである。

この芭蕉自画自筆巻子に添えられた素堂《そどう》の序文中に、「富士を見ぬ日ぞおもしろきと詠じけるは、見るになほ風興まさるるものをや」と言っているのは、的《まと》を射た評といっていい。

一句としては、逆説的把握を誇示した観念臭が濃いが、そうしたたかぶった姿勢に、新しい俳諧の美学を模索しつつあった当時の特色がよく出ている。

「見ぬ」「富士」に「見るになほ」「まされる」「風興」を楽しもうとする把握態度は、やがて「言ひおほせて何かある」という、俳句技法の本質としての余情的表現の自覚へとつながってゆく。「見ぬ日」の「日」は、前文の「関越ゆる日」に照応するもの。すなわち毎日遠くに富士の姿を仰ぎつつ歩を進めてきた東海道の旅の日々の中の一日である。同時に、下文に対しては、その背後に、明け暮れ富士を眺め暮らしてきた芭蕉庵の日々の連想をも呼び起こしている。

との尾形氏の評釈は、微に入り細をうがってゆきとどいている。

二十二章　富士川の捨て子

野ざらしを心に風のしむ身かな

芭蕉の最初の紀行文『野ざらし紀行』の冒頭におかれたこの一句は、ただこの一章にとどまらず、この紀行全体をおおいつくし、さらに芭蕉の旅の象徴、あるいはその生涯の主調低音となって、拡がり染みとおっていると私は思う。

先に、この紀行文の頂点をなす「吉野」の章に、西行の面影が芭蕉の詩歌の原点となっていることをみたが、一方、中国思想の影響を深く身に受けたなかでは、『荘子』が決定的な基調をなしていることはよく知られている。

この後、色濃く出てくる老荘の思想は、深淵で広く、また生き方に及ぶ広大な思想の体系であるが、一般に老荘は捉えにくいように思われるので、その中核だけを『岩波仏教辞典』によって触れておこう。

老子という人物は、紀元前一世紀、漢の司馬遷が著わした『史記』の列伝のなかの「老子伝」にみえる。姓は李、名は耳《じ》、字は聃《たん》、楚《そ》の苦《こ》県(今の河南省鹿邑《ろくゆう》県付近)の人。周の蔵書室の役人。「老子伝」には、孔子が老子のもとで礼を学んだこと、関所の長の尹喜《いんき》の求めにより五千余言の〈道徳〉の書を著わして去ったと記される。百六十歳あるいは二百歳の長寿を保ったといわれるが、今日に伝わる『老子』の著者と断定できる根拠もなく、架空の人物とする説もあるほどであるが、〈道〉の思想を説く道家《どうか》を代表する人物として、儒家の孔子と並び称されている。二世紀半ばからは神格化が進み、〈老君〉、〈太上老君〉とも称され、〈道〉を神格化した〈太上道君〉〈元始天尊〉とともに道教の最高神となった。

　次に荘子だが、同じく『史記』の「荘子伝」によれば、宋(?—前二八六)の国蒙《もう》(河南省商丘《しょうきゅう》市)の人で、姓は荘、名は周。かつて郷里の漆園《うるしばたけ》管理の小役人であったという。その学説を記録する「十余万言」の書が『荘子』である。根本的には老子の説に帰着し、おおむね寓言(他事にことよせ論ずること)が多い。

　『老子』『荘子』の両書に説かれている思想は、宇宙と人生の根源的な真理〈道《タオ》〉の自覚、および体得を究極の目的とするもので、これを総称して〈老荘思想〉と呼び、〈道〉をその思想の中核とするので、〈道家〉または〈道家思想〉とも呼ばれる。

『史記』の著者司馬遷の父司馬談《だん》によれば、道家の思想の本質は〈無為〉と〈無不為〉を重んじ、「虚無を本(体)とし、因循(随順)を用として」「万物の情《まこと》を究め、万物の主と為る」ことにあるという。

『老子』と『荘子』を一体化した〈老荘〉の語は、紀元前二世紀の『淮南子《えなんじ》』要略の「験《しるし》を老荘に考える」に初めて見え、その思想の盛行は三世紀、魏《ぎ》の時代であった。

　わが国では八世紀の半ば、奈良朝末期の『懐風藻《かいふうそう》』に越智広江《おちのひろえ》の「荘老は我が好む所」とあるのが最古の用例で、「老荘思想に最も深い理解と傾倒を示している知識人は、『老荘を魂にかけて風雅を肺肝の間に遊ばしむ』[悼松倉嵐蘭《まつくらんらんをいたむ》]と言った松尾芭蕉である」とまで、『岩波仏教辞典』に明記されている。

　次に、西行とのかかわりを考えるうえで、老荘思想と仏教との関係を考えなければならない。

　まず『岩波仏教辞典』の「老荘思想」の項によって紹介しておく。

　サンスクリット語bodhi(菩提《ぼだい》)の意訳語に老荘の〈道〉を、nirvāna(涅槃《ねはん》)の意訳語に老荘の

〈無為〉を、buddha（仏陀）に『荘子』斉物《せいぶつ》論の〈覚者《かくしゃ》〉もしくは〈大覚《だいかく》〉を、arhat（阿羅漢《あらかん》）に『荘子』大宗師《だいそうし》の〈真人《しんにん》〉を、śramaṇa（沙門《しゃもん》、桑門《そうもん》）に『荘子』天下の〈道人〉を、というように、仏典の漢訳に老荘の思想用語が多く用いられている（略）。

用語のみならず、経文の「無主《むしゅ》」を『荘子』の「人の生は気の聚《あつ》まりなり。聚まれば則ち生と為り、散ずれば則ち死と為る」（知北遊《ちほくゆう》篇）と解釈しているように、漢訳経典の解釈にも数えあげればきりがないほど老荘思想が用いられており、根底基盤に置かれていることがわかる。

一方、日本の古代思想には、一般的に天地万物に霊性を体感するということがあることはよく言われている。よくアニミズムとも比べられ、万物にそれぞれ霊的生命が宿っているとする古代世界の原始的宗教感覚と並べられる。それは一見そのとおりだが、すべてのものの、一個一個に固有の霊性が宿るという言い方には矛盾がある。すなわちその場合、霊性というものに普遍性がなくなるからである。

これをもって「悉皆仏性《しっかいぶっしょう》」を、たとえば天台本覚論の仏性論の解釈とすることは、妥当ではない。アニミズムは、それだけでは日本人の自然の流動的一体感となじまないからである。

そういう意味で『涅槃経』にある「一切衆生、悉有《しつう》仏性」の「一切衆生《いっさいしゅじょう》」は誤解されやすい。「衆生」という言葉は、梵語のsattvaの訳であり、『荘子』や儒教の『礼記《らいき》』などにみられるが、老荘や儒教の経典のなかでも「生きとし生けるもの」という意味で使われている。『礼記』（祭義《さいぎ》篇）には「衆生必ず死す、死して必ず土《ど》に還る」という用法もある。

つまり、「衆生」という場合、生命のある生物、あるいは意識を持った存在などに限られるのであって、当然「草木国土」と呼ばれる意識のない植物や、土石などの無機物は、「衆生」には含まれない。これらは「無常」「無識」なのである。仏教ばかりでなく、中国の古典のなかでも同じである。

ところが、この仏性の内容が、その後の中国仏教が展開する過程で大きく変えられることになる。つまり、意識を持たない草木国土もまた仏性を持ち、成仏の可能性を持つというふうに変わってくるのである。

この相違の重要性は、福永光司《ふくながみつじ》氏の『中国の哲学・宗教・芸術』（人文書院）に「一切衆生と草木土石―仏性論の中国的展開―」として詳論されている。じつは拙著として『最澄と天台本覚思想』という最澄に則した詳論が先にあり、また『西行から最澄へ』という日本文化論もあるのだが、そこでは、いまだ福永光司氏の論著にまで考察がゆきとどかず、とくに印度哲学・思想、中国哲学・思想に言及することがなかった。このたびは福永氏の論文集の一部を紹介して、その補完ともしたい。

『涅槃経』の「一切衆生、悉有仏性」が中国天台宗では「草木国土、悉皆成仏《しっかいじょうぶつ》」となり、これが最澄の天台本覚論の中核を成している。また、中国禅から学んだ道元《どうげん》禅師の『正法眼蔵《しょうぼうげんぞう》』「仏性」で展開される仏性論でもあり、「草木国土これ心なり。心なるが故に衆生なり。衆生なるが故に仏性有り」との句がよく知られている。

ここからは、先にあげた福永氏の著書から引用させていただくことにする。

つまり『涅槃経』のいわゆる「一切衆生、悉有仏性」というのは、仏性を持つのは意識を持った存在に限られるということであって、このことはインド仏教の本来的な考え方、正統的な教理といってよいと思います。（略）〔この〕思想が、中国仏教になると大きく変えられてくる、（略）つまり意識を持たない存在である草木土石もまた、意識を持つもの、つまり衆生と同じように仏性を持つ、もしくは成仏の可能性を持つという思想に変わってくるわけであります。（略）天台の「草木国土、悉皆成仏」がその変化を具体的に示しておりますし、わが国の道元の（略）主張もしくは考え方も、そのことを具体的に示すものと見てよいだろうと思います。

つまり、中国の伝統的な老荘思想は、中国の仏教によって大きな思想的転向をとげる。

中国仏教でこのような「一切衆生」から「草木土石」への思想的展開を文献資料として明確に示しているのは、八世紀の天台の教学を代表する仏教学者、荊渓湛然《けいけいたんねん》の『金錍《こんぺい》論』（略）ではなかろうかと思います。

湛然は唐《とう》代の人、中国天台の第六祖（または第九祖）であり、中興の祖とされる。七三〇年、左渓玄朗《さけいげんろう》に就き、二十年間天台教観を学び、唐代成立の華厳《けごん》教学、新伝来の法相唯識《ほっそうゆいしき》学を研究し、禅に対しても天台円教《えんぎょう》を鼓吹した。彼の著わした天台三大部の註釈は、現在まで天台学研究の必須の書となっている。

また、この荊渓湛然は、荘子の哲学に大変深い造詣を持っていた。その彼は絵画にも巧みであって、彼が最も好んで描いたのは胡蝶の図であったといわれております。この胡蝶というのは『荘子』（斉物論篇）の中にある「荘周、夢に胡蝶となる」というのを絵画化したものです。

芭蕉が好んだ「夢に胡蝶となる」と同じで、夢蝶図は日本にも古くから入っていた。江戸時代には池大《いけのたい》雅《が》や蕪村《ぶそん》も描いているし、他の文人画家も好んで画題にしている。

湛然は、晩年は天台山の国清《こくせい》寺に住んでいる。天台山は、中国浙江《せっこう》省東部にある千メートルぐらいの峰々が連なる天台山脈の主峰である。古くから佳景幽寂の地として、道士・隠士が住み仏寺も多かった。五七五年天台智顗《ちぎ》が入山して、中国天台宗の根本道場となった。最澄がここで受法した道邃《どうすい》も湛然の門下である。

また天台山は、同時に老荘・道教とも深いかかわりを持つ聖地でもあり、この「天台」という言葉自体が道教的な言葉である。道教の経典である『黄庭経《こうていきょう》』の原注にも見えていて、「天上の神仙世界の台閣」、つまり政府、役所を意味するという。

さて、湛然の『金錍論』だが、福永光司氏の前掲書を基に略述すると、「金錍」というのは、『涅槃経』の如来《にょらい》性品《しょうぼん》に見える言葉で、金属製のヘラを意味する。ヘラとは、盲人の眼の膜を刮《そ》いで治療を行なうのに使う。つまり、『金錍論』とは仏教の教理が見えない盲人を治療する、すなわち仏性の問題の解釈理解についての迷妄、誤謬を正す論文という意味で、その内容は、「余《われ》」と「野客《やかく》」、つまり湛然自身と田舎者の旅人が、夢の中で問答するという形式になっている。

その問答の内容は、『涅槃経』の迦葉菩薩品《かしょうぼさつぼん》の「衆生の仏性は、内にあらず、外にあらず。なお虚空の内にあらず、外にあらざるが如し。如《も》し其れ虚空にして内と外と有らば、虚空は名づけて一と為し常と為さず。亦《ま》た一切処に有りと言うを得ず。虚空は復《ま》た内に非ず、外に非ずと雖《いえど》も、而《しか》も諸《もろ》もろの衆生は悉《ことごと》く皆《み》な之を有す」などを踏まえています。ここで「虚空」という言葉が使われておりますが、中国の思想文献でこの言葉を最初に使っているのは『荘子』（徐無鬼《じょむき》篇）であり、（略）六朝の仏教学でいえば、「空」という概念にかなり近い内容のものですが、その「虚空」と関連づけて（略）仏性の問題を考えていく、そういった議論が（略）あるわけです。その議論を踏まえまして、荊渓湛然は「情なきもの、つまり無情の存在にも仏性があるのだ」ということを（略）論証しようとしている。

（略）

これが『涅槃経』の仏性論の主題ですが、荊渓湛然の『金錍論』は更に一歩を進めて「牆壁《しょうへき》瓦石《がせき》、無情の物」もまた仏性を持つのだと主張します。

この「瓦石」は、王陽明《おうようめい》の『伝習録《でんしゅうろく》』に見える「草木瓦石」と同じもの。

それからまた王陽明は、『涅槃経』の「虚空」という言葉は使わずに、これを『荘子』（知北遊篇）あたりから使い始められる、「太虚《たいきょ》」という言葉に置き換え、中国仏教学が「虚空」を分母に置いて草木土石の仏性を論証していくのと同じように、王陽明は「仏性」という言葉を「良知《りょうち》」という言葉に言い換えて、その良知が草木土石にもあるということを、「太虚」という言葉を分母に置いて論証している。（略）

唐代の中国仏教学のひとつの特徴でありますけれども、悟りの境地、もしくは虚空というものを明鏡で説明していく。それと同じことを王陽明は、やはり『伝習録』やその他の論著の中でくり返し言っており、「良知を致した」境地を「明鏡」で説明しているわけです。

さらに、

日本の陽明学者の中には、太虚と鏡と良知の学説を伊勢神宮を中心とする日本の神道学と密接に結びつけている者が多いという、（略）日本で平安末期、鎌倉・室町の頃から神道学とよばれているものの教理学は、その殆んどが中国の道教の教理学を取り入れたものであるといっても過言ではありません。（略）

荊渓湛然の『金錍論』の牆壁瓦石の無情の物（栗田注：無生物）も仏性を持っているという新しい解釈の仏性論もしくは成仏論は、伝統的な中国思想のなかの何処に求めることができるのか。

私（福永）はそれを『荘子』の哲学の「道は在《あ》らざるところなし」という思想に求める。（略）この思想は、『荘子』の万物斉同《ばんぶつせいどう》を説く「道」―宇宙と人生の根元的な真理―の哲学の中核を成すともいえるものであり、（略）この哲学を現在の『荘子』という書物の中で最もよく示しているのは、知北遊篇に載せる荘周《そうしゆう》と東郭子《とうかくし》という哲学者との問答であります。（略）あるとき東郭子が（略）質問した。「いわゆる道はいづくにかありや」。すると荘周は「道は螻蟻《ろうぎ》（けら虫）にあり」と答えた。（略）東郭子が「そんな下等なものの中に道があるのか」と反問すると、荘周は更に「道は稊稗《ていはい》の中に在り」と答えた。「稊稗」はひえ草、つまり（略）草木の中に道が存在すると答えた。（略）東郭子が、それはもっと程度が悪いではないかと詰《なじ》ると、ここで荘周は「道は瓦甓《がへき》にあり」―瓦の中にあるんだと答える（略）。そこで東郭子が（略）そんな下等なものの中に玄妙深遠な真理である「道」が存在するのか、とあざけると、最後に「道は屎尿《しにょう》―糞小便の中に在る」と答えたので、質問者は呆れ返っておし黙ってしまった、という話です。（略）

そこにインド仏教の「道」の在り方、つまり仏性についての考え方とは大きく異なる中国的な思想が明確に見られるといってよいと思います。

福永氏は、これは天台教学だけではなく、中国禅についても同じことがいえるのではないかと述べ、『碧巌録《へきがんろく》』や『無門関《むもんかん》』などの禅文献の中にも、「仏」や「仏性」に対する考え方が記されているが、そこにも大きく『荘子』の哲学がテコとして働いているのではないかと指摘している。その例として、次のような逸話をあげる。

唐代の洞山《とうざん》和尚――永平寺《えいへいじ》の道元とも関係のある曹洞の遠祖ともいうべき和尚――の問答が、『無門関』第十八則（『碧巌録』第十二）の中にあり、あるとき僧に「いかんがこれ仏《ぶつ》」と質問されると洞山は答えた。「仏とは、麻三斤《まさんぎん》」と。「麻」は、いうまでもなく植物であり、つまり仏は草木だと答えた。

また唐末五代の禅僧、雲門《うんもん》和尚が、やはり「仏とは何か」ときかれて答えた。「仏とは乾屎橛《かんしけつ》」、つまり乾いた糞掻《くそか》きベラであると。「乾屎橛」という言葉は『臨済録』にもあり、「屎《し》」は『荘子』の「道はあらざるところなし……屎尿の中にあり」の「屎」と同じで、このように中国禅には、荘子の万物斉同の「道」の哲学がテコとして働いていると福永氏は述べる。さらに、

そのほか、趙州《じょうしゅう》和尚の問答（『無門関』第三十七則）についても同じことが言えます。「いかんがこれ、祖師西来の意」。それに対して「庭前の柏樹《はくじゅ》子《し》」。庭先にあるヒノキ科の植物である柏樹子だという答えですね、こういった禅問答の中にも『荘子』の「万物斉同」の哲学、「道は在らざるところ

なし」という「道」の哲学がその基盤にテコとしての役割を果たしている、とみることができましょう。

つまり中国人は、仏教を道教として理解しているわけである。

さらに「一切衆生、悉有仏性」から「草木国土、悉皆成仏」へと深化する思想は、中国の文学や芸術の哲学にも、大きな深化を及ぼしている。

例えば、（略）道元も『正法眼蔵』（渓声山色篇《けいせいさんしょく》）の中で引用していますが、蘇東坡《そとうば》の「渓声は便ち是れ広長舌、山色は豈《あ》に清浄身に非ざらんや」（略）という詩句で代表されるように、文学というものが山水の自然を精神化して、渓声もしくは山色の「清浄身」すなわち仏性を考えるということになってきます。また黄山谷《こうさんこく》の「胸中もとおのずから丘壑《きゅうがく》あり。故に作《えが》く、老木の風霜に蟠《わだかま》るを」（「子瞻の枯木に題す」）の詩句も、山水の自然を精神化したものであります。（略）

絵画芸術の方で申しますと、六朝から唐の前半期までの芸術論では、気韻生動《きいんせいどう》ということが生物つまり人間や動物に関してだけ言われている。ところが唐の後半期から五代《ごだい》・北宋《ほくそう》の頃になると、気韻生動が山水画の物象、すなわち「草木土石」その他の自然物に関してもいわれるようになる。（略）気韻生動を十分に表現し得ている絵画作品が、山水画としてすぐれたものであるという評価や理論を生んでいくわけですが、そのことも（略）中国仏教における仏性論ないし成仏論の大きな展開変化と密接な関連を持っているように思います。

福永光司氏の『中国の哲学・宗教・芸術』から引用、または要旨を簡約して紹介させていただいたが、その本文の格調、厳密な論述を損なったことにお詫び申し上げねばならない。

最後のまとめとして福永氏は、荘子の思想哲学の中核をなす「荘子における〝真〟の哲学」を、六つの点で特徴づけることができるとされている。

第一は、「真」が「天」であり「道」であるということ。

第二は、この「真」が「自然」という概念と結びつくことである。「自然」という概念は、老荘の哲学では多くの場合、「無為自然」と四字の熟語にして用いられる。

第三には、「真」という言葉が「俗」という言葉とセットで用いられること。

俗なる生き方というのは、人生の第一義的な目的を金もうけにおく生き方。それに対して真なる生き方というのは、金もうけを否定はしないが、それより自分とは一体何であるかを問題にする生き方で、そういう人を真、あるいは真人と呼ぶ。

第四は「反真《はんしん》」――「真に反《かえ》る」である。

死というものを自己の生存の根源に見つめて、今という時間をどのように生きるかを考える。そういう生き方を「反真」という。この「反真」の「真」を荘子は「造《ぞう》化《か》」とも呼ぶ。したがって「真に反る」生き方は、荘子の哲学において造化に帰る生き方である。造化に帰るという荘子の哲学を文芸に関して最も重んじているのは、ほかでもない、芭蕉である。再び福永氏の著書から引こう。

　芭蕉は彼の四十四歳のとき『笈《おい》の小文《こぶみ》』という紀行文を書いていますが、その冒頭は『荘子』の言葉「百骸九竅《ひゃくがいきゅうきょう》」から始まって、末尾は同じく『荘子』に基づく「造化に随い造化に帰る」で結ばれています。彼はまた死の四年前、四十七歳の時に書いた『幻住庵の記』の中で「一度《ひとたび》は仏籬《ぶつり》祖室《そしつ》の扉《とぼそ》に入らんとした」と述懐しており、仏頂《ぶっちょう》和尚に師事して中国の禅教にすぐれた会得を持っていたといわれていますが、中国の禅教というのは、臨済であるにせよ、曹洞であるにせよ、『荘子』の「真」の哲学を基盤において展開しておりますから、この点においても芭蕉と『荘子』の密接な関連が実証されます。

（傍点栗田）

第五には、「真を全う」する人、すなわち真人。荘子の哲学で「真人」というのは、あくまで道の体得者、哲人を意味する。『臨済録』の中に再度にわたって見える「無位の真人」の「真人」がこれに近い。

最後の第六は、人間の本性を真であり、清浄とする考え方。

『荘子』の言葉、「真とは天より受くる所以なり、自然にして易《か》うべからず」や『老子』（第十五章）の「これを静めて徐《おもむ》ろに清《す》む」などにも指摘されますが、そのことをさらに言葉で明確に表現しているのは西暦前一三九年、漢の武帝《ぶてい》の時にその成立が確認される『淮南子《えなんじ》』という書物です。この中に「真人は性が道に合している」（精神《せいしん》篇）、「性は天より受くる所以である」（繆称《びゅうしょう》篇）、「清浄にして恬愉《てんゆ》なるは人の性なり」（人間《じんかん》篇）、「性を全うし真を保つ」

ます。

（覧冥篇《らんめい》）などといった言語表現が多く見えており

そして人間の本性が真であり、清浄であるといったこの考え方が西暦紀元前後にインド西域から中国に伝来してきた仏教の中に持ち込まれて、自性清浄―人間の本性は清らかでいろいろな穢《けが》れは後天的に出てくる―といった教義を展開させ確立します。

（略）唐代の中国禅教が六祖慧能《えのう》にせよ臨済義玄にせよ、いずれも「自性清浄」を説いているのがそれです。また漢訳『無量寿経《むりょうじゅきょう》』では、無量寿仏の「清浄にして真実なる義に随順する」ことが説かれ、「仏国土の清浄」が反復して説かれていますが、（略）中国仏教の諸宗派のうち、最も中国的な性格を顕著にもつといわれる浄土教と禅教とが、（略）共に「清浄真実」を強調しているのは、中国伝統の老荘の「道」の哲学との関連において特に注目されます。

そして、福永氏は、次のように結論づける。

わが日本国のこれまでの仏教学で、上述したような「無情の物」の「仏性」を明確な言葉で説いているのは、中国浙江《せっこう》に留学して曹洞禅を学び『正法眼蔵』の著者として有名な永平寺の道元であり、彼の言葉「草木国土これ心なり。心なるが故に衆生なり。衆生なるが故に仏性有り」（『正法眼蔵』仏性巻）が、インド仏教よりもむしろ中国仏教の教養的影響を強く受けたものであることはいうまでもない。この中国禅を若くして仏頂和尚《ぶっちょう》に学んだといわれ、『奥の細道』の紀行文で「山に入りて永平寺を礼す。道元禅師の御寺なり云々」と記している松尾芭蕉の俳句「道のべの木槿《むくげ》は馬に食はれけり」（『野ざらし紀行』）もまた、上述したような中国仏教における「無情の物」の仏性論の思想的流れを汲むと見てよいであろう。

福永氏は、同書の「書芸術小論三題」において、「不易と流行」を論ずるに蕉門の高弟去来《きょらい》の小文を紹介して、「もともと不易といい、流行という哲学的な概念は、中国の古典『易経』（乾卦文言伝《けんかぶんげんでん》）や『孟子《もうし》』（公孫丑篇《こうそんちゅう》）にその典拠を持つ」と分析紹介しておられるが、これは、また後に『おくのほそ道』を経た芭蕉の生涯の帰結を示すものとして考えてみたいと思う。

芭蕉が『荘子』を部分的にではなく、中国的、東洋的教養の基礎として、身を以て行じたことをふまえて、ふたたび『野ざらし紀行』の本文にもどろう。
先に読んだ「旅立ち、箱根越」に次ぐ第二章は、「富士川」である。

冨士川のほとりを行くに、三つばかりなる捨て子のあはれげに泣くあり。この川の早瀬にかけて、うき世の波をしのぐにたへず、露ばかりの命待つ間《ま》と捨て置きけむ。小萩《こはぎ》がもとの秋の風、こよひや散《ち》るらん、あすや萎《しお》れんと、袂《たもと》より喰物《くいもの》投《な》げて通《とお》るに、

猿を聞く人捨て子に秋の風いかに

いかにぞや、汝《なんじ》、父に悪《にく》まれたるか、母に疎《うと》まれたるか。父は汝を悪むにあらじ、母は汝を疎むにあらじ。ただこれ天にして、汝が性《せい》のつたなきを泣け。

一読して流麗な散文詩で、一見美しい景色が点描されて魅了されるが、ひとたびその文を嚙みしめてみると、慄然たる人間の宿命に、いまさらのように直面して、底知れぬ生の深淵をのぞむような気がする。
その第一は、やはり冒頭の「野ざらし」の句の、旅に倒れて放置された髑髏の凄惨、荒涼たる風景と、人間の死に対するはかなさとの対比にある。命の始まりの祝われるべき三歳の童子が、親の手によって生きながら死にさらされ、死が迫ってくる一方、なすすべなくあわれげに泣いている。せっかく生を受けた人間が、成人して髑髏となることさえかなわず、死につながる。その一瞬の間の時間を重ねあわせて想いをこらすと、明日をも知れぬわれらの生命をも含めて、鳥肌のたつ絶望におそわれる。しかも、これは生死を孕《はら》んで生きているわれらの「いまの姿」、宿命であり、荘子のように考えれば、いわば自然《じねん》の姿である。その幼年、老年を問わず貫くものは、流れて止まらぬ時間である。時間は目に見ることはできないが、われらはその内にある。
あの鴨長明《かものちょうめい》が『方丈記』の初めに、唱えた文章が直ちに連想される。その川は今日も、とうとうとして流れる、天下の激流富士川でも変わらない。

ゆく河の流れは絶えずして、しかも、もとの水にあらず。淀《よど》みに浮《うか》ぶうたかたは、かつ消えかつ結《すみ》びて、久しくとゞまりたる例《ためし》なし。世中《よのなか》にある人と栖《すみか》と、またかくのごとし。（略）朝《あした》に死に、夕《ゆうべ》に生る丶ならひ、たゞ水の泡《あわ》にぞ似（た）りける。不知《しらず》、生《うま》れ死（ぬ）る人、何方《いづかた》より来《き》たりて、何方

（『日本古典文學大系30 方丈記』）

へか去る。

それに中国の詩人杜甫の詩が加わって、風景が広がる。それが「猿を聞く人」で、揚子江上流の巫峡《ふきょう》という名だたる急流を下る旅人が両岸の断崖に啼く猿声を耳にして、一声に涙し、両声衣を沾《ぬ》らし、三声腸を絶つというのが、古来中国の旅愁の詩の一つのパターンであった。

ここで念頭に置かれた杜甫の詩は「猿ヲ聴キテ実ニ下ル三声ノ涙、使ヲ奉ジテ虚シク随フ八月ノ槎」（「秋興八首」其二――『杜律集解《とりつしつかい》』下。注に「言フココロハ、我カツテ聞ク、峡中猿啼クコト三声、客涙オノヅカラ堕ツト。今我ココニ在リテ猿ヲ聴キテ旅情惨切、三声ノ涙已ニ実ニ下ル」）である。

『野ざらし紀行』の旅の行なわれた貞享元年（一六八四）は、全国的な凶作の続いた後で捨て子の実例はけっして少なくなかった。しかし、その日常化している異常な体験をとおして、生死を孕んで流れる大河のなかに人間無情の宿命を見たのは、芭蕉の心象風景だけかも知れない。

ともあれ、ここには、「袂より喰物投げて通るに」とばかりあるのは、如何《いかん》ともしがたい人間の宿命を諦観しながらも、揚子江上流の両岸の断崖に啼く猿声に、腸を断つ思いをした中国の古今の詩人に「秋の風いかに」と問いかけ、ついに「汝が性のつたなきを泣け」と突き放し、あげくに、矛盾を矛盾として受けとめ、虚空のなかに己れの誠のあり方を嚙みしめる他はない芭蕉の心情は、やはり読む人の心を引き裂くものがある。

「父に悪まれたるか」以下は、『荘子』大宗師篇にある極貧の友の生死をめぐる問答を踏まえている。

曰く、「子輿《しよ》ト子桑《しそう》ト友タリ。霖雨《ながあめ》十日。子輿ガ曰ク、子桑ハ殆ンド病ミヌラン、ト言ヒテ、飯ヲ裹《つつ》ミテ往キテコレニ食ラハシメントス。子桑ガ門ニ至レバ、スナハチ歌フガゴトク、哭《こく》スルガゴトシ、琴ヲ鼓シテ曰ク、父カ、母カ、天カ、人カ。ソノ声ニ任《た》ヘザルコトアリテ、趨《にわか》ニソノ詩ヲ挙ス。子輿入リテ曰ク、子ガ詩ヲ歌フ、何ガ故ニカクノゴトクナル。曰ク、ワレ、カノ我ヲシテコノ極《きわみ》ニ至ラシムル者ヲ思フニ、シカモ得ズ。父母アニワガ貧ヲ欲センヤ。天私ニ覆《おお》フコトナク、地私ニ載《さい》スルコトナシ。天地アニ私ニワレヲ貧シウセンヤ。ソノコレヲスル者ヲ求ムルニ、シカモ得ズ。シカシテコノ極ニ至ルモノハ、命ナルカナ」（傍点栗田）

（訓は寛文三年板『荘子鬳斎口義《けんさいこうぎ》』）

最後の一節、「ただこれ天にして」は、『荘子』大宗師篇中の「天ノスルトコロヲ知リ、人ノスルトコロヲ知レル者ハ至レリ。天ノスルトコロヲ知ル者ハ、天ニシテ生ズ」「死生ハ命ナリ。ソレ夜旦ノ常ナルハ、天ナリ。人ノ得テ与《あずか》ラザルトコロアルハ、ミナ物ノ情ナリ」を踏まえている（尾形氏『野ざらし紀行評釈』）。

『野ざらし紀行』は、一篇の散文詩のうちに、連綿たる東洋思想を集約した『荘子』の「生死」「斉物」の思想を、ここまで深く秘めていたのである。

虚空には捨て子の泣き声が、ひとりひろがっていった。

二十三章　木槿《むくげ》の花

『野ざらし紀行』のなかで、「富士川」につづく、第三の節は「大井川・小夜《さよ》の中山」の件《くだ》りである。

大井川はもとより箱根の関越えについで、東海道一の難所とされていた。

「小夜の中山」が入っているのは、歌枕で知られ、古人を偲ぶ思い入れがあったからであろう。何よりも、小夜（佐夜）の中山には、あの西行《さいぎょう》の歌があった。

こうみると、芭蕉は足にまかせて東海道を旅しているようにみえるが、あらためて地図を見てみると、江戸を出発し、富士の裾野を越え、富士川を越えると、清水、静岡を通り、島田と金谷《かなや》の間で川幅八百間（約一四五〇メートル）の大井川を渡ることになる。

だが、富士川から大井川へと進む間、些細な旅情や風景の紹介は全くない。

つまり、この小文は、旅のつれづれの記録ではなく、歴史的な詩歌の積み重ねをふまえ、練りに練られた緻密な旅程をふんで、きわめて簡潔に書かれていることに、あらためて感嘆する。

古来、とくに江戸時代後期には『東海道中膝栗毛《ひざくりげ》』などでも、面白おかしく当時の俗世の旅の話題を提供しているこの川について、芭蕉は何の説明もしない。いきなり三つの句が、並べられている。

大井川越ゆる日は、終日《ひねもす》雨降りければ、

秋の日の雨江戸に指をらん大井川　　　千里《ちり》

馬上吟《ばじょうのぎん》

道のべの木槿《むくげ》は馬に食はれけり

廿日余りの月かすかに見えて、山の根際《ねぎわ》いと暗きに、馬上に鞭《むち》を垂れて、数里いまだ鶏鳴《けいめい》ならず、杜牧《とぼく》が早行《そうこう》の残夢《ざんむ》、小夜《さよ》の中山に至りてたちまち驚く。

馬に寝て残夢月遠し茶の煙《けぶり》

本文が簡単なだけに、その背景となる詩文は、じつに豊かな味わいがある。

すでに述べたが、旧東海道は島田より金谷の間で、川幅約一四五〇メートルの大井川を渡る。

大井川の名の初見は、『日本書紀』の仁徳天皇の条にあり、大井川の上流の山中、千頭《せんず》御料林より「其大十囲、本一以末両」という大木が押し流され、これを今も川狩沢附《かわがりさわづけ》と云い、上古の遺風を想うに足る。大木は造船するため、これを難波津《なにわづ》に運び、船を造らせたという。

大井川はまた、歌枕として著名でもあるが、それについて尾形仂氏は、こう述べている。

『類字名所《るいじめいしょ》和歌集』はこれを歌枕に載せていないが、その名は早く『更級日記』『十六夜《いざよい》日記』『海道《かいどう》記《き》』『東関《とうかん》紀行』等に見え、『歌林名所考《かりんめいしょこう》』『名所小《こ》鏡《かがみ》』には『十六夜日記』の「思ひ出づる都のことは大井川幾瀬《いくせ》の石の数も及ばじ」の歌を引いてこれを駿河《するが》の歌枕に挙げている。

（尾形氏『野ざらし紀行評釈』）

群雄割拠の昔から、攻守の要とされ、江戸幕府も架橋・渡船を許さず、水深二尺五寸（約〇・七六メートル）の常水の場合は、明け六つより暮れ六つの間、川札《かわふだ》を発行して輦台《れんだい》・肩車、もしくは馬により川越しをさせ、増水二尺（約〇・六メートル）に及ぶ時は川留《かわど》めとして川越しを禁止した。そのため、川留めとなると、東西の駅中、所せまくふさがったという。

その様子を、江戸後期の戯作者十返舎一九《じっぺんしゃいっく》が滑稽な実感をこめて描いた『東海道中膝栗毛』から少し趣向を変えて紹介しておこう。

いそぎ川ばたにいたり見るに、往来《おうらい》の貴賤《きせん》すき間もなく、此川のさきを争ひ越行《こえいく》中に、ふたりも直段《ねだん》とりきはめて、蓮台《れんだい》に打乗《のり》見れば、大井川の水さかまき、目もくらむばかり、今やいのちをも捨《すて》なんとおもふほどの恐しさ、たとゆるにものなく、まことや東海第一の大河、水勢《すいせい》はやく石流れて、わたるになやむ難所ながら、ほどなくうち越して蓮台をおりたつ嬉《うれ》しさいはんかたなし。

　蓮台にのりしはけつく地獄《じごく》にて
　　おりたところがほんの極楽《ごくらく》

斯《かく》うち興《きょう》じて金谷の宿《しゅく》にいたる。

（『日本古典文學大系62』）

また、万治二年（一六五九）、浅井了意《あさいりょうい》の仮名草子に『東海道名所記』という作品があり、楽阿弥《らくあみ》という僧が江戸見物で連れとなった若者と、名所・旧蹟をたずねつつ、東海道を京へ上るという筋だが、その中にも、

この先に大堰川《おおいがわ》あり。駿河と遠江《とおとうみ》の境なり。また、あの世この世の境をも見るほどの大河なり。南風には水まさり、西風には水落つる。明日香川《あすか》にはあらねど、大雨降れば淵瀬変はること、たびたびにて定まらず。あるいは東の山の岸を流れて、島田の駅を河中になすこともあり。あるいは西のかたに流れて、金谷の山際に沿ふこともあり。（略）近ごろは島田と金谷の馬方、川越しと一味して、浅き瀬を隠し深き所を通り、わざとふしまろびなんどして、腰につくほどの水にも廿疋三十疋の銭を取る。まして水の深き時は、その賃限りなし、水のある時分ならば、島田・金谷に宿を取り、川越しの値段をきはむべし。川ばたに行きかかりては、殊《こと》のほか賃高し。いはんや出家・町人・伊勢参りをば、なほも値段高く取るなり。

とあるように、なかなか、庶民のやりとりも真に迫って面白いようである。いささかの滑稽も覚えざるをえない。

さて、芭蕉の本文にもどる。

「大井川越ゆる日は」で、「渡る」ではなく「越ゆる」なのは、巡礼以外は自分で歩いて渡ることが禁ぜられていたからである。ここでは「越えるはずの日」の意。「終日《ひねもす》雨降りければ」では、「終日」と「降りければ」によって、雨に降りこめられて川留めに逢い、宿で暇をもてあましている気分がよく伝わってくる。先へ進みたいが進めない。そして想いは出発の日の江戸へもどる。

千里の句。

秋の日の雨江戸に指をらん大井川

千里が「秋の雨」と言わず、わざわざ「秋の日の雨」と字余りにしたのは、ことさら漢詩文的な破調を喜んだ天和《てんな》調の余響でもあり、秋のものさびしくあわれなことを強調している。

「江戸に指をらん」は、江戸にいる知友たちが、旅立ってからはや幾日と指折り数えながら、大井川あたりを思っているであろうという、知友の心を想いやったもの。自分の旅愁をかみしめて、裏返しの形で表現している。

一句の趣向としては、先にも挙げた『十六夜日記』の「思ひ出づる都のことは大井川幾瀬の石の数も及ばじ」の歌を下敷きにしている。「かへつて江戸をさす故郷」と詠じた芭蕉の旅立ちの句と共通した逆説的表現が、俳諧性のひとつとなっている。

次の句「馬上吟　道のべの木槿は馬に食はれけり」だが、初稿本の前書では「眼前」と題していたものを、後に芭蕉は「馬上吟」に改めた。「眼前」とは、眼前の景をそのままに描いた句の意。

「馬上吟」は、『古文前集《こぶんぜんしゅう》』に収められた「清夜吟《せいやのぎん》」「遊子吟《ゆうしのぎん》」などの詩題にならっている。「吟」とは、『文選《もんぜん》』には「吟ハナホ詠ノゴトシ」と注があり、また『詩人玉屑《しじんぎょくせつ》』には「悲、蛩螿《きょうしょう》（こおろぎとひぐらし。文章の音節が蛩螿の秋吟のように悲しいのをいう）ノゴトキヲ吟トイフ」（原、漢文）と註が施されているという。

芭蕉が「眼前」を「馬上吟」と改めたのは、次につづく句「馬に寝て」との映りを考慮に入れるとともに、「吟」の字に旅情の悲しみを託したものであろう。

句の季語は「木槿」で、『梅薫抄《ばいくんしょう》』『はなひ草』等に八月、『誹諧初学抄《はいかいしょがくしょう》』『毛吹草《けふきぐさ》』以下に七月に挙げられる。「槿花一日ノ栄」の槿花は、すなわちこの木槿の花のことで、朝に咲き夕べに凋落する。

『類船集《るいせんしゅう》』にも「垣—木槿」の寄合《よりあい》が挙げられるように、木槿は、多く人家の生垣に植えられた。

尾形氏の注釈を引こう。

道のべの、そうした珍しい光景に新鮮な驚きをもって接し、「けり」と詠嘆しているところに、旅情がそこはかとなくにじみ出ている。素堂《そどう》の序に「山路《やまじ》来ての菫《すみれ》、道ばたの木槿こそ、この吟行の秀逸なるべけれ」と言い、許六《きょりく》の『歴代滑稽伝』に「談林《だんりん》を見破りて初めて正風体を見届け、躬恒《みつね》・貫之《つらゆき》の本情を探りて、初めて〝道のべの木槿は馬に食はれたり〟と申されたり。天下こぞつて俳諧中興の開祖・正風の翁と称しはべる」と言っているのは、それぞれにこの句が貞門・談林のことばの戯れや天和期の佶屈《きっくつ》調をうち破って平明な観照を拓いた点を称したものと見ることができるだろう。『去来抄《きょらいしょう》』にもまたこの句を、即興即吟の句体の例に引いている。たしかに、蕉風展開の相に即して結果から考えた場合、この句が後の『猿蓑《さるみの》』期の素直な自然観照に直結すべき一面を持っていることは否定できない（傍点栗田）。

ところで、この句を自然観照の写実の句と読むか、寓意の句ととるか、井本農一氏はこの句の解し方には三種類あるとして、故志田《しだ》義秀《ぎしゅう》博士の説を紹介している。それによれば、

（一）は、白楽天《はくらくてん》の「槿花一日自為栄」を想起するもので、木槿は無情迅速の意を孕《はら》み、槿花一日の栄えのはかなさの意を寓するとするもの。

（二）は、わが国の諺《ことわざ》の「出る杭《くい》は打たれる」の諷戒の意を寓するというもの。

（三）は、前二説のような寓意を取らない説。明治以後になると大勢となり、ほとんどすべて、眼前嘱目の写生的句と解する。

一方、芭蕉の知友である素堂は『野ざらし紀行』の序文で「道ばたのむくげ」の句が、旅の後半の大津にいたる道で詠まれた「山路来て何やらゆかしすみれ草」と同様の性質の句であると認め、「山路来て」の句は、寓意ではなく、はからずも眼前嘱目の景に心がゆらいだという見方をしている。寓意を排した読み方である。

ところが、尾形氏によると、「山路来て何やらゆかしすみれ草」の句も、単なる叙景句ではなく、「日本武《やまとたけるの》尊《みこと》の白鳥陵に対する挨拶や、木下長嘯子《きのしたちょうしょうし》の風懐との交響の上に成り立っていた」とする。

同様にこの木槿の句も「漢詩文の世界を片足にふまえ、それを乗り越えようと試みつつあった貞享当時の吟として見る時、そこにはその平明な自然観照の背後に、何らかの趣向の存在が想定されなければならないだろう」として、いくつか例をあげている。

その一つが『聯珠詩格《れんじゅしかく》』所収の「野梅」と題する謝《しゃ》春卿《しゅんけい》の詩である。

疎籬ニ傍《そ》ハズ墻ニ近ヅカズ
官路ニ臨マズ塘ニ横タハラズ
前村開遍シテ人ノ知ルコト少シ
馬上タダ聞く暗香アルコトヲ

風にただよう木槿の匂いを、梅の清香に比した旅中馬上の観賞を表現したものと、尾形氏はこの句を解する。そして、さらに次のようにつづける。

一方、談林の野口在色《のぐちざいしき》は『誹諧解脱抄《げだつしょう》』にこの句を挙げ、「この槿の発句、自賛して人々に見せはべれど、人信用なしとて、予に問ひはべりき。これは、その身隠者《いんじゃ》なればおもしろし。〝世間の功名木《もく》鴈《がん》ト看ル〟との心なるべし、と申しければ、こよなう喜びはべりき」という逸話を伝えている。

「木鴈」とは、『荘子』山木《さんぼく》篇の故事により、有用なものも無用なものも、それぞれに取《と》り柄《え》があることのたとえにつかわれることが多い。

この句には、そうした人生の寓話的なひびきを伝える点がある。

筆者は、この句の背景には、やはり荘子哲学の匂いを感じる。

つまり、この思想の中核に「万物斉同《ばんぶつせいどう》」、つまり異なってみえるものも本質的には等しいものだという、一種の形而上学的虚空を感じる。

ここでは、あの「古池の句」ともつうじる、一瞬の禅機のひらめきが、この句を偉大なものとしているのである。それは、たんに直接的寓意というよりも、人生哲学の、荘子的雰囲気ともいうべきもので、平明な自然観照の至純なるものと矛盾するものではないと思うのである。芭蕉の目指した心境は、そこにあったと読むべきであろう。

さて話をもどすと、芭蕉の一行は何時《いつ》、大井川を越えたのであろうか。つまり馬上で吟じたのは、川越しの前か後かということだ。

それについては、何も語られていない。

ただ、芭蕉自筆の絵巻をあらためて眺めてみると、「秋の日の雨」の句の次に、続けて一段下げ「馬上吟」の句題を並べ、さらに段を改めて、上から「道のべ」の句を、次第に段をおとして四行に分かち書きをしている。

その下に藁葺きのやや大きな家を小さく描いて、左下に、大きく波立てうねる大井川を横長画面の中央に描き、その対岸の中ほどから、上へ向かって崖に挟まれた細い峠道を描き、さらにその先には、森林におおわれたはるかな丘陵が遠景に描かれている。小夜の中山であろうか。

　それと並んで、行方左方の宙空に、おぼろな円月がぼかし描《が》きされ、下には、「廿日余りの月かすかに見えて」以下の文が、「忽ちおどろく」まで五行に書かれ、余白をとって、月と並んで高く「馬に寝て」の句が「茶の」まで一行に書かれ、行をかえ左下に小さく「けぶり」と書かれている。じつに見事な構成で、情緒たっぷりであるが、この場面には、人の姿も馬の影も一切描かれていない。

　こと細かく紹介したのは、「馬上吟」の句が、川越しをする前か後か、句としてはすぐ「馬に寝て」の句で受けているが、その二句の間に「廿日余りの月かすかに見えて」の小文が挟まれているので明らかでない。まして、二句の間には、絵巻では滔々と渦を巻いて流れる大井川の流れが描かれているので迷うのである。

　やはり、ここは大井川は主題であるから、絵巻では中央大きく割って入って描かれたが、句のつながりから、「馬上吟」も川を越してからの句と考えるべきか。

「馬上吟」については、風にただよう木槿の香を馬の背に賞しながら、馬上に梅の暗香を聞いた謝春卿を気取ったとする尾形氏の解釈をあわせ考えると、やはり川越えをすまし、まだ未明の有明の月の下を馬で進んでいるという趣で文を進めているように思う。

　未明の薄闇のなかに、仄白く浮かぶ木槿の花と香りの取り合わせも優美であり、薄明の中でとつぜん馬が木槿の花を喰うというのも、深みが増してよい風景であろう。

　画面の川岸に人馬の姿がないのは、早暁という、時刻とも関係があるのかもしれない。

　二つの馬の句に挟まれた句文をくわしく読んでみよう。

「廿日余りの月」は、陰暦二十日過ぎの月。有明の月で、月の出が遅く、明け方まで西の空に淡くかかる。「杜牧が早行《そうこう》の残夢」は杜牧の「早行ノ詩」によっている。「早行」は朝早くの旅立ちのこと。「残夢」は、夜のなごりの夢うつつ。

鞭《むち》ヲ垂レテ馬ニ信《まか》セテ行ク
数里イマダ鶏鳴ナラズ
林下残夢ヲ帯ビタリ

葉飛ンデ時ニ忽《たちま》チ驚ク
霜凝リテ孤鶴《こかく》迥《はる》カニ
月暁ニシテ遠山横《よこた》ハル
僮僕《どうぼく》険ヲ辞スルヲ休《や》メヨ
何《いず》レノ時カ世路平《たいら》カナラン

尾形氏によると、この詩は石川丈山《いしかわじょうざん》編の『詩仙』に見られ、この中には、芭蕉が引用する陶潜《とうせん》の「雑詩」、杜甫の「登岳陽楼《がくようろうにのぼる》」などの詩も収められていた。また芭蕉の『冬の日』にも「日東の李白が坊（丈山）に月を見て」の付合《つけあい》が見られ、石川丈山は芭蕉たちにとっては近世隠士の範型と仰がれていたという。

馬に寝て残夢月遠し茶の煙

ここは、井本農一氏の簡潔な解説をかりよう。

朝早いので、なお眠気がさめきらず、馬上にうとうととしながら夜のなごりの夢を見つづけて行くうちに、ふと気づけば月は遠く山の端《は》にかかり、家々からは茶を煮る煙が立ち上がっている。

季語は「月」で、秋の句。

「画讃《がさん》巴丈亭《はじょうてい》　馬に寐て残夢月遠し茶の烟」（『笈《おい》日記《にっき》』）の前書が注目されるが、初案から定稿に至る過程が土芳《どほう》の『三冊子《さんぞうし》』などに示されていて興味深い。すなわち『三冊子』に「此句、古人の詞《ことば》を前書になして風情を照す也。初《はじめ》は、馬上眠からんとして残夢残月茶の煙、と有《ある》を、一たび、馬に寝て、と初五文字をしかへ、後又句に拍子有《あり》てよからずと て、月遠し茶の煙、と直されし也」とあり、また同じ土芳の『蕉翁句集草稿』に「是《これ》、笈日記の趣（題ノ誤記カ）也。紀行に出る句也。いさゝか前書違有。句はじめは、馬上落《おち》んとして残夢残月茶の烟と云《いえ》り。後《のち》、馬に寝てと、初少直りて、猶後《なおのち》、残夢月遠しと直りたる句也。残夢残月は句に拍子過《すぎ》たりと也」と注記してあり、また真蹟に「夜深に宿を出て明《あけ》んとせし程に、杜牧が馬鞍《ばあん》の吟をおもふ。馬上落ンとして残夢残月茶の烟」としたものがあるから、この句の推敲過程を表示すれば、

（初案）馬上落ンとして残夢残月茶の烟↓
（再案）馬上眠からんとして残夢残月茶の煙↓
（三案）馬に寐て残夢残月茶の煙↓
（定稿）馬に寐て残夢月遠し茶の煙

となる。

（鑑賞日本古典文学第28巻『芭蕉』井本農一編）

さらに、井本氏は次のようにつづける。

> いわば漢詩を本歌とした本歌取りの句であり、（略）初案の形では、明らかに漢詩調で、生硬不熟の感がある。しかるに再案、三案を経て定稿となるとしだいに熟してきて、必ずしも漢詩調を感ぜしめないほどである。（略）ことに俳諧化に重要な役割を果たしているのは末句の「茶の烟」であって、これによって句に具象性を与えている。（略）〔杜牧詩の〕「僮僕険ヲ辞スルヲ休メヨ、何レノ時カ世路平カナラン」と時世に対する慷慨を述べて結ぶのは漢詩的な結びである。これに対して「茶の烟」の庶民的、かつ具象的な語句で結ぶのが俳諧的というものであろう。（略）この「茶の烟」には、茶畑が連なり製茶の行われているこの地方の特殊性が、具象的、体験的、直覚的に詠みこまれているのであり、そこにも俳諧を見るべきである。

　漢詩においては、詩は「志」を述べるものであり、日本では「志」より「もののあわれ」を述べるという点を指摘しているのは共感できる。ただし、最近の研究では、この小夜の中山のあたりで、茶畑が始められるのは、明治維新以後であるから、この地方性の説は誤りである。

　しかし、ただ一句の俳句に杜牧の漢詩を換骨奪胎していながらも、それを日本的な風景にまで仕立てた芭蕉の努力の跡をたどると、芭蕉がいわゆる貞門・談林のことばの遊びや天和期の佶屈調を抜け出して、後の『猿蓑』期の自然観照の境地へと歩み出した点で、この句は、やはり高く評価されなければならない。

「小夜の中山」は、その一つの象徴であり、西行の歌との出逢いの名残ともいえよう。

「茶の煙」は、峠の茶屋の朝茶を淹《い》れる煙か、民家の朝の食事の煙かもしれない。あるいは芭蕉のフィクションかもしれない。

　尾形氏の紹介するところによれば「『茶煙』の語もまた、唐《とう》末・宋《そう》代の詩において、禅林の夜坐《やざ》の後の朝茶を煮る煙として、『睡』や『夢』といわば寄合のごとき関係で頻用されている」という。それを知った上で、唐末の詩とは違った具体的、生活性を「茶の煙」として発見している点からみれば、芭蕉のこの句は、記念碑的なものといえよう。

　さらに重要なのは、この旅の一つの目的ともいえる歌枕として有名な「小夜の中山」である。「小夜の中山に至りてたちまち驚く」という感動は、どこからきたものであろうか。

ここでも尾形氏の評釈によろう。

〔「小夜の中山」は〕歌枕。遠江国榛原《はいばら》郡と小笠《おがさ》郡との境をなす峠道。東海道の金谷と新坂の中間、菊川《きくがわ》より新田に至る険路で、山の西麓は往時佐夜郡に属した。『類字名所和歌集』に「古今恋 東路《あずまじ》のさやの中山なかなかに何しか人を思ひ初《そ》めけん 友則《とものり》」「後撰恋二 東路のさやの中山なかなかに逢ひ見て後ぞわびしかりけり 源宗于朝臣」以下四十三首を挙げるが、中でも『新古今集』旅の「年たけてまた越ゆべしと思ひきや命なりけりさよの中山 西行法師」の歌が名高い。

芭蕉が西行の歌に和していることは、諸氏の指摘からも明らかである。また『名所小鏡』には、小夜の中山の寄合、つまり前句と付句を関連づける慣用句として「鳥の音・袖枕・月・旅寝」などがあげられる。裏づけをみると、

古里を見果てぬ夢の悲しきは
　臥すほどもなきさよの中山　　参議雅経《さんぎまさつね》
　　（『続古今集』旅）

いかに寝て夢も結ばん草枕
　嵐吹く夜のさやの中山　　中務卿親王《なかつかさきょうしんのう》
　　（同右）

ながめつつ思へば悲し月だにも
　都に替はるさ夜の中山　　前大納言為家《さきのだいなごんためいえ》
　　（『続拾遺集』旅）

鳥の音を麓の里に聞き捨てて
　夜深く越ゆるさやの中山　　読人不知
　　（『新後撰集』夏）

旅寝するさよの中山明けたてば
　行くてにかかる岑《みね》の横雲　　藤原重貞《ふじわらのしげさだ》
　　（『続後拾遺集』旅）

光添ふ木の間の月におどろけば
　秋も半《なか》ばのさよの中山　　藤原家隆《いえたか》
　　（『新勅撰集』雑四）

など、杜牧の「早行」の詩情と相通じるものがあるのは驚くべきことである。

芭蕉は、『おくのほそ道』の白河《しらかわ》の関と同じく、小夜

の中山に、先人の詩的遺産の集積を見た。

この一章の杜牧の「早行」の詩境は、じつは小夜の中山の伝統的な詩情に通じるものであった。

ここに私は、日本の和歌における歌枕、句における季語の深い働きをあらためて痛感する。

小夜の中山は、芭蕉の歌枕を訪ねる旅の核心をなしている。

その意味でも、『野ざらし紀行』には、『おくのほそ道』の先駆的意図が、はっきりとうかがわれるのである。

そしてここでも、西行の存在が、芭蕉にとって運命の星のように輝いているのが見える。

芭蕉の句の前に、日本の詩歌の根元をなす「歌枕」について、改めてもう一度考えなければならない。

二十四章　歌枕・枕詞

『野ざらし紀行』の旅も、ようやく東海道の難所大井川を越え、「歌枕」として名高い「小夜《さよ》の中山《なかやま》」を越えた。そして、西行の名歌として名高い、

年たけてまた越ゆべしと思ひきや
命なりけりさよの中山

にも出逢った。

そこには、荘子の思想を根底として、杜牧などの漢詩をわがものとして、日本の詩歌の伝統である歌枕と渾然一体となった詩境が、刻々と深化し、見事に円熟されていった過程が読みとれる。和漢の詩脈を融合して、新しい蕉風誕生の刻《とき》が熟していった。

その中核をなすのは、ひとつは西行の歌境の消化吸収であり、また、「歌枕」の知識の上に立った、日本の古詩句の駆使による、限りない造化《ぞうか》との融合と、日本詩歌

の起源からの伝承をふまえた、日本人の詩心への浸透と拡がりであろう。

その意味でも、『野ざらし紀行』は、「歌枕」の旅といわれる『おくのほそ道』の先駆的紀行詩ということができる。

『野ざらし紀行』の俳文は、「小夜の中山」で一応の円熟をとげ、この後、旅は西行の跡をたどりつつ、伊勢、つまり日本人の宗教的情感のルーツへ迫り、次いで、芭蕉の故郷である伊賀から、これまた日本史のルーツともいえる大和へと向かう。

大和からは、西行の旧地である吉野へと詩境を拡げてゆくのであるが、「吉野（一）（二）」は、この紀行のもっとも重要な要目であるので、先に紹介した。こうして彼は己れのルーツをあらためて追体験することになる。

この後、『野ざらし紀行』は山城を経て近江《おうみ》路に入り、美濃へ向かう。

大垣で、俳友の木因《ぼくいん》の家の客となり、『野ざらし紀行』の旅の出立吟に対応し、止めを刺すように、

　死にもせぬ旅寝の果てよ秋の暮

を詠む。

その後、桑名、名護屋《なごや》、奈良、近江を経て江戸に戻ることになるが、尾形仂氏によれば、この紀行文全体が二部構成となっており、大垣の一節は、いわば第一部ともいうべきそれまでの紀行の流れに、終止符を打ったものと見ることができるという。

そこで、ここまでをふり返ってみると、私は芭蕉の句にひそむ、先人の詳細な註解に援けられて、言葉にならない大切な世界を感得することができた。

それは、とくに多くの「歌枕」、また「枕詞《まくらことば》」、そして季語《きご》を紹介してもらうことが多くを占めているといっていい。

私たちは数多くの歌枕を手がかりに、それらの詞《ことば》のイメージや残響に心をくばり、あらためて、芭蕉の句を読むことによって、それらの重なり合ったイメージや音韻からくる感動を交響曲のように受けとめた。そして、たんに知識の深まりにとどまらず、以前に引いた、ボードレールの詩、「万物照応」(correspondance)で「象徴の森」と表現された官能の拡がりが、水面に波紋をひろげるように、また、交響楽の音が、互いに重なり合うような、果てしない詩句の空間を体感することができた。

もはや、なにか風景の描写や寓意《ぐうい》でもなく、自我の告白でもなく、いつ始まっていつ終わるとも知れぬ、まさに詩の言葉のうちに息づいている超越的なるものとの交

感の気配さえ体感することができた。

　こうしてみると、枕詞、歌枕というものが、まことに日本の詩歌にとって、大きな意味をもっていることは、経験的に分かったことだが、もう少し、その不可思議な謎に近づいてみたい。

　芭蕉が数多く創ったものは、俳句であり、和歌ではないが、紀行という散文詩形も、俳句の拡がりを歌枕に結びつけているように思う。

　歌枕・歌詞《うたことば》については、古来、ことさら論じられることは少なかった。

　それほど、詩歌に密着していたともいえる。日本の詩歌の実作者は、その才能と長い作詩の修練を通じて自ずから体験されるべきものであって、それを切り離すことすら、概念的で詩歌の心に反すると考えられていたからである。

　それゆえ、私は、芭蕉の日常生活の反映や心理を分析することは、できるだけ簡潔にして、むしろ、その詩歌の言語世界の根底に流れている言葉にならない詩的言語の背景をたどってきたつもりである。

　日本の詩歌について正面から『短歌論』（昭和二十五年）として、その起こりから将来について明快に語ったのは、国文学や古代学に関して大きな実績を残した研究者であるとともに、釈迢空《しゃくちょうくう》という筆名で短歌を作りつづけ、特色のある詩や小説をも書いた歌人折口信夫《おりくちしのぶ》である。

　折口に学んだ評論家山本健吉氏は、「こういう考えを迢空が展開するようになったきっかけとして、桑原武夫の『第二芸術論』があった」とし、同じく、氏が日本の詩歌について述べた昭和二十七年の『純粋俳句』（創元社）において、俳句固有の方法として「滑稽・挨拶・即興」の三つを明示し、切字《きれじ》の再認識、季題の本意の再考を提唱した。その俳句観の上に近代の批評意識を存分に働かせ、近代の俳句を読み解いたものが『現代俳句』（角川書店）であり、それにつづく昭和三十二年の『芭蕉――その鑑賞と批評』（新潮社）は「芭蕉のなかの個性的なものでなく、没個性的なものを探ろうとした」芭蕉論であった。

　氏の代表的評論である名著『いのちとかたち』（新潮社）では、日本の芸術のジャンルを超え、それを貫くものとして、「いのち」をあげる。

　第一に願うものはむしろ一瞬の輝く「いのち」の顕現であり、それを果したあとは消え去ることを念願している。（略）迢空は短歌もまた、古来音楽として流れ来り、流れ去って、あとには清らかな印象が心に残る以外は、何も残らない藝術なのだと言うのである。

と述べ、次のようにもいう（傍点、栗田）。

　自分という「個」の存在の創り出す力など、小さいものであり、その限界を知るという一種の諦観の上に立って、あとは自然の働きを俟《ま》つのである。

　枕詞や序詞や歌枕や季詞《きのことば》や本歌《ほんか》や、それらの虚辞を歌の中にちりばめることは、むしろ内容を淡々とすることによって、「いのち」の灯を点《とも》そうとする工夫と言ってもよかった。（略）

　ところで、短歌に「いのち」の灯を点すところの虚辞たち、総括して言えば「まくらごと」、あるいは清少納言が「まくらにこそはしはべらめ」と言った「まくら」の数々、それについて迢空は不思議なことを言っている。「神が人間の耳へ、口をあて、囁《ささや》くやうに告げてくれる」その言葉だ、と。そしてそれらが短歌、あるいは詞章の全体の「生命《ライフ》・指標《インデキス》」となり、それによって歌が神授のものとなり、呪力を持つに到る。そのような古代信仰が消滅して後も、それは歌から意味や思想を排除しようとする、短歌固有の生命力として残ったのである。

　私事にわたるが、筆者は、山本健吉氏には、折りに触れ、親しく教示を受け、日本人の芸術、芸道観、生き方の根元にある美意識について、長い対話をしばしば交わしていただいたものである。

　代表的著作の『いのちとかたち』には、「日本美の源を探る」という副題がつけられており、私のそれまでの日本美の遍歴の、ささやかではあるが、本流をなしている日本精神文化論と、問題意識を同じくしていることで、さらに深い豊かなご教示を与えていただいた。

　本書で私は、芭蕉への共感の底流として、今まで古代歌謡はもとより、老子、荘子、道元、そして「草木国土《そうもくこくど》悉皆成仏《しっかいじょうぶつ》」という本覚思想についても触れてきた。

　しかし、それは概念を抽出しようとしたためではない。逆に中国と日本の古代・中世思想の中核は、じつは抽象的概念化を避け、かつ言語それ自体の無効性を逆説的に否定して、「虚無」あるいは「虚空」の重要性を指摘せんとしたためである。

　はじめに、私が詩を書き始めたときに遭遇したフランス象徴主義の詩が、私にとって切実であったのは、象徴ということが、何かの指示や暗喩ではなく、むしろ、言語化不可能の超越的世界を指向するための営為であり、さらに失墜の悲哀の「うた」であることに、深い共感を覚えたからである。

　先駆的なアロイジウス・ベルトラン、さらにボードレールから、ランボオ、そしてロートレアモンの詩は、総じて、絶対的な言語を越えた、超越性へのあくなき渇望と、本質的な挫折の切々たる歌であった。

　また、山本健吉氏は小西甚一氏の「序と枕詞の説」（『上代文学考究：石井庄司博士喜寿記念論集』塙書房、所収）にふれ、こう述べている。

> 私は氏の、序（序歌、序詞）や枕詞（冠辞、発語）とそれを承《う》ける部分との連接において、前者から後者へ受け渡しされるものが「生気」で、「生気移入」こそ序詞や枕詞の働きだという考え方に、賛意を表するものである。氏は言う。
> 「人がさまざまな事物の生気に感応し、それを音声にこめて体外へ出すと、その息を受ける相手はさまざまに影響される。この作用をおこすものが、古代人のいう言霊《ことだま》であった。すなわち、言霊とは、音声化された生気であり、それを表現のなかに持ちこむのが、序ないし枕詞のおこりだったと思うのである。」
> （山本・前掲書）

　このような小西氏の見解は、古詞章に対しての実に大切な考え方であるが、氏はこれを、イギリスの古典文学研究者C・モリス・バウラ教授の著『Heroic Poetry（英雄叙事詩）』（Macmillan 1952）の示唆によって得たもののようであり、この書はすでに、小島憲之《こじまのりゆき》氏が『上代日本文学と中国文学』（塙書房）において参看しているものであることを指摘した上で、山本氏は以下のようにつづける。

> 私の見るところ、折口が繰り返し執拗に述べたところは、序や枕詞が、詞章全体の「生命の指標」として挿入されているということであって、それこそ詞章に生命力、活力、威霊をもたらす力、言いかえれば小西氏の言う「生気」をもたらす根源と考えているのである。
> （山本・前掲書）

　私は、「言霊とは、音声化された生気であり」という点に打たれる。

　私たちは、詩歌を「ヨム」というとき、受け身の、書かれたものを目で「読む」と直観するが、「ヨム」には「詠む」という、音声によった創作の意があることを忘れがちである。詩歌を「ヨム」ときには、この音声という「音」の不可思議な本質を、深く受けとめなければなるまい。

岡野弘彦氏は、次のように述べている。

　折口の日本文学発生論は信仰起源説というべきもので、古代社会における神と人との間の宣下《せんげ》と奏上の言葉から生まれている。（略）より遠い時代には「称《とな》え言《ごと》」とか「ものがたり」という長い叙事的な詞章があり、その詞章の中から、もっと押しつめた短い神の言葉を固定させてくる（略）。

　そうした詞章は古代の共同体の祭の場で、毎年、定まった言葉、定まった所作でおごそかに演じられたはずで、文学の誕生の場はまた芸能の誕生の場であることもわかってくる。（折口信夫『歌の話 歌の円寂する時 他一篇』岩波文庫、岡野氏の解説より）

折口の「歌の円寂する時」では、批評についての短いが重要な指摘があることもまた、見逃せない。

　歌壇に唯今《ただいま》、専《もつぱら》行われて居る、あの分解的な微《び》に入《い》り、細《さい》に入り、作者の内的な動揺を洞察――時としては邪推さえしてまで、丁寧心切《しんせつ》を極めて居る批評は、批評と認めないのかといきまく人があろう。私は誠意から申しあげる。「そうです。そんな批評はおよしなさい。（略）」（略）これだけは私に言う権利がある。実はああした最初の流行の俑《よう》を作ったのは、私自身であったのである、（略）批評の方ではさすがと思わせた故中山雅吉《なかやままさよし》君が、当時唯《ただ》一人、私の態度の誤りを指摘して居る。なんの、そんな事言うのが、既に概念論だ。これほど、実証的なやり口があるものか、とその頃もっとわからずやであった私は、かまわず、そうした啓蒙《けいもう》批評をいい気になって続けて居た。今世間に行われて居る批評の径路を考えて見ると、申し訳《わけ》ないが、私のやった行きなり次第の分解批評が、大分煩《わずら》いして居るのに思い臻《いた》って、冷汗を覚える。（略）

　その如何《いか》にも批評らしい批評がいけないとすれば、どんな態度を採るのが正しいのであろう。（略）

　作家が批評家を見くだし無視しようとする気位《きぐらい》は、まずありうちの正しくない態度であるが、前に言った「月毎評判記」の類では、評家自身は、作物の一附属としての批評を綴《つづ》っているに過ぎないことになる。ほんとうの批評は、作物の中から作家の個性をとおしてにじみ出した主題を見つける処にある。（略）主題を意識の上の事とするから、そう言った作物となって現れもし、読者たちにも極めて単純にして、聡明なるに似た印象を与えるのである。

けれども主題と言うものは、人生及び個々の生命の事に絡《から》んで、主として作家の気分にのしかかって来た問題——と見る事すら作家の意識にはない事が多い——なのである（傍点栗田）。それをとり出して具体化する事が、批評家のほんとうの為事《しごと》である。さすれば主題と言うものは、作物の上にたなびいていて、読者をしてむせっぽく、息苦しく、時としては、故知らぬ浮れ心をさえ誘う雲気《うんき》の様なものに譬《たと》える事も出来る。そうした揺曳《ようえい》に気のつく事も、批評家でなくては出来ぬ事が多い。更にその雲気が胸を圧《おさ》えるのは、どう言う暗示を受けたからであるかを洞察する事になると、作家及び読者の為事でない。（略）批評家はこの点で、やはり哲学者でなければならぬ（傍点栗田）。当来の人生に対する暗示や、生命に絡んだ兆《きざ》しが、作家の気分に融《と》け込んで、出て来るものが主題である。それを又、意識の上の事に移し、その主題を解説して、人間及び世界の次の「動き」を促すのが、ほんとうの文芸批評なのである。

小説・戯曲の類が、人生の新主題を齎《もたら》して来る様な向きには、詩歌は本質の上から行けない様である。だから、どうしても、多くは個々の生命の問題に絡んだ暗示を示す方角へ行く様である。狭くして深い生命の新しい兆《きざ》しは、最《もっとも》鋭いまなざしで、自分の生命を見つめている詩人の感得を述べてる処に寓《すま》って来る。どの家の井《いど》でも深ければ深い程、龍宮の水を吊り上げる事の出来る様なものである。この水こそは、普遍化の期待に湧きたぎっている新しい人間の生命なのである。叙事の匂いのつき纏《まと》った長詩形から見れば、短詩形の作物は、生命に迫る事には、一層の得手を持っている訣《わけ》である。

（折口信夫「歌の円寂する時」）

これほど、行き届いた、かつ分かりやすく、美しく批評の真髄を語った文章を私は他には知らない。歌人釈迢空にして、批評家折口信夫の見事な一文であるといわなければならない。

『折口信夫全集』全三十一巻（中央公論社）は、歌枕、枕詞についても、詳細に論じられている宝庫である。とくに第一巻には「古代研究（國文學篇）」「国文學の發生」「短歌本質成立の時代」など、重要な基礎的な項目が収められている。

これらを手がかりとして、さらに詩歌の本質に迫る探索を進めてゆきたいと思う。

この折口（迢空）の教えを直接、慶応大学の講義で受け、その膨大な日本文学論をさらに濃縮し、エッセンスを取り出し、さらに日本の芸術、芸道、そして日本文化の精髄であるとして凝集した名著が、先にも紹介した山本健吉氏の『いのちとかたち』である。そこで、迢空の短歌についての究極の考えは、昭和二十五年刊の『短歌論』に総括的、また体系的に述べられているとし、「第一六章　歌枕の誕生」、「第一七章　囁くような告げごと」、「第一八章　遥かなみちのく　遠い歌枕」として、その詩論をさらに展開している。

『短歌論』ではそれを、「無内容」という、一見逆説的な、誤解を招きそうな言葉を使い、その「無内容」こそ「歌の思想」なのだという。そのことを私は、前に「迢空晩年の歌論」（「短歌」昭和五十三年九月）に書き、枕詞や歌枕や序詞、本歌取りのような無意味の虚辞を、古来短歌が愛用することこそ、短歌の「生命の指標《ライフ・インデキス》」であり、「いのちの灯《あか》り」なのだと言った（傍点栗田）。（山本・前掲書）

ここで山本氏は、近代文学で、「『内容』と言って思い浮べるのは何か」と再論し、「意味とか、観念とか、意識とか、思想とか、そういうものに対する『無内容』」なのだという。

そういうものを払拭した末に、なお短歌という器をおのずから充たしてくるものを、迢空は考えた。

「とにかく無内容といふことは、何もないといふことぢやない。清らかな印象が心に残つた、といふことだけはあります。」

山本氏は、即興詩というほうがふさわしいとして、短歌の性格についての折口の重大な発言を引用している（傍点栗田）。

「……作者の側で、歌をうたつてゐると、……歌にまとめようと思はないでも、自然に歌に出来あがつてくる。まとまつてくる。これが即興詩の骨髄なのです。空虚に似た心でゐても、纏《まと》めようとする僅かな努力のある為に、自ら歌として纏つてくる。」

「『いつでも歌はう』と言ふ構へであれば、そこに意味のある歌がくつゝいてくる。さう思つて、始終くり返してゐたのが、短歌の制作動機の成立過程だつたのです。だから記・紀は勿論、萬葉の古歌には内容のない歌が沢山あるのです。」

「たとへば雪――雪が降つてゐる。其を手に握つて、きゆつと握りしめると、水になつて手の股から消えてしまふ。其が短歌の詩らしい点だつたのです。処《ところ》が外の詩ですと、握つたら、あとに残るものがない筈はない。つまり、さうでなければ思想もない、内容もないといふことになる。古風の短歌は握りしめてしまへばみな消えてしまつた。何も残らない。さう言ふのが、恐らく理想的なものとなつてゐる筈の短歌に、右に言つたやうな内容があり、思想がある訣はないのです。」

（山本・前掲書）

もう少し山本氏の文章をかりよう。それは情理を兼ねそなえたもので、私が、簡略化したり概念化することを拒むものだからだ。なぜなら、それは結局、言辞をこえた《あるもの》を、暗示するものだからである。そして、私は山本氏と同じく、芭蕉をめぐって、《そのあるもの》を求めているからである。

作るという行為、創作という行為を抜きにして、「詩」（ポイエシス）を考えることは出来ないはずなのだが、その第一の必須要件を極度にまで切りつめて、「無」ではないが「無」に近い状態にして、それでもなお成り立つところの「詩」を考えようとしているのだ。「纏めようとする僅かな努力」だけを留めて、あとは内容も思想も持ち合せない「空虚な心」でいても、出来上ってくる淡々しい「詩」――それが古来の短歌なのである。

短歌とは、作られるものでなく、生れるものであった。そういった考えが、短歌には発生の当初から附き纏っていた。（略）

こういった藝術観は、日本では中世期に、茶や生花や陶器や作庭や山水画や書、連俳などの諸ジャンルにおいて、その理念が確立されたことを知っている。それらの藝術理念には、共通して、作ることに心を尽くした果てに、ある段階に達したら、自分の作ったものを自分よりもずっと大きな自然の力、造化の意志に委ねることを、藝術家の最も賢明な知恵と考えたあとがある。作るということは、造物主の創造と張り合うことではない。むしろ造物主の意志に随うことである。それを芭蕉は「造化随順」と言った（傍点栗田）。

自分という「個」の存在の創り出す力など、小さいものであり、その限界を知るという一種の諦観の上に立って、あとは自然の働きを俟つのである。ヨーロッパの多くの藝術が志向するものが、永遠不変の、美しい堅固な造型であるなら、日本のある種の藝術は、そのような造型をさして願わないばかりか、第一に願うものはむしろ一瞬の輝く「いのち」の顕現であり、それを果したあとは消え去ることを念願している。それが日本の藝術の即興性のありようだが、沼空は短歌もまた、古来音楽として流れ来り、流れ去って、あとには清らかな印象が心に残る以外は、何も残らない藝術なのだと言うのである。

（山本・前掲書）

そのことを芭蕉は、『笈の小文』で、こう言い切っている。

　西行の和歌における、宗祇の連歌における、雪舟の絵における、利休が茶における、其貫道《そのかんどう》する物は一《いつ》なり。しかも風雅におけるもの、造化に随ひて四《しい》時《じ》を友とす。見る処《ところ》、花にあらずといふ事なし。思ふ所、月にあらずといふ事なし。像《かたち》、花にあらざる時ハ、夷狄《いてき》にひとし。心、花にあらざる時は、鳥獣に類ス。夷狄を出《いで》、鳥獣を離れて、造化に随ひ、造化に帰れとなり（傍点栗田）。

（『笈の小文』）

「其貫道する物」とは何か。それは、生き方であり、「つゐに無能無芸にして只此《ただこの》一筋に繋《つなが》る」という「志」につきる。そこには東洋の芸術論の根元にある『毛詩《もうし》序《じょ》』の「詩は志を曰《い》う」につきるのである。

　私は、しばしば、西欧の「自然」の概念と「造化」との違いについて語ってきた。山本氏は、「〔「造化」という ことばには〕万物は変化し流転するという、時の流れの認識を含んでいる」という。つまり、その根底には、たとえば、仏教における「空《くう》」、ないし「色即是空」の両義が含まれている。

　だから、日本の藝術の理想としては、「作る」ということの果てに「作らない」という境位を理想として置いている。「おのずからにして化す」という境である。

「藝術」の代りに使った「風雅」という言葉には、風に随って飄々として、おのずから化せられるもの、といった感じが伴ってくる。

（山本・前掲書）

私はそこに、東洋における人間の在り方にかかわる空漠なる思想がひろがっていることも、また痛感するのである。

　このような自然観、人生観、とりわけ、「かたち」のうちなる「いのち」を生きてきた日本人が、その詩歌の形成に、欠くべからざる要素として育《はぐく》んできたものが、歌枕、枕詞、季語ともいえるのである。

　折口信夫の膨大な著作からさらに視点を拡げ、山本健吉氏の洗練された文章を、ふたたび紹介させてもらおう。

> 　清らかに流れ去るために、古来の歌人たちが試みたことは、出来るだけ中味を無内容にすることだった。言葉が元来担っている意味や観念や思想を極力排して、それらを虚辞として連ねることだった。
>
> 　実は折口の枕詞（あるいは序）説の中核部は、それがつながる詞章全体に「生気」をもたらすものだということを、執拗に繰り返し、またより精密に述べたものに外ならない。
>
> 　古い枕詞は、神名、人名にもつくが、同時に土地の名につく例が最も多かった。（略）地名は神授の詞章であり、みだりに改めたり、言い違えることをはばかった古代人の心情を示している。地名には多く、神または尊い人が来って足を停め、四方の景色を眺め、その地相に讃美の声を発したといった類いの、物語伝承があった。だからそれは、単なる讃《たたえ》詞《ごと》ではなく、その土地の国魂が寓《やど》る詞章であった。昔の人びとは、諺や歌をはじめとする詞章の中に籠る神の声、囁くような告げごとを、はっきり耳に聴くことが出来たのだった。
>
> （山本・前掲書）

　では、以上の山本健吉の要約の基となった、折口信夫の「まくら」についての論説を、「日本文學の發生　序說」（『折口信夫全集第七巻　國文學篇1』所収）によって、より詳しく考えてみよう。

> 　平安朝の歌學では、歌枕と言ふ術語が行はれてゐる。歌の題目、題材といふ位の意味に過ぎぬが、時によると、此《これ》と殆《ほとんど》違はぬ內容で「まくらごと」と言ふ語を用ゐて居ることもある。此は稀に、歌の常用語句など、言ふ用語例もあるやうだから、二つの間の區畫《くかく》はつかぬ訣でもない。だが、まくらと言ふ詞を含んだ三つの熟語があつて、ともかく隣接した

意義に用ゐられてゐるので、自然後世人には、限界がぼんやりして感じられることもある。其にはまづまくらと言ふ語の、原義に近くて、短歌と關係深く使はれる場合の用語例を、說いておく必要がある。わが古代信仰では、神靈の寓《やど》りとして、色々の物を考へた。其中でも、祭時に當《あた》つて、最《もつとも》大切な神語を託宣する者の、神靈の移るを待つ設備が、まくらである。だから、其枕の中には、神靈が一時寓るとせられたのである。其神座とも言ふべき物に、頭を置くことが、靈の移入の方便となるので、外側の條件は、託宣者が假睡すると言ふ形を取る訣である。まくらと言ふ語は、語源からすれば、枕《マ》く設備・枕く座など言ふ意義で、古くからまくらだなど言つて居る。（略）まくらが寢具の名となつた後、其より以前に通用した、神靈の寓りとして設ける調度の名だといふことを忘れ、新しい意義の信仰を離れた枕のつもりで用ゐた。だから、まくらごと・まくらことば・うたまくらなどの場合のまくらは、比喩式に意味を取るのは愉快でなく聞える。人間に枕ある如く、歌の頭部に据ゑるからの名だと感じたりする類である。歌の生命標となるものなるが故に、歌枕であり、生命標として据ゑられる語なるが爲に、枕詞であり、歌にとつて生命とも見える大切なものなるが故に、まくらごとと謂はれたと說けば、まづ誤りなく、此等の歌の用語の意義が解ける次第である。

「枕」といえば、『枕草子』の成立を記した最後の段（三一九段）にふれないわけにはゆかない。折口の說を述べよう。

中宮《ちゆうぐう》の御兄、內大臣伊周《これちか》が、中宮にさうしを奉つたので、これに何を書いておいたらよからう。天皇陛下におかれては、史記をばお書きとりになつてゐるといはれた際に、私ならば、それは枕に致しませうが、とお答へした時に、そんならお前に手渡す、と言はれて下されたものに、云々と言ふ事情が書いてある。この枕は、枕を書く草子にしようといふ意味に違ひない。人に依ると、枕もとに置いて、思ひつくまゝに書くに備えて置くものと考へてゐる。けれども、枕なる語は、さうした意味ではないやうである。いはゞ、ことのはのまくらといふ事で、この時分の通用語なる、まくらごと・まくらことばの意味である。文章の中心になつて、その生命を握つてゐる單語、或は句の意味である。多くの場合は、これを逆に、文章には、必《かならず》おかなければならぬ生命のある語、といふ事になつてゐる。そこでも、なほ異論が生ずるので、常に用ゐる語といふ様に、理會《りかい》してはいけない。時としては、常に繰り返す價値のある、優れた語、といふやうな意義にまで、擴《ひろ》げられてゐる。そして、これが歌にある場合に、多く、まくらことばと言ひ、文章について言ふ場合、まくらごとと稱する様である。だから、必しも歌の頭部におくから、まくらことばだといふ考へは、成り立つまい。

　まくらことばと、まくらごととの區別は、又歌の上にも見える。歌では、特別に、歌まくらと言ふ。卽《すなわち》、歌まくらごとの意味である。だから、歌竝《なら》びに文章の上の、一種のてくにつくを、意味するものと見てよい。かうした文章に、生命あらせることばを、書き留めて置くさうしとして、臨時の用に供しようと言うたのである。だから、（略）中宮から、お預り申して、中宮の爲にまくらごとを選擇して、書きつけようと考へたのだと見るのが正しからう。

（略）

　古今《こきん》出現の頃になると、素朴であつた日本人も、戀を戀することの興味を知つて來た。彼等は戀に遊んで、あはれ知る人と云はれようと考へ出した。

（略）自然に親しむことを忘れて、繪に表れた自然に囚《とらわ》れてゐた。屛風の歌や、頓才《とんさい》の贈答に終始してゐる彼等の生涯には、詩らしい何物をも、殘すことが出來なかつた。（略）畢竟《ひつきよう》、勅撰第一次といふ外に、生きた何物もないのである。古今集は、發足の第一歩に於いて、卽に成算を見ることが出來なかつたのである。かうした歌風に倦《う》んで、曾丹老のやうな軸破《ヨコガミヤブ》りの飛び出して來るのも、當然である。（略）東國の事物に異郷趣味を唆《そそ》られて、歌枕の出來たのも、此間である。（略）

（『折口信夫全集第十巻 國文學篇4』所収「枕草子解説」）

　こうして、歌人の興味は、未知の国、あづまの国、並びに東路みちのおくの国へと向かったのである。「歌枕」は新しい展開をみることになる。

二十五章　俳諧の誕生

前章では、歌枕をめぐって、主として、折口信夫《おりくちしのぶ》の日本文学論と、それをさらに敷衍《ふえん》した山本健吉の文章を紹介してきた。そこには、ひとつの日本文化の魂の流れがあとづけられ、芭蕉によって再生され、今日、忘れられがちであるが、繁栄を目のあたりにしている俳句の起源が辿《たど》れるからである。

そこには、たしかに、柳田國男、折口信夫、山本健吉とつらなる、宗教民俗学と呼ばれる考え方が生かされているのを覚えるが、私には、それはいわゆる過去の思想ではなく、今日の西欧古典哲学の行きづまりを打開して、私たち日本人の生の指標ともなるものを、よびさましてくれるように思われるのである。

折口は、日本文学の起源を、遠く日本の古代歌謡に、また民俗的霊魂にまでさかのぼり、山本氏は『芭蕉』を中心とする詩学においてその手法をさらに深化し、日本人の美意識から世界観にまでひろげておられる。

折口について語った福永武彦《ふくながたけひこ》氏の文章（『折口信夫全集第十二巻 國文學篇6』月報）をかりよう。

〔折口は日本文学の本質を〕「日本の文学の発生前に溯って」考える必要があると言う。（略）「言葉以前の文学」のイメージはしばしば「言葉の文学」の前後左右に現れて来る。（略）そしてこの詩的世界の中核をなすものは、恐らくは「妣《はは》が国」というイメージではないかと私は考えている。

そこで、筆者（栗田）はまず折口の「上世日本の文學」の「第六　風土記」から「一　地誌の成立」の一節を紹介したい。

歌枕のもっとも基盤になっているのが、土地の地霊についての考察である由縁も分かる。

その美しい「妣が国」のイメージを紹介しておこう。ここに歌枕の源があるからである（以下、引用文の振り仮名でカタカナは、折口全集の原著によるもの。ひらがなは、筆者が補ったものである）。

我々の祖《オヤ》たちが、此國《このくに》に渡つて來たのは、現在までも村々で行はれてゐる、ゆひの組織の強い團結力によつて、波濤《はとう》を押し分けて來ることが出來たのだらうと考へられる。その漂著した海岸は、たぶの木の杜《もり》に近い處《ところ》であつた。其處の渚の砂を蹈みしめて先、感じたものは、青海の大きな擴《ひろが》りと妣《はは》の國への追慕とであつたらう。日本民族が、最初に感じたもの、あはれは、海彼岸《カイヒガン》へののすたるじあだつたのである。（略）

妣の國が、えきぞちしずむを伴うて考へられて來たのは、常世《とこよ》の國の憧れが、人々の心に植ゑつけられる樣になつてからのことである。常世は、其處からまれ人が、我々の國の暦《こよみ》を切りかへ、魂に靈威の力を附著させるために來訪せられる國である。此信仰が、長く邑落《ゆうらく》の生活の古典であると同時に、恣《ほしいまま》なる空想が重つて來る。覓國使《クニマギツカヒ》が南島を求めた動機には、かうした樂土の夢を實現しようといふ熱望が含まれて居たのであらう。（略）

先進國との交際を求め、其《その》文化を取り入れ、交易しようとして使者が來る。其《それ》を受けた側では、朝貢と感じてゐたのである。さうしたことから、領土的な觀念が強くなり、そして、先進國に對する飾りを必要と感じて來る。版圖《はんと》を確實に認識すること、文明國らしい飾りを具《そな》へて權威を見せること、其が歷史・地誌の編纂せられる動機となつたのである。

日本の古い用語例では、くにとしまとは別な考へであつた。あきつしま・しきしま・やまとしまは、水中の島を意味するのでなく、此《これ》が日本の異名なり、日本の枕詞《まくらことば》として用ゐられたのには意味がある。

かくして、ここに、日本のもっとも重要な枕詞が、土地ないし霊威の宿る空間としての意識の根元に根ざしていることを痛感する。

其《それ》［くに］は大和《やまと》朝廷の、時々の根據地になつてゐた村名であつたと思はれるのである。しまは、宮廷領を意味する語である。日本では、中古まで、王氏・他氏の區別を考へてゐた。しまは、王氏の領地なのである。其《それ》に對して、他氏に屬するのがくにである。此《これ》は、宮廷と緣の薄い國がらで、其《その》考へ方は、未知國《シラヌクニ》といふ語によく現れてゐる。（略）くには各《おのおの》、主長があつて、其《それ》が宮廷には、上下の關係をとつて服從してゐる。其《その》事情は、高天原《たかまがはら》以來の家がらとは違ふ訣である。（略）

おしてるや　難波の崎よ、いで立ちて　わがくに見れば……（仁德記《にんとくき》）

わがくには、自分に所属してゐる國といふ內容の語である。又、國見《くにみ》といふ語の古義も同樣であつたと考へられる。かうした名稱は、大和朝廷とくにぐにとの關係ばかりでなく、くにの主長は、自らに直屬するものをしまといひ、さうでないものをくにと言うたのであらう。

そのくにとしまとは、次第に混同せられて來る。萬葉集では、既に、泊瀨《はつせ》の國・吉野の國など、使うてゐる。風土記が出來たのは、かうした政治上の事情から、くにが勢力を得て、現在我々の考へる意味の國と、殆《ほとんど》同じ內容の語として使はれ出した時代と考へてよい。卽、しまの根元である大和が、大和國と稱せられるやうになつた時代である。

一方、宮廷と他氏との交渉が深くなつて來て、しまとくにとは、一つのものになつた。其《それ》が、わがみかどである。（略）他國から宮廷の土地への入り口にあるのが、遠《とお》の御門《みかど》と考へられたのである。（略）

履中《りちゆう》四年紀に「秋八月辛卯朔戊戌、始之於㆓諸國㆒置㆓國史㆒、記㆓言事㆒達㆓四方志《しほうし》㆒」と見える、此《この》四方志が大體、風土記の內容に相當するものであると考へられる。さうして、（略）此記事の記される下地は、其《その》以前から出來て居て、類似の書きものも存在してゐたのだらうと考へられる。

和銅《わどう》六年五月紀になると、明確な記載がある。

甲子。制。畿內七道諸國郡鄕名、著㆓好字㆒。其郡內所㆑生銀・銅・彩色・草木・禽獸・魚蟲等物具錄㆓色目㆒、及土地沃塉・山川原野名號所由、又古老相傳舊聞異事、載㆓于史籍㆒言上。（傍点栗田）

風土記編纂の機運は、先進國との交通の繁くなると、もに、體面《たいめん》の上からも作つておく必要があつた。其が四方志となつて現れた訣《わけ》だ。右の和銅の詔《みことのり》で見ると大體《だいたい》、三つの目的があつたことが訣《わか》る。

第一は、地方の產物の品目を明らかにすること。第二には、地方々々の傳へを書き上げさせることである。舊聞異事といふ中には、宮廷風な考へ方に合はぬものを豫期してゐるのであつて、其を宮廷で合理的に解釋し直して、更《あらた》めて與《あた》へようといふ試みであつたと思はれる。第三には、地名の書き方に、快適な字面《じづら》を當てるやうにし、醜惡な字や冗漫な假名《かな》書きを改めようとしたのである。

かうして擧《あ》げてみると、非常にはつきりした目的があつた樣だが、實際は、報告の擴《ひろが》りは、豫想がつかなかつたものであつたらう。（略）

風土記といふ字が文獻に現れたのは、扶《ふ》桑略記《そうりやつき》に「又令㆑作㆓風土記㆒」とあるものや、延長《えんちよう》三年十二月十四日の太政官符である。（略）

此時に、風土記が出揃うたものと考へた爲《ため》に、近代まで、風土記の成立を平安朝と決めて居た。

このように、諸国に、風土記を上納せよとしているし、分からないことは、古老に問い尋ねてすみやかに言上せよとしているから、個々の「風土記」の成立は、長い期間にわたっていたと思われる。『出雲《いずも》風土記』などは、和銅以後二十年も遅れて、天平《てんぴょう》五年（七三三）に上せられた。

和銅の詔勅に最も近い時代に出来たのは、『常陸《ひたち》風土記』と『播磨風土記』であることが分かっている。

しかし『播磨風土記』は、その内容は抄本であり、欠本である。これらの伝本は元々まとまっていたものが、後に誤脱したのではなく、もともと郡単位で寄せ集められ成立したと考えられる。

和銅の詔でみると、大体三つの目的があったことが分かる。第一は、地方の産品を明らかにすること、第二は地方地方の伝へを書き上げさせることである。第三は、地名の書き方に、快適な字面《じづら》をあてるようにし、醜悪な字や冗漫な仮名書きを改めようとしたのである。

しかし、これは近現代の自然科学・社会科学的な発想であって、じつは、「風土記」の目的とする統一は、宗教的なしま的世界観によって、いわば霊的、神格的ともいうべきものの完結性を強化するためであったことを知らなければならない。

そこで折口論文では、次のように注している。これは古代の「風土」という言葉の意味を地形的にだけ捉える誤りを指摘している。

播磨風土記の内容の上から、一番大事な點は、本書に記された神は、純粋に神格化せられた神ではなく、精靈であるといふこと、神々の性質は、極《ごく》自由で、神格的に統一がついて居らず、其等《それら》の精靈に名づけるのに、宮廷の神又は祖先の名を以てし、歴史上の事實としてゐることである。

其が不合理な點は、却《かえっ》て素朴であることを思はせる。（略）擧《あ》げるに堪《た》へぬほど多くの、貴《とうと》い人名や、人氣があり、通りのよい人の名と關係づけようとしてゐるのである。

まう一つの特色は、農村の生活への交渉が、深く現れてゐることである。（略）原野には、耕されぬ空地が多く、農村の數も、澤山《たくさん》は無かつた。（略）其で、此様《このよう》な空地を求めて移住して來る者が多い。其本縁《ほんえん》をいろ〳〵と記して居る。（略）

農民の生活は元來、定住し易い様で、實はさうでなかつたのである。其理由の一つは、農業の傍《かたわら》、宗教團體として、其處此處《そこここ》の根據地から、次々と新しい方面を開拓して行く爲《ため》である。今一つは、（略）耕地の地味が乏しくなると、次の土地を求め、そこに焼畑――こば――を拓く爲である。（略）だから農民の生活は、土に緣が深いだけに、却て永久に土著することが出來なかつた（略）。

そこへ移住する神霊が、次々と登場する。さらには、水争いが生まれる。

水争ひの話が、幾つも出て來る。（略）そして、水爭ひの說話は、嬬《つま》爭ひの話と重つてゐる。（略）男神同士の場合もあるが、大抵は、男神と女神とになつてゐる。さういふ時は、求婚が戰爭の形をとつて來る。女は、巫女《みこ》の資格で神に仕へ、其神の威力によつて、國を治めてゐるのであるから、女を征服することは、其宗教上の權力を奪ふことを意味する。つまり、女の仕へてゐる神を奪ふことであるから、其國土をも手に入れる結果になるのである。何故、田植ゑと嬬爭ひの話とが重つて來るかといふと、其は、田植ゑの時に、遠い處《ところ》から神が訪れるといふ信仰があるからである。（略）かうした處に宮廷と地方とで、傳への相違のあつたことが訣る。（略）

つまり、里によつて傳へが違ふ上に、地方と宮廷とでは、更に違うてゐるのである。さうして中央の歴史ではどうなつて居ようとも、地方は地方で勝手に信じて居たのである。其處に、風土記を奉らせ、「舊事《きゆうじ》異聞《いぶん》」を合理化し、統一すべき必要を生じた次第である。

さらに色々と詳しく列挙されているが、それは省いて、もう少し他の「風土記」を出来るだけ簡単に要約して記しておきたい。

『出雲風土記』は、比較的新しい。和銅の詔勅に二十年も遅れているから、成立の動機が、詔勅によるものかどうか分からない。

しかし出雲は、今日の常識としても、出雲系の大国《おおくに》主命《ぬしのみこと》や、国譲りの説話や、また考古学的な発掘からも、渡来系の統一した文化圏が推測されているのは周知の通りであって、この地方と大和神話との関係は、他の「風土記」と比べても、独特のものである。

本書は、完本として傳つてゐる爲ばかりでなく、內容に統一が與へられている。（略）出雲宿禰《いずものすくね》の傳へが、說話の形としても、宗教の教義の上からも、斷篇化せずに纒つてゐたのである。だから內容に統一がある訣だ。（略）出雲人の舊傳として通るものである。（略）

かうした內容を持つた風土記が成立した所以は出雲《いずもの》國造《くにのみやつこ》の勢力が、中央政府の政策によつて、宗教上の權威を削がれて居ても、猶且《なおか》つ、其地方の人々が舊來の信仰の上に立つて、主長として信賴し、其咒術《じゆじゆつ》に服し、彼等固有の歷史觀を失はなかつた時代の姿を示すと共に、其編纂に當つた郡衙《ぐんが》の役人が、多く出雲宿禰系統の人々であつたからであると思はれる。宮廷としても、やはり、此傳統を認めぬ訣には行かなかつたと見えるのである。寧《むしろ》、大和人が、却て出雲人の傳へを取り込んだと見るべき點さへ多い。さうして、（略）出雲人の文化は、相當に高度なものであつたことが訣る。

出雲人の考へでは、天地を作つた神を餘程《よほど》現實的なものとしてゐる。此に反して、大和人の傳へでは、かなり學問的に醇化せられたものにしてゐる。天御《あめのみ》中主《なかぬし》神・高產靈《たかみむすび》神などは、學問的に生れたと考へられる神である。（略）そして、抽象的な神から、抽象的であつても、而も男・女に近い性格の神を考へ、遂に男女の業をなさる神を考へてゐる。（略）いざなぎ・いざなみ二神に達してゐる（略）出雲人は、其點單純であつた。人間的な性格の大汝命《おおなむちのみこと》――大國主――を、天地所造神――あめつちつくらしし神――と考へ、（略）夫婦といふ合理的な形を考へようとはして居らぬ訣である。たゞ、少彥名《すくなひこな》が來て、大國主に附著し、其によつて大國主は、天地を作る力を生じたと考へてゐる。（略）

大汝命が天下を作つた神だといふ信仰は、出雲だけでなく、かなり廣い部分に亙つてゐたものと考へられる。譬《たと》へば、萬葉集卷六にある、大伴坂上郎女《おおとものさかのうえのいらつめ》が筑前《ちくぜん》國の名兒山《なごやま》を過ぎる時の長歌に、

大汝《オホナムチ》　少彥名の神こそは　名づけ初《ソ》めけめ。名のみを　名兒山と……

とある等は、其一例である。（略）

大國主には、三通りの傳へがある。記紀に、大國主が海岸に立つて、葦原《あしはら》の中《なか》つ國の經營法を考へてゐると、海原を照して來る神がある。名まへを尋ねる

と、「俺はお前だ。お前の幸魂《サキミタマ》・奇魂《クシミタマ》だ」と答へた。別の傳へでは、大國主が御大《ミホ》の岬に立つてゐると、侏儒《ヒキウド》のやうな少彦名の神が寄つて來た。二神協力して葦原の中つ國を作つた、となつてゐる。別に、少彦名が粟《あわ》に跳《は》ね飛《とば》されて常世《とこよ》國に歸つたので、大國主が悲しんでゐると、海原を照して來る光りがあつたと言うてゐる。此等を綜合して見ればよく訣るやうに、少彦名は、遠い處から來て、大國主の肉身に附著した外來魂なのである。正確に言へば、たまだつたのである。だから、大國主と少彦名とは一つ神と考へられた訣である。つまり、昔の信仰では、體は、魂の入れものであつて、貴い人ほど、多くの魂を宿してゐると考へてゐた。さうした理由によつて、大國主の肉身に附著した魂を神格化したのが、少彦名であり、大和の三輪山《みわやま》に祀つた大《おお》物主《ものぬし》なのである。（略）

出雲宿禰の後が出雲國造の家であるが、此家は、代替り毎に、其年と其翌年と續けて二年、宮廷に上つて來る。（略）其時に奏するのが、出雲國造神賀詞《かむよごと》と謂はれるものである。（略）

神賀詞の奏上に關聯して、白鵠《しらみどり》の玩物《モテアソビモノ》を宮廷に奉る。（略）此白鵠は、國造家の鎮魂法の根本にあつたものと思ふ。

ひろく白鳥伝説があった。

『出雲風土記』は、大和の神話と重なり合うところが多い。その関係は重要で複雑で興味深いが、ここでは省く。

さて、折口の説を追ってゆくと、「九州古風土記」には、信じ難い点が残されており、信のおけるものとしては、播磨・出雲の二「風土記」と、三番目には、『常陸風土記』があるとする。『常陸風土記』は、なかでも、最も進んだ態度で書かれているという。

其は、常陸風土記の編纂に關與した人々が、漢文學の洗禮を受けた、新時代の知識人だつたからである。其が、文章の上にも、材料の解釋の上にも、露骨に現れてゐるのである。（略）恐らく、唐土の小説・地誌を意識して學んだのであらう。

（以上、『折口信夫全集第十二巻 國文學篇6』所収「上世日本の文學」）

それを考えると、

其には第一に、藤原宇合《うまかい》の存在を考へる必要がある。續紀《しよくき》に、「養老三年七月庚子、始置㆓按察使㆒、常陸國守正五位上藤原朝臣《あそん》宇合管㆓安房《あわ》・上總《かずさ》・下《しも》總《うさ》三國㆒」とある。按察使《アゼチ》とは、唐の都護に相當するもので、地方の政治の得失を視察する役である。（略）宇合の前任者は、和銅七年十月に任命せられた從四位下石川朝臣難波麻呂と見てよい。

常陸風土記は、藤原の都から奈良朝へかけて流行してゐた漢文體で作られた小說と同じ樣な態度で、作られてゐる傾きが見える。（ここから『折口信夫全集第八巻　國文學篇2』所収「風土記の古代生活」中の「三　生活の古典と新文學としての常陸風土記」）

謂はゞ傳奇的な地誌、と言へる不思議な形をもつたのも道理だと思ふ。（略）風土記に於いても、歌や諺を重大視してゐる事は、却つて漢文學の影響の少い、と思はれる出雲・播磨の二風土記よりも、熱烈なものがある。此風土記では、諺・風俗諺・俗諺・風俗說或は歌又は俗歌と言ふ樣な名目を以つて、傳承の詞句をば記錄してゐる。けれども其に就いての說明が、非常に簡單である（略）。其は、歌・諺が、既に遊離斷篇化して、其屬してゐた咒詞・敍事詩を失うたものと見るべきで、其部分が既に、說話化して了《しま》つてゐたのである。此風土記の記述が、（略）文學的な傾向を甚しく持つてゐる事を示してゐると同時に、宮廷に對して、東の國々が、さうした詞句を奏上する習慣があつた事に基因してゐる。又、此風土記によれば、他の書物によつて、疑ひのないとしてゐる概念が、大分破られて來る。譬《たと》へば、常陸風土記では、ことわざと言ふのは、枕詞である事が多く、うたはと言ふと、所謂《いわゆる》後世の風俗《フゾク》で、其地方の神事或《あるい》は歷史傳承の中心になつた詞章だ、と言ふ事が出來る。卽、古く溯《さかのぼ》れば、諺と云ふ語の內容が非常に限定せられて來るので、其用語例に於いては、單なる言ひ慣はしと言ふ事に過ぎないのだけれども、更に、それが土地に密接な關係を持つたものだ、と言ふ事を示してゐる。（略）

尙《なお》其外に、茨城郡或は香島《かしま》郡の事を說いた條に出て來てゐる風俗諺或は風俗說の傳へには、其が全く、地名起原說話と別々に對立してゐたことを表してゐる。譬へば、「水依茨城之國」又は、「霰零香島之國」などの言ひ方は、此土地に常世波の寄ると言ふ意義の讚美と、奈良朝頃から起つて、平安朝に有力になつたと信じてい丶蹈歌の、あらればしりなる讚美詞の古い形を存したものと考へてよい。つまり、歴史上の神なり人なりの稱《タヽ》へ詞と稱するものが、完全に歴史と遊離する事になり、別に近代的の讚美詞即、古い枕詞に變移して行つた迹を示したものである。（略）

監修者の（略）、わりあひに自由な態度を採った結果か、と思はれる。

「風土記」というと、とかく、土地に関する記事に限られると思われがちだが、当時、土地には当然、地霊が宿っているものであり、土というものは地霊によって、他のくにぐにや、大和のしま、あきつしまの霊威に依って保証されていたといっていい。

　人類の意識は当然、他者との緊張感の上に成立するものであるから、そこに自ずから、方向性が生まれ、統一された整合性を創り出すことになる。

　その発展した形が、「風土記」として編纂され、残されたのである。そしてそれが、また大和の宮廷のあまてらすおおみかみの皇統との強いきずなを生むことになった。

　そうした関係が、徐々に成熟していった先に諸国の「風土記」編纂の事業が、ゆっくりと、そして半ばは自発的に進められてゆくこととなった。そこにおぼろながら世界イメージが形成されてゆく。

　白川静《しらかわしずか》氏の『字通《じつう》』によっても「風土（ふうど）」は、「地味。風俗。［国語、周語上］期に及ぶ」。とし、「〜是の日や、瞽師《こし》音官、以て風土を省《み》る」と用例を挙げている。

　また「風」は、「［説文］にみえる鳥名にも、雉《じき》の十四種、雇《こ》の九雇など、古い風神の伝承を残すものがある」とし、さらにつづけて、「風は風神として、鳥形の神とされた。風神がその地に風行して風気・風土をなし、人がその気を承《う》けて風俗・気風・風格をなす。さらに風情・風教のように、その語義は幅広いものとなった」と説明している。また一方、

「①かぜ、かぜふく、ふく。②おしえる。神意を伝え、みちびく。おしえ、いいつけ。③地域のうた、ようす。④きだて、かたぎ、地域の風俗、風習。⑤けしき、ながめ。（略）」など、きわめて狭い語義ともなっていることは興味深い。

　折口信夫のその三十一巻に及ぶ著作集に残された業績のなかで、一貫しているのは、日本文学の発生から、その背景となった日本古代思想についての詳細な研究を、種々な時期にわたって繰り返し考察していることであ

る。

そのため、論旨の重点はちがうが、ひたすら日本文学の魂、氏の言葉をかりれば、「たゞ今、文學の信仰起原說を最《もつとも》、頑《かたく》なに把《と》つて居るのは、恐らくは私であらう」という。

「國文學の發生（第四稿）」（『折口信夫全集第一巻　古代研究（國文學篇）』所収）において、

> 第一、傳承記憶の値打ちが何處《どこ》から考へられよう。口頭の詞章が、文學意識を發生するまでも保存せられて行くのは、信仰に關聯して居たからである。信仰を外にして、長い不文の古代に存續の力を持つたものは、一つとして考へられないのである。信仰に根ざしある事物だけが、長い生命を持つて來た。（略）
>
> 私は、日本文學の發生點を、神授（と信ぜられた）の呪言《ジユゴン》に据ゑて居る。（略）
>
> 呪言の創始者は古代人の信仰では、高天原《たかまがはら》の父神・母神とするよりも、古い形があつた樣である。とこよは他界で、飛鳥・藤原の都の頃には、歸化人將來の信仰なる道教の樂土海中の仙山と次第に歩みよつて、夙《はや》くから理想化を重ねて居た他界觀念が非常に育つて行つた。

一方、折口は『折口信夫全集第三巻　古代研究（民俗學篇2）』所収「大嘗祭の本義」で、「日本の太古の考へでは、此國の爲事は、すべて天《あま》つ國《くに》の爲事を、其まゝ行つて居るのであつて」、それをとどこおりなく執り行なうことを、まつるといったとも指摘する。

「祭り」という言葉も、「即御命令によって執り行いました」と報告する神事のことを言ったという。

昔は、神の威力ある詞を精霊に言いきかせると、詞の威力で結果を生じると信じられていた。

また日本の天子の仕事は、「食國《ヲスクニ》のまつりごとをすること」、つまり、「此國の田の生《ナ》り物を、お作りになる事」であったという。

> 穀物は、一年に一度稔るのである。其報告をするのは、自ら一年の終りである。卽、祭りを行ふ事が、一年の終りを意味する事になる。此報告祭が、一番大切な行事である。此信仰の行事を、大嘗祭《オホムベマツリ》と言ふのである。
>
> 普通には、大嘗は天皇御一代に一度、と考へられて居るが、古代ではすべて、大嘗であって、新嘗・大嘗の區別は、無かつたのである。

折口は、神嘗祭《かんなめ》とは、諸国から奉った早稲の走穂《はつほ》を、九月に伊勢の大神に奉られることであり、諸国から稲穂を奉るのは、鎮魂式と関係があるという。つまり、

宮廷竝《なら》びに、宮廷の神に服從を誓ふ意味なのである。日本では、稲穂は神である。其には、魂がついて居る。國々の魂がついて居る。魂の內容は、富・壽命・健康等である。諸國から米を差し上げるのは、此等の魂を差し上げる事になる故に、絶對服從といふ事になる。米の魂が身に這入ると強くなり、壽命が延び、富が増すのである。そして、此魂たる米を差し上げることを、みつぎといふ。（略）

「みたまふり」は、後世になると「たましづめ」ともなる。

處が、たまふりの祭りの中にも、まう一つ違つた祭りがある。それは、魂を附著する、といふ意味の理會が變つて、目下の者が、自分の主人又は、長上の人に服從を誓ふ爲に、自分の魂の主要なものを、相手（略）に獻上して了《しま》ふといふ祭りである。

この神事は、今日の言い方からいえば、宗教的世界像の更新、または確認ともいうべき、最も重要なものであったことはいうまでもない。

折口は、昔は大嘗祭の時に、ゆき・すき二国から風俗歌が奉られたが、後には、都の歌人が代表して歌を作るようになったという。

ちなみに「ゆき」は「斎忌《ゆき》・悠紀《ゆき》」で、聖なる酒を奉る国の意。大嘗祭のときに使われる新穀・酒料を出す国郡の一つ。「すき」は「次《す》き」で二番目のこと。大嘗祭において、悠紀に次いで新穀を奉る国のことである（以上、『岩波古語辞典』）。

此風俗歌は、短歌の形式であつて、國風《クニフリ》の歌をいふのである。此國ふりの歌は、其國の壽詞《よごと》に等しい內容と見てよろしい。國ふりのふりは、たまふりのふりで、國ふりの歌を奉るといふ事は、天子様に其國の魂を差し上げて、天壽を祝福し、合せて服從を誓ふ所以である。

咒詞と同様に、諸國の壽詞中から、分裂して出來たもので、つまり、長い咒言中のえきすの部分である。（略）大嘗祭の歌は、平安朝になると、全く短歌の形になってゐる。

（「大嘗祭の本義」）

一方、大嘗祭では、卯《う》の日の行事に諸国から語部《かたりべ》が出てきて、諸国の物語、つまりふりの歌の本義を語る。平安朝期には、七十国の語部が出て来ているという（以下は『折口信夫全集第七巻 國文學篇1』所収「詞章の傳承」）。

> 風俗諺とあるのは、くにぶりのことわざと訓《よ》むのである。其國に於ける、咒力ある言ひならはしの詞である。風俗は、單なる國俗・國人などの義ではない。（略）皆祭祀の前行々事なる鎭魂咒術に用ゐた詞章の意である。さうして、其が其地方特有の古來の咒法と、靈魂とに關聯の深い詞章なのである。

さて、先に、『風土記』について述べたのも、じつは大和王朝の求心力が、深く文学者的発想に働きかけていることを見たかったからである。例えば、

> 常陸風土記の風俗諺は、意義が局限せられて居て、最地方的な言ひ慣はしの固定した詞である。所謂《いわゆる》枕詞・序歌と稱すべき、傳來の型となつた詞であり、土地に就いての古語である。「しらとほ」「みづよする」は後の枕詞に過ぎないと見えるが、實は、それ〴〵の土地について居る靈は、詞章の此部分に寓《やど》るものと見られて居たのである。表面から見れば、單なる讚《タヽ》へ詞《ゴト》らしく見えて居て、內容から言へば、國《クニ》魂《タマ》の寓る所だつたのである。
>
> 枕は、靈魂の寓りである。可《か》なり遲れて現れた枕詞といふ技術語にも、尙《なお》古人の信仰は示されてゐたのである。常陸の國名の本緣を說いた長句は、凡後の序歌に當つてゐる。「筑波の岳に黑雲挂《カ》きて衣袖《コロモデ》」までは、ひたちを起す序歌系統の古い形の詞である。其と共に、地名の讚へ名、枕詞とも見るべきものが、其地名の本緣を示した姿も窺はれる。「しらとほ」でも「薦枕《コモマクラ》多《タ》珂《カ》之《ノ》國《クニ》」の「こもまくら」でも、單なる語から語への聯絡でなしに、本緣譚を以て繫いで居た俤《おもかげ》が感じられるのである。其が遂に、語形や語義ばかりに關係を持つ枕詞と言ふ風になるのである。（略）
>
> 明らかに本緣を說くことの多くの場合、如何にも簡單化せられて行く道筋が訣る。なぜなら、其々の地方に於いては、其々の風俗諺や、風俗歌の起原などは、周知の事だから、段々省略する風が行はれて、とゞのつまりは、唯諺や、歌ばかりを傳へるだけになり、其中には、本緣譚なる物語までが失はれ、忘られてしまう（略）。ことわざの元は、恐らく神自

ら表現したと傳へる稍《やや》長い咒詞であつたらうが、其は今日からは考へて見ることも出來ない。（略）

此等の國の靈威力なるくにたま（國魂）を籠《こ》めた詞章――國讃めの詞は、皆曾て神聖此地に出現して、宣せられたと言ふ風に傳へられて居たことを示してゐる。其歴史によつて、後代に到るまでも、之を唱へることが、唱へる者自身を神にし、其詞章をして、神の詞としての力を發揮させたことが知れる。

（略）

奈良朝の古風土記《コフドキ》が示してゐる「風土」の用語例には、確かに古地名簿――古地交名――と謂つた方面があつたのである。なぜさう言ふことに意味を感じたかは、凡、前段に說いた所で察せられようが、古代地名に含蓄せられた、深い信仰から來てゐる。（略）昔は其古典感と似たものが、もつと信仰の底を持つて居た。第一に、地名が、それの歴史と、歴史を傳へた古い詞章との、極端に壓搾《あつさく》せられたものとして、暗示深く、古代の心に沁みて居たのである。語らずとも、詞章の内容は、其『生命の指標（らいふ・いんできす）』とも言ふべき地名を聞くと共に、具體化して胸にひろがつたのである。だから、之が歌によみこまれてゐると言ふことは、生命の指標をそのまゝ、其歌の中に、活《いか》してゐることになるのである。大嘗會の屛風歌が、さう言ふ信仰から出たものであり、さう固定して後も、尙昔どほりに、風俗歌として謡はれてゐた。歌の中に活かされたらいふ・いんできすが――或はらいふ・いんできすとしての歌自身が――、聖躬《せいきゆう》に入り申すもの、と考へて居たのである。

古風土記に、地名を記録することは、版圖の事情を詳《つまび》らかに示すと言ふ外に尙、此意味の信仰からも出て居たのである。

（「詞章の傳承」）

今回は、最近見逃されがちな折口の詩学・国学を簡単に紹介し、その根元たる「歌枕」のらいふ・いんできすの由来を明らかにすることに努めた。山本健吉氏も、このらいふ・いんできすの一語をもって、日本の詩歌の根元として紹介していることを想起していただきたい。筆者の小文のゆきつくさきも、そこにつきる。

二十六章　伊勢神宮

さて、枕詞《まくらことば》についての先人の深い考察を紹介するのに紙数をついやしたが、この「言葉にならない言語の世界」を追究しようとされたのは、柳田國男、折口信夫、山本健吉氏などの視点である。いわゆる実証主義的、文献学的な歴史研究では触れられないが、文書化されない人間の生死をつらぬく、ひとすじの命の証しを明らかにしようとするものといえよう。もとより、科学的文献学は必要であるが、いま私たちが追い求めている芭蕉その人については、考証を十分に尊重しながらも、詩歌の、言語をこえた超越的なたましいのあり方をたどりたいと思っているのである。

この流れは、一般に、柳田民俗学といわれることが多いが、柳田自身は、いわゆる西欧の概念的な収集、分析、結論を踏襲するものではないことを、その論説や全著述を通じてくり返し唱え、自らの方法を、わざわざ「日本民俗学」と呼び、伝承、体験、文芸、祭祀などの生活に密着して、しかもその生活の底に秘められた、日本人の心の源を、救い出す作業を強調している。

それは、宗教に近いが、宗教学もまた、近代化されて変貌しているので、これもまた、「たましい」の世界として捉えなおしている。芭蕉の詩歌のみならず、日本の文芸を理解する上で、これに優る方法はないであろう。

著者は、西洋文学解読の訓練を大学院で受けたが、もとより民俗学の研究者ではない。一介の文芸の徒にすぎないが、ひろく先人の跡をたずねながら、ふかく芭蕉の誠の心に迫ってゆきたいと考えている。

さて、芭蕉の『野ざらし紀行』も、ようやく大井川《おおいがわ》を渡り、山越の難所にして、歌枕としても名高い小夜《さよ》の中《なか》山《やま》を越えたところである。

ここで場面は一気に、伊勢へと飛ぶ。

芭蕉が、門人千里《ちり》を伴い江戸を発ったのが、貞享《じょうきょう》元年（一六八四）八月中旬、伊勢《いせ》に着いたのは、八月末のことであった。

自筆画巻の画面では、本文の詞書の後に、つづけて挿絵が画面いっぱいに描かれている。右端は川のうねりを描き、川を越えた左側には、手前に鳥居をはさんで左右に大樹の林、それに囲まれて密集した民家らしきものが見える。

その奥には二階建ての巨きな建物が描かれているのは、社殿であろうか。

さらに、画面の上段には、なだらかな丘陵が幾重にも重なっている。さらにその左には、川が流れ、中ほどには両岸を渡す橋が描かれている。広々として閑寂たる趣がひろがっている。

奥の建物は、屋根からみると、伊勢神宮の社殿であろうか。本文を読んでゆこう。

　　松葉屋風瀑《まつばやふうばく》が伊勢にありけるを尋ねおとづれて、
　　十日ばかり足をとどむ。

松葉屋風瀑（?～一七〇七）は松葉氏、通称、七郎大夫。伊勢山田大世古《おおぜこ》町の年寄師職家。江戸に在勤中、信《しん》徳《とく》・芭蕉・素堂《そどう》たちと俳諧の交わりが深かったといわれる。

これより二カ月ほど前、貞享元年の六月中旬、芭蕉は風瀑の伊勢帰郷に際し餞別の句を贈っている。

　　忘れずば佐夜《さよ》の中山にて涼め　（風瀑著『丙寅《へいいん》紀行』）

この『丙寅紀行』（貞享三年刊）には、「いと早うたらちねの命に従ひ、武府の勤めも年ふりにたれど、さりとてもひたすらに止まりぬべきにもあらざれば、折には立帰りて定省しはべりぬ」、また、「芭蕉翁、をとし予に餞《はなむけ》して、〝忘れずば佐夜の中山にて涼め〟それは水無《みな》月《づき》の中のころ、今日は若葉の弥生《やよい》、柳の緑青し（傍点栗田）」とあり、製作年を裏づけている。

ところで、何故、仏教になじんでいた芭蕉が伊勢詣《もうで》をしたのかという点を、その時代背景とともに考えてみたい。

ひとつは、今紹介した風瀑は、いわゆる伊勢参りを案内する御師《おんし》の家柄で、滞在先としては気楽な点があった。また、伊勢では文芸も盛んであったから、それに惹かれてということもあるが、それよりも、はるかに強く深い動機があった。

伊勢神宮の成立と信仰については、古来より今日に至るまで、すでに数多くの研究があり、ここで詳説することはできない。

しかし、とりあえず、あまりに複雑で豊かな信仰形態を、ごく要点に限って記しておこう。『国史大辞典』（吉川弘文館）にも数頁に及ぶ伊勢信仰をめぐる解説がある。まず、

『日本書紀』崇神《すじん》天皇六年条によると、もと（天《あま》

照大神《てらすおおみかみ》の神霊も」宮中殿内に祭ってあったのを、畏《おそれ》多いとして、皇女豊鍬入姫命《とよすきいりひめのみこと》に託して大和の笠縫邑《かさぬいむら》に磯城神籬《しきのひもろぎ》を立てて祭り、さらに垂仁《すいにん》天皇二十五年三月条には改めて皇女倭姫命《やまとひめのみこと》に託し、鎮祭すべきところを求めて近江《おうみ》・美濃《みの》を巡り伊勢に至り、神教に従って五十鈴川《いすずがわ》上に斎宮《いわいのみや》を立て祭ったのが、現在伊勢市の宇治にあって伊勢神宮の内でも中心をなす皇大神宮《こうたいじんぐう》、すなわち内宮《ないくう》の起原である。外宮《げくう》はまた豊受宮《とようけのみや》・度会宮《わたらいのみや》ともいって、伊勢市の山田にあって五穀の神である。『止由気宮《とよけのみや》儀式帳』によると、雄略天皇の夢に天照大神《あまてらすおおみかみ》のお告げがあり、朝夕に奉る御饌《みけ》の神として、その二十二年九月丹波《たんば》国比治《ひじ》の真奈井原《まないはら》から、今の山田原の地に遷座されたものという。その後外宮の御饌殿《みけどの》で天照大神の毎日朝夕の御饌供進を掌る神となったという。

以下、つづけて『国史大辞典』の記述を簡単にまとめて紹介しよう。

古代の初めの殿舎の様子は明らかではないが、延暦《えんりやく》二十三年（八〇四）の両儀式帳によると、現在と同様の、簡素で雄大な茅葺き屋根で、掘立柱による様式は、神明造《しんめいづくり》といわれた。

天武《てんむ》天皇の御世に二十年ごとに造替《ぞうたい》する式年《しきねん》の制が定められた。この神殿の永続性は、古代ギリシャやローマのように岩石で堅固にするのではなく、世界でも珍しい木材のみで本殿をつくり、二十年ごとに更新するというこの時間感覚は、一種の永劫回帰の実現とも見られる。日本独特のものとして、もっと注目されるべきである。

さらに神秘の不思議としては、床下には柱を建てて、これを心《しん》の御柱《おんばしら》または斎柱《いみばしら》という。この心柱の下で祭儀が行なわれた。また、本殿床下には榊《さかき》の枝を以て蔽ったものが見られた。

内宮では外宮と違って中重《なかのえ》鳥居の両袖に八重榊が付設されている。八重榊と大玉串に隠れて祝詞《のりと》を奏するのである。

祭儀は、春秋の神衣祭《かんみそさい》と神嘗祭《かんなめさい》があり、重要な祭儀とされるが、外宮には神衣祭がない。神衣祭は神更新の祭で、神嘗祭の前儀として行なわれ、夏冬の御衣《おんぞ》を供進《きょうしん》する。

二十年に一度の遷宮祭もまた神更新の祭で、神嘗祭の日に行なわれ、式年の遷宮も神嘗祭の一つと見られる。『延喜式《えんぎしき》』によれば神嘗祭は、最も由緒のある重儀で、昔は九月十七日に新穀の「由貴の大御饌《ゆきのおおみけ》」を天照大神に奉る祭であり、その起原もきわめて古い。

先に「風土記《ふどき》」により神嘗祭における、祝詞の役割について述べたことを想起していただきたい。すなわち、日本の詩歌は、古代から祭儀とともに引き継がれてきたことが分かる。

大きな論点となっているのは神と仏の関係である。天照大神と豊受大神《とようけのおおかみ》はともに無上の神であり、仏の根本であると説く神主仏従の思想は、神道説の発展とともに変化を示しているが、神や仏の性格という点で両者の優劣を考えるという方向へは進まず、いずれがより天地開闢《かいびゃく》の昔に近いか、万物の根源に近いかという形で論考する傾向が強い。

鎌倉時代末期の度会家行《わたらいいえゆき》は、度会行忠《ゆきただ》によって形成された神道説を大成し、伊勢神道の教説に体系を与えた人物だが、その教説では天地開闢の直前における空無の瞬間を神の境地であると説いているのが主流である。

元来、日本の神信仰は、今までみてきたように、一般的には教学的な構造を持たず、はるか古代から共同体による四季を基本とする祭祀と禁忌によって維持されてきた。

いわば、論理的には柔軟な特色をもっている。民俗の風俗と祈禱、信心が融合した生活的な神秘思想といっていい。

仏教が日本に入ってくると、日本の神と仏教の仏が交わり、融合して習《かさ》ね合う状況が生じる。いわゆる神仏習合である。『岩波仏教辞典』によると、初めは、インドの仏教と同じく、神を迷える衆生《しゆじよう》とみなし、神前納経なども行なったが、天武期（七世紀後半）頃に、天皇の氏神である天照大神を頂点とする国造りに重用された神々は、民族神として高まり、仏教側でも格づけが上がり、全般的には、仏教の法味を味わって仏法守護の善神となったと解釈して、奈良時代末期から平安時代にかけて神に菩薩号をつけている。八幡大菩薩というのが典型的な例である。

さらに徹底されると、神と仏は合体し、平安中期ごろから、神は本地《ほんじ》の仏が権《かり》に垂迹《すいじやく》の化身として現われたとする、神仏同体の本地垂迹説が生まれる。

比叡山《ひえいざん》を中心とした古い仏教の体制が崩壊し権威を失ってゆくにしたがい、神祇《じんぎ》信仰、すなわち神道という言葉が確立するのが、鎌倉中期ごろからである。その先駆的役割を果たしたのが伊勢神道といわれる。

鎌倉時代には重源《ちようげん》・貞慶《じようけい》・無住《むじゆう》・叡尊《えいそん》など僧侶の参詣も盛んに行なわれるようになった。

室町時代を経て、江戸前期に入ると、宮廷文化階層の崩壊と大衆化とともに、一種の古代への回帰から文芸復興が興る。新谷尚紀《しんたにたかのり》氏の『伊勢神宮と出雲大社』（講談社選書メチエ）によると、文明年間以降、途絶えていた伊勢神宮への例幣使《れいへいし》の発遣が正保四年（一六四七）に復活し、石清水放《いわしみずほう》生会《じょうえ》が延宝七年（一六七九）、賀茂祭が元禄七年（一六九四）に、それぞれ再興されています。宮廷祭祀でも、文正一年（一四六六）以降二二〇年間も中断していた大嘗祭《おおなめさい》が東山天皇の貞享四年（一六八七）に再興され、新嘗祭《にいなめさい》も桜町天皇の元文五年（一七四〇）に再興されましたが、あまりに長期間の中断のため完全な復旧は困難なほどでした。

話が芭蕉をはなれたが、伊勢という名ですら最近では縁遠く、芭蕉の神仏双方にわたる、当時の生きた信仰の風土を紹介しておく必要があると考えたからである。芭蕉の寺院や仏教への傾倒については折りにふれ述べてきたが、やはり、それと同時に、当時の時代の復古調といい、また芭蕉の宗教的心情の奥に、日本人特有の宗教的心情の流れていることを、忘れたくはない。

すでに『万葉集』、『古今集』、『新古今集』について、芭蕉の傾倒についてはみてきたが、在郷中の寛文十二年（一六七二）正月、郷党の俳人三十六名を動員して、自ら判者となり、三十番の発句合《ほっくあわせ》『貝おほひ』を、伊賀上野の天満宮に奉納し、それを置き土産として出郷したことも、芭蕉の出発点として忘れてはならない。

その自序には、神への丁重な挨拶文がある。

又、神楽《かぐら》の発句を巻軸におきぬるは、歌にやはらぐ神心《かみごころ》といへば、小歌《こうた》にも予《よ》がこころざすところの誠を照らし見給ふらん事を仰ぎて、当所、天満《あまみつ》御《おおん》神《かみ》の御《おん》やしろの手向《たむ》けぐさとなしぬ。

とあり、それを俳人としての公の第一歩としていることも、見落としてはならない。人はつねに、その原点を心の内に秘めているからである。

元来、日本の詩歌は神霊に対する祝詞から発することは、前章で紹介したところである。当然、天皇家の祖霊をまつる伊勢神宮が詩歌の源として意識されていたことはいうまでもない。

『野ざらし紀行』に戻ると、「伊勢」の冒頭に登場する風瀑の存在は大きい。

風瀑は、いわゆる伊勢の年寄師職家、すなわち御師であり、布教を組織するために江戸に出ている頃、芭蕉一門との交際が深かった。

なにげなく読んでしまえば、一寸《ちょっと》した知人のように見えるが、伊勢の御師といえば、全国的に強力な布教組織である。その年寄ともなれば、伊勢信仰堅固な人物であったはずである。だから俳諧を通じての交友とはいえ、在府中の親しい交わりは、伊勢信仰について、芭蕉も十分に共感するところがあったからであろう。そして、本文に伊勢に「十日ばかり足をとむ」というのも、今日の常識ではかなり長い。

そこで、この御師という存在についていささか紹介して、芭蕉の交友の心境を探りたいと思うのである。

御師について、『国史大辞典』ではいくつかの項目にわたって解説しているが、その概要をまとめておこう。まず「御師」は、

特定の社寺に属し、参詣者をその社寺に誘導し、祈禱・宿泊などの世話をする者をいう。御師は元来御祈禱師の略で、平安時代中期まず寺院で用いられたが、神社で祈禱を行う比較的下級の祠官も御師と呼ばれるようになった。(略)代表的なのは熊野の御師である。(略)平安末期に盛んになった朝廷や貴族の熊野参詣の時に熊野で祈禱や宿泊の便をはかったものである。

熊野先達は御師の配下に属し、檀那《だんな》を御師の処に嚮導《きょうどう》する役割を果たす者である。そのさい参詣の途上で、精進《しょうじん》・潔斎《けっさい》・奉幣《ほうへい》・献饌《けんせん》などの導師をつとめ、参詣者の宗教的疑問に応えるなどの役割を果たした。

鎌倉時代になると熊野御師は貴族のみでなく、新興の武士階級をも檀那とするようになった。特に東国の武士社会に入り込んだ御師は武家の一門を一括して自己の檀那とした。そして室町時代には、領主などを通して農民を檀那とするようにすらなった。ちなみに応永ころには熊野御師は(略)六、七十家に達したと推定される。

伊勢神宮は元来、皇室祖先神を祀る所として、臣庶の奉幣《ほうへい》を禁じていたが、平安末期朝廷の財政上の支持が不足すると、一般の霊地霊山と同じように御師の制度を生み、師檀関係によって、広く国民各層の信仰を集めるようになった。

また「伊勢詣」については、

当初見られたのは貴族が使僧を遣わして行う代参の形式であったが、鎌倉時代後期には尾張・美濃を中心に広汎な層による伊勢詣が現出するに至った(略)。南北朝時代のような動乱期を経てもこの動きは増大する一方で、室町時代に入るころには、御師

の側では檀那株を売買することも、参詣者集団の間には伊勢講または神明講《しんめいこう》を結成することもしきりに行なわれた。

すでに正応元年（一二八八）のころ通海権僧正《つうかいごんのそうじょう》（神宮祭主家出身）は『太神宮参詣記』を著わして、仏法に帰依することが神宮崇敬と毫も矛盾するものでないことを説いたが、康永元年（一三四二）に参詣した坂十仏《さかじゅうぶつ》は外宮禰宜家行の口から、参詣の心として「念珠をもとらず、幣帛《へいはく》をもささげずして、心にいのる所なき」内清浄の境地が至極のものであると説かれている。当時行われていた神仏習合説に立って、内外の両宮は金剛界《こんごうかい》・胎蔵界《たいぞうかい》の両部の大日の表現であると説くことも一般化した。おそらく中世の民衆は、熊野三山や高野山とならべて、「南無天照大神ハ一切衆生ノ父母」（『身自鏡《みのかがみ》』）であり、これに参詣すれば、現当二世の福を得られると信じていたのであろう。事実関東・東北からは当時伊勢・熊野をあわせて参詣する風があり、そのコースも駿河の江尻《えじり》港から伊勢の大湊《おおみなと》へ航行することが多かったという。（略）

室町時代中期に（略）、九州南端の島津氏やその家臣（略）も詣でている。

天正十三年（一五八五）キリスト教宣教師が本国に報じたごとく、「かれら〔日本人〕は、同所（伊勢神宮をさす）に行かざる者は人間の数に加ふべからずと思へるが如し」というほどの景況となったのである。中世末期のはげしい政治上、社会上の変動を経た直後、慶長《けいちょう》十九年（一六一四）はげしい伊勢踊の流行という爆発的現象が起った。踊の村々辻々における盛行と種々の託宣の降った評判とが、いよいよ伊勢参詣を盛大にしたことはいうまでもない。

この勢いは、江戸時代の民衆に引きつがれ、「御蔭《おかげ》参り・御影《おかげ》参り」が爆発的に発生した。「抜け参り」ともいい、父兄や主人に断らず、家を抜け出て、オカゲ＝路銀を持たずに沿道の人々の喜捨・同情によって、人々が大群をなして伊勢参宮をした。

六十年ごとに流行したが、ここには日本の民衆の心に強くある、古くからの聖地巡礼へのあこがれを見ることができる。

中世の熊野詣の流行もそうだったが、近世、天から伊勢神宮のお札が降ったといって、「ええじゃないか」と声を合わせてくり返し唱えて、大群衆が伊勢を目指したことは、数多くの逸話となって残っている。この伊勢詣特有の宗教的基盤を背景にして、伊勢については考える必要がある。

また、伊勢には古くから詩歌の伝統がある。その代表的なものは『伊勢新名所絵歌合《うたあわせ》』で、永仁三年（一二九五）ごろ、内宮の神官や僧侶十六人によって催された歌合の絵巻である。内容は伊勢神宮付近の新名所である十カ所をあげ、それぞれ八番ずつ、都合八十番に及ぶ。

また、紀行文としては、『伊勢太神宮参詣記』がある。康永元年（一三四二）十月の参宮紀行で、著者は京都の医師坂十仏。伊勢の安濃津《あのつ》より始まり、途中斎宮の旧跡を訪らい、ついで両大神宮および諸別宮などに詣で、二見浦《ふたみがうら》に遊び、山田の宿所三宝院《さんぼういん》における連歌会に列したところまでを記す。文学作品としての価値とは別に、伊勢神道の大成者、度会家行に面会して、その神道説を書きとめている点でも注目に値する。

しかし、伊勢にかかわる文芸作品として大きな価値を占めるのは、平安時代の歌物語、『伊勢物語』である。作者は不詳であるが、在原業平《ありわらのなりひら》の縁者、崇拝者などが考えられている。書名は作中の「伊勢斎宮の段」によると考えられる。原型の成立は九〇〇年前後と想定されていて、十世紀中頃までに大体の形がととのい、その後も本文の流動は続いたらしい。おおむね「昔、男ありけり」という書き出しで、歌を中心として、多様な小話を集めた形となっている。

しかし、各章段を貫く主人公の男は、在原業平として設定され、業平の歌と判明するものだけでも三十余首に達し、他の人の歌、古歌などを軸に、業平の逸話や古伝承を織り込んで構成されている。

それらは一代記的に配列構成され、ある男が初冠《ういこうぶり》して春日里《かすがのさと》で美女に歌を贈る物語に始まり、以後多くは、さまざまの恋の物語が続くのであるが、二条后の段、東下りの段、伊勢斎宮の段、惟喬《これたか》親王の段、紀有常《きのありつね》や在原行平《ゆきひら》に関する段などが、連鎖あるいは点在し、男の辞世の歌の段で終る。

全体の構成は緊密ではないが、珠玉の小篇をちりばめ、人の情を中心的に描き出している詩的作品である。成立以来、多大の愛読を得、歌人・連歌師必読の古典と尊重され、後代の文学に大きな影響を与え、注釈書もはなはだ多量に上る。本文は成立事情に加えておびただしい流布のため、諸形態が伝わっている。

（『国史大辞典』）

解説書、研究書の類も今日にいたるまで続々と刊行され、跡をたたない。日本の歌人たちの、必読の教養書であった。

西行《さいぎょう》や芭蕉が、さまざまな形で、それを摂取して、基本的な素養としたことは迷いもない。

これを絵巻にしたものとして、『伊勢物語絵巻』も数種ある。

このように伊勢は、たんに神道や神仏信仰の問題としてばかりでなく、日本詩歌の素養として欠くべからざる素材であるといえよう。

大和文化の発祥の地である大和盆地から、朝日の昇る遥かなる妣《はは》の国のある東は、伊勢半島であり、また太陽沈みゆく西は出雲《いずも》であって、古代の人はこの東西の二極をもって宇宙観と古代神話を形成したと、新谷尚紀氏は『伊勢神宮と出雲大社』で述べており、新しい視点を民俗学的に分析されていて興味ぶかいが、今回はそれに言及するに至らなかった。

『野ざらし紀行』の本文にもどろう。「十日ばかり足をとどむ」と簡単な記述で改行し、伊勢神宮についての特別な解説はない。

むしろ、直ちに自分の参詣の自画像にはいる。これは、かなり特殊なものであって、芭蕉の伊勢神宮に対する姿勢、また信仰のあり方を、改めて確認させるものであ注目に値する。伊勢についてまったく解説しないのは、伊勢について興味がないからなのか、あるいは数万言を費やしても言い尽くせないほどの信仰と思い入れを示しているのか。もとより後者である。

腰間《ようかん》に寸鉄を帯びず、襟《えり》に一嚢《いちのう》を掛けて、手に十八の珠《たま》を携《たずさ》ふ。僧に似て塵《ちり》あり。俗に似て髪なし。我《われ》、僧にあらずといへども、浮屠《ふと》の属《ぞく》にたぐへて、神前に入ることを許さず。

「寸鉄を帯びず」は成句で、いささかの刃物も「腰間」（腰のあたり）につけていない。つまり武士の身分ではない、と断っている。「襟に一嚢を掛けて」は、首に一つの頭陀袋《ずだぶくろ》をぶらさげているさまをいう。

手には禅家の十八個の数珠を携えている。「十八の珠」は、仏・菩薩を礼拝するときは手にかけ、ときに揉《も》む。珠の数が、本来は百八個なのは、百八煩悩、百八の三尊、百八尊を表わすが、日本の禅宗ではその六分の一の十八個の数珠を用いた。

その姿は、僧に似ているが、俳諧師として俗塵を身におびている。かといって、俗人でもない。頭髪はない。「我、」と切って、改めて自己確認の意思を述べる。僧侶ではないとはいえ、浮屠の属になぞらえる。「浮屠」はブッダの音写で仏・覚者《かくしゃ》と訳し、ひろく僧侶をいう。「属」は仲間。

漆桶万里《しっとうばんり》の『梅花無尽蔵』第三上の、「山谷《さんこく》先生画像賛 并《ならびに》叙」に「先生自賛ヲ作リテイハク、僧ニ似テ髪アリ、俗ニ似テ塵ナシ」によるものという（廣田二郎氏『芭蕉の藝術』）。

しかし、僧侶の仲間なみにあつかわれ、神前に入って参詣することを許されない。

先に述べたように、平安時代末期の戦乱相次ぐ頃、熊野三山参詣をはじめ、寺社参詣の風習が起こり、大神宮にも御師がおこって宣布につとめ、僧侶の参詣も多くなった。源 頼朝《みなもとのよりとも》の信仰も厚く、関東地方に多くの御厨《みくりや》や御園《みその》ができた。

大神宮の分霊を奉斎することになり、東国一帯には多くの神明社《しんめいしゃ》ができた。特に二十年に一度の遷宮祭には庶民の参詣多く、すでに十万を超えていたという。

もともと僧尼については忌 詞《いみことば》があり、祓《はらい》の法が定められていたが、参拝を絶対に拒否したのではない。ただ一般の拝所で拝することはゆるされなかった。

志田義秀《しだぎしゅう》氏の『芭蕉俳句の解釈と鑑賞』（至文堂）によれば、鎌倉・室町期には僧侶および法体者は内宮・外宮ともに三の鳥居より内での参拝は許されなかった。それが室町後期から、内宮は五十鈴川《いすずがわ》の橋を渡った川縁、外宮は五百枝の杉のあたりに僧尼の拝所が設けられたらしく、度会延貞《わたらいのぶさだ》の『神境紀談』（元禄一三年刊）に「コノ拝所ハ、僧尼・法体ノ輩遥拝《ようはい》スルノ所ナリ。イニシヘヨリ僧尼・法体ノ輩ハ、内院ニ参ルコトヲ許サズ。シカルユヱニ、三ノ鳥居ノ外ヨリ拝シ奉リシヲ、イヅレノコロヨリカ今ノゴトキノ拝所ヲ構ヘテ、僧尼ノ拝所ト称セルナリ」と見える。

また同書には、元禄九年（一六九六）に俳人の東潮《とうちょう》が「丸頭なればとて、御裳濯川《みもすそがわ》の藪蔭に押しやられ」た例や、元禄五年に轍士《てつし》が「内宮に参るに、僧尼の拝とやらんに廻れとて、常の道を許され」なかった例などもあげられている。

芭蕉は、とくに異を唱えるでもなく、静かに習慣を受け入れ、むしろ半僧、半俗の自らの身の上、また己れの信仰の複雑な統一を大切にするかのように外宮へ向かう。

暮れて外宮に詣《もう》ではべりけるに、一ノ華表《とりい》の蔭ほの暗く、御燈《みあかし》処 処《ところどころ》に見えて、また上もなき峰の松風、身にしむばかり深き心を起して、

みそか月なし千歳《ちとせ》の杉を抱く嵐

「一ノ華表」は表参道入り口にあり、少し進むと、二の鳥居に至る。『西行物語』に、

「さても大神宮に詣ではべりぬ。御裳濯川のほとり、杉のむら立ち中に分け入り、一の鳥居の御前にさぶらひて、はるかに御殿を拝したてまつりき」

とあるのに、思いをはせている。

いつも心のうちに生きている先達西行を思い出し、その心の跡をたどる心持ちであろうか。

「暮れて」とあるのは、参詣者も少ない夕刻をえらんだのであろう。神宮の神秘の深まり、点々と燈明のゆらぐのが、樹間にすかしてみえる。

こうして時間は朝、夕を越えて、薄明にみたされた悠久のなかに融け込んでゆく。

「また上もなき峰の松風」も、西行の、

高野の山を住みうかれて後、伊勢国二見浦の山寺にはべりけるに、大神宮の御山をば神路山《かみじやま》と申す。大日如来の御垂跡《ごすいじやく》を思ひてよみはべりける

深く入りて神路《かみじ》の奥をたづぬれば
また上もなき峰の松風　（『千載集』神祇）

をふまえたものという（尾形氏『野ざらし紀行評釈』）。形のないもので、千古の松を暗示した深い崇敬の心に通じる。

そして、この冒頭の文節を象徴する「みそか月なし」の一句が示される。

尾形氏によると、季語は「月」で、秋。

一句は『西行物語』に「神路山の嵐おろせば、峰のもみぢ葉御裳濯川の波に敷き、錦をさらすかと疑はれ、御垣の松を見やれば、千歳《ちとせ》の緑梢《こずえ》にあらはる。同じ御山の月なれば、いかに木の葉隠れもなんと思ふ。ことに月の光も澄み上りければ、神路山月さやかなる誓ひにて天の下をば照らすなりけり」とあるのを前提にして成り立っているとする。

また「千歳の杉」は、『西行物語』の「千歳の緑」に応じ、霊木の大きさを示すとともに、神宮の鎮座以来の永劫の時間の流れを表わしたもの。「嵐」は『西行物語』にいう「神路山の嵐」で、嵐気《らんき》をいう。「抱く嵐」とは、嵐気が千古の神杉を包みこんでいること。「神路山―月」は付合《つけあい》で、宗教的清浄感の象徴としての「月」である。

その上で、その月を打ち消して「みそか月なし」と打ち返したところに、一段と深い森厳の気を表わしてい

る。

この一句は、芭蕉の超越者に対する敬慕の念、天然自然崇拝の清浄にして無念無想の清澄な、充実した虚無感に包まれた心の極致を唱ったものというべきであろう。

二十七章　西行谷の女

芭蕉の、伊勢詣のくだりでは、意外にも伊勢神宮の風物はほとんど述べられていない。

しかし、外宮《げくう》に参拝した折の「また上もなき峰の松風」という記述は、西行の『千載集』に収められた、「深く入りて神路《かみじ》の奥をたづぬれば また上もなき峰の松風」にもとづくものであり、芭蕉の一句、

みそか月なし千歳《ちとせ》の杉を抱く嵐

の、「千歳の杉」は、『西行物語』にある「千歳の緑梢《こずえ》にあらはる」によるものであった。「みそか月」も同じく『西行物語』にある「神路山《かみじやま》月さやかなる」をふまえて、西行の述べた月を「みそか月なし」と逆転して、闇の深さの奥に、西行の見た山の端《は》の煌々《こうこう》たる月を同時に暗示していることは、前章でみたとおりである。

芭蕉は、こうして短い前書きと一句だけで、神宮の神

秘的な景観を描きおおせている。まことに、西行と伊勢神宮との関係に深い共感なくしては、成し得ないといわねばならない。

たんに、先人の詩歌から触発されただけで、これほどの深淵な境地を語りつくせるものであろうか。

すでに、芭蕉は旅の先々で、西行にみちびかれるように、西行の和歌を様々な形で肉体化し、暗示しているが、これはただ、先人の詩歌の「ことば」を借りて、それを句として更新しているのではない。

じつは、詩歌になる以前の詩的体験、思想から宗教的心情までを共有しようとしていることに、思い及ばねばならない。そのためには、西行その人が、生涯かけて思想形成をしていった心境にまで入って、探求する必要がある。

ここでも、西行の思索の軌跡、またそれが生まれた生涯というものに踏みこまねばならない。それなしでは、芭蕉の思想、血肉化した詩的体験に共感することはできないであろう。

これは、芭蕉その人の生涯と思想を探ると同じく、またそれを超える努力が求められるが、今ここで、それを展開することは、不可能である。

しかし有難いことに、西行についての研究は、ほとんど数えられぬほど現われていて、それをひもとくだけで、何代もの生涯が必要となる。

それら文献、書誌による研究は、今も進められているわけだが、ここでは、眼に触れ、手に入るもののなかから、最善のものと思われるもののほんの一部だけを紹介するほかはない。

とくに、伊勢信仰について、日本の詩歌人が、どう向かいあったかは、日本人の思想にとっても、大きく深い問題である。日本に巨《おお》きな宗教的思想があるとしたら、神道と仏教であろう。

少なくとも、その教説が生まれる前から、古代より、超越的なるものへの祈りは様々な形で行なわれてきたことは、考古学的世界からも、神話、伝説からも分かる。

自ずから共感しうるようなところが、漠然として、しかし確かに、人おのおのの自覚せざる血肉のなかに息づいていることが理解できるはずである。

そこから生まれたあるものが、日本の詩歌の源流となっていることは、すでにふれた。その代表的な人物が、西行であり芭蕉であることは、いうまでもない。その二人がともに日本の信仰の底流にある伊勢においてどのような共通体験をもったかは、大きな問題だといわねばならない。

西行と伊勢神宮に深くひめられた関係はどうであったかを、考えてみよう。

まず、平安日本文芸史について貴重な実績を残されておられる目崎徳衛《めざきとくえ》氏の『西行の思想史的研究』（吉川弘文館）は、このたびの筆者の考察の基礎ともなる名著である。また、氏には『芭蕉のうちなる西行』（角川選書）という著作もあるので、これらによって、その要旨をたどってみよう。

まず、伊勢を中心に、西行の姿を追いかけてみよう。『西行の思想史的研究』では、「伊勢における西行」という一章が、中心にあてられている（傍点栗田）。

西行は治承四年（一一八〇）夏京を去って伊勢に赴き、文治二年（一一八六）東大寺再建勧進《かんじん》のため陸奥《むつ》に出立するまで、源平合戦の全期間足掛け七年をこの地で送った。すなわち西行の六十代の大部分は神宮の神垣のもとでの生活であり、その歌交の主たる相手は内宮《ないくう》祠官荒木田《あらきだ》氏であった。この事は必然的に西行と伊勢信仰との緊密な関係を生ぜしめたのであるが、従来この方面の研究はまことに手薄であって、かの有名な、

大神宮御祭日よめるとあり
何事のおはしますをば知らねども
かたじけなさの涙こぼるる

という一首が、果して西行の作か否かを疑われつつも人口に膾炙《かいしゃ》している。

『玉葉《ぎょくよう》和歌集』（巻二十、神祇歌）にみえる、

あまてらす月の光は神垣や
引くしめ縄のうちとともなし

此の歌は、西行法師太神宮《だいじんぐう》にまうで、、遥かにあらがきの外にて、心のうちに法施奉りて、本地《ほんじ》はへだてあるべきにあらぬに、垂迹《すいじゃく》のまへにちかく参らざる事を思ひつゞけ侍りて、すこしまどろみけるに、つげさせ給ひけるとなむ

とある伝承歌は、西行の太神宮崇敬、その本地垂迹思想包懐という観念が遅くも鎌倉末期までには成立していたことを示すのであるが、こうした伝承は果して実在の西行と無縁のものなのであろうか。

西行を文学史の対象としてではなく、中世思想史上の多くの基本的な主題にふかく関係する巨人的な存在として、包括的に検討しようとする時、西行と

伊勢の神宮との関係は一つの重要な論点となるのである（略）。従来確乎たる裏付けもないまま俗説的に扱われてきた「何事のおはしますをば」の一首には、かなり広くかつ深い背景の存することが実証されうるであろう。西行は武人・歌人・念仏聖・山中修行者など多くの側面を兼ね備えた複雑な人格であるが、ここに本地垂迹の神祇信仰の把持者という一面を付け加えることができるのである。

さらに目崎氏は、註として以下のようにつづける。

「何事の」の歌を踏まえた芭蕉の句としては、（略）貞享五年参宮《さんぐう》の際の「何の木の花とは知らず匂ひかな」の吟がよりふさわしく、『笈《おい》日記』には「西行のなみだをしたひ、増賀《ぞうが》の信をかなしむ」の詞書がある。また『甲子吟行《かっしぎんこう》』の「山路来て何やらゆかしすみれ草」も貞享二年の初案では「何とはなしに何やらゆかし菫草《すみれ》」であり、これは日本《やまと》武尊《たけるのみこと》への手向けの句であるけれども「何事の」の歌を明らかに下敷にしている。これらの発句はいずれも、芭蕉が延宝二年板本を読んだことによって生まれたものであろう。（略）『松屋筆記《まつのやひつき》』がこの歌の謡曲にみえる旨を記した点は注意を要する。それは謡曲『巴《ともえ》』に、「伝へ聞く行教《ぎょうきょう》和尚は、宇佐《うさ》八幡《はちまん》に詣で給ひ、一首の歌に曰はく、なにごとのおはしますとは知らねども、忝《かたじけ》なさに涙こぼるると、かやうに詠じ給ひしかば、神もあはれとや思しめされけん」云々とあるものであろう（尾形仂『松尾芭蕉』筑摩書房）。すなわち謡曲では貞観二年石清水八幡宮を男山に勧請した伝燈《でんとう》大法師位行教の詠となっているのであって、『松屋筆記』の疑問はもっともとしなければならない。ただし「何事の」の歌を行教詠として伝える古伝は他に管見に入らないが、これを西行詠として伝えるものも「『醒酔笑《せいすいしょう》』など近世の諸書」（尾形・前掲書）に下るようである。

研究者の諸家は、これを「古来の疑問」としながらも、「一応西行の歌と見做すこともできる」とされている（高城功夫《たかぎいさお》氏「『山家集』諸本の研究」『西行の研究』笠間書院所収）。

筆者は、この歌の傑出したところは、「何事のおはしますをば知らねども」と言い切ったところにあると思う。深い内省と自問自答のあげくに、ずばりと信心の中核に触発された一首として、端的にして深刻なリアリティを覚えずにはいられない。少なくとも、初発はともかく、西行の信心のあり方を理窟ぬきに言い切っている歌として読んでよいと思うのである。

西行の伝記、伝説については、数えきれないくらいの様々な記述、研究がある。それはほとんど、弘法大師空《こうぼうくう》海《かい》をめぐる説話に匹敵するといわれるほどである。その理由は、すでに西行の死の直後からはじまる、詩聖、歌聖としての崇拝が、その存在を、人間としてよりもむしろ人間を超えた信仰対象にまで高めたということにある。その理由は、小林秀雄《こばやしひでお》に言わせれば、西行の詩歌はすべて「思想詩であって、心理詩ではない」（小林秀雄『モオツァルト・無常という事』「西行」新潮文庫）からである。

世中《よのなか》を捨てて捨てえぬ心地して
　都離れぬ我身なりけり

心理の上の遊戯を交えず、理性による烈しく苦い内省が、そのまま直《じ》かに放胆な歌となって現れようとは、彼以前の何人も考え及ばぬところであった。表現力の自在と正確とは彼の天稟《てんぴん》であり、これは、生涯少しも変らなかった。彼の様に、はっきりと見、はっきりと思ったところを素直に歌った歌人は、万葉の幾人かの歌人以来ないのである。（略）

この人の歌の新しさは、人間の新しさから直かに来るのであり、特に表現上の新味を考案するという風な心労は、殆《ほとん》ど彼の知らなかったところではあるまいか。即興は彼の技法の命であって、放胆に自在に、平凡な言葉も陳腐な語法も平気で馳駆《ちく》した。自ら頼むところが深く一貫していたからである。さすがに芭蕉の炯眼《けいがん》は「其細き一筋」を看破していた。「ただ釈阿《しゃくあ》〔藤原俊成〕西行のことばのみ、かりそめに云ひちらされしあだなるたはぶれごとも、あはれなる所多し」（許六離別詞《きょりくりべつのことば》）

西行の実生活について知られている事実は極めて少いが、彼の歌の姿がそのまま彼の生活の姿だったに相違ないとは、誰にも容易に考えられるところだ。

（小林・前掲書）

たしかに、彼の生涯は平穏なものであったとはいえない。第一に何故彼は出家したのか。また、なぜ激しい恋にやぶれたのか。また自らの死を予告し、それを果たしえたのか。仏教と神道という知と心の葛藤をどう生涯にひきうけたのか。西行は後をたどることも不可能なくらい、しばしば行脚の旅に出て、古来からの歌枕をたどり、また、さらに歌枕となる歌を数多く作った。

小林秀雄のすでに紹介した文章によれば、このような謎に、実生活上の裏づけを実証的にたどることなどは、ほとんど無意味なように思われる。ひたすら無心に彼の歌を読み、受けとってゆくところに、西行の詩と人生を追体験できるというものである。実生活の環境ではなく、「わが身」と「わが心」のありように想いをひそめることが大切となる。

世をすつる人はまことにすつるかは
　すてぬ人こそすつるなりけれ

（略）思想を追おうとすれば必ずこういうやっかいな述懐に落入る鋭敏多感な人間を素直に想像してみれば、作者の自意識の偽らぬ形が見えて来る。西行とは、こういうパラドックスを歌の唯一の源泉と恃《たの》み、前人未到の境に分入った人である。（略）従って、彼の風雅は芭蕉の風雅と同じく、決して清淡という様なものではなく、根は頑丈で執拗《しつよう》なものであった。（小林・前掲書）

「わが身、わが心」という言葉は、ありふれているようだが、じつは奥深く複雑であり、ここには小林が鋭くも指摘しているように、近代的にいうならば、裸形の意識、つまり肥大化、尖鋭化した自意識への肉迫が語られているのである。「わが身」とは「他者」であり、「わが心」とは「認識」の主体であり、この人間の自我と認識、みられる自分とみる自分という分裂を孕《はら》んだ自己追究が明確にうち出されているのである。

以前に触れたベルクソンの提起した問題であり、ゴーギャンの名画のタイトルでもある、「われわれはどこから来たのか、われわれは何であるのか、われわれはどこへ行くのか」という問いは、われわれの存在の根本にかかわる問いなのである。

「この問いが、しだいに、まともに取りあげられなくなった理由は、（略）この問いが、あまりにも宗教と結びついていたからである」（篠原資明《しのはらもとあき》『ベルクソン——〈あいだ〉の哲学の視点から』）という現代の最先端を行く問題とも重なってくる。

小林は、近代的自意識を鋭く西行にみとめた。それはじつは、小林にとって西行の歌の示すところの自意識の二重性は、小林自身の最大の問題だったからである。つまり、彼は、西行において自己告白を語った。小林の仕事はいみじくも、執拗で繊細、大胆な文章による自己告白だといえよう。

もう一首、小林が西行の姿を求めていたとき、彼の歌学の精髄にふれ、たちまち自分の心が極まったと告白している歌をあげておこう。

世の中を思へばなべて散る花の
　わが身をさてもいづちかもせむ

右の歌を定家《ていか》は『宮河歌合《みやがわうたあわせ》』の判詞のなかで、「左歌、世の中を思へばなべてといへるより終の句の末まで、句ごとに思ひ入りて、作者の心深くなやませる所侍《はべ》れば、いかにも勝侍らん」と評したという。『群書類従《ぐんしょるいじゅう》』によれば、西行はこの評言に非常に心を動かされた。『贈定家卿《きょう》文』に、「九番の左の、わが身をさてもといふ歌の判の御詞に、作者の心ふかくなやませる所侍ればとかかれ候。かへすがへす面白く候物かな。なやませなど申《もうす》御詞に、万《よろず》みなこもりてめでたく覚《おぼえ》候。これあたらしくいでき候《さぶらい》ぬる判の御詞にてこそさふらふらめ。古《いにしえ》はいと覚候はねば、歌のすがたに似て、いひくだされたる様に覚候」とある。

定家への感謝状は、語るに落ちた西行の自讃状にさえ見える。（略）如何にして歌を作ろうかという悩みに身も細る想いをしていた平安末期の歌壇に、如何にして己れを知ろうかという殆ど歌にもならぬ悩みを提《ひっさ》げて西行は登場したのである。（略）彼の行くところ、当時の血腥《ちなまぐさ》い風は吹いているのであり、其処に、彼の内省が深く根を下している点が、心と歌詞との関係に想いをひそめた当時の歌人等の内省の傾向とは全く違っていたのであって、彼の歌に於ける、わが身とわが心とかいう言葉の、強く大胆な独特な使用法も其処から来る。「わが身をさてもいづちかもせん」という風には、誰も詠めなかった。

（小林・前掲書）

ましてまして悟る思ひはほかならじ
　吾が嘆きをばわれ知るなれば

まどひきてさとりうべくもなかりつる
　心を知るは心なりけり

いとほしやさらば心のをさなびて
　たまきれらるる恋もするかな

心から心に物を思はせて
　身を苦しむる我身なりけり

「地獄絵を見て」という連作からは、西行の赤裸々な告白の声がきこえる。

見るも憂《う》しいかにかすべき我心
　か丶る報いの罪やありける

小林秀雄は、この西行の窮極の心境を人間孤独の観念とし、これを生得の宝とし、出家も遁世も、これを護持するために便利な様式に過ぎなかったとしている。自意識が、彼の最大の煩悩だったというのである。

小林は「黒きほむらの中に、をとこをみな燃えけるところを」という詞書のある数首を挙げている。

なべてなき黒きほむらの苦しみは
　夜の思ひの報いなりけり

あはれあはれこの世はよしやさもあらばあれ
　来む世もかくや苦しかるべき

都にて月をあはれと思ひしは
　数よりほかのすさびなりけり

すさみすさみ南無《なも》と称へし契《ちぎ》りこそ
　奈落が底の苦にかはりけれ

『岩波古語辞典』によれば、すさみはすさびの転であって、すさびは、「荒び・遊び・弄び」の漢字があてられているように、「勢いのままに荒れる」、「興にまかせて…する」、そして「もてあそぶ」の意を孕《はら》んでいる。ここには全身全霊うち込んでゆく精神の勢いと、それが裏切られて、心を失い、気まま、遊びごといった、一見相反する両義が含まれている。この両義性をあわせて人間の心のありようを含んだ言葉として深い趣がある。小林秀雄は、こういう。

　西行は、すさびというものを知らなかった。月を詠んでも仏を詠んでも、実は「いかにかすべき我心」と念じていた（略）同じ釈教の歌で慈円《じえん》寂蓮《じゃくれん》の流儀から際立《きわだ》ち、花月《かげつ》を詠じて俊成《しゅんぜい》定家《ていか》と全く異るに至ったのである。花や月は、西行の愛した最大の歌材であったが、誰も言う様に花や月は果して彼の友だっただろうか、疑わしい事である。自然は（略）彼を苦しめ、いよいよ彼を孤独にしただけではあるまいか。彼の見たものは寧《むし》ろ常に自然の形をした歴史というものであった。

これは相矛盾する観念の働きをもつ「自意識」を「孤独」として環境のなかで捉えたものであるが、最後の「常に自然の形をした歴史」という言葉には、深い背景が秘められている。

小林が、歴史というものに注目したことは他の文章でも知られるが、「自然」と結びつけられているのは珍しい本意ではあるまいか。

「自然」と今日ふつうに言う時は、西欧的、自然科学的、客観的存在である。しかし、「歴史」は明らかに「時間」という変化の概念を中心に置いた言葉である。つまりこれは、ハイデガーの用語を用いれば、「存在」と「時間」というテーマであって、この文章のはじめから、芭蕉が追究した課題に他ならないのである。

そしてそれは、ベルクソンによって「創造」という視点が取り入れられることによって新しい方向性を見出し、あわせて「而今《じこん》」という本来の宗教的意義をも取りもどしつつあるということである。

自然を歴史と重ね合わすこととは、もはや自意識のなかでの「孤独」ではなく、宇宙の実相に迫る自我をもって、超越的な世界へ迫る対決を意味していた。

そこには、西行の神仏にたいする並々ならぬ傾倒が見られる。武家をやめて僧形《そうぎょう》となり、一介の真言密教僧として高野山を根拠地として社寺の勧進を務めた。また日本古来の宗教的心情を活かして、産土《うぶすな》である賀茂神社への崇敬をもちつづけ、ついに伊勢大神宮に住して、数年にわたり、主要な歌集を編するにいたった。表はまさに神仏習合を生きぬく宗教的生活者のそれであった。

しかし彼にとって、この自意識の葛藤は、不幸な激しい恋愛によって、いっそう深い体験となったが、歌をつくり旅をすることによって、一種の宗教的、神秘的体験へと向かったのである。小林の指摘する文章のなかには、西行のもっとも重要であった、出家者ということの体験的意味が全く排除されている。

西行が生涯の果てに向かって突き進む、「心」の歌をいくつか拾っておこう。彼の「花月」の歌はいつも「空」＝そらであり、「空」＝くうとなる視点をさしているようにみえる。早すぎた近代人であった。

花みればそのいはれとはなけれども
　心のうちぞ苦しかりける

ともすれば月澄む空にあくがるる
　心のはてを知るよしもがな

そして、自ら自賛歌の第一としたという伝説の歌の境地にいたる。もはや心は消えていた。

風になびく富士の煙の空にきえて
　行方も知らぬ我が思ひかな

芭蕉の『笈の小文』の冒頭には、「風雅におけるもの、造化《ぞうか》に随《したが》ひて四時《しいじ》を友とす。……造化に随ひ、造化に帰れとなり」とある。

尾形仂氏は『俳文学大辞典』において、「造化」を次のように解説している。

「造化」とは宋《そう》学の想定する宇宙の根源的主宰者で、「誠」を本体とし、万物を生成する根源的創造力と、それを統制する万古不変の恒常的原理との二面をもつ。（略）創作活動を造物主の生成創造の至大のはたらきに随順帰一すべきものとしたところに、芭蕉の芸術に対する省察の深さと厳しさがある。

芭蕉において、西行の詩作と巡礼が、その根底において、いかに深化され実現されていったかを示唆するものである。

西行の出身、恋、詩論などについては、さらに機会をみて触れることとして、『野ざらし紀行』の伊勢の段の後半に進もう。

「みそか月なし千歳《ちとせ》の杉を抱く嵐」という森厳な大神宮の神域の述懐から、話は一転して、生活的な叙述になる。

懐古から現実へ、森厳から飄逸な境地への転換は、一種とまどいを感じさせるが、しかし、かえってそこに芭蕉の身体的体験によって、伊勢の地と西行への懐《おも》いが裏うちされるように思われる。そこには三つの句が並べられている。

その第一句は、「西行谷《さいぎようだに》の麓《ふもと》に流れあり。女どもの芋洗ふを見るに」との詞書につづけて、

　芋洗ふ女西行ならば歌よまむ

まず伊勢における西行の草庵として世に知られる宇治の西行谷について、旧伝をたどってみよう。

目崎徳衛氏の前掲書『西行の思想史的研究』の第七章「伊勢における西行」には、「草庵の所在地」という詳細な記事がある。

神宮文庫に、『西行谷神照寺《じんしようじ》寄進宝物覚《おぼえ》』という写本が所蔵されている。それは正徳二年極月十五日

におこなわれた宝物改《あらため》のさい作成された覚で、

（略）延宝より元禄にかけて江戸などより寄進された什物《じゆうもつ》がもっとも多い。すなわち芭蕉が訪れた貞享元年（一六八四）前後は、神照寺の寺運がまさに興隆の極に達しつつあった時点のようである。西行をこよなく敬慕していた芭蕉が、真向から草庵跡と信じて神照寺に杖をひいたのは無理からぬことであった。

しかし、神照寺の西行谷が果して西行の草庵に発祥するか否かはすこぶる疑わしい。

とし、諸説を紹介検討したのち、

要するに西行谷は室町時代に発達した西行伝説の所産として注目すべきものであって、（略）論証の術はないとしなければならない。

とされている。

尾形氏は、西行谷を註して、「神路山《かみじやま》南方、菩提山の西の谷。西行隠栖の跡と伝え、神宮連歌壇ではここで西行谷連歌が催されていた（神宮引付）」とし、いずれにしても、神宮歌壇の伝承を重視したものと思われる。少なくとも、芭蕉は、当時西行谷といわれた土地を訪れて、西行の日々の生活に想いをはせ、自らの体験に重ね合わせ、生活的実感を確かめたものであろう。

しかし、そこに森厳な神苑を想起したのではない。意外にも、芭蕉の眼差しは、谷の麓を流れる小川に注がれる。

そこでは女どもが芋を洗っている。渓流の岸で裾をからげ、水の流れに足をふみ入れ、激しく腰を動かす女たちのふくらはぎの肌の白さと、むかれた芋の生々しい白さが、一転して芭蕉に生の喜びを与え、想いは、西行の苦悩ばかりではなく、彼の女人に対する並々ならぬ愛情、恋の歌人としての一面を、反転して追慕したのではあるまいか。そこには、恋の苦しみの底からも脱却した晩年の西行の超越的な境地に対する憧れと共感すらみられる。

なぜ芭蕉は、この光景を目にして、西行ならば「歌を詠む」と推察したのであろうか。その背景には、じつは西行『山家集《さんかしゆう》』所載の、

天王寺《てんのうじ》へまゐりけるに、雨のふりければ、江口《えぐち》と申す所にやどかりけるにかさざりければ

よのなかをいとふまでこそ難《かた》からめ
かりのやどりををしむ君かな

返し　　　　　　　　　　遊女　妙《みよう》

いへをいづる人としきけばかりのやどに
　心とむなとおもふばかりぞ

という、江口の遊女と西行との和歌のやりとりがあるとされている。

このエピソードは『撰集抄《せんじゆうしよう》』（巻九）や『源平盛衰記《げんぺいせいすいき》』（巻八）にまでしるされている。

この話は、西行の創作とも言われているが、目崎氏は、『長秋記《ちようしゆうき》』元永二年（一一一九）九月四日の条に、その前日、源師時《みなもとのもろとき》が一族郎党と女房たちを引き連れて数隻の船で淀川《よどがわ》を下り、広田社《ひろたしや》参詣の旅に出ると、江口・神崎《かんざき》の遊女が船で一行を迎え、今様を唱い船遊びをし、やがて一行は神崎に上陸して盛宴を張り、おのおの遊女と交渉を持ったとあり、滝川政次郎《たきがわまさじろう》氏が、「この広田社参詣が、江戸時代の伊勢参りと一緒で、江口・神崎で遊ぶことが目的であって、神詣では口実に過ぎなかった」と指摘していることを伝え、しかも、この遊興を引率したのが西行の外祖父である監物清経《けんもつきよつね》で、彼は今様《いまよう》・蹴鞠《けまり》など芸能百般に秀で、青墓《あおはか》の遊女を妻妾《さいしよう》としただけでなく、遊里の内情にも精通した、当代随一の数寄者であったとされている（目崎・前掲書）。

目崎氏はそのうえで、西行は遊女妙《みよう》や、待賢門院《たいけんもんいん》の女房など多くの女性と数寄の交わりがあり、こうした数寄の遁世者となる資質と環境は、外祖父清経から受けつがれていると思われるとも述べる。

この文の情景の、聖から俗への反転には、芭蕉の俳諧の、重要な特色である即興と滑稽としての面白さがある。

「芋洗ふ女」という措辞は、「言水《ごんすい》の『芋洗ふ女に月は落ちにけり』（『東日記《あずまのにつき》』）の詩脈を受けたものであるかもわからない」という尾形氏の註を読むと、芋洗うせせらぎに白い女のふくらはぎ、洗われた芋の白さ、そして月光の砕け散る川のせせらぎの輝きを連想させる趣深い俳諧と思われる。

『野ざらし紀行』の先に進もう。

その日のかへさ、ある茶店に立ち寄りけるに、蝶《ちよう》といひける女、「あが名に発句せよ」といひて、白き衣出《きぬいだ》しけるに書き付けはべる。

蘭《らん》の香や蝶の翅《つばさ》に薫物《たきもの》す

芭蕉の弟子、土芳《どほう》が著わした俳論書である『三冊子《さんぞうし》』に、

「この句は、ある茶店の側《かたわら》に道休らひして、たたずみありしを、老翁見知りはべるにや、内に請じて、家女、料紙持ち出でて句を願ふ。その女のいはく、われはこの家の遊女なりしを、今はあるじの妻となしはべるなり。先のあるじも、鶴といふ遊女を妻とし、そのころ、難波《なにわ》の宗因《そういん》、この所にわたりたまふを見かけて、句を願ひ請ひたるとなり。例をかしきことまで言ひ出でて、しきりに望みはべれば、否みがたくて、かの難波の老人の句に、〝葛の葉のおつるのうらみ夜の霜〟とかいふ句を前書にして、この句遺《のこ》しはべるとの物語なり、その名を蝶といへば、かく言ひはべるとなり。老人の例に任せて書き捨てたり。さのこともはべらざれば、なしがたきことなり、といへり」

として、芭蕉の直話をあげている。

「蘭の香や」については、尾形氏の註を引こう。

『温故日録《おんこにちろく》』に「詩家にはひとへに〝蘭〟を用ゆ。和歌には二草（らに・藤袴）ともに用ふるなり」と説くように、蘭と音読して用いる時は、中国の秋蘭を思わせ、漢詩的な風韻を伴う。『円機活法《えんきかっぽう》』百草門・蘭の条には、大意として「国香《こくこう》・幽香《ゆうこう》・清馨《せいけい》・有㆓国香㆒無㆓俗姿㆒」などの字句が挙げられ、一方、昆虫門・蝶の条には、大意として「粉翅《ふんし》・偸《とう》香《こう》・芳情《ほうじょう》・雅態《がたい》」などの字句が挙がっている。（略）「蘭の香」の漢詩的風韻を逸したものというべく、艶姿の中にそなわった気品の清高に対する賛意を看過すべきではない。その気品の清高がおのずから次の句との匂いの照応をなしているのである。

（尾形氏『野ざらし紀行評釈』）

その「次の句」は、いきなりまた転調する。「閑人の茅舎《ぼうしゃ》を訪《と》ひて」との詞書につづけて、

蔦《つた》植ゑて竹四五本の嵐かな

閑人とは、清閑を楽しむ人。茅舎はかや葺きの家。杜《と》甫《ほ》の「茅屋《ぼうおく》秋風ノタメニ破ラル歌」の詩題により、芭蕉はしばしば芭蕉庵の謙称に用いている。

「蔦植ゑて」の句は、「蔦」の語がおのずから隠閑の栖居を思わせ、また「竹」も家持《やかもち》の歌「わが宿のいささむら竹吹く風の音のかそけきこの夕べかも」（『万葉集』巻

一九）などで詠まれた閑居を思わせる。竹・蔦・茅舎は、詩人・高士を描く場合に欠くことのできない詩材になっている。

素堂《そどう》の序には、「綿弓を琵琶に慰み、竹四五本の嵐かなと隠れ家に寄せける、この両句をとりわけ世人もてはやしけるとなり」とある。

山本健吉氏は、芭蕉ののちの画賛句「こがらしや竹に隠れてしづまりぬ」は、この句の感が尾を引いていると評している。

こうした発句の即興性、滑稽、単純化のなかで、和・漢二つの詩の伝統を融合消化して、新なる境地へと芭蕉が踏み入れた、ひとつの達成点として考えられるのである。

ここに芭蕉は、ようやく転換期をむかえたといえよう。

二十八章　帰郷

『野ざらし紀行』の目的は二つあった。

ひとつは、和漢の詩文の源流にたちかえるため、先人、とくに思慕する西行の跡を心ゆくまでたどること。そして二つめには、自らの出生の地である伊賀上野に、亡き母の菩提をとむらい、己れの根元的な、いわば、生身《なまみ》の自己のルーツを問い直しておきたいという秘められた念願があった。

しかし、芭蕉にとっては、俳諧そのものが自らの躰と魂の、生活と文芸との一致したものであったから、この二つは、おのずからひとつになって深く自己の根拠に想いをひそめることになった。それが新しい境地をたしかめたいという熱い願いになっていた。

八月末、念願の伊勢神宮に参拝し、自らの俳諧の原点を深く確かめた芭蕉は、もうひとつの原点である故郷へと向かう。伊賀上野に着いたのは、九月八日であった。

およそ一カ月の滞在であったが、季節は夏の終わりから秋へと移り、月日の流れの身に滲む頃であった。

芭蕉の母は、その前年、天和三年（一六八三）六月に、上野で没し、菩提所愛染院《あいぜんいん》に葬られていた。法名「梅月妙松信女」。施主、松尾半左衛門となっている。

その前年（天和二年）の暮れ、十二月二十八日には、江戸駒込大円寺《だいえんじ》を火元とする大火があり、芭蕉庵も被災した。芭蕉は難を逃れて居所を転々とし、江戸に戻ったのは天和三年の五月であった。

この波乱のなかで、はじめて当時の芭蕉の俳諧論と抱負を煮つめた『虚栗《みなしぐり》』（其角《きかく》編）の跋文が書かれた。

母が亡くなったのは六月二十日だったが、とても故郷に帰れる状況ではなかった。

九月には、江戸深川の元番所の賃長屋の一戸に、第二次芭蕉庵を設けている。それから一年近くたって、ようやく一段落ついての帰郷であった。

『野ざらし紀行』の伊賀のくだりは、思いのたけが凝縮された、見事な詞章で始まる。

長月の初め、故郷に帰りて、北堂《ほくどう》の萱草《けんそう》も霜枯れ果てて、今は跡だになし。何事も昔に替はりて、同胞《はらから》の鬢《びん》白く眉皺《しわ》寄りて、ただ「命ありて」とのみ言ひて言葉はなきに、兄《このかみ》の守袋《まもりぶくろ》をほどきて、「母の白髪《しらが》拝《おが》めよ、浦島の子が玉手箱、汝《なんじ》が眉もやや老いたり」と、しばらく泣きて、
手に取らば消えん涙ぞ熱き秋の霜

これだけである。しかし、よく繰り返し読むと、的確な情景の変化が展開し、過剰な思い入れは全く書かれていない。

冒頭の「長月の初め、故郷に帰りて」という書き出しは、ただ日時の記事のようにみえるが、絵巻（図版302ページ）をみると、伊勢神宮の画面に続けて、余白をとらずに、この本文が始まっている。

そこには、この旅行の初めの「貞享甲子《かつし》秋八月」を受け、江戸出発いらいの時節の経過をふまえ、陰暦九月初めの、秋のあわれの深い晩秋の想いがこめられている。

尾形仂氏の『野ざらし紀行評釈』によれば、「長月」は平安末期の歌論書『奥儀抄《おうぎしょう》』に「九月　ながつき　夜やうやう長きゆゑに、夜長月といふを誤れり」とあり、また室町末期の連歌論書である『連珠合璧集《れんじゅがっぺきしゅう》』に「秋の末の心ならば、長月」「長月とあらば、秋の夜、木末の秋、衣打つ」とあるように、晩秋のしみじみとした心情をあらわし、後につづく「霜枯れ果てて」、また「秋の霜」と呼応して、秋の悲愁と時の流れを思い起こさせる見事な冒頭である。

「故郷」は、兄半左衛門の家と思われる。父の代から上野に家を持ち、芭蕉もそこで育ったのであろう。

　母の死後、帰郷の遅れた事情については先に述べた。家がある赤坂は、元禄十年以前の古地図に「農人町」とあり、諸伝にも「父与左衛門ハ全ク郷士ナリ。作リ（耕作）ヲシテ一生ヲ送ル」（曰人《あつじん》『芭蕉翁系譜』）とある。郷士というのは、通常の士族ではなく、平時は農業を営み、事あれば兵士として戦うという身分だとする説が有力である。

　長い江戸住まいのはてに、ようやく帰りついた己れのルーツの地で、芭蕉は、亡母を偲《しの》ぶ顕わな悲愁はおさえて、故郷の情景の描写に移る。

「北堂の萱草」の「北堂」は、中国の士大夫《したいふ》の家の東房の北半分を指し、そこは主婦の居室で、その庭に萱草を植えた。そのため母のことを萱堂ともいうという。『詩経《しきょう》』衛風《えいふう》・伯兮《はくけい》の詩に「イヅクンゾ諼草《けんそう》ヲ得テ、ワレコレヲ背ニ樹ヱン」とあり、『毛伝《もうでん》』（『詩経』の異称）に「諼草ハ人ヲシテ憂ヒヲ忘レシム。背ハ北堂ナリ」とあるのにもとづくという。また『俳諧御傘《はいかいごさん》』の「忘れ草」の項に「この萱草の薬性、人の憂ひをよくなほすにより、独りある母などの居らるる所には植ゑ置き、絵にも書きて、もろこしの人は置くなり」とある。『温故日《おんこにち》録《ろく》』にも「毛詩にいふ、北堂に萱草を栽《う》ゑてよく憂へを忘る、このゆゑに萱草を忘れ草といふなり」というように、よく知られた語句であった。

　この一句によって、深く中国古典の『詩経』にまで想いをはせていることが分かり、はからずも漢詩文調の厳しい格調が悲しみを裏打ちしている。

「霜枯れ果てて」は、草木が霜に打たれてしぼみ枯れること。「冬枯れ」という句もあるが、この場合「秋の霜」である。

「霜枯れ果てて」の一句は、母の死後、久しく時のたったことを嚙みしめている。

　芭蕉は「今は跡だになし」と言い切り、視線は、芭蕉の帰郷を知って集まった兄弟へと転ず。見れば「何事も昔に替はりて」、時を経てすべてが変わりはてている。

「同胞」は、兄弟姉妹だが、芭蕉には兄半左衛門のほかに、姉一人、妹が三人いた。妹たちは赤坂の兄の家の近くにいたらしい。

「同胞の鬢《びん》の白く眉皺寄りて」、なによりも、その顔つきが、昔の面影を残していても、すでに眉毛も白く皺が寄っている。自分もまた同じである。長い年月の物語もしたいところだが、何よりも言葉にあまり、声も出ない。

「ただ『命ありて』とのみ言ひて言葉はなきに」、お互いに生きてきたなという想い。

「命ありて」には、殷富門院大輔《いんぷもんいんのたいふ》「命ありて逢ひ見むことも定めなく思ひし春になりにけるかな」（『新勅撰集』雑二）、詠み人知らず「命ありて別るる道はおのづからまた逢ふ末を頼むばかりぞ」（『新後拾遺集』離別）などの例がある。


　冒頭の漢詩文的描写から一転して、人情のあふれる趣を和歌的な表現で表わしてゆく。

「はらから」「このかみ」なども、どこか歌物語を想わせる。

「このかみ」は兄のことで、子の上《かみ》の擬古的表現。


　そして、兄が取り出したのは、なんと肌身はなさぬ「守袋」であった。母に寄せる心情の深さを彼に示す。その中には今は亡き母の白髪が収められていた。形式的な言葉ではなく、母の生身の白髪を見たときの衝撃の大きさが偲ばれる。兄は、ただこう言う。

「母の白髪拝めよ、浦島の子が玉手箱、汝が眉もやや老いたり」

「浦島の子が」は、和文脈をひいた俳諧的文脈である。

　浦島伝説は『万葉集』巻九の長歌に歌われ、数多くの説話集やお伽草子・謡曲などに取りあげられているが、和歌・連歌の用語としては、中務《なかつかさ》「夏の夜は浦島の子

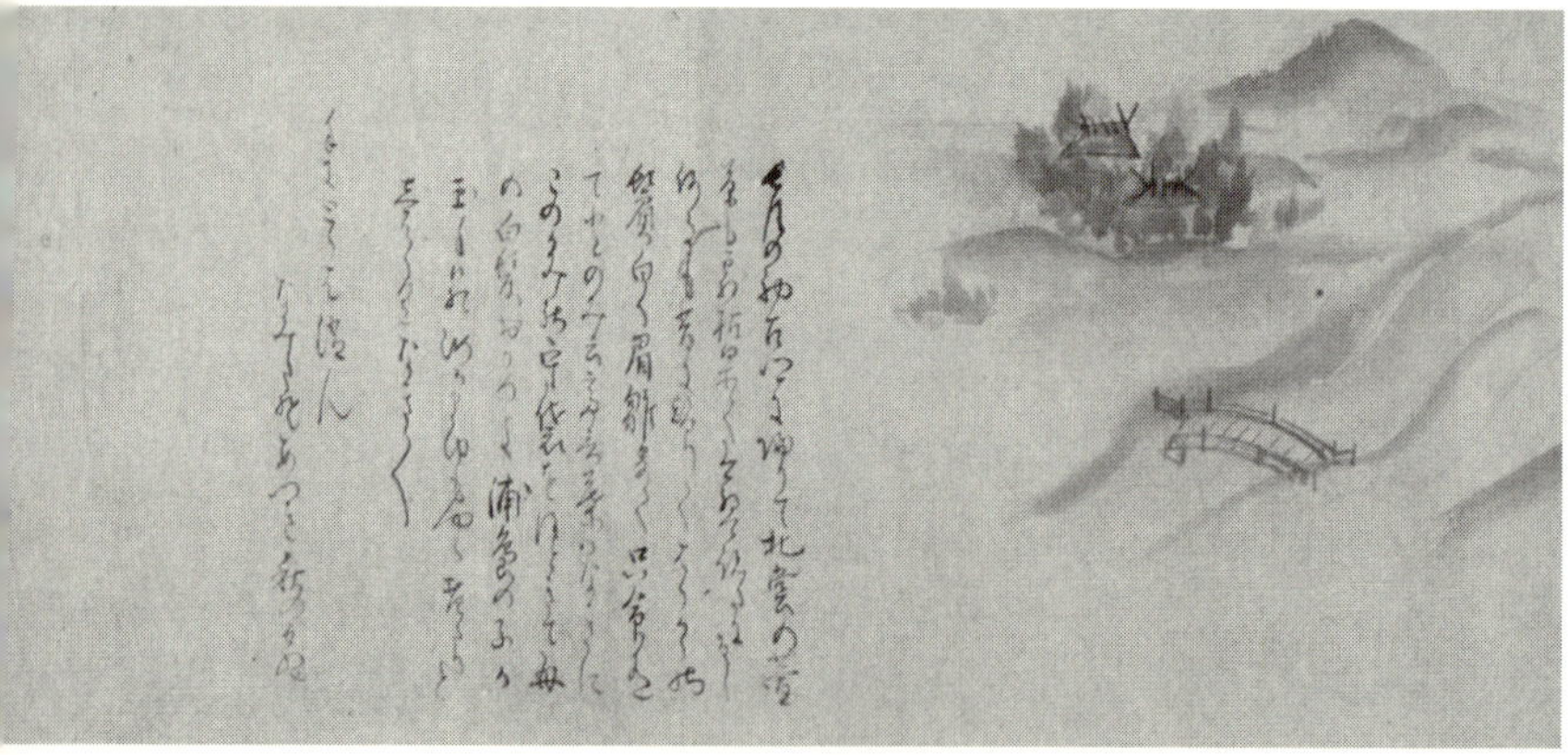

長月の初
古郷に帰りて
北堂の萱草も霜枯果て
今は跡たになし何事も
昔に替りて
はらからの鬢白く眉雛（ママ）
寄て
只命有てとのみ云て言
葉ハなきに
このかみの守袋をほと
きて
母の白髪おかめよ
浦島の子か玉手箱
汝かまゆもやゝ老たり
と
しはらくなきて
手にとらは消んなみたそ
あつき秋の霜

が箱なれやはかなくあけてくやしかるらむ」（『拾遺集《しゅういしゅう》』夏）がよく知られている。

『歌林良材集《かりんりょうざいしゅう》』では、この歌と『万葉集』の長歌とを引いて、「浦島が子の心には、三とせの間と思ひしが、故郷に帰るに至りて、数百年を経たることを知らざりけり。この玉篋《たまくしげ》をあけざらましかば、二たび仙境に帰ることもやあらまし。ゆゑにあけてくやしきことに後々の歌にも詠めるなり」とあり、ここには悔恨の情のきわまりを示している。

「しばらく泣きて」は、兄と共に芭蕉も涙を流したとよめる。

手に取らば消えん涙ぞ熱き秋の霜

季語は「秋の霜」。『連珠合璧集』に九月の季語として初出。飯《いい》尾《お》宗《そう》祇《ぎ》『白髪集』九月の項にも、「霜　秋の詞を添へて」とある。白さと、はかなさを母の遺髪の象徴に用いている。

「涙ぞ熱き」の「ぞ」が、遺髪の冷たさ、わが身の心寒さ、それに対する涙の熱さ、それらすべてを溶かし焼きつくさんばかりの激情と、涙に見えなくなる遺髪への思慕の大きさを強調している。

尾形氏は「そのやや誇張的な激越な表現は、いわゆる

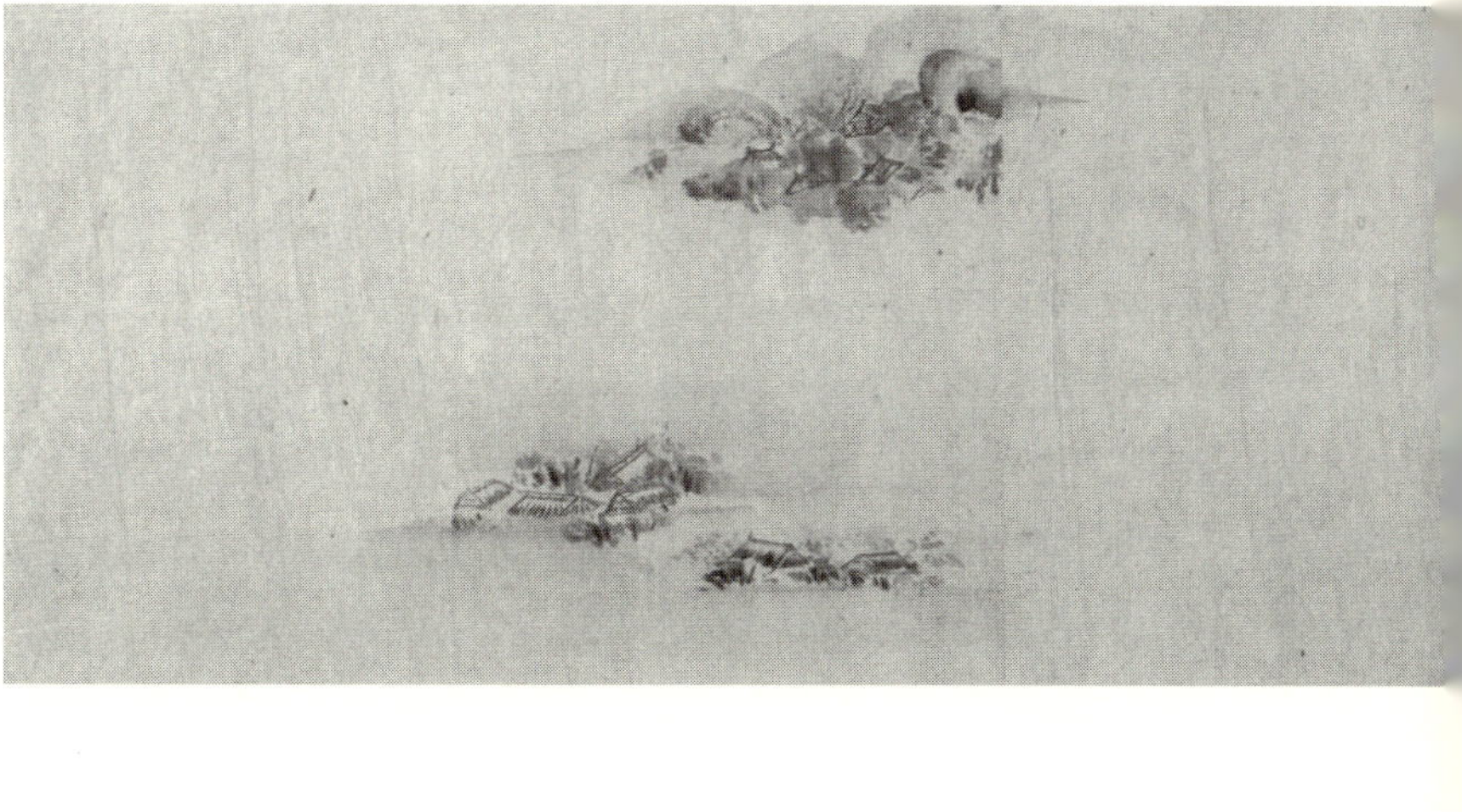

貞享調の一面を代表するものだが、後年の『塚も動けわが泣く声は秋の風』（『おくのほそ道』金沢）などの句を思い合わせれば、そのはげしい慟哭の姿勢は、芭蕉にとって本来的なものであったということができるのだろう」と、芭蕉の寂びた姿にかくされた、肉体的感情の激しさに注目している。

このくだりでは、先に述べたように、漢文脈と和文脈とをいかに調和、融合して、新しい俳文体を創造するかという苦心がうかがわれ、芭蕉の発句が、和漢二つの詩脈の上に独自の詩境をひらいてゆくにつれ、文体も独自な方向へ向かってゆくことをうかがわせる。

絵巻では、この句の後と、次の「大和《やまと》の国に行脚して」のくだりとの間に余白をあけて、はっきり前文との区別をつけている。

大和の国に行脚して、葛下《かつげ》の郡竹《こおりたけ》の内《うち》といふ所は、かの千里《ちり》が旧里《きゆうり》なれば、日ごろとどまりて足を休む。

綿弓《わたゆみ》や琵琶《びわ》に慰む竹の奥

「竹の内」は、葛下郡当麻《たいま》村（今日の葛城市《かつらぎ》）の竹ノ内。『和名抄《わみようしよう》』に「加豆良岐乃之毛《かづらきのしも》」とあり、「葛下」は「葛城下《かつらぎのしも》」の略。

筆者は、かつて昭和四十七年（一九七二）七月から四十九年九月まで、雑誌『芸術新潮』に「飛鳥大和 美の巡礼」と題して、随想を連載していたことがある。のち昭和五十三年（一九七八）単行本としてまとめられた（新潮社。のち講談社学術文庫）。その「あとがき」で、

なにが、旅へと私をつきうごかし、また誘惑したのであろうか。（略）

たまたま偶然、今日、この日本という土地に生まれて生きている自分とはなんだろう、そして、空漠たる、宇宙の時の流れと空間の一点にあって、存在しているとはどういうことなのであろうか。（略）

ひとつの土地のひとつのもの、それは、撃鉄のように、おなじく、はかないものとして眠っている私の生理を衝撃して、たったひとつの、たしかな真実をさし示してくれることが可能である。

と、記したが、今でもその想いは変わらない。

そしてまた昭和六十一年（一九八六）春、「大和を歩いた者は必ずやふたたび大和へかえるものだ」と、土地の古老が言うように、再び大和へのおもいを『神やどる

大和』（新潮社）として本にした。

　大和は葛城の麓から葛城の古道をゆき、一言主命《ひとことぬしのみこと》をたずね、二上山《ふたがみやま》の虹に古代王朝の夢を偲び、幻の豪族王《わ》仁《に》氏をたずねた。また三輪山《みわやま》と出雲の神々の融合する神話をたずね、大国主命《おおくにぬしのみこと》の和魂《にぎみたま》を偲んだことがある。

　たとえば『出雲国造神賀詞《くにのみやつこかむよごと》』では、出雲神話の大《おお》穴持《なもち》命＝大己貴命《おおなむち》が「己命《おのれみこと》の和魂を八咫鏡《やたのかがみ》に取り託けて、倭大物主《やまとおおものぬし》くしみかたま命と御名を称えて大御和《おおみわ》の神奈備《かむなび》に坐《ましま》」したとしている。

　もちろん、最近は、研究が進むにつれて様々なことが論じられ、新しい考古的出土品もあって、今日にいたるも、やまとの位置と意義については結論をみない。

　しかし、ひろく大和盆地では西部の葛城山、東部の三輪山をむすぶ線が中心となっている。そして、「つまり大和からみると、熊野、伊勢、出雲は、いずれも（略）冥界の入口という神話的な意義をもちつづけているのである」（栗田・前掲書）と、当時の体験的日本神話のイメージを、つづったことがある。

　その背景には、この旅の途中での、一遍《いっぺん》上人との出逢いがあり、これは『一遍上人――旅の思索者』と題して昭和五十二年（一九七七）八月、新潮社から上梓した。

そして、和の魂のルーツとしての古代神話への旅は、仏教思想の源となった、高野山、熊野をゆく一遍遊行上人からさかのぼって、最澄、空海の天台、真言の思想をたどり、そして密教から浄土信仰を中核とした、平安の歌人たちへと降り、天台本覚論《てんだいほんがくろん》をめぐって考察したのち、歌人・西行法師から、いま俳聖芭蕉へと、たどっているところである。

　勝手な個人的思索の跡に紙数を費やして申し訳ないようであるが、いま、芭蕉の俳人としてのルーツをたずねて、旅をたどっていると、あの葛城山から二上山の風景が、胸中にありありと甦ってくるのを抑えることができない。そして芭蕉もまた、大和の国というとき、葛城山から二上山への風景に、日本で最初の山間に遊行する修験者役小角《えんのおづぬ》の原像をも感じとっていたと想わずにはいられないのである。点と線でむすばれている『野ざらし紀行』は、こうして空間と歴史的時間の「あいだ」の拡がりを暗示するものとして読まなければ、芭蕉の簡潔きわまりない紀行文を追体験できない。それはまさに日本精神史の原点への旅といってもいいのである。

　また葛城山から南へ進めば、吉野の金峰山寺《きんぷせんじ》をへて、大台ヶ原《おおだいがはら》へ、さらに熊野三山へと通じる。筆者は、第一評論集『伝統の逆説』（昭和三十七年）に、「来迎図とデカダンス」と題して論じている。

さて、この生駒《いこま》山系と金剛《こんごう》山系の間に、なだらかだが、はっきりそれと分る、双つの峰を持つ山が近くにみえる。これが二上山《ふたがみやま》、または二上山《にじょうさん》である。北のやや高いのが雄岳《おだけ》、南の低めなのが雌岳《めだけ》という。（略）これと向いあい万葉集にもならびうたわれる三輪山のシルエットと、傾斜がじつによく似ているのである。（略）この二上山の麓、大和からみると突き当りにあるのが当麻寺《たいまでら》である。

（栗田『飛鳥大和 美の巡礼』）

この日本人の魂のルーツをさぐる旅では、昭和二十年代初めから、京都から近鉄にのって大和盆地を縦断し、奈良、飛鳥《あすか》へ、幾度往復したか分からない。大和郡山《こおりやま》を過ぎると、左手に三輪山、右手に二上山がみえる。早朝は三輪山の背後から太陽の光が差してくる。この路線の左右は一面薄《すすき》の原で、秋は美しい白い穂先が波をうっていた。

夕刻、京へ帰るため近鉄にのった。

目を転じて二上山をみると、おりから夕陽は染野にみごとな残映をのこして、尾根へ正確に沈んでゆく。山のシルエットを浮びあがらせながら斜光が夕空へ放射する。寺僧の話では、一年に一回、二つの

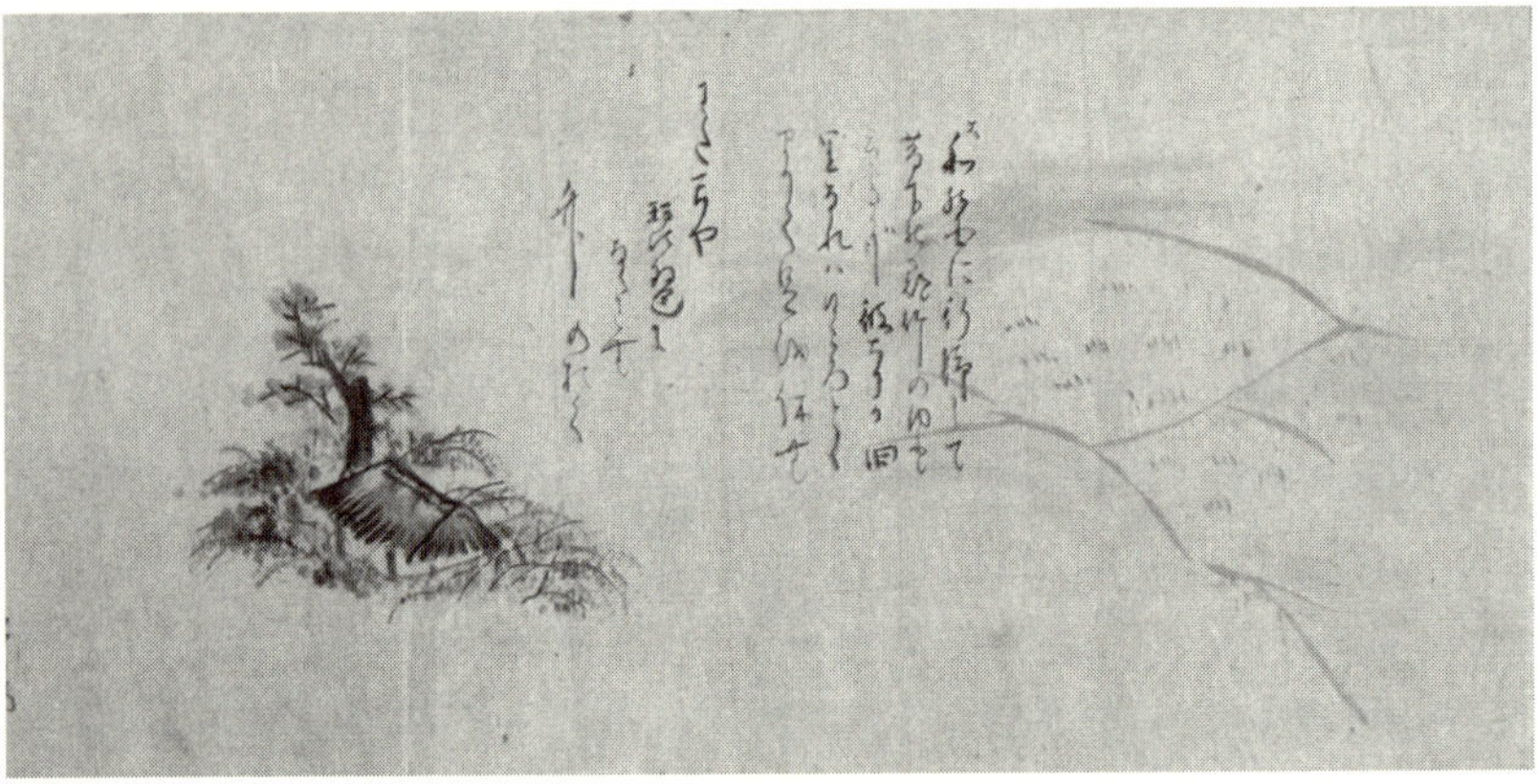

大和の国に行脚して
葛下の郡竹の内と
云処に《ハ》　彼ちりか旧
里なれハ日ころとゝ
まりて足を休む
わた弓や琵琶になくさむ
竹のおく

山の鞍部に沈んでゆくという。浄土教の始祖、恵心《えしん》僧都源信《そうずげんしん》はこのあたり葛木郡狐井で天慶五年（九四二）にうまれている。（略）この風景が、いっそう西方浄土の具体的イメージとして源信をとらえたのではあるまいか。じじつ、二上山への落日はじつに美しい。山の手前にさえぎるものがなく、また山の稜線を乱すものがないだけに、日輪の終焉はそのまま ひとつのコスモスをつくりあげている。寂滅を為楽としてとらえ、黄金の紫雲のうちに死を夢みることができたのも、この自然あってのことであろう。日本に独特の仏画として発展した、「山越《やまごえ》阿弥陀来迎図」の原型をなしたといわれる源信のイメージの原点もまたここに根ざしていたといっていい。

そのとき、当麻寺はおそらく寺の向きをかえた。蓮糸《れんし》曼荼羅をおさめた本堂は、落日を背にして、これをあおぐものは、その図像のかなたに西方浄土をまのあたりにみた。それにともなって、寺の軸線は東西に転じたのである。

当麻寺の前身、万法蔵院《まんぼうぞういん》の創建の年、推古天皇の二十年は（略）推古朝の最盛期である。この年の正月、高官を招して酒宴をひらき、蘇我馬子と天皇は、祝いの歌を贈答しているが、それより興味をひくのは、翌年十一月に、難波河内《なにわかわち》と飛鳥をむすぶ大《おお》道《みち》、竹内《たけのうち》街道が開通している。この大道は、この後、平城京に都が移るまでの一世紀にわたって、大陸と河内と飛鳥をむすぶもっとも重要な幹線一号線となる。

百済《くだら》や新羅《しらぎ》の使者もここを通り、飛鳥、白鳳《はくほう》文化の回廊となる。この竹内街道こそ、二上山の谷あいに、いま残っている街道で、当麻の街を旧道が貫通し、寺のそばを通っている。この峠をこえてゆくと、（略）聖徳太子御廟のある叡福寺《えいふくじ》があり、（略）その先には、弥勒《みろく》金銅仏で有名な野中寺《やちゅうじ》があり、同じく弥勒を本尊とした四天王寺《してんのうじ》がはるか難波にそびえていた。（略）

この（今日の）街道の裏には、太子道《たいしみち》といって、聖徳太子が、馬でかよったという間道がある。

（栗田・前掲書）

竹内街道の通る葛城山系の山麓一帯を「葛下の郡」と言った。葛城の名の由来は『日本書紀』にあり、神武《じんむ》天皇が土地に住む土蜘蛛《つちぐも》をカズラの網をかぶせて平定したことにあるとする。その後、葛城国 造《くにのみやつこ》がおかれた。日本武尊大和琴弾原《ことひきはら》白鳥陵をはじめ、数多くの皇室関係の遺跡があり、葛城山麓はもっとも古い文化の中心だったとされている。

葛城山は、信仰の山ともいわれる。「楉《しもと》結ふ葛城山に降る雪の間なく時無く思ほゆるかも」という『古今集』にある古い倭舞《やまとまい》の歌で知られる。

「しもとゆふ」は、葛城の神奈備にたいする枕詞で、神籬《ひもろぎ》をさすもの。ここにはまた、葛城山と金峰山の間に、鬼神を駆使して橋をかけようとした、役行者《えんのぎょうじゃ》小角《おづぬ》の伝説があり、この神奈備信仰から出た修験道は、吉野金峰山でも行なわれたと伝えられる。

これらの霊峰に祖霊をまつり、春・秋に「山遊び」「岳《だけ》のぼり」をして、歌垣《うたがき》・嬥歌《かがいうた》（男女交歓、求婚の集いで歌をよみかわすこと）が行なわれた。また農耕の予祝や雨乞いを祈る山麓の民の集団があったことを伝えている。

いらい、この低山岳地帯は、古代日本のロマンとオカルトの源泉、魂のふるさとといわれている。

筆者が、この大和葛下、竹の内にこだわって記したのは、芭蕉の文中に、「かの千里《ちり》が旧里《きゅうり》なれば」と同行者との縁がさりげなく記されているが、じつは、ただ旅連れの千里に対する挨拶というにとどまらず、この日本精神文化の古代から伝わる数々の遺跡への深い感慨は、漠然とした伝説につつまれている古代大和文化のイメージに喚起されたものではあるまいかと考えるためである。

それを直接、歴史的記述にたどるのは野暮というもので、葛下の郡、竹の内、つづいて二上山當麻寺という名跡の名を記すことで、はるかなる日本詩歌の源泉にも想いをはせているというべきであろう。

さて、紀行の本文にもどると、「千里の旧里」をうけて、句がよまれている。諸本には、句の前に、「やぶよりおくに家有」という詞書があるという。

綿弓や琵琶に慰む竹の奥

尾形氏の解説では、「竹の内」の文には、下書きらしき真蹟懐紙が残っているとし、その文が紹介されているが、それがすべてをつくしているように思われる。

大和の国竹の内といふ所に日ごろとどまりはべるに、その里の長《おさ》なりける人、朝夕《ちょうせき》問ひ来たりて、旅の愁ひを慰めけらし。まことにその人は尋常《よのつね》にあらず。心は高きに遊んで、身は芻蕘《すうじょう》雉兎《ちと》の交りをなし、みづから鋤《すき》を荷《にな》ひて淵明《えんめい》が園に分け入り、牛を引きては箕山《きざん》の隠士を伴ふ。かつ、その職を勤めて倦《う》まず。家は貧《まど》しきをよろこびて、貧しきに似たり。ただこれ、市中に閑を偸《ぬす》みて閑を得たらん人

は、この長ならん。／綿弓や琵琶に慰む竹の奥／蕉
散人桃青。

「綿弓」は、その長者の生活を象徴するもので、綿の実から取り出した綿を弦をもってはじき、不純物を取り去ってやわらかくするための道具で、綿打弓《わたうちゆみ》ともいう。その弦には牛または鯨の筋を用いた。

尾形氏はさらにまた、「綿弓をはじく弦の音は、切れ字『や』による切断を介して、琵琶の音にとイメージの転換をとげる。綿弓は現実世界における実の音、琵琶は芭蕉の想念の世界における虚の響きで、このように切れ字を介して実の物をただちに虚に転ずるところに、発句表現の独特のおもしろさがある」と指摘している。

一方、「琵琶」については、「『連珠合璧集』に『琵琶とあらば（略）胡の国』、『円機活法《えんきかつぽう》』琵琶の条の大意の項に『塞上・風前』、聯句の項に『万里ノ晴空漢月ヲ懸ク、千秋ノ玉骨胡沙ニ老ユ』（原、漢文）などと見えるように、琵琶といえばおのずから中国的な風韻を感ぜしめるとともに、流離の憂いを琵琶の音に慰めた古人の情を思わしめる」。

「折から新綿を製する時期で、綿弓の音がビーンビーンと聞こえてくる。この竹の内の、竹林の奥の、中国の高士の居を偲ばせる住居に宿を借り、私は綿弓の音を琵琶の調べと聞いて、しばし流離の憂いを慰められた」という尾形氏の口語訳は、簡にしてよく、その奥の深さをあらわしている。

次の本文は、場所の移動を示すゆとりをおいて始まる。

二上山《にじようさん》当麻寺に詣《もう》でて、庭上《ていしやう》の松を見るに、およそ千歳《ちとせ》も経たるならむ、大いさ牛を隠すともいふべけむ。かれ非情といへども、仏縁に引かれて斧斤《ふきん》の罪を免かれたるぞ、幸ひにして尊《たつと》し。

僧朝顔　幾死《いくし》に返《かえ》る法《のり》の松

二上山當麻寺については、先に筆者が年若き頃、たびたび大和を訪れた頃の想いを小著により語らせていただいたが、もう一度、尾形氏の「語釈」によって、補わせてもらおう。

二上山は、今の奈良県北葛城郡と大阪府南河内郡との境にある標高四七四メートルの山で、山頂は雄岳・女岳の二峯に分かれている。『万葉』以来の歌枕として知られ、（略）もと二上山万法蔵院禅林寺

と呼んだ当麻寺（略）の山号でもある。（略）『和《わ》州《しゅう》旧跡幽考《きゅうせきゆうこう》』（延宝八）に「（略）麻呂古《まろこ》親王の御建立なり。初めは推古天皇の御宇二十年、河内国山田郡に御建立ましまして、万法蔵院とて伽藍にてはべりき。（略）そもそも禅林寺の地は、役《えん》の小角《おづぬ》、諸神を勧請ありて勧修の勝地なりしが、天武天皇の白凰二年、麻呂古親王、瑞夢を蒙らせたまひて、河内国万法蔵院をここの地に移したまひなんの御心ましましければ、天武天皇に奏聞を経させたまひしかば、霊夢を叡感ましまして、麻呂古親王・刑部《おさかべ》親王、勅使として役の小角のもとにつかはされしに、小角、詔を受けてよろこび、宅地を二皇子に奉りき。同十年、寺となりしかば、旧名改め禅林寺と号せられけり。

役小角が、すでに伝説的な修験者であるから、これも実証的には、どこまで真説か分からない。むしろ、その由来の山岳修験的伝説を重んじたい。

ふるく、役小角の伝説の伝えられた古寺であることだけは、芭蕉も十分心得ていたはずである。

この寺に今も残されている蓮糸による当麻曼荼羅図《まんだらず》は、中将姫《ちゅうじょうひめ》が蓮の糸をもって織ったという伝説によって名高い。今も、毎年、「練供養会式《ねりくようえしき》」という極楽浄土から阿弥陀如来をはじめとする聖衆《しょうじゅ》が来迎する仮面行列が行なわれていることでも知られている。

芭蕉がこの寺でも、古代大和の役小角のゆかりを想い、当然、古代歌謡や万葉集の歌人の世を偲んでいることを思うべきである。

ここで、芭蕉がとくに記しているのは、寺域にある千歳を経たと思われる老松である。

「千歳」は、『笈の小文』『おくのほそ道』にも頻出する用語だと尾形氏は指摘しておられる。芭蕉の時間感覚、歴史観がみられて、見過ごせない、「無限」「永遠」につながる心境として重要である。

「大いさ牛を隠す」は、『荘子』にあり、「匠石《しょうせき》、斉《せい》ニ之《ゆ》ク。曲轅《きょくえん》ニ至リテ櫟社《れきしゃ》ノ樹ヲ見ル。ソノ大イサ牛ヲ蔽《かく》ス。コレヲ絜《ひきめぐら》セバ百囲アリ。ソノ高キコト山ニ臨メリ。十仞ニシテ後《しりえ》ニ枝アリ。ソノ以テ舟ニ為《つく》ルベキモノ、旁《あなたこなた》十数アリ」（人間世篇）をふまえて、その大きさを形容する。

『荘子』の文は、櫟社の木が散木（無用な木）なるがゆえに材木に用いられることなく切られずに寿命を保ち、巨木になったことを言い、「無用の用」を説いた中の一部である。

「かれ非情といへども、仏縁に引かれて」とあるのは、木には情識はないものの、草木国土悉皆成仏《そうもくこくどしっかいじょうぶつ》という仏教の縁によって救われているという心。

「斧斤の罪」は、『荘子』の「斤斧ニ夭《よう》セラレズ、物《もの》害スル者ナシ。用ヒラルベキトコロナクトモ、イヅクンゾ困苦スルトコロアランヤ」（逍遥遊篇）をふまえる。「無用の用」を説いた中の結びの一文である。

その主旨を、松にとっては幸いにして仏恩は尊し、とくくっている。

『荘子』の「櫟社の樹」には、江戸初期の歌人、木下長嘯子《きのしたちょうしょうし》が「山家記」（『挙白集《きょはくしゅう》』巻六）で言及していて、「小塩山《おじおやま》の麓に蘭若《らんじゃく》あり。勝持寺《しょうじじ》と書ける道風《とうふう》が額あざやかなり。（略）しりへに勝地をむくふ。かしこにあやしき桜あり。根は五岐《また》に分かれて、囲みは牛も隠しつべし。かの社櫟に似たることあり。ここらの匠《たくみ》の斧を漏れて、いかでかつつがなく生《お》ひなりけん、いといぶかし。これらに知りぬ。おのづから物はみな命あることを。さればきのふの木の不才を求むるも言ふにたらず。顧みてあざみ笑ふべきにや」云々とある。

これでみると、芭蕉の頭には近世隠士の典型と仰ぐ長嘯子の文が焼きついていたのであろう。

つまり、このくだりは、「山家記」と『荘子』との二つのパロディの上に成り立っている。

尾形氏はその心を、「松の巨木の姿に刻まれた法灯の年輪を賛することにあった」という。荘子と仏教思想の融合がみられるところも興味深い。

僧　朝顔　幾死に返る法の松

この句では、一日にして終わる朝顔や、またはかない命の僧侶たちが、いくたび死しても、この松ばかりは千歳の永遠の命を表わしていることを詠じている。ここからは、深い歴史的時間、永劫回帰の時間の流れを通して、大和の国の風景、そして古代の歌人たちの詩歌が偲ばれているのである。

この後、芭蕉は、さらに西行の跡を偲んで吉野へと踏み込んでゆくのであるが、そのことはすでに、この紀行の焦点として、二十章で紹介したところである。

芭蕉の旅は、いよいよ大和から山城《やましろ》を経て近江《おうみ》路に入り、美濃《みの》、すなわち、山中《やまなか》・不破《ふわ》・大垣《おおがき》へと進む。季《とき》は、はやくも秋の暮れを迎えようとしていた。

二十九章　大垣俳壇

伊賀上野へ、帰省をはたした芭蕉は、大和、吉野をめぐり、やがて美濃《みの》の国に入る。

大和より山城《やましろ》を経て、近江路に入りて、美濃に至る。今須《います》・山中《やまなか》を過ぎて、いにしへ常盤《ときわ》の塚あり。伊勢の守武《もりたけ》が言ひける「義朝《よしとも》殿に似たる秋風」とは、いづれの所か似たりけん。我もまた、

義朝の心に似たり秋の風

不破《ふわ》

秋風や藪《やぶ》も畠《はたけ》も不破の関

『野ざらし紀行』絵巻の画面の配置をみると、上段になだらかな山脈と、民家の集落が遠く描かれ、すぎゆく時の速さを思わせるようだ。少し下って、中段の裾野に樹木のしげる丘があり、下段は、平野になって左端に集落がある。画面右端の山裾には、常盤の塚らしき石碑が描かれている。

この画面をみていると、低い山あいを縫うようにたどってきた芭蕉の旅の路が、不思議に、身にしみてくる。芭蕉の文章は簡略だが、それがかえって、路をいそぐ足どりさえ伝わってくる。

絵巻の右上段に、丘陵にかぶせるように、「やまとより」ではじまる文章があり、下段の石碑の左から、「いにしへ常盤の塚あり」で始まる文章がつづく。下段左の集落の上に、「義朝の心に似たり秋の風」の句が、左下がりに四行に散らし書きされている。

さらにゆったりと余白をとって、「不破」と題し、行をかえて「秋風や」の句がつづき、さらに改行して、二段ほど下げ、

大垣《おおがき》に泊まりける夜は、木因《ぼくいん》が家をあるじとす。武蔵野《むさしの》を出《い》づる時、野ざらしを心に思《おも》ひて旅立ちければ、

と、詞書《ことばがき》がつづく。さらに改行して、一段と高く一行に、

死《し》にもせぬ旅寝の果てよ秋の暮

とある。

そのあと画面は余白を置いて、穏やかだが、上、中、下と三段に分かれた山脈が断続してつづき、その間にかくれるように幾つかの集落が描かれ、この段の画面がおわっている。

旅の道のりにしては、ずいぶんと簡略な記述であるが、それだけに最後の句、「旅寝の果てよ秋の暮」が、しみじみとした季節の移ろいと、年月の速さを感じさせて、心に迫ってくるのである。

近江路は、中山道《なかせんどう》の一部であり、今須は、岐阜県不破郡関ケ原町の西部に位置し、近江路から美濃路に入った最初の宿駅にあたる。山中は、関ケ原町内、今須の次の間《あいのしゆく》宿で、お伽草子《とぎぞうし》で有名な『山中常盤《やまなかときわ》』の逸話で知られる。

常盤は、源義朝の妾で、義経《よしつね》の母。牛若《うしわか》（義経）が京の鞍馬《くらま》山から出奔したとの報せに、常盤はその跡を追ってきたが、山中の宿で盗賊によって殺されたとの伝説があり、幸若舞《こうわかまい》、番外謡曲、古浄瑠璃等に脚色されてよく知られた悲話である。

この塚については、『国花《こっか》万葉記』に「今州《います》より関が原へ一里。山中に昔九条雑仕《くじようぞうし》常盤の塔あり」と記されており、ほかにも、同様の記事がある。雑仕とは、内裏や貴族の家に仕える女性の召使いのことを指す。

しかし『吾妻鏡』でも、常盤が義経没落後の文治二年（一一八六）六月十三日に鎌倉方に捕らえられるとあって、それまで生存していたことは明らかで、山中の間宿で殺されたというのは誤伝であるが、芭蕉は他の例からもしられるとおり、舞曲や古浄瑠璃の世界になじんでいた。

芭蕉の脳裏には、そういう『平治物語』の中巻の件《くだり》が浮かんでいたにちがいないと尾形氏は指摘している。

ここに左馬頭《さまのかみ》義朝の末子ども、九条院雑仕常盤が腹に三人あり、兄は今若《いまわか》とて七ツになり、中は乙若《おとわか》とて五ツ、末は牛若とて今年産まれたり。義朝、これらがこと心苦しく思はれければ、金王丸《きんのうまる》を道より返して、〝合戦にうち負けて、いづちともなく落ち行けども、心は跡を顧みて、行く先さらに思ほえず、いづくにありとも、心やすきことあらば、迎へ取るべきなり。そのほどは深山にも身を隠して、わがおとづれを待ちたまへ〟と申しつかはされければ、常盤聞きもあへず、引きかづき伏し沈めり。

（古活字本による）

とよく知られた名場面である。

芭蕉以前にも、連歌師・俳人の伊勢の守武が、ここを訪れている。伊勢内宮一禰宜《いちのねぎ》（長官）荒木田守武（一四七三～一五四九年）は、とくに談林《だんりん》俳人たちからは、宗《そう》因《いん》流俳諧の始祖と仰がれている。

その守武に「義朝殿に似たる秋風」という付句《つけく》がある。「月みてやときはの里へかかるらん」の句に付合《つけあわ》せたもので、「秋風」に〝厭《あ》き風《かぜ》〟の意をもたせている。常盤が臨月の身で実家の世話になり、秋風のおとずれにも、顔をみせない義朝の厭き心を恨むという空想を付句としたもので、その珍奇な趣向に、俳諧たる滑稽味がこめられているとされる。

それに対して、芭蕉は、もう一度これを覆して、発句として「義朝の心」を「厭き心」から悲愁の情に転じるとともに「義朝の心」を詠ずることによって、常盤の塚への手向けとしている。そこに、二重三重の挨拶の機知が見られると尾形氏は指摘している。

深い俳諧の素養がなくては思い及ばぬことながら、ここに、芭蕉が俳句の新しいみちすじを示したものと読めるだろう。

芭蕉の旅は、山中をすぎて、美濃の国不破の関跡へとすすむ。

この関所は、天武《てんむ》天皇の白鳳《はくほう》元年（六七二）に設けられ、鈴鹿《すずか》、愛発《あらち》の関とともに、三関の一つに数えられた。桓武《かんむ》天皇の延暦《えんりやく》八年（七八九）、京と近江の境の逢《おう》坂《さか》の関が設置されると不破の関は廃止されたが、以来歌枕として好んで詠われるようになった。現在、関の趾は関ケ原町の旧東山道《とうさんどう》と中山道との分岐点にあたる所に残っている。

尾形氏の解釈によると、「不破」の句の季語は「秋風」で、「や」が切れ字となり、二句一章の構成を取るという。つまり、初句「秋風や」を「藪も畠も秋風や」とはとらず、「秋風や」は一句全体の主題を強く打ち出しているとする。

この句は、後京極《ごきようごく》（九条）良経《よしつね》の「人住まぬ不破の関屋の板庇《いたびさし》荒れにし後はただ秋の風」（『新古今集』）の詠をふまえている。

前の義朝の敗残の心を偲《しの》んだ句と、良経の歌との心理的なつながりの間には、さらに『平家物語』巻十の「荒れてなかなかやさしきは、不破の関屋の板庇」や、『太平記』巻二の「番場《ばんば》・醒ケ井《さめがい》・柏原《かしわばら》・不破の関屋は荒れ果てて、なほ漏るものは秋の雨」などの一節が想起されていたにちがいない。

芭蕉が、たんに自然の景を描かず、「藪も畠も」と、庶民の生活の息吹の沁みついた風物をとりあげたのは、関跡も、世人の営みもぬくもりも失われたことを暗示し、ひたすら良経の歌の「ただ秋の風」のイメージを重ね、悲愁の想いを深めているのである。

不破の句は、「藪も畠も」という現実感によって、俳諧のあらわな機知性を乗りこえ、模索時代の句境から純蕉風に向かって一歩を進めている点に注目すべきであると、尾形氏は指摘している。

何の詞書《ことばがき》もない「不破」の一句につづけて、大垣の詞書が始まる。

大垣に泊まりける夜は、木因が家をあるじとす。

「家をあるじとす」とは、その家の客となることであるが、芭蕉は、ほかでも同じ言い方をしている。たとえば、『おくのほそ道』の山中《やまなか》の段で、「あるじとする者は久米之助とて」とあり、『嵯峨日記』の廿二日に、「喪《も》にゐる者は悲《かなし》びをあるじとし、酒を飲む者は楽しみをあるじとす」とある。いずれも、たんに宿泊の行為を示すだけではなく、想いをやどす言い回しといえ、木因との友情の深さが偲ばれる。

当時、木因その人自身も、俳壇における大きな存在であった。

そして、この芭蕉の旅の転機にあたって、行をともにした重要な人物でもあるので、少し詳しく紹介しておこう。

『俳文学大辞典』から抄出すると、正保三年（一六四六）に生まれ、享保十年（一七二五）に没した大垣の船問屋で、この地方では名のよく知られた俳人だった。古典や俳諧を北村季吟《きたむらきぎん》に学び、芭蕉のほかにも、井原西鶴をはじめ美濃・伊勢・尾張など、東西の俳人、文人と広く交際した。

芭蕉との交流は、延宝八年（一六八〇）、尾張国鳴海《なるみ》在住の芭蕉門人、下里知足《しもさとちそく》が主催した当地の俳人合作の「空樽《からたる》や」百韻に、芭蕉の点を請うたことにはじまり、翌天和元年（一六八一）には、東下して芭蕉、素堂《そどう》と俳席をともにした。同二年、鳶《とび》の付句をめぐって芭蕉の賞賛を得、貞享元年（一六八四）冬、『野ざらし紀行』の旅途上の芭蕉を自邸に迎え、桑名《くわな》まで同行した。元禄二年（一六八九）秋、『おくのほそ道』の旅の後にも芭蕉を自邸に迎え、船で長島まで送った。

いつのころか、江戸に旧師季吟を訪ね、元禄二年、養老寺《ようろうじ》に一門の発句・付句を奉納し、芭蕉門下の各務支考《かがみしこう》との分担編集も行なっている。

木因と芭蕉との、大垣をスタートした桑名への旅では、自分たちのやつした旅姿を、奴《やつがれ》姿と呼び、自分たちを伊勢・尾張の間に狂句をひさいでまわる句商人と見立て、濃厚なる雰囲気にひたっている。

大垣では「野ざらしを心に風のしむ身かな」という旅の出立吟に応ずるように、記念碑的一句がしるされている。

死にもせぬ旅寝の果てよ秋の暮

の絶唱である。

この間の事情については、大垣藩士にして俳諧人でもあった近藤如行《こんどうじょこう》が、芭蕉の百日忌に大垣船町の正覚寺《しょうがくじ》に芭蕉追悼碑を建てた記念として編まれた『後《のち》の旅《たび》』（元禄八年刊）にくわしい。ここには巻頭の芭蕉の発句以下、美濃連衆《れんじゅ》による初七日以降の追善俳諧と、如行の文、蕉門諸家の追悼句が収められている。

如行は貞享元年十一月、尾張国熱田《あつた》の林桐葉《はやしとうよう》の紹介で『野ざらし紀行』の旅中にあった芭蕉に入門、同四年の『笈《おい》の小文《こぶみ》』の旅には尾張連衆と交わった。のち致仕して僧となり、元禄中期、名古屋に移住した。俳諧撰集に『如行子』があり、『笈の小文』旅中の芭蕉を迎えた三河・尾張蕉門連衆の作品を収める。当時の芭蕉の動静を明らかにする重要資料となっている。

さて、その如行の手になる『後の旅』に、芭蕉の「死にもせぬ」の句の初案と目される一句がある。すなわち「死ねよ死なぬ浮身の果ては秋の暮」として、「といひしは、杭瀬《くいぜ》の川の流れに足をすすぎて、浮雲流水を身にかけ心にかけて、頭陀《ずだ》休め笠《かさ》休められし因《ちな》みなり。げにや茶の羽織・檜《ひ》の木笠も、この志より仰ぎそめられけり」と付記されている。

初案も、「死にもせぬ」の再案も、ともに「秋の暮」が季語で、当時は「秋の暮」は、「暮秋」と「秋夕」の両様に用いられていたが、この句の場合、暮秋の意に、夕暮の心を重ねて解くのがふさわしいと尾形氏は註している。

この句が、出発のときの「野ざらしを心に風のしむ身かな」に応ずるものであることは、明らかである。だが、初案の句と思い合わせると、出発時の「野ざらしを」を、旅行中の死を決意しての悲愴感の表出と読むのは、あまりに表面的に思えてくる。大垣の句にしても、むしろ秋風が身にしみるという切実な、裸形の魂の諦観した境地をよみとり、そこから、「死にもせぬ」という大げさな表現に対する自嘲のひびき、あるいは逆手にとっての滑稽の趣きととるべきであろう。

きわめて複雑で内面的な自己認識を孕《はら》んでいるとおも

われる。

この大垣への到着によって、旅の第一部ともみられる流れは、一応終わったとみるのが、諸家の説である。

もともと、この旅の目的は、木因を訪ねる約束を果たし、同時に大垣の連衆と交歓し、加えて旅をつづける経費を用立てることであった。当初の目的は、外見的には果たされたことになる。

ところが、不思議なのは、その後の木因の消息である。というのも、この五年後の『おくのほそ道』の旅の全篇を結ぶ一章である「大垣」では、木因の名は出てこない。大垣は蕉風開発の歴史のなかで、最も記念さるべき土地であり、その意味で大垣到着は蕉風発起の起点に回帰したことを意味する。さらには、そこからさらにまた新しい蕉風の歩みがはじまる。

『おくのほそ道』の大垣の文では、

駒にたすけられて大垣の庄に入《いれ》ば、曾良《そら》も伊勢より来《きた》り合《あい》、越人《えつじん》も馬をとばせて、如行が家に入集《いりあつま》る。前川《ぜんせん》子・荊口《けいこう》父子、其外《そのほか》したしき人々、日夜とぶらひて、蘇生《そせい》のものにあふがごとく、且悦《かつよろこ》び且《かつ》いたはる。

という歓待ぶりであったが、宿は如行亭であった。芭蕉は元禄二年八月二十一日頃から九月二日頃まで大垣に滞在したようであり、前出の『俳文学大辞典』の木因の項にも、両者が面会し、その後の旅に同行したとされているが、『おくのほそ道』に木因の名はまったく残されていない。

あえてその理由を推測すると、尾形氏の解説によれば、

かれ〔木因〕が許六《きょりく》の『歴代滑稽伝』で「勘当の門人」の一人に数えられている事実を顧みざるを得ない。（略）木因に関しては、以後元禄六年一月二十日付のきわめて儀礼的な芭蕉書簡一通が見いだされるのみにすぎない。木因の句は、『猿蓑《さるみの》』以下の蕉門の撰集にも入集することなく、かえって（略）他門もしくは芭蕉と疎遠の集に入集している。芭蕉没時にも、木因は美濃俳人の中でただ一人悼句を寄せなかった。

思うに、木因は大垣俳壇の長老的存在であり、西鶴とも親しく、関西俳壇の中心として自覚していたこともあるだろう。また、西鶴とともに滑稽の道を選んだ木因には、芭蕉がそれをさらに超えた、蕉風の新たな句境へと

進んだことに対して、対立的な違和感が生まれたものと考えられる。

大局から考えると、『野ざらし紀行』の旅で、芭蕉が木因とともに滑稽の風流を取り入れ、かつそれを脱して閑寂の境へと進んだ句境が、木因との文学的な岐路となったとも思われる。

はじめに、「野ざらし」の旅の芭蕉の目的は二つあったと書いた。ひとつは、もとより、それまで果たせなかった母の弔《とぶら》いをすませ、己れのルーツである伊賀上野を再認識すること。もうひとつは、その上にたって、和漢の詩の融合をはかり、新しい蕉風の途を完成することにあった。

そのために、芭蕉はひたすら西行の行跡をたどりつつ、日本古来からの歌枕となった土地を自らの足でたしかめ、先人たちの詩歌を追体験しつつ、和漢の詩情の融合をはかったのである。

そのなかから、ひたすら自然の風物に心を馳せ、孤独な旅句を残し、あたかも山水画の絵巻のなかを生きるが如き、いわば歴史的、時間的自然との共感を確かめた句が生まれていった。

その間、まったく俳諧の席を設けることもしなかった。

『野ざらし紀行』の大垣の一節は、この旅の第一部ともいうべき流れの終わりを告げるものであり、大垣に着いて、新しく俳人たちと交流することで、いわば「座」としての俳諧、すなわち、今までの時間共感系列に対して、空間共感系列としての視点を取り入れ、新たなる俳諧の道をあらためて確立することになったと言えよう。「座」とは、もとより俳諧の中核であるとともに、日本詩歌の独特の要素として注目されねばならない。

もとより俳諧の「座」のなかで芭蕉は成長したわけだが、「座」としての俳諧の意味をふかめたのは、やはり、狂句を旨とする木因との小旅行からだった。

つまり、木因の許に求めたのは、新しい連衆であり、また、新しい俳諧の座の建立《こんりゅう》であった。

『野ざらし紀行』の重要な意味は、この「座」としての俳諧の再確認であったといってもいい。

ここで、もう一度、「座」ということの成立と変化のあとをたどっておこう。

さかのぼって、昭和二十三年（一九四八）に、山本健《やまもとけん》吉《きち》氏が桑原武《くわばらたけ》夫《お》の俳壇批判に対して、俳句固有の方法を提示した「挨拶と滑稽」論（後に『純粋俳句』〈昭和二十八年刊〉に収録）は、近代的自我の上にたった欧米近代の文芸論に対して、俳諧の不利な点とされていた特色をむしろ逆手にとったものだった。すなわち尾形氏は、山本氏の「俳諧の古人が実作上の叡知から洞察してゐたこと」を、その著作『芭蕉・蕪村』（岩波現代文庫）でとりあげ、「山本氏の『挨拶』論が、芭蕉ないし伝統詩の自然把握の根底に在する汎神論的世界観に注目し、地霊とか古人の亡魂への挨拶を重視した」と高く評価しているが、そこでは山本氏の師にあたる折口信夫《おりくちしのぶ》の民俗学的芸能論が受けつがれ、整理発展されているのである。

そこで、『折口信夫全集 第一巻 古代研究（國文學篇）』（中央公論社）にあたってみると、「座」をめざす日本文芸の発展のすじみちが、明らかにみえてくる。

この巻を開くと、冒頭に「國文學の發生」（第三稿）、「まれびとの意義」とあり、あきらかに客とまれびとという対話的構図が示されている。まず、まれびとの意は、まろ、まりなどと同じく尊・珍の名義を含んでいる。とこよから時を定めて来り訪れる神をさす。この神を迎える儀礼が、民間伝承となる。

次の「國文學の發生」（第一稿）には、「呪言と敍事詩と」とあり、次の「國文學の發生」（第二稿）では、「咒言の展開」「巡遊伶人の生活」を論じ、ついで「敍事詩の撒布」とある。

「國文學の發生」（第四稿）では、「唱導的方面を中心として」として「咒言から壽詞《よごと》へ」「敍事詩の成立と其展開と」「語部の歴史」「賤民の文學」「戯曲・舞踊詞曲の見渡し」と項目を立て、冒頭に以上の内容を要約している。

たゞ今、文學の信仰起原説を最《もつとも》、頑《かたく》なに把《と》つて居るのは、恐らくは私であらう。（略）

私は、日本文學の發生點を、神授（と信ぜられた）の呪言《ジュゴン》に据ゑて居る。（略）

呪言は元、神が精靈に命ずる詞として發生した。（略）

祭りの中心行事は、神・精靈の兩方に扮した人々の呪言争ひが繰り返されるのであつた。（略）

神々に扮した村の神人《じにん》と、村の巫女たる資格を持つた女たちとが相向き立つて、歌垣《うたがき》の唱和を挑んだ。（略）

又、外の村人どうし數人づゝ、草刈り・山獵などで逢へば（略）、呪言のかけあひが始まる。

古代、上代の詩についての起源は、やはり巫女である。王朝の文学、鎌倉の文学、室町の文学ときて、さらに江戸へと折口は詳論しているが、それを一口にいうと、私は先《まず》、文學の作家の階級の目錄を竝べて見た。まう一度繰り返すと、傳承者の文學・女房の文學・寺家の文學、其《それ》から隱者の文學、町人の文學である。併《しか》しながら、此中で文學の上で働いたものといへば、女房と隱者と——男の世棄て人と女の人とだけであつて、其他の人は何をしてゐたか訣《わか》らぬといふことになるのである。

（『折口信夫全集 第十二巻』所収「日本文學の本質」）

皮肉っぽいが、文芸というものが、いわゆる事実の系列に入らぬ「ことば」という不可思議なものと、人間の心という、これも不可思議なものとの交感において成り立つものであるから、また当然だといわねばならぬ。

はじめにみた、言葉にならぬ言葉という逆説のなかに、文芸、すなわち人間の魂のありかを探ろうとすれば、そういわざるを得ない。ここに折口文芸論の真骨頂がある。それらを統括する指導原理があったかどうか、しかし日本では指導原理は即、生活である。

日本人は、誰も言ふところだが、思索せぬ國民である。體軀《たいく》から揉《も》み出すといふ様な民族なのである。だから哲學がない。宗教がない。（略）

さて、文學の指導原理といふものがどういふ風に動いて來たかといふと、實は、さう明瞭には言はれぬが、其を考へ出したのは芭蕉であつた。文學の上の實力では、近松や西鶴の方が上であらうが、此點では芭蕉の方が優れてゐたわけである。（略）

（『折口信夫全集 第十二巻』所収「江戸時代の文學」）

さて、俳諧の「座」について考えようとして、まず「座」の発生までの折口の文芸論をたどってきたが、じつは、その成立の場となった「座」について直接ふれることがなかった。

それは、今日の近代文学が考える、いわゆる批評といわれる、言語の分析に終始するアプローチの方法を、むしろ言語、文芸の発生した生きている場から見てゆくという、折口の民俗学的方法によって、文芸をまず捉え直したかったからである。

折口は、文芸を書かれた言葉、印刷された文字からひとたび離れて、人間の生活文化の中核において出発しようとしている。この考え方は、今日民俗学的といわれ、文献学的な研究からは遠ざけられているが、しかし、現実に私たちが詩文を読んで追体験し、また自らもこの文学的空間に生きようとするとき、もっとも重要な手掛かりとなる方法である。

とりわけ、和歌、俳諧は川柳も含めて、今日でも毎日の新聞には欠かせないコーナーとして、無名の生活人が参加している。日本で千年を経て生きている詩歌の場といわなければならない。そして、失われつつあった日本古代からの文芸の本流をなお保ちつづけている、世界でも不可思議なものである。

　ここで、文芸の発生発展の跡をたどることが必要である。あらためて、そこに「座」というもののはたらきが明らかになるであろう。

　折口信夫は、その作業を『折口信夫全集 第十八巻 藝能史篇2』に収められた「日本藝能史六講」に残している。これは本格的『日本藝能史』を刊行されることが遅れたため、昭和十六年（一九四一）七月に、三日間にわたり講演された速記を、同人が編集、整理したものである。

　先に簡単に紹介した「日本文學の本質」のいわば裏打ちになるもので、その要は、芭蕉俳諧の「座」についての理解のもととなると考えられる。

　この「六講」も、およそ百頁に及ぶ詳細なものであるが、その要となる点だけでも抄出紹介しなければなるまい。

　まず、果たして芸能史というものが、歴史的にとらえられるものかという思いがある。以下、紙面に限りがあるので、簡略に要点を抄出紹介するにとどまり、折口の独特な語り口の至芸を傷つけることを心苦しくおもう。

> 平たく申しますと、藝能はおほよそ「祭り」から起つてゐるもの、やうに思はれます。だが、このまつりといふ語自身が、起原を古く別にもつてをりますので、或いは廣い意味に於て、饗宴に起つたといふ方が、適當かも知れません。（略）
>
> 教育を受けぬ人には、まつりには神様がそこに來てゐられるといふことが信じられたのです。（略）
>
> 儀式は次第に藝能に變つて來ます。（略）
>
> かのまつりに、遠い所から神様が出ておいでになる。（略）
>
> そこでその家の主人が、その來臨せられた神達を饗應することになりますが、その主となる神がまれびとなのです。つまり、横座《ヨコザ》の神であります。横座といふのは、左右の座に對して、眞中の座になる（略）
>
> そして饗宴が行はれる訣ですが、やがてその神が立つて、めい〳〵定つただけの儀式的な舞踊のやうなものを行はせます。と同時に、この時の歌謠なり或は詞章を唱へるといふことも、あつたに違ひない。
>
> （略）　（以上、「日本藝能史六講」第一講より）

これもまつりの饗宴の際に行はれた「順の舞」の餘風でせう。つまり、盃の順の舞です。（略）ひとつ舞を、順々に舞うたのです。（略）

藝能はどういふ目的をもつてをつたか、といふことは（略）簡單に言へば、それは一種の鎭め——鎭魂に出發して來てゐる（略）この鎭魂といふことは、外からよい魂を迎へて、人間の身體中に鎭定させる（略）同時に又、魂が游離すると惡いものに觸れるので、（略）その惡いものを防がうとする形のものがあります。（略）

歌を謠ふといふことなども、歌に乘つて來るところの淸らかな魂が、人間の身體の中に這入ることに、最初の目的があつたことは明らかです。（略）

（以上、第二講より）

早くから世間に行はれてゐた幸若舞《こうわかまい》が非常に成熟して來たのは、室町時代です。そしてこれに代つて、猿樂能《さるがくのう》が社會上勢力をもつて來ます（略）

幸若舞は舞といひながら、（略）決して舞ひはしません。舞臺の上をまひ〳〵する。（略）ゆるい旋回運動の儀式化したやうな形なのです。（略）

そしてこの女のまひ〳〵は、江戸の初め（略）起こつて來たかぶきの勃興以後、其勢ひに捲き込まれて合流して來たのです。（略）戰國の頃興つて來た代表者が出雲の國の念佛踊で、これが後にはかぶき踊と言はれます。

（以上、第三講より）

かぶくということは乱暴狼藉をすることで、近ごろ注目されるようになったが、中世末の政治体制の裂け目に起こった「ばさら」の流れを汲むものである。

第四講では、「田遊び」「田におけるあそび」があげられる。

遊びは、日本の古語では、鎭魂の動作なのです。樂器を鳴らすこと、舞踊すること、または野獸狩りをすること、鳥・魚を獲ることをも、あそびと言ふ……（略）

鎌倉時代になると、田樂といふ語が一般的になるが（略）諸国に田樂が盛になつて來ますと、その連衆は脇役として、田樂座に附屬してゐたのに違ひありません。（略）

その藝はつまり、猿樂役者のする滑稽猥雜なものであつたに違ひないのです。（略）

猿樂といふ名稱はそのまゝ續きますが、その內容は醇化して來ます。（略）曲目を増して來ます。（略）猿樂役者の感心なことは、（略）傳書を書いておいたといふことです。（略）その基をなしたのは、何といつても世阿彌でせう。

同時に一口申し添へておかなければならぬことは、田樂でも猿樂でも座をもつてゐたことであります。これは日本の藝能團の通則なのですが、其を持たぬものも、あるにはありました。座は一つの部落、一つの村を基礎として出來てゐるのが、普通です。つまり、一つの中心となるものがあつて、いつ集つてくれといへばすぐに集れるやうになつてゐて、それが社なら社、寺なら寺のまつりに出て來て、上演したのでせう。そしてその連衆の、出て來て、車座になつて上演するまで控へてゐる場所、それが座のもとの意味だつたのです。（略）それがしまひには抽象化して、その組の事を意味するやうになつたのだと思ひますが、ともかく村を基礎として、一つの藝能團體を形づくつてゐたものなのです。

これは藝能ばかりではありません。油とか米とかいふものにしても、同業の人たちが控へてゐるところが、何々座といふことなのであつたと思ひます。

（略）

ともかく、座といふことを盛に言ひ出したのは、田樂及び其組織をすつかりとつて現れた猿樂の時代です。それは擁護者である社・寺が、其等の藝人を支配する勢力をもつて來て、それらの藝能團體に呼びかけた關係から生じたところの名前なのです。

（以上、第四講より）

いささか乱暴に要旨を縮めて、折口の芸能の座の由来を紹介したが、そもそも「座」の言葉についてみると、大部分は政治経済の支配形態に関しての考察が主で、その前身・起原・語源については、数種の辞典などを調べても、研究のはじめから諸説があり、様々な立場から論争がつづけられている。

しかし、この社会体制とともに、日本人の生活文化の中核となる習俗においての「座」は、古代より江戸時代にいたる「寄合」の基盤として、中世的職能集団の支配形態と不即不離の関係を保ちつつ、発展をとげたといってもよいのではなかろうか。

もっともそのなかで、芸能において、もっとも「座」についてその意義を深化したのは、能楽観世流の祖世阿弥であった。

中世最高の芸術論ともいうべき世阿弥の『風姿花伝』の「奥義云《おうぎにいわく》」の條に「この芸《げい》とは、衆人愛敬《しゅにんあいぎょう》を以《も》て、一座建立の寿福とせり」とある。

また『習道書《しゅうどうしょ》』には、「一座」の語が多用されていて、十六例に及ぶ。通常は猿楽の座の一つを意味するが、一方では「連歌ナドノ一座ニモ」などと猿楽の座以外の「座」について述べた用例も、世阿弥にはある。「一座成就の感応也」「一座成就の遊楽なるべし」などの用法は、〝その場全体〟の意で、「当座」「即座」の意に用いている。

したがって、「一座成就の感風」「一座の成就をなす」などと言うときは、〝その場全体が渾然と融和する成功〟と解すべきであろう。

「一座建立」も、これに酷似しているとすれば、これは興行を行なうという外的な表現ではなく、逆に内的な舞台上の芸の充実、成功の極致を指すものであろう。

また、「一座」について、「一会」とするのも、『習道書』にのみ五例用いられているが、これもただ興行のことではなく、「一会」だけで「一会成就」の意で用いられている。「一会をなす」「一座をなす」「遊楽成就の一会」「一座成就の遊楽」などに通じるものであろう（『日本思想大系24 世阿弥 禅竹』）。

茶の湯で「一座建立」の大事を説いたのは武野紹鷗《じょうおう》である。

また「一期一会」を説いたのは、冬の夜咄《よばなし》の茶事での利休のようである。この話は、『山上宗二記《やまのうえのそうじき》』に初めて出てくる。それを受けて世に弘めた功は、幕末の井伊《いい》直弼《なおすけ》にある。別に利休が、南坊宗啓《なんぼうそうけい》にもその心の大事さを説いたことが、『南方録』にもある（山本健吉『いのちとかたち』）。

全力をつくして、「座」の一会を一期として燃え切ることが、日本の座の美学、時空の超越の達成であった。

そこに芭蕉の俳諧の座の建立もあった。芭蕉が世阿弥の美学にうたわれた、「花と幽玄」の境地を学んだ「座」について語った窮極の一文が、弟子の服部土芳の『赤雙《あかぞう》紙《し》』（『三冊子』）に収められている。それは一期一会の一座建立を語ったものであった。

先師も「俳諧は気に乗せてすべし」と有り。（略）
師の曰《いわく》「学事《まなぶこと》はつねに有《あり》。席に望《のぞん》で文台《ぶんだい》と我と間《かん》に髪《はつ》をいれず。おもふ事速《すみやか》にいひ出《いで》て、爰《ここ》に至《いたり》て迷ふ念なし。文台引下《ひきおろ》せば則反古《すなわちほんご》也」ときびしく示さる丶詞も有《あり》。（略）
功者《こうしゃ》に病有《あり》。師の詞にも「俳諧は三尺《さんせき》の童にさせよ。初心の句こそたのもしけれ」など、度〱《たびたび》云《い》い出《いで》られしも（略）
（『校本芭蕉全集 第七巻 俳論篇』）

ここには、一座建立の世阿弥の気迫が、また、一期一会という切迫しながら時空を超えた無心の境地が語られている。
そこに、芭蕉の「座」の思想もあった。

三十章　鴨の声

『野ざらし紀行』の本文は、山中《やまなか》で、「義朝の心に似たり秋の風」、不破《ふわ》では「秋風や藪も畠も不破の関」と悲愁を深めつつ、秋の深まりに時の移ろいの想いをこめて侘び、大垣では、「死にもせぬ旅寝の果てよ秋の暮」と、生者必滅の人間の宿命をうたいあげて、この旅の第一部の終わりを暗示している。

その限りでは、旅は哀愁の人生への深い諦念に沈んでゆくようにもみえる。しかし、大垣で宿をとった木因《ぼくいん》とその連衆との出逢いが、「一座建立《いちざこんりゅう》」の機会でもあったことを、前章では暗示するにとどめたが、つづく「桑《くわ》名《な》」「熱田《あつた》」では、明らかに句境の転換がみてとれるのである。

この間の転機をあきらかにするかのように、絵巻では、大垣のあとに長い余白がおかれている。そして本文は「桑名本当《ほんとう》（統）寺《じ》にて」とはじまり、その間の旅の詞書《ことばがき》はついていない（図版330、331ページ）。

今栄蔵氏の『年譜大成』によれば、芭蕉が大垣の木因のもとに着いたのは、九月末と思われ、木因に案内されて伊勢桑名へと向かい、多度山《たどさん》権現に参詣するのは十一月上旬頃とされているから、芭蕉はおよそ一カ月余りの間大垣に滞在していたことになる。

その空白の期間を年譜にさぐると、まず十月、大垣で四吟歌仙を巻いていることが分かる。連衆は嗒山《とうさん》・芭蕉・木因・如行《じょこう》である。

また同月如行亭で座頭の三味線を聞き、一句を示し興じている。

　座頭など来たりて貧家のつれづれを紛らしければ、をかしがりて

琵琶《び》《わ》行《こう》の夜《よ》や三味線の音霰

さらには、木因の『桜下文集《おうかぶんしゅう》』によれば、木因と同道して桑名に向かう途中、句文が詠み交わされている。

侘び人二人あり。やつがれ姿にて狂句を商ふ。知らぬ火の筑紫《つくし》に松浦かたばちにもあらず、清き渚《なぎさ》に玉拾ふ伊勢島ぶしにもあらで、紙子かいどりて道行をうたふ。

歌物狂ひ二人木枯《こがらし》姿かな　木因

これらの風狂の句は、『野ざらし紀行』の本文からは省かれているが、独吟ではなく、木因ら親しい連衆との出逢いから、新しい滑稽の狂句への転換がうかがわれるのである。

かつて、第一句集『貝おほひ』のなかで、当時の流行をうけて、滑稽、諧謔句をつくったことが思い出されるが、しかし、このたびの大垣での木因たちとの句合《くあわせ》で読みとれる諧謔、滑稽の気配は、生死をも心に秘め、母の死を沈痛に受けとめた「野ざらし」の旅を果たした後では、ただ狂句への回帰ではなく、その意識が大きく深化していたことは当然であろう。

それをあえて定義づけるなら、初期の言葉遊びとしての滑稽ではなく、むしろ、生きざま、つまり、生死を越えた諦念のうえにあらためて眺めた人生の捉え方から飄《ひょう》逸《いつ》な詩情として、新たに浮かび上がったものといってもいい。

ここに、この旅の第一部が大垣でひとまず休止し、第二部が始まるという一大転機がうかがわれるのである。

その第二部の始まりだが、『野ざらし紀行』の本文では、いきなり、「桑名本当寺にて」、

冬牡丹《ふゆぼたん》千鳥《ちどり》よ雪のほととぎす

の句があらわれる。その前後を年譜資料からたどると、十一月上旬頃、多度山権現に参詣した芭蕉は、ついで、桑名本統（当）寺住職琢恵《たくえ》を訪れ、数日滞在したと思われる。その間、走井《はしりい》山観音・浜の地蔵へも参詣した。

木因の『桜下文集』には、次のような記述がつづく。

伊勢の国多度山権現のいます清き拝殿の落書《らくがき》。
　武州深川の隠泊船堂芭蕉翁、濃州大垣《おおがき》勧水軒のあるじ谷木因、勢・尾［伊勢・尾張］廻国の句商人《くあきんど》、四季折々の句召され候《そうら》へ。

伊勢人《びと》の発句すくはん落葉川　木因

右の落書を厭《いと》ふの心
　宮守よわが名を散らせ木葉川《このはがわ》　桃青

この文につづいて「桑名の本当寺は牡丹に戯れたまふ一会の句」として、先にあげた「冬牡丹」の句がくる。

まず桑名は、揖斐川《いびがわ》の河口に位置する東海道の宿駅であり、本当寺は、真宗大谷派桑名別院で、桑名御坊《ごぼう》ともよばれた。

当時の住職・琢恵は、東本願寺琢如《たくにょ》上人の第二子で、俳号を古益《こえき》といった。

寺誌によれば、「貞享元年四十二歳退隠、未曾有閣《みぞうかく》と号す。（略）風雅の才あり。みずから古益亭《こえきてい》と号し、時の藩主松平越中守定重《まつだいらえっちゅうのかみさだしげ》と詩歌唱酬して交情もっとも密なり」（阿部正美氏『芭蕉伝記考説』明治書院）。北村季《きたむらき》吟《ぎん》門といわれるから、芭蕉がこの寺に遊んだのは、そのよしみによるものらしい。この時、木因も同宿して風雅の一会に参席したと思われる。

『桜下文集』では、芭蕉の「冬牡丹」の句につづいて、木因句として「釜たぎる夜半《やわ》や折々浦千鳥」を併記している。

牡丹の冬咲き栽培は、当時文人の間で流行していた。石川丈山《いしかわじょうざん》の『覆醤集《ふしょうしゅう》』に「雪中ニ牡丹花ヲ見ル」という詩がある。

オノヅカラ臘梅《ろうばい》ニ先ダチテ花葉《かよう》生ズ
芳顔妖態《ほうがんようたい》人ヲシテ驚カシム
一枝ノ濃艶霜雪《そうせつ》ヲ啣《ふく》ミ
想ヒ見ル精神ノ子卿ニ似タルコトヲ

ふつう牡丹は五月頃が開花期であるから、臘梅より早く花を咲かせるには工夫が要《い》り、雪景色との取りあわせを考えると、花なき頃の豪華な牡丹は、まことに妖艶なものであった。

木因が「釜たぎる夜半や」と、古益の数寄《すき》をあげたのと同様、「冬牡丹」の句は、風雅な心に対しての挨拶ともよめる。季語は「冬牡丹」。寒牡丹ともいい、初冬とする。

つづく「千鳥よ」もありふれた語のようだが、なかなか含蓄の多い語のようである。季語で千鳥は冬である。歌語として、小夜千鳥・夕波千鳥・夕千鳥などと用いられている。

『本朝食鑑《ほんちょうしょっかん》』には、「歌人、寒夜の悲鳴を詠ずるなり」とある。また江戸後期の俳諧歳時記である『改正月令博物筌《かいせいげつれいはくぶっせん》』では「鳴く音の寒く深くあはれなる心をもいふ」としている。いずれにせよ、夜分に詠まれることが多い。

この句では、千鳥に対応して「ほととぎす」がおかれているが、これも夜分に詠まれることが多い。したがって夜の気配がうかがわれる。

同時に詠まれた木因の句が「夜半」を詠んでいることからも、二句の生まれたのは、古益亭での夜会の席であった。

「千鳥よ」の「よ」という、詠嘆の語感からくる閑寂の趣が、主客の深い共感をつたえるものであろう。

この一句は、冬牡丹に配する千鳥を、雪中のほととぎすに見立てている。

この見立てには二つの前例が指摘されている。すなわち、木下長嘯子《きのしたちょうしょうし》の『挙白集《きょはくしゅう》』に「鉢たたき暁《あかつき》がたの一声は冬の夜さへも鳴くほととぎす」の一首があり、また「定家難題七首」の中に、「深山《みやま》には冬も鳴くらんほととぎす玉散る雪を卯《う》の花と見て」とある。

「啼《な》いて血を吐く」といわれるほととぎすの一声には、悲痛哀切感がある。

「冬のほととぎす」とせず、「雪のほととぎす」としたのも、定家の「玉散る雪を卯の花と見て」をふまえ、「雪中ノ高士」「雪中ノ君子」などの語を匂わせて、冬牡丹の高貴な白さを浮かび上がらせたものである。

これらの語句のイメージを重ねると、夜の風雅な趣きが、深い共鳴をもって拡がってゆく。

『野ざらし紀行』の詞書は、一転して、浜辺に歩をはこぶ。前夜の気配をうけて、「草の枕《まくら》に寝あきて、まだほの暗きうちに、浜のかたに出《い》でて」とあって、名句がここに出現する。

曙《あけぼの》や白魚《しらうお》白きこと一寸《いっすん》

絵巻では、この句に対応して、上方に高く雲が浮かび、はるか水平線から太陽が静かに半ば顔を出して昇りくる風景が描かれている。

さて、「曙や」であるが、『桜下文集』をはじめとする諸資料には、初五として「雪薄し」とあり、こちらが初案である。

木因の『桜下文集』では、本統寺での芭蕉・木因の発句に続けて、「一日東かた西かたの山々紅葉狩《もみじがり》して、走井山観音堂に至る。海上目の上に浮みて、多少の船はまつ毛に繋（繫《つな》）ぐけしきあり。帆をたれて海は木の葉の夕べかな　木因／海上に遊ぶ日は、手づから蛤《はまぐり》を拾うて白魚《しらうお》をすくふ。逍遥《しょうよう》舟にあまりて、地蔵堂に書す。雪薄し白魚白きこと一寸　はせを／白魚に身を驚くな若翁　木因」とある。

この木因の記事によれば、初案は一日海上に遊んで舟興なおやまず、地蔵堂に立ちよって木因と酬和（句のやりとり）したさいの作ということになる。

さて問題は、初案とされる初五の「雪薄し」が改案されて「曙や」になったことである。その時期について尾形氏の考証を引いてみよう。

『笈日記《おいにっき》』には、桑名の現地で採録したと思われる初案形を掲げた後に、「この五文字いと口惜しとて、後には〝曙〟とも聞こえはべりし」と付記している。『三冊子《さんぞうし》』に定稿の句形を挙げ、「この句、初め〝雪薄し〟と五文字あるよし、無念のことなり、といへり」とあるのは、（略）芭蕉がこの初案について、一句としてあきたらないものを感じていたことは確かであろう。

「雪薄《うす》し」では薄明の大きな広がりを思わせるが、薄雪の白のイメージが白魚の白と重なり、効果をうすめるからである。それだけ「白き」を大切にしたといえる。

また、白魚の「一寸」については、尾形氏は以下のように考証しておられる。

白魚の大きさを「一寸」と表現したとき、芭蕉の脳裡にはたぶん杜甫《とほ》の「白小」の詩の「天然二寸ノ魚」の詩句が思い浮かべられていた。「白小」の詩は、芭蕉の愛読した『杜律集解《とりつしっかい》』には載っていないが、本紀行に寄せた素堂の序にも「桑名の海辺にて白魚白きの吟は、水を切りて梨花となす潔《いさぎよ》きに似たり。天然二寸の魚といひけんも、この魚にやあらむ」と見え、かれらの間に共通のイメージをかたちづくる紐帯《ちゆうたい》をなしていたことが確かである。

さらに話はつづく。

「曙や」の改案は、暁闇の光の中に白魚の一寸の姿態をくっきりと浮かび上がらせて（略）当初の感動を生かしきっている。（略）

白魚は、春魚の別名もあるように、季は春で、『毛吹草《けふきぐさ》』『はなひ大全』以下に二月に挙げられている。おそらく芭蕉は、杜甫の「天然二寸の魚」の詩句による文芸的機知をささえに、「一寸」の語をもって冬季の白魚の意を利《き》かせたものとしたのであろう。一説に、桑名地方では白魚について「冬一寸、春二寸」の口碑があるよしだが、（略）白魚は尾張の海の名産である。（略）また、『和漢三才図会《わかんさんさいずえ》』に「生ハ青色ヲ帯ビ、水ヲ離レテハ則チ白シ。コレヲ煮レバ則チマスマス潔白ナリ」（原、漢文）と説明するように、生《なま》の白魚の白は文字通りの白色ではない。「白魚白きこと」の「白き」は、「海暮れて鴨の声ほのかに白し」や「石山の石より白し秋の風」の「白し」と同じように、「素秋」の「素」であろう。

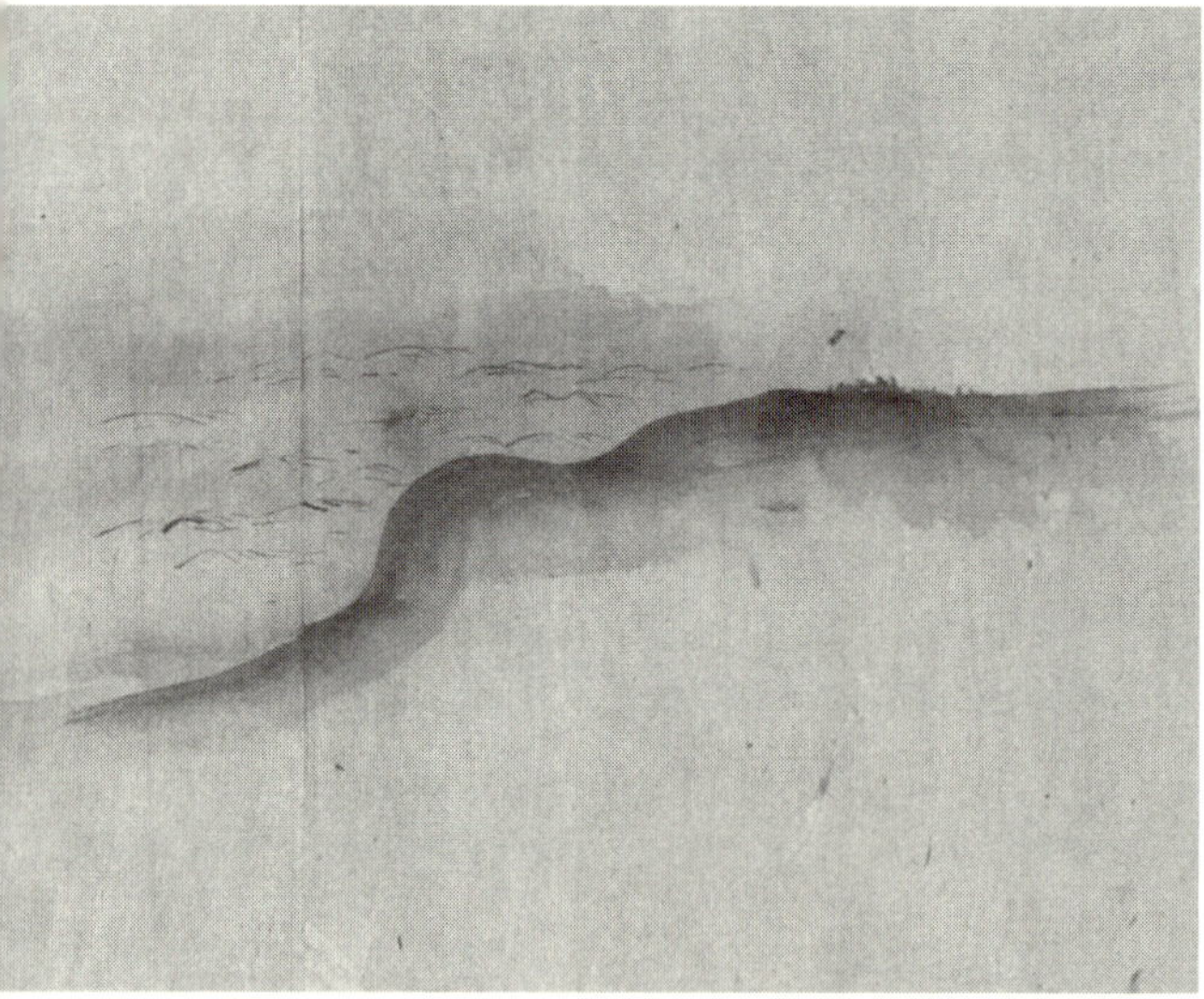

桑名本当寺にて
冬牡丹千鳥よ雪のほととぎす
草の枕に寝あきてまたほのくらきうちに浜のかたに出て
明ほのや
しら魚しろきこと一寸

すなわち無色透明の感である。

ところで、『野ざらし紀行』の白眉といわれるこの句は、さらに重要な問題を提示している。

旅の出発以来の、和・漢の詩境の融合や、古人の詩歌との歴史的交感に加えて、それは、座における交感による新しい蕉風を確立してゆく過程における、ひとつの転機であった。

さて、桑名をあとにした芭蕉は、十一月上旬ごろ海路熱田に渡り、林桐葉《はやしとうよう》亭に逗留。その間、俳席を持つかたわら、桐葉同道で熱田神宮に参詣した。

熱田に詣《もう》づ

社頭大いに破れ、築地《ついぢ》は倒《たお》れて叢《くさむら》に隠《かく》る。かしこに縄《なわ》を張《は》りて小社の跡をしるし、ここに石を据《す》ゑてその神と名のる。蓬《よもぎ》・忍《しのぶ》、心《こころ》のままに生《お》ひたるぞ、なかなかにめでたきよりも心とどまりける。

忍《しのぶ》さへ枯れて餅買《か》ふやどりかな

熱田神宮は、名古屋市熱田区に在り、草薙《くさなぎ》の剣をご神

体とし、相殿に天照大神《あまてらすおおみかみ》・素戔嗚尊《すさのおのみこと》・日本武尊《やまとたけるのみこと》・宮簀媛命《みやずひめのみこと》・建稲種命《たけいなだねのみこと》を祀る。日本三大鎮守の一つ。筑波《つくば》の道（連歌）の祖とされる日本武尊のゆかりから、とくに連歌・俳諧者たちの信仰も深かった。

社殿は久しく荒れ、信長、秀吉、家康が再建修理をつづけるが、芭蕉の訪れた貞享元年には、貞享三年の大修理の二年前で、大鳥居も倒れていた。

「忍さへ枯れて」の季語は「忍枯る」で冬。いうまでもなく、「忍」に昔を思い偲ぶよすがの意が託されている。秋を彩る草花が枯れて、はかない忍まで今は霜枯れはてて、冬の景色を見るにつけ、歌人の昔が偲ばれる。

しかし、季節の移り変わり、時代の変遷に深く詠嘆の情を懐きながらも、門前の茶店に足を止め、餅を買って休む一刻の日常的な現在を重ねあわせて、いたずらに詠嘆にくれるのではなく、永遠の時の流れのうちにある一刻の自らの生をいとおしむゆとりには、この頃の芭蕉の新しい境地が予告されている。

この後、芭蕉は名古屋に入り、荷兮《かけい》ら尾張連衆と交わり、『冬の日』五歌仙を興行、のちにこれを編ませた（貞享二年初春頃刊）。連衆の面々は、芭蕉・野水《やすい》・荷兮・重五《じゅうご》・杜国《とこく》・正平《しょうへい》・羽笠《うりつ》らである。

『冬の日』は、暗中模索の混乱状態にあった俳壇に、画期的な新風を送り込み、いわゆる蕉風確立の契機ともなった重要な歌仙であった。『冬の日』については、またのちに考察することにする。

いまは、まずこの芭蕉の円熟期ともいわれる句文にかえろう。

さて『野ざらし紀行』の本文は、「名古屋に入る道の程、風吟ス」という、簡単な詞書とともに、五つの句（「尾張旅泊」）がつづく。順序は前後するが、そのなかから、まず新しい蕉風を代表する句として、小西甚一氏があげている一句から考えてみたい（小西氏『日本文藝の詩学』）。

　海辺に日暮らして、
海暮《く》れて鴨《かも》の声《こえ》ほのかに白し

ここでは当然、伊勢桑名で詠んだ句、

雪薄し白魚白きこと一寸　（初案）
曙や白魚白きこと一寸　（改案）

を思い浮かべずにはいられない。

先の尾形氏の註解には、白きことは「素秋」の「素」すなわち無色透明の感であるとあった。

それなりにうなずけるものであるが、天和期には見られず元禄期になってあらわれる不可視の対象について「白し」といった例は外にもある。

石山の石より白し秋の風

その匂ひ桃より白し水仙花

いずれもたしかに「素」「虚」に近い、淡泊な味わいながら、一瞬目の前でフラッシュをたかれたような、時空をこえた超越的風景が閃く感動を、読者はおさえることができない。少なくとも、これは視覚や色彩をこえた「白し」である。同じように、芭蕉の句における「音」もまた後にふれるが、単なる音声におわらない、巨大な鐘を撞《つ》いたように余韻嫋々《じようじよう》として、はるか天空までいつまでも拡がりつづけるように響くのである。

　小西氏の前掲書に収められた論文「『鴨の声ほのかに白し』――芭蕉発句分析批評の試み・1」は、本文三十三ページに及び、詳細な分析と実例をあげ、かつ欧米の詩に言及した労作であるが、その骨子をわずかながら、ここに紹介しておきたい。

　その最も中心になる概念は、「欧米の批評用語で共感覚（synaesthesia）とよばれるものだが、詩に用いられたのはロマン派からであり、盛行したのはボードレールを代表とする象徴詩においてだといわれる」とする。

　その成立については、初めにさかのぼって説明をみると、

　「貞享期にいたり、景色を景色として描くゆきかたが、芭蕉に新しく生まれた。分析批評の用語で描写型（descriptive mode）とよばれるものである」として、以下の三句の実例をあげる。

辛崎《からさき》の松は花より朧《おぼろ》にて　（『野ざらし紀行』）
さざれ蟹足はひのぼる清水《しみず》かな　（『続虚栗《みなしぐり》』）
月はやし梢《こずえ》は雨を持ながら　（『鹿島紀行』）

そのうえで小西氏はつづける。

　さきの「海暮れて……」と同様、作者（author）の心情は直接には言いあらわされていない。（略）ドナルド・キーンは、

　細部描写により大きい世界をあらわす行きかたは、妙な話だが、総体的に何を言おうとするのか分明でないくせ、イメイジにおいてはまざまざと具象的だという結果になっている。蛙とびこむ水の音、しみ入る蝉の声、何の木の花とは知らぬ匂

いなどは、日本の詩ができるための中心イメィジなのである。

として、さらに、次のようにつづける。

欧米の詩で描写型だけに終始する例をしいて求めるならば、イマジズムの作品ぐらいのものであろう。(略)

イマジズムの詩におけるイメィジ用法ぜんたいが能および俳句から影響されたと考えられるので、純然たる描写型の詩は、西洋の伝統には無いと認めても大過なさそうである。(略)

描写型の表現は、発句以外の作品においては、かならずしも稀有ではない。『新古今』『玉葉』『風雅』の諸集には、すくなからぬ描写型の歌が見られる。(略)事実、描写型の発句は、貞享期の芭蕉にいたり、突然あらわれるまで、俳壇に姿を見せない。(略)

十五世紀このかた、歌壇の主流は二条派であったから、どうも『新古今集』における描写型表現を理解し支持することにはなりにくかったらしい。(略)

そこで、芭蕉の接していたはずの古典でなにか描写型への傾倒を動機づけそうなものが、ほかに無か

名護屋に入道の程風吟ス
狂句木枯の身は竹斎に似たる哉
草枕犬も時雨ゝかよるのこゑ
雪見にありきて
市人よ此笠うらふ雪の傘
旅人をみる
馬をさへなかむる雪の朝哉
海辺に日暮して
海くれて鴨のこゑ
ほのかに白し

ったかどうかを検討しなくてはなるまい。（略）そのひとつに『三体詩』がまず挙げられるようである。

『三体詩』において注目されるのは、編者周弼《しゅうひつ》――というよりも南宋末期詩壇――の好みを反映し、中晩唐の詩がほとんど全部をしめ、表現としては描写型が目だつことである。盛唐の詩は、あくまでも「詩は志《し》の之《ゆ》くところなり」という伝統に立ち、たとえ景色を描写した部分があっても、それは「志」の表出を補助するためという限定からあまり踏みだささず、焦点は説示型（expository mode）あるいは表明型（declarative mode）の心情表白におかれがちであった。しかし、晩唐詩では、究極において「志の之くところ」をめざしながらも、表現面ではむしろ「志」の説示あるいは表明をおさえ、描写された景物を透して間接的に暗示するような傾向がいちじるしい。（略）周弼によれば、表現のモードは「実」と「虚」に分かれる。（略）周弼のいう「実」は描写型を、また「虚」は説示型と表明型をひっくるめてさすものらしい。

ここで注意すべきなのは、私たちが今日ふつうに「描写型」というとき、子規《しき》流の経験的、客観的な写生的記述を意味しているが、そうではなく、反対にその物によりて、物を超えた言葉にならない真実に迫ることを意味していることである。小西氏はつづける。

注目されてよいのは、それよりも、芭蕉が実際の経験にかならずしも拘泥せず、シナ詩の世界を頭におくことにより、素材との間に「離れ」（以下「素材離れ」と称する方法）をもった点である。

小西氏は、「海暮れて鴨の声ほのかに白し」の句においては、素材「鴨の声」が閑寂なるトーンにおいてとらえられている点に「素材離れ」が見られるとする。

分析批評の用語としてのトーン（tone）は、素材・主題・話主・享受者などに対する作者の構え（author's attitude）をさす。（略）芭蕉は、それを閑寂なるトーンでとらえた。（略）

では、芭蕉は、どんなトーンにでもあつかえる素材を、なぜ「静寂」においてとらえようとしたのであろうか。

こうしたトーンは、わたくしの見るところでは、芭蕉が接したと思われるシナの詩句に多く現われる

ようである。（略）

このようなトーンは、唐宋の詩にしばしば用いられるものだが、注目を要するのは、そうした趣が抄物ではいつも「さび」という語で釈されていることである。（略）

なぜ「さび」がのぞましい境致なのであろうか。（略）いわゆる「さび」が「静かさ」を基本的な性格とすることは疑われない。（略）

この「静かさ」が、（略）どうも禅的な世界につらなるものらしいのである。

そもそも「禅」（dhyāna）は「静慮《じようりよ》」と漢訳される語であって、感情の動きを静め、澄明な心で外界にむかい、そのなかに真実な「理」をとらえることだとされる。

小西氏は、その際、芭蕉が直接「禅」から「閑寂」を摂取したと考えるよりも、講詩書から「詩における閑寂」をまなびとったと見るほうが、事実に近いだろうと、禅体験については保留している。

芭蕉の作句態度に禅仏教思想の深い影響をみることは、すでに本書の初めに紹介したが、具体的に『三体詩』をあげ、「閑寂」＝「さび」＝「禅と句の技法」にまで立ち入って、貞享期以降の蕉風の確立を分析した点が、小西氏の論旨の特色である。

「鴨の声ほのかに白し」の句について、尾形氏は「白し」と同じく「鴨」もまた、詩歌の上では深い含蓄のある語であることを指摘している。これにも注意を払う必要がある。そして、「浮寝の鳥」「鴨の浮寝」「鴨の水掻き」などの歌語が多く用いられ、鎌倉時代後期の『夫木《ふぼく》和《わ》歌抄《かしよう》』にも、鴨をとりあげたいくつもの類歌があげられている。鴨は旅寝・寒さ・望郷などの伝統的詩情を孕《はら》んでいたとする。

しかし、それなればこそ、それらの抒景、抒情という描写性を超えて、限定不可能な心の感動を「白し」といいきって、それらの想いを昇華したところに、この句の凄さが感じとれるのではあるまいか。

また、桑名での、「曙や白魚白きこと一寸」に呼応して、「曙＝空」「海＝無限」という超越的な時空を示す句境をつくり出していることを想いあわせれば、やはり「白し」の表現には、新たなる蕉風の展開が、はっきりみられるといえよう。

ところで、この「白魚」と「鴨の声」、二つの「白し」の句の間に、「尾張旅泊」のうち残りの四句が挿入されている。

　絵巻では、「熱田に詣づ」の詞書と、「忍さへ……」の句の後に、画面右斜め下方に、林間に小さな鳥居を置き、左上部に朽ちたりとはいえ、かなり巨きな二棟の社殿と、その後ろに小さくいくつかの家屋が、木の間隠れに描かれている。

　そして、さしたる詞書もなく最後の「海暮れて鴨の声」の句まで、五句がおかれている。まず最初の一句。


　　名古屋に入る道の程、風吟ス。

　狂句木枯《こがらし》の身は竹斎《ちくさい》に似たるかな

　この句はいうまでもなく、先に紹介した木因の「歌物狂ひ二人木枯姿かな」と対応するものである。

　この句は、後に芭蕉七部集の第一集である『冬の日』の巻頭にも収められているが、それには次の前書きがある。

　笠は長途《ちょうと》の雨にほころび、帋衣《かみこ》はとまり〳〵のあらしにもめたり。侘《わび》つくしたるわび人、我《われ》さへあはれにおぼえける。むかし狂哥の才士、此国にたどりし事を、不図《ふと》おもひ出《いで》て申侍《もうしはべ》る
（『古典大系45』）

　以下、『古典大系45』の補注、また尾形氏の語釈によって紹介しよう。

「狂句」や「物狂《ものぐるい》」というときの「狂」は、狂気をいうのではなく「もの」（神霊）が人にとりついて神がかりとなった状態をさす。ここでは、己れを四季折々の狂句を売りひさいでまわる句商人《くあきんど》に見たてて、俳諧師としての生き方を自認し、謳歌している。

「狂哥（歌）の才士」とは、竹斎のこと。仮名草子『竹斎』の主人公で、もともと京で医者を開業していたが、狂歌好きのあまり患者もつかず、吾妻へ下る途中、名古屋の裏町で「天下一の藪医師《やぶくすし》の竹斎」の看板をかけて開業した。その道中における名古屋の宿での風体は、「をりふし冬のことなれば、破れ紙子に布裏つけ、帯は木綿の丸ぐけに、羽織はいかにも煤びたる」「つづれ紙子に紙頭巾、取りさがしたる姿にて、さながら鳶が身ぶるひして、風に吹かれしごとくなり」といったありさまであった。

　芭蕉の句は、木因の「狂句」と竹斎の「狂歌」を重ね、名古屋の連衆の前に披露している。ここでは、俳諧のなかの笑い、滑稽の要素を強く打ち出し、そのことによって、自己の内省に閉じこもることなく、己れ自身をむしろ他者と見做して、その間に日常性を破る人間の真

相を開示してみせていることは、注目に値する。名古屋の連衆との歌仙によって、新たに、人間そのものの存在の不可思議さに迫ったものである。

自らを戯画化することによって、はじめて見えてくる風狂の心境を示すものである。話が先にすすむが、このあたりから蕉風は沈痛な孤独から、飄逸な無心の人間連帯へと目を向ける「かるみ」への配慮が自覚されはじめたといえるだろう。

「尾張旅泊」の第二句をみよう。

草枕犬もしぐるるか夜の声

「草枕」は「木枯」の旅の中の侘び寝。

宗祇《そうぎ》の句に「世にふるはさらにしぐれのやどりかな」があり、旅寝の枕にきこえてくる犬の遠吠えに、宗祇のしぐれの句の侘び寝を想い、その風狂の情を「犬もしぐるるか」と転じている。さらに能の『雨月《うげつ》』の翁が時雨の音を闇に聞いた舞台を想い、それらの連想がひろがる闇の底に「夜の声」をきいたとする。旅寝の夜を犬の遠吠えから、「声」という捕らえがたい気配を想って、無限の夜の闇の深さを人生の深さとして受けとめている。この「声」という音声によって、しぐれの音と犬の遠吠えを溶かして無限の拡がりを示す技法は、先に述べた「白し」と同じ技法として、新しい境地を示している。

つづいて第三句。

雪見にありきて、
市人《いちびと》よこの笠《かさ》売らう雪の傘《かさ》

弟子の支考《しこう》による『笈日記』に「抱月亭」と前書して、「市人にいでこれ売らん笠の雪　翁」「酒の戸たたく鞭《むち》の枯梅《かんうめ》　抱月」の付合《つけあい》をあげ、「これは貞享の昔、抱月亭の雪見なり」と註しているのが、初案である。抱月は尾張連衆の一人である。

『冬の日』の前書の「笠は長途の雨にほころび」など、芭蕉の「笠」と「旅」によせる思いは深い。後の「笠着て草鞋はきながら」の句に先行するものである。

筆者は「笠の雪」ではなく、「雪の傘」と逆転させたところに、冬景色の代表である雪の空模様を気づかい、笠では守りきれない寒さに凍える、天地人、一体となった宇宙感が凝集されているように思われる。

ここにも、自我への執着を捨てて解き放った境地が、「売ろう」の一句に託されているといえよう。

第四句に進もう。

旅人を見る。
馬をさへながむる雪の朝《あした》かな

その「雪の朝」に、雪見笠を戴《いただ》き驢馬《ろば》に乗る「蘇東坡、雲天の笠」や「呉天の雪」におもむく中国の詩人の姿が、白一色の景色のなかに二重写しに浮かび上がっていたであろう。まことに幻想的な雪の世界が、日常性の裂け目から拡がってくるのである。

この句は、名古屋に移る前に、熱田滞在中、閑水亭《かんすいてい》での歌仙の発句として詠んだもので、『笈日記』所収、尾張熱田連衆の「悼芭蕉翁」の文中に、「木枯の格子あけては、〝馬をさへ詠むる雪〟といひ」云々と、当時の芭蕉の旅情を偲んでいる。

日常性の中に詩を求めた熱田連衆と、『冬の日』五歌仙の高踏的風韻に風狂の奇趣をこらした名古屋連衆との差が、ここにあらわれている。

さて「尾張旅泊」は、先にみた「海暮れて鴨の声ほのかに白し」の句でくくられる。ここから蕉風の画期的な新風を示す代表作『冬の日』尾張五歌仙（貞享元年）が生まれる。この飛躍が、閑寂な孤高から、俳諧の座への新しい回帰となるのである。

三十一章　薄霞《うすがすみ》

貞享元年（一六八四）八月中旬、芭蕉がはっきりと文芸的な意図をもって旅に出たのが、いわゆる『野ざらし紀行』であった。この旅では、西行の跡を偲《しの》びつつ、先人の古歌の伝統と日本文芸の源泉をさぐりながら旧地を訪ね、和漢融合した俳諧の境地からさらに一歩をすすめ、新しい蕉風の確立ともいわれる『冬の日』の五歌仙を創作した。

こうした文学的な革新的な俳諧への思索に工夫を深める一方、指摘されているように、この旅は俳諧の革新運動ともみられ、新しい蕉風の拠点を主要な地方都市につくり出してゆく成果ともなった。

そのまえに、いわゆる「元禄文化」といわれる文化を生み、支えた社会的要素をもう一度ふり返ってみよう。

この期間は、従来から、元禄時代を中心としながら、寛永期がすぎて正徳期が終わるまで（一六四四〜一七一六）という、かなり長い期間を対象としている。その間、いちじるしい流通経済の発展、また、文化の担い手のゆるやかだが確実な変化、文化意識の深化がみられた。あえていえば、中世から近世、近代への大きな変化の起点ともいうべき時代であった（高埜利彦編『日本の時代史15 元禄の社会と文化』）。

そこで芭蕉の生涯をざっと概観すると、次のように区分することができる。

伊賀在郷時代（正保元年～寛文十二年）
江戸市中居住期（寛文十二年～延宝八年冬）
深川隠棲初期（天和元年～貞享元年七月）
『野ざらし紀行』行脚期（貞享元年八月～二年四月）
貞享庵住期（貞享二年五月～四年十月）
『笈の小文』行脚期（貞享四年十月～元禄元年八月）
元禄初年庵住期（元禄元年九月～二年三月）
『おくのほそ道』行脚期（元禄二年三月～同年九月）
上方漂泊期（元禄二年九月～四年十月）
晩年庵住期（元禄四年十一月～七年五月）
終焉の旅（元禄七年五月～同年十月）

（『年譜大成』）

芭蕉はまさに、元禄文化が形づくられる過程から、その半ばにこの世を去っていったのである。

ちなみに大石内蔵助《おおいしくらのすけ》ら赤穂浪士の吉良《きら》邸討ち入りは、芭蕉の死去から八年後、元禄十五年（一七〇二）のことである。

その経済的な構造を、歴史書によってやや巨視的に一瞥してみよう。

先に十章で、主として外来文化の影響についてふれたが、高埜利彦氏の編書は、比較的新しい視点を提起したものであり、今回もこの書によって、文化の社会的経済的な構造をみていくことにしよう。

応仁の乱が応仁元年（一四六七）に起こってから百五十年ほどの間、日本は内戦の巷《ちまた》となった。同じ時期、不思議な符合というべきか、東アジアや中国では、明清《みんしん》の戦乱が世界秩序をゆるがせていた。

国内の状勢は、三代将軍家光《いえみつ》の死後、四代家綱《いえつな》政権の確立後、一六六〇年代になって一応安定した。平和によって、社会全体の生産力は上がり、商品流通の全国ネットワークも密になった。ここから生じたゆとりによって、文化的にも幅広く創造的な時代を迎えることになった。

社会的にみると、寛永の大飢饉（寛永十七～二十年〔一六四〇～四三〕）を機として、幕府は大規模な上水道の整備、新田開発につとめるようになった。田畑の面積も江戸時代初頭（十七世紀初頭）から十八世紀にかけて、およそ倍近くに増加し、人口も倍増したと云われている。

これらの生産量の増加した米は、大名たちによって、商人の手をへて、全国市場へと拡がった。米の販売市場は大坂が中心で、江戸がつづき、大型船による海運が拡がっていった。

将軍家綱の時代、年号でいえば寛文、延宝期には、幕藩体制国家の諸制度や社会システムが確立したと云われている。

こうした流通経済のなかで、交易の場としての主要都市が生まれ、都市部と地方との格差が拡がりはじめる。

そして三大都市、京、大坂、江戸では、さまざまな職能的共同体が生まれてきた。

経済の余裕は、単に元禄町人という新しい階層を生んだばかりでない。最近の研究では、いわゆる江戸前期の寛永期を中心として京都で開花した、天皇・公家社会の文化が開放され、武家や上層町衆、僧侶、神官、芸能者など、さまざまな身分、階層の人々が交流をはじめたこと、公家衆を中心とする文化サロンがひらかれ、様々な文化、芸能が創造享受されるようになったことが注目、強調されるようになった。

加うるに、印刷、出版とメディアの発達によって、ひろく和漢の古典が刊行され、文化サロンにおける活動の成果が、各地方や階層に浸透していった時代経過も見逃せない。

また芭蕉その人の俳諧、俳文、連句の出版も、やや遅ればせながらひろく流布、保存されるようになった。文芸が地方都市の俳壇で受け容れられる機会が増えていったことも、俳諧の隆盛と切り離せないであろう。

そうした様々な文化的変容期にあって、芭蕉があえて旅の生涯をえらんだことは、内面的深化はもちろんだが、俗にいわれているように、金銭的な必要性を充たすだけのものではなく、都市を中心とするサロンを形成しながら地方に次々と発生する、新しい文学的拠点をつくり出すといういわゆる俳壇政治的な配慮もあった。このことは重要な視点である。

現実的には、芭蕉をとりまく俳人や、また俳諧にとって必須な新しい連句の座、俳壇の形成を求めて旅をつづけていった意味も忘れてはなるまい。

この旅は、北村季吟の門下であり、ひろく美濃・伊勢・尾張の俳壇の中心人物であった木因《ぼくいん》との再会によって、近畿・関西地方の俳壇との交流も深まり、蕉風のあり方を、連句の席で示したことは、大きな成果ともいうべきものであった。さらにここで、新風調の歌仙『冬の日』の結実をみたということは、『野ざらし紀行』の成立と、さらにそこからの脱却を示した、大きな成果といえるのである。

その証しともみえるのが、いわゆる『野ざらし紀行』第二部の始まりともされる「桑名・熱田」で、ここからは、旅の叙景の文章は少なくなり、ほとんど俳句の詞《ことば》書《がき》と句だけが列記されるようになる。

芭蕉は、もはや叙景と叙情、あるいは述志とを分けて、相補う形式を脱して、俳句の一句のうちに、叙景に徹するように見えながら象徴的な形で心象風景を表現するようになった。叙事・叙情を超える、言語そのものの世界のうちに、超越的な世界を創り出すことに成功したと考えられるのである。そこに、まさしく蕉風の新風が確立したといっていい。

こうして、「尾張旅泊」の句をひろってみると、「狂句木枯《こがらし》の身」「草枕」「雪の傘」「旅人を見る」「鴨の声ほのかに白し」などには、いわゆる風物の描写でもなく、心情の吐露も直接には書かれていない。だが、それらを止揚した風吟の境地がひらかれ、それは次の「故郷越年」「大和《やまと》」の項へと引きつがれてゆく。

「故郷越年」の項は、「ここに草鞋を解《と》き、かしこに杖を捨てて、旅寝ながらに年の暮れければ」という詞書につづいて、

　　年暮れぬ笠着て草鞋はきながら

という一句がある。

尾形仂氏の解説を簡単に紹介していこう。

まず詞書の「草鞋を解き」と次の「杖を捨てて」とは対句になっていて、「海暮れて」までの句が、俳席での交わりの結果であることを暗示しているとする。歳暮の時節の流れをのべながらも、心は歌仙『冬の日』の俳諧の席を強調していることに注目しなければならない。

「年暮れぬ」は季語である。江戸時代後期の季寄《きよせ》である『合類俳諧忘貝《ごうるいはいかいわすれがい》』にも〝年の暮〟の題には、「極月廿日《ごくげつはつか》過ぎより、除夜の心をも詠めり」とある。北村季吟の季寄である『山《やま》の井《い》』にも、〝歳暮〟の項に「おほつごもりは、一年の果てなれば、日暮れ夜更《ふ》くるにつきて名残を惜しみ、わが数添はん年を侘《わ》び、流るる年はせくもせかれず」と註するように、本意は〝除夜〟の感慨に集約される。

「暮れぬ」の〝ぬ〟は完了の助動詞であるが、〝つ〟が切断の気持ちが強いのに対し、〝ぬ〟には、意志のかかわり方が稀薄で、時間はゆるく進行を継続する気配が強い。つまり、ここでも煤《すす》掃き、年忘れ、餅つき、年の

市、大節季と忙しい世間の師走の暦の外で、それと無関係な暮らしをしてきた自分が、終わりゆく年の歩みを意識したずれの感慨が、〝ぬ〟の表現に加わり、人間的な嘆息をひびかせている。

　ことに、大年《おおとし》（大みそか）の夜は、家の内外を清め礼服を着用して坐して静かに歳旦を待つ当時の世俗の人生にくらべると、「笠着て草鞋はきながら」は、世外の無用者、漂泊者の苦い自嘲の色をにじませている。

　けれども、そこにあるのは、西行の無常の寂しさや、杜甫の慨世の憂悶につながる詩情ではなく、むしろ、風狂の世界に耽溺する喜びでなければならないとする尾形氏の指摘は適切であろう。とくに、「笠着て」の軽快なリズムが、芭蕉の飄逸の表情をのぞかせている。人生を永遠の旅人とする旅の哲学といった重々しいものではあるまい。

　芭蕉と親しく交わった素堂《そどう》は、この紀行の序に「いづれの浦にてか、〝笠着て草履（ママ）きながら〟の歳暮のことぐさ、これなん皆人浮世の旅なることを知り顔にして知らざるを諷したるにや」と述べている。

　また蕪村《ぶそん》は、その名利・貪欲の世界を超脱した境涯の軽さと心境の涼しさを賛して一文（「歳末弁」）を草し、また「笠着て草鞋はきながら　芭蕉去りてその後いまだ年暮れず」と詠み、曲折した軽みを味わうべしといっている。

　芭蕉が、伊賀にふたたび帰郷したのは、土芳《どほう》筆『芭蕉翁全伝』に「臘月《ろうげつ》廿五日ノ夜、又此所ニ入テ歳暮ノ吟アリ」とある。

『野ざらし紀行』では、「と言ひいひも、山家《やまが》に年を越えて」の詞書の後に次句がくる。

　　誰《た》が聟《むこ》ぞ歯朶《しだ》に餅《もち》おふうしの年

　この句、土芳の『全伝』にも「改旦」と前書きしてあげている。

　季語は「丑の年」で新年、歳旦。

「歯朶」は裏白ともいい、縁起物として正月の飾りに用いた。

「歯朶に餅おふ」は、江戸中期の俳人である石河《いしこ》積翠《せきすい》『芭蕉句選年考』に「按ずるに、在辺にて舅のかたへ初春のことぶきに、鏡餅を祝ひて贈るなり」とある。「おふ」は牛の背に負わせること。正月三日ごろ嫁の里へ一斗ぐらいのお供え餅を贈る風習は、かなり一般的であった。一句は、そうした地方的風俗のなかに、新聟の姿の初々しさを見て、新春の感を言い取ったもの。

「誰が聟ぞ」との問いには、自らが他国者となって八年ぶりに帰国した故郷で新年をむかえた、新鮮なおどろきがこめられている。

　また、修辞の上では、「負ふ」と「（牛を）追ふ」、「牛」と「丑」が掛詞になっている。

　土芳の『三冊子《さんぞうし》』には、この句について芭蕉が、「この古体に、人の知らぬよろこびあり」と漏らしたことが伝えられている。

「古体」とは、右の縁語・掛詞を用いたところに、貞門の歳旦吟式のスタイルがとられている点をさしたもの。

　古代をかたどる新春の儀礼に応じて、あえて貞門風の古いスタイルを用いた逸興の試みに、単なることばの洒落のおかしみではなく、昔ながらのなつかしい故郷の正月風景への感慨をこめている。いわば、古き革袋に新しい酒を盛る器として生かした作者としての会心の喜びをさしたものであろう。

『年譜大成』によれば、芭蕉はそのまま郷里に「二月下旬まで逗留」とあり、「改旦」と題して、「誰が聟ぞ」の句のあとに次のような記述がつづく。

　子《ね》の日しに都へ行かん友もがな（土芳『芭蕉翁全伝』）

　作影亭ニテ梅烏ノ画屛ヲ見テノ作也。是ニ歌仙有リ。

旅烏《たびがらす》古巣は梅になりにけり（同）

同月、「雅良亭発句脇」として、

　われもさびよ梅より奥の藪椿　伊賀 雅良

　茶の湯に残る雪のひよ鳥　蕉

（初稿本『野晒紀行』）

　そして、「二月二八日　伊賀に在り。山岸半残《やまぎしはんざん》宛書簡執筆。半残句に批評を加える。文中『虚栗《みなしぐり》』の風調に猛省を加え、李杜《りと》西行定家《ていか》の作を手本とすべき旨を述べる」とある。

　この半残への書簡は、芭蕉の新しく開かれた句境を示すものとして重視されているので、その後半を紹介しよう。

一、江戸句帳等、なま聞《ぎこ》えなる句、或ひは云ひたらぬ句共《ども》多く見え申し候を、若《も》し手本と思し召し、御句《く》作《さく》成され候はば、聊《いささ》かちがひも御坐有るべく候。『みなし栗』なども、沙汰のかぎりなる句共《ども》多く見え申し候。唯《ただ》李・杜・定家・西行等の御作等、御手本と御意得《こころえ》なさるべく候。先此度《まずこのたび》の御句共《ども》、江戸へ持参候ひて、能《よき》句帳も出来《しゅったい》候はば加入申すべく候。御了簡も御坐候はば、尤《もつと》も延引仕るべく候。

宛名人である半残（承応三年〜享保十一年）は、本名山岸重助棟常《むねつね》。伊勢国藤堂《とうどう》藩伊賀付侍大将藤堂玄蕃《げんば》家の陪臣。蕉門。『伊賀名所句集』を完成したが未刊行に終った（『俳文学大辞典』山本茂貴）。

芭蕉は、今は母亡き親族とは、どのように正月を迎えたのであろうか。

芭蕉は江戸にあっても、いつも伊賀に在留する兄の家族や親族に心を配り、経済的援助も、無理をしつつも折あるごとに続けていた。今栄蔵氏の研究の一部に、江戸での芭蕉の貧困の原因は、この伊賀の親族の扶養も一因であったとしているくらいである。

しかし、母亡き後も松尾一族は、それなりに親密な関係をもっていた。

また、家族の他にも、地元の俳壇や藩主との深いかかわりもあった。それを示す一通の文書がある。藤堂探丸《とうどうたんがん》より肴《さかな》を贈られたことに対する家令宛ての礼状である。

「今朝旦那様より御肴《おさかな》頂戴仕《つかまつ》り、有り難く存じ奉り候。私《わたくし》宅にては女兄弟共《ども》打ち寄り頂戴仕り、又、権《ごん》右衛《え》門方《もんかた》にて念比《ねんごろ》のもの共《ども》寄り合ひ戴き申し候。さて今日は権右衛門方に寄り合ひ罷《まか》り有り候。後程《のちほど》御礼に参上仕るべく候。以上」（『年譜大成』）

藤堂探丸は、芭蕉の旧主良忠《よしただ》（蟬吟《せんぎん》）の遺児で、本名、藤堂良長《よしなが》。幼名、新之助。のち新七郎。延宝二年（一六七四）九月、九歳で家督を継ぎ、新七郎《しんしちろう》家三代目の当主となり、伊勢国藤堂藩伊賀付侍大将となる。禄五千石。長じて芭蕉を殊に敬愛し、貞享五年（一六八八）春には、帰郷中の芭蕉を赤坂《あかさか》の下屋敷に招き、花見の宴を催して懐旧の情を交えたほか、芭蕉の帰郷ごとに招待している（前掲書・山本茂貴）。

この探丸にあてた礼状と、先に挙げた半残への書簡からは、芭蕉が出生の地、伊賀の俳壇の育成にも気を配っていた気配が身近く感じられるのである。

伊賀上野時代の芭蕉について、今氏は、とかく今までは、私小説的視点からのみ語られている点を指摘し、全国俳壇の中の伊賀俳壇について社会的視野から精査されている。

それを今氏『芭蕉伝記の諸問題』によって、ごく簡単に一瞥しておこう。

さて、伊賀の俳人で、公刊の俳集にはじめて登場するのは、正保二年（一六四五）重頼《しげより》撰の『毛吹草《けふきぐさ》』に入《にっ》集《しゅう》する一木である。

それ以前に公刊の俳書は三集あるが、入集者は中世末以来の俳諧の先進地、京・伊勢山田と泉州堺《さかい》の俳人が主体で、これに、江戸・大坂と因州（因幡国）の俳人がわずかに加わり、国数にして六カ国にすぎなかった。三集の集句範囲は、まだ狭い範囲に限定されていたとみえる。

さらに、今氏は次のように述べる。

このあと、貞門時代から談林時代初期にかけて、撰者が競って、地方俳人の掘り起こしに努め、全国規模の大撰集を編む趨勢をむかえるが、その芽は『毛吹草』において芽生えた観もあり、所収作者数は二六〇人とやや小規模ながら、国数は十四箇国と拡大している。依然として京（七六人）・伊勢山田（七六人。外に津《つ》・松坂《まつさか》計七人）・堺（四五人）が圧倒的に多く、大坂（一三人）・江戸（一一人）がこれに次ぐが、（略）以下、各一、二名ながら、大和・越前・加賀・芸州・因州とともに伊賀の作者が登場しているわけである。

このことは、全国的に見れば、伊賀における俳壇の芽生えは比較的早い方に属していたことを暗示するであろう。（略）入集者一木は本業など素性は不明だが、四句という入集数は、（略）必ずしも軽い存在とも言いがたく、地元の伊賀ではむしろ相当な経歴と熱意を持つ先駆者的存在として、無名の愛好者群を従えていたのではなかったか。そういえば後続の俳人に（略）、一の字のつく俳名が目立って多いのも、一木の系統があったことを思わせる。（略）

寛文期に入って四年（一六六四）の『佐夜中山《さよのなかやま》集』の入集者九人という数は相当な盛況期に入っていた事情をうかがわせ、七年の（略）季吟撰の『続《ぞく》山井《やまのい》』に一挙三六人入集するに至って、上野俳壇はまさに歴史的な最活況期を迎えていた事実が判明する。

しかし延宝期になると、上野俳壇から俳集に登場する作者は、きわめて少なくなる。

さて、では芭蕉が誰から俳諧を学んだかとなると、古くから伝記には、若き日の蟬吟との交わりが強調されすぎて、現実的な上野俳壇の有力者との交わりが軽視されてきた傾向がある。

こうした中で注目すべきは、芭蕉がまだ宗房《むねふさ》といった十五歳の万治元年（一六五八）に、『鸚鵡《おうむ》集』に、十二回の入集実績のある保川一笑《やすかわいっしょう》と、万治二年『捨子《すてご》集』以来、十三回入集の実績をあげている窪田政好《くぼたまさよし》という二人の俳人が上野の町に居たことである。

今氏は、宗房が俳諧の道に入る当初から、この二人の先輩の手ほどきを受けていたと推測し、その証拠は、「〔寛文〕五年十一月、藤堂蟬吟（二十四歳）が主催した松永貞徳十三回忌追善百韻に、宗房が政好・一笑と直接膝を交えて一座している事実によって具体的な連繋関係が現れる」とする。三人の盟友ぶりは明らかで、宗房俳諧入門の頃を考えると、やはりこの先輩二人に頼るところから始まったと見るのが妥当であろう。

この追善百韻は、蟬吟が発句を詠み、京の季吟に送って脇句を受け、第三以下を地元の五人で興行したものだが、「連衆《れんじゅ》の文学」である俳諧の本質からみて、この人々が日ごろからの蟬吟邸の俳諧常連だったとみるべきであると今氏は指摘している。また一木の身上は明らかでないが、政好と一笑は町で信用の高い富商であったから、蟬吟邸になにかと呼び寄せるにふさわしい人たちであった。

蟬吟と一笑・政好とのつきあいは、まず寛文元年（一六六一）、蟬吟二十歳頃であるとみられる。今氏は、宗房（当時十八歳）は、すでに両先輩のもとで才能を買われ、両人が蟬吟邸に呼ばれた折々には同伴するようになり、そのうち蟬吟にも認められ、蟬吟邸すなわち新七郎家の下屋敷で、台所方の使用人として奉公する道がひらかれたというのが実情であろう、と述べている。

芭蕉の仕官の事情について、在来の伝記的説と今氏の説の是非を判別する資格を筆者は持たないが、ひろく俳壇の形成のなかで、人事交流を見るという方法は、今後も、芭蕉の旅行先の行動を理解するうえでも重要だとおもわれる。

こうしてみると、芭蕉の伊賀へのたびたびの帰郷は、たんに家族との再会に止まらないことが理解されてくるのである。

貞享二年（一六八五）二月中旬、芭蕉は奈良で薪能《たきぎ》見物に赴いている（土芳『芭蕉翁全伝』）。この後、一旦伊賀に戻ったとされているが、『紀行』本文では、なんの記述もなく、ただ一行、「奈良に出《い》づる道のほど」という詞書につづいて次の一句がくる。

春なれや名もなき山の薄霞《うすがすみ》

尾形仂氏によれば、「春なれや」の句は、諸書にみると、下五の「薄霞」が、初案では「朝がすみ」だった。季語は「春」「薄霞」。芭蕉の弟子である許六《きょりく》と李由《りゆう》の編書『宇陀法師《うだのほうし》』では、「春なれや」の「や」の用法について、「春だからであらうか」という推測の意に解している。しかし、一般には、たとえばこれを西行の「津の国の難波の春は夢なれや芦の枯葉に風渡るなり」（『新古今集』ほか）の〝や〟と同じく、詠嘆の〝や〟と解する説が圧倒的である。前者の許六の解釈は多少理知的な感じだが、後者は西行の歌や謡曲の声調に通うものがあり、大きくのびやかに感じられる。

一読して素直な感懐の句ともとれるが、よく読みこむと、なかなか、単純にはゆかない、重層的なふくらみがあり、奈良という土地を受けとめるのにふさわしい句であることがわかる。

「名もなき山」は、ただ漠然とした山並ではない。まず『万葉集』の「ひさかたの天《あま》の香具山《かぐやま》この夕べ霞たなびく春立つらしも」（人麻呂）、また『新古今集』の「ほのぼのと春こそ空に来にけらし天の香具山霞たなびく」（後鳥羽院）の歌を念頭において、あえて、それを言わずに、裏返しにしての「名もなき山」なのだという。

前書きの「奈良に出づる道のほど」が、すでに「名もなき山」のイメージを大和国原の山と限定している。天の香具山は古来、神聖な形のよい山として仰がれ、歌人たちは、この山に立つ霞に春の到来を感じとってきた。そうした古典の伝統を背景にして、それをうち返して「名もなき山」の霞に目をとめたところに、芭蕉の俳諧がある。

初案の「朝がすみ」は、芭蕉の早立ちの旅で大和平野の四周に重なる丘陵を望んだ時の実景かもしれない。「朝がすみ」のほうが、定本の「薄霞」よりも具体性と新鮮さにまさるとする見方も多い。しかし、この句が、芭蕉が日本の詩歌の伝統を探る旅のさなかであり、当然前記の二つの歌との交響のもとに詠まれたことを考慮すれば、また見解は違ってくる。

すなわち人麻呂と後鳥羽院の歌が「春立つらしも」「ほのぼのと春こそ空に来にけらし」として、いずれも香具山の霞から春の到来をうたっており、芭蕉が、「名もなき山」の霞をあげたのは、本歌にうたわれている季節感を象徴する俳諧的景物として取り上げたと解したほうが、本歌との交響を生かすことになる。

つまり、単なる実景の描写ではなく、俳諧的言語空間のなかに転置された、濃密で微妙な早春の季節感を明確にしているといえる。初案の「朝がすみ」を「薄霞」に改めた理由は、この句を一層昇華して俳諧的な宇宙空間に据えなおしているように、筆者にも思えるのである。そこに、わざわざ「名もなき山」として、限定を避けた理由がある。そこに深く広い考察があるといえよう。

さて、『紀行』はその後の経過にはふれず、画巻でも画面中央に空白をおいて、詞書と次の句が、画面のやや下方に記されている（図版350ページ）。

二月堂に籠《こも》りて
水取《と》りや氷の僧の沓《くつ》の音

「二月堂」は、東大寺内の堂宇の一つで、天平勝宝四年（七五二）、東大寺第二世実忠《じっちゅう》の創建による。寛文七年（一六六七）炎上したが、同九年再建された。

創建以来、毎年二月（今は三月）に修二会《しゅにえ》を行なうのが有名で、火の行、水の行が中心となる。唐《とう》の二月が天竺《てんじく》の正月に相当するので、それを祝するために行なった行法ともいわれる。一説にはペルシアのゾロアスター教（拝火教）の影響を想定し、シルクロードの終着点を二月堂に見出す説もある。

起源の奥深い、民間信仰を集約した行事としても有名で、今日でも続けられ、筆者も数回にわたり、三月の厳寒の深夜の行事に参加するため訪れたこともある。あの大松明《おおたいまつ》の火焔を吹いてなだれ落ちる火の粉。内陣を走りぬける行者の木沓《きぐつ》の音。一方、桶をかついで粛々と井戸に向かう白衣のお水取りの行など、忘れ難い想い出である。

さて、まずは江戸の俳諧の立場から、尾形氏の註解を紹介しよう。

季語は「水取り」で、二月。ただし「水取り」として歳時記類に登載されてくるのは、『わくかせわ』（宝暦三年）『俳諧糸切歯』（宝暦一二年）以降のことに属し、芭蕉当時の歳時記類には「二月堂の行ひ」「二月堂の牛王《ごおう》」として掲出する。

二月一日から十四日まで二月堂で修される修二会の期間、七日・十二日の深更、良弁杉《ろうべんすぎ》の下に若狭《わかさ》の遠敷《おにゅう》明神を勧請《かんじょう》し、閼伽井《あかい》（井戸）で香水《こうずい》を汲み取る行事が「水取り」で、『日次紀事《ひなみきじ》』（江戸前期の京都を中心とする年中行事の解説書）二月一日の条に「南都二月堂　牛王《ごおう》加持の行法あり。今日より七日に至るまで、これを上七日といふ。二月堂本尊観音像、大小二体あり、上七日は大像観音の前に於て法事を修す。八日より十四日に至りて則ちこれを下七日といふ。これ小観音の法事なり。七日の夜、また十二日の夜、ともに水屋の井において、牛王（の札）を貼するところの水を取る。およそ年中用ふるところの水、この両夜これを汲みて桶に蓄ふ。古《いにし》へ実忠、若狭の国笥飯《けい》明神の託宣によりて、水を枯井に取りて牛王に貼す。七日・十四日の夜、必ず枯井より湧出。今の如きは井水常に満つ。今夜、水を取る咒師《じゅし》は、実忠に准ずる者なり。東大寺の僧、各々朔日より十四日に至りて、二月堂に参籠す。昼夜行法あり。これを〝籠り〟といふ。その僧、忌服・疾病ある者は、これを勤むることあたはず。十人あるいは十五人、二十人に至る。年によりて多少あり。相伝ふ、籠りの僧多きときは則ちその年、吉あり。参詣の男女も、祈願ある者、止めて仏前に宿す。これもまた、〝籠り〟といひ、あるいは〝通夜〟と称す」（原、漢文）とあるのが、その概要を尽くしている。芭蕉が前書に「二月堂に籠りて」と書いているのは、右の文末にいう〝籠り〟にあたるが、内陣の中に入ることは許されない。　（『野ざらし紀行評釈』）

筆者は特別の計らいで内陣に入って取材したことがある。修行の僧が素足に分厚く巨《おお》きな木の沓を履き、本堂の中を走りまわり、本尊の前で幾度も五体投地をする音の激しさは、耳もつぶれ、驚倒して身も凍る忘れられぬ体験であった。

「氷の僧」とは、尾形氏によると、

早く『朱紫《あけむらさき》』に「おごそかなる行法の、ことに山もとの寺にて、二月の夜寒《よさむ》はげしき夜ごろなれば、もろもろの僧の身は氷のごとくならめと見て、氷の僧とはせられたり。たとへば、人の手足を氷に比するなど、珍しからず」云々と釈しているよう

二月堂に籠りて
水とりや
氷の僧の沓の音

に、寒夜森厳の行法にはげむ練行衆《れんぎょうしゅう》（略）をば、「氷の衣」「氷の蚕」などの語にならって、感覚的に言い取ったのである。

夜の闇にとどろき渡り、消えてゆく音響は、低いが盛り上がる声明《しょうみょう》の声の間を縫い、闇のなかに時空の源泉を拡げる。

　そしてまたこの光景を、修二会のクライマックスである大松明が、堂の欄干の上で乱舞し、火の粉の雨を降り注ぐ、十二日の狭義の「水取り」行事のさいのものではあるまいとする。

　いずれにせよ、この句は、この厳粛、熱烈な行法と厳冬のしじまがひとつになった空間を、練行衆の沓の音の響きにとらえた秀句といわねばなるまい。

　ところで、先に二月中旬、土芳の『芭蕉翁全伝』に「奈良の薪能を見物に赴く」とあったが、これについては『野ざらし紀行』に記述はない。

　しかし、「薪能」を『広辞苑』でみると、その第一義に、「神事能。薪の宴の能の意という。陰暦二月の興福《こうふく》寺《じ》の修二会《しゅにえ》に、南大門の芝の上で四座の大夫《たゆう》によって行われた能楽。幕末で絶えたが、近年簡略化して復興、五月一一・一二日に行われている」とある。

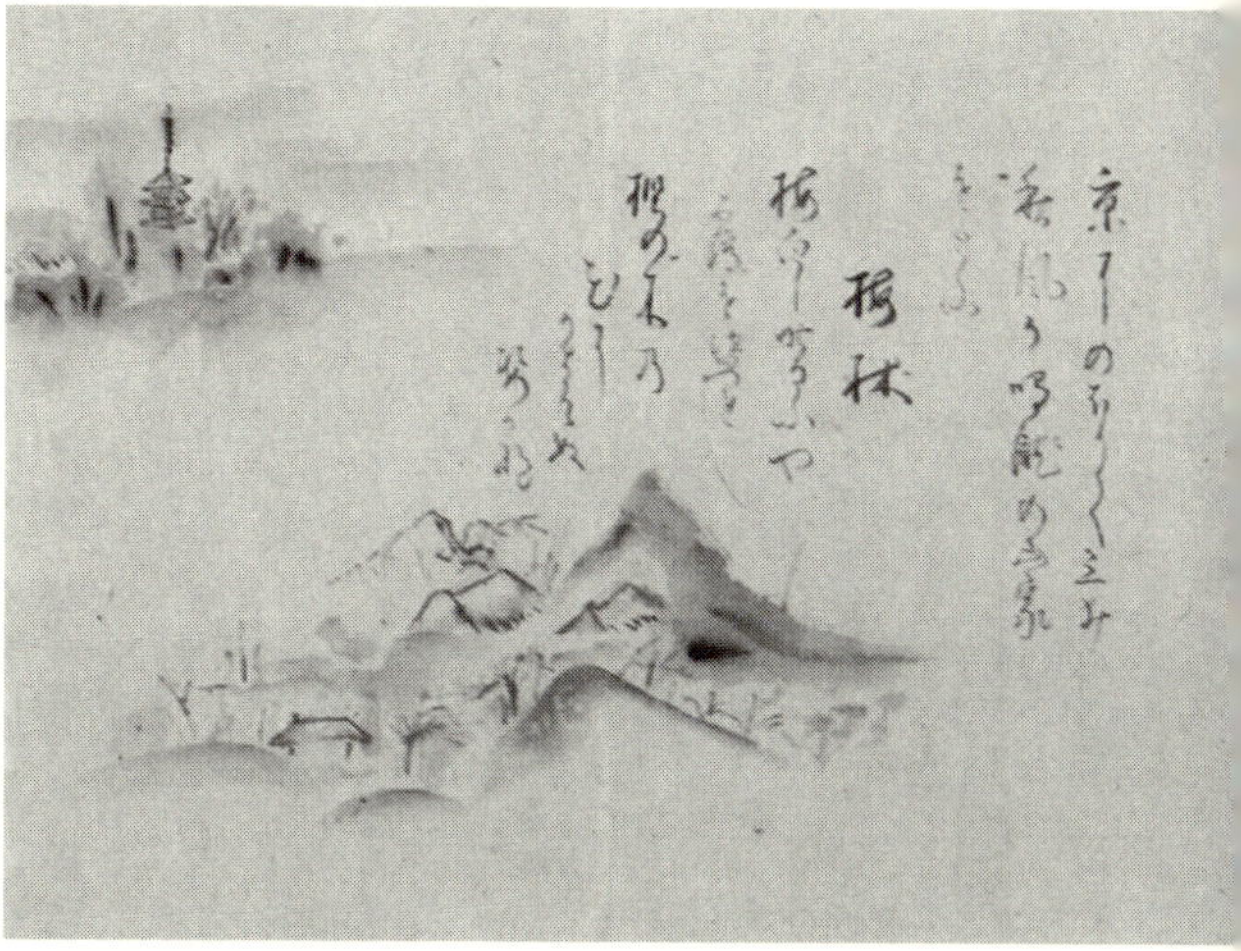

京にのぼりて三井
秋風か鳴滝の山家
をとふ
　梅林
梅白し昨日ふや
　鶴を盗れし
樫の木の
花にかまはぬ姿かな

また「奈良の住人、金春《こんぱる》太夫《だゆう》禅鳳《ぜんぽう》元安《もとやす》（略）は呪師帽を奉献している。大和猿楽《さるがく》の能太夫たちは、呪師の修法に自らの家芸の源流を、確かに見いだしていたに違いない」と『仏教行事歳時記』（第一法規）の「修二会」の項（西瀬英紀《にしせひでき》）にある。

能楽に深く心をよせていた芭蕉が、奈良の薪能を鑑賞したことは間違いないと思われる。

画面は「水取りや」の句を中段に記し、つづけて左下方に、東大寺の堂宇を描き、さらに左上方に遠山の山並を描いて余白をおき、「京にのぼりて」と次の大和紀行に移っている。

芭蕉がこの度の大和紀行において、自然の風景にとどまらず、人々の集う行事や薪能などの神事に心を留めていることは、自ずから句境の変化を物語るものであろう。

さて、芭蕉は、この後一旦伊賀に戻ったと、『年譜大成』はしるす。

そうして、二月下旬頃、芭蕉は京に上り、鳴滝《なるたき》の三井《みつい》秋風《しゅうふう》別墅《べっしょ》を訪れ、約半月留まることになる。

三十二章　貞門と談林

『野ざらし紀行』の旅は「京都・大津《おおつ》」に入り、

京に上《のぼ》りて、三井秋風《みついしゅうふう》が鳴瀧《なるたき》の山家《さんか》を訪《と》ふ。

という短い詞書につづいて、「梅林」の句が続く。

川口竹人《ちくじん》の『蕉翁全伝』には、「京に入つて、三井秋風が別墅《べっしょ》にあること、半月ばかり」とある。半月といえばかなり長い。とはいえ、秋風の山荘に常在していたわけではなく、京六条に宿泊していたらしい。この間、秋風・湖春《こしゅん》・任口《にんこう》らとの酬和の吟を残している。

この三者ともに、俳壇にとって重要な人物であるが、とくに秋風は、新風を確立した点で巨きな存在であるので、後で少しくわしく触れることにしよう。

そこでまず、湖春（一六四八～九七）についてみると、北村季吟の長男で、寛文七年（一六六七）に二十歳で宗匠として独立し、『続山井《やまのい》』を編んだ。父の退隠後は、京二条間《あい》ノ町の誹諧堂で新宗匠として活躍、京都俳壇・江戸俳壇の交流を積極的に図るなど、天和～貞享期（一六八一～八八）の俳壇での存在は大きい。元禄二年（一六八九）冬、父とともに幕府に召される。

任口上人（一六〇六～八六）は、連歌号、如羊《じょよう》。西岸《さいがん》寺《じ》第三世住職。紀伊の人。寛永の末から西山宗因と交わり、宗因に連歌、松江重頼《まつえしげより》（号・維舟《いしゅう》）に俳諧を学び、承応二年（一六五三）九月西岸寺で宗因らと連歌千句を興行。数々の俳諧集に発句がみられる。談林派の長老としてしたわれた。季吟・西鶴《さいかく》・惟中《いちゅう》・芭蕉らとの親交が知られている。芭蕉と逢ったのは、八十歳の頃であった。

京都蕉門の門人としては、去来《きょらい》・凡兆《ぼんちょう》・丈草《じょうそう》・史邦《ふみくに》らが挙げられる。芭蕉は後に、元禄三～四年（一六九〇～九一）に京都に滞在し、『猿蓑《さるみの》』の撰集を行なった。京都蕉門は、江戸蕉門・尾張《おわり》蕉門・近江《おうみ》蕉門たちとの交流も盛んであった。しかし、それに先立つ貞享初めの上洛の際には、京都の俳家らの反発を買ったようである。後、それぞれが京を退去し、芭蕉が亡くなった後は、京の蕉門は去来が孤塁を守るという情勢となった。要するに、貞門以来の伝統勢力の強い京では、蕉門は栄えることができなかったとされている（『俳文学大辞典』山本唯一）。

さて、こうした俳壇の情況は、時代背景と俳諧の質的な革新に伴うものである。先に、俳諧の成立と社会構造について概観したが、ここで改めてもう少し、俳壇の貞門・談林と並立される事情について、尾形仂氏の『座の文学　連衆心と俳諧の成立』（講談社学術文庫）によって、簡単にみておきたい。

そこから、『野ざらし紀行』をはじめとする芭蕉の地方都市巡訪の目的の一つが、あきらかにされてくるからである。

元来、室町時代から江戸時代初期にかけて、俳諧が成立する過程には、大きく分けて、連歌師を中心に二つの流れがあった。

まず一つは、堂上《どうしょう》・識者によるもので、その創作と享受の様子は、当時の公卿《くげ》・僧侶の日記にみられる。主として、専門的な制約がついた賦物連歌《ふしものれんが》の延長とみられる。いわば、最初から連歌の規制にそうものであり、その形式的な拘束をみたしつつ、知的な言語遊戯をしてあそぶところに「俳諧」としての独自性があった。

もう一つの流れは、そうした既成知識層（公卿・僧侶・宮廷文化）に対立する庶民の間に行なわれた連歌の初心講《しょしんこう》（初心者の集まり）の中から芽ばえた。連歌法度《はっと》が、有力町衆の寄合《よりあい》の、政治的謀議の場となることを禁止するためのものであったとすれば、そうした席における反権力と庶民的現実謳歌の雰囲気を想像することもできる。

また、『連歌盗人《れんがぬすびと》』『蜘蛛《くも》盗人』『八句《はちく》連歌』などの狂言からは、当時の庶民層における連歌の流行ぶりが如実に窺われる。庶民に親しい寺社が、そうした庶民の俳諧をはぐくむ一つの温床をなしていた。

尾形氏は、以下のように述べる。

> 宗鑑《そうかん》の『犬筑波《いぬつくば》』が、油座《あぶらざ》の神人《じにん》の活動と相俟って離宮八幡宮を背景に撰《えら》ばれたことや、江戸初期において、伊勢山田が熱田とともに俳諧の一淵叢《えんそう》をなしたことと、無関係ではない。（略）伊勢太神宮の一禰宜《いちねぎ》という要職にあった守武《もりたけ》〔荒木田守武〕自身を庶民と呼ぶことはあたらぬにしても、俳諧千句の権輿《けんよ》とされるその『飛梅《とびうめ》千句』の成立は、門前町山田における庶民の俳諧の盛行を象徴するものであったと想像することも、あながちに不稽《ふけい》とのみはいえなかろう。

松永貞徳《ていとく》は、右の二つの流れの中の前者、すなわち堂上の俳諧の系譜を承け継ぐものであった。尾形氏の説を引用する。

> 江戸初期において文事の流行した背後には、（略）動乱の中から台頭してきて文化的伝統をもたない一般士庶の、堂上文化に対するはげしい憧憬拝跪《しょうけいはいき》の意識とがはたらいていた。（略）貞徳自身「不意に此比《このごろ》俳諧はやりて、都鄙《とひ》の老若《ろうにゃく》心を慰むと見えたり」（『天水抄《てんすいしょう》』）と録するほどの、急速な流行をもたらしたのである。（略）
>
> 地下《じげ》の身でありながら、「二条家の当流ならず、必《かならず》正儀をば存ぜらるまじき歟《か》」（『天水抄』）という根強い堂上歌学への隷従《れいじゅう》者であった貞徳は、まさにそうした時代の俳諧にうってつけの指導者であったということができる。かれの俳言の規定も、（略）堂上文化への拝跪の姿勢からきている。（略）貞門の俳諧は、（略）多くの町人作家によってささえられていたとはいえ、（略）本質的には中世堂上の俳諧の延長にすぎなかったといわなければならない。

右の尾形氏の詳細な文献的分析は、まことに重要であるが、よく読んでみると、そこには貴族、武家、庶民という階級分類と、その根拠となる、中世経済から資本主義経済、そして庶民＝プロレタリアートという政治経済史観が前提となっていたことに気づく。

たしかに、第二次大戦後から最近まで、いわゆるマルキシズムの経済、階級史観は大衆的で普及し、それにのっとって、日本の中世、近世史観も構成され、庶民文化の江戸期における隆盛という文化史観も、日本の戦後思潮にのって、民衆文化論となって定着していた。しかし、昨今の新しい総合的で民俗学的視点を加えた、日本精神史の組みかえが気鋭の歴史家によって行なわれ、従来の固定した史観は大きく変貌するにいたった。

一口でいうなら、必ずしも経済的階級的社会構造によって精神文化が規定されるものではなく、精神文化は、戦争前後の激変をこえ、それなりの内在的変化を認めながらも、ひとつの日本の連続的な伝統の継承と総合に重きがおかれるようになった。これはさして新しいことではなく、文化はもとより、一人一人の個人において成立する。同時に多様性を含みながら相互作用によって継承されるものであり、階級とか経済構造において決定的に規定されるものではない。いわば柔軟な世界、複合的文化史観ともいうべきものになっている。

原理を一元化するのではなく、多様性と変容性を保ちながら、内在的生命力により生き物のように動く統一体であり、一言では定義できないものであるが、そこでは追体験と再現性が重んじられることになる。その根底では、そもそも革命主義史観における「歴史」という時間軸が大きく変容していることに最大の要因があるといっていい。

古代的民族文化の再発見、とくに外来文化が日本に溶解した過程、またいわゆる貴族、宮廷文化における中国古代文化との交流、縄文、弥生文化の再検討、鎌倉時代における仏教の日本化、とくに日本浄土思想による民衆仏教の浸透、武家の禅思想への傾倒、また寛文時代における貴族文化の全国的浸透などについての新説が、さまざまにくり広げられている。

室町時代における京での武家文化の貴族化。中国思想、文芸の大量な流入と、キリスト教による宗教の相対化などの要因を考えてゆくと、いわゆる戦後民衆歴史学を基盤として文芸史をそのまま継承してゆくことには矛盾を感じざるをえない。芸術論は、改めて作品と作者と、享受者の人間像の追求にもどらねばならないであろう。元禄の俳壇についても、堂上文化か庶民文化かという区分では、すでに芭蕉その人さえ、その身分を確定することはできない。

さて話をもどすと、尾形氏のいう「地下の身でありながら、堂上文化への拝跪の姿勢」という貞徳への評価は、どう受けとればよいのか。

『俳文学大辞典』（平成二十年〔二〇〇八〕一月二十五日初版）によって、貞徳の項（島本昌一）をみると、優に一頁四段を埋める記事があるが、そこから、ほんの僅かだが略歴を紹介しておこう。

ちなみに前出の尾形氏『座の文学』の初版は、昭和四十八年〔一九七三〕で『大辞典』の三十五年前である。

和歌作者・歌学者・俳諧師。元亀二（一五七一）～承応二（一六五三）（略）父の号を継いで宝幢坊《ほうしょうぼう》または保童坊《ほうどうぼう》。晩年、京都五条稲荷《いなり》町の花咲《はなさき》の宿と称する家に移ったので五条の翁、花咲の翁とも。京都の人。貞門俳諧の鼻祖。墓所は京都上鳥羽《かみとば》実相寺《じっそうじ》。墓碑銘「逍遊軒《しょうゆうけん》貞徳居士」。

［家系］『家譜』（略）によると、祖先は駿河《するが》国の土豪入江《いりえ》氏。南北朝の動乱で摂津《せっつ》国に移住、高槻《たかつき》城主となったが、祖父入江政重《まさしげ》の時に戦乱で没落。貞徳の父は政重と下冷泉《しもれいぜい》家出自の妙忍《みょうにん》との間に生まれたが、この戦乱で孤児となり、曾祖母妙精《みょうせい》（松永久秀《ひさひで》の伯祖母）によって育てられ、松永と改姓。のち永《なが》種《たね》と名乗って三条衣棚《ころものだな》に住し、宗養《そうよう》門の連歌師となった。貞徳はその次男であったが、長男熊寿が妙《みょう》覚寺《かくじ》日典《にちでん》に師事して僧籍に入ったので、父の跡を継ぐべく教育を受けた。

［閲歴］『戴恩記《たいおんき》』には、「師の数五十余人」とある。幼少より九条稙通《くじょうたねみち》に歌学を学び、一二歳で『源氏物語』の秘伝を受ける。紹巴《じょうは》には連歌を習い、二三歳まで熱中した。一七歳ごろ、由己《ゆうこ》の手引きで秀吉の右筆となり、その文化圏で青年期を過ごした。とりわけ稙通が没する前後からは幽斎《ゆうさい》の深い影響を受ける。そのほか、（略）再従兄弟《またいとこ》の藤原惺窩《ふじわらせいか》らと親交し学んだ。三〇歳ごろ、関ケ原の戦後の新時代に、貞徳の独自な活動が始まった。慶長六年（一六〇一）、木下長嘯子《きのしたちょうしょうし》の褒貶《ほうへん》の歌会に出席。同八年、林羅山《はやしらざん》ら儒学・医学を学ぶ若い知識人とともに『徒然草』『百人一首』の公開講義を行い旧世代の反発を買う。同一一年、羅山らを案内して下京《しもぎょう》南蛮寺《なんばんじ》で不干《ふかん》ハビアンの『妙貞《みょうてい》問答』を論駁。同一二年ごろから息の昌三《しょうぞう》とともに私塾を経営し庶民教育の先鞭をつけ、同一七年ごろ、羅山と儒教・仏教の優劣、宗教教育の是非について争うなど、在野の文人として立つ下地を築いた。（略）

俳諧では寛永五年（一六二八）に式目《しきもく》歌一〇首を作って式目の骨子を示したが、（略）同一〇年、親《ちか》重《しげ》（立圃《りゅうほ》）・重頼の発企で初の俳諧撰集『犬子《えのこ》集』が刊行され、貞徳流の俳諧は全国を支配することになった。（略）古典の校訂・翻刻、「大意」と名付け

る独自な鑑賞による古典注釈、浩瀚な各種辞典編纂など、庶民文化の向上に尽力した。（略）

　貞徳の俳諧はその該博な歌学を背景に俳諧を歌道に位置づけ、俳言（俗語）の有無というわかりやすい基準で連歌と峻別するものであった。これは連歌学書を換骨奪胎して導入することを可能にした。（略）

　この人物を、地下人から堂上文化への憧れにつかれた人と見られるだろうか。むしろ、芭蕉が世に出る以前の文芸復興の気運を想像するのに役立つであろう。最近の研究では、宮廷文化の大衆化、たとえば古典学、儒学、漢学、そしてとくに詩歌、俳諧、茶の湯、猿楽能楽の大衆化を考えるに際しては、室町時代、酬恩庵《しゅうおんあん》一休寺の一休のもとにあつまった教養人のグループと、それを支えた禅文化など、寺社の文化活動を重視するようになっている。

　当然のことながら文芸もまたひろく精神文化、形としては宗教思想との強いかかわりを持っていることは、柳《やなぎ》田國男《たくにお》、折口信夫《おりくちしのぶ》、石田英一郎《いしだえいいちろう》などの日本の古代民俗学的論説からも、十分に理解されるであろう。

　芭蕉その人の生きた時代を、幾分はなれるが、文芸の革新は多くの場合、それまでの文芸・思想的言語作品の成果の上にたって、その内的必然性を踏まえながら、克服し新しい様式を確立するという過程をもっていた。

　その意味で、芭蕉について語る場合も、十九世紀に確立した欧米的歴史観による時代区分にしたがって、古代・中世・近世・現代と区別した場合、つねに前の時代、中世、古代の文芸的成果を踏まえねばならない。芭蕉が生きたその時代の根源に深く参入すればするほど、私たちは東洋の、そして人間と世界の根源的問いかけに配慮しなければならなくなる。なぜなら、詩歌を読むということは、たんに記述された歴史、社会的データや確定され完結された他者の存在を確認することではなく、そこには、読む人と書いた人物との個人的ではあるが、同時に通時的な体験にもとづいていなければならないからである。詩歌を詠むということは、その意味では読む人の独自な創作体験そのものだという他はないからである。それは、当然いわゆる近代的歴史的時制を超えている。そうしてみると、いま私たちは、ある意味で世界的な言語崩壊の状況におかれているということは、よく知られている。今日の先鋭的哲学が、ほとんどが「言語論」に帰着していることからも明らかであろう。

　さて、そうした姿勢で、芭蕉の時代を捉えようとするとき、歴史学者黒田俊雄氏の「思想史の方法――研究史からなにを学ぶか」という論文は、新鮮な視点を与えてくれる。氏の著作は多いが、とくにこの文章が収められている名著『王法《おうぼう》と仏法　中世史の構図』（法藏館）は、画期的で注目をあつめた。

　日本の古代仏教には、天皇だけでなく国土・民衆をも含む意味の国家のために祈願する思想もみられ、寺院・僧尼の生活にもある程度の自治的慣行が認められていたといわれる。平安時代、最澄・空海以後になると、一方で国家＝天皇のための仏教を説きながら、他方でそれと並んで民衆の福利を祈ることも多くみられるようになる。それが「鎮護国家」という言葉の現実であり……（略）

　平安仏教は、宗派としては天台・真言の二宗が中心であるが、（略）全般的にみれば、天台・真言それに南都の各宗、さらに陰陽道《おんみょうどう》・神祇《じんぎ》信仰まで含めて、おおよそあらゆる宗教的なものが、密教を中心に統合された「顕密」仏教という大枠を形成しながら発展したのが、（略）実態であった。（略）

　この段階――それは平安時代の初頭、九世紀のはじめから十二世紀の後半にいたる長期のものだが、（略）摂関政治期から院政期へかけてのころである――で、国家＝政治権力と仏教との関係について定式化された教説が、「王法」と「仏法」とは相依り相助ける関係にあるとする王法仏法相依論であった。（略）

　この体制は荘園制支配体系の成熟と相並び相互に関連しながら完成したものであったから、それだけにそこには世俗的な支配秩序ないし政治権力の編成原理が濃厚な影を落としていた。

　そのひとつは、この時期に整えられた本地《ほんじ》垂迹《すいじゃく》説である。（略）

　もうひとつ重要なことは、この体制が（略）中央の大寺社――南都・北嶺《ほくれい》をはじめとする――の発展とともに成立したことである。（略）

　だから、「王法・仏法」というときの王法とは、実際には国王（天皇）や世俗諸権門の権力と秩序、その統治をいい、仏法とは、現実の社会的・政治的勢力としての大寺社ないしその活動のことにほかならなかった。（略）

　王法と仏法の相依とは、国家・社会の体制におけるそういう現実の勢力に関することであり、この寺社勢力は中世を通じて公家武家に対する相対的独立性を保持していた。（略）その体制の決定的な否定は信長・秀吉の叡山・根来《ねごろ》などの焼討ちと大殺戮を

またなければならなかった。(略)

しかし、このような王法と仏法との関係――その体制と思想――に対して、他方で批判的な考え方があったことにも注目すべきであり、(略)院政期の往生《おうじょう》伝や説話の類に数多くその伝記をのこしている聖《ひじり》たちの言動には、消極的ながら明らかにそういう要素が含まれている。(略)

中世を通じての特色を示す時代の特徴的事象が種々指摘されてきた。(略)

たとえば一族・党などの武士団や荘・名《みょう》・座などのような制度ないし秩序感覚は、それぞれ一定の配慮を加える限りでは、いずれも(略)中世の基本的性格に関連する事象であり、また「僧兵」・聖《ひじり》・本《ほん》覚《がく》思想あるいは軍記・連歌なども、やはり一定の限定の範囲ではすぐれて中世的なものといえるのである……(略)　(黒田・前掲書所収「王法と仏法」)

余談ながら、筆者(栗田)が以下の拙著『最澄《さいちょう》と天台《てんだい》本覚《ほんがく》思想』『西行《さいぎょう》から最澄へ』『一遍《いっぺん》上人――旅の思索者』『一休』などを中心にして、日本精神文化思想を考察してきたのも、上記のような歴史的視点に近いもので、いま「芭蕉」について小文をつづっているのも、その意味で今日の自己の文学的根拠を、いくらかでも明確にしたいからである。

黒田氏の『王法と仏法』の紹介にいささか紙数を用いたが、これも芭蕉の、とくに思想史的位置をたしかめたかったからである。

つまり、すでに俳諧史研究者の間で定着しているように、貞徳による貞門俳諧から宗因の談林俳諧をへて、蕉風への展開を考えてゆくさいに、大局的な詩歌の変遷を、いわゆる庶民階級論に基づいて理解することへの疑問はすでに述べた。

そのために、芭蕉の『野ざらし紀行』の旅が、地方俳壇を強く意識していたことを確認し、その作風の新しい躍進を考えてゆくにも、かつてのいわゆる寺社勢力を根拠とする地方の代表的俳人との交流をもみてゆきたいのである。

しかし、黒田俊雄氏も、一九八三年の『王法と仏法』とともに、一九八〇年の『寺社勢力――もう一つの中世社会――』(岩波新書)の「まえがき」において、「ほぼ平安時代のなかごろから戦国時代の末まで、(略)中世の社会と国家のしくみを武士と農民を主軸に理解するのでなく、とかく社会の例外的存在と扱われがちな寺社勢力――寺院大衆《だいしゅ》・衆徒《しゅと》・神人《じんにん》・聖《ひじり》など――の歴史を、もう一つの異なった中世の生活として描き出そうとした」

と記している（傍点栗田）。

さらに同書の最終章を、「寺社勢力の衰退」として、「一四世紀のはじめから末までは、寺社勢力にとっても大きな変容の時期であった」とし、その大きな要因は、「寺社勢力の経済的基礎の変化」としている。その大意を述べると、

経済的基礎の変化のなによりの特徴は、貨幣経済のもつ比重がいちじるしく増大したことである。（略）それまでは寺社領荘園がその経済をささえる主要な基礎であると考えられていた。しかし、一四世紀になり、一方では地頭・守護による侵略や荘民の年貢減免闘争で寺社領荘園が実質上かなり失われ、他方では商人や職人の活動によって貨幣流通がさかんになってくると、寺社の財政活動の力点や性格に、変化がおこった。（略）
下層の聖職者が、御師《おし》としてその縄張り（檀那《だんな》場《ば》）をつくり、（略）領地も支配権ももたずに収益を汲みとる（略）。祈禱と営業を兼ねた高野聖《こうやひじり》の活動も同じことである。（略）いずれも信仰による志納銭という原理にもとづく……（略）
つぎに、商業・手工業・交通・運輸が、寺社によって直接に収益源とされるようになった。これも一四世紀ごろから、各地に商工業の座が成立し、種々の特権によって大きな利益をえていたが、その多くは寺社を本所《ほんじょ》（荘園的領主諸層の一。荘務と呼ばれる実質的領主権を握っている）としており、その権威への代価として公事銭《くじ》を納めた。春日《かすが》・日吉などの神人らが、座を結成している場合も多かった。（略）
したがって、一五世紀の寺社勢力の本拠地は、どこも銭と利権で繁昌していた。（略）
しかしその後、抗争や嗷訴《ごうそ》がまた続発した。（略）ことに応仁の乱（一四六七～七七年）以後のいわゆる戦国時代には、戦乱へのかかわりや一向宗・法華宗への攻撃など、衆徒の活動範囲はむしろ拡大していった。
（黒田氏『寺社勢力』）

こうしたなかでの寺院生活は、しだいに荒廃し、信仰や儀礼にも変化をおこした。特徴的なのは、「行門《ぎょうもん》」つまり修験の神秘体験が重視され、叡山の天台本覚思想を軸とする口伝法門は、爛熟を通りこして、論理の空転におちいっていた。

しかし、たとえば比叡山西塔《さいとう》出身で、天台宗真盛《しんせい》派の祖の真盛（一四四三～九五年）は、晩年山を出て皇室、武家に帰依者をもって地方各地を教化し、戒律と称名念仏の弘通《ぐずう》に努め、一向一揆に揺れる戦国の乱世を生きゆ

く村落社会に受け容れられた。

　真盛の教化を受けた地域では、十名から三十名からなる「寺庵《じあん》」が設けられ、寺庵では名主的地侍の準聖職者的な生活形式が営まれた。そこでは僧俗が融合していた。さらには、「講衆・時衆・一向衆などと称して道場を構える者もたくさんいたし、勧進聖《かんじんひじり》・放下《ほうか》僧・山伏の類も、たえず巡回していた」のである。


　また、時はややさかのぼるが、時宗を開いた浄土宗西山《せいざん》派出身で法然《ほうねん》の孫弟子に当たる遊行《ゆぎょう》上人一遍智真《ちしん》（一二三九〜八九）は重要である。彼は本覚思想を基にして、全国を遊行し、空也《くうや》にならって念仏踊りをはじめ、鎌倉時代に一大流行をまきおこし、踊りは芸能化し風流《ふりゅう》の代名詞ともなった。具体的な宗教と芸能の踊りによる一元化に、一種の神秘体験を称えた。このことは芭蕉の『おくのほそ道』の起点ともいうべき白河関の件と相応ずるものがあるが、それについては後で触れよう。

　黒田氏（前掲書）によれば、さらに、

　連歌師やお伽《とぎ》僧も旅をしていた。一五二〇年代（大永・享禄年間）の連歌師宗長《そうちょう》の旅日記をみれば、近畿・東海道のいたるところ、寺庵があり、城・館《たち》があり、武士・出家・山伏、寺の若衆・童形がいて、それらの交際のなかを彼がつぎつぎと遍歴して歩いた様が、よくわかる。

　宗長が交際した武士や寺庵は、（略）やや上層であったようにみえるが、（略）階級的性格からいえば、在村の寺庵は、ある程度幅をもった名主・地侍層ともいうべき階層に属するといえよう。

　この名主・地侍層の一般的な特徴は、第一に、（略）自作経営をしながらも、小領主化をめざしている地主であり、（略）第二に、なかには商業・高利貸をする者があって、富裕な者も多くみられた。そして第三に、しばしば寺庵の坊主・院主あるいは神人・公人・山伏などであった。この層は、畿内などではすでに一四世紀から、地域社会の中堅的な層として成立していたが、一五世紀には東海・北陸・中国地方にもひろく成立してきたのである。


　さて、同じく黒田氏の『寺社勢力』では、いよいよ「寺社勢力の没落」に言及されている。それをごく簡単に紹介すると、

　〔没落の〕明瞭な段階がみえたのは、一四世紀であった。南北朝の内乱で、地域としては東国や九州など辺境が、おおむね寺社勢力の政治的影響範囲から

切り離され、中央でも武家の威圧は圧倒的なものになり、五山派の禅寺が幕府丸抱えの新型の寺社勢力として登場してきた。旧来の寺社勢力の権威は、格段に低下した。

さらに一五世紀後半、戦国時代にはいると、中部・中国など中間地帯もまた、ほとんど寺社勢力の影響下から奪い去られた。（略）ともかくも絶対的権威を保持できていたのは、大和と近江の一部、それに高野山一帯など、ごくかぎられたところでしかなかった。（略）

顕密仏教が、すでに分解状態になっていたことにも、注意したい。（略）

これに決定的な打撃を与える二つの勢力が、たがいに争いながらあらわれてきた。一つは一向一揆であって、（略）地方にのこる顕密の寺社勢力の土壌を席捲しあるいは絶滅させていた。（略）

もう一つは、戦国大名の領国支配と軍事力である。（略）ただ、その最後の地域である畿内には、巨大な領域支配をもつ大名が成立しなかった。これが、戦国時代に最後まで寺社勢力を存続させた大きな理由であった。

そこに、やはり大和朝廷と、古代信仰の古層が根強く生活の底に息づいていたことも考えられる。それなしには、政治、経済体制構造の基本的関係が崩壊するからである。

しかし、織田信長・豊臣秀吉の全国統一がはじまったとき、寺社勢力は最終的な没落を迎えた。（略）一五六七年には、東大寺大仏殿が松永久秀の兵火によって炎上した。（略）一一八〇年の南都炎上以来のことである。ついで信長が、一五七一年比叡山を包囲焼討ちし、山上《さんじょう》・坂本《さかもと》の諸堂・坊舎すべて灰塵となり、（略）一五八一年には、信長は諸国で高野山僧侶を捕え、一三八三人を殺害し、なお高野山を包囲した。（略）〔秀吉は〕一五八五年には根来寺《ねごろじ》を攻めて、これを焼失させた。（略）

寺社勢力は、中世とともに社会的政治的勢力としての存在を失ったのである。

黒田氏は、『寺社勢力』の「あとがき」で、次のようにつづける。

統一権力によって、焼討ちされた寺社は、やがてつぎつぎに再建された。

信長の死後、（略）一五八三年まず日吉社の復興がはじまり、一年おくれて延暦寺《えんりやくじ》が（略）再興にかかり、ともに約二〇年でいちおうの功を終えた。ただし、延暦寺はその後さらに一六三四年から将軍家光《いえみつ》の助力で、諸堂を完成した。

東大寺大仏殿は焼失の翌年、再建の綸旨《りんじ》があった。（略）一六八四年から公慶《こうけい》が中心になってはじめられた。そして、建物まで完成したのは、一七〇五年であった。（略）

近世の前期には、多くの寺社が再建された。（略）著名な寺社でまったく廃絶してしまったものはなかった。いずれも豊臣政権や江戸幕府が許可しただけでなく、かなりの助成をした場合も多かった。

また、これらに階層からはみでた遊行の聖職者や、寺門や権門にむすびついて芸能などの技能者たちが遍歴していたことも見逃せない。たとえば、

薬師寺は、そのころは実質上在村小寺院ともいうべき状態になって、（略）反面、講などを通じて村落生活と緊密に結びついていた。（略）住僧には学侶・堂衆・神人などの別があり、上臈《じようろう》・中臈・下臈の身分に分けられていたが、この中下臈は実は寺辺の村落住民をふくむもので、寺家の組織自体が村落の執行部の役割をもち……（略）

（黒田・前掲書）

黒田氏の説くところからうかがえるのは、いわゆる「客観的事実」の時系列的構成による歴史学の枠をはみ出したところに、じつは寺社宗教的伝統による生活文化というものが、権門の変遷に多様な変形を受けながらも、継承更新されていたということである。

これらは、いわゆる歴史学という分野からは捨象されがちな、あえていえば、民俗学、人類学に属する分野だとされている。

文化、文芸の歴史というものを考えるなら、むしろ人々の主体的生活から生まれた作品を追体験することによって再現するほかはない。そこに新しい文化史への手がかりが考えられるが、それが客観的記述になりうるかどうかは疑問である。

話が芭蕉その人からいささか離れすぎたきらいがあるが、たとえば俳諧の中核をなす「座」についても、脇田《わきた》晴子《はるこ》氏は『室町時代』（中公新書）の第Ⅳ章「自治を高める都市と農村」において、

〔京都の綿商人は〕祇園《ぎおん》社の「下居御供神人《げいおんくじにん》」の身

分をもっていた。（略）

「神人」身分とは、神に奉仕することを代償に、国家権力からの課役免除、警察裁判の治外法権、時には関所の自由通行などの特権を得るものであった。かれらはその奉仕と特権のための組織を座と称した。これがいわゆる「奉仕の座」である。「寄人《よりうど》」「供御人《くごにん》」などとよばれるものも同じで、「寄人」は多くは寺に所属するもの、「供御人」は朝廷や伊勢神宮などである。（略）

しかも室町幕府の成立は、神人、寄人、供御人などの身分特権（略）を剝奪してしまい、幕府の裁判権に服することとしてしまった。したがって、商工業者が何らかの「座」に属するのはまったく営業権獲得のためだけになってしまったのである。そのために、寺社権門、武家権力、あるいは本座に営業税をさし出す「新座」が多く出現してきた。また、旧来の神人、供御人、寄人も「諸方兼帯」といわれるように、いくつかの領主に営業税をさし出し、自己の営業権や独占権を行使するようになった。

こうした社会的背景を描くのは、世阿弥を頂点とする能楽をはじめ、中世以来の茶の湯、連歌、連句などの座の成立と発展様式化、その受容層と、西行以来著しい旅の歌人の系譜、諸国の連衆の構成、その「座」の思想を、あわせて考えてゆきたいからである。

芭蕉が『野ざらし紀行』の旅でたどった地方の拠点をなす俳壇の連係は、そのような中世の座と重なりあってみえること、また、寺社参拝も近代的な宗門宗派への帰依というより、古代から、顕密仏教や神道の信仰集団の色濃い聖地巡礼であり、それが、同時に、中小商業交通の拠点とも重なってゆくことに配慮したいからである。

先に高埜利彦《たかのとしひこ》編『日本の時代史15 元禄の社会と文化』によって、いわゆる生産力の増大と貨幣経済を背景に、新たに生まれた元禄の文化の担い手として、「花開く町人文化」の展開に触れた。また、その実質として、黒田氏の『王法と仏法』において、「王法仏法相依論」から顕密仏教による「基層文化」の形成と規定性を重視する思想、文芸の新しい見方を採り上げている。

『日本の時代史15』の目次をみると、「Ⅲ 元禄文化と公家サロン」につづいて「Ⅳ 近世の身分集団」とあり、その中に「一 芸能的宗教者について」「六 芸能的宗教者の身分」という章がおかれている。そこには、「近年では、芸能的宗教者が公家や大寺社を本所《ほんじょ》としていたことが注目され」（高埜利彦）とあり、連歌師、俳諧師と、他の身体的芸能者と同一に扱うことにはまだ疑問があるが、少なくとも、文化的、文芸的「座」の意識の底には、宗教思想教養の拠点を考えに入れる必要があるだろう。そうすることによって、日本文化、詩歌を、ただ政治的変化また経済階級論から解き放つことができる。「言語」を中核とする世界では、やはり文芸と宗教との接点を無視することはできないからである。それは、なお今後の課題である。

少なくとも、芭蕉の寺社めぐりを中心とする旅が単なる文芸的な探究ばかりでなく、そのまま俳壇活動と重なる必然性がある。それは『おくのほそ道』の旅へとつながってゆく。

さて先に、俳壇における貞門から談林へという呼び方による、いわゆる町人文化の実体をさぐるため、中心をなす人物として松永貞徳についてふれた。とくにその主な門人として、芭蕉の師ともいわれる北村季吟の存在は重要である。『俳文学大辞典』により簡単な紹介をしておく。

> 俳諧師・和歌作者・歌学者。寛永元（一六二四）〜宝永二（一七〇五）（略）八二歳。
>
> 〔家系〕近江国北村出身。祖父宗龍（略）は曲直瀬《まなせ》道三正盛《まさもり》に医学を学び、一時毛利元康《もとやす》の侍医として三〇〇石を食《は》む。連歌を紹巴《じょうは》に学び同地永原天神連歌所宗匠を務めた。父三右衛門正元宗円は京都に出て曲直瀬玄朔に就いて医を修め、連歌は祖白《そはく》に学んだ。季吟は父二九歳の折、京粟田口で出生。医を武田獵徳院道安に学び、二一、二歳ごろに寿命院秦宗巴の孫娘と結婚。
>
> 〔閲歴〕医学修業の傍《かたわ》ら一六、七歳ごろから貞室《ていしつ》に俳諧を学び、一九歳（二二歳とも）で貞徳直門となる。（略）二五歳で『山の井』を刊行、独創的な季寄書で撰集をも兼ねた。このころ一〜二年間山城《やましろ》国長岡《ながおか》藩に医師として勤務。（略）明暦二年（一六五六）、貞室門を離れ、秘伝書『誹諧埋木』を述作、祇園社頭で門弟三〇人を集めて『祇園奉納誹諧連歌合』を興行、（略）宗匠としての独立を宣言した。四年後、『新続犬筑波集』二〇巻も刊行。（略）翌寛文元年（一六六一）の七か月間の日記には、新進宗匠の活発な俳壇活動や、門弟連衆らへの古典講釈を基盤に注釈書を完成する様子などが克明にうかがわれる。
>
> 〔俳壇活動〕東本願寺や風虎・任口など貴紳との交渉がきわめて多く、〔各種会席の様子が、数種の俳諧句集に〕収められている。寛文七年刊の『続山《やまの》井《い》』は長男湖春の宗匠披露記念撰集。〔以後の句集は〕寛文〜延宝（一六六一〜八一）にかけての宗因

風に対抗しての出版であった。（略）天和三年（一六八三）、湖春にあとを任せて新玉津島《たいたまつしま》神社に隠棲（略）。

［晩年］元禄二年（一六八九）、出羽《でわ》国山形城主松平直矩《なおのり》の推挙で、幕府歌学方として湖春とともに召され、江戸神田小川町に広大な邸宅を賜り、再昌院法印として最高位に昇りつめた（榎坂浩尚）。

貞門俳諧は、談林・蕉風に対して「古風」と呼ばれ、俳風としては、俳言を中心とした言語的おかしさを狙ったものである。

これに対して談林俳諧は、貞門俳諧の優美な教養主義に反抗し、斬新な風俗流行を大胆にとり入れ、遊里や悪所なども素材にとり入れた。狭義には延宝期（一六七三～八一）を中心に江戸の田代松意《たしろしょうい》らが展開した新風の俳諧である。

延宝三年（一六七五）、松意らは上方から下向していた宗因《そういん》に「されば爰《ここ》に談林の木あり梅の花」の発句を与えられ、この『談林十百韻《とっぴゃくいん》』を編んだが、これが広く反響を呼び、宗因流・守武流の俳諧を、談林の俳諧と呼ぶようになった。

芭蕉は『去来抄《きょらいしょう》』で、宗因について「上に宗因なくむば我〳〵がはいかい今以貞徳が涎《よだれ》をねぶるべし」とまで激賞している。

寛文十三年（一六七三）頃から、宗因らの俳諧は古風の人々から「阿蘭陀《おらんだ》流」とか「軽口《かるくち》」などと呼ばれたが、宗因にとって俳諧は「草庵独座のなぐさみ草のみ」（『蚊柱《かばしら》百句』）であり、「和歌の寓言、連歌の狂言也……すいた事してあそぶにはしかじ。夢幻の戯言《ざれごと》也」（『阿蘭陀丸二番船』）であったから、ひたすら面白い俳風を喜んだのである。

延宝元年（一六七三、九月に改元）には、宗因は西鶴から大坂俳壇の盟主として遇されている。

宗因は、伝記的には、慶長十年（一六〇五）～天和二年（一六八二）。加藤清正の家臣西山次郎左衛門の子。肥後国熊本に生れた。八歳のころから和歌を学び、元和五年（一六一九）、十五歳から八代《やつしろ》城代加藤正方《まさかた》（風庵《ふうあん》）の側近として連歌の手ほどきを受ける。同七年から寛永六年（一六二九）まで、加藤家伏見《ふしみ》屋敷詰めを命じられて上洛、連歌の家である里村南家《さとむらなんけ》の学寮に出入りし、連歌と歌学を学んだ。慶安元年（一六四八）、主君が広島藩領で没したが、京に残った宗因は、正保四年（一六四七）、大坂天満宮《てんまんぐう》の途絶えていた月次《つきなみ》連歌を再興するため連歌所宗匠となり、近郷の平野惣社《ひらのそうしゃ》・堺《さかい》天神・佐太《さた》天神宮・明石人丸《あかしひとまる》社の月次連歌に招かれたり、堂上・地下《じげ》の貴顕を網羅して万句を興行したり、着々と連歌所の経営を進めた。

　宗因の名声は諸国に高く、諸侯や富豪の招請を受けて全国を旅行している。門人には大坂の西鶴、京都の高《たか》政《まさ》、江戸の芭蕉などが輩出した（『俳文学大辞典』上野洋三、乾裕幸）。


　以上に、芭蕉につらなる俳壇の人脈と系譜を一瞥したのは『野ざらし紀行』で、芭蕉が滞在、交流した俳壇の人物の、社会的文芸的背景の共通性を確かめるためであった。すでに、大垣、桑名、熱田、尾張、大和についてはふれたが、いよいよ江戸を越える伝統を持つ京都、大津という都市の詩歌壇、とくに時代の最先端をゆく漢詩文調の三井秋風《みついしゅうふう》との交流の重さが明らかになるだろう。

　秋風は、一口でいえば、宗因をして、「秋風が新しき口ぶり三吟を見て、我《が》を折り候」とまで言わしめ、引退に追いこみ、談林時代に終止符を打った人物である。

　もう一つは、俳諧を背負った宗匠たちが、その生まれ、教養からみて、下層の庶民文芸の開拓者とはいいがたいことをしめすためである。

　少なくとも、出自は武家・医師。教養は、王朝・和漢の習学を究め、諸家が一様に深く神祇信仰に関わっていることは確認しておかねばならない。

三十三章　秋風

『野ざらし紀行』にもどって、京都・大津《おおつ》の項を見ると、ここでも、芭蕉は、短い詞書を補うかのごとく、句と不即不離の風景を描いている。

　まず「京に上《のぼ》りて、三井秋風《みついしゅうふう》が鳴瀧《なるたき》の山家《さんか》を訪《と》ふ」という詞書につづいて、中央下部に、鳴瀧の山間の梅林に埋もれる立派な山荘の屋根、手前に数軒の集落が描かれ、ついで、左上方に、伏見《ふしみ》の西岸寺《さいがんじ》の塔とそれを囲む樹林の遠望が描かれ、その下に、西岸寺での詞書と句が記されている（図版350ページ）。

　さらに、かなり広く間隔をとって、「大津に出《いず》る道、山路《やまじ》を越えて」という詞書と呼応する形で、樹林におおわれたいくつもの丘陵が重なりあい、その間に険しい山路が縫うようにつづいているのが暗示されている。京より大津へ出る逢坂山《おうさかやま》の山路であろう。

　ここでまた、かなりの余白をおいて、「湖水の眺望」と題して、辛崎《からさき》の松の句がおかれている（図版383ページ）。

絵柄《えがら》は、手前いっぱいに薄墨をひいて拡がりをもたせ、その上にかぶせて墨線で強く、岬の入江と、一つ松の大樹、小さな家一軒が描かれる。湖水とみられる薄墨の拡がりの左方には、はるか彼方の峰々とその間の小群落など、琵琶湖の拡がりとそれをとりまく名所の多様な風景を、十分に描きこんでいる。

句の詞書の簡潔さを補うに十分な、視覚による抒情豊かな画面である。

ここまでの一連の描写は、じつは、この章に記された五つの句の、象徴的な新しい句境に対応しているとみてよいであろう。

まず、三井秋風であるが、前回、触れたとおり、宗因をして感嘆せしめた異才であるが、俳壇では貞徳門で七俳仙の一人であった梅盛《ばいせい》の門下とされる。季吟・宗因・常矩《つねのり》らと親交が深く、俳風は談林の中でも異風を誇るものであった（『俳文学大辞典』宇城由文《うしろよしふみ》）。

さらに付け加えると、京都の富豪、三井三郎左衛門初代紹貞《しょうてい》の甥で、紹貞の養子となり、二代浄貞《じょうてい》の弟として、室町御池《おいけ》通の本店のほか、江戸店二軒、千貫目余の家督を受け、豪奢をきわめた。

『町人考見録《ちょうにんこうけんろく》』に、「殊《こと》のほかなる不行跡者にて、なかなか商売にかまひ申さず、奢りの余り、後は鳴瀧に山荘を構へ、それへ引き籠もり、種々の栄耀をきはむ。その時の世話に、鳴瀧の龍宮と沙汰いたし申し候。黄檗《おうばく》の禅法を聞き、異形《いぎょう》の者になり」とみえる。

黄檗宗とは、臨済宗、曹洞宗とともに日本三禅宗の一派をなす。明《みん》の黄檗山万福寺《まんぷくじ》の隠元《いんげん》が承応三年（一六五四）来日し、京都宇治《うじ》に黄檗山万福寺を建立して弘めた。臨済宗の一分派ともいえる。

日本臨済宗の各派が、鎌倉から室町中期に、日本化したのに対して、隠元は江戸初期に来日し、意図的に中国禅の正統を自任し、臨済正宗と名乗り、独自の宗風を生んだ。万福寺の歴代住持は第十六代まで中国僧、すべての様が中国風であった。黄檗僧が伝えた近世中国文化は、医学や社会福祉、文人趣味の展開につながった。南蛮風の頂相《ちんぞう》画や普茶《ふちゃ》料理、隠元豆の名などに生きている（『岩波仏教辞典』）。

著者も、かつて宇治の万福寺を訪れたことがあるが、中国風の門を入ればすべて中国語で、今日もその伝統が生きている。

江戸時代にあっても、蘭学や南蛮美術と共に、鎖国下の日本における唯一異国文化を感じさせる唐寺の風格があった。

秋風は鳴瀧に豪華な山荘を構え、常矩・高政《たかまさ》ら異端の俳諧師を招き、新しい漢詩文調の吟を示した。芭蕉より二つ年少で、当時四十歳だった。が、風流のため、すでに破産していた。

従来の古典的和漢の教養に対して、新しい仏教思想を実践する秋風の作風は、大きな刺激を与えたと思われる。

末木《すえき》文美士《ふみひこ》氏『近世の仏教　華ひらく思想と文化』（吉川弘文館）は、中世以降の神仏信仰の展開に新しい展望を示しているが、いま、芭蕉との関連にかぎってその一部を紹介する。

中国仏教は、隋《ずい》、唐《とう》代に隆盛を迎えたが、明《みん》代以後は、儒教・道教とも習合して民衆の中に定着していった。この明代仏教の新しいエネルギーを日本に伝えたのが隠元であった。延宝六年（一六七八）に鉄眼《てつげん》版大蔵《だいぞう》経を開板した鉄眼道光《どうこう》も隠元に学んだ一人であり、黄檗の流れが新しい仏教文化の揺籃《ようらん》となっている。

さらには、煎茶《せんちゃ》道の確立者とされる売茶翁高遊外《ばいさおうこうゆうがい》も黄檗に連なり、その影響も広く及んだ。さらに書画の世界でも、黄檗一派の清新な作風は、画壇に影響を与え、狩《か》野探幽《のうたんゆう》などの狩野派や伊藤若冲《いとうじゃくちゅう》なども、その刺激を受けている。

とくに、売茶翁高遊外（一六七五～一七六三）は佐賀出身で十一、二歳で郷里の龍津寺《りゅうしんじ》に入り、黄檗宗に属する化霖道隆《けりんどうりゅう》の弟子となり、月海《がっかい》と号した。

その後、法弟に寺を譲って上京し、享保十五年（一七三〇）頃に京に住むようになった。

享保二十年（一七三五）頃に売茶の生活に入ったと思われる。移動式の炉や釜を東福寺《とうふくじ》の門前などに運んで、煎茶を飲ませた。煎茶は黄檗宗とともに伝来した新来の文化だった。

寛保二年（一七四二）に還俗し、赤貧の中で、京都の文化人サークルの一つの中心となり、伊藤若冲や亀田《かめだ》窮楽《きゅうらく》らと高雅な交わりを持った。そして、その枯淡な心境を詩偈《しげ》の形で残した。

そこには中世の隠遁者の流れを汲む、無縁の僧としての自由な精神がひきつがれ、中国の老荘や道教の世界が、日本仏教に吸収された一つの証《あかし》ともみられる。

夢中作
困《こん》じ去り窮《きわ》め来て一物《いちもつ》無し
清貧瀟灑《しょうしゃ》　淡生涯
唯《ただ》半夜寒窓の月を余して
一片の禅心　相照して帰る
（『売茶翁偈語《げご》』）

三井秋風の思想的基盤の一端を示すものといえよう。

さて秋風が俗世を捨てて山荘を構えた鳴瀧は、京都の北西郊、双ケ岡《ならびがおか》の西方、御室川《おむろがわ》上流沿いの仁和寺《にんなじ》の西にあたる。俊成の「鳴瀧や西の河瀬にみそぎせん岩越す波も秋や近きと」(『続後撰集』)などで知られた歌枕ともなっている土地である。悠々洒脱の感がある。

芭蕉は秋風の山荘に半月間滞在し、この間に、秋風との発句・脇を二連、秋風・湖春《こしゅん》との三物を二連、任口《にんこう》との酬和の吟を残している。

鳴滝秋風子の梅林にあそぶ
梅白しきのふや鶴を盗まれし　桃青
杉菜に身擦《す》る牛二ツ馬一ツ　秋風
樫《かし》の木の花にかまはぬ姿《すがたかな》哉　桃青
家する土をはこぶつばくら　秋風
わが桜鮎《さ》裂く枇杷の広葉哉　秋風
筧《かけい》に動く山藤の花　桃青
日の霞夜《よるあかがね》銅の気を知りて　湖春
梅絶えて日永し桜今《いま》三日　湖春
東の窓の蚕《むし》桑につく　桃青
巣の中に燕の顔のならびゐて　同

伏見西岸寺、任口上人に逢うて
わが衣《きぬ》に伏見の桃の雫《しずく》せよ　(『年譜大成』)

ここには、『野ざらし紀行』に採録された三つの句が含まれているが、尾形氏は、初出の資料と引きくらべて、順序は変わっていると指摘されている。

少なからぬ改変ということで、風土の感触、連衆との詩心の交響の跡を映しながら、「梅」から「桜」へと幻想の旅程をつづってゆくとされる。

煩をいとわず桃青以外の句もあげたのは、談林より元禄へ向かう俳壇の変革期に、秋風や任口との交流が、芭蕉の吟の中に鋭敏に反映されているからである。

つまり、大垣《おおがき》の谷木因《たにぼくいん》によって強調された「狂句木枯《こがらし》」に代表される、俳諧の風狂飄逸の趣をふまえてのことであるが、さらに滑稽という、ことさらな語句による露わな生活的身振りを脱し、いわばベルクソンの『笑い』(岩波文庫)の条件において指摘されている「不条理」(l'absurdité)の論理を脱出して、むしろ背景の奥深い詩境をひめ、微妙な飛躍とずれによって、その裂け目から言語を越えた超越的な次元への飛躍と象徴が、秋風や任口との酬和において試みられているといえるであろう。

まず、「梅白し」の句であるが、それにつづく「きのふや鶴を盗まれし」とは表面上の意味では、明らかに落差があって、いわゆる「意味」では通じない。

この句について、後年伊丹《いたみ》の匿名の俳人が編んだ『伊丹古蔵《ふるくら》』（元禄元年刊）に、「梅白しきのふや髭を盗まれし　青人《あおんど》」というパロディが載せられている。その解は、秋風との酬和当時の芭蕉の俳風の特色をついたものとして面白いと尾形氏は評す。

このパロディの背景には、轍士《てつし》という俳人が伊丹を訪れたときの、同じく俳人である百丸《ひやくまる》と交したエピソードがある。

轍士は、宗因門で、元禄六年（一六九三）、大坂から京都高倉《たかくら》四条《しじよう》下ル町に移住。井原西鶴や、談林派の俳人として名をなした北条団水《ほうじようだんすい》と親交があり、芭蕉を深く尊敬した。元禄四年（一六九一）、『おくのほそ道』の旅に倣《なら》い東北地方を歴訪。以後各地を旅し、その成果を次々と撰集として出版した（『俳文学大辞典』雲英《きら》末雄）。

百丸は、摂津《せつつ》国伊丹の豪商で、醸造家丸屋の主人。松《まつ》江《え》重頼《しげより》門。宝永（一七〇四～一一）ごろ、家産を蕩尽し京に移ったが、晩年は帰郷した。豪放磊落で、句文に優れ、伊丹俳諧中興の祖といわれた。句は代表的な放埒体だが、晩年には詩情ある句も作った。伊丹俳諧を攻撃した『伊丹古蔵』は、論議の対象となった。（『俳文学大辞典』吉村厚子）。

この二人が、青人のパロディの句について論争をしているというのである。

ちなみに青人は、伊丹の三文字醸造元油屋の主人。鬼《おに》貫《つら》の同族。俳諧は重頼門。一家を挙げて俳諧を嗜み、元禄期の伊丹俳壇の主要作者となる。諸集に多数入集（『俳文学大辞典』岡田影子）といった、そうそうたる俳壇人である。

尾形氏の『野ざらし紀行評釈』により、轍士と百丸のやりとりを紹介しよう。

ある時、轍士が伊丹を訪れたところ、百丸が「桃青にはおとがひに唐人のやうな長き髭あるべし」と言って、「知ル二桃青ガ相ヲ一　髭なくは賭けにいたさん桃の花」と句作りをもって問うた。轍士の答えに「いやいや髭なし」と聞いて詠んだのが、青人のこのパロディだというのである。『伊丹古蔵』には、「ただ姿を異体に作りし人なれば、かくは申されん」と結んでいるが、これは服装の上について言ったものではなく、この時期の芭蕉の「句体の物ぐるしき」「唐《から》めきたる風体」（『去来抄《きよらいしよう》』）を皮肉ったものと取るべきだろう。（略）伊丹の俳人たちは、芭蕉をおとがいに唐人髭を生やした漢詩文調の作者として受けとっていたのである。（略）この句が当時の異風の先端を行く秋風の俳風を反照しているところからきている。

尾形氏は「きのふや鶴を盗まれし」についても、次のように続ける。

〔『野ざらし紀行』に寄せられた〕素堂の序に「洛陽《らくよう》に至り、三井氏秋風子の梅林を訪ね、〝きのふや鶴を盗まれし〟と、西湖《さいこ》に栖《す》む人の、鶴を子とし梅を妻とせしことを思ひ寄せしこそ」云々と看破しているように、西湖の孤山《こざん》に廬《いおり》を結び、（略）梅を植え鶴を養った宋の隠君子林和靖《りんなせい》の故事をふまえての俳諧である。和靖先生林逋《りんぽ》が孤山の居に常に双鶴を伴ったことは、『錦繍段《きんしゅうだん》』や『聯珠詩格《れんじゅしかく》』『円機活法《えんきかつぽう》』などの注にも、『世説新語《せせつしんご》』に拠って「林逋、孤山ニ隠居ス。常ニ両鶴ヲ畜フ。之ヲ縦《はな》ツトキハ則チ飛ビテ雲霄ニ入リ、盤旋スルコト久シウシテ復《また》籠中ニ入ル。逋、常ニ小艇ヲ泛《うか》ベテ西湖ノ諸寺ニ遊ブ。客、逋ガ所居ニ至ルコト有ルトキハ、則チ一童子出デテ門ニ応ジ、客ヲ延キテ坐セシメ、為ニ籠ヲ開キ鶴ヲ縦《はな》ツ。ヤヤ久シウシテ逋必ズ小舡ニ棹《さお》シテ帰ル。蓋《けだ》シ常ニ鶴ノ飛ブヲ以テ験トナスナリ」（原、漢文）としるし……（略）

梅樹のもと鶴を愛するの図は、画題としても広く知られている。一方、林和靖の「梅花」の詩の「疎影横斜水清浅、暗香浮動月黄昏」の詩句は、（略）著聞するのみならず、（略）〝梅―林和靖〟という、連歌でいうならば寄合に相当する連想関係を生ずるまでに至っている。一句は、そうした漢詩の世界における伝統的詩情の上に立って、広沢《ひろさわ》の池に近い鳴瀧の秋風の山荘を、西湖の孤山の林和靖の山廬《さんろ》にたぐえ、黄檗の禅に耽り漢詩文調の俳諧に遊ぶ秋風の脱俗清高をたたえる挨拶としたのである。

近世の黄檗の禅は、一方で厳格な戒律を主としていたが、一方、折から民衆化した仏教の俗信のうちには、中世の本覚《ほんがく》思想の影響を基に、煩悩即菩提《ぼんのうそくぼだい》、生死即涅槃《しょうじねはん》という世俗重視の立場が進んでいた。

江戸時代中期の天台宗の中興につくした僧、霊空《れいくう》は、自らの念仏を『即心念仏安心決定《あんじんけつじょう》談義本序』のなかで、法界にひろがる、宇宙的な心だとする。

我等が心は、身の内にあるように思はるれども、身の内にあるように思はる丶ものは、縁影と云ものにて、本の心には非《あら》ず、本の心は、色もなく、形もなく、周偏法界とて、どこがかぎり、どこがはてと云こともなく、いつ始る、いつ終ると云こともなきものなるゆへ、西方十万億土の浄土も、弥陀《みだ》・観音《かんのん》も、心の外に出たるものにてはなし。

（末木・前掲書）

ここに芭蕉の「風雅の誠」がよみとれる。江戸の隠士の間には、俗世を捨てた中世隠遁者とはまた異なった思想が発展した。「本覚思想」に発する聖俗融合の現われともいわれる。

さて、「梅白し」の「白」について、尾形氏は次のように述べる。

「梅白し」とは、眼前の梅林の（略）叙景であるとともに、高士の清高の風韻を重層的にひびかせ、「白」のヴェールのかなたに漢詩の世界の幻想をくりひろげる。「昨日や鶴を盗まれし」とは、オヤ、和靖先生、今日は双鶴を伴ってお見えでないところを見ると、昨日あたりでも鶴を盗まれたのでしょうか、という当意即妙の諧謔の挨拶であるとともに、また漢詩の詩題にあげる「失鶴」のパロディでもあった。

ところで、「『白』のヴェールのかなたに漢詩の世界の幻想」という重要なイメージはどこからくるのであろうか。

先に紹介（三十章）した「桑名本当寺《ほんとうじ》にて」の詞書に、「まだほの暗きうちに、浜のかたに出でて」として、

曙や白魚白きこと一寸

また、「尾張旅泊」の項に、

海辺に日暮らして
海暮れて鴨の声ほのかに白し

そして、今回の「梅白し」の句と、たてつづけに「白し」が用いられているのは、ただごとではない。「野ざらし」の旅の、とくに、独吟ではなく新しい連衆との唱和のなかに見出されるこの「白し」は、この旅の新しい境地を示すものの手掛かりとして考えられる。

先にも紹介した小西甚一氏の『日本文藝の詩学　分析批評の試みとして』でも、とくに「鴨の声」をめぐって一章を設け「イメイジの用法」として分析している。

「貞享期の作品におけるトーンが禅的なものに関わりをもつとすれば、それは、イメィジの用法を検討するうえにも、すくなからぬ示唆をあたえそうである」として、「鴨の声」をとりあげている。この「白し」に対する芭蕉の特異な用法については、すでに三十章で紹介したが、それをさらに補足すれば、小西氏はその末尾で、

　禅僧の「よみかた」に媒介されたろうという推定は、芭蕉の共感覚技法を、いっそうよく説明するようである。つまり、禅においては、日常眼前のことを題材として悟りの世界を言いあらわすが、その題材のあつかいは、たいへん非日常的である。「ダルマ大師はなぜインドから来られたか」という問に対し、「庭前の柏樹子」と答えたのなどは、代表的な例である。われわれが日常ありふれた事がらとして気にとめない事物を、思いもかけない在りかたにおいて提示し、その日常意識が破れる瞬間に永遠なる真理を感得させようとするわけだが、こういった禅のゆきかたは、どことなく共感覚技法に共通する。

さらに、小西氏は、次のようにも述べる。

　付合《つけあい》における「匂付《においづけ》」と同じ表現構造であることを看過できない。匂付の「匂」は、要するに、線型の解釈や批評を受けつけない「離れ」の存在から生まれる特殊な作調《トーン》に他ならない。

この蕉風の確立について、三十章では、「閑寂な孤高から、俳諧の座への新しい回帰となる」と筆者は書いた。

しかし、さらに、京での三井秋風、任口たちの俳諧の座は、さらに一歩をすすめて、座の連中との特殊な、離れによる逆の超越的言語体験への参加、共有にまで進むようにおもわれる。

それをたしかめるのが、今回の京、近江連中との交流の分析であった。

その意味で「梅白し」の「白し」の意義は、さらに連中の深い教養を基盤にして、よりいっそう「描写のかなたに潜む普遍世界の巨大さ」（小西氏）を獲得する。小西氏の見事な解説を紹介しておこう。

　「海暮れて…」の句があらわすのは、まず、暗さのため無限のひろがりとして感じられる涯《はて》しなさである。（略）聴覚イメィジである「鴨の声」を視覚的に「白し」と把握したのは、共感覚（synesthesia）の技法であるが、この句においては、意識の層を突

きぬけたところで「無限さ」に接するための契機としてはたらく。すなわち、白さは、普通に眼でとらえるように思いこまれているが、それを聴覚として提示した結果、日常的な意識がそこで否定され、感覚を超えたひろがりに直面する。（略）それは、感覚の及ばない無限のひろがりであると同時に、また極度の静かさを暗示する。（略）その静寂な無限さにわれわれの精神を一致させてゆくとき、単なる自然現象としての暗い海や鴨の声だけでなく、そのかなたに普遍的な「真」への通路を感得させられる。われわれがこの句にひきつけられるのは、（略）描写のかなたに潜む普遍世界の巨大さによってなのである。

これは、そのまま、いやそれ以上に、「梅林」の豊穣な超越的言語空間を味わわせてくれる。

「梅白し」といえば、日常的な風景描写にみえるが、どのような梅なのか、「梅林」とあるからには、単体としての梅の花一輪ではあるまい。

もちろん、一輪の梅花もまた、ふくいくたる香を放ち、清楚な純潔さとともに、妖艶な魅力を秘めている。その梅の花輪なのか、その梅が林立して波うつように涯《はてし》なく拡がる梅林なのか、定かには分からない。あるいは二つのイメージが重なり、同時に秋風の高雅な生きざまの気配を寓意しているか、その両方であろう。漠とした雰囲気である。

ところが、突然「きのふや」と具体的で断定的な現実世界へ引きもどされ、現実かと思いきや、その切れ目を利用して反転し、「鶴を盗まれし」と突然、宋の隠君子、林和靖の故事に想いをはせる俳諧がある。

ここには、現実と漢詩文と作者など、二重三重に反転、展開する〝俳諧〟が生まれている。

そのイメージをおおうのが、「梅白し」の「白」である。「白」は色彩ではない。「素」であり「無」であると、先に尾形氏の註にあった。

こうして、この重層するイメージは、混沌として溶けあい、普遍的な「真」の世界へと私たちを導くのである。断絶と複合からなる巨大な感性のシンフォニーに、われわれは引きこまれてゆく。

このような複雑にして周到な言葉の装置は、じつは、芭蕉の説く座の連中によって初めて成り立ち、共有されていることが重要である。

俳諧の「座」についての論考は少なくない。いま概説することはむずかしい。その発生の経路については先にふれた。

そこで、座における言語構造について、もう少し深く考えてみたい。芭蕉が、京、近江での俳諧の座において、こうした複合的なイメージによる共通感覚の制作に成功したと思われるからである。

座というと、一般に「共同体」の制作といわれる。それはそうに違いないが、それは言語論的にみると、どういう構造になっているのか。

本来、詩の共同制作は可能なのであろうか。古代の祝詞・呪言などの成立、また「かがい（嬥歌）」など男女の掛けあい、その発生をみてきたが、集団における言語はどう機能しているのであろうか。

たとえば、Aが発句を示す。Bはその意味を理性的に解釈するのが、普通の対話、伝達形式である。しかし、多数の連衆の中でBがその一句の意味を理解してBなりに、その句に対応関係を保ちながら、Cへのつなぎに配慮しなければならない。

だが、Aの句はすでに半ば独立完成していながら、Bの句でそれを補完しつつ、同時に、新しく完結している句を加えて、その複合された効果を一座で共有する。そして、C、Dとつづくうちに、Aの語句の解釈は変化してゆくはずである。

となると、元来、俳諧においては初めからことばの意味における解釈は厳密には不可能となる。しかし、発句とまったく無関係では共通体験を成りたたせることはできない。俳諧での「付合《つけあい》」が、もっとも重視されるわけである。

『俳文学大辞典』で「付合」をみると、

> 連歌・連句の最大の興趣は、それぞれ独立した小世界を構築する前句と対句とを交互に付け連ねて、両句が相互に補完し合いながら、次々に別次元の世界を創出してゆくところにある。（略）良基《よしもと》は付合の種類を一五体〈『連理秘抄』〉に分類するが、大別すれば詞やもので付ける寄合付と、それを捨てて心ばかりで付ける心付の二種に分けられる。前者を基本的な方法とするが、良基の志向する心付は、心敬《しんけい》の「疎句の連歌」、宗祇《そうぎ》の「幽玄有心なる句」へと継承され、さらに芭蕉の「句付」へと止揚されてゆく（重松裕巳）。

では、「にほひ」とは何かを『俳文学大辞典』にみよう。

「前句の表現や、そのいうところから感じられる余情《よせい》・風趣に調和し、映発するように付句を付ける方法」（廣《ひろ》田二郎《たじろう》）とあり、支考の『葛の松原』に、「世に景気付・こゝろ付といふ事は侍れど」として、「馨《におい》」に挙げている例を示す。

稲の葉のびの力なき風　（珍碩《ちんせき》）
発心《ほっしん》の初《はじめ》に越《こゆ》る鈴鹿やま　（芭蕉）

無所住心のところより付きたらば、百年の後、無心の道人《どうにん》あつて、誠によしといはむ。いとうれしからずや。

もともとは、『猿蓑《さるみの》』所収の「梅若菜」歌仙中の付句。葉延びも弱々として発育の悪い稲葉が風にそよいでいるたよりない風情と、世をはかなんで発心したものの、なお道心堅固ならず、都に心残りを感じながら旅に出てゆく世捨人（西行《さいぎょう》の俤）のくずれおちるような心情とが、両句において巧みに映発し合う所を、馨《におい》と見たのである（今栄蔵氏の注による）。

そういわれてみれば、さらに芭蕉自身の告白もうかがわれ、しかもなお解説を求めつづける心の句はひびきあって、一種の超越的な言語空間をみごとに象徴し、風の音さえ聞こえるようである。

では、どういうところよりこの発想が生まれたかと支考の本文をみれば、「無所住心のところより」とある。「無所住心」とは、一所にとどこおることのない融通無礙の心のことであり、「道人」は神仙の道を体得した者である。それは、思案、分別の論理からは生まれない「にほひ付」である。

要するに句と句の意味による連係は不可能だということである。このような言語本来の意味の伝達の不可能性を十分に踏まえたうえで、なお、「無所住心」「神仙の道を体得した人」の境地から、連衆の間で知的理解を超えた、ある種の言語宇宙の「一座建立《いちざこんりゅう》」に向かった俳諧は、今日までも世界にその意義を保ちつづけているのである。ここには、不可解を超えた言語共同体の発現という座の美学の極致がある。

では、その座がその場で創立した世界とはどんなものであろうか。それに応える「言語」はない。しかし、そこには、言語の伝達不可能性を逆手にとって、生きた、詩人たちの真実＝『風雅の誠』が生きているのである。

芭蕉の「白」「素」のイメージでは、さらに秋風への共鳴は、「鳴瀧の山家を訪ふ」をうけ、高士の山中の閑居の句へ移る。

この何もない「山家」も、数多くの漢詩の伝統的なパターンを共通の理解としてふまえている。

「梅の木」につづく「樫の木」の句は、数多い漢詩の伝統的パターンを共通理解としてふまえた上で、日本の風土の中に芭蕉が発見した新しい詩材にほかならなかった。

　　樫の木の花にかまはぬ姿かな

　この句は山荘に閑居する秋風の風情を、花にかかわりなく卓立する樫の木の孤高に比してたたえたのである。「花」は、このさい白梅でもいいが、ひろく「はなやか」の略語ともみられる。このさりげない一句に、これほどの詩語を踏まえた情趣が、深く広くこめられていることに、ただ感嘆の他はない。

三十四章　花より朧《おぼろ》

　貞享二年（一六八五）二月下旬、芭蕉は京都鳴瀧に、三井《みつい》秋風《しゅうふう》を訪れて、約半月をすごした。

　鳴瀧は、京都市街の西北郊にあり、現在は京福《けいふく》電車北野線の鳴滝駅がある。

　その地名は、近くに流れる川に滝があって、音がきかれたことからついた。川は鳴瀧川で、御室《おむろ》川と合流して桂川《かつらがわ》にそそぐ。

　このあたりは古くから拓かれ、さらに足を伸ばすと、嵯峨・嵐山・三尾《さんび》などに名所旧跡が多く残されている。

　特記すべきは嵯峨野で、伊勢神宮に奉仕する斎王《さいおう》（皇女）は、西を流れる有栖《ありす》川で禊《みそぎ》祓《はらい》を行なった。さらに、足利義満が春屋妙葩《しゅんおくみょうは》のために建立した宝幢《ほうどう》寺の開山堂がある。

　嵐山の渡月橋《とげつきょう》の北方には、亀山法皇の離宮亀山殿があり、後醍醐天皇が禅寺臨川寺《りんせんじ》を建て、夢窓疎石《むそうそせき》を開山とした。

この寺の付近はもと竹藪が多く、近くに角倉了以《すみのくらりょうい》邸や向井去来《むかいきょらい》の落柿舎《らくししゃ》があった。去来の墓も、ここにある。

また、〝嵯峨の釈迦堂《しゃかどう》〟と呼ばれる清涼寺《せいりょうじ》がある。清涼寺には、東大寺の僧奝然《ちょうねん》が宋《そう》からもちかえった、三国伝来の釈迦如来像（宋代）がある。

清涼寺の年中行事、四月の大念仏狂言は、壬生《みぶ》狂言と同じく、円覚《えんがく》上人の発願によるものといわれる。また、三月十五日夜の嵯峨の年中行事である御松明《おたいまつ》も有名だ。

落柿舎は、去来の住居で、芭蕉が三たびここをおとずれ、『嵯峨日記』を残した所として重要である。

現在の落柿舎の南に常寂光寺《じょうじゃっこうじ》があり、楓の眺めが美しい。山門をはいり、仁王門にいたる参道の右側に、藤原定家の山荘と推定される時雨亭《しぐれてい》跡がある。時雨亭の位置については、ここのほかに二尊院《にそんいん》説と厭離庵《えんりあん》説がある。

去来の墓から五十メートルほど北へゆき、西に向かうと、小倉《おぐら》山二尊院があり、角倉了以の寄進による総門の左手に、「西行庵址」の碑がある。

さて、ふたたび清涼寺にもどり、表門を西へすすむと宝篋院《ほうきょういん》（天龍寺《てんりゅうじ》派）があり、足利二代将軍義詮《よしあきら》の塔所といわれる。また楠木正行《くすのきまさつら》の首塚もある。

宝篋院の西北に厭離庵（天龍寺派）がある。もと愛宕《あたご》大権現《だいごんげん》の宿坊中院があった。一説では定家山荘跡と伝え、書院と時雨亭、柳の水、定家塚もある。

定家は、この山荘を子の為家《ためいえ》に管理させていたが、為家が障子にはる色紙を定家に依頼し、そこから「小倉百人一首」が成立したともいわれる。

嵯峨野から北へあがった高雄の神護寺は、和気清麻呂《わけのきよまろ》の氏寺として創建され、また和気氏と最澄との関係で発展したが、空海帰朝後は空海の拠点となった。のち二度の火災で衰微したが、空海を慕った荒法師文覚《もんがく》が再建している。

国宝絵画、伝源頼朝像・伝平重盛像・伝藤原光能《みつよし》像の三像があることで知られている。

右京区梅《うめ》ケ畑栂尾《はたとがのお》町に、明恵《みょうえ》上人が華厳《けごん》宗復興の道場として建てた高山寺《こうざんじ》も忘れがたい。明恵上人は、栄西《えいさい》が中国からもちかえった茶種を栂尾に植え、それが宇治にひろがった。膨大な寺宝の中では、「鳥獣人物戯画」がもっともよく知られている。石水院《せきすいいん》は上人の庵室に由来する。

やはり京都の詩歌、俳諧の歴史は深い。随所に、詩歌、宗教の旧地が所狭しと残されている。

芭蕉が、京または大津にと俳人を訪ねたとき、当然、詩歌の濃密な歴史を身に滲《し》みて深く汲みとったであろう。

たんに歴史的事跡ばかりでなく、その濃密な詩歌の地霊ともいうべき、ものの気配を、芭蕉が深く身にうけたことを、あらためて認識しておきたい。

知識としてだけでなく、その土地にたって、その風景に包まれることによって、人は、たんにものごとを観察、見物するだけでなく、表層的な認識から、いつしか深層に染みこむ、ある不可思議な共通感覚を、風物と交感することができる。それが今でも、さまざまな形で人々を旅へと誘う、抑えがたい魅力となってやまないのである。

芭蕉は、のちに元禄二年（一六八九）三月二十七日に江戸をたち、同年九月六日、大垣《おおがき》から伊勢に向かって船出するまで『おくのほそ道』の旅をたどったが、さらにそののち、二十五カ月もの間、上方に留まり、郷里の伊賀、湖南大津・膳所《ぜぜ》、京都の三地区をかわるがわる訪れ、それぞれ数日から三カ月、六カ月と滞在することになる。

この間には、『幻住庵記《げんじゅうあんのき》』の舞台となった湖南の幻住庵での三カ月半の生活や、『嵯峨日記』の舞台となった、京は嵯峨での半年ほどの滞在も含まれる。

この間、およそ二年にわたる期間に、芭蕉の俳諧は円熟し、表現も成熟の度合いを増している。これを「新《しん》意《い》」の俳諧と呼び、「不易流行《ふえきりゅうこう》」の理《ことわり》、また「さび」「しをり」「ほそみ」などとともに芭蕉俳諧の窮極の美学ともされる「かるみ」の境地なども、この時期に現われる。元禄三年（一六九〇）八月には『ひさご』が刊行され、四年七月には「花実兼備《かじつけんび》」「俳諧の古今集」と呼ばれる『猿蓑《さるみの》』の出版となる。

元禄四年九月末、帰東の途につき、十月の末に二年半ぶりに江戸に帰った。

こうしてみると、芭蕉の散文詩形の絶唱ともいうべき『おくのほそ道』のあと、この上方遍歴時代は、芭蕉のもっとも円熟した時とみられるものである。

こうした芭蕉の、後に展開される新しい詩学の基礎が、まず『野ざらし紀行』の上方巡歴における、大垣の木因《ぼくいん》、名古屋連衆《れんじゅ》、熱田《あつた》連衆との交流によって築かれた。また京での三井秋風、談林《だんりん》の長老とされた西岸寺任《にん》口《こう》上人との唱和も、その大きな契機となったであろう。これを新しい蕉風の始まりとするのもうなずける。

芭蕉の江戸俳諧も、上方の伝統ある俳人たちとの交歓によって、円熟を深めたともみられるであろう。

さて、『野ざらし紀行』に戻ると、「伏見《ふしみ》西岸寺任口上人に逢《お》うて」との詞書《ことばがき》につづけて句があるが、実はこの句には、前段があり、芭蕉が「我やがて帰らむ」といったのに対して、任口上人が「人をあだにやらうと待つや江戸桜」と詠んだのをふまえている。一巻の俳諧を巻くことなく、すぐお帰りとは、さだめし江戸桜の待っておられるのが、気がかりなのじゃろう、と当時八十歳の任口が江戸桜を引きあいに出したところに、艶やかで洒脱な趣がある。

　これに同和した芭蕉の句が、次の句であったという。

　　我が衣に伏見の桃の雫せよ

当時、京伏見の桃園は美事だったといわれる。

　季語は「桃」で、春三月三日に詠むことが多い。連歌以来、単に「桃」といえば花を指し、秋に「桃の実」の季語を設けたのは、江戸初期の俳論書『毛吹草《けふきぐさ》』以後である。この「桃の雫」も、桃の実の雫ではなく、桃の花におかれた露の雫の意味。桃に三千世草《みちよぐさ》の異名があり、中国の詩においても、桃に仙境のイメージを連想するパターンがある。

　この句は、花が露に濡れたしめりを詠じたもので、廣田二郎氏の指摘によれば、禅林の詩の中には、桃花を見て悟道する境地をうたったものも、少なからずみえる。この一句は、その詩境をふまえ、任口の老いの艶やかな挨拶に応え、かつ西岸寺の俳莚を仙境にたとえ、桃の雫に染まることは、桃花によって俳道に悟得する意もある。

　任口の西岸寺は、現在の伏見区にある浄土宗知恩院《ちおんいん》の末寺であるが、当時は淀川を往き来する川船の発着地の北に位置していたので、さまざまな俳人の来遊も多かったという。芭蕉の句には、そこに禅林の詩をふまえて悟道の志高い風狂への共感がこめられている。両者ともに、じつに見事な酬和と思われる。

　さて、次の句、「大津に出《いず》る道、山路《やまじ》を越えて」との前書きだけで、

　　山路来て何やらゆかしすみれ草

であるが、これは絵巻の画面をみると、ゆったりと左右に余白を置いて、山路というよりも、はるかに霞む丘陵の重なりの間に、樹林がそこかしこに描かれ、一地点をさすというより、はるかな丘陵の間を縫うように、ひろく山路の遠景が描かれている。

　一見、何気ない句のようであるが、なかなかこれだけでは、よく分からないところがあるのももっともで、尾形氏の著書による詳しい語釈が必要である。

　この句の初案は『皺筥物語《しわばこものがたり》』に見られる。『皺筥物

語』とは、元禄八年（一六九五）に、尾張国熱田に関係のある芭蕉の遺詠を主として、所縁の熱田俳家桐葉《とうよう》・東藤《とうとう》らの句を集めたもの。

芭蕉終命の日に熱田神宮近くに集まって芭蕉の像に香花を手向けている折、ひとりの乞食僧が訪れ、その問うままに人々が芭蕉と熱田の因縁を物語るという趣向で編まれたもので、貞享元年（一六八四）と同四年の句を揚げ、終わりに熱田連衆による歌仙三巻と熱田名所二九か所の発句を収める（『俳文学大辞典』服部徳次郎《はつとりとくじろう》）。

「何やらゆかし」の句は、この書のなかで、「白鳥山《しらとりさん》」と前書きして「何とはなしに何やらゆかし菫草《すみれ》」として出てくる。

『笈日記《おいにつき》』にある尾州《びしゆう》熱田連衆による「悼芭蕉翁」の文中にも「白鳥山に腰をおしてのぼれば、〝何やらゆかしすみれ草〟となし」とあるので、初案成立の場所が「白鳥山」であることが知られる。

ただし、『熱田三謌僊《かせん》』などに、熱田連衆との歌仙興行の日付は「貞享二乙丑年三月廿七日」となっている。

つまりこの句は、もともと、旅程の上からみると、もっと先へ行って三月の下旬、江戸への帰途にふたたび熱田を訪れ、熱田連衆とともに白鳥山へ詣でた際の吟であった。

それを一カ月早めて二月の吟とし、「大津に出る道、山路を越えて」として『野ざらし紀行』に配したのは、むしろその配置の妙によって、具体的な記述よりも、ここに連ねた簡略にみえてじつは深遠微妙な句境になじませたものと思われる。

それをふまえて初案の句をみると、「白鳥山」は、日本武尊《やまとたけるのみこと》が白鳥となって舞い降りた所であり、「菫草」は、日本武尊の神霊の象徴ということになる（尾形仂氏『野ざらし紀行評釈』）。

しかし、それより約一カ月半の後、五月十二日付で江戸から大津の千那《せんな》に宛てた書簡の中では、芭蕉はこの句の上五を「山路来て」と改め、さらに『野ざらし紀行』では、京より「大津に出る道」の吟とした。そこには白鳥山という説明は全くない。

むしろ暗喩として、「何とはなしに何やらゆかし」に、西行の伊勢詣のさいの歌、「何事のおはしますかは知らねどもかたじけなさに涙こぼるる」（『醒睡笑《せいすいしよう》』）と詠んだものを呼び覚まし、日本武尊を祀った熱田神宮への深い尊崇の念をみちびいたものである。

ただ、一見してここに「白鳥山」を手掛かりに日本武尊との類比を思い描くことは、なかなかむずかしい。具体的な描写をあえて控えて、類比によって小さな菫草の印象をはてしなく、日本武尊と交響させることによって、詩歌の源流と俳諧の境地へと連想を誘っている。

そして、同時に、伊勢神宮の神々しさをも想起させるという、雄大な詩歌の世界が、時空をこえて、一輪の菫草に凝縮されている。

また、尾形氏の「語釈」によれば、其角の『類柑子《るいこうじ》』に、近世隠士の模範とされた木下長嘯子《ちょうしょうし》の『挙白集《きょはくしゅう》』は、蕉門の連衆たちの愛読するところであったが、その巻八の「初めてあずまに行きける道の記」の一節に、「箱根に泊まる。（略）〔大江〕匡房《まさふさ》のぬし、〝箱根山薄紫のつぼすみれ〟と詠まれたりしは、（略）すべてここもとにある、皆かの色なるはをかし。いかで、さは知りたまへぬらん（略）」とあるのを引き、「これ、力ぐさ〔頼りとする草〕なり。深う思ひとるべきことなり」と説いているという。

大江匡房の歌は、『堀河《ほりかわ》百首』他にも引かれ、下句は「ふたしほみしほたれか染めけん」であるが、近世人には耳なれた歌であった。長嘯子は初めての東行の旅で、箱根山で薄紫の菫の花を実地に見て、匡房の詠懐の真なることを悟って、賛嘆の情を述べたのである。

つまり其角のこの一文は、芭蕉の「山路来て」の句が「力ぐさ」となったことを指摘したのだが、この其角が「隠」への志向をひとしくする連衆心の交響を可能にした点で、尊重に値する。

句形を改め、「大津に出る道、山路を越えて」の吟と

湖水の眺望
辛崎の
松は
花より
朧にて

して、『野ざらし紀行』に収めたのは、長嘯子から匡房へと溯る詩心の交響にもとづいたものである。「ゆかし」の「し」が切れ字で、「何やら」という、菫の薄紫色の花が旅路の心をひきつける、そのとらえどころのなさを叙べた惜辞の背後には、長嘯子・匡房の風雅への思慕が秘められているのである。

次の句は、絵巻の画面（383ページ）をみると、一段下げて、やや大きく、「湖水の眺望」として、

辛崎《からさき》の松は花より朧《おぼろ》にて

が四行に分かち書きされ、左方に広く湖岸がひろがり、中央部は湖水がうす墨色に白くひろがっている。その右端、一本の巨大な松とおぼしき大樹が、斜めに巨《おお》きくのびている。この巨きさは、松の根元の左右に小さい建物と鳥居がかすかにみとめられるほどだ。かなりな遠望である。

大津は、もとより、いたるところに史跡がある。滋賀里のあたりは天智《てんぢ》天皇の近江京跡で、崇福寺《すうふくじ》跡・梵釈寺《ぼんしやくじ》跡・滋賀廃寺跡などには白鳳《はくほう》時代の古瓦や礎石が残されている。

近江京は、よく知られるように、壬申《じんしん》の乱で滅んだが、天智天皇直系の大友皇子の邸跡が三井寺《みいでら》となった。奈良時代、良弁《ろうべん》によって石山寺《いしやまでら》ができ、平安時代に、比《ひ》叡山《えいざん》に天台宗延暦寺《えんりやくじ》が建立された。

近世の大津は、東海道の宿場、また琵琶湖の港町としてさかえた。のちに芭蕉が幻住庵を棲家《すみか》とし、また大津市馬場《ばんば》に木曾義仲《きそよしなか》を供養した義仲寺《ぎちゆうじ》があり、古くは義仲庵と呼ばれたが、芭蕉がこの地を愛して墓所とした。

大津市石山寺のある石山の奥に、芭蕉は『幻住庵記』を残した庵をむすんだ。そこでは、

いとど神さび物静かなる傍《かたわ》らに、住み捨てし草の戸有り。（略）そぞろに興じて、魂《たましい》呉楚《ごそ》東南に走り、身は瀟湘《しようしよう》・洞庭《とうてい》に立つ。（略）南薫峰《なんくんみね》よりおろし、北風《ほくふう》海を浸《ひた》して涼し。比叡《ひえ》の山・比良《ひら》の高根より辛崎の松は霞《かすみ》こめて、（略）美景物《びけいもの》として足らずといふことなし。中にも、三上山《みかみやま》は士峰〔富士山〕の俤に通ひて、武蔵野の古き栖《すみか》も思ひ出でられ、田上山《たなかみやま》に古人を数《かぞ》ふ。

と、中国の隠遁詩人の境地に生きる喜びをつづっている。

『幻住庵記』は、元禄三年（一六九〇）に成《な》り、同四年に刊行された『猿蓑』に発表されている。その原体験と

もなる風景が、この『野ざらし紀行』に名句としてすでに成立したことを記憶すべきであろう。

辛崎は、琵琶湖の南岸、大津のあたりからは、湖岸が北西へやや湾曲しているので、およそ、一里をへだてているが、遠望することはできる。

いまは、大津から湖岸の国道一六一号線を北へすすんだところに位置する。室町時代の末に、中国の「瀟湘《しょうしょう》八景《はっけい》」にならってえらばれた「近江八景」において、辛崎は、「唐崎夜雨《からさきのやう》」として、そのひとつとなった。

「近江八景」は、その後歌川広重の版画が天保五年（一八三四）頃に刊行され、その名は景勝地として全国的にひろがった。その八景とは、「比良暮雪《ひらぼせつ》」、「堅田落雁《かたたらくがん》」、「唐崎夜雨《からさきやう》」、「三井晩鐘《みいばんしょう》」、「粟津晴嵐《あわづせいらん》」、「石山秋月《いしやましゅうげつ》」、「瀬田夕照《せたせきしょう》」、「矢橋帰帆《やばせきはん》」である。

石山寺は、紫式部が『源氏物語』を執筆した場所とされ、今もその部屋といわれる居室がある。このあたりから、月光の下に、瀬田の唐橋《からはし》が霞んでみえる。

この地点は、古くから交通の要衝であった。

橋から近江富士とも呼ばれる三上山の頂が浮かんでみえる。矢橋は、湖東のほぼ南端の港町で、近江米の出荷港として、往時には二百艘近い船が出入りしていたという。

ここに、わざわざ八景をあげたのは、この地が景勝地であるばかりでなく、古代王朝文化以来の、文化の要《かなめ》であったことを想起したいからである。琵琶湖は、湖面を北にたどれば若狭《わかさ》を経て、日本海へ通じ、朝鮮半島や中国大陸とむすばれる。また南は瀬田川より宇治川をへて京都に通じ、さらに石清水八幡《いわしみずはちまん》で淀川となって大坂湾に至る。

水上交通で大坂湾から瀬戸内海へ入れば、そのまま西に向かって日本海、東シナ海に通じ、古代の中国大陸・朝鮮半島との交流の大動脈ともなったのである。

逆に石清水八幡から木津川《きづがわ》をさかのぼれば、南に下り、奈良盆地へいたる。奈良の都や古寺の造営に、この川筋は活躍した。

木津という名称も、平城京《へいじょうきょう》を建造する際、木材の集積場として重要な地点であったことによって、そう呼ばれた。

こうしてみると、まさに琵琶湖は、近江京、平城京、平安京をつなぐ水上交通の大動脈で、日本列島の東西南北をむすぶ要路であった。

想をはせて、古代王朝の文化の跡をさぐると、いかに琵琶湖が要地であるのかが身に染みるのである。当然のことながら、琵琶湖岸には、数多くの名所旧跡があつまっている。

今は閑寂そのもののような、湖畔をとりまく古代からの文化の華は、『万葉集』以来、数多くの詩歌に詠われることとなった。

筆者はかつて、伝教大師《でんぎょうだいし》最澄の評伝を書くため、数年間にわたって、たびたび比叡山延暦寺を訪ねた。

京都から比叡山に登るときは、今は白川《しらかわ》から立派なドライブウェイが山頂の駐車場までつづいている。そこから石段を上れば、歴史上有名な諸堂が、所狭しと建ち並んでいる。

さて、下山の時には、ケーブルカーで、「お山」の東側を降りると、滋賀県の坂本《さかもと》に着く。

すぐそばに、伝教大師最澄生誕の地といわれる生源寺《しょうげんじ》がある。最澄の祖先は、渡来系の一族であったという説もあり、この地の古い繁栄を物語っている。北に、日吉《ひよし》大社の朱塗りの大鳥居がみえ、馬場を進むと、里坊《さとぼう》が並び、天台《てんだい》宗務庁や叡山《えいざん》文庫などがみえる。

日吉大社の朱塗りの大鳥居をくぐると、大宮川《おおみやがわ》にかかる石造の三橋があり、大宮川に沿ってさかのぼると、比叡山の山頂にいたる。これがかつての正面登山道であった。

日吉大社は山王《さんのう》七社あるいは二十一社といわれ、全国に三千社以上の分霊社がある。

本殿も日吉造であるが、宇佐《うさ》宮・白山姫《はくさんひめ》神社・樹下《じゅげ》神社がある。さらに八王子の中腹には、入母屋《いりもや》舞台造の牛尾《うしお》神社・三宮《さんのみや》神社があり、ここから神輿《みこし》をかついで降り、琵琶湖を渡御《とぎょ》する山王祭は、有名である。

つまり比叡山は、古来、最澄によって延暦寺が開かれる前から、日吉大社の霊山だったわけである。

京阪電鉄坂本駅から湖岸に下る国道一六一号線沿いの一帯が下坂本《しもさかもと》であった。ここには明智光秀《あけちみつひで》の居城、坂本城があった。

一方、湖岸を北へ向かうと、大津市堅田《かたた》である。堅田の町をさらに湖岸に向かうと、近江八景のひとつ「堅田落雁」の、堅田浮御堂《うきみどう》がある。

元禄四年（一六九一）八月、芭蕉がここで詠んだ句、「鎖《じょう》あけて月さし入れよ浮御堂」については、また後にふれることになるだろう。

浮御堂は、満月寺《まんげつじ》（臨済宗）の一堂で、湖岸から細い橋で突き出た湖中にぽつりと建てられ、湖に浮かんでいるようにみえる。すぐ横隣りの料亭「魚清楼《うおせいろう》」は、筆者にとっても忘れられぬ所である。室町時代から二百年あまり続くという老舗で、冬は鴨、春はもろこ焼き、夏は鮎会席と、旬の味を生かした料理を出し、座敷からはすぐ右手に浮御堂が見え、真向かいの対岸に「近江富士・三上山」が一望に見える。

夕刻となれば、三上山山頂から正面に、月の出の光がさしてくる。湖面に、初めは細い光の條《すじ》となって映り、次第に湖面をはうように伸びてくる。この情景は、他では見られない風情である。

あるいは、芭蕉が浮御堂にさし入れよと詠んだ月の光は、この湖上に映った月影だったのかも知れないという想いが湧いてくる。閑寂ななかに華やかさをたたえた、驚嘆すべき風情である。

浮御堂は満月寺の一宇であるが、浄土観想を求めた恵《え》心僧都《しんそうず》（源信）が、千体の阿弥陀仏をまつり、水想観《すいそうかん》の修行にはげんだという。

堅田は湖畔の要衝にあたり、古代より重要な拠点となった。堅田衆は、京都の賀茂《かも》神社の日供神人《にちぐじにん》となり、毎日鮒《ふな》を献上し、その代償に漁業権・回漕権の特権を与えられた。本福寺《ほんぷくじ》の記録によると、室町末期に沖の島の芦《あし》刈《かり》権までもち、湖上をいきかう船から通行税をとり、「堅田湖賊」とさえ呼ばれた。

また、本願寺《ほんがんじ》を追われた蓮如《れんにょ》が、応仁元年（一四六七）、法難を避けて、当時の本福寺に身を寄せたことがある。また、一休宗純《いっきゅうそうじゅん》が二十二歳の時、この地の祥瑞《しょうずい》寺《じ》の華叟《かそう》和尚の元に身を寄せ、「祇王失寵《ぎおうしっちょう》」の琵琶を聞き「洞山三頓棒《とうざんさんとんぼう》」の公案を悟り、二十九歳で華叟によって法を嗣ぐ者とされたのも、当時の堅田の文化水準の高さを偲ばせる。

さて、こうして琵琶湖畔について、その旧跡をたどってみたのも、じつは「湖水の眺望」の前書きだけであげられた、

辛崎の松は花より朧にて

の一句の謎を理解するためであった。一字一句は、一見してさらりと詠みすてた句ともみえるのだが、じつは、その句意をめぐって多くの謎が錯綜しているからである。

これだけの近江京いらいの古跡。また比叡山、三井寺、石山寺など、天台宗、真言宗の本山。そして一休の禅。また浄土真宗の蓮如の寄寓など、仏教思想のひとつの拠点をなしていることも無視できない。

本福寺の第十一世住職、法橋権律師《ほっきょうごんのりっし》、法号明式《みょうしき》は、京都談林俳諧の中心人物、高政《たかまさ》の門人であった。大津の本福寺別院在住中の貞享二年（一六八五）春、芭蕉が『野ざらし紀行』の旅の途中で立ち寄ったとき、大津の医師尚白《しょうはく》とともに蕉門に入り、千那と号して芭蕉の生活を支え、近江俳壇の基礎をつくった。ここにも、寺社勢力を中心とする俳壇形成がみられる。

さて、「辛崎の松」の名句については、古来多くの論議がある。その論点をあげると、「老松」が「花」に類比されていること。「花より朧」の「おぼろ」の真意が明確でないこと。また俳諧では「かな」と止めるべきところを「にて」と止め、確かな切れでない破格の表現が使われていること。この三つに集約されるようである。

これらの疑問について、其角の『雑談集《ぞうたんしゅう》』にエピソードがある。まず其角が「にて」の方が響きがよいとし、去来はくわえて「是は即興感偶《そっきょうかんぐう》にて」と答えた。後に芭蕉は、其角や去来の話を評して「我はただ眼前なるは」とか「我はただ、花より松の朧にておもしろかりしのみ」としか答えず、去来はこの句を「眼前体《がんぜんてい》」また歌学用語の「見様体」とする。去来はこれを「即興感偶」（『去来抄』）として、芭蕉の言う「物のみへたる光、いまだ心にきえざる中にいひとむべし」（『赤雙紙《あかぞうし》』）と捉えているが、芭蕉はそれも「予が方寸の上に分別なし」「汝等が弁皆理屈なり」と一笑に附《ふ》しているのである。

これは芭蕉の詩学の中核に迫る問題として、また後にあらためて考えることにする。

いまはまず、尾形仂氏の「語釈」などによって、その背景となる語句についてみてみよう。

「辛崎の句」の成立の時と所であるが、貞享二年（一六八五）五月十二日付千那宛書簡に「愚句、其元にての句、〝辛崎の松は花より朧にて〟と御覚えくださるべく候」とあるので、四月末に江戸に帰ったのち、決定稿となったものである。

千那の門人千梅《せんばい》が編した追善集『鎌倉海道』に、「この句、初めは〝松は小町が身の朧〟とも申されしが、師弟（芭蕉・千那）鍛錬の後、〝花より朧〟にはきはまりぬる」とみえるので、初案は「花より」ではなく「小町が身」であったかもしれない。

千那とともに蕉門に入門し、のちに近江蕉門の重鎮となった大津の尚白が編した『孤松《ひとつまつ》』には、「松は花より朧かな」とあるから、この句形も、試案のひとつだったのだろう。

また『鎌倉海道』には、決定稿の句の脇句として、「山は桜をしほる春雨　千那」をあげているから、これを信じるなら大津滞在中、まさに師弟さまざまな工夫をこらした跡がうかがわれる。

さて、どこから松を眺めたのかを推察すると、其角の『雑談集』に、「大津尚白亭にて」と前書きがみえ、尚白撰『忘梅《わすれうめ》』に「この家（尚白亭）にての発句にして、その短冊を珍蔵せり」とあり、また尚白追善『夕がほの歌』に「そのかみ、翁〝辛崎の松は朧〟と吟ぜしは、師（尚白）が北窓の眺めなり」とあり、これらに従えば、大津の尚白亭での吟ということになる。

尚白の屋敷は、古図によれば大津の旧枡屋《ますや》町にあり、『大津珍重記』によれば物見台が三階にあったという（滋賀俳文学研究会『近江の俳蹟』による）。

千那はのちに堅田本福寺の住職となったが、当時は大津今颪町《いまおろしちょう》の別院にいた。この句の詠まれたのが尚白亭か千那亭かの議論があるが、いずれにせよ、大津からの眺望を詠んだものである。

さて「辛崎」は、大津から湖を北へ四キロほどあがった湖浜に位置し、唐崎とも、可楽崎、韓崎などとも書く。

日吉大社の古記によると舒明《じょめい》天皇五年（六三三）琴御《ことのみ》館《たち》宇《う》志丸宿弥《しまろのすくね》がこの地に住し、「唐崎」と名づけた。その妻で現在の祭神である女別当命《わけすきひめのみこと》がこの地に松を植えて、持統《じとう》天皇の治世（六九七）に唐崎神社を設けたと伝える。

享保八年（一七二三）に膳所藩の命で編まれた近江の地誌である『近江輿地志略《よちしりやく》』によれば、韓崎は天皇の災厄を祓う平安京の大七瀬《おおななせ》の祓所《はらいどころ》の一つとして、『蜻蛉《かげろう》日記』にみえ、又日吉神の御旅所《おたびどころ》でもあった。

日吉山王、毎年四月申《さる》の日の祭礼に、神輿渡御《とぎょ》の事は、神輿大宮より下り、八ツ柳（略）船にて一散に漕《こぎ》つれ、辛崎松の辺の湖上に浮ぶ、膳所より来る神供船は音楽を奏し、七人の童は猿の形を真似《まね》神供を湖上に散す、大宮一社の神供は神輿へそなへ、社人白幣葉茶一袋を添て船より船へ贈り日吉の社人へ渡す、神供船より相図《あいず》の太鼓を打てば七社の神輿又一散に若宮の浜へ還御《かんぎょ》なし奉る。

（『海道図会参宮図会』）

また、古来、唐崎をうたった和歌は枚挙にいとまがない。ほんの一例を挙げることにしよう。

やすみしゝ我大君の大御舟《おおみふね》
まちかこふらむしがのから崎
（舎人吉年《とねりのよしとし》『万葉集』）

月影は消ぬこほりと見えながら
さゞなみよする志賀の唐崎
（藤原顕家《あきいえ》『千載集』）

みそぎするけふから崎におろすあみは
神のうけひく印なりけり
（平祐挙《すけたか》『拾遺集』）

われ見ても昔は遠くなりにけり
　ともに老木の唐崎の松　（藤原為家《ためいえ》『続《しょく》拾遺集』）

神代より変はらぬ松も年経りて
　行幸《みゆき》久しき志賀の唐崎　（法印延全《ほういんえんぜん》『新拾遺集』）

さざ波の志賀の辛崎さきくあれど
　大宮人の舟待ちかねつ　（柿本人麻呂《かきのもとのひとまろ》『万葉集』）

中国の瀟湘八景にちなんで、近江八景をえらび、そのなかに「唐崎夜雨」をとりこんだのは、明応九年（一五〇〇）のことで、近衛尚通《このえひさみち》による。天正年中（一五七三～九二）、初代の松が大風に吹き倒され、同十九年（一五九一）に植えつがれたとき、尊朝《そんちょう》法親王の「唐崎松記」がそのいわれを草している。

それによると、「天智の御宇《う》に栽る所、天正中山門再興の事ありて日吉の祭礼もかたの様に取り行はれ」たとあり、日吉大社の神事への想いが秘められていることも見逃せない。この初代の松は天正九年（一五八一）の大風によって倒れた。そこで大津城にいた新庄駿河守《しんじょうするがのかみ》が、天正十九年にあらたに植えられたとのことである。この二代目が、土地の伝えでは、「松の囲五尋《ひろ》高三丈余、数千の枝葉四方へ繁く、遠く眺《ながめ》れば翠巒《すいらん》の如く近く視《み》れば蟠龍《ばんりゅう》に似たり」とある（『増補 大日本地名辞書』）。高さ十メートルほどもあったこの松も、大正十年に枯れ、現在の松は三代目である。

さて大津からみて、唐崎神社の小さな松林の中から、この辛崎の松だけ一本ぬきんでているが、松の眺めは必ずしもさだかではなく、歴史的にも伝承にも「朧」ととらえられた所以で、一句の季語は「朧」である（尾形仂氏）。

初案の「小町が身の朧」からは、和歌の伝統をうけて、天智王朝いらいのはなやかな昔の夢への回顧の情がただよっている。

また、西湖《さいこ》に対して伝説の美女、西施《せいし》を連想する漢詩の通例をふまえながら、大津市逢坂山の今の長安寺《ちょうあんじ》の地にあった関寺《せきでら》にちなんだ、謡曲『関寺小町』の老女の面影をも連想させる。ちなみに、『関寺小町』は、能の最奥の演目とされる三老女もののひとつで、老いた小町が、七夕の夜、関寺の僧と歌道を語り、昔を想いつつ舞を舞う秘曲である。

老松の姿を「花より朧」と言い切ったのは、その比喩による間接表現を直接表現に改めたもので、「花」は眼前の嘱目であるとともに、支考《しこう》が『俳諧古今抄《こきんしょう》』に指摘している「むかしながらの花」と重層的にひびかせている。

平忠度《ただのり》が「さざ波や志賀の都は荒れにしを昔ながらの山桜かな」（『千載集《せんざいしゅう》』）と詠んで、「山桜」を「むかし長《なが》等《ら》の花」として、その単純な「花」の語の拡がりを持たせたのと同様に、芭蕉もまた幽遠にしてはなやかな幻想をつみ重ね、寂びの中に艶の色をただよわせ、佇立する老松によせる感嘆の情を深めている。

また、「松は花より朧」と同じく、「かな」と止めるところを「にて」と止めた破格の余情の表現については、先にふれたように、『雑談集』や『去来抄』に議論がある。芭蕉は「予が方寸の上に分別なし」などと、一見韜《とう》晦《かい》しているように見えるが、尾形氏によれば、

> 当時としては、（略）その破格の表現に、〝俳諧〟の風狂のよろこびを見いだしていたと見たほうが、真相に近かろう。そうした戯笑性からいえば、「朧」の発想の一因に、辛崎の傍を流れて湖水に注ぐ川に「朧が池」の名のあることを探り、「朧にて」の止めに、慈鎮《じちん》和尚の詠と伝える「唐崎の松は扇の要にて漕ぎ行く舟は墨絵なるらん」（『近江輿地志略』所引）の伝誦歌との関係を尋ねてみるのも、まんざら無稽の穿鑿《せんさく》とはいえないように思う。（尾形・前掲書）

と、止め、さすがに俳諧の要を衝いた見事な解釈となっている。

本章で近江京について紙数をついやしたのも、芭蕉が、のちに大津近郊に「幻住庵」をむすび、「魂呉楚東南に走り、身は瀟湘・洞庭に立つ」とまで心境を吐露した由縁を紹介し、あわせて蕉風の中核を衝く「眼前体」について、この後検討を試みたいと思っているからである。

三十五章　美濃の木因《ぼくいん》

「辛崎の松」の句に示された、言語の類比性さえ拒絶する超脱孤独の、深淵な境地を考えるうえで、大垣の木因《ぼくいん》との関係を見直すことは、きわめて有効である。

　芭蕉は、貞享元年（一六八四）八月、初めての文芸行脚に出発し、貞享二年四月末、甲州街道を経て江戸に帰る。その間のおよそ九カ月の旅が、『野ざらし紀行』の旅である。

　この旅は冒頭の有名な句、

　　野ざらしを心に風のしむ身かな

の一句によって、一般に何の用意もなく、ただ孤独で、悲愴な俳諧求道ひとすじの旅であったかのように受けとられる。そこでは、飄々たる侘びしさに身を委ねた、悽愴な黒衣の旅人の姿が、ひたすら寒風のなかを黙々と歩いてゆく姿が偲ばれる。

　その想いは道中吟の、

　　猿を聞く人捨て子に秋の風いかに

　　いかにぞや、汝《なんじ》、父に悪《にく》まれたるか、母に疎《うと》まれたるか。父は汝を悪むにあらじ、母は汝を疎むにあらじ。ただこれ天にして、汝が性《せい》のつたなきを泣け。

という富士川《ふじがわ》の傍での文句によって、増幅されてゆく。さらに、この句は杜甫《とほ》の「秋興八首」の註として「言フココロハ、我カツテ聞ク、峡中《きょうちゅう》猿《さる》啼《な》クコト三声、客涙オノヅカラ堕《お》ツト。今我ココニ在リテ猿ヲ聴キテ旅情惨切、三声ノ涙已ニ実ニ下ル」と描写することと相俟《あいま》って、いっそう、悲愁《ひしゅう》の想いが深まってくる。

　こうして、『野ざらし紀行』は、悲憤慷慨の基調低音によって流れてゆくかに想われる。

　もちろん、それをすべて否定することは出来ない。

　さらに、山中《やまなか》・不破《ふわ》を過ぎて、ようやく大垣《おおがき》の船問屋の主人で、延宝末いらい芭蕉と親しかった木因のもとにたどりついたが、その時の句も、

　　死にもせぬ旅寝の果てよ秋の暮

と、野ざらしの白骨となって、いつ果てるやも知れぬ旅として、ふりかえっている。

しかし、同時に、諸氏の指摘するように、「大垣の一節は、いわば第一部ともいうべきこれまでの紀行の流れに終止符を打ったものと見ることができる」「紀行文の流れの上にも、また第二部の新しい展開がもたらされることになる。季節も秋から冬へ移る」とする読み方もある。

その区切りを示すように、絵巻では大垣の本文と桑名の本文の間に、長い風景の画面が描かれている。

大垣では、美濃・伊勢・尾張の俳壇の中心人物ともいうべき木因との交わりから、急に、人間関係がひろがる。江戸のプロの俳諧師として、芭蕉が東海・近畿の俳壇に広く紹介されることとなった。ここでは歓迎されて二カ月近く逗留し、多数の門人もできた。

さて、そのいわば、第二部の中核人物ともいうべき木因による歓待ぶりは、事情を知らぬ読者には、一見異様といっていい。

木因の『桜下文集』によれば、大垣から桑名へと芭蕉を案内する途中、次のように記す。

侘び人二人あり。やつがれ姿にて狂句を商ふ。（略）紙子かいどりて道行をうたふ。

歌物狂ひ二人木枯《こがらし》姿かな　木因

もしこれが初めての出逢いなら、ここまで悲愁を吟じつづけてきた芭蕉に対して、礼を失していると言ってもいい。

しかも、『野ざらし紀行』の次の句は、この木因の句との酬和を受けているにちがいない。

名古屋に入る道の程、風吟ス
狂句木枯《こがらし》の身は竹斎《ちくさい》に似たるかな

もっとも、「物《もの》狂ひ」というのは、単なる精神の異常ということではなく、日本の古語で「もの」も物質ではなく、神霊が人間に憑《つ》いて神がかりの状態になり、歌い舞う、その動作を舞踏化した芸能をいう、とする。

また、芭蕉は後の『笈《おい》の小文』の冒頭で、「かれ（われ）狂句を好くこと久し」と自画像を描いている。本来、正雅なるものからはずれた、逸興の詩として誕生した俳諧は、もともと「狂句」――風狂の詩句――であり、「句商人《あきんど》」の句文における二人の道行をみると、その「狂」を逆手に取り、風狂の戯謔性を謳歌する色が濃い。

　しかし、それについてはさらに考えるとして、『紀行』で、このような「悲愁」から「風狂」へ、二人の大家が、ある意味で連句という、いわば真剣勝負の言語世界のなかで、そのように変身することができるであろうか。

　ともあれ、芭蕉と木因の出逢いと共鳴の深さを理解するためには、両者による以前の交流について、確認する必要がある。じつは、木因とは江戸で深い応酬があった。『年譜大成』に収められた書簡からうかがってみよう。

　時は、延宝九年（一六八一）、芭蕉は三十八歳、技巧遊戯的な宗因《そういん》風がマンネリ化し、全国的にゆきづまり、天和にかけて、打開に挑む指導的俳諧師たちは競って新奇を求めたが、いずれも模索の域を出なかった。

　折から、この年の春、門人李下《りか》からバショウ一株を贈られ、草庵の庭に植えて「芭蕉庵」を庵号として愛用しはじめていた。

　さて、同年（九年九月、天和に改元）は、芭蕉が新しい境地へ踏み出した年として記念される。

　まず三月に刊行された菅野谷高政《すがのやたかまさ》編『ほのぼの立《だて》』の序に「当風」の範として三句あげられたなかに、次の芭蕉の句があり、俳壇の注目を浴びた作として知られる。

　枯枝にからすのとまりけり秋の暮

　五月十五日には、高山伝《たかやまでん》右《え》衛門《もん》（麋塒《びじ》）宛書簡で、評を求められた連句巻《まき》を古風だと難じ、俳風変革期に処して最新の風と自負する句作の狙いと付句の作例を示す。

　その要点だけを紹介すると、

（略）尤も感心少なからず候へ共《ども》、古風のいきやう多く御坐候ひて一句の風流おくれ候様に覚え申し候。（略）其上《うえ》、京大坂江戸共《とも》に俳諧殊《こと》の外古く成り候ひて、皆同じ事のみに成り候折ふし、所々思ひ入れ替り候を、宗匠たる者もいまだ三四年已前の俳諧になづみ、大かたは古めきたるやうに御坐候へば、（略）句作のいきやうあらまし此《かく》の如くに御坐候。

として、例句をあげている。

芭蕉が、これほどあからさまに俳諧の古風を排し、新風創造への熱意を語っているのには驚きを覚える。

　さらに六月中旬、池西言水《いけにしごんすい》編『東日記《あずまのにっき》』に、発句十五が入集した。その中から筆者の眼にとまる新風の数句を例にあげてみよう。

藻にすだく白魚やとらば消えぬべき
夜《よ》ル窃《ひそか》ニ虫ハ月下の栗を穿《うが》ツ
雪の朝独り干鮭《からざけ》を嚙《かみ》得タリ
石枯れて水しぼめるや冬もなし

この頃すでに「白魚」や「石と水」などの主題がとりあげられ、これが、後に名句となって成立していることを想いあわせると、その詩想と作品の深さが思い知られる。

さて、この新鋭の芭蕉の名は、東海・関西の俳壇にも知られていたのであろうか。日付に注意してもらいたい。意外な事実に出逢う。

七月二十四日は、東下中の大垣俳人谷木因らと連句の会を催している。

七月二十五日には木因宛書簡を執筆。前日の会のこと、この日素堂《そどう》訪問の打合せなどを記している。その書き出しを紹介しよう。

御手紙　忝《かたじけな》く拝見致し候。昨日終日、御草臥《くたびれ》なさるべく候。されども玉句《ぎょっく》殊の外出来《しゅったい》候ひて、拙者に於いて大慶《たいけい》に存じ候。

その後、個々の作品の文句について、具体的な意見を交換している。

且《か》つ又今日の儀、天気此分《このぶん》に御坐候はば御同道申《もう》し度《た》く候。（略）天気あしく御坐候はば私宅にて語り申すべく候間、必ず必ず昼前より御入来《ごじゅらい》待ち奉り候。（略）いづれの道にも御逗留《ごとうりゅう》もすくなく候へば、しばしづつなり共御意《ともぎょい》を得度く候。以上。
七月廿五日　　ばせを
木因様

まことに交友の熱意のあふれる書簡である。

さらに七月には、素堂・木因と三物《みつもの》をものしている。「三物」とは、歌仙の巻頭である発句・脇・第三のことで、門の高揚や俳人としての抱負を託したものも多い。この三物を清書して木因に与えるに際しての書簡がある（日付欠）。

今朝は御意《ぎょい》を得、珍重《ちんちょう》、今少々に罷《まか》り成《な》り、扨《さて》々御残り多く存じ奉り候。（略）明日御隙《ひま》に御坐候はば、朝の内にも御入来《ごじゅらい》成さるべく候。此度《このたび》返す

返す御残り多く、尽し難く候。以上
尚々短尺《たんざく》弐枚、其角《きかく》へあつらへ、明朝取りに遣《つか》はさるべく候。以上

木因大雅のおとづれを得て
秋訪《と》はばよ詞《ごと》はなくて江戸の隠《いん》　素堂
鰡《はぜ》釣りの賦《ふ》に筆を棹《さお》さす　木因
鯒《こち》の子は酒乞ひ蟹は月を見て　芭蕉

また、翌天和二年（一六八二）二月上旬には、木因に宛て、「鳶《とび》の評論」と呼ばれる書簡を送っている。同月下旬には、木因より返答書簡があり、互いに機知をもって応酬している。

この「鳶の評論」だが、理論的な評論ではなく、一種の俳諧的な遊び、あるいは謎と冗談のかけあいである。だが、そこに、また両者の違いがうかがわれて、興趣がつきない。その背景から滲み出る句作や人柄が、この後の両者の交友の接点を裏づける手掛かりともなるのである。

さて手紙の本文は候文で、今日ではいささか読みづらいが、訳文ではその文章そのもののニュアンスにある微妙なユーモアの味が損なわれるので、原文のまま紹介する。

［芭蕉からの往信］
当地或《ある》人、附《つけ》句あり。此《この》句江戸中聞く人御座無く、予に聴評〔批評〕望み来たり候へ共《ども》、予も此付《つけ》味《あじ》弁じ難く候。之《これ》に依つて御内議〔内々の相談〕の為申し進じ候。御聞き〔おたずね〕定めの旨趣《ししゅ》、ひそかに御知らせ下さるべく候。東武〔東府、江戸〕へひろめて愚〔自分をへりくだっていう〕の手柄に仕《つかまつ》り度《たく》候。

附句
蒜《ひる》の籬《まがき》に鳶をながめて
鳶のゐる花の賤屋《しずや》とよみにけり
二月上弦　ばせを
木因様

［木因からの来信］
花牒《かちょう》〔風流の文〕拝見、或《ある》人の附句《つけく》、貴丈《きじょう》御聞定め之《これ》無く、之に依つて愚評の儀、予猶《なお》考へに落ち申さず候故《ゆえ》、残念ながら返進に及び申し候。随つて下《やっ》官《がれ》去《いんぬ》る比《ころ》在京の節、古筆一枚〔古筆ぎれ＝古筆切、主として奈良・平安・鎌倉時代のすぐれた筆蹟の経巻・和歌類などを、数行または色紙形に切断したもの〕相《あい》求め候。此《この》キレ京中定むる人之《これ》無く候。何《いず》れの御代

の撰集にや、貴丈御覚え候はば、ひそかに御知らせ下さるべく候。花洛《からく》〔花の都・京都〕にひろめて愚の手柄に仕り度く候。

菜薗集《さいえん》　巻七
　春　誹諧歌
蒜のまがきに鳶をながめ侍りて
鳶の居る花の賤屋の朝もよひ
　真木立つ山の煙見ゆらん
二月下弦　　　　木因
芭蕉翁

さらには二月下旬頃、芭蕉は濁子《じよくし》（推定）宛書状を書き、「鳶の評論」の木因の機知を賞し、この評論の意図を明かしている。

杭瀬河《くいぜがわ》の翁《おきな》こそ予が思ふ所にたがはず、鳶の評、感会奇《き》に候。江戸衆聴く人なきと申し候は聊《いささ》か偽り、彼翁《かの》が心に謀《はか》らん為に候。（略）日来《ひごろ》彼翁《かの》、此《この》道知りたる人と定め置き候へば、聊《いささ》か了簡《りようけん》引き見ん為、書き付け遣はし申し候処、愚案一毫《いちごう》の違《たが》ひ御坐無く、誠に浅からず候。

これを註すれば、面白みが半減するが、本来は「鳶」とあるのに、付句に鳶とかさねて付けることは、効果を殺しあうことになるので、不適切とされていた。

木因の返事は、これを謎かけの冗談と見破って、わざわざ論ずることもなく、さらりとやりすごし、逆に古筆を手に入れたというフィクションで答え、かつ、見事に伝統にのっとって俳諧歌として再生してみせた。見事な、いかにも京の伝統に立つ笑いの返事を、文末まで芭蕉の「愚の手柄」というジョークを用いて答えていることに、芭蕉は感心しきりである。まことに芭蕉ならずとも、感嘆せざるを得ない。

ここに、両人の、いわば激しいともいえる競いがみられるが、これは、書簡でなくては分からない肉声をきくようで、真に迫って面白いばかりではない。二歳ちがいで芭蕉が年かさ、共に季吟《きぎん》の相弟子同士であり、関東と関西との当今の俳壇を代表するリーダーのぶつかり合いが、後の俳諧の途の行方を暗示しているように思えるからである。

かりに、これを「諧謔」の質という点からみれば、後に大垣での両者の出逢い、新風の共通項として、今までとりあげてきた「狂句」の意義の微妙な相違さえうかがわれるのである。

芭蕉の仕掛けた句は、格をあえてそらし、破った破格の狂句であるが、木因は、それをやんわりと受けとめ、京の伝統的詩歌の上に据え直し、パロディーとして優雅にみせている。

ここに両者が同じく狂句という新風をいうとき、芭蕉はどこまでも、破格さえ恐れず不条理な「狂」にまでつきすすむのに対し、木因はすぐれた教養と技術を持ちながらも、あえて破格の一歩手前で洒落《しゃれ》のめし、風狂の風雅な枠を護ろうとしているように思われる。じつに興味深い書簡の応答である。

だが、後に元禄二年（一六八九）、芭蕉が『おくのほそ道』の旅を大垣で終えた時、芭蕉は面会はしたものの『おくのほそ道』本文では、木因を黙殺する。それについては、二十九章で述べたとおりである。

木因の側でも、芭蕉没時に、美濃俳人の中でただ一人悼句《とうく》を寄せなかった。

様々な臆測はあるが、確たる事情は分からない。尾形氏の

> 畢竟《ひっきょう》は文芸上の疎隔が因と見るよりあるまい。（略）『おくのほそ道』が、志を同じくする親しい友に対する生前のかたみとして書き残されたものであることを、わたくしどもはそうした面からも改めて肯《うべな》うことができるであろう。

という説におちつくのが妥当であろう。

こうしてみると、芭蕉と木因の「新しみ」探求の句境の焦点は、江戸での「鳶の評論」でも、すでにうかがわれたように、いわば俳諧における「狂句」の「狂」の解釈と深化をめぐる点に集約できる。

「狂」は、すでに室町時代、有名な一休宗純《いっきゅうそうじゅん》の漢詩集の『狂雲集《きょううんしゅう》』という題名で、大きくクローズアップされた詩風ともいえる（拙著『一休』）。

白川静《しらかわしずか》の『字通』（平凡社）によれば、「狂」の字は「魂振《たまふ》りの意があり、古くから理性と対立する逸脱の精神として理解された。清狂・風狂なども、日常性の否定に連なる一種の詩的狂気を示す語であった」と註されている。

一方、俳諧の「諧」だが、同じく『字通』には「祝禱して神を迎え、神が相伴うて偕《とも》に降る意」とする。ちなみに「俳」は、「戯《たわむ》るるなり」とあり、「俳諧」は、「おかしみ。おどけ」とある。

要点をつなげると、日常性を排し、神意にそって、戯れるということである。

この「理性と対立する逸脱」とは、どこへ向かうであ

ろうか。合理性を排する地点、判断停止のとき、姿をあらわす神意とも神秘とも、超越性ともいえる、言語学的にいうなら主体的実在性とも、「実存」という哲学者もいる。

　この意味を端的にあらわすのは、ベルクソンの『笑い』の中の次の文章である。

　　私は感覚なりあるいは意識なりの構造に本具していて、見、聞き、考えるいわば処女的な仕方で直接に顕現する自然的超脱のことをいうのである。

　この合理的解釈を超えた非常識＝不条理（l'absurdite）は、悲劇的または逆に喜劇的な形であらわれる。つまり、悲劇と喜劇の起原は同じであって、人はその不可思議を前にして、ただ驚倒し、かつは笑い、かつは泣くという行為を誘発する。そこにこそ俳諧の二面性があるといっていい。

　芭蕉が『野ざらし紀行』の旅に、通説のように、何の資金的当てもなく出発したのは、単なる逃避的悲愴感でもなく、楽天的な旅へのあこがれでもなかった。

　芭蕉は天和二年（一六八二）十二月の江戸大火で、着の身着のまま江戸を脱出した。翌天和三年五月、江戸へ帰着するが、同月、其角編『虚栗《みなしぐり》』の跋文で初めてといっていい俳論を発表した。その主旨は「其《その》語震動、虚実をわかたず」の一語につきている。つまり、言語表現を定義することは出来ないという宣言であった。そして、その冬、知人の助力で新芭蕉庵に入り、翌貞享元年（一六八四）八月中旬頃、『野ざらし紀行』の旅にでたのである。

　つまり、この旅は、いわば情にまかせた放浪ではなく、禅林風の悲愁と、日本民俗の詩歌のもつ、祝祭性と諧謔性の接点を求めて、「新しみ」への厳密で計画的な旅であった。

　木因の誘いもその一因となったわけだが、そこでは歓待を受けながらもなお、狂句の極致を求めての「鳶の評論」いらいの相違を一層明確にするものでもあった。

　それを十分意識したのが、言語の類比性さえ拒絶する「辛崎の松」の句であり、去来《きょらい》の伝える「即興感偶《そっきょうかんぐう》」という論理的、合理性を一切捨て去ったとき、芭蕉に見えたる「狂」の世界、すなわち悲劇と喜劇の原点である宇宙的実存への超脱であった。沈黙のうちにしか無限は表現できない。

　それを恐れず、あえて句にしたところに、芭蕉の「狂」の真相があった。しかし、この超越性を体験把握することは、その人によってしか出来ない、超脱孤独の境地であり、東西古今の神秘宗教家の少数と、また孤独な芸術家として生きた天才、数人にしか把握されえないものである。

木因は賢明にも、その寸前で魔境に踏みこまずに、止まることを知っていた。芭蕉は、しかし、あえて「辛崎」の一句に出逢って、こうして「新しみ」を求める旅の目的を果たした。あとは帰東しかなかった。

こうして、紀行の第二部は幕を閉じる。帰路は極力地の文を省き、絵巻の画面構成も初めにもどる。改めて旧友との「邂逅と離別」をくり返しながら、「惜別」を経て、「甲斐の山中に立ち寄り」、江戸への帰庵を果たしたのは、貞享二年四月末であった。

なお、この帰途に詠まれた一見淡々としても、深い想いを込めた佳句については、ひきつづき紹介しつつ、さらに芭蕉に「物のみへたる光」を極めてゆくつもりである。

三十六章　ものの光

三十四章で、「辛崎の松は花より朧《おぼろ》にて」の句を読みとくキーワードとして、『去来抄』に伝える「即興感《そっきょうかん》偶《ぐう》」と、土芳《どほう》による『三冊子《さんぞうし》』にある「物のみへたる光」をあげた（388ページ）。

ここでは、芭蕉の詩の本質、ひいては日本文芸における思想的美学的な原点を、それによって、もう少し考えてみたいと思う。

一言にしていえば、「俳論」ということになるが、つきつめれば、それは作品そのものに即して、自らの心と世界を感動をもって了解することであるから、結論は、すでに出ている。つまり、私たちは厳密な意味での美とは、誰かが言ったとおり、「もって沈黙すれば足れり」ということになるほかはない。

しかし、同時に、私たちは先人たちの様々な方法による分析や解釈を通じて、ある程度、その沈黙の美の真相に、少しずつでも迫り得るのではないだろうか。その道が詩論、俳論ということになるのではないか。

芭蕉は、その思想について、直接自ら書き残したものは、なかった。強いて言えば『笈《おい》の小文《こぶみ》』の「造化《ぞうか》に随《したが》ひて四時《しいじ》を友とす」という重要な言葉や、「柴門《さいもん》の辞（許六《きよりく》離別ノ詞《ことば》）」（元禄六年〈一六九三〉）に、「予が風雅は夏炉冬扇《かろとうせん》のごとし。（略）ただ釈阿《しやくあ》・西行のことばのみ、（略）後鳥羽《ごとば》上皇のかゝせ給ひしものにも、『これらは歌に実《まこと》ありて、しかも悲しびをそふる』とのたまひ侍《はべり》しとかや。（略）猶『古人の跡をもとめず、古人の求《もとめ》たる所をもとめよ』と、（略）風雅も又これに同じ」の文があるだけだ。

しかし一方、芭蕉が創作実践の間に弟子たちと応対して発した、具体的かつ印象的な説話は、門人たちによって「聞き書き」され、数多く残されている。そのすべてを、ここであげることはしないが、去来の『去来抄』、許六《きよりく》の『俳諧問答』『宇陀法師』、支考の『葛《くず》の松原』、其角の『雑談集《ぞうたんしゆう》』のほか、もっとも重要とされる、やや体系的な意図の見える土芳の『三冊子』などがある。

したがって、ここでは、まず芭蕉の句の本質に迫るものとして、『去来抄』と『三冊子』によって重要な鍵となる芭蕉の言葉をさぐってみよう。

「辛崎の松」の句は、去来、土芳の両者によって論じられる点でも重要である。そこでまず、『去来抄』の本文をあらためて検討して、俳論として読んでゆこう。

その冒頭、第一句として掲げているのが「辛崎の松」である。「かな」ではなくて「にて」とした論議については先にふれた。つづいて、

——呂丸曰く「にて留《どめ》の事は、已に其角が解有り。又、此《これ》は第三の句也。いかで、ほ句とはなし玉ふや」。去来曰く「是は即興感偶にて、ほ句たる事うたがひなし」。（略）先師〔芭蕉〕重ねて曰く「角・来が弁皆理屈なり。我はたゞ花より松の朧にて、おもしろかりしのみ」と也。

（『日本古典文學大系66　連歌論集俳論集』岩波書店）

せっかく去来が「即興感偶にて」と説明したのに対しても、芭蕉はつまり、論理的解釈は不可能だというのである。では、手掛かりとしては何があるのか。「おもしろかりしのみ」とある。

しかし、「即興感偶」は、たまたま風景をみて、考えることなく瞬間に即感動をもよおしたとして、よく芭蕉の心を言いあてているというべきで、芭蕉が「おもしろかりし」としか言えないのは、抽象的な漢語表現をきらい、日本的和語「おもしろかりし」と体験感覚を重視することで、理屈を排除したものであろう。

しかし、芭蕉は、去来をあながち否定したわけではなかった。あえていえば、「おもしろかりし」にはなによりも、主体的具体的体験をむしろ強調しているといえるだろう。

それは『去来抄』に第二の句としてあげられた、近江の情景を詠んだ有名な次の句に、以下のように述べていることからも明らかであろう。

行く春を近江の人とおしみけり　ばせを

先師曰く「尚白《しょうはく》が難《なん》に、近江は丹波《たんば》にも、行く春は行く歳《とし》にも、ふるべし、といへり。汝いかゞ聞き侍《はべ》るや」。去来曰く「尚白が難あたらず。湖水朦朧として春をおしむに便り有るべし。殊《こと》に今日の上に侍る」と申す。先師曰く「しかり。古人も此国に春を愛する事、おさ〳〵都におとらざる物を」。去来曰く「此一言心に徹す。行く歳近江にゐ玉はゞ、いかでか此感ましまさん。行く春丹波にゐまさば、本《もと》より此情うかぶまじ。風光の人を感動せしむる事、真《まこと》成る哉」と申す。師曰く「汝は去来、共に風雅をかたるべきもの也」と、殊更に悦《よろこ》び玉ひけり。
（前掲書）

ここでは、去来が名誉回復して認められたことを述べている。

まず、尚白の発言の最後にある「ふるべし」だが、ふる［振る］は俳論の用語で、「ふりかえる」の意。井本農一氏の註に「句中の語や素材が置きかえ得ること。すなわちその表現の必要性がないこと」とある。つまり、尚白の批判は場所も別に「近江」とは限らず「丹波」でもよかろう、「行く春」は「春」でなく「歳」にもかえられるだろう、ということで、句の独創性を否定した非難といえる。

去来の反論については、尾形仂編『芭蕉ハンドブック』所収の「芭蕉鑑賞辞典 俳論」に、「湖水朦朧として」を、「宋代の詩人蘇東坡《そとうば》の『西湖』（『聯珠詩格《れんじゅしかく》』二）の詩に『山色朦朧トシテ』とあるのをふまえたもの。芭蕉は、湖や入り海の景を目にした時、この詩を念頭に浮かべて、西湖に遠く思いを馳せ、西湖と二重映し的に詠むことが多かった」と註しているのが参考になる。「殊に今日の上に侍る」とは、「現在の体験と実感にもとづいている」の意（尾形編・前掲書）。

つまり、古今内外の詩歌の伝統の上に立っていること。それと同時に、古典だけではなく、実際に、芭蕉が現在として体験した実感に基づいている、という二つの一見相反することのうちに、句の托された風景の宇宙的イメージを提示したものである。

これを受けて先師が「しかり」と力強く肯定して、「古人も此国に春を愛する事」として、文芸の伝統に立っていることを指摘している。それを受けて去来が「此一言心に徹す」という「一言」は、直接体験と古典的詩歌の伝統を重ねて融合して深い感動を覚えたものである。そしてさらに、その源となったものとして、「風光の人を感動せしむる事、真成《まこと》る哉」とくくっている。

そこで芭蕉が「『共に風雅をかたるべきもの也』と、殊更に悦び玉ひけり」と答えてくれたことは、去来にとっても、大きな悦びと名誉であったことであろう。

いかに「辛崎の松は花より朧にて」の句が、芭蕉の「風雅の誠」の原体験として、深く重いものであったかが明らかにされている。つまり、この一瞬の風景のうちに、「古人の伝統的詩情を媒介として、万古不変の対象の固有の生命――いわゆる『本情』――をとらえようとするのである（傍点栗田）」。

さらに、「一瞬の個的で偶然な実感は、そこまで至りついたとき、普遍的な永遠性をもつものに転化され、かくして作品は詩としての絶対の治定性を獲得する」と尾形仂氏は述べる。

『去来抄』の著者向井去来は、長崎の人。儒家に生まれ、八歳の時父母とともに京都に移住し、苦学して医者になり、貞享の頃芭蕉に入門、元禄三年（一六九〇）、蕉門の代表的撰集であり、俳諧の『古今集』といわれる『猿蓑《さるみの》』の撰者にえらばれた。また元禄二、三、四、七年と、芭蕉を京都は嵯峨《さが》の別荘落柿舎《らくししゃ》に迎えて吟席をともにした。蕉門随一の人格者とされた。

去来の父、向井元升《げんしょう》は、儒教の聖堂、長崎聖堂の初代祭酒ならびに書物改めの職に任じ、江戸時代最初の本《ほん》草書《ぞうしょ》を著わした著名な儒医であった。また、去来の兄震《しん》軒《けん》、弟元成（俳号、魯町《ろちょう》）もともに朱子《しゅし》学者として知られ、震軒には、芭蕉が『幻住庵記』を書くにあたり、その批評を乞うているほどである。

去来の俳論の根底に、朱子学的なものの考え方が大きいのは、この出自によるものである。

ところで、『去来抄』でとりあげた「行く春を」の句は、その成立年について定説がなく、数種の「前書」が伝わる。それは大きく三種に分類できる。

（一）　真蹟懐紙（『芭蕉翁遺墨集』）

志賀辛崎に舟をうかべて、ひとぐ\
はるをおしみけるに

真蹟懐紙（伊賀上野某氏蔵および『堅田集』）

志賀辛崎に舟をうかべて、人ゝ春の名残をいひけるに

（二）　真蹟懐紙（『芭蕉図録』）
四季折〳〵の名残ところ〴〵にわたりて、いま湖水のほとりに至る
真蹟懐紙（『芭蕉図録』解説）
四季折〳〵の名残処ゝにいたる

（三）　『猿蓑』『陸奥鵆《むつちどり》』
望《ンデ》二湖水《ヲ》一惜《シム》レ春《ヲ》（湖水を望んで春を惜しむ）

年代についていえば諸説あるが、元禄三年（一六九〇）の幻住庵での句とみていいであろう。

さて、この「前書」の変化は何を意味しているのであろうか。

（一）の場合、当時の舟行をともにした近江蕉門の人々に対する挨拶の句として詠まれている。

（二）の「前書」は、（一）の対話的な気分を消し去り、その代わりに自己の漂泊の人生に対する独白としている。（一）にあった対話者としての「近江の人」の姿は、（二）でははるかに後景に引き下がっている。しかし、「四季折〳〵の名残ところ〴〵にわたりて」として、行く先々で四季おりおりの花鳥の情を分かち合う友を異にすべき漂泊の人生を偲ばせ、「近江の人」の語は動かすことのできない重さをもっている。

ところが、（三）の場合、『猿蓑』に発表するにさいして、（一）（二）の「前書」を捨て、一句の成立事情を説明するための、いっさいの予備知識を排除している。それは、どう解釈できるだろうか。

和歌の世界における日常贈答の「褻《け》の歌」と、歌会・歌合の「晴れの歌」という考え方をあてはめると、（一）（二）は前者、（三）は後者の「晴れの句」ということができる。

先にエピソードとして紹介した尚白の非難は、じつはこの「晴れの句」の段階ではじめて問題となる。

去来の弁護論には、ふたつの面があった。ひとつには近江の実景にふさわしいということ。ふたつには、去来が「即興感偶」とよんだ芭蕉の実体験によるということ。さらに、その自己の実体験が同時に古人の伝統的詩情に通じるものであることによって、中世以来の歌論等を通じて説かれた「本意」に通ずるものであるということである。

実体験と、伝統的な詩的着想という二つの対極を止揚し、統合することによって、「本意」を超えて、体験によって万古不易の対象の固有の生命——すなわち「本

情」へと、「意」から「情」へという実在的世界の成立を目指したものであり、この「本情」とは、当時の朱子学的世界観にもとづくものであるとされる（白石悌三、尾形仂編『鑑賞日本古典文学第33巻 俳句・俳論』）。

たしかに、論理的に分析すれば、そういう解釈も成り立つのであるが、芭蕉は、しかし、そのような二分化の統合というような概念操作を喜ばなかった。なぜならそれは漢意《からごころ》であって、はたして、日本という自然にあってはじめて実現する詩的言語の成立の実情を明かすものといえるだろうか。

その変化を、ただ「対話から独白へ」とみるよりも、むしろ、それを一元化するひとつの「本情」の成り立ちとして考えたい。要するに、意識として対話から独白へではなく、単純に情況説明を不要とするところまでに句作品の表現として結晶することに心を用い、その結果、一句はそのままで、独立した世界としておのずから成立してゆくはずのものであった。

その微妙な極意を、芭蕉はどう語っているかを見てみよう。

そのキーワードは、土芳の『三冊子』でしばしば語られている。

じつはそれは、「物」＝「もの」という言葉である。

こういうと、あっけなく思われる人もあるであろう。しかし、そうではない。

たしかに、「もの」といえば、今日ではありきたりの「物体」を意味することが多い。

ちなみに、『日本國語大辞典』（小学館）にあたってみると、はたして一に、「なんらかの形をそなえた物体一般をいう。①形のある物体・物品をさしていう」とあり、③として、「対象をあからさまにいうことをはばかって抽象化していう。㋑神仏、妖怪、怨霊など、恐怖・畏怖の対象」と記している。

二は［終助詞］とあり、□□ですもの、などと、不満、反論、甘えの主張。子ども・婦人の表現とある。

三になって［接頭語］として、「なんとなく、そこはかとなく、そのような状態である意を表わす」として、「ものうい」「ものさびしい」「ものぐるおしい」などが例としてあげられ、ようやく「抽象＝物体」から、状態と意味が離れてくる。まさに反転する。

ここから「ものが憑《つ》く」で「怨霊や邪鬼のような何か怪しいものがのりうつる」となる。接頭語としての「もの」がはじめて「怨霊や邪鬼」を示し、形のある物体という語意とは相反する意味のあることが明示されている。

「ものに憑く」となると、「神、怨霊、邪鬼などが、取りつく」となって、芭蕉の『おくのほそ道』の旅立の記から「そぞろ神の物につきて心をくるはせ」を例にあげている。

さらに「もの‐の‐け」【物怪・物気】となると、「人にとりついて悩まし、（略）死霊・生霊」という記述があり、およそ具体的でも抽象的でもない意味が示される。こうして「もの」は『大辞典』の第十九巻、三二九頁から三五六頁までおよそ二十七頁にわたって詳述されているのである。

その記述の流れをみると、「物体」と「怪異」という相反する両義が含まれてはいるが、「物体」として科学的意味が強い。

この『大辞典』が刊行されたのは昭和四十七年（一九七二）だが、一方、平成二年（一九九〇）発行の『岩波古語辞典 補訂版』（初版の発行は、昭和四十九年〔一九七四〕）によると、こちらは小型本で単純な比較はできないが、派生語を含めておよそ七頁でまとめている。つまり、「古語」としては、「形があって手に触れることのできる物体をはじめとして、広く出来事一般まで、人間が対象として感知・認識しうるものすべて。（略）漠然と一般的存在として把握し表現するのに広く用いられた（略）」（傍点栗田）。

そして、以下派生語として、やはり六頁ついやしているが、「もののけ【物怪】」につづいて、「もののこころ【物の心】」として、「物の道理。物の真相。物の真意。（略）」とある。

古くは、存在物の実存在とでもいうべき、きわめて哲学的考察がおこなわれているが、古代の日本人の「もの」に対する深い省察は、近代にいたって、きわめて物理的な物体観へと重点をうつしていることが浮かび上がってくる。「もの」というとき、私たちが途惑う原因はここにある。

しかし、話が転じるが、このような「もの」の意味構造における二重性は、じつは「存在」そのものの二重性をめぐる、現代の哲学的課題の根本問題に通じている。

木田元《きだげん》氏の編著『ハイデガー「存在と時間」の構築』（岩波現代文庫）によると、ハイデガーは『存在と時間』の第二部の、『カントと形而上学の問題』（第四十節）において、次のように言うだけであるとする。

> どんな存在者にも、〈何であるか《ヴァス・ザイン》〉と〈あること《ダス・ザイン》〉、本質存在《エッセンティア》と事実存在《エクシステンティア》、可能性と現実性が〈存して〉いる。ここで、それぞれの〈ある〉は同じことを意味しているのであろうか。

これにつづいて、木田氏は興味ぶかく、次のように述べる。

> プラトン／アリストテレスの思索において〈デアル（本質存在《エッセンティア》）と〈ガアル（事実存在《エクシステンティア》）〉とに分岐し、それと共に〈哲学〉がはじまった、とハイデガーは考えているのである。（略）
>
> われわれ日本人の語感では、〈存在〉と聞くと〈事実存在《エクシステンティア》〉を思い浮かべることはあっても、〈本質存在《エッセンティア》〉を思い浮かべることはない。（略）〈事実存在《エクシステンティア》〉を思い浮かべるといっても、それはいっさいの〈本質存在〉をぬき去られた残り滓《かす》のような〈事実存在〉ではなく、もう少しふっくらした、いっさいの〈本質存在〉を自分のうちから発現させるような〈事実存在〉である（傍点栗田）。

つづいて木田氏は、「サルトルは、……実存主義の根本命題を、〈実存が本質に先行する〉というふうに言明している」というハイデガーのことばを引用し、次のようにつづける。

> 始原の「単純な存在」が自然《フュシス》を指していることは言うまでもあるまい。だが、これが、サルトルに対する批判の要《かなめ》なのだ（「自然」のルビは原著ママ）。

これが、木田氏の結論であるようだ。

少し西洋の哲学用語が続いたが、話の要は「もの」という「日本語」の二重性についてであった。

つまり、日本語の「もの」とは、存在の二極を包含しているともいえる。芭蕉のいう「もの」は、その二極を統一するものとして、自然《ピュシス》（physis）に対する人間の時空をつらぬく体験の証しをあらわしているといえる。

なお、先の『日本國語大辞典』の説明のなかで、補注の（1）として、「『もの』が物体・事柄など、それ自体をいうのに対して、『こと』はそのはたらき、性質、関連などを表わすのに用いる」としているのは、「ものごと」という語にも関連する。今まで論考されていること連関して周到な配慮であるといえよう。

なお、同じく補注の（7）に、語源説として「精霊、神、魔の義〔日本神話の研究＝松本信広・上代貴族生活の展開＝折口信夫《おりくちしのぶ》〕」をあげているのも注目すべきである。

「もの」は、こうしてみると日本のひろくは東洋の意識と存在を孕《はら》んだ重要なキーワードとなる。

芭蕉が、俳諧を論ずるにあたって、「もの」という、いわば、無限定な「ことば」を用いるのは、その底に東洋人としての存在＝自然《ピュシス(じねん)》に対する深い洞察があったと思われる。

今日、私たちが、あらためて「芭蕉」について考える現代的な理由もそこにある。

そこで、折口信夫の愛弟子である山本健吉著の『俳句とは何か』（角川ソフィア文庫）は、明確で大きな示唆を与えてくれる。

同書の目次を紹介すると、Ⅰとして「挨拶と滑稽」があり、そのなかに、「一、時間性の抹殺　二、物の本情　三、時雨《しぐれ》の伝統　四、古池の季節　五、談笑の場」と、きわめて具体的ではあるが、同時に深い思想性をはらむ題目があげられている。

とくに、いま、「もの」を手掛かりに芭蕉の発想をたどるためには、魅力的な目次である。

これらは「もの」を理解するために、あまりに見事な文章なので、解説することも出来ず、要点を引用して、紹介させてもらおう。

> （略）僕は年若い俳人たちとの気の置けない付合いから、極《ご》く自然に俳諧《はいかい》と言うものを学んで来たようである。（略）草田男《くさたお》・楸邨《しゅうそん》・波郷《はきょう》氏等（略）との交渉の上に漾《ただよ》う雰囲気から自ずと体悟したことを言いたいのだ。手っ取り早く言えば、俳句とは付合《つけあい》だ。（略）
>
> どえらい「もの」の堆積――これは「もの」から思想を掴《つか》む最も確実な道である（略）。
>
> 厭うべき俳句のマッスが、僕におのずから明らかにしてくれたものは、俳句固有の方法についてであった。（略）それは次の三つの命題の上に成立する。一、俳句は滑稽《こっけい》なり。二、俳句は挨拶《あいさつ》なり。三、俳句は即興なり。（略）この三つのことは一つの確信（略）に繋《つな》がっていた（略）。
>
> 「情、中に動いて形に言はれ、之を言ひて足らず、故に之を嗟嘆《さたん》す。之を嗟嘆して足らず、故に之を永歌す。之を永歌して足らず、手の舞ひ足の踏むを知らざるなり。」これは『詩序』の言葉である。（略）結局古人も詩歌の持つ時間性への洞察をすでに持っていたことを示している。（略）
>
> 極言すれば、俳句は音数の長さを持たぬ詩なのだ。三十一音が十七音となるまでの間に、時間性の抹殺という暴力的飛躍が遂行されたのだ。（略）
>
> これらの小さな詩型にこめられた意欲は、疑いもなくある一つの認識を目指している。もちろんこれは体験による直観的な真実の把握ではあるが、とにかく感情よりも思惟《しい》の力に多く訴えるものであるこ

とに変りはない。俳句は宇宙の万象に対する的確な認識が含まれることを理想としている。（略）

作品のレアリテを支えるものは、外界ではなく、外界に触れて発する作者の側の発見の驚異だ。俳句はある新しい真実の発見を目指しているのであって、（略）「俳句は哲学だ」という横光《よこみつ》氏の言葉、「和歌は煩悩を詠ひ、俳句は悟りを詠ふ」という虚子《きょし》氏の言葉は、このような俳句の性格に対する洞察を含んでいるものと思われる。（略）

筆者が芭蕉について語るに、ついに東西の哲学的・宗教的な分析方法に頼らざるをえなかった理由もそこにある。

だが俳句が志すものは〔時間の〕波ではない。もっと実体的なもの、一つの刻印である。何時までも消えぬ一つの認識である（傍点栗田）。

同書の「二、物の本情」では、『去来抄』の次の部分が紹介されている（去来の引用は前掲の『古典大系66』）。

凡《およそ》、物を作するに、本性〔本情。本意に同じ。文学的に見たその物の本質〕をしるべし。しらざる時は珍物新詞に魂を奪はれて、外の事になれり。魂を奪はるゝは、其物に著《じゃく》する故也。是を本意を失ふと云ふ。（略）

これについて、山本氏はつづける。

去来のいう意味は伝統的、習慣的な物の見方ではなく、見据《みす》えるという訓練について言っているのであろう。（略）

如何なる既成の観念をもっても「もの」に対しようとはしなかった芭蕉、じかに「もの」に拠《よ》ってしか如何《いか》なる思想にも至ろうとしなかった芭蕉の徹底したレアリスムの精神が、どの程度に門人たちに理解されていたか疑わしい。

以上は、山本健吉氏の簡潔な俳諧の本質論だが、やはり「もの」という語に注目していることを重視したい。「もの」こそは俳諧のキーワードなのである。

ふたたび土芳の『三冊子』にもどって、「もの」をめぐる言説をひろってみたい。

『三冊子』は、『白雙紙《しろぞうし》』『赤雙紙《あか》』『わすれみづ（くろぞうし）』からなる。

必ずしも、この順序は年代によるものではないが、一般に『去来抄』が折りにふれ師との具体的な対話を、忠実にしるしたとされているのに対して、土芳の『三冊子』は、従来の歌学や俳論などを参考にして、やや理論的な構成を考えつつ著述したとされている。

それを幾分考慮して、「もの」を手掛かりにしてたどってみよう。

夫《そ》れ、俳諧といふ事はじまりて、代〻利口のみにたわむれ、先達終《つい》に誠をしらず。（略）しかるに亡師芭蕉翁、此《この》みちに出でて三拾余年、俳諧□□（初て）実《じつ》を得たり。師の俳諧は名はむかしの名にして、昔の俳諧にあらず、誠の俳諧也。されば俳諧の名有りて、其物に誠無きが如く、代〻むなしく押移る事いかにぞや。師も「此みちに古人なし」と云へり。（略）「われはたゞ来者を恐る」（略）

と、芭蕉の目指した前人未到の俳諧への深化を宣言している。つづけて、

むかしより詩歌に名ある人多し。みなその誠より出でて、誠をたどる也。わが師は誠なきものに誠を備へ、永く世の先達となる。

「誠なきものに誠を備へ」とは何か。つまり、誠は既成の対象ではなく、作家の創作するところにあるとする、言語世界絶対主義である。

つづく「〔作者自身の〕見るに有り、聞くに有り、作者感ずるや句と成る所は、則ち俳諧の誠也（傍点栗田）」は、作者の感覚的体験を重視している。

また「客ほ（発）句とて、むかしは必ず客より挨拶第一にほ句をなす。脇も答ふるごとくにうけて挨拶を付け侍る也。師のいはく『脇、亭主の句をいへる所、則ち挨拶也』」は、山本健吉氏の俳諧挨拶論の基というべき一文である。

『赤雙紙』はさらに核心に入ってゆき、まず、「風雅」について思索をふかめる。

師の風雅に万代《ばんだい》不易《ふえき》有り。一時の変化有り。この二つに究《きわ》まり、其本《そのもと》一つ也。その一《ひとつ》といふは風雅の誠也。不易を知らざれば実《まこと》にしれるにあらず。不易といふは、新古によらず、変化流行にもかゝわらず、誠によく立ちたるすがた也。（略）又千変万化する物は自然《じねん》の理《ことわり》也。（略）〔その誠を〕せむるものはその地に足をすへがたく、一歩自然に進む理也。行く末いく千変万化する共《とも》、誠の変化はみな師

の俳諧也。（略）
師末期《まつご》の枕に、門人此後の風雅をとふ。師のいはく「此みちの、我に出でて百変百化す。しかれども、その境、真・草・行の三つをはなれず。その三つの中にいまだ一二をも不尽《つくさず》」と也。

高く心を語〈悟〉りて俗に帰るべしとの教《おしえ》也。つねに風雅の誠を責め語〈悟〉りて、今なす［処の］俳諧にかへるべしと云へる也。常《つねに》風雅にいるものは、おもふ心の色物と成りて、句姿《くすがた》定まるものなれば、取物《とりもの》自然にして子細《しさい》なし。（略）
誠を勉《つと》むるといふは、風雅に古人の心を探り、近くは師の心よく知るべし。其心を知らざれば、たどるに誠のみちなし。（略）
松の事は松に習へ、竹の事は竹に習へと師の詞《ことば》のありしも、私意をはなれよといふ事也。（略）習へといふは、物に入つてその微の顕《あらわ》れて情感ずるや、句と成る所也。たとへば、ものあらわにいひ出《い》でても、そのものより自然に出づる情にあらざれば、物我二つに成りて、その情誠に不至《いたらず》。私意のなす作意也。

さて、「風雅の誠」ということにこだわって、芭蕉の句をひろってきたが、ようやく「辛崎の松」の風景の謎の真相に近づいてきたようだ。『赤雙紙』から引用をつづける。

師のいはく「乾坤《けんこん》の変は風雅のたね也」といへり。（略）時として留《と》めざれば、とゞまらず。止むるといふは見とめ聞きとむる也。飛花落葉の散りみだるゝも、その中にして見とめ、聞きとめざれば、おさまるとその活きたる物だに消えて跡なし。

ここでは「見とめ、聞きとむる」という感覚的徹底が強調されている。
その変化、不易流行のなかで、「物」を見とめるとはどういうことか。

句作りに師の詞有り。物のみへたる光、いまだ心にきへざる中にいひとむべし。（略）是みな、その境に入つて物のさめざるうちに取りてすがたを究むる教也。句作りに、成るとすると有り〔句がおのずからできるというのと、句を作り出すというのと二つある〕。内につねに勤めてものに応ずれば、その心の色句と成る。内を常に勉めざるものは、ならざる故に私意にかけてする也（傍点栗田）。

筆者は、この「もの」だけでなく「物（対象の本質存在）のみへたる光」という「光」が感動的に思える。光は、一瞬の物と物、物と人、人と句の創造という極点の融合した身体的体験の不可思議な実存＝実質的存在の露呈される瞬間を思うからである。本質的存在はたんなる個にとどまるものではなく、全宇宙の絶対的統一のなかにあるからだ。

芭蕉は、辛崎の松の風景に身をおいたとき、その超常体験に遭遇したのではなかったか。その体験をさらに具体的にしるした文章がある。

> 師のいはく「絶景にむかふ時はうばはれて不叶《かなわず》。ものをみて取る所を心に留《とど》めて不消《けさず》、書き写して静かに句すべし。うばはれぬ心得も有る事也。其おもふ処《ところ》しきりにして猶《なお》かなわざる時は書きうつす也。あぐむべからず」となり。師、まつ嶋《しま》の句なし。大切の事也（傍点筆者）。

『おくのほそ道』の旅で、松嶋の絶景を前にして、ついに芭蕉は一句をものこさなかった。しかし、この無言もまた、その宇宙的体験のあり方を示しているともいえるだろう。この文につづいて、

> 師のいはく、「俳諧の益は俗語を正す也。つねにものをおろそかにすべからず。此事は人のしらぬ所也。大せつの所也」と伝へられ侍る也（傍点筆者）。

「もの」とは何であろうか。先の木田元氏の言葉をかりれば、〈存在〉の〈事実存在〉と〈本質存在〉の融合した「稀有な豊かさを秘めた単純なもの」といってもいい。

そして私は、このものについて語るとき、若かりしころ出逢った少年、アルチュール・ランボオの詩が、浮かんでくるのを抑えることが出来なかった。

> また見つかった。
> なにが？――永遠。
> 太陽と去《い》ってしまった。
> あの海さ。
>
> （『永遠』一八七二年一月）

三十七章　芭蕉の詩学

前章では、芭蕉の句と重なって、フランス象徴派の詩人アルチュール・ランボオの詩を想わずにはいられなかった。

私は、詩の語られざるものへ向かおうとすると、いつも、自己の意識の深層へとたちかえらざるを得ない。

すると、そこにはいつも、ひとつの風景が浮かんでくるのである。もちろん、直接なんの関係もないようだが、その意識を超えた原体験へと向かおうとすると、言葉にならない、自らの体験をくぐらねばならなかった。

それが一行の詩句となり、ひとつの観念《イデー》に結晶する。

さていま、芭蕉の「物の光」に想いを凝《こ》らしている

と、中学校、大学時代の間に、戦争直後を過ごした旧制第六高等学校の風景が、ありありと浮かんでくる。

想えば、私たちの世代は、旧制の小学校六年の十二月八日に、「米英と戦闘状態に入れり」という放送を聞き、その翌年の四月、中等学校へ進んだ。昭和二十年、広島に原子爆弾が投下された。学徒勤労動員で通っていた兵器工場の広場に集合して、聴き取りにくいラジオ放送で敗戦の詔勅を聴いたのが、中学四年生の八月十五日であった。

私はその前年に東京から疎開して、岡山一中の三年生に編入されていたが、岡山市も空襲で全焼した。

見渡すかぎり焦土となり、やがて、占領軍のジープが残った街路を疾駆するようになった。それに呼応するように、労働組合運動の赤旗が、駅を中心にひらめいていた。

記憶をたどると、その翌年、昭和二十一年の春、中学校を四年で修了して、第六高等学校に入学したことになる。

私はこの混乱のなかで、一番確かなものは何であろうかと幼心《おさなごころ》にも模索し、また興味をもっていた、数学を学ぶこととして、理科甲類へと進んだ。何より、当時の旧制高校には、教授陣をはじめ、稀にみる、創立以来の自由な自治制度が残っていた。

私たちの一、二年年上の学生たちは、戦場に向かい、やがて生き残った若者だけが廃墟となった日本へ戻ってきた。

混乱した秩序の中で、食糧と住まいを失った人々は、ただ生きるのに精一杯な時代であった。死と生が紙一重

で、共存していた。

しばしば、戦中は軍国主義思想教育が強制されたと伝えられているが、それは、いわば制度としての建前であり、戦争が直接私たちに対して迫ったものは、戦場と本土をかぎらず、すぐ餓死か戦死か、死を眼前にして日々を生きてゆく特殊な限界状況であった。

この世界大戦の中で、アジアだけでなく欧米を含めて、同じ世代の人々の意識において、死が身近にかつ巨大な影として人間を支配したことは間違いない。

したがって、戦後、世界思想は形こそちがえ、意外に世界的な共通項をもち、また歴史感覚においても、おのずから危機的状況を生きぬく思索を共有していたことを、私は実存的危機感という軸であらためて確認することになった。

この貴重な負の体験に基いて、今日では個人的経験としてやりすごされている意識を、どうしても人間の深層意識として、一度確認したいと、私が念願したのはそのためである。

人間は、己れの生命の終末が、もはや予断を許されなくなると、過去の深い深層意識が甦り、己れの存在を確かめる他はなくなるものという。

いま、こうして芭蕉の詩的思想の深層へ迫ろうとすると、はからずも、私自身の詩的体験の跡をたどることになるのを許していただきたい。

芭蕉の俳諧もまた、大きく捉えれば、古代、中世の詩的思想から、近世へと大きな変革を迫られた時代思想のなかで、詩歌と言葉の意義を徹底的につきつめ、確立しようとして命を賭けた天才という宿命を果したといえるだろう。

私が、芭蕉の詩学に迫ろうとすると、どうしても私の詩的体験として、心許《こころもと》ないが、せめて戦後という一つの風景のなかで和漢の詩的体験はもとより、西欧、ヘブライ、イスラムの「言語」的原体験を想わねばならないわけである。

その意味で、今日、激しく変化する世界のなかで、日本思想は混迷していると言われるが、かえって、これを逆手《さかて》にとって、東西文化の指向する接点を見極める位置にいるとも考えられるのである。

風雅な芭蕉の詩歌思想のなかに、生硬な、漢語化された西欧の哲学用語、また印度仏教や中国の道教、儒学の用語をかりながら、できれば古代祭祀思想としての神道などの思想的系譜をあわせて考えてみたいと想っている。

前置きが長くなったが、私は『三冊子《さんぞうし》』に紹介されている「物の見へたる光」という芭蕉の遺語の衝撃の源泉となる風景について語りたかったのである。

それは、旧制第六高等学校に入学して、あらためて見る、空襲で何ひとつ建物のない廃墟と化した敷地であった。校庭の一部にはすでに授業のため、にわかに建てられたばかりの、いわば間にあわせの工事用のバラックと同じ、木造の、いくつかの教室であった。学校の広い焼跡の片隅に、昔ながらの瓦屋根葺きの、十畳ほどの畳敷きの小屋がひとつ残っていた。

後で知ったのだが、ここは、もとは大きな柔道場の横に建てられた「娯楽室」と呼ばれる、学生たちの小さな集会場であったという。

ただひとつ残った、この畳敷きの部屋で、美学者中井《なかい》正一《まさかず》先生の美学の講義が行なわれていた。

この講義は、本来、文科三年生の特講として設けられたものだと記憶するが、当時は、出席もとられず、聴講は比較的自由に許されていた。

その小さな古ぼけた座敷には、正面の机のまわりに二十人ほどの先輩が畳の上にあぐらをかいて、膝の上でノートをとったり、とらなかったりして、集まっていた。

私は理科生であったが、その中にまじってノートもなく、小さな手帳に講義のキーワードを熱くなってしるしていた。この手帳は大切に、東京へ帰ってからも肌身離さず持ち歩いていたが、ついに、放浪の間に見失われてしまった。

中井正一先生は、そのころまだ若々しく意気軒昂《けんこう》として、一語一句、詩句を朗唱するように、最も核心的な哲学用語にさえ、熱い息吹が伝わってくるようであった。

誰が私をこの講義へと導いてくれたかは、不覚にして今は覚えていない。

私ひとりで、この「美学入門」を選んだということもありえないことではない。私は中学四年生だったころから、迫りくる「生と死」に面して、当時流行していた「武士道は死ぬことと見つけたり」ととく、佐賀藩士山本常朝が口述したとされる『葉隠』や、道元禅の解説書などにも手をふれていたからである。

それよりも、先生が美しい詩の朗読のように続けられていた講義のなかで、力強くドイツ語で繰り返されたひとつの言葉が、いまも耳に響いている。

それが、「Ding《ディング》 an《アン》 sich《ジッヒ》」(ものそのもの)であった。話は平易であったが、まさに東西古今にわたって、「美的体験」と、「人間の生き方」をはげまし、勇気づけられたのであった。

その焼け残りの破れ畳の上で、机を前に颯爽と獅子吼《ししく》する中井正一先生の風景のただ中で、このカントの「ディング　アン　ジッヒ」の響きは、限りなく宇宙に拡がり、私をも巻きこむように感じられた。

ずいぶん回り道をしたようだが、芭蕉の「物の光」を眼前にしたとき、私には、直ちにこの一語が肉体的に拡がった。しかし、もともと言語には、生きられた真理しか真理とはいえないという教えがあるが、言いかえれば、哲学的概念もじつは、小難《こむずか》しい漢語や西欧語で分解構成する作業につきるものではないということを、まさに、中井先生の講義は実現して下さった。

これだけでは、今日ではあまり分かりにくいとも思われるので、中井先生の「美学」の講義を、後からまとめられたわずかな文献によって、手短《てみじか》に紹介しよう。そうすることによって、「もの」という言語が、たんに日本語に用いられる「もののあはれ」だけでなく、いかに世界思想における中核的概念であるかが、明らかになると考えられる。


中井先生（以下、個人的回想の記述以外では、「先生」をはぶく。哲学者としての社会的人格として紹介するためである）の名は、今日ではあまり知られていない。私は、日頃気をつけているのだが、敗戦後に刊行された単行本としては『美学的空間——機能と実存と組織の美学——』（昭和二十二年十一月二十日初版　弘文堂発刊）があり、この書名は、中井哲学の要点をかなりよくおさえている。

同年には『近代美の研究』（三一書房）も刊行されている。昭和二十七年（この年の五月、五十二歳で死去）八月、生前に収録されたＮＨＫ教養講座が『日本の美』（宝文館）と題して出版。昭和三十九年に『中井正一全集』（久野収・中井浩編）が美術出版社から発刊されている。

今も手に入りやすいものとしては、『中井正一評論集』（岩波文庫、平成二十九年現在品切）のほか、『美学入門』（昭和二十六年七月刊、河出書房「市民文庫」を底本として平成二十二年六月、中公文庫として刊行）が、私の知る限りである。

しかし、この『美学入門』は、私が敗戦直後、六高で受けた講義が、ほとんどそっくり、正確な表現で収められている。

今この中公文庫版によって、その目次を示すと、「第一部——美学とは」は、「一、美とは何であるか　二、芸術とは何であるか　三、芸術のすがた　四、生きていることと芸術　五、描くということ　六、映画の時間　七、映画の空間」となっており、「第二部——美学の歴史」は、「一、古い芸術観と新しい芸術観　二、知、情、意の三分説の歴史　三、感情のもつ役割　四、時間論の中に解体された感情　五、射影としての意識　六、芸術的存在　七、機械時代にのぞんで」である。

また、前掲の『美学的空間』において、第Ⅲ部に収録されている、「言葉は生きている」「気質」「気（け、き）の日本語としての変遷」などの論は、他書にはとくに触れられていないようである。

しかし、昭和二十六年に河出書房から市民文庫として刊行された『美学入門』は、当時では珍しく一〇万部に近い売り上げをみたという。この書物は、中井正一が戦後執筆し、生前に公刊した、たぶんただ一つの書物ではないかといわれる。

ここで、中井正一の刊行物を思いつくまま列挙したのは、いうまでもなく、今も私の西洋哲学の概念の核をなしているものであり、また、東洋の美意識、とくに芭蕉に深い共感を、ハイデガーの〈生きられた時間〉として、示されているからである。この本を読者が手にして下さればわかるが、今日ありきたりの西洋哲学の概説書や、ハイデガー以降の哲学の細密な分析にとらわれず、「美」について一人の哲学者が、まさに生涯を懸けて切りひらいた「生きている美学」の方向を、きわめて正統的に理解できる只一つの著作だと思われる。

しかし、中井正一は、当時の京都哲学者のなかで、明るく勇気にみちたリーダーシップを発揮され、その思想が新しく反軍的であったためか、昭和十二年（一九三七）十一月、三十八歳で治安維持法違反によって検挙され、昭和十四年八月、四十歳で保釈されるが、昭和十五年二月、四十一歳で懲役二年、執行猶予二年の判決を受けることとなった。

『中井正一全集』第三巻の解題にある久野収氏の文章のごく一部を紹介しておきたい。

中井正一氏は、わが国におけるアカデミックな美学の建設者であった深田康算《ふかだやすかず》博士に生前、最も愛された愛弟子である。（略）カント、シルレル、シェリング、ヘーゲルとつづくドイツ・ローマン派の美学はもちろん、新カント派、特にコーヘン、カッシラーの機能主義美学にくわしい。しかし筆者の美学の一番重要な特色は、ハイデッガーとベッカーにはじまる実存主義美学のわが国における開拓者たる点にある。この美学が、戦後のフランスの芸術にいかに大きな影響を及ぼしているかは、サルトルの名前をあげるだけで充分であろう。

これにサルトルと同時代の、モーリス・メルロ＝ポンティをつけ加えれば、今日の哲学的状況につながるであろう。

話を、元にもどそう。

前述のとおり、『美学入門』は、「第一部――美学とは」と「第二部――美学の歴史」との二部に分かれている。第一部ではまず、「美」というものの実感を一人一人が想起するように始まり、第二部では、哲学における美学の歴史的展開と分けられているが、論議はもっとはるかに、自由奔放に私たちの魂をつかんで、「完全人」（Ganz Mensche）へと導いて下さったように記憶している。

だから、今は私の体験に深く染みこんでいる語をたどって、追体験してみたいと思う。その過程で先生の話は、東洋の美、それをはっきりと語った芭蕉へと重なってゆくのだった。

Ding an sichとDa-Sein の語が、私たちの美への意志的参加をうながしてくるのであった。講義そのものが、詩句の朗読のようであり、いまは、それをすべて論理的にたどることはできないので、講義に近い文庫版『美学入門』を主として、他の著書を借りながら、簡単にスケッチしてみよう。

まず、第二部冒頭の「古い芸術観と新しい芸術観」で、芸術の古代的なる考えとして、プラトン、アリストテレスをあげて、「普遍的」なるものを、「模倣《ミメジス》」する「技術《テクネ》」として批判した。そして逆に近代的思想としての特徴は、

深田博士の意見に従えば、最も極端な一つのすがたは、かのドリアン・グレーを書いたオスカー・ワイルドである。（略）彼の評論集「インテンションズ」の中にある言葉であるが、その中に「芸術は決して自然の模倣でない。むしろ自然が芸術の模倣である。（略）」というような言葉がある。（略）

一般に精神現象は三分されて、「知」、「情」、「意」の三つのものと近代哲学は考えた。

「〔カントは〕人間の認識に与えられる物の〈現象Erscheinung〉と、その背後にある〈物自体Ding an sich〉とを区別するが、この物自体は意志つまりある種の力を本質とするものと考えられている」（『大百科事典』平凡社 木田元《きだげん》、傍点筆者）。

実体概念が近代論理学に於て種々の角度より批判されその主観と客観の対立が解消さるるにあたって、二つの径路を辿《たど》っている。（略）純粋論理的に厳密なる数学化への方向と、それとは反対に現象の生命的具体的解釈学への方向の二つである。（略）

カッシラーの「象徴的形式」の論は（略）数学的

推論より出発して、具体的生命現象の射影的等値性の見透しを得んとする試みとなったのであった。（略）数的厳密性より出発して具体的生命へと彼は降りて来たのである。

反之《これにはんして》ハイデッガーでは具体的生命そのものの自照より出発して、本質構造にまで昇り行かんとするのである。（略）

Ding an sich（物そのもの）が哲学の中に投《なげ》与えられ、それがTatsache（行為）によって解釈されんとするにあたって、自然が自我に、物が行為に、外なるものが内なるものに転換した……（略）

主観と客観が内在的解体をなすとき、DingとTatは、一つの発展としてSacheの中に解消さるべきであったのである。ここに於てDingは単なる超越的知的対象ではなくしてハイデッガーが指摘する如くBesorge（配慮）に於て出遇うところのプラグマァタであり、プラクセイズに於て交渉さるべきものである。ヘーゲルに於てもディングは多様の属性の直接的統一であるに対して、ザッヘは内なるものが外にあらわるる表現の性格をもって来る。それが所謂《いわゆる》意味でもある。

（中井正一著『美学的空間』所収「ノイエ・ザッハリッヒカイトの美学」）

中井正一は、『美学入門』の冒頭で「美とは何であるか」と問いかけ、「第一に自然の美しさとは何であろう」と、まず自然そして宇宙との共鳴から語りはじめ、論を展開する過程で芭蕉を紹介している。

シルレルというドイツの詩人が次の意味のようなことをいっている。「人間が、自然の中に、自分の自由なこころもちを感じる時、それを美というのである」と。

歴史の中の、不自由きわまりない時代にも、人間は、自然に面して、それに面している時だけでも、自然に戯れ、健康な自由を感じて、それによって、世の中のこの不自由がどこから来たかをかぎつけたのであった。シルレルはこの自由なこころを「美しい魂」Schöne Seeleと名づけている。（略）

考えてみれば、自然も、何の無理もなく本分を辿っているものもあるし、あるいは、毅然として、その秩序を守っているものもあるのである。（略）

それをじっと見ている時、私たちは言葉でいいようもない深い深いこころの奥底で、または肉体でじかに、ああ自分のあるべき境地はこれであったのか、これがほんとうのあるべき私の姿だったのかと、自分自身にめぐり逢ったようなこころもちになることがあるのである。
　自然に触れることで、（略）死んでも守らなければならない自分を、発見することでもあるのである。
　芭蕉が、「しずかに観ずれば、物、皆自得す。」といっているように、この時、物、皆の姿が、しみじみと芭蕉に伝わり、それを追求するために、年老いた彼をして、死を賭《と》して旅に出しむるほど、美は強い力を持っているのである。

（第一部「美学とは」一節）

　それが物＝Ding an sichをみる人間実存の姿だというのである。

　中井先生は、東洋、中国、日本の古典にも深く通暁されていた。

「しずかに観ずれば、物、皆自得す」の言葉は、二回ほど用いられているが、じつは芭蕉自身の言葉ではなく、ただ一度だけ、芭蕉が素堂の「蓑虫説」に対する跋文に用いた言葉で、出典は北宋の程明道《ていめいどう》の詩句「秋日偶成」にある。程明道は荘子の思想の核心に通じた大学者だった。ここには、何よりも「物」という語、そして「皆自得」というおのずから会得された俳諧の本情が語られているのである。

　これは、重要なキーワードで、後にあらためて紹介させてもらうが、これが西欧哲学の〈Ding an sich〉の実存的光景と一致していることは、まことに興味深いといわねばなるまい。山本健吉氏の語るように、俳諧の美とは「認識の芸術」であり、思想であるという想いを深くする。

　さて、この「もの」が、空間と時間と意志によって人間実存と共生していることをもう少しみておこう。

『美学的空間』の「芸術的空間」という項で、中井正一はオスカー・ベッカーの「直観的空間のアプリオリ的構造」についての論文をあげている。

　彼は空間を単に経験的にでなく、本質的（wesentlich）に解釈しようと試みる。（略）彼によればユークリッドに於ては三次元性は未だ純粋に経験的でもアポステリオリッシュでもなく、又純粋に必然的アプリオリッシュでもない。（略）
　生命的経験としての空間を考察せんとする。（略）彼の空間論は（略）本質構造（Wesensstruktur）としての空間論と呼ばるべきである。
　ベッカーは空間の中にある（Im Raume）と云う

事は一次元的に云うならばGerichtigkeit auf Etwas「何物かに向うところの」存在的空間的構造である。
　例えば日本語の、ま、まあい、まちがい、まにあう、まがぬける、まぎわ、なかま等の如き時間、空間、社会、芸術、あらゆる領域に於いて一様に意味する一方向的緊張性に恰《あたか》もそれは似る。

すなわち、何かに問うということは、「隔り」、ハイデッガーのいうEntfernung（隔離）、つまり存在が、存在自身（Ding an sich）より隔たっているという意識、淋しさのうちに空間の性格《カラクテル》が生まれるのであると著者は説く。さらにつづけて、

　即ち空間なる前提されたるアプリオリより「隔り」が生れるのではなくして、存在が存在自身より隔たりたるその「隔り」の意味が空間をして空間たらしむるのである。生きたる生々しき空間″raumlich in=Sein„の影として物理的空間が始めて生れるのである。（略）
　ベッカーのこの考え方は、先ず空間を生《いのち》の中に涵《ひた》し、又生《いのち》が空間の中に涵さるることを意味する。（略）自分が自分みずからより距てられていること、その事より空間が構成されて行く。空間の中に生《いのち》があるのではなくして、生《いのち》の中に空間があるのである。（略）
　かかる空間の中に於てのみ、純粋視覚のアイドス、見ることの意味がはじめてその深さをもつ、云わば物理的生理的視線は、むしろかかる存在的視線の射影にしかすぎないとも考えられるであろう。光学的視線はその視覚のアイドスの限定されたる要素的機能にしかすぎずして、その背後により広い見る意味が展開しているとも考えられるであろう。（略）
　即ち見ることは云わば投出すこと（geworfen）である。物として、神として、太陽として、電気として、人間は自らをそこに投射することによって、見る意味を、存在的視線を深めて行く。しかもそれ等の視線は無限に内に究み行く存在的視線の一つの限定であり、一つの要素にしかすぎない。云わば見るものとしての存在的性格がそのより深い背後に拡《ひろが》っている。（略）
　見ることは投出すことである意味に於て、それは空間の範型でもあろう。自分が自分を投げ出すこと、自分に投出さるること、そこに見ることの関係がある。

見る意味構成がかかる本質構成をもつ様に、聴く

意味構成もが特殊の構造をもつであろう。凝視がわれわれにとって一つの羞恥であるように、沈黙が又われわれにとって圧迫でもある。見られること即ち投出さるることの情趣は又同じ意味に於て聴かるることでもある。黙って聴くもののあること、そこに即ち憶劫さ（Unheimlichkeit）が潜む。そこに深い存在的聴覚が成立する。ハイデッガーの云うHorchen〔耳を澄まして聞く。傾聴する〕の意味の中には、存在的耳目の何物か澄めるものを求める、存在的呼声（Ruf）に耳を澄ます底《てい》のものがなければならない。自唱還自聴、かかる無限の聴覚の中にのみ、存在の本質的召喚或いは規範的命令の音響が成立するとも云えるであろう。（略）

『美学入門』では、次のように述べる。

巨大な動揺は「意識の崩壊分裂」から生まれはじめたともいえよう。すなわち知情意のもとである「自己の意識」が不確実になって来たのである。これは一九一八年、第一次大戦の後の特異な現象である。「意識のない心理学」が、心理学の人々の中に論じられはじめた。（略）

分裂した意識、意識の過剰、それが感情のむしろ実体となって来たのである。（略）

（以上、第二部「美学の歴史」二節）

一九一八年以後、哲学は新カント派よりも、現象学に重点が移って行くのである。ハイデッガーの一九二八年の『存在と時間』は、いわば彼の大戦中過ごした塹壕の臭いのようなものが感じられ、生きていることのはかなさ、鋭い不安が漲っている。（略）

ベルグソンも、ハイデッガーでも、すでに意識というものはあまり問題とならず、それは、時間の中の一つのすがたとなる。直観は「現在」で、思惟反省は記憶すなわち「過去」である。ほんとうの存在は、生きた生命、流動している生きた現在、すなわち純粋な直観というようなものになってくる。

速やかに流動するところの時間の流れの中で、感情とは、この「過去」と「未来」の二つのもの、いわば「現実の存在」と「可能の存在」の媒介者となるのである。（略）

（以上、第二部三節）

プルーストがいつもいうところの「認識の達しない深みにおいて、自分自身に巡り会う」という言葉は、こんな淋しい魂が、今こそ、本当に生きているという時間を持ちたいという願いのあらわれである。彼が「時間から解放された一瞬間は、汝の心のうちに、時間界から解放された人間を創造した」といっているのもそれである。（略）

二つの時間——

ハイデッガーの時間論における「通俗的時間」（それは時計の針できざまれているつまらない時間のことである）に対する「本質的時間」（本当に生きているといえるような時間、すばらしい永遠の時間のことである）という時間の分け方からいうならば、プルーストのいう時間は、いうまでもなく、この「本質的時間」（略）のことをいおうとしているのである。

ベルグソンでも、「真実の時間」と「分量の時間」とが分かれていて、（略）「真実の時間」というのは、生きた純粋に持続している、生命の飛躍（エランヴィタル）の時間のことである。（略）〔この〕考え方は、プルーストや、サルトルなどに、大きな影響を与えて来たのである。

芸術とは、かかる時間の中に生きようとする動きとも考えられてくるのである。（略）

ハイデッガーの説を取り入れたルカッチもこんな時間に浸っている時の人間の姿を「完全人」（ガンツ・メンシュ）と名づけている。

フッサールも現象学的時間の中に、宇宙時間がそのかげをうつす時に、ちょうど、ライプニッツのいうところの「宇宙の生ける鏡」といったような世界が生まれると考えている。フォルケルトもまた、こういう時間を、時間の根源的姿Zeit-Urschauというような言葉であらわしている。

かつて知・情・意といわれた認識能力のうち、「知識」とは過去に死んだ時間であり、一方「意志」の世界は、時間でいうならば、未来のような世界である。存在でいうならば、これから可能な世界である。いずれも、時間のなかに解体されている。

永遠の一瞬——

日本の芸術論の中に、「人の神《シン》を見ること飛鳥の目を過ぐるが如し、その去ること速《すみや》かなれば速かなるほどその神《しん》いよいよ全し」というような言葉があるように、「はっ」と思うような美しい瞬間、それをむしろ、現代では、芸術的時間とか、「永遠の一瞬」とかいって、特別の芸術の世界と考えるのである。（略）

「造化にしたがい、造化にかえる」とか、「竹のことは竹にならえ」など芭蕉がいっているが、何か造化に、今しも随順した、うちのめされた、「ああ、お前もそうだったのか」と手をさしのばしたくなる造化に触れた時、人々は、一つの長い息を吐くのではあるまいか。「寂《しず》かに観ずれば、物《もの》皆自得す」という心持もそれではあるまいか。（略）こんな心持を、ハイデッガーは「生きた時間」といっているのであろう。

（以上、第二部四節）

直観的認識は、まさに「今」「ここ」にしかありえない。このような眼とものをむすぶものは光しかありえない。

かかる生きた眼によって見る光が、（略）その光を通して、その音を通して、その生きたいのちのいぶきに触れて、自分もが自分の生命にめぐり逢うきっかけを得るのである。それが芸術というか、美の世界なのである。俳句でいう、季という言葉がある。季節のことであるがつまり、春夏秋冬が、俳句の中に必ずなければならないということである。（略）「今」と「ここ」に生きているよろこびを詠う時、必ずその時、季節ある場合は、その「歴史」すらが必ずにじみ出さずにはいられないのである。（略）この「今」と「ここ」に生きている、この「永遠の今」という感じが、ほんとうに、日に新しく、日々に新しい世界ともいえるのである。

（第一部四節）

以上、敗戦直後、第六高等学校で聴いた中井正一先生の講義の骨子を、今日では幾分むずかしいが、当時の西田哲学系の文章のままで、たどってみた。

ここに、あの辛崎の松の絶景を凝視して、「ただ眼前にて」、芭蕉の言葉として土芳の『三冊子』に書きとめられた、「物の見へたる光、いまだ心にきへざる中にいひとむべし（略）是みな、その境に入つて物のさめざるうちに取りてすがたを究むる教也」という一文に、物我一致して宇宙的存在となる一瞬、すなわち「光」のごときものの構造が、東洋の美として示され、人類思想上、今日あらわになっている、人間存在の回復を志す哲学として明らかにされているのである。

三十八章　九鬼周造と芭蕉

前章では、第二次大戦直後、筆者が中井正一《なかいまさかず》先生から受けた「美学入門」の講義を紹介し、芭蕉のいう「物（もの）の見へたる光」の一文のなかに、現代哲学の用語によって「物」＝Ding an sich《ディング アン ジッヒ》に対応する人間実存の姿を考えてみた。それまで、国文学のなかでしか論じられることのなかった、芭蕉独自の美的実存のあり方が、鮮やかに説明されている。

いま、あらためて、『日本哲学小史』（熊野純彦編著　中公新書）の年譜を一覧すると、太平洋戦争が勃発した昭和十六年（一九四一）から、さかのぼることおよそ十年、昭和五年（一九三〇）に発表された論文、著書には、中井の「機械美の構造」をはじめ、戸坂潤《とさかじゅん》『イデオロギーの論理学』、西田幾多郎《にしだきたろう》『一般者の自覚的体系』、田辺元《たなべはじめ》「西田先生の教を仰ぐ」などが並び、この年の前後には、このほかにも日本近代哲学の巨匠ともいうべき、折口信夫《おりくちしのぶ》、下村寅太郎《しもむらとらたろう》、三木清《みきよし》、和辻哲郎《わつじてつろう》などの名がつづく。

一方、眼を海外に転ずると、同じく、世界大恐慌から、第二次世界大戦前夜までの間に、現代哲学の祖ともいわれる、ベンヤミン、フッサール、レヴィナス、カッシーラー、クローチェ、ヤスパース、アドルノ、ハイデガーの名が連ねられ、サルトル、マルクーゼ、バシュラール、メルロ＝ポンティらがつづく。

サルトルの『存在と無《レートル エ ネアン》』が発表されたのは昭和十八年（一九四三）。そして、一九四五年に終戦を迎えることとなった。

このきびしい戦争のなかで、日本では特高警察によるマルクス主義、左翼自由主義に対する弾圧が行なわれ、一方では奇矯な国粋主義も喧伝されたが、今に残る日本思想史としては、西欧の現象学、存在論を消化しながら田辺、西田を中心として、戸坂、和辻の哲学など、たんなる西洋思想の翻訳・紹介にとどまらぬ、日本思想の近代的構築が、京都学派を中心に数多くの成果をあげている。

そうした状況のなかで中井正一を中心として、昭和十年、自由主義を護る雑誌『世界文化』が発刊されたが、三年にして執筆グループは検挙された。

その昭和十三年（一九三八）には、戸坂や岡邦雄《おかくにお》らによる「唯物論研究会」が解散させられ、メンバーは検挙されている。日を転ずれば、世界の思想は動いていた。この年はサルトルの『嘔吐』、ヤスパースの『実存哲学』が発刊された年でもあった。

筆者は、思想形成が歴史、経済など、時代環境によって決定的な支配を受けるものとは思っていないが、哲学者が先人思想家の遺産だけでなく、日々の生き方を基盤として思索をすすめる以上、今見てきたこの動乱の一〇年は、西田、田辺両氏をはじめ、思想界が活発ないくつかの課題に挑戦していたことが分かる。

筆者が、芭蕉を語るための文章に、日本近代哲学の紹介に頁をついやしたことに不審の感を抱かれた向きもあるだろう。

しかし、明治維新まで、日本の文芸思想は、国学、儒学とも、訓詁《くんこ》の学として成熟してきたことはまぎれもないが、芭蕉の俳句が心を打つ理由を考えようとするとき、成熟しつつある日本近代哲学によって文芸思想も新しい理解の試みが行なわれ、世界的な思想のなかで、日本の文芸を考える必要を痛感するようになった。

勿論、資料の発掘から考証にいたるまで、近代国文学が、築きあげた細緻な実証的研究には驚嘆すべき成果があるが、きわめて専門的研究であり、現代の文芸創作や、研究とは、大きなへだたりが生じている。

伝統的な研究方法に問題があるというよりも、むしろ、現代読書人の客観的教養が、あまりに西欧化して、一般学校教育でも、国語、漢文の古典学習の機会が少なくなっていることも原因であろう。

そこでは、もはや戦前のこととして忘れられがちな、維新以来の日本思想の業績をもう一度ふり返り、また現代哲学によって古典的な文芸を読むことも必要である。

中井正一の美学は、芭蕉に現代哲学の真髄を託している。

さらに、西田幾多郎とその後継者たちは、日本近代から現代哲学の主流をきずいたが、その周辺には、とくに日本思想を語った和辻哲郎、九鬼周造《くきしゅうぞう》もいる。

西田哲学の特徴を、『岩波哲学・思想事典』によって、要点をあげておこう。

(I) 西田の思索は、東洋と西洋との原初的な出会いのただなかにおいて形成され展開された。実存的には〔禅思想家・鈴木大拙《すずきだいせつ》との持続的な深い交流を通じ〕禅の道に身を投じ、東洋の「行」的伝統に深く根ざす一方、ギリシアから現代に至る西洋哲学の主動脈を大きく受容して、非思量の「反省以前」と「反省」（略）との「間《あいだ》」の非連続のギャップを含む不均質な空間を思索の場とし〔た。〕（略）

(Ⅱ)　見たり聞いたりする経験を「深く摑む」ことから西田の哲学は始まる。すでに主観・客観の枠によって思惟が再構成している通常の経験に対して西田は、思惟の加工「以前」、「色を見、音を聞く刹那《せつな》、未だ主もなく客もない」ところの現前に、経験しつつある経験の根源態を見、これを「純粋経験」と名付けて、そこに真実在の根底かつ真の自己の根源を見る。（略）　（上田閑照）

この数行だけで、膨大な拡がりと深さをもつ西田哲学を紹介することは、もとより不可能に近いが、ひるがえって、この漢訳用語を、わが身の体験の反省として、先にあげた芭蕉の「眼前の」「辛崎の松」の句の風景をおもい、また「物の見へたる光」の言葉を想い出すなら、芭蕉の正確な説明にむしろ驚くほどである。

そして、中井正一が、現代哲学の用語を用いて説いた、「Ding an sich」の世界と重なってくるのである。

中井と並んで、日本の美意識について、想い起こされるのは、哲学者九鬼周造である。

岩波文庫版『「いき」の構造』が、今日ではもっとも手に入りやすい九鬼周造の著書である。

この文庫の解説者、多田道太郎《ただみちたろう》は、『「いき」の構造』の草稿のおわりに、「一九二六年十二月巴里」という文字が読め、単行本初版は昭和五年（一九三〇）の十一月に発行されているとして、次のように述べる。

ハイデッガーは九鬼周造を西田幾多郎の「弟子」といっているが、おそらく正確ではない。学風も、人的系譜もことなる。（略）九鬼哲学は、戦前の京都哲学においては傍流にすぎなかった。戦後、それもここ十年、二十年のうちに、九鬼周造、とりわけ『「いき」の構造』が若い読者をつよくひきつけるようになった。初版発行以来、じつに半世紀。戦中の黙殺に耐えて、光りを放ってきたというべきであろう。

筆者が想うに、敗戦後、地に墜ちた日本的なるものの独自性を、日常的文体でうったえた九鬼哲学のあり方は、日本の実存主義の開拓者として、日本文化再生の足掛かりとなったのである。ちなみに、「Existenz」を「実存」と訳したのも九鬼である。またサルトルとの関係も深かった。

九鬼は東京の人であったが、昭和四年（一九二九）京都帝大哲学科講師となり、昭和十六年（一九四一）、教授在職中に病没した。

一方、中井正一が京大哲学科（美学）に入学したのが、大正十一年（一九二二）二十三歳であり、京大を卒業し、同大学講師となったのが、昭和九年（一九三四）。

　昭和十二年（一九三七）、治安維持法違反により検挙され、昭和十五年（一九四〇）、懲役二年、執行猶予二年の判決を受けたことは、前章で述べたとおりである。

　さらには昭和十七年（一九四二）四十三歳の二月、「日本精神史における気ならびに気質なるものの歴史的思索的統計的研究」と題して、帝国学士院から補助金をうける。

　ちなみに、このころ、臼杵祖山《うすきそざん》、足利浄円《あしかがじょうえん》の仏教講話をきき、仏教について深く参究したという。

　中井正一は、同志的先輩・三木清、また同志的盟友・戸坂潤ともふかく関わり、思索を深めている。

　筆者が、中井正一と九鬼周造をあげるのは、両者ともに正統的西欧哲学の教養を十分に備え、自己の実践的根拠として日本思想について考察を深めた点である。

　両者ともに、戦中戦後を通じて、西欧思想の今日的課題に対して、いわゆる国粋主義とは全く異なった東洋哲学としての日本思想を、自覚的に築こうとした。

　九鬼はさらに、中井が新しい日本美学の試みとして、芭蕉と朱子《しゅし》学を据えたように、日本近代哲学が、主にドイツ語と英語によって語られてきたのに対して、はじめてフランス語による哲学概念の相違を指摘した。そして何れにもよらない、日本の生きた哲学として「いき」をとりあげ、芭蕉の俳論をもって、わが民族に独自な「生き」かたの原型とした。

　九鬼周造は、明治二十一年（一八八八）男爵・九鬼隆一《りゅういち》の四男として、東京の芝《しば》に生まれた。九鬼男爵は駐米全権公使にもなった高級官僚で、美術行政にもかかわり、フェノロサや岡倉天心《おかくらてんしん》を重用して、日本古美術の再発見に力をつくした。

　九鬼の家系は九鬼水軍の末裔ともいわれた名家である。母・波津《はつ》は「もと京都の花柳界の出身で、九鬼男爵が（略）彼女を抜いて男爵夫人の地位を与えた」と、岡倉天心の息子一雄《かずお》氏は書いている。

　母・波津は、周造を妊娠しているさなかに、三〇日に及ぶ船旅をともにした岡倉天心と恋におちいる。天心とのスキャンダルは、すでにひろく世に知られていた。周造の少年時代、両親は別居しており、こうした消息が九鬼の精神形成に対して影響したことは想像にかたくない。

　「やがて私の父も死に、母も死んだ。今では私は岡倉氏に対しては殆どまじり気のない尊敬の念だけをもつてゐる。思出のすべてが美しい。明りも美しい。蔭も美しい。誰れも悪いのではない。すべてが詩のやうに美しい」

（「岡倉覚三氏の思出」）

九鬼はのちにそう書いた。

明治三十八年（一九〇五）一高入学。明治四十二年（一九〇九）東大入学。

第一高等学校時代の同期に、和辻哲郎、岩下壮一《いわしたそういち》、天野貞祐《あまのていゆう》がいた。

和辻をのぞいて三名は友人同士。特に九鬼と岩下、九鬼と天野とのあいだには、特別に親密な関係があったようである。

天野は、のちにひとり京都帝大に進み、大正十五年（一九二六）助教授となり、昭和五年（一九三〇）、カントの『純粋理性批判』の最初の邦訳を完成させ、翌年、京大教授となった。

九鬼はカトリック神学者となった岩下の妹に恋したが、彼女は何かの事情で修道院に入り、九鬼はふかく心に傷をうけたという。のちに結ばれた女性とも離婚している。最後は、祇園《ぎおん》の芸妓であった中西きくえという女性とともに生涯を終えた。

大正十年（一九二一）、九鬼はヨーロッパに向かい、滞欧は足かけ八年におよんだ。

その間、時間の問題について講演したり、フランス語で論文を書いたりした。パリの哲学界では若い俊才としてみとめられ、とくにハイデガーとベルクソンにも高く評価され、さらにリッケルトなど、当代のぞみうる最良の師から直接に教えを受けている。

さらに、九鬼に昭和三年（一九二八）からフランス哲学を個人教授したのが、まだ無名で二十三歳のサルトルであった。サルトルはデカルトからベルクソンにいたるフランス哲学の流れを九鬼に伝授し、九鬼はサルトルにハイデガーについて教えたといわれる。

パリでは、九鬼は多くの歌を詠んでいる。

「踊るにも　さびしき顔を　したまふと　責めらるるより作る微笑《ほほえみ》」

「さびしさよ　冷たくつよき　口づけに　命死ぬべき我を抱けかし」

「さびしさ」は、九鬼の短歌集や詩集のそこかしこに顔を出す感慨である。

芭蕉の「わび」「さび」は、九鬼の人生の実存そのものでもあった。

西田には直接のヨーロッパ経験はなく、田辺、和辻の留学も文部省の命による短期間のものであった。それに対して九鬼の八年に及ぶ留学は、それも折から、実存哲学の入口ともいうべき時代を生きた多感な九鬼の思索には、特に大きな意味があった。

昭和四年（一九二九）、九鬼は帰国の途につき、京都帝大の教授をしていた親友天野貞祐の慫慂《しょうよう》によって、まず京大の講師となった。

その翌年に出された『「いき」の構造』は、九鬼の作品のなかでも内外でひろく読まれるようになった。

九鬼がこの論文を書き終えたのは大正十五年十二月。書きはじめは、パリ留学の後期と推定されている。

ヨーロッパの思想界、それもパリで書かれた化政期の江戸の美学は、世界のなかで対置される東西文化の構造を、「いき」という日本語で捉えた唯一の哲学となったのである。

ところで、筆者が芭蕉をはなれて、なぜ九鬼周造の『「いき」の構造』にこだわっているのかと、おもわれるかもしれない。じつは、岩波文庫版『「いき」の構造』には「『いき』の構造」、「風流に関する一考察」、「情緒の系図」、と三つの論文が収められている。後の二つの論文は「『いき』の構造」の展開の各論といってよい。

今特に重要なのは二番目の「風流に関する一考察」で考察されている芭蕉論である。きわめてこなれた和文系の文章を、要約、分析することはできない。なぜなら、それは「いき」に反するからである。

とりあえず、㈠「いきの構造」から第一節「序説」を挙げておこう。

まず一般に言語というものは民族といかなる関係を有するものか。言語の内容たる意味と民族存在とはいかなる関係に立つか。（略）我々はまず与えられた具体から出発しなければならない（傍点栗田）。（略）

それ故に一の意味または言語は、一民族の過去および現在の存在様態の自己表明、歴史を有する特殊の文化の自己開示にほかならない（傍点栗田）。

ここでは、抽象的個人の意識から展開して他民族を規定してゆく統一の論理とは全く逆であることを注目したい。

例えば、espritという意味はフランス国民の性情と歴史全体とを反映している。（略）他の民族の語《ご》彙《い》のうちに索《もと》めても全然同様のものは見出し得ない。ドイツ語ではGeistをもってこれに当てるのが普通であるが、Geistの固有の意味はヘーゲルの用語法によって表現されているもので、フランス語のespritとは意味を異にしている。（略）英語のspiritもintelligenceもwitもみなespritではない。

九鬼は「『いき』という日本語もこの種の民族的色彩の著しい語の一つである」と述べ、そしてフランス語にもドイツ語にも「いき」に対応する語はないとしたうえで、次のようにつづける。

したがって「いき」とは東洋文化の、否、大和《やまと》民族の特殊の存在様態の顕著な自己表明の一つであると考えて差支《さしつかえ》ない。

すなわち「いき」を単に種《しゆ》概念として取扱って、（略）抽象的普遍を向観する「本質直観」を索《もと》めてはならない。意味体験としての「いき」の理解は、具体的な、事実的な、特殊な「存在会得《えとく》」でなくてはならない。我々は「いき」のessentiaを問う前に、まず「いき」のexistentiaを問うべきである。一言にしていえば「いき」の研究は「形相的」であってはならない。「解釈的」であるべきはずである。（略）我々は（略）具体的な意識現象から出発しなければならぬ（傍点栗田）。

つづいて第二節「『いき』の内包的構造」から。

まず内包的見地にあって、「いき」の第一の徴表は異性に対する「媚態」（傍点原著者）である。（略）けだし、媚態とは、その完全なる形においては、異性間の二元的、動的可能性が可能性のままに絶対化されたものでなければならない（傍点栗田）〔例えば花柳界の恋〕。

「いき」の第二の徴表は「意気」すなわち「意気地」である。（略）「いなせ」「いさみ」「伝法《でんぼう》」などに共通な犯すべからざる気品・気格がなければならない。（略）理想主義の生んだ「意気地」によって媚態が霊化されていることが「いき」の特色である。

「いき」の第三の徴表は「諦め」である。運命に対する知見に基づいて執着《しゆうじやく》を離脱した無関心である。（略）あっさり、すっきり、瀟洒《しようしや》たる心持でなくてはならぬ。

これらの「いき」の会得が、ことごとく具体的風景を設定し、かつ「ねばならぬ」という理想主義的倫理観によってくくられていることに注目すべきであろう。ここにはすでに、現象学的な感覚的アプローチが具体的に示されている。「いき」の語源の研究は、生、息、意気の関係を存在学的に明らかにすることと相まってなされねばならない。「意気」が原本的意味において生きることなのである。

そして、さらに具体例として「姿」「衣裳」「表情」「舞踏」「歌曲」「手足」などの身体的、視覚的表現を、いちいち具体的にあげて、それに対する体験として「味わう」という触覚と味覚と嗅覚が、原本的意味における体験を形成する、としている。これはさらに、絵画、建築、音楽などにも及ぼされているが、いずれも抽象分析をしりぞけている。その上で九鬼は、

> 「いき」の核心的意味は、その構造がわが民族存在の自己開示として把握されたときに、十全たる会得と理解とを得たのである。

として、『「いき」の構造』を結んでいる。

さて、この「いき」の構造を、具体的に生きた人生として、九鬼はつづく「風流に関する一考察」に芭蕉をとりあげ、一文をつづっている。

今は、「いき」を踏まえて、芭蕉の風流に関する九鬼の考察をごく簡単に紹介する。

この一文は、芭蕉の「わが門の風流を学ぶやから（傍点栗田）」（『芭蕉遺《い》語集《ごしゅう》』）ということばの引用からはじまる。

これこそ、分析的芭蕉論ではなく、詩人によりそい、本意に迫る方法といえよう。

九鬼は、芭蕉の真髄を「いき」と踏まえ「風流《ふうりゅう》」という一語の会得から始めてゆく。

> 風流は第一に離俗である。孔子が〔四人の弟子に〕希望を尋ねたとき、（略）ひとり曾皙《そうせき》は答えなかったが孔子の再問に対して「沂《ぎ》に浴し、舞雩《ぶう》に風《ふう》し、詠じて帰らん」といったので、孔子は喟然《きぜん》として歎じて「われ点（曾皙）に与《くみ》せん」といった。風流とは世俗と断つ曾皙の心意気である。
>
> 風流の本質構造には「風の流れ」といったところがある。（略）世俗と断ち因習を脱し名利《みょうり》を離れて虚空を吹きまくるという気魄《きはく》が風流の根柢《こんてい》にはなくてはならぬ。（略）

「夏炉冬扇《かろとうせん》のごとし、衆にさかひて用《もちう》る所なし」（柴門辞《さいもんのじ》）という高邁不羈《こうまいふき》な性格が風流人には不可欠である。（略）風流の基体は離俗という道徳性である。

そうして充実さるべき内容としては主として美的生活（傍点栗田）が理解されている。それは美の体験には霊感とか冒険とかいった否定的自在性があって〔かつ瞬間と永遠という両極の時間性があって〕、風流の破壊的方面と相通ずるからであろう。（略）風流のこの第二の契機を耽美（傍点原著者）ということができる。

美というような体験価値は（略）絶対的なものと考えて差支《さしつかえ》ないものであるが、他面また個人や時代によって相対化が行われることも必然である。その点に「不易《ふえき》」と「流行」の二重性が根ざしている。

これに続けて九鬼は、風流とは個性の創造であるが、一面では、いちど建設され充実された内容が集団性を獲得することで、「風」や「流」に定型化されるのが普通であると述べ、以下のようにつづける。

「昨日の風は今日宜《よろ》しからず、今日の風は明日に用ゐがたきゆゑ」（去来抄《きょらいしょう》）、古い型は常に革新されてゆかなければならぬ。

また「千変万化するものは自然《じねん》の理《ことわり》なり、変化にうつらざれば風《ふう》あらたまらず。是《これ》に押移《おしうつ》らずと云《い》ふは……その誠をせめざる故《ゆえ》なり」（赤雙紙《あかぞうし》）というのも正しい。風流を「生涯のはかりごととなす」（卯辰紀行《うたつきこう》）ものには誠をせめるという真剣さがなくてはならぬ。〔栗田注：『卯辰紀行』は『笈の小文』のこと〕

風流には、なおもう一つ大切なものとして第三の要素がある。それは自然ということである。第一の離俗、第二の耽美とのいわば綜合として、世俗性を清算して自然美へ復帰することが要求されるのである。（略）自然美と芸術美とを包摂《ほうせつ》する唯美《ゆいび》主義的生活の実存を風流は意図するといってもいいのである。

ともかくも風流には「造化《ぞうか》にしたがひて四時《しいじ》を友とす。見るところ花にあらずと云ふことなし。おもふところ月にあらずと云ふことなし」（卯辰紀行）

という趣《おもむき》がなくてはならぬ。（略）風流は「造化にしたがひ造化にかへれ」（卯辰紀行）と命ずるとともに「高く心を悟りて俗に帰るべし」（赤雙紙）と命ずるのである（略）。風流を止揚《しよう》した俗である。

かように風流が一方に自然美を、他方に人生美を体験内容とする限り、旅と恋とが風流人の生活に本質的意義をもって浮き出てくることは当然の理である。（略）風流にあっては自然と人生と芸術とが実存の中核において渾然《こんぜん》として一つに融《と》け合っている。

つぎに九鬼は、第二節として風流の美的価値の諸様相についても考えてゆく。そこでは、多く相矛盾する両極が二元論として包摂されながら、止揚される実在的超越性が実現されるのである。

虚と実、花と実、瞬時と永遠、空間的無限と極小、存在と無、生と死、その二元性を保持しつつ、その危うい均衡を享受するところに俳諧の遊びが生じる。

第三節としては、風流の孕《はら》む美的価値の本質的構造は、三組の対立関係に還元されるとする。

その三組とは「華やかなもの」と「寂びたもの」、「太いもの」と「細いもの」、「厳《おごそ》かなもの」と「可笑《おか》しいもの」の三組である。

九鬼は第四節で、これら三組の関係を正八面体によって図式化して見ることができるとし、その著書では立体図を載せている。そして六つの類型は六つの頂点を占めており、頂点はそれぞれ互いに線で結ばれ、関係を示している。「〇《ゼロ》」は風流八面体の中心に深く沈潜して、生産点を意味している。「風流の産むすべての価値は、この正八面体の表面または内部に一定の位置を占めている」としている。

この図の詳細については、原本にあたられたい。芭蕉の風流がこの立体図によって見事に展開し、関係づけられ、視覚化されていることによって、感じとることはできるが、言語による分析は避けられている。

こうして、見事に、日本を中心として、東洋の美と真実の構造「いき」が具体的に体験し納得できるのである。このようにして九鬼周造のみがなしえた、「いき」という具体的実存の哲学の方法によって、芭蕉の美学が初めてかつ先駆的に達成されていることに驚嘆の念を禁じえない。

九鬼周造が、日本の哲学界にもたらした功績は、ただ、八年に及ぶ、欧州留学体験によって身につけた、伝統的な日本的なるものへの新しい哲学的考察ばかりではなかった。

当時の日本哲学アカデミズムでは、ドイツ哲学一辺倒のきらいがあり、フランス哲学については、フランス文学者たちが哲学研究を担《にな》いつづけていたとされる。例としてあげれば、森有正《もりありまさ》が、デカルト、パスカルの研究に生涯を懸けて、教授の職を捨てて、パリの教会でひとり、パイプオルガンを弾《ひ》いて、深い宗教的体験のなかに生きられたことをあげるにとどめる。

たまたま、筆者が東大仏文学科で、森先生の講義を受ける機会に恵まれ、また個人的な温かい指導を受けられたのも、今になってみれば僥倖《ぎょうこう》というほかはない。

その精密な講義の内容については、ここに紹介するほどの学識もないが、一見朴訥な容姿で、しかし、いつも忙しそうに、やや前屈みに教壇に上がられるのであった。

ただひとつ、非才な筆者の心に深く刻みつけられたことは、フランス・カトリック信仰の深淵な奥行きを、身にしみて感得させていただいたことである。生きている信仰というものを実感したことは、偏狭な近代合理主義による宗教に対する偏見を、根底からぬぐいさって下さった。それが、私のフランス象徴主義詩人に対する理解に、どれほどの深さを与えて下さったか、また、東洋の宗教に対しても毛嫌いするこだわりを払拭して下さったか、森先生の学恩は計りしれない。その途は『一遍上人――旅の思索者』と題した私の作品につながった。

だが、九鬼の主著とされるものに『偶然性の問題』（岩波書店）がある。『岩波哲学・思想事典』によって概略を示そう。

九鬼によれば、〈偶然性〉は、もともと東洋の伝統思想の本質をなすものであるが、西洋においても実存主義の〈被投性〉や量子力学の〈不確定性原理〉などにみられるように、現代に至って脱近代の方向性を示す概念として注目されてきたという。そうした状況をふまえて、１９３０年代という日本における近代的知のパラダイムの大きな転換期を背景に、〈必然性〉を原理とするプラトン以来の西洋の伝統的知の克服の根拠として、〈偶然性〉が問題にされている。（略）

具体的な人間の生の場でいえば、個的実存、他者との出会い、運命という問題をそれぞれ意味している。九鬼の〈偶然性〉の哲学は、西洋近代哲学に欠落している分裂・多様・混沌・無や根源的社会性を開く他者との偶然的出会い等の問題を追及している点で再評価されるべき多くの側面をもっている。

（田中久文）

もっとも、田辺元の晩年にヴァレリー研究があり、西田にも「フランス哲学についての感想」と題するエッセイがある。

元来芸術的と考えられるフランス人は感覚的なものによって思索すると云うことができる。感覚的なものの内に深い思想を見るのである。フランス語の「サン」sensという語は他の国語に訳し難い意味を有って居る。それは「センス」sense（英語）でもない、「ジン」Sinn（ドイツ語）でもない。マールブランシュは云うまでもなく、デカルトにすらそれがあると思われる。併し私はフランス哲学独特な内感的哲学の基礎はパスカルによって置かれたかに思う。その「心によっての知」connaissance par cœurは「サン・アンチーム」sens intimeとしてメーン・ドゥ・ビランの哲学を構成し、遂にベルグソンの純粋持続にまで到ったと考えることができる。

（旧版『西田幾多郎全集 第十二巻』岩波書店）

熊野純彦氏は、その著書『メルロ＝ポンティ――哲学者は詩人でありうるか？』（ＮＨＫ出版）において、西田の右の文を引用し、つづいて、「メルロ＝ポンティの『知覚の現象学』もまた感覚（sens）をめぐる伝統的な考えかたの批判にはじまり、（略）厚みとひろがりをとり上げなおして、意味（sens）が分泌される現場を考えなおそうとするものでした。（略）メルロ＝ポンティが、最初に強く影響を受けたのは、ほかならぬベルクソンの思考であったことは、その現象学受容にも大きな影を落としているのです」として、現代哲学につながる紹介をしている。

こうして、第二次大戦後の哲学界を見わたすとき、この西田の文章はどううつるのであろうか。フランス文学科で、デカルト、パスカルに接した筆者にとっては、当然の発展として受けとれる。戦後の、サルトルに始まるフランス現代哲学の日本での受容も、当然のように思われる。

例えば、熊野氏によるポンティの小伝を紹介すると、

モーリス・ジャン・ジャック・メルロ＝ポンティは、一九〇八年、フランス南西部のロシュフォールに生まれた。（略）

一九二六年、エコール・ノルマル・シュペリウール（高等師範学校）に入学し、サルトル、アロン、ニザン等を知る。前後する年代には、ボーヴォワー

ル、レヴィ＝ストロース、またシモーヌ・ヴェイユ、バタイユ、ブランショ、レヴィナス等のなまえがならぶ、フランス現代哲学における「輝ける時代」に属している。（略）

　戦後、サルトルやボーヴォワールとともに『レ・タン・モデルヌ』誌の編集に尽力したが、（略）政治的見解の相違から、サルトル等と訣別する。一九六一年に、自宅で大著『見えるものと見えないもの』を執筆中に急逝。

　やや先走っていえば、古典的な、意識と物質という対立的二元論の根元へたちもどり、言語批判によって直接的経験、直観的身体的了解に人間と世界との関係、すなわち生きている人間を総体的に捉えなおそうとする。

　しかし、哲学が分析的な概念によってのみ成立するとしたら、そのような言語は無意味となる。しかも、人間の生きている実観を、そのプロセスの中でとらえようとするなら、それはむしろ、身体的感覚体験の全体の、つまり反省的時間的経過をたどらずにとらえねばならない。それを可能にするのは、「詩の言葉」つまり論理的分析を超越した、逆説的あるいは予言的表現をとることになる。

九鬼周造が、パリで「いき」をめぐって人間をとらえようとした思索は、たんに西田のいうフランス哲学の感じられるものによる思索ではなく、感覚はそのまま人生の思索に他ならないという先駆的な哲学へと踏み出していた。

　芭蕉が愛したという朱子学の「静かにみれば、物（もの）皆自得す」という言葉は、たんに客体的に観察することを否定し、またものは、人の意識によって存在するのではなく、静観によって主観を捨てた人間とともに我物一体の境地を指し示しているといえるのではないだろうか。「もの皆自得す」、といわれるものは、単なる客体的物質を意味しているのではない。すでに、主、客を超越し、言語を超えた宇宙世界が成立した永遠の今の瞬間を指しているのである。

　芭蕉のいった、「ものの光」は物質的存在でもなく、認識された対象にもならない。それは分析的言語では語りえないものであって、そのために、人類は発生いらい、さまざまの途をさぐってきたが、その志向するところは「語られざるもの」の真相の把握であった。

三十九章　「こと」と「もの」

前章では、西田学派の美学者九鬼周造《くきしゅうぞう》が、その代表的名著『「いき」の構造』所収の三編のうち、「風流に関する一考察」という一編で、芭蕉の『遺語集《いごしゅう》』から「わが門の風流を学ぶやから」という一語を取り出し、その美学的な構造を詳細に展開していることをみた。

ここでは、一言にしていえば、芭蕉の俳諧の美学の真相を、新しい哲学の手法をもって現代思想に見事に甦らせたことを紹介した。

そのなかで、「もののあはれ」についてふれている箇所がある。

> 「もののあはれ」は『源氏物語』や琴曲や土佐《とさ》派の絵画や遠州《えんしゅう》好みの庭園などに全面的ににじみでているが、「寂」「細」「華」の三頂点の作る直角三角形を意味するものであろう。（略）「もののあはれ」は主として平面的性格をもったものには相違ないが、平面にあっても正八面体の中心0への関心を重《ちょう》畳《じょう》する限り、実存感覚の深化が可能である。（略）「去られたる門《かど》を夜見る幟《のぼり》かな」に見られるように、「まこと」から深く湧《わ》きでてくる「もののあはれ」は生き物としての人間の人間性に喰《く》い入っている。

直接的ではないが、西田哲学の中核をなすとよくいわれる「絶対矛盾的自己同一」の論は、九鬼が日常的日本語による日本語の美学を説くにさいして、彼の主著『偶然性の問題』の中心課題となっている。「対立者の統一的把握、多様性と偶然の出逢い」などの主題によって、やはり、ひろくは西田の反近代主義的で、東洋的な思索の方法に通じるものがある。

どのようにして、九鬼は孤立した日本文化哲学を切りひらいたのであろうか。

先に、中井《なかい》正一《まさかず》が、その講義や著書『美学入門』、その他の論文で、芭蕉の好んだ一句「しづかに観ずれば、物、皆自得す」をたびたび引き、「あるべき自分の姿にめぐりあう」として、「Da-sein」としての人間から「Ganz Mensch」（完全人）への跳躍を語ったように、当時京都哲学界にこのような、日本美もしくは日本文化精神の確立をめざす試みが始められていたのである。

そして、さきにのべたように、奇しくもというか、九鬼と中井は同じ京都大学の哲学講師、または教授として時を共にしている。深くはないとしても、なんらかの精神的交感はあったはずである。

ところで、いま、芭蕉を通じて、日本精神のありかを探り、逆に、その精神を踏まえて、芭蕉の俳諧の思想に迫ろうとしているわけだが、「日本精神史」という命題を前にするとき、私たちは、さらに和辻哲郎《わつじてつろう》の『日本精神史研究』（岩波書店）を想起せざるを得ない。日本の文化現象を、主として古代からの思想・芸術作品から、その時代精神にかかわりながら、「精神」の自己展開として位置づけ、近代歴史主義を乗り超えようとしている。したがって、その内包的構造は、第二次大戦、敗戦後の今日にいたるまで、なお生きつづけて、私たちの日本文化に対する自己確認に欠かすことができない。

その主要な論文は、大正二年（一九一三）『ニイチェ研究』にはじまり、大正十五年（一九二六）にわたって、いわゆる大正デモクラシーといわれた時代に書かれたもので、『日本精神史研究』としてまとめられている。

芭蕉について「もの」という「ことば」を手掛かりにして、日本の思想をたどってきた私たちにとっては、そのなかでも「『もののあはれ』について」と題された一文は、見のがすことができない。その冒頭を引用しよう。

「もののあはれ」を文芸の本意として力説したのは、本居宣長の功績の一つである。彼は平安朝の文芸、特に『源氏物語』の理解によって、この思想に到達した。（略）儒教全盛の時代に、すなわち文芸を道徳と政治の手段として以上に価値づけなかった時代に、力強く彼が主張したことは、日本思想史上の画期的な出来事と言わなくてはならぬ。

ここには、文芸的感動を根本的思想として捉えた宣長への追慕から、日本精神史の中核へ入ろうとする和辻の文化的決意がみられる。以下、なまじな解説より、和辻自身の名文の要点を抜粋し、引用紹介してゆくことにする。中に省略の入ることを許されたい。

しからばその「もののあはれ」は何を意味しているのか。彼はいう（源氏物語玉の小櫛、二の巻、宣長全集五。一一六〇下）、「あはれ」とは、「見るもの、聞くもの、ふるゝ事に、心の感じて出る、嘆息の声」であり、「もの」とは、「物いふ、物語、物まうで、物見、物いみなどいふたぐひの物にてひろくいふ時に添ふる語」（同上一一六二上）

である。従って、「何事にまれ、感ずべき事にあたりて、感ずべき心をしりて、感ずる」を「物のあはれ」を知るという（同上一二六二上）。感ずるとは、「よき事にまれ、あしき事にまれ、心の動きて、あゝはれと思はるゝこと」である、『古今集』の漢文序に「感㆓鬼神㆒」と書いたところを、仮名序に「おに神をもあはれと思はせ」としたのは、この事を証明する（同一一六一一六二）。後世、「あはれ」という言葉に哀の字をあて、ただ悲哀の意にのみとるのは、正確な用法とは言えない。「あはれ」は悲哀に限らず、嬉しきこと、おもしろきこと、楽しきこと、おかしきこと、すべて嗚呼《ああ》と感嘆されるものを皆意味している。（略）

それは我々の用語法における「感情」を対象に即して言い現わしたものと見ることができよう。従って彼が、これを本意とする文芸に対して、哲理の世界及び道徳の世界のほかに、独立せる一つの世界を賦与《ふよ》したことは、時代を抽《ぬき》んずる非常な卓見と言わなくてはならぬ。

しかし彼は、文芸の本意としての「物のあはれ」が、よってもって立つところの根拠を、どこに見いだしたであろうか。（略）表現されたる「物のあはれ」に同感し、憂きを慰め、あるいは「心のはるゝ」（同一一五二上）体験のうちに、美意識は成立するわけである。が、（略）表現された「物のあはれ」は、何ゆえに読者の心を和らげ、高め、浄化する力を持つのであるか。（略）

〔宣長が〕ここに根拠づけとして持ち出すものは、「物のあはれ」が「心のまこと」「心の奥」であるという思想である。彼は、（略）人性の根本を「物はかなくめゝしき実《まこと》の情《こころ》」に置いた。すなわち彼にとっては、「理知」でも「意志」でもなくてただ「感情」が人生の根柢なのである。従って、表現された「物のあはれ」に没入することは、囚われたる上面《うわべ》を離れて人性の奥底の方向に帰ることを意味する。（略）

従って「物のあはれ」を表現することは、それ自身すでに浄められた感情を表現することであり、それに自己を没入することは自己の浄められるゆえんであることもわかる。（略）

「物のあはれ」が純化された感情であるとすれば、その純化の力は人性の奥底たるまことの情に内在するのであるか。すなわち人性の奥底に帰ることが、浄化であり純化であるのか。（略）彼のいわゆる人性の奥底は真実のSein〔存在〕であるとともに

Sollen〔あらねばならぬ〕であるのか。彼〔宣長〕はこの問題に答えておらぬ。（略）

しかし彼の言葉から我々は次のごとく解釈し得る。彼のいわゆる「まごころ」は、「ある」ものでありまた「あった」ものではあるが、しかし目前には完全に現われていないものである。そうして現われることを要請するものである。（略）

彼が人性の奥底を説くとき、それは真実在であるとともにまた当為である。そのゆえに、あの「みやび心」は、――「まごころ」の芸術的表現は、――現わされたる理想としての意義を持つのである。

この宣長の美学の説は相当の敬意を払うべきであると、和辻は、やや控えめに評価する。そして、

推古仏《すいこぶつ》のあの素朴な神秘主義（略）、白鳳天平のあの古典的な仏像（略）、鎌倉時代のあの緊張した宗教文芸、哀感に充ちた戦記物、室町時代の謡曲、徳川時代の俳諧や浄瑠璃、これらもまた「物のあはれ」の上に立つと言えよう。しかし我々は、これらの芸術の根拠となれる「物のあはれ」が、それぞれに重大な特異性を持っていること、そうして平安朝のそれも他のおのおのに対して著しい特質を持つことを見のがすことができない。これらの特異性を眼中に置くとき、特に平安朝文芸の特質に親縁を持つ「物のあはれ」という言葉を、文芸一般の本意として立てることは、あるいは誤解を招きやすくはないかと疑われる。

と保留しなければならなかった。

この弁解がましい一文は、しかし、軽視することはできない。

この矛盾について、和辻は宣長の言葉を引いている。

「人の情のさま〲に感ずる中に、うれしきこと、をかしきことなどには、感ずること深からず、たゞ悲しきこと憂きこと恋しきことなど、（略）感ずることこよなく深きわざなるが故に、しか深き方をとりわきて」、特に「あはれ」という場合がある。そこから「あはれ」すなわち「哀」の用語法が生まれたのである（同一一六一下）（傍点栗田）。

そこから、平安時代に特有の男女の情について、それも弱い女性の側からの「物のあはれ」は女の心に咲いた花であるとし、「この意味での本来の「物のあはれ」は、厳密に平安朝の精神に限られなくてはならぬ」と限

定する説になる。しかし、果たしてそうであろうか。「あはれ」は必ずしも「哀れ」を意味するものではない。『岩波古語辞典』によれば、「①讃嘆・喜びの気持を表わす声」であり、「②賞美の気持を表わす声」「③愛情・愛惜の気持を表わす声」とつづき、ようやく④として、「悲しみを表わす声」があげられている。

こうしてみると、「物のあはれ」は厳密にひたすら平安朝の精神に限らなくてはならぬ、というのはむずかしい。

では、ふたたび「もの」とは何かと問いかけよう。

そこで、和辻は、「物のあはれ」という言葉を文芸一般の本意と立てることに疑問を呈し、宣長が反省すべきであったとする最後の根拠として、「あはれ」より「もの」という語に主題を移さざるをえないとする。

その要点を述べると、すなわち、「文芸一般の本意をなすもの」は、宣長が「もの」という言葉を単に「ひろく言ふ時に添ふる語」としたが、「添ふる語」ではないと批判する。

「物いう」とは何らかの意味を言葉に現わすことである。「物見」とは何物かを見ることである。さらにまた「美しきもの」、「悲しきもの」などの用法においては、「もの」は物象であると心的状態であるとを問わず、常に「或るもの」である。美しきものとはこの一般的な「もの」が美しきという限定を受けているにほかならない。かくのごとく「もの」は意味と物とのすべてを含んだ一般的な、限定せられざる（傍点栗田）「もの」である。限定せられた何ものでもない（傍点栗田）とともに、また限定せられたもののすべてである。究竟《くつきよう》のEs〔ものそれ自体〕であるとともにAlles〔すべてのもの〕である（指定外傍点原著者）。

ここでドイツ語の哲学用語のEsが突然用いられていることに注目すべきである。このEsは、事典によれば〈das unbestimmte Es（不定の或もの）〉と用いられていることに注目しておこう。さらに英語としてフロイトが一九二三年に論文「自我とエス」で導入した、id/ego/super-ego　自我、超自我＝ding an sich に近い（『岩波哲学・思想事典』新宮一成）。

和辻は、こうつづけている。

「もののあはれ」とは、（略）――「もの」が限定された個々のものに現わるるとともにその本来の限定せられざる「もの」に帰り行かんとする休むところなき動き――にほかならぬであろう。我々はここでは理知及び意志に対して感情が特に根本的であると主張する必要を見ない。この三者のいずれを根源に置くとしても、とにかくここでは「もの」という語に現わされた一つの根源がある。そうしてその根源は、個々のもののうちに働きつつ、個々のものをその根源に引く。我々がその根源を知らぬということと、その根源が我々を引くということとは別事である。「もののあはれ」とは畢竟《ひっきょう》この永遠の根源への思慕でなくてはならぬ。歓びも悲しみも、すべての感情は、この思慕を内に含む事によって、初めてそれ自身になる。（略）

あらゆる歓楽は永遠を思う。（略）かくて我々は、過ぎ行く人生の内に過ぎ行かざるものの理念の存する限り、（略）悲哀をば畢竟は永遠〔絶対性〕への思慕の現われとして認め得るのである。（略）

かく見ることによって我々は、「物のあはれ」が何ゆえに純化された感情として理解されねばならなかったかのゆえんを明らかに知ることができる。「物のあはれ」とは、それ自身に、限りなく純化され浄化されようとする（略）根源自身の働きの一つである。文芸はこれを具体的な姿において、高められた程度に表現する。それによって我々は過ぎ行くものの間に過ぎ行くものを通じて、過ぎ行かざる永遠のものの光に接する。

ようやく、私たちは和辻哲郎の言葉によって、芭蕉の言う「ものの光の見へたる」地点に、さらに深く、たちもどることができた。

そして、またそれが、平安朝特有のあの男女の間の永遠の思慕にとくに顕著であったことも否定できない。しかしそれは、また、芭蕉の生きた江戸時代の爛熟期ともいえる元禄期にも通じる。

そして、あの九鬼周造が哲学者としての青年時代を投じた、世紀末的パリの情況にも通じるであろう。それを和辻は「永遠への思慕に色づけられたる官能享楽主義」とも呼んでいる。

まさに九鬼が「いき」の構造を「風流」として捉え、時の流れてとまらざる「不易流行《ふえきりゅうこう》」を、芭蕉の俳諧論の基底に置いたのをみた。

また、「いき」の内包的構造として、まず第一に、異性に対する「媚態」をあげていた。「いきごと」が「いろごと」を意味するという。

第二には「意気地」をあげ、第三には「諦め」という三つの契機を示していた。

「運命によって『諦め』を得た『媚態』が『意気地』の

自由に生きるのが『いき』である」として、「その構造がわが民族存在の自己開示として把握されたときに、十全なる会得と理解とを得たのである」とする自己確認も、和辻の「もののあはれ」と重なっている。

そしてなによりも、日本の生命の価値を、日本の言語表現によって、近代西洋哲学の手法を駆使して表現していることは特筆されていい。

おまけに、両者とも名文家で、文はリズムを持ちかつ明晰である。日本哲学の精華といえよう。

先に筆者は、カント哲学から芭蕉の精神について示唆を受けた恩師中井正一先生と九鬼周造との関係についてふれたが、確証は得られなかった。しかし、第二次大戦中、および戦後の西田哲学における東洋哲学史、精神史において、芭蕉がとりあげられていることを見た。

今、和辻哲郎の生涯を一瞥《いちべつ》するにあたって、同じように九鬼との重なりにふれてみたい。

手近な熊野純彦編著『日本哲学小史』および『和辻哲郎随筆集』（岩波文庫）の坂部恵《さかべめぐみ》の解説によって、略述してみよう。

話はさかのぼるが、明治十一年（一八七八）、開設されたばかりの東京帝国大学に「外国人教師」として赴任したフェノロサ（一八五三〜一九〇八年）が、教養主義的哲学の講義をはじめた。

フェノロサの講義は、デカルトからカント、ヘーゲル、スペンサーにおよび、ドイツ近代哲学を中心とするものであった。

フェノロサは、また日本美術に深い関心をよせ、岡倉《おかくら》天心《てんしん》とともに、東京美術学校を開設したことがよく知られている。

フェノロサが、東大で教えた教え子たちの中には、三《み》宅雪嶺《やけせつれい》、井上哲次郎《いのうえてつじろう》、坪内逍遥《つぼうちしょうよう》、井上円了《いのうええんりょう》があり、そのうち井上哲次郎の学問的業績は、日本の儒教思想を「哲学」ととらえたことにあった。

その立場をとる「現象即実在論」は、井上の弟子、西田幾《き》多《た》郎《ろう》の初期の立場とも一致している。

フェノロサのあと、ドイツからブッセが招かれ、その後任にフォン・ケーベル（一八四八〜一九二三年）が明治二十六年（一八九三）に東京帝国大学の教授となる。

ケーベルは、着実で正確な文献学的読解を学生たちに要求した。

ケーベルの教えを最もよく受けついだのは波多野精一《はたのせいいち》であり、中井正一、九鬼周造の師となる美学者、深田康《ふかだやす》算《かず》であった。

西田には「ケーベル先生の追懐」があり、和辻哲郎も『ケーベル先生』を語っている。

『文学論』を書いた漱石の門下には、文芸のみならず哲学研究者も多かった。そのなかでも、もっとも傑出していたのが和辻哲郎ということになる。

　谷崎潤一郎の友人で、夏目漱石に私淑し、恋文めいた手紙を送ったといわれる和辻は、はじめ文学青年として創作を志したが、それを断念し、魚住折蘆《うおずみせつろ》の影響で哲学へ向かう。

　大学を卒業した翌年、最初の著書『ニイチェ研究』（一九一三年、内田老鶴圃）を出版する。その二年後、『ゼエレン・キエルケゴオル』（内田老鶴圃）を発表する。

　和辻が、ここで『ニイチェ研究』から出発したことの意味は大きい。ニーチェといえば、とかく通俗的に、芸術に昇華されたディオニュソス的なるもの、例えばワーグナーの楽劇に象徴される共同祝祭的な力への意志と紹介されているが、同時に、逆にヨーロッパ的理性の基盤への切り崩しでもあった、という二面性が見逃されがちであった。

　ニーチェの中期は、全体として十九世紀的な既成概念の解体であり、後期は、それをさらに徹底させた、理性に基づく意味の世界の解体であった。

　ニーチェは、一八八六年の著作『善悪の彼岸』の一節で、次のように記す。

> 　主語「私」は述語「考える」の前提である、と述べるのは事態の捏造である。それが考える［Es denkt］。だが、この「それ」［Es］は（略）「私」であるというのは、（略）仮定や主張にすぎないし、とりわけ「直接的確実性」ではない。

　事象自体を言葉で表わすことはできない。フロイトが「無意識」に代えて「エス」を用いた理由がそこにあると、精神分析家ジャック・ラカン（一九〇一～八一年）が言っている（互盛央《たがいもりお》著『エスの系譜―沈黙の西洋思想史』講談社）。

　ハイデガーは、後期の大作として、『ニーチェ』（一九六一年）のなかで、これを〈存在史〉として受けとめ、現象学と実存主義以降の脱人間主義的思考の一つの源泉とし、脱構築的発想を先取りしているとする（『岩波哲学・思想事典』門脇俊介《かどわきしゅんすけ》）。

　話がいささか九鬼、和辻の類似から離れたようだが、筆者が指摘したかったのは、九鬼、和辻の「もの」による言語論的な芭蕉への共感、また、「和語」・日本語によって日本を哲学することの試みが、逆接的にいえば、世界思想史的先駆性となっていることを指摘するためである。

つまり、和辻が、「『物のあはれ』（傍点栗田）について用いている『もの』は意味と物とのすべてを含んだ一般的な、限定せられざる『もの』である」云々で、思わず、たった一行ドイツ語で「究竟のEsであるとともにAllesである」と定義した背景には、近代哲学を超えた現代言語哲学への足場が、芭蕉において実現されていることが分かる。

また九鬼が、『「いき」の構造』で、「いき」にまず対応する言葉として、ドイツ民族が産んだドイツ語の〈Sehnsucht〉（憧憬）をあげ、また、ニーチェが『ツァラトゥストラはかく語りき』において述べた「神々が踊りながら一切の衣裳を恥ずる彼地《かのち》へ」の憧憬をあてている。

ここでは、和辻のいう「もののあはれ」を「永遠の〈自己の〉根源への思慕」「〈内なる〉永遠を慕う無限の感情」が、芸道の超越性の回帰の希求として、ニーチェに発する現代哲学の脱構築の思想として共有されていることがわかる。「ものの見へたる光」の「見へたる光」が、まさに〈Sehnsucht〉（憧憬）にあたるのに驚く。

九鬼と和辻、二人が文体として、当時の哲学用語に多い、いわゆる漢訳調ではなく、大和言葉というか、日常日本語に近い表現で語っているということも偶然ではない。

まず、九鬼はパリに在って歌集にするほど和歌をつくった歌人であり、和辻もはじめは夏目漱石に傾倒して創作を志した文学青年であった。つまり二人とも、いわゆる文芸実作者であった。

哲学と文芸を形式的に分けるなら、哲学は悟性による記述、文学は感性に重きを置く言語表現だといわれる。その二人が、折しも世界の哲学思想が、カント哲学の再構成、または解体の時に思想家として出発したという事情もあった。そして、なによりも、存在論がドイツ哲学の日常語「Sein」から出発して、西欧哲学が古代ギリシャ語、ラテン語による哲学から解放されて、新しい視野を開きはじめた時期でもあった。

それに対して日本では、西欧哲学の抽象概念を訳するにあたっては、明治維新までつづいた、東洋哲学の体系である漢文漢語で書かれた儒学の思想概念をあてるのが、感性的大和言葉よりもはるかに容易だという事情もあった。

明治まで、日本の知識階級は、儒学、漢語、漢文には熟達していた。儒教以前の千年を超える中国語によるインド仏教哲学もまた、日本の思想の中核を支えていた。

時には、中国に遊学して、中国人をして讃嘆させたほどの漢詩人も多く、それは、じつに日露戦争の英雄・乃《の》木《ぎ》将軍にまで引き継がれていたのである。

西欧哲学の翻訳にあたって、当面、伝統的儒学、サンスクリット語に翻訳されたインド仏教哲学に用いられている漢語を翻訳に採用したのは自然であり、かつ必然でもあった。

そもそも、いわゆるカタカナも漢字の偏《へん》を分離したものである。軍用語と官僚の公用語には、ほとんど漢字カタカナ交じり文、つまり漢文を基本にしていたことになる。寺子屋でまず習うひらがなは、漢字の崩しである。

こうしたなか、なお、和語、和文化による文芸や思想が、詩歌や歌謡遊芸のなかで生きのび洗練されてきたことは、むしろ日本語文化精神の強靭な独自性を示すものとして、驚くべきことといわなければならない。

九鬼と和辻の二人が、母国日本の文芸について語るにあたって、ともに好んで大和言葉を駆使したことには、いかなる共通点があったのだろうか。

筆者は、二人の言語形成の細部にわたって詳述する資料も資格もない。ただ、明らかなのは、二人が創作家としての資質を強く備え、思想的著述においても、それを生かしたことであろう。

また二人は、同世代人であったことは注目していい。

興味深いのは、和辻が生まれた明治二十二年（一八八九）は、大日本帝国憲法発布の年であり、その前年に九鬼周造が生まれている。このあたりについて熊野編『日本哲学小史』を見ていると、様々な想いが湧いて、興味はつきない。まさに日本近代思想の誕生であった。

一方、西欧哲学界をみると、一八七一年の、パリ・コミューンの前後に、私たちになじみの名前、スペンサー、マルクス、エンゲルス、ニーチェ、リッケルト、フッサール、カッシーラー、コーヘン、シェストフらの名が並び、とくに、ニーチェ、フッサールの活動が目立っている。文芸では、私には思い入れの深いフランス象徴派詩人の一人であるアルチュール・ランボオの名前がくる。

すでにカントやヘーゲル中心の近代思想界が、崩壊と再生に向かって、はげしく動き始めていることを、ひしひしと感じさせる。

ひるがえって日本をみると、九鬼そして翌年の和辻、岩下壮一の生誕からおよそ十年、明治三十年（一八九七）に三木《み き》清《きよし》が生まれ、明治三十三年（一九〇〇）に戸《と》坂潤《さかじゅん》、中井正一が生まれている。和辻の生まれた年（一八八九年）に、ベルクソンの『意識の直接与件に関する試論』が出版されているのも象徴的である。

この頃精神の「意識と認識」に関する省察がはじまっているのも、世界的思想の潮流をひしひしと感じさせる。

話をもどすと、和辻は明治三十九年（一九〇六）、東京の第一高等学校に入学したが、面白いことに、一高では岩下壮一と同じクラスに籍をおいた。同年の入学者には天野《あまの》貞祐《ていゆう》、岩下と親友であった九鬼周造がいた。

岩下は東大のケーベルの門下で、先にふれたが、東大の哲学科を卒業してのち、欧米に留学し、のちカトリック神父となり、ハンセン氏病病院の院長として一身を信仰に捧げた。代表作は『中世哲学思想史研究』（昭和十七年〈一九四二〉、岩波書店）に収められている。

こうした目配りのなかで、文学青年であった和辻をみると、大学を卒《お》えた翌年に『ニイチェ研究』を、二年後に『ゼエレン・キェルケゴオル』を、さらには大正七年（一九一八）『偶像再興』（岩波書店）、翌年『古寺巡礼』（岩波書店）を出版し、在野の文筆家として、次々と著作を発表していった。

『古寺巡礼』は、第二次大戦中もまた戦後を通じて、筆者の周辺の読書人の必読書となっていた。

敗戦後の筆者の古寺巡礼にさいしても、つねに胸中にあったもので、拙著『飛鳥大和　美の巡礼』はその影響下にあって、それをより古代的なる霊性によって基礎づけようとしたものであった。

西田哲学の系譜のなかには、和辻、九鬼につづいて、『「いき」の構造』発表の同年、意外にも「機械美の構造」（『思想』掲載）を発表した中井正一の名がみえる。

中井の美学は、根底で、近代的人間主体の意識の構造を分解、再成するにあたって、カッシーラーの機能主義（Funktionalismus フンクチォナリスムス）によって分解された複合的なコミュニケーションを、現代の機能構造としてとらえている。

またスポーツ集団を支える共同体の「気分」や映画芸術を例にあげている。それらに共通する「交わり」への主体的参加によって、人間とそれをとりまく社会、歴史の関係のうちに、人間存在の近代的自我を超える新しい視点を提出しようとするものであった。

日本の芸道としては、古代芸能、勅撰集という場における作品をはじめ、連歌・俳諧・能楽・歌舞伎といった芸能や茶道などの一座《いちざ》建立《こんりゅう》となり、主客の独得な交錯する感性によって、美的共同体を成立させている。個の表現を主体とする今日の芸術とは異なり、世界でも稀な芸術形式を、今日にいたるまで維持しつづけることになったのである。

和辻が、また九鬼が、日本の詩歌作品の構造を、共同体的人間実存の新しい発見として提出した理由でもある。

九鬼は、それを「いき」という人間構造として提示し、和辻はそれを本居宣長にならって『源氏物語』の

「もののあはれ」というキーワードによって、主体構造を示した。

　中井正一が、映画やスポーツという一見日本の伝統からはなれた機能主義の人間構造に注目したのも、近代哲学の解体した現代における、人間存在構造の再成として、好んで芭蕉の美学をとりあげたのも、たんに東洋好みというものではなく、まさに世界的思想史における人間存在構造研究の先端を指摘したものであった。

　人間と世界とをむすぶ言語論は、九鬼にとって、『偶然性の問題』となった。

　その「序説」によれば、「偶然とは偶〻然か有るの意で、（略）すなはち、否定を含んだ存在、（略）有と無との接触面に介在する極限的存在である」ということになる。

「いき」とは、まさに、偶然的な出逢いにおける、無を孕んだ媚態である。「賽の目の如くに投げ出された離接肢の一つが実存の全幅をゆり動かしながら実存の中核へ体得されるのが運命」である。この不合理な現実を生きるのが運命という人間の実存形態なのであるとする。

　人間と世界とが遭遇するという状態が、作品成立の根源なのである。しかし、その出逢いそのものは「まこと」である。芭蕉がつねに説いた「風雅の誠」とは、そこにあった。

　一方、和辻は、自らの文体について、昭和三年（一九二八）十二月に行なわれた講演で、「日本語と哲学」と題して語った。その後、『続日本精神史研究』（一九三五年、岩波書店）が出版されるさい、加筆改稿され、「日本語と哲学の問題」と改題されて収録されている。

　そのなかで和辻は、いかにして、日常的な日本語で日本精神を語るかということを問いかけている。

　それを支えているのが、ヴィルヘルム・フォン・フンボルトの言語論であった。フンボルトは、ハイデガーでは見落とされていた特殊性の問題について批判を加えた。

　熊野氏の編著『日本哲学小史』から引こう。

> フンボルトによると言語とは、民族の精神が外に現れた「一の国民的個性的生活の精神的呼吸」であり、言語の構造は国民の精神的特性そのものである。そして言語の研究は、言語の相違と民族の区分と「人間の精神力の生産」との関連を主題とする精神的理解の努力に他ならないとされる。（略）

　要するに言葉とは、それを使う民族の歴史そのものであるのだ。

和辻は、たしかに、日本人の精神生活においては、「悟性的認識における不熱心」という特性が日本語によって思索を阻害してきたことは認めながらも、実はそれによって日本の思想が硬化されることとなく、体験の表現としての豊かさを保っていることを指摘し、日本語の非分別性は、かえって「真実なる存在の了解を保存するもの」とした。

日本語はながめられるものではなくして、我々自身の有り方である。（略）言いかえれば集団的歴史的体験の表現過程としての日本語において（略）、自ら純化発展させてみなくてはならぬ。それは純粋なる日本語の意味を頼りとして（略）自ら問い自ら思索することにほかならない（「日本語と哲学の問題」）。

そうして、哲学の根本問題である「存在」への問いを漢語の「存在」ではなく、日本人の日常的な言葉である「ある」ということはどういうことであるか、と問いかける。

さらに「こと」と「もの」との相違を問う。『日本哲学小史』の解説を参考に、その論理過程を要約していえば、まず、「こと」には三つの意味があり、その中で様々な「もの」が見出されてゆく。「もの」は「こと」において初めて存在するものであり、「こと」は「もの」の基礎にあるのである。そして「もの」を見出していく「こと」の生起する場として、「もの（者）」が「こと」の根源に位置づけられる。「者」とは、我々自身である個人的で社会的な人間のことであり、「物」と「者」は「こと」において己れを見出すことが、「もの」が「ある」ということになる。

つまり人間の存在は実践的な行為の連関であり、あらゆる意識や表現の地盤をなしている。そして、実践的に既に存する了解は言《こと》として自覚されてくる。

せっかくの和語による和辻の存在論も、解説することによって、また抽象的漢語にかえったきらいがあるが、これが、世界のなかの日本という実態であり、今のところやむを得ないというほかはない。

しかし、筆者は、この解説をたどりながら、ようやく芭蕉のいうあの「物の見へたる光」という句作の実践的な体験において、超越的存在が、見えざるものを含めて顕現して、句となる絶妙な「はずみ」＝（契機）が、自己開示されてゆくことが了解されたと考える。

ところで、この「こと」と「もの」という和語への考察は、これに止まらない。大森荘蔵《おおもりしょうぞう》は「ことだま論」

（一九七三年）で次のように語る。『日本哲学小史』の解説（古田徹也氏）から紹介しよう。

　古来多くの文化では、言葉には事物をじかに立ち現わす力があると信じられてきた。この国の人々は、言葉に宿るそのような力を特に「ことだま」と呼び慣わしてきた。（略）言葉が事物をじかに立ち現わすことは、神秘でも何でもない、日常の当たり前の事実に他ならない。「表象」を抹殺し、「意味」を抹殺し、あらゆる仲介者を廃することで大森は、心的一元論を突き抜け、立ち現われの一元論に到達するのである。

　大森荘蔵は、第二次世界大戦が終わり、京都学派とは別に、物理学徒として出発した。

　昭和四十六年（一九七一）、『言語・知覚・世界』（岩波書店）で、極度に純化された現象主義とも呼ばれる世界を構築するが、この「ことだま論」は、のちに『物と心』（東京大学出版会）に収録されている。ここでも「物」と「心」という和語が用いられていることに注目したい。

　戦後もベトナム戦争の時代ともいわれる一九七〇年代、日本の哲学界は、一方では大森荘蔵の時代であり、他方では廣松渉《ひろまつわたる》の季節だったといわれている。

　廣松の業績は、戦後、学生運動を通じてマルクス主義を『物象化論の構図』（岩波現代文庫）などにより新しく再構築したことで知られているが、同時に彼は、現代哲学の転換点ともいえる言語論的転回から出発している。

　近年、哲学者たちの言語観に（略）抜本的な変化が生じはじめているように見受けられる。（略）「中世的世界観が、〝生物〟をモデルにして万物を了解し、近世的世界観が〝機械〟の存在構造に定位して視界を拓いた」と云われうるのに対して（略）、いまや「言語存在」の究明を通路にして新しい世界観的な視座が模索されつつある（『世界の共同主観的存在構造』勁草書房、第二章）。

　そして、それに応える形で、現代哲学として言語観を体系的に論じた著作が、ずばり『もの・こと・ことば』（ちくま学芸文庫）である。

　短編ではあるが、西欧言語論と日本語論の分析を跡づけながら、次の如く規定する。

　真の実体《もの》と呼ばれるに値するものが在るとすれば、それは――普通に表象されているような「モノ」とはおよそ存在性格を異にするetwas ――総世界的な関係態そのもの、この意味においての、諸関係の総体にほかならないであろう。（略）

「こと」というのは第一次的存在性における「関係」の現相的な即自対自態An-und-für-sich-Seinなのであり……（略）

ごらんの通り、ドイツ観念哲学の用語がふんだんに用いられ、しかも、常識的意味を控えるように要請されているので、今まで芭蕉の「もの」をめぐってたどってきた、「こと」と「もの」の歴史的論説を重ねあわせて、さらに細密な検討が必要であるとしている。

本稿は、その「予備作業」の試みとして、日本語学者の手法への批判的立場を表明しているとよむことになる。

芭蕉の俳諧の真相を「もの」という語を手掛かりに先人の論説をたどってきたが、この問題は、じつは現代的位置を占めるもので、まさに今日、芭蕉の「もの」をめぐって、言葉から世界を考えることの意義の大きさを暗示しているといえるのである。

四十章　命二つの桜

さて、『野ざらし紀行』の旅に戻ると、貞享二年（一六八五）三月上旬頃、芭蕉は、京都伏見《ふしみ》を経て、大津に入った。

途中、「大津に出づる道、山路を越えて」との前書で、「山路来て何やらゆかしすみれ草」の句を得、また、琵琶湖を眺望して「辛崎《からさき》の松は花より朧《おぼろ》にて」の句を得た。

この「山路来て」と「辛崎の松」の句は、芭蕉がそれまでの旅を重ねてたどりついた蕉風を確立した重要な句として、本稿でも、「ものの光」をめぐって考察をめぐらしてきたところである。

三月中旬頃、大津から東海道筋を下って、草津《くさつ》・石部《いしべ》を経て九里二十五丁（約三十八キロ）、今の滋賀県甲賀《こうか》市水口《みなくち》にいたる。伊賀《いが》より水口街道の終点にあたる。

甲賀といえば、近頃はあまり耳にしない地名であるが、いわゆる甲賀忍者の里である。古くは、『日本書紀』

の天武天皇の条にその名が見られ、壬申《じんしん》の乱（六七二年）のとき、大海人皇子《おおあまのおうじ》が伊賀にはいり、柘植《つげ》の山口で鹿深《かふか》をこえてきた高市皇子《たけちのおうじ》と合流し、伊勢へ入ったとある。

多くの古墳が、散在しているが、これらは古代豪族鹿《か》深臣《ふかのおみ》一族の古墳群といわれている。

南西に十キロほど離れた雲井《くもい》には、奈良時代に聖武天皇が造営をめざした紫香楽宮《しがらき》の跡もある。

平安時代には、数多くの寺院が建てられ、なかでも長《ちょう》寿寺《じゅじ》と常楽寺《じょうらくじ》は、それぞれ東寺、西寺と並び称されていた。

また、紫香楽宮跡の北には、近江の大峰山といわれる飯道山《はんどうざん》があり、多くの修験者の行場として古代山岳信仰を伝えた。

鎌倉時代から室町時代にかけては甲賀武士が活躍、戦国時代には、六角《ろっかく》氏をたすけ、足利将軍や信長に抵抗した甲賀忍者の本拠地となり、忍術屋敷が残されている。

江戸時代になると、多羅尾《たらお》氏が代官となり、小堀遠州が築城した水口城ができた。遠州の名園のある大池寺《だいちじ》（臨済宗）も造られ、東海道の要衝を占める宿駅として、石部・土山《つちやま》とならび栄えた。

今でも水口城跡の堀に映る石垣が美しい名所である。

城山のふもとにある大岡寺《だいこうじ》は、天和二年（一六八二）に城主として入城した加藤氏の祈願所で、境内に芭蕉の句碑があり、桜の名所としても知られ、水口八景の一つとされている。

「解逅と離別」と題されたこの章で芭蕉は、まず「水口にて、二十年を経て故人に逢ふ」との前書で、句をよんだ。

命二つの中に生きたる桜かな

この句は、芭蕉がさきによんだ「何やらゆかしすみれ草」や「辛崎の松」などの、名句のとどめというよりは、さらに新しい境地をひらく前奏の作品として注目しなければならない、と尾形仂《おがたつとむ》氏は述べている（『野ざらし紀行評釈』）。同感である。

土芳《どほう》筆『芭蕉翁全伝』によって、まずこの「故人」との出逢いを紹介しよう。

これは水口にて土芳にたまはる句なり。土芳、この年は播磨《はりま》にありて、帰るころは、はやこの里（伊賀上野）を出でられはべる。なほ跡を慕ひ、水口越えに京へ登るに、横田《よこた》川にて思はず行き逢ひ、水口の駅に一夜、昔を語りし夜のことなり。明けの日より中村柳軒《なかむらりゅうけん》といふ医のもとに招かれて、またこの句を出だし、二十年来の旧友二人挨拶したり、と笑はれはべる。

同じく土芳の『全伝』によれば、水口駅に伊賀から土芳が来たり会し、ともに四、五日逗留。伊賀大仙寺《だいせんじ》の僧嶽淵《かくえん》、当地の医師中村柳軒、多賀《たが》某ら旧友とも逢い、おのおの発句、歌仙などあったという。

「命二つの」の字余りの上五を、「命二つ」とするのは誤りで、

「命二つの」とは、われと友との、それぞれの人生を背負って歩んできた二人の存在を、最も本質的な相において言い取ったもの。現実の具象性から遠く離れたこの観念的な把握が、かえって、二人の人生コースの隔たりと、本質的な結びつきとを深く暗示している（傍点栗田）。

との、尾形氏の指摘（『野ざらし紀行評釈』）は説得力がある。

「命」というありふれた語句も、実は、西行の「年たけてまた越ゆべしと思ひきや命なりけり小夜《さよ》の中山」（『新古今集』）とひびきあっている。漂泊者の感懐を想わせ、ゆくりなくも再会できた二人の命。

ここで生々しくもはかない命の重なりをあえて中心において、命の持つ断絶と不可思議な持続という、生きている深い時間感覚を導入し、この一刻の出逢いの不可思議で貴重な時空を見事に捉える。また、この二つの命の出逢いという偶然の必然性のなかに、はじめて他者に向かって開かれた想い、他者との連帯、さらに個を超えた世界の広がりを鮮やかに詠いこんだ見事な句作といえよう。

筆者は、ここには、どこか孤絶した「辛崎の松」の主体の境地から、他者に向かって開かれた超越性を確認するという、大きな句境の飛躍と展開がみられると思うのである。

折しも、この二つの命の媒介となるのは、満開の花である。先にみたように、水口は昔から桜の名所として知られている。それぞれが個人的体験として生きてきた桜の熱い想いが、水口の桜花によって融合し、眼前に広がる満開の桜花のなかで、「年々歳々花相似《ねんねんさいさいはなあいにたり》」と詠われた永遠への思慕を共有することができた名句なのである。

ところで、この句の中で、「命」という、日常的だが重い言葉を句中に用いていることに、注目しなければならない。

というのも『野ざらし紀行』の大井川《おおいがわ》を越えたくだりで、「馬上吟《ばじようのぎん》」としてよまれた次の句と、それにつづくくだりを想起するからである。

道のべの木槿《むくげ》は馬に食はれけり

廿日余りの月かすかに見えて、山の根際《ねぎわ》いと暗きに、馬上に鞭《むち》を垂れて、数里いまだ鶏鳴《けいめい》ならず、杜牧《とぼく》が早行《そうこう》の残夢《ざんむ》、小夜《さよ》の中山に至りてたちまち驚く。

馬に寝て残夢月遠し茶の煙《けぶり》

これについては、すでに、二十三章で詳しく述べた。ここで、ふたたび「命二つの」の句に響きあうことを指摘しておこう。なぜか。

面白いことに、「馬上吟」の句には「自然観照」の写実の句と読むか、寓意の句ととるかとの両説があったが、「辛崎の松」の句でみたように、『去来抄』でも重視された「ものの光」をみる「即興即吟」の詩法と考え、また、素堂《そどう》が『野ざらし紀行』の序文で、「山路来て何やらゆかしすみれ草」と同じ趣の句としていることから、すでに芭蕉は、この頃から写生か寓意かではなく、その分別の未然に、主客融合した絶対的な光景の出現を予感していると考えられるのである。

次に、「木槿」の句につづいて何故、「小夜の中山に至りてたちまち驚く」と、「小夜の中山」が特筆されているのであろうか。

これも、248ページで紹介したが、『類字名所和歌集』には先行する数多くの和歌があげられていて、杜牧の漢詩の裏づけのある、日本の伝統的詩歌の重層する詩脈をあげたものとされている。

『芭蕉句集』（『古典大系45』）には、「佐夜中山《さやのなかやま》にて」として、

命なりわづかの笠の下涼ミ　　桃青《とうせい》

があげられていて、西行の、「命なりけり小夜の中山」をうけた趣向であることは明らかである。

芭蕉が意を決して旅を想うとき、西行の有名な一首が、つねに心に浮かんでいたことはまちがいあるまい。芭蕉の水口での句、「命二つの中に」とよむとき、西行の歌の「年たけて」「命なりけり」という句が甦っていることを無視するわけにはゆかない。

この西行の有名な一首を踏まえて、『佐夜中山集』と

いう俳諧撰集が編まれている。寛文四年（一六六四）、松江重頼《まつえしげより》によるもので、全六巻である。この撰集の最大の特徴は、発句の部を典拠によって分類したことで、特に巻三では、謡曲などを踏まえた句を集めている。古典の文句をもじるのは貞門《ていもん》俳諧の特徴だが、当時俳諧の典拠としては軽んじられていた謡曲を大きく取り上げているところに、この撰集の革新的な性格が現われている。

面白いことに、この『佐夜中山集』に、宗房《そうぼう》（芭蕉）の二句が収められている。

月ぞしるべこなたへ入らせ旅の宿　（寛文四年以前）

姥桜《うばざくら》さくや老後の思ひ出《いで》　（同前）

いずれも謡曲（前者は『鞍馬天狗《くらまてんぐ》』、後者は『実盛《さねもり》』）をふまえた句で、芭蕉作として知られるなかで最も古い作、

春や来し年や行きけん小晦日《こつごもり》

が、『古今集』や『伊勢物語』を踏まえているように、芭蕉は早くから中世の古典に親しんでいたことが想起される。

当時は、貴重な古典の写本に直接ふれることは、一般人にはむずかしかったが、折から、西行の家集・伝説のたぐいが、この頃続々と出版されつつあった。『山家集』は文禄三年（一五九四）、『西行法師家集』（西行上人集）も延宝二年（一六七四）に上梓された。

晩年の西行の言行録ともいえる、蓮阿《れんあ》の『西行上人談抄《だんしょう》』は寛文九年（一六六九）、また西行伝説の源流、『西行物語』は正保三年（一六四六）、『撰集抄《せんじゅうしょう》』は寛永から慶安ごろの刊行である。

芭蕉にとって、西行伝説はもとより、その和歌集は決定的なものとなった。それらの結集ともなったのが、『野ざらし紀行』の旅ともいえるのである。

目崎徳衛氏は『芭蕉のうちなる西行』において、一番好きな西行歌は、と問われれば「年たけて」の歌をあげると述べ、「〔この〕歌への愛着には変りがない」としたうえで、「小夜中山」について次のようにつづける。

西行は若い時陸奥の歌枕をたずねてここを通ったが、四十年の歳月を経た後、東大寺再建の資を平泉の藤原秀衡《ひでひら》（略）に勧進するため、曾遊の陸奥へ赴く途中に、ふたたび小夜の中山を越えた。語訳を必要としない平明そのものの調べの中に、深く切なる

思いが籠る。西行歌とはこういうものだという標本のような一首である。

こうして、西行の代表作の一つの歌を探ると、芭蕉の「命二つの中に生きたる」という句の深く重い背景が、土芳とも共有されていると同時に、「故人」は、土芳の影に西行の姿を重ね合わせたものとも考えられる。

さらに、「桜かな」とあるのも、先にあげた『佐夜中山集』所収の宗房（芭蕉）の句、「姥桜さくや老後の思ひ出」のイメージと重なっていることも思いあわされる。

こうみると、水口という土地の意味も深くなる。先にもみたとおり、雲井には古都紫香楽宮跡もあり、奈良、平安時代を通じて、古代宮廷文化の面影深い土地でもある。良弁《ろうべん》僧正によって建てられた甲賀六大寺の文化の名残も深い。

平安朝になって、岩根《いわね》の少菩提寺《しょうぼだいじ》、石部の常楽寺、水口の大岡寺、岩根の善水寺《ぜんすいじ》、櫟野《いちいの》の櫟野寺《らくやじ》などのさかえた文化が、今につたえられている。とくに城山の麓にある大岡寺は、境内に芭蕉の句碑のあることを記したが、とくに〝大岡寺の桜〟は世に知られ、今も季節となれば咲きみだれている。

芭蕉が桜について前書で記すことなく、「命二つの中に生きたる桜かな」の句を、あたかも周知のように投げ出しているのは、頃は今しも三月上旬の作とされる「辛崎の松は花より朧にて」と重なる眼前の風景を超え、「物の光見へたる」境地であろうか。

味わい深い芭蕉の名句のひとつである。

次の句に入ろう。この前書は、旅が続いていることを思わせる。だが、読みすすんでゆくと、なかなか、一筋縄では理解しつくせないことが分かってくる。

伊豆の国蛭《ひる》が小島《こじま》の桑門《そうもん》、これも去年《こぞ》の秋より行《あん》脚《ぎゃ》しけるに、我が名を聞いて、草の枕道づれにもと、尾張の国まで跡を慕《した》ひ来《きた》りければ、

いざともに穂麦《ほむぎ》喰らはん草枕

「桑門」は、僧侶のこと。尾形氏の註釈をかりると、「桑門《よすてびと》」と訓じ、「桑」はヨステである。芭蕉の句に「椹《くわのみ》や花なき蝶の桑《よすて》酒」との作例がある。正式の僧侶ではない道心者の意で用いられ、ここでは、路通《ろつう》を指すといわれている。

彼は、奔放不羈《ふき》な性格の故に、波乱の人生を送り、許《きょ》六《りく》の『歴代滑稽伝』に勘当の門人と記されるが、芭蕉

は、その詩才を愛して、門人たちと和解するように遺言したほどの異色の弟子であった。路通も『芭蕉翁行状記』を記して、師の恩に報いている。

「蛭が小島」は、現在は静岡県伊豆の国市韮山《にらやま》にあり、源頼朝流謫《るたく》の地として知られる。

『おくのほそ道』の旅の途中で、芭蕉と対面した大垣藩士戸田権太夫《とだごんだゆう》（如水《じょすい》）の日記、『如水日記抄』九月四日の条に、路通について「これは西国の生まれ、近年は伊豆蛭が島に遁世《とんせい》の躰《てい》にて住めるよし」とあり、「桑門」が路通であることを裏づける。

路通は、この旅の終わりに、土芳とならべて記述されるほどの重要な人物となったので、その生涯にとりあえずふれておこう。

路通は慶安二年（一六四九）に生まれ。元文三年（一七三八）に没した。享年九十歳。

出生は美濃《みの》国説、京都説、筑紫《つくし》説などがあり不詳。神職の家の出身ともいう。幼少期の消息も不明。延宝二年（一六七四）ごろ、乞食僧となり、天和三年（一六八三）、筑紫へ行脚。貞享元年（一六八四）、京・近江国大津を漂泊し、翌二年三月、近江国膳所《ぜぜ》松本で『野ざらし紀行』旅中の芭蕉に会い入門している（『俳文学大辞典』石川真弘）。

膳所には、湖岸に向かう旧道に、芭蕉の愛惜した木曾《きそ》義仲《よしなか》を祀った義仲寺《ぎちゅうじ》がある。この寺は、元禄七年（一六九四）、大坂で亡くなった芭蕉の遺言によって、去来、其角らの門人が、遺体を葬った蕉門にとって最も重要な史跡である。

膳所には、古くは「瀬田のから橋、唐金擬宝珠《からかねぎぼし》、水に映えるは膳所の城」とたたえられた膳所城跡もある。

湖南蕉門と彦根蕉門を中心に、近江蕉門が成立したとき、大津・膳所・堅田《かたた》を中心に芭蕉の門弟が結集した。貞享二年（一六八五）には、大津の町医尚白と堅田本福《ほんぷく》寺《じ》の住職千那が入門、同四年、尚白は『孤松《ひとつまつ》』を上梓している。

また元禄二年（一六八九）末、芭蕉が膳所に滞在したのを機にさらに勢力をひろげ、同三年には『ひさご』を出版し、膳所連衆九人の百十八句が入集している。

『俳諧七部集』には十九人の二百七句が入句している。

宝暦〜明和期（一七五一〜七二）蝶夢《ちょうむ》が義仲寺を全国蕉風の中心として顕彰したことも故なしとしない（『俳文学大辞典』木村善光《きむらよしみつ》）。

湖南こそ、芭蕉の第二の故郷といっていい。

今、芭蕉は、大津より東海道を下り、水口駅にて土芳と再会した。それにつづく『野ざらし紀行』の本文は、いきなり「伊豆の国蛭が小島の桑門」とはじまり、四月上旬頃、膳所松本辺で入門した路通が、跡を慕って尾《び》州《しゅう》まで来て再会した話につづく。

この水口から尾張までの間、『野ざらし紀行』には、なんの消息も記されていない。だが実際には、『年譜大成』によると、この二十日あまりの間、芭蕉はじつに慌ただしい日程をこなしているのである。

この間の句作も実は数多く、『野ざらし紀行』には、記されてはいないが、重要な作品が多々ある。

その間の芭蕉の旅程を、まずは『年譜大成』によって簡単にみてゆきたい。

三月下旬頃　桑名で本統寺《ほんとうじ》に住職古益《こえき》を訪ね、三日逗留。

三月二十六日には、熱田《あつた》に戻り、さっそく大垣の船問屋、木因《ぼくいん》に近況報告の書簡を送り、京鳴滝《なるたき》の三井秋風宅にてよんだ、「梅白しきのふや鶴を盗まれし」の他数句を記している。

此度《このたび》〔熱田に〕帰庵に及び申し候。（略）本統寺様に三日逗留、御噂《うわさ》度々に及び申し候。（略）無事に帰庵の旨、嗒山《とうさん》公・如行子《じょこう》へ早々御噂頼み奉り候。

この文には、俳壇渡世へのゆきとどいた配慮がうかがわれる。ついで、「尾張熱田にて五、三日休息」と記している。

三月二十七日、熱田の白鳥山法持寺《はくちょうさんほうじじ》において、熱田連衆の叩端、桐葉《とうよう》らと三歌仙を巻いている。

何とはなしに何やら床し菫草　　芭蕉
編笠敷きて蛙《かわず》聴き居る　　叩端（以下略）

「何とはなしに何やら床し菫草」の句は、先にあげた「山路来て何やらゆかし」の初案であり、実際の俳句の日付と、『野ざらし紀行』とで順序が異なる。ここに芭蕉の美事な再構成がみられる。

三月下旬、熱田にて、景清《かげきよ》屋敷、頼朝《よりとも》誕生旧跡など見物。芭蕉の史跡追慕は、至る所でみられる。

歌仙にも、次々と呼ばれ、また東藤《とうとう》の求めに応じ、貞《てい》徳《とく》、宗鑑《そうかん》、守武《もりたけ》の画像に賛を書き与えている。

次の三句は、この年三、四月、尾張でよまれたものと推定される。

鳴海潟《なるみがた》眺望
船足も休む時あり浜の桃　（『船庫集《ふなぐらしゅう》』）

野中の日影
蝶の飛ぶばかり野中の日影哉　（『笈日記《おいにっき》』）

刺棹《さしざお》書きたる扇に
鳥刺《とりさし》も竿や捨てけんほととぎす　（『俳諧千鳥掛《ちどりがけ》』）

四月上旬、この頃、名古屋の杜国《とこく》に惜別の句を送る。

杜国に贈る
白芥子《しらげし》に羽《はね》もぐ蝶の形見かな

最後の句は、『野ざらし紀行』の次章「惜別・帰庵」の初句となっていて、実際の作句と時期がやはり相前後しているが、これについては、改めて次章で解釈する。
四月四日、桐葉・叩端同道、鳴海の下里知足《しもさとちそく》を訪れて一宿。九吟二十四句を興行した。

杜若《かきつばた》われに発句のおもひあり　芭蕉

四月五日、再び熱田に戻る。この日、其角参禅の師大《だい》巓《てん》和尚の死を悼み、其角に宛てて次の書簡を出す。

草枕月をかさねて、露命恙《つつが》もなく、今ほど帰庵に赴き、尾陽《びよう》熱田に足を休むる間、ある人我《われ》に告げて、円覚寺大巓和尚、ことし睦月《むつき》のはじめ、月まだほのぐらきほど、梅のにほひに和して遷化《せんげ》したまふよし、こまやかにきこえ侍る。旅といひ、無常といひ、かなしさいふかぎりなく、折節《おりふし》のたよりにまかせ、先一翰机右《まずいっかんきゆう》に投ずる而已《のみ》。

梅恋ひて卯花《うのはな》拝む涙かな　ばせを

四月五日
其角雅生　（其角編『新山家』所収）

四月九日には、再び鳴海の知足亭を訪れて一泊。如意《にょい》寺《じ》にて俳諧・歌仙を催し、翌日の十日、帰東の途につく。
このほかにも芭蕉は、精力的に日程をこなす。日付ははっきりしないが、四月上旬、熱田にあって、美濃の如行の来訪を受け、八吟歌仙を興行する。やはりそのころ、芭蕉送別七吟十二句を催す。

思ひ立つ木曾や四月のさくら狩り　ばせを

同じく熱田では、桐葉とも、留送別発句脇があり、次の句を残した。

牡丹蘂《しべ》分けて這ひ出《い》づる蜂の余波《なごり》哉　　芭蕉桃青

牡丹蘂深く分け出づる蜂の名残かな

（『野ざらし紀行』）

跡を慕って近江から追ってきた路通が尾州まで来て再会したのは、このころである。

ここで『野ざらし紀行』では、「命二つの」につづく次の句が出てくるのである。

いざともに穂麦喰《く》らはん草枕

『野ざらし紀行』では、このあと、路通から大巓和尚の死を知らされ、「梅恋ひて」の追悼句をよんだという構成になっている。

なんと、帰東も四、五日後とさだまったころに、本当に路通は追いついたのであろうか。

そして、この僧によって円覚寺の大巓和尚が、今年睦月の初めに遷化されたことを知ったのであろうか。終章へとしぼりこんでゆく、この「邂逅と離別」にあまりにおあつらえむきの話とも思える。

しかも、薫高い禅意の象徴としての梅、また仏前に用いられて、仏教の匂いを伴った「卯花」の句でくるのには、あるいはフィクションもあるのではと、尾形氏も註しておられる。

ともあれ、「穂麦喰はん草枕」の句がよまれたのは、まさに帰東せんとするほぼ五日前であった。

いま、この句を考えるとき、四月四日鳴海の知足亭での芭蕉の発句、

杜若《かきつばた》われに発句のおもひあり

につづく脇句、第三句、

麦穂波寄るうるほひの末　　知足

二つして笠する烏夕暮れて　　桐葉

の二つの句の間には、鳥のイメージが共有されていると尾形氏は指摘し、『鹿島《かしま》紀行』にも「伴う人ふたり、浪客の士ひとり、ひとりは水雲の僧。僧は烏のごとくな

る墨の衣に」云々とある。

　さらに有名な句、「行く春や鳥啼き魚の目は泪《なみだ》」「この秋は何で年よる雲に鳥」などにみられるように、芭蕉は鳥や烏に永遠の漂泊者としての宿命を重ねていたようである。

「いざともに穂麦喰らはん草枕」には、二羽の漂泊の烏が、新緑のなかで、黄金色に波うつ一面の麦穂の熟れた穂先を、ともについばんで生きるにまかせようという心地がある。

　このあと『野ざらし紀行』は路通より大巓和尚の遷化を耳にしたくだりにつづく。


　この僧、予に告げていはく、円覚寺の大巓和尚今年睦月《むつき》の初め遷化し給ふよし、まことに夢の心地せらるるに、まづ道より其角が許へ申し遺しける。

　梅恋ひて卯の花拝む涙かな

　漢詩では、「梅」が高士の脱俗清高の趣の象徴としてよく用いられている。

『三冊子《さんぞうし》』に、「梅は、円覚寺大巓和尚遷化の時の句なり。その人を梅に比して、ここに卯の花拝むとの心なり。物に拠りて思ふ心を明かす。その物に位を取る（傍点筆者）」とある心が重要である。

「梅」はいうまでもなく、禅僧としての大巓和尚の高潔な品位を象徴する。一方、「卯の花」は「空木《うつぎ》」のこと。陰暦四月、白い花を咲かせるが、その白さから「卯の花月夜」という語もある。

　門前や仏前に供えて、あらたまった心情を托するのである。『おくのほそ道』の「白河《しらかわ》の関にかかりて、旅心定まりぬ」と、奥州への一歩を踏み出すときの句、

　卯の花をかざしに関の晴れ着かな　曾良

が、じつによくその意義を示している。

　この章は、むしろ慌ただしい「野ざらしの旅」の終末に迫る気配を、あらためて、日時を追ってやや詳しくたどって記している。

　その理由は、この文が、いかにみごとに、前書と句によって簡潔に集約され、句を中心に再構成されているかをあきらかにするためでもあった。

　じじつ、引用されている句の配置は、ほとんど年次的な順序を排して、旅行文として、もっとも簡潔適切な詩句世界を結実させるために、その旅の時と場所がみごとに捨象されているからである。

たとえば、今あらためて「邂逅と離別」と題された章を読むにあたっては、「命二つの中に生きたる」の句と、「ともに喰はん」という呼びかけと、「拝む涙」の三句によって、ほとんど、「生きる」「喰う」「拝む」という人間の実質的人生の本質を表現しつくしているのである。

ここには、「生きたる命」の終始が、あざやかに語りつくされている。

それとともに、「命二つの」「いざともに」「拝む涙」には個人的閉鎖された人生ではなく、他の人間、他の「もの」との超越的融合を示している。

「辛崎の松」の句境が、さらに、進んで豊かな深さをもって私たちの「存在本質」をあかしているからである。

四十一章　大橋の謎

本稿、『野ざらし紀行』は、最終稿とされている芭蕉自画自筆の巻子《かんす》『甲子吟行《かっしぎんこう》画巻』（御雲本）を底本としている。

尾形仂氏著『野ざらし紀行評釈』では、十四の章題をつけ、素堂《そどう》の「あとがき」（序文）をつけ加えている。この章分けと章題は、尾形氏の創案になるものであるが、まことに要をえたものなので、このたび用いさせていただいた。素堂による「あとがき」をのぞけば、「惜別・帰庵」は、むすびとなる章である。この旅で芭蕉は、確かな詩学を体得した確信をえ、蕉風という前代未聞の世界を確立すべく、勇躍して芭蕉庵に帰庵する。

前年八月の出立から、年を越え貞享《じょうきょう》二年（一六八五）四月末になっていた。

さて、画巻の絵柄については、描かれている風景は芭蕉の句を忠実に反映しているという点で、諸家の見解は一致している。つまり、句本位に、この画巻は描かれているということである。
この画巻に、芭蕉その人の姿は、全く描かれていない。主人公の居ない風景画である。しかし、そのことは、句と詞書に、芭蕉の心情と心象風景が充分に托されているということである。はじめてこの画巻を前にすると、私たちは当然、まず画が目に入り、しかるのち、句を読み、句の心境に自らの想いを托し、改めて句と風景をあわせて熟視黙想して、「あるもの」の世界に同化してゆくという過程を体験しているのである。

現代の絵画では考えられないことだが、続き文字が、画面の風景に微妙に重なり、あるいは離され、もつれるように書かれていて、また墨色の濃淡が強く、想いの深さが、そのリズムとなっているようにも思われる。

それについて、岡田利兵衛《おかだりへえ》編の『図説 芭蕉』（角川書店）に掲載されている、芭蕉の弟子で大垣《おおがき》藩士、絵もよくした中川濁子《なかがわじょくし》の『濁子本甲子吟行』とあわせてくらべてみると、違いが判然とみえてくる。

一言にして言えば、濁子本は画家として当然のことであるが、忠実に芭蕉自筆本に従っており、薄墨で余白にたくみな雰囲気をつくり出し、細部は濃い墨色で鋭く描写して、文字と絵が重ならぬように細密描写を避け、しかも文章の頭をそろえて行儀よく描かれ、画と文がみごとに区別されている。その点をみれば、画家濁子は端正

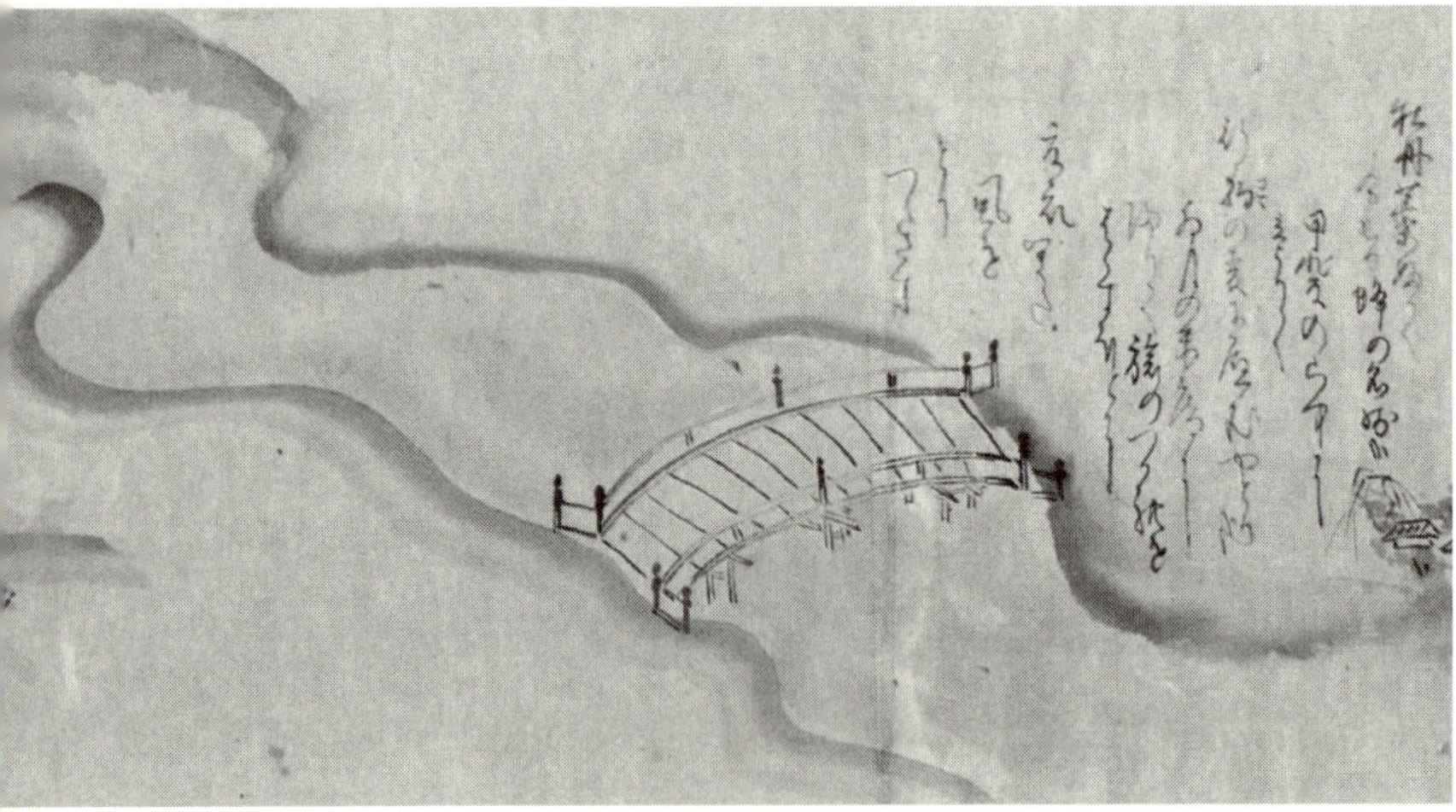

であるが、芭蕉の「画巻」の渾然たる文画一体の世界をほとんど伝えていないというほかはない。

つまり説明的である点では正確そのものといってもいい。たとえば「辛崎《からさき》の松」は一本だけ明確に描いている。

それに対して芭蕉の自画自筆本では、「辛崎の松」の句には、松林と湖水の風景を描くだけである。そこからかなりの余白をおくだけで次章、水口《みなくち》の連山の麓、樹林の谷間にかぶせるように「水口にて、二十年を経て故人に逢ふ」との前書の文につづく。そして「命二つの」の句が書き始められるのだが、この文章はしばらく余白をうずめてそのままつづく。さらに水口をとりまき重なる連山の上の余白を埋めるように「いざともに」の句が、横並びに三文字ずつびっしりと書きつらねられ、そのまままいくつもの山頂と谷間を越えて、途切れることなく、「梅恋ひて」の句へとつながる。

画面は、いったん切れるかにみえるが、文字は一行の空きもなく続き、突然濃墨で、「杜国《とこく》に贈る」という一行が画面の上高く始まる。

筆者が注目したいのは、芭蕉本では「解逅と離別」の文章が途切れることなく、最終章である「惜別・帰庵」の句につづき、そのまま時間の経過を無視するかのよう

牡丹蘂ふかく
分出る蜂の名残哉
甲斐の山中に
立よりて
行駒《コマ》の麦に慰むやとり哉
卯月の末庵に
帰りて旅のつかれを
はらすほとに
夏衣いまた
虱を
とり
つくさす

に、最終章の重要な句文の前書がつづいていることだ。いつ微小な集落のある平地の空の、流し書きとなって、いつしか大きな川の流れの上で、驚くほどクローズアップされて、立派な欄干をいくつもそなえた橋の渡り口でおわる。巨大な太鼓橋が、こちらの岸から彼岸へと渡すかのように出現していることである。

「ふたたび桐葉子《とうよう》がもとにありて」の詞書から、この章の第二句、「牡丹蘂《しべ》」の句文の下に豆粒ほどに描かれた人家の集落は、ほとんど橋幅の三分の一にも満たない。その描写は、今まできわめて正確だった芭蕉の手法が破綻をきたしたのであろうか。まず、これはひとつの謎である。

しかし、これを解く鍵はある。

例えばこの川を江戸の隅田川としてみるならば、この川の巨大さと微小な集落の極端な対比は、空間的な相違ではなく、超空間的な心象の巨《おお》きさのあらわれと考えることができる。

この橋の巨きさは、じつはこれこそ旅から江戸へと渡された心の中の橋なのである。

また、ちょうど大橋の渡り口にさしかかるあたりから、この終章の第四句の詞書、「卯月の末庵に帰りて、旅のつかれをはらすほどに」の文字が読める。

芭蕉の心は、はや、江戸の芭蕉庵にある。さらに挿画をみると、橋を渡りきって、はるかにみえる五重塔の橋よりに、集落の屋根がみえる。山形と長方形の淡墨で、幾棟かの人家の屋根のつらなりが、先の集落より、はるかに大きく描かれている。屋根の間を埋めるように、庭《にわ》樹《き》らしい幹と梢、また淡墨の葉の茂みが濃墨でそえられている。

左上方には、大きく曲がりくねった大川《おおかわ》の行く手はるかに、五重塔がみえる。巨きな本堂の屋根を囲むように、びっしりと樹木の幹と茂みが描かれ、境内の大門といくつもの屋根を埋めて樹木の海がひろがっている。

さて図でみれば、よく分かるが、橋と塔と二つの集落の大きさをくらべてみると、豆粒の固まりほどの集落は一番小さい。二番目は、橋の左上へ遠くそびえる五重塔をかこむ樹海であり、それより大きいのが手前の数軒の民家の屋根と庭樹である。そしてさらに巨大なのが、画面中央を左斜めに流れる川と橋ということになる。いずれも上方から眺めた俯瞰《ふかん》図である。

多くの解説では、川や塔の名を示さず、用心深く、ただ「隅田川と上野」と地名で表記してある。江戸を象徴する川といえば、まず隅田川で良いだろう。また一番賑やかな地名は、五重塔で知られた寛永寺《かんえいじ》が代表する上野というのもうなずける。

か。

しかし、図の大きさを、かりに芭蕉の心象風景のなかの重要さに比例するものとするならば、巨大な橋は別として、川の手前の数軒の屋根の一群は、どこであろうか。

となると、大橋に近い、俯瞰図として示された数棟の集落は、芭蕉庵周辺の心象風景ではあるまいか。

この一むれの屋根は、皆ほぼ一筆で象徴的に描かれているが、中央のとくに目立つ三角屋根は、心持ち濃く描かれている。

さらに庭樹に目を移すと、薄墨の二筆描きではあるが、三角屋根の左隅を埋めているようにみえる茂みは、葉の幅がとくに広く、葉脈が一すじ濃く描かれている。このような特徴のある植物はなんだろう。

描写の大きさと濃度が、芭蕉の心象の重さに比例するとしたら、この屋形はなつかしき芭蕉が弟子たちと連句に集う芭蕉庵だと推理したくなる。

それにしても、芭蕉直筆のこの『画巻』の最後をしめる心象風景で、芭蕉庵に近く世界を二分する大橋は、なんという橋であろうか。どこにも記述されていない。

そこで、江戸旅立ちの始めにかえり、『画巻』の冒頭をみると、「貞享甲子秋八月江上《こうじょう》の破屋をいづるほど……」として、

野ざらしを心に風のしむ身かな
秋十年《とせ》かへつて江戸をさす故郷

この二句のあと、やや空白をおいて、絵柄としてはまず、右上方に、小さめに樹林にかこまれた江戸城が雲に浮かぶがごとく描写され、また余白の中段は、薄墨で土地のゆるやかな起伏をつなげ、一段下げて左、ほぼ中央に樹木と屋根に埋まる集落らしき細図にとりかこまれた、針のようにそびえる小さな五重塔が描かれている。

つまり、最終章では、律儀にも、旅立ちの始まりの絵柄と、ほぼ同じ角度から江戸の象徴と、その寛永寺の五重塔を描いているのである。

しかし、この絵柄は、最終章のものとくらべてきわめて小さい。出立の心には、すでに江戸の風景は、はるかに遠いものになっていた証《あか》しであろうか。旅に出発した芭蕉庵「江上の破屋」は描かれていない。橋も見えない。

「江上の破屋」という芭蕉庵の呼び名は、少なくとも、大川にきわめて近い場所を指している。

そこで、逆に芭蕉庵近くの橋を探すことにすると、時代は下るが、広重《ひろしげ》の『名所江戸百景』を分析した原信田《はらしだ》

実《みのる》著『謎解き 広重「江戸百」』（集英社新書ヴィジュアル版）が手に入った。『名所江戸百景』の連作が始まったのは安政《あんせい》三年（一八五六）なので、芭蕉の時代より二百年近くあとになる。

広重の浮世絵は、ほとんどが川と橋と海と、山の遠望、松と梅の連続で、昔の江戸のイメージが深まるが、大川にかかる橋を特定するのは、なかなかむずかしい。川の数が多いだけに、橋も無数に描かれている。

浮世絵の原色図をめくってゆくと、あまりの面白さ、デザインの斬新さに引きこまれ、また画面を分ける直線と曲線の配置のあざやかな展開に心を奪われて、興味がつきない。一見をおすすめする。

さて、そのなかからもっとも芭蕉庵に近い太鼓橋をさがしてゆくと、目に留まったのが『深川萬年橋』である。

万年橋《まんねんばし》は、今の清洲《きよす》橋を、深川の清澄《きよすみ》へ渡り、北へ上ったところにかかっている橋で、橋の北側のたもとに芭蕉が住んでいた。

画面は手桶《ておけ》の「提《さ》げ手」で縁取られ、そこに右上隅から大きく「放し亀」が吊されている。その外側を黒く上下、右側を黒紫色にふちどっているのが橋の欄干だという。画面の右中央に大きく紐で胴の甲羅の上から縛られた小亀が、左の二本の手足をひろげ、首をのばして上を向き、その前足と胴の間に、遠く雪を頂いた小さい富士の山頂が、雲の上に浮かんでいる。

下方、手前には笠をかぶって仕事をしている小さな人物の半身像がみられ、その先に小波の立つ隅田川が青白い水面をみせ、白い帆掛け船が二隻帆走している。画面の中央は青黒い樹木の林が区切り、山頂に雪を頂いた富士が、小さく正面中央に頭を出している。その富士の後ろに、白雲の上、わずかだが赤い線が伸び、空を明るくしながら、次第に濃紺の帯となってゆく。

この図柄は意表をつくものだが、画面を下方からやや斜めに見上げると、奥行きの深い空間がひろがってゆく、日本画独特の遠近法が、十分に効果を発揮している。

この絵柄は、手桶をさげて、おそらく万年橋を渡りながら、その狭いはずの提げ手と欄干の間から、吊された小亀と、ひろがる隅田川と、はるかな富士山の落日の輝きを迎えるという趣向である。

ところで、なぜ亀かといえば、絵が描かれた安政四年（一八五七）の九月十五日に、近所の富岡八幡《とみおかはちまん》で「放生《ほうじよう》会《え》」がおこなわれている。後生《ごしよう》を願う信心深い人々が、小さな亀を買い、橋の上で縄をといて川に放してやる。「放し亀」という。

重要なのは、放生会で祈る後生とは、遠景の富士の後ろの落日の沈む所、すなわち西方浄土《さいほうじようど》への再生であった。その象徴《シンボル》としても、富士は霊峰なのである。

だから、隅田川を望み、富士を眺める構図が、北斎《ほくさい》の『冨嶽《ふがく》三十六景』にも描かれている。

このほかにも、芭蕉庵に近い橋をさぐると、清洲橋は新しいので除くとして、「新大橋」の名が挙がってくる。

広重は『名所江戸百景』にこの橋も描いているが、両国《りようごく》橋（大橋）の下流に、元禄六年（一六九三）に新しくかけられた橋で、この当時は、まだなかった。ちなみに現在の橋は、昭和五十二年のものである。

こうして今たどっている『甲子吟行画巻』の最終場面の末尾を飾る橋の名は、両国橋（寛文元年〈一六六一〉完成＝大橋）とすればよいことになる。

ところで「新大橋」は、芭蕉が帰庵した後、「新両国の大橋（＝深川大橋）」として、元禄六年に着工され、五十二日間の工事で、同年十二月に竣工している。その工事中からの句が残されている。

深川大橋半《なかば》かゝりける比《ころ》

初雪やかけかゝりたる橋の上 (一)　（『其便《そのたより》』）

「陸奥鵆《むつちどり》」に「深川の草扉を閉、ひそかに門を覗ては、初雪やかけかゝりたる橋の上、など独ごちて閑を送るもたのし」とある。

新両国の橋かゝりけれバ

ミな出て橋をいたゞく霜路《しもじ》哉 (二)　（『泊船集《はくせんしゆう》』）

ありがたやいたゞひて踏《ふむ》はしの霜 (三)　（『芭蕉句選』）

『芭蕉句選』には「武江の新大橋はじめてかゝりし時の吟なりと聞侍る」と頭注がある（『新編 芭蕉大成』）。

さて、話が先に進みすぎたが、現在読み進めている『野ざらし紀行』では、芭蕉は貞享二年（一六八五）、四十二歳の春、「甲斐《かい》の山中」を甲州街道を経て、江戸へ帰りつこうとしているところである。

帰庵したのは卯月（四月）の末であった。そして後に芭蕉が渡った新大橋はまだ竣工されていなかったし、この『画巻』の底本決定稿が描かれたのは、遅くとも貞享四年（一六八七）を下らないとされていることを、つけくわえておきたい。

しかし、ここで「新大橋」竣工の句をとりあげたのは、この句によって、芭蕉庵に近い橋への思い入れの深さを確認しておきたかったからだ。

まず㈠の句であるが、まだ、門弟も集まっていないので、独りでのんびりと外に積もる雪景色を眺めていると、工事半ばの橋も人気がなく、木の香も新しい橋の上を雪がおおってゆくと思うと、季《とき》の移りに心さわぐ。

ひとり家の外に出てみようと、寒さの入らぬようしっかりと家の扉を後ろ手に閉じ、淡雪をそっと踏んで表の門から覗いてみると、ちらちらと初雪が橋にも静かに舞いおりている。眺めていると、雪の降る空と橋と自分が、ただひとつのなにか初々《ういうい》しい世界に生まれ変わってゆく思いがする。

㈡の句は、橋の工事もすすむと、便利な橋を渡って芭蕉門下の連中が、霜を踏み味わいながら次々と皆集まってくる。橋のおかげで、俳諧の仲間が集まりやすくなり、句の世界をつくりあげられるのはじつに嬉しい。なんといっても、この庵が、やはり皆の一座《いちざ》建立《こんりゆう》の聖地なのだ、と思うと、ありがたいことである。

㈢の句は、木の香も残る大橋を踏めば、初霜がさくさくと音をたてる。これも橋のおかげと思うと申し訳なく、天の恵みが身にも心にも染みわたってくる想い。

㈠と㈡は、芭蕉の実作だが、㈢はどうかという註もある。そういえば、㈢だけは感性よりも理がかっているともいえる。

芭蕉庵こそは、世俗を離れた、蕉風連中の詩魂の聖地。新大橋は宇宙へと開かれた別天地という想いが、ひしひしと伝わってくる。

芭蕉庵は俳諧連中の心魂の核であり、橋は『三冊子《さんぞうし》』に伝える芭蕉の言葉「風雅《ふうが》の誠《まこと》」を天地へひろげる途となった。

そこで、改めて『甲子吟行画巻』の大橋を眺めてみよう。まず濃墨の直筆で描かれている大橋の存在感は、他を圧していると言わねばならない。

芭蕉が大橋に深い感興を寄せていたことはたしかである。また、こうして特に簡潔な筆法は、この『画巻』のなかでは、じつは、神社・仏閣などの神秘的な存在を描くさいにのみ用いられていると気づくはずだ。

それにしても、この巨大さは、他に類をみない。

あらためて、この大川の墨筆の曲線を眺めてみよう。なんと、この川は、曲がりくねりながら流れているが、大橋の橋詰の両端が接する地点の川幅が、一番広くなっている。橋は川幅の狭い所をえらんでかけるのが常識であろう。

しかしこの絵を俯瞰的遠近法として考えてみると、近い所は大きく、離れた所は小さく視《み》えるはずである。これを幾何学的にではなく、芸術的直観に任せて、あるいは、意識的に強調する気なら、まず、観察者の立っている地点が何よりも大きくなるはずである。

とするなら、川の幅がもっとも広く描かれるのは、橋の両端の接地点である。つまり、視点は橋の上に位置していると考えねばならない。したがって、橋そのものも、他の風物よりもはるかに大きく見えることになる。

この筆者は、橋のほぼ中央の上方の宙空の一点から、風景を視て、遠近法を誇張して描いたことになる。その者とは誰であろう。当然描いた者、すなわち芭蕉その人が、橋の中央の上空の一点から、率直に世界を一体化し、描ききったということになる。

これを視ている人、その人の姿は描かれてはいない。宙に浮かぶこともできることではない。しかし、人間は創造的に、あえて不可能なことを実現することも可能になることは、東西の近現代絵画を経験している私たちなら、理解することができるはずである。たとえば、ランボオは、詩人は「見者（Voyant）」たれと言った。

この視点は、宙空にある。虚構といってもいい。しかし、それこそ芭蕉が『野ざらし紀行』の旅で追い求めてきた真実の「物の光の見へたる」世界ではなかったか。

またこれは、アインシュタインの相対性原理やハイゼンベルクの量子力学に近い世界ともいえよう。しかし、これは、芸術の世界では古代から実現されてきたことでもある。

具体的にいえば、芭蕉の俳文における「時間」と「空間」の歪みや矛盾から、時に芭蕉が忍者扱いされることもあるが、じつは、私たちも実生活のなかでは、平然として「時間」のゆがみやもつれを体験しているのだが、気づいていないともいえる。

『野ざらし紀行』の旅の終末にあたって、もう一度、『甲子吟行画巻』と名づけられた、芭蕉の自画自筆巻子について考えてみたい。というのも研究者によれば、この巻子には、四版もの改訂が考えられるという。

芭蕉は、元来、俳諧とともに、墨筆画に親しみ、ここでも当然、文と画は渾然一体となっている。

それはそれで、ひとつの研究分野であろうが、今は楠《くす》元六《もとむつ》男《お》著の『芭蕉、その後』（竹林舎）、その「第一章　芭蕉　文学的方法――紀行文を中心として――」から、「『甲子吟行画巻』批評――絵画と同行者に関する試論――」を考えてみたい。

氏によれば、芭蕉の描く風景や人物は、「大和絵」ではなく、むしろ「山水画」に近いという。しかし、純粋に中国的ではなく、むしろ、近世に入って流行した「日本的山水画」というもので、この画巻も狩野探幽筆「近江八景図巻」や、海北友雪《かいほうゆうせつ》筆「近江八景図巻」などの「瀟洒な画風」を好み、その影響もみられるという。

芳賀徹氏は「近江八景」は「古代以来の歌枕として、あるいは聖域として、名どころとして、古い由緒」があったからこそ成立すると述べている。

つまり、山水画でも、詩歌など文学的な情趣を、きわめて重んじたスタイルといえる。じじつ、芭蕉は、中川濁子に自分が仕上げた画巻の清書を依頼したとき、わざわざこう述べている。

「此一巻は必ずしも記行の式にもあらず、たゞ山橋野店の風景一念一動をしるすのみ」

「風景の一念一動」という言葉は、珍しい。この画をみるものは、そこに文学的寓意の一心を読みとらねばならないということである。それ故《ゆえ》、芭蕉が画賛にも腕をふるい、自らも楽しんだことが伝わってくる。

理想的には本文と二十一の画面との両方をつきあわせ、言葉を超えた視覚空間的感覚と、魂の歴史文化的な交響を読みとることが最善だが、現実には、それを詳細に批評文として伝えることは不可能に近い。

尾形仂氏の評釈は、もちろん東西古今にゆきわたる古典の素養をもとに、本文の訓詁《くんこ》註釈を鮮やかに解きつくしておられ、余人の追従を許さないものであるが、挿画の分析紹介は簡略にとどまっている。だが、その著書『野ざらし紀行評釈』では、頁ごとに本文の下段に、芭蕉の自筆画巻が、単色ながら掲載されている。ただ本という形の制約から、絵柄の前後の連続性がみえにくい難がある。

ところが図版の頁を、折りまげて、各頁の端をつなぎ重ねてみると、一巻の画巻として連続して賞味できる。文字頁ばかりが続くときは無理が生じるが、とにかく、断片で見るのとはまったく異なった雰囲気が生まれて、文を味わい画巻を眺め、あわせて立体的な感動を受けとれる仕組みになっているのである。

それを、ここで筆者が再現することは、とうてい出来ない。それ故、画については、不十分を承知で尾形氏の前掲書所収のものと岡田利兵衛編『図説 芭蕉』の部分拡大図を参考にして簡単にふれるにとどめた。

しかし、いまや『野ざらし紀行』の旅も終わりに近づき、全体をふりかえり理解するには、芭蕉の撰んだ暗示的な図像とともに、この旅の総括と本意をのぶることになり、この章で紹介することになった。むろん、私にとってはおおいなる成果があり、大きな感動と新しい知見を得ることができたと考えている。

すでにふれたが、筆者は、第二次世界大戦後、敗戦直後の学生時代には、渡辺一夫先生に主にフランスの象徴派詩人の洗礼を受け、つたない、自分の散文詩集も数年かかって世に出し、また幸運にも金子光晴《かねこみつはる》先生の序文をいただいたこともある。また、視覚的直接的感性の必要を痛感して、世界都市建築の古跡や芸術品を、数年にわたって探訪して、その体験を文章にしたこともある。

この度、筆者も人生の夕暮れにふり返って、よく知られている日本の文人芭蕉の跡をたどってみようと想い定めたのはその帰結である。

さて、芭蕉のこの自画自筆巻子は、いうまでもなく、絵画と文芸、山水画と俳諧の二つが各場面ごとに見事に融合して、視る者をして、宇宙的な共感を迫ってくる。

この作品を体得するには、文芸と絵画の両面から迫らねばならない。このうち文芸については、『万葉集』、『古今集』をはじめ、散文や吟詠、中国古典など、その源泉が、すでに尾形氏をはじめ先人たちによって、次々と明らかにされてきた。だが、絵画についての研究は少ない。しかし楠元氏の前掲書では、『画巻』における二十一景の画の一つ一つを詳しく分析し紹介している。それを、ここですべて引用する余地はないが、とりあえず筆者が興味を惹かれたのは、「大井川《おおいがわ》・小夜《さよ》の中山《なかやま》」の絵解きである。氏の論旨を要約すれば、

大井川の条をみると、波打つ川の上方には石段みたいなものが描きこまれており、（略）大井川の上方に描き込まれた絵柄は、（略）その左に提示された「廿日あまりの月かすかに見えて、山の根際いと暗きに」という文章に続く「馬に寝て残夢月遠し茶のけぶり」の句に対応するものである。そうではあるが、上方に延びた道ないしは石段のごときものは、（略）稚拙というしかない。しかし、俯瞰図を試みた場合の視点の分裂から生ずる日本的な描き方とみれば、それは矛盾なく理解できる。加えて、小夜の中山にまつわる、「踏みまよふ峰のかけはし途絶えして雲に跡とふ佐夜の中山」（『東関紀行』）あたりの詩情を具象化した構図と考えれば矛盾なく納得できる。

さらに、次のようにつづける。

「雺《きり》しぐれ」は、きわめて珍しい季語といえる。（略）近世初期の歳時記類にもこの語はみえない。（略）この奇妙な言葉を選択した背後には、「関」を越えるときの伝統的詩情が潜んでいる印象がする。思えば平安時代から鎌倉時代にかけて、京から逢坂《おうさか》の山を越えるとき、「霧」をみるのは旅の一つのあ

り方であった。『源氏物語』「賢木《さかき》」の「行く方をながめもやらぬこの秋は逢坂山を霧なへだてそ」の歌があり、『東関紀行』に「相坂の関うち過ぎるほどに、（略）秋霧立渡りて」の文言を確認することができる。とすると、霧にたちこめられつつ逢坂山を越える詩情は、和歌的世界に通暁する人にとっては常識的なものであったと想像される。

上で先人の「詩文」と「画巻」との対応を示したのは、ただ、詩文と画巻とのイメージの呼応だけではない。私が注目したいのは、『源氏物語』および、『源氏物語絵巻』の風景がとりあげられている事である。

尾形氏の『野ざらし紀行評釈』の掉尾をかざる「惜別・帰庵」の章を、もう一度熟視してみよう。

『画巻』の全体の構成が、『西行《さいぎょう》物語絵巻』『源氏物語絵巻』などの絵巻の大きな影響下にあることは、繰り返し述べられている。

すると、最終章の絵柄と旅立ちの章の絵柄が、ほとんど重なりあっていることに、あらためて驚かされる。

最初は、江戸城と森・民家・樹林、間をおいて、数軒の民家、そして五重塔と中段に若干の町屋群の風景が微細に描かれる。間をおかず「関越ゆる日」と本文がつづき、その左には、関越ゆる日の句、「霧しぐれ富士を見ぬ日ぞ面白き」の、霧がかかり雲にかくれた「見えぬ富士」が描かれている。まず、注目したいのは、旅に向かう心象のなかでは、すでに江戸の風景はきわめて微細に描かれ、心の風景は古人への旅情に托されている。

ところが、最終章の図では、この「隅田川の大橋と五重塔」という絵柄は、帰庵への想いの大きさを表わしている。

この絵柄の大・小の違いは、江戸への思慕の大小に対応するとしても、最も驚くのは、終幕の図柄の中央に忽然として姿をあらわした、巨大な架け橋である。その詳細については、すでに述べたが、さて、この名も定かならぬ橋の名は何であろうか。

このファンタジックな橋の名こそが、『甲子吟行画巻』の成果、語られざるものの真情《まことのこころ》といっていい。

答えてくれる先人の資料を私は知らない。この画巻の最終のドラマを象徴するサンボリックでシュールな大橋の名、私はそれを、あえて「夢の浮橋《うきはし》」と名づけたい。

いうまでもなく、この句は、あの『源氏物語』五十四帖の最終巻の表題「夢の浮橋」の名に呼応している。

春の夜の夢のうきはしとだえして
　嶺にわかるるよこ雲のそら
藤原定家
（『新古今集』春上）

往事渺茫《びようぼう》としてなに事も、見残す夢の浮橋に、なほ数添へて舟競ふ。

（謡曲『船橋』）

芭蕉は先人の想いに重ねて、出発では描かれなかった、名もなき「夢の浮橋」に『野ざらし紀行』のテーマの「詩と真実」を結晶させていたのである。「夢の浮橋」は「大橋」に重なっている。

芭蕉帰庵前後の深川の大橋について、ややくわしく読みこみ、紹介したのはそのためである。

一句を深く読みこむということは、作者の実の生涯を追体験することにほかならないからである。

四十二章　夢の浮橋

さて、いよいよ『野ざらし紀行』の終章、尾形仂氏が「惜別・帰庵」と名付けた文である。

いま江戸入りを前にして、芭蕉が『野ざらし紀行』の本文に記した三つの句を、まず紹介しておかねばならない。その第一句、

杜国に贈る
白芥子《しらげし》に羽《はね》もぐ蝶の形見かな

美人草とも呼ばれる雛芥子は、中国・明《みん》代によく使われた作詩用の辞書である『円機活法《えんきかつぽう》』に「清香能引蝶翩翻」と詠まれている。夏になると、老いを想わせる蝶は哀しい。

一句は、白芥子の花びらを、蝶が飛び立つにものうく、自分の粉翅《ふんし》を引きもいで形見に残すと見立てたもので、幽寂なイメージの転換があざやかだ。

筆者には、蝶の時間と「変身」と昇華の宿命に、マラルメの詩句さえ連想される。

さらに「羽もぐ」と言い切ったところには、立ち去りがたい想いと訣《わか》れ、また老いへの悲愁が焼きつけられている。華麗にして無残な花の宿命は、芥子も蝶も変わらない。

『荘子』斉物論《せいぶつろん》では、夢に胡蝶と化した荘周（荘子）は、さめて、周が夢に胡蝶となったのか、胡蝶が夢に周となったのかを知らずと疑った。（略）蝶は、旅から旅へと漂泊する芭蕉自身の夢中の化身である。（略）愛弟子に寄せる芭蕉のただならぬ（傍点栗田）思いが迫ってくる。連衆心の微妙な通い合いという点からいえば、この「白芥子」に、『冬の日』第三巻の杜国の付句「芥子の一重に名をこぼす禅」、また「羽もぐ蝶」に、同じく第二巻の芭蕉の付句「野菊まで尋ねる蝶の羽折れて」のイメージが、それぞれ思い寄せられていなかったとはいいきれまい（尾形仂氏『野ざらし紀行評釈』）。

ここには、宿命的な、永遠に果たされないだけに、かえって、緊張した一種の愛のちぎりさえうかがわれる。

杜国（?～一六九〇）は、名古屋の人。米問屋を営む富裕な町人だが、寛文末ごろから俊才の聞こえ高く、前年の貞享元年（一六八四）冬、『野ざらし紀行』の旅の往路にある芭蕉を名古屋に迎え、『冬の日』の五歌仙に一座し、第三巻には発句を務めた。

たしかに、それらの句を拾って読んでみると、新鮮で輝く、句は、人柄と相まって、人を惹きつけるただならぬ魅力を秘めている。かれのその後の運命を予感させるような、悲涼の気を孕《はら》んだ抒情のほそみがある。「最もなつかしい門人のひとり」として、芭蕉が心を惹かれるのもうなずける。

しかし、まさにその翌年の貞享二年（一六八五）、杜国は禁制の空米取引を犯したかどで、八月十九日をもって尾張領内追放となり、伊良胡崎《いらござき》に謫居《たっきょ》することになる。

貞享四年（一六八七）十一月には、『笈《おい》の小文《こぶみ》』の旅の途中、芭蕉は弟子の越人《えつじん》をともなって、伊良胡崎の保《ほ》美《び》村を訪ね、翌春、吉野の花見を共にしたことが、『笈の小文』の本文にも記されている。

また、元禄三年（一六九〇）三月二十日に杜国が没した翌年、芭蕉が京都北郊の落柿舎《らくししゃ》で、「夢に杜国がことを言い出して、涕泣して覚《めざ》」めたことが、『嵯峨《さが》日記』の記事にあり、名高い。

やはり、二人のかなわぬ愛の形も、あたかも『源氏物語』の「夢の浮橋」のテーマと共鳴する基調低音をなして響きあうように思われる。

終章の本文は、どれもそっけないほど簡単で、すぐ次句へ移る。語らざるは、語るに優るということであろうか。「白芥子」の次句、

ふたたび桐葉子《とうようし》がもとにありて、今や東《あずま》に下らんとするに

牡丹蘂深《しべ》く分け出づる蜂の名残かな

貞享二年四月上旬、芭蕉が帰庵を前にして、熱田《あつた》の地で、知友と次々に歌仙を残していったことは、先にふれた。

この句は、そのなかで四月上旬、おそらく四月八日頃、「ふたたび熱田に草鞋を解きて、林氏桐葉子の家をあるじとせしに、また東《あずま》に思ひ立ちて」として詠まれた、

牡丹蘂分けて這ひ出づる蜂の余波《なごり》哉

の改作で、さらにその元の初案は、

牡丹蘂深く這ひ出づる蝶の別れかな

である。

牡丹は、貞享・元禄の頃、栽培、観賞が風流人の間に流行した。重々しく大輪の花びらを重ね、富貴の気配を漂わせている。

おのずから、あわせて富家のあるじ桐葉子の手厚い待遇を偲ばせている。

ここで、注目すべきは、初案では「蝶」となっていたものが「蜂」に変わっていることである。私見によれば、「蜂」とともに、杜甫《とほ》の詩に出典がある。私見によれば、「蜂が這ひ出づる」とする改作のほうが、肉感的で、生々しい肌触りが伝わってくると思われる。

さていよいよ、熱田を離れ、江戸へと帰庵の途につくわけだが、詞書は、ますます簡単である。

甲斐《かい》の山中に立ち寄りて

行《ゆ》く駒《こま》の麦に慰《なぐさ》むやどりかな

『年譜』によれば、四月十日、知足亭《ちそくてい》を発し、四月中旬頃、甲斐の山中を訪れたことになる。

元来、芭蕉は、郷里伊賀《いが》を、「山家」「山中」と呼びな

らわしているが、「山家」とは芭蕉にとって、都塵を排し、詩人の心を遊ばせる、いわば別天地がイメージされている。しかし、ここで「立ち寄りて」というのは天和二年（一六八二）冬、深川《ふかがわ》の芭蕉庵炎上のとき、避難して逗留した甲斐谷村《やむら》の高山伝右衛門《たかやまでんえもん》（俳号、麋塒《びじ》）、若い頃からの心暖かい大スポンサーのもとであろうとされている。

たしかに、彼は一座建立のさいの俳諧連中としてばかりでなく、芭蕉の人生の支え、こころの友だった。

行く駒の麦に慰むやどりかな

駒は、「甲斐の黒駒」などといわれるほど、この地の名産だった。「行く駒」は自分を乗せてきてくれた名馬が、解き放たれて、のびのびと、麦畑の穂麦を喰いちぎって遊んで慰めを共にしている、くつろいだ自然の風景に溶けこんだ風情である。何よりも優しい連帯感（コレスポンダンス）がある。

先に、二年前の甲斐流寓の間の夏の日の作に、

馬ぼくぼくわれを絵に見ん夏野かな

という世に知られた名句があった。一見のどかにみえるが、「われを絵に見る」という姿勢には、じつは厳しいものがある。自らを全否定したうえで、一幅の大自然の絵のなかに投げこみ、無と同化する。その後、自然と、とりまくものとの関係を再確立しようとする、自己肯定への苦しい営みが見えてくるのである。

なぜ、絵のなかに自分を見るのか。自我というものを言葉にしたとき、それは、つねに一定の意味と論理によって拘束されてしまう。この私、そのままのすべて、それは言葉にはならない、何ものかではないか。馬が無心で、その蹄《ひづめ》が大地を叩く音だけが、自分の存在の証しではないのか。

芭蕉は、こととものが、ひとつになる処《ところ》を求めて、自分を脱ぎすてるように旅をつづけてきた。ようやく、いまは、馬と自然の安らぎをともにしている。

そのままで良い。「もの」の光の「みえたる」時空は、いまここに脈打っているのかも知れない。

芭蕉は、その場所をたしかめるべく、俳諧連中の待つ芭蕉庵へと向かっていた。

四月末、芭蕉は甲州街道を経て、江戸に帰着した。

芭蕉は、ひたすら俳諧のまことを求め、旅の中で純粋に生きた世界から、勇躍して江戸の俳壇連中の許へと向かったのである。

卯月《うづき》の末、庵《いおり》に帰りて、旅の疲れをはらすほどに、
夏衣《なつごろも》いまだ虱《しらみ》を取り尽くさず

この句には註が必要だ。尾形氏の解説をみよう。この解説は、尾形氏の想いのこめられた、きめ細かく、行き届いたものなので、くわしくは原本に当たってもらいたい。

要点をあげれば、「いまだ虱を取り尽くさず」とはただ、帰庵直後の慌ただしくも物憂い実情を述べたものではないということである。

後に『幻住庵記』の中で、芭蕉は中国・宋《そう》代『石林《せきりん》詩《し》話《わ》』の「青山捫虱坐《せいざんにしらみをとってざす》」の詩句をもじって、「空山《くうざん》に虱《しらみ》を捫《と》つて座す」と、書いている。

虱をひねりながら清談をたたかわせることが、高士たることの象徴となったことは、魯迅《ろじん》も述べているという。

こうしたことをふまえて、尾形氏は、芭蕉のこの句は、自分が、中国の高士を気取りながら、旅の諸所で交わした脱俗の高士たちとの風雅な交わりを反芻《はんすう》している感慨を述べたものであろう、としている。

筆者は、それとともに、今や江戸芭蕉庵の俳諧連中とともに、まだまだ極めつくされない俳諧への途を、こつこつと、文字をつなぎながら、ともに生きて行こうという決意を述べたもののように思われる。

「旅」という、昂揚した異常な境地を、地味な日常性のなかでも、改めて確認しながら、日々の俳句への情熱を燃やしつづけよう。それしかないのだという、深く辛い自覚を、俳諧という軽みの逆説のなかに言いたかったのではあるまいか。

それは、旅即日常、日常即旅、旅即人生という体験から生まれた、俳諧の途への帰依の告白であった。

その境界の融合を象徴するのが、あの巨大な橋であった。その橋こそ芭蕉の詩学の原点となった。

それを、私は、あえて『源氏物語』の最後の巻名「夢の浮橋」と名づけてみたまでのことである。

私は、この場面を前にして、まず、画面をあくことなく眺めることにした。そしてこの作品が、あえて句と句集ばかりではなく、「絵物語」の形式をとらねばならなかった、その理由を考えた。

画巻を眺め終わってふり返ると、大きく浮かび上がってくるのは、この画巻に先行する巨大な底流が二つあるということである。

その一つは、『西行《さいぎょう》物語絵巻』、もう一つは『源氏物

語絵巻』である。そして芭蕉は、それを受容し、さらにアクチュアルな詩として、画巻『甲子吟行画巻《かっしぎんこう》』を書いたのだった。そう考えると、少なくとも、日本詩歌史の巨大な流れの伏流水がみえてくる。なぜそれが、言語だけで成る歌集あるいは文芸作品だけでなく、見事な絵巻、あるいは画巻として、一層強く私たちに訴えるのか。

それはもしや、日本の詩歌においては、とくに必然的な形式だったのではないか、という疑問はますます深まっていった。この文芸については、『野ざらし紀行』の本文を、先達の学識に手をひかれながら理解していったときの感動を想起した。句とともに、挿画をみると、さらに、言語を超えた確かな世界がありありと現出して、私を包みこんでゆくように思われた。

まず、名もない大橋として描かれた、私説「夢の浮橋」について述べてみたい。といっても、日本文芸の巨峰ともいうべき『源氏物語』について、今更ここで論ずる立場でもないし、余裕もない。

そこで、私が画巻『野ざらし紀行』で芭蕉が連想したと想像されるいくつかの点をあげていこうと思う。まずは、えてして、絵巻や画巻の絵画は美術史家の研究対象とされ、文字文芸だけが、ひろく紹介されやすいが、『野ざらし紀行』をたんなる詩文とその挿絵として、分けて味わってはならないということである。

そもそも、芭蕉をはじめ、近世の文人たちが、詩歌の大先達としての西行や、定家の詩歌には深くなじんでいたとしても、はたして、日本の古典中の古典の長編ロマン『源氏物語』に、どこまで触れていたのであろうか。

私たちは大長編の散文『源氏物語』と、短詩型中の短詩、俳諧という違い、そしてまた、上流貴族の古典的教養文学と、町人の滑稽俳諧とは、別のものという印象をもっている。

しかし、じつは、それは誤解である。

芭蕉たち俳人の宗家、北村季吟は、松永貞徳に俳諧を学ぶ一方、『源氏物語』の註釈本『湖月抄《こげつしょう》』全巻を完成させ、他にも日本古典の註解研究の業績を重ね、幕府歌《か》学方《がくかた》として、子の湖春《こしゅん》とともに召されている。

また本居宣長は、物語の本質は「もののあはれ」にあるとする画期的な論を『源氏物語玉《たま》の小櫛《おぐし》』で主張している。一方、談林から出た西鶴が光源氏をモデルに『好色一代男』を著わし、世間に『源氏物語』が広がり、それが近世の教養となっている。

話をもどして、「夢の浮橋」の絵柄についての基本的イメージの意義を紹介しておこう。

『源氏物語』の最終章「夢の浮橋」の重要性を考えると き、ハルオ・シラネ著『夢の浮橋（原題：The Bridge of Dreams）――「源氏物語の詩学」』（中央公論新社）という、米国籍の日本人による英文で書かれた研究書のあることを知らされた。そこで、さっそく入手したが、きわめて学術的で、かつ手法としては構造的分析に近く、主として独立する十三の概念によって、『源氏物語』各巻のテーマを照合分析してゆく好著である。

ただ、近代的文学論文としてはいかにも見事であるが、それだけに限定的となる。

まず、各章の主要テーマを、たとえば「Ⅳ　精神的探究と求道」といった概念の比較で呈示している。

そして、最後の第十三章で「夢の浮橋」をあげ、「『橋姫』巻の舞台設定は、薫《かおる》が八《はち》の宮《みや》に仏教の教えを請いに出かける山里と、薫の邸のある都とに象徴的に分割されている」とする。そして、以下のようにつづける。

> 最終巻の巻名である「夢浮橋」は、主な登場人物たちの関わった世俗的あるいは精神的探求ばかりでなく、（略）物語の豊かなメタファーとなっている。（略）最終巻名だけが、その巻に出てくる和歌や文章の一節に由来しないことを指摘し、『源氏物語』全体に対する仏教的メタファーとして、この巻名に特別な位置づけを施している。

筆者（栗田）は、必ずしも「仏教的」という抽象的な概念よりも、より日本人の感性で汎神論的な、神秘主義的な象徴的表現、あえていえば「宿命」の受容とでも言いたい心象風景の無限の共鳴のひびきを聴きとりたい。

たとえば、仏教的というなら、著者は、「無常と苦しみの世界である此岸と悟りの地である彼岸とを結ぶ懸け橋を指すとも考えられる」としている。

これを、芭蕉にあてはめるなら、世俗的な現世と詩的凝集した超越的人生との二つの世界の懸け橋、あるいは、人間の現実を構成する、人生と虚構という二面性をさしているといってもいい。

もし、それを男女の愛についていうなら、偶然や過失によって、ないあわされた人間愛の宿命が、純粋であろうとするほど、そのこと自体が、肉体的欲望を基礎とする愛のさまたげとなるという、人間の二律背反性を鋭く指摘し、象徴したものといえよう。

それを定家は、注釈書で、光源氏が「薄雲」巻で触れた次の歌を記している。

> 世の中は夢のわたりの浮橋か

うち渡りつつ物をこそおもへ

また、『新古今和歌集』にあげられた定家の有名な歌がある。

春の夜の夢のうきはしとだえして
　峯にわかるるよこ雲のそら　（春上・三八）

筆者は、これらの和歌のなかで、「夢の浮橋」をあまり写実的なイメージとして考えたくない。

前章で紹介した、楠元六男氏の『芭蕉、その後』は、芭蕉の絵画についての論考が少ない現今では、貴重であるが、私とは若干、意見のずれを感じるところもある。

楠元氏は、「芭蕉の天和・貞享期は絵画と文学が照応してゆく」とする。

そして、『甲子吟行画巻』に描かれた二十一景の図を論評し、「両者は類似の世界を分かちあっている」として、「読者側は句文と絵とがひびきあうものとして読んでいく必要がある」と述べている。

しかし、この前半の文と後半とでは、少し意味がちがうのではないだろうか。

言語は常に分析と論理の法則にしたがって意味を持つ。あえて、ずらしてみても、その「ずれ」は、語の意味を前提としている。

しかし、画巻の風景群とされる、山・川・海・湖という山水画の基本としてあげられる要素は、じつは言語の表現ではわからない。いわば、それと異次元の視覚による直接的かつトータルに、自然より与えられた、世界イメージと、人間は一瞬にして同化することが可能となる。

「みること」の重要性は、まさに言語を超えた部分にあると言わなければならない。それは、言語に対する厳しい自己規制をも前提としている。

例として先にあげられている、「小夜《さよ》の中山《なかやま》」にまつわる歌、

踏みまよふ峰のかけはし途絶えして
　雲に跡とふ佐夜の中山　（『東関紀行』）

は、『野ざらし紀行』の出発から間もない「大井川・佐夜の中山」の章で、「杜牧《とぼく》が早行《そうこう》の残夢《ざんむ》、小夜の中山にいたりてたちまち驚く」というイメージ全体に及ぶものである。

「小夜の中山」の実景は、この句によって日本及び杜牧の伝統的風景全体に及び、歌枕として『類字名所和歌集』には、いみじくも、先の定家の歌をはじめ、なんと

四十三首があげられているが、これらの風景のイメージのすべてに共有されている。

そこには、あの芭蕉が愛した『新古今和歌集』の西行の歌、

年たけてまた越ゆべしと思ひきや
　命なりけり小夜の中山

もある。時空を超えた、東洋の詩的世界イメージの原風景へと私たちを誘《いざな》ってやまない。

四十三章　眼前体の真実

芭蕉の紀行文に描かれた挿画は、画巻というにふさわしい、本文に匹敵する内容の深さをそなえている。

その意義は、たんに文章を補足するというにとどまらない（もし、そうなら逆に芭蕉の限りなく拡がる語句の響きをさまたげるものとなったであろう）。

実例として、はじめての「紀行」とされる『野ざらし紀行（甲子吟行《かっしぎんこう》）』で、尾形仂氏の解説に助けられて、思う存分味わうことが出来た。

とかく、俳諧文芸としてこの作品を読むと、どうしても挿画は、文の付属という気持ちがつよくなり、なかなか画文一致の境地を共にすることはむずかしい。しかし、だからこそ、あえて画についての芭蕉の深い愛着を、重ねて確認しておく必要がある。そこには重要な芭蕉文学の鍵《かぎ》が秘められているからである。

この紀行につづいて、芭蕉の文芸作品として正面からとりあげねばならないのは、いうまでもなく『笈の小

文』である。その成立や内容などには多くの問題を孕んでいる小品であるが、詳細は後にみることにしても、その冒頭の一文だけは、まさに「止めの一撃」として芭蕉を追慕する者の肺腑を貫いてうごかない。

この一文なしには、いたずらに言葉が空転するのみである。まず簡潔に記す。

かれ狂句《きょうく》〔俳諧〕を好《すく》こと久し。終《つい》に生涯のはかりごと〔生涯の仕事〕となす。（略）是《これ》が為に破られ、終に無能無芸にして、只此《この》一筋に繋《つなが》る。

西行の和歌における、宗祇《そうぎ》の連歌《れんが》における、雪舟の絵における、利休が茶における、其貫道《そのかんどう》する物は一《いつ》なり。しかも風雅〔芸術・俳諧〕におけるもの、造化《ぞうか》〔天地自然〕に随《したが》ひて四時《しいじ》〔四季〕を友とす。

この冒頭わずか数行の一文は、芭蕉の心底すべてを言いつくしてあまりない。そして今も心を同じくする者たちの肺腑を貫いてやまない。

ともあれ、芭蕉が俳諧の先達としてあげている四大巨匠、西行・宗祇・雪舟・利休のその中に、雪舟のあることを胸にきざんで、『野ざらし紀行』の挿画について、さらに考えをすすめたい。

先に紹介した楠元六男氏の『芭蕉、その後』は、『甲子吟行画巻』批評として、それまでの日本画の伝統的な水墨画、大和絵について、具体的な例をあげてその成立の歴史を説き、具体的に芭蕉が、雪舟、また雪村《せっそん》の画風を愛したことを指摘している。

芭蕉にとって俳諧の探求は、根底において雪舟の美学と同一のもの、すなわち「造化」があった。

たしかに、「雲烟《うんえん》や水景を思わせる余白で各景を綴るため、画面は連続」していない手法（武田恒夫《たけだつねお》氏『日本絵画と歳時』ぺりかん社）は、芭蕉の一種の心象風景図ともいうべきものと相通じるものがあった。筆者としては、深い世界イメージの共通性を感じている。

また楠元氏は『甲子吟行画巻』の二十一の図のひとつひとつをあげ、本文との比較検討を行なっている。おおむね、本文に即しているが、あえていえば、本文の背景における文学的伝統に配慮されていることが注目される。

一例をあげると、たとえば芭蕉が箱根の段で用いた「霧《きり》しぐれ」という季語だが、近世初期の歳時記類にはみられない。尾形氏『野ざらし紀行評釈』では、九月の季語である「秋のしぐれ」を、箱根路という高地に即して、八月に転用したと推測しているのに対し、楠元氏は、「この奇妙な言葉を選択した背後には、『関』を越えるときの伝統的詩情が潜んでいる」（傍点栗田）とする。

総じて芭蕉は、中世ばかりでなく古典作品に倣《なら》いつつ、京を旅立つ風雅の歌人たちの感慨や歌枕を基本姿勢とせざるをえなかったとし、和歌文脈における先例を踏まえていることを指摘している。

そういうと、あたりまえのようだが、とかく、一般に芭蕉における鎌倉時代の漢詩文の影響を重視するあまり、それ以前より文芸の基盤をなしていた平安時代以来の「物語り」の記、それにともなう和歌集の文芸基盤を軽視しやすい。

その点、楠元氏の解説では、たとえば大井川《おおいがわ》の段では『十六夜《いざよい》日記』など、文学的伝統を視野にいれていること、また、唐《とう》、宋《そう》の七言絶句を収めた詩集『聯珠詩格《れんじゅしかく》』二十巻が、早くから日本に伝わって、日本化され、古典的な教養として流布していたことなどを指摘されている。

面白いことに、芭蕉の挿画をみるとき、その背景に浮かぶのは、必ずしもその時代に流行している詩歌ではない。画像自体が、時間や歴史の重層を貫いて、分厚い、画の原イメージがよみがえってくることである。芭蕉は、このイメージというものが言語の概念を越えて、独得の実存（existence《エグジスタンス》）の深みへ浸透することに深い愛着を覚えたのではないだろうか。

なぜなら、彼が「ことば」に托し、「ことば」をこえて求めたものは、まさに「貫道する物は一《いつ》なり」とする、その「一」、すなわち時空を超えた芸術的実存だったからである。

どのような絵でもいいわけではない。それには、それだけの真実をそなえた絵画でなければならない。それを芭蕉は、「西行の和歌における、宗祇の連歌における、雪舟の絵における、（略）其貫道する物は一なり」といい切っている。

歌人として、いうまでもなく西行は大きい。

宗祇（一四二一～一五〇二）は室町時代の連歌の大成者、号は自然斎《じねんさい》。和歌は東常縁《とうのつねより》より古今伝授《こきんでんじゅ》を受け、連歌は心敬《しんけい》らに師事、「花の本《もと》」と称された、連歌の中心的指導者で『新撰菟玖波集《つくば》』などがある。ともに時代を代表するそうそうたる文化人である。そして芭蕉は、これに雪舟（一四二〇～一五〇六）を加えている。宋・元《げん》・明《みん》の北画《ほくが》系の水墨画様式を個性化し、山水画・人物画・花鳥画をもよくした。代表作に「山水長巻」「破墨山水図」「天橋立図」などがある。

さて、こうして伝統的・象徴的日本画に傾倒した芭蕉が、『野ざらし紀行』の全巻の終わりに、想いをこめて描いた大橋が、筆者が『源氏物語』の最終巻の巻名をかりてかりに名づけた「夢の浮橋」だったのである。

いわゆる『源氏物語』の悲恋がきわまるとされる「宇《う》治十帖《じじゅうじょう》」の最後をかざる巻「夢の浮橋」に描かれた主題、すなわち尼になった浮舟に対する薫《かおる》の愛憐の深さと因果、み仏のはからいも及ばぬ愛執。そのみ仏も死も、救うことのできない、人間の愛憐・宿命について、ここで語りつくすことは、とうていできない。

しかし、絶対性への導きであるみ仏の教えも死も、たち切ることもできない永遠への思慕、人間存在の宿命、本居宣長が「もののあわれ」とよんだ心、その心を表わすものを何といおう。

不可思議にも「夢の浮橋」という言葉は、『源氏物語』の本文の中に一度も出てこない。しかし、夢のようにはかない人の愛の運命について紫式部はつづる。『源氏物語』の前半にある「薄雲《うすぐも》」の巻に、「夢のわたりの浮橋かとうちながめ給ひて」という一文があり、「世の中は夢のわたりの浮橋か　うち渡りつつ物をこそおもへ」という古歌との関係をうかがわせる。

語源的に伝えられるところでは、本来は、吉野川の夢の淵《わた》という池にかけられていた浮橋の名が、夢の中のあやうい恋の通い路の意に転嫁し、世の中がはかない永遠への憧憬《あくがれ》につきることを示すようになったという。

「いかにたどり寄りつる夢のうきはしとうつつの事とだに思されず」（『狭衣物語《さごろもものがたり》』）

春の夜の夢のうきはしとだえして
　嶺にわかるるよこ雲のそら
（定家『新古今集』春上）

「往事渺茫《おうじびょうぼう》としてなに事も、見残す夢の浮橋に、なほ数添へて舟競ふ」（謡曲『船橋』）

久かたの天津社のふたはしら
　人の世はたた夢のうきはし
（『新撰菟玖波集』雑）

「うすひ誓ひのはしひめと、ふっつり縁をきりつぼで、はは木の心をやすめ、この世はゆめのうきはしとこころへ」（黄表紙『御存商売物《ごぞんじのしょうばいもの》』下）

このような地名からおこった言語のイメージの象徴的喚起力におどろかされる。「夢の浮橋」は、このように日本文学の伝統のなかで綿々と伝えられ、その心を本居宣長は「もののあはれ」とし、和辻哲郎は日本的精神の本質として紹介した。

先に、芭蕉の「わび」「さび」のありかを探るとき、宣長の「もののあはれ」が「心のまこと」「心の奥」であるという思想に出逢った。芭蕉が『野ざらし紀行』の旅を終えて、ふたたび、江戸で蕉門仲間たちの許へ帰るにあたり、旅への追憶と人の世のはかなさを想うとき、心のなかの「夢の浮橋」に想いをこめて、旅への決別と、新たなる人間愛憎の坩堝《るつぼ》への参入に当たって、渡らねばならぬ決断の大橋を、心ひそかに「夢の浮橋」として描いたとして、何の不思議があろうか。

その胸を去来するのは、古代からきた『源氏物語』『平家物語』の幻の人々の物語、漢詩文に心を託し、愛しあう男女の悲恋にさ迷う人々の群れではなかったか。

さてこうして、『野ざらし紀行』の旅は終えたが、「夢の浮橋」の上で、救いはなかったのであろうか。

従来の詩歌とは一線を画したといわれる芭蕉の新風が、『源氏物語』の「もののあわれ」にたどりついているということは、芭蕉の奥ゆかしさに今さらのように心ひかれるものがある。以前に紹介した九鬼周造の『「いき」の構造』の世界でもあるのは、興味がつきない。

じつは『野ざらし紀行』の末尾には、親友の漢学者にして俳人である素堂の「あとがき」（原本では序文）がついている。

彼は芭蕉の良き理解者であるとともに、深い和漢の教養と、公平な批評家的資質をそなえた友人であって、旅から帰った芭蕉を温かく迎えるとともに、さらに芭蕉がふっきれずに抱きつづけた心のうずきを、新たなる方向へと導いてくれる貴重な存在であった。その一端をまず「あとがき」（序文）からみてみよう。

教養人らしい節度をもって、芭蕉の句の文化的背景を説き、また、その読みどころを指摘して、流麗にしてゆきとどいた文章である。実に他の評を絶し、深刻冷徹に蕉風の哲学のありかを見事に指摘している。

その証しは、世人が、数々の秀作をほめたたえているのを追認しながらも、「しかれども、山路《やまじ》来ての菫《すみれ》、道ばたの木槿《むくげ》こそ、この吟行の秀逸なるべけれ」と言い切っている一文にある。

素堂は、この二句については多くを語ってはいない。だが、吟行中の秀逸の二句はこれだと断言している。

ここに、二句だけをとりあげた真意は、二句には他にはない共通点があるということだ。

道のべの木槿は馬に食はれけり

山路来て何やらゆかしすみれ草

詳しい論考はすでに終えたいま、素直な心でこの句に接してみよう。路ばたの木槿の花を行きずりに馬がぱっくりと食べる、その意外性と前後の関係の説明もない平静さ。

次句の、山路来て、さていかなる風景や思い入れが起こるかと思いきや、ふと足下に目をおとすと、何事もなく、一輪のすみれの花が、平常の天然の成りゆきのあかしのように目に入る。

これらの句は、考えこんで復唱すればするほど真実から遠ざかるというジレンマがある。つまり、説明すべき何事も「ない」という、いわば充実した虚無とでもいう他はない宇宙的全存在が、ふと一瞬姿を見せた、じつにきわどい存在と無の接点。視る主体と視られる客体が、すれちがって生じた時空の空隙、いわば主客未分の一瞬の虚空が、そのまま話者をも包みこんでいるからである。

こうした主客未分の風景を前にして、格別の分別を排して投げ出したような作品は、しばしば芭蕉の「眼前」または「眼前体」と呼ばれることがある（木槿の句は、本編の詞書には「馬上吟《ばじようのぎん》」、草稿本では「眼前」とある）。「ただ視たまま」というくらいの意味である。

筆者は、別にこれに異をとなえるものではない。だが、先に「辛崎《からさき》の松は花より朧《おぼろ》にて」の句について、弟子たちが様々な論をなしたとき、芭蕉が「予が方寸（心）の上に分別なし」「ただ眼前なるは」とだけ答えた話をあげた。この「眼前」こそ、眼前の風景を写しただけだという意味ではなく、ただ「眼前」にあって、おのずから句が成った。そのおのずからなるものこそ、言葉にならないが、本質なのだと語ったことを述べた。

そこでは、芭蕉のいう「もの」「物」というふかい造化の理を分有した心という宋学的意味を孕んでいた。筆者は先に、現代哲学の遭遇している「主客未分」という存在論的命題を、いささか芭蕉の句のうちに探ってみた。

いままた、素堂の詩学に入るまえに、芭蕉のこの言葉を確認しておくのも無駄ではあるまい。

物の見へたる光、いまだ心にきえざる中にいひとむべし。
（『三冊子』）

筆者が、すでに多くの頁をついやして芭蕉の『野ざらし紀行』の句のなかでさぐってきた真相を、素堂はこともなげに、序文のなかの先の二句に集約していたのである。

一体、素堂とは何者なのか。

筆者は、この素堂の卓見と私見の一致を、偶然だとは考えていない。

詩とは、ある窮極的な言語の及びがたい極点を目指す全人的営為の総体だと考えて、芭蕉探索をはじめたからである。

詩や俳人を愛するには、他にも種々の『型』があることは承知している。しかり、また人は様々である。筆者は素堂のこの指摘によって、同好の士を見つけたということであって、それ以上の、何らかの正当性を主張するものではない。それが、筆者のエッセイと呼ぶ方法である。

さて、素堂については、これまでもたびたび触れてきたが、この篤学の俳人は、深く『荘子』（「郭象注《かくしょうちゅう》」）に参入した境地を踏まえているので、当時の他の俳人たちには、いささか違和感があったかも知れない。

しかし、やはり『荘子』に傾倒している芭蕉にとっては、かけがえのない畏友であって、それが『野ざらし紀行』の「あとがき（序文）」として結実したのが、貞享二年（一六八五）四月末、芭蕉が甲州街道を経て江戸に帰着した後のことであった。

ところで、『野ざらし紀行』には四段階の稿がある。

（一）初稿自筆本『野ざらし紀行』（天理図書館蔵、おそらく貞享三年筆）。

（二）再稿本『芭蕉翁道の紀』（『泊船集』所収）。

（三）三稿本『野ざらしの紀行』（寅六月初旬孤屋《こおく》写・彦根専宗寺蔵）。

（四）四稿本、芭蕉自筆自画『甲子吟行画巻』（御雲文庫旧蔵、おそらく貞享三年筆）。

この四稿本を中川濁子《なかがわじょくし》に清書させたのが、濁子本『甲子吟行画巻』だが、『年譜』によると素堂の「あとがき」が加えられたのは、貞享三年九月秋と考えられるという。

両者の交際から、また作品創作上の深い交流から、おそらく芭蕉の草稿の成立した、ごく早い時点から、素堂は深く共感し、時に意見を交わしたこともあったと思われる。

それにこだわるのは、この『野ざらし紀行』の旅が、芭蕉にとってとくに、木因《ぼくいん》風の風雅から、さらに前進飛躍して、風狂へと一歩をすすめた思想的な冒険となったこと。またその風狂は、「辛崎の松」の句であらわされたベルクソン的な「物の光の見へたる」ときの在り方をさらに受けとめるべく、いわば「狂」からの脱出を考えていたからである。

それがいかに大きく深い原理的問題であるかは、今日でもなおかつさまざまな思想家、仏教家が、身をもって挑戦していることからも分かる。そして、いま、こうして冗筆をついやしたのもそのためだ。

素堂の「あとがき」はそれだけに「野ざらしの旅」にとって重要であり、見事にその焦点に光をあてている。『俳文学大辞典』によって、素堂と芭蕉との交わりの概要を記しておこう。じつは素堂と芭蕉との接触は、かなり古くからある。

まず素堂の生まれについては、寛永十九年（一六四二）五月五日、甲斐《かい》国北巨摩《きたこま》郡教来石《きょうらいし》山口（現在の北杜《ほくと》市の白州《はくしゅう》町）に出生。亡くなるのは享保元年（一七一六）八月十五日、七十五歳。

二十歳ごろ、酒造業を弟に譲り、江戸に出て林《はやし》家の塾に入り、また一時上京して和歌や書道を学ぶ。その後仕官するが、延宝七年（一六七九）春、三十八歳で官を辞し江戸上野不忍池《しのばずのいけ》畔に隠棲。

しかし、元禄九年（一六九六）には官の要請により、甲斐国甲府濁川《にごりがわ》の治水工事に功があって、後世山口霊神と崇められた。世間的実務の能力にもたけ、指導者的才能もそなえた人物だったと思われる。俳諧は北村季吟門とされる。

しかし、延宝三年、芭蕉とともに江戸下向中の西山宗因と一座し、その新風に触れ、翌春芭蕉との両吟二百韻を『江戸両吟集』として、また二年後、芭蕉、京の信徳《しんとく》との三吟三百韻を『江戸三唫《さんぎん》』として刊行、さらに幽山《ゆうざん》主催の『江戸八百韻』にも一座し、江戸談林の推進者となる。芭蕉とは俳友というところだ。

延宝末から天和期（一六八一〜八四）にかけての漢詩文調の流行期には、斬新な句を『東日記《あずまのにっき》』『武蔵曲《むさしぶり》』『虚栗《みなしぐり》』などに載せる。

貞享二、三年（一六八五、八六）ごろ、葛飾安宅《かつしかあたか》に移住後は、芭蕉との交流が盛んで、『野ざらし紀行』序文もこの頃書かれたとされている。

芭蕉との応酬は、「瓢之銘《ひさごのめい》」「蓑虫記《みのむしのき》」「十日菊」「芭蕉庵十三夜」などにみられるように盛んであり、清閑を尊ぶ両者の親交は頂点に達した、と『俳文学大辞典』はしるしている（井上敏幸）。

だが、この熱っぽささえ感じる俳諧を通じての心の親交は、単なる清閑を尊ぶ風流・風狂にすぎなかったのであろうか。

筆者は、当時の芭蕉のさらなる心境の深化が、両者の教養の核となっている『荘子』の思想への傾倒となって、火花を散らしたのではないかと思うのである。

そのきっかけは、後に「蓑虫記」（「蓑虫説」跋《ばつ》）という文章となり、貞享四年（一六八七）十一月の『続虚栗《みなしぐり》』に収録されることになるエピソードとして結実する。

さて、芭蕉は『野ざらし紀行』の旅を終え、江戸で推敲を重ね、挿画に想いをめぐらしながら、物の光のありかを考えて、この見ることと見られるもの、さらに、「もの」そのものの在《あ》り方へと想いをこらしていたある日、盟友素堂へ、次の一句を呈したといわれる。

聴閑
蓑虫《みのむし》の音《ね》を聞《きき》に来《こ》よ草《くさ》の庵《いお》

「蓑虫」と題した句で、『古典大系45』の註には、

貞享四年。深川芭蕉庵での句。真蹟（あつめ句）には「くさの戸ぼそに住《すみ》わびて、あき風のかなしげなるゆふぐれ友達のかたへいひつかはし侍る」と前書する。○聴閑―閑寂のうちにじっと耳をすまして聴き入る。○簑虫の音―蓑虫は鳴かないが、古来秋風が吹くと、ちちよちちよと鳴くと言い伝えられる。○悲しげに秋風の吹くわが草庵に来て、あわれな蓑虫の音を聞いて閑寂を味わえよとの意。

とある。さらに、同書補註（一八〇）には、

土芳の『蓑虫庵集』には「ある日翁《おきな》面壁の画図一帋懐中よりとり出して、是をこの菴《いおり》のものにせんと終夜か〻れしとて、さん（賛）に、みのむしのねをき〻にこよくさの庵　をしいたゞき、則其初五《しょご》の字をつみてみのむし庵と号すべしといへば、よしとなり」とある。伊賀でかいた画に江戸での旧吟を賛したわけである。『続虚栗』にはこの句に続いて、「聞《きき》にゆきて　何の音もなし稲うちくふて螽《いなご》哉　嵐雪」の句を載せる。

しかし、興味ぶかいのは、もとより芭蕉と素堂とのやり取りである。果たして素堂に「まねきに応じてむしのねをたづねしころ」とあり、別本には「芭蕉翁みの虫のねをき〻にこよとまねかれしころ」と前書する「蓑虫《みのむし》説《せつ》」なる一文がある。そこでは蓑虫の「声のおぼつかなき」「声のおぼつかなくて無能なる」「無能にして静なる」を憐れんでいる。

加うるに芭蕉が、この素堂の「蓑虫説」に書き加えた一文「『蓑虫説』跋」がある。

まさに、声なき虫の声を聴け。天地に無用無能なるもののありかとは如何、というのは禅の問答に近い。閑静

どころではない。
音なき音を聴くとは、他者と自我の究極の合一を指すのであろうか。その時万天下、これ雷鳴の轟くが如き大音響に満たされるであろう。
静寂とは、音が無いのではなく、静寂は静寂そのものなのである。何の用なきもの、無用のものとは、これまた用という他者との関係を超絶した、「有」「無」を絶した虚空である。
しかも平俗にもどれば、ただ一匹の蓑虫が居るだけのことである。
深読みすれば、素堂の『野ざらし紀行』の序文に対する芭蕉のお返しのようにも読める。
ともあれ、まず、この厳しい禅問答に似た構造をもつ、二人の重要な文章を紹介しよう。そこには素堂と芭蕉の、句における深い存在論が秘められているとみられるからである。
まず声なき虫の声を聴きにこいという芭蕉の招きに応じての、素堂の返事をあげよう。

蓑虫説　素堂

みのむし〳〵、声のおぼつかなきをあはれぶ。ちゝよ〳〵となくは孝に専《もつぱら》なるものか。いかに伝へて鬼の子なるらん。清女〔清少納言《せいしようなごん》〕が筆のさがなしや。よし鬼なりとも、瞽叟《こそう》を父として舜《しゆん》あり、汝はむしの舜ならんか。

〽みの虫〳〵、声のおぼつかなくて、かつ無能なるをあはれぶ。松虫は声の美なるが為《ため》に、籠中《ろうちゆう》に花野をなき、桑子《そうし》〔蚕〕は糸を吐くにより、からうして賤《しず》の手に死す。

〽みのむし〳〵、無能にして静かなるをあはれぶ。胡蝶《こちよう》は花にいそがしく、蜂《はち》は蜜《みつ》をいとなむにより、往来おだやかならず。誰《た》が為《ため》にこれをあまくするや。

〽みのむし〳〵、かたちの少しきなるを憐《あわれ》ぶ。わづかに一滴を得れば、其身《そのみ》をふるほし、一葉《いちよう》を得れば、これがすみかとなれり。竜蛇《りゆうだ》のいきほひあるも、おほくは人の為に身をそこなふ。しかじ、汝がすこしきなるには。

〽蓑虫々々、漁父《ぎよふ》が一糸をたづさへたるに同じ。漁父は魚をわすれず、風波にたえず、幾度《いくたび》かこれをときて、酒にあてむとする。太公《たいこう》すら文王を釣るの謗《そしり》あり。子陵《しりよう》も漢王に一味の閑《かん》をさまたげらる。

〽みのむし〳〵、玉虫ゆゑに袖《そで》ぬらしけむ。田蓑《たみの》の島の名にかくれずや。いけるもの誰か此《この》まどひなからん。鳥は見て高くあがり、魚は見て深く入る。

遍照《へんじよう》が蓑をしぼりしも、ふるづまを猶《なお》わすれざる也。

〽蓑虫々々、春は柳につきそめしより、桜が塵にすがりて、定家《ていか》の心を起し、秋は荻《おぎ》ふく風に音をそへて〔寂蓮《じやくれん》の「契りけむ荻の心も知らずして秋風たのむ蓑虫の声」（『夫木和歌抄《ふぼくわかしよう》』）に拠る〕、寂蓮に感をすすむ。木がらしの後は空蝉《うつせみ》に身をならふや。骸《から》も躬《み》も共にすつるや。

又以男《おとこ》文字《じ》述古風

蓑虫々々　落入牕中　一糸欲絶　寸志共空　似寄居状　無蜘蛛工　白露甘口　青苔粧躬　従容侵雨　飄然乗風　栖鴉莫啄　家童禁叢　天許作隠　我憐称翁　脱蓑衣去　誰識其終

（『本朝文選』）

じつに絢爛として、和漢の故事、文辞を自在に引用しながら、蓑虫の微小なることをかえって幸とし、大小、美醜、有用、無用などの通俗な差別の虚しさを浮き彫りにしながら、なお、その相対的なささやかな在り方にも、無限な宇宙的存在を認めようとしている。

さて、この素堂の文に対して、芭蕉は、「『蓑虫説』跋」として補足し、唱和するがごとき文を書いているが、これも、素堂の依ってくる思想をずばり端的に要約摘出したじつに見事な文である。

多くの文書では、芭蕉の文を先に出し、素堂の文は資料として後に附しているが、これでは誤解しやすい。実は、芭蕉の招待に対して素堂が返書として「蓑虫説」で蓑虫の大小、有無を超えた、ものの存在への参入について考察し、それに応《こた》えて素堂の文に附する形で、芭蕉が「『蓑虫説』跋」を書いているのである。

いわば、返信のごときものであるが、そこで、素堂の詩学を見事に摘出している。

したがって、要約された素堂の詩学は、とりもなおさず、芭蕉その人の自らの詩学（思想）の追認という、きわめて巨きな意義をもつ味わいぶかい一文である。

概して、すぐれた詩人は自らの詩法について語ることを好まない。人に秘密を知られたくないからではなく、詩作という創造の行為には、すべて意識化された方法などはありえない。創作のもっとも重要な、神秘的な創造の秘法を言葉にすることは決してできないからである。

心して芭蕉の跋文を読もう。

「蓑虫説《みのむしせつ》」跋《ばつ》

草の戸さしこめて、もの、佗《わび》しき折しも、偶《たまたま》蓑《みの》虫《むし》の一句をいふ。我友《わがとも》素翁《そおう》、はなはだ哀《あわれ》がりて、詩を題し文をつらぬ。其《その》詩や、錦《にしき》をぬひ物にし、其《その》文や、玉をまろばすがごとし。つら〳〵みれば、離騒《りそう》のたくみ有《ある》に〻たり。又、蘇新黄奇《そしんこうき》あり。

はじめに虞舜《ぐしゅん》・曾参《そうしん》の孝《こう》をいへるは、人におしへをとれと也《なり》。其《その》無能不才を感《かんず》る事は、ふた〻び南花《なんか》〔『荘子』の別名〕の心を見よとなり。終《おわり》に玉むしのたはれは、色をいさめむとならし。翁にあらずは、誰か此《この》むしの心をしらん。「静《しずか》にみれば物皆自得《ものみなじとく》す」といへり。此《この》人によりてこの句をしる。

むかしより筆をもてあそぶ人の、おほくは花にふけりて実をそこなひ、みを好《このみ》て風流を忘る。此《この》文や、はた其《その》花を愛すべし、其の実、猶《なお》くらひつべし。

こ〻に何がし朝湖《ちょうこ》〔多賀《たが》朝湖＝画家の英《はなぶさ》一蝶《いっちょう》〕と云有《いうあり》。この事を伝えき〻て、これを画《えがく》。まことに丹青淡《たんせいあわく》して情《じょう》こまやか也《なり》。こ〻ろをとゞむれば、虫うごくがごとく、黄葉落《こうようおつ》るかとうたがふ。み〻をたれて是《これ》を聴《き》けば、其《その》むし声をなして、秋のかぜそよ〳〵と寒し。

猶閑窓《なおかんそう》に閑《かん》を得て、両士〔素堂と一蝶〕の幸《さいわい》に預《あずか》る事、蓑《みの》むしのめいぼくあるに〻たり。

芭蕉庵桃青（真蹟巻子本）

このさりげない一文は重い。

「静にみれば物皆自得す」という言葉の存在論の基盤、――それは『荘子』にもとづくのだが、ここで明確に、素堂の言葉を通して了解されることが、ここで明確に、素堂の言葉を通して了解されている。もちろん言葉は以前から知られていたであろう。しかし、芭蕉の証言によってはじめて、この一句が俳諧の世界に生きかえった。

『笈の小文』の中には「無能無芸」、『幻住庵記』には「無能無才」の語がみえる。すべてはこの「蓑虫」の一文に完結して露呈されていたのである。

廣田二郎氏の追跡（『芭蕉の藝術』）によれば、貞享二年の暮に、芭蕉はすでに「自得箴《じとくのしん》」という一文を作っている。「もらふてくらひ、こふてくらひ、飢寒わづかにのがれて」とあって

めでたき人のかずにも入《いら》む老のくれ　はせを

また同じ頃、「物皆自得」として、

花にあそぶ虻《あぶ》なくらひそ友雀《ともすずめ》

何よりも、「物皆自得」の一句は宋学の先駆者ともいうべき程明道の「秋日偶成」の詩、「万物《ばんぶつ》静《しずかに》観《かんずれば》皆《みな》自《じ》得《とくす》」によるものとされるが、その句によってひろく『荘

子』の思想が、芭蕉の『笈の小文』の詩学形成の核となったといえよう。

筆者が「物皆自得」の句をはじめてきいたのが中井正《なかいまさ》一《かず》先生の美学の講義であったこと、そしてカントの「Ding《ディング》 an《アン》 sich《ジッヒ》」（ものそのもの）と呼応していることに触れた（三十七章）のを想起していただければ、現代哲学と芭蕉の接点も明らかになるであろう。

四十四章　芭蕉の風狂

「野ざらしの旅」をたどり、ついで芭蕉の親友、素堂《そどう》の美事な「序文」から、芭蕉が達成した新たなる境地をさぐった。その手掛かりとして、芭蕉と素堂との間で交わされた「蓑虫説《みのむしのせつ》」をめぐるやりとりに引きこまれた。その発見に、筆者の心も躍った。

ここには、新しいキーワードとして、『荘子』の思想の核心をなし、宋学《そうがく》の祖といわれる程明道《ていめいどう》（程顥《ていこう》）が記した「万物静かに観ずれば皆自得す」の一句があったからだ。

その句の示唆するところ、あまりに深く広い。この句をかりて今さらのようであるが、芭蕉の俳諧と荘子の思想についてもう少しさぐってみたい。この問題については、潁原退蔵《えばらたいぞう》博士、小西甚一博士、廣田二郎氏の研究がある。それら先人の業績をかりて、さらに蕉風確立の句といわれる「物皆自得」の句を中心に、その発想の根源にまでさかのぼって、考えてみたいのだ。

近世文学で、ことごとしく「思想」というのも、いささかはばかられるが、野々《のの》村勝英《むらかつひで》氏は「俳諧と思想史——芭蕉の風狂の語をめぐって——」（『鑑賞日本古典文学 第33巻 俳句・俳論』）として、「風狂」という語を手掛かりに仏教と中国思想による分析を、幅広く目配りしながら紹介している。

そこで、まず芭蕉の風狂だが、儒学、ことに朱子学にいう狂・狂簡《きょうかん》・狂狷《きょうけん》の思想によるとしている。

狂簡・狂狷とは、孔子による『論語』先進《せんしん》篇に見られる故事である。他の門人がすべて経世済民《けいせいさいみん》の志をのべたのに対して、ひとり曾晳《そうせき》は「暮春《ぼしゅん》には春服既に成り、冠《かん》者《じゃ》五六人、童子《どうじ》六七人、沂《ぎ》（川の名）に浴し舞雩《ぶう》（雨乞いのまつり）に風《ふう》し詠じて帰らん」と答えた。

孔子は、自分は曾晳のように世に無用な狂簡の士に与《くみ》すると言ったというエピソードである。この話は先に紹介した九鬼周三の『「いき」の構造』にも引かれていた。風流の士である。

野々村氏は、「このように、朱子学における狂・狂簡は、脱俗・洒々落々といった性格を持つもので、反発とか反抗とかいった点は見られない」と指摘し、林羅山《はやしらざん》が「吟風弄月論《ぎんふうろうげつろん》」（『羅山文集』所収）で、哲人の風雅と騒人の風雅を分け、程子（程明道）や朱子などの哲人の風流韻事を、次元の高いものとしたことを紹介している。

その上で芭蕉の風狂とは、一休《いっきゅう》の風狂などとは異質とされ、脱俗高雅を旨とするもので、直接的には朱子学的な発想に加えて、宋代の学者である林希逸《りんきいつ》の注を媒介とする荘子の思想が加わって成立したものといえるようだとされている。

なお、前掲書における「俳論」の総説には、尾形仂氏による先行研究書の詳細な紹介があげられていることも附記しておこう。

要するに、今までの林注による朱子学によれば、「狂」といい「侘」といい、いわば究極のところ、如何に調和的に生きるかということ、俳人の生き方とは何かという問いのうちに集約されるものである。

ここで伝統的儒学思想によるばかりでなく、さらに一歩をすすめて現代の中国哲学者、中嶋隆博《なかじまたかひろ》氏（一九六四年生まれ）による『「荘子」——鶏となって時を告げよ』（岩波書店 二〇〇九年）によって、世界思想史のなかでの荘子の今日的意味をさぐり、芭蕉の真髄に迫りたい。

まず、同書第Ⅰ部第二章「中国思想史における『荘子』読解——近代以前」により、存在と無について述べた『荘子』逍遥遊《しょうようゆう》篇の郭象《かくしょう》の注を紹介しよう。郭象は三世紀後半から四世紀にかけて活躍した西晋《せいしん》の思想家で、『荘子』のテキストを整理して、現行の三十三編本を定めた大学者である。その注はもっとも代表的な荘子注として、ひろく読まれている。

天地は万物の総名である。天地は万物を体とし、万物は自然を正とする。自然とは、なさずして自ずから然るものである。（略）すべて自然がそうさせており、作為によってそうなっているのではない。なさずして自ずからそうできるから、〔自然を〕「正とする」というのだ。

これに対する従来の批判として、森《もり》三樹《みき》三郎《さぶろう》『老子・荘子』（講談社学術文庫）の一文をあげる。

総体に郭象注は、外篇・雑篇にあらわれた「自足」や「自得」の思想、つまり「自己にあたえられた性分のままに生きよ」という主張に共鳴をおぼえ、これを内篇の解釈にまで及ぼしているきらいがある。のちに郭象が時の権力者であった東海王司馬《しば》越《えつ》に接近し、（略）大いに名声を落としたといわれるのも、この自得の思想と無関係ではないように思われる。

要するに「自得」は、それだけでみれば、自己満足、現状肯定、体制順応といった根拠なき無批判な現状追認のようにも受けとられかねないというのである。

中島氏は、それを批判する。

だが、郭象の『荘子』読解はここにとどまるわけではない。というのも、「自生独化」、「自然」、「自得」を通じて、何か別の大きな変容が想定されていると思われるからだ。（略）

郭象は、「有」をいかなる根源からも切り離して、自己措定させた。それは、「有」に根拠がないということにほかならない。そうであれば、その「有」の世界は決して永遠不変のものではない。つまり、その「分」や「性」には常に偶然性の影が差しているのだ。（略）

ここで考えるべきは、郭象の「斉同《せいどう》」と「物化《ぶっか》」の解釈である。（略）『荘子』の「斉同」はしばしば、大小の区別や「性」の違いがないという無差別として捉えられてきた。しかし、郭象が解釈した「斉同」は、大が大に自足することで成立するこの世界（それは他の世界から絶対的に切り離されている）と、小が小に自足することで成立するこの世界とが同一であるというものであって、無差別なのではない。

> 万物万形は自得《じとく》する点で同じである。その得方《えかた》は一つなのだ。
> （郭象『荘子』斉物論篇注）

中島氏はそこでダメ押しする。

> 重要なことは、こうした「斉同」のただ中で、「物化」が生じるということである。つまり、この世界が別の仕方でもう一つのこの世界に変容するということだ。

ここには『荘子』の中心的で独創的な思想を、同書第Ⅱ部第三章のタイトルでもある「物化と斉同――世界そのものの変容」とする視座が示唆されている。

中島氏はまず、次のように指摘する。

> 『荘子』においては、物がその物であるという本質の側から世界を見る見方とは別に、物が他の物になるという生成変化の側から世界を見る見方がある。

有名な例をあげよう。『荘子』において、ある物が他の物に生成変化することは「物化」と呼ばれるが、よく知られている例は、「胡蝶《こちょう》の夢」の文章である。

ここに、その部分を中島氏の訳によって紹介しよう。

> かつて荘周が夢を見て蝶となった。ヒラヒラと飛び、蝶であった。自ら楽しんで、心ゆくものであった。荘周であるとはわからなかった。突然目覚めると、ハッとして荘周であった。荘周が夢を見て蝶となったのか、蝶が夢を見て荘周となったのかわからない。荘周と蝶とは必ず区別があるはずである。だから、これを物化というのである。（傍点栗田）
> （『荘子』斉物論篇）

これを評して中島氏は、これまでの代表的解釈を次のように批判する。

> あらゆる差異や区別は相対的であるとして、そうした差異や区別を超えた超越的な立場から「物化」を読解する解釈が後を絶たない。

さらに、つづける。

> 万物斉同が、荘子の強力な思想的主張であること

を認めたとしても、いや認めるからこそ、「物化」において胡蝶と荘周の区別を無《な》みする解釈は維持できないだろう。（略）郭象はこう述べていた。

そもそも覚夢《かくむ》の区分は、死生の区分と異ならない。いま自ら楽しみ、心ゆくというのは、その区分が定まっているからで、区分がないからではない。そもそも時間というものは、片時も止まったりせず、今というのはついに存在しない。だから、昨日見た夢は、今においては別の物に化しているはずである。死生の変化もこれと別ではなく、心を労するのはその間においてなのだ。まさにこれである時には、あれは知らない。（略）

（郭象『荘子』斉物論篇注）

ここで構想されているのは、一方で、荘周が荘周として、蝶が蝶として、それぞれの区分された世界とその現在において（傍点栗田）、絶対的に自己充足的に存在し、他の立場に無関心でありながら、他方で、その性が変化し、他なるものに化し、その世界そのものが変容するという事態である。ここでは「物化」は、一つの世界の中での（傍点栗田）事物の変化にとどまらず、この世界そのものもまた変化することでもある。

ここで中島氏は、「世界そのものが生成変化を起こし、わたしたちは〈みんな〉になる」という、フランスの哲学者ジル・ドゥルーズの言葉を引く。

ドゥルーズは、「差異」と「反復」の一体性を説いた。この立場は、ヒューム、ベルクソン、ニーチェ、プルーストの研究を通じて進められた。そこには「時間」というものについての厳密な分析があった（『岩波 哲学・思想事典』より大意筆者）。

中島氏はつづける。

変容なったこの世界（ドゥルーズはそれを「革命」とも表象している）はどのような世界なのだろうか。それは一言で言えば、別の時を生きる世界である（傍点栗田）。その時とは、クロノロジックに（時系列的に）計測される時間とは別の時であって、「まさにこれである時」（永遠の今）であることだろう。ドゥルーズの言葉を借りるなら、それは「クロノス」とは異なる、「アイオーン」という時である。「アイオーン」とはギリシア語で永劫や永遠という意味であるが、（略）それは、近さにおいて成立する「このあるもの」としての「このわたし」が要求する「まさにこれである時」である。（略）それは、「生成変化の時間」にほかならないからだ。（略）

「物化」の究極において、鶏は時を告げようとする。（略）その世界には、天籟《てんらい》・地籟《ちらい》・人籟《じんらい》が響き渡っている。それを貫くように一閃《いっせん》発せられる鶏の声は、生成変化の声として、新しい時の到来を告げる。その「まさにこれである時」とは何であるのか。それは、天から解放された時にほかならない。

　要するに、「物化」の究極においては、物とのあらゆる結びつきが解け、「このわたし」が〔受動的に〕まったくの自由を手に入れ、その生を享受できるのである。

『荘子』と芭蕉の関係を手短に、中島隆博氏『『荘子』――鶏となって時を告げよ』によってたどってみたが、要点は「物化」とはたんなる事物の変化ではなく、その「世界」の変革を意味すること、それはすなわちひとつの世界を基盤とする時間の秩序ではなく、生成流転という、いわば時間系に反する時空間のなかに生きることを意味しているというのである。

　芭蕉の「時間」から遠くはなれたようにみえるが、本稿の三十七章で、恩師中井正一先生の人間存在の構造にふれた時、人が何かを「見る」とき、人は見られているものによって、構造的に浸透され、影響、変化を受け、みる人とみられるものとの関係に、特別な関係が生じ、そこにひとつの世界が成立することについて述べた。

　そしてまた、芭蕉が「ものの見へたる光」と言ったとき、そこに俳諧の誠の世界の成立することも述べた。「見へたる」が大事なのである。

　近頃、芭蕉は一般に『荘子』から影響を受けたといわれるが、常識的に「老荘の思想」と一口に言われる、漠然とした俗世からはなれ、飄々たる旅人というイメージで納得している。しかし、つきつめてゆけば、それだけではどこがどうなのか、筆者には理解の及ばないところがある。

　しかし、今日の中国哲学者、中島氏の論述を読むと、『荘子』についても、現代の世界思想の用語によって、幾分か納得のゆく想いがする。

　もとより、それで『荘子』の思想が理解できたなどという妄想は抱いていないが、いまその俳諧の跡をさぐっている芭蕉、その人の思想に近づく途《みち》にも、幾分光がさしてくるような気もしてくる。

手掛かりとしてあげてきた、程明道の「万物静かに観ずれば皆自得す」という一句は、たとえば廣田二郎氏の『芭蕉の藝術』にもまさに博引傍証されているが、その業績に深い敬意を払っても、なお新しい研究の手掛りに考えることも出来るであろう。

とくに「自得」という語の持つ深い構造、「自得」における他者との関係、また、「物化」という他者を含んだ世界の生成変化、それに伴う「時間」からの解放という視点は、芭蕉の「造化」、「風狂」、「無用の用」、「自得」などについて、より明確な理解への手掛りを与えてくれるものであろう。

それにしても、廣田二郎氏の前掲書では、後篇として「芭蕉の芸術の展開と『荘子』」があり、その第三章では「風狂の探究と自得・無用の用の思想（貞享年間）」として、関係の書や句作品が精密に指摘、列挙されてあますところがない。さらにこの章の第三節に「自得の境地と無用の用の思想」とあり、第四章「造化随順と伝統（貞享末〜元禄六年夏季）」の第一節「蓑虫説跋」とつづく。

そして、『荘子』に基づいた芭蕉の思想の要点を美事に捉えて、文献学的な手法を駆使しながら論を進めている。まことに敬服の他はないが、時代も違う筆者としては、当然いささか異なった角度から芭蕉の詩学についていの共感があり、廣田氏の業績をかりながら、筆者なりの今日からみた芭蕉の魅力について語りたいと思う。

編年風にいえば、まさに「野ざらしの旅」から帰庵した、約二年半の芭蕉の詩学の成熟をさぐることになる。

この時期は、芭蕉の生涯をみるとき、誰がみても、いわゆる蕉風が確立し、さらにいよいよ成熟期を迎えて、さらなる旅と創作への門出ともいうべき重要な時期である。

『野ざらし紀行』の旅における杜甫《とほ》の詩の深い影響については、すでにそのつど尾形仂氏の周到な注解で紹介したが、いま、あらためて「旅」をふりかえって、芭蕉の詩学の一層の深化をたどろうとするとき、やはりさらに深く「杜詩」の影響を受けた作品の奥にある思想性、世界観についてたどる必要がある。それが、詩句となって、はからずも浮かび上がったのが、先に紹介した「万物静かに観ずれば皆自得す」という程明道の詩句であり、その背景にある荘子の「自得」の思想であった。

すでに潁原博士はその著『芭蕉講座』第二巻（三省堂、昭和十九年）で、芭蕉においては自得の思想が、貞享年間に著しく強くなって、それが新しい風雅観の構成にあずかるようになってくると説いている。博士は『荘子』の郭注（郭象の注）が直接影響を与えたとされている。

ここに「郭注」とあることに注目しておきたい。

　廣田二郎氏は、「自得」の思想は、直接『荘子』の思想とのかかわりばかりではなく、他に『荘子』の影響のある漢詩や評注などからの、間接的な影響も数多くみられるとして、「自得之意」、「自得之楽」の含まれた詩句及び評注の例を『古文真宝前集《こぶんしんぽうぜんしゅう》』、『千家詩《せんかし》』『聯珠詩格《れんじゅしかく》』などから計十四例を挙げておられる。

　これほど例が挙がった理由のひとつは、芭蕉独自な境地ばかりではなく、文芸の時代風潮もあったということであろうか。

　しかし、「自得」という単語だけを取りあげれば、『孟子《もうし》』、『荀子《じゅんし》』、『中庸《ちゅうよう》』などにもみえ、必ずしも『荘子』特有の語ではないとされる（『世界の名著4 荘子』中央公論社、森三樹三郎）。

　廣田氏は、前掲書の第三章第三節で、正面から「自得の境地と無用の用の思想」として、芭蕉の思想の由来を問い、『荘子』林注（林希逸の注）をあげ、郭注ではなく林注の影響を重くみている。それは儒学研究史として、注釈各本を校証学的に検討することになるので、いまはあえてそれを論ずる場ではない。

　つまり『荘子』と「道教」「儒学」「朱子学」といった中国の思想的地盤を、芭蕉の文芸で論ずるのはむつかしい。むしろ、芭蕉が生きた、日本の貞享年代の市井の文化知識人の、思想状況のむしろ複雑な豊かさを実感しておくことが必要であろう。

　さて、そのさい、先に触れた現代の国際的中国哲学研究家による東西を踏まえた『荘子』の解説紹介は、私たちに、今日の問題意識として、芭蕉の思想を読みとく手掛かりとなるのである。今日では、フランスの哲学者ジル・ドゥルーズなどは、きわめて身近な存在なのである。

　そこで、芭蕉その人の書いた一文にかえろう。まず貞享四年（一六八七）八月、素堂に和した「『蓑虫説』跋」、

　其《その》（蓑虫）無能不才を感《かん》ずる事は、ふたゝび南花《なんか》（荘子の別名）の心を見よとなり。（略）「静《しずか》にみれば物皆自得す」といへり。


この「物皆自得」こそは、先にも書いたが、中井正一先生が吟じた、忘れられない詩句であった。

出典となった程明道の「秋日偶成」をあげよう。

　閑来無事不従容
　睡覚東窓日已紅
　万物静観皆自得

四時佳興与人同（以下略）

注目すべきは、「無能不才」の典型である極小の「蓑虫」の話題のなかで、荘子のいうそれぞれ所を得て「物皆自得す」という詩句が、より普遍的な万物の本質を示す原論にまで昇華されていることだ。

しかし、先に荘子の「物化と斉同」の論を見た私たちは、個別の「もの」や「人」が、絶対的な孤立のなかにあるとすれば、いきなり個の自得だけが、他の自得とたがいに易々と共有できるものではないことを知っている。

そう思って、程明道の詩句を読むと、

ようやく東の空が明るんできた早朝
物の形も、おぼろに見分けられてきたが、
さて、これを観る我と、
見られる万物との関係はこれ如何（栗田訳）

もし、それがおのおの自立、自得した世界にあるなら、主客の認識は無い。

我《われ》という語は出てこないで、「万物」が先にあるのは、私もまた「皆」の中に含まれていなければならない。そこにはむしろそれぞれの、独立した世界があり、そのそれぞれの世界を認めることによって、はじめて「自得」は成り立つ。しかし、そのとき、他者との関係は、これいかん。

もし同化するなら、荘子のいう「物化と斉同」すなわち、世界そのものの変容を受け入れなければならない。そのためには、大いなる意識革命が必要となるはずである。

そのとき、はじめて四季の造化の変化の美しさに、人々と同じように身を投ずることができる。それが第四句であろう。

こうして読むと、「物皆自得」とは、そう情緒的に受けとることは出来ない。荘子のいう「造化」の内なる真相、「物化と斉同」の理を語って、喝破した激しい一喝とも聞こえるのである。厳しい孤立、そして世界破壊をさえ意味する、共生と変容の運動の渦中に、身を投ずることにまでなりかねない。

ここに先に述べた中井先生が分析された、視ることと在ることによる世界の変容。そしてまた大切な芭蕉の言葉だが、それ故にわざと、取りあげなかった奥ふかい謎の言葉の真意が理解できるはずである。

それは意外にも、芭蕉遺語として『三冊子《さんぞうし》』に伝えられる、よく知られている語句である。

松のことは松に習へ、竹のことは竹に習へ、と師の詞《ことば》のありしも、私意を離れよ、といふことなり。この習へといふところを、己《おの》がままにとりて、つひに習はざるなり。習へといふは、物に入りて、その微《び》の顕《あらわ》れて、情《じょう》感ずるや、句となるところなり。たとへ物あらはにいひ出でても、その物より自然に出づる情にあらざれば、物とわれ二《ふた》つになりて、その情、誠に至らず。私意のなす作意なり。（傍点栗田）

（『赤雙紙』）

この一文は、言葉は日常語だが、じつは「認識」と「表現」の構造を深くえぐった高度な説話である。

これも、根本的実存の分有論で、主・客の関係として説くのがふつうだが、すでに『荘子』でみた、「物化斉同」の厳密な考え方をもってすると、はるかに厳しいものになる。

まず、——私意を離れよ——というよりも、自意識を放棄せよということになる。竹が竹であるという固有の存在の世界に入るには、「習へ」ということ。すなわち「物に入り」ということだ。

まさしく、荘子の「物化」の思想である。己れの世界をすて、習う＝見る＝従う＝変身＝竹と我という物化の新しい世界を生きる。

「物と我」＝「見るものと見られるもの」という分裂関係から句は生まれない。物化斉同した新次元の世界をつくり出すときの感動が句となるということである。そこに言語によって創造された実存的世界が生じるところまで踏みこまねばならない。

この革命的主客合一は、新事態の発生＝創造を生む。この一種の世界変貌は、『荘子』の思考法に習わなければ、日常的には思考訓練を必要とするだろう。

しかし、逆にいえば、それこそがいわば仮象の日常的世界の実相ともいえるのである。

芭蕉が、一歩一歩、句作と旅によって進みたしかめていった「道」とは、そこにあった。

しかし、この道も、必ずしも芭蕉の独り踏みはじめた道とはいえないであろう。

日本の芸道の根元には、そういった一元論的な神秘的宇宙観が受け継がれている。

私たちは、それを予感しながら、芭蕉の創作を手引きにし、その道を歩んでいるともいえる。いま、ここに日本の代表的歌論をいちいち引用するまでもあるまい。しかし一人だけあげておきたい。

『新古今集』を代表する西行について、かつて筆者は「本覚思想」として一書を著わした（『西行から最澄へ』

岩波書店）。その後には、鎌倉時代後期の京極為兼《きょうごくためかね》がいる。「事に向きてはその事になりかへり、そのまことをあらはす（傍点栗田）」という。また、芭蕉と同時代の烏丸光雄《からすまるみつお》の歌論『光雄卿口授《きょうくじゅ》』では、「たとへば、月にても花にても、向かひてその月と花とわが本性と智□《ママ》妙合して、彼是一つになりてよむべし。題とわが智と別になりては、よめる歌、実にあらず」と説いている（傍点栗田）。

さて、こうした日本の伝統的な彼我一体の説は、あの程明道の「物皆自得」の思想とどう対応しているのだろうか。程明道その人の、人と思想について、あまり語られていない実情を考え、ほんの一端であるが、島田虔次《しまだけんじ》著『朱子学と陽明学』（岩波新書）によって紹介しておこう。

それが、いまは、芭蕉の到達した心境を知るのに一番身近で確実だと思われるからである。

程明道について、すでに何度か名前は出したが、あらためてごく簡単に紹介する。

まず、宋学（朱子学）とは何か。その起源には、儒教に加えて道教と仏教の影響があげられる。宋学は「陽には儒にして陰には仏」などといわれる。

基本は儒教であって、孔子を開祖とする。孔子の撰んだ五経と呼ばれる聖典が、前漢《ぜんかん》の頃より官僚となるためには必須とされ、政治学に、また倫理学として、強い現実的指導力を発揮した。時代が下るにともなって、注釈が盛んになった。だが宋、明《みん》の時代には、儒教は形而上学的に老荘、仏教に押されてきた。

宋学を大成させたのは、周濂渓《しゅうれんけい》（敦頤《とんい》、一〇一七～七三）とされる。

周の思想史的意義としては四つある。第一は、『太極《たいきょく》図《ず》』『太極図説《ずせつ》』にみられる無極的宇宙観の提唱。第二は「聖ハ学ンデ至ルベシ」という主張。第三は「静」の強調。第四は「伊尹《いいん》ノ志セシトコロヲ志シ、顔子ノ学ビシトコロヲ学ブ」という理想的士大夫《したいふ》のイメージを提出したことである。

宋学の始祖、周濂渓の跡を継いだのが、程明道・程伊《い》川《せん》とされている。

程明道（一〇三二～八五）は、中国、北宋の儒教思想家で、高級官僚。弟の伊川とともに「二程子」と尊称された。本籍は、いまの河南《かなん》省洛陽。二十六歳で科挙の試験に合格。進士となり、陝西《せんせい》、江蘇《こうそ》、河北、河南などで地方官吏や県知事をつとめ、中央政府では御史《ぎょし》に任ぜられた。

常に「民ヲ視ルコト傷ツケル（モノヲ視ル）ガ如シ」という文字を座右にはっていたという。人格は温潤玉のごとく、三十年間その怒りの色をみたものがないといわれる。

程明道の思想の根拠を、最もよく示すものとしてあげられるのが、『易経《えききょう》』の次の句である。


「天地ノ大徳ヲ生ト言ウ」

「生生コレヲ易ト言ウ」（繋辞伝《けいじでん》）

生生という「生」は、生きる、つまり生命という意味と、生む、つまり生産という二つの意味を統一的に含んでいる。つまり、人間の存在と社会の構造を一括してとらえている。

この「生生」は、ひろく道家、道教、儒教の学徒が、ひとしく前提とするもので、ひろく中国的な世界観の前提とされるが、とくに明道にはその思いが強かったということである。

天地の徳は生、生生、それすなわち「道」であるという。『易経』（繋辞伝）には「天地絪縕《いんうん》シテ、万物化醇《かじゅん》ス」とあり、「造化」「造物」も、「道」というのも実質的には、この生生を名づけたものとする。

ここには、根元的な運動の激しいヴァイタリズムがうかがわれる。

次に、人と物とが、同じく天地によって生み出されるのは何故か。それは「気」の状態の相違にすぎない。気の凝集体は、「霊」的なるものとなる。『後漢書《ごかんじょ》』劉陶《りゅうとう》伝に「人ハ天地ニアラザレバ以ッテ生ヲナスナク、天地ハ人ニアラザレバ以ッテ霊ヲナスナシ」とあるのと同様である。

さらに重要なのは、儒教の中心概念である「仁」は、「万物一体」＝「天地の生意」だとした。

このことは、「万物一体の仁」が、宇宙的、哲学的意味を本来含蓄していたことを示す。つまり、先に幾度も取りあげた「物皆自得」は、本来生命的である、万物一体の宇宙的生命が生きている状態といってもいい。

程明道の有名なことばに「わが学は受くるところあるも、ただ天理の二字のみは、みずから体得しきたったものだ」というのがある。

また「天理トハ此ノ一箇ノ道理ナリ、堯《ぎょう》ノ為《た》メニシテ存セズ、桀《けつ》ノ為メニシテ亡ビズ」ともいう。そもそも宇宙過程、すなわち「道」というものが、すでにそうなのである。

明道の仁は、あるいは道は、記載にもとづいて分析して、知的にとらえられるべきものではなく、天地万物万民の生意を直接共感するところに体認されるべきである。

ここには、原理的、宇宙的な仁の大肯定しかない。

こうした大前提に立って、もう一度「万物静観皆自得」の一句を読むと、是非ではなく、自他を孕《はら》んだ宇宙的な大充実の、しかも生気の発動する躍るような大調和世界が体感されてくるのである。それは宇宙的自由解放ではなかったたか。超一者との融合一体のよろこびなのであった。

四十五章　鹿島の旅

貞享二年（一六八五）、芭蕉は、あの東西古今にわたる文芸的単独行脚『野ざらし紀行』の旅をなしとげて、五月十二日芭蕉庵に帰庵した。そして休む間もなく、むしろ活き活きと、旅の成果の集成と、更なる境地の確認、そして新たな俳諧の探究へと、心の昂《たか》ぶりを感じさせる活動に入った。

そのひとつは、いうまでもなく画巻『野ざらし紀行』の完成であり、これには貞享三年十月末頃までかかった。前章では、この画巻を通して、「自得《じとく》」という言葉をめぐって、芭蕉がどのように荘子の核心にふれたかをさぐってみた。

この試みは、たんなる語句の表面的類比よりも、その深い思想の構造的内容を考えることになった。

それは芭蕉にとっては、新しい自己覚醒の経過でもあった。こうして、芭蕉は貞享四年（一六八七）まで慌ただしく江戸ですごすや、その年の十月から翌年（一六八八八）八月にかけて、いわゆる『笈《おい》の小文《こぶみ》』の行脚の旅へと出発する。

『笈の小文』は、前にふれたが、その成立の複雑さもさることながら、荘子の思想を孕《はら》んで濃縮されたさまざまな俳論が、細密かつ多極的に編集されている。

この文集は一種独特な言語作品であり、今日ならフランス哲学で復活している様式「エッセ（Essai）」――たとえば、モンテーニュの『随想録』、哲学者パスカルの主著『パンセ』などに類する。

しかし、たてつづけに俳諧の論理をさぐるのも慌ただしいので、そのまえに大旅行を終えた後の芭蕉庵での俳壇活動の盛況の様子を、少し拾ってみよう。

ということは、『野ざらし紀行』という芭蕉の個人的俳諧行脚は、たんに、芭蕉個人の作品の成否にかかわるのではなく、元来「座の文学」としてもともと各地方都市の俳壇の作風に連動する、新しい文芸世界を形づくっていたからである。言うまでもなく、句作品には「俳諧」、「歌仙」、「連句」、「句合《くあわせ》」などさまざまな形式があるが、連句はいわゆる座の文学であることが特色である。この影響は大きい。

一座する人を連衆といい、作品をつくることを興行（張行《ちょうぎょう》）という。他に数多くの約束事があるが流動的である。しかし、この複数の、集団によってつくられる文学は世界でも特別であり、それについては、稿を改めて考えてみるつもりだが、とりあえず筆者の共鳴する資料を二点、次にあげておこう。すなわち山本健吉著『俳句とは何か』、尾形仂著『座の文学』である。

まず、年譜にもどって、「野ざらし」の旅から帰庵後、貞享三年一月からの主な句会を、『年譜大成』より、編年的にながめてみよう。

貞享三年　四十三歳

一月　当年歳旦《さいたん》吟、井筒屋《いづつや》歳旦帳所収の其角引付「丙寅歳正朝」に入る。

幾霜に心ばせをの松飾り

同月　江戸蕉門の十七吟百韻に参加。〔連衆〕其角・文鱗《ぶんりん》・枳風《きふう》・コ斎《さい》・芳重・杉風《さんぷう》・仙化《せんか》・李下《りか》・挙白《きょはく》・朱絃《しゅげん》・蚊足《ぶんそく》・千里《ちり》・芭蕉・揚《よう》水《すい》・不卜《ふぼく》・千春《ちはる》・峡水《きょうすい》。

春　芭蕉庵で五吟一巡興行。〔連衆〕風瀑《ふうばく》・芭蕉・一晶《いっしょう》・琴蔵《きんぞう》・虚洞《きょどう》。

深川は菫《すみれ》咲く野も野分哉《のわきかな》　風瀑
はるのはたけに鴻《こう》のあしあと　芭蕉

同　芭蕉庵において衆議判による蛙の句二十番句《く》合《あわせ》を興行。参加作者四〇名。――巻頭、芭蕉句、

古池や蛙《かわず》飛びこむ水の音

三月二十日　七吟歌仙あり。

三月廿日即興

花咲きて七日鶴見る麓哉　芭蕉

先にも、他書の例にもれず「蛙」の句をとりあげ、様々な解釈をまじえて私見をのべたが、それはそれとして、この句は芭蕉が孤独のなかで、沈思黙考、呻吟苦吟してひねり出されたものではなく、なんと参加者は門下、知友、四十名、しかも衆議判によって進められたという成立事情を考えると、面白い、具体性をもった重みを帯びてくる。もっともこの句は、句合の巻頭句であるから、かねてから芭蕉のなかではこの句ができていたものかもしれない。仙化編による『蛙合《かわずあわせ》』は、貞享三年閏三月に刊行され、芭蕉発句以下、前記の二十番句合が収録された。

しかしこうなると、「蛙合」という、一つの事件（イベント）となりおおせている。

貞享三年春

閏三月十日　去来に宛てて書簡をしたため、「蛙合」参加の去来句を賞す。

閏三月十六日　尾張の俳人で交流のあった下里寂照《しもさとじやくしょう》（知足《ちそく》）宛ての書簡を、上京する宗波《そうは》〔江戸本所《ほんじょ》・定林寺《じょうりんじ》住職で黄檗《おうばく》僧。鹿島《かしま》詣に同行〕・鉄道両僧に託す。

この春の句合より、二句。

坦堂《たんどう》和尚を悼み奉る

地に倒れ根に寄り花の別れかな

独酌

起きよ起きよ我が友にせん酔ふ胡蝶

（『あつめ句』）

親しき坦堂和尚が亡くなり、幽界に次元を移したことになるが、「胡蝶」という語は、荘子の「胡蝶の夢」の話を思わせ、「生」も「死」も仮の形で胡蝶の夢のごときもの、さあ、一緒に盃をあけましょう、と生死を超越

した心のむすびつきがたしかめられている。
それからとんで、

八月十五日　芭蕉庵月見の会。其角・仙化・吼雲ら
と隅田川に船を浮かべ各々句あり。

名月や池をめぐりて夜もすがら

この句は、名月を詠ったものとしてよく知られているが、果たしてそれだけだろうか。

名月は、もちろん池に映った月である。つかもうとすれば、くだけ散る。しかし何故、夜もすがらの「すがら」であるのか。

説明するまでもなく、「すがら」は『万葉集』いらいの詩歌用語で、「始めから終わりまで」の意。例として『後拾遺和歌集《ごしゅういわかしゅう》』に「ふる里は浅茅《あさじ》が原《はら》と荒れはてて夜すがら虫のねをのみぞ鳴く」とある。

この句は、月を眺める人物が魅入られたのである。彼は空の月に、池に映る月に、認識を超えた存在感にとりこまれ、鬼気迫るものを感じたのである。

この頃の芭蕉の句は、たしかに、なにか風狂から、一歩踏み出した気配がある。

この句の記されている其角編の俳諧選集である『雑談《ぞうたん》集』によれば、この句の特殊さが分かる。その文は、前掲の句につづけて、月見の小話が記されている。

すゝめて船にさそひ出（せ）しに、（月の）清影をあらそふ客の舟、大橋に折《わか》れてさはぎければ、淋しき方に漕廻《こぎまわ》して、各《おのおの》句作をうかゞひけるに、仙化が従者、舳《とも》のかたに酒あたゝめて有（り）ながら、
名月は汐にながるゝ小舟哉《かな》　吼雲、翁をはじめ我々も、かつ感じ、かつ恥（ぢ）て、九つを聞（き）て帰りにけり。

とある。この話は、実話かどうか疑わしいとみる研究者もあるようだが、いずれにしても、「名月」という、超越性のあるものを、現世の人々が、身がまえて捕え、詠うということは、むつかしい。また「聖・俗」という異次元への飛躍を本来は孕んでいるので、俳句と無縁な従者が、ふと我知らず詠ったほうがよい。

芭蕉は、移りゆく名月に、「夜もすがら」という永劫回帰、不可能性をぶつけて一体化した。

芭蕉庵を中心とした門弟や俳友たちとの忙しい交流を紹介してきたが、当時の専門俳人の句会や文通に追われ

る日々がうかがわれるであろう。僧籍の知人が多いのも、ひとつの特徴かもしれない。

ところで、この年、貞享三年の八月十五日の月見も終わった九月秋中旬、『野ざらし紀行』の自筆自画本『甲子吟行画巻』が完成し、これに素堂が「序文」を寄せたことは先に触れた。が、芭蕉と素堂との交わりの機微が姿をあらわしてくるのもこの時期である。

まず、貞享三年八月（今栄蔵氏の説では九月）の「四《し》山《ざん》の瓢《ひさご》」という句文を紹介しておこう。

芭蕉が、山口素堂に乞うて、芭蕉庵の米入れの瓢に銘を求めたところ、素堂はそれに応えて、五言絶句「瓢之《ひさごの》銘《めい》」を作った。

一瓢重黛山《いっぴょうはたいざんよりおもく》　自笑称箕山《みずからわらってきざんとしょうす》
莫慣首陽餓《しゅようのうえにならうなかれ》　這中飯顆山《このうちにはんかざんあり》

この詩につづけて、芭蕉はこう記す。

顔公《がんこう》の垣穂《かきほ》に生《お》へる記念《かたみ》にもあらず、恵子《けいし》が伝《つた》ふ種にしもあらで、我《われ》に一《ひと》つの瓢《ひさご》あり。是《これ》を工匠《たくみ》につけて花入る丶器《うつわ》にせむとすれバ、大にして規《のり》にあたらず。小竹筒《ささえ》に作りて酒を盛らむとすれば、形見《かたちみ》る所なし。ある人のいはく、「草庵のいみじき糧入《かている》べきものなり」と。まことに蓬《よもぎ》の心あるかな。やがて用ゐて、隠士素翁《そおう》〔素堂〕に乞うてこれが名を得さしむ。その言葉は右にしるす。其句みな山《やま》をもて送らる丶がゆゑに四山と呼ぶ。中にも飯顆山《はんかざん》ハ老杜《ろうと》の栖《す》める地にして、李白《りはく》が戯《たわぶ》れの句あり。素翁、李白に代りて、我《わが》貧を清くせむとす。かつ、空しき時は塵《ちり》の器となれ。得る時ハ一壺《こ》も千金をいだきて、黛《たい》山《ざん》も軽《かろ》しとせむことしかり。

もの一つ瓢《ひさご》ハ軽き我世かな

芭蕉桃青書

（『随斎諧話《ずいさいかいわ》』、『新編　芭蕉大成』）

これは、『荘子』逍遥遊《しょうようゆう》篇にある次の逸話による。

恵子《けいし》が荘子に向かって言った。

――魏《ぎ》王が私に大きな瓢の種をくれた。この種をまいたところ、五石も入るほど大きな実がなった。ところが、これに飲み物を入れると、重くて持ち上げられない。そこで、これを二つに割って、柄杓にしたら浅く、平たく水も汲めない。大きすぎて使い道がないのでぶちこわしたよ――と。

荘子は言った。

——いまお前は五石も入る瓢を持っているのだから、大きな樽をつくって舟にしたら、悠々と大川や湖に浮かべることができるではないか——と。
（金谷治《かなやおさむ》訳注『荘子』岩波文庫を参考に筆者が書き改め）

この瓢の大小の比喩の話は、先の「蓑虫」の大小にかかわる比喩で、人間の認識の相対性の根底を突くものとして、荘子の思想の重要な要素のひとつなのである。

だが、この話は話として、なぜ、この貞享三年秋、芭蕉は瓢を素堂に托して四山と名づけたのか。そして、自らも、

もの一つ瓢は軽き我世かな

と、自在の句を残しているのか。

ここでは瓢は、大きすぎも小さすぎもない。それは、いわば人間の都合、主観にすぎない。それを取りはらってしまえば、瓢は大きくも小さくもない。用途にあえばすべてぴったりおあつらえむき。とすれば、瓢は思いのままである。それを持つ自分も、自在である。

何ものにも役立たず、とらわれることのない自分の暮らしには、なんとも限定されない、ただ「ものひとつ」としか言えないのだ。

この頃の句。

座頭かと人に見られて月見かな

じっと、顔だけ月に向けて佇《たたず》んでいる。その姿は、行き先の分からぬ座頭と見られるだろう。じじつ、ひたすら「月」しか目に入らず、月光にひたすら眼差しをそそいで動かぬ自分は、座頭とかわらぬ。ひょっとすると、座頭はいつも月光をみているのかもしれない。目明きも座頭も変わりはないのだ。そこまで読みこめば、芭蕉が程明道《ていめいどう》を通じて荘子の「万物斉同《ばんぶつせいどう》」に惹かれるようになっていったのは自然だろう。

芭蕉は、この内的実感をさらに深く、また可能なかぎり絶対的に捉えたいという想いが、心の底でうずきはじめていたとしても不思議はない。

彼の新しい境地は、たしかに荘子の思想に突き動かされたものではあったが、荘子の学は、厳密かもしれないが、長年中国でつちかってきた漢語の深い意味に慣れるには、かなりの訓練と学習の必要を感じていたのである。

たとえば、友人の素堂ですら、林《はやし》家の塾で漢詩文の習学をしていたという。

とはいえ、とくに人間関係で多忙であった芭蕉は、一門を統率するばかりでなく、すでに全国の俳壇から、注目されていた。だからこそ旧態依然としてはいられなかった。

芸術に新旧なしといわれるが、それは新しい芸術が、つねにそれまでの芸術の実体を乗り超え、革新しつづけてきたからである。もし、旧態を模倣するだけなら、そもそも世に出現することさえできなかったろう。しかしその場合、それまでの芸術も失われることはなかった。なぜなら芸術は、はじめの半分は時代、環境という神がもたらし、後の半分を人がつくるものだからである。

ボードレールは言った。「最初の一行は神からくる。二行目から人がつくる」と。しかし、神は人が求めなければ訪れない。神は秘かに芸術家に呼びかけているのだ。

さて、話はやや遡《さかのぼ》るが、貞享二年の冬頃、曾良《そら》が入門し、芭蕉庵の近くに居を構えていた。曾良は謹直な性格であった。若人編《じやくじん》の芭蕉追善集である『花膾《はなます》』には、貞享三年冬のこととして、次のような話が載っている。

曾良何某はこのあたり近く仮りに居《きよ》を占めて、朝な夕なに訪《と》ひつ訪はる。われ食ひ物いとなむ時は柴折りくぶる助けとなり、茶を煮る夜は来たりて氷をたたく。性、隠閑を好む人にて、交り金《こがね》を断つ。ある夜、雪に訪はれて

君火を焚けよきもの見せん雪まるげ　（『花膾』）

また『本朝文鑑』（貞享五年冬）にも、この少し後のこととして、

あら物ぐさの翁《おきな》や。日頃は人の訪ひ来《きた》るもうるさく、人にも見《まみ》えじ、人をも招かじと、あまたたび心に誓ふなれど、月の夜、雪の朝《あした》のみ、友の慕はるるもわりなしや。物をもいはず、独り酒飲みて心に問ひ心に語る。庵の戸おしあけて雪を眺め、又は盃をとりて、筆を染め、筆を捨つ。あら物狂ほしの翁や。

酒飲めばいとど寝られぬ夜の雪

芭蕉はこの頃、『野ざらし紀行』画巻の挿画や推敲、また旅中にできた門人、知人との交流、そして重なる句会など、多忙をきわめているようにみえるが、この冬の

夜の眠られぬ寂寞、人間関係の満たされぬ想いが書きしるされているのをみると、芭蕉の詩心はいまださらに深きものを求めてうずいていることが、ひしひしと伝わってくる。

年が明けて、貞享四年（一六八七）、芭蕉四十四歳の春を過ぎ、はや夏の半ばを越えようとしていた。

芭蕉には、たまりにたまった旅へのうずきがつのっていた。また、荘子から発する課題についても、心にわだかまるものがあったと思われる。

そんな芭蕉が旅先にえらんだのはどこであろうか。

それまでの、芭蕉の精神的探究の原点を想い出せば、むしろ当然の行き先である。

すなわち、茨城県、常陸《ひたち》にいます鹿島《かしま》神宮への参拝である。もっと本音でいえば、鹿島根本寺《こんぽんじ》の前住職で、いまは隠居所の長興庵《ちょうこうあん》に住む、心の師とも友ともいうべき仏頂和尚への久方ぶりの訪問であった。夏の月見が名目である。

こうして書き残された紀行文が、『鹿島紀行』（別名『鹿島詣』『かしまの記』）である。その前後のことを、まず『年譜大成』でたどろう。

八月十四日　月見と鹿島神宮参詣を兼ね、曾良・宗波を伴って旅立つ。経路——深川より舟路行徳《ぎょうとく》に至り、行徳より鎌谷《かまがい》を経て利根川畔布佐《ふさ》まで陸路。布佐より利根川便船で鹿島に至る。

八月十五日　この夜、鹿島根本寺の前住職、仏頂和尚の隠居所、長興庵に一宿。

『鹿島紀行』は、全体として長くはないが、その和文系のしなやかな文脈の裏には、禅の師の仏頂和尚との久しぶりの対面、「月」に托した「真如《しんにょ》」をめぐる詩歌俳諧のやり取りなど、深い体験が読みとれる。この時期に逃すことの出来ない紀行文である。

さて、紀行の前半の文章は、『和漢朗詠集《わかんろうえいしゅう》』『長明道《ちょうめいみち》之記《のき》』（別名『東関紀行《とうかんきこう》』）『西行和歌修行』『杜律集解《とりつしっかい》』など、和漢の古典を踏まえ、情趣に溢れた新しい俳文が試みられている（『俳文学大辞典』井上敏幸）。

　らくの貞室《ていしつ》、須磨《すま》のうらの月見にゆきて、「松陰《まつかげ》や月は三五《さんご》や中納言《ちゅうなごん》」〔三五夜は十五夜のこと。白楽《はくらく》天《てん》の「三五夜中新月ノ色、二千里外古人《こじん》ノ心」による〕といひけむ、狂夫《きょうふ》のむかしもなつかしきまゝに、このあきかしまの山の月見んと、おもひたつ事あり。ともなふ人ふたり、浪客《ろうかく》の士ひとり〔曾良〕、ひとりは水雲《すいうん》の僧（芭蕉庵の近くに住む禅僧の宗波）。僧はからすのごとくなる墨のころもに、三衣《さんえ》の袋（頭《ず》陀袋《だぶくろ》）をえりにうちかけ、出山《しゆつざん》の尊像をづしにあがめ入《いれ》テうしろに背負《せおい》、柱 杖《ちゆうじよう》ひきならして、無門《むもん》の関《かん》もさはるものなく（宋《そう》の禅書『無門関』序の「大道門無ク、千差路有リ。此ノ関ヲ透《とお》リ得バ乾坤《けんこん》ヲ独歩セン」による）、あめつちに独歩していでぬ。いまひとりは僧にもあらず、俗にもあらず、鳥鼠《ちようそ》の間《かん》に名をかうぶりの、とりなきしまにもわたりぬべく、門《かど》よりふねにのりて、行徳《ぎようとく》といふところにいたる。ふねをあがれば、馬にものらず、ほそはぎ（細脛）のちからをためさんと、かちよりぞゆく。

（『古典大系46』所収「鹿島紀行」）

鹿島神宮に詣でるのに、ひとりは浪客、ひとりは僧、自らは「僧にもあらず、俗にもあらず」とは、十五世紀に成立した国語辞典である『下学集《かがくしゆう》』の「蝙蝠《こうもり》」の項に、「末世《まつせ》ノ比丘《びく》、僧ニ似テ僧ニ非ズ、俗ニ似テ俗ニ非ルヲ喩《たと》ヘテ、蝙蝠ノ比丘ト曰《い》フ」とあるのによる（尾形仂編『芭蕉ハンドブック』）。

しかし芭蕉のこの非僧非俗という想いは、芸術家としての自己確認のためにも深い想いがこめられている。だからこそ、己の禅の師仏頂和尚を、「月見」にかこつけて、鹿島の奥まで訪ねねばならなかった。それがいわば、その動機といえる。

さて、歩みを進めるうちに、日はすでに暮れかかり、その晩は利根《とね》川のほとりの漁村に泊まった。その翌日、

ひるよりあめしきりにふりて、月見るべくもあらず。ふもとに根本寺のさきの和尚、今は世をのがれて、此所《この》におはしけるといふを聞《きき》て、尋入《たずねいり》てふしぬ。すこぶる人をして深省《しんせい》を発せしむと吟じけむ、しばらく清浄の心をうるにたり。

「深省」は杜甫《とほ》の詩「龍門《りゆうもん》ノ奉先寺《ほうせんじ》ニ遊ブ」の「覚メント欲シテ晨鐘《しんしよう》ヲ聞ケバ、人ヲシテ深省ヲ発セシム」や、陶淵明《とうえんめい》の「遠公ノ人ヲ議論スルヲ聞キテ曰ク、人ヲシテ頗《すこぶ》ル深省ヲ発セシム」などに用例が見られる。

この文、いやこの紀行それ自体、「月見」とはいえ、まさにこの「人をして深省を発せしむ」、そして「しばらく清浄の心をうるにたり」の境地の発見のためにあったと言っていい。これこそ、数々の芭蕉の名月の句が求めた境地でもあった。ここには対話はない。徹底的に深い自問自答を重ねたあげくの究極的な心境のありかなのである。

この一言が欲しくて、鹿島根本寺まで、月見と称して

朋友を誘って来たようなものだが、はたせるかな、名月は見られず、見られないからこそ、言葉にも表わせない心境を、己れの心のうちに明らかに視た。

もとより、それも「時」と「処」と「人」という要素あってのことである。この山、そしてこの宿には、長年参禅しつづけた仏頂和尚の息吹がみちみちていたからだ。

禅者同士の問答に、言葉は無用だ。しかし一対一で面授されること、すなわち時空を共有することが不可欠である。『鹿島紀行』からつづける。

あかつきのそらいさゝかはれけるを、和尚起し驚《おどろか》シ侍《はべ》れば、人々起出《おきいで》ぬ。月のひかり、雨の音、たゞあはれなるけしきのみむねにみちて、いふべきことの葉もなし。はる〴〵と月みにきたるかひなきこそほゐ〔本意〕なきわざなれ。かの何がしの女すら、郭公《ほととぎす》の歌得よまでかへりわづらひしも、我《わが》ためにはよき荷担《かたん》の人〔味方〕ならむかし。

ここでは、清少納言《せいしようなごん》が、賀茂《かも》のあたりにほととぎすを聞きに行って、歌をよむことができなかった逸話を引いている。

『鹿島紀行』の後半部には、月見の折の仏頂の歌と芭蕉・曾良・宗波の発句十三句、および帰路の自準《じじゅん》（似春）亭における付句《つけく》三句が一括して掲げられて、『かしまの記』とされている。その筆蹟はこの時期の芭蕉の代表作とされている（『俳文学大辞典』井上敏幸）。

さて、仏頂和尚の句と芭蕉の句を紹介しておこう。先に芭蕉（桃青）の句をあげる。

月はやし梢《こずえ》は雨を持《もち》ながら　桃青

月の面を流れる雲足がはやいので、月が走っているように見え、雨後の木々の梢は梢で、雨の雫《しずく》をたらしている。走るのは、雲か月か、真相何れにありやという大疑惑。

この思念の仮の迷いを、ばっさり切って捨てたのが、仏頂和尚の歌である。

おり〳〵にかはらぬ空の月かげも
ちゞのながめは雲のまに〳〵　和尚

いつも変わらぬ同じ一つの月影（満月）が、姿様々に変わるのも、かかる雲の変化に従って変わるものだ。悟道的に読めば、いつもある真如の月を隠すのは、人の煩悩の雲なのだ。ということになるが、ここで「人」と「処」が大切になる。そのためにこそ鹿島まで参ってきたのだった。仏頂和尚の歌に言われて、豁然《かつぜん》として芭蕉の心は開かれた。

それが鹿島紀行の目的だった。

高木蒼梧《そうご》氏の「仏頂禅師の研究」によれば、

根本寺境内には、観音堂兼芭蕉堂前に、宝暦八年に南湖《なんこ》連中が建てた、

月早し梢は雨をもちながら　芭蕉

の碑があり、また神宮参道から寺への入口に、

祖翁遺跡をしたひやうやく
この地に筇《つえ》をひきて
今日に逢時雨《しぐれ》もうれし旅衣　公雄

の碑がある。この碑のところに立つと、大船津《おおふなつ》から行つて左側に根本寺、右側に四、五の民家がある。実はこの参宮道路は根本寺の境内を貫通して出来たもので、もとは民家の先の山麓に参道があつた。この民家の中の一軒は根本寺の檀徒総代が住んでいる。その家は根本寺住職の隠寮長興庵で、貞享四年に芭蕉一行が仏頂と共に月を見たのは、其処だと寺で教えられているが私はまだ調査しない。

としている（建物の変化はあると思われる）。

何れにせよ、芭蕉の鹿島紀行は重くうけとらなければならない。

そして、仏頂和尚との深川時代からの深い交流を想い出す必要がある。それは本稿の早い段階でみたところである。

高木論文は一見古いようにみえるが、その実地踏査と文献調査は、考証の行き届いたもので、これ以上の資料はもはやほとんど発見されることはないと思われる。それだけに詳細に研究すれば、なお多くの知見が得られるはずである。

この芭蕉と禅宗、また仏頂和尚との関係については、当初、多くの論者たちに混乱があった。

つまり、芭蕉は道元《どうげん》禅の流れをくむ曹洞宗門なのか、臨済仏頂門なのか。もし、その何れかとしても、正式に認可された僧侶（戒律を受け、坐禅公案にはげんだ僧）なのか。だが、それらについては宗門外の人間には遠慮するほかない。

芭蕉は周知のとおり、延宝八年（一六八〇）冬、都心小田原町より、江東《こうとう》の深川村に居を移し、最初の庵号を「泊船堂《はくせんどう》」とつけた。

この近所、深川大工町臨川庵《りんせんあん》で仏頂和尚について参禅したのは、深川移転後、まもなくであったろう。

どんな修行かは分からない。しかし、後まで続いた親しい関係から察するに、禅の要点はおさえながらも、うちとけた一対一の関係で、芭蕉に欠けている仏書漢籍にわたって、ひろく問いに答える教育だったであろう。しかし、元来芭蕉は、一種の天才的感覚で仏教の、とくに禅の目指す究極的、自覚的超越性については、いわば直接的に了悟する宗教的感性を持ちあわせていたという事実を見逃してはならない。

筆者は、この宗教的超越性への参入こそ、芭蕉をして、世界的詩人たらしめていると考えるからである。

それは、もちろん、偏狭な宗派的セクト主義を意味するものではない。仏教はもちろん、伊勢神道、出雲神道など、また、近世以降は複雑多岐に分かれた宗教的諸派、さらに儒教、道教など、芭蕉はもとより詩歌俳諧の基盤をなす世界の広大な基礎をつくってくれたといえよう。

一方、仏頂和尚は、元来常陸国鹿島根本寺住職二十一世であるが、たまたま起こった鹿島神宮との寺領争いをめぐる訴訟で、幕府当局との連絡交渉のため、しばしば江戸深川臨川庵に滞在することが多かった。

一方、先にふれたが、たまたま芭蕉の高弟の甲斐《かい》国谷《や》村《むら》の高山麋塒《たかやまびじ》の一族が幕府の要職にあり、取りなすようなこともあったという。

こうして、一応一件落着してからは、仏頂和尚は鹿島の根本寺住職にもどっていたようである。しかし江戸での止宿もあったようだ。

しかも、芭蕉にとっては禅学の師であるが、一方仏頂和尚も、芭蕉に俳諧の要旨をたずねるなど、両者の交友は深く、途切れることなくつづいていたと見られる。

ところで鹿島といえば、近頃ではコンビナート工場が頭に浮かぶが、古代から鹿島という地名及び鹿島信仰は、神島とも書かれ全国的に広がっていた。ちなみに『平凡社大百科事典』『国史大辞典』などを見ると、それぞれ数頁にわたって関連氏族、民間信仰、祭儀などについて驚くべき多彩な事項が、古代から近代にいたるまで、詳述されている。まず、このことを認識しておこう。少なくとも芭蕉の江戸時代には、鹿島信仰は活《い》きていた。

その詳細はここに紹介しきれないが、資料を読んだ感想の一端を記そう。さて鹿島・神島と表記された伝承から、共通して伝わるイメージは、「陸が海に突き出したさいはての地域、あるいは最先端の場所」と意識されていることである。

そこから、まずさまざまの漂着神がよりつき霊力を発揮する。さらに、その霊力をもって蝦夷《えぞ》平定など、武力進出の源泉としてイメージされる。しかも、その根底には、海と陸の接点、境界領域という「断絶と超越」の原イメージから逃れることができない。

それが空間的だとすると、時間的には弥勒《みろく》再生の思想と重なってくる。この思想は、霊を孕《はら》んだ幸を呼びこむ弥勒仏の到来を仰ぎ、弥勒踊として、爆発的に全国にひろがっていったことがある。

弥勒信仰は、農作にも及び、鹿島神宮に属する「物《もの》忌《いみ》」という巫女《みこ》神職があり、一年の豊凶の予告を民間に告げるため、神人《じにん》団が全国を巡回した。これを「鹿島事《こと》触《ふれ》」という。

それにより、東日本各地に鹿島送り・鹿島流し・鹿島人形・鹿島踊などの習俗を流布した（『平凡社大百科事典』宮田登）。

この鹿島にちなんだ、様々な歌舞行事が発生流布していることからみると、少なくとも鹿島の原イメージは、固定したもの、安定したものではない。歌舞の本質は、じつは躍動する型＝空間、踊り＝時間の構成の変化表現である。

しかも人間の身体をもってする共同体的感動表現だとするなら、鹿島というイメージは、生命躍動する山霊の息吹、それも千変万化し、天然の造化のごとく、生々流転を内に孕んだものであろう。

芭蕉が、雲はやい満月の夜を詠ったのは、自然現象をうつしたのではない。鹿島のお山のご神体、そして果てなく拡がる雲と風を月に配した心は、鹿島で活性化した己れの心の姿でもあった。

ここで、芭蕉が受けた仏頂和尚の教示を推察して説くいとまはない。ただ、肺腑をつらぬく師の法語を、高木氏の前掲書から抜き書きして、本章のくくりとしたい。

仏頂和尚墨蹟（深川臨川寺旧蔵）

道

無心是道

無念是仏

喝　仏頂書

第三部　笈の小文——造化のこころ

四十六章　旅の決意

芭蕉は貞享四年（一六八七）八月十四日、月見と鹿島神宮参拝を目的として、鹿島地方への小旅行を行なった。根本寺《こんぽんじ》前住職仏頂和尚を隠居所長興庵《ちょうこうあん》に訪ねるのも、もう一つの大きな目的で、旧交を温め、旅中吟を得た。

　この短くて一見意外な小旅行が、どのような意義を持っているのかは、あまり明らかにされていない。

　しかし、『野ざらし紀行』の旅を終え、すでに芭蕉庵での俳壇暮らしから、脱出したい心地が動きはじめていたこと。その心のきっかけに、芭蕉は江戸深川で、仏頂和尚の臨済禅《りんざい》に接していた初心を再確認しようという志が動いていたことは間違いなかろう。

　ともあれ、芭蕉の詩的衝動は、つねに身心そのものを一体化する「旅」のなかで胚胎し、帰庵してそれを句、あるいは文とし、整理熟成するという型をとっている。

　これは、一般に詩文というものは、静止観想のうちに生まれるとする、いわゆる観念詩とは異なるもので、抽象的言語ではなく、いわば身体論的、心身連動、霊肉融合の機微のうちに発するものが俳諧だからである。不可分の「時空融合」の一刹那をとらえた瞬間に発する「ことば」を、句の型にとらえ育てるという詩法と相通じるものであった。鹿島での詩句も、それにつきる。

　ところで、八月中旬鹿島の帰路、芭蕉は利根川・江戸川を経由して行徳《ぎょうとく》で上陸し、旧友小西似春《こにしじしゅん》（自準）を訪れて、一泊した。

　突然、自準なる俳人が出てくるが、一泊して句合をするほど親しい人物は何者であろうか。

　じつは、京都出身、北村季吟《きぎん》の同門の俳人であった。

　似春　俳諧師。生没年未詳。寛文〜元禄（一六六一〜一七〇四）ごろ。本名、小西平左衛門《こにしへいざえもん》。後号、自準。別号、泗水軒《しすいけん》。京都住、のち江戸本町に移住。晩年、下総《しもうさ》国行徳の神職となる。はじめ季吟に学び、のち宗因《そういん》に私淑。寛文五年（一六六五）ごろから季吟らの俳席に出、（略）季吟門の俊秀と目された。延宝初期に江戸に移住、（略）桃青（芭蕉）・信章（素堂《そどう》）らとともに江戸の新風派として活躍する。（略）芭蕉と同様の隠逸志向が色濃くにじみ出ている。

（『俳文学大辞典』加藤定彦）

芭蕉が関東で、古典文学の研究者という経歴を共にする俳友と親しい関係を結んでいることは、芭蕉の古典的教養への傾倒を示すもので、『鹿島紀行』の旅の試みのなかで、和・漢・仏への目配りの広がりを想わせる。

ところで、『鹿島紀行』が出来上がったのは、『年譜大成』によれば、出発からおよそ十日を経た八月二十五日となっている。

話が前後するが、前々章でくわしく述べた、貞享四年八月の「『蓑虫説』跋」による荘子をめぐる素堂とのやりとりは、年譜によると『鹿島詣』の旅から帰庵した後、「秋」のことであった。

そこには『荘子』の思想の核心をなす程明道のいう「万物静観皆自得」の詩句が深く追求されていることをみた。

もちろん芭蕉が、深く荘子の思想に傾倒していることは、その出発より一貫してうかがわれることであるが、ここで、月見とはいえ、泊まりがけで先師仏頂和尚を訪れ、親しく詩歌をとり交わして、久しぶりの禅的な交流をまじえている。当然のこと臨済禅師である仏頂和尚から、若いころから薫陶を受けた禅味とは、芭蕉のなかでどう融合していたのであろうか。

結論をいえば、これに続く『笈の小文』のなかで、みごとに、豊穣なみのりをもたらしているといっていい。あるいは芭蕉には、『笈の小文』という新しい旅への心の準備として、期するところがあったのかも知れない。

そうみると、『笈の小文』の詩学の根幹をなす三つの思想、つまり老荘、とくに荘子の思想、禅とくに臨済宗、そして文辞をつらぬく日本の古典的詩歌の伝統は、芭蕉が若年よりなじみ、学習を怠らなかった北村季吟の歌学の三本柱と重なり、ここに円熟をむかえようとしていた。

芭蕉が、鹿島詣の帰路、季吟門下である京都出身の俳人・似春を訪ねて一泊していることからも、その背景がうかがわれてくるのである。

この秋の、大きな転換期の発句をひとつふたつ、『笈の小文』へとつづく詩情の結実として紹介しておこう。

笠もなき我を時雨《しぐ》るるかこは何と

めでたき人のかずにも入む老《おい》のくれ

もの一つ我が世はかろきひさご哉

寄李下《りかによす》
いなづまを手に取る闇の紙燭《しそく》哉　（『続虚栗《みなしぐり》』）

いずれも、日常性のなかにひそむ、存在の根拠のはかなさを問うている。

九月に入って、芭蕉の新たな旅立ちが知人、友人に知られてくると、送別の歌仙が行なわれるようになった。

そのひとつ、内藤露沾《ないとうろせん》邸で芭蕉帰郷餞別七吟歌仙が行なわれ、連衆として露沾・芭蕉・沾蓬《せんぽう》・其角《きかく》・露荷《ろか》・沾《せん》荷《か》・沾徳《せんとく》が顔をそろえた。

ちなみに、露沾は、陸奥《むつ》国磐城平《いわきたいら》藩主内藤義概《よしむね》（俳号風虎《ふうこ》）の次男として江戸赤坂溜池《あかさかためいけ》に生まれる。父風虎の編著や延宝期の江戸俳書に多く入集。蕉門との親交も深く、門人も数多かった（『俳文学大辞典』宇都宮譲）。つまり公的な送別の歌仙がはじまった。

十月十一日には、其角亭で送別の句座があった。

旅人と我が名よばれん初霽《はつしぐれ》　芭蕉

この句は『笈の小文』の代表的な句として採用された。付句として、

亦《また》さざん花を宿《やど》々にして　由之《ゆうし》

この句は、

狂句木枯の身は竹斎に似たるかな　芭蕉
たそやとバしるかさの山茶花　野水《やすい》

に照応するものである。

また、由之の脇句につづく其角の第三句、

鷦鷯《かやくき》の心ほど世のたのしきに　其角

は、『荘子』逍遥遊《しょうようゆう》篇の「鷦鷯巣於深林、不過一枝」を典拠としている（廣田二郎『芭蕉の藝術』）。

九月以降のこれらの餞別句を芭蕉みずから一冊に編したのが『伊賀餞別《いがせんべつ》』である。

この月、芭蕉は芭蕉庵において『続の原《つづきのはら》』所収発句合の冬部十二番に判詞を加え、跋文を書いている。

話がそれるようだが、『続の原』は、貞享五年三月刊。不卜《ふぼく》編の句合である。当時の人脈を知るために、その顔ぶれを紹介しておこう。判者は四季別に素堂・調《ちょう》

和《わ》・湖春《こしゅん》・桃青（芭蕉）などで、総じて典雅・余情・調べを重んじる。作者は露沾・不卜・不角《ふかく》・其角・嵐雪《らんせつ》・野馬《やば》（野坡）・去来《きょらい》・芭蕉・調和・才丸《さいまろ》らであった（『俳文学大辞典』堀信夫《ほりのぶお》）。

この跋文中に、「あるはよしのの花に笈を忍び」とあるが、『古典大系46』の頭注（一三）に、「享和再板木及び『芭蕉翁文集』（蝶夢《ちょうむ》）は『笈を負ひ』。笈の重みに堪えて旅をし」とあるのは、『笈の小文』を連想させる。

右に述べたように、芭蕉は貞享四年八月下旬鹿島から帰庵し、紀行文『鹿島紀行』を創作し、素堂をはじめとする友人たちと、「蓑虫」の句をめぐってやりとりし、ひときわ人生観をこめた秀句を残しながら、すでに新しい旅立ちへの準備は着々と進められていた。

その充実した、一見あわただしいが、精力的な俳諧への激しい意欲の一端をまず紹介した。つまり、『笈の小文』とよばれる作品を生んだ旅は、一見、閑寂でわびさびた世を捨てた旅ではなく、それどころか新たなる詩的充実へのほとばしるような噴出だったといっていい。俳人として機は熟していた。

『笈の小文』という文集について、その成立と内容について、問題があげられている。

年譜にしたがえば、貞享四年（一六八七）十月二十五日、江戸を発足し、歳末には東海道筋をひとまず伊賀上《うえ》野《の》へ帰郷して越年。翌春に伊勢・大和・紀伊・摂津を経て播磨国明石《あかし》にいたり、摂津国須磨《すま》で源平の古戦場を訪ねるところまで。ここまでがふつう『笈の小文』、または『卯辰《うたつ》紀行』とも呼ばれる。『笈の小文』は、芭蕉が生涯に書いた紀行文の第三番目にあたる。

この文集には、いわゆる紀行文とともに俳文と称される克明な俳諧批評が含まれていて、深く読者を惹きつけ、他の紀行文よりも一層注目されてきた。

それだけに、この一文に取り組むことは重要なわけだが、そこに大きな問題が浮かび上がっている。

それは『笈の小文』なる題名の根拠、また本文の真蹟の真偽および構成に、すでに成立当初から疑問が提出されていて、いまだに結着がついていないからである。

その原因のひとつは、本文の大部分は芭蕉が上方《かみがた》行脚にさいして、道中書き留めた「小記」（メモのような小文）を「笈の小文」と名付けて常に身につけており、旅中の俳諧制作の控えとしていたことにある。つまり、元来、旅中のメモ状の短文が材料となっている。当然一貫した連続性に欠けるというところに、芭蕉作品として認めがたいという説が生じる。とくに批判の急先鋒である宮本三郎氏は『蕉風俳諧論考』（笠間書院）のなかで、四十頁にわたって詳論されている。

もうひとつの論点は、この「短文集」を編集したのが弟子の乙州《おとくに》で、芭蕉自身ではないということである。事実、京都平野屋佐兵衛《ひらのやさへえ》より宝永六年（一七〇九）に刊行したのは乙州であった。芭蕉が乙州に与えたという原本も、現在未発見である。

つまり、芭蕉自身の原稿はないということになる。

加うるに、芭蕉は生前、自身と門人の秀作ばかりを集めて『笈の小文』と命名する理想の撰集を構想していた（『俳文学大辞典』上野洋三《うえのようぞう》）というが、それとの関係も含めて、刊行に至った事情は明らかでない。

しかし一方、乙州という人物が、芭蕉に身近く仕えていたことも分かっている。『俳文学大辞典』によると、

乙州　俳諧作者。生没年未詳。天和（一六八一～八四）から享保（一七一六～三六）初年ごろ。本名、河合《かわい》（川井とも）又七《またしち》（次郎助《じろうすけ》とも）。別号、械々庵《だいだい》・設楽堂《しだら》。近江国大津の荷問屋・伝馬役佐右衛門の妻智月《ちげつ》の弟で、のち養嗣子となり家業を継ぐ。尚白《しょうはく》門、のち蕉門。（略）元禄二年（一六八九）七月、家業で加賀国金沢に滞在中、『おくのほそ道』旅中の芭蕉と邂逅。同年一二月、芭蕉を大津の自宅に招待して以降、（略）また義仲寺《ぎちゅうじ》の無名庵《むみょうあん》や幻住庵《げんじゅうあん》を訪問。智月とともに『猿蓑《さるみの》』期の芭蕉のよき伴侶としてその経済生活を支える一方、加賀・江戸への家業による旅を通じ、蕉風の伝播者としての役割を果たし、その間、芭蕉からは、処世上の悩みについても懇篤な示教を受けた。芭蕉から自画像や『笈の小文』関係の草稿を贈られたのも、そうした交情によるものである。（檀上正孝）

元禄七年（一六九四）十月には、大坂で芭蕉の死を看取り、一家をあげて葬儀・追善の営みに従事した。

乙州の姉智月も、蕉門の代表的女流俳人であった。

しかし江戸芭蕉庵で若い頃から芭蕉を師と仰ぎ、蕉門一体となって成長してきた旧くからの代表的高弟たちと、地方の生活ぐるみの親しみを主とした弟子たちとでは、師の手稿に対する感覚も、おのずから違ってくるであろう。

江戸俳諧では、いわばオフィシャルなけじめが優先するし、地方では、いくぶん私的な親しみが、おのずから手稿に対する態度にも表われるといったことは、今日でも往々にしてみられることである。そのニュアンスの違いが『笈の小文』の編集作業にも反映しているのではあるまいか。

『笈の小文』の成立と評価については、宮本三郎氏に代

表される批判のあることは紹介した。

この宮本説に対しては、『芭蕉の本6　漂泊の魂』（井本農一編）所収の、赤羽学氏による「笈の小文論」が、具体的かつ文体論的に、おだやかに反論している。

それを短く要約するのは心苦しいが、紀行文『笈の小文』の評価を決定する証言として、筆者（栗田）の要約によって、簡単に紹介しよう。

宮本三郎氏は、『笈の小文』の文章はいくつかの別々の句文に分けられ、互いに有機的な統一を欠いているとする。この『笈の小文』の未整理的性格は、芭蕉がこれを執筆の途中で放棄したためと考えられているが、要するに、宮本氏が『笈の小文』を、首尾一貫した紀行文として執筆したものでないとする根拠は、（全体を）構成する句文がそれぞれ断片的であるということにあった。

しかし、個々別々に作られた句文をつなぎ合わせて紀行文を作るということは、ほかにも例があり、『野ざらし紀行』の小夜《さよ》の中山《なかやま》の条や、『おくのほそ道』の信夫《しのぶ》の里の条・松島《まつしま》の条などは、それぞれ独立した俳文の発展したものである（傍点栗田）。芭蕉は巧みにこれらを紀行文中に組み入れたのである。『笈の小文』は、その断片性が目立ちすぎるというにすぎない。

紀行文は、旅中に書かれた俳文や発句の類をただ時間的な順序に並べたというだけのものではない。それらは紀行文に入れてふさわしいように必ず改められている。その推敲の過程こそが、すなわち紀行文作成の過程なのである。

『笈の小文』を構成する句文は、はたして断片的な俳文や発句の単なる集積であろうか。

芭蕉は、「物そのかたちにあらず」と言った。紀行文は決して形ではない。そこにこめられた旅の苦しみや愁いや、また心に残った自然の風景などによって、内容的に規定されてくるものである。

以下、赤羽氏は『笈の小文』の虚構意識として、発句の推敲過程を分析し、『笈の小文』は『野ざらし紀行』に較べ、相当に手を入れたものであることは明確である、としている。

要するに、宮本氏の批判するように『笈の小文』は、未完成な短文の羅列ではなく、全体として文意をたどるならば、そこには一貫した独創的主調低音がつらぬかれているということなのである。

筆者は、『笈の小文』の特異性を認めながらも、着実な検証の上に立った赤羽氏の評価に共感を覚えるものである。

ところで、筆者としては、さらに興味を覚えるのは、赤羽氏が『笈の小文』と『おくのほそ道』の文章の傾向について、次のように述べられているところである。

吉野の山中で「曙《あけぼの》・黄昏《たそかれ》のけしき」や「有明《ありあけ》の月の哀《あわれ》」などに魅了され、また古人の名歌・名句に圧倒され、「われいはん言葉もなくて、いたづらに口をとぢたる、いと口をし」と述べた所は、『おくのほそ道』の松島で、同様に美景に心を奪われて、「予は口をとぢて眠らんとしていねられず」と述べたこととと共通する。これらは、文章の類似というよりも、世界観的に一致した境地に立つと言った方がいいかもしれない。

これは紀行文という言語世界の窮極の姿を指摘したものとして、きわめて重要である。

もう少しはっきり言えば、あまりの超越的な自然をまえにするとき、じつは人間の言語は、その機能を失っているという異常な状態の告白なのである。言語は外界の対象を認識了解するが、時に自己の内面や情緒を客観化して語ることもできる。しかし、いつも語るためには、そこには客体を認識するための主体が必要である。

これは現代言語論の初歩的常識だが、少し踏みこむと、人は認識することによって、外界＝即ち、世界とつながる。もう少し正確にいえば、その作用は「ことば」によって成立する。

すなわち「ことば」によって「世界」との関係が生じるのである。西洋語でいえば、〝始めに「ことば」ありき〟。という聖書のことばに要約される。

芭蕉など、詩歌の天才たちが、窮極の言語を命がけで追求してきたのは、そのためである。その天才中の天才俳人芭蕉が、「いはん言葉もなく」「口をとぢて」しまうということ、私ども凡俗の身もそういう状況の深刻な次元に、想いを致さねばならない。

不遜ではあるが、そのような場合を想定するとき、どんな美辞麗句も、言語表現のテクニックも、もはや役に立たない。

なぜなら、その状況で、認識の基本形である主客の対峙は、巨大な存在のうちにのみこまれてしまうからである。

そのようなとき、語ることに存在を懸けた詩歌人はどうすればいいのか。

この不可能な存在の巨大な壁に気づいたのが、西欧でいえば主として十九世紀後半の象徴主義の詩人たち（サンボリスト）、ボードレール、マラルメ、ヴァレリー、ランボオ、ロートレアモンなどであった。その闘いの結果がどう変転していったかは、世界的に大きな問題だが、今は、ただ「語れざる詩人」という言語論的問題の重要性を指摘しておくにとどめたい。

ところで、私は芭蕉の「われいはん言葉もなくて」という告白に心をとめたが、一般に詩人は「言葉」で語れなくなったとき、ただ「口をとぢる」ほかはないのだろうか。

しかし、いま述べたように、詩人にとって、言葉をなくすことは自分をなくすこと、同時に世界全体を失うことを意味する。

そこで、詩人たちに残された最後の唯一の方法は、多くの場合、もはや無用となりはてた言葉を、自ら破壊して、言葉の無用性を、せめて、あからさまにする、いわば負の証明しか残されていないのである。

フランスのシュルレアリスムの星となったロートレアモンが唱い上げた六篇の散文詩『マルドロールの歌』がそれであり、不可解なイメージと不思議な言語で、人々の心を衝撃してやまない。

話がそれたようだが、芭蕉のような大俳人を読むときには、やはり世界的言語世界のなかで読むことも必要だと思うのである。

どういう理解が進むのか。一例を挙げれば、今問題となっていた、簡単だが重要な『笈の小文』の断片的で粗雑といわれる文体は、じつは芭蕉の未熟さではなく、逆にきわめて意図的なものであった。読者は、いわば断片的な言葉の裂け目、割れ目からほとばしる真相を読みとらなければならない。

作家として、自らの文集に、作品論を明晰に展開掲載できる者は少ない。芭蕉はしかし、自ら紀行論・旅行論とでもいうべき言語論を、恐れることなく記述している。

冒頭の文から紹介するのがふつうだが、ここでは、そもそも『笈の小文』の文体の成り立ちが、さまざまな異論を生んでいることへの考察から始まっているので、ここで芭蕉自身が『笈の小文』のなかでも「道の日記」と呼ぶ部分を紹介しよう。ここには、通俗的な日記というものへの痛烈な反省と、それにもかかわらず書きつづける勇猛心をうかがわせている。

抑《そもそも》、道の日記といふものは、紀氏〔貫之〕・長《ちよう》明《めい》・阿仏《あぶつ》の尼《あま》の、文をふるひ情を尽《つく》してより、余《よ》は皆俤《おもかげ》似通ひて、其糟粕《そのそうはく》を改《あらたむ》る事あたはず。まして浅智短才《せんちたんさい》の筆に及《およぶ》べくもあらず。其《その》日は雨降《ふり》、昼より晴《はれ》て、そこに松有《あり》、かしこに何と云《いう》川流れたり、などいふ事、たれ〴〵も言ふべく覚《おぼえ》侍れども、黄奇蘇新《こうきそしん》のたぐひにあらずハ云《いう》事なかれ。

芭蕉は紀行文の先輩として、きわめて伝統的な紀貫之、鴨長明、阿仏尼をあげ、「文をふるひ情を尽してより、余は皆俤似通ひて、其糟粕を改る事あたはず」。まして浅智短才（芭蕉）の筆には及ぶこともできないと述べる。

自分は皆似かよっていて、新しい作品をうち出すこともできないとは、実作者ならではの嘆きが滲み出ている。なかなか、先人をこえる新しさは、書くことができない。

さらに具体的に雨降りや晴れなどの天気の模様、松があり、川が流れているなどという日常茶飯の風景など、紀行文というと誰しもつい書いてしまうものだが、こういう平俗な紀行風景はありふれているので、味気ないし、さりとて黄奇蘇新（中国宋代の詩人蘇東坡《そとうば》の詩の新しさと、黄山谷《こうさんこく》の奇警を称した語）に並ぶほどの才がないなら、語るべきではあるまいとする。つづけて、

されども其《その》所〳〵の風景心に残り、山館《さんかん》・野亭《やてい》の苦しき愁《うれい》も、且《かつ》は話の種となり、風雲《ふううん》の便《たよ》りとも思ひなして、忘れぬ所〳〵、後《あと》や先やと書集《かきあつめ》侍るぞ、猶《なお》酔ル者の妄語《もうご》にひとしく、寝《い》ねる人の譫言《うわごと》するたぐひに見なして、人又妄聴《もうちょう》せよ。

そうは言っても、旅ゆく先の所々の風景が心に残り、山館・野亭（山中の宿や野中の宿。一二四二年成立の『東《とう》関紀行《かんきこう》』にある「或《あるい》は山館野亭の夜のとまり、或は海辺水流の幽《ゆう》なる砌《みぎり》にいたるごとに、目にたつ所々、心とまるふし〳〵を書き置きて、わすれず忍ぶ人もあらば、おのづから後のかたみにもなれとてなり」の影響があると思われる）の愁いも話の種となり、風雲の便り（大自然に身を任せるよすが）とも思いなして、忘れられぬ所々を前後かまわず書き集めるのは、酔客の妄語にひとしく、眠る人の譫言するたぐいと同じである。人は又これを妄聴せよ、と語る。

この一文は、よく読んでみると、かなり自らの文に厳しい覚悟がうかがわれる。

まず、「されども」と文をおこし、とうてい古典を書いた先人には及ばないと知りつつも、心に残る風景、山野の野宿の苦しさ、それも風雲＝大自然との交感を受けとめることによって、その体験自体を書き集めようと言うのである。

たとえ、それが酔人の妄語と同じで、また、居眠りする人の寝言と思われようと、それとして、人もまた、それとなく耳を傾けてほしいと言うのであった。

自分の書く文が、酔人の戯言ととられようが、寝言と思われようが、「書き集め侍るぞ」の一言が、静かで深い決意を表わしている。

ここでは、もはや読者に対する伝達の絶望感さえ滲《にじ》み出ている。それでも、「書き集め侍る」。

先に芭蕉は『野ざらし紀行』の『濁子《じよくし》本甲子吟行』の跋で、「山橋野店の風景一念一動をしるす」と言っているが、その「書きしるす」という姿勢は揺るがない。

そこには、先に述べたように、言語を意味伝達の道具、主観の表現といった、いわば道具として用いる姿勢を超えて、書くことがそのまま生きている証しとして、ゆるがない小宇宙を築きあげているのであった。

『笈の小文』をつらぬくものとは、そういう不退転の俳諧への旅の決意の表現だったのではあるまいか。

四十七章　造化

さて前章では、『笈の小文』の特異な文体が生まれた、編集経過を述べた。そのため「道の日記」の部分をまず読み、そこからさらに「忘れぬ所〴〵、後や先やと書集侍るぞ」（傍点栗田）という芭蕉の逞《たくま》しい覚悟を確かめた。

この俳文は、芭蕉の五つある「旅の記」のひとつであるが、この一文を読むと、芭蕉の俳人としての出発から、生涯をはてるまでの姿がおのずから心に浮かんできて、その旅の生涯を改めて偲ばずにはいられない。

旅とはいっても筆者も、この小文を草するにあたって、幾度も芭蕉の初期から晩年までの作品を、くり返しひもとく度に、その心の広さ、深さ、緻密な博識、つねに前進する勇気にうたれた。

しかもその旅の生涯が、けっしてゆきあたりばったりなものではなく、まことに実存的というか、歴史と個人の切りむすぶ瞬間を捕えて生きぬいていることに感嘆させられる。

　芭蕉がどこまで意識したものかは分からないが、一見、本能的にみえる直観で、巨大な存在の波乗りを楽々とこなしているようにみえてくるのである。

　その数多い作品のなかで、その頂点となるのが、初期の『野ざらし紀行』、中期の『笈の小文』、後期の『おくのほそ道』となることは、衆人のみとめるところであろう。

　その三つの作品のテーマをあえて取りあげると、『野ざらし紀行』は、「いかに書くべきか、いかに詠ずべきか」という意識につらぬかれている。

　それに対して、『笈の小文』では、「書くこと、表現するということとは、そもそも一体何か」という深い本質まで俳諧、文芸を掘りさげている。

　そして、第三の『おくのほそ道』では、「俳諧に生きる人生とは何なのか」と、自らの「人生」そのものの在《あ》り方に問いかけているといってもいい。

　天才的俳人の人生そのものを、わずか数語につづめて語ることは、もちろん無理だが、いま『笈の小文』の文章を読みはじめるにあたって、まずこの簡潔で多彩な内容を含む小文《こぶみ》が、芭蕉の人生のなかで、いかなる位置を占めているかを、把握しておきたい。それによって、中期にあたる『笈の小文』にふくまれる俳句、俳文の思想の重要性が改めて理解されるからである。

　いま三つの代表作をあげたが、そのことによって、それらの相違をあげるにとどまらず、含まれる作品のひとつひとつを読みこむにつけ、むしろ強い一貫した連続性に打たれる想いがする。

　のちにみる『幻住庵記』の主題の重要性、また、『おくのほそ道』において深められた俳人としての生き方、芭蕉の美学は、この『笈の小文』において胚胎されていることが分かる。

　円熟期を迎えた芭蕉は、俳諧文学を単なる表現芸術というジャンルの完成とすることをえらばず、宇宙の根源的真実との合体を目指す超越性、「風雅の誠」と位置づけている。

　では、もっともよく知られている冒頭の芭蕉の俳論、第一節を、改めて読みすすめよう。

笈之小文　　風羅坊《ふうらぼう》芭蕉

一　百骸九竅《ひやくがいきゆうきよう》の中に物有《あり》。かりに名付《づけ》て風羅坊《ふうらぼう》といふ。誠《まこと》にうすものの風に破れやすからん事をいふにやあらむ。かれ狂句を好《すく》こと久し。終《つい》に生涯のはかりごととなす。ある時は倦《うん》で放擲《ほうてき》せん事を思ひ、ある時は進むで人に勝たむ事を誇り、是非胸中に戦うて、是《これ》が為に身安からず。しばらく身を立《たて》む事を願へども、これが為に障《さ》へられ、暫《しばら》ク学で愚を暁《さとら》ン事を思へども、是が為に破られ、終に無能無芸にして、只此《ただこの》一筋に繋《つなが》る。西行の和歌における、宗祇の連歌における、雪舟の絵における、利休が茶における、其《その》貫道する物は一《いつ》なり。しかも風雅におけるもの、造化に随《したが》ひて四時《しいじ》を友とす。見る処《ところ》、花にあらずといふ事なし、思ふ所、月にあらずといふ事なし。像《かたち》、花にあらざる時ハ、夷狄《いてき》にひとし。心、花にあらざる時は、鳥獣に類ス。夷狄を出《いで》、鳥獣を離れて、造化に随ひ、造化に帰れとなり。

ところで、この重要な本文については『幻住庵記』との関係が指摘されている。今日では諸家の定説となっているが、井本農一氏（『鑑賞日本古典文学 第28巻 芭蕉』）によれば、

『笈の小文』が成ったのは、元禄四年（一六九一）の前半ごろと察せられる。（略）もっとも、（略）その一部は元禄三年ごろに書かれたと推察され、もう少し早い時期の執筆の部分もあるかもしれない。（略）『幻住庵ノ記』の執筆が進められたのは、（略）元禄三年六、七月ごろで成稿を得たのは八月である。『笈の小文』のこの部分の執筆は『幻住庵ノ記』が完成した元禄三年八月以後であり、おそらくは元禄四年の前半であろう。『幻住庵ノ記』の初期的形を残すと思われる『芭蕉文考』所収の終わりのほうから引用すると、

「……若き時より横ざまにすける事ありて、暫《しばら》く生涯のはかりごととさへなれば、万《よろづ》のことに心をいれず、終《つい》に無能無才にして此一筋につながる。凡《およそ》、西行・宗祇の風雅における、雪舟の絵における、利休が茶における、賢愚ひとしからざれども、其貫道するものは一ならむと……」であり……（略）。

ただし、同じ『幻住庵記』の文で定稿とみられる『猿《さる》蓑《みの》』所収のものには、「西行・宗祇の風雅における」以下の一文が削除されている。

赤羽学氏は、芭蕉が西行・宗祇・雪舟・利休の名をあげたことは、画期的なことであるとし、文芸の道とは分野の異なった、茶の湯や水墨画をとりこみ、それらを貫道する「一」なるものの精神が、自らの俳諧に流れているという自覚。すなわち、自分の俳諧を含めた芸術一般の理念として、「風雅の誠」を捉えていることの重要性を指摘されているが（『芭蕉の本6 漂泊の魂』所収「笈の

小文論」)、まことに共感するところである。

さらに、氏は芸術の精神として、「一」なるもの（傍点栗田）の自覚に注目し、「造化にしたがひ造化にかへれ」という「造化随順」という芭蕉の思想を据えておれる。

この「一」なるものと「造化」＝「自然」という言葉は、さらに、ひろく深く世界の思想につながるものとなるであろう。

それでは、芭蕉の俳論として、もっとも重要とされる『笈の小文』の冒頭を読んでいくことにしよう。このなかで「俳論」の部分の文体は、よく芭蕉の漢詩文体の見本としてとりあげられ、紀行文のどちらかといえば和文系の文体と比較されるが、当時は漢詩文といわれる叙述も、今日私たちが感じるほどの違和感をもっては、受けとられなかったことにも注意すべきであろう。

さもなくば、俳論に溶けこんだ禅や老荘の思想や言葉が、芭蕉の十分にしなやかな用語として用いられ、受けとられている点に誤解が生じるからである。

廣田二郎氏が、穎原退蔵《えばらたいぞう》博士の説として紹介しているところでは、芭蕉が『荘子』の影響を深く受けていて、はじめはその寓言を好んでいたが、さらにすすんで、「郭象《かくしょう》の注に『荘子』がすべて自得を尊ぶ意から出たものであると解釈しているのに、芭蕉は大変深い感銘を覚えたらしい。自得とは万物その性に従って各々安んずるところがあることをいったので、それはやがて『造化に随ふ』という考えに通ずるものである、というのが博士の所説の要にある」としている。

この穎原博士の説は、いみじくも、本稿において「万《ばん》物《ぶつ》静《しずかに》観《かんずれば》皆《みな》自得《じとくす》」という程明道《ていめいどう》の詩句に惹かれて芭蕉の跡をたどってきた小論に、はからずも相呼応するもので、一見儒学の漢語になじまない読者にも、安心して読み進めていただける。

芭蕉の時代の漢詩文に対する教養は、折から、公家文化の再興とそれを引きついだ寺社文化、そして武家政権とともに盛んになった武家文化などが、「寛永文化」「元禄文化」として集結し、太平と繁栄の時代の文化として栄えた文芸の流行を背景としている。

十七世紀の江戸では、将軍、大名、旗本、上級武士たちが貴族化し、「宮廷社会」が成立し、公家衆の堂上《どうしょう》和歌とともに、武家や町人などの地下《じげ》歌人も輩出した。

松永貞徳《まつながていとく》（一五七一〜一六五三）は、細川幽斎《ほそかわゆうさい》から「古今伝授《こきんでんじゅ》」を受け、その弟子で「地下流」の「古今伝授」を受けた北村季吟は芭蕉の師で、先にもふれたが、『湖月抄《こげつしょう》』を著わしている。

一方、元禄時代になると、長崎にて唐船《とうせん》が多数入船し、中国の乱を逃れた僧も渡来し、唐寺《とうじ》をいくつも建てた。中国最高レベルの儒書、漢詩文、書画、法帖《ほうじょう》（書帖）などが膨大な数で流入した。

舶載漢籍の多くを最初に熟読吟味できるのは、「書物《しょもつ》改役《あらためやく》」の向井《むかい》氏であり、向井氏が長崎漢学の最先端となったが、その一族には、蕉門の向井去来《むかいきょらい》をはじめ、俳諧をたしなむ者が多かった。

去来は、少年期に父とともに京都へ移住したが、その後も蕉門俳人として長崎俳壇で活躍している。

筆者が、突然、十七世紀の文化史にふれたので、いぶかしく思われるかもしれないが、いよいよここで芭蕉の俳論の中核をなす儒教思想を紹介するにあたって、単に様々な注釈書によって、漢詩文の単語を切り離したり、儒学や仏教の概念を現代的な感触で受けとることに深い危惧の念を覚えるからである。

といっても、なにほどの紹介もできないが、古代の老荘の教え、また先鋭な江戸時代の漢学の息吹を、少なくとも芭蕉の生きた時代に身をおいて「詩論」を語るものとして、漢詩文にふれたいと思うのである。

そのほんの一例であるが、向井去来は、長崎の名門であり、また長崎という町そのものも芭蕉俳門の西の重要な拠点となっていたという事情もある。

さて、『笈の小文』の冒頭の文に入ろう。『荘子』による精密な注釈については、主として廣田二郎著『芭蕉の藝術』により、幾節かに分けて読み進むことにする。

百骸九竅の中に物有。かりに名付て風羅坊といふ。

この論文の中で、廣田氏は今井文男《いまいふみお》氏の説として、

「百骸九竅」は、『荘子』「斉物論《せいぶつろん》」篇の「百骸九竅賅而存焉。」によっているものであり、また「物有。かりに名付て」は、『荘子』応帝王《おうていおう》篇の、「南海之帝為レ儵、北海之帝為レ忽、中央之帝為二渾沌《こんとん》一。儵与レ忽時相二遇於渾沌之地一、渾沌待レ之甚善。儵与レ忽謀レ報二渾沌之徳一。曰、人皆有二七竅一、以視聴食息。此独無レ有、嘗試鑿レ之、日鑿二一竅一、七日而渾沌死。」によっているものであるとする。

とされている。

いかに、一字一句が老荘の思想に裏打ちされているかが理解されるが、今日では、幾分分かりにくいので、尾形仂氏の注（白石悌三、尾形仂編『鑑賞日本古典文学 第33巻 俳句・俳論』）によってあわせて補っておこう。

「百骸九竅」は、三百六十の骨節、二目二耳二鼻一口二

孔の意。人間の外形をいう。

凡人が人間の実体と思いこんでいう霊や肉や、その統一にあえてふれず、人生の生命機能にしぼって、人間を捉えている点に、荘子の衝撃的な発想がうかがえる。

つぎに「物有《あり》」であるが、この「物＝もの」が、これまた漠然としているようであるが、考えれば考えるほど深淵な含蓄のあることばなのである。

じつは、三十六章で、芭蕉の代表句としてあげた、

辛崎《からさき》の松は花より朧《おぼろ》にて

の評について語ったとき、芭蕉が、「物のみへたる光」（傍点栗田）という句作りの真髄を述べたことにふれた。

そこでは「もの」という日本語の源流にさかのぼり、『源氏物語』で用いられた「もののあはれ」（傍点筆者）について考察を加えた。

さらに、ひろく西欧哲学の歴史のなかで、ドイツのイマニュエル・カントの「物自体」（Ding an sich）から、美学者中井正一によるハイデガーの「ものを見ること」という構造の説明についても述べたはずである。

芭蕉の句の読み方について理解しようとした始めに、東西の深く広い思想として拡がった世界に、芭蕉自身がいま改めて正面から、自身と世界について語った俳論『笈の小文』の冒頭で出逢うのは、じつに感銘深いものがある。そして、本稿が初めから方向を誤っていなかったことに、喜びの湧いてくるのを禁じえない。

この「物有」は、『老子』第二十五章にはこうある。


有レ物混成、先二天地一生。寂兮寥兮、独立而不レ改。周行而不レ殆、可三以為二天下母一。吾不レ知二其名一。字レ之曰レ道、強為之名曰大。


物がたんなる固定的物体ではなく、きわめて無限の宇宙的流動的なもので、名づけることもできない、と説いている。

廣田氏の説明によれば、

老荘においては、物は汎神論的に考えられ、造化（略）の作用が、人間の意識でとらえられるように現象化したものが「物」であるとされている。「物」は、それ故、単なる物質、物体だけをさすのではなくて、人間の意識、心情をも含めた、物的精神的な、あらゆる存在するものをさし、そして、そのあらゆる存在するものを存在せしめている宇宙の実体的生命の現象的顕現であると見られているのである。

「物有」という単純簡潔な芭蕉の表現は、こうした老荘の思想に根ざしていると見ることができる。

また、さらに芭蕉が影響をうけた思想としては、仏《ぶっ》頂《ちょう》和尚伝授の禅がある。儒教と、きわめて近い思想としての、禅における「物」の思想も見逃せない。

廣田氏の指摘によれば、

『禅林類聚《ぜんりんるいじゅう》』第十三「遷化《せんげ》」の部には、「清涼欽禅師。僧問、『百骸倶潰散、一物鎮長霊。未審百骸一物、相去多少。』師云、『百骸一物、一物百骸』（傍点栗田）」とある。

右の文献にしたがえば、「一物」とは、精神・生命というような意味である。

仏教はある意味で汎神論であった。あるいは、中国において汎神論的に展開せられた。そのことは大乗仏教の仏性《ぶっしょう》説、仏身説、を考えただけでも、納得できるはずである。「一切衆生《いっさいしゅじょう》ハ悉《ことごと》ク仏性ヲ有ス」、「山河草木、悉ク皆ナ仏ト成ル」などのテーゼが、典型的な汎神論のテーゼであることは明白である。天台宗の「一念三千」や華厳《けごん》宗の「一即一切、一切即一」などは、けっきょく体用の論理と表裏の関係にある。

（島田虔次《しまだけんじ》著『朱子学と陽明学』）

さて、日本における「もの」という語であるが、東洋思想の後にもってきた理由のひとつは、まさしくこの文章の前半は日本語における「もの」と「こと」、また大きく分けて、外的物質的存在としての「事物」の物質存在という意味と、「もののけ」「もののあはれ」などを整理してみると、およそ相反する二面性の意味、木田元《きだげん》氏の用語をかりると、〈事実存在《エクシステンティア》〉と〈本質存在《エッセンティア》〉という二面性をもっていることをとりあげて考察した（『ハイデガー「存在と時間」の構築』、本稿三十六章で紹介）。

そして、筆者はこう続けた。

つまり、日本語の「もの」とは、存在の二極を包含しているともいえる。芭蕉のいう「もの」は、その二極を統一するものとして、自然《ピュシス》（physis）に対する人間の時空をつらぬく体験の証しをあらわしているといえる。

（三十六章）

古代ギリシア哲学では、「物＝自然」から「ピュシス」（physis）という万物の根源的生命のエネルギーがごときものを考え、それは固定されるものではなく、また消滅することもないと考えた。
その渾沌たる運動の状況そのものとでもいうべき理念と一致するのである。
「物有《ものあり》」については、先の第二十五章のほかに、『老子』第二十一章には、

道之為物。惟《これ》恍惟惚。惚兮恍兮。其内有象。恍兮惚兮。其中有物。窈兮冥兮。其中有精。其精甚真。

という言がある。

この文中、物とは未だ具体的には何物とも規定しがたいエトヴァス〔etwas　或るもの〕である。老子の語によって換言すれば、恍惚《こうこつ》として混成せる物、即ち荘子の渾沌である。
（前田利鎌《とがま》著『臨済・荘子』岩波文庫）

こうした認識不可能な根源的体験内容を、はじめは、「未だ始めには物有らずとなす」をよしとするが、さらに彼（荘子）は「その次は以って物有りとなす」として、存在を確立された。そして境界秩序を確立するための構成がなされる。そのために必要なのが「言」であり、「言」の内容の必要性から「道」が要求されたのである。

道とは体験であり、体験とは概念以前の非合理的なるものである（前田・前掲書より大意を要約）。

右のように、老子、荘子における実存論、認識論の中核を、ほんの数行で伝えることができるとは思わないが、前田利鎌という大正、昭和初年の天才哲学者による、哲学としての老荘の思想の一端を紹介した。

しかも、この考えは言語、詩歌のもっとも原初的な発想をなすもので、芭蕉の生涯求めた境地が、直観的、感覚的に語られているといっていい。

さて、『笈の小文』の本文に戻ると、「百骸九竅」（『荘子』斉物論篇）は人間の形態をさす言葉であるが、凝集した俳文の冒頭に改まって荘子の言葉を持ってきたのは、たんなる面白がりや気取りや文飾ではあるまい。やはり、この一文が鋭く俳諧と俳人のあり方にふさわしいものとして、わざわざ選ばれたものであろう。

芭蕉は人間と呼ぶときに生じる、実体的、統合的な概念に縛られるのを注意深く避けた。いや、そういう既成概念から俳論をはじめることを嫌い、むしろ破壊することから始めた。人間もまた老荘の混沌の相のもとに捉え

ねばならない。輪郭があってはならない。汎神論＝万有に心がある——宇宙的で、無限定な神的存在とでも呼ぶような、むしろ固定的人間像を破壊する発想から話をはじめたのだ。

「物有」については詳しく述べたが、これも人間を汎神論的に、いわば混沌のうちにみるなら、とうぜん「物」も混沌を含むものとして語られる。「もの」は「人」と「混沌」をむすぶ所に生じる。

　尾形仂氏の分かりやすい注によれば、「造化の顕現としての心。『老子』にいう、『有物混成《ものありこんせいす》、先天地《てんちにさきだって》生《うまれり》』」となる。

　初源的な混沌。それも、考える人間を孕《はら》んで、認識を超えた捉えがたいあるものである。『笈の小文』の「物有り。かりに名付て」については、今井文男氏によれば、「なになにと明示することはできないが、なにかがある。明示すれば固定するから、『かりに名付て』といっている」としている。

　汎神論的な「物有」を受けて、実体化を避けて名付けることもしないで、「かりに名付て」と、細心の注意を払いながら、芭蕉は自らの別号「風羅坊」を名のる。まことに、単なる文の技術を超えた、思想的にも一貫したあざやかな出だしである。

「物」は、初源の混沌を孕んで、しかも、そこに止まることをしない。存在形成、あるいは自覚的認識の「始終」を孕んでいるとでもいおうか。

　　かりに名付て風羅坊といふ。誠にうすものの風に
　　破れやすからん事をいふにやあらむ。

「風羅坊」の号は、『おくのほそ道』の旅中に用いられ始め、風羅は風に翻るうすものをいう（井本編・前掲書）。風に破れやすいものであることから、「芭蕉」の葉に心をかよわせたものであろう。

　また、それは芭蕉の人生の生き方の自己認識でもあった。

　風吹けば、葉柄もしない、時に薄い葉の破れることもしばしばである。しかし、風にもさからわず成り行きに身を任せていることで、なんとか己れの姿を保ち生きつづけることができるのだ。


　　芭蕉野分《のわき》して盥《たらい》に雨を聞《きく》夜《よ》哉《かな》　（『武蔵曲《むさしぶり》』）

　風に破れやすいバショウを愛づる気持ちは、天和、貞享の頃から芭蕉の胸中にあった。風に破れやすいバショウは、「山中不材の類木」という荘子的風趣がある（廣田・前掲書）。雨の滴《しずく》の音は時を刻む。

かれ狂句を好《すく》こと久し。

自己の中にある「もの」を「かれ」という言い方は『荘子』による。

終に生涯のはかりごととなす。

はじめ風狂脱俗の途と目指していたが、いつの間にか生業となってしまった。
この一句には職業的俳人としての複雑な想いが滲み出している。その内容は――。

ある時は倦で放擲せん事を思ひ、ある時は進むで人に勝たむ事を誇り、是非胸中に戦うて、是が為に身安からず。

廣田氏はこの「是非胸中に戦う」に注して、『荘子』の斉物論篇から四節をあげている。今は、その一つの文をあげる。

古《いにしえ》の人は、其の智至《いた》れる所あり。悪《いづく》んか至れる。以て未だ始めより物有らずと為《す》る者あり。至れり。尽せり。以て加ふべからず。其の次は以て物有りと為す。而《しか》れども未だ始《はじめ》より封《ほう》有らざるなり。其の次は以て封有りと為す。而れども未だ始より是非有らざるなり。是非の彰《あらわ》るるは道の虧《か》くる所以《ゆえん》なり。道の虧くる所以は、愛の成る所以なり。

（斉物論篇）

是非・相対を争う世界から脱するとき、無為自然の心境に入る。そこに愛が生まれる。

しばらく身を立《たて》む事を願へども、これが為に障《さ》へられ、暫《しばら》ク学《まなん》で愚を暁《さとら》ン事を思へども、是が為に破られ、終に無能無芸にして、只此《ただこの》一筋に繋《つなが》る。

厳しい自己省察の結果、何か得意なことがあるのではなく、すべて捨てさって、ただ残るものはこの道一すじという立場は厳格である。
この文も井本農一氏の注によれば、宗祇の『筑紫《つくし》道ノ記』のはじめに、「二毛の昔より六十の今に至るまでおろかなる心ひとすぢにひかれて……」とあるのに呼応するかという。

さて、ここで自己確認の目は、日本の文芸、芸術、芸道に目を向ける。彼ら先人たちのうちに進むべき指針、とくに老荘の哲学を背景にして、日本の伝統的芸術家の生き方の真髄を構築し、新しい自分の作品の制作に打ち込む姿がある。

　西行の和歌における、宗祇の連歌における、雪舟の絵における、利休が茶における、其《その》貫道する物は一《いつ》なり。

　先人を連記しただけでなく、日本の芸道を一貫したものがあると芭蕉は言う。ただジャンルを超えているだけではなく、それぞれのジャンルで最高とされる「あるもの」、それは一つだという。そうなると、芸術表現の技術や様式の問題ではなく、作家と作品、作品と世界の相違をすべて超えた一つの絶対的、超越性の実現という途方もない特別な問題を、芭蕉は淡々と提示するのである。

　それが、「其貫道する物は一なり」、道を貫くものである。

「文ハ貫道ノ器（うつはもの）也」（『集昌黎文序』）。また『論語』里仁《りじん》篇にも「子曰ク、参ヤ、吾ガ道一モツテ之ヲ貫ク」、とある。

　さらに、この、伝統的芸道を貫くものは一であり、俳諧もその伝統を継承するものであるという考え方も、やはり『荘子』斉物論篇の「道通為一《みちはつうじていつとなる》」という思想に、その原型が見出されることになる。

　可を可とし、不可を不可とす。道は行はれて成る、物は之を然《ぜん》と謂《い》ふ。悪《いづ》くんか然とする。然を然とす。悪くんか不然とする。不然を不然とす。物固《まこと》に所然あり。物固に所可あり。物として然らずといふことなく、物として可ならずといふこと無し。（略）道は通じて一と為る。其の分るるは成るなり。其の成るは毀《やぶ》るるなり。凡《おそ》そ物は成《せい》と毀《き》と無く、復《また》通じて一と為る。（略）（斉物論篇）

　芭蕉はこの「道通為一」を体得したのであろう、と廣田氏は指摘する。

　たしかに芭蕉の文芸論の土壌として、強く老荘の思想風土が活かされていることは疑いもないが、しかし、老荘の文辞のただひとつにしたがっていて、芭蕉が俳諧生活を律したとは言いがたいであろう。本来、思想はそのように客観的に固定されたとき、力を失うものであり、むしろ忘却されたとき、伝統として甦るものだからである。

しかも風雅におけるもの、造化《ぞうか》に随ひて四時を友とす。

もし、前文の意味を受けるなら、「貫道する一《いつ》なるもの」とは芭蕉にとっては、「風雅」すなわち「俳諧の道」という形をとっているのは言うまでもない。

それを前提として、「造化に随ひて」をみると、井本氏は、「天地万物を創造するもの。『列子《れつし》』に『老聃《ろうたん》曰ク、造化ノ始マル所、陰陽ノ変ズル所、コレヲ生ト謂ヒ、コレヲ死ト謂フ』とある」とする。

天地創造、天然自然、輪廻転生といったところであろう。

廣田氏は、これも『荘子』によるものとして、漢文を引用して論じておられる。

まず、その要旨を『荘子』の骨子として紹介する。

> この「造化」が「老荘思想の造化」すなわち、生々発展して止まない宇宙の創造作用、およびそれによって創造された森羅万象をさす（略）そして造化にしたがう、造化とともにある、造化のあるがままに生きるという思想は、『荘子』の全篇の骨子をなす思想である。

また廣田氏は、荘子は「造化」を「天」という語で表現している、とする。

この「造化」についての要旨を一口で言うと、「『造化』は、宇宙の創造者であり、かつ宇宙の永遠に生成流動する実体的生命であり、また、その創造の無限連続である」となる。

芭蕉における老荘思想の解説者としては、そう言う他はないだろう。

また雰囲気としては、先に古代汎神論的世界として受けとめられる。

くだいて言えば、「造化に随ひて四時を友とす」の一節は井本氏の言うところの天地自然にのっとった、巨《おお》きな四季のめぐりを友とするということか。「友とする」という情感をこめた語り方は、味わい深い。

> 見る処《ところ》、花にあらずといふ事なし、思ふ所、月にあらずといふ事なし。像《かたち》、花にあらざる時ハ、夷狄《いてき》にひとし。心、花にあらざる時は、鳥獣に類ス。夷狄を出《いで》、鳥獣を離れて、造化《ぞうか》に随ひ、造化に帰れとなり。

この文章は美しく、分かりやすいようだが、先に述べた認識と存在の深淵にかけられた橋だと私は思う。

つまり、見る者の主観にかかわって、花という世界（自然）が存在者としての姿を現わすということなのである。

見者が、変化する造化（天然自然）の側に没入するならば、その心に従って、花も月も（物理的にではなく）宇宙的に存在を露わにする。それは、「見者」の世界である。

もし、花が咲いていないとしたら、それは見者の責任で、その人物の心は未開であり、その見者の心に花がないなら、人間どころか鳥や獣のたぐいである。

見る人と見られるものとの間に花が咲いたら、その世界は天然自然の宇宙となる。自らも造化（大自然）の構成要素であることを自覚せよ。「見る処」「思ふ所」には宇宙が生成するのである。

いま、これを書きながら、私の心には、芭蕉がもののひかりをみた、先のあの一句が浮かんでくる。

辛崎の松は花より朧にて

四十八章　風羅坊

さて、『笈の小文』の冒頭は、芭蕉の述べた興味深い「俳論」であった。それ故、このところややくわしく読みこんできたが、ふりかえると、当時の「俳論」というものが、俳諧作品にくらべて一般にはあまり知られていないことに気づいた。

もちろん、芭蕉の専門的研究者には、芭蕉の時代の知識階級の思想動向について熟知されておられるところだが、本稿は、ひろく一般の文芸愛好者とともに、芭蕉の詩歌を味わうことが第一義なので、俳論史としては、欠けるところがあることは否めない。

しかし、世に流布している、一般の芭蕉本もまた俳論にふれるところは少なく、また刊行されている芭蕉全集においても、同様である。

俳論の時代をさかのぼれば、いうまでもなく「連歌・俳諧」の世界を学ばねばならないし、連歌を考えるには、和歌一般、すなわち日本の詩歌の古代にまでさかのぼることになる。

そこが、また日本の俳諧の特色であって、俳句一句のうちには、万葉集以来の日本の詩歌によせられた想いがこめられていることになる。

俳諧の本質というものを、尾形仂氏の解説によってごく簡単に紹介しよう。とくに芭蕉と、その弟子たちが、折りにふれて書きのこしたものが資料として伝えられているのは幸いである（白石悌三、尾形仂編『鑑賞日本古典文学 第33巻 俳句・俳論』「俳論」尾形仂）。

多くの場合、まとまった形式で残されていないが、むしろ『去来抄《きよらいしよう》』『虚栗《みなしぐり》』跋、『春泥《しゆんでい》句集』序といった序・跋類や、『笈の小文』冒頭の一節など、また談林《だんりん》俳諧の「寓言論」など、論争的批評のなかで言及されている。

つまり体系的な俳論の文ではない。

しかし、日常的言説や記述には、かえって寸鉄人を刺す、凝集した語句がちりばめられている。「さび・しおり・細み・軽み」といった、和語的感覚的な用語がそれである。

字句としては、「松のことは松に習へ」「高く心を悟りて俗に帰るべし」など、よく知られた表現以外にも、『去来抄』『三冊子《さんぞうし》』などには、深く重い言葉が、対話や問答の形で残されていて、まことに滋味ふかい。


これは、俳諧の場合、その話者が作品の実作者なので、微妙な表現技術、あるいは対象認識といった、揺れうごく制作作業のなかでの、言語世界の構成を重んじ、理性のみならず、感性が世界と一致する境地を離れることができなかったからである。

したがって俳論では、一見、哲学・儒学などの抽象的純粋概念を用いているようであるが、そこには、ある情感的「種子」が孕《はら》まれていることに、心をとめるべきである。

尾形氏はこう述べる。


俳諧の中核をなすべき本質論の多くは、たしかに断片的であり、体系を欠いている。しかし、その一つ一つの断片の中には、作家の人格と全生活をかけた実作の息吹《いぶ》きが深く彫《え》りつけられているといえる（傍点栗田）。

また、次のようにも言う。

俳論の性格は、それを生み出した思想的な場によって決定される。（略）
伊賀藤堂《とうどう》藩の下級武士として生まれ、諸藩の勤番侍や地方の中層商人を主たる連衆とした芭蕉の俳諧思想の中核をなすものが、当時の御用学である朱子学思想であったことは、（略）指摘したごとくである。かれの思想の中には、さらに老荘と禅とがミックスされていたが、それらは相互に相矛盾するものではなかった（鈴木大拙『禅と日本文化』）。（略）そうした思想的地盤の中から、（略）その俳論を形成した。しかし、かれの俳論の高さをささえているものは、その芸術的実践のきびしさと、伝統に対する自覚の深さであるといわなければならない。

ここで、蕉風の俳論の核として、老荘・禅思想をあげるにとどまらず、思想を超えた芸術の創作実践と伝統の自覚があげられていることに注目したい。

ふつう、芸術において思想と実践とは分けて考えることができる。思想は言語表現を予定しないもので、その無形のものが表現されたとき芸術作品となるとされている。

もっとも、この対象と表現の関係は、古くから論じられてきたが、近代哲学では、「表象」（〔独〕Vorstellung〔英〕idea, perception, representation）という用語が用いられている。これは主としてドイツ語の動詞〈vorstellen（表象する）〉の名詞〈Vorstellung〉の訳語である。

〔アリストテレスは〕「表象（phantasia）は感覚や思考とは別なものである。そしてそれは感覚なしには生じないし、またこの表象なしには思想は生じない。しかし表象と思想とは同一でない」とする。（略）「表象は現実態にある感覚から生じた運動である」というのが、アリストテレスの規定である（『霊魂論』）。

（『岩波 哲学・思想事典』）

表象論は、以来、西洋哲学では、デカルト、ライプニッツ、ロック、カント、ラインホルト、ショーペンハウアー、トワルドウスキ、フッサール、ハイデガーにおよんで、それぞれ論じられてきた。

いまここで、その論点を略述することはむずかしい。が、問題のふりだしに戻って、芭蕉の句作におけるものと認識と表現という、とくに芸術的表現の構造は、洋の東西古今を通じて深淵な意味を持っていることだけでも確認しておこう。

そして芭蕉その人は、句作を通じて、天才的直観をもって、東洋の禅、儒学、歌学などから、ほとんど言葉にならない俳諧の秘密の深淵に降り立っていた。

ここに、よく知られている「俳論」について、ごく簡単ながら、先人の意見を紹介しながら、その広さ、深さ、むずかしさについて紹介したのは、『笈の小文』の冒頭の一節が、芭蕉俳論の代表的なものとして、あまりに強調されているため、この文に尽きるかのごとき印象を与えるのを恐れたからである。

とくに、芭蕉の句作の実践、実作における、日本詩歌の伝統の重視、また作者自体がかかわる「物のみへたる光」という実存感覚の重要性は、観念分析によって捉えきれるものではなく、まさに句作の一句一句の出来上がる瞬間に成立するものだからである。

尾形氏の文をかりれば、次のようにいえるであろう。

> その俳諧に対する本質観を示すべきものとして「不易流行」「風雅の誠」「かるみ」の論があり、その吟調の特質を示すものに、「さび・しおり・ほそみ」の論、その付合《つけあい》の骨法を示すものに、「におい・ひびき・うつり・くらい・おもかげ」の論があることは周知のとおりである。さらにその把握・表現の特色を示すべきものをあげるとすれば、いわゆる「本情論」をこれに加えるべきであろう。

さて、『笈の小文』の冒頭の一文、いわゆる「俳論」と呼ばれるものが、いかに深く広いものであるかを一瞥《いちべつ》した。

その理由は、この冒頭の一節は、「紀行文」といわれる、自然や知友の人々の間を旅しながら、連句、また発句を作ってゆく旅の文体とは、いかにもかけはなれているからである。

さらにこの旅の記は、じつは第二節から改めて、「神《かん》無月《なづき》の初《はじめ》、空定めなきけしき、身は風葉《ふうよう》の行末《ゆくすえ》なき心地《ここち》して」と始まっている。

とすると、冒頭の「百骸九竅《ひゃくがいきゅうきょう》」の論は、いったいどこに位置するのか。

これは、『笈の小文』一文だけを視野に置いて考えるかぎり分からない。そこで、諸家は二つの説を出している。

先に『笈の小文』は、紀行文『野ざらし紀行』と、『笈の小文』の後にくる『おくのほそ道』の三紀行の間に置かれるものだと述べたことを思いおこしてほしい。

一つの説は、『野ざらし紀行』によって円熟した俳諧思想の総括だとする説。もう一つは、これから始めようと志す『おくのほそ道』の序論だとする説である。言われてみれば、どちらの説もなるほどとうなずくほど、『笈の小文』の冒頭の俳論は、甚深なる禅・儒・日本詩歌の伝統を、その文の奥に見事に内包している。

自然論、芸術論に目配りし、さらに天然造化《ぞうか》における人間の在り方を、「造化《ぞうか》に随《したが》ひ、造化に帰れとなり」とまで言いきった思想原論ともいうべきものまである。

筆者には、『笈の小文』の草稿、整理、発刊などの不確定な錯綜した事情を考慮すると、真偽を確定することは出来ない。ただその内容である文章は、編集の問題とは別として、文の正確さと深さから、芭蕉直筆と確信している。

『笈の小文』の成立した時日の考証的研究の結果は、筆者が目を通したかぎりでは確定していないようである。

つまり『野ざらし紀行』の成就から、すでに射程に入っていた紀行文『おくのほそ道』の円熟を睨《にら》んで、ちょうど中間期に「旅の記」の文頭に飾るにふさわしい俳論に到達したという説がある。したがってこの一節は、まさに芭蕉の全詩学の中核をなすといっていい。

ところで、現実的に『笈の小文』が世に現われた時期を、諸家の研究により推定すると、芭蕉が『笈の小文』の旅に江戸を出発したのは、貞享四年（一六八七）四十四歳、十月二十五日とされている。当初は実家のある伊賀へ帰郷するはずであった。

友人たちから『伊賀餞別《せんべつ》』として、餞別句座が九月から十月にかけて行なわれている。そして『笈の小文』の全文が出来上がったのが元禄四年（一六九一）の前半とされている（『年譜大成』）。

井本農一氏によれば、その間に『おくのほそ道』の旅をはたし、不易流行の境地に想いをいたしていたという。

旅を終えて江戸についた頃に、其角《きかく》に去来が「当門の俳諧すでに一変す」と、のべたという。

しかし、『笈の小文』の冒頭の一節には、なんと『幻《げん》住庵《じゅうあん》記』と同一の文章があり、『笈の小文』のこの部分が成立したのは『幻住庵記』が完成した元禄三年八月以後で、元禄四年の前半であろうとする説は、先に紹介したとおりである。

その部分を、『幻住庵記』の原型に近いとされる『芭蕉文考』所載の文章から、後半を紹介しておこう（『新編芭蕉大成』）。

我《われ》強《し》ひて閑寂を好《このむ》としなけれど、病身人に倦《うん》で、世を厭《いと》ひし人に似たり。いかにぞや、法《のり》をも修《しゅ》せず、俗をも勤《つと》めず、仁にもつかず、義にもよらず、若き時より横様《ざま》に好《す》ける事ありて、暫《しばら》く生涯のはかりごととさへなれば、万《よろづ》のことに心を入《い》れず、終《つい》に無能無才にして此《この》一筋に繋《つな》がる。凡《およそ》西行・宗祇の風雅における、雪舟の絵に於《おけ》［置］る、利休が茶に於［置］る、賢愚等《ひと》しからざれども、其《その》貫道するものハ一《いっ》ならむと、背をおし、腹をさすり、顔しかむるうちに、覚えず初秋半《なかば》に過《すぎ》ぬ。一生の終りもこれにおなじく、夢のごとくにして、又〳〵幻住《げんじゅう》なるべし。

先頼《まづたの》む椎《しい》の木もあり夏木立《なつこだち》
頓《やが》て死ぬけしきも見えず蟬《せみ》の声

元禄三夷則下《いそくげ》　芭蕉桃青

また、『笈の小文』の冒頭に「風羅坊《ふうらぼう》芭蕉」という作者名を記しているが、「風羅」の号を芭蕉が使いはじめたのは、元禄二年『おくのほそ道』の旅からである。そこからみても『笈の小文』が、『おくのほそ道』旅行後の執筆であることがわかる。

『笈の小文』が成立する前後の事情、また、そこに凝集された俳諧思想に想いをいたすなら、まさしく俳人としてのピークに『笈の小文』が書かれたことを認めざるを得ない。

その代表的キーワードは「一」である。

一即万、万即一という神秘的言表は純粋体験の端的を語らんとする唖子《あし》の吃音《きつおん》である。この意味で浄因成《じょういんじょう》はその「喝説」において、正当喝する刹那には、「この一喝、百千万億の喝を入れ、百千万億の喝、この一喝を入る」といっている。

（前田利鎌『臨済・荘子』岩波文庫）

さて、『笈の小文』の第一節冒頭の俳論が、それまでの芭蕉の俳諧をめぐる思索と体験の円熟したものであることは、人皆認めているところである。

しかし、その神髄は実践にある。それは旅と句作につきる。さらに、旅では日本人の伝統的名所探訪をして、また句作では先人の文学作品を体験することにあった。

神無月《かんなづき》の初《はじめ》、空定めなきけしき、身は風葉《ふうよう》の行《ゆく》末《すえ》なき心地《ここち》して、

旅人と我名《わがな》よばれん初しぐれ
又山茶花《さざんか》を宿《やど》〳〵にして

岩城《いわき》の住《じゅう》、長太郎と云《いう》もの、此脇《このわき》を付《つけ》て、其角亭において関送りせんともてなす。

「長太郎」は、岩城（磐城）国小奈浜《おなはま》（今の福島県いわき市）の人。井手氏、俳号由之《ゆうし》。内藤家の家人という。

「其角亭」は当時、江戸深川《ふかがわ》の木場《きば》にあった。
「関送り」は、京から旅立つ人を京と近江《おうみ》の境である逢《おう》坂《さか》の関まで送ること。転じて旅人を見送ること。

まず、「初しぐれ」だが、これが季題で冬。初しぐれの折から早々に旅に出て、人からも「旅のお方」と呼ばれるような身の上になりたい。つまり、「呼ばれん」を願望と読む解釈がある。心勇む意志の句であるとする。

じじつ『三冊子』に「この句は、師、武江《ぶこう》に旅出《いで》の日の吟也。心のいさましきを句のふりにふり出《いだ》して『呼ばれん初時雨《しぐれ》』とはいひしと也（略）」と見え、その勇み立つ心持ちを表わすため、謡曲の『梅枝《うめがえ》』の詞章を前書にして門人に与えたと記されている。

もう一つの解釈がある。それは、「呼ばれん」を願望ととらず、未来の予想ととる。井本氏は、前者の解の支持者の方が圧倒的に多いとしながらも、なお後者の解釈も捨て難いとされる。

筆者は、その両者の解のどちらも可能だが、あえて「我名呼ばれん」を二つの解に分離する必要はないと考える。いや、それには根本的な詩句の理解に対する姿勢に問題があるように思われる。つまり、この句は両義性をふまえて読むほうが深いのである。

両義とは矛盾すると批判されるであろうが、詩的言語を純粋単純な合理的意味伝達の道具《ツール》と考えることに問題がある。

そもそも『笈の小文』は、何のために書かれていたのか。その第三節で、「抑《そもそも》、道の日記といふものは、（略）浅智《せんち》短才の筆に及《およぶ》べくもあらず」というのである。そして、「造化に随ひ、造化に帰れとなり」という教えを、及ばずながら老荘の教えにまでさかのぼって探った。

芭蕉はもちろん、俳人詩人にとって、「言語」とは、生きている世界そのものに他ならず、人生とは言語世界そのものであった。そのなかで、人は言語を対象化できるであろうか。元来、「一《ひと》つ」なるものを認識と対象に分離解説できるはずはない。

その芭蕉の教えにしたがって、句を読むと、今問題の一句で素直に心にとびこんでくるのは「呼ばれん」ではなく、「旅人」と「初しぐれ」なのである。この初冬の道をゆく旅人、それはすでに荒涼たる大自然の厳しさに耐え、ひしひしと迫る寒さと一体化して、ひたすら白い息を吐き、大自然に溶けこみ歩いてゆくのである。「旅人」と我を名づけるのは初しぐれである。筆者は、この句に、切迫感と同時に宇宙的開放感すら覚えるのである。

さて、「初しぐれ」の発句に、由之が脇句をつけた。

又山茶花を宿〳〵にして　由之

この付句も「旅人」と同じく十月十一日、其角亭で行なわれた送別句会で披露されたもので、『続虚栗《みなしぐり》』に収められている。

ここでは「旅人と我名呼ばれん初しぐれ」の句を発句として、十一吟の世吉《よよし》（連俳の様式の一つ）が成立している。

「山茶花」の句は、素直に読めばよいといわれている。冬のことで、他の花は雪に埋もれているが、折々の宿には山茶花が咲いているのを楽しもうというところだが、筆者は「雪のなかの血の色の山茶花」という鮮烈な色彩感と生々しさを感じる。

そして、「宿」が「宿〳〵」と、日本語の音では少し苦しい複数形を用いている。その連続感と不連続に、一足一足、一日一日、と旅を重ねる時間の重さと、移動するさいの空間のなかで、人間の血のぬくもりが伝わってくる。

また、つづいて次の句があげられている。

時は冬吉野《よしの》をこめん旅の土産《つと》

「此《この》句は、露沾《ろせん》公より下し給ハらせ侍りけるを、餞《はなむけ》の初《はじめ》として」とある。

露沾は、四十六章でも紹介したが、本名内藤義英《ないとうよしひで》、陸奥国磐城平《いわきたいら》藩主・内藤風虎《ふうこ》の次男として江戸赤坂溜池《ためいけ》に生まれる。

寛文十年（一六七〇）十二月に、従五位下野守《しもつけのかみ》に叙任されるが、家中の内紛により延宝六年（一六七八）六月十五日に蟄居を命ぜられ、天和二年（一六八二）には退身し、麻布六本木《あざぶろっぽんぎ》に移る。元禄八年（一六九五）三月、磐城平の高月《たかつき》に移住し、当地で没した。

俳人と交わり、芭蕉・其角ら蕉門との親交も深い。門人に、露言《ろげん》・沾徳《せんとく》・露月《ろげつ》・沾圃《せんぽ》・沾涼《せんりょう》がおり、江戸俳壇の一角を占める。享保期（一七一六〜三六）の俳事を詳細に記録する『露沾俳諧集』が伝存する（『俳文学大辞典』宇都宮譲）。

芭蕉は露沾亭に三十代の前半から出入りしていた。芭蕉自身が書いたこの旅の出発時の手控えをもとに、模刻出版した『句餞別』（寛保四年刊）という本や、『夏しぐれ』という本があり、同書には、「旅泊に年を越て、よしのゝ花にこゝろせん事を申す　時は秋吉野をこめし旅のつと　露沾」を発句にした芭蕉送別の六吟歌仙を収めている。初案は「時は秋」だったことが分かる。

句は、四季をおさえ、重厚で格式ばった感じを筆者は受ける。面白いのはむすびの「旅のつと（土産）」という、軽妙な日常的で自然の四季をくったところであろう。

それでいて、いかにも俳壇の重鎮らしい気配も伝わってくる。

もっとも、一派をなす露沾公が、切迫した句を提示したら、他の門弟、俳友、そして芭蕉その人の句をしばることにもなりかねない。そんな句会での作法まで含めて味わうべきかもしれない。

そう思って読めば、「吉野をこめん旅の土産」という、一読してあいまいな句も、むしろこれからの旅への期待をしばらずに、芭蕉の句に両手を拡げて応じ、親しみさえ感じられる。

『笈の小文』のこの句につづく本文を紹介すれば、この日の其角亭の「関送り」の光景が、活き活きと目《ま》のあたりにくり広げられてゆく。この少しはずんだ宴の始まりの文は、露沾公の句ではじまる盛大な饗応というべきである。

此句は、露沾公より下し給ハらせ侍りけるを、餞《はなむけ》の初《はじめ》として、旧友・親疎《ら》・門人等、あるハ詩歌《しいか》文章をもて訪《とぶら》ひ、或《ある》ハ草鞋《わらじ》の料を包《つつみ》て志を見《あらわ》す。かの三《さん》月《げつ》の糧《かて》（「百里ニ適《ゆ》ク者ハ宿《よい》ニ糧ヲ舂《うすつ》キ、千里ニ適ク者ハ三月糧ヲ聚《あつ》ム」（『荘子』逍遥遊篇）による。『荘子』にいうように、月日をかけて長途の旅支度をととのえる必要はない）を集《あつむる》に力を入《いれ》ず。紙布《かみこ》・綿小《わたこ》などいふもの、帽子《ぼうし》・下沓《したうづ(ママ)》やうのもの、心ぐ〳〵に送りつどひて、霜雪《そうせつ》の寒苦を厭《いと》ふに心なし（気づかいもいらない）。あるハ小船を浮《う》かべ、別墅《べっしょ》（別荘）に饗《もうけ》し、草庵《そうあん》に酒肴《しゅこう》携《たずさえ》来《きた》りて、行衛《ゆくえ》を祝し、名残《なごり》を惜《お》しみなどするこそ、故《ゆえ》ある人の門出《かどで》［首途］するにも似たりと、いと物めかしく覚えられけれ。（本文は『新編 芭蕉大成』、注は『古典大系46』）

慎重なと言おうか、次の文節はがらりと変わって、すでに紹介した「抑《そもそも》、道の日記といふものは」という、「道の日記」論の総括に移ってゆく。

かくて江戸俳壇のしばしの別離、旅の道連れの宴は、がらりと模様を替え、「紀氏」「長明《ちょうめい》」「阿仏尼《あぶつに》」の跡を偲んで風雲の便りを書き集めることとなる。

貞享四年丁卯《ひのとう》（四十四歳）十月十一日の送別句会は、江戸俳壇における芭蕉が、社会的影響力を持つ名士となっていたことを示している。

『伊賀餞別』（『夏しぐれ』）と題した俳諧撰集には、「芭蕉餞別」として「詩、九首、七人」「和歌、三首、二人」

「俳諧発句、三十五、三十五人」と、さらに、露沾・芭蕉・沾蓬《せんぽう》・其角・露荷《ろか》・沾徳を連衆とする歌仙一巻、濁《じょく》子《し》・芭蕉・嵐雪《らんせつ》・其角の四吟半歌仙、初折《しょおり》の裏四句目までの十句連句二巻などが収録されている。

さらに芭蕉の「旅人と我名呼《よ》ばれん初しぐれ」を立句とした脇起《わきおこ》し歌仙一巻、「四季混雑・各句々採旅之一字」と題した発句五十三、および「古池庵老牛」以下四十九人の発句を付載している（『俳文学大辞典』富山奏）。

これが芭蕉の伊賀帰省を機に催された句会の行事の実情である。まず参加した俳人の数の多さに驚く。さらに宴遊の豪華さ。

雅席と呼ばれる句会の数。それに伴う金品の贈答。連句、句会という、一種の寄合。それはたしかに千利休のわび茶の実相にも通じる。茶会はそれ自体、あの太閤秀吉の権力を誇示した遊宴に転ずる。世界性さえ持つ厳格な一座建立《いちざこんりゅう》という美学の母胎は、華やかな宴遊にあり、能・狂言・歌舞伎などの「まつり」、さらには若い男女の山野での遊宴「かがい（嬥歌）」「うたがき（歌垣）」などの宴を起源としていることは、今日民俗芸能学の常識となっている。

芭蕉の連歌の構成に、能・狂言の影響を〈発見〉するなどは、文字通り本末転倒にすぎない。むしろ、近、現代の様々な芸術を抽象的規範で規制することが大切なのではなく、それらの規範が発生した、源流の生きている混沌たる命の、宇宙のエネルギーの在り方に参入すること、衰えたら、その原点に回帰することが重要なのではないだろうか。それが荘子の教えである。

芭蕉の旅立ちにあたって、連歌俳諧の連中が、こぞって宴遊に集まったのは、ただ芭蕉の世俗的権力の増大を示すものではない。日本芸能は古来、人々の集まり、宴から発している。「わび」「さび」の美学の極致といわれる和歌、俳諧も、その中核には、古来より延々と燃えさかる「うたげ」の焔《ほのお》がもえている。

『笈の小文』という「旅の記」も、「色即是空」の逆説をたたえたものであった。

荘子もまた、真実在は矛盾によって成立していることを主張しているのである。（略）認識は不尽に豊富なる真実在の内容を生きたまま摂取することは不可能だということになる。ここに組織を愛して認識を採るか、複雑極まりない体験の世界に、渾沌のまま沈潜するかという、あれか――これか、の二途が開ける。

ところで荘子にとっては、渾沌を渾沌のままに生かして置こうというのが、唯一無二の念願である。

荘子は渾沌を或る場合には、道という言葉で語ることもある。それからまた渾沌を渾沌のままに体験することも道と名附ける。（略）換言すれば実在内容を如実に体験し、矛盾をそのままに肯定して行くことが彼にとっては唯一の価値なのである。この如実なる体験――道以外には、彼はいかなる価値も認めない。（略）相対的価値をも悉《ことごと》く邪見として否定して行くのである。勿論彼は道を唯一絶対の価値とするのであるから、価値そのものを否定する訳ではないけれども、体験以外に対しては価値を認めないのである。

（前田・前掲書）

では、その体験そのものはどういうものかと問われると、驚いたことに、

――「齧缺《げっけつ》、王倪《おうげい》に問う。四たび問われて、四たび知らずと答う」――というように結局「知らず」といって概念以前に放置して置くにすぎない。偶々《たまたま》何らか語るにしても「我れ試みに汝《なんじ》がためにこれを妄言せむ。汝これを妄聴せよ」

（前掲書、傍点栗田）

ここでは、もとより荘子の考え方を検討するのが目的ではない。

『笈の小文』の論旨が一般に「すじが通らぬ」「分かりにくい」「飛躍している」などという感想は、こうしてみると、じつは芭蕉が旅と思索と句作を通じて、納得できる荘子の「言」を体験として理解するための、入口の僅かな実例にすぎない。

とはいえ、とくに『笈の小文』の文脈のいわゆる論理的非整合性などは、芭蕉が愛読した荘子の考えかたを用いぬ「認識の合理性」こそ、芭蕉が断乎拒んだものである。認識しつくすことが理解することではなく、渾沌に身をまかせて、いわば俗に「浮き身」という阿吽《あうん》の呼吸で、渾沌と同化することこそ、芭蕉が読者にすすめたことではなかったか。

さきにあげた、『笈の小文』の「抑、道の日記――」にはじまる先人の紀行文について、自分の立場を述べた文中の言葉、「忘れぬ所〴〵、後や先やと書集《かきあつめ》侍るぞ、猶《なお》酔ル者の妄語《もうご》にひとしく、寝《い》ねる人の譫言《うわごと》するたぐひに見なして、人又妄聴《もうちょう》せよ」が思い起こされる。

『笈の小文』も、荘子の志をたどっているのである。

四十九章　杜国《とこく》

またもや、旅への首途《かどで》である。

俳諧はもとより、和漢の詩論歌学に通じ、ジャンルの異なる西行、宗祇、雪舟、利休にいたるまで、その詩歌を「貫道する物は一なり」と喝破《かっぱ》して、『笈の小文』の旅へと芭蕉は江戸を発った。

貞享四年（一六八七）十月二十五日、江戸を発ち、東海道を経て、郷里伊賀へ帰郷するまでの旅を前半とするなら、それ以後の旅は後半ということになる。この前半の文章のなかで、もっとも強い印象がのこるのは、尾張の鳴海《なるみ》の鳴海の詩句である。『年譜大成』により、実際の旅の足跡をたどってみよう。

十一月四日　尾張鳴海、知足《ちそく》亭に到着

十一月五日　同所寺島業言《てらしまぎょうげん》亭で七吟歌仙興行。

〔連衆〕芭蕉・業言・知足・如風《じょふう》・安信《あんしん》・自笑《じしょう》・重辰《じゅうしん》

京まではまだ半空《なかぞら》や雪の雲　芭蕉
千鳥しばらくこの海の月　業言

十一月七日　寺島安信亭七吟歌仙。

〔連衆〕前々日来と同じ。

星崎の闇を見よとや啼く千鳥　芭蕉
船調《ととの》ふる蜑《あま》の埋《うづ》み火　安信

「星崎の」の句を発句とし、安信の脇句以下、自笑・知足・業言・如風・重辰の連衆による歌仙は『千鳥掛《ちどりがけ》』に収録されている。「ね覚は松風の里、よびつぎは夜明てから、かさ寺はゆきの降日」と詞書した真蹟が伝存する。

星崎は鳴海の西北半里。鳴海一帯にかけて千鳥の名所であった。『増補　大日本地名辞書』の記述を読みやすくして紹介すると、

星崎　旧庄名で、熱田と鳴海の間を指して云う。思うに蓋沙嘴の名よりでたもの。今笠寺の南なる本地、南野、牛毛、荒井などの諸里を併せて星崎村と命名す。古書に星崎城というは、笠寺の塁であろう（星崎やあつたのかたのいさり火のほのも知らずや思ふ心を　藤原仲実《なかざね》『堀河百首』）。

さて、鳴海といえば、『野ざらし紀行』の旅で、知足が芭蕉をもてなした尾張蕉門の根拠地のひとつ。知足は、俳諧作者、寛永十七年（一六四〇）の生まれで、宝永元年（一七〇四）、六十五歳で没した。

本名、下里《しもさと》吉親。尾張国鳴海宿の庄屋。屋号、千代倉。鉄の売買を主とし、最晩年に酒造を開始、以後家業となる。二〇歳前後から俳諧に熱心で、寛文三年（一六六三）、『知足書留歳旦帖《かきとめさいたんちょう》』を編み、同四年、『阿波手集《あわでしゅう》』に二句初出。延宝期（一六七三～八一）には東西の有力俳家と交渉をもち、その成果が『尾陽《びよう》鳴海俳諧喚続集《よびつぎしゅう》』である。

延宝二年に西鶴を、同七年に西鶴・高政《たかまさ》を訪ねて唱和、知足あて西鶴書簡四通が現存する。

延宝末年来、芭蕉に関心を寄せ、同八年、知足主催百韻に芭蕉の評を請い、貞享二年（一六八五）・同四年・同五年の芭蕉来訪滞在中〔すなわち『笈の小文』の旅中〕、加評の歌仙一、一座の連句一二があり、知足あて芭蕉書簡六通が知られる。以後やや疎遠であったが、元禄七年（一六九四）、芭蕉は最後の旅で知足亭に立ち寄った。

晩年、芭蕉一座の連句を中心に一書を企て、息の蝶羽《ちょうう》が遺志を継いで『千鳥掛』を編んだ。（略）

［歴代］知足は鳴海下里家《しもさと》（三代蝶羽から下郷家）二代であったが、以後歴代当主一家一門ことごとく俳諧を中心に広く文事を嗜《たしな》んだ。

（『俳文学大辞典』森川昭）

尾張の蕉門は、各地を巡りながら、旅の傍らで俳諧の実践をするという特色を生かして増大してゆく。

芭蕉は、尾張では一カ月半にわたって、連日の俳会に招待された。

先の「野ざらしの旅」の帰り、尾張名古屋を訪れた芭蕉は、荷兮《かけい》を中心として、野水《やすい》・重五《じゅうご》・杜国《とこく》・正平《しょうへい》ら城下の富商たちで構成された連衆と一座している。「尾張蕉門」については、次のような説明がある。

〔一期を画した〕『冬の日』はこの連衆と俳諧革新をめざす芭蕉とが巧妙に調和したものとなり、続く『はるの日』『あら野』によって台頭した荷兮・越人《えつじん》は蕉風の花形となったが、その後の芭蕉の変化にはついていけなかった。杜国の伊良古《いらこ》隠棲、元禄六年（一六九三）の『曠野《あらの》後集』刊行などに象徴される越人・野水・荷兮の離反に対して、伊賀国出身の露《ろ》川《せん》は、丈草《じょうそう》・支考《しこう》と親しく、諸国の蕉門とも交渉があって、（略）その存在を示した。

（『俳文学大辞典』服部直子）

このように、いまだ『冬の日』の一種の俳諧運動と、それから生まれた熱気冷めやらぬ尾張蕉門との再会は、芭蕉にとっても、ふたたび血のたぎる想いがしたであろう。

しかし、想いがたぎればたぎるほど、その炎の中心に、ぽっかりとあいた黒い虚無の塊が、胸の底から広がってくるのを抑えることができなかった。

なにか違う。昔と同じ連衆が顔をそろえたが、座の中央には、やはり白々とした空虚が拡がるのを抑えることが出来なかった。

するとじっと虚空に耐えている芭蕉の胸の奥から、熱い塊が湧きでてきて声になりそうである。なにか。これは、芭蕉は思いあたる。この詩魂に似た熱い想いの中心にあるのは、それこそは、杜国の俤《おもかげ》ではないか。杜国は二年前の貞享二年（一六八五）、『野ざらし紀行』の旅で名古屋を訪れた芭蕉を見送った年の八月、空米売買の罪に問われ、財産は没収され、追放の憂き目にあっていた。その杜国がこのあたりに蟄居《ちっきょ》していることを、芭蕉は知っていた。

しかし、この行路への思い入れには、寄り道にはなるが、不遇な杜国への熱い同情の念が、あふれてきたのではないか。

こうして、杜国を通じてこそ尾張でむすばれた『冬の日』連衆との、共にすごした日々がよみがえってきたのではなかったか。

話が前後するが、十一月七日、寺島安信亭七吟歌仙の一句、

星崎の闇を見よとや啼く千鳥　芭蕉

には、『笈の小文』に収録されるにあたって、「鳴海にとまりて」という詞書がつけられた。それについて、楠元六男著『芭蕉、その後』では、古来、「鳴海─千鳥」の連想は固定されていたとし、さらに面白いことばとして、

この「鳴海」の語によって、発句は「千鳥」へと重心を移していくのである。千鳥には「立行景気のおもしろき心をいひ、又鳴音のかんふかくあはれなる心」（『浜のまさご』）を詠むもので、冷え冷えとしたイメージを伴う。すなわち、この句は茫漠と広がる冬の闇の中、「星崎の闇」をみよと千鳥がしみじみと鳴く意となる。地名の縁による座興が、暗黒の闇

夜に千鳥の声を聴く旅人の憂愁へと変化したことになる。詞書を変えることによって、発句を読みかえた絶妙な例。

とある。

さらに芭蕉はつづけて、従一位権大納言で歌人の飛鳥《あすか》井雅章《いまさあき》が当地に滞在した折りに、「都も遠くなる海潟《みがた》はるけき海を中に隔《へだ》てて」として詠《うた》った歌を紹介して、こう詠《よ》んでいる。

京まではまだ半空《なかぞら》や雪の雲

ここで諸家が注目するのは、飛鳥井雅章の歌が京から江戸へ向かう時の歌であるのに反し、芭蕉の句の姿は江戸から京へと向かう、同じ鳴海にありながら、反対の向きになっていることである。

楠元氏は、そこに注目し俳諧性のみならず、「京まではまだ半空や」という句によって旅人の位置が明確化されていることも重要であると指摘する。

筆者には、素直に読むと「雪の雲」というあてどもない宙空をひるがえる粉雪がみえてくる。

ここで『笈の小文』では「鳴海に泊まりて」の詞書をともなう「星崎の」の句が、改めて土地と人をむすぶかのように姿を現わす。

先にこの句の、闇の深さの「わび」「さび」を味わった。

しかし、それはそうとして、ひるがえって一句まるまるのイメージに身を浸すと、筆者には、しっくりと重くて暗い、「わび」「さび」に包まれてゆくようには、感じられないのである。

端的に言って、筆者は、この一句から、むしろ硬質で漆黒の夜のなかできらきらと煌《きら》めく、星のごときものがみえてくるのである。

「星崎の闇を見よ」と「啼く」千鳥は、全力で注意を惹きたくて「啼く」のである。しかも海は広い、いったい何が見えるのか。

さらに「星崎の闇」である。闇とはいえ「星崎」といわれるほど星が満天にみちている。いわば闇などないのである。さらに闇を眺めつづければ、目に入るのは闇ではない、星ばかりなのである。

つまり、「星崎の星を見よ」を逆転洗練した句で、筆者に見えるのは、きらびやかで、海でしかみられない満天の星ばかりである。それが海なればこそ、何の邪魔もなく、海と空を埋めつくしている。

さらに、星空は、人にはるか遠路を思わせる。旅にとって満天の星は、まさに道連れであろう。ここが、「京まではまだ半空《なかぞら》や」という想いを呼ぶ。

さらに、あえて言わせてもらえば、夜の星は友を偲ばせる。輝く友情の一瞬を思い出させるのではないか。

芭蕉は、いまや親友、杜国に久しぶりに逢おうとしていた。杜国もあの星くずを、眺めていたかもしれない。芭蕉の想いはつきなかった。


この、三河国保美《ほび》村に謫居《たつきょ》している旧友杜国を訪ねて、東海道を今の豊橋にあたる吉田まで引き返し、渥美半島を南下して伊良古《いらご》へとおもむく道行は美しく、印象深いものであった。

道のりにして二十五里ほど。途中、渥美湾からは天津《あまつ》畷《なわて》からの寒風きびしい難所もあった。

しかし心ははずんでいた。


三河《みかわ》［三川］の国保美といふ処《ところ》に、杜国が忍《しの》びて有《あり》けるを訪《とぶら》はむと、まづ越人に消息《しょうそく》して、鳴海より後《あと》［跡］ざまに二十五里尋帰《たずねかえ》りて、其夜《そのよ》吉田《よしだ》に泊《とま》る。

寒けれど二人寝《ぬ》る夜ぞ頼もしき

いよいよ杜国との再会である。二人の間には俳諧連衆運動のみならず、繊細かつ大胆な心情の交流があった。そして何よりも二人を結びつける、他にはない天与の賜物、すなわち俳諧の天才があった。このように結びつけられた宿命の二人は、時に誤解やトラブルにまきこまれながらも、あの星崎の闇夜の星々のように輝きつづけ、煌めきを交わしあっていた。

芭蕉はともかく、杜国といえば、知る人ぞ知るところだが、芭蕉とのふれあいを簡単にしるしておきたい。


杜国　俳諧作者。?〜元禄三（一六九〇）。享年三〇余か。本名、坪井庄兵衛。尾張国名古屋御園町の町代を務めた富裕な米商。早くより先輩の荷兮《かけい》らと同じく一雪《いっせつ》系の貞門《ていもん》俳諧や江戸談林《だんりん》俳諧に遊んだと思われるが、初期の俳歴は未詳。

貞享元年（一六八四）冬、名古屋に立ち寄った芭蕉を迎え、野水・荷兮らとともに『冬の日』五歌仙を興行し蕉風草創に参画、初めてその名が顕れる。

（『俳文学大辞典』塩村耕）


『冬の日』の、貞享元年の旗揚げともいえる集から杜国作を抜き書きしてみよう。

たそがれを横にながむる月ほそし　杜国

しら〳〵と砕けしは人の骨か何《なに》　同右

綾ひとへ居湯《おりゆ》に志賀の花漉《こし》て　同右

（『古典大系45』）

筆者の好みで杜国らしき句を『冬の日』から、ほんの三篇紹介したが、当時は前衛ともみられた『冬の日』集を、ぱらぱらと繰ってゆくと、「きらり」と抜き身の日本刀のように、宙を切る「ことば」がある。それが杜国の句なのである。繊細、雄渾《ゆうこん》、いくらでもいえる。

これらの作品は分析したり、比較したりして鑑賞しうるものではない。筆者の慣れ親しんだ詩でいえば、やはりフランスの詩人、アルチュール・ランボオであろう。

こういう詩人は、接する人にとっては難解で、時に反発したり、喧嘩腰になるものだ。その人生もまたしかり。生きづらい、むずかしい詩人である。だからこそ、友情に飢えている。

だから芭蕉の発足当時の結社『冬の日』の連衆はそうだった。しかし、円熟を自ら拒み、常に新鮮でありつづけることはむずかしい。当然、結社としての『冬の日』は古くなる。しかし「蕉風」は問いつづけられるかぎりは生きている。その典型を生きつづけた一人が杜国であった。

〔貞享元年〕『冬の日』五歌仙を興行し（略）、初めてその名が顕れる。翌年八月、延米商い〔空米売買〕の罪に問われ領内追放となり、三河国保美に隠棲。（略）

同四年十一月、芭蕉が来訪。

翌年二月に伊勢国で芭蕉と落ち合い、五月初旬ごろまで旅に同行。旅中万菊丸と童子名を戯称する（『笈の小文』）。

元禄二年九月、『おくのほそ道』の旅を終えた芭蕉を伊勢国に迎える。

翌年一月一七日付書簡で芭蕉は杜国の無音を案じて伊賀国来訪を慫慂《しょうよう》するが、予感は的中、まもなく没した。

芭蕉の哀悼の念は『嵯峨日記』に痛切に述べられている。

（『俳文学大辞典』塩村耕）

話をもどしてみると、芭蕉と杜国のまだ若々しい出逢いの機会は、意外にも少なかったような気がする。それだけに、新しい文芸運動への出発、新しい作品の実作、批難への反論など、まだ若い二人にとっては、すべてが新しく充実した言語表現での格闘であった。

　こうして芭蕉は、貞亨四年十一月十日　越人を伴い、保美村に蟄居中の杜国を訪ねるため発足し、夜、吉田宿に一泊した。


　　寒けれど二人旅寝ぞたのもしき（『如行子』）

　　寒けれど二人寝《ぬ》る夜ぞ頼もしき（『笈の小文』）

　　天津縄手《あまつなわて》を過ぐるまで
　　冬の田の馬上にすくむ影法師（『如行子』）

　この芭蕉と杜国の、詩歌を通じてとはいえ、熱っぽい男の友情や、「二人寝る夜」という句は、その後もしばしば用いられているのは周知のことである。私たちはどう受けとめればいいのであろうか。

　文字通り文学として受けとればいいと思う。それ以上でも以下でもない。

　ただし、すでに紹介したが芭蕉と杜国との心情には、他には見られない、強い相似性があったことは認めなければなるまい。

　二人は相応じ、相共鳴しながら増幅する精神系をそなえていた。とくに、保美での二度目の出逢いでは、芭蕉の献身的情愛が心に滲みる。

　筆者が想うに、芭蕉の杜国に対する思慕は、じつは自分の過ぎた若さへの思慕が根本にあり、若い杜国との一体化への希求も、若き日の自己回復のように思われるのである。

　結局のところ、もう一度自分自身に戻りたいという自己回復の強さは、優れた芸術家が、日常的には、むしろ自己分裂型の精神構造から発するものなのである。

　では、芭蕉はどうか。すでに、いくつかの句作品について考察してきた。また詩的思想についても、『笈の小文』『野ざらし紀行』においてそれを試みたのである。

　しかし、これはいわゆる内向的な精神の働きではない。不思議なことにこの自己凝集は、同時に外界の硬質性に反応する。『笈の小文』はつづける。


天津縄手、田の中に細道ありて、海より吹き上る風いと寒き所也。

　　冬の日や馬上に氷る影法師

「冬の日や馬上に氷る」までは誰でも詠む。何が凍るのか。形があって、形が無い。あって無いもの。影法師が、一瞬にして氷るのである。しいていえば、煙や湯気に似ているが、影法師は太陽の強い光によって生まれる、熱いものの影である。

この最後の一句によって、読者は、天地明暗、一瞬にして倒錯した不可思議の宇宙の中心に投げ出される。それがまさに蕉風なのである。

五十章　伊良古《いらご》の鷹

貞享四年（一六八七）、芭蕉は十一月十二日、保美《ほび》村で蟄居生活を送っていた杜国に再会することができた。

杜国は、名古屋御園《みその》町の町代までつとめた裕福な米商であったが、前章でも記したとおり、藩禁制の「米延《こめのべ》商《あきない》（空米売買）」に手を出し、それが、同業者とともに発覚した。

藩による判決の記録が、尾州徳川家『事蹟録』の「瑞《ずい》竜院《りゆういん》様御代　貞享二年之部下冊」にある。

八月十九日
尾州
一、名古屋御園町之町代庄兵衛ト申者《もうすもの》、無之米ヲ噂ニ而致売買町代ヲモ乍《つとめながら》仕、先年ヨリ之御法《ご》度《はっ》《と》ヲ相背《あいそむ》キ候段不届《ふとどき》ニ付、御領分御追放。（略）

これによって、広大な家屋敷、店舗などすべてお上に没収され、同年秋には、名古屋を追われ、遠く離れた伊《い》良古《らご》にほど近い保美の里に侘《わび》しく住むことになった。

粕谷魯一《かすやろいち》著『俳人杜国』（昭和三十九年 潮音寺刊、平成元年復刻 渥美《あつみ》町教育委員会）を読むと、当時の富裕な町人組織の生活と文化生活が目に浮かぶようである。

ちなみに、当時における先進的な俳壇の形成を、『俳文学大辞典』の「冬の日」の項によってみると、

冬の日　俳諧連句集。書名下「尾張五哥仙全」。一冊。半一。荷兮《かけい》編か。貞享元（一六八四）奥。貞享元年の「一〇月から一一月迄の間」（越人著『俳諧冬《ふゆ》の日槿花翁之抄《ひきんかおうのしよう》』）に尾張国名古屋で興行。（略）天明八年（一七八八）の大火で原版木が焼失したのか、復刻されて合刻版『俳諧七部集』として流布する。（『俳文学大辞典』宇都宮譲）

とある。

ここに『冬の日』と同じ作者たち、いわゆる「尾張五歌仙」の名が数多くあげられることは、新しい蕉風の推進者の知的階層、職業的交流の、今日風にいわせてもらえば、前衛的な生き方と俳諧の前進を示すものである。そして、その先頭を切る者として、杜国の姿が浮かびあがってくる。

杜国の名古屋に於ける居所は御園町とあるが、当時の御園町と云ふのは、名古屋城下の南正面に位して碁盤割に区画されて開かれた処で、俗に長者町とも言われた繁華な箇所で、当時の武家、豪商、分限者等の住宅街であったとも伝えられている。

杜国と同じ「冬の日」の作者連、いわゆる「尾張五歌仙」の中、山本荷兮は町医をつとめ桑名《くわな》町に、総町代を仕えた岡田野水《やすい》は呉服商で大和町に、各々住み、加藤重五《じゆうご》は上材木町に材木屋を営み、何れも杜国と同じ富裕な家柄で、その居住の町も杜国とは近隣の間に在ったが、尾張五人衆の一人高橋羽笠《うりつ》一人が熱田《あつた》の中瀬町に住んでいたと言うことである。

何れも、貞享元年の冬芭蕉を尾陽にまねき、芭蕉の新風樹立の意図に協力し、芭蕉のためにもその援助を惜まなかった連中であった。（粕谷・前掲書）

今日で言えば、尾張の五人衆とは、新芸術運動のパトロンともいうべき文化団体であった。それが、相互に連絡をとって、各方面に様々な力を及ぼしたことは推察するにかたくない。杜国にしても、御法度の「米延商」を犯したというものの、あるいは藩の命をひそかに受けていたなどという、複雑な伝説もある。

一方、右に述べた文化集団に対して、政権のひそかな干渉もありえないことではない。筆者は、杜国の俳諧と「米延商」とを、ひたすら単純に結びつけることには、危惧の念を抱かざるをえない。

杜国個人については、確かなこともある。前掲書の著者粕谷魯一氏は、

かって著者が福江《ふくえ》国民学校の教頭職をけがして居た昭和十七年の八月、同校の訓導で、同好の士であった故斎藤八郎氏（略）が家田路喬の法名調査のため、その菩提寺である南岑寺《なんしんじ》を訪れた折のこと、たまたま杜国の戒名が記載されてある過去帳を発見された（略）。

然《しか》るところ、昭和二十二年の夏、斯道《しどう》の権威であられる愛知学芸大学教授大礒義雄《おおいそよしお》氏が伊良湖に遺る『芭蕉翁之碑』と、福江の「杜国の遺跡」を尋ねられた折に、南岑寺に立寄られ、前記故斎藤氏が発見された杜国の過去帳（私註、年代順過去記）の他に、更に古い『日牌用過去帳』並びに『当時旦中覚帳』の二冊を見出され、故斎藤氏が発見されたものと合せ三部の過去帳につき、極めて精細な考証を重ねられた結果、杜国の歿年を『元禄三庚午三月廿日』と決定づけ、（略）明らかにされるに至ったのである。

けだしその生年についても、（略）種々に論考されて来たが未詳のまゝである。今、その中で最も妥当と思われるものをかりて言えば、杜国の享年が大体卅四・五歳と推論されているから、之を歿年から逆算して、その生年を明暦（略）の二・三年と推定して大差ないだろうと考えるものである。

〝杜国〟は俳名であって、通称は〝坪井庄兵衛〟と言われているが、これも種々文献によって区々《まちまち》である。（略）

尤も杜国が罪を得て、〝保美の里〟に隠棲するようになってからは、俳名も〝野仁《のひと》〟（野人）と変えて名乗り、後年（元禄元年）芭蕉と共に吉野に遊んだ頃は自ら〝万菊丸〟とたわむれ名乗ったことは、広く世に知られているところであるが、その通称をも〝南彦左衛門〟と変えて名乗っていたものか、前記南岑寺の過去帳の一つ『当時旦中覚帳』には

俗名
一　同寺　南彦左衛門
右ハ褓《（ママ）》人也斗《（ママ）》国ト云
右ハ畠ケ村ニ墓印有

と、記されてあり、又他の一冊「年代順過去記壱」

には

　同三庚午歳

一、三月廿日　寂泰　保美村南弄（ママ）左衛門
　　　　　　　　　裶（ママ）人也午（ママ）国吏也

とも、記されてある。

たしかに変名の多さに気づくが、それをすべて、悲運の故とするのもいかがであろうか。変名、変身、一種のメタモルフォーゼへの愛好心もまた、考えられぬことではあるまい。

しかし、一般には、己れの悲境、落魄《らくはく》の身をなげき、変名に身をかくし、数年足らずの余生を、辺鄙な保美の里で淋しく過ごしたとされている。

旧里《ふるさと》の人に云つかはす
こがらしの落葉にやぶる小ゆび哉

旧里を立去て伊良古に住侍しころ
春ながら名古屋にも似ぬ空の色

子をころして
陽炎《かげろう》に燃残りたる夫婦かな
水錆て骸骨青きほたるかな

行秋も伊良古をさらぬ鷗哉

これらの句を単純に、「数奇薄命」なる生涯の吐露と言い切れるだろうか。捻《ひね》りのきいた句である。

たしかに「委《ゆだ》ねる」を逆転すれば、「渾沌」に転化し、宇宙を包みこむ気配もうかがえるのである。

だいたい杜国が追放される原因となった「米延《こめのべ》商《あきない》」についても、杜国の取引慣行や同業者の消長転退については、尾州徳川家の『事蹟録』などがあるが、その研究結果はまだみられない。

さて、ふたたび『笈の小文』にもどろう。この文については、尾形仂氏『芭蕉・蕪村』（岩波現代文庫）所収の「鎮魂の旅情――『笈の小文』考」が、くわしい解説の加えられた数少ない校本なので、これを中心に芭蕉の跡をたどろう。この注解は、芭蕉の俳句作品とその数多い背景のなかから、とくに和歌の強い影響を指摘している点に特徴がある。

その見事な解説文を拝借しながら、『笈の小文』というより、「鎮魂の旅情」を読んでみよう。

保美村より伊良古崎《いらござき》へ壱《いち》里斗《ばかり》も有《ある》べし。三河の国

の地続《つづ》きにて、伊勢《いせ》とハ海隔《へだ》てたる所なれども、いかなる故にか、万葉集にハ伊勢の名所の内に撰入《えらびいれ》られたり。
此洲崎《このすさき》［渕崎］にて碁石を拾ふ。世にいらご白《じろ》といふとかや。骨山《ほねやま》と云《いう》ハ鷹を打処《うつところ》なり。南の海の果《は》てにて、鷹のはじめて渡る所といへり。いらご鷹など歌にもよめけりと思《おも》へば、猶《なお》あはれなる折《おり》ふし。

　　鷹《たか》一つ見付《みつけ》てうれし伊良古崎《いらござき》

伊良古崎とは、渥美半島西端の伊良湖岬。万葉集（巻一）に「伊勢国伊良虞島」などとある（『古典大系46』注）が、『万葉集』巻一に、次の歌がみえる。

　麻続王《おみのおおきみ》の伊勢国の伊良虞の島に流さるる時、人、哀しび傷みて作る歌
打ち麻《そ》を麻続王海人《あま》なれや
　伊良虞《いらご》の島の玉藻《たまも》刈ります
　麻続王《おみのおおきみ》、これを聞きて感傷して和《こた》ふる歌
うつせみの命を惜しみ浪にぬれ
　伊良虞の島の玉藻刈り食《お》す

これについて尾形氏は、注している。

　麻続王については、『万葉集』と『日本書紀』や『常陸風土記《ひたちふどき》』ではそれぞれその所伝を異にし、その正確な史実については明らかでないが、いずれにしてもそれは政治の犠牲となった貴種流離の悲しい叙事詩の一つである。（略）
　芭蕉が「いかなる故にか、万葉集には伊勢の名所の内に撰入られたり」といっているのは、（略）実はそうしたさりげないスタイルを通して、隠微のうちに、詩人的資質を稟《う》けた文芸上の〝貴種〟としての杜国の流謫《るたく》の悲しみと、その侘しい境遇を傷む芭蕉との、悲しみの交情を語ろうとしたものではなかったか。（尾形・前掲書）

話は前後するが、貞享元年（一六八四）芭蕉が『野ざらし紀行』の旅の途中に、立ち寄って名古屋で巻かれた『冬の日』五歌仙では、次にあげる第三の歌仙巻頭の句をはじめとして、杜国は以下のような句を詠んでいる。

つゝみかねて月とり落す霽《しぐれ》かな　杜国
影法《カゲボウ》のあかつきさむく火を焼《たき》て　芭蕉

あるじはひんにたえし虚家《カライエ》　杜国
血刀かくす月の暗きに　荷兮
霧下りて本郷の鐘七つきく　杜国
ぬす人の記念《かたみ》の松の吹おれて　芭蕉
しばし宗祇の名を付《つけ》し水　杜国
漸《ようや》くはれて富士みゆる寺　荷兮
寂として椿の花の落る音　杜国
道すがら美濃で打ける碁を忘る　芭蕉
ねざめ〱のさても七十　杜国
江を近く独楽庵《どくらくあん》と世を捨《すて》て　重五
我月出よ身はおぼろなる　杜国

（尾形・前掲書）

『冬の日』を一読しただけで、杜国の句は「時間」をはらんでいることに気づく。「時間」とは、その接続の瞬間、はじめて人はその存在に気づく。気づいた瞬間に時間は消える。それは、感覚と存在の深淵である。

　杜国の句について語ることはむずかしい。しかし、一度共感するなら、その句は忘れられない。

　芭蕉と杜国を固くむすびつけたのも、いうまでもなく貞享元年『冬の日』の句会であった。

　芭蕉は『野ざらし紀行』のなかで、「杜国におくる」と前書きして、

白芥子に羽もぐ蝶の形見《かたみ》かな

と、離別の一句を書きつけている。

　そして今回、十一月十二日には杜国とともに伊良古崎に遊んだ芭蕉は、「鷹一つ見付てうれし伊良古崎」の一句をなした。

　とかく、個人の行動にとらわれず、というより「旅」という行動形式が、どのような新しい体験を人間に与え、また、そこから新しい言語体験を生み出すか。そこには、あるいは日常性とはかけ離れた、身心的体験が用意されているかも知れないのである。

　旅は、新しい事物との遭遇のみならず、その遭遇によって、予期されない時空間に体験が変身して、全体的変身をとげることもある。

　文学、とくに詩歌にたずさわる者が、時空の全体的転換として、〝旅体験〟を身につけることを体験したことはよく知られている。そこから言葉が生まれる。

旅人の位置の確認は、次の条と響きあっていくのである。

楠元六男氏は、『芭蕉、その後』のなかで、重厚なる論文を提示されておられるが、その中でも、「『四時を友とす』の構想と限界——『笈の小文』論序説——」は、正確な論理で「造化随順」の思想を分析提示している。いま、氏の明晰な指示にしたがって「『笈の小文』論序説」を紹介してみよう。

「造化にしたがひて四時を友とす」るために旅立った芭蕉は、すぐさま尾張の条を描く。

鳴海にとまりて
星崎の闇を見よとや啼《なく》千鳥

『熱田皺筥《しわばこ》物語』には次の詞書が付されている。

寝覚《ねざめ》は松風の里、呼続は夜明てから、笠寺は雪のふる日

真蹟自画賛（下郷次郎八蔵）にもほぼ同一の詞書がある。「松風」、「呼続」、「笠寺」と、地名を辿りつつ各地名に縁のある趣向をもって洒落のめすこの詞書は、「星崎の闇」に作用して滑稽性・挨拶性をいちじるしく増幅していく。

他方、『笈の小文』には「鳴海にとまりて」としかない。

浦人の日も夕暮に鳴海潟《なるみがた》
かへる袖より千鳥鳴くなり
（『新古今和歌集』）

（略）歌枕探訪を「造化随順」の根幹と位置づけていく時、「鷹一つ見付けてうれしいらご崎」の解釈にも差異が生じてくる。この「鷹一つ」に杜国像の揺曳《ようえい》をかいまみるのが通説。確かに杜国の境涯は悲痛なものではあるが、そのイメージを『笈の小文』の読みにまで持ち込むことは危険だろう。

ここに伊良古の鷹を詠じた芭蕉の三句を引用してみる。

杜国が不幸を伊良古崎にたづねて
鷹のこゑを折ふし聞きて
（一）夢よりも現《うつつ》の鷹ぞ頼母《たのも》しき
（『鵲尾冠《しやくびかん》』）

此里をほびといふ事、むかし院のみかどほめさせ玉ふ地なるによりて、ほう美といふよし、里人のかたり侍るを、いづれのふみに書きとゞめたるともしらず侍れども、かしこく覚え侍るまゝに

梅つばき早咲ほめん保美の里
いらご崎ほどちかければ、見にゆき侍りて

（二）いらご崎似る物もなし鷹の声　（『真蹟懐紙』）

保美村より伊良古崎へ壱里計《ばかり》も有べし。三河の国の地つゞきにて、伊勢とは海へだてたる所なれども、いかなる故にか、万葉集には伊勢の名所の内に撰入られたり。此洲崎にて碁石を拾ふ。世にいらご白といふとかや。骨山と云は鷹を打処なり。南の海のはてにて、鷹のはじめて渡る所といへり。いらご鷹など歌によめりけりとおもへば、猶あはれなる折ふし、

（三）鷹一つ見付てうれし伊良古崎　（『笈の小文』）

楠元氏は、このように三つの句を引き、これらの句に対応する歌として『山家集』所収の西行の歌をあげる。

二つありける鷹の、伊良古渡りをすると申しけるが、一つの鷹は留まりて、木の末に掛りて侍と申けるをきゝて、

巣鷹渡る伊良湖が崎を疑ひて
なほ木に帰る山帰りかな　（楠元氏前掲書）

これらの三つの句に対しては、読者それぞれの杜国との心の距離と角度が浮かび上がってくる。

筆者の好みを言えば、第（三）の句。

鷹一つ見付てうれしいらご崎

「一つ見付けて」は、天空すばやくあるかなしか。杜国と会えた「嬉しい」感動が受けとれる。そこに生まれる天地虚空。瞬間と永遠の融合する空間だ。

五十一章　尾張俳壇

芭蕉が、のちに『笈の小文』としてまとめられた故郷への旅に、盛大な送別を受けて江戸を出発したのが、貞享四年（一六八七）十月二十五日であった。

東海道筋を進み、十一月四日尾張鳴海《なるみ》の知足亭《ちそくてい》にいたり、地元の俳人と歌仙を巻きながら、十一月八日、桐葉《とうよう》と熱田《あつた》に移る。

十一月九日、夜、名古屋の越人《えつじん》とともに、ふたたび鳴海の知足亭にもどる。

十一月十日、三河国保美村に蟄居させられている杜国《とこく》を訪ねるために越人を伴ない、夜、吉田宿に泊まり、翌十一日にかけていくつかの優れた句を得た。

また、十二日杜国と再会し、ともに伊良古崎を訪ねて、鷹の句三首を得たことについても、すでに述べたところである。

十三日には、配所となっている杜国の住まいで三吟三物・発句一をつくる。

奇しくも同日付けで、其角《きかく》の編になる『続虚栗《みなしぐり》』が刊行されている。

十六日、伊良古を発って鳴海にもどり、越人とともに知足亭に泊まり、さっそく、主客三吟表合《おもてあわせ》を成している。

ようやく、この旅の本筋にもどったわけだが、杜国と再会をはたし、越人とともに鳴海の知足亭にもどるまで、およそ一週間をついやしたことになる。

知足亭にもどっても芭蕉は、待ちかまえる当地の俳人たちとの交流に忙しい。

十七日には知足亭で笠寺《かさでら》奉納七吟歌仙興行。連衆は十一月五日から七日に行なった七吟歌仙と同じく、芭蕉・業言《ぼくげん》・知足・如風《じょふう》・安信《あんしん》・自笑《じしょう》・重辰《じゅうしん》である。

十八日、名古屋より荷兮《かけい》・野水《やすい》が来訪し、四吟一巡が得られる。

十九日、知足の案内で尾張大高《おおだか》の長寿寺《ちょうじゅじ》へ参詣。

二十日、鳴海六俳人の一人、実力者である刀鍛冶の岡島自笑亭に招かれ、三吟三物成る。

面白し雪にやならん冬の雨　桃青　（『千鳥掛《ちどりがけ》』）

雨から雪に変わろうとする冬の空模様に、移る季節の一瞬の裂け目をとらえて、あざやかに凝集している。

山本健吉氏は、この句を自笑への挨拶句として、雪になりそうな空模様を雪見のもてなしと会釈《えしやく》しているとする（山本健吉氏『芭蕉全発句』講談社学術文庫）。

十一月二十一日、鳴海の知足亭より熱田の桐葉亭に移り、二十五日まで滞在する。さすがの芭蕉も、ここで疲れはてた。

薬飲むさらでも霜の枕かな　ばせを　（『如行子《じよこうし》』）

『如行子』の前書に、「翁心地《おきなここち》あしくて欄木起倒子《きとうし》へ薬の事言ひ遣《つか》はすとて」とある。『熱田皺筥《しわばこ》物語』にも、「一とせ此所にて例の積聚《しやくじゆ》さし出て（略）」とある。

積聚とは、「癪《しやく》」のことで、「さしこみ」、胃痙攣などによる。いずれにせよ、疲労のはての持病再発である。

十一月二十四日、知足宛の手紙に、「持病心気《こころき》ざし候処、又咳気《がいき》いたし薬給《たべ》申候」と書かれている。医師の起倒子とは俳諧の知人であった。

元来、芭蕉はあまり頑健ではなかったが、しかし、この旅程をみると、常人でも、とてもさばききれない旅程である。

しかし、それもおして、知足に宛てた手紙には、病状を報告するとともに、俳諧への真剣な姿勢と決意が語られていることも見逃せない。

はいかい急に風俗改り候様にと心せかれ、御耳にさはるべき事のみ、御免《ごめん》成され下さるべく候。され共《ども》風俗そろそろ改り候はば、猶《なほ》露命しばらくの形見とも思し召し下さるべく候。　（『年譜大成』）

とある。

前にもふれたが、知足は、尾張国鳴海宿の庄屋で、晩年には酒造を家業とするようになる地元の名士である。二十歳頃から俳諧に熱中し、延宝期（一六七三〜八一）には、東西の有名俳人と交流し、延宝二年、同七年に西《さい》鶴《かく》と唱和している。

延宝末年頃より芭蕉に関心をよせ、貞享二年（一六八五）・同四年・同五年の芭蕉の来訪中には、歌仙、連句を残している。

以後やや疎遠であったが、元禄七年（一六九四）、芭蕉は最後の旅で知足亭に立ち寄っている。

知足は晩年、芭蕉一座の連句を中心に一書を企て、息子の蝶羽《ちようう》がそれを継いで『千鳥掛』を編纂している。尾張を代表する俳諧の名門である（『俳文学大辞典』森川昭）。

この十一月二十四日の書簡には、ただ、身体の不調を訴えているばかりではなく、俳諧に対する重要な見解が表わされていることを見逃してはならない。

『笈の小文』の旅の出発にあたっても、芭蕉が、いかに俳諧における「風俗」の新しみについて心を用いていたかが分かる重要な文章である。

「風俗」とは、ここでは俳諧の、大きく言えば形式、内容の両面を指している。

この知足に対する微妙な言い回し、「御耳にさはるべき事のみ」とあるのは、芭蕉の新しい試みに対して、やや控えめな知足の反応が伝えられているのであろうか。

それにもかかわらず、芭蕉は、この旅中の疲労困憊のさなかにあっても、「風俗そろそろ改り」という立場を崩していない。

それどころか、「露命しばらくの形見」とまで固執しているようにみえる。

ここは、少しつっこんで考えると、とかく成立について問題のある『笈の小文』においても、芭蕉の断乎たる決意を表わすものとして読みとらねばならない。

この手紙の一句は、芭蕉が俳諧の本質として唱えた「新しみ」と呼応するものだからである。

土芳《どほう》の著わした『三冊子《さんぞうし》』には、俳諧の本質として「新しみは俳諧の花なり」とある。また「不玉《ふぎょく》宛去来《きょらい》書簡」でも、「この道は心・辞《ことば》ともに新味をもつて命とす」とある（尾形仂編『芭蕉ハンドブック』）。

この激しい「新しみ」への言葉は、決して目新しさを狙ったり、奇異をてらった表現をさすものではない。

さまざまな、芭蕉の俳諧の特色については美学的紹介において、とかく忘れられがちであるが、まず、その本質を土芳は『三冊子』中の『白雙紙』で、ずばりと捉えている。

> 師の俳諧は、名は昔の名にして、昔の俳諧にあらず、誠の俳諧なり。（略）師も、この道に古人なし、といへり。（略）われはただ来者《らいしゃ》を恐る、とかへすがへす詞《ことば》あり。昔より詩歌《しいか》に名ある人多し。皆その誠より出でて、誠をたどるなり。わが師は、誠なき物に誠をそなへ、永く世の先達となる。（略）師はいかなる人ぞ。

ここにいう「誠」とは、「真実」、「超越的現実」といってもいい。

芭蕉の俳諧の目指した絶対的な超越性を、土芳はよく理解していた。

「師はいかなる人ぞ」という讃嘆の一句には、じつに万感の想いがこめられている。

「誠なき物」とは、ただ客観的事物である。それが「言語」によって、主客を超えた超越的真実をあらわす一瞬を「誠」という。

すでに『常盤屋《ときわや》之句合』跋のなかで、「俳諧年々に変じ、月々に新《あらた》なり」と書いているが、この文は、たんに表現形式の変化をいうのではない。むしろ俳諧の本質として、固定的な時間の軸のなかにとどまるのではなく、つねに瞬間によって軸を切断したその断面において、過去、現在、未来の融合し超越する言語宇宙の成立を目指すものであった。

この俳論は、『おくのほそ道』の旅の矛盾を孕《はら》んだ葛藤のなかで、「不易流行《ふえきりゅうこう》」として、「新しみ」を「風雅の誠」へと昇華してゆくことになる。

さて「風雅の誠」とは芭蕉の俳諧の根幹をなすもので、『三冊子』（『赤雙紙』）では、さらに「師の風雅に万代不易あり、一時の変化あり。この二つに究《きわ》まり、其基《そのもと》一なり。その一といふは風雅の誠なり」とある。

いずれも、たんに俳諧の形式的な時代的変遷をたどる言葉ではなく、俳諧の本質を、時間系列の切断面、すなわち一瞬が永遠のうちに昇華する創造的真実として捉えることを指している。

これはまた、『笈の小文』の冒頭に置かれた「（略）風雅におけるもの、造化に随ひて四時を友とす。（略）造化に随ひ、造化に帰れとなり」という明確な俳論に対応するものなのである。

ここで、あらためて知足宛の書簡のなかの、「はいかい急に風俗改り候様にと心せかれ」とある文は、たんなる形式的流行をさすものではなく、『笈の小文』の旅を通して、新しい俳諧論の熟成と確立、そして、「新しみ」が、次の『おくのほそ道』の旅を通じて「不易流行」論へと結実する過程の、感覚的表現として確認しておきたい。『笈の小文』の俳論の肉声ともいうべきものだからである。

土芳はここに、芭蕉の俳諧の、技術論を超えたいわば言語論的な構造を、当時の儒学、とくに『論語』、そして宋学《そうがく》をかりて語ったのである。

宋学では、宇宙の根源的主宰者とされる「造化」における不変の原理を「理《ことわり》」、万物創生の創造力を「気」、その本体を「誠」とするのである。

ここで、「はいかい急に風俗改り候様にと心せかれ」という一文にこだわったのは、『笈の小文』における芭蕉の俳諧にたいする自覚の過程が、俳論としても、先の『野ざらし紀行』と、後に位置する『おくのほそ道』との中間に位置していることを確認するためである。

こうしてみると、『笈の小文』の成立をめぐって、様々の論が行なわれているが、これほど明確に、この時点における、芭蕉の俳論の立場を示すものはない。

『白雙紙』のなかで、土芳が「わが師は、誠なき物に誠を備へ、（略）此時《このとき》俳諧に誠を得る事、天正《まさ》に此人の腹を待てるや。師はいかなる人ぞ」と讃嘆したのもうなずかれる。旅は、病をおしての凄《すさ》まじい吟行だったのである。

『年譜大成』によれば、持病や咳に悩まされながらも、十一月二十四日に、「桐葉と熱田神宮に詣でる。これを機に両吟歌仙成る」とある。

ところで、いま十一月十六日に伊良古崎から鳴海に帰着して、十一月二十四日までの芭蕉の足どりをたどったが、じつは、この熱田神宮参拝までの記述は、『笈の小文』の本文にはいっさい記されていない。

「鷹一つ」の句のあと、本文は第六節となり、「熱田御《あつたみ》修覆《しゆふく》」として、いきなり次の句が現われる。

磨《とぎ》直す鏡も清し雪の花

なぜ芭蕉は、十一月十六日の鳴海帰着から、十一月二十四日の桐葉との熱田神宮詣でまでの行程を省いたのであろうか。

おそらくは、熱田神宮に関しては、すでに『野ざらし紀行』において、貞享元年十一月上旬頃、桐葉とともに神宮に参詣して発句を詠んだことを念頭においてのこともあるだろう。

すでに、本書の三十章に述べたが、その詞書の一部と句を引いておく。

熱田に詣《もう》づ

社頭大いに破れ、築地《ついじ》は倒《たお》れて叢《くさむら》に隠《かく》る。かしこに縄《なわ》を張りて小社の跡をしるし、ここに石を据ゑてその神と名のる。（略）

忍《しのぶ》さへ枯れて餅買ふやどりかな

というくらい、神宮は廃墟にひとしい風景であった。仕方なく、門前の茶店で餅を買って一休みし、古の、とりわけ筑波《つくば》の道（連歌）の祖とされる日本武尊《やまとたけるのみこと》に想いをはせたことであった。

これは貞享三年、神宮大修理の、二年前であった。

筆者が、この文の続きにこだわったのは、ここに、芭蕉が現実の旅の記述と、俳句の描く世界との関係をどう捉え、どう処理したかを見ることが出来るからである。

つまり、『笈の小文』と題される文の構成、もしくは編集にさいして、芭蕉その人の全体としての統一性が強く意識されているのを感ずるからである。「忍さへ」の句ののち、芭蕉は名古屋で荷兮《かけい》を始めとする尾張の連衆たちと、『冬の日』五歌仙を興行している。『冬の日』は、いうまでもなく、蕉門開眼の書とされる画期的な連句集であった。

芭蕉にとって、忘れがたいのは、四十九章でもふれたが、やはり尾張蕉門の人々との再会、なによりも、ひときわ優れた才能を示した杜国との出逢いであった。

それだけの想いを胸にこめながらの、熱田神宮参拝であった。

神宮庁の教示によれば、「貞享三年四月八日着工、同七月九日落成、同七月二十一日遷宮」とある。（『古典大系46』『笈の小文』補注）

「磨直す鏡も清し」の句について、土芳は『赤雙紙』に、

此《この》雪の句ハ、熱田造営の時の吟《ぎん》也。磨《と》ぎ直すといひて其《その》心を安くいひ顕《あらわ》し、その位を能《よく》する。（『新編　芭蕉大成』）

と評しているが、さすがに本質を突いている。

先に、「築地は倒れて叢に隠る。（略）石を据ゑてその神と名のる」とあった、神宮の跡に佇《たたず》み、餅を買うしかなかった境内にひきかえ、この度は、芭蕉はまっすぐ、新たに造営された本殿の奥にしずまる神鏡に額《ぬか》ずく。磨ぎ直された鏡には、屋外の雪景色が映され、いっそう神々しい光を放っている。

鏡によって、言葉にならない幽玄な世界がふかく広がっている。

「鏡も清し」まではなにごともない。それを受ける「雪のはな（花）」によって、この句は、一挙に開花するように思われる。さらに言えば、まず「磨直す」で、時間の経過と新生の喜びをたたえているといえる。

しかし、虚を突かれるのは、唐突といっていい一句。「雪の花」である。当然、神殿中の鏡と雪と、いったいどういう関係にあるのかという疑念が生じる。

それにもかかわらず「雪の花」という語、そのイメージは、かえってその断絶と具体性で読む人の胸を打つ。「雪の花」の意味には、『大辞林』によると、二つの側面がある。一つは、雪の降るさまを花の散るさまに見立てること（傍点筆者）。二つは、樹木や山に積もった雪を咲いた花に見立てていうとある。前者は、花びら、すなわち雪片であり、後者は積雪の風景である。

これを資料からみると、同行した桐葉の次の句が参考

になる。

石敷く庭のさゆるあかつき　　桐葉

これを読めば、「庭」とあかつきの「空」の両者が、「さゆる」として同時に印象的に詠みこまれている。

つまり、降る雪と積もった雪景色が含まれていることになる。自然の風景は、動きを加えて一挙にひろがる。時刻は「夜明け」で、時間と空間、そして鏡のなかの空間、社《やしろ》を包む大自然と悠久の時間が溶けあっている。

まさしく、『笈の小文』の文頭の芭蕉の俳論、「造化に随ひて四時を友とす」＝造化随順の光景が出現している。

ここでは、句の直接の主題となっている御修覆のなった神宮の御神宝である鏡のなかの風景と、大自然の宇宙とが一体となって詠いこまれているのである。

こうして、いわば句を成立させる心境と、状況という主客が、二分されないそれ以前の、いわば主客一体に融合し超越的宇宙に参入する句境が、見事に実現されているといえよう。桐葉の句は、その解説のようなものである。

これを『野ざらし紀行』とくらべると、『野ざらし紀行』の地の文は、句の状況設定という役割を強くはたしているばかりか、挿画までそえられている。それはそれで表現のジャンルを問わず、「貫道するものは一《いつ》なり」として総合的に句境を表わしているともいえるが、『笈の小文』では、このいわゆる地の文が、いちじるしく簡略化されている。

それは「紀行文」をないがしろにしたというよりは、むしろ、一句のうちに状況と心境、客体と主体という意識の内外の関係を超越し、言語によって宇宙の構造に参入したい、という境地への深化として捉えるべきであろう。

それ故にこそ、『笈の小文』における、各表題の紀行文が、きわめて簡潔になっていることが理解できるのである。

この句を評して、土芳は『三冊子』のなかで、「ものによりて思ふ心を明《あか》す。その物に位をとる」とし、また『去来抄』では、芭蕉の唱える「句の位」について語っている。「畢竟《ひつきよう》、句位は格の高きにあり。句中に理屈をいひ、あるいは物をたくらべ、あるいはあたり合うたる発句は、大かた位下れる物なり」としているのも、主客の相違を超越することの重要性を示したものといえよう。

『笈の小文』の本文は、このあと、短い詞書をしるしたのみで四句つづく。年譜の日時と、句の順序の異なっているのは、芭蕉の構成・編集によるものである。

蓬左《ほうさ》の人々に迎《むか》ひとられて、しばらく休息する程《ほど》、

箱根越《こ》す人も有《あ》らし今朝《けさ》の雪

熱田神宮は異名を蓬萊宮《ほうらいきゅう》といわれたところから、蓬左は、その左（西）の地域、熱田から名古屋へかけての地をさす（『古典大系46』注）。

この句は、熱田より名古屋に移った翌十二月四日、みのや聴雪亭《ちょうせつ》夜会で、六歌仙興行（〔連衆〕芭蕉・聴雪・如行・野水・越人・荷兮）を行なったさいのものである。

この句は、何気なく読めば、折からの雪を眺めながら、箱根越えの旅人に想いをいたすわけであるが、なぜ、十二月四日に「箱根越え」が出てきたのであろうか。

芭蕉にとって、箱根越えは特別な想いがあったことが想いだされる。

すでに二十一章でくわしく述べたが、『野ざらし紀行』において、冒頭の句につづいて、次の句がくる。

関越ゆる日は雨降りて、山みな雲に隠れたり。

霧しぐれ富士を見ぬ日ぞおもしろき

絵巻にある素堂《そどう》の序文にも、「（略）見ぬ日ぞおもしろきと詠じけるは、見るになほ風興まされるものをや」という感嘆のこえがある（尾形仂氏『野ざらし紀行評釈』）。

それを踏まえて、歌仙の席で、芭蕉は自分が旅にある身の想いを重ねて、天地の雪を見るにつけ、「箱根越す人」と詠んだのではあるまいか。霧につけ、雪につけ、箱根は旅人の心にしっかりとその姿をうつしている。芭蕉は雪に旅ゆく己れの姿をみた。

『笈の小文』では、この句につづいて次の句がある。「有《ある》人の会」という、詞書ともならない前書につづいて、

ためつけて雪見にまかる紙衣《かみこ》哉

「有人の会」とあるのは、『年譜大成』によると、日付はさかのぼって十一月二十八日、名古屋昌碧亭《しょうへきてい》で八吟歌仙興行した折の発句である。順序の逆転である。

「ためつけて」は「矯めつけて」と書くように、旅中に崩れた紙衣の皺をのばし、折目を正して雪見の会に参上しました、という挨拶の句である（山本・前掲書）。

「紙衣」は文字通り「紙の衣」で、厚紙に柿渋を引い

て、乾かしたものを揉みやわらげ、露にさらして渋の臭みをとった保温用の衣服。もとは律宗の僧が用いたのが始まりだが、元禄の頃には遊里などでも流行した。かみぎぬ（『広辞苑』）。

『冬の日』五歌仙の巻頭に収められた、「狂句木枯の身は竹斎《ちくさい》に似たるかな」の前書に、

「笠《かさ》は長途《ちょうと》の雨に綻《ほころ》び、帋衣《かみこ》ハ泊まり〱の嵐《あらし》に揉《も》めたり。侘尽《わびつ》くしたる侘人《わびびと》、我さへあはれにおぼえける」

とあり、『野ざらし紀行』の「尾張旅泊」の文頭にすえているのと呼応するかのようである。

ただ、恐縮するばかりでなく、紙衣に託して、わが身を侘人竹斎になぞらえて、風雅をたのしむ風情もうかがわれる。当時、木因《ぼくいん》と狂句の道をつくしたことも偲ばれる。

次に、同じ雪見の句がつづく。

いざ行《いか》む雪見にころぶ所まで

『年譜大成』によると、じつは先の「箱根越す」の句のなる十二月四日の前日、熱田より名古屋に移った三日の夜、書林風月堂《しょりんふうげつどう》主人夕道《せきどう》方で六吟表合が行なわれた。連衆は、如行・夕道・荷兮・野水・芭蕉と、親しい人々であった。

この時、芭蕉は六吟とは別に、夕道のため発句を詠み、揮毫して与えたが、そのときの一句である。

也有《やゆう》の『鶉衣《うずらごろも》』では、「書林風月とき、し其名《その》もやさしく覚えて、しばし立寄《たちより》てやすらふ程に、雪の降出でければ」と前書し、初五が「いざ出でむ」となっている。これが初案で、『笈の小文』や『曠野《あらの》』では「いざ行む」とかわり、さらに『花摘』では「いざさらば」の形となる（山本・前掲書）。

別の底本である『真蹟懐紙』には、

或人《あるひと》のもとに遊《あそ》びて、物食《ものく》ひ酒飲《さけの》むほどに、雪《ゆき》のをかしう降出《ふりいで》ければ

いざ出む雪見《み》にころぶ処まで

とある。

この前書によれば、いかにも降り出した雪に、はずむ心を誘われて、戸外にまで雪見にでかけようという気持ちを、主人への挨拶としている。

ここまでの三句は、「雪見」にちなんだ句で、十二月四日付けの「箱根越す」の句が、実際には十一月二十八日に詠まれた「ためつけて雪見にまかる紙衣哉」の句の前に置かれている。芭蕉がこの三句で、「雪見」のスト

ーリーを、体験として奥行きふかく、遠景から近景へと展開して、雪一色の世界をわがものとしていることに注目したい。

　次に、本文にかえると、十二月上旬として、「雪」からがらりと変わって「梅」となる。

　　ある人興行
　香を探る梅に蔵《くら》見る軒端《のきば》哉

『年譜大成』では、十二月中旬とある。

　支考《しこう》の『笈日記』では「防川亭」の前書があり、「蔵見る」が「家見る」となっている。

「蔵」の方が具体的で、また蔵の白壁に影を映す梅の枝と、晴れた早春のまばゆい光がみちている。「探梅《たんばい》」は冬の季語。

　梅の香にさそわれてゆくと、屋敷の蔵の軒場に、早くも梅が咲いている。主人への挨拶の句であり、先につづいた雪見の景色から一転して、梅のさかりに着目して、新しい季節の先触れを暗示する流れはあざやかである。

　山本健吉は注して、初案は「家見る」かとする。頴原《えばら》退蔵《たいぞう》は、「家見」とは新居などを見に行くことで、防川亭も新築されたものであろうとしている。

　つづけて本文は、

　此《この》間美《み》濃《の》大垣《おおがき》・岐《ぎ》阜《ふ》の数寄者《すきもの》訪《とぶら》ひ来《きた》りて、歌《か》仙《せん》、あるハ一折《ひとおり》など、度〻《たびたび》に及《およぶ》。

濃尾《のうび》地方には、先の『野ざらし紀行』以来、蕉風を支える俳壇が成熟していた様子がうかがわれ、芭蕉の名声いよいよ高く、精力的に、岐阜の落梧《らくご》、大垣の如行たちとの句会をこなしている様が偲ばれる。

　十二月十三日、杉風《さんぷう》宛書簡に、鳴海到着から尾張での忙しい様子を知らせている。

（略）霜月五（ママ）日鳴海迄つき、五三日の中伊賀へと存じ候へ共、宮・名古屋より鳴海まで、見舞ひあるは飛脚音信さしつどひ、わりなくなごやへ引き越し候ひて、師走十三日、煤《すす》はきの日まで罷《まか》り有り候。（略）岐阜・大垣などの宗匠共も尋ね見舞ひ候。隣国近き方へまねき、待ちかけ候へば、先《まず》春に春にと云ひのばし置き申し候。なるみ此かた二、三十句いたし候へば、よき事《こと》も出《い》で申さず候。只《ただ》まを合せたるまでに御坐候。

ここには俳壇との交流の忙しさにまきこまれて、心ゆくまで句作りにうちこめない、複雑な心境がうかがわれる。

この手紙の末尾に、

旅寝して見しやうきよのすす払《はらい》

極月十三日　　ばせを

と一句しるしている。「うきよのすす払」が利《き》いている。

年譜によると、その四日前の十二月九日、名古屋一井《いっせい》亭《てい》で七吟半歌仙興行として、

旅寝よし宿は師走の夕月夜　　芭蕉

の形であげられているから、それから四日後の十三日の杉風宛手紙の句は、この挨拶の句を推敲改作したものである。

『笈の小文』の本文では、いよいよ第七節がはじまる。

師走十日余《あまり》、名古屋を出《いで》て旧里に入《いら》んとす。

として、「旅寝して見しやうき世の煤払ひ」の句が置かれている。

「煤払ひ」は「煤掃き」ともいい、「煤はきの日」とは、十二月十三日である。正月に神を迎えるため、家の内の煤を払い清めた。

季語としては、いうまでもなく冬。

「旧里」は故郷の伊賀上野《いがうえの》。

「煤払ひ」は、いうまでもなく、年の瀬もおしせまって、年月の流れを胸につきつけるものである。それと同時に、年の瀬は時間の区切りでもある。旧き時は流れ去り、新しき時を迎えようとする、時の切断と反復の時刻でもある。

旅の真骨頂とは、一刻一刻の時を刻みながら、しかも過去と未来をつなぐ一瞬に、永遠の時の流れに参入することでもある。一瞬と永遠の融合する超越の時空といってもいい。

これはまさしく『おくのほそ道』の主調低音として、芭蕉が到達しようとした境地でもある。

「煤払ひ」を見るにつけ、旅に身をおくわが身には、かえって俗世の習わしが、身につまされてくるのである。なぜなら、旅することとは、時々刻々過去と未来のはざまに身を置くことによって、時空を超越しようとする営みだからである。

まさに、ふたたび、旅に出で立つにふさわしい吟詠と

いわなければならない。象徴として、「煤払ひ」をおいた芭蕉の編集、構成は心憎いばかりである。

この熱田、名古屋の旅について、じつは『笈の小文』本文では、ほとんど、詞書につづいて句が置かれているだけで、はなはだ素っ気なくみえる。

これは、読み方によっては、意外なことである。まして、この時節をめぐって、筆者が芭蕉の実生活をさぐったのは、いささか芭蕉の意図に反するものにみえるかもしれない。

じじつ『笈の小文』の編集成立については、種々の説が行なわれている。一口に言えば、芭蕉本人の作品としては、完成度に疑問があるということである。

しかし、『笈の小文』を、代表的な俳文である『野ざらし紀行』と、『おくのほそ道』の間に位置するものとしてみると、『野ざらし紀行』における、文と句との相補関係ともいえる形式にくらべると、『笈の小文』では意図的に地の文が凝集され、句が重視されていることが分かる。

いわば、句の配分によって構成されているといってもいい。一方、後でくわしくみるつもりだが、『おくのほそ道』においては、諸家の指摘するとおり、地の文と句とが、まさに練りに練られて、絶妙な効果をあげている。

こうみると、『笈の小文』は、三大紀行文の中間にあって、句を重んじて、しかも文を凝集するという過程の成果として読めるのではないだろうか。

五十二章　再びの故郷

貞享四年（一六八七）の年の暮れもおしせまったころ、芭蕉は「旅寝して見しやうき世の煤払ひ」の句を後に残して、名古屋から、故郷の伊賀へ向かった。

『笈の小文』の本文は、

「桑名より食《く》はで来《き》ぬれば」と云日永《いうひなが》の里より、馬借《か》りて杖突坂《つえつきざか》上るほど、荷鞍《にぐら》打《う》ち返《かえ》りて、馬より落《おち》ぬ。

歩行《かち》ならば杖突坂を落馬哉

とある。「煤払ひ」の句の感傷におちいることを避けて、あざやかに、旅をつらぬくリアリティを一種の諧謔性で転調して、帰郷へと急ぐ心境を暗示した見事な一節である。

しかも、あらためて本文を読むと、場面は名古屋から直ちに桑名へ移り、この間の旅の様子については、全くふれられていない。

これも、句を重視する構成とみてよいが、その背景を探ると、じつは大きな旅の模様がくりひろげられている。

そこにこだわってみたいのは、伝記的な詳述をするためではない。芭蕉の句を、背景にある伝統的日本詩歌のなかに据えて、さらに深く味わいたいからである。

この句には、支考《しこう》撰『笈日記』、また土芳《どほう》編、稿本『横日記』などにも、『笈の小文』とは異なった前文（詞書）が収録されている。

それによると、芭蕉が熱田《あつた》から桑名へ向かうにさいして、通常の海路《うなじ》を用いなかったことが分かる。

江戸時代の東海道は、鳴海《なるみ》から熱田に至り、そこから俗にいう「七里の渡し」で、海路桑名に向かった。

ふつう、海路をきらう人や女子供は、この七里の海路を避けて、熱田から万場《まんば》・神守《かもり》を通り、佐《さ》屋宿《やじゅく》から海路の短い三里の渡しを用いて桑名に渡った。この脇街道が佐屋路である。

佐屋川は、名古屋から西へ四里、木曾川の支流。熱田七里の渡しが風浪の激しい場合にも、旅人は「佐屋廻り」をした。三代将軍家光が寛文六年（一六六六）に官道に指定して、尾張藩は佐屋代官所を設けている。

芭蕉がなぜ、「七里の渡し」ではなく、佐屋廻りの「三里の渡し」を選んだのか。筆者は、あの肝の据わった芭蕉が、七里の海路を避けたとは思われない。やはり、海路の裏街道ともいえる風情を、のんびりと味わおうと思ったのであろう。

ところが、現実はそうはいかなかった。

その件を、支考の『笈日記』所収「杖突坂の落馬」から引用しよう。

　さやの舟まはりしに、有明《ありあけ》の月入《いり》はてゝ、みのぢ〔美濃路〕あふみ〔近江〕路《じ》の山々雪降かゝりていとおかしきに、おそろしく髭生《ひげはえ》たるものゝふの下部《しもべ》などいふものの、やゝもすれば舟人《ふなびと》をねめいかるぞ興うしなふ心地せらる。（略）

（『古典大系46』）

この前文からは、たんに能率的に「七里の渡し」を用いるのではなく、やはり、旅路をゆっくりと味わい、山々の嶺々がいつしか雪におおわれてゆく、深い風情に浸ろうとしていたことがわかる。ところが、武士の下部、つまり下男が威張りはじめたのであるから、これでは三里の渡しを選んだ甲斐がない、興ざめである。

だが、それだけではない。このコースを選んだ芭蕉の脳裡には、つねに同行の想いの深い西行《さいぎょう》法師にかかわる、『西行物語』の挿話が、二重写しに浮かんでいたのではないだろうか。

『西行物語』の第三章「陸奥《みちのく》へ」にある「渡し船での事件」をひもといてみよう。

　すでに東《あずま》の方《かた》へ下るに、日数積《ひかず》れば、遠江国天《とおとうみのくにてん》中《ちゅう》の渡り〔天竜川〕といふ所にて、武士《もののふ》の乗りたりける船に、便船《びんせん》をしたりけるほどに、人多く乗りて船あやふかりけむ、

「あの法師、下《お》りよ下りよ」

といひけれども、「渡りの習ひ」と思ひて、聞き入れぬさまにてありけるに、情なく鞭《むち》を以《も》て西行を打ちけり。

　血など頭《かしら》より出《い》でて、よにあへなく見えけれども、西行少しも恨みたる色なくして、手を合はせ、舟より下りにけり。（略）

（桑原博史《くわばらひろし》全訳注『西行物語』講談社学術文庫）

桑原氏によると、この逸話はすでに『十六夜《いざよい》日記』（一二八二年頃）に記述があり、そのころには、すでに西行伝説として世間に広まっていたか、とある。

筆者が、この挿話に注目したのは、たんに芭蕉の災難

や愚痴、俳人としての矜持といった話ではない。むしろ、広く、芭蕉が日本の詩歌のなかの、旅につきもののわずらわしさ、渡し舟でのむき出しの俗世の難儀をも、伝統文学の点描として、風景と対比的に受けとめていることに注目すべきだからだ。『更級日記《さらしな》』にも、宇治川《うじ》を渡るときの「心おごりしたる気色《けしき》にて」と、舟中で起こったいざこざの挿話がのべられている。

さて、『笈の小文』の本文にもどろう。

渡し舟を下りて、芭蕉は、日永《ひなが》の里で馬を借りた。「日永の里」とは、今日の三重県四日市市日永町である。

この日永という地名は、たんに地名というだけではなく、「ひなが」＝「日長・日永、昼間の長い春」で春の季節も意味する。まだ冬とはいえ、あざやかに、新しい年の初め、春の到来を予告するように、地名をあげたのもさすがである。

なお「『桑名より食はで来ぬれば』と云日永の里より」は、伝宗祇《そうぎ》の狂歌『国花万葉記』所収の「桑名よりくはで来ぬれば星川の　朝気《あさげ》は過ぬ日永なりけり」を引いている（山本健吉『芭蕉全発句』）。

さて、この前書の後半では、馬に乗った芭蕉が「杖突坂」を上ろうとして、荷鞍がずれて落馬する。

歩行《かち》ならば杖突坂を落馬哉

杖突坂は、三重県四日市市采女《うねめ》と鈴鹿市石薬師《いしやくし》との間にある坂である。なんといっても、この句の面白みは、「杖突坂」という峠の呼び名にある。

徒歩ならば、杖をついても無事に越えることの出来た峠を、なまじ馬に乗ったばかりに、慣れない鞍の故か、落馬してしまったという滑稽感、笑いを誘う諧謔性を打ち出した一句である。

そこからかえって、山の自然の厳しさ、そして旅のきびしさ、さらに帰郷への想いがにじみ出てくる。馬に乗ったのは、早く帰郷しようという気持ちもあったであろう。その複雑な心理の微妙なひだを、一見単純な句で、みごとに結晶させている。

この落馬の瞬間を、芭蕉がどうとらえたかである。驚きでも、恐れ、後悔、でもない。じつに奥深い。

真蹟懐紙の詞書によれば、

ひとり旅のわびしさも哀れ増して、やや起きあがれば、「まさなの乗り手や」と馬子《まご》にはしかられて
（『年譜大成』）

とある。

まずは、「ひとり旅の」孤独感である。その底から浮きあがる「わびしさ」「哀れ増して」、この哀れは、今日用いるような型にはまった傍観的な感傷ではなく、感無量の思いである。

ひとつは、すでに別れてきた俳友杜国《とこく》の不在、そして、故郷へのひたすらな想いの中断、それが「ひとり旅のわびしさ」なのである。過去と未来という時の流れが切断されて生まれた空白の時間である。

それが「落馬」という形で忽然として出現した。ようやくのことで起き上がれば、馬子が手でも差し伸べてくれるかと思いきや、『笈日記』所収の「杖突坂の落馬」では、「ものの便《たより》なき〔心細い〕ひとり旅」に追い打ちをかけるように、心なくも、「まさなの乗《のり》てや〔困った乗り手だ〕と馬子にはしかられ」、突き放される。

『笈の小文』の本文には、この句につづけて、「物憂さのあまり云出《いいいで》侍れ共《ども》、終《つい》に季言葉《きことば》入《い》らず」という珍しい結果となる。

芭蕉が「季言葉」を入れ忘れるはずはない。あまりの「物憂さ」のため、もはや季を置くことさえはばかられたというのが真相であろう。

「物憂し」は、大野晋の『古典基礎語辞典』によれば、「モノ」は自分では変えられない運命、なりゆきを表わし、「ウシ」はいくら繰り返し試みても思うようにいかないときの、ああ疲れた、嫌になったという状態だとする。そこには運命、宿命の響きが伝わってくる。

「終に季言葉入らず」という後書きは、生易しいことではない。切羽《せっぱ》詰まった宿命の呻《うめ》き声さえ、きこえてくるのである。

この孤独感が一層強まるのは、杜国に逢う前日、伊良《いら》古崎《ござき》で越人《えつじん》が落馬したときの句を想い出したのであろうか。

伊良胡に行く道、越人酔うて馬に乗る
雪や砂馬より落ちよ酒の酔《よい》
（『年譜大成』）

こちらは二日酔いのため落馬して、酒の酔いも醒ませという諧謔性のある句である。

芭蕉の脳裡には、貞享四年十一月十一日、杜国に逢う一日前の落馬の句が浮かんだ。

この想い出は、芭蕉を一層孤独にしたにちがいない。

このたびの落馬は、単なるアクシデントではすまず、運命への深い諦観へとつながるものであった。

そして、杜国を中心とする朋友への想い、これから迎える家族という肉親とのきずなをいっそう強く心によみがえらせたにちがいない。

芭蕉は、勇気をふりおこして故郷へと向かった。

先にふれたが、落馬の句は、「物憂さのあまり」と、芭蕉自らが後文をつけているが、この「終に季言葉入らず」という付記は、弟子たちによっても色々と論じられている。

たとえば支考の『笈日記』には、「かちならば」の句につづいて、「といひけれども、季の言葉なし。雑《ぞう》の句といはんもあしからじ」とある。

去来の『去来抄』には、「先師曰、発句も四季のみならず、恋・旅・名所・離別等、無季の句ありたきもの也」の一文がある（山本・前掲書）。

あれほど句の詩学的構造にこだわってきた芭蕉が、さらりと「終に季言葉入らず」と注していることには、たしかに注目すべきである。

句の基本的な要素とされる「季」を、芭蕉ほどの俳人が、無意味に放棄するはずがない。

ここには、落馬という驚愕と、その唐突さに身も心も動顚《どうてん》した、極限の境地が、巧まずして見事に表現されているといえよう。自ら課した俳諧のさだめを、いざとなれば破りすてても、なお句境の窮極性を示した稀有の句として、私たちは銘記すべきである。いかなる俳諧のための掟《おきて》も、句を成立させるためなら破りすてて進むところに、何物にもとらわれぬ芭蕉の俳諧の窮極の姿があった。

そうは言っても、早まってこの句を、悲憤慷慨の句として読んではならない。この出来事そのものは、客観的に見れば滑稽な場面なのであり、あまりの悲嘆となるべきところを言葉の力で、一種飄々たる旅の洒落に転じた、間一髪の俳諧の妙味を味わうべきであろう。だからこそ、この一句は成立したのである。

本文は、そのはずみを受けるように、次の句がつづく。

旧里《ふるさと》や臍《へそ》の緒《お》に泣年《なくとし》の暮《くれ》

『笈の小文』には何の前書もないが、『千鳥掛』（知足《ちそく》撰）、『こがらし』（青阿《せいあ》撰）他に「歳暮」として、

代々《よよ》の賢き人々も、古郷《ふるさと》はわすれがたきものにおもほへ侍るよし。我今ははじめの老《おい》も四《よ》とせ過《すぎ》て〔四十四歳〕、何事につけても昔のなつかしきまゝに、はらからのあまたよはひかたぶきて侍るも見捨《みすて》がたくて、初冬の空のうちしぐるゝ比《ころ》より、雪を重ね霜を経て、師走《しわす》の末伊陽《いよう》〔伊賀上野〕の山中《さんちゅう》に至る。猶《なお》父母のいまそかりせばと、慈愛のむかしも悲

しく、おもふ事のみあまたありて、

（『古典大系46』）

とあって、「旧里や」の句がつづく。

ふりかえれば、芭蕉三十九歳の末、天和二年（一六八二）十二月二十八日、江戸駒込大円寺《こまごめだいえんじ》の大火のため、芭蕉庵も類焼した。芭蕉は命からがら避難し、翌年夏には、甲斐《かい》国谷村《やむら》、高山麋塒《たかやまびじ》の許に逗留。同年五月に江戸に戻り、六月中旬『虚栗《みなしぐり》』を刊行した。

とき同じくして六月二十日に、母は郷里で亡くなり、菩提所愛染院《あいぜんいん》に葬られた。だが、芭蕉は、庵の焼失と再建のために奔走していて、故郷に帰る余裕はなかったのである。

九月になって、幸にして門人はじめ五十二人による新芭蕉庵建設の募金がはじまり、冬、ようやく第二次芭蕉庵に入っている。

もし、この大事の時、帰郷していたら、芭蕉は拠点を失い、俳壇活動に障害が生じたであろう。

帰郷の文章は、『野ざらし紀行』としてまとめられた文の中に、二カ所みられる。

その一つは、貞享元年（一六八四）九月八日から四、五日逗留。つぎは同年十二月二十五日に帰郷して、翌年の二月下旬まで滞在している。

この帰郷については、それぞれ二十八章、三十一章にくわしくのべた。

このたびの『笈の小文』の旅の帰郷で、「旧里」の句を味わうのには、『野ざらし紀行』、貞享元年九月八日の句の詞書をあわせてみるのがよい。繰り返しになるが、ここに引用しておきたい。

何事も昔に替はりて、同胞《はらから》の鬢《びん》白く眉《まゆ》皺寄りて、ただ「命ありて」とのみ言ひて言葉はなきに、兄《このかみ》の守袋《まもりぶくろ》をほどきて、「母の白髪《しらが》拝《おが》めよ、浦島の子が玉手箱、汝《なんじ》が眉もやや老いたり」と、しばらく泣きて、

手に取《と》らば消えん涙《なみだ》ぞ熱《あつ》き秋の霜

涙が先立って、言葉も出ない情景が目に浮かぶ。

その時、心をうったのは、身近な遺品であった。

先には、「母の白髪」が想い出の結晶であったが、このたびは、「臍《へそ》の緒《お》」とある。

芭蕉四十四歳。当時の年齢感では、はや初老年のはじまりである。人生の岐路といってもいい。

この「臍の緒」は衝撃的である。

亡き母の残した白髪も凄絶だが、このたびの「臍の緒」は、さらに生々しい存在感をもって迫ってくる。何

故か、理屈にしてしまっては身も蓋もないが、近づいて手にとろう。

「臍の緒」は、いうまでもなく芭蕉その人の「命」の起源の象徴である。そして、母胎とのきずなの証しである。このきずなは、母という形の故郷であり、兄弟姉妹とのきずなである。理屈抜きに、芭蕉の存在そのものの始原である。

旧里《ふるさと》という土地、また、母に流れる先祖や縁ある人々とのきずなの証しである。そして遠い原始の時から、現在、未来へとつながる、命の象徴ともいえる。この時空を凝集した「臍の緒」を手にとって、年の暮れ、すなわち永遠にくり返す始原の一瞬におかれた自分を視る。軽いが重たい母子共有する「臍の緒」を掌にのせる。

まさに「年の暮れ」という時点の象徴、そのものではないか。この凄まじいまでの具体的肉感と、永劫の過去、現在、未来という時空を超えた時点。これこそ「旧里」の本質を言いつくし、歳末という不可思議な時刻のなかに身を投ずれば、人はその衝撃のなかで、なにが語れようか。

超越した時空のなかで、故知れぬ涙が溢れるのをおさえることができない。その身も心も失った時間、芭蕉は、まさしく、自己がそのまま空漠たる宇宙のなかに拡散し融合しているのを感じていた。泣いたのは、追憶の悲しみではない。臍の緒によって、母の子宮に宇宙の始原をみた感動の涙だった。

山本健吉氏は、「『泣く』は感傷ではない。能舞台で俯向き加減に面をくもらせる時のような、流涕の型を思い出した方がよい。（略）この句の感銘は単純でなく、古拙な力強さがある」（山本・前掲書）としている。さすが核心をついておられる。

時節の凝集した「年の暮」を受けて、年始にかけての句、文は、たしかに格式高い、儀式的な響きを秘めているところにも注目したい。そのことによって、「旧里や」という一見、平凡で多様な拡がりをもつ句が、突然、きわめて肉感的で、地縁、血縁、歴史をすべて孕《はら》んだ、言葉を超えた体験として甦ってくるのであった。

大晦日から元旦にかけての、特別に圧縮した時刻の移りを、では具体的にどう表現するかと、読者が固唾《かたず》を呑んで、新しい年の初めを待つ心地に応えるように、本文はつづく。

宵《よい》の年《とし》、空の名残《なごり》惜《お》しまむと、酒飲《の》ミ夜ふかし
て、元旦寝忘《ねわす》れたれバ、
二日にもぬかりハせじな花の春

「宵」は、『広辞苑』によると、「ゆうべと夜中の間（傍点筆者）」とあるが、さらに「宵の年」として、「①大晦日の夜。除夜」とあり、面白いことに例文として『笈の小文』の右の文があげられている。興味深い使い方だが、それだけに印象深い用語である。

年の暮れを惜しみ、新しい年明けを待つ、時間の推移が伝わってくる。「空の名残」もよい。

嵐雪《らんせつ》編の俳諧撰集『若水《わかみず》』（貞享五年刊）に収められた、同句の具体的な前書には、

そらの名残おしまんと旧友の来りて酒興じけるに、元日のひるまでふし、明ぼのみはづして

としてあげられている。

句の後に「正月十日伊賀山中よりきこえ侍る」とある。

『泊船集《はくせんしゅう》』には「元日はひるまで寝《いね》て、もちくひはづしぬ」と前書がある（『古典大系45』）。

これをくらべると、『笈の小文』の前書がはるかに凝集されていることが分かる。

一見して、ありふれた句のようにみえるが、土芳の書いた『赤雙紙《あかぞうし》』に、この句についてわざわざ言及しているのを紹介しておこう。

この句は「元日ひるまでいねて餅喰ひはづしたり」と前書有り。此句の時、師のいはく「等類（俳友）の気遣《きづか》ひなき趣向を得たり。このてに葉《は》は、「二日には」といふを、「にも」とは仕《し》たる也。「には」といひては余りひら目に当《あた》りて、聞《きき》なくいやし」と也。キ《（其）》角が「たびうり（足袋売）にあふうつ（宇津）の山」といふも、逢はんといふ所を、逢ふとはいふ句也。喜撰《せん》「人はいふなり」の類成《な》るべし。（傍点栗田）

六歌仙の喜撰法師の「わがいほは都のたつみしかぞすむ世をうぢ山と人はいふなり」（古今集）について、土芳は「人はいふらん」となるはずのものを、格を破って「いふなり」としたのと同じだと称讃している（『古典大系66』）。

この、「ひねり」というか、「耳だてる」というか、転調によって、句は衝撃的で新鮮な切り口をみせる。適切な指摘だとしている。

「ぬかりはせじな」を、正月の餅を食べそこねたという読み方もあるが、いっぽう許六《きょりく》の俳書『篇突《へんつき》』に前書として、「元日の昼まで伏《ふし》て、曙《あけぼの》見はづして」とあるように、初日の出を見のがしたことと取るのがよい（山本・

前掲書)。

そこでみたのが、「花の春」なのである。

歳末の花の、節季の切迫感から一転して、軽く明るい諧謔性によって、句の意《こころ》も一転して新しい歳を迎える。

この歳暮から新春にかけての句の、厳粛さからかるみへ、荘重さから軽快さへの鮮やかな転調を味わうことができる。

ちなみに、赤羽学氏(『芭蕉の本6 漂泊の魂』所収「笈の小文論」)によれば、「二日にも」の詞書には四種類ある。
(1)『泊船集』、(2)『篇突』、(3)「真蹟懐紙」、(4)『笈の小文』である。詳細はここでは省くが、結論として『二日にも』の句は、(1)〜(4)への推敲過程を経たものであり、『笈の小文』のものが最終稿であって、これは文章の卑俗さを除き、雅致ある文章へ高めた、と分析している。
この一見平凡に堕しかねない一句が、見事に成熟する過程として味わうべきであろう。

さて、年改まって、貞享五年。この年は九月三十日に改元して元禄元年となる。芭蕉四十五歳の新春であった。

『笈の小文』の本文にかえると、「花の春」を受けて、『初春』とだけの詞書につづいて、二句があげられている。

春立《たち》てまだ九日《ここのか》の野山哉
枯芝《かれしば》やゝ陽炎《かげろう》の一二寸

「春立て」の句は、正月九日、伊賀上野藤堂《とうどう》藩士小川風《おがわふう》麦亭《ばくてい》に招かれたときの作。

「まだ九日」とは、一旬(十日)にも満たないという心(『古典大系45』注)。

「まだ」がつづいて、心意の切迫感をうながし、「野山」の風景を初々しく新鮮にうけとめている。「まだ九日」というところに、きわどい早春の情感が伝わってくる。

野山を眺めて眼差しを身近におとすと、芝はまだ枯れたままだが、大地にはすでに、一、二寸の陽炎が立っている。

「やゝ」は、早春の歩みに春を待つ心を托した想いが伝わってくる。

土芳の『蕉翁句集』と『芭蕉翁全伝』の中では、「まだかげろふの」という形であげられている。山本健吉氏は、「まだ」では、あまりにあらわになりすぎ、「やゝ」の方が繊細だが音がつづいて少しわずらわしいとするが(山本・前掲書)、「やゝ」の少しとまどった感じが、陽炎の微妙なうつろいにふさわしい。

陽炎の風情を、芭蕉はとりわけ好んだらしく、『笈の小文』には入っていないが、この句につづいて、さらに三句がつくられている。

「かげろふ」に、芭蕉は何を托したのであろうか。それは後でもう少し考えてみたい。

さて、いきなり二月上旬、ここでがらりと場面が変わって、伊勢神宮参拝に向かう旅立ちとなるが、その途中で、伊賀新大仏寺への探訪の話となる。

本文をみてみよう。なお俳文としては、「伊賀新大仏之記」があり、『笈の小文』とはかなり異なる。『芭蕉庵小文庫』（史邦《ふみくに》撰）、土芳の『蕉翁文集』などにも収められ、重視されている。

わかりやすいので、まず「俳文」の前書を紹介しよう。

伊賀の国阿波《あわ》の庄《しよう》に新大仏といふあり。此《この》ところはならの都東大寺のひじり俊乗上人《しゆんじようしようにん》の旧跡なり。今年旧里《ふるさと》に年をこえて、旧友宗七《そうしち》・宗無《そうむ》ひとりふたりさそひ物して、かの地に至る。（略）

（『古典大系46』「伊賀新大仏之記」）

『笈の小文』の前書は簡潔である。

伊賀の国阿波の庄といふ所に、俊乗上人の旧跡有《あり》。護峰山新大仏寺とかや云《いう》、

（『新編 芭蕉大成』）

まず、ここで新大仏寺にふれておこう。

この古寺（真言宗）は、奈良東大寺を再建した勧進《かんじん》聖《ひじり》俊乗房重源《ちようげん》が、建仁二年（一二〇二）用材を求めた杣山《そまやま》に設けた伊賀別所《べつしよ》から始まる。

重源は深く念仏を信仰し、七カ所の不断道場をおこしたが、そのうち伊賀の新大仏寺といわれるのがこの寺である。一名神龍寺《しんりゆうじ》ともいう。

創建の初めには十一宇にのぼる大伽藍《がらん》であった。

創建の頃には、岩山の頂を削り、獅子の彫刻をした石造基壇の上に堂を建て、快慶《かいけい》作の木造阿弥陀《あみだ》三尊像が安置されている。近世には荒廃がすすんでいた。

本文にもどろう。

名ばかりは千歳《ちとせ》の形見となりて、伽藍ハ破れて礎《いしずえ》を残し、坊舎〔建物〕は絶《たえ》て田畑《たはた》と名の替り、丈六《じようろく》〔一丈六尺〕の尊像ハ苔《こけ》の緑に埋《うずもれ》て、御首《みぐし》のミ現前《げんぜん》〔目の前に〕と拝《おが》まれさせ給ふに、聖人《しようにん》〔俊乗坊〕の御影《みえい》ハいまだ全《またく》おはしまし侍るぞ、其《その》

代の名残うたがふ所なく、泪《なみだ》こぼるゝ計《ばかり》也。石の蓮《れん》台《だい》・獅子《しし》の座などは、蓬《よもぎ》・葎《むぐら》の上に堆《うずたか》ク、双林《そうりん》〔沙羅《さら》双樹《そうじゅ》。釈迦入滅の時、枯れて白くなったという〕の枯《かれ》たる跡も目《ま》のあたりにこそ覚えられけれ。

よく読めば、格調たかい、詠いあげるような文体が、よく凝縮されていることが分かる。この文の元となったとされる、先の俳文「伊賀新大仏之記」の具体的な詞書を、あわせて紹介しておこう。

比較して読むと、『笈の小文』の文体が、描写的ではなく、象徴的に凝縮されているのに驚かされる。

(略)御仏《みほとけ》はしりへなる〔後方の〕岩窟《がんくつ》にたゝまれて〔つみ重ねられて〕、霜に朽苔《くちこけ》に埋《うずも》れてわづかに見えさせ給ふに、御《み》ぐし〔大仏の頭部〕計《ばかり》はいまだつゝがもなく〔無事に〕、上人の御影《みえい》をあがめ置《おき》たる草堂〔上人の遺像を祀ってある小さな御堂〕のかたはらに安置したり。誠にこゝらの人の力をついやし、上人の貴願〔衆生済度《しゅじょうさいど》の悲願〕いたづらになり侍ることもかなしく、涙もおちて談《ことば》もなく、むなしき石台《せきだい》〔仏像もおわさぬ石の台座〕にぬかづきて、

(略)

と、廃墟となった新大仏寺の悲哀を述べている。

『笈の小文』では、それをあざやかな一句に結晶させた。

丈六に陽炎《かげろう》高し石の上

「丈六」は一丈六尺。釈尊の丈は一丈六尺あったといわれ、仏像をさす。しかし、原則として結跏趺坐《けっかふざ》の姿に作るので、座高は八尺または九尺が標準。ここでは阿弥陀像。

今日、この寺にはそのほか、木造俊乗上人坐像・木造僧形《そうぎょう》坐像・絹本《けんぽん》著色興正《こうしょう》菩薩像・板彫五輪塔など、大仏殿の裏の岩窟に、岩屋不動明王もまつられている。

さて土芳の『赤雙紙』では、「かげろふに俤《おもかげ》つくれ石の上」という形を示し、「人にも吟じ聞かせて、自らも再吟ありて、丈六のかたに定る也」とある(『古典大系66』)。より明確になり、すぐれた句である。

荒れ果てた石台には、陽炎が高く立ちのぼって、そのゆらぎの中に、高く阿弥陀仏の御姿が仰がれる。

芭蕉が好んだ「かげろふ」の語は、上代のカギロヒから成った。土からたちのぼる水蒸気に光が反射して揺れ動くことから、あるかなきかに見える。また、「出《いづ》る息の入るをもまつべからず、かげろふ稲妻よりなほはかな

し」〈平家一・祇王〉とあるように、不確かな存在の本質、また、時のなかの一瞬の命のあかしなどに用いられる。

この新春をはさんだ文章では、芭蕉の足どりの日時をたどっているが、じつは芭蕉その人の、内的な時間への省察が暗示されている。

この「かげろふ」はまさに、その時空間のイメージそのものではなかろうか。「陽炎」とは、過去、現在、未来をつらぬく「永遠のいま」というもの。切断された、絶対的な断面としてのいま。

この師走から初春にかけての句文から拾ってみると、「師走十日余《あまり》↓年の暮↓宵の年↓元日↓二日↓春立《たち》てまだ九日《ここのか》↓や、陽炎《かげろう》の↓陽炎《かげろう》高し」の語句がつづいて、きわめて微妙な季節の変わり目に、「いま」という時間を切りとっている。

楠元六男氏が『芭蕉、その後』で、さらに広く時節表現を追い、過剰なほどの時間（時節）推移の描写は、『笈の小文』冒頭の節の「四時《しいじ》を友」とし、「造化《ぞうか》にしたがひ、造化にかへ」るこの旅の本質を示唆するとする説は、『笈の小文』の思想と実践という視点からみて、共感をそそう。

そこには、超越的な時間、道元の言う「而今《にこん》（永遠の今を生きる）」の思想が脈々と流れている（栗田勇著『道元の読み方』祥伝社）。

すなわち、時節のうちに時空を超えた超越的実存があらわれてくるのである。

「かげろふ」は、まさにその象徴といえる。

さま〴〵の事思ひ出す桜哉《かな》

の句が、第八の文節をしめくくる。

この句は、芭蕉の仕えた旧主藤堂蟬吟《せんぎん》（良忠《よしただ》）公の別邸に、花見に招かれた昔に詠まれている。嗣子探丸《たんがん》と花見を催したとき、「昔の跡もさながらにて」とした前書がある。そこから、この句はもっぱら芭蕉が藤堂家に仕えた故郷での思い出の句として読まれるが、これをさらに深く、広く時節の句の終わりに据えて読むと、いっそう味わい深いのではないだろうか。

この「さまざまの」「桜」を、前文のように時間、空間をひろげて読むならば、たんに蟬吟との想い出ばかりでなく、『野ざらし紀行』の終わり近い「邂逅と離別」の章の句も想い起こされる。

水口《みなくち》にて、二十年を経て故人に逢《あ》ふ

命二つの中に生きたる桜かな

唐詩の「年々歳々花相似《ねんねんさいさいはなあいにたり》」に呼応する、漂泊と出逢いへの深い洞察が秘められていると読みたい。
そして俊乗坊重源に頼まれて東国行脚の旅に出た、西行法師の足跡をたどる芭蕉の姿が浮かんでくる。

五十三章　同行二人

貞享五年（九月に元禄と改元）、元日を故郷の実家で迎えた芭蕉は、二日早々「新大仏寺《しんだいぶつじ》」に詣で句を得たのち、伊勢神宮参拝に向かった。
この間の事情は、本文には全くふれられずに、いきなり第九節「伊勢山田《いせやまだ》」として、次の二句がつづく。

何《なに》の木の花とハ知らず匂《におい》哉

裸にはまだ更衣《きさらぎ》着の嵐《あらし》哉

さらに、四句がつづくが、『野ざらし紀行』に、松葉《まつば》屋風瀑《やふうばく》のもとで十日ばかり滞在して、夕暮れ、外宮《げくう》に詣でた時の句があることを想い出してみよう。

みそか月なし千歳《ちとせ》の杉を抱く嵐《あらし》

だが、このたびの伊勢参拝には、また特別の趣向があった。二月上中旬の杉風《さんぷう》宛書簡を紹介する。

（略）拙者無事に越年《えつねん》いたし、今程《いまほど》山田に居り申し候。二月四日参宮《さんぐう》いたし、当月十八日、親年忌御座候に付き、伊賀へかへり候ひて、暖気になり次第吉野へ花を見に出《い》で立たんと心がけ、支度《したく》いたし候。尾張の杜国《とこく》もよし野へ行脚せんと伊勢迄《まで》来たり候ひて、只今《ただいま》一所に居候。

卯月〔四月〕末、五月初めに帰庵〔江戸芭蕉庵〕致すべく、木曾路と心がけ候。（略）

二月十八日より三月十四五日迄は伊賀に居り申し候。

（『年譜大成』）

二月十八日には、予定どおり実家に帰り、亡父三十三回忌の法要に参列した。

この書簡では、杜国と合流して吉野へ花見にゆくという、今回の旅の核心ともいうべき杜国との再会、さらに旅の動機と思われる、杜国への憶いがしるされていることに注目したい。

さて、「何《なに》の木」の句については、『花はさくら』（秋《しゅう》屋《おく》撰、寛政十三年刊）に俳文「伊勢参宮」として、かなりくわしい詞書があげられている。

貞享五《いつ》とせ如月《きさらぎ》の末、伊勢に詣づ。此御前《このおんまえ》のつちを踏《ふむ》事、今五度《いつたび》に及び侍《はべ》りぬ。更にとしのひとつも老行《おいゆく》まゝに、かしこきおほんひかりもたふとさも〔おそれ多い御神威も〕、猶思ひまされる心地して、彼西行《かのさいぎょう》のかたじけなさにとよみけん〔傍点栗田〕、涙の跡もなつかしければ、扇うちしき砂《いさご》にかしらかたぶけながら〔扇を地に置きぬかずく〕、

（『古典大系46』）

当時は、僧形の者は神前に入ることが許されず、僧尼拝所からの遥拝《ようはい》とされていた。芭蕉のいでたちは、僧形に似ていたからである。だからまた、西行の歌もいっそう身にしみてよみがえったのである。

「何の木」の句は、次の西行の歌にこたえてのものである。

何事のおはしますをば知らねども
かたじけなさの涙こぼるゝ　（『西行法師家集』）

この歌も言葉にはあらわせない境地を、あえて詠いあげた所が見事である。

先にあげた芭蕉の「みそか月なし」の句も、深淵な神《かみ》路山《じやま》の杉を吹きすぎる目にも見えない嵐の音が印象的である。

このたびはさらにすすんで、描写的な風物や、象徴的な心境さえもあげずに、一挙に自他の境界を絶した境地を一句に結実している。

「何の木の花とハ知らず」は、言語表現を超え、またその分別すら捨てて、ひたすら神威のまえにひれふす心を詠う。「匂い」という、実体のない微妙で生理的な暗示によって、西行のやや説明的な歌をさらに昇華している。いうまでもなく、この「花の匂」は、また西行の歌、

願はくは花の下にて春死なむ
そのきさらぎの望月《もちづき》のころ

を本歌としている。この歌も、花＝春＝生死《しようじ》一如《いちによ》という恍惚感をうたいあげた、きわめて形而上学的な歌なのである。

山本健吉氏によれば、「何の木の花とハ知らず」の句は二月、宇治山田の益光《ますみつ》亭で興行した八吟歌仙の発句として神宮へ奉納した句で、主人の益光への挨拶をも兼ねている。益光亭の庭には折しも梅が咲いていたのであろう。益光の付句は「こゑに朝日を含むうぐひす」とあり、梅に鳴く鶯《うぐいす》の囀《さえず》りをふまえた、品格のある句とされている（山本健吉氏『芭蕉全発句』）。

この句をめぐっては、服部《はっとり》土芳《どほう》の『赤雙紙《あかぞうし》』の冒頭にある、「師の風雅に万代《ばんだい》不易《ふえき》有り。一時の変化有り。この二つに究《きわ》まり、其本《そのもと》一つ也」とはじまる俳論で、以前に紹介した「物のみへたる光、いまだ心にきへざる中にいひとむべし」とした重要な文章につづいて「師のいはく、体格は先づ優美にして、一曲《いっきょく》有るは上品《じょうぼん》也」とし、この句をあげている。

「何の木の」の句とならべてあげられているもう一つの句をよもう。

裸にはまだ更衣《きさらぎ》着の嵐哉

支考《しこう》撰『笈日記』には、「伊勢部」に「奉納　二句」としてこの二句をあげ、「西行のなみだをしたひ、増賀《ぞうが》の信《まこと》をかなしむ」との詞書がある（『古典俳文学大系6 蕉門俳諧集二』集英社）。

これによれば「何の木の」が西行の歌を下地にしたように、「裸には」の句は増賀の信にならうものであることが分かる。

『撰集抄《せんじゆうしよう》』には、次のエピソードがある。鎌倉時代の仏教説話や遁世者・寺院縁起などを収めた書だが、西行の筆と伝えられたこともある。

増賀上人（略）道心フカクテ、天台山ノ根本中堂《こんぽんちゆうどう》ニ千夜籠《こもり》テ是ヲ祈給ヒケレドモ、ナヲ実《まこと》ノ心ヤ付《つき》カネテ侍《はべ》リケン、或時《あるとき》タゞ一人伊勢大神宮ニ詣《もうで》テ祈請シ給ケルニ、夢ニ見給フ様、道心発《おこ》サント思ハゞ此身ヲ身トナオモヒソト示現《じげん》ヲ 蒙《こうむり》給ヒケル。打驚《うちおどろき》テオボス様、名利ヲ捨《すて》ヨトコソ侍ルナレ、サラバ捨ヨトテ、キ給《たまい》ケル小袖《こそで》・衣《ころも》ミナ乞食ドモニヌギクレテ、ヒトヘナル物ヲダニモ身ニカケ給ハズ、赤ハダカニテ下向シ給ヒケル。

ちなみに増賀は、平安中期の天台宗の僧。参議 橘《たちばなの》恒平《つねひら》の子。比叡山で出家、名利を望まず狂をよそおって宮中を避け、多武峰《とうのみね》に住した（九一七〜一〇〇三）（『広辞苑』）。

この風狂の僧の行跡は、芭蕉の時代にも脈々と語りつがれ、少なくとも俳人たちにとっては周知の逸話だったとみてよい。

この逸話を知らずしては、この句は分からない。

『其袋《そのふくろ》』（嵐雪《らんせつ》撰、元禄三年刊）には「二月十七日神路山《かみじやま》を出ルとて」と詞書がある。

神路山は伊勢市、内宮《ないくう》南方の山。別名天照山《あまてるやま》のこと。

増賀上人のように、「名利を捨てる」証しを愚直にも行動にうつして、素裸になるという素直、純粋な道心に倣《なら》いたいが、この更衣着（陰暦二月の異称。「生更《きさら》ぎ」の意、草木の更生することをいう。着物をさらに重ね着る意とするのは誤り、ともある（『広辞苑』））は、春とはいえ極寒の季節のことなので、それもかなわぬ。しかし、その「信をかなしむ」（傍点栗田）とあるように、増賀の心をいとおしむにつけ、自分の無力を、痛感するという、せつなさに心打たれる。

西行や増賀の跡を慕いながら、それに及ばぬ己れの心は、嵐にさらされる想いがする。

この二つの句からは、西行の抒情にも増賀の身体的行動にも、応えきれない不信のせつなさを痛感する。

次の句も、「菩提山《ぼだいさん》」とだけある。

此《この》山のかなしさ告《つげ》よ野老掘《ところほり》

「菩提山」は伊勢朝熊《あさま》山の西麓にあった菩提山神宮寺《じんぐうじ》。聖武《しようむ》天皇の勅願寺、伽藍は鎌倉時代の弘長年間（一二六一〜六四）に焼失。芭蕉の訪ねた頃は、すっかり荒廃した山寺であった。

『笈日記』等で初五が「山寺の」となっているのは初案であろうか。「野老《ところ》」は、やまのいもに似た自生の蔓草。根は苦味をぬいて食した。野老を掘る里人に、今は見るかげもなき衰亡のあとを見て、時節の変遷に想いをはせる。（『古典大系45』注）

次、第四の句。

龍尚舎《りゆうしようしや》

物の名を先問《まづと》ふ芦《あし》の若葉哉

「龍尚舎」は神宮の神官で、竜野伝右衛門熙近《たつのでんえもんひろちか》のこと。御師《おんし》の家に生まれ、京で独自の神道を唱える。元禄六年、七十八歳没。

『笈日記』では、「芦の」ではなく、「荻の」とある。

『菟玖波集』にある救済法師の古歌「草の名も所によりてかはるなり　難波の芦は伊勢の浜荻」をふまえる（『古典大系45』『古典大系46』注）。

「『物』の名を先問ふ」という、きわめて学究的な姿勢で、相手に対して敬意をはらう一方、芦なり荻なりの「若葉」に、瑞々しく新鮮な現在の季節の息吹を配して、同好の士との交流へと話題が転ずる。

その第五の句は、

網代民部雪堂《あじろみんぶせつどう》に会《かいす》

梅の木に猶《なお》やどり木や梅の花

「網代民部雪堂」は、足代《あじろ》民部弘氏《ひろうじ》の子息で弘員《ひろかず》のこと。胡来《こらい》と号した。父弘氏は宗因《そういん》に師事し、伊勢国に談林時代をもたらし「神風館《じんぷうかん》」と号した（『古典大系45』『古典大系46』注）。

芭蕉が伊勢を訪れたのは、そもそも大神宮への帰依ばかりではない。

さかのぼって、伊勢神宮と詩歌の関係をみると、宇治山田では、西行が昔から神宮神官たちに連歌を語り、鴨《かもの》長明《ちょうめい》が連歌を行なっている。鎌倉時代末期から南北朝期にかけては、『とはずがたり』に後深草院二条《ごふかくさいんのにじょう》が外宮神官と連歌をしたとあり、『太神宮参詣記』には山田においての両宮法楽《ほうらく》の笠着連歌《かさぎれんが》の興行を伝えている。

その後、『菟玖波集』『荒木田集』に、内宮神官の連歌が収められている。神官たちの連歌は連歌法楽の意識と連歌師との交渉とが相まって、室町時代には隆盛をきわめ、その後も神事連歌の伝統は明治初年までつづいた（『俳文学大辞典』奥野純一）。

俳諧で、伊勢派・伊勢流と呼ばれるものは、神風館、麦林《ばくりん》派を併せた伊勢蕉門の総称で、神官のお札を配った御師が全国に広めたこともあり、平明卑俗な俳風をもって拡がった（『俳文学大辞典』岡本勝）。

　つまり、伊勢神宮が連歌、俳諧の一大源泉となっていたことを想起しなければ、芭蕉の伊勢俳壇への執着を理解できない。伊勢山田は、したがって連歌俳諧の現実的な一大拠点だったといえるのである。

　雪堂との交流は、後の伊勢蕉風の重要拠点となるものでもあった。それをふまえて先の句を読むと、「梅の木」は、父の俳名は高かったが、その息子である雪堂も、よく父の風雅をひきついで、寄生木の梅の花のように香を放っているという叙景となり、挨拶の意を託している。『笈日記』に「是はその父弘氏のぬし此道の風流に名あるゆへなるべし」と支考《しこう》が記している（『古典大系45』注）。

　つまり、親子二代につづく風雅をたたえているが、その背景に伊勢山田の神官たちのひろい俳壇活動を念頭に置いて読むと、梅の花に托した芭蕉の気持ちも深くわかる。

　次の第六の句。

　　　草庵会《そうあんの》
　芋植《いもうえ》て門《かど》は葎《むぐら》の若葉哉

『笈日記』『泊船集』には、

　　　二乗軒《じじょうけん》
　藪椿《やぶつばき》門はむぐらの若葉哉

とある。真蹟には、

　　　二乗軒と云《いう》草庵会
　やぶ椿かどは葎のわかばかな
　　　　　（『古典大系45』）

「藪椿」は、やや定型的なおもむきであるが、「芋植て」は、俳諧味というよりも、実生活的な新鮮さがある。いもは里芋の類。

『田舎之句合《いなかのくあわせ》』第十七評語に、「芋の葉に雨をきかんは、誠に冷《すさま》じく淋しき躰《てい》、尤《もっとも》感心多し」とある。

　農家では普通の植えものだが、地中の塊茎の素朴な形の味わいから俳諧的な趣があるとされる。

　その脱俗的な姿にさらに趣をそえるように、草の門のあたりには、葎《むぐら》の若い葉が生い茂っている。「葎」は、八重葎など、荒れ地や野原に繁る雑草の総称。

俗世間を脱した、なすがままの田舎の住まいを草庵としている。

いもも草も生え放題だが、それでも若葉だけは春を告げている。「藪椿」（『笈日記』等）が初案である。

順に並べられた六句をよんできたが、ようやく紀行文にもどる。そして満を持して神域に足を踏み入れることになる。

神垣《かみがき》のうちに梅一木《ひとき》もなし。いかに故有事《ゆえあること》にや、と神司《かんづかさ》〔神官〕などに尋《たずね》侍れバ、只《ただ》何とハなし、おのづから梅一本《もと》もなくて、子良《こら》の館《たち》の後《うしろ》に一本《もと》侍るよしを語り伝ふ。

御子良子《おこらご》の一本《もと》ゆかし梅の花
神垣《かみがき》や思《おも》ひもかけず涅槃像《ねはんぞう》

「御子良子」は、神官の女《むすめ》で未だ経水のない者を選び、主として神饌《しんせん》の調進にあたる少女。出仕して詰めている所を子良の館といった（『古典大系45』注）。

真蹟にある「梅稀《まれ》に一もとゆかし子良の館《たち》」が初案。

神に仕える清浄な少女を象徴するかのように、一本の梅の花が人知れず匂いを漂わせてくれる。

清浄ななかにも、香をそえる梅の花が、いっそう神々しさを身近にせまってくる。

この句については、土芳の『赤雙紙』に、

此句は、一《ひと》とせ（年）伊勢に詣で丶、老師んめ（梅）の事をたづねしに、子良《こら》の館《たち》のあたりに、漸《ようよ》う一本古き梅有り。その外に曾《かつ》てなしと社人《しゃにん》の告げけるを、則ち句として留められし也。師のいはく「むかしより此《この》所《ところ》に連俳の達人多く句をとゞむに、つい（ひ）に此梅の事をしらずと、悦ばしく聞き出でける也」。風雅の心がけより、此事とゞまるを思ひしれば、安からぬ所也。（『古典大系66』）

とある。

多くの俳人がここで句を残したが、芭蕉が初めて、この梅のことを聞きだしたこと、また、それによって、梅の木が後世に残ることは並々ならぬことと思われる。それが、風雅の心がけの重さだと説いている。たしかに重い一句で、境内の清浄さと華やかな想いが見事に詠いこまれている。

また、梅の花と神に仕える処女《おとめ》を重ねて、神域に生気を与えているのも見逃せない。

神垣《かみがき》や思《おも》ひもかけず涅槃像《ねはんぞう》

一転して、神域のひろがりへと目を移す。

真蹟に「十五日外宮《げくう》の館にありて」と前書がある。思いがけなく二月十五日の涅槃会《え》にあたり、壁にかけられた釈迦入滅の画像を拝して、その格別な身近さにうたれている。神仏習合という、信心のひろい背景をしるし、外宮の活き活きしたリアリティが迫ってくる。

『金葉集《きんようしゅう》』九の「かみ垣のあたりと思ふゆふだすき思ひもかけぬ鐘の声かな」（六条右大臣北《ろくじょうのうだいじんきた》の方《かた》）をふまえている（『古典大系45』注）。

「神垣」は神社を囲う垣。玉垣。みずがきなどと用いる。「神垣の」は、枕詞として、神域としての「みむろ」「みむろの山」にかかる。『古今和歌集』「神垣のみむろの山の榊葉は」として知られる（『広辞苑』）。

釈迦の「涅槃像」によって、神域はふたたび俗界へとつながり、この一句で、伊勢神宮の神聖さを俗世にひろげて、さらに神仏習合の境地を暗示して詠い収めている。

次に本文の第十節の俳文に移る。時節は「弥生半過《やよいなかばすぐ》る程《ほど》」として、三月十九日杜国と合流して、吉野行脚に出立する旅の句の前書となる。

しかし、読者がすでに気づかれたように、芭蕉の行跡の日時を追ってみると、先の「神垣や」の句に詠まれた涅槃像を外宮で見たのが二月十五日。杜国を伴って伊賀上野を出て吉野へ旅立ったのが三月十九日（『年譜大成』）。

この間のおよそ三十二日ほどの間、二人の行跡は全くふれられていない。

もちろん、芭蕉が『笈の小文』をまとめたさいに、地の文をあえて差し挟むことなく一気に吉野行脚の句へと進んだのは、地の俳文に説明的なゆるみの出ることをきらい、杜国との吉野行脚へと、新しい発端を強調したためでもある。

その心を偲んで、故郷での消息を省いたことも考えられるが、このたびは、記されざる期間の二人の行跡を、年譜により追ってみたい。

あえて芭蕉が省いた故郷での日々をみるのは、いわゆる伝記的興味からではない。記録に残された芭蕉の日常的現実と、「紀行文」として表現されるリアリティの違いをうけとめて、一層深く句文の成立の謎に迫るためである。

ちなみに、すでに紹介した伊勢山田滞在中の八句の配列の順は、句の詠まれた時期の順序とは全く異なっている。『笈の小文』の本文で、表現の統一性がはかられているのも興味ぶかい。

二月十七日　「二月十七日神路山を出づるとて」として「裸には」の句が成る。
二月十八日　亡父三十三回忌の法要のため、伊賀の実家に帰る。
二月十九日　杜国・宗波《そうは》来訪。宗七《そうしち》（造り酒屋）に酒一升を乞う。宗波は一泊のみ（土芳『芭蕉翁全伝』）。
二月末（又は三月初め）岡本苔蘇《おかもとたいそ》の瓢竹庵《ひょうちくあん》〔瓢竹亭〕に入り、杜国と共に約二旬〔二十日〕過ごす。
苔蘇は藤堂藩士。息子の之峰《しほう》、妻てふも蕉門（『俳文学大辞典』富山奏）。
三月十一日　土芳の新庵に泊まる。
三月中旬　土芳庵訪問の折、面壁の達磨の画図に「蓑《みの》虫《むし》」の句を賛して与える。
春　旧主家藤堂探丸《たんがん》別邸の花見に招かれ、懐旧の句あり。探丸脇あり。これを自筆に揮毫して探丸に贈る。

さまぐ〜の事思ひ出す桜かな

春　「伊賀の山家にありて」の発句「枯芝やゝ陽炎の一二寸」の句成る。

三月十九日　瓢竹庵を出、万菊丸《まんぎくまる》（杜国の戯号）とともに、吉野行脚の旅に出る。（以上、『年譜大成』）

故郷伊賀では杜国の消息はあまりみられず、芭蕉は故郷の俳人との交わりが続いている様子がうかがわれる。

本文の第十節に進む。

弥生半過《やよいなかばすぐ》る程《ほど》、そゞろに浮《う》き立《たつ》心の花の、我《われ》を導《みちびく》〔道引〕枝折《しおり》となりて、吉野の花に思ひ立《たた》んとするに、かの伊良子崎《いらござき》にて契《ちぎ》り置《おき》し人の、伊勢《いせ》にて出迎《いでむか》ひ、ともに旅寝《たびね》のあはれをも見《み》、且《かつ》ハ我為《わがため》に童子となりて道の便《たよ》リにもならんと、自《みづから》万菊丸と名をいふ。まことに童《わらべ》らしき名のさま、いと興有《あり》。いでや門出《かどで》の戯《たわぶ》れ事《ごと》せんと、笠《かさ》のうちに落書《らくがき》ス。

乾坤《けんこん》無住同行《むじゆうどうぎよう》二人《ににん》

吉野にて桜《さくら》見せうぞ檜《ひ》の木笠《きがさ》
吉野にて我《われ》も見せうぞ檜の木笠　　万菊丸

じつは同年四月二十五日附、猿雖《えんすい》（惣七《そうしち》＝本名、窪田《くぼた》惣七郎《そうしちろう》）宛の芭蕉と杜国連名による書簡がある。この長文の書簡は、芭蕉の足跡と句の成り立ちをたどるうえでも重要な内容を含んだものである。

本文の前書に「弥生半過る程」とのみ記された旅立ちの日時が確定されるのは、この書簡による。

芭蕉は、ここでも出発の記録としての日時をしるさず、ひたすら心象風景を詠いあげている。

「そゞろに浮き立心の花の」（傍点筆者）は、旅の動機として、花にかきたてられ浮き立つ心。

「我を導枝折となりて」は、「枝を折って目印とする」から、「みちしるべ」となる。

西行「吉野山こぞの枝折の道かへてまだ見ぬ方の花を尋ねむ」（『新古今集』）と注にある（『古典大系46』）。

ここで、もう一度、心の花の具体的な地名が示され、「吉野の花に思ひ立んとするに」と受けて、一息入れて、杜国との同行の想いが一気に奔出する。

「かの伊良子崎にて契り置し人の」、「契る」は、一般に固く約束をすることであるが、とくに男女の間の固い約束にも用いられる。

芭蕉が伊良古崎に杜国を訪ねた頃、すでに、今度の吉野紀行の約束があったと思われる。

ついで、同行する杜国の件《くだり》となる。

芭蕉の吉野紀行については、尾形氏『野ざらし紀行評釈』でも、「吉野一」「吉野二」として詳説があり、本書の二十章でも考察した。

『笈の小文』でも、このあと「吉野の花に三日とゞまりて、曙《あけぼの》・黄昏《たそかれ》のけしきに向《む》かひ」として、吉野が出てくる。

芭蕉にとっては、吉野はかつて訪れた地なので、道案内はむしろ芭蕉の方が上手だった。

したがって、「万菊丸」という杜国の童名は、俳人の同行者としての位置づけに、俳諧味を強調している。

「門出の戯れ事」として、旅の木笠の句で、予告をかねて詠いあげている。

凝集されたのが、次の句である。

乾坤無住同行《どうぎょう》二人
吉野にて桜見せうぞ檜の木笠
吉野にて我も見せうぞ檜の木笠　　万菊丸

「同行二人」は、元来四国巡礼をする人びとが、いつも弘法大師と共にあるという意味で、笠などに書きつけて用いたことば。それを転用している。

もともとは、弘法大師への帰依の念を自己確認する用語だが、ここでは、同行二人の前に、ことさら「乾坤無住」の語を用いている。

「乾坤」は、もとより易《えき》の卦《け》の乾《けん》と坤《こん》、すなわち天地・宇宙。

「無住」は、元仏教用語で、基づくものがないこと、執着のないこと（『広辞苑』）。

この句は、まずは俳諧巡礼の心、宗教的なまでに窮極の境地を前提としていることになる。

ついで、巡礼者の恒例である笠のうちに書く帰依の心を、句にして書きとめた、という構造を頭におかなければ、檜の木笠の句の意は分からない。

天地の間を漂泊しながらも、心はつねに御仏と二人だという意から、「檜の木笠」にしるして、ひるがえって芭蕉と杜国の二人のきずなを互いにさらに確かめている。

さり気ない笠の呼びかけの句のようだが、深く重いすごみがある。

「檜笠・檜木笠」は、ヒノキを薄く削って網代に編んで作った笠。晴雨両用〈季語・夏〉と『広辞苑』にはある。あえて、「季」にこだわらず、ひろく巡礼者の笠ととらえたのか。

むしろ、芭蕉、杜国が吉野巡礼の門出にあたって、たくみな諧謔味をもって旅の句をしたためた心情を温かく受けとめたい。

そして、初めて句に万菊丸の署名がおかれていることと、すでに「心」は吉野へと向かっていることを確認しておこう。

さてこの二人の旅の計画は、何時ごろ生まれていたのであろうか。具体的な資料はない。しかし、芭蕉が江戸を発つ頃から、心情的には「同行二人」の旅の想いは熟していったと思われる。

尾形仂氏は『芭蕉・蕪村』に、「鎮魂の旅情——『笈の小文』考」と一章を設けて、旅の記録を、構造的に分析し、熱っぽい共感をもって解説をつづられている。

尾形氏はまず、吉野への出発を境にして、『笈の小文』を前半・後半と大きく二つに分け、江戸から故郷の伊賀までを前半とする。

三河国保美《ほび》村に謫居する杜国を訪ねた伊良古崎で得た、「鷹一つ見付てうれし伊良古崎」の句は、この一節だけをよんでも分からず、この句が、杜国との再会の象徴としか受けとられないきらいがあったが、「当初、私どもにものたりなさの思いをいだかせた歌枕的記述が、実は全文すべて杜国との再会の喜びと悲しみの表現にほかならなかったことがわかる」とされている。

ついで『笈の小文』の後半をみると、「あたかも今見てきた前半の杜国訪問のくだりと均衡を取るかのように、杜国との発句の唱和が、比較的長い文章を結び、新しい展開を促す節目節目《ふしめ》に四か所に分けて配置されていることに気がつく。その一つは、後半の冒頭の次の一条である」としている。

　さきに紹介した「弥生半過《なかばすぐ》る程」につづく前書と、「乾坤無住同行二人」の詞書を持つ二句をとりあげ、「いかにも花見の旅の門出にふさわしい〝挨拶と即興と滑稽〟の唱和が、何とみごとな交響をかなでていることか。そこには天和初年の『笠やどり』画賛、『笠はり』懐紙、『笠の記』巻子以来、（略）〝笠の風狂〟をふまえた上での、新しい〝かるみ〟の気分が生動している」とされている。

　ちなみに、実際の帰郷と旅立ちの前後の日程は、『笈の小文』の記事とは異なっている。本文は周到な配慮をほどこしたうえで、ダイナミックでかつ繊細な句文によって、鮮やかに詩と美学を超越した言語世界へと、私たちを誘惑しているのである。

　尾形氏のいう『笈の小文』後半における四つの唱和の第二は、初瀬《はつせ》・三輪《みわ》・多武峰《とうのみね》・臍峠《ほそとうげ》・龍門《りゆうもん》と吉野への道行の過程に配された二句。

　第三の唱和は、高野《こうや》で詠まれた二句。

　第四の唱和は、「跪《きびす》はやぶれて西行にひとしく」と書きおこした旅をめぐる長文の一節の後の「衣更《ころもがえ》」と詞書がある二句である。

　これらの句文については、つづいて一節ずつ読み解いてゆくつもりだが、まずは、芭蕉の『笈の小文』の力強い構成を頭において、句文とともに旅をつづけることにしたい。

五十四章　長谷寺《はせでら》

貞享五年（一六八八）三月十九日、芭蕉は万菊丸《まんぎくまる》こと杜国《とこく》をともない吉野へと向かった。

乾坤《けんこん》無住《むじゅう》同行《どうぎょう》二人《ににん》

この唱和を檜の木笠にしたため、いっそう、弾《はず》んだ旅立ちとなった。

だが、いかに吉野の桜の花見が慕わしいにしても、「同行二人」とは、あの弘法《こうぼう》大師空海《くうかい》を敬慕して四国八十八カ所をめぐる巡礼のための「成句」である。それを、「門出の戯《たわぶ》れ事《ごと》」とはいえ、旅の檜の木笠のうちに書きつけるとは、いささか誇大すぎるのではないだろうか。

杜国とともに吉野山の桜を訪れる詩の旅を、そこまで詠いあげたのは何故であろうか。

じつは、芭蕉にとって吉野への旅は、まさしく詩歌の聖地巡礼にもひとしかったからである。

芭蕉が吉野を訪れるのは、今回が初めてではない。『野ざらし紀行』のなかで「吉野一・二」としてとりあげたところである。

それを、ここでふりかえってみよう。

今を去る、貞享元年（一六八四）秋九月八日、四十一歳の芭蕉は故郷の伊賀上野を訪ね、亡き母を懐かしみ白髪を拝した。四、五日逗留ののち、同行の千里《ちり》の郷里大和国葛城《かつらぎ》の竹《たけ》ノ内《うち》村を訪ね、千里と別れ、當麻寺《たいまでら》に詣でたのち、吉野に向かった。

ひとり吉野の奥にたどりけるに、まことに山深く、白雲峰《はくうんほう》に重なり、烟雨《えんう》谷を埋《うず》ンで、山賤《やまがつ》の家処々《ところどころ》に小さく、西に木《き》を伐る音東に響き、院々の鐘の声は心の底にこたふ。昔よりこの山に入りて世を忘れたる人の、多くは詩にのがれ、歌に隠る。いでや唐土《もろこし》の廬山《ろざん》といはむも、またむべならずや。

（略）　（『野ざらし紀行』）

ここで注目すべきは、「吉野山」を「唐土の廬山」になぞらえていることである。二十章で、詳しくのべたが、「廬山」は江西《こうせい》省北端に聳《そび》える奇岩秀峰の名勝地で、枚挙に暇《いとま》のないほど中国の詩文にあげられ、和刻本の中にも廬山をめぐる詩は多く、芭蕉がこれらに深く心をうたれたのも当然であった。

一口にいえば、「神仙境」であり、道元が『正法眼《しょうぼうげん》蔵《ぞう》』にしるした蘇東坡《そとうば》の偈《げ》を得た「渓声山色《けいせいさんしょく》」の舞台も廬山であった。

吉野を廬山と捉えているのは、芭蕉が、漢詩をはじめとして、ひろく東アジアの詩文、文化の神秘的な源泉として、この山を聖化していたことを意味している。

それだけではない。この文の後半は、吉野の「西上《さいしょう》人《にん》（西行）の草の庵の跡」をたずね、「かのとくとくの清水は昔に変はらずと見えて」としるし、西行を「廬山」に隠れた「唐土」の高士になぞらえ、さらに、日本の詩歌の伝統の源流を吉野にもとめている。

尾形仂氏は、「『懐風藻《かいふうそう》』の詩人たちは（中略）、吉野の山川に巫山巫峡《ふざんふきょう》的仙境のおもかげを思い描いた」とする。

また、白川静氏は『初期万葉論』において、人麻呂《ひとまろ》の地位を問い、万葉前期の吉野歌は、「いずれも呪歌的儀礼的なもの」であって、「荘厳にして絶対的な祭式的時間を歌うもの」という。

さらに、持統《じとう》期の吉野行幸《ぎょうこう》は前後三十一回に及ぶが、その目的を山本健吉氏は、「目的は禊《みそ》ぎの場所としての吉野であり、禊ぎには、若やぐ霊力によって変若《おち》かへることができるといふ信仰があつた」（傍点栗田）、「禊ぎの霊水は、変若水《おちみず》であり、若がへりあるいはよみがへりをもたらすものであつた」と述べる。

そして、唐土、本朝における詩歌の源流の絶ゆることなき再生を、西行庵の「とくとくの苔清水」にみたのである。

先に筆者は『野ざらし紀行』の目的が、何よりも吉野の西行庵を目的としていたと書いた。

また、芭蕉は『笈の小文』でも、西行庵を再訪し、「苔清水」の句を得ている。その背景には唐土はもちろん日本の古代詩歌の源流にまで想いをひろげ、その原点として「吉野」を据えている。

芭蕉にとって、「吉野」は何よりも『万葉集』を起源とする詩歌の聖地であり、また西行の旧跡を前にして、詩歌の伝統を追体験して汲みとった、神秘主義的な霊地、聖地であったことをあらためて確認しておきたい。

それは、「かのとくとくの清水は昔に変はらずと見えて、今もとくとくと雫《しずく》落ちける」（傍点栗田）という『野ざらし紀行』の文章にこめられた、聖地巡礼による原点回帰、聖性、霊性への帰依の熱い祈念なのである。

つまり芭蕉が今回、あらためて杜国を伴って吉野行脚を志したのも、ただ花見、観桜の楽しみを超えて、日本の詩歌の聖地、霊地の原点を追体験、確認するためで、宗教的な重要性さえもっていた。

そう考えると、唐突にさえみえる「乾坤無住同行二人」という、弘法大師の霊地巡礼の誓いの言葉が、「吉野の花見」に、深く重い意味を与えていることに気づくのである。

「吉野巡礼」とは、芭蕉が初めて提出した俳諧の原点にある、超越性、聖性へと向かう巡礼だったのである。

「いでや門出《かどで》の戯《たわぶ》れ事《ごと》せんと、笠《かさ》のうちに　落書《らくがき》ス」という、芭蕉の照れかくしの表現にまどわされてはならない。

親友として、同志として欠かせない杜国との吉野行脚は、まさしく聖地巡礼の旅であった。

「戯れ事」といい、「落書」と書いたのは、聖地巡礼というような、極限の重要性を、大まじめにわざわざ口にすることの野暮ったさを避ける照れかくしにほかならない。このような仰々しい表現は、俳人としての芭蕉にふさわしいものではない。

ことの重さ、深みに達すると、言葉は足りない。その境地をはぐらかして、逆説的に「落書ス」と言いきったところに、逆に、言葉を絶した深い俳諧の心境が吐露されている。

さらに「唐土の廬山」に、「西上人の草の庵」に、自らの俳諧を位置づけるものが、「昔に変はらず（略）今もとくとくと雫落ち」つづける清水という象徴だったのである。

だから、『野ざらし紀行』での吉野行脚は、じつは桜花の散りはてた、九月下旬であったが、芭蕉は「とくとくの水」に、詩歌の霊性とのたしかな連帯をたしかめることができたのであった。

それをふまえて、芭蕉は一見軽い調子で、杜国との吉野行きの深い意味を暗示したのである。

ちなみに、「乾坤無住同行二人」といういかめしい落書きを書きつけた「檜の木笠」は、『野ざらし紀行』の文中には収められていないが、貞享元年の吉野巡礼にさいして詠われた句の、最後をくくる一句として、すでに用いられている。

その深い意味を、あらためて思い出しておこう。

この句の前書は、『笈の小文』の文脈につながるので、あわせてしるしておく。

　　暮秋、桜の紅葉見んとて吉野の奥に分け入り侍《はべ》るに、藁沓《わらぐつ》に足痛く、杖を立ててやすらふほどに（傍点栗田）

木の葉散る桜は軽し檜木笠　（真蹟懐紙）

この句を山本健吉氏の解説にみてみよう。

　吉野に入ったのは九月で、それから山城・近江を経て美濃に入ってなお秋の句を作っているが、この吉野の句は「木の葉」の季語によって、冬に分類される。だが詞書によれば暮秋である。桜紅葉は他の紅葉より時期が早く、従って散るのも晩秋のうちであり、（略）桜の花でなく、桜の紅葉を見に吉野に入ったというところに、風狂の態度がある。（略）桜の紅葉は、はやばやと檜木笠に散りかかったが、桜だから如何にも軽いと、その軽さに興を見出したのである。

（『芭蕉全発句』）

　いかにも桜は花ざかりばかりではなく、そのいさぎよい散りぎわこそ、古来から日本人の愛した生死のあわいのあり方ととらえている。重い句である。

　ここにすでに「檜木笠」の言葉が用いられている。つまり、今回、杜国との吉野行脚にさいして、「檜の木笠」のうちに書きつけた「乾坤無住同行二人」の言葉は、この真蹟懐紙の句を、そのまま受けとめているということである。

『野ざらし紀行』においても、吉野行脚は、すでに詩歌の聖地巡礼としての意義をもっていた。「檜の木笠」は聖地巡礼の決意を秘めた象徴だった。

　それでなくては、この俳諧の「落書《らくがき》」二句の深さは分からない。

　さらにもう一点、注目すべき一致点がある。

『野ざらし紀行』では、貞享元年九月八日、「長月の初め、故郷に帰りて」とあり、母が亡くなってすでに日時がたっていたが、改めてその死を悼んだのであった。その一節をひいておこう。

　何事も昔に替はりて、同胞《はらから》の鬢《びん》白く眉皺寄りて、ただ「命ありて」とのみ言ひて言葉はなきに、兄《このかみ》の守袋《まもりぶくろ》をほどきて、「母の白髪《しらが》拝めよ、浦島の子が玉手箱、汝が眉もやや老いたり」と、しばらく泣きて、

手に取らば消えん涙ぞ熱き秋の霜

　老いた肉親の兄弟、そして亡き母の「遺髪」という、年月を経た生々しい生理的実感で、人間の生死のなかにある己れを見つめたのであった。

　三、四年おいての吉野行脚も、人間の生死のあわいのきわどい裂け目を改めて体験することにつながってい

た。

『笈の小文』の旅は貞享四年歳末、亡父三十三回忌の法要を営むための帰郷であったが、すでに述べたように、

旧里《ふるさと》や臍《へそ》の緒《お》に泣年《なくとし》の暮《くれ》

と、これまた、己れの「臍の緒」を前にして、人間の生死、生命の起源と消滅という、宿命の時をきざむ一刻に、ただ泣くばかりであった。

亡き母の「白髪」と己れの「臍の緒」は、まさしく人間である己れの生と死を象徴する、きわめて重要な生理的な証しである。

言葉をかえるなら、生と死を超えた一筋の見えざる巨《おお》いなるものを、垣間《かいま》見た瞬間の記録に他ならない。

すでに、いくたびか紹介した、『笈の小文』の主題、芭蕉が冒頭にしるした「其《その》貫道する物は一《いつ》なり」と言いきった「造化《ぞうか》」に参入した真相はそこにあった。

貞享元年の帰郷と吉野紀行、そしてこの度の吉野行脚、そのいずれもが（父母、兄弟の）生と死の、断絶と再生を暗示するものであったことを思い浮かべると、吉野紀行は、この生死と、それを超越するべき深刻な「道」の記として読まなければならない。

詩歌の道が、空海の四国遍路と重なるのは当然のことであった。一年という年の終わりと、新年の訪れもまた、大いなる自然の死と転化の契機であった。

杜国を誘った芭蕉の吉野紀行が、四国遍路とぴったり重なりあうことは、なんの不思議もないのである。

芭蕉が、俳人として「門出の戯《たわぶれ》れ事《ごと》」とし檜の木笠に「落書」したという「乾坤無住同行二人」の句は、そこまで深い響きを伴っていたのである。

「遍路」ならば、物見遊山の旅ではない。その旅路の一刻一刻が、生と死、断絶と再生のドラマの凝集する、超越的な造化の真相の体験でなければならぬ。

そうみると、一見飄々たる旅姿も、じつは一歩一歩、生死をつらぬく造化をたどる営みなのである。

桜花は、その象徴なのである。

吉野へ向かう旅路の一刻一刻が、造化の真相への参入であった。

遍路の旅路は、必ずしも楽しみではない。旅の一刻一刻が超越性への飛躍であった。芭蕉にとっては、その旅の過程《プロセス》が人生であり、俳諧となった。

木の葉散る桜は軽し檜木笠

吉野紀行の末尾をくくる一句の、「桜は軽し」は、「命

は軽し」と詠むこともできる。

この度の吉野行脚は、『野ざらし紀行』での吉野への旅を継承し、さらに深化したものとして受けとめなければならない。

筆者がここで、『野ざらし紀行』における西行庵跡のくだりを、ややくわしく想起したのも、芭蕉の旅を単なる旅の羅列として断片的に読むのではなく、一貫した生と死を「貫道する一なる物」という、芭蕉の終生の主題の深化として読むためである。

さて、「桜は軽し檜木笠」の句の前書に注目したい。桜の命は短い。しかし、そこに至る道は遠く重い。それ故、この旅の句の前書として、「藁沓に足痛く、杖を立ててやすらふほどに」という、旅路の難儀をわざわざ書きとめた。聖地巡礼の苦難もまた見逃してはならない。

時々刻々が、永遠の時の象徴だからである。

それを証《あか》すかのように、旅というものの苦難をつまびらかに記すことによって、後の具体的な説明を省いている。かくて杜国との道中の句にはじまり、最終の西行庵跡における「苔清水《こけしみず》」の句にいたるまで、さしたる前書もなく、題名のみにて十二句があげられている。

『笈の小文』の本文にもどろう。

旅の具多きハ道障《ざは》り（道中の邪魔）なりと、物皆払《はらい》捨《すて》たれども、夜の料（夜寝るための物）に紙衣《かみこ》壱《ひと》つ・合羽《かっぱ》やうの物、硯《すずり》・筆・紙・薬等・昼笥《ひるげ》（昼食）なんど物に包《つつみ》て、後《うしろ》に背負《せおい》たれば、いとゞ脛弱《すねよわ》く力なき身の、後《あと》［跡］ざまに控《ひか》ふるやうにて、道猶《なお》進まず、たゞ物憂き事のミ多し。（注は『古典大系46』）。

一読して分かるように、この前文は旅路のうっとうしい苦難や、わずらわしさをつまびらかにあげた文であるが、その要旨は「いとゞ脛《すね》弱く力なき身の」に集約されている。

これは、紀行文にはとりこまれなかったが、真蹟として残された先の句、「木の葉散る桜は軽し檜木笠」の前書、「藁沓に足痛く、杖を立ててやすらふほどに」の、「足痛く」を受け、それを具体的にのべていることに注目すべきであろう。

一口にいえば、この度の吉野遍路は、『野ざらし紀行』と密接に連続しているのである。このことは、ただ紀行文成立の前後の問題ではなく、芭蕉がこの二つの代表的な紀行文のそれぞれを意識して、ひとつの流れを構成している証しだといえよう。いわんや、弟子にせよ第三者が、芭蕉の死後、構成できるはずもない。『笈の小文』は、本質的に『野ざらし紀行』を受け、それを深化しているからである。

吉野行きの出立の際に書かれた、前節の地の文とくらべて驚くのは、「そゞろに浮《う》き立《たつ》心の花の」という、華やいだ心境から、うって変わって、旅路が「たゞ物憂き事の多し」（傍点栗田）と嘆いていることである。

これはどういうことだろう。ここで、注意すべきことは、この文章が「心情」ではなく、むしろ意図的に旅の具体的、身体的な細部にいたるわずらわしさを列挙していることである。

あえていうならば、対照的な視線である。「浮き立心」に対して、「物憂き事」。このことによって、「浮き立心」が否定されたのではなく、深い「心」に対して現象的な「物憂き事」を強調している。

この文は、次元が異なっているのだから、「心」を否定しているのではなく、心と躰が相補的に両立しながら、そこにくっきりとした矛盾を超越融合して、旅のリアリティを重層的に描き出しているといわねばならない。

これこそが旅の実情であり、その両極を呈示することによって、ひろく「旅」というものの身体的構造をあえて指摘して、比類のない視点から、「動」と「静」、「躍動」と「沈静」という両極から、遍路の「旅」の真実と実相を描ききった名文なのである。

その遍路の旅の門出をうけとめ、さらにこれからの旅路への思いをこめた一句が、この文節の末尾をくくっている。

草臥《くたびれ》て宿借《か》る比《ころ》や藤《ふじ》の花

前文の旅の悲喜こもごもを受ける句として読めるが、じつは、この句が詠まれたのは、ずっと後のことである。吉野巡礼を終えたのち、高野山、和歌《わか》の浦《うら》を経て、四月十一日奈良を出発、夕刻大和八木《やぎ》の駅舎にたどり着いたときの句とされ、貞享五年四月二十五日付、郷里の窪田《くぼた》惣七郎《そうしちろう》（猿雖《えんすい》）に宛てた書簡に、はじめてしるされている。この長文の書簡は、入洛二日後に送られたもので、『笈の小文』の記録としても重要である。旅の後半の須磨《すま》についての記述も最重要なものとされているが、それは後でみることとして、いまは「藤の花」の句についてのみ考えることにしよう。

四月二十五日付の書簡には、こうある。

丹波市、八木《やぎ》と云ふ処、耳《みみ》なし山の東に泊る。
　ほととぎす宿借る比《ころ》の藤の花
と云ひて、猶おぼつかなきたそがれに哀れなる駅《うまや》に至る。

『古典大系46』の補注によれば、『泊船集《はくせんしゅう》』に「たはむ市（丹波市の誤り）とかやいふ処にて日の暮か丶りけるを云々」と詞書して記された後案「草臥《くたびれ》て宿かるころや藤の花」が真を伝えるものとされている。初案の上五「ほととぎす」は芭蕉の実体験の風物であろうが、下十二文字との間に映発するものが認められない。のちに「草臥て」の句形に改められた理由だという。

また、この句の味わいは、『徒然草』第十九段で「おぼつかなきさま」と言われた藤の花と呼応するといわれる（山本・前掲書）。

発句の具体的な契機が、かりに、耳にしたほととぎすの鳴き声にあったとしても、あえてそれを捨てて、暮春の旅寝という季節と時分のたゆたう、定めなき一刻の幽玄の境地を藤に托して捉えた。あえて言えば遍路の旅への憧れと自覚の間に身を置いた、みずからの命の不確かさを、風景に托して語る深さを示しているといえる。

それにしても、吉野行脚の句を、紀行文では旅の冒頭に置いて、旅と人生を実存主義的「時間と存在」の相の下に捉えていることに注目したい。そしてまた、ボードレールを始め十九世紀末のフランスの詩を覆った倦怠感（ennui）に通じるものを、私は思い浮かべる。

しかし、もっとも驚くべきことは、遍歴の旅の門出の文節の句として、「たゞ物憂き事の〻多し」とくくった旅を、「おぼつかなきこと」として受け入れ、人間存在の深みへと、心を向かわせる一句としてつきつけた、芭蕉の想いの深さではないだろうか。

いよいよ三月下旬、芭蕉は杜国とともに、行脚の旅をたどり始める。

しかし、『笈の小文』の本文では、簡単な名所の名のみをしるした句が、十一句つづく。日時や場所についての前書はない。したがって、旅程については「本文」からは分からない。

しかし、その重要な足跡については、先の四月二十五日付猿雖宛書簡に、簡潔に記録されているので、それによって見よう。

四月二十三日に京へ入るまでの足跡は、次の通りである。

三月十九日伊賀上野を出（で）て三十四日。道のほど百三十里。此《この》内船十三里、駕籠《かご》四十里、歩行路七十七里、雨にあふ事十四日。
　滝の数　七ツ（名称略）
　古塚　十三（同右）
　峠　六ツ（同右）
　坂　七ツ（同右）
　山峯　六ツ（同右）
　此外、橋の数、川の数、名も知らぬ山〻書付ニも
らし候。以上

　この部分は杜国の記述だが、記録に徹したこの手紙文は、『笈の小文』の本文と全く異なった事実の列挙であり、芭蕉が単なる記録を句文から排して、完成度を高めていることに気づく。句文はあくまでも俳文でなければならなかった。

　本書では、この旅の日程や名所についても、それぞれ紹介してゆくつもりである。

　それと同時に、芭蕉にとっては「書簡」が、意識的に旅の足跡の「記録」の手段とされていることに注目しておきたい。


　すでに述べたが、芭蕉は三月十九日伊賀を発って同行二人で南へ下《くだ》り、国見山《くにみやま》の兼好塚《けんこうづか》を訪れ、琴引峠《ことびき》を経て大和に入り、翌日初瀬《はつせ》にある長谷寺《はせでら》に向かい、その夜参籠する。第十二文節である。

　　初瀬《はつせ》
　春の夜や籠《こも》リ人《ど》ゆかし堂の隅《すみ》
　足駄《あしだ》はく僧もみえたり花の雨　万菊

　長谷寺を一度訪れた者は、その想像を絶する景色を忘れることはできない。今は、近鉄長谷寺駅が入口である。門前町をぬけると、正面の石段の上に、大きな仁王門があらわれる。

『万葉集』に「こもりくの泊瀬《はつせ》山」と詠われたように、山腹に延々たる登廊の階段が待ちうけている。この段の両側は紅葉と、牡丹の花畠であり、境内には数多くの堂塔がひしめいている。

　段の正面、本堂にいます本尊は長谷寺式十一面観音像で、高さが十メートルを超える巨像である。堂宇の構成は舞台造りで有名な京の清水寺《きよみずでら》に似ている。ふりかえると山の中腹に拡がる想像を超えた広大な眺めが圧倒的である。それもそのはず、起源は旧い。長谷寺は、六八六年、天武《てんむ》天皇の病気平癒を祈って創建されたと伝えられる。

　階段を登りきると、暗い本堂の内に入る。圧倒的な神

秘さをたたえている。しかも、どこか生々しい山霊がたちこめている。

かつては、千人を超える僧侶が勤行《ごんぎょう》にはげみ、平安時代には、貴族の間に長谷詣が流行している。京から四日ほどの旅程であった。その様子は『枕草子』『更級日記』『蜻蛉《かげろう》日記』などにとりあげられている。

『枕草子』では、百二十段の「はつせなどにまうでて、局などする程（略）わかき法師ばらの、足駄といふものをはきて、いささかつつみもなく、下りのぼるとて（略）をかしけれ」とあり、「足駄はく僧」は、これと呼応している。

また、『源氏物語』でも、夕顔の忘れ形見玉鬘《たまかずら》が参籠して運命をひらく挿話がしるされている。京から遠からずして、遥遠なる秘境を思わせる初瀬は、山霊の妖しさで、宮廷人を惹きつけたのであろうか。

筆者も、かつて一度訪れたが、その後しばしば再訪を願うものの、なかなか俗事にまぎれて果たせない。それ故に、一層あの不思議に妖艶な山の霊気が慕わしく思われることもしばしばである。

山本健吉氏は、幸田露伴の話として、『撰集抄《せんじゆうしよう》』に、西行が奥床しい籠《こも》り人《ど》に出会い、気づくと自分の妻であったという情景があり、芭蕉はこれをふまえていると紹介している（前掲書）。

この句の「籠《リ》人」はたしかに女性であろう。荒々しく厳粛な山気のなかで、この御堂《みどう》はなにか艶めかしい妖気がたちこめる気配がある。

「春の夜」であり、「堂の隅」である。秘めやかな女人の情念が、生気のひそむ暗い御堂の奥からたちこめてくるのである。

芭蕉は、この仄《ほの》暗い御堂の隅に、夢か現《うつつ》か、平安王朝の女人が参籠する姿を見た。力強い観音の御堂にひそむ、妖艶な宮廷文学の登場人物に、妖しく惹かれる心地がしたのである。

心に留めたいのは、芭蕉にとっては、いわゆる自然の景色というものはない。風景とは、つねに俳人芭蕉の詩歌の先人達が詠んだ作品のうちにあった。安易な自然崇拝とは縁のない、古典幻想の世界なのである。

さて「初瀬」の句の次に、山名だけでなんの文もなく、句がくる。

葛城山《かづらきやま》
猶《なほ》見《み》たし花に明行《あけゆく》神の顔

この句には別に「葛城山の吟」という句文があり、『泊船集』『蕉翁句集』（土芳《どほう》編）にみられる。

やまとの国を行脚《あんぎや》して、葛城山のふもとを過《すぐ》るに、よもの花はさかりにて、峯々はかすみわたりたる明ぼののけしき、いとゞ艶《えん》なるに、彼《か》の神のみ《（御）》かたちあし、と、人の口さがなく世にいひつたへ侍れば、

として、つづけて「猶見たし」の句をあげている。場面は、仄暗い長谷寺の御堂から一転して、葛城山の花は盛り、峯はかすむ明けぼののけしきとなる。鮮やかな展開といえよう。

「彼の神」とは、もちろん、葛城山に棲む一言主《ひとことぬし》の神である。

「葛城山」は、金剛山《こんごうさん》の北にある。役 行者《えんのぎようじや》が、葛城山と金峰山《きんぷせん》の間に岩橋をかけるよう命じたが、一言主命《みこと》は容貌の醜いのを恥じて、昼は外に出ず、夜のみ働いたという伝説がある。

この説話にちなんで、『拾遺集《しゆういしゆう》』に、「岩橋の夜の契りも絶えぬべし明くるわびしき葛城の神」とある。

しかし、いまそれはあるまい。かえって花盛りの曙にみる神のお顔は美しいにちがいない。曙の花にふさわしい一言主命のお顔を、ぜひおがみたいものだ、と芭蕉はいうのである。

「花に明行《あけゆく》神の顔」を、古代からの三輪《みわ》、葛城神話のなかに位置づけて、あらためて大和の峯々に挨拶をしたのである。心ははるか古代神話の世界へとひろがっている。

こうして、芭蕉の巡礼の旅は、古代から今を生きる路をたどりながら、確実に聖地吉野へと近づいていった。

五十五章　地名をさぐる

三輪《みわ》　多武峰《とうのみね》

前章では、いよいよ、芭蕉が吉野山《よしのやま》を目前にして、葛《かづら》城山《きやま》を仰ぎ見る句、

　猶《なお》見たし花に明行《あけゆく》神の顔

を、『笈の小文』本文の順にしたがって読んでみた。ところが、これをさらに詩論の立場から読み直してみると、じつはこの句は、同じ三月下旬ではあるが、吉野巡拝を終えたあと、吉野の南麓を下り、葛城山の南麓を経て、高野山に向かおうとするときの作であることが『年譜大成』から分かる。

　その句を芭蕉は、あえて、前後の順序を入れかえてここにしるした。何故かといえば、この句は前後いずれにせよ、古代大和の神話的風土を示すためのものだからである。

「葛城山」の句について、本文には、

と、地名だけしるして、肝心の句はない。

芭蕉は句を示すほどの感興を抱かなかったのであろうか。それとも地名だけで手間を省いたのであろうか。それは、今まで見てきた芭蕉の句文に対する厳密な態度からは考えられない。

　では、じっさい、句もなく投げ出されたこの地名とは、なんなのであろうか。

　ここで、私たちは、もう一度芭蕉における「地名」というものの意味する重さを考えるべきであろう。「地名」の重さは、これにつぐ『おくのほそ道』においても、さらに一層明らかになってくる。

　地名というと、私たちは一般に、既成の事実として受け入れ、それが、いかにして発生し、定着し、流通したかなどに関心を持たないことが多い。

　その理由のひとつは、わが国では、地名の数は最小でも二千万はあるといわれ、また制度的にも通常、疑う必要もないからであろう。しかし、はたして「地名」は、制度的な道具だけであろうか。ふり返れば、誰しもそれだけではない「なにか」を感じるはずである。

　この明確なようで、根拠の明らかでない地名について

考えることは、当然必要なはずである。そこで、日本の文芸における地名についての、先人の残した考察をふりかえってみる必要がある。とはいえ、これも各地各論となると、今度はとりとめもなく莫大な情報があふれ、それをどう処理してよいのか、思わず立ち止まるほかないのが実情であろう。もちろん、各地方ごとの細かな地誌が、無数に存在することは予想できるが、これを体系的に論じることができるのであろうか。

この素朴な感懐に対して、はじめてその立脚点を見事に明らかにしてくれたのが、柳田國男の『地名の研究』である。

『定本 柳田國男集 第二十巻』（筑摩書房）に収められているが、初版は、昭和十一年古今書院発行で、後に昭和二十二年、実業之日本社より著作集第二冊として再版された。

本書には、いくつかの論考が編集されて収録されているが、筑摩版全集の「あとがき」によると、たとえば「地名の話」は、明治四十五年の講演筆記、「地名と地理」は、昭和七年の講演をまとめたものである。

昭和四十五年刊の『定本 柳田國男集』における『地名の研究』は、これらを含めて、二三三頁に及ぶ。いまこれに僅かながらふれるのは、近代においても、すでに民俗学者柳田國男によって、地名研究の扉が開かれていることを想起したいからである。

柳田の研究は、その独得の詩的ともいえる直観的世界イメージと、それをささえる民俗学的な細部の資料《データ》に基づいて、今日でも大きな説得力をもっている。

柳田論文は、本質的に要約できないものであるが、その一端を紹介しておこう。

柳田によれば、「日本の地名は少なくとも數千萬、ことによると億といふ數にも達して居るかも知れぬが、適當なる分類をして行けば解釋は決して不可能で無く（略）」としている（「地名と地理」）。

その前提としてあげている一文がある。

> 地名とは抑《そもそ》も何であるかと云ふと、要するに二人以上の人の間に共同に使用せらるゝ符號である。
>
> （略）
>
> 是から本論に入る。若《も》し許可を得て學者臭い言葉を使ふならば、元來地名の附け方には客觀的と主觀的との二面があるべきである。旅客其他の往來の人が通りすがりに附けて行く名前は所謂《いわゆる》客觀的の地名であつて、さう言ふのは優勝劣敗が殊《こと》に甚《はなはだ》しい。（略）之に反して第二種の地名は人の占有經營に伴なふものであつて、（略）それで押通して永續する

ことが出來るのである。（略）　（「地名の話」）

要するに、地名は便宜的につけられるが、それよりも、人間の営為と歴史的参加による地名の方が強いという指摘である。

地名の、この二重性の指摘は、地名の根本的な構造を押さえている。つまり、ひとは便宜的な符合と、地理的な観点と、さらに歴史、文化、文芸、ひろくは民俗学的な視点があるということだ。

これを受けるように、民俗学者谷川健一編著による『現代「地名」考』（NHKブックス）がある。とりあえず、この目次の一部を示すと、「I（章）地名の語るもの　4（節）地名と歴史　5（節）地名と歴史情緒」があげられている。

ここでは、柳田の論旨がさらに拡大、充実されている。その「序　地名と日本人」から、一端をしるそう。

伝統とは持続する民俗の観念のことである、（略）地名こそはそれにもっともふさわしいものといえます。（略）

地名は持続します。私たちが地名に触れて心を動かすのは、地名が日本人の今も昔も変らぬ共同感情をゆすぶる力をもっているからにほかなりません。（略）

地名は万人の目にさらされているものですが、その一方では意味がかくされており、また普通名詞でありながら固有名詞としての性格をもつという二重性をそなえています。（略）

地名はたんなる物に付属する名辞ではなく、人間と土地との関係を物語る媒介物であるということができます。（略）

地名には物と名、土地と人間、具象と抽象、固と普遍という相反する対立物が共存しています。（略）

対立物が共存するという地名の二重性は、屈折した多様なイメージをもって人びとを引きつける魅力を地名に与えました。それを根底から動かしているのは地名にたいする日本人の共同感情です。（略）

固有名詞としての地名を並べただけで、そこに歴史的な情緒がかもし出されてくるということになるのです。　（傍点栗田）

とある。そこで「I　地名の語るもの」では『万葉集』に触れ、次のように述べる。

『万葉集』二十巻の中には四五〇〇余りの歌があり

ますが、そのうち地名は、歌の題詞、歌そのもの、その左註などを含めて約二九〇〇ほど出てきます。同じ呼び名の地名を一つとして数えますと、およそ一二〇〇を数えます。

また、『万葉集』における地名については、枕詞《まくらことば》の存在を忘れてはならないとしている。

　万葉以後も、日本の古典文学のなかで地名はきわめて重要な役割りを果たしてきました。なかでも歌枕は、地名そのものが和歌の成立の契機になっている点で、世界の文学史上でもまれな、注目すべきものでしょう。（略）

　こうした歌枕は平安時代の後半からたいへん盛んになり、『新古今集』の時代にもっとも多くなりました。　（傍点栗田）

さらに、芭蕉の『おくのほそ道』の旅も、「古人の詠んだ歌枕を訪ねることにあったともいわれています」とむすんでいる。さらに、

　俳句、川柳など、日本独得の極度に短縮された詩型の成立にも、地名の象徴力の助けが非常に大きかったと思われます。（略）

　都会だけでなく、全国いたるところの村々にも、付近の地名を面白おかしく、時には意味深長に詠み込んだ盆踊り歌、農耕作業歌が伝えられてきました。それは、地名伝説とともに、文字で書き記されることのついになかった素朴な庶民の共同意識を、時間を越えて語りつづけてくれます。（略）

　地名こそ、はるかな過去と現在をつなぐ、日本人共通の黙契の一つといえましょう。

みごとに文芸における「地名」が、あるいは讃歌、あるいは鎮魂歌の根底を強く支えていることを指摘している。

　これも編著者谷川健一が、民俗学者であると同時に、すぐれた歌人でもあるからこその発言である。

　地名といえば、とかく現実的な自然の一部分を指すものとして受けとめやすいが、それをさらに深く考えると、地名が、じつは人間にとって、時空を超えた、もっとも深い象徴であることを思いしらされるのである。

　したがって、芭蕉にとって地名は、あの『笈の小文』における深い理解のために必要とするばかりではなく、さらに芭蕉の生涯の代表作品とされる『おくのほそ道』の旅において明かされる、自然と歴史、空間と時間の真

相を追究する作品の核として結晶されるものとなる。

その意味でも『笈の小文』は、初期の『野ざらし紀行』を受けつぐとともに、晩年を飾る『おくのほそ道』の旅と地名の意義を先行して、予告しているのである。


そこであらためて、『笈の小文』の本文にもどって考えてみよう。

葛城山の句文についてはすでに述べた。行を改めた次の句文は、「三輪　多武峰」とだけあって、句らしい句は書かれていない。

この地名とはなんだろう。すでに考えてきたように、これはたんに自然的な地域を指し示す言葉ではない。もちろん土地とは切り離せないが、同時にこの地名にちなんだ歴史的、民俗学的二重構造を孕んだ「地名」として受けとめねばならない。

そこで、まず、「三輪」について、吉田東伍《よしだとうご》著『増補大日本地名辞書』（以下『地名辞書』）から、その一端をみてみよう。

まず、「三輪村大字三輪は古三輪市と称し、今に駅舎なり、造酒と素麵を土産とし、店を設け客に饗す、殊に酒は古代より其名あり」として、その古くからの起源をしるす。

『万葉集』には、次の二首の歌がみられる。

うま酒を三輪の祝《はふり》がいはふ杉
　手ふれし罪か君にあひがたき

うま酒の三輪のはふりが山てらす
　秋のもみぢば散らまくをしも

また、『日本書紀』の雄略《ゆうりやく》天皇の御代のこととして、「訖猟殺市辺押磐皇子《いちのべのおしはのおうじ》、（略）」の記事があり、事件の舞台として三輪の地名が示されている。

さらに『太平記《たいへいき》』に「三輪の西阿《せいあ》と云あり、武士にや又僧祝の徒にや、吉野に勤王す」とある。また『大日本史』には、「西阿三輪人、延元二年、帝御吉野、勅諸国討足利尊氏、西阿応勅、拠関地城《せきちじょう》、挙兵尊氏遣兵攻之不能克、（略）」云々とあり、後醍醐天皇の吉野遷幸にともない、南朝方として挙兵した玉井西阿《たまいせいあ》なる人物が紹介されている。また『南山巡狩録《なんざんじゅんしゅろく》』には「阿倍山《あべやま》の楠《くすのき》将監西阿」とあり、ここには、三輪での敗北と、ついに一族三百人が自害した話が記されている。三輪・吉野には南北朝時代の生々しい惨劇と、怨霊の史話さえ秘めた、分厚い歴史が秘められている。

さて、酒造りにちなんだこの土地の名、「三輪」を一句に集約することができるだろうか。

ただ、黙って「三輪」という「地名」を示しただけで、吉野朝にまつわる日本人の歴史的宿命でも暗示するほかはあるまい。

つまり、三輪という「地名」は、たんに、自然的な土地を指すだけではない。歴史のなかでくりひろげられた、底知れぬ善悪、美醜、生死、怨霊、葛藤と、それをも超えて、春ともなれば満開の桜の花で山を埋める自然の摂理との、たぐいなき統合をあざやかに象徴しているのである。

まさしく「三輪」という「地名」は、それだけで凡百の文芸的表現を超えた、言説を絶する歴史の真実を象徴しているのである。そこには書かれざる、秘められた一句というべき超絶的な句境があることを、私たちは学ばなくてはならない。

あえていえば、三輪の名は、桜花と酒造の象徴であると同時に、戦乱と死と怨霊など異界の支配した徴《しるし》なのである。ここで、地名はすでに一句をなしているといってもいい。いや、それ以外に語る術《すべ》はなかった。

つぎに、三輪につづけて記されている地名、多武峰についてみてみよう。

三輪と同じく、『地名辞書』その他によれば、奈良県桜井市南西部、寺川《てらかわ》上流一帯、龍門《りゅうもん》山地中部一帯の一峰の名。峰の上に藤原鎌足の墓所が造られて、藤原氏とともに有名になった。徳川氏の時にも、寺録三千石を受けていた。祠廟は嘉永《かえい》二年（一八四九）重修し、その壮麗さは国中で第一とされた。

また、『日本書紀』には斉明《さいめい》天皇が田身《たむ》の峰上に離宮を造り給い、持統、文武天皇の行幸《ぎょうこう》があり、両槻宮《ふたつきのみや》と号したことを伝えている。

さらに、『平凡社大百科事典』によれば、両槻宮は高所に営まれているので、道教の影響があるともいわれる。

しかも、平安時代中期から多武峰寺は延暦寺末寺となり、そのため興福寺と対立し、永保元年（一〇八一）以来、両寺の衆徒が対立し、僧兵の武力強化が行なわれ、南大和の一大勢力となった。そのため、多武峰寺は藤原氏や朝廷に対しても独立した位置を占めていた。

本居宣長《もとおりのりなが》は『菅笠《すげがさ》日記』にその参詣記を残している。

また、世阿弥の『申楽談儀《さるがくだんぎ》』、金春禅竹《こんぱるぜんちく》の『円満井《えんまい》座壁書』などに、多武峰参勤が大和猿楽《さるがく》四座の義務であったと述べられ、談山《だんざん》神社に勤仕《きんし》した猿楽能がつたわっている。多武峰猿楽とよばれ、他に見られない特色を持ち、能の古態をしのばせるなど、多武峰と猿楽との結びつきは古い（『平凡社大百科事典』）。

世阿弥の能に深い関心を持っていた芭蕉にとっても、多武峰はなじみ深い名所であったと思われる。分厚い、そして波乱にみちた歴史をもつ多武峰は、政争や武力闘争をくぐっても、なお古様の能楽が伝わるなど、芸道にとっても源流のひとつとなっていたのである。

　多武峰、その上北面にある談山神社は、『延喜式』、『本朝神社考』、『大八洲《おおやしま》雑誌』などにも、くわしくその歴史をとどめている。

　こうしてみると、本文の、一見自然による地名と思われがちな三輪や多武峰は、古代から宗教、芸術、時には巨《おお》きな武力、財力さえもそなえた、一大政治・文化史的な拠点であったことがあきらかになる。

　おそらく、芭蕉はもとより、当時の教養ある士人にとっては、この「三輪　多武峰」という地名は、たんなる自然的風景を指すものではなく、古代から平安、鎌倉の時代を経て、歴史的政治文化的に巨大な舞台だったことが偲ばれるのである。

　ここには、芭蕉の句は残されていない。

　しかし、この一見、無造作に投げ出されている地名が、どれほどの深さと重さをたたえているかを思うとき、この地名は、発句を超えて濃密にして絢爛たる歴史的詩的世界を象徴していると読まなければならない。

　次にすすもう。

　臍峠《ほそとうげ》　多武峰ヨリ龍門《りゅうもん》へ越《こゆる》道也

として、一句がある。

　雲雀《ひばり》より空にやすらふ峠哉《かな》

　龍門山塊にある細峠（臍峠）は、古来、奈良盆地と吉野地方を結ぶ要路上にあり、三輪・初瀬《はつせ》から多武峰を経て吉野山へ向かう標高七百メートル、つづらおりの山坂三里の往還道路であった。多武峰街道ともいわれ、細峠村は龍門寺や、吉野・山上まいりの客で賑わい、古くから旅日記などで知られていた（龍門文化保存会の説明文、『京阪神峠の山旅』七賢出版刊）。

　「雲雀より」の句は、峠で一息入れたときの句であろう。

　『曠野《あらの》』その他には「上にやすらふ」も伝えられているが、『笈の小文』では「空」とある。

　筆者には、峠といえば、いつも浮かんでくる記憶がある。

　先の世界大戦の末期、東京から空襲を逃れて母と岡山市東山《ひがしやま》の峠の一軒家に、仮住まいしていた。岡山大空襲のさい、すぐそばの切り通しの坂道に大量の焼夷弾が投下され、目の前で数人の人間が黒い焼け焦げの人形になっていた。

　その後も、やむなくこの坂を通って、同じく焼け跡となった旧烏城《うじよう》（岡山城）城趾の中学校に通った。その通学の往復のたびごとに、毎日、私は峠を下り上りしたものだった。

　そのたびに、いつも生死の境を峠の空にみる思いがしていた。芭蕉の体験とは違っているが、しかし、それでも私には峠の向こうの空の原風景が分かる。

　峠を上ってゆくと、一足ごとに坂道が次第に足下から消えてゆき、空が頭上に拡がりつづける。頂上に近づく頃には、見えるのは空の虚空ばかりである。雲雀の鳴き声が眼下にひろがるばかりである。

　上下左右、生も死も消えた虚空のなかに放たれた自分がいる。

　芭蕉のこの句も、ただの叙景ではなく、虚空に投げ出され、充実した虚空がある、永遠のいまが拡がっている。

　細峠を下れば龍門である。龍門は古来より知られた名所で、北に龍門山を負い、吉野川に臨む。源義経が、幼時母の常盤《ときわ》に抱かれて、この里に隠れたことが『平治物語』にある。

　また龍門村の山口《やまぐち》の上方に、龍門寺址がある。『元亨《げんこう》釈書《しやくしよ》』に、「義淵《ぎえん》法師の建立と為す、飛泉《ひせん》あるに依り此名を命じたるならん」と記す。

　『今昔物語』には、久米《くめ》仙人が空を飛行しているとき、吉野川の辺《ほとり》で洗い物をしている美女の脛の白さを見て心まよい、落下した話があるが、仙人はこの寺に籠って「法を行《おこない》て仙となりたる」と記している。

　さらに『扶桑略記《ふそうりやつき》』にもこの寺についての詳しい記事があり、古来詩文にも詠われた風光明媚で滝の美しい土地としてしるされている。

　龍門の滝は山口と柳《やなぎ》村の間にある。すなわち、龍門寺址であるという。古来『日本書紀』にしるされ、『万葉集』に詠われている吉野の地名が数多くみられる土地である（『地名辞書』）。

　芭蕉は、深い想いをこめて、これらの土地と滝をへ巡ったものであろう。ここで二句あり。

　　龍門
龍門の花や上戸《じようご》の土産《つと》にせん
酒飲ミに語らんかゝる滝の花

　この二句は、山本健吉氏の解説（『芭蕉全発句』）では、折からの花盛りで、滝のほとりで花見の酒を酌み交わしたいような風情を詠ったものとしながら、「どちらも取り立てて言うほどの句ではない」としている。

たしかに、なだれ落ちる飛滝を花と見立てるところは、数々の歴史的な名勝にのぞむ華やかな花の宴として、わからぬわけではない。それに酔いしれる心を、古今東西の酒飲みの詩人とともにしたいのであろう。

それにしても、ここに居ない「上戸の土産」として、また「酒飲ミ」として語りかける相手は、誰なのであろうか。

面白いことに、『古典大系46』の注によると、「滝を愛した酒仙李白《りはく》らを思い浮かべ」ているとしている。

李白の姿は、後輩にあたる杜甫《とほ》が、「飲中八仙歌《いんちゅうはっせんか》」でうたっている。

李白は一斗《いっと》　詩百篇
長安《ちょうあん》市上　酒家に眠る
天子呼び来れども　船に上《のぼ》らず
自《み》ずから称す臣は是れ　酒中の仙と

その李白の、絶唱として知られる詩をみよう。

廬山《ろざん》の瀑布《ばくふ》を望む

其の一

西《にし》のかた香炉峰《こうろほう》に登り
南のかた瀑布《ばくふ》の水を見る
流れを挂《か》く　三百丈《さんびゃくじょう》
壑《たに》に噴《ふ》く　数十里《すうじゅうり》
欻《くつ》として飛電《ひでん》の来《きた》るが如く
隠《いん》として白虹《はっこう》の起《た》つが若《ごと》し
（略）
壮《さかん》なる哉《かな》　造化《ぞうか》の功《こう》
海風《かいふう》　吹いて断えず
江月《こうげつ》　照らして空を還《めぐ》る
空中《くうちゅう》　乱れて潨射《そうしゃ》し
左右　青壁《せいへき》を洗う
飛珠《ひしゅ》　軽霞《けいか》を散《さん》じ
流沫《りゅうまつ》　穹石《きゅうせき》に沸く
而《しか》して我《われ》　名山を楽しみ
之《これ》に対して　心益《ますます》閑《のどか》なり
論ずる無《な》かれ　瓊液《けいえき》に漱《そそ》ぐを
還《ま》た得たり　塵顔《じんがん》を洗うことを
且《か》つ諧《かの》う　宿り好む所に
永く願《ねご》う　人間《じんかん》を辞するを

抄訳すると、大川を照らす月は、水に反射して、光は空にかえる。水塊は流れおち、左右に苔むした岩壁を洗う。とびちるしぶきは霞となり、ながれる水泡は大岩から湧き出る。此の地こそ、わたしの好むところで、永久に俗世間とは訣れをつげたいものである、と（武部利男《たけべとしお》注『中國詩人選集7 李白 上』岩波書店刊）。

芭蕉は、己れの述懐よりも、この李白の名詩によって、瞬間の心境を語りつくせると考えたにちがいない。これ以上、どんな言葉をつくせよう。とりわけ、なだれおちる滝の水の飛沫が光に輝き、桜の花びらと見間違う絶景を、「滝の花」と言いきったとき、もはや、ことごとしい言葉は無用とさえ思われたのである。さらに言えば、芭蕉は、この李白の有名な詩句に龍門の滝の感動と、世俗を排した志とをすべて托したのである。

そこには、俗をすて、旅を共にしている杜国《とこく》との共感も秘められていると読んでもいい。

本文は、次に移る。

西河《にじこう》

ほろ〳〵と山吹散《ち》るか滝の音

「西河」は、吉野郡川上村《かわかみ》にある滝で、吉野大滝ともいわれる。吉野川が激流となっていて、岩の間をたぎり落ちる。「虹光（にじこう）」とも読まれ、滝のしぶきが美しい。このあたりには、美しい滝がいくつもある。

奔流と、風もないのに、ほろほろと散る山吹は、矛盾するようだが、たぎり落ちる滝の瀬《せ》音と地響きに、山吹の花びらがはかなく散りしきるのである。壮絶さと可憐さの取りあわせの妙というべきか。

この句は、『古典大系45』の注に、『真蹟自画賛（落葉考・芭蕉翁遺芳）』に前書として、「きしの山吹とよみけむよしの丶川かみこそみなやまぶきなれ。しかも一重に咲《さき》こぼれて、あはれにみえ侍るぞ、桜にもをさ〳〵をとるまじきや」とある。吉野川に「岸の山吹」は付き物。また紀貫之《きのつらゆき》「吉野川岸の山吹吹く風に底の影さへうつろひにけり」（『古今集』）をふまえている（山本・前掲書）。

蜻螟《せいめい》が滝

次、本文は地名だけ、ただ一語、句はない。

なぜ、なんの説明もないのだろう。

すでに述べてきたように、地名は単なる場所を指示するだけのものではなく、そこには分厚い歴史の蓄積と、詩文の凝集された想いがこめられている。

不幸にして、今日の私たちはこの多くを忘れている。一つの地名にまつわる歴史と詩句をさぐってみよう。

ときは雄略天皇の御代である。その詳細は、『古事記』『日本書紀』にゆずるしかないが、この時代は皇位継承、朝鮮半島への出兵など、王権成立期の激動にみちた説話に埋められている。

即位四年（四六〇）の春二月、天皇《すめらみこと》は葛城山地で狩をし、谷間で「現《あら》人《ひ》之《と》神《がみ》」（一事主神《ひとことぬし》）と出逢い、名乗りあう。

同年秋八月、吉野宮に出かけ河上小《かわかみのお》野《の》（川上村の付近）に着き、狩をしようと弓矢をつがえると、虻《あぶ》が天皇の腕を嚙んだ。すると蜻蛉《あきず》が虻に食いつき、天皇に仕えた。それを賞《め》でて、『古事記』では「名に負はむと　そらみつ　倭《やまと》の国を　蜻蛉島《あきずしま》とす」とする。

蜻蛉（虫）ですら大君によく仕える。さればその名を残して称えようと『日本書紀 巻十四』にある。

『古事記』の下巻、雄略天皇の条にも、同様の地名の由来がしるされている。

これは単なるエピソードではなく、いうまでもなく、国おこし、国はじめの深淵雄大な説話である。

『笈の小文』に記された、この蜻の滝（蜻蛉の滝）の由来は深い。それが地名というものの不思議であり、本意なのである。

この地には、天武天皇、持統天皇も行幸し、万葉歌人にも数多く詠われていることも想起すべきであろう。

芭蕉は、あえて一句を残さず、先に紹介した李白の驚くべく雄大な「廬山の瀑布」の歌枕ともいうべき、滝にちなんだ地名をあげて、大和の国の古代いらいの天地《あめつち》の原イメージを喚起したのである。

それ故に、芭蕉は滝の地名に、いっそう想いをこめる。

『笈の小文』の本文は、ここでいきなり吉野を離れ、その後に向かうことになる布留《ふる》をはじめとする名高い滝の名称の列挙に移る。

布留《ふる》の滝ハ、布留の宮より二十五丁山の奥也。
津国幾田《つのくにいくた》の川上に有《あり》　大和《やまと》
布引《ぬのびき》に滝　箕面《みのお》の滝
勝尾寺《かちおでら》へ越《こゆ》る道に有《あり》。

芭蕉も少し意地が悪い。布留とは現在の奈良県天理市の地名で、『日本書紀』履中《りちゅう》天皇の条に「石上《いそのかみ》の振神《ふるのかみの》宮《みや》」とある石上神社の所在地である。ここに、『古事記』『日本書紀』にはじまるその起源に想いをはせるのは、もとより旅のついでではない。

布留、石上神宮、布留の滝こと桃尾滝《ももお》についてだけでも、『地名辞書』では、びっしり三段組、二頁にわたり、古代信仰の成立についても詳細に紹介されている。ついで箕面の滝についても、折りをみて触れたいが、いまは地名の意味の重さだけを指摘しておく。

芭蕉が滝を愛したことは疑いない。今は先をいそいで、吉野の花へと、芭蕉とともに進むことにしよう。

五十六章　吉野の桜

前章では、芭蕉が杜国《とこく》とともに吉野へ向かう道で出逢った地名、峠や滝の歌枕をさぐっているうちに、はやくも吉野の花のただなかに踏みこんでいた。

吉野は、今日では桜の山として知られているが、じつは『古事記』『日本書紀』で、神武《じんむ》天皇の名とともに聖地とされたのをはじめとして、古代から詩歌にも数多く詠まれている。

その事蹟をここで一口に示すことはできない。一言でいえば、吉野こそ日本の古代からの政治的中心地であり、文芸の聖地そのものだからである。たとえば『万葉集』では、山よりも川がよく詠まれた。柿本人麻呂の讃歌がよく知られている。

見れど飽かぬ吉野の川の常滑《とこなめ》の
　絶ゆることなくまたかへり見む

（『万葉集』巻一）

吉野の山がさかんに詠まれるのは、平安時代以降である。

み吉野の山のあなたに宿もがな
世の憂き時の隠れ家《が》にせむ　　よみ人しらず
（『古今集』雑下）

また、『源氏物語』では、明石《あかし》の姫が母と別れて雪降る日に、源氏のもとに引き取られるときの乳母の贈答歌がある。

雪間なき吉野の山を尋ねても
心のかよふ跡絶えめやは　（「薄雲《うすぐも》」）

吉野が桜の名所として、また桜花を雪と詠うようになるのは平安時代の後期からである。
『新古今集』になると、西行の詠った吉野の桜は春の景色の典型となる。

吉野山去年《こぞ》のしをりの道かへて
まだ見ぬ方の花を尋ねむ　（『新古今集』春上）

など、枚挙にいとまがない（『歌ことば歌枕大辞典』角川書店 鈴木日出男）。

芭蕉が、吉野によせた想いは、近代以降の私たちの詩歌とはくらべられないほど、深く豊かであったことを理解する必要がある。
だからこそ、吉野巡礼の発想が生きてくる。
すでに、芭蕉は先に紹介した『野ざらし紀行』で、吉野を唐土《もろこし》の廬山《ろざん》としてたたえ、西行上人の草の庵の跡をたずねて、

露《つゆ》とくとく試《こころ》みに浮世すすがばや

の絶唱をのこしている。しかも、秋の夕暮れの陽に、政争のうちに亡くなられた、後醍醐天皇の御廟を拝して、楠木正行《くすのきまさつら》の故事に想いをはせているのである。
ただ、桜の花に浮かれるのではなく、吉野にこめられた政争の故事をふまえ、ひとしお桜花に托された歌人たちの深い想いに共鳴している。その深い陰影のなかに、春ともなれば咲く桜の花は、だからいっそう輝いているのである。
この人間という宿命を托して詠われる詩句は、ただ、個人の情を托するだけではなく、運命そのものをのりこえて詠われる詩句の深さを跡づけている。この視点は

『笈の小文』を経て、『おくのほそ道』の旅の主調低音ともひびきあっている。

吉野の桜はまこと美しいが、それは人間の重い宿命を担《にな》って咲いているからであった。

では、『笈の小文』の本文にもどろう。

いきなり、「桜」とあるだけで、三句つづく。

桜
桜狩《が》り奇特《きどく》や日ゝ《ひび》に五里六里
日は花に暮《くれ》てさびしや翌檜《あすなろう》
扇にて酒汲《く》む影や散る桜

ここで、ああ桜か、と読みとばせばすむことかもしれないが、一歩踏みとどまって、この「桜」という表題は次の句、「桜狩り」にかかわるのか、その後につづく二句もふまえているのかと考えてみる必要があるだろう。つまり、この「桜」は「前書」だとすれば、それを受ける句はどれかということである。

三つの句に共通するのは、「桜狩り」「日は花に」「散る桜」と、花を詠んだことである。とすれば、この三句を囲っているとよめる。

ではなぜ、今更のように「桜」で句をくくるのかとふりかえると、先に芭蕉は「吉野の花」をたずねることを明示している。

それを受けて、芭蕉は吉野山系の地名と滝について句をつらねてきた。

その結果、私たち読者は、地名に惹かれて、その地形や歴史、文芸をふりかえって、その驚くべき歴史を超える空間・時間の広大にして甚深な吉野のイメージのなかに、つつみこまれてゆくのだった。

あまりに幅広い詩的コスモスの中で、気がつくと「吉野の花」のイメージは、当然のことのように拡散していたのである。

芭蕉は、ここで、はじめて古今を通じて広大な「吉野」の空間のなかで、改めて桜の「花」にイメージを集約する必要を感じた。しかし、すでに触れたように、「吉野の花」については数知れないほどの詩句が、すでに生まれている。だからこそ改めて「桜」を、吉野の地名や歴史を桜の花によって現前させようとしたのである。

『古事記』では、古くから、山の神大山津見《おおやまつみ》の女《むすめ》として木花知流比売《このはなのちるひめ》と木花之佐久夜毘売《このはなのさくやびめ》という一対の名で、桜のイメージがとらえられている。

『歌ことば歌枕大辞典』では、まるまる一頁以上うずめて、桜の詩句の歴史的展開をたどっている。例えば、単なる華やかさではなく、西行など出家の僧によっても詠われた、世捨人という身に秘められた苦悩を象徴的に表現するようにもなっている。

　　もろともにあはれと思へ山ざくら
　　　花よりほかにしる人もなし　　行尊《ぎょうそん》
　　　　　　　　　　　　（『金葉集《きんようしゅう》』雑上）

　　待たれつる吉野のさくら咲きにけり
　　　こころを散らせ春の山風　　（『西行法師家集』）

また女性が抑えきれぬ忍ぶ恋の情を詠うことも多くなった。

やがて桜は、内面的思念を象徴的に暗示するものとして詠われる。

桜は、奈良時代から庭木として植えられているが、その頃は、輸入された梅が春の花として重く用いられ、『万葉集』では、梅の歌約百二十首に対して、桜の花は約四十首にすぎない。桜が春の花を代表するようになるのは、平安時代以降とされる（大野晋編『古典基礎語辞典』角川学芸出版　筒井ゆみ子）。

もし、花と詩歌の起源を考えるなら、むしろ古代における「桜」の神話的世界と、日本人の民俗学的情緒に目を配る必要がある。

それについては、折口信夫《おりくちしのぶ》の「花の話」（昭和三年六月、國學院大學郷土研究会例会講演筆記、『折口信夫全集　第二巻』所収）という画期的な小論がある。

一読をおすすめしたいが、ほんの要点だけを紹介しておく。

　花と言ふ語は、簡單に言ふと、ほ・うらと意の近いもので、前兆・先觸れと言ふ位の意味になるらしい。（略）物の先觸れと言うてもよかつたのである。（略）

　三月の木の花は櫻が代表して居る。（略）櫻の木も元は、屋敷内に入れなかつた。其は、山人の所有物だからと言ふ意味である。だから、昔の櫻は、山の櫻のみであつた。遠くから櫻の花を眺めて、その花で稻の實りを占つた。（略）

　考へて見ると、奈良朝の歌は、櫻の花を賞めて居ない。鑑賞用ではなく、寧《むしろ》、實用的のもの、卽、占ひの爲に植ゑたのであつた。萬葉集を見ると、はいから連衆は梅の花を賞めてゐるが、櫻の花は賞めて居ない。昔は、花は鑑賞用のものではなく、占ひの爲のものであつたのだ。奈良朝時代に、花を鑑賞する態度は、支那の詩文から教へられたのである。

打ち靡《ナビ》き　春さり來《ク》らし。山の際《マ》の
遠き木末《コヌレ》の咲き行く　見れば　（萬葉集巻十）

（略）此は花を讃めた歌ではない。名高い藤原廣《ふじわらのひろ》嗣《つぐ》の歌

此花の一瓣《ヒトヨ》の中《ウチ》に、百種《モヽクサ》の言《コト》ぞ籠れる
おほろかにすな　（萬葉集巻八）

は女に與《あた》へたものである。此は櫻の枝につけて遣《や》つたものであらう。

此花の一瓣《ヒトヨ》の中は、百種の
言保《コトモ》ちかねて、折らえけらずや　（萬葉集巻八）

此は返歌である。此の二つの歌を見ても、花が一種の暗示の効果を持つて詠まれて居ることが訣《わか》る。（略）其歌に暗示が含まれたのは、櫻の花が暗示の意味を有して居たからである。（略）櫻は暗示の爲に重んぜられた。（略）

平安朝になつて文學態度が現れて來ると、花が美しいから、散るのを惜しむ事になつて來る。けれども、實は、かう言ふ處に、其基礎があつたのである（傍点栗田）。

折口信夫の文章の始めに、東国の歌枕についての言及がある。ここでとりあげるのは、この後の『おくのほそ道』の動機についての考察につながるからである。

平安朝中頃の歌の主題になつて居た歌枕の中に、特に、非常な興味を持たれたものは、東國の歌枕である。

東國のものは、異國趣味を附帶して、特別に歌人等の歡迎を受けた。（略）總じて東國のものは、奥州に跨《またが》つて、異國趣味を唆《けしか》る事が強かつた（傍点栗田）。

日本の詩歌で、桜の花を詠うことは、美学的に「花」を対象として取りあげることだけではなく、「花」を象徴として、自然と人間をむすぶ象徴として、生活の基盤以上のものと捉えていたのである。

芭蕉が「吉野の花」を詠うとき、たんに対象として語るのではなく、自然と人間をむすぶ、超越的な「劇的なる空間」を捉えた。したがって、芭蕉の吉野についての文章は、深く「桜」の象徴的世界への参入を意味していたことを忘れてはなるまい。

本文で、「桜」と前書のあと、直接に桜の花盛《はなざか》りを詠む句はみられずに、主として芭蕉自身の心を前面に出した三句しか詠まれていないのは、むしろ「桜」の世界の

古今東西にわたる、歴史的、文学的空漠たる宇宙の充実した拡がりの世界を、言葉を越えて深く広く暗示、象徴しているからである。

この三句は、したがって、まさに言外の意《こころ》を十分に汲みとらねばならない。一句ずつ読んでゆこう（傍点栗田）。

桜狩り奇特や日ゝに五里六里

日は花に暮てさびしや翌檜《あすなろう》

扇にて酒汲む影や散る桜

見事な句である。これらの句と、次の苔清水《こけしみず》の句の後に、本来なら「前書」となるはずの文章がある。それをまず紹介しておこう。

吉野の花に三日とゞまりて、曙《あけぼの》・黄昏《たそかれ》のけしきに向かひ、有明《ありあけ》の月の哀《あわれ》なるさまなど、心にせまり胸にみちて、あるは摂政公《せっしょうこう》［摂章公］（藤原良経《ふじわらのよしつね》。鎌倉時代の歌人。「昔たれかゝる桜の種をうゑて吉野を春の山となしけむ」〈『新勅撰集《しんちょくせんしゅう》』〉のながめに（心を）奪はれ、西行の枝折《しおり》に迷ひ（西行の歌「吉野山こぞの枝折の道かへてまだ見ぬ方の花を尋ねむ」〈『新古今集』〉に心をまどわし）、かの貞室《ていしつ》が「是《これ》ハ〳〵」と打《うち》なぐりたるに（安原《やすはら》貞室が「これは〳〵とばかり花の吉野山」〈『曠野《あらの》』〉と詠み放ったのに）、われ言はん言葉もなくて、いたづらに口を閉ぢたる、いと口惜し。思ひ立《たち》たる風流、いかめしく（仰々しく）侍れども、爰《ここ》に至りて無興《ぶきょう》の事なり（興ざめなことだ）。

（傍点栗田、注は『古典大系46』）

「われ言はん言葉もなくて、いたづらに口を閉ぢたる」、まさに、心あまって言葉なしという胸中を端的に言いつくしている。

和歌では「詞書」、俳諧では「前書」と呼ばれる文章は、芭蕉門では、「発句の光を掲ぐる前書」（『宇陀法師《うだのほうし》』）と呼び、「前書幷《ならびに》文章等蕉門の手柄あり」（『旅寝論《たびねろん》』）と重んじられた（『俳文学大辞典』金田房子）。

句の前におかれた「桜」という一語は、たんに桜の名を指示したにとどまらず、むしろ折口も指摘しているように、桜という名前の本質である「予兆」性を示す。つまり、事物の形態ではなく、いまだ姿を現わす前の、果て知れぬ奥行きと可能性を秘め、そのすべてを暗示、象徴しているのである。したがって、当然、目にうつるものごとを限定する働きではなく、それを超えて時空を越えて広がる「有時」と「無限」の果てしない宇宙への誘いとなっているのである。

芭蕉が、吉野でやすやすと桜の句をものせず、むしろ、あえて「言はん言葉もなくて、いたづらに口を閉ぢたる」ことによって、「吉野の桜」の宏大無辺に拡がる世界の、開けゆく微兆をあかしたと思われるのである。

桜は、眼前にあるものではなく、まさに、いまだ開示されない超越的無限空間の、かすかな、しかし確実な兆しとされている。

さて、「桜狩り」という語は、一般に、桜の花を訪ね求めること。またその時期に行なう鷹狩りの意で、古来、日本の有名な詩文に数多く詠われている。

一例をあげれば、藤原俊成の「またや見む交野《かたの》の御野《みの》の桜がり花の雪散る春の曙」（『新古今集』春下）、また『太平記』巻二、日野《ひの》俊基《としもと》の道行文に「落花の雪に踏み迷ふ、片野の春の桜狩」などがある。

また同時に、藤原定家の「桜がり霞《かすみ》の下に今日暮れぬ一夜宿かせ春の山人」（『拾遺愚草《しゅういぐそう》』）など、慕いこがれて探し求める、ひたぶるな天然の暮れの徴《しるし》を求める心を暗示している（『歌ことば歌枕大辞典』三木麻子）。

　桜狩り奇特や日ゝに五里六里

の句は、思わず毎日五里も六里も歩くことをものともせず、ひたぶるに花の吉野のあかしを求めて、身も心もすて、恋いこがれる心を、我ながら奇特なこととうなずいたのである。

求むることなく、ただひたすらに花の自然に帰依する究極の姿がそこにある。

　日は花に暮てさびしや翌檜

支考の『笈日記』の伊勢の部に、前書のある次の形でみえる。

あすは檜《ひ》の木とかや、谷の老木《おいき》のいへる事あり。きのふは夢と過《すぎ》て、あすはいまだ来らず。たゞ生前一樽《いっそん》のたのしみの外《ほか》に、あすは〳〵といひくらして、終《つい》に賢者のそしりをうけぬ。

　さびしさや華《はな》のあたりのあすならふ　　ばせを

翌檜は「あすならふ」と読む。葉が檜に似ているので、あすわい、あすなろう、ひばなどともいわれる。翌檜の老木が「明日は（位の高い）檜になる」ともいう

（『古典大系46』注）。

美しい桜の花の間で、「明日は、明日は」と言うが、きのう一日は、はや夢とすぎ、明日はいまだ来らず、いたずらにきのうと明日という時のあわいに身をおいて、老木となり果てる淋しさは、まるでわがことのように思われる。

『枕草子』には「なにの心ありてあすはひの木とつけけむ、あぢきなきかねごと（約束事）なりや」とある（前掲書注）。

「生前一樽のたのしみ」は、白楽天（白居易）の詩、『勧酒』をふまえている。

「身後金《こがね》ヲ 堆《うずたか》クシテ北斗《ほくと》ヲ拄《ささ》フトモ、如《し》カズ生前一樽ノ酒」

世俗の名誉もかえりみず、眼前の酒の楽しみに身をまかせていれば、賢者から批難されてしまうだろう。だが、それはそれでよい、というわけである。

「日は花に」の句は、「日は花に」と「暮てさびしや」という、「時刻《とき》」の流れの切れ目の一瞬の充実感を味わいたいとの想いがこめられている。

桜の花と、常緑樹の緑の対比に、命のさびしさを味わいたい。「あすならふ」の木に、芭蕉は老いゆくわが身を重ねているのである。

「日は花に暮て」の句には、花と老木の間の微妙な時の推移が心に滲みる。

さて、白楽天といえば、江戸の文化人たちには、今日の人々よりもはるかに身近なものであった。念のため、紹介しておこう。

唐《とう》代の代表的な文人である白居易は、日本では字《あざな》である白楽天と呼ばれることが多い。科挙に及第し、『長恨《ちょうごん》歌《か》』（八〇六年）によって詩人としての名声を得、官位も順調に上がるものの、八一五年、上奏文が原因で失脚。その左遷にさいして『琵琶行《びわこう》』を作る。その後復帰して、いく度もの転勤ののち、中央に戻って洛陽《らくよう》の勤務となった。最後は官僚としても高位にのぼり、法務大臣に相当する刑部尚書《ぎょうぶしょうしょ》もつとめた。

作風は、ことさらな難解さを排し、平易で、しかも『詩経』以来の伝統を発展させた。作品集は『白氏文《はくしもん》集《じゅう》』といわれ、前後集七十五巻。日本でも平安朝に愛読されている（『平凡社大百科事典』荒井健）。

さらに、能には白楽天伝説にもとづいた、その名も「白楽天」という舞曲がある。作者は不明。シテ（主役）は住吉明神《すみよしみょうじん》の神霊。その要旨は、
唐の白楽天（ワキ）が、日本の知力を探るようにとの勅命を受けて来日し、筑紫《つくし》の海で小舟に乗って釣りをする老人（前ジテ）に出逢う。白楽天が目の前の景色を詩

に作って見せると、老人が即座にみごとな和歌にして応対する。さらに老人は、日本では鶯《うぐいす》や蛙《かわず》など、自然の生物まで歌を詠むとやりこめる。そしてじつは、われは住吉明神の仮の姿だと教え、気高い老体の神姿（後《のち》ジテ）を現わし、荘厳な舞（真《しん》ノ序《じょ》ノ舞《まい》）を見せ、日本の多くの神々とともに神風を起こして、白楽天を唐土に吹き戻す（『平凡社大百科事典』横道萬里雄《よこみちまりお》）。

この唐土と日本、漢詩と和歌という対比、また、日本では人間ばかりでなく、「花に鳴く鶯、水に住める蛙まで、唐土は知らず日本には、歌を詠み候ふぞ」と謡い出すところが面白い。

この話は、国の東西を問わず、作詩、作歌の創作の根本的姿勢、つまり主観と対象という二元的立場と、それを越えて生ずるものが、ひとしく自ずから唱和するという発想の違いを適確にとらえ、また、日本の美学と唐の美学との根本的相違を主張している点で、きわめて興味深いものである。

話がやや横道にそれたようにみえるが、筆者は、芭蕉がなぜ、吉野の桜狩りにさいして、あえて白楽天の「身後金ヲ堆クシテ北斗ヲ拄フトモ、如カズ生前一樽ノ酒」の詩を暗示したかを考えてみたかったからである。

というのも、前章で紹介したように、「龍門《りゅうもん》の花」「滝の花」の二句が、李白《りはく》の詩篇、とりわけ「廬山《ろざん》の瀑《ばく》布《ふ》を望む」に呼応していた。それとともに、深い興味をひかれるのである。

芭蕉にとって吉野は、すでに、日本の詩歌の聖地であるばかりではなく、唐土の廬山に匹敵する詩歌の原点として、深甚なる秘境であった。そこに、日本の歌と唐土の詩歌は、言語表現こそ異なってはいるが、それを越えて共通する言語宇宙の祖型が秘められていたからだ。

さらに、この住吉の神の出現した海の風景は、芭蕉のこの『笈の小文』の次の旅の巡歴の目的地、海原にのぞむ須磨《すま》、明石《あかし》へと惹かれゆく心の動きを予告しているといえるであろう。

芭蕉の旅とは、こうして、あたかも尽きせぬ波のうねりのように、永遠の彼方より岸辺へと打ち寄せる宿命をたどってゆくように思われる。「旅」とは、そうした宇宙の律動に身をまかせることなのである。

扇にて酒汲む影や散る桜

この句の「扇にて酒汲む」は、ちょっと奇抜な感がするが、扇で酒を汲んで飲みほすしぐさで暗示するのは、能、仕舞《しまい》の基本的な所作のひとつである。その華やかでしゃれた味わいをうけて、芭蕉は杜国との花の宴に、いっそう高雅な舞の趣をも詠いあげ、幽艶な吉野の出逢いのドラマを演出した。

芭蕉は『笈の小文』には取りこんでいないが、この時いくつかの花の句を残している。

それを次にあげておこう。芭蕉と杜国の奥ふかい旅のよろこびが溢れている。

さびしさや華《はな》のあたりのあすならふ　（『笈日記』）

芳野《よしの》

花ざかり山は日ごろのあさぼらけ　（『芭蕉庵小文庫』）

しばらくは花の上なる月夜かな　（『初蟬《はつせみ》』）

大和国草尾村にて

花の陰謡《うたい》に似たる旅ねかな　（『曠野』）

「草尾村」は、吉野龍門平尾《ひらお》村の誤り。細《ほそ》峠を越えて吉野に出る途中にある。

謡曲の「頃は春、所はみ吉野の花に宿かる下臥《したぶし》も」（「二人静《ふたりしずか》」）とか、「行きくれて木の下かげを宿とせば花やこよひの主ならまし」（「忠度《ただのり》」）を連想して、花に旅寝する自分を曲中の人物に擬して楽しんでいる（『古典大系45』「発句篇 春」）。

芭蕉にとっては、どんな自然も規格通りの型ではなく、いつでも自分と言語が創り出した、より深く真実な舞台であり、それは詩や歌や物語や演劇が創造する自然を越えたドラマだった。

この春の句に対応する秋の句として、「暮秋」という句がある。

憶老－杜《ろうとをおもう》

髭《ひげ》風ヲ吹《ふい》て暮《ぼ》－秋《しゅう》歎《たん》ズルハ誰《た》ガ子《こ》ゾ　（『虚栗《みなしぐり》』）

「風髭を吹いて」というべきを、しゃれて漢詩の倒装法によって表現している。

「老－杜」は唐の詩人杜甫《とほ》。

「歎ズルハ誰ガ子ゾ」は、杜甫の「白帝城最高楼《はくていじょうさいこうろう》」の詩中「杖レ藜嘆レ世者誰子（藜《れい》を杖《つえ》つき世を嘆く者は誰《た》が子ぞ）」の句のもじり（『古典大系45』「発句篇 秋」注）。

ここに『笈の小文』の句文中に、淡々として一句ないし二、三句あげられている句が、芭蕉の全句集のなかに置かれている跡を探ってみた。どの一句も、芭蕉の広く深く拡がりをもった作品群のなかから、えりすぐられたものが『笈の小文』の句文のなかに、周到な配慮の許《もと》

に、編集構成されて奥深い基調低音となって響いている
ことが分かる。

それほど句と句が緊密に構成されて、数行の文が成りたっている。その多彩にして簡潔な詩文を、芭蕉以外の第三者が編集構成したとか、『笈の小文』は、後世の手になる不完全な句文集だといった話は、とうてい理解することができない。まさに芭蕉その人が、いよいよ円熟期をむかえて、さらに自己の句文集を自由に結実させているばかりである。

かくて、花の吉野の重厚華麗な「桜」三句は、驚くべき協奏曲を鳴り響かせる。

そして吉野最後の一句が、さわやかに余韻を残してしめくくる。

苔清水
春雨の木下《こした》につたふ清水哉《かな》

芭蕉が初めて吉野を訪れたのは、貞享元年（一六八四）九月中旬のことで、『野ざらし紀行』のなかでも、もっとも重要な目的地であった。苔清水は、そこでもすでに句によまれていた。

そこで、芭蕉が、自ら『野ざらし紀行』として残した一文を、ここに再び引用したいと思う。

ひとり吉野の奥にたどりけるに、まことに山深く、白雲《はくうん》峰に重なり、烟雨《えんう》谷を埋《うづ》ンで、山賤《やまがつ》の家処々《ところどころ》に小さく、西に木を伐《き》る音東に響き、院々の鐘の声は心の底にこたふ。昔よりこの山に入りて世を忘れたる人の、多くは詩にのがれ、歌に隠《かく》る。いでや唐土《もろこし》の廬山《ろさん》といはむも、またむべならずや。

（略）

西上人《さいしょうにん》〔西行〕の草の庵の跡は、奥の院より右の方二町ばかり分け入るほど、柴人《しばびと》の通ふ道のみわづかにありて、嶮《さが》しき谷を隔《へだ》てたる、いとたふとし、かのとくとくの清水《しみず》は昔に変はらずと見えて、今もとくとくと雫《しずく》落ちける。

露とくとく試みに浮世すすがばや

芭蕉の句が、苔清水のかたわらに庵をかまえ、「とくとく落つる岩間の苔清水汲み干すほどもなき住居かな」と詠んだ西行に想いをはせていることは、言うまでもない。

西行は、吉野を日本の廬山と捉え、さらに宇宙の中心である精霊の世界として、中国・日本の霊性、そして文

芸の極まるところと確信して身をひそめたのだった。いまさら、筆者が語れば、屋上屋《おく》を架するのみ。

この「とくとくの清水」とは何であろうか。人跡未踏の霊山の太古からの万年雪、天地を絶する未来永劫は近寄りがたい。しかし、ふと視線をさげると、すぐ目の前の岩間から、いつ流れたとも知れぬ、永劫未来を貫いて純白の雪の滴《しずく》が絶えることなく、生き生きとしたたりつづけているではないか。この滴は、あの雪山の白き鮮血ともいえる生きている証しを、無にひとしい私たちに永劫不滅のことばを、永遠の時を超えて、過去から未来へと伝えつづけてくれているのではないだろうか。

「とくとくの清水」とは、超越者と私たちとをむすぶ福音なのである。

五十七章　口を閉ぢたる

『笈の小文』は、その成立過程、編集作業、さらに本文にいたるまで、芭蕉その人の真筆によるか否かが論じられ、未だ結着がみられず、新しい原資料の発見が待たれている状況にある。

筆者は、先学の諸論に可能なかぎり目を配りながらも、芭蕉の二大紀行記、『野ざらし紀行』と『おくのほそ道』の中間に位置する作品として、とりあげた。

紀行文、詩句に、時に疎密《そみつ》のあることもふまえても、なお芭蕉の実作という立場に立ち、その未完成な部分にも、かえって、芭蕉の思想の生の息吹が読みとれるものとして、興味ぶかく重要な作品としてとりあげた。

たんに、成立、構成などの問題にかぎらず、この紀行文には、作品、また俳論において、時に、せめぎあう句文が、かえって重層的な芭蕉を理解するうえに、不可欠のものとして読みとれるからである。

芭蕉のこの旅には、帰郷のほかに、もうひとつの大きな目的があった。刎頸《ふんけい》の友杜国《とこく》と伊賀の実家で再度落ちあい、花の吉野巡礼に赴くことであった。

　芭蕉にとって吉野はいうまでもなく、先人たちの文芸の源泉の地であるばかりでなく、日本の文芸思想の、霊地・聖地であったからである。そのことは、先の『野ざらし紀行』からも分かる。志をひとつにする、深い愛情に結ばれた杜国との吉野巡礼には、いかほど深い思い入れと、歓びがこめられていたことであろう。

　ところで、吉野への旅路はすでに紹介したとおり、初瀬《はつせ》にはじまり、葛城山《かづらきやま》、三輪《みわ》、多武峰《とうのみね》、臍峠《ほそとうげ》、龍門《りゆうもん》、西河《にじこう》、蜻螟《せいめい》が滝と進み、さらに吉野を越えて、その先の天理の布留《ふる》の滝、神戸近郊の布引《ぬのびき》の滝、摂津《せつつ》の箕面《みのお》の滝へと、滝づくしの名が連ねられている。

　その後、ようやく、「桜」とだけ前書して、三句、

　　桜狩り奇特や日〻に五里六里
　　日は花に暮てさびしや翌檜《あすなろう》
　　扇にて酒汲む影や散る桜

また桜ではないが「苔清水《こけしみず》」と前書して、「とくとくの水」を詠った、

　　春雨の木下《こした》につたふ清水哉

が、とりあげられているだけである。

　吉野巡礼を正面からうたった句文は、先に紹介したが、「吉野の花に三日とゞまりて」として、藤原良経の歌「昔たれかゝる桜の種をうゑて吉野を春の山となしけむ」（『新勅撰集』）や、西行の「吉野山こぞの枝折《しおり》の道かへてまだ見ぬ方の花を尋ねむ」（『新古今集』）、そして安《やす》原貞室《はらていしつ》の「これは〳〵とばかり花の吉野山」（『曠野《あらの》』）を提示するだけである。

　あれほど憧れ、唐土《もろこし》の神仙境廬山《ろざん》にも比した吉野の、桜を正面からたたえた句はない。

　書きのこされているのは、すでに紹介したが、嘆きとも読める次の一文である。

「われ言はん言葉もなくて、いたづらに口を閉ぢたる、いと口惜し。思ひ立《たち》たる風流、いかめしく侍れども〔仰々しかったけれども〕、爰《ここ》に至りて無興《ぶきよう》の事なり〔こうなっては、興ざめなことだ〕」として、吉野についての、句文はおわる。

　たしかに西行庵の跡の「苔清水」の「とくとくの水」についての深い想いは充分に吐露されていると言ってもいい。しかし、あれほどまでに憧れた、「思ひ立たる風流」吉野の花への憧れは、どうなってしまったのであろうか。

たしかに、「桜」と題して三句が並んではいるが、主として芭蕉自身の心情を前面に出したもので、真向から花盛りを詠んだ句ではない。

残されている句としては、前章でも記したが、

芳野《よしの》

花ざかり山は日ごろのあさぼらけ　（『芭蕉庵小文庫』）

しばらくは花の上なる月夜かな　（『初蝉』）

などがある。

しかし、じつは、ここに謎をとくひとつの手掛かりがある。

『去来抄《きよらいしよう》』は芭蕉没後、向井去来の体験を中心に、蕉風の言説と見解をしるしたものとして、よく知られている。服部土芳《はつとりどほう》の『三冊子《さんぞうし》』とともに、蕉風俳論書として高く評価されているが、このたびはこれをみよう。

辛崎《からさき》の松は花より朧《おぼろ》にて

をはじめ、

行く春を近江《おうみ》の人とおしみけり

など、とかく論議のもととなった秀句をとりあげて、自説、他説をのべて、「先師」（芭蕉）の評言を加えた、貴重な俳論集である。このなかに、去来が桜を詠んだ次の句文があげられている。

おとゝひはあの山こえつ花盛り　去来

此《これ》は『さるみの（猿蓑）』二三年前の吟《ぎん》也。先師曰く「この句、いま聞く人有るまじ。一両年を待つべし」と也。その後、杜国が徒と吉野行脚したまひける道よりの文に「或は吉野を花の山（と）いひ〔「昔たれかゝる桜の種をうゑて吉野を春のやまとなしけむ」〕、或は是は〳〵とばかりと〔「これは〳〵とばかり花の吉野山」〕聞えしに魂を奪はれ、又は其角《きかく》が、桜さだめよと〔「芳野山ぶみして　明星や桜定めぬ山かづら」（五元集）〕いひしに気色《けしき》をとられて、吉野にほ（発）句もなかりき。只《ただ》、一昨日《おととい》はあの山こえつと、日々吟じ行き侍るのみ」と也。その後、此ほ（発）句をかたりもし、人もうけとりけり。よ（世）に今一両年はやかるべしとは、いかでかしり（知）給ひけん。予《よ》は却《かえ》つてゆめ（夢）に

もし（知）らざる事なりけり。

（『古典大系66』「去来抄」）

とあって、芭蕉は去来の句に気色《けしき》（風情）をとらえて自ら、「吉野に発句もなかりき」と語っているのである。たしかに『笈の小文』の文中で、芭蕉は「われ言はん言葉もなくて、いたづらに口を閉ぢたる、いと口惜し。思ひ立たる風流、いかめしく侍れども、爰《ここ》に至りて無《ぶ》興《きよう》の事なり」と記しているが、本当に「言はん言葉もなくて、いたづらに口を閉ぢた」のであろうか。ここは、興味深く、むずかしいところである。
　それを考えるために同じ『去来抄』に、次の句文があることもあげておこう。

下臥《したぶし》につかみ分けばやいとざくら

先師路上にて語り（て）曰く「此頃、其角が集に此句有り。いかに思ひてか入集しけん」。去来曰く、「いと桜の十分に咲きたる形容、能く謂《い》ひおほせたるに侍らずや」。先師曰く「謂ひ応せて何か有る」。此におゐて肝に銘ずる事有り。初めてほ（発）句に成るべき事と、成るまじき事をしれり（傍点栗田）。

これを注して、あまりにはっきりいい過ぎて余情がないという説もあるが、はたしてそうした技法上の細工のことであろうか。
　たしかに、そういうことにもつながるが、しかし、「謂ひ応せて何か有る」という言葉は、もっと深い、言語の表現の本質にかかわることではないだろうか。
　よく知られている芭蕉の遺語として、『三冊子』に「松の事は松に習へ、竹の事は竹に習へ」があげられている。この意は、「私意をはなれよといふ事也」だと説く。

習へといふは、物に入つてその微《び》の顕《あらわ》れて情感ずるや、句と成《な》る所也。たとへば、ものあらわにいひ出でても、そのものより自然に出づる情にあらざれば、物我二つに成りて、その情誠に不至《いたらず》。私意のなす作意也（傍点栗田）。

（『古典大系66』「三冊子」）

これを、ただ俳諧の席での心得と読んではならない。この稿の初めにも触れたが、ここには、存在と意識、言語表現の構造にかかわる、根本的な省察がある。
　芭蕉の重要な論旨は、俳諧の技術論ではなく、まさに現代の言語論の核心をついている。

芭蕉は、吉野の桜を眼前にして、「いたづらに口を閉ぢた」のではなく、「謂ひ応せて何か有る」という言語を絶した体験を吐露しているのではなかろうか。

この「松の事は松に習へ」という言葉については、三十六章で「辛崎の松」の句をきっかけに、いくぶんくわしく述べたことがある。

わが国では、あまり知られていないイスラーム哲学を、非西欧哲学のなかにとらえた、世界的イスラーム学者井筒俊彦氏の重要な著作のひとつに『意識と本質――精神的東洋を索めて』（岩波文庫、一九九一年）がある。そこで芭蕉の「松の事は松に習へ」が論じられているが、その中の一章「意識と本質――東洋哲学の共時的構造化のために」では、ソクラテス以来の西欧哲学の基盤を押さえた上で、フッサール、現象学時代のサルトルを論じている。とくに作品『嘔吐《おうと》』を例にあげて、次のように語っている。その要旨を紹介する。

絶対無分節の「存在」と、それの表面に、コトバの意味を手がかりにして、か細い分節線を縦横に引いて事物、つまり存在者、を作り出して行く人間意識の働きとの関係をこれほど見事に形象化した文章を私は他に知らない。（略）コトバの意味作用とは、本来的には全然分節のない「黒々として薄気味悪い塊《かたま》り」でしかない「存在」にいろいろな符牒《ふちょう》を付けて事物を作り出し、それらを個々別々のものとして指示するということだ。老子的な言い方をすれば、無（すなわち「無名」）がいろいろな名前を得て有（すなわち「有名」）に転成するということである。（略）

「天地の始」、一切の存在者がものとして現われてくる以前の「道」すなわち根源的「存在」には名前がない。それは言語以前であり、分節以前である。それを老子は天地分離以前という。ところが名の出現とともに天と地は互いに分れて「道」は「万物の母」となる。言語によって無分節の「存在」が分節されて、存在者の世界が経験的に成立する。言語以前から言語以後へ、「無名」から「有名」へ――「存在」の形而上的次元から形而下的次元へのこの転換点に「本質」が出現する（傍点栗田）。（略）

われわれの日常的世界とは、この第一次的、原初的「本質」認知の過程をいわば省略して（略）始めから既に出来上ったものとして見られた存在者の形成する意味分節的存在地平である。われわれはこのような存在地平に現出する世界の中に主体として存在し、われわれを取り巻くそれらのものを客体として意識する。その時、当然、意識は「……の意識」という形を取る、「……」の中に伏在する「本質」認知にほとんど気付くこともなしに。（略）

だが、以上はあくまで表層意識を主にして、表層意識の立場からの発言であって、深層意識に身を据えた人の見方ではない。（略）だから絶対無分節の「存在」の前に突然立たされて、彼〔サルトル〕は狼狽する。仏教的表現を使っていうなら、世俗諦《せぞくたい》的意識の働きに慣れ、（略）世俗諦的にしかものを見ることのできない人は、たまたま勝義諦《しょうぎたい》的事態に触れることがあっても、そこにただ何か得体の知れない、（略）淫らな裸の塊りしか見ないのである。実は東洋の哲学的伝統では、そのような次元での「存在」こそ神あるいは神以前のもの、例えば荘子の斉《せい》物論《ぶつろん》の根拠となる「渾沌《こんとん》」、華厳《けごん》の事事無礙《じじむげ》・理事《りじ》無礙の窮極的基盤としての「一真法界」、イスラームの存在一性論のよって立つ「絶対一者」等々であるのだが。

これに反して東洋の精神的伝統では、少くとも原則的には、（略）絶対無分節の「存在」に直面しても狼狽しないだけの準備が始めから方法的、組織的になされているからだ。（略）東洋の哲人とは、深層意識が拓《ひら》かれて、そこに身を据えている人である。表層意識の次元に現われる事物、そこに生起する様々の事態を、深層意識の地平に置いて、その見地から眺めることのできる人。表層、深層の両領域にわたる彼の意識の形而上的・形而下的地平には、絶対無分節の次元の「存在」と、千々に分節された「存在」とが同時にありのままに現われている。

常に無欲、以て其の妙を観
常に有欲、以て其の徼《きょう》を観る

と老子が言うのはそれである（『老子』一）（傍点栗田）。

井筒俊彦氏は、老子をとりあげ、「深層意識と表層意識とを二つながら同時に機能させることによって、『存在』の無と有とをいわば二重写しに観ることのできる、こうした東洋的哲人のあり方」を、中国仏教の最初期の大思想家である僧肇《そうじょう》（三七四または三八四〜四一四年）にみて、中国仏教思想の初期における老荘的思惟形態を指摘している。

この意識は存在界のどこにも「本質」なるものを識別しない。（略）まさに「寂寥虚曠《せきりょうきょこう》」の境位である。

井筒氏は、周到にさらに大乗仏教における徹底した「本質」否定にふれ、「『本質』ぬきの分節世界の成立を正当化するためにこそ、仏教は縁起《えんぎ》を説く」とする。「禅も『本質』など絶対に認めない」という。そして、イスラームにおけるイブン・アラビー系の「存在一性論」を紹介する。その詳細は、この文庫にしても四百頁に及ぶ著書『意識と本質』を読んでいただく他はないが、性急だが結論に近いところを紹介しておこう。

彼は、日本の思想家として本居宣長をあげる。

宣長にとって、抽象概念はすべてひとかけらの生命もない死物にすぎなかった。

とし、

そのような普遍者としての「本質」の探究を、宣長は「いともいともをこなれ」、なんとも言いようもないほどばかげたことだ、と断言するのである。

メルロー・ポンティ的に言うなら、今ここにあるこの「前客体化的個体」（cet individu préobjectif）、すなわち意識の対象として客体化され、認識主体の面前に引き据えられる以前の、原初的実在性における個物。そのような個物の「心」を捉える、つまり、その個物の「独自な、（言語的意味以前の）実存的意味の核心」（l'unique noyau de signification existentielle）を一挙に、直観的に把握することで（略）あらねばならない（傍点栗田）。

と説く。

いささか、哲学註釈語が並んでいるが、端的にいえば、「無念無想の全身的直観」とでも言えば、その真相に近いであろうか。井筒氏の文を借りれば、

概念的一般者を媒介として、「本質」的に物を認識することは、その物をその場で殺してしまう。概念的「本質」の世界は死の世界。みずみずしく生きて躍動する生命はそこにはない。だが現実に、われわれの前にある事物は、一つ一つが生々と自分の実在性を主張しているのだ。この生きた事物を、生きるがままに捉えるには、自然で素朴な実存的感動を通じて「深く心に感」じるほかに道はない（傍点栗

田)。(略)

「(略)されば事にふれて、そのうれしくかなしき事の心をわきまへしるを、物のあはれをしるといふ也」(『石上私淑言《いそのかみささめごと》』)。

宣長の言わんとするところを、いま、「本質」論的に敷衍《ふえん》して表現するとすれば、「物の心をしる」とは、畢竟《ひっきょう》するに、一切存在者の非「本質」的(=「本質」回避的、あるいは「本質」排除的、すなわち反「本質」的)、つまり直接無媒介的直観知(傍点栗田)ということになろう。事物のこのような非「本質」的把握の唯一の道として、宣長は「あはれと情《こころ》の感《うご》く」こと、すなわち深い情的感動の機能を絶対視する。(略)一切の「こちたき造り事」を排除しつつ、その物にじかに触れ、そこから自然に生起してくる無邪気で素朴な感動をとおして、その物の個的実在性の中核に直接入っていかなくてはならない、というのだ。

井筒氏は、さらに論をすすめて、核心に入る。

宣長のいう「物の心」を——あるいは、それをこそ——事物の「本質」であるとする、一つのまったく別の立場も考えられる。(略)「本質」のこのような考え方に対して、存在者をその「前客体化的」具体性において、真に具体的な個物として、成立させる実在的核心〔extentia〕こそ、本当の意味での「本質」だとする立場も当然あり得るわけで、もしこの第二の立場を取るなら、「物の心」は、まさしく第一義的に「本質」の名に値するものということになる。(略)

要するに二つの違った意味の「本質」があるということ、(略)二つの正反対の——次元で成立し得るということを、私はここで指摘しておきたいだけだ。(略)一方はものの個的リアリティー、他方はものの普遍的規定性。(略)同じく普遍者といっても、それによって我々が実存的普遍者を意味するか、概念的・抽象的普遍者を意味するかによって、事態はますます複雑になる。

イスラーム哲学では(略)一般に、フウィーヤとマーヒーヤとは共に存在者の「本質」であるとされていた。

伝統的イスラーム哲学における二つの「本質」の区別は、(略)一つは普遍的「本質」、他は個体的

「本質」。

以下、細密な論旨は、読者の原典理解に任せて、はなはだ大胆だがその論旨だけをたどろう。

フッサールのいう「本質」は、結局のところ、マーヒーヤ、すなわちものの普遍妥当的「本質」なのだろうか、それともフウィーヤ、すなわち生々躍動する現実のものの本源的リアリティーとしての「このもの性」なのだろうか。それとも同時にその両方だったのだろうか。

井筒氏はこう設問して、大胆に答えている。

ものにおけるこのマーヒーヤとフウィーヤとの結合、ないし同時成立を、きわめて独自な詩的、実存的体験の構造のうちに捉えた人物がある。俳人芭蕉がそれだ。リルケの立場に情熱的な形で見られるとおり、多くの詩人にはフウィーヤにたいする異常に強い関心がある。現実の経験の世界に生々と現前するものを、その時その場ただ一回かぎりの個的な事象として、あるがままのその純粋な原初性において、これらの詩人たちは自己の内部空間に定着させ、その上でそのものの純粋な形象を、日常言語より一段高次の詩的言語にそのまま現前させようとする。（略）

こうしてリルケはマーヒーヤに背を向けてフウィーヤに赴く。フウィーヤは、しかし、言語的意味分節の支配する表層意識には絶対に自己を開示しないということを彼は知っていた。（略）それが彼の、体験に基く確信だった。（略）リルケは彼のいわゆる「意識のピラミッド」（Bewußtseinspyramide）について語っている。このピラミッドの頂点のあたりは表層意識。ピラミッドの底辺のあたりに、つまり「我々の下の方に」ひろびろと広がる「内部の深層次元」（die Tiefdimension unseres Inneren）において、ものは始めてものとして、その本来的リアリティー、すなわち（略）フウィーヤを開示する、と彼は言う。このことは「本質」現成の次元に関わる意識の構造理論として興味ぶかい。（略）表層次元とはまったく性質の違った、意識の異次元の存在を詩的体験上の否定すべからざる事実として主張するからである。

深層体験を表層言語によって表現するということの

悩みは、表層言語を内的に変質させることによってしか解消されない。ここに異様な実存的緊張に充ちた詩的言語、一種の高次言語が誕生する。（略）

　最初に述べたあの本居宣長の、概念的普遍者を遠ざけて、ひたすら感動の深さのみによって「物の心」を追求しようとする態度も、「意識のピラミッド」の深部に存在者の実在的リアリティーを探ろうとするリルケのそれと、類型的には、同種のフウィーヤ探求であった、と見ることもできよう。

「話が大へん廻り道をしてしまったが」と、井筒俊彦は『意識と本質』のなかで話をつづけるが、筆者も読者に同じ言葉で先に進むことを許してもらいたい。
　ここは、「存在」と「言語」の関係についてどうしても避けて通れない構造なのである。井筒氏は言う。

　もともと私はここで芭蕉の本質論について語りたかったのだ。「本質」の直観的把握におけるマーヒーヤとフウィーヤの結び付き。
「本質」と「存在」といってもいい。
　今、宣長について一言したとき、（略）宣長の関心のあった詩的言語といえば、勿論、和歌の言語である。和歌のコトバ、（略）それはマーヒーヤの顕在的認知に基くコトバである、少くとも（略）『古《こ》今《きん》』的和歌の世界は、一切の事物、事象が、それぞれその普遍的「本質」において定着された世界だ。（略）
　あまりに明確な輪郭線で区切られた「本質」的事物の、ぎっしり隙間なく充満するこういうマンダラ的存在風景に飽き足らぬ詩人たちは、王朝文化の雅《みや》びの生活感情的基底であった「ながめ暮す心」を、普遍的「本質」消去の手段として、一つの特殊な詩的意識のあり方にまで次第に昇華させた。（略）
　だが、『新古今』的幽玄追求の雰囲気のさなかで完全に展開しきった形においては、「眺め」の意識とは、むしろ事物の「本質」的規定性を朦朧《もうろう》化して、そこに現成する茫漠たる情趣空間のなかに存在の深みを感得しようとする意識主体的態度ではなかったろうか。「本質」の実在を否定するわけではない。（略）
　だが、この詩人の意識は（略）この「眺め」の焦点をぼかした視線の先で、事物はその「本質」的限定を越える。そこに（略）、存在深層の開顕がある。「眺め」は一種独特な存在体験、世界にたいする意識の一種独特な関わりである（傍点栗田）。（略）この「眺め」論は、それだけに独得であるが、一言でいえば、存在に対する距離感、直接性を避ける意識の傾向を指摘していると言っていいだろう。これは、一般に、存在する対象に対する意識の単純なあり方としては当然のことであろう。

ところが、この話は行を改めて芭蕉に及ぶ。

マーヒーヤにたいするこのような態度を芭蕉は取らなかった。（略）彼にとってマーヒーヤは、『古今』的に、経験的事物の表層にそのまま顕在するものでもなかった。普通、永遠に不変不動と考えられる普遍的「本質」を、フウィーヤとの関聯において著しく動的でダイナミックなものとして彼は捉えた。（略）

このものをまさにこのものとして唯一独自に存立させる「このもの性」、フウィーヤ、を彼（芭蕉）は己れの詩的実存のすべてを賭けて追求した。他面、しかし、彼はフウィーヤの圧倒的な魅力に眩惑されて、普遍的「本質」、マーヒーヤ、の実在性を否認することもなかった。彼にとって、事物のフウィーヤはマーヒーヤと別の何かではなかったのだ。存在論的に、「不易《ふえき》」は「流行」と表裏一体をなすものであった。

『おくのほそ道』の旅で悟得《ごとく》したとされる芭蕉の「不易流行論」にも通じる。「現象」と「存在」の本質に目配りされた正論といえる。

だが、普遍的なものと、個体的なものとが、一体どうやって一つの具体的存在者の現前において結び付くのであろうか。概念的普遍者ではなく実在的普遍者としての「本質」が、いかにして実在する個体の個体的「本質」でもありえるのか。言いかえれば、「不易」がいかにして「流行」しえるのか。

現象と存在をめぐる認識のあり方にたいする鋭い指摘といえよう。井筒氏はつづけてこれに答えている。

「松の事は松に習へ、竹の事は竹に習へ」と門弟に教えた芭蕉は、「本質」論の見地からすれば、事物の普遍的「本質」、マーヒーヤ、の実在を信じる人であった。だが、この普遍的「本質」を普遍的実在のままではなく、個物の個的実在性として直観すべきことを彼は説いた。言いかえれば、マーヒーヤのフウィーヤへの転換を問題とした。マーヒーヤが突如としてフウィーヤに転成する瞬間がある。この「本質」の次元転換の微妙な瞬間が間髪《かんはつ》を容《い》れず詩的言語に結晶する。俳句とは、芭蕉にとって、実存的緊迫に充ちたこの瞬間のポエジーであった（傍点栗田）。

井筒氏のこの芭蕉についての分析は、正確であるだけではなく、まことに美しい。まさしく、ポエジーの結実する時間を共に追体験されているのである。もう少し井筒氏の文章を借りよう。

一々の存在者をまさにそのものたらしめているマーヒーヤを、彼は連歌的伝統の術語を使って「本情」と呼んだ。千変万化してやまぬ天地自然の宇宙的存在流動の奥に、万代不易な実在を彼は憶った。「本情」とは個々の存在者に内在する永遠不易の普遍的「本質」。内在するといっても、（略）事物の感覚的表層にあらわに見える普遍者ではない。事物の存在深層に隠れた「本質」である。「物と我と二つになりて」つまり主体客体が二極分裂して、その主体が自己に対立するものとして客観的に外から眺めることのできるような存在次元を仮りに存在表層と呼ぶとして、ここで存在深層とは、この意味での存在表層を越えた、認識的二極分裂以前の根源的存在次元ということである（傍点栗田）。

先に、芭蕉の句への基本となる境地について、程明道《ていめいどう》の「秋日偶成」の詩、「万物《ばんぶつ》静《しずかに》　観《かんずれば》　皆《みな》自得《じとくす》」という語を引いた。これこそ真の認識というべきであろう。

〔ものの〕「本情」は、当然、表層意識では絶対に捉えられない。（略）「……の意識」とは、（略）二極分裂的自我意識だからである。ものの「本情」に直接触れるためには、「……の意識」そのものの内的機構に、ある根本的な変質が起らなければならない。この変質を芭蕉は「私意をはなれる」という一見すこぶる簡単な言葉で表現する。（略）このような方向に自己を絶えず修錬していくことがすなわち彼のいわゆる「をのれが心をせめて、物の実《まこと》しる事」（『許六《きょりく》離別ノ詞』）という美的修練だった。これを「風雅《ふうが》の誠《まこと》」と彼は呼んだ。「風雅に情《こころ》ある人」、の実体験として、ものを前にして突然「……の意識」が消える瞬間があるのだ。そういう瞬間にだけ、もの（傍点栗田）の「本情」がちらっと光る。「物の見えたる光」という。

一瞬の、ひらめく存在開示。人がものに出合う。異常な緊張の極点としてのこの出合いの瞬間、人とものとの間に一つの実存的磁場《じば》が現成し、その場《フィールド》の中心に人の「……の意識」は消え、ものの「本情」が自己を開示する。芭蕉はこの実存的出来事を、「物に入りて、その微《び》の顕《あら》われ」ることとして描いている。「物に入る」とは、ものが「……の意識」の対象ではなくなること、つまりこの出来事が、人の側においては、二極分裂的意識主体の消去であることを指し、「その微が顕われる」とはものの側では、それの「微」、すなわち普通は存在の深部に奥深く隠れひそんで目に見えぬ「本情」が自らを顕わすことを指す。（略）

　この永遠不変の「本質」が、芭蕉的実存体験においては、突然、瞬間的に、生々しい感覚性に変成して現われるのだ。普遍者が瞬間的に自己を感覚化すると言ってもいい。そしてこの感覚的なものが、その時、その場におけるそのものの個体的リアリティーなのである。人とものとの、ただ一回かぎりの、緊迫した実存的邂逅の場《フィールド》のなかで、（略）マーヒーヤがフウィーヤに変貌する。（略）「物の見えたる光、いまだ心に消えざる中《うち》にいひとむべし」と。

芭蕉は、同じことを忠告する。

「その境に入って、物のさめざるうちに取りて姿を究」めなければならないのである。

これが芭蕉の詩論であり、「本質論」なのである。

芭蕉の俳句の「本質」と「認識」の問題は、単なる現象的構造ではない。俳諧は、句として成立するとき、まさしく宇宙論的相貌を開示する。

芭蕉の俳句成立の構造についての考察を、ここでもう一度ふり返ってみた。

というのも、芭蕉は刎頸《ふんけい》の友ともいうべき杜国をともなって、彼の俳句の原点ともいうべき、花の吉野への遍路巡礼の旅に出たからである。不思議なことに、この旅を通して芭蕉は「俳句」らしい句を残したとはいいがたい。なぜ芭蕉は、句作にはげまなかったのか。その謎を追ってゆくことに芭蕉の創作に対する姿があらためて明るみに出されてくる。

芭蕉は、彼の句の原点ともいうべき花の吉野で、なぜ句を残さなかったのか。

芭蕉は、あえていえば、吉野で杜国とともに吉野の花の俳諧の世界を生きた。その方が彼にとっては貴重であった。彼にとって俳諧とは、たんなる言語表現ではなく、造化を生きることそのものだったからである。彼の「われ言はん言葉もなくて、いたづらに口を閉ぢたる、いと口惜し」という言葉は残されている。しかし、はたして句をものにすることなくて、「口惜し」と書いたのは本心であろうか。

芭蕉は、俳諧における心友、杜国と花の吉野を歩くことで十分であった。

「いたづらに口を閉じた」までである。ときに、自作よりも、言語を絶した深い感動を心友と共に生きる一刻が貴いこともある。

そのときも、花の吉野の山にきこえていたのは、苔清水とくとくの雫《しずく》の音だったのである。

「いと口惜し」は芭蕉を気づかう俳友への挨拶にすぎなかったのではなかろうか。

五十八章　雉《きじ》の声

三月下旬、芭蕉は杜国《とこく》とともに念願の吉野を再訪して、三日あまりとどまった。吉野の句はほとんど得られなかったが、それでも芭蕉は、西行をはじめ先人たちの詩句を味わいながら下山、葛城山《かづらきやま》の南麓をたどり、高野山へ向かった。

このときも葛城山で、「猶《なお》見たし花に明行神《あけゆく》の顔」の句を得たが、この句は『笈の小文』の第十二節「初瀬《はつせ》」につづけて紹介されていて、これについては、すでに語った。

この文節のしめくくりとしては、「高野《こうや》」と題して、万菊丸こと杜国と唱和した一句がある。

　　　高野
父母《ちちはは》のしきりに恋ひし雉《きじ》の声
散る花にたぶさ恥づかし奥の院　万菊

さらに、別に俳文「高野詣《こうやもうで》」が、『枇杷園随筆《びわえん》』（士朗《しろう》撰、文化七年刊）に「秋挙夜話」として収められている。それをあわせて紹介しよう。芭蕉は、この年の二月、故郷で亡父の三十三回忌を営んだ直後であり、また母の没後五年でもあったから、父母に対する想いはいっそう深く、身近なものであった。

高野詣

高野のおくにのぼれば、霊場さかんにして法《のり》の燈《ともしび》消《きゆ》る時なく（仏法は高野山の常夜燈のように消えることがないの意。高野明神《こうやみようじん》が現われ祈親《きしん》上人に示した和歌として『続古今集』所載の「我あらばよも消えはてじ高野山高きみのりの法のともしび」が下敷きか）、坊舎《ぼうしや》（僧坊）地をしめて仏閣甍《いらか》をならべ、一印頓《いちいんとん》成《じよう》（一つの印を結び陀羅尼《だらに》を唱えれば、ただちに悟りを得ると説く真言宗の教え。ここでは桜の花の一度に咲き出たさまのたとえ）の春の花は、寂寞《じやくまく》（悟りの境地）の霞の空に匂ひておぼえ（美しく咲いて）、猿の声、鳥の啼《なく》にも腸《はらわた》を破るばかりにて、御廟《ごびよう》（御廟。みたまや）を心しづかにをがみ、骨堂《こつどう》のあたりに彳《たたずみ》て、倩《つらつら》おもふやうあり。此処《このところ》はおほくの人のかたみ（遺骨・遺品）の集《あつま》れる所にして、わが先祖の鬢髪《びんぱつ》（髪の毛）をはじめ、したしきなつかしきかぎりの白骨《はつこつ》（芭蕉は寛文六年、故主蟬吟《せんぎん》の遺骨〔位牌ともいう〕を高野山に納める使者となったこともある）も、此内《この》にこそおもひこめつれと、袂《たもと》もせきあへず（涙を袂でおさえきれないほど）、そゞろに（むしょうに）こぼるゝ涙をとゞめて（傍点栗田）、

父母のしきりに恋し雉《きじ》の声

（本文・注『古典大系46』「俳文二八　高野詣」）

最後の句は、行基《ぎようき》菩薩が高野山で作ったと伝えられる「山鳥のほろ〳〵と鳴く声きけば父かとぞ思ふ母かとぞ思ふ」（『玉葉集』『夫木和歌抄』）という歌によっている。昔から雉の声は、「焼野の雉子《きぎす》夜の鶴」などといわれ、子をいつくしむ親心の象徴とされている。雉の声は高く鋭く、人の心を切り裂くようである。

万菊の詠んだ「散る花にたぶさ恥づかし奥の院」の句は、髪を頂に束ねたはでな髪形は、若さを誇るようで、花の高野山の奥の院に詣でると生死のはかなさが身にしみて、浮かれた髪形が軽薄に思われ、恥ずかしいという想いである。

芭蕉との深い交情が反映している。

「高野」での二句の次に、俳文はなく、いきなり「和《わ》歌《か》」の前書につづけて一句。

行春《ゆくはる》に和歌の浦にて追付《おひつき》たり

三月末、高野山を下って、西へ、和歌山市の南の端、和歌川の河口、片男波《かたおなみ》の砂嘴《さし》に囲われた入江付近に位置する、和歌の浦に向かった。古来多くの歌が詠まれ、紀伊国の歌枕となっている。

とくに説明もないが、これはむしろ歌枕としてあまりにもよく知られている地名だからであろう。

古来、和歌の浦を詠んだ歌のその幾つかをあげておこう。

聖武天皇の玉津島《たまつしま》(湾の北西隅にあった小島で、玉津島神社があり、和歌三神の一、衣通姫《そとおりひめ》を祀る)行幸に従った山部赤人のよく知られる一首。

若の浦に潮満ち来れば潟《かた》をなみ
　葦辺《あしべ》をさして鶴《たづ》鳴き渡る　(『万葉集』巻六)

つぎに、

老いの波寄せじと人はいとへども
　まつらんものをわかの浦には　連敏法師
(『後拾遺集』雑五)

この歌のように「わかの浦」に「若」の意をよみとり、「老い(の波)」と対で詠まれる場合は多い。

また、平安時代後期から「和歌」という名にちなみ、「歌」「歌道」「歌道家」「詠草」などの象徴として詠われることもある。

わかの浦に家の風こそなけれども
　浪吹く色は月に見えけり　藤原範光《のりみつ》
(『新古今集』雑上)

藻塩草《もしおぐさ》かきあつめたる数ごとに
　みるかひもあるわかの浦かな　藤原実家《さねいえ》
(『実家集』)

さらに、和歌の神であり、この土地の地主神とされる玉津島神・住吉明神にかけて、

わかの浦にその名をかけて頼むかな
　あはれと思へ玉津島姫　飛鳥井雅経《あすかいまさつね》

藻塩草はかなくすさむわかの浦に　（『明日香井《あすかい》和歌集』）
あはれをかけよ住吉の波　九条良経（『秋篠月清集《あきしのげっせいしゅう》』）
（『歌ことば歌枕大辞典』外村展子）

芭蕉は、自らはあえて語らず、詩歌の伝統的で豊穣な連想にゆだねたのであろう。芭蕉にとって、地名、名所、旧跡もすべて、詩人の作品の風景にほかならなかった。

こうして読むと、「和歌」という句は、吉野山を下りきって、あらためて「行春」、すなわち暮春の訪れる風景をしみじみと詠ったものであろう。この一句のイメージは、深く広い。

次の本文では、ただ歌枕として、

紀三井寺《きみいでら》

とだけあって、句はない。とまどうのも無理はない。

紀三井寺は「きみ井寺」とも書き、和歌の浦の東岸、名草山《なぐさやま》にある真言宗の寺。正式名、紀三井山金剛宝寺護国院。唐の僧・為光《いこう》が七七〇年（宝亀元年）にひらいたといわれ、西国三十三所第二番の札所《ふだしょ》。吉野詣の旅を巡礼としてとらえ、想いをこめて参拝したものか。

『古典大系46』の注では、「或は〔一行前の〕『行春《ゆくはる》に』の句を作った場所を記したものか」としているが、置かれた位置から考えると、いささか無理がある。

このような『笈の小文』の配列については、従来、研究者たちによって、なだらかな文章の展開に反するものとして、不都合が指摘されている。代表的なものとして、四十六章でも紹介したが、宮本三郎著『蕉風俳諧論考』に、「『笈の小文』への疑問」として、いくつかあげられている。これを紹介しておこう。

吉野山の一文から高野・和歌の浦へかけては、紀行として一応読み進められるが、「行春に」の句の次に（略）ただ「きみ井寺」とのみ記して句がないのは、ここが書写・編集の際の発句の脱落と見るべきか、それとも単に（傍点栗田）紀三井寺参詣を意味したものか、誰しも不審の念をいだくに違いない。一説には、これが発句の前書で、ここに後掲のような発句があったのを、芭蕉が紀行の推敲過程で、発句を抹消し前書のみ消し残されたかとの推定もされているが、特定の部分部分は別として、惣じて一貫した紀行文として芭蕉がこの本文に推敲を加えたとは、（略）到底考えられない。（略）ここに紀三井寺の発句というのは、三山人巴明《はめい》が寛政十年の上方旅行中、紀三井寺で実見した「芭蕉翁句墳」の一つ、「見上れば桜仕舞ふて紀三井寺」を指し（巴明編『苔《こけ》の花』）、（略）野桂編『茗荷図会《みようがずえ》』（文政九年稿本）にも載るが、高さ一五〇センチ、幅八〇センチの句碑が紀三井寺山内の波切不動前に現存する。

　碑面には、

> しまふて
> 見上れは　紀三井
> さくら　　てら
> 芭蕉翁

とあり、裏面に「末代庵住　生涯風羅　談笑微中　不譲詩歌」と題し、「松塊亭《しようかいてい》誌」と記している。松塊亭とは松尾氏、風悟《ふうご》（文化十二年、八十四歳没）、また塊亭《かいてい》と号し、天明・寛政・文化ごろ活躍した美濃派俳人の紀州藩士で、思うに、（傍点栗田）地元に伝えられた蕉句に拠り、句碑を建立したものであろう。さすれば、（略）いちがいにその信憑性を無視することは出来ない。この箇所は「笈の小文」の読者が古来疑問としたところで、臆測を加えれば、当時地元の俳人塊亭らが逸句を刻んでその本文の不備を補おうとしたのかもしれない。

　ところで、この「きみ井寺」から、（略）「跪《（踵）》はやぶれて西行にひとしく云々」以下、（略）芭蕉の行脚観・旅行論といふべき俳文が続くのもまた不自然なことである。（略）「衣更」の句との間に、あたかも割込んだような形で、この旅行論は不調和に挿入されている。（略）支考《しこう》はそこに行文の円滑な（傍点栗田）進行を欠くものを見て取ったためか、「きみ井寺」なる前書以下（略）一切を省略して、「それよりは和歌の浦づたひに、津の国をも行過ぎて、須磨・明石の間にたゞよふ」と改作している。

　以上、宮本三郎氏の説を一部紹介したが、宮本氏は、その他の章の考察をもふまえて『笈の小文』の成立についての問題点を指摘し、さらに、

　『野ざらし紀行』（甲子《かつし》吟行）（略）『鹿島《かしま》紀行』（略）『更級《さらしな》紀行』（略）『おくのほそ道』には、（略）それぞれ芭蕉の手に成る最も信頼し得る紀行本文が厳存するのに、いわゆる「笈の小文」は、たまたま本文に関連ある句・文の断片は別にして、乙州《おとくに》刊行本以

外には（略）草稿本の伝来さえ今日知られていないのは、従来（略）三大紀行に数えられて来た本作品に対し、（略）いよいよ疑念を抱かせる所以でもある。

とし、

それぞれやはり独立性をもった俳文なのではなかろうか。

とされている。

　ここでは、きわめて専門的な考証にはたち入らないが、長年詩作にもかかわった者として、筆者自身としては、僭越ながら、現存する芭蕉の著作物として、何よりも本文そのものを読みこむことによって、俳人芭蕉その人の筆づかいを味わい、「俤《おもかげ》」をたどりたいと考えている。

　このように芭蕉研究は、日々新しい発見により、新しい見解が提出されているが、筆者は「詩」における論理的で完結した文体至上主義的文芸観というものに疑問をもっている。

　俳文、今日風に言えば「散文詩」というものには、やはりそれなりの文の呼吸にそった読み方をするべきであり、一貫した近代的文体を、東西の古典的詩歌に期待するよりは、まず散文詩そのものを虚心に追体験することに徹するほうが、読む側にとっても稔《みの》りが多いと思うのである。

　むしろ、次につづく俳文に、旅の苦難と喜びを語っていることの先触れとして読むなら、やはり吉野詣から西国巡礼の旅へとふたたび心を切りかえるために、言葉にならない心を託した味わい深い名所として読むこともできる。

　次の節に移ろう。
句文は、西行法師に想いをはせるところから始まる。

踵《きびす》（跪）は破れて西行にひとしく、天龍の渡しを思ひ〔西行が天竜川の渡しで、舟を危うくし、鞭で打たれ、頭から血を流し、舟から下ろされたが、少しも怒らなかったという『西行物語』の話による〕、馬を借る時はいきまきし聖《ひじり》の事心に浮かぶ〔高野の証空《しょうくう》上人が細道で馬に乗っていた女に行き会い、女の馬方《うまかた》が馬の口を引きそこねて、上人の馬を堀に落としてしまった。上人はひどくいきまいたが、そのことを自ら悔いて逃げ帰ったという『徒然草』百六段の話による〕。山野《さんや》・海浜《かいひん》の美景に造化の功〔宇宙創造の神のしわざ〕を見、あるは無依《むえ》の道者〔何物にも依る所なく、一切の執着を脱した仏道修行者〕の跡を慕ひ、風情《ふぜい》の人の実《まこと》をうかがふ。

猶《なお》、栖《すみか》〔住居〕を去《さ》りて器物の願ひ〔財物に対する欲望〕なし。空手《くうしゅ》なれバ途中の愁《うれい》もなし〔無一物なので、道中盗難などの心配もない〕。寛歩《かんぽ》駕《かご》に換へ、晩食肉よりも甘し〔駕籠に乗るかわりに、疲れぬように歩き、夕食を遅くすれば粗末な食事でも魚鳥の肉よりもおいしい〕。

とまるべき道に限りなく〔どこで泊まるという必要もなく〕、立《たつ》べき朝《あした》に時なし〔出発する朝の時刻もきまりはない〕。只《ただ》一日の願ひ二つのミ。こよひ良《よき》〔能〕宿借《か》らん、草鞋《わらじ》のわが足によろしきを求《もとめ》んと計《ばかり》は、いさゝかの思ひなり。

時々《じじ》気を転じ〔その時々に気分も変わり〕、日々《ひび》に情《じょう》を改む。もしわづかに風雅ある人に出合《であい》たる〔少しでも風雅を解する人に出会った場合は〕、悦《よろこび》限りなし。

日比《ひごろ》は、古めかし、かたくななり〔頑固で情を解さない人だ〕、と悪《にく》ミ捨《すて》たる程《ほど》の人も、辺土《へんど》〔辺鄙《へんぴ》な土地〕の道づれに語りあひ、埴生《はにゅう》・葎《むぐら》〔貧しい粗末な家、草深い家〕のうちにて見出《みいだ》したるなど、瓦石《がせき》のうちに玉を拾ひ、泥中《でいちゅう》に金《こがね》を得《え》たる心地《ここち》して、物にも書付《かきつけ》、人にも語らんと思ふぞ、又是《これ》旅の一つなりかし。

（注は『古典大系46』）

右の一節は、芭蕉のいわゆる「旅論」の代表的なもののひとつとされている。旅論といえば、第三節の「抑《そもそも》、旅の日記といふものは」にはじまる一節がともに、あげられている。

しかし、よく読むと第三節の文章は、文頭を飾るいかにも序論らしき一般論として、先人である紀貫之・鴨長明・阿仏《あぶつ》の尼《あま》の文をあげて、敬意をはらい、自らを卑下しているように語り、先人たちのそのスタイルを「文《ぶん》をふるひ情《じょう》を尽《つく》し」として賞賛しているようにみせながら、その実「余《よ》は皆俤似通《にかよ》ひて、其糟粕《そのそうはく》を改《あらたむ》る事あたはず」として、否定的なのである。

芭蕉が、そのかわりとして宣言した旅論とは、定型的、伝統的な旅の日記ではなく、旅のなかに一種の具体的、体験的な日常性を見つめ、そこであらわになる心に残る風景、山中、野中の泊まりの苦しさ、愁いのなかに、「話の種」、「風雲の便《たよ》り」という身体的、生活的、具体的なリアリティを重んじたものであって、旅を一種の脱俗、逃避行として受けとめがちな、文学的通念を批判するものであることに注目しなければならない。

つまり、先人の美化された定型的な「旅情」に対して異議を唱え、新しい一種のリアリズムをもって、旅の生活的、否定的側面をえぐり出していることに注目すべきなのである。

それこそ、芭蕉の目指した画期的な「俳諧」の主張だったからである。そのように旅は否定的日常性をあらわにするからこそ、「わづかに風雅ある人に出合たる、悦《よころび》限りなし」といい、「瓦石のうちに玉を拾ひ、泥中に金を得たる心地して」とまで、人との出逢いを貴重なものとしていることに、注目すべきなのである。

ついで、二句あり。

衣更《ころもがえ》

一ッ脱《ぬ》いで後《うしろ》に負《おい》ぬ衣がへ

吉野出《いで》て布子《ぬのこ》売《うり》たし衣がへ　万菊

「一ツ脱いで」の句は、四月朔日《ついたち》、和歌の浦から奈良へ向かう途中での句。山本健吉著『芭蕉全発句』の注によると、旅中に衣更の日になったことに感動を受けている。

昔は、更衣の時期を今日よりきびしく守っており、宮中では、更衣の節会《せちえ》があった。民間でもこの日が綿入を脱いで袷《あわせ》となる日であり、十月朔日には、ふたたび綿入に着更えた。

そのように大切な日なのに、旅中、何の行事もなしで無造作に、一枚脱いで背中の荷物に入れて背負ってすませたという、旅中のおかしみがこの句の詩因であり、「旅の心がすなわち軽みとも言うべき句」とある。

「吉野出でて」の（万菊の）句は、暖かくなり不用になった綿入を売り払いたいの意。

ただし、『曠野《あらの》』には、「売おし」（傍点栗田）とあり、この場合は、吉野の花の香のしみた布子なので、売るのが惜しいという意となる。後者の方が、「吉野出でて」の惜別の情を偲ばせる（『古典大系46』注）。

貞享五年（一六八八）四月上旬、芭蕉は和歌の浦から暗《くらがり》峠を越えて奈良に向かった。四月八日、灌仏《かんぶつ》の会（釈迦の誕生日）には、奈良を巡っている。

灌仏の日は、奈良にて爰《ここ》かしこ詣《もうで》侍るに、鹿の子を産《うむ》を見て、此日においてをかしければ（傍点栗田）

灌仏の日に生《うま》れあふ鹿《か》の子哉

釈尊の誕生の日にえらばれて生まれた鹿の子の姿、格別に新鮮な生命への讃歌を感じたことであろう。

この前後、伊賀《いが》から猿雖《えんすい》、卓袋《たくたい》、梅軒《ばいけん》、利雪《りせつ》たちが、約束していたのか、奈良に来て合流し、酒席を設け、歓を尽くし、俳巻一巻を催した。旧友たちも大仏の法会の参拝に来たのだろうか。

　それから三日後、『年譜大成』によれば、

四月十一日　伊賀衆に別れ、奈良を発ったのは、この日と推定される。唐招提寺《とうしょうだいじ》鑑真和上像を拝したのもこの日か。

仏法のため、身をすてて旅に布教の想いを託した和上への共感はふかい。

招提寺鑑真和上来朝の時、船中七十余度の難をしのぎたまひ、御目《おんめ》のうち潮風［塩風］吹入《ふきいり》て、終《つい》に御目盲《しい》させ給ふ尊像を拝して、

若葉して御目《おんめ》の雫《しずく》拭《ぬぐ》はばや

　奈良の西郊にある律宗《りっしゅう》の本山、唐招提寺での句。境内の裏手にある開山堂《かいざんどう》には、有名な鑑真和上の脱活乾漆《だっかつかんしつ》造《づくり》、盲目の肖像がある。天平《てんぴょう》肖像彫刻の傑作として知られる。

　山本健吉氏は、「若葉して」は「若葉を以て」の意で、「若葉のころになって」の意ではないとする（『芭蕉全発句』）。

　奥まった開山堂を囲む樹林の若葉が、春陽に輝いているのに、盲目の鑑真和上には見えないであろう。その若葉で、盲《めし》いた和上の悲しみの涙をぬぐいとってさしあげたいと思うほど、季節の甦る若々しい生命があふれている。

　次の句文、

旧友に奈良にて別《わか》る

鹿の角先一節《まずひとふし》の別れかな

　同郷の人々との別れを偲《しの》んでいる。

落ちていた鹿の角が、四月ごろまた生えはじめる。節から一枝ずつ分かれるように、晩春から夏にかけて新しい角が生えて股《また》になる。人も、別れを重ねながらも、友情は消えることなく、思い出とともに甦ってゆくにちがいない。別れの哀惜と再生への力強い期待を、奈良の鹿の姿のなかに見出して詠っている。

　次に本文は、「大坂にてある人の許《もと》にて」と続くが、

大坂に入るのは四月十三日である。その途中で、興味ぶかい出逢いがいくつかあった。

まず四月十一日、『年譜大成』によれば、この日は「在原寺《ありわらでら》・布留《ふる》神社などを見、大和八木《やぎ》に一宿」とある。奈良から八木にいたる十里の道を一日にして歩いたことになる。

先に五十四章で紹介したが、「草臥《くたびれ》て宿借る比《ころ》や藤の花」の句は、八木に到着した宿での吟である。山本健吉氏は、はじめは夏の句、「ほと、ぎす宿かる比の藤の花」であったが、「ほと、ぎす」を抹消して春の句になったとする（山本・前掲書）。

さて、翌十二日に、芭蕉と杜国は竹内《たけのうち》街道を通り、大坂に向かうが、ここで味わい深い有名なエピソードがある。それを四月二十五日付、故郷の惣七《そうしち》（猿雖）に宛てた書簡で読んでみよう。

（略）十二日竹の内いまが茅舎《ぼうしや》に入（る）。うなぎ汲《くみ》入《い》（れ）たる水瓶《すいびよう》もいまだ残りて、わらのむしろの上にて茶酒もてなし、かの布子《ぬのこ》うりたしと云（ひ）けん万菊のきる物のあたひは彼におくりて通る。おもしろきおかしきもかりのたはぶれにこそあれ、実のかくれぬものを見ては、身の罪かぞへられて万菊も暫《しば》（し）落涙おさへかねられ候。

（『古典大系46』書簡一九）

芭蕉らしい簡潔で重要な一文である。

大和国葛城の竹内村（今の当麻《たいま》町）は、かつて『野ざらし紀行』をともにした弟子の千里《ちり》の故郷だが、当時伊《い》麻女《まじよ》は、当麻孝女として世に名高かった。

伊麻は農夫長右衛門の娘で、宝永元年（一七〇四）に八十一歳で没しているが、芭蕉が再訪した貞享五年（一六八八）には六十五歳で、まだ生存していた。

その奇跡とは、寛文十一年（一六七一）の夏、父が疫痢に悩んで命が危うくなったとき、伊麻は鰻を食すれば大層効くと聞いて、弟の長兵衛とともに、八方手を尽くして探したがどうしても手に入らなかった。ところが、日頃の強い孝心を神が受けとめられたのであろうか、一夜、突然厨《くりや》の水瓶に鰻が現われたのでその鰻を父親に食べさせたところ、たちまち病が治ったというのである（『古典大系46』補注）。

その鰻を入れていたという水瓶が、いま芭蕉の目の前に残っていて、藁のむしろの上に、茶や酒をふるまってくれた。同行していた万菊丸は、感激のあまり、先に「吉野出て布子売たし衣がへ」と詠った自分の布子（木綿の綿入）を売った代金まで伊麻女に与えてしまった。

伊麻女の奇跡を聞いて、芭蕉も万菊丸も、心底から感動した。土地が弟子の千里の故郷でもあり、また素朴な六十五歳の老女を目の当たりにして、疑うことなく信じたとも受けとれる。だが、そうだろうか。

芭蕉も、人間好きで、ひたすら純粋な孝心に打たれたという見方も少なくないが、果たしてあれほど人にも自分にも厳しい芭蕉に、そういう素直な心をみるべきだろうか。

筆者は、書簡の後半の文章に注目したい。これは自己反省である。

すなわち、「おもしろきおかしきもかりのたはぶれにこそあれ、実のかくれぬものを見ては、身の罪かぞへられて万菊も暫し落涙おさへかねられ候」とあって、引用書の注にもあるように、「心をそぞろかす風雅もはかない仮象の戯れにすぎぬ」、俳諧も架空の絵空事の遊びではないかと言い切っている。それに対する、孝女伊麻の奇跡は、素朴だが、「実のかくれぬもの」、現実そのものである。それ故に、風雅に身をやつして、真実を求めたつもりの己れも万菊丸も、いわば風雅というフィクションを、真実と説いているのは罪ではないかという自責の念にとらわれ、「暫し涙をおさえかね」たのである。

ここには、俳諧をはじめ、あらゆる芸道における、仮構《フィクション》と生の現実とのジレンマに対する、深刻な反省が吐露されているのである。

芭蕉は、孝女伊麻その人に感動したのか、むしろ奇蹟を信じる具体的な生活人のリアリティに打たれたのであろうか。

つまり、この文章は孝女伊麻女に「実のかくれぬもの」を見たのである。これは、およそ俳諧ばかりでなく、風雅の道そのものに対する反省である。

あらゆる文化芸術にたずさわる人が、実の生活者を前にして感じる深刻な痛みだともいえよう。だから「身の罪」と言うのである。『三冊子』に伝える「風雅の誠」、私意を捨てた宇宙の真実への献身である。

筆者は、このエピソードに芭蕉の素朴な人間愛を見ると同時に、むしろ風雅に対する自省の深さに心打たれる。現実と表現者の問題と言ってもいい。だから、風雅における至らぬ「身の罪かぞへられ」るのである。

それを受けて、書簡の文につづく、

當麻《たいま》に詣で、万《よろづ》のたつときもいまをみるまでの事にこそあなれと（傍点栗田）、

という文章の重みが理解できるのである。

二上山《にじょうさん》山麓の當麻寺は、竹内村の北約六町にある、真言、浄土宗の寺。白鳳時代當麻氏の創立になり、もと興福寺の末寺。奈良時代に建てられた東塔、西塔などが

残るが、當麻寺本堂に本尊として祀られた中将姫《ちゆうじようひめ》伝説による當麻曼荼羅《まんだら》で名高い。

この曼荼羅は阿弥陀浄土曼荼羅で、天平宝字七年（七六三）、藤原豊成《とよなり》の女《むすめ》、中将姫法如《ほうによ》が當麻寺で出家し、生身の阿弥陀如来を拝みたいと祈ると、阿弥陀の化身である老尼が現われたので、中将姫はその教えに従って蓮の糸を五色に染め、さらに観音が化身した女人の助けを得て、その糸で大曼荼羅を織り上げたという、奇跡的な伝説が鎌倉時代からある。

當麻寺でそのような貴族的な信仰に基づく作品をはじめ、仏教芸術を数多く拝観したが、貴いその感動も、平凡で現実の孝女伊麻を見るまでの事であった。

先にみた『野ざらし紀行』「伊賀・大和」の項には、次のように書いてある。

二上山当麻寺に詣《もう》でて、庭上《ていしよう》の松を見るに、およそ千歳も経たるならむ、大いさ牛を隠すともいふべけむ。かれ非情といへども、仏縁に引かれて斧斤《ふきん》の罪を免かれたるぞ、幸ひにして尊し。

『荘子』の句を引いて、無用の用をあげ、それに対して、仏縁によって千歳も経た庭上の松を「幸ひにして尊し」といっているが、今度の書簡における芭蕉は、さらにそうした伝統的言語表現を突きぬけて、伊麻という「実のかくれぬもの」との出逢いで、風雅の誠について一段と深い自身省察を吐露しているといえるだろう。

さて、旅の模様を伝える惣七宛ての書簡は、つづいて、

雨降出《ふりい》（で）たるを幸《さいわ》（ひ）にそこ〱に過（ぎ）て、駕籠にて太子《たいし》〔河内《かわち》国南河内《みなみかわち》郡磯長《しなが》村大字太子《おおあざたいし》。聖徳太子の墓にちなむ地名〕ニ着（く）。誉田八幡《ほんだはちまん》〔南河内郡。応神《おうじん》天皇陵の南へ二町〕にとまりて、道明寺《どうみようじ》・藤井寺《ふじいでら》〔共に同郡にある真言宗御室《おむろ》派の名刹。行基が聖武天皇の勅願によって開いたという〕をめぐりて、つの国〔摂津国〕大江《おおえ》の岸にやどる。いまの八間屋久佐《はつけんやきゆうざ》あたり也。

八間屋は八軒屋の宛字。淀舟《よどぶね》の発着所である。久佐は、卓袋宛《たくたい》の書簡（四月二十五日付）にも「久佐衛門《きゆうざえもん》方に逗留いたし候」と見え、伊賀の人々にはすぐそれと納得される旅籠か商家であったようである。

『年譜大成』には、

四月一三日　道明寺・藤井寺と見めぐり、大坂に入

って八軒屋の久佐衛門方を宿所とす。六泊。
滞在中、伊賀上野出身の旧友保川一笑《いっしょう》を訪《と》い、杜国と三吟の二十四句興行。

とある。

『笈の小文』本文には、ただ一句。

大坂にてある人の許《もと》にて
杜若《かきつばた》語るも旅のひとつ哉《かな》

「ある人」とは、保川一笑のこと。一笑は、伊賀の旧友で、紙《かみ》や弥《や》右衛《え》門《もん》と言った。

杜若の花を話題にあげたのは、よく知られた『伊勢《いせ》物語』「八ツ橋」の条の歌が想起されたのであろう。

からごろも着つつなれにし妻しあれば
はるばる来ぬる旅をしぞ思ふ　（在原業平《なりひら》）

芭蕉は、江戸を発ってようやくたどりついた難波《なにわ》の大江の岸の宿にくつろいだとき、杜若を見かけ、伊賀の旧友の許でわが身を在原業平になぞらえて、いまさらのように、さまざまな旅への想いを深くしたのである。

五十九章　須磨・明石

その後の芭蕉の足どりを、つづいて四月二十五日附の、郷里の猿雖《えんすい》こと惣七《そうしち》にあてた、長文の手紙によってみてゆこう。

四月十九日、芭蕉と杜国《とこく》は大坂を発ち、尼崎《あまがさき》より海路で兵庫（神戸市）にいたり一泊した。翌二十日は、須磨・明石の名所旧蹟をめぐって、須磨に泊まる。

第十六節は、冒頭に「須磨」と題すのみで二句ある。

月はあれど留守《るす》のやう也《なり》須磨《すま》の夏

月見ても物たらハずや須磨の夏

芭蕉は、須磨の名月を見て、何か物たりなく、主人公が留守のようだと言ったのであろうか。

真蹟詠草には「卯月《うづき》の中比《ごろ》須磨の浦一見す。うしろの山は青ばにうるはしく、月はいまだおぼろにて、はるの名残《なごり》もあはれながら、たゞ此浦のまことは秋をむねとするにや、心にものゝたらぬけしきあれば（傍点栗田）」という詞書につづいて、初案「夏はあれど留主のやうなり須磨の月」とある。次の「月見ても」の句では、はっきり「物たらハずや」という。

やはり、此浦の真骨頂は、秋につきるというのである。当てがはずれたという季節感である。

そればかりではあるまい。夏の夜は短い。早々と暁の空が霞む。それにはそれの興趣があるとして、句文がつづく。

卯月中比の空も朧《おぼろ》に残りて、はかなき短夜《みじかよ》の月もいとゞ艶《えん》なるに、山は若葉に黒みかゝりて、ほととぎす鳴出《なきい》づべき東雲《しののめ》〔あけぼの〕も、海の方《かた》より白《しら》みそめたるに、上野〔山の手高台の平地。須磨寺付近の景色〕とおぼしき所は、麦の穂浪《ほなみ》あからみあひて、漁人《あま》の軒近き芥子《けし》の花の、たえ〴〵に見渡《みわた》さる。

海士《あま》の顔先《まず》見らるゝや芥子《けし》の花

夏のあけぼのに、海士の部落からは、早々と漁師たちの顔が、芥子の花のなかに見える。

すがすがしい夏の夜明けを迎えた。

古くから歌や物語に描かれた古典的な須磨の風情を詠ったかのように読めるが、それは芭蕉の本意ではない。

山本健吉氏も『芭蕉全発句』の注に、「海士」は漁師のことで海女ではないとわざわざことわり、「須磨のあわれは風景よりもそこに暮している海士たちにある」としている。

芥子の花に、貧しい海士たちの生きるための労苦に想いをはせ、たんなる風景ではなく、人間の暮らす土地での営みに目が注がれる、実人生への共感にこそ、古典をこえて、芭蕉による俳諧が切り拓いた鮮烈な句境があることも読みとらねばならない。

次から、やや長い本文＝俳文がはじまる。心して、少しずつ読みすすめることにする。

東須磨《ひがしすま》・西須磨・浜《はま》須磨と三所にわかれて、あながちに何わざするとも見えず。「藻塩垂《もしおた》れつゝ」など歌にも聞《きこ》え侍るも、いまハかゝるわざするなども見えず。

この本文の裏には、古くからの「須磨」という土地の深く長い伝統がある。
『歌ことば歌枕大辞典』によると、一頁三段をこえる記述がある。そのいくつかを簡単にあげておこう。
摂津《せっつ》国の歌枕。摂津国と播磨《はりま》国の国境で「須磨の関」があった。『枕草子』に「関は 逢坂《おうさか》。須磨の関。鈴鹿《すずか》の関」（一〇七段）とある。（略）古くから和歌にも詠まれており、『万葉集』には、

須磨の海人《あま》の塩焼き衣の藤衣
間遠にしあればいまだ着馴れず
大網公人主《おおあみのきみひとぬし》
（巻三・四一三）

須磨の海人の塩焼き衣のなれなばか
一日も君を忘れて思はむ
山部赤人
（巻六・九四七）

須磨人の海辺常去らず焼く塩の
辛き恋をも我《あれ》はするかも
平群氏郎女《へぐりしのいらつめ》
（巻一七・三九三二）

などの歌がある。「海人」の「藻塩焼く」所というイメージが見られ、恋歌のための比喩的表現として用いられており、当時からよく知られた名所であったことがわかる。
『古今集』には、「田村《たむら》（文徳天皇《もんとく》）の御時に、事に当たりて津の国すまといふ所に籠《こも》っていた在原行平《ありわらのゆきひら》（業平兄《なりひら》）が「宮のうちに侍りける人」に送った歌「わくらばに問ふ人あらば須磨の浦にもしほたれつつ侘《わ》ぶとこたへよ」（雑下・九六二）がある。（略）罪なくして貴公子が配所に沈淪するこの歌のイメージは、宮廷での立場が悪くなった源氏が自ら須磨に退居するという『源氏物語』須磨の巻など後代の文学に影響を与え、謡曲「松風《まつかぜ》」をも生んだ。
『古今集』には、これを受けてさらに次のような歌がある。

須磨のあまの塩やくけぶり風をいたみ
思はぬ方にたなびきにけり
よみ人しらず
（恋四・七〇八）

須磨のあまの塩やき衣をさをあらみ
まどほにあれやきみが来まさぬ
よみ人しらず
（恋五・七五八）

二首とも、恋歌の比喩表現として、「塩焼く煙」「塩焼き衣」が用いられた伝承歌である。

その他、屛風絵としても、藻塩焼くけぶりのたつ須磨の浜が描かれていた。

本文の「藻塩垂れつゝ」は、海藻を焼いて塩をとるために注ぐ潮水のしたたることであるが、今はその様子も見えない、と芭蕉はいう。恋のため、涙で袖をぬらすことも見られないということである。本文の現実は、かえって不風流である。

　きすご〔鱚《きす》〕といふ魚《うお》を網して、真砂《まさご》の上に干《ほ》し散らしけるを、烏《からす》の飛来《とびきた》りてつかミ去《ル》。是《これ》を憎みて弓をもてお《(を)》どすぞ、海士のわざとも見えず。若《もし》古戦場の名残《なごり》をとゞめて、かゝる事をなすにやと、いとゞ罪深く、猶《なお》昔の恋しきまゝに、鉄枴《てつかい》が峰に登《のぼ》らんとする。

芭蕉は海士が涙で袖をぬらすどころか、弓で鳥をおどす姿に、一転して、源平の一《いち》の谷《たに》の合戦を想起する。この懐想は四月二十五日附、惣七宛の書簡にくわしく述べられている。

しかし、ここでは洗練凝集された本文にしたがって読みすすんでゆくことにする。

　導きする子の、苦しがりて、とかく言ひ紛《まぎ》らハすを、さま〴〵にすかして、麓《ふもと》の茶店にて物食《くら》はすべきなど云《いい》て、わりなき体《てい》に見えたり〔困ったことであった〕。

　かれは十六と云けん里の童子〔義経を鵯越《ひよどりごえ》に案内した鷲尾三郎《わしおさぶろう》〔「熊王」〕のことと思われる。ただし熊王は、当時十八歳〕よりは、四つばかりも弟《おとうと》なるべきを、数百丈の先達《せんだつ》〔案内者〕として、羊腸険《ようちょうけん》岨《そ》の岩根〔曲がりくねった岩山の道〕を這《は》ひ登れば、すべり落ぬべき事あまたたびなりけるを、躑躅《つつじ》・根笹《ざさ》に取りつき、息を切らし、汗を浸して、漸《ようやく》雲門〔雲関。雲の出入する門の意で高峰〕に入《いる》こそ、心もとなき導師の力なりけらし。

若干おかしみをまじえて、苦心して頂上に登った様子を端的に表現した面白い散文である。まず三句あり。

　須磨の海士の矢先に鳴《なく》か郭公《ほととぎす》

昔は、恋の涙で袖をぬらしていたと伝える海士が、今は、捕ってきた魚、鱚《きす》をねらって鳥が来るのを憎み、弓で脅す。

それとも知らずか、和歌にもある夏の郭公《ほととぎす》が、のどかに、海士の矢先で鳴いている。

ほとゝぎす消行方《きえゆくかた》や島一ツ

時鳥《ほととぎす》が逃げ去った海の彼方に、島がひとつぽつんと浮かぶ。淡路島《あわじしま》である。さびしく、のどかな風景だ。

須磨寺《すまでら》や吹かぬ笛聞く木下闇《こしたやみ》

見下ろすと、須磨にある福祥寺《ふくしょうじ》、通称須磨寺がみえる。

寺宝として平敦盛《あつもり》の愛用した小枝《さえだ》の笛（青葉《あおば》の笛）が残されている。寺の本堂は豊臣秀頼の再建である。ともに薄倖の人を偲ばせる。

若葉の暗く茂った木陰に休んでいると、折から吹く人もいないのに笛の音が響いてくるように思われる。

以上三句を、おいて、突然、次の句がくる。

明石夜泊《あかしやはく》

蛸壺《たこつぼ》やはかなき夢を夏の月

平家の敦盛のはかない運命に想いをはせる。

明石に一泊、月の光に照らされた海底の蛸壺には、蛸が眠っているようだ。明日は引き上げられる身とも知らぬ、平家衰亡の夢をむすんでいるのか。

見上げれば、明けやすい夏の月がしらじらと、海面を照らしているのであった。

芭蕉は、須磨・明石に、平家衰亡の跡に、わが身をよせて人生のはかなさを偲んだようだが、先学によると、この夜明けの風景はフィクションであることが分かる。すなわち、先にもあげた四月二十五日附の惣七宛の長文の書簡には、この須磨・明石紀行が、詳細に記されている。

それによれば、「十九日あまが崎出船。兵庫ニ夜泊」に続き、「あかしよりすまに帰りて泊まる」とあるから、実際は明石には泊まらなかったが、文脈上、明石夜泊として背景にしたものである。

では、須磨・明石にあたる書簡の文章を、紹介する。芭蕉が、生の体験をかりた手紙文から、いかに哀切かつ雄渾な俳文をつくりあげたかをうかがわせる（『古典大系46』及び同書注、補注）。

十九日あまが崎出船。兵庫ニ夜泊。相国《しょうこく》入道（平清盛《きよもり》）の心をつくされたる経《きょう》の島（一切経を書いた石を土台として清盛の築いた島。いまの兵庫湊《みなと》。『平家物語』巻六「経の島の事」をふまえる）・わだのみ崎（兵庫の東南にあって海中に突き出している岬）・わだの笠松・内裏やしき（輪田《わだ》の松原の西方）・本間《ほんま》が遠《とお》箭《や》を射て名をほこりたる跡（足利尊氏の軍が九州から攻め上った際、新田《にった》方の本間孫四郎重氏《まごしろうしげうじ》が和田の小松原から足利の兵船に遠矢を射て敵味方の讃歎を博した故事による）などきゝて、行平《ゆきひら》の松風《まつかぜ》・村雨《むらさめ》（在原行平が須磨謫居中に寵愛した姉妹の海女）の旧跡、さつまの守《かみ》の六弥太《ろくやた》と勝負したまふ旧跡（薩摩守《さつまのかみ》平忠度《ただのり》は寿永三年二月七日、一の谷の合戦で武蔵《むさし》の住人岡部《おかべ》六弥太に討たれた。『平家物語』『源平盛衰記』、謡曲「忠度」等に記事あり）かなしげに過（ぎ）て、西須磨に入（り）て幾夜ね覚《ざめ》ぬとかや（『金葉集《きんようしゅう》』巻四源《みなもとの》兼昌《かねまさ》の歌「淡路島かよふ千鳥のなく声に幾夜ねざめぬ須磨の関守《せきもり》」による）関屋《せきや》の跡（須磨寺の南方）も心にとまり、一ノ谷逆落《さかおと》し・鐘懸松《かねかけまつ》（『兵庫名所記』に「北一の谷鉄拐《てつかい》が峯義経の鐘かけ松あり」とある）、義経《よしつね》の武功おどろかれて、てつかひが峯に昇れば、須磨・あかし左右にわかれ、あはぢ嶋・丹波《たんば》山《やま》・かの海士が古里《ふるさと》田井《たい》の畑《はた》村（松風・村雨の故郷）など、めの下に見おろして、皇《すめらぎ》の皇居はすまの上のと云（へ）る（安徳《あんとく》天皇の御所は須磨の上野〈一の谷と二の谷の間に平地となっている高台のあたりをいう〉にあったという）其代のありさま心に移りて、女院（清盛の娘で、高倉天皇の中宮、安徳天皇の生母建礼門院《けんれいもんいん》）おひかゝへて舟にうつして、皇を二位《にい》どの（清盛の妻二位の尼）、御袖によこ抱（き）ニいだき奉りて、宝剣（草薙剣《くさなぎのつるぎ》）・内侍所《ないしどころ》（神鏡八咫鏡《やたのかがみ》）あはたゞしくはこび入（れ）、或《あるい》は下〻《しもじも》の女官はくし箱・油つぼ（髪油の小壺）をかゝへて、指《さし》ぐし（差し櫛）・根巻（鬘《かずら》の一種）を落しながら、緋の袴にけつまづき、臥転《ふしまろ》びたるらん面影、さすがに見るこゝちあはれなる中に、敦盛の石塔（経盛《つねもり》の末子。『平家物語』巻九にその討死の条が見える。石塔は西須磨にあり、高さ一丈余。碑面に大夫敦盛空顔璘荘大居士と刻してある）に泪《なみだ》をとゞめ兼（ね）候。磯近き道のはた、松風のさびしき陰《かげ》に物古《ふ》（り）たるありさま、生年拾六歳（『平家物語』には「生年十七」）にして戦場にのぞみ、熊谷《くまがい》に組（み）ていかめしき名を残し侍る。其日のあはれ、其時のかなしさ、生死《しょうじ》事《じ》大無常《だいむじょう》迅速《じんそく》、君わするゝ事なかれ。此一言梅軒《ばいけん》子《し》へも伝へ度《たく》候。須磨寺のさびしさ口を閉（ぢ）たるばかりニ候。蟬折《せみおり》・こま笛（須磨寺に伝わる敦盛遺愛の笛。小枝《さえだ》または青葉《あおば》の笛）、料足《りょうそく》十疋《ぴき》（料金十疋は笛の拝観料。法外に高い）見るまでもなし。此海見

たらんこそ物にはかへられじと、あかしよりすまに
帰りて泊る。

芭蕉にとっては、「須磨寺のさびしさ口を閉（ぢ）たるばかりニ候」とある。ここに私たちは、吉野以来、ふたたび芭蕉が言語を絶した心境にあることを知る。だから、ゆかりの遺品を直接拝観するしないは、もはや問題ではない。

このさびしさは、どこからくるか。

芭蕉は、「此海見たらんこそ物にはかへられじ」、海さえ見れば云うことなし、とくくって、明石より須磨に戻ったのである。

この心を打つ長文の書簡は、芭蕉が今回の旅の重要な記録をしたためたと思われ、その行脚の様子をつまびらかにしている。

いかに重要とはいえ、一通の手紙について、煩雑にも見えかねない注解をほどこしたのには理由がある。

芭蕉はもとより、俳諧の一句一句に、すべての表現を懸けていた。しかし、この手紙は特別に一句の成立の背景にある芭蕉その人の内なる想いの跡を厳密に記録した貴重な文章である。須磨・明石といえば、もとより名所旧蹟だ。しかし、とかく名ばかり世間に知れすぎた土地を生きた地名として甦らせ、しかもそこに生涯を生きた人の、時空を超えた、唯一絶対的体験を再現できるのか。

その創作の秘密を、この手紙は証《あか》している。たしかに、注すればかえって文の興趣を損ねるおそれもある。しかし芭蕉は、じじつこの須磨・明石という地名に、ほとんど歴史的時間空間を超える、言語宇宙を創出してみせているのである。しかも、かつては吉野でも口にしたように、「さびしさ口を閉（ぢ）たるばかり二候」とむすんでいる。言語芸術に命を懸けた人物が、口を閉じるばかりに候《そうろう》とは、どういうことか。この言葉は重い。ここに、言語芸術の窮極の秘密がある。

芭蕉はこの手紙と同じ体験を、『笈の小文』の最後に最も重要な俳文として書き残した。くわしい注釈は、書簡文で示した。ここでは、まず、心ゆくまで芭蕉の俳文に身も心も投じたいと思うのである。

『笈の小文』における須磨の句文では、まず冒頭の二句で、「月はあれど留守のやう也《なり》須磨の夏」といい、次いで「月見ても物たらハずや」と期待はずれの須磨の夏を嘆いている。

さらに、海士《あま》の姿を見ても、古歌にある「藻塩垂れつゝ」というような、藻塩を焼きながら恋の想いに身をこがす風情は見られず、それどころか、干魚を狙う烏を追いはらうなど、およそ王朝いらいの古歌に詠われた海

士のふるまいとは、かけはなれている。

さらに、源平の昔なつかしい古戦場を訪れんと子供を雇えば、ごまかして楽をしようとするばかりか、茶店の食物をねだるなど、およそ花鳥風月とはほど遠い現実に直面せざるをえなかった。あの恋歌の想いや心、源平の戦いの哀愁に満ちた王朝文芸を引き継いだ、武家文化の物語の名残は、どこへいったのであろうか。

歴史的文芸遺産としての土地が、卑俗な日常生活に埋没してしまったのはどうしたことかと、自らに問いかけているようである。

しかし、明石での夜泊に、夏の月を眺めるや、一転して彼は、書簡にしたためた古典的文芸遺産の宝庫ともいうべき源平の戦いに想いをはせ、ふたたび歴史的詩句と現存の平俗な世界との乖離《かいり》を乗り越えようと決意する。その途《みち》は、心をこめた俳文によって、眼前の風物を聖俗の別なく徹底的に詠いあげることであった。

それを踏まえて『笈の小文』本文、最終節を読むことにしよう。芭蕉の書いた書簡の散文と、同じ旅の記の俳文をあわせて読者の熟読玩味されんことを（注は『古典大系46』）。

かゝる所の秋なりけりとかや（『源氏物語』に「須磨には、いとど心づくしの秋風に、海はすこし遠けれど、行平《ゆきひら》の中納言の、関吹き越ゆるといひけむ浦波、夜々はげにいと近く聞えて、またなくあはれなるものは、かかる所の秋なりけり」とあり、また旅僧が須磨の浦で、松風・村雨の旧跡を弔《とむら》い、とある塩屋に宿ると、そのあるじが実は松風・村雨の霊で、昔を語り舞をまう。僧が夢さめると、松吹く風ばかりが残っていたという筋の謡曲「松風」で名高い）、此浦の実《まこと》は秋をむねとするなるべし。悲しさ、寂しさ、言はむかたなく、秋なりせバ、いさゝか心のはしをも言ひ出《いず》べき物をと思ふぞ、我心匠《わがしんしょう》（心づもり。「心匠」は心中の工夫。心中に浮かぶ詩想）の拙《つた》なきを知らぬに似たり。淡路島手に取るやうに見えて、須磨・明石の海右左にわかる。呉楚《ごそ》東南の眺《ながめ》［詠］もかゝる所にや（杜甫「昔ハ聞ク洞庭《どうてい》ノ水、今ハ上ル岳陽楼《がくようろう》、呉楚ハ東南ニ坼《さ》ケ、乾坤《けんこん》ハ日夜浮ブ」〈登岳陽楼〉の詩句による）。物知れる人の見侍らば、さま〴〵の境にも思ひなぞらふるべし。

又、後《うしろ》の方《かた》に山を隔てて、田井《たい》の畑《はた》といふ所（鉄《てつ》拐《かい》が峰《みね》の北部の集落）、松風・村雨故郷《のふるさと》といへり。尾上《おのえ》続き（山の尾根つづきに）、丹波路《たんばじ》へ通ふ道あり。鉢伏《はちぶせ》のぞき（鉄拐が峰の一懸崖で、鉢伏山の方をのぞき見る故の名か）・逆落《さかおとし》（一の谷に下る急坂）など、恐《おそ》ろしき名のミ残《のこり》て、鐘懸松《かねかけまつ》（鉄拐が峰の中腹にあり、義経が陣鐘をかけたという伝説の松）より見《み》下《おろす》に、一ノ谷内裏《だいり》屋敷（安徳天皇の内裏の趾）、目の下に見ゆ。

ここまでは、古戦場の地名を簡潔に軍記物語のようにたたみかけて述べている。

さて、その先は芭蕉自身の感懐が、眼下に宮廷内裏の崩壊する悲愴な混乱を一気に語る。

其代《そのよ》の乱れ、其時の騒《さわ》ぎ、さながら心に浮かび 俤《おもかげ》につどひて、二位《にい》の尼《あま》君（平清盛の妻）、皇子《みこ》（安徳天皇）を抱奉《いだきたてまつ》り、女院《にょういん》（安徳天皇の生母、建礼門《けんれいもん》院）の御裳《おんもすそ》に御足《みあし》もたれ、船屋形（船の屋形）にまろび入らせ給ふ御有様《おんありさま》、内侍《ないし》（内侍司《ないしのつかさ》の女官）・局《つぼね》（宮中で局〈室〉を有する女官）・女嬬《にょじゅ》（掃除点灯などを司る女官）・曹子《ぞうし》（身分の低い女官たち）のたぐひ、さま〴〵の御調度（お手まわり道具類）持扱《もてあつか》ひ、琵《び》琶《わ》・琴《きん》なんど、褥《しとね》・布団《ふとん》（敷物や夜具）にくるミて船中に投入《なげいれ》、供御《くご》（天子の御食物）はこぼれて魚鱗《うろくず》（魚類）の餌《え》となり、櫛笥《くしげ》（櫛箱。櫛や化粧道具を入れる箱）は乱れて海士《あま》の捨草《すてぐさ》となりつゝ、（海士の捨てかえりみない藻草同様になり）、千歳の悲しび此浦にとゞまり、素波《しらなみ》の音にさへ愁《うれい》多く侍るぞや。

これで『笈の小文』の本文はすべて終わる。

冒頭、物々しい『荘子』斉物論《せいぶつろん》篇の引用に始まった旅の記は、須磨の浦で『源氏物語』に想いをはせ、『平家物語』の生々しい戦乱の末路、「素波《しらなみ》の音」の愁《うれ》いに終わっているのである。

はたして、これで、この旅の記は終わっていいのだろうか。一瞬、読者は深い虚空の淵に投げ出されたような想いがするのではないだろうか。

いま改めて『笈の小文』の旅の全篇の構成を想い出してみよう。

旅の始まりは「造化に随ひ、造化に帰れとなり」と自らをはげますように、とりあえずは、愛弟子杜国を伊良《いら》古《ご》崎に訪れ、その後、故郷伊賀上野《いがうえの》に、亡父三十三回忌の法要のため帰省する。

そこに、杜国が合流して、その後の旅を共にする。「乾坤《けんこん》無住《むじゅう》同行《どうぎょう》二人《ににん》」と笠に書いた俳諧の歌枕巡礼の旅である。

すでに、くわしく跡をたどったので、おわりに旅の行程を俯瞰してふり返ってみると、結局、花の吉野《よしの》山と、月の須磨・明石がこの旅の最重要目的地だったことが大きく浮かびあがってくる。

この二つの聖地も、山と海辺とか、旅の風情を楽しむ名所めぐりのようにもみえる。

しかし、俳諧の新しい境地を求めた天才的俳人が、ことさらにこの地を選んだ理由が、それだけにとどまるはずはない。

この旧知の跡を、芭蕉とともにかなり詳しくたどり紹介してきた筆者には、もっと重要な要点があるようにおもわれる。

まず、花の吉野山は、桜花の名所として知らぬ者はないが、くわしく土地の歴史をさかのぼると、ほとんど日本国成立いらいの政治・文化・宗教活動のメッカであったことを思い知らされる。だから、国家権力をめぐって、激しい戦乱の坩堝《るつぼ》となった生々しい記憶は、いまも生きている。だが春の桜花は、まるで人間の闘争殺戮など露知らぬ顔をして咲き誇っている。

芭蕉は杜国とともに、何を求め探ったのであろうか。すでに指摘したように、大した発句も得られず、「われ言はん言葉もなくて、いたづらに口を閉ぢたる、いと口惜し」と、痛恨の言葉をのこしている。

稀有の天才俳人、芭蕉と杜国の旅で、この沈黙の深さは何であろうか。代わりに、西行庵の傍らの太古より流れつづける、とくとくの苔清水《こけしみず》に深く心をひそめている。

この山清水は、また吉野山系の無数の滝への深いこだわりともなっている。

伝説的霊地への、心からの深い帰依の情がこめられている。

話はかわって、大坂湾から明石海峡に臨む名勝、須磨・明石も、名物の月は昇るが物足りない。芭蕉は『万葉集』いらいの情愛と別離と、そして『源氏物語』の宿命の恋の歌にいろどられながら、ついにあの『平家物語』の最後を偲ばせる、王朝武家文化の愛惜極まりない想い出に溺れてゆく。

つまり、「花の吉野」「月の須磨・明石」という、歴史的文芸の名残は、権力闘争の殺戮を隠しても、生々しい住民たちの現実は、俳人の風雅な期待を完膚無きまでに打ち砕いてしまうのである。

その何れが、真実なのであろうか。

芭蕉は思いあまったように、明石で夏の夜空の月を見上げるが、「悲しさ、寂しさ、言はむかたなく、秋なりせバ、いさゝか心のはしをも言ひ出べき物をと思ふぞ」として、沈黙する。

いささかの自嘲をこめた、その一句は、

蛸壺やはかなき夢を夏の月

花の吉野、月の明石は、絢爛たる文芸と極度の悲惨な人間の破壊の歴史が、表裏一体となって秘められた、日本でも最も深いドラマの土地であった。そこには単なる風雅ではなく、「風雅の誠」があった。

芭蕉は、それを予感したからこそ、あえてはるばると栄光と悲惨にいろどられた故地を訪れたのである。

『笈の小文』は、その冒頭の名文で宣言する。

其貫道《そのかんどう》する物は一《いつ》なり。しかも風雅におけるもの、造化《ぞうか》に随《したが》ひて四時《しいじ》を友とす。見る処《ところ》、花にあらずといふ事なし、思《おも》ふ所、月にあらずといふ事なし。（略）心、花にあらざる時ハ、鳥獣に類ス。夷《い》狄《てき》を出《いで》、鳥獣を離れて、造化に随ひ、造化に帰れとなり。

また、『赤雙紙《あかぞうし》』（三冊子）に残された深い洞察がある。

師の風雅に万代不易《ばんだいふえき》有り。一時の変化有り。この二つに究《きわ》まり、其本《そのもと》一つ也。その一《ひとつ》といふは風雅の誠也（傍点栗田）。不易を知らざれば実《まこと》にしれるにあらず。不易といふは、新古によらず、変化流行にもかゝわらず、誠によく立ちたるすがた也。（略）又千変《せんぺん》万化する物は自然《じねん》の理《ことわり》也。変化にうつらざれば風あらたまらず、是に押《おし》うつらずと云ふは、一端の流行に口質《くちくせ》時を得たるばかりにて、その誠を責めざるゆへ也。

（『古典大系66』）

ここには、すでに、風雅には「万代不易」と「一時の変化」があげられ、それを内包する心を「風雅の誠」と言った。

芭蕉が、『笈の小文』の旅で語ったのは、吉野の花、須磨・明石の月を眺めて、その花と不易のうちに、己れ自身を投入することによって、不易流行の二者が結晶する「風雅の誠」だったのである。

ここには、さらに不易流行の誠を体験するための奥州への旅の心が、すでに湧いていたのかも知れない。『笈の小文』は、まさしく『野ざらし紀行』から『おくのほそ道』へと、「風雅の誠」をつきつめてゆく旅だったのではなかろうか。

六十章　更科の旅

『新編 芭蕉大成』では、『笈の小文』が終わると頁を改めて、本文二頁足らずの『更科紀行』底本——真蹟草稿巻子（「芭蕉翁自筆草稿さらしな紀行」）にうつる。『更科紀行』は、五篇ある芭蕉の紀行文の一つで、短いが、その完成度と、『おくのほそ道』に結実する紀行文に先行するものとして、注目される作品である。

　諸本は、自筆本・刊本・写本の類が十四本現存しており、従来は、乙州《おとくに》編『笈の小文』の巻末に付載されていたものが成稿とされていたが、その後、芭蕉作の本文は沖森文庫蔵自筆巻子本一本のみで、そのほかは伝写本に手を加えたものとみる説が有力となった（『俳文学大辞典』赤羽学）。

　村松友次著「更科紀行論」（井本農一編『芭蕉の本 6 漂泊の魂』所収）の解説によれば、

　　乙州刊『笈の小文』中に、「翁名古屋ニ滞留の時、更科紀行有り、幸ニシテ爰《ここ》ニ次《つぐ》」のことばがあり、芭蕉が名古屋滞在中に『更科紀行』を執筆したことがわかる。更科の旅以後、芭蕉が名古屋近辺に滞在した可能性のある年時は、元禄四年十月帰東の際が最初である。沖森本はその時の草稿であろう。乙州刊本の『更科紀行』はこれを筆写したものである。

　芭蕉が、上方・更科の旅から越人《えつじん》同伴で江戸に帰ったのは、貞享五年（一六八八）八月下旬のことで、しばらく、深川の草庵で近所の弟子やなじみの俳人を相手に暮らしていた。

　ところが、年も明けた翌元禄二年の正月頃には、はやくもみちのくへの旅の決意が固まっていた。いわゆる『おくのほそ道』の旅である。

　発足は元禄二年三月二十七日だが、木曾《きそ》の旅から帰って、わずか七カ月目のことであった。

　村松友次氏の前掲論文によれば、

　　従来『更科紀行』は遅くとも元禄二年の三月以前、『おくのほそ道』の旅に出発する以前には書かれたであろうと推定されてきた。しかし、右に見てきたように、作品『更科紀行』の成立が、実際の更科の旅と少なくとも三年以上のずれがあることが想定されるとすれば、（略）作品としての紀行文にあらわれている芭蕉の意識を、そのまま、旅そのものの行なわれた時点での芭蕉の意識と考えては誤りであろうということである（傍点栗田）。

だからこそ、更科への旅は、この旅につづく『おくのほそ道』へと向かう契機となった重要な意義をもっている。

そこには、芭蕉の人生観、さらに文芸観の転機、深化が、含まれているからである。

つまり、『更科紀行』は、『笈の小文』に付随した小旅行ではなく、旅と俳諧について問題意識に深化が読みとれるのである。

『笈の小文』という、愛弟子杜国《とこく》との名所旧蹟をめぐるはずの旅のなかで、芭蕉の心の底には、なにか予測しなかった「一抹の悲哀の気が流れていた」と、村松氏は指摘し、「その理由は、近親『姉』の重い病気である」とされている（村松・前掲論文）。

それは、たしかにあるだろう。しかし、筆者には、それにもまして、芭蕉が『笈の小文』の旅のなかで、次第に深く自覚されるようになった、もっと広くもっと深い、人間存在の不条理と、その言語表現の極限への不安が、次第に凝集してきたのではないかと思われてならない。

むろん、『更科紀行』の旅を通して、その不安が解決、解消されたというわけのものではない。むしろ、一層深化し、普遍化して解決を迫ることになっていったのではないだろうか。それが芭蕉を、『笈の小文』の旅から帰東後、あわただしく再び『おくのほそ道』の旅へと駆りたてた動機であり、またその後の生涯を旅の人として生きることを宿命づけたのではないだろうか。その問題の、最初の手がかりとして、『更科紀行』は、重要な意義をもっている。

そこで、この『更科紀行』の旅の発端について、みていくことにしよう。

『年譜大成』の今栄蔵氏によれば、元来、『笈の小文』の文学行脚は、二年半の江戸庵住生活のなかで円熟した境地を、旅の場で実践するという性格を持っていた。

つまり、日本各地の俳諧の拠点、たとえば、尾張、美濃、大垣、岐阜の指導的俳人と親交を深め、その間に貞享元年（一六八四）十一月に編んだ『冬の日』の仲間で、その後領地追放されていた杜国を慰問し、貞享四年の歳末には、郷里の伊賀上野に帰郷、翌年の四月末頃には江戸に帰庵する予定だった。

旧里《ふるさと》や臍《へそ》の緒《お》に泣《なく》年の暮

元日を故郷伊賀上野ですごし、二月上旬伊勢神宮に参拝、神宮中津益光《ますみつ》亭で、八吟歌仙を興行した。

二月上中旬頃、江戸の杉風《さんぷう》に宛てられた書簡には、この前後の旅程が正確に記されている。

歳旦伊勢にて一覧、珍重に存じ候。拙者無事に越年いたし、今程《いまほど》山田に居《おり》申候。二月四日参宮いたし、当月十八日、親年忌御座候（に）付き、伊賀へかへり候て、暖気ニ成次第吉野へ花を見に出《いで》立んと心がけ支度《したく》いたし候。尾張の杜国もよし野へ行脚せんと伊勢迄《まで》来（り）候ひて、只今《ただいま》一所に居候。卯月末五月初に帰庵致候。木曾《きそ》路と心がけ候。深川大屋吉（に）御逢（ひ）候はば然るべく願ひ奉り候。よく御伝（へ）成され下さるべく候。（略）

ここで、注意したいのは、この年、伊賀の実家で亡父三十三回忌の法要をつとめ、春には杜国と吉野へ花見の旅をした後、卯月（四月）末か、五月初めには、江戸の芭蕉庵へ帰庵する予定であったことだ。

その帰路は、木曾路すなわち中山道の木曾谷を通り、贄川《にえかわ》から馬籠《まごめ》を通る木曾街道を選ぶことが予告されている。

しかし、信州更科《さらしな》での名月観賞については、何もふれていない。

実際には八月上旬には、熱田《あつた》、名古屋におり、八月十一日に岐阜を発ち、中旬に木曾街道に入り、八月十五日夜、更科の里に着き、姨捨山《おばすてやま》で念願の名月を観賞しているのである。

それどころか、元来の日程では、四月末頃には江戸に帰庵するはずであったのが、四月二十日に須磨《すま》・明石《あかし》を巡覧し、四月二十三日には京に入り五月上旬まで在京している。

四月二十五日付、伊賀上野の惣七《そうしち》（猿雖《えんすい》）宛の長文の手紙では、それまでの旅の詳細を述べているが、同日付、同じく郷里の卓袋《たくたい》（綛屋市兵衛《かせやいちべえ》）に宛てた手紙では、五月七、八日頃までは京都に滞在予定としている。

どうしてこのようになったのか。

卓袋宛の手紙には、大坂で滞在した久左衛門《きゅうざえもん》方が「せばく、やかましく、（略）難儀」であったとあげ、「ざつと大坂にて大事の旅の興《きょう》、失ひ申し候」と述べるくだりは、旅の疲れもあったにせよ、見逃しがたい一行である。

大坂に入ったのは、四月十三日。大坂の宿所八間屋《はっけんや》の久左衛門方に六泊している。

四月二十五日の卓袋宛の手紙にいう「大事の旅の興」というのは、四月十三日までの旅のことである。

大すじをいえば、三月十九日、杜国と共に伊賀を出て、吉野行脚の途に就き、大和の名所旧蹟、西河《にじこう》・蜻蛉《せいめい》が滝、葛城山《かづらき》から高野、和歌の浦、紀三井寺《きみいでら》、奈良、道《どう》明寺《みようじ》・藤井寺《ふじいでら》の旅のすべてを含んでいる。

四月十九日には、この宿を発足し、四月二十日、二十一日、兵庫より須磨・明石の名所旧蹟を巡歴した。

四月二十五日付、猿雖（惣七）宛の書簡では、奈良で一別以来の旅の次第を述べ、おだやかに「津《つ》の国大江《おおえ》の岸にやどる。いまの八間屋久左あたり也」としている。

卓袋宛の書簡との大きな違いは、前章でも紹介したとおり、文中後半で、「十九日あまが崎出船。兵庫《ひようご》ニ夜泊」とし、須磨・明石の源平の戦跡めぐりを、くわしく書いていることである。

特徴的なのは、『平家物語』に感情を惜しみなくそそいでいることである。

たとえば、「行平《ゆきひら》の松風《まつかぜ》・村雨《むらさめ》の旧跡、さつまの守《かみ》の六弥太《ろくやた》と勝負したまふ旧跡かなしげに過（ぎ）て、西須磨に入（り）て幾夜ね覚《ざめ》ぬとかや関屋《せきや》の跡も心にとまり、一ノ谷逆《さか》落し・鐘懸《かねかけ》松、義経の武功おどろかれて」と述べ、幼い皇子をはじめ、女官たちが身のまわりのものをかかえ、舟に移る光景を「緋《ひ》の袴にけつまづき、臥《ふし》転《まろ》びたるらん面影、さすがに見るこゝちあはれなる中に、敦盛《あつもり》の石塔に泪《なみだ》をとゞめ兼（ね）候」と記す。

「生年拾六歳にして戦場にのぞみ、熊谷《くまがい》に組（み）ていかめしき名を残し侍る。其日のあはれ、其時のかなしさ、生死事大《しやうじじだい》無常迅速、君わするゝ事なかれ。（略）須磨寺のさびしさ口を閉（ぢ）たるばかりニ候（傍点筆者）」

この口調は、五十六章でも記したとおり『笈の小文』の吉野の段、「吉野の花に三日とゞまりて」とした、むすびの一節と同じものである。

曙《あけぼの》・黄昏《たそかれ》のけしきに向かひ、有明《ありあけ》の月の哀《あわれ》なるさまなど、心にせまり胸にみちて、あるは摂政《せつしよう》公（九条良経）のながめに奪はれ、西行の枝折《しおり》に迷ひ、かの貞室《ていしつ》が「是《これ》ハ〳〵」と打《うち》なぐりたるに、われ言はん言葉もなくて、いたづらに口を閉ぢたる、いと口惜し。思ひ立《たち》たる風流、いかめしく侍れども、爰《ここ》に至りて無興《ぶきよう》の事なり（傍点栗田）。

先の須磨・明石の旅情を記したのは手紙文であったが、『笈の小文』の本文でみると、最終章は、此浦《この》の実《まこと》は秋をむねとするなるべし。悲しさ、寂しさ、言はむかたなく、秋なりせバ、いさゝか心のはしをも言ひ出《いず》べき物をと思ふぞ（傍点栗田）。

このたびの杜国との吉野巡礼の結果は、深い感動のあまり、「われ言はん言葉もなくて、いたづらに口を閉ぢたる、いと口惜し。（略）爰に至りて無興の事なり」と、限りない無念の情でむすび、須磨・明石でも、名所旧蹟を訪ねながら、俳句として結実させることができず、「悲しさ、寂しさ、言はむかたなく」という、深い感懐が「言はむかたなく」の一語にみたされている。

吉野山では、「有明の月の哀なるさま」を、須磨・明石では、「（敦盛の）其日のあはれ、其時のかなしさ」「須磨寺のさびしさ口を閉（ぢ）たるばかりニ候（傍点栗田）」として、その根底にふかく仏教の説く天然自然と人間の宿命、「生死事大、無常迅速」を明らかにしている。

それだけを取りあげれば、芭蕉の吉野巡礼も、須磨・明石紀行も、解決のつかない大事を深く抱いたまま「口を閉ぢ」「いと口惜し」という他なく、俳諧の旅としては、自らに納得できなかった。

しかし、吉野行の後では、次に高野山、紀三井寺へと旅をすすめ、「踵《きびす》［跪］は破れて西行にひとしく、天龍の渡しを思ひ、馬を借る時はいきまきし聖《ひじり》（高野の証空《しょうくう》上人）の事心に浮かぶ。山野《さんや》・海浜《かいひん》の美景に造化《ぞうか》の功を見、あるは無依《むえ》の道者の跡を慕ひ、風情《ふぜい》の人の実《まこと》をうかがふ」と、西行をはじめ、風雅の誠をきわめた先人に、また名なき心ある道者との出逢いに想いを託し、「造化の功」を発見することに想いをこめたのである。

また、明石の夜では、

蛸壺やはかなき夢を夏の月

とした後で、「此浦《この》の実《まこと》は秋をむねとするなるべし」「秋なりせバ、いさゝか心のはしをも言ひ出《いず》べき物をと思ふぞ」と、仲秋の名月への憧憬を吐露している。

この頃に、芭蕉は、仲秋の名月だけが悲哀を解決する鍵だと深く思いたったのである。

三月十九日、故郷の伊賀で、「そゞろに浮き立《たつ》心の花の、我を導《みちびく》［道引］枝折《しおり》となりて、吉野の花に思ひ立《たた》んとするに」と、杜国を伴い、意気揚々と晴れがましく郷里を出たときの意気込みにくらべれば、この旅の行く末は、とうてい満足のゆくものではなかった。たしかに、右の句につづいて、本文に早くも、「いとゞ脛《すね》弱く力なき身の、後《あと》［跡］ざまに控ふるやうにて、道猶《なお》進まず、たゞ物憂き事のミ多し」という不満はあったが、それはいわば、旅の具体的な苦難の予感にすぎない。

吉野の旅の結果では、先にみたように、「爰《ここ》に至りて無興《ぶきょう》の事なり」と文をくくり、須磨・明石では、「千歳の悲しび此浦にとゞまり、素波《しらなみ》の音にさへ愁《うれい》多く侍るぞや」と、『笈の小文』をとじている。

人の世の、はかなくも侘びしい生死のならいをよそに、大海原の岸辺に今も昼夜を分かたず、静かに寄せては返す、造化の永遠の営みは、芭蕉にあらためて底知れぬ愁いを想い知らせたのである。


さて、ふりかえってみれば、この時点で、この『笈の小文』の旅にこめられた真相は、芭蕉にとって、どういうものだったのであろうか。

村松友次氏は、先に紹介した紀行論で、

いわゆる『笈の小文』の旅は、愛弟子《まなでし》杜国を伴っての、しかも気候のよいころ、都、それに故郷からもひどく遠いという地ではない吉野・大和の名所旧蹟をへめぐる旅であって、決して苦しいとか悲壮とかいう旅ではなかった。だが、芭蕉の心の底に一抹《いちまつ》の悲哀の気が流れていたことにわたしは着目したい。その理由は、近親「姉」の重い病気である（傍点栗田）。


と、総括されている。

筆者（栗田）は、村松氏の、出発時の意気込みにもかかわらず「芭蕉の心の底に一抹の悲哀の気が流れていた」という鋭い指摘には、深い共感を覚えている。しかし、その原因が、大恩のある「姉者人《あねじゃひと》」の危篤に近い病状への危惧の情であり、「更科の旅の間中、芭蕉の心の片隅を領していた」という説は、どうだろうか。

研究者によれば、この「姉者人」を兄半左衛門《はんざえもん》の妻とする説が一般的だというが、村松氏は「おそらく上野の近郷に嫁いでいる芭蕉の実の姉であろう」とする。この「姉」の存在は、たしかに、芭蕉にとって大きい。

貞享五年九月十日付、江戸帰着後の卓袋宛の書簡に、「先以《まず》（て）姉者人御事、兼而《かねて》急〻ニ身請《う》（け）候故貴様ヲ別而《べつして》頼置（き）申候処、愈《いよいよ》御見届（け）、大慶ニ存候」とある（『古典大系46』）。

たしかに、『笈の小文』の旅中、この姉の病状は気になることであったろう。

しかし、そのことだけに、文中を流れる「悲哀の気」の背景をしぼることは出来ないだろう。

この旅の出発は、すでに記したように、江戸俳壇の有力者や弟子に取り囲まれ、華々しいものであった。

杜国との再会も、たのしいものであった。

ふり返ってみれば、貞享四年十月二十五日に江戸を発足した『笈の小文』の旅は、本来貞享五年二月十八日、伊賀の実家で亡父の三十三回忌法要を営むためであった。

当然のことながら、今は亡き父母の死を悼む想いにひたされていたことは言うまでもない。

本書五十二章で、そのいきさつをたどったが、伊良古《いらご》崎で杜国と別れてからは、杖突坂《つえつきざか》での落馬にさいしても、「ひとり旅のわびしさも哀れ増して」、ようやく十二月末、故郷に帰省しての句文をみよう。

『千鳥掛《ちどりがけ》』、『こがらし』他に「歳暮」と前書して、

我今ははじめの老《おい》も四《よ》とせ過《すぎ》て、何事につけても昔のなつかしきまゝに、はらからのあまたよはひかたぶきて侍るも見捨《みすて》がたくて、初冬の空のうちしぐるゝ比《ころ》より、雪を重ね霜を経て、師走《しわす》の末伊陽《いよう》〔伊賀上野〕の山中《さんちゅう》に至る。猶《なお》父母のいまそかりせばと、慈愛のむかしも悲しく、おもふ事のみあまたありて（傍点栗田）、

旧里《ふるさと》や臍《へそ》の緒《を》に泣年《なくとし》の暮《くれ》

（『古典大系46』）

帰郷の文は、『笈の小文』以前にも、『野ざらし紀行』に二回みられる。順序は逆だが、貞享元年九月八日の句文を、ここにもう一度読んでみよう。

何事も昔に替はりて、同胞《はらから》の鬢《びん》白く眉《まゆ》皺寄りて、ただ「命ありて」とのみ言ひて言葉はなきに、兄《このかみ》の守袋《まもりぶくろ》をほどきて、「母の白髪《しらが》拝《おが》めよ、浦島の子が玉手箱、汝《なんじ》が眉もやや老いたり」と、しばらく泣きて、

手に取《と》らば消えん涙《なみだ》ぞ熱《あつ》き秋の霜

先には身近な遺品「母の白髪」、そして今度の『笈の小文』では「臍の緒」を手に取る。

人間の出生の証し、そして母胎との絆、「理屈抜きに、芭蕉の存在そのものの始原である」「泣いたのは、追憶の悲しみではない。臍の緒によって、母の子宮に宇宙の始原をみた感動の涙だった」と、筆者は書いた。

芭蕉の故郷での想いは、きわめて肉感的でありながら、単なる追憶でも感傷でもない。生と死、時間と空間とでも呼ばれるような、人間の宿命的な構造に直面した、思索の結晶の輝きなのである。

それを考え合わせると、いかに病の重い兄嫁（あるい

は実姉）に深い敬愛を捧げようとも、生活的次元の感傷が、この旅の主調低音としての運命的な「悲哀の気」の原因であるといいきるのは、躊躇せざるを得ない。

もちろん、父母の死、死に瀕した義姉への深い共感はあっただろう。しかし、それにしても、いや、それ以上に、すでに述べてきた吉野での「われ言はん言葉もなくて、いたづらに口を閉ぢたる」想い、また、須磨・明石での「敦盛の石塔に泪をとゞめ兼（ね）候。（略）其日のあはれ、其時のかなしさ、生死事大無常迅速、（略）須磨寺のさびしさ口を閉（ぢ）たるばかりニ候」との心境にこそ、思いを馳せるべきであろう。

くり返しだが、この度の旅で、芭蕉は、詩歌の根源にある人間の運命に直面して、口を閉じるほかはなかった。

それはむしろ、当然のことである。限りある人間が、生と死、時間と空間の狭間にあって、なお、それを超えた超越性を志向し、さらに、その宇宙的核心を言語表現として成立させようとするとき、なにができよう。

そこで芭蕉は、静かに口を閉じる。そして、口を閉じたことで、人は私意を払い、限定を捨てる。そのときかえって不易と流行の根源はひとつの姿をあらわにする。

その不動の相を理とし、流行創造を相とするとき、その本体の実相は誠（真実）となる。

明石の「素波の音」さえ、永遠の実相への思慕をそそられる。

その永遠なる郷愁が、かなしさ、さびしさ、想いとなって胸にしみるのであった。

貞享五年四月二十三日、芭蕉が京に入り、二十五日、惣七に宛てて長文の書簡を書き、それまでの旅の総括をしたためたところまで見てきた。そこに、一抹の悲哀の気が流れているのは、むしろ、人間存在と旅への思索の深化をみせているのではなかろうか。

芭蕉は、たしかに涙もろくなっているようにみえる。その書簡で、竹内村に老いたる孝女伊麻《いま》を訪ね、「実《じつ》のかくれぬものを見ては、身の罪かぞへられて、万菊も暫《しば》（し）落涙おさへかねられ候」と書いた出逢いにもふれた。

おまけに、四月二十六日には、書家の北向雲竹《きたむきうんちく》を訪ねて孝女伊麻の話をし、雲竹が「いま女画像」の讃に次の文をよせている。

「（略）芭蕉庵桃青子、来訪予隠棲。（略）乃曰《すなわちいわく》、（略）吾聞此委曲《このいきよくをききて》、而不覚感悌沾裳《おぼえずかんていもすそをぬらす》。（略）而主客（雲竹・芭蕉）与湿双袖《ともにそうしゅうをうるおす》」

二人の大知識人が涙を流しているのである。

また、先の惣七宛の書簡で、「敦盛の石塔に泪《なみだ》をとどめ兼《か》ね候」とあり、杜国もまた、惣七宛の書簡で、「桃《とう》青《せい》老も（略）、一の谷のくずれも見るやうニ覚《おぼえ》、あつもりのつかニまいりてハ、をの〳〵こたへられず泣申《なきもうし》候」と証言している（村松・前掲論文）。

芭蕉の不満は、次第に深くなる。

それを決定的にしたのが、「此《この》浦の実《まこと》は秋をむねとするなるべし。（略）秋なりせバ、いさゝか心のはしをも言ひ出《いず》べき物をと思ふぞ」という判断であった。

このとき、芭蕉の胸中には、今回の旅の帰路を中山道、木曾路にとっているのを憶い出していただろうか。信州更科の里、姨捨山《おばすてやま》は名月で名高かった。菅原孝標《すがわらのたかすえの》女《むすめ》の、『更級日記』も、よく世に知られていた。

芭蕉は、仲秋の名月にあたる八月十五日の月見を決行することを決意した。

芭蕉の江戸帰東の予定は、大きく遅れることになった。

その後の芭蕉の動向を『年譜大成』に見ていくと、貞享五年五月四日、興味深いエピソードがある。この日、杜国と共に吉岡求馬《よしおかもとめ》の歌舞伎を見物している。

京都は、元禄時代、歌舞伎がさかんで、四条の賀茂《かも》川ぞいに四座があり、名優坂田藤十郎《さかたとうじゅうろう》を生んだ。

この時期は野郎歌舞伎と呼ばれ、承応元年（一六五二）頃から元禄歌舞伎時代まで、二十数年間つづいた。男色の対象としての若衆は、この頃も実際に存在していて、観客の興味もあったが、技芸としても次第に進歩し、女方が確立し、遊里の太夫に仕立ての傾城買《けいせいがい》狂言がはやった。これが元禄の黄金時代へとつながっていくといわれる（『平凡社大百科事典』小笠原恭子）。

歌舞伎若衆を紹介する、いわゆる『野郎評判記』がつくられ、容色、性格、歌舞の巧拙、声のよしあし、酒宴の客扱いなどから閨中《けいちゅう》の味わいにいたるまで紹介されている（前掲書・松崎仁）。

芭蕉の見た歌舞伎役者、初代吉岡求馬は、『新訂増補歌舞伎人名事典』（野島寿三郎編、紀伊國屋書店）によれば、寛文十二年（一六七二）から貞享三年（一六八六）に活躍とあり、貞享四年正月に出た『野良立役舞台大《やろうたちやくぶたいおお》鏡《かがみ》』にも、「中」の位として記されている。

当時の歌舞伎の雰囲気を示すものとして、その原文を、紹介しておこう。

一げにや色《いろ》にそみかにめして吉《よし》をかのもやうには九年めんぺきも目《め》をほそめかりようびんなる小哥《こうた》には刻付《こくつけ》の飛脚《ひきやく》もこしをぬかしはつめいなるげいぶりにはとうゐんめいもなづまれて此君《きみ》の付ざしをねがひくだまきしことばにいわく幼《よう》をたつさへて室《しつ》いる

酒あつて樽《そん》にみてり小姓《こしよう》をひゐてもつてみづからくむ又下《またしも》の句《く》に玉茎《ぎよつけい》をいる丶の易安事《やすんじやすきこと》をつまびらかにすとか丶れたり
一ある人のいわく此君《きみ》の面躰《めんてい》こましやくれて氣《き》の□
〔ど〕くげいもいきすぎて打《うち》つかずとうん〳〵
もとめみんこましやくれてもはなのかほ

（『歌舞伎評判記集成第一巻』　岩波書店）


なかなかしゃれた戯文だが、芭蕉と杜国は久しぶりにくつろいだ一刻をすごしたことであろう。

ところが、五月五日、あやめの節句の日に、求馬は急死する。土芳編『蕉翁句集』に、

俗士にさそはれて、五月四日、吉岡求馬を見る。五日はや死す。よつて追善

花あやめ一夜《ひとよ》にかれし求馬《もとめ》哉

花あやめにも譬《たと》えたい求馬の姿も、一夜にして枯れ亡くなったと聞いた、その追善句で、「あやめ」と「もとめ」の語呂を合わせてしゃれている。

この時万菊《まんぎく》（杜国）も、「唐松歌仙よく踊り侍る」と前書して、

抱きつきて共に死ぬべし蟬のから

という句を残している。

なんということであろう。万菊の句は、「抱きつきて共に死ぬべし」という意表をつくものだが、不吉な予感を起こさせる句である。それにつけても、この旅での人生無常迅速の想いをいっそう深くしたにちがいない。

杜国は京で芭蕉と別れ、伊賀に立ち寄り、伊良古崎に帰った。これが、永遠の訣《わか》れとなる。

五月上中旬、京都滞在中に向井去来《むかいきよらい》を訪ねた。去来の俳論書『旅寝論《たびねろん》』には、かつて芭蕉は、

おととひはあの山越えつ花盛《はなざかり》　去来

の句をほめたが、「この句、今は取る人もあるまじ。なほ二、三年早かるべし」と告げた。今回、吉野行脚の帰りに立ち寄って、「日々汝があの山越えつ花盛の句を吟行し侍りぬ」と語ったという話が載っている。

同じ折り、凡兆《ぼんちよう》・北村湖春《こしゆん》にも逢い、五月十日前後京を離れた。この間、芭蕉にしては珍しく、俳壇との交流はあまりみられない。

『年譜大成』をみると、「古来の伝統勢力が蟠踞《ばんきょ》する王城の地では江戸の新興俳諧師に靡《なび》く物好きも少なく、今回も将来も蕉門は大きく育たない」とある。

帰路、京、岐阜、大津、ふたたび岐阜、尾張と辿ったが、初訪問の岐阜俳壇では、熱烈に歓迎され、蕉門の源流のひとつとなった。

この夏、五月から六月にかけての岐阜滞在中に、注目すべき発句が『笈日記』にある。

名にしあへる鵜飼《うかい》といふものを見侍らんとて、暮れかけていざなひ申されしに、人々稲葉山《いなばやま》の木陰に席を設け、盃をあげて

おもしろうてやがて悲しき鵜舟《うぶね》哉

この句は、謡曲『鵜飼』の「鵜《う》ノ段《だん》」の文句によって成立している。

『鵜飼』は、古作を世阿弥《ぜあみ》が改作した。前ジテは鵜飼いの老人、後ジテは地獄の鬼である。

旅の僧たち（ワキとツレ）が、甲斐《かい》の石和川《いさわ》に赴くと、鵜飼いの老人がやってくるので声をかけてみると、僧の一人がかつて接待を受けた宿の主人であった。

老人は、じつは自分はすでに死んで地獄に落ちているのだと打ち明ける。殺生《せっしょう》禁断の場所で鵜を使ったのが見つかり、川に沈めて殺された身と告白する。その罪滅ぼしのためにといって、生前の鵜飼いをして見せるが、やがて闇の中に消え去る（「鵜ノ段」）。

しかし、僧が小石に法華経の文字を記して弔うと、地獄の鬼が現われて、一僧一宿の老人の功徳と法華の力で、老人は成仏したと告げ、この経を賛美する。経文の「ことば」の力こそが人間を罪業から救う力なのである。

亡者が、鵜飼いの漁に身をまかせ、「罪も報いも後の世も忘れ果てて面白や」と舞うのだが、後に月が出て、闇路へ帰ってゆく哀愁を浮かび上がらせる。そこに人間の業と救済の契機があらわにされる（『平凡社大百科事典』横道萬里雄）。

「やみぢにかへる、此身の名ごりをいかにせむ」という鵜使いの霊のかなしみは、芭蕉の、そして人間というものの底知れぬ宿命をあらわに歌いあげているのである。『笈日記』に、「鵜舟も通り過る程に帰るとて」とあるのは、鵜飼も終わり、篝火も消え、酒宴も果て、一夜の興を尽した後の哀愁を、芭蕉は闇路へ帰る老翁の哀れに重ねて、うたい納めているのである。

ここには、人間の宿命という業を見つめる芭蕉の目がある。「面白さ」から「悲しさ」への急変が、「鵜ノ段」の見せどころ、聴かせどころとなって、主調低音としてくり返されると、山本健吉氏は指摘している（『芭蕉全

発句』）。

筆者には、『笈の小文』の旅をつらぬく業の深さとともに、芭蕉の言語への信念の強さが胸に迫ってくる。

こうして、七月上旬、中旬は、名古屋と鳴海《なるみ》の間を往来し、八月十一日、信州更科に仲秋の名月を目指して、芭蕉は越人《えつじん》同伴で岐阜を後にしたのであった。

六十一章　姨捨《おばすて》の月

明石夜泊《やはく》
蛸壺やはかなき夢を夏の月

の一句を残し、「千歳《せんざい》の悲しび此《この》浦にとゞまり、素波《しらなみ》の音にさへ愁《うれい》多く侍るぞや」として、芭蕉は『笈の小文』の本文をとじる。

その後、芭蕉は、「此《この》浦の実《まこと》は秋をむねとするなるべし。悲しさ、寂しさ、言はむかたなく、秋なりせバ、いさゝか心のはしをも言ひ出《いず》べき物をと思ふぞ」（『笈の小文』）との想いを果たすべく、京都で杜国《とこく》と別れると、五月岐阜、下旬には大津に引き返し、地元の俳諧連衆と歌仙を巻きながら旅をつづける。六月上旬の吟に、

目に残る吉野を瀬田の蛍《ほたる》哉

木曾路の旅を思ひ立て大津にとどまるころ、

まづ瀬田の蛍を見に出でて
この蛍田毎《たごと》の月にくらべみん

瀬田の大橋は、芭蕉のお気に入りの風景である。
また「田毎の月」といえば、世に知られた更科《さらしな》の姨捨《おばすて》山《やま》の山腹に、段々に小さく区切られた水田の、一つ一つに映る月のことである。『年譜大成』によれば、この詞書の文が、芭蕉がはじめて木曾、姨捨山紀行の志を明記した文章であるという。ここには『笈の小文』の旅で名所、旧跡をめぐるにつけ、次第に深まっていった「風雅の誠」を愛でる疑問と省察に結着をつけ、姨捨山の満月の光を浴びて超越的宇宙感を体験したいという、悲願が明らかにされている。

目指すのは信州更科の里、八月十五日の満月である。八月十一日、芭蕉は越人《えつじん》を伴って岐阜を発ち、十四日には現地に着いた。

そこで、『更科紀行』だが、そのなりたちと稿本の問題について村松友次氏は、その「更科紀行論」(井本農一編『芭蕉の本6　漂泊の魂』所収)で次のように指摘する。

わたしは従来、定稿と目されていた、宝永六年(一七〇九)乙州《おとくに》刊『笈の小文』付載の「更科紀行」を排して、梅人《ばいじん》刊、杉風《さんぷう》本をこそ定稿とすべきであろうと考える。

さきの乙州刊『笈の小文』中に、「翁名古屋ニ滞留の時、更科紀行有り、幸ニシテ爰《ここ》ニ次《つぐ》」のことばがあり、芭蕉が名古屋滞在中に『更科紀行』を執筆したことがわかる。(略)可能性のある年時は、元禄四年十月帰東の際が最初である。沖森本はその時の草稿であろう。乙州刊本の『更科紀行』はこれを筆写したものである。(略)この乙州刊本が、沖森本の粗雑な写しである証拠である。(略)

沖森本草稿が元禄四年名古屋滞在中に書かれたとすれば、これにさらに手を入れて杉風本の成ったのは、(略)この年の冬、帰東以後であろう。

杉風本と沖森本での最大の異同は、句の部分の大幅な入れかえであって、それによって句文融合へ大きく前進している(略)。芭蕉が主観的・過大的な表現を削り、筆をおさえて行く傾向は、初稿から再稿、三稿へと進む場合常に見られるところである。

従来『更科紀行』は遅くとも元禄二年の三月以前、『おくのほそ道』の旅に出発する以前には書かれたであろうと推定されてきた。しかし、右に見てきたように、作品『更科紀行』の成立が、実際の更科の旅と少なくとも三年以上のずれがあることが想定されるとすれば、他の紀行文『笈の小文』『おくのほそ道』の場合と同様の問題がここに起こってくる。それは、作品としての紀行文にあらわれている芭蕉の意識を、そのまま、旅そのものの行なわれた時点での芭蕉の意識と考えては誤りであろうということである。

とあるのには、共感できる。

更科への旅は、芭蕉の生涯での重要な一ポイントをなしている。この旅が、『おくのほそ道』の旅を誘い出した（井本農一説）のであろうし、当然そこに芭蕉の人生観、文芸観の展開のための転機が含まれているはずである。

注意すべきは、まず、この『更科紀行』の文章が書かれたのが、『おくのほそ道』の先か後かということであろう。いま見てきたとおり『更科紀行』の成立は、明らかに『おくのほそ道』の旅の後である。先の文章と後の文章には歴然たる相違があって、むしろ読手は、その相違における芭蕉の句文の洗練度の高さに目をみはる想いがする。

そこで、まず、旅そのものに則して書かれ、『おくのほそ道』以前に成立していた文章から見てゆこう。

貞享五年秋ごろ、『更科紀行』の旅の直後に記したと考えられる単独の俳文がそれで、当然、元禄四年以後に完成した『更科紀行』の本文とは異同があり、より具体的で臨場感がある。

更科姨捨月之弁

あるひはしらゝ・吹上《ふきあげ》ときくにうちさそはれて（白良《しらら》・吹上ともに紀伊《きい》国の月の名所。「或は白浦・吹上・和歌《わか》の浦《うら》・住吉《すみよし》・難波《なにわ》・高砂《たかさご》・尾上《おのえ》の月の曙を、詠めて帰る人もありけり」と平曲の一節をきくにつけ）、ことし姨捨の月みむことしきりなりければ、八月十一日みの《（美濃）》の国をたち、道とほく日数すくなければ、夜に出《いで》て（夜が明けないうちに出発し）暮《くれ》に草枕す

（『古典大系46』、注も同書）。

さりげなく「姨捨の月」とでてくるが、例によって、日本文芸史における姨捨山には深い背景がこめられている。『歌ことば歌枕大辞典』によって、そのあらましを紹介しておこう。

姨捨山は、信濃国の歌枕で現在の千曲《ちくま》市と東筑摩《ひがしちくま》郡筑北《ちくほく》村にまたがる冠着山《かむりきやま》がそう呼ばれた。

「我が心なぐさめかねつ更級《さらしな》や姨捨山に照る月を見て」（よみ人しらず『古今集』）が、古くからこの山を詠んだ歌として最も有名で、歌枕としての原点である。この歌は『大和《やまと》物語』一五六段などでみられるように、棄老《きろう》伝承を背景としており、「更級の山よりほかに照る月もなぐさめかねつこの頃の空」（凡河内躬恒《おおしこうちのみつね》『新古今集』）など、姨捨という地名の起源説話として語られることが多い。

これは『今昔物語』や『俊頼髄脳《としよりずいのう》』などの歌学書にも受けつがれ、歌人たちの共通の原イメージを形成した。「月見てはたれも心ぞなぐさまぬ姨捨山の麓ならねど」（藤原範永《のりなが》『後拾遺集《ごしゅうい》』）のように、「月」と「なぐさむ」という句を用いることが多い。

菅原孝標女《すがわらのたかすえのむすめ》は回想録『更級日記』の中で、「月も出でで闇に昏《く》れたるをばすてに何とて今宵《こよい》尋ね来つらむ」と詠んでいる。

もっとも、「棄老」という側面が、どれほど強く意識されていたかは疑問である。ひたすら月の名所として詠まれることも多かった。

しかし、ここに世阿弥作と伝えられる『姨捨《おばすて》』という有名な謡曲の作品がある。場景は、前場が信濃国更科の里、姨捨山。八月十五日、夕暮れ。後場が同所、月の出から夜明けである。芭蕉にとっては、世阿弥作のこの作品が、もっとも身近に感じられたと考えられる。

「さらしなの里、おばすて山の月見んこと」と芭蕉が『更科紀行』の冒頭に書いたとき、すでにその胸中には、あの世阿弥の能の舞台が彷彿と浮かんでいたにちがいない。それを前提としながらも、先の俳文は、淡々とむしろ記録的に進む。

思ふにたがはず、その夜（八月十五日の仲秋の名月の夜）さらしなの里にいたる。山は八幡《やはた》といふさとより一里ばかり南に、西南によこをりふして（横たわって）、冷《すさま》じう高くもあらず、かど〳〵しき（角ばった）岩なども見えず、只哀《あわれ》ふかき山のすがたなり。なぐさめかねしと云《いい》けむ（先に紹介した『古今集』の歌をさす）も理《ことわ》りしられて（その理由がもっともだとうなずかれて）、そゞろに（むしょうに）かなしきに、何ゆへにか老《おい》たる人をすてたらむとおもふに、いとゞ涙落《おち》そひければ（昔更科の里に住む男が親代わりの伯母を、老齢の姑を憎む妻のすすめに随って、だまして深い山に捨てて来たが、折からの明月に後悔の情に堪えず、「わが心なぐさめかねつ…」と歌ってまた山へ行って老母を連れ帰ったという棄老の伝説をさす）、

俤《おもかげ》は姨《おば》ひとりなく月の友　ばせを
いさよひもまださらしなの郡《こおり》哉　同

（本文及び注・前掲書）

幻想の姨ひとりだけが満月と相対している。

「いさよひも」の句は、十五夜は姨捨山の月を賞したが、今宵十六夜《いざよい》の月も去りがたく、同じく更級の郡《こおり》で眺めようとの意《こころ》。

いま紹介した俳文は、念を押すが『更科紀行』の旅から帰宅した直後の短篇である。しかし、実際の旅から少なくとも三年を経たと考えられる紀行文『更科紀行』の本文とは異なっている。これを頭において、本文を読んでゆきたい。

さらしなの里、おばすて山の月見んこと、しきりにすゝむる秋風の、心に吹《ふき》さはぎて、ともに風雲の情をくるはすもの又ひとり、越人と云《いう》。木曾路は山深く道さがしく（けわしく）、旅寝の力も心もとなしと、荷兮子《かけいし》が奴僕《ぬぼく》をしておくらす。

（『古典大系46』「更科紀行」、注も同書）

荷兮は、山本氏、通称武右衛門。名古屋に住み、医を業とした。寛文以来の作家であるが、のち蕉門に帰し、芭蕉七部集中の三書（『冬の日』『春の日』『曠野《あらの》』）を撰んで世に知られた。元禄四、五年以後は芭蕉との間に溝を生じ、晩年は昌達《しょうたつ》と号して連歌に専念。享保元年に没した。享年六十九。

本文にもどろう。

をの〳〵心ざし尽《つく》すといへども、駅旅の事心得ぬさまにて、共におぼつかなく、ものごとのしどろに（乱れて）あとさきなるも、中々に（かえって）おかしき事のみ多し。

ともに旅立ちの情景でありながら、俳文とちがい、紀行では客観的な記述を避けて、芭蕉の体験的で内面的な独白として、味わい深くなっているところに、文の円熟が感じられる。

つまり、先に紹介した俳文「更科姨捨月之弁」と読みくらべると、後の本文が、具体的で心情に満ちた、練達の文といえるであろう。さらに、旅のさ中でさえ、「中々におかしき事のみ多し」というゆとりには、さすがに旅なれた芭蕉の面影もうかがわれる。

『更科紀行』の本文は、今回底本で使用している『古典大系46』で、句を入れても三頁という短篇である。しかし、村松友次氏の前掲書の説によれば、この短文には圧縮した風物の背景とからめて、四つの小話が仕込まれている。

（一）むつむつとした六十計《むそじばかり》の僧
（二）馬上で居眠りをするその下僕
（三）心なき僧のひとりよがりの旅物語
（四）月を肴《さかな》に酒盛りをしようとすれば、宿の主人の持ち出した盃は、場はずれで無風流なもの

およそ風雅な姨捨の里の秋の月見の旅には、滑稽で不似合いな取り合わせである。それがかえって、姨捨山の深刻さを深めている。

まずは、芭蕉が語る四つのエピソードを、『更科紀行』の本文にたどってみよう。

〈第一のエピソード〉

何々といふ所にて、六十計《むそじばかり》の道心《どうしん》の僧、おもしろげもおかしげもあらず、ただむつ〳〵としたるが（むっつりとしたのが）、腰たはむまで物おひ《(負)》、息はせはしく、足はきざむやうに（小きざみに）あゆみ来《きた》れるを、ともなひける人の（私の同伴者が。越人や奴僕をさす）あはれがりて、をの〳〵肩にかけたるもの共《ども》、かの僧のおひねもの（伊賀・伊勢地方等の方言に、背負う意にオイネル、またその荷物をオイネという）とひとつにからみて、馬に付《つけ》て、我をその上にのす〔この我＝芭蕉の姿と心こそが滑稽である〕。

高山奇峰、頭《かしら》の上におほひ重《かさな》りて、左《ひだ》りは大河ながれ（木曾川をさす）、岸下《がんか》の千尋《せんじん》のおもひをなし、尺地《せきち》も（わずかな土地も）たいらかならざれば、鞍《くら》のうへ静かならず。只あやうき煩《わずらい》のみやむ時なし（岱水《たいすい》本・梅人本他は「止時なくており立、僕をのせける」とする。さもないと、以下馬上の人が奴僕となることと整合性がとれない）。

〈第二のエピソード〉

桟《かけ》はし（長野県木曾郡上松《あげまつ》町と木曾町との間にある。嶮岨《けんそ》な崖の中腹にかけ渡した五十六間ほどの桟道）・寝覚《ねざめ》（寝覚の床《とこ》。上松町にあり、木曾川の急流が河中の岩石に激する奇勝）など過《すぎ》て、猿がばゞ（猿が馬場峠）・たち峠（立峠）などは四十八曲《まがり》とかや、九折重《つづらおりかさな》りて、雲路《くもじ》にたどる心地せらる。歩行《かち》より（徒歩で）行《ゆく》ものさへ、眼くるめき、たましゐしぼ

みて、足さだまらざりけるに、かのつれたる奴僕《ぬぼく》、いともおそるゝけしき見えず、馬のうへにて只ねぶりにねぶりて（「とりつきながら、いとうねぶりて、落ちぬべき時に目をさます事度々なり」という『徒然草』四十一段が心にある）、落《おち》ぬべき事あまたたびなりけるを、あとより見あげて、あやうき事かぎりなし。仏の御心《みこころ》に衆生《しゆじよう》のうき世を見給ふもかゝる事にやと、無常迅速《むじようじんそく》のいそがはしさも、我身にかへり見られて、あはの鳴戸《なると》は波風もなかりけり。

反省してみれば、人の心の危うさにくらべれば、阿波の鳴戸も静かなものだとする。

また、『東関《とうかん》紀行』天竜川《てんりゆう》の条に、「（略）この河、（略）かの巫峡《ふきよう》の水の流、おもひよせられて、いと危きこゝちすれ。しかはあれども、人の心にくらぶれば、しづかなる流ぞかし」とあるのにもよる。

このあたり、旅路の険しさを嘆くようであるが、筆は軽く、スケッチは滑稽で、思うままに引用を駆使し、ついには御仏の説く浮世の無常迅速の教えまで引きあいに出すところは、講釈師のようで、深刻とはいいがたく、思わず芭蕉のリズムにのせられて、読者の心ははずむのであるが、じつは、「おばすて山の月見んこと」という中山道《なかせんどう》更科は、難所への怖れと期待にみちた旅路だった。

ところが、宿についてみれば、この芭蕉の緊張をはぐらかすかのような、通俗的な場面が展開されるのである。それを第三のエピソードとでも呼ぼうか。山奥の山小屋に似た当時の宿屋の風景を思い浮かべればよい。

芭蕉は雑魚寝《ざこね》の寝床に入るや、当然いつものように姨捨の名月について思いをはせた。

ところがである。本文にかえろう。

〈第三のエピソード〉

夜は草の枕を求《もとめ》て、昼のうち思ひまうけたるけしき（句に作ろうと考えていた風景）、むすび捨てたる発句《ほつく》など（作りっぱなしにしてあった発句）、矢立《やたて》（携帯用の筆墨の具）取出《とりいで》て、灯《ともしび》の下《もと》にめをとぢ、頭たゝきてうめき伏せば、かの道心の坊、旅懐《りよかい》（旅情）の心うく（憂く）て物おもひするにやと推量し、我をなぐさめんとす（旅ずれした行脚の僧の通俗ななぐさめ）。

わかき時おがみめぐりたる地、あみだのたふとき数をつくし、をのがあやしとおもひし事共《ども》はなしつゞくるぞ、風情《ふぜい》のさはりとなりて、何を云出《いいいず》る事もせず（何の句も詠み出すことができなかった）。

とても（とかくして）まぎれたる月影の、かべの破れより木間《このま》がくれにさし入《いり》て、引板《ひた》（鳴子）の音、しかおふ声、所々《ところどころ》にきこへける。まことにかなしき秋の心、爰《ここ》に尽《つく》せり。

〈第四のエピソード〉

「いでや月のあるじ（月のもてなし。月見の御馳走としての意）に酒振《ふる》まはん」といへば（ここは芭蕉の言葉）、（宿の人が）さかづき持出《もちいで》たり。よのつねに（世間並みのものにくらべて）一《ひと》めぐりもおほきに見えて、ふつゝかなる（無風流な）蒔絵《まきえ》をしたり。都の人はかゝるものは風情なしとて、手にもふれざりけるに、おもひもかけぬ興に入《いり》て、𤩍碗玉卮《せいわんぎよくし》の心《ここ》ちせらるも所がらなり。

「いでや月のあるじに酒振まはん」とさかずきを持ち出したが、あまりの無風流なさかずきに、手も触れたくなかったが、思い直して玉杯として飲んだ。というエピソードで文をとじる。

𤩍碗玉卮は、青い玉の碗と玉の盃。田舎びた、野暮ったい蒔絵のある大げさな盃を持ち出すのは、山奥の風雅で寂びた月見の盃にふさわしいはずはない。ここには、無風流でやりきれない田舎人の野暮ったさにうんざりしている芭蕉の皮肉な溜息がきこえるようである。

ともあれ、紀行文本文は、これで終わる。

この後、『鹿島紀行』と同じく、巻末に句が一括してあげられている。諸本によって若干の相違があり、『古典大系46』は、宝永六年乙州編『笈の小文』に付載された「翁名古屋仁滞留乃時有更科紀行。幸而爰仁次」を底本としている。

『新編 芭蕉大成』は、若干、句の数と並べる順が異なっているが、ここでは『古典大系46』にしたがう。

あの中に蒔絵書《かき》たし宿の月

桟《かけはし》やいのちをからむつたかづら

桟や先《まず》おもひいづ馬むかへ

「馬むかえ」とは、中古、毎年八月、諸国から朝廷に献上する馬を、朝吏が逢坂《おうさか》の関まで出迎える行事。初めは八月十五日、のちに十六日に行なわれた。鎌倉時代末ごろから信濃の駒のみがもっぱら献上された。

霧晴《はれ》て桟はめもふさがれず　越人

姨捨山

俤《おもかげ》や姨《おば》ひとりなく月の友

いさよひもまださらしなの郡《こおり》哉
さらしなや三《み》よさの月見雲もなし　越人
ひよろ〳〵と尚露けしやをみなへし
身にしみて大根からし秋の風
木曾のとち浮世の人のみやげ哉
送られつ別《わかれ》ッ果《はて》は木曾の秋

善光寺《ぜんこうじ》
月影や四門四宗《しもんししゅう》も只一つ
吹《ふき》とばす石はあさまの野分《のわき》哉

これが、『更科紀行』の全句文である。

ところで、この短い紀行文を読み返してみると、「俤や姨ひとりなく月の友」の句を別とすれば、この本文のなかには、世に知られた悲惨な姨捨山の伝説、とくに一人山奥で死を迎えねばならぬ老女の悲話については、ただの一言も触れられていないのに驚く。

先に紹介した、貞享五年秋頃に書かれた俳文『更科姨捨月之弁』では、「なぐさめかねしと云けむも理《ことわ》りしられて、そゞろにかなしきに、何ゆへにか老たる人をすてたらむとおもふに、いとゞ涙落《おち》そひければ」として、次の句をあげていた。

俤《おもかげ》は姨《おば》ひとりなく月の友　ばせを

あの姨捨の月を、比類なき月たらしめ、信濃国の歌枕とまでなっている姨捨という地名の起源について、なぜ一言も触れないのであろうか。

『大和物語』をはじめ『今昔物語』にもしるされ、また『古今集』の「我が心なぐさめかねつ更級や」の名句とともに、名月と棄老というとりあわせで、日本伝承説話のゆるがぬ地位を占めている説話に、芭蕉は俳文では詠みながら、『更科紀行』では一言も触れていないのは何故であろうか。

もちろん忘れるわけはない。つっこんで言えば、棄老伝説ということのあまりの重さ、深刻さを語るのに耐えかねて、口を閉ざし、地の文ではことさら軽快で飄逸なエピソードを重ねて逆転し、暗黙のうちに、読者をして、姨捨説話の孕《はら》む悲惨な人間の宿命を一層強く喚起しようと企てたのであろうか。

その意図はどうあれ、芭蕉ほどの俳人が、紀行の本文に、姨捨の句をあげながら、いっさい説話に触れなかったという決断は、切実に身に迫るものがある。つまり「言語」を絶している。他の文人の耐えられることではない。

もちろん伝統的文芸のなかで、芭蕉が姨捨の月に触れなかったはずはない。では、あらためて芭蕉は「姨捨」説話を、どこで受けとめていたのであろうか。

筆者はあえて独断を恐れずにいえば、芭蕉は、あの深い敬意を抱いていた世阿弥の作と伝えられる謡曲『姨捨』を胸に想い描いていたのだと考える。

そのほんのさわりを、『新日本古典文学大系57　謡曲百番』（西野春男校注）の本文から引いて、明らかにしておこう。

ワキ「扨《さて》も我姨捨《おばすて》山に来て見れば、嶺平《たい》らかにして万里の空も隔《へだ》てなく、千里《せんり》に隈《くま》なき月の夜《よ》、さこそと思ひやられて候、如何様《いかさま》此所《ところ》に休《やす》らひ、今宵の月を眺《なが》めばやと思ひ候。

シテ女「なふなふあれなる旅人は何事を仰《おおせ》候ぞ　ワキ「さむ候《ぞうろう》是は都の者にて候が、初めて此所に来《きた》りて候、扨々《さてさて》御身はいづくに住《すむ》人ぞ　シテ「これは此《この》更科の里に住《すむ》者にてさぶらふ、今日《きょう》は名《な》に負《お》ふ秋の半《なかば》、暮るるを急ぐ月の名の、ことに照《てり》そふ天《あま》の原、隈《くま》なき四方《よも》の気色哉《かな》、（略）

ワキ「（略）扨々いにしへ姨捨の、在所《ざいしょ》はいづくの程《ほど》にて候ぞ（略）

〈掛合〉ワキ　カヽル〽扨は此木の陰《かげ》にして、捨《す》て置《お》かれにし人の跡《あと》の　女「其まま土中《どちゅう》に埋草《うもれぐさ》、かりなる世とて今ははや　ワキ　カヽル〽昔語《むかしがたり》になりし人の、なを執心《しゅうしん》は残《のこ》りけん　女〽亡《な》き跡《あと》までもなにとやらん　ワキ〽物凄《すさ》ましき此原の　女〽風も身に沁《し》む　ワキ〽秋の心。（略）

女〽住処《すみか》と言《い》はむは此山《このやま》の　ワキ〽名にし負《お》ひたる女〽姨捨《おばすて》の。〈上歌〉同〽それと言はむも恥づかしや、（略）其いにしへも捨てられて、ただひとり此山に、すむ月の名の秋ごとに、執心の闇を晴らさむと、今宵《こよい》あらはれ出たりと、夕影《かげ》の木《こ》のもとに、かき消《け》すやうに失《うせ》にけり、かき消すやうに失にけり。

（中入）

（略）〈下ノ詠〉ワキ・ワキツレ〽三五《さんご》夜中《やちゅう》の新月の色、二千里《じせんり》の外《ほか》の故人の心《こころ》。（略）

〈掛合〉ワキ〽不思議やなはや更《ふ》け過《す》ぐる月の夜に、白衣《はくえ》の女人《にょにん》あらはれ給ふは、夢か現《うつつ》かおぼつかな　女「夢とはなどや夕暮に、顕《あらわ》れ出《いで》し老《おい》の姿、恥づかしながら来《きた》りたり（略）

〈上歌〉二人〽盛《さか》り更《ふ》けたる女郎花《じょろうか》の、（略）草衣《くさごろも》しほたれて、昔だに、捨てられし程の身を知らで、又姨棄の山に出《いで》て、面《おもて》をさらしなの、月に見ゆるも恥づかしや、よしや‐何事も夢の世の、中々言はじ思はじや、思《おも》ひ草《ぐさ》花に愛《め》で、月に染《そ》みて遊《あそ》ばん。（略）

〈サシ〉シテ〽然るに月の名どころ、いづくはあれど更科や　同〽姨捨山の曇りなき、一輪《いちりん》満てる清光《せいこう》の影《かげ》〔月光〕、団々として海嶠《かいきよう》を離《はな》る　シテ〽然《しか》れば諸仏の御《おん》誓ひ　同〽いづれ勝劣《しようれつ》なけれども、超世《ちようせ》の悲願遍《あまね》き影、弥陀光明《みだこうみよう》にしくはなし〔以下、月光への讃美〕。

〈クセ〉同〽（略）月はかの如来の、右の脇侍《きようじ》として、有縁《うえん》（の衆生）をことに導《みちび》き、重《おも》き罪を軽《かろ》んずる、無上《むじよう》の力《ちから》を得《う》る故《ゆえ》に、大勢至《だいせいし》（菩薩）とは号《ごう》すとか、天冠《てんがん》の間に、花の光かかやき、玉の台《うてな》の数々に、他方の浄土をあらはす、玉珠楼《ぎよくしゆろう》の風の音、糸《し》竹《ちく》の調《しらべ》とりどりに、心ひかるる方もあり、蓮《はち》色々に咲《さき》まじる、宝の池の辺《ほとり》に、立つや‐なみ木の花散りて、芬芳《ふんぼう》しきりに乱れたり　シテ〽迦陵頻伽《かりようびんが》の類《たぐい》なき　同〽声をたぐへてもろともに、孔雀‐鸚鵡《おうむ》の同じく、囀《さえず》る鳥のをのづから、光も影もをし並《な》べて、到《いた》らぬ隈《くま》もなければ、無辺光とは名づけたり、しかれども雲月《うんげつ》の、ある時は影満ち、またある時は影欠くる、有為《うい》‐転変《てんぺん》の世の中の、定めのなきを示すなり。（略）

〈歌〉女〽夜も既《すで》にしらしらと、はやあさまにも成《なり》ぬれば、我も見えず、旅人も帰る跡に　女〽ひとり、捨られて老女が　同〽昔こそあらめ今も又、姨捨山とぞ成《なり》にける、姨捨山と成にける。（傍点栗田）

この舞台では、中天の月光が、あまねく物事を照らすことから、月の本地仏《ほんじぶつ》の大勢至菩薩《だいせいしぼさつ》が仏光によって有縁《うえん》の衆生を救済するものとされていた。

つまり、仏教思想さえも、中秋の明月の光明が隈なく衆生を救済するという、神仏習合の自然崇拝の信仰によって生きていたのである。

更科で名月をめでた翌八月十六日、芭蕉は坂城《さかき》に泊る。

いさよひもまださらしなの郡《こおり》哉

その後は、八月中下旬にかけて、善光寺に参詣の後、浅間山麓を経て中山道を江戸に向かう。

善光寺は、推古《すいこ》天皇の頃から草堂を設けて、三国伝来の阿弥陀如来像を本尊とし、六四二年に今の長野の地に堂宇を建立した古刹《こさつ》で、諸人から渇仰の的となった霊場である。天台宗の大勧進と浄土宗の大本願とによって管理され、しばしば権限を争い、幕府に訴訟をおこしたが、なんといっても中世以来、信仰も篤く、全国に知られた、稀にみる名刹である。

現在の本堂は、宝永四年（一七〇七）の再建になり、単立宗教法人である。

芭蕉は、善光寺と題して句を詠んでいる。

月影や四門四宗も只一つ

月の光の下では、善光寺の建前である四門四宗も、みなひとしく月光を浴びているという実感であろう。

ここで「四門」というのは、発心《ほっしん》・修行《しゅぎょう》・菩提《ぼだい》・涅《ね》槃《はん》の門とも、善光寺・無量寿寺《むりょうじゅじ》・雲上寺《うんじょうじ》・浄土寺の善光寺四門をさすともいわれ、「四宗」は善光寺が天台・浄土を兼ねるので、関係のある顕《けん》・密《みつ》・禅《ぜん》・戒《かい》をさすなど、諸説ある。

ところで、つけ加えれば、善光寺詣を舞台とした、伝世阿弥作、鬼女物の謡曲に『山姥《やまんば》』という作品がある。その概要を先の『新日本古典文学大系57』によって、ごく簡単に紹介しておきたい。鬼女と菩薩は月光の下でひとつになる。

場景は、越後国上路《あげろ》の山中。山深い女の庵。ある日の午後から月の冴えゆく深夜。山姥の曲舞《くせまい》を得意とし、「百万山姥」とあだ名された都の遊女が善光寺詣の途中、車も通わぬ「弥陀来迎《みだらいごう》の直路」という険しい山越をしようとする時、不思議なことに出逢う。急に日の暮れた坂に、山の女が宿を貸そうというが、遊女に長年の望みである「山姥の曲舞」を舞えという。

じつは、その女が本物の山姥で、月の夜に謡うなら、自分も本当の姿をみせて、移り舞を舞おうという。

夜が更けて、降り注ぐ月光の中で、遊女が舞い始めると、奇怪な姿の山姥が現われ、深山幽谷の姿をあらわし、邪正一如、善悪不二の哲理を説きつつ「山姥の曲舞」を舞う。その一節を引いておこう。

〈クセ〉シテ（略）抑《そもそも》山姥《やまうば》は、生所《しょうじょ》も知らず宿もなし、ただ雲水《くもみず》を便《たよ》りにて、至らぬ山の奥もなし　シテ〽然《しかれ》ば‐人間にあらずとて　同〽隔《へだ》つる雲の身を変へ、仮に自性を変化《へんげ》して、一念‐化生《けしょう》の鬼女となつて、目前に来《きた》れ共《ども》、邪正‐一如と見る時は、色即是空そのままに、仏法あれば世法あり、煩悩あれば菩提あり、仏あれば衆生あり、衆生あれば山姥もあり、柳は緑、花は紅《くれない》の色々、扨《さて》人間に遊ぶ事、ある時は山賤《やまがつ》の、樵路《しょうろ》に通《かよ》ふ花の陰《かげ》、休《やす》む重荷《おもに》に肩を貸し、月もろ共《とも》に山を出《い》で、里まで送る折もあり、（略）シテ〽世を‐空蟬《うつせみ》の唐衣《からころも》　同〽払《はら》はぬ袖に置く霜は、夜寒《よさむ》の月に埋《うづ》もれ、打ちすさむ人の絶え間にも、千声万声《せんせいばんせい》の、砧《きぬた》に声のしで打《う》つは、ただ山姥が業《わざ》なれや、都に帰りて、世語《よがたり》にせさせ給へと、思ふはなをも妄執か、ただうち捨てよ何事も、よしあし引《びき》の山姥が、山廻りするぞ苦しき。（略）

世阿弥の月と山姥のイメージは、古くから深く仏教思想と結びついていることに驚く。

月は、宇宙の真理をうつす鏡であった。

そうみると、更科姨捨への旅は、そのまま善光寺を舞台とする山姥伝説と月への旅に重なっている。芭蕉が善光寺を訪れたのは偶然だろうか。その両者を貫くものは、何よりも、諸行無常、万物一如の自然宗教ともいうべきものなのである。

芭蕉の更科の里から善光寺での月見の旅は、故郷の父の法事につづく、吉野から須磨・明石の旧跡を貫き、ひとすじに「風雅の誠」を究《きわ》めんとする『おくのほそ道』への序章だったのである。

六十二章　江戸帰庵

貞享五年（一六八八）八月下旬、更科の里の月を眺め、善光寺《ぜんこうじ》に参詣した芭蕉は、中山道《なかせんどう》を経由し、名古屋出身の越人《えつじん》ともども江戸に帰庵した。

数えれば、貞享元年（一六八四）八月中旬頃に『野ざらし紀行』へと出立してから、貞享五年八月下旬に『更科紀行』の旅から帰庵するまでの四年間のうち、芭蕉が旅にすごした期間は、一年七カ月に及ぶことになる。

今栄蔵氏の簡潔な要約を借りれば、蕉風は、貞享元年の『冬の日』五歌仙と人間探究的な色彩の濃い紀行文『野ざらし紀行』に象徴的に結実しているとされている。『野ざらし紀行』の旅は、伊勢山田、美濃大垣では木因《ぼくいん》のもとに一月あまり滞在し、とくに尾張では熱田・鳴海・名古屋の三地区で歓迎を受け、二カ月あまり逗留した。その間にそれぞれの中核である桐葉《とうよう》・知足《ちそく》・荷兮《かけい》各グループと親密な関係をもち、多数の門人にも恵まれている。

とくに、荷兮グループと興行した歌仙『冬の日』は、低迷していた俳壇に画期的な衝撃を与えた。

『冬の日』の内容は、芭蕉・野水《やすい》・荷兮・重五《じゅうご》・杜国・正平《しょうへい》・羽笠《うりつ》による五歌仙と、追加表六句《おもて》から成っている。全体として風狂の趣を基調とする表現・付合《つけあい》には、これまでの残滓がみられるが、蕉風化した句体や景気の句も散見し、和漢の古典の利用法も斬新である。蕉風開眼の書ともいわれるが、さらに検討する余地はある（『俳文学大辞典』宇都宮譲）。

貞享二年春には、大津《おおつ》の尚白《しょうはく》一派が入門し、湖南蕉門の基礎がつくられる。放浪の俳人路通《ろつう》もここで入門している。

こうして『野ざらし紀行』の旅は、この年四月末、江戸芭蕉庵に帰庵して終わる。

この旅ののち、つまり貞享二年五月から貞享四年（一六八七）十月にいたる、年齢にして芭蕉四十二歳から四十四歳にわたる二年半は、新しい蕉風の深化につとめた。貞享三年正月、江戸蕉門十七人の興行による「鶴の歩み」百韻がその結実となる。芭蕉は「寅《とら》の年の俳諧の替り目」としており、新風は、この貞享三年に確立したと認識している。また、大自然の摂理を凝視して、「私意を離れよ」としたのもこの頃であろうと、今栄蔵氏は要約している（『年譜大成』）。

このおよそ二年半の庵住期は、江戸における俳諧での成功に止まるものではなかった。

今氏の表現をかりるなら、「何気ない生の奥に動いている大自然の摂理を凝視する。『松の事は松に習へ、竹の事は竹に習へ』（三冊子）（略）と教えた時点は特定しがたいが、この哲学が実った時期としてはこの期が最もふさわしい」（前掲書）。

また、芭蕉の月見の旅としては、貞享四年八月、『笈の小文』に先立つ『鹿島紀行』の旅が思い出される。深川時代から深く親炙《しんしゃ》していた禅僧、仏頂《ぶっちょう》和尚が隠居している庵を訪ね、あわせて鹿島神宮に参拝したものである。この旅が、その後の『更科紀行』の月の旅のきっかけとなっていると考えられる。

だが、この旅でも、まともな満月を眺めることはできなかった。しかし、ここを訪ね「しばらく清浄心《のこころ》を得るに似たり」としている。

芭蕉にとって月見は、すでにこのころから、深い自省の手掛かりとはなっていたのであるが、心を満たされるものではなかった。

『笈の小文』の旅は『野ざらし紀行』ののち、二年半の間に確立した蕉風を、全国行脚によって確認し、結実させるものであった。

さて、貞享五年九月三日、更科の旅から江戸に帰ってまだ間もないころ、芭蕉は荷兮に宛てて書簡を執筆し、同行した越人の旅疲れを報告している。同時に「拙者も人にまぎれ居り申し候」とあるから、帰庵早々、次々と人々が訪れ、慌ただしい日常が始まったことが分かる。

そのほんの一端をしるすと、九月十日、絈屋《かせや》市兵衛《いちべえ》（卓袋《たくたい》）宛て書簡では、突然来訪した加兵衛《かへえ》なる人物の処遇についてのべる。詳しくは分からないが、要約すると、丸裸同様でころげこんだ加兵衛だが、不便《ふびん》に思い、春まで手許に置き江戸の様子など見せるが、四十過ぎての「江戸かせぎ」はむずかしく「誠に不埒《ふらち》に候はば、かねたたきと拙者も存じ居り申し候」といった具合である。

九月十三日　芭蕉庵で十三夜の月見を催す。

芭蕉は、姨捨《おばすて》の月を忘れがたく、「芭蕉庵十三夜の記」の句文をつくる。その後段を紹介しよう。

木曾の痩《やせ》もまだなをらぬに後《のち》の月　ばせを

仲秋《ちゅうしゅう》の月はさらしなの里、姨捨山《おばすて》になぐさめかねて、猶《なお》あはれさのめにもはなれずながら、長月《ながつき》十三夜になりぬ。今宵《こよい》は宇多《うだ》のみかどの、はじめてみことのりをもて、世に名月とみはやし、後の月、あるは二夜《ふたよ》の月などいふめる。是《これ》才士・文人の風雅をくはふるなるや。閑人のもてあそぶべきものといひ、且《かつ》は山野の旅寝《たびね》もわすれがたうて、人々をまねき、瓢《ひさご》を扣《たたき》、峯のさゝぐりを白鴉《はくあ》と誇る。隣の家の素翁《そおう》、「丈山《じょうざん》老人の一輪いまだみたず二分虧《かけたり》といふ唐歌《からうた》は、此夜《この》折にふれたり」とたづさへ来れるを壁の上にかけて、草の庵のもてなしとす。狂客なにがし、しら〻・吹上《ふきあげ》とかたり出《いで》ければ、月も一きははへあるやうにて、中々ゆかしきあそびなりけらし。

（『古典大系46』「俳文」三二）

九月十三夜の月は「後《のち》の月」といわれる。素堂《そどう》（文中では素翁）を始め、杉風《さんぷう》、越人、路通ら馴染みの友が集まって、後の月見の宴を開いた。この年は十三夜の月見も殊に重大に考えていたと思われる（山本健吉氏『芭蕉全発句』）。

元禄八年（一六九五）に刊行された支考撰の『笈日《おいにっ》記《き》』に載せられた素堂の序文には、「おもふに今宵を賞する事、みつればあふるゝの悔あればなり。中華の詩人わすれたるににたり。ましてくだら・しらぎにしらず。わが国の風月にとめるなるべし（傍点栗田）」とある。

当時の日本では、日々の年中行事は、今日よりはるかに重い意味をもっていたことを想起すべきである。

「後の月」と呼ばれる九月十三日の月は、日本独自のもので、日本の繊細で豊かな季節と風物に対する人々の感受性から生まれたと思われる。平安から近世にかけて、文学的な美がさらに豊かになってゆく。

月の光はさらに仏教的信仰と結びつき、釈教《しやつきよう》歌となる。

和泉式部の歌、

暗きより暗き道にぞ入りぬべき
遥《はる》かに照らせ山の端《は》の月　（『拾遺集』一三四二）

月は、仏法の久遠《くおん》の真理を体現し、「真如《しんによ》の月」となる。神祇《じんぎ》信仰にかかわるものとしては、鴨長明の歌がある。

石川や瀬見の小川の清ければ
月も流れをたづねてぞすむ　（『新古今集』一八九四）

天上遠く高く輝き、地上をあまねく照らす月は、神仏の超越性を象徴するものとされる（『歌ことば歌枕大辞典』渡部泰明）。

夜空の月に、仏法の真如を視たのは、あながち芭蕉の発見ではなく、遠く、日本人の神仏をふくめた宗教心、また、宗教的文芸情緒の流れを踏まえたものだった。『古今集』『新古今集』などの歌集を通じて、月と神仏への日本人の思慕は、詠いつがれている。

芭蕉が、鹿島の月見にさいして、仏頂和尚を訪れたとき、また姨捨山や善光寺の月に宗教的感慨をよびさまされたのも、日本文芸の情緒的深部から発するものであった。

したがって、芭蕉の月見には、宗教的な永遠なるものへの思慕がこめられており、更科の月の思い出は、窮極には、永遠なる超越者へのかくされた思慕の情が働いているといっていい。

十三夜の月見の宴がすんでも、まだ、芭蕉庵は日々俳諧の集いに忙しい。

まことに、ゆっくりと休む間もないが、それが俳人芭蕉の日常であり、生業《なりわい》である。そのつづきの記録を年譜からひろってみよう。

九月中旬　越人と両吟歌仙を巻く。

同　同じ頃、苔翠亭《たいすいてい》で七吟半歌仙興行。

九月　越人・其角《きかく》・嵐雪《らんせつ》・挙白《きよはく》ら芭蕉庵に会し、昔の聖君・賢臣を題に発句を詠む。

秋　露沾《ろせん》・其角・露荷《ろか》・荻子《てきし》・コ谷《こく》・沾荷《せんか》の六吟歌仙に批点を加える。

同　当年秋中の発句

行く秋や身に引きまとふ三布蒲団《みのぶとん》

「三布蒲団」は「みの」とも言い、一幅の布を三枚縫い合わせた蒲団で、普通の蒲団より幅が狭い。昼の忙しさにくらべ、夜は貧弱な蒲団にくるまり、「身に引きまとふ」のも侘びしい、夜の独り寝である。

また、「行く秋や」の句で、迫りくる年の瀬の季節の移ろいが心にしみる。

十月中　越人が江戸を去る。

同　江戸大通庵《だいつうあん》主道円居士《どうえんこじ》一周忌追善七吟歌仙興行。〔連衆〕芭蕉・夕菊・苔翠・友五《ゆうご》・素堂・路通・曾良。

翌春に迫った『おくのほそ道』の同伴者候補である、路通と曾良の出席に興味をひかれる。

路通は、この春、留守中の芭蕉庵を訪れ、隣庵となる長屋の一間を借りて仮住まいをしていた。

十二月三日　伊勢山田の益光《ますみつ》宛て書簡。

木綿足袋を贈られた御礼。近況など。

益光宛ての書簡では、興行化し雑俳化した「前句付《まえくづけ》」について、次のように述べている。

一、前句付もすがりになり〔はやらなくなり〕候よし、尤《もつと》も道のたよりになるべき事にもならず候。一応のにぎあひのみにて御坐候へば、はやくやみ候も珍重に存ずる事に候。（略）愚句何事も御坐無く、人出合《であい》もむつかしと、近辺子共のやうなる俳諧、折々《おりおり》云はせてなぐさみ申し候。

冬の句

冬籠《ごも》り又よりそはん此《この》はしら　愚句
襟巻《えりまき》に首引き入れて冬の月　杉風
火桶《ひおけ》抱いておとがい臍《へそ》をかくしけり　桑門 路通
落葉焼《た》く色々の木の煙かな　同 宗波

（以下略）

身近な俳人に、桑門《そうもん》（沙門《しやもん》）の二人、路通、宗波が同席していることが面白い。

　また、路通の才気走った、意外性のある句は、ありし日の杜国の俳風に通じるものがあり、芭蕉が若い才能に好意をもつことも興味深い。

冬　十吟歌仙興行。〔連衆〕岱水・路通・芭蕉・友五・曾良・宗波・嵐竹《らんちく》・雨洞《うどう》・夕菊・緑系《りよくけい》。

十二月五日　尚白宛て書簡執筆。

　この書簡でも、益光宛て書簡と同じ杉風と路通の句を記し、路通の句については、注目すべき一行、「此《この》作者は松本にてつれづれよみたる狂隠者、今我《わが》隣庵に有り。俳作妙を得たり」がある。

同日　上方旅行中の其角からの来状に返信を執筆。江戸の雑俳前句付の横行を慨嘆、嵐雪の行動に不満を吐露する反面、路通を激賞、其角への深い親愛感をも示す。

　書面には「路通など折々云捨《いいすて》、草庵の侘会《わびかい》、其おもしろさ、路通が妙作、鬼を驚かす計《ばか》りに候。予が楽しみも爰《ここ》に極り候。俳諧の外は心頭にかけず、句のほかは口にとなへず、儒仏神道の弁口、共にいたづら事と、閉口々々」とあり、若い路通の才に、面白がっている様が伝わってくる。

十二月十七日　芭蕉庵に近所の常連集まり、「深川八貧」の句あり。路通これを筆稿す。

七賢《しちけん》・四皓《しこう》・五老の□処、三笑《さんしょう》、寒《かん》・拾《じつ》〔寒山拾得〕の契《ちぎ》り、皆こころざしの類するものをもて友とす。西行《さいぎょう》が寂然《じゃくねん》にしたしく、兼好は頓阿《とんあ》に因《ちな》む。是《これ》風雅にるいするものか。東野《とうや》深川の八子、貧にるいす。老杜《ろうと》の貧交の句にならひて、管鮑《かんぽう》のまじはり忘るる事なかれ（路通筆懐紙）。

十二月中　深川近所常連で九吟歌仙未満三十句を巻く。

〔連衆〕芭蕉・岱水・曾良・嵐竹・宗波・路通・友五・泥芹・夕菊。

冬　深川近所常連七吟歌仙。

〔連衆〕路通・宗波・友五・芭蕉・岱水・曾良・夕菊。

俳諧者としての芭蕉の日常を、年譜によってたどってみた。

記録にすれば短いが、その俳人生活の日常に思いをはせると、前回の旅の記憶もまだ生々しいなかで、次々と、近隣に住む俳友や弟子などの常連と、歌仙を巻いて休む暇もない。年齢からみれば、今日では中年の男盛りだが、当時は平均寿命も低く、すでに俳壇の重鎮であろう。

しかし、芭蕉はそんな多忙の日々のうちにも、更科の月の思い出に重ねて、早くも次の旅への思いが熟していったのである。

俳諧の常連には、素堂・杉風・越人たちの旧友に、新しく加わっている若年の二人、路通と曾良の名が目立つ。

路通は、慶安二年（一六四九）生まれ。斎部《いんべ》氏。通称、与次衛門。出生は美濃国・京都・筑紫《つくし》説があるが未詳。神職の家という。

幼少の頃の消息は不明。延宝二年（一六七四）ごろから乞食僧として遍歴し、天和三年（一六八三）、筑紫へ行脚。貞享元年（一六八四）、京や近江国大津を漂泊して、翌年三月、近江国膳所《ぜぜ》で『野ざらし紀行』の旅をしていた芭蕉に会い入門。貞享五年（一六八八）、江戸深川芭蕉庵の隣りに住んでいたのである。

路通は、その句風も個性的だが、性来不羈奔放《ふきほんぽう》で同門からは不評を買い、一度は芭蕉の怒りにふれて、勘当されたといわれる。芭蕉の晩年には、三井寺の僧の取りなしで許され、義仲寺《ぎちゅうじ》で師の初七日の法会にも参列し、『芭蕉翁行状記』を書いている。

元禄二年仲秋には、奥羽行脚の芭蕉を迎えるため、越前国敦賀《つるが》に赴き、しばらく師の供《とも》をすることになった人物である（『俳文学大辞典』石川真弘）。

明けて元禄二年の正月、芭蕉はみちのくへの旅の志が固まってきているが、はじめは路通の誘いに端を発したといわれる。だが、随行者としては、温厚な人物で旅路にくわしい曾良にきまった。

曾良も、生まれは路通と同じ慶安二年で、信濃国上諏訪《かみすわ》に生まれ、姉と弟があった。生家は弟が継ぎ、曾良は母の実家河西《かさい》家に育つ。十二歳の頃、養父母岩波《いわなみ》氏を継ぐが、経緯は不明。十代の頃、伊勢国長島《ながしま》の大智院《だいちいん》の留守僧で伯父の秀精《しゅうせい》法師のもとで養われる。二十歳前後には長島藩松平佐渡守に仕えていたが二十代後半には勤めをやめ江戸に出た。当時すでに宗因《そういん》風の俳諧を学んでいたらしいが、吉川惟足《よしかわこれたり》について神道を学んだ。貞享二年から、江戸深川五間堀《ごけんぼり》に住んで本拠とする。

芭蕉と出逢ったのは、天和三年夏、甲斐《かい》国谷村《やむら》の高山《たかやま》糜塒《びじ》宅で、芭蕉四十歳、曾良三十五歳だった。以後、深川の住民として交わり、『鹿島紀行』、『おくのほそ道』の旅に同行することになる。旅中の記録『曾良随行日記』は貴重な資料となる（『俳文学大辞典』上野洋三）。それらのことについては、この後、芭蕉の旅とともにくわしくみてゆくことにする。

ふたたび、『年譜大成』に戻り、元禄二年（一六八九）、芭蕉四十六歳の一月元旦。

一月　　歳旦吟
元日は田毎《たごと》の日こそ恋しけれ

この句は、いうまでもなく、前年の八月十五日夜、更科の里で仲秋の名月を味わったときの句「俤《おもかげ》や姨《おば》ひとりなく月の友」をふまえている。

更科では、夜空も姨も、天空の満月の光の下に一体となって、人智を超えた超越的な真実の世界をうつしだしていた。

天空の満月の光は、同時に、よく手入れをされた、山麓の斜面にひろがる夜の水田の、小さな区画のひとつひとつに、同じように数知れぬ月影を映し出している。それを人は、「田毎の月」と呼んで賞味したのである。

あの更科の里も、元旦をむかえた今日は、明け初《そ》める数知れぬ稲田の水面に、月ならぬ初日の光をやどしているにちがいない。江戸で元旦の朝日を拝するにつけても、恋しく想い出されるのは、あの更科の田毎の月影なのである。

ここでは、新しい年を迎えるやいなや、過ぎし年に旅した更科の風景が想い出され、心は早くも、新しい旅へとかきたてられている。

帰省以来、あえて口には出さなかったが、元旦にあたって、更科の旅への、懐かしくも燃えるような想いがこみあげてくる迎春の一句である。

芭蕉の心のなかには、更科の旅から帰東していらい、いつもくすぶっていた新たなる旅への恋しさが、元旦を迎えるや、堰《せき》を切ったようにあふれ出たのである。

これは抑えきれない告白であり、また決意の表明でもあった。

一月十七日には、故郷にいる兄半左衛門《はんざえもん》に宛てて書簡をしたため、親類、縁者に対して、初めて奥羽《おうう》行脚の旅の予定を公表した。短いが、端的に用件をのべている。

其元《そこもと》旧年御仕舞日、御不自由ニ御坐有るべく候。此方《このほう》〔自分〕も永々《ながなが》（の）旅がへり、何やかや取り重（なり）、毎日〳〵客もてあつかひなどニて、冬のしまひもはつはつニ御坐候間、金子《きんす》少（し）も得《え》進《しん》じ申さず候。何とぞ北国下向《げこう》之節立寄（り）候ひてなり、関あたりより成とも通路いたし、しみ〲申し上ぐべく候。別条之《これ》無き内《うち》、細々《こまごま》書状ニも及び申さず候間、左様に御意得《こころえ》成さるべく候。

一、山□御無事ニ御坐候哉《や》。御老人心元《こころもと》無く存候。

一、七郎左衛門方《かた》あねじや人《ひと》御無事ニ御坐候哉《や》。

以上

正月十七日　松尾桃青

半左衛門様

ここには、兄に経済的援助をしていた様子がうかがわれるが、芭蕉自身も、旅から帰ったばかりで来客も多く、送金もむずかしいこと。また、今度の北国下向（『おくのほそ道』）の旅の帰りにでも立ち寄る予定などを、身内らしくしみじみと語っていて、心を打つものである。

ところで、この手紙を書く前後、大垣藩邸の門人と五歌仙を巻いている。

また、閏《うるう》一月二十五日には、江戸に来ている大垣の俳人嗒山《とうさん》の旅宿を訪ねている。

閏一月二十六日には、嵐蘭《らんらん》宛て書簡で、嗒山が連句会に同席できるよう配慮をたのんでいる。大垣関係者に心遣いをみせるのは、やはり奥州行脚の旅で、芭蕉の後援者の多い大垣俳壇との親交を深めておくための配慮なのだろうか。

同じく閏一月末頃、郷里伊賀の有力な俳人、猿雖《えんすい》（物《そう》七《しち》）宛てに書簡を書いている。親しい俳人でもあり、先の旅でも奈良で落ちあい、風雅の宴《うたげ》を催した親友でもある。

この手紙には、今後の奥羽行脚の旅についての詳しい予定などが記されているので、少々長いが熟読してほしい。旅についての芭蕉の心の読める貴重な文章である。

去年の秋より心にかかりておもふ事のみ多きゆゑ、却而《かえつて》御無沙汰に成り行き候。折々同姓（芭蕉実家）方へ御音信下され候よしにて、申し伝へこし候。さてさて御なつかしく候。去秋は越人といふしれもの木曾路を伴ひ、桟《かけはし》のあやふきいのち、きぬた・引板《ひた》の音、猪《しし》を追ふすがた、姨捨《おばすて》のなぐさみがたき折、あはれも見つくして、御事《おこと》のみ心におもひ出《いだ》し候。とし明けても猶《なお》旅の心《ここ》ちやまず

元日は田毎の日こそ恋しけれ　ばせを

弥生《やよい》に至り、待ち侘《わ》び候塩竈《しおがま》の桜、松島《まつしま》の朧月、あさかのぬまのかつみふくころより北の国にめぐり、秋の初め、冬までには、みの・をはりへ出で候。露命つつがなく候はば、又みえ候ひて立ちながらにも立ち寄り申すべきかなど、たのもしくおもひこめ候。南都の別れ、一むかしのここちして、一夜の無常、一庵のなみだもわすれがたう覚え、猶観念やまず、水上の淡きえん日までのいのちも心せはしく、去年《こぞ》旅より魚類肴味口に払ひ捨て、一鉢境《いっぱつきょう》界《がい》、乞食の身こそたふとけれと、うたひに侘びし貴僧の跡もなつかしく、猶ことしのたびはやつしやつして薦《こも》かぶるべき心がけにて御坐候。其上《そのうえ》よき道づれ、堅固の修業、道の風雅の乞食尋ね出し、隣庵に朝夕かたり候ひて、此僧〔路通〕にさそはれ、ことしもわらぢにてとしをくらし申すべしと、うれしくたのもしく、あたたかになるを待ち侘びて居り申し候。（略）節句過ぎには拙者は発足仕り候間、それまでに候はば御目に懸《かか》りたく候。以上（『年譜大成』）

この書簡は、相手が俳人であるためなのか、美事な文章でつづられているが、これからの旅の詳細をつくしている。

「あさかのぬま」は浅香沼。岩代《いわしろ》国（現福島県）の歌枕。浅香山は、花かつみ、五月雨、菖蒲、桜、蛍、時雨などで知られ、『万葉集』にはじまり、後の『古今集』や『大和《やまと》物語』にもある。「花かつみ」（花勝見）は、水辺に生える草の名。花あやめ、まこも、葦、かたばみなど諸説ある。

この書簡で驚かされるのは、鴨長明の『発心集《ほっしんしゅう》』にある増賀《ぞうが》上人のように、心に無常を忘れずに、魚類を絶ち精進潔斎の身を保ち、一鉢境界、乞食の身となり、「やつしやつして薦かぶるべき心がけにて御坐候」というくだりである。

もはや風流、風雅の旅というより、はっきりした「求道の修行者の身となり旅せん」と宣言している。今までにはなかった厳しさがある。

つづいて年譜をたどると、次に、二月十五日の桐葉宛て書簡がある。

その一文、「拙者二月節句過ぎ早々、松嶋の朧月見にとおもひ立ち候。白川《しらかわ》・塩竈の桜、御羨ましかるべく候。（略）仙台より北陸道・美濃へ出で申し候ひて（略）」

翌二月十六日、猿雖と宗無《そうむ》連名宛ての書簡を執筆。

「（略）住《す》み果てぬよの中、行く処《ところ》帰る処、何につながれ何にもつれん。江戸の人さへまだるくなりて、又能因《のういん》法師・西行上人《さいぎょうしょうにん》のきびす〔踵《かかと》〕の痛さもおもひ知らんと、松嶋の月の朧《おぼろ》なるうち、塩竈の桜ちらぬ先にと、そぞろにいそがしく候（略）」

ここに二通にわたり紹介した芭蕉の手紙をつらぬいているのは、風雅の道にかぎらず、人間として、人生そのものに対する求道者の姿である。また、とくに各手紙のなかで、欠かさず繰り返している目的の聖地は、松嶋の月なのである。

そこには、あの更科で眺めた満月の俤《おもかげ》が、繰り返し重なって浮かんでいたのである。月の光は、芭蕉にとっても窮極の真理の輝きともいうべきものではなかったか。

芭蕉のこれから始まる旅は、まだ見知らぬ北の国をめぐるということではなく、己れの身の内に輝く、風雅の誠の、月の光を求めての旅だったのである。

★芭蕉略年譜（『おくのほそ道』旅立ち前まで）

（今栄蔵氏『芭蕉年譜大成』をもとに諸本を校合して作成）

寛永二十一年・正保元年（一六四四）一歳

——この年、伊賀上野に松尾家の次男として誕生

寛文二年（一六六二）　十九歳

——この頃、藤堂新七郎家に出仕か（竹二坊説）

出仕の時期についてはほかに十歳説、十三歳説もあり

十二月——『千宜理記』に宗房の名で発句入集。発見された最初の句

寛文四年（一六六四）二十一歳

——松江重頼撰『佐夜中山集』に松尾宗房の名で二句入集

寛文五年（一六六五）二十二歳

十一月十三日——蟬吟主催「貞徳翁十三回忌追善五吟俳諧百韻」に一座

寛文六年（一六六六）二十三歳

四月二十五日——主君・藤堂良忠（号：蟬吟）没、享年二十五

六月中旬　—一説に、高野山にのぼり、報恩院に故主の遺髪と位牌を収める

寛文七年（一六六七）二十四歳

十月　—北村季吟監修・湖春編『続山井』に発句二八、付句三入集

寛文九年（一六六九）二十六歳

秋　—荻野安静編『如意宝珠』に伊賀上野宗房として発句六入集

寛文十二年（一六七二）二十九歳

一月二十五日　—伊賀上野の天満宮に三十番発句合『貝おほひ』を奉納

春　—江戸に下る。小田原町に居住か

延宝元年（一六七三）三十歳

—この頃、其角が芭蕉（桃青）に入門

延宝三年（一六七五）三十二歳

五月　—江戸本所大徳院興行、西山宗因歓迎の俳諧百韻に一座

延宝四年（一六七六）三十三歳

春　—信章（素堂）との両吟二百韻『江戸両吟集』刊

十二月二十七日　神田から日本橋界隈の火災で被災

延宝五年（一六七七）三十四歳

この頃から、神田上水関係の仕事に携わる。小田原町に居住

延宝六年（一六七八）三十五歳

一月　歳旦帳上梓か。この年、もしくは前年春に俳諧師匠として立机

三月　信徳、信章との三吟三百韻『江戸三唫』刊

延宝八年（一六八〇）三十七歳

四月　『桃青門弟独吟二十歌仙』刊

九月　桃青版『田舎之句合』『常盤屋之句合』刊

十月二十一日　新小田原町からの出火で被災

冬　小田原町より深川に移居、「泊船堂」と号す

この頃、深川臨川庵に滞在中の仏頂禅師と交わる

延宝九年・天和元年（一六八一）三十八歳

春　李下より贈られた芭蕉の株を植える

三月　高政編『ほのぼの立』序に、当風の範として「枯枝に烏」の句

五月十五日　甲斐の高山麋塒に宛てて書簡、新風創造の熱意を示す

六月中旬　池西言水編『東日記』に発句十五入集
七月二十四日　東下中の大垣俳人・木因らと連句の会
七月二十五日　木因に宛てて書簡
秋　「茅舎ノ感」の句
十二月末　「寒夜の辞」の句文成る

天和二年（一六八二）三十九歳

二月上旬　木因に宛てて「鳶の評論」の書簡
三月　千春編『武蔵曲《むさしぶり》』に「芭蕉」の号で入集
十二月二十八日　大火（八百屋お七の火事）で芭蕉庵類焼

天和三年（一六八三）　四十歳

春から夏　この頃、甲斐国都留郡谷村に高山麋塒を訪ねて逗留
五月　江戸へ帰着
五月　其角編『虚栗《みなしぐり》』刊、跋文を草す
六月二十日　郷里の母没。帰郷せず
冬　門人らの寄付で再建された第二次芭蕉庵に入る

天和四年・貞享元年（一六八四）四十一歳

六月中旬　松葉屋風瀑の伊勢帰郷に際し餞別句を贈る

八月	千里と『**野ざらし紀行**』の旅に出立
	箱根、富士川、大井川、小夜の中山を通過
八月末	伊勢着。松葉屋風瀑宅に逗留
九月八日	伊賀上野に帰郷、亡き母の白髪を拝む
九月中旬	大和、吉野をめぐり、山城、近江を経て美濃へ
九月末	美濃大垣で木因を訪問（大垣で一カ月間余り滞在）
十一月上旬	木因同道で桑名を訪ねる。その後熱田へ
十一月	名古屋で『冬の日』五歌仙。蕉風の確立
十二月	杜国亭に遊ぶ
十二月二十五日	再び伊賀へ帰郷。翌年二月下旬まで逗留

貞享二年（一六八五）四十二歳

一月二十八日	山岸半残宛てに書簡、『虚栗《みなしぐり》』の風調に猛省を加える言辞あり
二月中旬	奈良で薪能を見物、東大寺二月堂で水取の行事を拝す
二月下旬	京に上り、三井秋風を鳴瀧の山家に訪う。半月間滞在
二月下旬	伏見西岸寺に任口上人を訪う
三月上旬	伏見から大津に入る。「辛崎の松」を詠む
三月中旬	草津、石部を経て甲賀の水口へ
三月二十六日	桑名を経て、熱田に戻る
四月上旬	杜国に惜別の句を贈る

四月五日　再び熱田に戻り、其角に宛てて大巓和尚の死を悼む書簡
四月十日　鳴海の知足亭を発し、帰東の途へ
四月末　甲斐を経て江戸に帰着
冬　この頃、曾良が入門し、芭蕉庵の近くに居を構える

貞享三年（一六八六）　四十三歳

一月　江戸蕉門の十七吟百韻に参加
春　芭蕉庵で「古池や」の句を巻頭に『蛙合』興行、仙化編で刊
八月十五日　芭蕉庵で月見の会。隅田川に船を浮かべる
秋　『野ざらし紀行』完成

貞享四年（一六八七）　四十四歳

八月十四日　鹿島神宮参詣の旅に江戸を出立
八月十五日　鹿島にいたり、仏頂和尚を訪う
八月二十五日　『鹿島紀行』成立
秋　「蓑虫」の句に応えて素堂「蓑虫説」、芭蕉が再応して「蓑虫説跋」
十月十一日　其角亭で送別の句座
十月二十五日　**『笈の小文』**の旅に発足
十一月四日　尾張。鳴海の知足亭にいたる（五日から七日まで歌仙興行）
十一月八日　桐葉と熱田へ移る

十一月十日	越人を伴い、杜国を訪ねる途次、吉田宿に泊まる
十一月十一日	杜国を訪う途次、越人落馬
十一月十二日	杜国と再会、伊良古崎を訪ねる（鷹の句三句）
十一月十三日	其角編『続虚栗』刊
十一月十六日	鳴海の知足亭に戻る
十一月二十一日	熱田の桐葉亭に移る
十一月二十四日	桐葉と熱田神宮に参詣
十二月三日	如行とともに熱田より名古屋に移る
十二月十三日	江戸の杉風に宛てて書簡、尾張滞在を知らせる
暮	名古屋から伊賀上野へ（杖突坂で落馬）、旧里で越年

貞享五年・元禄元年（一六八八）　四十五歳

二月上旬	伊賀新大仏寺訪問
二月四日	伊勢神宮参拝
二月上中旬頃	江戸の杉風に宛てて書簡、杜国同行を知らせる
二月十五日	外宮の涅槃会に立ち会う
二月十八日	上野に戻り、亡父三十三回忌法要に参列
三月十九日	杜国と吉野行脚に出発
三月二十日	長谷寺
三月下旬	吉野、葛城、高野山、和歌の浦を巡る

四月八日	奈良で灌仏会に立ち会う
四月十一日	唐招提寺で鑑真和尚像を拝し、大和八木泊
四月十二日	當麻寺、孝女・伊麻を訪う
四月十三日	大坂着、当地で六泊
四月二十日	兵庫より須磨・明石を巡歴し、須磨泊
四月二十三日	京に入る（五月上旬まで在京）
四月二十五日	故郷の惣七（猿雖）に宛てて、杜国と連名の書簡（『笈の小文』の旅の記録）
五月四日	杜国と吉岡求馬の歌舞伎を見物（求馬は翌日急死）
五月五日	求馬の急死を聞く。追悼吟あり
六月八日	大津より岐阜に入る
七月	尾張に滞在
八月十一日	越人と岐阜を発つ（『更科紀行』の旅）
八月十五日	更科の里、姨捨山で名月観賞
八月中下旬	善光寺に参詣
八月下旬	江戸に戻る
九月十三日	芭蕉庵で十三夜の月見「芭蕉庵十三夜の記」
十二月三日	伊勢山田の益光に宛てて書簡
十二月五日	大津の尚白に宛てて書簡
	上方旅行中の其角からの来状に返信、路通を激賞す
十二月十七日	「深川八貧」の句

元禄二年（一六八九） 四十六歳

一月十七日 兄・半左衛門に宛てて書簡。奥羽行脚の構想を伝える

閏一月末頃 故郷の惣七（猿雖）に宛てて書簡。奥羽行脚の予定を伝える

二月十五日 桐葉に宛てて書簡。松島の月への想いを語る

三月二十七日 **『おくのほそ道』**の旅へ発足

★芭蕉の発句一覧（初案は除く）

★人物一覧（芭蕉関連、日本文学史、文化史上の人物）
（俳人は、俳号、読み仮名、名字の順で表記）

【あ】
青人（あおんど）（上島）（1660〜1740）伊丹俳壇 371p
浅井了意（あさい・りょうい）（1612頃〜1691）浄土真宗の僧、仮名草子作家 241p
足代弘員（あじろ・ひろかず）→雪堂（せつどう）
飛鳥井雅章（あすかい・まさあき）（1611〜1679）江戸時代前期の公家・歌人 558p
飛鳥井雅経（あすかい・まさつね）（1170〜1221）鎌倉時代前期の公家・歌人 215, 216, 248, 654p
曰人（あつじん）（遠藤）仙台藩の芭蕉研究家 52, 301p
阿仏尼（あぶつに）（？〜1283）鎌倉中期の女流歌人『十六夜日記』 530, 531, 552, 658p
荒木田守武（あらきだ・もりたけ）（1473〜1549）伊勢内宮神官・連歌師 312, 314, 354, 459p
在原業平（ありわらのなりひら）（825〜80）貴族、歌人、六歌仙の一人 282, 664p
在原行平（ありわらのゆきひら）（818〜93）歌人・公卿、在原業平の兄 282, 666, 669, 671, 678p
安信（あんしん）（寺島）（？〜1722）鳴海宿本陣の分家 555, 557, 570p
安静（あんせい）（荻野）（？〜1669）和歌・俳諧作者　貞徳直門 71p
池大雅（いけのたいが）（1723〜76）江戸中期、京都の文人画家 231p
石川丈山（いしかわ・じょうざん）（1583〜1672）江戸時代初期の武将・文人 246, 327, 700p
和泉式部（いずみしきぶ）平安時代中期の女流歌人 701p
一以（いちい）伊賀上野の人 60p
市川団十郎（いちかわ・だんじゅうろう）（2代目）→栢莚（はくえん）
一木（いちぼく）伊賀の人、『毛吹草』に伊賀俳壇から初めて入集 345, 346p
惟中（いちゅう）（岡西）（1639〜1711）江戸前中期の俳人、宗因門 353p
一休宗純（いっきゅう・そうじゅん）（1394〜1481）室町時代、臨済宗大徳寺派の僧 37, 159, 225, 357, 387, 398, 496p
一舟（いっしゅう）（十条） 62p
一晶（いっしょう）（芳賀）（？〜1707）蕉門、京都に生まれ、江戸に移住 86, 508p
一笑（いっしょう）（保川）伊賀上野の俳人、『佐夜中山集』に芭蕉らと入集 59, 60, 61, 71, 346, 347, 664p
一遍（いっぺん）（1239〜89）時宗の開祖 121, 122, 196, 197, 305, 361p
伊藤若冲（いとう・じゃくちゅう）（1716〜1800）京都の絵師、売茶翁と交友 369p
井原西鶴（いはら・さいかく）（1642〜93）俳人、浮世草子作家 50, 77, 96, 105, 155, 162, 220, 315, 317, 353, 366, 367, 371, 480, 556, 571p
隠元（いんげん）（1592〜1673）明末清初の禅僧、渡来して黄檗宗の開祖 105, 368p
殷富門院大輔（いんぷもんいんのたいふ）平安時代末期の女流歌人 302p
雨洞（うどう）元禄元年冬の「十吟歌仙」に一座 703p

羽笠（うりつ）（高橋）（？～1726）尾張国熱田の商家、荷兮門、『冬の日』五歌仙の一人 332, 563, 699p
栄西（えいさい）（1141～1215）臨済宗の開祖 379p
叡尊（えいそん）（1201～1290）鎌倉中期の真言律宗の僧 278p
恵心僧都（えしんそうず）→源信
越人（えつじん）（越智）（1656～1736頃）蕉門、名古屋の人、『更科紀行』の旅に同行 166, 317, 476, 556, 559, 561, 563, 570, 577, 585, 675, 686, 687, 690, 691, 693, 694, 698, 700, 701, 702, 704, 706p
猿雖（えんすい）（窪田惣七郎）蕉門、伊賀上野の富商 602, 612, 613, 660, 661, 664, 667, 668, 677, 678, 682, 683p
役小角（えんのおづぬ）役行者、山岳修行者の祖 305, 308, 310, 616p
大網公人主（おおあみのきみひとぬし）万葉歌人 666p
大江千里（おおえのちさと）平安時代前期の貴人、歌人、儒者 101p
大江匡房（おおえのまさふさ）（1041～1111）平安時代後期の公卿・学者・歌人 383, 384p
凡河内躬恒（おおしこうちのみつね）歌人、『古今和歌集』撰者 243, 689p
大伴金村（おおとものかなむら）5、6世紀頃の古代豪族、大連（おおむらじ） 213p
大伴旅人（おおとものたびと）（665～731）奈良時代初期の貴族、歌人 213p
大伴家持（おおとものやかもち）（718頃～785）万葉歌人　旅人の子 81, 213, 298p
刑部親王（おさかべしんのう）（？～705）天武天皇の第9皇子 310p
小沢太郎兵衛（おざわ・たろうべえ）→卜石（ぼくせき）
乙州（おとくに）（河合）（生没年未詳）蕉門、大津の人、晩年の芭蕉に随伴 66, 527, 675, 687p
鬼貫（おにつら）（上島）（1661～1738）江戸中期の俳諧師 113, 371p
麻続王（おみのおおきみ）飛鳥時代の皇族、万葉歌人 566p

【か】

海北友雪（かいほう・ゆうせつ）（1598～1677）江戸初期の絵師、海北友松の子 472p
柿本人麻呂（かきのもとのひとまろ）万葉歌人 170, 209, 212, 213, 348, 390, 607, 628p
覚性法親王（かくしょう・ほっしんのう）（1129～69）平安時代後期の僧 174p
荷兮（かけい）（山本）（1648～1716）尾張蕉門、「尾張五歌仙」興行、『冬の日』上梓 172, 218, 332, 556, 559, 563, 567, 570, 575, 577, 578, 690, 698, 699, 700p
狩野探幽（かのう・たんゆう）（1602～1674）江戸時代初期の狩野派の絵師 369, 472p
亀田窮楽（かめだ・きゅうらく）（？～1758）江戸中期、京都の書家、売茶翁と交友 369p
鴨長明（かものちょうめい）（1155～1216）歌人・随筆家、著書に『方丈記』『発心集』 237, 530, 531, 552, 598, 658, 701, 707p
烏丸光雄（からすまる・みつお）（1647～90）公卿、歌人、歌論『光雄卿口授』 505p
河竹黙阿弥（かわたけ・もくあみ）（1816～93）歌舞伎狂言作者 155p
其角（きかく）（榎本、のち宝井）（1661～1707）江戸の人、芭蕉高弟、『虚栗』撰 38, 39, 96, 101, 149, 151, 163, 165, 172, 182, 185, 186, 200, 300, 383, 388, 396, 399, 401, 458, 460, 462, 508, 510, 525, 526, 548, 549, 553, 570, 589, 641, 702, 703p

季吟（きぎん）（北村）（1624～1705）芭蕉の師、『山の井』刊行、晩年は幕府歌学方 54, 55, 56, 59, 60, 61, 71, 95, 315, 327, 341, 342, 346, 347, 352, 353, 365, 368, 397, 480, 490, 523, 524, 535p
喜撰法師（きせんほうし）平安時代前期の歌人、六歌仙の一人 589p
北向雲竹（きたむき・うんちく）（1632～1703）京都の書家、芭蕉に書法を授ける 682p
喜多村信節（きたむら・のぶよ）（1783～1856）国学者　号は筠庭（いんてい） 98p
起倒（きとう）熱田の医師 571p
木下長嘯子（きのした・ちょうしょうし）（1569～1649）江戸前期の武将、歌人 27, 243, 311, 328, 356, 383, 384p
紀貫之（きのつらゆき）（868頃～945）歌人、『古今和歌集』撰者 118, 243, 530, 531, 552, 626, 658p
枳風（きふう）貞享3年1月「蕉門十七吟百韻」に一座 508p
行教（ぎょうきょう）平安時代前期の僧　石清水八幡宮の創立者 289p
京極為兼（きょうごく・ためかね）（1254～1332）鎌倉後期の公卿・歌人 505p
峡水（きょうすい）貞享3年1月「蕉門十七吟百韻」に一座 508p
行尊（ぎょうそん）（1055～1135）天台宗の僧侶・歌人 631p
曲翠（きょくすい）（菅沼）（1660～1717）近江蕉門、膳所藩の重臣 65, 97p
虚洞（きょどう）貞享3年春「芭蕉庵五吟一巡」に一座 508p
挙白（きょはく）（草壁）（？～1696）俳人、陸奥国出身とも、江戸の商人 508, 702p
去来（きょらい）（向井）（1651～1704）蕉門、『猿蓑』共編、『去来抄』執筆 27, 107, 118, 139, 166, 171, 236, 353, 379, 388, 401, 402, 403, 404, 458, 509, 536, 548, 586, 641, 642, 684p
許六（きょりく）（森川）（1656～1715）彦根蕉門、彦根藩士 34, 39, 68, 99, 139, 171, 243, 317, 347, 348, 401, 457, 589p
去留（きょりゅう）（渡辺）（1762～1827）俳諧作者駿河の人 40, 54, 55, 86p
琴蔵（きんぞう）貞享3年春「芭蕉庵五吟一巡」に一座 508p
空海（くうかい）（774～835）真言宗の祖 104, 290, 305, 358, 379, 606, 610p
空也（くうや）（903～972）平安中期の僧、市聖（いちのひじり）、口称念仏の祖 361p
九条稙通（くじょう・たねみち）（1507～1594）公卿、貞徳の歌学の師 356p
九条良経（くじょう・よしつね）（1169～1206）公卿・歌人、九条兼実の息子 207, 314, 633, 640, 655, 678p
荊口（けいこう）（宮崎）（？～1712）蕉門、美濃大垣藩士 317p
源信（げんしん）（942～1017）天台宗の僧、『往生要集』 307, 387p
建礼門院（けんれいもんいん）（1155～1213）平清盛の娘、高倉天皇中宮 669, 672p
吼雲（こううん）貞享3年8月「芭蕉庵月見の会」に一座 510p
叩端（こうたん） 459, 460p
古益（こえき）（大谷）（1643～1710）東本願寺琢如上人第2子　季吟門の俳人 327, 459p
後京極良経（ごきょうごく・よしつね）→九条良経（くじょう・よしつね）
コ谷（ここく）元禄元年秋の「六吟歌仙」に一座 702p
コ斎（こさい）（小川）（？～1688）蕉門、別号、野水、『蛙合』の一員 508p
吾山（ござん）（1717～1787）俳諧師、『朱柴』の著者 169p

湖春（こしゅん）（北村）（1645～97）俳人、和歌学者、季吟の長男 61, 352, 365, 366, 370, 480, 526, 684p
後鳥羽院（ごとばいん）（1180～1239） 82, 348, 401p
近衛尚通（このえ・ひさみち）戦国時代の公卿・関白 390p
後深草院二条（ごふかくさいんのにじょう）（1258～？）『とはずがたり』著者 598p
言水（ごんすい）（池西）（1650～1722）俳人、奈良の人、江戸、後に京都移住 297, 394p
金春禅竹（こんぱる・ぜんちく）（1405～70頃）能役者、能作者、世阿弥の娘婿 37, 622p

【さ】

西行（さいぎょう）（1118～90） 25, 27, 32, 35, 45, 46, 66, 67, 68, 102, 112, 121, 122, 131, 141, 142, 145, 150, 153, 196, 201, 202, 203, 207, 208, 209, 210, 214, 216, 217, 218, 227, 239, 248, 249, 250, 258, 283, 286, 287, 288, 289, 290, 291, 292, 293, 294, 295, 296, 297, 299, 305, 311, 318, 339, 343, 344, 348, 364, 377, 382, 401, 454, 455, 456, 483, 484, 485, 534, 542, 548, 555, 583, 594, 595, 596, 597, 598, 603, 605, 607, 608, 615, 629, 631, 633, 638, 640, 652, 656, 657, 678, 679, 703, 707p
採荼庵梅人（さいたあん・ばいじん）→梅人
最澄（さいちょう）（767～822）天台宗の祖 229, 305, 358, 379, 386p
才丸（才麿、さいまろ）（谷）（1656～1738）大和国宇陀出身　西鶴門、其角ら蕉門と親交 149, 526p
坂十仏（さか・じゅうぶつ）南北朝時代の医師、連歌師 281, 282p
坂田藤十郎（さかた・とうじゅうろう）（初代）（1647～09）上方歌舞伎を代表する名優 683p
前大納言為家（さきのだいなごんためいえ）→藤原為家
沙弥満誓（さみまんせい）奈良時代前期の僧、歌人 36, 141, 144p
杉風（さんぷう）（杉山）（1647～1732）江戸日本橋の魚商、蕉門最古参、芭蕉庵を提供 33, 38, 86, 108, 112, 123, 149, 154, 163, 182, 186, 508, 579, 580, 595, 677, 687, 700, 702, 703, 704p
慈円（じえん）（1155～1225）天台座主、九条兼実の弟、著書に『愚管抄』 207, 293p
滋野内侍（しげのないし）村上天皇に近侍した女官 81p
重頼（しげより）（松江）（1602～80）京都の俳人『犬子集《えのこ》』『毛吹草』『佐夜中山集《さよのなかやま》』出版 59, 92, 345, 353, 356, 371, 456p
支考（しこう）（各務）（1665～1731）美濃出身、芭蕉晩年の門人、最後の旅に随行し、その臨終を看取る。『葛の松原』『笈日記』出版 39, 169, 170, 171, 172, 173, 174, 175, 176, 180, 186, 187, 188, 315, 338, 376, 390, 401, 556, 579, 582, 586, 596, 599, 634, 656, 700p
似春（じしゅん、自準とも）（小西）（寛文、元禄期に活躍）京都から江戸へ移住、のち行徳で神職 96, 516, 523, 524p
自笑（じしょう）（岡島）（？～1713）鳴海六俳人の一人、刀鍛冶 555, 570, 571p
漆桶万里（しっとう・ばんり）（1428～？）臨済宗の僧、後に還俗 284p
十返舎一九（じっぺんしゃ・いっく）（1765～1831）戯作者 241p
之峰（しほう）（岡本）苔蘇の息子 602p
釈阿（しゃくあ）→藤原俊成（ふじわらのしゅんぜい）

若人（じゃくじん）（久保島）（1775～1851）諏訪高島藩士、『曾良随行日記』等の資料を所蔵 513p
寂然（じゃくねん）（生没年未詳）平安時代末期の官人・歌人、西行の親友 703p
寂蓮（じゃくれん）（1139 ？～1202）平安後期、鎌倉初期の僧侶・歌人 46, 293, 493p
重五（じゅうご）（加藤）（1654～1717）名古屋の材木商、『冬の日』五歌仙の一人 332, 556, 563, 567, 699p
重辰（じゅうしん）（児玉）（？～1727）鳴海宿の荷物問屋、鳴海六俳人の一人 555, 570p
秋風（しゅうふう）（三井）（1646～1717）俳人、京都・鳴滝で風流三昧の生活を送る 352, 367, 368, 369, 370, 372, 374, 378, 380, 459p
守覚法親王（しゅかくほっしんのう）（1150～1202）覚性法親王の後継者 145p
朱絃（しゅげん） 508p
俊乗（しゅんじょう）→重源（ちょうげん）
松意（しょうい）（田代）（生没年未詳）江戸の俳諧師　宗因門、『談林十百韻《とつぴやく》』刊行 92, 95, 96, 366p
証空（しょうくう）（1177～1247）浄土宗西山三派の祖、法然の高弟 657, 679p
貞慶（じょうけい）（1155～1213）法相宗の僧、号は解脱坊 278p
松山嶺吟（しょうざんれいぎん）深川・長慶寺住職 187p
丈草（じょうそう）（内藤）（1662～1704）尾張犬山出身、芭蕉晩年の門人、『猿蓑』に跋文 113, 118, 353, 556p
正徹（しょうてつ）（1381～1459）禅僧、歌人。心敬の師とも 45p
紹巴（じょうは）（里村）（1525～1602）戦国時代の連歌師 356, 365p
尚白（しょうはく）（江左）（1650～1722）大津の医師、近江蕉門の古老 218, 387, 388, 389, 402, 404, 458, 527, 699, 703p
正平（しょうへい）『冬の日』五歌仙の一人 332, 556, 699p
浄弁（じょうべん）（？～1344 ？）南北朝時代の歌僧 170p
濁子（じょくし）（中川）（生没年未詳）美濃大垣藩士、蕉門、『野ざらし紀行絵巻』を書写 397, 464, 489, 553p
如行（じょこう）（近藤）（？～1708）美濃大垣藩士、蕉門、尾張連衆と交わる 218, 316, 317, 326, 459, 460, 577, 578, 579p
如水（じょすい）（戸田）生没年未詳　大垣藩士 458p
如風（じょふう）（？～1705）尾張鳴海の如意寺住職　鳴海連衆の長老格 555, 570p
士朗（しろう）（井上）（1742～1812）暁台門　名古屋の人　別号、枇杷園 653p
心越（しんえつ）（1639～95）清からの渡来僧、深川の曹洞宗・長慶寺に住す 185, 186, 187p
心敬（しんけい）（1406～75）室町時代の天台僧、連歌師 45, 118, 138, 376, 485p
信章（しんしょう）→素堂
真盛（しんせい）（1443～1495）室町時代の天台宗の僧 360p
信徳（しんとく）（伊藤）（1633～1698）京都の商家出身　京都俳壇の中心人物 276, 490p

菅野谷高政（すがのや・たかまさ）→高政
菅原孝標女（すがわらのたかすえのむすめ）（1008～？）貴族の女性、著書に『更級日記』 683, 689p
松坡宗憩（ずんばそうけい）南宋の禅僧、『江湖風月集』を撰 111p
世阿弥（ぜあみ）（1363？～1443）能楽の祖 37, 79, 118, 323, 324, 364, 622, 685, 689, 695, 697, 698p
西阿（せいあ）（玉井）大和・三輪の人 621p
青阿（せいあ）『こがらし集』撰 586p
夕菊（せきぎく）元禄元年冬「深川近所常連歌仙」に一座 702, 703p
積翠（せきすい）（石河〔石後〕）『芭蕉句選年考』の著者 343p
夕道（せきどう）（長谷川）（？～1723）名古屋の書林風月堂主人 578p
雪舟（せっしゅう）（1420～1506）室町時代の僧・水墨画家 27, 66, 67, 68, 142, 202, 207, 258, 484, 485, 534, 542, 548, 555p
雪村（せっそん）（1504？～1589頃）戦国時代の僧・水墨画家 484p
雪堂（せつどう）（足代）伊勢の人 598p
仙化（せんか）（生没年未詳）江戸の人、蕉門、『蛙合』編者 172, 508, 509, 510p
沾荷（せんか）貞享4年9月「芭蕉帰郷餞別歌仙」、元禄元年秋「六吟歌仙」に一座 525, 702p
蟬吟（せんぎん）（藤堂良忠）（1642～66）藤堂新七郎家二代目当主、芭蕉の主君、季吟門 53, 54, 55, 56, 57, 58, 59, 60, 61, 62, 63, 64, 65, 66, 67, 69, 70, 71, 345, 346, 347, 593, 653p
前川（ぜんせん）（津田）生没年未詳　大垣藩士 317p
沾徳（せんとく）（門田、のち水間）（1662～1726）江戸の俳人、露沾の門人、蕉門と交流 525, 551, 553p
千那（せんな）（1651～1723）堅田・本福寺住職 382, 388, 389, 458p
千宗旦（せんのそうたん）→宗旦
千利休（せんのりきゅう）→利休
千梅（せんばい）（田中）（1686～1769）近江国辻村出身、千那の門人 388p
仙風（せんぷう）（嶋田）（1775～？）俳諧作者　義仲寺無名庵10世 86p
沾圃（せんぽ）（宝生）（1663～1745）宝生流の能役者、露沾門、芭蕉晩年の門人 551p
沾蓬（せんぽう） 525, 553p
沾涼（せんりょう）（1680～1747）伊賀上野出身、露沾の門人 86, 551p
宗因（そういん）（西山）（1605～1682）連歌師、俳諧師、談林の祖、芭蕉の師 72, 95, 96, 113, 151, 154, 298, 353, 366, 367, 368, 490, 523, 598p
増賀（ぞうが）（917～1003）天台僧、諸国遊行ののち多武峰で修行 289, 596, 597, 707p
宗鑑（そうかん）（山崎）（生没年未詳）戦国時代の連歌師・俳諧作者 113, 354, 459p
宗祇（そうぎ）（1421～1502）室町時代の連歌師、心敬の弟子 27, 45, 66, 67, 68, 83, 131, 137, 142, 182, 186, 202, 207, 258, 303, 338, 376, 484, 485, 534, 541, 542, 548, 555, 584p
惣七（そうしち）→猿雖（えんすい）
宗七（そうしち）伊賀の造り酒屋 591, 602p
宗信（そうしん）（広岡）（延宝期まで生存か）大坂の人　編著に『千宜理記《ちぎりき》』 58p

宗旦（そうたん）（1578〜1658）茶人、利休の孫、三千家の祖 138p
宗長（そうちょう）（1448〜1532）室町時代後期の連歌師 361p
宗波（そうは）（生没年未詳）本所・定林寺住職　芭蕉の鹿島詣に同行 166, 509, 514, 516, 602, 702, 703p
宗無（そうむ）伊賀上野の芭蕉の知人（元禄2年2月16日付芭蕉書簡宛名） 591, 707p
素堂（そどう）（山口）（1642〜1716）江戸談林の推進者、芭蕉と親交、『野ざらし紀行』序 96, 149, 164, 226, 243, 276, 299, 315, 343, 372, 395, 396, 420, 455, 463, 487, 488, 489, 490, 491, 492, 493, 494, 495, 511, 512, 523, 524, 526, 577, 700, 702, 704p
園女（そのじょ）（1664〜1726）俳諧作者 113p
曾良（そら）（岩波）（1649〜1710）信濃国上諏訪出身、『おくのほそ道』に随行 166, 317, 462, 513, 514, 516, 702, 703, 704, 705p
素竜（そりゅう）（柏木）（？〜1716）元徳島藩士、『おくのほそ道』の清書、跋文 207p
尊朝法親王（そんちょうほっしんのう）（1552〜1597）天台座主、書道にも優れる 390p

【た】
待賢門院（たいけんもんいん）（1101〜45）鳥羽天皇の皇后 297p
岱水（苔翠、たいすい）（貞享から宝永期に活動）芭蕉庵近隣に住む 691, 701, 702, 703p
苔蘇（たいそ）（岡本）（？〜1709）伊賀国藤堂藩士　蕉門 602p
大巓（だいてん）（？〜1685）鎌倉・円覚寺164世、其角参禅の師 460, 461, 462p
大夢（だいむ）品川天龍寺住職、のち越前天龍寺へ 187p
平敦盛（たいらのあつもり）（1169〜1184）平家の武将、清盛の甥で笛の名手 668, 669, 678, 679, 682, 683p
平祐挙（たいらのすけたか）平安時代中期の歌人、『夫木和歌集』に43首入集 389p
平忠度（たいらのただのり）（1144〜1184）平家の武将・歌人 391, 669p
高政（たかまさ）（菅野谷）（生没年未詳）宗因門、京都談林の中心、『ほのぼの立』 153, 163, 367, 368, 387, 394, 556p
高山繁扶（たかやま・しげもと）高山伝右衛門の息子 86p
高山伝右衛門（たかやま・でんえもん）→麋塒（びじ）
卓袋（たくたい）（紺屋《かせや》）（1659〜1706）伊賀上野の富商、蕉門 660, 663, 677 678, 680, 700p
武野紹鷗（たけの・じょうおう）（1502〜55）堺の豪商、茶人 37, 138, 324p
探丸（たんがん）（藤堂）（1666〜1710）藤堂新七郎家三代目当主、芭蕉の旧主良忠の遺児 345, 593, 602p
団水（だんすい）（北条）（1663〜1711）俳諧師、浮世草子作者。西鶴の弟子 371p
坦堂（たんどう） 509p
近松門左衛門（ちかまつ・もんざえもん）（1653〜1725）江戸中期の浄瑠璃、歌舞伎作者 50, 105p
竹二坊（ちくじぼう）（藤原）（1759〜1835）伊賀藤堂家の侍医 54, 62p
竹人（ちくじん）（川口）（1693〜1764）藤堂采女家家臣、荻子《てきし》の弟、『蕉翁全伝』著者 52, 352p

智月（ちげつ）（生没年未詳）大津の荷問屋の妻、蕉門の代表的女流、乙州《おとくに》の姉　527p
知足（ちそく）（下里）（1640～1704）鳴海宿の庄屋、鳴海六俳人の一人
99, 113, 218, 315, 460, 461, 477, 509, 555, 556, 570, 571, 572, 586, 698p
千春（ちはる）（望月）（宝永期まで生存）京都の俳人、江戸と交流　508p
蝶羽（ちょうう）（下里）知足《ちそく》の息子、『千鳥掛』編纂　556, 571p
重源（ちょうげん）（俊乗房）（1121～1206）東大寺大勧進職、東大寺を復興　278, 591, 594p
聴雪（ちょうせつ）名古屋の人　577p
蝶々子（ちょうちょうし）雑俳点者　18世紀前半に活動　96p
蝶夢（ちょうむ）（1732～1795）京都の僧、蕉風復興運動に尽力、芭蕉の全著作を集成
62, 458, 526p
調和（ちょうわ）（岸本）（1638～1715）芭蕉以前の江戸俳壇で一大勢力　96, 525, 526p
千里（ちり）（苗村）（？～1716）大和国竹内村出身、『野ざらし紀行』随行
209, 240, 242, 275, 304, 308, 508, 606, 661, 662p
通海（つうかい）鎌倉時代後期の僧、神宮祭主家出身　著書に『太神宮参詣記』　281p
常矩（つねのり）（田中）（1642～82）季吟門、京都談林俳壇の中心　368p
泥斧（でいきん）元禄元年12月中旬の「深川近所九吟歌仙」に一座　703p
貞室（ていしつ）（安原）（1610～1673）京の人、早くに貞徳に入門、後継者を自認
365, 633, 640, 678p
泥足（でいそく）（和田）（生没年不祥）長崎江戸会所商人、蕉門、編著『其便』　107p
貞徳（ていとく）（松永）（1571～1653）京都の人、和歌学者、俳諧師、貞門の祖
72, 91, 92, 354, 355, 356, 365, 366, 368, 459, 480, 535p
荻子（てきし）（辻）（1673～1729）竹人の実兄、藤堂玄蕃家の陪臣、蕉門　702p
鉄岳素牛（てつがくそぎゅう）仏頂の弟子、臨川庵主　40p
鉄眼道光（てつげんどうこう）（1630～1682）江戸前期の黄檗宗の禅僧　369p
轍士（てつし）（室賀？）（？～1707）宗因門、芭蕉を追慕し、その旅のあとを歴訪
284, 371p
鉄道（てつどう）　509p
てふ（岡本）苔蘇《たいそ》の妻、蕉門　602p
桃印（とういん）（1661？～93）芭蕉の養子　108, 109p
道元（どうげん）（1200～53）曹洞宗の開祖
118, 130, 171, 181, 183, 187, 192, 193, 194, 195, 196, 198, 199, 200, 211, 230, 233, 234, 236, 517, 593, 607p
藤匂子（とうこうし）　149p
嗒山（とうさん）（天和、元禄期に活動）美濃国大垣の商人か、芭蕉との歌仙
326, 459, 706p
東潮（とうちょう）（和田）（1658～1706）江戸前期の俳人、嵐雪の門人　284p
東藤（とうとう）（穂積）（宝永期に没か）尾張の熱田連衆の中心　382, 459p
藤堂探丸（とうどう・たんがん）→探丸
藤堂良精（とうどう・よしきよ）新七郎家二代目当主　54, 55, 57, 58, 63, 71p
藤堂良忠（とうどう・よしただ）→蟬吟（せんぎん）

東常縁（とうのつねより）（1401？～1484）室町時代の武将・歌人・歌学者 485p
桐葉（とうよう）（林）（？～1712）蕉門、尾張国熱田の郷士、『野ざらし紀行』の芭蕉を迎える 218, 316, 331, 382, 459, 460, 461, 466, 477, 570, 571, 574, 575, 576, 698, 707p
冬李（とうり）（安屋）18世紀初め生まれの俳人。伊賀上野・藤堂家に仕える 62p
桃隣（とうりん）（天野）（？～1719）蕉門、伊賀上野の人、芭蕉の血縁者 186p
東嶺和尚（とうれい・おしょう） 113p
徳元（とくげん）（斎藤）（1559～1647）美濃国岐阜の人、草創期の江戸俳壇の長老 92p
杜国（とこく）（坪井）（？～1690）名古屋の米商、『冬の日』五歌仙の一人、領内追放され保美村に隠棲、『笈の小文』の吉野行に芭蕉と同行、30歳前後で早世 332, 460, 465, 475, 476, 556, 557, 559, 560, 561, 562, 563, 564, 565, 566, 567, 568, 569, 570, 575, 585, 595, 601, 602, 603, 604, 606, 607, 608, 609, 611, 613, 614, 626, 628, 636, 637, 640, 641, 651, 652, 661, 662, 664, 672, 673, 676, 677, 678, 679, 680, 681, 684, 686, 699, 703p
土芳（どほう）（服部）（1657～1730）藤堂藩士、伊賀蕉門の中心人物、『三冊子』編 52, 85, 171, 246, 298, 324, 343, 344, 347, 351, 400, 405, 409, 410, 424, 453, 457, 491, 572, 574, 575, 576, 582, 589, 590, 591, 592, 596, 600, 602, 615, 641, 684p
頓阿（とんあ）（1289～1372）鎌倉後期・南北朝時代の僧・歌人 170, 703p

【な】
中務（なかつかさ）（912頃～988頃）平安時代中期の女流歌人 302p
中務卿親王（なかつかさきょうしんのう）兼明（かねあきら）親王とも、平安時代中期の公卿 248p
中津益光（なかつ・ますみつ）→益光
南坊宗啓（なんぼうそうけい）桃山時代の禅僧、茶人、利休の高弟 324p
二条良基（にじょう・よしもと）（1320～1388）公卿・歌人、連歌の大成者 81, 376p
任口（にんこう）（1606～86）俳諧・連歌作者、伏見・西岸寺住職、芭蕉と親交 352, 353, 365, 370, 374, 380, 381p
能因法師（のういんほうし）（988～？）平安時代中期の僧侶・歌人 145, 226, 707p
野口在色（のぐち・ざいしき）（1643～1719）談林派の俳人 244p

【は】
梅軒（ばいけん）伊賀の人 660, 669p
売茶翁（ばいさおう）（1675～1763）黄檗宗の僧、還俗して高遊外（こうゆうがい） 369p
梅人（ばいじん）（平山）（1744～1801）俳諧師　通称：採茶庵2世 85, 86, 687, 691p
梅盛（ばいせい）（高瀬）（1619～1702）京都俳壇　貞門七俳仙の一人 368p
栢莚（はくえん）（二代目・市川団十郎）（1688～1758）著書に『老の楽』 37, 58p
英一蝶（はなぶさ・いっちょう）（1652～1724）江戸中期の絵師、芭蕉、其角と交友 494p
浜田岡堂（はまだ・こうどう）（1812～70）三河の人　著書に『蕉門人物便覧』 39p
巴明（はめい）（野崎、別号：三山人）（1756～1838）俳諧師、駿河国沼津出身 656p

林羅山（はやし・らざん）（1583～1657）江戸時代初期の儒学者　147, 356, 496p
破笠（はりつ）（小川）（1663～1747）伊勢の人、蕉門　38p
半残（はんざん）（山岸）（1654～1726）伊賀・藤堂家家臣、蕉門　344, 345p
麋塒（びじ）（高山伝右衛門）（1649～1718）蕉門、芭蕉が度々身を寄せた甲斐国谷村の人　86, 153, 154, 163, 164, 394, 478, 518, 587, 705p
日野俊基（ひの・としもと）（？～1332）鎌倉末期の廷臣　634p
百丸（ひゃくまる）（森本）（1655～1727）伊丹俳諧中興の祖　371p
広岡宗信（ひろおか・そうしん）→宗信
広重（ひろしげ）（歌川）（1797～1858）江戸時代後期の浮世絵師　35, 134, 385, 467, 468p
風虎（ふうこ）（内藤）（1619～1685）和歌俳諧作者、磐城・平藩主　71, 365, 525, 551p
風悟（ふうご）（松尾）（1722～1815）美濃派の俳人、紀州藩士　656p
風瀑（ふうばく）（松葉）（？～1707）伊勢の年寄師職家、芭蕉と親交　218, 276, 279, 508, 594p
風麦（ふうばく）（小川）（？～1700）伊賀国藤堂藩士、蕉門　590p
風律（ふうりつ）（1698～1781）広島の漆器商、野坡《やば》門、『小ばなし』編　39p
不角（ふかく）（立羽）（1662～1753）不卜門、蕉門とも交流　526p
不干斎（ふかんさい）ハビアン（1565～1621）禅僧からキリシタンへ、後に棄教　356p
藤原惺窩（ふじわら・せいか）（1561～1619）江戸時代初期の儒学者　106, 110, 147, 356p
藤原顕家（ふじわらのあきいえ）（1153～1223）平安末・鎌倉初期の公卿・歌人　389p
藤原家隆（ふじわらのいえたか）（1158～1237）鎌倉初期の公卿・歌人　81, 207, 248p
藤原清輔（ふじわらのきよすけ）（1104～77）平安時代末期の公家・歌人　226p
藤原伊周（ふじわらのこれちか）（974～1010）藤原道隆の子、道長の甥　260p
藤原実家（ふじわらのさねいえ）（1145～93）平安末・鎌倉初期の公卿・歌人　654p
藤原重貞（ふじわらのしげさだ）　248p
藤原俊成（ふじわらのしゅんぜい）（1114～1204）平安末、鎌倉初期の公卿・歌人、法名釈阿　46, 102, 207, 209, 210, 225, 290, 293, 370, 401, 634p
藤原為家（ふじわらのためいえ）（1198～1275）公家・歌人、定家の子　248, 379, 390p
藤原定家（ふじわらのていか）（1162～1241）鎌倉初期の公卿・歌人、小倉百人一首撰者　45, 46, 81, 82, 102, 118, 138, 175, 207, 218, 292, 293, 328, 344, 379, 474, 481, 482, 486, 493, 634p
藤原仲実（ふじわらのなかざね）（1057～1118）平安時代後期の公卿、歌人　555p
藤原範永（ふじわらののりなが）（生没年不詳）平安中期の官人・歌人　689p
藤原範光（ふじわらののりみつ）（1154～1213）平安末・鎌倉初期の公卿・歌人　654p
藤原広嗣（ふじわらのひろつぐ）740年に乱を起こし処刑　632p
藤原雅経（ふじわらのまさつね）→飛鳥井雅経（あすかい・まさつね）
藤原良経（ふじわらのよしつね）→九条良経（くじょう・よしつね）
蕪村（ぶそん）（与謝）（1716～1784）江戸中期の俳人、絵師　50, 231, 343p
仏頂（ぶっちょう）（1642～1715）芭蕉参禅の師、鹿島根本寺、深川臨川寺に居住　34, 39, 40, 41, 43, 44, 47, 70, 112, 113, 122, 123, 124, 129, 144, 146, 152, 154, 156, 157, 158, 166, 181, 182, 185, 187, 189, 190, 191, 200, 235, 236, 514, 515, 516, 517, 518, 519, 523, 524, 538, 699, 701p

不卜（ふぼく）（岡村）（1632〜1691）江戸俳壇、蕉門とも交わる、『続の原』編 96, 508, 525, 526p
史邦（ふみくに）（生没年未詳）蕉門、尾張国犬山出身、のち江戸移住、『芭蕉庵小文庫』編 182, 186, 353, 591p
蚊足（ぶんそく）（和田） 508p
文鱗（ぶんりん）（鳥居）（生没年未詳）江戸の俳人、其角らと交流 38, 508p
平群氏女郎（へぐりしのいらつめ）万葉歌人 666p
遍照（昭）（へんじょう）（816〜90）六歌仙、三十六歌仙の一人 493p
抱月（ほうげつ）尾張 338p
芳重（ほうじゅう） 508p
木因（ぼくいん）（谷）（1646〜1725）大垣の船問屋、俳人、芭蕉とも親交、のち疎遠に 218, 250, 312, 315, 317, 318, 325, 326, 327, 328, 329, 337, 341, 370, 380, 392, 393, 394, 395, 396, 397, 398, 399, 400, 459, 489, 578, 698p
業言（ぼくげん）（寺島）（1646〜1736）尾張・鳴海の本陣職、鳴海六俳人の一人 113, 555, 570p
北斎（ほくさい）（1760〜1849）浮世絵師 469p
卜尺（ぼくせき）（小沢）（？〜1695）江戸の町名主、はじめ談林、のち蕉門 85, 86, 95, 96, 99, 108p
卜宅（ぼくたく）（向日）（1657〜1748）伊勢の人、蕉門最古参 85p
細川幽斎（ほそかわ・ゆうさい）（1534〜1610）戦国武将、肥後細川家の祖 535p
凡兆（ぼんちょう）（野沢）（？〜1714）京都の医師、俳人、『猿蓑』を去来と共編 27, 353, 684p

【ま】
政好（まさよし）（窪田）伊賀上野の俳人、『佐夜中山集』に芭蕉らと入集 59, 60, 61, 71, 346, 347p
益光（ますみつ）（中津）伊勢神宮 596, 677, 702, 703p
麻呂古親王（まろこ・しんのう）用明天皇第3皇子、當麻寺開基 310p
万菊（まんぎく）→杜国（とこく）
源兼昌（みなもとのかねまさ）（生没年不詳）平安中期から後期の歌人 669p
源師時（みなもとのもろとき）（1077〜1136）公卿、歌人 297p
源頼信（みなもとのよりのぶ）（968〜1048）武将、源満仲の3男 46p
明恵（みょうえ）（1173〜1232）華厳宗中興の祖、歌人 379p
向井元升（むかい・げんしょう）（1609〜1677）本草学者・医師、書物改役、去来の父 107, 403p
無住（むじゅう）（1226〜1312）鎌倉中期の僧、著書に『沙石集』 278p
夢窓疎石（むそうそせき）（1275〜1351）鎌倉末・南北朝時代の臨済宗の僧 378p
村田珠光（むらた・じゅこう）（1423〜1502）「わび茶」の創始者 37p

黙宗（もくそう）江戸時代初期の禅僧、本所定林院を創立、のちに芭蕉山桃青寺（東盛寺） 189p
本居宣長（もとおり・のりなが）（1730～1801）国学者、文献学者 118, 161, 439, 441, 480, 486, 622, 645, 646, 648p
守武（もりたけ）→荒木田守武
文覚（もんがく）（1139～1203）平安末期から鎌倉初期の武士、僧侶 379p

【や】

野桂（やけい）『茗荷図会』（文政9年稿）編 656p
野水（やすい）（岡田）（1658～1743）名古屋の呉服商、『冬の日』五歌仙の一人 332, 525, 556, 559, 563, 570, 577, 578, 699p
野坡（やば）（志太）（1662～1740）蕉門、晩年の芭蕉に親炙 526p
山崎宗鑑（やまざき・そうかん）→宗鑑
日本武尊（やまとたけるのみこと） 243, 307, 382, 574p
山部赤人（やまべのあかひと）万葉歌人 212, 213, 654, 666p
也有（やゆう）（横井）（1702～1783）俳人、尾張藩の重臣、俳文集『鶉衣』 578p
友五（ゆうご）蕉門、江戸の人、元禄元年冬「深川近所常連歌仙」に一座 702, 703p
幽山（ゆうざん）（高野）（？～1702）俳人、京都から江戸に移住、『江戸八百韻』刊 86, 96, 490p
由之（ゆうし）（井出）磐城・内藤家家人 525, 549, 550, 551p
揚水（ようすい） 508p
与謝蕪村（よさ・ぶそん）→蕪村
吉岡求馬（よしおか・もとめ）（？～1688）京都の歌舞伎役者 683, 684p
吉川惟足（よしかわ・これたり）（1616～1695）江戸時代前期の神道家 704p
吉田兼好（よしだ・けんこう）（1283？～？）官人・歌人・随筆家、『徒然草』 170, 703p

【ら】

来山（らいざん） 113p
落梧（らくご）（安川）（1652～1691）蕉門、岐阜の呉服商 579p
嵐雪（らんせつ）（服部）（初号：嵐亭治助）（1654～1707）其角とともに江戸蕉門双璧の人 38, 100, 101, 113, 149, 182, 526, 553, 589, 597, 702, 703p
嵐竹（らんちく）（松倉）（生没年未詳）江戸の人、嵐蘭の弟 703p
嵐蘭（らんらん）（松倉）（1647～1693）蕉門、武士、芭蕉の信頼が厚かった 96, 97, 706p
梨一（りいち）（1714～1783）俳諧作者　代官所役人　蕉風復興運動に寄与 85p
李下（りか）（姓名未詳）（元禄期に活動）蕉門、芭蕉の草案に芭蕉一株を贈る 33, 36, 151, 155, 394, 508p
利休（りきゅう）（1522～1591）わび茶の大成者 27, 66, 68, 138, 142, 202, 207, 258, 484, 534, 542, 548, 553, 555p
利雪（りせつ）伊賀の人 660p

李由（りゆう）（河野）（1662～1705）蕉門、僧侶、彦根俳壇、許六の盟友 347p
立圃（りゅうほ）（野々口）（1595～1669）京都の町人、貞門七俳仙の一人 77, 92, 356p
緑系（りょくけい）元禄元年冬の「十吟歌仙」に一座 703p
霊空（れいくう）（1652～1739）江戸中期の天台宗の僧 372p
冷山（れいざん）（？～1674）根本寺住職、仏頂の師 41, 43p
蓮阿（れんあ）鎌倉時代の歌人、『西行上人談抄』 207, 456p
蓮如（れんにょ）（1415～1499）浄土真宗の僧、本願寺中興の祖 387p
連敏（れんびん）『後拾遺集』に和歌所載 654p
良弁（ろうべん）（689～774）奈良時代の僧、東大寺開山 384p
露荷（ろか）貞享4年9月「芭蕉帰郷餞別歌仙」、元禄元年秋「六吟歌仙」に一座 525, 553, 702p
呂丸（ろがん）（図司）（？～1693）蕉門、出羽国羽黒の染物師 118, 401p
六条右大臣北の方（ろくじょうのうだいじんきたのかた）『金葉集』に和歌所載 601p
六平斎亦夢（ろくへいさいやくむ）19世紀前半の人、著書に『俳諧一串抄』 169p
露月（ろげつ）（豊島）（1667～1751）江戸の人、露沾の門人 551p
露言（ろげん）（福田）（1630～91）江戸の人、露沾の門人 551p
露川（ろせん）（沢）（1661～1743）名古屋の人、晩年の芭蕉に入門 556p
露沾（ろせん）（内藤）（1655～1733）平藩主・風虎の次男、蕉門と交流 525, 526, 551, 552, 553, 702p
露草（ろそう） 149p
路通（ろつう）（斎部）（1649～1738）芭蕉庵近くに居住、『芭蕉翁行状記』執筆 190, 218, 457, 458, 461, 462, 699, 700, 702, 703, 704, 707p

【わ】
度会家行（わたらい・いえゆき）（1256～1351？）伊勢神道の大成者 278, 281, 282p
度会延貞（わたらい・のぶさだ）（1634～1709）伊勢神宮外宮権禰宜 284p
度会行忠（わたらい・ゆきただ）（1236～1305）伊勢神宮禰宜　度会神道の礎を築く 278p

★芭蕉の俳文・書簡一覧（時系列順）

「高山麋塒宛書簡」延宝9年（1681）5月15日付 153, 154, 394p
「木因宛書簡」延宝9年（1681）7月25日付 395p
「木因宛書簡」延宝9年（1681）7月（日付欠） 395p
「寒夜の辞」天和元年（1681）冬12月末 35, 132, 140, 144, 146, 149, 160, 177p
「木因宛書簡（鳶の評論）」天和2年（1682）2月上旬付 396, 397, 398, 399p
「半残宛書簡」貞享2年（1685）1月28日付 344p
「千那宛書簡」貞享2年（1685）5月12日付 388p
「自得箴（じとくのしん）」貞享2年（1685）暮 494p
「四山の瓢（ひさご）」貞享3年（1686）8月、または9月 511, 512p
「『蓑虫説』跋」（「蓑虫記」）貞享4年（1687）秋 491, 493, 494, 502, 524p
「知足宛書簡」貞享4年（1687）11月24日付 571, 572, 573p
「杉風宛書簡」貞享4年（1687）12月13日付 579, 580p
「伊賀新大仏之記」貞享5年（1688）2月上旬 591, 592p
「杉風宛書簡」貞享5年（1688）2月上中旬 595, 677p
「高野詣」貞享5年（1688）3月頃 653p
「猿雖宛書簡」貞享5年（1688）4月25日付
602, 612, 613, 614, 661, 663, 664, 667, 668, 669, 670, 682, 683p
「卓袋宛書簡」貞享5年（1688）4月25日付 663, 677, 678p
「更科姨捨月之弁」貞享5年（1688）8月 688, 689, 690, 694p
「卓袋宛書簡」貞享5年（1688）9月10日付 680, 700p
「芭蕉庵十三夜の記」貞享5年（1688）9月13日付 700p
「益光宛書簡」元禄元年（1688）12月3日付 702p
「尚白宛書簡」元禄元年（1688）12月5日付 703p
「松尾半左衛門宛書簡」元禄2年（1689）1月17日付 705, 706p
「嵐蘭宛書簡」元禄2年（1689）閏1月26日付 706p
「猿雖宛書簡」元禄2年（1689）閏1月末頃 706, 707p
「桐葉宛書簡」元禄2年（1689）2月15日付 707p
「猿雖・宗無宛書簡」元禄2年（1689）2月16日付 707p
「幻住庵記」元禄3年（1690）
26, 27, 61, 65, 69, 70, 76, 202, 380, 384, 403, 479, 494, 533, 534, 548p
「嵯峨日記」俳諧日記　芭蕉著　元禄4年（1691） 165, 166, 379, 380, 476, 560p
「曲水宛書簡」元禄5年（1692）2月18日付 97p
「芭蕉を移す詞」元禄5年（1692）5月中旬 156p
「許六離別ノ詞（柴門の辞）」元禄6年（1693）4月末 290, 401, 650p

★著作物一覧（日本文学史・文化史上の著作物、芭蕉の俳文・俳句収録書、芭蕉関連の著作物、ただし勅撰和歌集、芭蕉の紀行文5作は除く）

【あ】

『赤雙紙』→『三冊子』
『秋篠月清集（あきしのげっせいしゅう）』歌集　九条良経　元久元年（1204）　655p
『朱紫（あけむらさき）』俳諧注釈書　吾山著　天明4年（1784）　169, 177, 350p
『明日香井和歌集』歌集　飛鳥井雅経　承久3年（1221）頃　654p
『吾妻鏡』鎌倉時代成立の歴史書　313p
『東日記』俳諧撰集　言水編　延宝9年（1681）　130, 297, 394, 490p
『吾妻問答』歌論書　宗祇著　文明2年（1470）頃　45p
『熱田三謌僊（あつたさんかせん）』俳諧撰集　暁台編　安永4年（1775）　382p
『熱田皺筥物語』→『皺筥（しわばこ）物語』
『あつめ句』俳諧句文集　芭蕉著　貞享4年（1687）　509p
『綾錦』俳諧系譜　沾涼編　享保17年（1732）　86p
『荒木田集』連歌撰集　荒木田守武の長兄編　15世紀　598p
『曠野（あらの）』俳諧撰集　荷兮編　元禄2年（1689）　131, 556, 578, 623, 633, 637, 640, 659, 690p
『曠野後集』俳諧撰集　荷兮編　元禄6年（1693）　556p
『阿波手（あわで）集』俳諧撰集　友次編　寛文4年（1664）　556p
『庵桜（いおざくら）』俳諧撰集　西吟編　貞享3年（1686）　172, 173p
『伊賀蕉門名鑑』浜田岡堂編　40p
『伊賀餞別』俳諧撰集　墨斎左右編　安永期（1772～81）（『句餞別』『夏しぐれ』は別版）　525, 548, 551, 552p
『十六夜日記』紀行　阿仏尼著　弘安5年（1282）頃　240, 242, 485, 583p
『伊勢新名所絵歌合』伊勢神宮の禰宜、僧らによる歌合　永仁3年（1295）　282p
『伊勢太神宮参詣記』坂十仏著　康永元年（1342）頃　282p
『伊勢物語』　58, 282, 456, 664p
『石上私淑言（いそのかみささめごと）』歌論書　本居宣長　宝暦13年（1763）作　646p
『伊丹古蔵（いたみふるくら）』俳論書　匿名　元禄9年（1696）　371p
『一休骸骨』一休に擬せられる仮名草子　225p
『田舎之句合』俳諧句合　其角編　延宝8年（1680）　99, 101, 108, 110, 157, 599p
『犬筑波集』俳諧集　山崎宗鑑編　16世紀前半成立　354p
『筠庭（いんてい）雑録』風俗考証書　喜多村信節著　98, 99p
『鶉衣（うずらごろも）』俳文集　也有著　享保12年～寛保2年（1727～42）記　578p
『宇陀法師』俳論書　森川許六・李由編　元禄15年（1702）　171, 347, 401, 633p
『瀛奎律髄（えいけいりつずい）』唐・宋の律詩の撰集　110p
『江戸三唫（さんぎん）』俳諧句集、信徳ほか著　延宝6年（1678）　490p
『江戸八百韻』俳諧連歌集　幽山編　延宝6年（1678）　490p

『江戸両吟集』俳諧撰集　芭蕉、素堂著　延宝4年（1676）　490p
『犬子（えのこ）集』俳諧撰集　重頼編　寛文10年（1633）　356p
『円機活法』中国・明代の作詩用辞書　298, 309, 372, 475p
『円満井座（えんまいざ）壁書』金春禅竹著　15世紀　622p
『笈日記』俳諧追善・句文集　支考編　元禄8年（1695）
186, 246, 289, 329, 338, 382, 460, 579, 582, 585, 586, 596, 598, 599, 600, 634, 637, 685, 700p
『老の楽』日記　栢莚（二代目・市川団十郎）記　37, 58p
『桜下文集』俳文集　木因著　貞享元年～享保5年（1684～1720）記　326, 327, 329, 393p
『奥儀抄』歌論書　藤原清輔著　平安時代末期　300p
『鸚鵡集』俳諧撰集　梅盛編　万治元年（1658）　346p
『奥細道菅菰（すがごも）抄』俳諧注釈書　梨一著　安永7年（1778）　85p
『阿蘭陀丸（おらんだまる）二番船』俳諧撰集　宗円編　延宝8年（1680）　366p
『温故日録』連歌作法書　杉村友春撰　延宝4年（1676）　298, 301p

【か】
『貝おほひ』俳諧発句合　芭蕉（宗房）編　寛文12年（1672）
64, 71, 72, 73, 74, 76, 77, 78, 83, 84, 85, 89, 91, 92, 95, 98, 101, 102, 103, 104, 108, 279, 326p
『改正月令博物筌』季寄　洞斎編　文化5年（1808）　328p
『海道記』紀行文　白河の侘士なる者　貞応2年（1223）　240p
『懐風藻』奈良時代の漢詩集　撰者未詳　210, 211, 228, 607p
『下学集（かがくしゅう）』国語辞書　文安元年（1444）成立　68, 515p
『蜻蛉日記』日記　藤原道綱母　天延3年（975）前後　389, 615p
『蚊柱（かばしらの）百句』俳諧百韻　宗因著　延宝2年（1674）　366p
『鎌倉海道』俳諧追善集、千梅編、享保10年（1725）　388p
『歌林名所考』西順著　江戸時代初期　240p
『歌林良材集』一条兼良著　15世紀　303p
『枯尾花』俳諧追善集（「芭蕉翁終焉記」を所収）其角編　元禄7年（1694）　39, 163p
『蛙合（かわずあわせ）』俳諧句合　仙化編　貞享3年（1686）　172, 509p
『閑吟集』室町時代後期の歌謡集　宗長編とも　永正15年（1518）　79p
『狂雲集』一休の詩集　文明13年（1481）以前　398p
『教訓雑長持（ぞうながもち）』江戸中期の滑稽本　伊藤単朴著　96p
『挙白集』歌文集　木下長嘯子　慶安2年（1649）　311, 328, 383p
『去来抄』俳論書　去来著　宝永元年（1704）頃
118, 139, 169, 171, 243, 366, 371, 388, 391, 400, 401, 402, 403, 409, 410, 433, 455, 545, 576, 586, 641, 642p
『錦繍段』漢詩集　天隠竜沢編　室町時代中期　157, 372p
『葛（くず）の松原』俳論書　支考著　元禄5年（1692）　169, 170, 171, 172, 173, 174, 180, 376, 401p
『句選年考』→『芭蕉句選年考』
『句餞別』→『伊賀餞別』
『群書類従』塙保己一編　江戸時代後期　292p

『毛吹草』俳諧撰集・辞書　重頼編　正保2年（1645）　242, 330, 345, 346, 381p
『元亨釈書』仏教史書　虎関師錬著　元亨2年（1322）　624p
『源氏物語湖月抄』→『湖月抄』
『源平盛衰記』軍記物語　鎌倉時代　297, 669p
『江湖風月集』禅僧の詩偈選集　松坡宗憩（ずんばそうけい）撰　111, 183, 211p
『好色一代男』井原西鶴作　天和2年（1682）　50, 105, 480p
『好色五人女』井原西鶴作　貞享3年（1686）　155, 162p
『合類俳諧忘貝』季寄　伸也著　弘化4年（1847）　342p
『こがらし集』俳諧撰集　青阿編　寛政5年（1793）　586, 681p
『湖月抄』源氏物語の注釈書　北村季吟著　延宝元年（1673）　480, 535p
『苔の花』俳諧撰集　巴明編　天保4年（1833）　656p
『御存（ごぞんじの）商売物』黄表紙　北尾政演（山東京伝）作　天明2年（1782）　486p
『国花万葉記』地誌　菊本賀保著　江戸時代中期　313, 584p
『小ばなし』俳諧雑録　風律著　宝暦（1751～64）頃　39p
『古文真宝』戦国時代から宋代までの詩文集　68, 224, 225, 242, 502p
『古文（真宝）後集』（後集は文章を収録）→『古文真宝』
『古文（真宝）前集』（前集は詩を収録）→『古文真宝』
『古来風体抄』歌論書　藤原俊成著　建久8年（1197）　102p
『今昔物語集』平安時代後期の説話集　12世紀初頭成立　624, 689, 694p

【さ】
『西行上人談抄』歌論書　蓮阿著　鎌倉時代前期　207, 456p
『西行法師家集』平安時代末期　207, 208, 456, 595, 631p
『西行物語』作者未詳　鎌倉時代　207, 285, 286, 456, 583, 657p
『西行和歌修行』『西行物語』の改題本の一つ　514p
『狭衣物語』六条斎院宣旨作　平安時代中期　486p
『ささめごと』連歌論書　心敬著　寛正4年（1463）　45p
『実家（さねいえ）集』歌集　藤原実家自撰　平安時代末期　654p
『さびしほり（寂栞）』俳論書・俳諧撰集　一音編　安永5年（1776）　139p
『佐夜中山集』俳諧撰集　重頼撰　寛文4年（1664）　59, 346, 455, 456p
『更級日記』回想録　菅原孝標女作　平安時代中期　240, 584, 615, 683, 689p
『申楽談儀』能楽伝書　世阿弥の芸談を筆録　永享2年（1430）　622p
『猿蓑』俳諧撰集　去来、凡兆編　元禄4年（1691）
27, 65, 243, 247, 317, 353, 377, 380, 384, 403, 404, 527, 534, 641p
『山家集』歌集　西行　150, 187, 201, 207, 209, 217, 296, 456, 569p
『三冊子』（『赤雙紙』『白雙紙』『わすれ水』）俳論書　土芳著　元禄15年（1702）
171, 177, 246, 298, 324, 329, 344, 388, 400, 401, 405, 409, 410, 411, 412, 414, 424, 433, 434, 462, 470, 488, 503, 504, 545, 550, 572, 573, 574, 575, 576, 589, 592, 596, 600 641, 642, 662, 674, 699p
『三体詩』唐代の詩集　周弼編　南宋時代・1250年頃　110, 335, 336p

『詩人玉屑（ぎょくせつ）』中国の詩話集　魏慶之編　南宋時代 157, 242p
『詩仙』漢詩集　石川丈山編　延宝9年（1681） 246p
『鵲尾冠（しゃくびかん）』俳諧撰集　越人編　享保2年（1717） 568p
『拾遺愚草』歌集　藤原定家自撰　鎌倉時代前期 634p
『習道書』能楽伝書　世阿弥著　室町時代中期 324p
『出観集』私家集　覚性法親王　平安時代末期 174p
『春泥句集』俳諧句集　召波著、維駒編　安永6年（1777） 545p
『蕉影余音』杉風 186p
『蕉翁句集（蕉翁文集）』年代別俳諧句文集　土芳編　宝永6年（1709） 590, 591, 615, 684p
『蕉翁句集草稿』句集編集準備の草稿　土芳自筆 246p
『蕉翁全伝』俳諧伝記　竹人（土芳の門人）著　宝暦12年（1762） 52, 352p
『蕉翁略伝』俳諧伝記　安屋冬李（藤堂家家臣、芭蕉死後20年後の生まれ）著 62p
『正法眼蔵』道元　鎌倉時代前期
118, 130, 171, 181, 182, 183, 192, 193, 194, 195, 196, 198, 199, 211, 230, 234, 236, 607p
『蕉門人物便覧』浜田岡堂編 39p
『濁子本甲子吟行』濁子書画 464p
『如行子』俳諧撰集　如行編　貞享4年（1687） 316, 561, 571p
『如水日記抄』如水 458p
『詞林金玉（しりんきんぎょく）集』俳諧発句集　宗臣編　延宝7年（1679） 177p
『皺筥（しわばこ）物語』俳諧撰集　東藤編　元禄8年（1695） 381, 568, 571p
『神境紀談』神道書　度会延貞著　元禄13年（1700） 284p
『新山家（しんさんか）』俳諧紀行　其角作　貞享2年（1685） 460p
『新撰菟玖波集』連歌撰集　宗祇・兼載・三条西実隆編　明応4年（1495） 485, 486p
『新続犬筑波集』俳諧撰集　北村季吟撰　万治3年（1660） 365p
『随斎諧話』俳話集　成美著　文政2年（1819） 164, 511p
『菅笠日記』旅日記　本居宣長著　明和9年（1772） 622p
『捨子集』俳諧撰集　梅盛編　万治2年（1659） 346p
『醒睡笑（せいすいしょう）』笑話集　安楽庵策伝著　1620年代 289, 382p
『世説（せせつ）新語』後漢末から東晋までの名士の逸話集 372p
『千家詩』唐・宋の代表的な絶句・律詩の集成 110, 192, 502p
『撰集抄』説話集　作者不詳（伝西行）鎌倉時代後期 207, 297, 456, 597, 615p
『禅林集句』禅語を集めた啓蒙書 183, 191, 192p
『雑談（ぞうたん）集』俳諧撰集　其角編　元禄4年（1691） 388, 391, 401, 510p
『続狂雲詩集』一休 159p
『続五論』俳論書　支考著　元禄11年（1698） 175, 176p
『続深川集』俳諧撰集　梅人編　寛政3年（1791）（芭蕉百回忌） 112, 151, 164p
『続虚栗』俳諧撰集　其角編　貞享4年（1687） 333, 490, 491, 525, 551, 570p
『続山井』俳諧撰集　湖春編　寛文7年（1667） 61, 62, 346, 352, 365p
『其便（そのたより）』俳諧撰集　泥足編　元禄7年（1694） 469p

『其袋（そのふくろ）』俳諧撰集　嵐雪編　元禄3年（1690）　597p
『曾良随行日記』日記　曾良著　元禄2年（1689）　705p

【た】
『太神宮参詣記』通海権僧正著　正応元年（1288）　281, 598p
『太平記』南北朝時代の軍記物語　応安年間（1368～75）成立　621p
『旅寝論』俳論書　去来著　元禄12年（1699）　633, 684p
『玉小櫛（たまのおぐし）』源氏物語の注釈書　本居宣長著　寛政11年（1799）刊　480p
『談林十百韻（とつぴゃくいん）』俳諧撰集　田代松意編　延宝3年（1675）　95, 366p
『千宜理記（ちぎりき）』俳諧撰集　広岡宗信編　延宝3年（1675）　58p
『知足書留歳旦帖』歳旦帖　知足編　556p
『千鳥掛（ちどりがけ）』俳諧撰集　知足稿・蝶羽補　正徳2年（1712）　460, 555, 556, 570, 571, 586, 681p
『長秋記』源師時の日記　平安時代後期　297p
『町人考見録』家訓書　三井高房編著　享保13年（1728）　368p
『長明道之記』→『東関紀行』
『菟玖波（つくば）集』連歌撰集　二条良基撰　文和5年（1356）　598p
『続（つづき）の原』俳諧句合・撰集　不卜編　貞享5年（1688）　525p
『徒然草』随筆　吉田兼好著　1330年代　226, 613, 657p
『贈定家卿文（ていかきょうにおくるふみ）』歌学書　西行著　平安時代後期　292p
『天水抄』俳論書　貞徳著　寛永21年（1644）　354p
『東海道中膝栗毛』滑稽本　十返舎一九作　1800年代初期　240, 241p
『東海道名所記』仮名草子　浅井了以作　万治2年（1659）　241p
『東関紀行（『長明道之記』）』紀行文　作者未詳　仁治3年（1242）　240, 473, 474, 482, 514, 531, 692p
『唐詩訓解』唐詩の解説書　明の李攀龍撰　110, 215p
『桃青伝』十条一舟著　62p
『桃青伝』採荼庵（さいたあん）梅人著　85p
『桃青門弟独吟二十歌仙』俳諧撰集　芭蕉（桃青）撰か　延宝8年（1680）　95, 97p
『常盤屋之句合』俳諧発句合　杉風編　延宝8（1680）年　99, 101, 102, 108, 110, 573p
『俊頼髄脳』歌論書　源俊頼著　永久元年（1113）　689p
『とはずがたり』日記　後深草院二条作　鎌倉時代後期　598p
『飛梅（とびうめ）千句』俳諧連句集　編者未詳　延宝7年（1679）　354p

【な】
『夏しぐれ』→『伊賀餞別』
『七日草』呂丸の聞書　118p
『南山巡狩録』南朝の史書　大草公弼著　文化6年（1809）　621p
『南方録』茶道古伝書　伝南坊宗啓著　江戸時代前期　324p

『日本大文典』ポルトガル語による日本語学書　ロドリゲス著　17世紀初頭　79p
『日葡辞書』ポルトガル語による日本語辞書　17世紀初頭　68, 79p
『如意宝珠』俳諧撰集　安静編　延宝2年（1674）　71p
『後の旅』俳諧追善集　如行編　元禄8年（1695）　316p

【は】
『俳諧合田舎其角』→『田舎之句合』
『俳諧合常盤屋杉風』→『常盤屋之句合』
『俳諧石摺巻物（いしずりまきもの）』俳家真蹟摸刻　僊芝編　天保13年（1842）　165p
『俳諧一串（いっかん）抄』俳論書　六平斎亦無著　天保元年（1830）　169p
『俳諧糸切歯』俳論書　石橋著　宝暦12年（1762）　349p
『俳諧埋木』俳諧作法書　北村季吟著　明暦2年（1656）　365p
『誹諧解脱抄』俳諧随筆　野口在色著　享保3年（1718）　244p
『俳諧古今抄』俳諧作法書　支考編著　享保15年（1730）　390p
『俳諧御傘（ごさん）』俳諧式目書　貞徳著　慶安4年（1651）　301p
『俳諧十論』俳論書　支考著　享保4年（1719）　39, 172, 187p
『俳諧初学抄』俳論書　徳元著　寛永18年（1641）　242p
『俳諧冬の日槿花翁（きんかおう）之抄』越人著　563p
『俳諧問答』俳論書　去来・許六稿　元禄10年（1697）　139, 401p
『俳諧或問』俳論書　修竹堂著　延宝6年（1678）　97p
『梅花無尽蔵』詩文集　漆桶万里　江戸時代初期　284p
『梅薫抄』連歌論書　兼載著　文明期（1469〜87）頃　242p
『泊船集』俳諧撰集　風国編　元禄11年（1698）　469, 489, 589, 590, 599, 613, 615p
『白髪集』連歌論書　編者未詳（伝宗祇）室町時代後期　131, 303p
『芭蕉庵小文庫』俳諧撰集　史邦編　元禄9年（1696）　186, 591, 637, 641p
「芭蕉庵再建勧進簿」（文政2年『随斎諧話』に所収）山口素堂　164p
『芭蕉遺語集』　432, 438p
『芭蕉翁遺墨集』　403p
『芭蕉翁絵詞伝』伝記　蝶夢著　寛政4年（1792）　33, 62p
『芭蕉翁行状記』俳諧追善集　路通編　元禄8年（1695）　458, 704p
『芭蕉翁系譜（芭蕉伝）』遠藤曰人（仙台藩士）編（土芳編『芭蕉翁全伝』を筆写して加筆）文政5年（1822）　52, 301p
「芭蕉翁終焉記」→『枯尾花』
『芭蕉翁正伝』伝記・俳諧伝書　竹二坊編　寛政10年（1798）　54, 62p
『芭蕉翁全集』伝記　去留（若桜藩主・池田冠山）著　文政8年（1825）　40, 54, 55, 86p
『芭蕉翁全伝』土芳稿　52, 85, 343, 344, 347, 351, 453, 590, 602p
『芭蕉翁年譜』→『芭蕉翁全集』
『芭蕉翁文集』俳諧文集　蝶夢編　安永5年（1776）　526p
『芭蕉句選』俳諧句集　華雀編　元文4年（1739）　469p

『芭蕉句選年考』俳諧注釈書　積翠著　寛政期（1789～1801）　215, 343p
『芭蕉文考』俳諧文集　杉氏某編　享和元年（1801）　27, 66, 534, 548p
『初蟬』俳諧撰集　風国編　元禄9年（1696）　637, 641p
『花膾（はななます）』芭蕉追善集　若人編　天保5年（1834）　513p
『花はさくら』（「伊勢参宮」所収）俳文集　秋屋撰　寛政13年（1801）　595p
『はなひ草』俳諧作法書　立圃編　寛永13年（1636）　242p
『はなひ大全』（『はなひ草』の増補改訂版）小川景三編　寛文8年（1668）　330p
『浜のまさご』雑俳撰集　享保15年（1730）　557p
『春の日』俳諧撰集　荷兮編　貞享3年（1686）　172, 556, 690p
『ひさご』俳諧撰集　珍碩編　元禄3年（1690）　380, 458p
『孤松（ひとつまつ）』俳諧撰集　尚白編　貞享4年（1687）　388, 458p
『日次（ひなみ）紀事』年中行事解説書　黒川道祐編　延宝4年（1676）　349p
『兵庫名所記』地理書　植田下省著　宝永7年（1710）　669p
『尾陽鳴海俳諧喚続（よびつぎ）集』俳諧撰集　知足編　556p
『枇杷園随筆』俳諧雑録　士朗著　文化7年（1810）　190, 653p
『風姿花伝』能楽論書　世阿弥著　1400年代初頭　323p
『風俗文選』→『本朝文選』
『覆醬集（ふしょうしゅう）』漢詩文集　石川丈山著　延宝4年（1676）　327p
『扶桑略記』私撰歴史書　皇円著　12世紀末成立　264, 624p
『仏頂和尚法語』雲巌寺蔵　124p
『船庫（ふなぐら）集』俳諧撰集　東推編　宝永7年（1710）　459p
『夫木（ふぼく）和歌抄』私撰和歌集　藤原長清編　鎌倉時代後期　336, 493, 653p
『冬の日』俳諧連句集　荷兮編　貞享元年（1684）
218, 246, 332, 337, 338, 339, 341, 342, 476, 556, 557, 559, 560, 563, 566, 567, 575, 578, 676, 690, 698, 699p
『丙寅（へいいん）紀行』俳諧紀行　風瀑著　貞享3年（1686）　276p
『平家物語』軍記物語　鎌倉時代成立　314, 669, 672, 673p
『平治物語』軍記物語　鎌倉時代前期　313, 624p
『僻連抄』連歌歌論書　二条良基著　康永4年（1345）　81p
『篇突（へんつき）』俳諧撰集　李由、許六編　元禄11年（1698）　589, 590p
『方丈記』随筆　鴨長明著　建暦2年（1212）成立　237, 238p
『発心集」仏教説話集　鴨長明著　鎌倉時代初期　707p
『ほのぼの立（だて）』俳諧撰集　高政編　延宝9年（1681）　153, 163, 394p
『堀河百首』歌集　平安時代後期　383, 555p
『本朝食鑑』本草書　人見必大著　元禄10年（1697）　328p
『本朝文鑑』俳文集　支考編　享保3年（1718）　513p
『本朝文選』俳文集　許六編　宝永3年（1706）　34, 39, 68, 99, 493p

【ま】

『毎月抄』歌論書　藤原定家著　承久元年（1219）　175p

『枕草子』 260, 615, 635p
『真澄鏡』俳諧撰集　安政6年（1859） 86p
『松屋筆記』随筆集　小山田与清著　江戸時代後期の筆録、明治41年（1908）刊 289p
『光雄卿口授』歌学書　烏丸光雄著　江戸時代前期 505p
『虚栗（みなしぐり）』俳諧撰集　其角編　天和3年（1683）
95, 149, 150, 151, 153, 165, 183, 200, 209, 218, 300, 344, 399, 490, 545, 587, 637p
『身自鏡（みのかがみ）』毛利家家臣・玉木吉保の自叙伝　元和3年（1617） 281p
『蓑虫庵集』俳諧日記　土芳著　元禄元年～享保14年（1688～1729）記 491p
「蓑虫説」素堂著 491, 492, 495p
『宮河歌合』西行自撰・藤原定家判　文治5年（1189） 102, 292p
『茗荷図会』野桂編　文政9年（1826） 656p
『妙貞問答』キリシタン教義書　不干斎ハビアン著　慶長10年（1605）作 356p
『武蔵曲（むさしぶり）』俳諧撰集　千春編　天和2年（1682） 490, 540p
『陸奥鵆（むつちどり）』俳諧紀行　桃隣編　元禄10年（1697） 404, 469p
『明月記』藤原定家の日記　治承4年～嘉禎元年（1180～1235） 82p
『名所小鏡』俳諧集　重徳編　貞享2年（1685） 240, 248p

【や】
『八雲御抄（やくもみしょう）』順徳天皇の歌論書　鎌倉時代前期 155p
『やつこはいかい』俳諧書　可徳編　寛文7年（1667） 77p
『大和物語』和歌・説話集　平安時代中期 689, 694, 707p
『山の井』季寄　季吟著　正保4年（1647） 342, 365p
『山上宗二記』茶道秘伝書　山上宗二著　天正16年（1588） 324p
『野良立役（やろうたちやく）舞台大鏡』（『歌舞伎評判記集成 第一巻』所収） 683p
『夕がほの歌』尚白追善集　享保7年（1722） 388p
『夢三年（ゆめみとせ）』俳諧追善集　寛政12年（1800） 140, 141p
『横日記』俳諧日記　元禄元年～3年（1688～90）土芳著 582p
『夜の錦』俳諧撰集　風虎編　寛文6年（1666） 71p

【ら】
『梁塵秘抄』歌謡集　後白河法皇編　平安時代末期 79p
『類柑子』俳文集　其角稿　宝永4年（1707） 383p
『類字名所和歌集』里村昌琢編　承応2年（1653） 240, 248, 455, 482p
『類船集』俳諧辞書　梅盛著　延宝4年（1676） 177, 242p
『歴代滑稽伝』俳諧史論　許六著　正徳5年（1715） 243, 317, 457p
『連珠合璧集』室町末期の連歌論書 215, 300, 303, 309p
『聯珠詩格』漢詩和訳集　柏木如亭編訳　江戸時代後期 110, 157, 225, 226, 244, 372, 402, 485, 502p
『連理秘抄』連歌学書　二条良基著　南北朝時代 376p
『露沾俳諧集』享保期（1716～36）の俳事記録 551p

【わ】

『若水』俳諧撰集　嵐雪編　貞享5年（1688）頃　589p
『和漢三才図会』百科事典　寺島良安編　正徳2年（1712）　330p
『和漢朗詠集』詩文集　藤原公任撰　寛仁2年（1018）頃成立　514p
『わくかせわ』俳諧作法書　千梅著　宝暦3年（1753）　349p
『和州旧跡幽考』名所記　林宗甫著　延宝9年（1681）　217, 310p
『忘梅』俳諧撰集　尚白編　安永6年（1777）　388p
『和名抄』（『和名類聚抄』）平安時代中期の辞書　源順編　304p

★参考文献・引用文献一覧（著者名五十音順に掲出、辞書、事典類、別掲の各種底本を除く）

【あ】
赤羽学「笈の小文論」（井本編『芭蕉の本6 漂泊の魂』所収） 528, 529, 534, 590p
阿部正美『芭蕉伝記考説』明治書院　1961年 327p
井筒俊彦『意識と本質―精神的東洋を索めて』岩波文庫　1991年 643, 644, 645, 646, 647, 648, 649, 650, 651p
伊藤博之『西行・芭蕉の詩学』大修館書店　2000年 159p
井本農一編『鑑賞日本古典文学第28巻 芭蕉』角川書店　1975年 59, 96, 109, 137, 167, 168, 169, 172, 246, 247, 534, 540p
井本農一編『芭蕉の本6 漂泊の魂』角川書店　1970年 528, 529, 534, 590, 675, 676, 687, 688p
井本農一「乞食の翁」（『俳句』1961年8月号所収） 141p
岩下壮一『中世哲学思想史研究』岩波書店　1942年 448p
上野洋三『芭蕉の表現』岩波現代文庫　2005年 174, 176p
潁原退蔵『芭蕉講座 第2巻』三省堂　1944年 501p
大森荘蔵『言語・知覚・世界』岩波書店　1971年 451p
大森荘蔵「ことだま論」（『物と心』東京大学出版会 1976年所収） 450, 451p
岡田利兵衛編『図説 芭蕉』角川書店　1972年 464, 472p
尾形仂『松尾芭蕉』筑摩書房　1971年 289p
尾形仂『芭蕉・蕪村』岩波現代文庫　2000年 319, 565, 566, 604p
尾形仂『座の文学　連衆心と俳諧の成立』講談社学術文庫　1997年 353, 356 508p
尾形仂編『芭蕉ハンドブック』三省堂　2002年 138, 165, 173, 402, 515, 572p
折口信夫「歌の円寂する時」（『歌の話 歌の円寂する時 他一篇』岩波文庫 2009年所収） 254, 255p
折口信夫『折口信夫全集（31巻、別巻1）』中央公論社　1954～59年
折口信夫「日本文學の發生　序說」（『全集7』所収） 259, 260p
折口信夫「枕草子解説」（『全集10』所収） 260, 261p
折口信夫「短歌論」（『全集14』所収） 251, 256p
折口信夫「上世日本の文學」（『全集12』所収） 262, 263, 264, 265, 266, 267, 268p
折口信夫「風土記の古代生活」（『全集8』所収） 269, 270p
折口信夫「國文學の發生」（『全集1』所収） 271, 319p
折口信夫「大嘗祭の本義」（『全集3』所収） 271, 272p
折口信夫「詞章の傳承」（『全集7』所収） 273, 274p
折口信夫「日本文學の本質」（『全集12』所収） 320p
折口信夫「江戸時代の文學」（『全集12』所収） 320p
折口信夫「日本藝能史六講」（『全集18』所収） 321, 322, 323p
折口信夫「花の話」（『全集2』所収） 631, 632p

【か】
粕谷魯一『俳人杜国』渥美町教育委員会　1964年　563, 564, 565p
加藤周一『日本文化における時間と空間』岩波書店　2007年　199p
菊山当年男『はせを』宝雲舎　1940年　53p
木田元編著『ハイデガー「存在と時間」の構築』岩波現代文庫　2000年　406, 407, 538p
九鬼周造『「いき」の構造』岩波文庫　1979年　427, 430, 431, 432, 433, 434, 438, 446, 448, 487, 496p
九鬼周造「岡倉覚三氏の思出」(『図書』1980年12月号 岩波書店所収)　428, 429p
九鬼周造『偶然性の問題』岩波書店　1935年　435, 438, 449p
楠元六男『芭蕉、その後』竹林舎　2006年　471, 482, 484, 557, 568, 569, 593p
久保田淳『隅田川の文学』岩波新書　1996年　35p
熊野純彦『メルロ＝ポンティ』日本放送出版協会　2005年　436p
熊野純彦編著『日本哲学小史』中公新書　2009年　425, 444, 449, 451p
倉橋羊村『道元の心　俳句の心』朝日新聞社　2008年　187p
栗田勇『飛鳥大和 美の巡礼』新潮社　1978年　304, 306, 307, 448p
栗田勇『一遍上人――旅の思索者』新潮社　1977年　305, 359, 435p
栗田勇『神やどる大和』新潮社　1986年　304p
栗田勇『伝統の逆説』七曜社　1962年　305p
栗田勇『最澄と天台本覚思想』作品社　1994年　140, 203, 229, 359p
栗田勇『西行から最澄へ』岩波書店　1999年　140, 203, 230, 359, 504p
栗田勇『道元・一遍・良寛』春秋社　2002年　194p
栗田勇『道元の読み方』祥伝社　1984年　181, 194, 593p
栗田勇『一休――その破戒と風狂』祥伝社　2005年　37p
黒田俊雄『王法と仏法―中世史の構図』法藏館　1983年　358, 359, 364p
黒田俊雄『寺社勢力―もう一つの中世社会』岩波新書　1980年　359, 360, 361, 362, 363p
桑原武夫『第二芸術論』河出書房　1952年　251p
小島憲之『上代日本文学と中国文学』塙書房　1962年　253p
小西甚一『日本文藝の詩学―分析批評の試みとして』みすず書房　1998年　110, 111, 146, 147, 183, 332, 333, 334, 335, 336, 373, 374, 375p
小西甚一「序と枕詞の説」(『上代文学考究：石井庄司博士喜寿記念論集』1978年所収)　253p
小西甚一『俳句の世界』講談社学術文庫　1994年　82p
小林秀雄「西行」(『モオツァルト・無常といふ事』新潮文庫 1961年所収)　290, 291, 292, 293p
小宮豊隆、麻生磯次著 能勢朝次監修『芭蕉講座　第三巻　傳記篇』東京創元社　1955年　188p
今栄蔵『芭蕉伝記の諸問題』新典社　1992年　60, 152, 345, 346p

【さ】
佐藤圓『芭蕉と仏教』桜楓社　1970年　70, 185, 186, 187p
志田義秀『芭蕉俳句の解釈と鑑賞』至文堂　1956年　284p

篠原資明『ベルクソン―〈あいだ〉の哲学の視点から』岩波新書　2006年　179, 180, 184, 195, 291p

島田虔次『朱子学と陽明学』岩波新書　1967年　505, 538p

白石悌三、尾形仂編『鑑賞日本古典文学第33巻 俳句・俳論』角川書店　1977年　405, 536, 545p

白川静『初期万葉論』中央公論社　1979年　212, 213, 214, 607p

ハルオ・シラネ『夢の浮橋―「源氏物語の詩学」』(鈴木登美、北村結花訳) 中央公論社　1992年　481p

新谷尚紀『伊勢神宮と出雲大社』講談社　2009年　278, 279, 283p

末木文美士《ふみひこ》『近世の仏教　華ひらく思想と文化』吉川弘文館　2010年　369, 372, 373p

杉仁「明清文化と日本社会」(『高埜編『日本の時代史15』所収)　106, 107p

鈴木大拙「日本的霊性につきて」(『全集 第8巻』岩波書店 1999年所収)　129p

鈴木大拙『禅と日本文化』岩波新書　1940年　546p

【た】

互盛央『エスの系譜―沈黙の西洋思想史』講談社　2010年　445p

高城功夫「『山家集』諸本の研究」(『西行の研究』笠間書院 2001年所収)　289p

高木蒼梧《そうご》「仏頂禅師の研究」(『望岳窓俳漫筆』東京文献センター 1970年所収)　41, 42, 43, 44, 112, 113, 122, 123, 124, 125, 126, 127, 128, 129, 517p

高木蒼梧「芭蕉の参禅弁道」(小宮他編『芭蕉講座 第三巻 傳記編』所収)　188, 190p

高埜《たかの》利彦編『日本の時代史15　元禄の社会と文化』吉川弘文館　2003年　105, 106, 340, 364p

高橋庄次『芭蕉伝記新考』春秋社　2002年　34, 37, 40, 52, 54, 55, 76, 108, 109, 112, 187p

高橋庄次『芭蕉庵桃青の生涯』春秋社　1993年　51, 53, 62, 63p

武田恒夫『日本絵画と歳時』ぺりかん社　1990年　484p

田中善信『芭蕉　転生の軌跡』若草書房　1996年　35p

谷川健一『うたと日本人』講談社現代新書　2000年　82, 89p

谷川健一編著『現代「地名」考』NHKブックス　1979年　619, 620p

玉城康四郎編『日本の名著7　道元』中央公論社　1974年　193, 194, 195p

田村芳朗『田村芳朗仏教学論集 第1巻 本覚思想論』春秋社　1990年　46, 140p

【な】

中井正一『美学入門』中公文庫　2010年　416, 417, 418, 419, 420, 422, 423, 424, 438p

中井正一『美学的空間』弘文堂　1959年　416, 417, 418, 419, 420, 421, 422p

中井正一『近代美の研究』三一書房　1947年　416p

中井正一『日本の美』宝文館　1952年　416p

中嶋隆博『「荘子」――鶏となって時を告げよ』岩波書店　2009年　496, 497, 498, 499, 500p

中村宗一訳『全訳正法眼蔵　巻二』誠信書房　1972年　198p

中村幸彦編『芭蕉の本1 作家の基盤』角川書店　1970年　100, 117, 118p

仁枝忠『芭蕉に影響した漢詩文』教育出版センター　1972年　157p
西田幾多郎「フランス哲学についての感想」(『全集第12巻』岩波書店、所収)　436p
野々村勝英「俳諧と思想史――芭蕉の風狂の語をめぐって――」(白石他編『鑑賞日本古典文学第33巻 俳句・俳論』所収)　496p

【は】
長谷川櫂『「奥の細道」をよむ』ちくま新書　2007年　168p
原信田実『謎解き 広重「江戸百」』集英社新書　2007年　468p
久松潜一「芭蕉の文学の世界」(中村編『芭蕉の本1 作家の基盤』所収)　117, 118p
尾藤正英『日本文化の歴史』岩波新書　2000年　30p
平泉澄『芭蕉の俤』日本書院　1952年　44, 45p
廣田二郎『芭蕉の藝術――その展開と背景』有精堂出版　1968年　224, 284, 494, 501, 502, 525, 536, 537, 538, 540, 543p
廣松渉『世界の共同主観的存在構造』勁草書房　1972年　451p
廣松渉『もの・こと・ことば』勁草書房　1979年　451p
廣松渉『物象化論の構図』岩波書店　1983年　451p
福永光司『中国の哲学・宗教・芸術』人文書院　1988年　229, 230, 231, 232, 233, 234, 235, 236p
藤木三郎「寛文二年々内立春の芭蕉吟」(『國文學 解釈と鑑賞』1962年3月号所収)　59p
ベルクソン著 林達夫訳『笑い』岩波文庫　1976年　370, 399p
堀晃明『ここが広重・画「東京百景」』小学館文庫　2000年　134p
堀正人「芭蕉と中国思想」(中村編『芭蕉の本1 作家の基盤』所収)　100p

【ま】
前田利鎌『臨済・荘子』岩波文庫　1990年　539, 549p
宮本三郎「『笈の小文』への疑問」(『蕉風俳諧論考』笠間書院 1974年所収)　526, 528, 655, 656, 657p
村松友次「更科紀行論」(井本編『芭蕉の本6 漂白の魂』所収)　675, 676, 687, 688p
目崎徳衛『西行の思想史的研究』吉川弘文館　1978年　288, 289, 295, 296, 297p
目崎徳衛『芭蕉のうちなる西行』角川選書　1991年　207, 288, 456, 457p
森三樹三郎『世界の名著4 荘子』中央公論社　1968年　502p
森三樹三郎『老子・荘子』講談社学術文庫　1994年　497p

【や】
柳田國男『地名の研究』(『全集20』ちくま文庫 1990年所収)　618, 619p
山本健吉『純粋俳句』創元社　1952年　251, 318p
山本健吉『現代俳句』角川書店　1962年　251p
山本健吉『芭蕉―その鑑賞と批評』新潮社　1957年　251, 262p
山本健吉『いのちとかたち』新潮社　1981年　251, 252, 253, 256, 257, 258, 259, 324p
山本健吉「挨拶と滑稽」(『純粋俳句』所収)　318p

山本健吉『柿本人麻呂』新潮社　1962年　213, 214p
山本健吉『俳句とは何か』角川ソフィア文庫　2000年　408, 409, 410, 508p
山本健吉『芭蕉全発句』講談社学術文庫　2012年
571, 577, 578, 584, 586, 588, 589, 590, 596, 609, 613, 615, 624, 626, 659, 660, 665, 685, 700p
横浜文孝『芭蕉と江戸の町』同成社　2000年　163, 189p

【わ】
脇田晴子『室町時代』中公新書　1985年　363p
和辻哲郎『ニイチェ研究』内田老鶴圃　1913年　439, 445, 448p
和辻哲郎『ゼエレン・キェルケゴオル』内田老鶴圃　1915年　445, 448p
和辻哲郎『偶像再興』岩波書店　1918年　448p
和辻哲郎『古寺巡礼』岩波書店　1919年　448p
和辻哲郎『日本精神史研究』岩波書店　1926年　439, 440, 441, 442, 443p
和辻哲郎『続日本精神史研究』岩波書店　1935年　449p

著者略歴

昭和四年（一九二九）東京生まれ。東京大学文学部仏文科卒、同大学院修了。フランス象徴主義の研究、本邦初のロートレアモン全集個人訳を皮切りに、文学・演劇・美術等の分野において、創作・評論活動を展開。昭和五十二年（一九七七）『一遍上人』（新潮社）で芸術選奨文部大臣賞受賞。全十二巻の著作集（講談社）、『飛鳥大和 美の巡礼』（講談社学術文庫）、『道元の読み方』『良寛の読み方』『千利休と日本人』『一休』（以上、祥伝社）、『最澄』（新潮社）、『最澄と天台本覚思想』（作品社）、『西行から最澄へ』（岩波書店）など著書多数。平成十一年（一九九九）、紫綬褒章受章。

芭蕉《ばしよう》〈上《じよう》〉

平成二十九年五月十日　初版第一刷発行

著者――栗田《くりた》 勇《いさむ》

発行者――辻《つじ》 浩明《ひろあき》

発行所――祥伝社《しようでんしや》

〒一〇一－八七〇一　東京都千代田区神田神保町三－三

☎03-3265-2081（販売部）☎03-3265-1084（編集部）

☎03-3265-3622（業務部）

印刷――堀内印刷

製本――ナショナル製本

ISBN978-4-396-61591-8　C0095　Printed in Japan

祥伝社のホームページ・http://www.shodensha.co.jp/